黃鈞
彭丙成
葉幼明　注譯
劉上生
饒東原

新譯古文辭類纂（二）

三民書局

國家圖書館出版品預行編目資料

新譯古文辭類纂(二)／黃鈞,彭丙成,葉幼明,劉上生,饒東原注譯.——初版二刷.——臺北市：三民，2022
冊；　公分.——(古籍今注新譯叢書)

ISBN 978-957-14-4496-3（平裝）

830　　　95004082

古籍今注新譯叢書

新譯古文辭類纂(二)

注譯者　黃　鈞　彭丙成　葉幼明
　　　　劉上生　饒東原

發行人　劉振強
出版者　三民書局股份有限公司
地　址　臺北市復興北路 386 號(復北門市)
　　　　臺北市重慶南路一段 61 號(重南門市)
電　話　(02)25006600
網　址　三民網路書店 https://www.sanmin.com.tw

出版日期　初版一刷 2006 年 4 月
　　　　　初版二刷 2022 年 11 月
書籍編號　S032920
ISBN　978-957-14-4496-3

新譯古文辭類纂 目次

第二冊

奏議類

文體介紹……七六七

卷十一 奏議類上編 一

楚莫敖子華對威王……戰國策……七七三
張儀司馬錯議伐蜀……戰國策……七八二
蘇子說齊閔王……戰國策……七八七
虞卿議割六城與秦……戰國策……八〇五
中旗說秦昭王……戰國策……八一三
信陵君諫與秦攻韓……戰國策……八一六
諫逐客書……李斯……八二五
論督責書……李斯……八三一

卷十二 奏議類上編 二

至言……賈山……八四一
陳政事疏……賈生……八五六
論積貯疏……賈生……八九九
請封建子弟疏……賈生……九〇三
諫封淮南四子疏……賈生……九〇八
諫放民私鑄疏……賈生……九一一

卷十三 奏議類上編 三

言兵事書……鼂錯……九一六
論守邊備塞書……鼂錯……九二三
復論募民徙塞下書……鼂錯……九三〇
論貴粟疏……鼂錯……九三四
諫獵書……司馬長卿……九四二
諫伐閩越書……淮南王安……九四五
言世務書……嚴安……九五八
論伐匈奴書……主父偃……九六六
禁民挾弓弩議……吾丘子贛……九七二
諫除上林苑……東方曼倩……九七六
化民有道對……東方曼倩……九八〇

卷十四　奏議類上編　四

上德緩刑書……路長君……九八四
論霍氏封事……張子高……九九一
諫擊匈奴書……魏弱翁……九九六
陳兵利害書……趙翁孫……九九九
屯田奏一……趙翁孫……一〇〇三
屯田奏二……趙翁孫……一〇〇六
屯田奏三……趙翁孫……一〇〇九
入粟贖罪議……蕭長倩……一〇一四
罷珠厓對……賈君房……一〇一七

卷十五　奏議類上編　五

條災異封事……劉子政……一〇二六
論甘延壽等疏……劉子政……一〇四一
論起昌陵疏……劉子政……一〇四七
極諫外家封事……劉子政……一〇五七
上星孛奏……劉子政……一〇六五
上政治得失疏……匡稚圭……一〇七一
論治性正家疏……匡稚圭……一〇七七
戒妃匹勸經學威儀之則疏……匡稚圭……一〇八二
罷邊備議……侯應……一〇八七
訟陳湯疏……谷子雲……一〇九一

訟甘陳疏……………………耿育……一〇九五
治河議……………………賈讓……一〇九九
諫不許單于朝書…………揚子雲……一一〇七
毀廟議……………………劉子駿……一一一五
出師表……………………諸葛孔明……一一二三

卷十六　奏議類上編　六

禘祫議……………………韓退之……一一三〇
復讎議……………………韓退之……一一三八
論佛骨表…………………韓退之……一一四二
潮州刺史謝上表…………韓退之……一一四八
駁復讎議…………………柳子厚……一一五五

卷十七　奏議類上編　七

論臺諫言事未蒙聽允書……歐陽永叔……一一六二
移滄州過闕上殿疏………曾子固……一一七〇

卷十八　奏議類上編　八

上皇帝書…………………蘇子瞻……一一八六

卷十九　奏議類上編　九

代張方平諫用兵書………蘇子瞻……一二三八
徐州上皇帝書……………蘇子瞻……一二五一
圜丘合祭六議劄子………蘇子瞻……一二六七

卷二十　奏議類上編　十

上仁宗皇帝言事書………王介甫……一二八五
本朝百年無事劄子………王介甫……一三三一
進戒疏……………………王介甫……一三四〇

卷二十一　奏議類下編　一

對賢良策一………………董子……一三四四
對賢良策二………………董子……一三六一

對賢良策三……董子……一三七二

卷二十二　奏議類下編　二

對制科策……蘇子瞻……一三八七

卷二十三　奏議類下編　三

策略一……蘇子瞻……一四一八
策略四……蘇子瞻……一四二三
策略五……蘇子瞻……一四二九
決壅蔽……蘇子瞻……一四三七
無沮善……蘇子瞻……一四四四
省費用……蘇子瞻……一四四九
蓄材用……蘇子瞻……一四五六
練軍實……蘇子瞻……一四六二
倡勇敢……蘇子瞻……一四六八
教戰守……蘇子瞻……一四七四

卷二十四　奏議類下編　四

策斷中……蘇子瞻……一四八一
策斷下……蘇子瞻……一四八八
君術策五……蘇子由……一四九八
臣事策一……蘇子由……一五〇三
民政策一……蘇子由……一五〇九
民政策二……蘇子由……一五一六

奏議類

文體介紹

奏議類散文，是古代社會臣下向君王有所陳說的一類特殊文體。自從王權確立，君王以「天子」的名義統治臣民的關係形成，奏議就適應這種政治關係而出現。古人追溯到堯舜時代，所以劉勰在《文心雕龍・奏啟》篇中說：「唐虞之臣，敷奏以言；秦漢之輔，上書稱奏。」敷奏，就是陳述呈進之義。《說文》云：「奏，進也。」《尚書》中記載傳說堯舜和夏商周三代政治活動的〈皋陶謨〉、〈西伯戡黎〉、〈召誥〉、〈洛誥〉、〈無逸〉、〈立政〉諸篇，都被認為是這樣的「陳說其君之辭」。不過它們都是當時或後來史官所記，還不是規範完整的奏議。《左傳》、《國語》等史書中也有許多這類文辭的片斷記載。戰國時期，周王室衰微，天子的實際地位等同於小國諸侯。而先後稱王的七雄大國都在行使君權，統治臣民。《戰國策》中的一些單篇首次出現了這種「陳說其君之辭」比較完整的奏議，所以姚鼐在〈序目〉中說，奏議文「錄自戰國以下」。《戰國策》中選了〈楚莫敖子華對威王〉、〈張儀司馬錯議伐蜀〉等六篇作為奏議文之首。但嚴格地說，它們都還是策士口述之辭，包括進說前後的有關記錄，而與秦漢以後的書面奏議文有一定距離。直到大一統封建王朝建立，強化了絕對君權的統治，形式規範的奏議文才真正成熟。故劉勰在〈奏啟〉篇明確指出：「秦始立奏」。「秦漢之輔（臣佐），上書稱奏。陳政事，獻典儀，上急變，劾愆謬，總謂之奏。」但秦朝國祚短暫，奏議文除李斯〈諫逐客書〉等兩篇外，所存者甚少。到了兩漢，奏議文才開始大為興盛。劉勰在〈章表〉篇中說：「漢定禮儀，則有四品：一曰章，二曰奏，三曰表，四曰議。章以謝恩，奏以按劾，表以陳請，議以執異。」漢代奏議文不僅空前興盛，且名稱繁多，分工明確，除了劉勰上面提到的，還有疏、對、封事、諫等，而且名家林立，「儒雅繼踵，殊采可觀。」（〈奏啟〉）賈山的〈至言〉雄肆之氣，噴薄橫出，被認為是「繼《戰國策》後一變」，「開一代之風氣」（張英評）的奏文。賈誼、鼂錯之作，更成為「可謂識大體」（劉勰語）的奏疏的典範。董仲舒、劉向、匡衡、谷永、路溫舒、劉歆等的傑作都備受稱讚。本書共選奏議類散文八十三篇，其中兩漢文四十三篇，可見姚鼐對其成就的重視。三國魏曹丕在《典論・論文》中首次將「奏議」連用，當作一類文體評論，提出「奏議宜雅」的要求，在總結兩漢奏議成就的基礎上建立了明確的規範。雅者正也，奏議在內容上要合乎雅道，在格式和措辭上要雅正得體。總之，應該體現「君為臣綱」的君臣之道和君臣之禮，這是奏議最根本的寫作要求。劉勰說：「奏之為筆，固以明允篤誠為本，辨析疏通為首。」（引同前）意思是，以對君王的公正忠誠為根本，以議論的明晰通達為要務。這是對曹丕「奏議宜雅」觀點的進一步闡述。《文心雕龍》中，以〈章表〉、〈奏啟〉、〈議對〉三篇分論六種奏議文體：章、表、奏、啟、議、對，各個闡析其源流、功能、成就和寫作要求，這說明從兩漢到三國魏晉南北朝，奏議文又有了新的發展，如「啟」這種文體就出現在魏晉之後（漢朝避景帝劉啟名諱，公文不用「啟」字）。「魏代名臣，文理迭興」，「漢世善駁，晉代能議」，劉勰列舉了一大批魏晉以來的名臣名作，但因為大多係駢體文的緣故，姚氏只選錄了諸葛亮的〈出師表〉一篇。

唐宋奏議文高度發達，政治生活的活躍，科舉制度的推動，官僚階層的擴大，是重要的外部環境因素，古文運動給奏議寫作提供了更為暢達的散文工具。魏徵、張說、陸贄等一代名臣都有佳作為世傳誦，但同樣因仍用駢體寫作而未能入選本書。本書選錄唐宋奏議共計三十一篇，都是唐宋八大家（除蘇洵未選外）的古文作品，這體現了桐城派文論的「文統」觀和散文寫作主張。唐宋古文家的奏議，如同他們的「論辨」類散文一樣，有著鮮明的個人風格，只是政治內容更為突出。如韓愈奏議的筆力強勁，文氣奔湧；王安石的見識卓出，言辭犀利；蘇軾的縱橫雄俊，顯豁疏宕等，而蘇氏兄弟應制舉時所預作的時務策，構思宏大縝密，議論騰挪變化，不失為奏議文中的創格，姚氏選錄達十六篇之多，幾乎占全部奏議類文章的五分之一，也是頗具眼光的。奏議的文體創造，或至此已盡臻其妙，故本書所選，至八大家文止。

奏議文名稱眾多，體制大同小異，只有對策有些不同，所以姚鼐另把對策文字包括兩蘇所預作時務策作為下編，而把其他各種名稱的奏議統按作者時序編為上編。下面對這些常見的不同名目略加說明：

一、奏疏　徐師曾《文體明辨序說》云：「按奏疏者，群臣論諫之總名也。」徐氏將奏、奏疏、奏對、奏啟、奏狀、奏劄、封事、彈事皆歸入此類。「奏」一般用作動詞，意為進呈帝王，很少用作文章之名，「自漢以來，奏事或稱上疏。」（劉勰語）疏者布也，分條陳述之意，「疏」即「奏疏」，是常見的奏議文體。賈誼的〈論積貯疏〉、〈陳政事疏〉，鼂錯的〈論貴粟疏〉，魏徵的〈諫太宗十思疏〉等都是著名的「疏」體文。

「奏對」簡稱「對」，是君王提問，臣下對答的文章。《戰國策》中〈楚莫敖子華對威王〉一文問答相間，具「對」體的雛型。後代往往省去所問，把臣下對答的奏文稱為「對」。如東方朔〈化民有道對〉、賈捐之〈罷珠崖對〉、諸葛亮〈隆中對〉等。

「奏劄」即「劄子」、「札子」。「札」本是古代寫字用的木片，所以書信公文也可以稱「札」。「札子」（「劄子」）作為奏章的名稱，始於宋代。如王安石〈本朝百年無事劄子〉、蘇軾〈圜丘合祭六議劄子〉等。

「議」也是一種奏議文體。劉勰說：「議之言宜，審事宜也。」「議貴節制，經典之體也。」（〈議對〉）可見「議」體是議論政事是非得失有所批駁辯論，並提出合適意見的文字。徐師曾說：「文以辯潔為能，不以繁縟為巧；事以明覈為美，不以深隱為奇，乃為深達議體者爾。」（《文體明辨序說》）可見議體要求事理確切，表達明晰，不要華美隱晦。漢蕭望之〈駁入粟贖罪議〉、賈讓〈治河議〉、韓愈〈禘祫議〉、柳宗元〈駁復讎議〉等，都是善駁擅議，駁議結合的「議」體名篇。

「封事」，是一種密封的奏章。漢代有一些奏章不便於公開，或機密事宜怕走漏風聲，用「皂囊封板，故曰『封事』。（《文心雕龍・奏啟》）皂囊就是黑色帛袋。劉向〈條災異封事〉結尾說：「不宜宣泄，臣謹重封。」可見「封事」的特點。

「彈事」，是彈劾官吏的奏章。劉勰認為，這種「按劾之奏」，是為了嚴明法制，清理國政，必須寫得勁健嚴厲，「使筆端振風，簡上凝霜」（〈奏啟〉）。著名彈文有南朝梁任昉〈奏彈曹景宗〉等。但許多彈劾奏章並不一定用「彈事」或「奏彈」的名稱。徐師曾提出「彈事明憲而戒善罵」，認為措辭也應講求分寸。本書雖未收以「彈事」為名的奏章，但劉向〈極諫外家封事〉一文，彈劾大將軍王鳳及其兄弟五侯，專擅朝政，並作威福，以致劉氏「有累卵之危」，要求「罷令就第」。因事關肘腋，故以「封事」為名，但就其內容而言，實乃一篇「彈事」。

二、上書　「書者，舒也。舒布其言，陳之簡牘。」（《文心雕龍・書記》）戰國以前，君臣用筆陳述其言，都用「書」，言事於君王，都稱「上書」。秦初定制，「上書」定名為「奏」。但仍然有一些奏議用「上書」或簡稱「書」。所以《文體明辨序說》云：「秦漢而下，雖代有更革，而古制猶存，故往往見於諸集之中。」蕭統《文選》專列「上書」一類，以與一般書信相區別。如其中有李斯〈上秦始皇書〉（即〈諫逐客書〉）。王安石〈上仁宗皇帝言事書〉、蘇軾〈上皇帝書〉等明標「上書」，鼂錯〈言兵事書〉、司馬相如〈諫獵書〉、路溫舒〈上德緩刑書〉等雖未標「上書」，但實乃「上書」。而《文選》中列為「上書」類的鄒陽〈上書吳王〉、〈於獄十上書自明〉、枚乘〈奏書諫吳王濞〉等，因為其所上呈的是漢朝的諸侯王，而不是天子，所以姚氏都把它們列入「書說」一類。而「戰國說士，說其時主，當委質為臣，則入之奏議。」（〈序目〉）可見姚鼐是很看重秦漢定制之後奏議所必須體現的君臣之道和君臣之禮的。

三、表　「表，明也，標也，標著事緒使之明白以告乎上也。」（吳訥《文章辨體序說》引）「表」作為奏議文體出現在漢以後。劉勰所謂「漢定禮儀，則有四品」，「表以陳請」。這大概是當初的分工。後代用途漸廣，舉凡請勸（勸進）、進獻、乞請、推薦、慶賀、慰安、辭謝、訟理、彈劾等，都可以用「表」。「表」體漢、晉多用散文，但漸趨駢儷。除本書所選諸葛亮〈出師表〉以外，其他著名表文還有孔融〈薦禰衡表〉、曹植〈求自試表〉、李密〈陳情表〉等，因多為駢體，故未入選。唐宋表文亦多用駢體，而古文家則用散體，如本書所選韓愈〈論佛骨表〉、〈潮州刺史謝上表〉等。

四、對策　「對策」起源於漢代，《說文》：「策，謀也。」「凡錄政化得失顯而問之，謂之對策。」（《文章辨體序說》）吳訥認為對策始於鼂錯。漢文帝開始「舉賢良方正能極言極諫者」進行策問，鼂錯因對策獲得升遷。以策取士的制度因此產生。武帝詔舉賢良文學之士，董仲舒〈對賢良策〉三篇最為有名。「對策」一般由兩部分構成：前一部分是皇帝提出問題，叫「制」，後一部分是臣下針對問題逐一回答闡述，叫「對」，即「對策」。「制曰」與「對曰」兩部分文字前後銜接或相互穿插。後代科舉考試也用這種方法，叫「試策」或「策試」，特別是皇帝親自主持並擬題的「制科」。皇帝擬的試題叫「制策」，一般考官擬的就叫「策問」或「策」，考生或應試的臣下作答，也叫「對策」。蘇軾〈對制科策〉就是宋嘉祐元年（西元一〇六一年）應仁宗制科考試時所作。

「對策」一類與其他奏議，無論在內容或形式上，多少還是有所區別的。故姚氏〈序目〉曰：「惟對策雖亦臣下告君之辭，而其體少（稍）別，故置之下編。」上下編之分，正是為了區別一般奏議和「對策」這一特殊奏議而設。一般奏議內容接近於「論辨」類，屬於專題性論文。「其文貴圓通，辭忌枝碎」（《文心雕龍・論說》），故必須題旨鮮明，中心突出，切忌雜碎。而對策則循主上之所問，一一作答，反覆縱橫，碎雜枝蔓，在所不避；不一定要有突出之中心或鮮明之題旨，甚至連標題亦多為〈對賢良策〉、〈對制科策〉之類而不需另設。因而在構思立意、布局謀篇諸方面，無論作者是否有博古之學、通今之才，均難於施展。而且，此類文章不僅要求辭章典雅得體，而且更要求其內容有裨補於時政，正如《文體明辨序說》所云：「夫策（即對策）之體，練治為上，工文次之。然人才不同，或練治而寡文，或工文而疏治。」這更是難上加難。故同書又云：「故入選者，劉勰稱為通才。」因而古今「對策」之文，佳作甚少。唯董仲舒〈對賢良策〉三篇，卻能針對漢武帝諸問，全都能歸結收束於天道與人事關係這一中心論題之內，而了無遺漏，因而突破碎雜枝蔓之弊；文既雅正，其政治影響更為古今所罕見。故《文章辨體序說》亦稱：「唯董仲舒學識醇正，又遇孝武初政清明，策之再三，故克罄竭所蘊，帝因是罷黜百家，專崇孔氏，以表彰六經，厥功茂焉。」在此之後，僅蘇軾〈對制科策〉能承其遺緒，正如同書所曰：「迨後，惟宋蘇氏之答仁宗制策，亦克輸忠陳義，婉切懇到，君子有所取焉。」故本書全都收錄。至於蘇軾、蘇轍兄弟為應制舉，分別所進之時務策二十五篇，均為事前之預作，故分類分條，各有其中心，實乃「對策」之變體，而與一般奏議相接近。二蘇之作，大多類似於有標題之論文。故姚氏〈序目〉中稱：「兩蘇應制舉時所進〈時務策〉，又以附『對策』之後。」

卷十一　奏議類上編　一

楚莫敖子華對威王

戰國策

【題　解】本篇出自《戰國策・楚策一》。《戰國策》是一部戰國時期的史料匯編，戰國末期或秦漢間人輯錄，原有《國策》、《國事》、《短長》、《事語》、《長書》、《脩書》等名稱，西漢劉向重新整理，分為三十三篇，定名為《戰國策》。其書為國別體，記載了東周、西周、秦、齊、楚、趙、魏、韓、燕、宋、衛、中山十二國，上起戰國初年（西元前四五八年知伯滅范、中行氏），下至秦統一（西元前二二一年高漸離以筑擊秦始皇），共二百四十餘年的史事。《戰國策》多記載戰國時期謀臣策士的言論及其縱橫捭闔的鬥爭，反映了那個時期的政治、軍事、外交風雲變幻的情況。《戰國策》不僅是一部珍貴的歷史著作，也是一部具藝術價值的文學著作。它突出地表現了策士們工於揣摩、善於談說的特點；文筆生動而富有氣勢，形成鋪張揚厲的文風；常以曲折的故事情節、形象的比喻和寓言來打動人，使文章具有說服力。《戰國策》對後來的散文、小說乃至於戲劇都具有深遠的影響。

本篇及以下各篇，凡錄自《戰國策》（包括個別錄自《史記》）者，其標題皆為姚鼐所加。本篇內容在於論述社稷之臣以及如何才能招致社稷之臣的問題。當楚威王向莫敖子華問及楚國從文王以來有沒有「不為爵勸，不為祿勉」的社稷之臣時，莫敖子華回答說，社稷之臣不限於這一種，並接連舉出楚國歷史上令尹子文等五位名臣，儘管他們的表現不同，但都關心國家命運，都為國家作出了重大貢獻，因此都應是社稷之臣；

並認為只要國君真正愛好賢才，社稷之臣自然會到來。顧觀光《戰國策編年》繫此策於楚威王元年（西元前三三九年）。

威王❶問於莫敖❷子華❸曰：「自從先君❹文王❺以至不穀❻之身，亦有不為爵勸❼，不為祿勉，以憂社稷❽者乎？」莫敖子華對曰：「如章❾不足以知之矣。」王曰：「不於大夫，無所聞之。」莫敖子華對曰：「君王將何問者也？彼有廉❿其爵，貧其身，以憂社稷者；有崇⓫其爵，豐其祿，以憂社稷者；有斷脰⓬決腹，一瞑⓭而萬世不視⓮，不知所益⓯，以憂社稷者；有勞其身，愁其志，以憂社稷者⓰；亦有不為爵勸，不為祿勉，以憂社稷者。」王曰：「大夫此言，將何謂也？」

【章旨】本段莫敖子華對威王關於社稷之臣的提問作總的回答，下面就五位社稷之臣作具體論述。

【注釋】❶威王　楚威王熊商，宣王子，西元前三三九—前三二九年在位。❷莫敖　楚官名，位次於令尹（即宰相）。❸子華　楚臣，名章。❹先君　後代稱前代已死去的君主為先君。❺文王　楚文王熊貲，武王子，西元前六八九—前六七七年在位，始建都於郢（故址在今湖北荊州），自此楚國逐步強大起來。❻不穀　古代諸侯自我的謙稱。穀有善的意思。❼勸　鼓勵，與下文「勉」義同。❽社稷　有國家的意思。社為土神，稷為穀神，古代諸侯立國，必立社稷神位，故社稷為國家的象徵。❾章　原作「華」。姚宏注，孫本作「章」。按：作「章」為優，章乃子華之名，故與下文「章問之」相合。❿廉　清。⓫崇　高。⓬脰　頸項。⓭瞑　閉目，此指死亡。⓮視　活。《呂氏春秋．重己》：「莫不欲長生久視。」高誘注：「視，活也。」⓯不知所益　鮑注：「志於死耳，不求利也。」⓰有勞其身三句　此三句十二字《四部備要》本無，據康本及《戰國策》增補。志，心志。愁其志，下文作「愁其思」。

【語譯】楚威王向莫敖子華問道：「自從先君楚文王以來到我這代的臣子當中，也有不管爵位高低而努力作事，不管俸祿多少而勤勉工作，而為國家擔憂的人嗎？」莫敖子華回答說：「像我這樣的人還不夠資格了解這些。」威王說：「我不向你發問，就沒有辦法聽到了。」莫敖子華回答說：「君王打算詢問哪一類人呢？那些人當中有為官清廉，安於貧困，而為國家擔憂的人；有使之爵位增高，俸祿豐厚，而為國家擔憂的人；有甘願砍頭剖腹，一旦閉目就永遠離開這個世界，不顧個人利益，而為國家擔憂的人；有讓自身勞累，苦心竭慮，而為國家擔憂的人；當然，也有不管爵位高低而努力作事，不管俸祿多少而勤勉工作，而為國家擔憂的人。」威王說：「你說的這話，究竟指的是哪些人呢？」

莫敖子華對曰：「昔令尹❶子文❷，緇帛❸之衣以朝，鹿裘❹以處❺。未明而立於朝，日晦❻而歸食。朝不謀夕，無一日之積。故彼廉其爵，貧其身，以憂社稷者，令尹子文是也。

【章旨】本段介紹令尹子文。

【注釋】❶令尹 楚官名，相當於宰相。❷子文 即鬥穀於菟，楚成王（西元前六七一—前六二六年在位）時為令尹。❸緇帛 黑色絲綢。緇帛之衣為卿大夫上朝的正服。❹鹿裘 鹿皮袍子，粗陋的裘衣。❺處 平日家居。❻晦 日暮；夜晚。

【語譯】莫敖子華回答說：「過去令尹子文，上朝穿黑色綢衣，回家換上粗陋的鹿皮袍子。天沒亮就站在朝廷等候，天黑了才回家吃飯。家裡窮得有早餐顧不上晚餐，沒有一天的存糧。所以我說的那些為官清廉，安於貧困，而為國家擔憂的，令尹子文就是這樣的人。

「昔者葉公子高❶，身獲❷於表薄❸，而財❹於柱國❺。定白公之禍❻，寧楚國之事，恢❼先君以揜❽方城❾之外，四封❿不侵，名不挫⓫於諸侯。當此之時也，天下莫敢以兵南向。葉公子高食田⓬六百畛⓭。故彼崇其爵，豐其祿，以憂社稷者，葉公子高是也。

【章　旨】本段介紹葉公子高。

【注　釋】❶葉公子高　即沈諸梁，字子高，春秋末期楚國大夫。封於葉（今河南葉縣）。❷獲　辱。❸表薄　野外為表，草木叢生之地為薄。此句意思是指葉公原來只是屈身於鄉野之地，未入於都城。❹財　通「材」。❺柱國　在《戰國策》中有兩種用法：一為官名，一為都城。然這兩種用法皆不見於《左傳》。此處為與上句「表薄」對言，則以都城義為長。意思是葉公的才能在都城得到表現。❻白公之禍　白公，春秋末期楚平王太子建之子，名勝，封於白邑（在今河南息縣東）。此前，太子建被讒出奔，在鄭國被殺。白公欲伐鄭以報父仇，請兵於令尹子西，子西拖延，不發兵。晉人伐鄭，楚反而救鄭，並與鄭人結盟。楚惠王十年（西元前四七九年），白公借戰勝吳人向惠王獻捷的機會發動叛亂，襲殺了子西、子期兩卿士，殺了不願繼位的王子啟，劫持了惠王。葉公率國人攻白公，白公逃奔山中自縊，解救了楚國。❼恢　擴大；發揚。❽揜　覆蓋。指德澤廣被。❾方城　地名，在葉縣附近。❿封　邊疆。⓫挫　損。⓬食田　享受耕地上的租稅。⓭畛　本指田間小道，後成為計畝單位，一畛千畝。

【語　譯】「過去葉公子高，屈身於偏僻的鄉野，後來到了都城才能才得到展現的機會。他平定了白公的叛亂，使楚國得到安寧，讓先君的恩澤發揚光大，以致流布到方城以外的廣大地域，楚國四境不受侵擾，自己的名聲在諸侯各國沒有受到損毀。當此時，天下沒有誰敢率兵南向進攻楚國。因此葉公子高得到封地六百畛。所以我說的使之爵位增高，俸祿豐厚，而為國家擔憂的，葉公子高就是這樣的人。

「昔者吳與楚戰於柏舉❶，兩御❷之間，夫卒❸交。莫敖大心❹撫其御之手，顧而太息曰：『嗟乎子❺乎！楚國亡之日至矣。吾將深入吳軍，若❻撲❼一人，若捽❽一人，以與❾大心者也，社稷其為❿庶幾⓫乎！』故斷脰決腹，一瞑而萬世不視，不知所益，以憂社稷者，莫敖大心是也。

【章　旨】本段介紹莫敖大心。

【注　釋】❶柏舉　楚地，在今湖北麻城縣境。吳、楚柏舉之戰發生在楚昭王十一年（西元前五〇五年）。吳王闔閭率師攻楚，在柏舉大敗楚兵，五戰而占據郢都，楚昭王出逃至隨國。後來由於秦兵救援，加上吳國內亂，吳始退兵。事見於《左傳・定公四—五年》記載。❷御　駕車的人。兩御指兩軍之間。❸夫卒　兵卒。❹莫敖大心　莫敖為楚官名。大心其人，不見於《左傳》。《淮南子・脩務訓》作莫囂大心。王應麟《困學紀聞》卷六以為即左司馬沈尹戌。戌則為楚莊王曾孫葉公子高的父親（見《左傳・昭公十九年》杜注）。大心是否即沈尹戌，疑莫能明。❺子　你，指御者。❻若　你。❼撲　擊。❽捽　抓住頭髮，指俘獲敵人。❾與　助。❿為　將。王引之《經傳釋詞》：「為猶將也。」⓫庶幾　可能；差不多。表希望的意思。

【語　譯】「過去楚國與吳國在柏舉交戰，兩軍兵車之間，士卒短兵相接。莫敖大心撫握著駕車人的手，回頭長嘆著說：『哎呀！你啊！楚國滅亡的日子到了！我將衝進吳軍陣營與吳軍拚死，你能擊倒一個敵人，俘獲一個敵人，就是對我的幫助，如果都能這樣，楚國該不會滅亡吧！』所以我說的那些甘願砍頭剖腹，一旦閉目就永遠離開這個世界，不顧個人利益，而為國家擔憂的，莫敖大心就是這樣的人。

「昔吳與楚戰於柏舉，三戰入郢❶。寡君❷身出，大夫悉屬❸，百姓離散。棼冒勃蘇❹曰：『吾被堅❺執銳❻，赴強敵而死，此猶一卒也，不若奔諸侯。』於是贏❼糧潛行，上崢山❽，踰深溪，蹠❾穿膝暴❿，七日而薄⓫秦王之朝。雀⓬立不轉，晝吟宵哭，七日不得告⓭。水漿⓮無入口，瘨⓯而殫⓰悶，旄⓱不知人。秦王聞而走之，冠帶不相及，左奉⓲其首，右濡⓳其口，勃蘇乃蘇⓴。秦王身問之：『子孰誰也？』棼冒勃蘇對曰：『臣非異，楚使新造盩㉑棼冒勃蘇。吳與楚人戰於柏舉，三戰入郢，寡君身出，大夫悉屬，百姓離散。使下臣來告亡，且求救。』秦王顧令之起㉒：『寡人聞之，萬乘㉓之君，得罪一士，社稷其危。今此之謂也。』遂出革車㉔千乘，卒萬人，屬之子滿與子虎㉕，下塞㉖以東，與吳人戰於濁水㉗而大敗之，亦聞於遂浦㉘。故勞其身，愁其思，以憂社稷者，棼冒勃蘇是也。

【章　旨】本段介紹棼冒勃蘇入秦求援打敗吳軍的事跡。

【注　釋】❶郢　楚國都城，今湖北荊州。三戰入郢，《左傳・定公四年》作「五戰及郢」。❷寡君　王念孫：「寡君當為『君王』，此涉下棼冒勃蘇之詞而誤也。」子華對威王言，不當稱先君為寡君，當從王說。❸悉屬　全部跟隨。❹棼冒勃蘇　楚臣，即申包胥。棼冒即蚡冒，蓋楚武王兄蚡冒之後，楚之公族。勃蘇與包胥聲近。因封於申，故號申包胥。❺堅　指堅甲。❻銳　指利兵。❼贏　擔負。〈過秦論上〉「贏糧而影從」。❽崢山　高山。❾蹠　腳掌。❿暴　露出。⓫薄　至。⓬雀　當作「鶴」。「鶴」俗作「隺」，「雀」、「隺」形近而誤（從王念孫說）。⓭告　指通報秦王。⓮漿　飲料。⓯瘨　暈倒。⓰殫　盡。指氣絕。⓱旄　通「眊」。眼睛失神無光，昏迷狀態。⓲奉　捧；扶持。⓳濡　霑濕。⓴蘇　醒。人死復生叫蘇。㉑新造盩　盩疑為「盭」之誤，盭，古戾字，有罪人之意。「新造戾」，似因棼冒勃蘇七日七夜哭訴失態於秦廷，故自稱為「新罪人」。㉒顧

令之起　顧，乃；於是。棼冒勃蘇回答秦王時可能在跪拜，故秦王要他起身，以示禮遇。㉓萬乘　指天子。周制：天子地方千里，出兵車萬乘，故稱天子為萬乘。「萬乘之君」三句，是當時流行的話。㉔革車　兵車。㉕子滿與子虎　皆秦國將領。㉖塞　關塞。疑指武關，距楚近。㉗濁水　張琦《戰國策・釋地》謂即《水經注》之「淯水右合濁水」，其地在今湖北隨州附近。㉘亦聞於遂浦　日人橫田惟孝《戰國策正解》以為「聞」疑當作「鬭」。亦鬭於遂浦，承上文戰於濁水。可供參考。亦聞，又聽說。遂浦，當是楚地，其地未詳。

【語　譯】「過去吳國與楚國在柏舉交戰，經過三次戰鬥，吳人就攻入郢都。楚昭王逃出，大夫們全部跟隨，百姓四處逃散。棼冒勃蘇說：『如果我隻身披堅甲執利兵，去跟強敵拚死，這好像只起到一個士兵的作用，倒不如投奔別國去求援。』於是他帶上乾糧，暗裡逃出陣地，爬過高山，越過深谷，腳掌刺破，膝骨外露，經過七天才抵達秦哀公的朝廷。他像鶴一樣站立不動，日夜悲吟痛哭，經過七天七夜還未能把楚亂通報秦王。滴水不願入口，暈倒在地，氣息奄奄，眼睛失神無光。秦王得知這一情況連忙趕來，連衣冠都來不及整理，左手扶著勃蘇的頭，右手向勃蘇嘴裡送水霑潤，勃蘇這才蘇醒過來。秦王親自問道：『你是何人？』勃蘇回答說：『我不是別人，是楚國使者新成為罪人的棼冒勃蘇。吳人與楚人在柏舉交戰，經過三次戰鬥便攻進郢都，楚昭王逃出，大夫們都跟隨，百姓四處逃散。派我來向秦通報楚國處於危亡的境地，並且希望得到秦的救援。』秦王於是要勃蘇起身，並說：『我聽說過這樣的話：即使貴為天子，如果得罪了一個士人，國家也會遭到危險。說的就是現在這種情況。』於是派出兵車千輛，士兵萬人，由子滿、子虎統率，出關向東進發，與吳人在濁水交戰，大敗了吳人，也聽說這次戰爭發生在遂浦。所以說有讓自身勞累，苦心竭慮，而為國家擔憂的，棼冒勃蘇就是這樣的人。

「吳與楚戰於柏舉，三戰入郢。君王身出，大夫悉屬，百姓離散。蒙穀❶結鬭❷於宮唐❸之上，舍鬭奔郢，曰：『若有孤❹，楚國社稷其庶幾乎！』遂入大宮❺，負雞次之典❻，以浮於江，逃於雲夢❼之中。昭王反郢，五官❽失法，百姓昏亂；蒙穀獻典，五官得法，而百姓大治。此蒙穀之功，多與存國相若。封之執圭❾，田六百畛。蒙穀怒曰：『穀非人臣，社稷之臣。苟社稷血食❿，余豈患無君乎？』遂自棄於磨山⓫之中，至今無冒⓬。故不為爵勸，不為祿勉，以憂社稷者，蒙穀是也。」

【章旨】本段介紹蒙穀獻法典使楚國平亂後得到大治，並拒絕封賞逃於山中隱居的事跡。

【注釋】❶蒙穀　楚將名。❷結鬭　猶聚鬥、交戰。❸宮唐　地名，可能是楚地。❹若有孤　假如昭王有子，當可繼位。其時昭王逃奔在外，生死不明，故如此說。孤，孤子。幼而無父曰孤。❺大宮　可能是楚之祖廟，藏有舊典。❻雞次之典　楚國法典名。雞一作「離」。劉向《別錄》：「楚法書曰『雞次之典』，或曰『離次之典』。」❼雲夢　古大澤名，在今湖北南部，跨長江南北的廣大地區。❽五官　猶百官。《戰國策．楚策》：「於是乎有天地神民類物之官，是謂五官，各司其序，不相亂也。」❾執圭　楚國最高爵位名。❿血食　古代殺牲祭祀，故曰血食。社稷血食，即國家不亡。⓫磨山　磨，字當作「磿」，磿與「歷」通。歷山，大約在湖南澧水一帶。⓬無冒　無覆蓋，指後代沒有受庇蔭的。姚鼐原注：「鼐按：冒者言覆冒子孫田祿之類。」王引之以為「冒」為「胄」之訛，無胄，無後。意思是其子孫無在顯位者。

【語譯】「吳國與楚國在柏舉交戰，經過三次戰鬥，吳人就攻入郢都。楚昭王出逃，大夫們全部跟隨，百姓四處逃散。楚將蒙穀在宮唐與吳人交鋒，後來從戰鬥中退出進入郢都，說：『如果有昭王的兒子繼位，楚國的社稷也許有希望保存下來吧！』於是進入宮中，背著楚國的法典，順著長江漂浮而下，逃到雲夢大澤中。當楚昭王返回郢都，百官治理無法可依，百姓惶惑混亂；後來蒙穀獻上法典，百官有法可循，百姓才得以安定。這是蒙穀的功勞，可與保存國家的功勞相當。楚王封他執圭的爵位，並賜給田地六百畛。蒙穀生氣地說：

『我不是貪戀祿位的一般臣子，而是憂慮國家安危的大臣。假使國家能保全，祖先繼續得到血食，我難道還憂慮沒有君王嗎？』於是逃到歷山隱居起來，至今他的後代沒有擔任高官的。所以我所說的不管爵位高低而努力作事，不管俸祿多少而勤勉工作，而一心為國家擔憂的，蒙穀就是這樣的人。」

王乃太息曰：「此古之人也，今之人焉能有之邪？」莫敖子華對曰：「昔者先君靈王❶好小要❷，楚士約食❸，馮❹而能立，式❺而能起。食之可欲，忍而不入❻；死之可惡，然而不避。華聞之，其君好發❼者，其臣決拾❽。君王直❾不好，若君王誠好賢，此五臣者，皆可得而致❿之。」

【章旨】本段告誡威王，只要君王真誠喜好賢人，像以上這樣的賢人，都會出現在朝廷。

【注釋】❶靈王　楚靈王熊圍，康王弟，西元前五四〇—前五二九年在位。❷小要　細腰。要，同「腰」。❸約食　節制飲食，少吃便於減肥。❹馮　同「憑」。倚靠。❺式　通「軾」。車前橫木。此處作憑依解。❻入　進食。❼好發　喜好射箭。❽決拾　亦作「抉拾」。決，用象骨做成，著於右手大指，用以鉤弦。拾，護臂。用皮革做成，著於左臂上。❾直　只是。❿致　招來。

【語譯】楚王於是嘆氣說道：「這些人都是古代的人啊，現在哪有這樣的人呢？」莫敖子華回答說：「過去先君靈王喜歡細腰，楚國士人都控制飲食，身體虛弱得倚靠外物才能站住，扶持著東西才能起立。飲食是人之所欲，有的人卻忍住不吃；餓死是人之所畏，有的人卻接近它而不避開。我聽說，有些君主喜歡射箭，他的臣子也喜歡射箭。君王除非不愛好賢才，如果君王真的愛好賢才，那麼上面說的這五種人，都可以羅致在朝廷之上。」

【研　析】不少選本將本篇標題為「莫敖子華論社稷之臣」。這一標題揭示出本文中心：何謂「社稷之臣」？楚威王主觀規定的框框是「不為爵勸，不為祿勉」，而莫敖子華則列舉本國史實，借助生動的形象，闡明必須不拘一格，只要根據不同的形勢充分發揮個人特長，對國家做出重大貢獻，或促進國家強盛，或挽救國家危亡的，都是社稷之臣。全篇語言樸實懇切，感情沉摯深厚，故不同於一般策士的誇誕之詞。在介紹五類社稷之臣時，既渲染了他們不同的作風和獨到的貢獻，更強調他們一心為國、有功社稷這一共同點，內容具體，形象豐滿，具有很強的感染力和說服力。

張儀司馬錯議伐蜀

戰國策

【題　解】本篇出自《戰國策・秦策一》。顧觀光《戰國策編年》、于鬯《戰國策年表》並繫此策於周慎靚王五年（西元前三一六年）。張儀和司馬錯都從名與利兩方面來論證如何為秦建立帝業，但實施的方向不同：張儀主張先攻韓，而司馬錯主張先伐蜀，從而駁倒了張儀。因此時六國尚強，特別是楚、趙、齊三國國力、兵力並不弱於秦。故司馬錯看出伐韓劫周，會陷入與諸侯錯綜複雜的矛盾鬥爭中，成功與否，沒有把握；而抓住蜀亂的有利時機伐蜀，則是避難就易，可以「名實兩附」，取得富國強兵的效果。因此秦惠王採納了司馬錯的意見。

司馬錯❶與張儀❷爭論於秦惠王❸前。司馬錯欲伐蜀❹，張儀曰：「不如伐韓❺。」王曰：「請聞其說。」對曰：「親魏善楚，下兵三川❻，塞轘轅❼緱氏❽之口，當屯留❾之道，魏絕南陽❿，楚臨南鄭⓫，秦攻新城⓬、宜陽⓭，以臨二周⓮

之郊，誅⑮周主⑯之罪，侵楚、魏之地⑰。周⑱自知不救，九鼎⑲寶器必出。據九鼎，按圖籍⑳，挾天子以令天下，天下莫敢不聽，此王業也。今夫蜀，西僻之國，而戎狄㉑之長也。敝兵㉒勞眾，不足以成名；得其地，不足以為利。臣聞：『爭名者於朝，爭利者於市。』今三川周室，天下之市朝也，而王不爭焉，顧㉓爭於戎狄，去王業遠矣。」

【章旨】本段主要介紹張儀先攻韓劫周的主張。

【注釋】❶司馬錯　秦臣，秦惠王後元九年（西元前三一六年）率兵滅蜀。秦昭襄王六年（西元前三〇一年）蜀侯煇反，司馬錯再次平定蜀亂。❷張儀　魏人，著名縱橫家。秦惠王十年（西元前三二八年）為秦相，主張連橫。秦武王元年（西元前三一〇年）離開秦國回到魏國。❸秦惠王　即秦惠文王，秦孝公子，名駟。西元前三三七—前三一一年在位。❹蜀　蜀國，在今四川中部和北部，建都成都（今成都市）。❺伐韓　因韓與秦接壤，伐韓與下文「親魏善楚」，是連橫中所謂各個擊破的策略。❻三川　黃河、洛水、伊水三條河的合稱。歸秦後，設三川郡。❼轘轅　山名，在今河南偃師南四十里，道路險阻迂回，故稱轘轅。❽緱氏　山名，在偃師縣東南，亦軍事要地。❾屯留　地名，在今山西屯留縣南。屯留之道，即屯留附近的太行羊腸阪道。❿南陽　地區名，今河南濟源、孟縣、溫縣一帶，居韓、魏之間，魏攻取南陽，即可威脅周、韓。⓫南鄭　今河南新鄭，當時為韓之都城。⓬新城　韓地，在今河南伊川西南。⓭宜陽　韓地，在今河南宜陽縣西。⓮二周　即西周和東周，戰國時期周王室的兩個小諸侯國。周考王封其弟揭於王城，稱西周君。後西周惠公少子班據鞏自立，在成周奉周王，稱東周君。⓯誅　責問。⓰周主　指二周之君。《史記·張儀列傳》及《新序》卷九皆作「周王」。⓱侵楚魏之地　此句與上文「親秦善楚」不合，疑為「三川」之誤，譯文從之。⓲周　指二周君。時周天子在東周，形同虛設。⓳九鼎　傳說為夏禹所鑄。鑄九鼎以象徵九州，成為傳國之寶。夏傳商、商傳周，當時秦、楚等諸侯國都想從周得到九鼎。⓴按圖籍　表示臣服，獻出地圖和戶籍。按，控制。圖籍，地圖和戶籍。㉑戎狄　古時中原人對西北各民族的賤稱。此處指巴蜀一帶的少數民族。

㉒敝兵　損壞兵器。㉓顧　卻；反而。

【語　譯】司馬錯與張儀在秦惠王面前爭論關於征伐的事。司馬錯主張伐蜀，張儀說：「不如伐韓。」惠王說：「我想聽聽你的意見。」張儀回答說：「首先要與魏、楚兩國打好關係，再從三川出兵，堵住轘轅山和緱氏山的山口，擋住屯留的阪道，魏國攻取南陽，斷絕與韓國的聯繫，楚兵臨近南鄭，秦兵再攻新城和宜陽，這樣秦兵便可臨近二周的城郊，責問周朝君主的罪過，順勢占領三川的大片地盤。二周君自知無法挽救危亡，必定獻出九鼎和寶器。這樣，我們就據有九鼎，控制天下地圖和戶籍，以此來劫持天子號令天下，天下沒有誰敢反抗，這就是帝王的事業啊！至於蜀國，只是西方的偏僻之國、未開化民族的頭目。如果攻打它，只會落得損毀兵器，勞累民眾，不可能成就美名；得到那塊土地，也不能算是大利。我聽說：『爭奪名聲要在朝廷，爭奪實利要在市場。』現在三川和周王朝，就是天下的市場和朝廷啊，可是大王不爭奪這些地方，反而爭奪戎狄那些未開化的地方，這可離帝王大業相隔太遠了。」

司馬錯曰：「不然。臣聞之：『欲富國者，務廣其地；欲強兵者，務富其民；欲王❶者，務博其德。三資❷者備，而王隨之矣。』今王之地小民貧，故臣願從事於易。夫蜀，西僻之國也，而戎狄之長也，而有桀、紂之亂❸。以秦攻之，譬如使豺狼逐群羊也。取其地，足以廣國也；得其財，足以富民繕❹兵；不傷眾而彼已服矣。故拔一國，而天下不以為暴；利盡西海❺，諸侯不以為貪。是我一舉而名實兩附❻，而又有禁暴止亂之名。今攻韓劫天子❼，劫天子，惡名也，而未必利也，又有不義❽之名。而攻天下之所不欲，危。臣請謁❾其故：周，天下之宗室❿也；齊、韓之與國⓫也。周自知失九鼎，韓自知亡三川，則必將并力合謀，以因⓬於齊、趙，而求解⓭乎楚、魏。以鼎與楚，以地與魏，王不能禁。此臣所謂『危』。不如伐蜀之完⓮也。」惠王曰：「善。寡人聽子。」

【章旨】本段介紹司馬錯先伐蜀的主張。

【注釋】❶王　稱王，統治天下。❷資　本意是資財，此指條件。❸桀紂之亂　夏桀王、商紂王為夏、商末的兩個暴君，後世往往以桀、紂作為暴君的代稱。據《華陽國志》載：蜀王封其弟於漢中，號稱苴侯。苴侯與巴王友善，而巴與蜀為仇，蜀伐苴，苴侯奔巴，並向秦求救。此所謂桀、紂之亂。❹繕　治理；整治。❺西海　泛指西方。❻名實兩附　猶言「名實兩得」。名，指「不貪」、「不暴」之名。實，指得蜀之利。附，歸附。❼天子　指當時的周慎靚王（西元前三二〇—前三一五年在位）。❽不義　指伐韓不合大義。鮑注：「韓無罪而伐之，不義也。」❾謁　告；陳述。❿宗室　在分封制下，周王為天下之宗主，故王室即宗室。鮑注：「宗，尊也。」⓫與國　友邦。⓬因　依靠。⓭解　解救；解圍。⓮完　圓滿。

【語譯】司馬錯說：「不對。我曾聽說過這樣的話：『想要使國家富裕的人，必須擴展自己的土地；想要使軍隊強大的人，必須先讓人民富裕起來；想要統治天下的人，必須廣泛修養自己的道德。這三個條件具備了，統一天下的大任就會隨之實現。』現在大王的地盤狹小，人民貧窮，所以我認為必先從易處下手。蜀國是西方偏僻的國家，而且是未開化民族的頭目，又有如桀、紂般的昏亂。如果用秦來攻打它，就好像讓豺狼追趕羊群那麼容易啊。拿下它的地盤，足以擴張自己的國土；得到它的財物，足以使人民富裕；揚兵耀武而群眾無傷，就讓它降服了。所以，攻占一國，天下人不會認為這是殘暴；盡取蜀地之利，諸侯不會認為這是貪婪。這樣，我們一個舉動就名利雙收，並且又有制止殘暴和動亂的美名。現在如果要攻伐韓國劫持天子，要知道劫持天子，名聲不正，況且未必能得到實利，又加上有攻韓的不義名聲。這是天下人所不願幹的事情，實在危險。再請允許我陳述這當中的原因：周是天下人尊重的王室；齊國和韓國是周的友好國家。周自己估計將保不住九鼎，韓國自己估計將失去三川，那麼周、韓二國必將合力謀劃，來依靠齊國和趙國，並請楚國和魏國解圍。結果把九鼎送給楚，把三川送給魏，大王是無法制止的。這就是我所說的『危險』。不如攻伐蜀國才是萬全之計。」秦惠王說：「好！我聽你的意見。」

卒起兵伐蜀❶，十月取之，遂定蜀。蜀主❷更號為侯，而使陳莊❸相蜀。蜀既屬，秦益強富厚，輕諸侯。

【章　旨】本段交代伐蜀的結局。

【注　釋】❶伐蜀　伐蜀時間據《史記・秦本紀》、〈六國年表〉在秦惠王后元九年（西元前三一六年）。❷蜀主　蜀王被秦軍消滅，惠文王封公子通為蜀侯。❸陳莊　秦臣，西元前三一四年任蜀相。

【語　譯】終於出兵伐蜀，十月奪取蜀地，於是平定蜀。蜀主的名號更改為侯，秦國又派遣陳莊做蜀的相國。蜀地既已屬於秦國，秦國更加強大富足，更加輕視諸侯。

【研　析】本篇記述張儀與司馬錯在秦王前辯論先伐韓還是先伐蜀的策略分歧，其實質相當於一篇駁論。儘管兩人都從為秦建立王業的目的出發，從名、利兩方面立論，張儀力主伐韓、誅二周、收九鼎，據鼎得名，擴地得利，其論點論據都無可厚非，關鍵是他的論證較為粗疏，只見其利而不見其弊，但知攻取韓、周，而不知周乃天下宗主，劫天子「有不義之名」，齊、楚、魏救之「未必利也」。名、利俱無。而伐蜀則得擴土之利，又有禁暴止亂之名，故「名實兩附」。林雲銘云：「伐韓、伐蜀二說，俱以『名利』二字作骨。張儀謂王業起見，語雖大而實疏；司馬錯只拏定「富強」二字做去，而王業不爭自成，何等萬全切實，優劣判如指掌矣。」

蘇子說齊閔王

戰國策

【題解】本篇出自《戰國策・齊策五》。蘇子，即蘇秦，戰國縱橫家，東周洛陽人。主張合縱，曾聯合六國對抗秦國。縱散約解之後，入齊為客卿。據說齊閔王末年被任為相國。秦昭王約齊閔王並稱東西帝，他勸說閔王取消帝號，合縱攻秦，迫使秦放棄帝號。本篇當繫於周赧王二十七年（西元前二八八年），似為勸齊閔王去帝號時的說辭，乃是縱橫家的一篇重要策論。篇中提出兩個論點，即用兵不先天下，約結不主怨。前者是不要先發制人，後者是避免成為矛盾的焦點。而後者又是依附前者的，如果先發制人，往往成為眾矢之的，天怒人怨，因而用兵不先發制人便成為本篇的中心論點。在論述中強調了權藉的重要性，即使用權變憑藉的策略，既可以以逸待勞，有力地出擊，又可以避免別人的仇怨；要順乎形勢，「順民之意，料兵之能」，不要一意孤行。同時揭示了戰爭的殘忍和巨大的耗費，認為「戰者國之殘也，而都縣之費也」，「民之所費也，十年之田而不償也」；「戰大勝者，其士多死而兵益弱，守而不可拔者，其百姓罷（疲）而城郭露（破敗）」，因此不能發動戰爭，只能後發制人。只能通過游說謀劃來化解衝突，這樣可以攻城於尊俎之間，取勝於衽席之上，不用軍隊就能打敗敵人。這種後發制人的思想，雖也是戰國策士縱橫捭闔的一種策略，然而對於減少戰爭，避免社會遭到更大破壞，卻也有其積極意義。老子的「吾不敢為主而為客」、「不敢為天下先」的思想，無疑為本篇說者所汲取。

蘇子❶說齊閔王❷曰：「臣聞用兵❸而喜先天下❹者憂，約結❺而喜主怨❻者孤。夫後起者藉也❼，而遠怨者時❽也。是以聖人從事，必藉於權而務興❾於時。

夫權藉者，萬物之率❿也；而時勢者，百事之長也。故無權藉，倍⓫時勢，而能事成者寡矣。

【章旨】本段提出用兵不先天下、約結不主怨，強調權變憑藉和順乎時勢的重要性。

【注釋】❶蘇子　應指蘇秦。此時蘇秦為燕行反間於齊，而《國策》剡川姚氏本則逕作蘇秦。有人認為乃蘇代，姚鼐在篇末注將蘇子指為蘇厲，皆不確。❷齊閔王　姓田名地（一說名遂），宣王子，西元前三〇〇年到前二八四年在位，曾與秦昭王並稱東帝和西帝。❸用兵　打仗。❹先天下　在天下用兵之前，指發動戰爭。❺約結　締結盟約。❻主怨　為怨之主，意思是大家都把仇怨集中在自己身上，成為矛盾的焦點。❼夫後起者藉也　句意為別人發動了戰爭，自己就有了憑藉，不至於為眾怨所歸。作者意思是不要先發制人，但可以後發制人。後起，指別人發動戰爭之後，自己再迎戰或參與。藉，憑藉。❽時　指形勢、時機。❾興　興起；抓住。❿率　同「帥」。⓫倍　同「背」。

【語譯】蘇秦以言辭打動齊閔王，說：「我聽說喜歡在天下首先挑起戰爭的人必有憂患，喜歡締結盟約以伐人而成為仇怨焦點的必然孤立。所以說，後發制人就有所憑藉，遠避仇怨就須把握時勢。因此聖人作事，一定要憑藉權變，一定要把握時勢。善於權變和憑藉，是處理萬物應該遵守的法則；順應時機和趨勢，是治理百事的首要條件。所以，不懂得權變和憑藉、違背時機和趨勢而能在事業上有所成就的人，那是太少了。

「今雖干將、莫邪❶，非得人力，則不能割劌❷矣。堅箭利金❸，不得弦❹機❺之利，則不能遠殺矣。矢非不銛❻，而劍非不利也，何則？權藉不在焉。何以知其然也？昔者，趙氏襲衛❼，車不舍❽，人不休，傳❾衛國，城剛平❿，衛八門土⓫，而二門墮⑫矣，此亡國之形也。衛君跣⑬行告愬⑭於魏。魏王⑮身被甲底⑯劍，挑趙索戰。邯鄲⑰之中騖⑱，河山⑲之間亂。衛得是藉也，亦收餘甲⑳而北面㉑，殘剛平，墮中牟㉒之郭㉓。衛非強於趙也，譬之衛矢而魏弦機也，藉力魏而有河東之地㉔。趙氏懼，楚人救趙而伐魏，戰於州㉕西，出梁門㉖，軍舍林㉗中，馬飲於大河。趙得是藉也，亦襲魏之河北㉘，燒棘溝㉙，隊㉚黃城㉛。故剛平之殘也，中牟之墮也，黃城之隊也，棘溝之燒也，此皆非趙、魏之欲也。然二國勸行㉜之者，何也？衛明於時權之藉也㉝。今世之為國者不然矣。兵弱而好敵強，國罷㉞而好眾怨，事敗而好鞠㉟之，兵弱而憎下人㊱，地狹而好敵大，事敗而好長㊲詐。行此六者而求霸㊳，則遠矣。

【章　旨】本段引用趙襲衛、魏攻趙救衛、楚攻魏救趙的史事，說明後發制人的作用。

【注　釋】❶干將莫邪　古良劍名。據《吳越春秋・闔閭內傳》記載：「干將者，吳人也；莫邪，干將之妻也。干將作劍，金鐵之精不銷，莫邪乃斷髮剪爪投於鑪中，金鐵乃濡，遂以成劍。陽曰干將，陰曰莫邪。」王念孫《廣雅疏證》謂「干將、莫邪皆連語，以狀其鋒刃之利，非人名也。」則以為鋒刃之形容詞，錄以作參考。❷劌　刺傷。❸金　指箭頭。❹弦　弓弩。❺機　控制發射的機關。❻銛　鋒利。❼趙氏襲衛　案《史記・六國年表》當在衛慎公三十二年，趙敬侯四年（西元前三八三年）。趙襲衛，衛求救於魏。❽舍　捨置。❾傅　附；靠近。❿城剛平　據顧祖禹《讀史方輿紀要》載：「直隸大名府清豐縣（今屬河南）剛平城，在縣西南。」趙在剛平築城，是為了侵占和進攻的需要。城，築城。剛平，衛邑名。⓫土　通「杜」。堵塞。⓬墮　同「隳」。毀壞。⓭跣　赤腳。⓮愬　同「訴」字。⓯魏王　指魏武侯。文侯之子，西元前三九六—前三七一年在位，此時未稱王，乃辯士誇張之辭。⑯底　通「砥」。磨，作動詞用。⑰邯鄲　趙的都城，在今河北省。⑱鶩　亂跑；騷動。⑲河山　指黃河、太行山。⑳餘甲　剩下的部隊。㉑北面　北向。㉒中牟　在今河南湯陰縣西。《史記正義》：「相州湯陰縣西有牟山，中牟當在其側。」㉓郭　外城。㉔河東之地　指今河北漳河以東的趙地。㉕州　縣名，約今河南沁陽縣境。㉖梁門　地不詳，似非大梁之門。大梁為魏之都城，其地在開封。㉗林　地名，古林鄉，在今河南新鄭東二十五里。㉘魏之河北　張琦曰：「蓋趙河之北為魏所侵者，此時趙復襲奪之。」約在今河北趙縣一帶。㉙棘溝　城邑名，或作「棘蒲」，在今趙縣境。㉚隧　即「墜」字。墜落。㉛黃城　當是內黃縣，故城在今河南內黃境。㉜勸行　努力追求。㉝衛明於時權之藉也　吳汝綸謂「此書當作於齊國破敗之後，故首引魏事為時權之證，就小國言之」（轉引自《古文辭類纂箋》）。㉞罷　通「疲」。㉟鞫　窮；幹到底，不知停止。㊱下人　居人之下。㊲長　崇尚。㊳霸　原作「伯」，與「霸」同。

【語譯】「今天看來，即使是干將、莫邪那樣的良劍，如不靠人力，那麼也就不能刺傷別人了。結實的箭桿、銳利的箭頭，如果得不到弦機的發射，也就不能遠射殺人了。並不是箭不銳利，也不是劍不鋒利，為什麼呢？沒能考慮憑藉變化去行動啊！怎麼知道這個道理呢？從前趙國偷襲衛國，車馬不停前進，士卒不休息，迫近衛國都城，在剛平修築城牆，衛國堵塞的八個城門中，卻有兩個城門被趙軍毀壞了，這是亡國的形勢啊！衛國君主赤著腳奔赴魏國求援。魏王親自披堅甲磨利劍，向趙國挑戰。於是趙國邯鄲城中騷動，黃河、太行山之間的廣大地域一片紊亂。衛國得到了這一憑藉，也收集殘兵向北進攻，摧毀了趙國新築的剛平城牆，攻破了中牟的外城。由此可見，衛國並不比趙國強大，比方說，衛國就好像是箭頭，魏國就好像是弦機，憑藉魏國的力量才占有了河東之地。趙國恐懼，楚國人為了援救趙國而討伐魏國，在州城之西開戰，越過梁門，把部隊駐扎在林鄉，讓戰馬在黃河飲水。趙國得到了這種憑藉，也襲擊魏國的河北之地，焚燒棘溝，摧垮黃城。所以剛平的殘破，中牟的毀壞，黃城的摧垮，棘溝的焚燒，這些都不是趙國和魏國原先的意圖啊！然而，這兩國盡心力而為之，那是為什麼呢？這是由於衛國、趙國懂得利用時勢變化的緣故啊！當今治國的人就不是如此了。兵力薄弱卻喜歡與強國為敵，國家疲弊不堪卻喜歡與眾人結怨，戰事失敗了卻喜歡硬拚到底，兵力薄弱卻討厭位居人下，地盤狹小卻喜歡與大國對抗，戰事失敗了卻還要使用欺詐。實行這六種辦法來追求霸業，那就相差太遠了。

「臣聞善為國者❶，順民之意，而料兵之能，然後從於天下。故約不為人主怨❷，伐不為人挫強❸。如此，則兵不費，權不輕❹，地可廣，欲可成也。昔者齊之與韓、魏伐秦、楚也❺，戰非甚疾❻也，分地又非多韓、魏也，然而天下獨歸咎於齊者，何也？以其為韓、魏主怨也。且天下徧用兵矣，齊、燕戰而趙氏兼中山，秦、楚戰韓、魏不休，而宋、越專用其兵。此十國者，皆以相敵為意，而獨舉心❼於齊者，何也？約而好主怨，伐而好挫強也。

【章　旨】本段說明齊國之所以成為仇怨的焦點，是由於齊國違背了「約不為人主怨，伐不為人挫強」的原則。

【注　釋】❶臣聞句　姚鼐注：「此下承遠怨說。」❷為人主怨　為他人承受仇怨，即為他人而成為仇怨的焦點。主怨，受怨之主。❸挫強　挫敗強敵。說者意為幫別人打硬仗，雖挫傷了強敵，卻造成了自己兵力的損耗，不值得。❹權不輕　指權力不會削弱。權，權力；分量。❺昔者句　《史記·楚世家》：懷王二十六年（西元前三〇三年），齊、韓、魏為楚負其從親而合於秦，三國共伐楚。楚使太子入質於秦而請救，秦乃遣客卿通將兵救楚，三國引兵去。❻疾　激烈。❼舉心　全心；思想一致。

【語　譯】「我聽說善於治國的人，能夠順從民心，並且有預料戰事的能力，這樣之後才可以順隨天下大勢。所以締結盟約不替別人招來仇怨，攻伐敵國不替別人挫敗強敵。能作到這些，那麼自己的兵力就不會損耗，自己的權力就不會削弱，自己的地盤可以擴大，自己的願望可以實現！過去，齊國聯合韓國、魏國共同討伐秦國和楚國，戰爭並不激烈，齊國分得的土地也不比韓國、魏國多，然而天下人偏偏歸罪於齊國，這是什麼原因呢？就是因為齊國替韓、魏兩國承擔了仇怨啊！再說，那時天下諸侯都在打仗，齊國和燕國在開戰，趙國在兼并中山，秦國、楚國同韓國、魏國作戰打個不停，同時宋國同越國也在全力大動干戈。這十個國家，都在相互對抗，而諸侯卻偏偏一致憎恨齊國，那是為什麼呢？就是因為締結盟約而喜歡成為仇怨的焦點，攻伐別國卻喜歡替人挫傷強敵啊！

「且夫強大之禍❶，常以王人❷為意也；夫弱小之殃，常以謀人❸為利也。是以大國危，小國滅也。大國之計，莫若後起而重伐不義。夫後起之藉，與多❹而兵勁，則是以眾強敵罷寡❺也，兵必立也❻。事不塞天下之心❼，則利必附矣。大國行此，則名號不攘❽而至，霸王不為而立矣。小國之情，莫如謹靜而寡信❾諸侯。謹靜則四鄰不反❿；寡信諸侯，則天下不賣⓫。外不賣，內不反⓬，則積稸⓭朽腐而不用⓮，幣帛矯⓯蠹⓰而不服⓱矣。小國道⓲此，則不祠⓳而福矣，不貸⓴而見足矣。故曰：『祖仁者王，立義者霸㉑，用兵窮㉒者亡。』何以知其然也？昔吳王夫差㉓以強大為天下先，強㉔襲郢而棲越㉕，身從㉖諸侯之君，而卒身死國亡，為天下戮㉗者，何也？此夫差平居而謀王，強大而喜先天下之禍也。昔者萊、莒㉘

好謀，陳、蔡㉙好詐。莒恃越而滅，蔡恃晉而亡。此皆內長詐，外信諸侯之殃也。由此觀之，則強弱大小之禍，可見於前事矣。

【章　旨】本段論述大國不可「以王人為意」，小國不可「以謀人為利」。

【注　釋】❶且夫句　姚鼐注：「以下皆言後起，而遠怨意即寓其內。」吳汝綸云：「此皆強大為賓，弱小為主，大國以用兵言之，小國以結約言之。」❷王人　為人之王，即淩駕於諸侯之上。❸謀人　打別人的主意，占他國的利益。❹與多　幫助的人多。與，助。❺罷寡　疲弊和寡助的國家。罷，同「疲」。❻兵必立也　兵，金正煒校「兵」疑當為「名」。《秦策》「功成名立利附」，《燕策》「故功可成而名可立」，可證。也，猶「矣」。❼不塞天下之心　猶言不逆天下民意。塞，堵塞；阻礙。❽攘　取。❾信　鮑注「恃也」，依靠的意思。❿反　金正煒校「反」當為「犯」。侵犯之意。⓫賣　欺騙。⓬外不賣二句　天下範圍大言遠，四鄰範圍小言近。遠近都和諧無侵。外、內以遠近言。⓭稸　同「蓄」。⓮不用　不能使用。下文「不服」義同。指積蓄饒多，以致腐朽而不能使用。⓯矯　當作「槁」。古代以貝為錢幣，貝枯槁變質故云「槁」。⓰蠹　蛀蟲。⓱服　用。⓲道　行。⓳祠　祭祀；祈禱。⓴貸　借。㉑祖仁二句　「仁」和「義」都是兩個重要的倫理範疇。兩句中的「王」與「霸」也是有區別的。王與「仁」聯繫在一起，所謂「以德行仁者王」，即用道德感化從而達到統一天下的目的。霸與「義」聯繫在一起，所謂「以力假仁者霸」，即打出「仁」的旗號來進行征伐，如尊王攘夷、禁暴止亂等等，從而達到在諸侯中稱霸的目的。祖，效法。仁，愛。義，宜。作事作得恰當叫做「義」。㉒窮　極。㉓吳王夫差　吳王闔閭子。西元前四九六－前四七八年在位。曾在夫椒（今江蘇蘇州附近）打敗越兵，使越屈服。後又在艾陵（今山東泰安）大敗齊兵，在黃池（今河南封丘）和諸侯會盟，與晉爭霸，轉被越攻入吳都。後被越攻滅，自縊死。㉔強　疑為衍文（鮑注）。㉕棲越　越王句踐臣服後，棲居會稽山臥薪嘗膽，生聚教訓，終於由弱轉強。㉖從　領導。㉗戮　羞辱。㉘萊莒　萊，春秋時，萊子國，為齊所滅。莒，西周分封的諸侯國。以上二國均在今山東省境。㉙陳蔡　陳，古國名。開國君主陳胡公，姓媯，名滿，相傳是舜的後代，周武王滅商後所封。建都宛丘（今河南淮陽），有今河南東部和安徽一部分。為楚所滅。蔡，古國名。始封為周武王弟蔡叔度，因同武庚反叛，被周公放逐，遂改封其子蔡仲於此，建都上蔡（今河南上蔡）。為楚所滅。

【語　譯】「再說強國大國的災難，常常是把凌駕於諸侯之上作為自己的意願；弱國小國的禍殃，常常是以算計別人的辦法來為自己謀利。因此，結果往往使大國遭到危險，小國遭到滅亡啊！為大國著想，不如後發制人，而且重點討伐不義的國家。後發制人容易找到討伐的藉口，助戰的人多，兵卒強勁，那麼這就形成以多助對付寡助、以強大對付疲弱的有利形勢，名聲也就建立起來了。作事不違背天下人的心意，那麼實利也就接踵而來了。大國如果照這樣去作，那麼尊貴的名號不去爭取自然會到來，霸王的事業不用圖謀自然會建立了。小國的事情，沒有比謹慎沉著而不輕信諸侯盟約更好的了。謹慎沉著，那麼四周鄰國就不會侵犯；不輕信諸侯盟約，那麼就不會被天下諸侯出賣。遠處不出賣，近處不侵犯，那麼倉庫蓄積以至朽腐都用之不完，錢幣絲帛以至枯槁生蟲也取之不盡。小國如果照這樣去作，那麼不用祈禱神明自然賜福了，不用借貸自然會豐足了。所以說：『效法仁愛的人就會作天下王，建立信義的人就會成為霸主，窮兵黷武的人國家就會遭到滅亡。』憑什麼知道它是這樣呢？過去吳王夫差憑藉自己國力強大在天下挑起戰爭，襲擊郢都，令越人棲身會稽，自己曾一度率領諸侯與晉爭霸，可是終於自己死了，國家也滅亡了，為天下恥笑，是什麼原因呢？這就是夫差平時就想稱王，自己強大了就喜歡在天下挑起戰爭所帶來的災難啊！過去萊國、莒國喜歡算計別人，陳國、蔡國喜歡欺詐別國，結果莒國依靠越國而國家滅亡，蔡國倚仗晉國而國家滅亡，這都由於對內崇尚欺詐，對外依靠諸侯帶來的禍殃啊。從以上這些例子看來，那麼強國、弱國、大國、小國的災禍之所以形成，在過去史事中都看得很清楚了。」

「語曰❶：『騏驥之衰也，駑馬先之；孟賁❷之倦也，女子勝之。』夫駑馬、女子，筋力骨勁，非賢於騏驥、孟賁也。何則？後起之藉也。今天下之相與❸也不並滅，有而❹案❺兵而後起，寄怨而誅不直，微用兵而寄於義❻，則亡天下可蹻足❼而須❽也。明於諸侯之故❾，察於地形之理❿者，不約親⓫，不相質⓬而固，不趨而疾⓭，眾事⓮而不反，交割⓯而不相憎，俱強而加以親。何則？形同憂而兵趨利也⓰。何以知其然也？昔者燕、齊戰於桓之曲⓱，燕不勝，十萬之眾盡。胡⓲人襲燕樓煩⓳數縣，取其牛馬。夫胡之與齊，非素親也，而用兵又非約質而謀燕也，然而甚於相趨⓴者，何也？形同憂而兵趨利也。由此觀之，約於同形㉑則利長，後起，則諸侯可趨役㉒也。

【章　旨】本段論述處於同一形勢的結約才能獲利，後發制人才能取勝的策略。

【注　釋】❶語曰　俗語說。「語曰」四句，吳汝綸云：此言用兵當後起。❷孟賁　古代的勇士。《史記・袁盎鼂錯列傳》索隱引《尸子》曰：「孟賁水行不避蛟龍，陸行不避兕虎。」❸相與　相持。❹而　同「能」。❺案　同「按」。止住。❻寄怨而誅不直二句　吳師道曰：「『寄怨而誅不直』者，使人誅之而己不主怨，即所謂『重伐不義』也。『微用兵而寄於義』者，隱其用兵之真情，而寄寓於義以為名也。」其說甚確。寄怨，謂假托於人而不為怨主。寄，托。不直，理虧；不義。微，隱匿。❼踦足　王念孫曰：「踦」與「蹻」同。蹻足，舉足也。❽須　等待。❾故　指歷史、過去的事。❿地形之理　猶地理形勢。理，紋理；情況。⓫不約親　猶不相約而親。⓬質　人質；質子。⓭不趨而疾　言諸侯各方由於有共同利益，即使不令追逐，實際上也會很快地奔走到一起。趨，快步走；追逐。⓮眾事　鮑注：「猶共事」。⓯交割　鮑注：「言彼此割地。」金正煒云：「交割」當為「交勁」，言互為聲援。⓰形同憂而兵趨利也　吳師道云：「眾事宜多反覆，交割地者宜相憎，俱強者宜不相下。今皆不然，以其同憂趨利故也。」同憂，同一追求目標。⓱桓之曲　疑即古之曲逆，在今河北完縣西北。⓲胡　此指北方少數民族。⓳樓煩　古有樓煩族，在今陝西、山西北部。⓴相趨　猶相約而趨。㉑約於同形　在同一形勢（同一目標）下締結盟約。㉒趨役　鮑注：「可使趨我，而為我役。」

【語譯】「俗語說：『良馬衰竭時，劣馬能跑到牠前面；孟賁疲倦時，女子都能勝過他。』所謂駑馬、女子，它們筋力氣骨的強勁程度，都超不過騏驥、孟賁啊！為什麼會如此呢？這就是後發制人有所憑藉的緣故。現在天下諸侯相持互鬥，誰也不能消滅對方，如有誰能按兵不動而後發制人，把仇怨轉嫁於人而討伐理虧者，隱匿自己用兵的真情而又打出維護大義的旗號，那麼併吞天下就可舉足之間變成現實啊！懂得諸侯各國的歷史，了解各國的地理形勢的諸侯，基於同一利益，即令不締結盟約也會親密，不互換人質關係也會牢固，不用督促也會很快奔走到一起，相互共事也不會反覆無常，互相割讓土地而不互相憎恨，都強大了卻更加親近。這是什麼原因呢？因為處於同一憂患之中，用兵是為了獲取共同的利益啊！憑什麼知道它們是如此呢？過去，齊國和燕國在桓曲打仗，燕國打敗，損失十萬之眾。胡人乘機襲擊燕國樓煩數縣，奪取了它的牛馬。胡人和齊國平素關係並不親密，圖謀伐燕之時又沒有締結盟約和互換人質，然而比相互約定攻伐更為協調，原因何在呢？因為處於同一憂患的形勢，用兵是為了獲取共同的利益啊！由此看來，與形勢相同的國家締結盟約，就會獲得長久的利益，後發制人，就會有諸侯趕來供我役使啊！

「故明主察相❶，誠欲以霸王也為志，則戰攻非所先。戰者，國之殘❷也，而都縣❸之費也。殘費已先，而能從諸侯者寡矣。彼戰者之為殘也，士聞戰，則輸私財而富❹軍，市❺輸飲食而待死士，令❻折轅❼而炊之，殺牛而觴❽士，則是路窘❾之道也。中人❿禱祝，君翳釀⓫，通都⓬小縣置社⓭，有市之邑，莫不止事⓮而奉王，則此虛中⓯之計也。夫戰之明日，尸死⓰扶傷，雖若有功也，軍出費，中哭泣⓱，則傷主心矣。死者破家而葬，夷⓲傷者空財而共⓳藥，完者內酺⓴而華㉑

樂，故其費與死傷者鈞[22]。故民之所費也，十年之田而不償也。軍之所出，矛戟折，鐶[23]弦絕，傷弩破車罷馬亡矢之太半。甲兵之具，官之所私出也[24]，士大夫之所匿，廝養[25]卒之所竊，十年之田而不償也。天下有此再[26]費者，而能從諸侯[27]者寡矣。攻城之費，百姓理襜蔽[28]，舉衝櫓[29]，家雜總[30]，身窟穴[31]，中[32]罷於刀金[33]。而士困於土功[34]，將不釋甲，朞數[35]而能拔城者為亟[36]耳。上倦於教，士斷於兵，故三下城而能勝敵者寡矣。故曰彼戰攻者非所先也。何以知其然也？昔智伯瑤攻范、中行氏[37]，殺其君，滅其國，又西圍晉陽[38]。吞兼二國[39]，而憂一主[40]，此用兵之盛也。然而智伯卒身死國亡[41]，為天下笑者，何謂也？兵先戰攻而滅二子[42]之患也。昔者中山[43]悉起而迎[44]燕、趙，南戰於長子[45]，敗趙氏；北戰於中山[46]，克燕軍，殺其將。夫中山，千乘之國也，而敵萬乘之國二，再戰比[47]勝，此用兵之上節[48]也。然而國遂亡，君臣於齊者何也？不嗇[49]於戰攻之患也。由此觀之，則戰攻之敗，可見於前事矣。今世之所謂善用兵者，終戰比勝，而守不可拔，天下稱為善。一國得而保之，則非國之利也。臣聞戰大勝者，其士多死而兵益弱；守而不可拔者，其百姓罷而城郭露[50]。夫士死於外，民殘於內，而城郭露於境，則非王之樂也。今夫鵠的[51]非咎罪於人也，便弓[52]引弩而射之，中者則喜，不中則媿，少長貴賤則同心於貫之者，何也？惡其示人以難也(53)。今窮戰(54)比勝，而守必不拔，則是非徒示人以難也，又且害人者也，然則天下仇之必矣。夫罷士露國，而多與天下為仇，則明君不居也。素用強兵而弱之(55)，則察相不事。彼明君察相者，則五兵(56)不動而諸侯從，辭讓(57)而重賂(58)至矣。故明君之攻戰也，甲兵不出於軍(59)而敵國勝，衝櫓不施而邊城降，士民不知而王業至矣。彼明君之從事也，用財少，曠日遠而為利長者。故曰：兵後起，則諸侯可趨役也。

【章旨】本段從戰爭對國家和人民造成的損耗和痛苦方面來論證賢君明臣必須後發制人，不可發動戰爭。

【注釋】❶故明主察相　姚鼐注：「此下極言用兵之害，不能後起而致怨者。」察相，猶明相。❷殘　害。❸都縣　皆為行政單位。《周禮》：「四甸為縣，四縣為都。」❹富　厚。❺市　經商的地方。❻令　使。❼轅　車前的直木叫「轅」。❽觴　酒杯。這裡作動詞用，意為「使之飲」。❾路窘　勞累困窘。路，羸，有勞累意。❿中人　國中之人。⓫翳釀　一種祭祀的禮儀。孫詒讓《札迻》曰：「翳釀當讀為瘞禳，併聲近字通。」瘞，埋。禳，祭。即已祭之後將祭物埋藏起來。這種祭祀臣民都不能舉行，所以君主親自舉行。⓬通都　通達的都邑。⓭置社　設立社神，以供祭祀。社，土神。孫詒讓以為「置社」當作「塞社」，即「賽社」，猶今之報神福也。⓮正事　「正」當為「止」之誤。止事謂停止其事。金正煒謂：「『正』為『乏』之誤。『乏』亦『止』義。」⓯虛中　使國內空虛。⓰尸死　收死者之屍。⓱軍出費二句　姚鼐注：「軍則重出費以送死傷，國中則哭泣以迎之。」⓲夷　傷。⓳共　同「供」。⓴酺　痛飲。(21)華　金正煒以為「譁」字之省。譁，喧鬧。(22)鈞　同「均」。(23)鐶　刀鐶。(24)官之所私出也　金正煒校此句當作「官私之所出也」。古時兵器多由民眾自備，故亦可稱為私出。(25)廝養　割草、煮飯一類的役人。《公羊傳・宣公十二年》何休注曰：「艾草為防者曰廝，炊烹者曰養。」(26)再　二次。(27)從諸侯　使諸侯各國服從。㉘櫓蔽　遮蔽敵方矢石之具。㉙衝櫓　衝城陷陣的車。㉚家雜總　鮑注「全家併作」。金正煒曰：「家」當作「蒙」。「雜總」疑即「雜稈」。謂蒙著雜稈以禦敵矢。㉛身窟穴　孫詒讓以為「身」當為「穿」之誤。穿窟穴即開掘洞穴。㉜中　金正煒謂「中」當為「眾」。㉝刀金　謂製作兵器。㉞土功　蓋謂開鑿隧道。㉟朞數　或週年或數月。朞同「期」。指周年。㊱亟　疾速的意思。㊲昔智伯瑤攻范中行氏　此引春秋末年晉六卿兼併事。智氏、范氏、中行氏、韓氏、魏氏、趙氏為晉之六卿，其中智氏最強。智氏先聯合韓、魏、趙滅了范氏、中行氏；繼而又向韓、魏、趙請地；韓、魏與之，趙氏不與，因而又率韓、魏攻趙。趙襄子懼，乃奔保晉陽。見《戰國策・趙策》及《史記・趙世家》。㊳晉陽　趙氏之邑，今太原市西南晉源鎮。㊴二國　指范氏、中行氏。㊵一主　指趙襄子。㊶然而智伯卒身死國亡　事見〈趙策〉：「襄子使張孟談見韓、魏之君，曰：『夜期殺守堤之吏，而決水灌知伯軍。』知伯軍救水而亂，韓、魏翼而擊之，襄子將卒犯其前，又敗知伯軍而禽知伯。知伯身死國亡地分，為天下笑，此貪欲無厭也。」㊷滅二子　言智伯不見韓、魏二子之為己患。滅，不見。或謂滅二子指滅掉范氏、中行氏。㊸中山　古國名。春秋時白翟族所建，初稱鮮虞，後改中山，其地在今河北省境。西元前四〇六年為魏所拔，成為魏的分封之國。西元前二九六年為趙所滅。㊹迎　迎擊。㊺長子　地名。《漢書・地理志》載上黨郡有長子縣，在今山西省。㊻中山　此為中山國之地名，蓋在河北定縣。㊼比　相次；相接。㊽上節　上等。㊾嗇　吝嗇；愛惜；節儉。《老子》第五十九章：「治人事天，莫若嗇。」高亨曰：「嗇，從來從㐭。來，麥也，即收麥而藏于㐭中之象也。是嗇本收藏之義，衍而為愛而不用之義。」㊿露　敗。(51)鵠的　箭靶的中心。(52)便弓　巧妙地開弓。便，巧。(53)惡其示人以難也　鮑注：「的以難中，人爭欲貫之，如惡之然。人如的者，人所惡也。」意思是靶的難射中，所以人們爭取射它，好像憎恨它一樣。比喻下文強攻強守也會形成眾矢之的，也會遭到天下人的仇恨。(54)窮戰　把戰爭堅持到底。(55)素用強兵而弱之　鮑注：「素，猶常也。言兵常用，雖強必弱。」此句乃承上文「臣聞戰大勝者，其士多死而兵益弱」，意思是必然由強轉化為弱。(56)五兵　諸說不一。或指刀、劍、矛、戟、矢；或指弓矢、殳、矛、戈、戟；或指戈、殳、戟、酋矛、夷矛；或指矛、戟、鉞、楯、弓矢。見鮑注。(57)辭讓　金正煒疑「辭讓」後脫「未終」二字，以便與上句成對。(58)賂　財物。(59)於軍　金正煒疑「於軍」二字為衍文。

【語　譯】「因此賢能英明的君主和遠見卓識的相國，真想把建立霸王的事業作為自己的志向，那麼就不要首先攻伐別人。戰爭這東西，會使國家殘破，會使地方損耗資財。如果發動戰爭，首先就會遭到殘破和損耗，卻能讓諸侯跟隨自己的，那就太少了。那戰爭之所以使國家殘破，士人聽到要打仗了，就把自己的財物拿來充實軍隊，經商的把飲食拿來招待勇士，讓人折斷車轅為士兵們燒火做飯，殺掉耕牛讓士兵們痛飲，這些都是讓人勞累困窘的作法啊！國中的人為行者舉行祈禱，君主親自舉行瘞禳的祭儀，大都小縣，設置神社的城邑和有市場的城邑沒有不停止一切事務來為國家的戰爭服務的，這些都是使國內空虛的作法啊！戰爭結束之後，有的抬著屍體，有的扶著傷員，即使他們有功勞，也是軍中耗損費用，國中則哭泣著迎接，那麼這已使家人夠傷心了。死者的家裡傾家蕩產來安葬，傷者家裡耗空資財來供藥治傷，未傷殘完好而歸的，家裡痛飲作樂表示慶賀，所以他們家的耗費與死傷者家的耗費是相同的。因此老百姓為此而耗費的財物，十年的耕種所得都不能補償啊！軍隊的裝備，矛戟折了，刀鐶弓箭斷了，大弩壞了，戰車破了，戰馬疲憊了，箭頭損失了一大半。甲冑兵器這些東西，都是出自公家和私人，可是經過士大夫們的隱藏，手下人的盜竊，所造成的損失也是十年的耕種所得不能補償的啊！天下有這樣兩種耗費的國家，還能使諸侯跟隨自己的，那是太少了。攻城的耗費方面，百姓自備防矢石的襜蔽，扛起衝城的大車，全家從事雜役，挖掘洞穴，鍛製武器，弄得筋疲力竭。士兵們被開鑿隧道弄得困倦不堪，將軍不脫盔甲，能夠在一年或幾個月內攻陷敵城就算夠迅速了。將官因久戰而倦於教訓，士兵因久戰而肢體遭殘，所以攻下三座城而能戰勝敵人的，那也太少了。所以說戰爭是不能首先發動的。憑什麼知道是這樣的呢？過去智伯瑤進攻范氏、中行氏，殺了他們的君主，吞滅了他們的封地，又向西圍攻晉陽。既吞併了兩家封地，又逼得趙襄子懷存亡之憂，這可是全勝的戰爭啊！然而智伯終於身死家亡，被天下恥笑，這是怎麼回事呢？就是因為智伯首先發動戰爭，又加上無視韓、魏兩家留下的後患啊！過去中山調動全部兵力攻擊燕、趙兩國，南面在長子開戰，打敗了趙國；北面在中山開戰，戰勝燕軍，並殺了它的大將。中山不過是個千輛兵車的小國，卻能打敗兩個擁有萬輛兵車的大國，接連打了兩次勝仗，這算是最善於用兵的了。然而國家接著滅亡，中山王也只好向齊國稱臣，這是什麼原因呢？是因為對戰事不能節制招來的禍患啊！由此可見，攻戰的失敗，在過去的史事中都看得很清楚了。當今世上所謂善於用兵的，用兵不止，連戰連勝的，或守城堅不可摧的，天下人稱為善於打仗。保持這一名聲的國家，其實對國家並不見得有利啊！我聽說打仗取得重大勝利的，他們的士兵必定死亡慘重，兵力會愈益被削弱；守城堅不可摧的，他們的百姓會累得疲憊不堪，且城郭遭到破壞。像這樣士兵死在城外，百姓苦在城內，且城郭遭到破壞，就不是君王的樂事了！比方那靶心並沒有得罪人，可是便巧的弓手總是開弓來射它，射中的就高興，射不中的還感到慚愧，不分少長貴賤，都同樣想射穿它，為什麼呢？就是因為人們憎恨靶心所顯示出的是難得射中啊！現在用兵不止連戰連勝，或守城堅不可摧的，這就不僅是顯示難於戰勝，而且又害人不淺了，這樣，天下諸侯把他視為仇敵那是必然的了。使士兵疲憊，國家殘破，又多與天下諸侯結下仇怨，那麼賢明的君主是不取的啊！經常發動戰爭，使強兵削弱，那麼明察秋毫的宰相也是不作的。那些賢明的君主和遠見卓識的宰相在位，即使不動用兵器諸侯也能服從，辭讓不與人爭，貴重財物就已經送到了。所以賢明的君主如果打仗，部隊還沒有開出軍營就戰勝了敵國，衝車還沒有進攻邊城就已經投降了，不待士民知曉霸王之業就已經實現了。那些英明的君主作事，資財費用很少，所花時日較久則是獲利長遠。所以說：打仗只要後發制人，那麼諸侯各國就會趕來供我役使啊！

「臣之所聞❶，攻戰之道非師者，雖有百萬之軍，北❷之堂上；雖有闔閭❸、吳起❹之將，禽❺之戶內；千丈之城，拔之尊俎❻之間；百尺之衝❼，折之衽席❽之上。故鐘鼓竽瑟之音不絕，地可廣而欲可成；和樂倡優❾侏儒❿之笑不乏，諸侯可同日而致也。故名配天地不為尊，利制海內不為厚⓫。故夫善為王業者，在勞天下而自逸⓬，亂天下而自安，諸侯無成謀⓭，則其國無宿憂⓮也。何以知其然？佚治在我，勞亂在天下，則王之道也。銳兵來而拒之，患至而移之，使諸侯無成謀，則其國無宿憂矣。何以知其然矣？昔者魏王[15]擁土千里，帶甲三十六萬，恃其強而拔邯鄲[16]，西圍定陽[17]，又從十二諸侯[18]朝天子，以西謀秦。秦王[19]恐之，寢不安席，食不甘味，令於竟[20]內，盡堞[21]中為戰具，竟為守備，為死士置將，以待魏氏。衛鞅謀於秦王曰：『夫魏氏其功大，而令行於天下，有[22]十二諸侯而朝天子，其與必眾。故以一秦而敵大魏，恐不如。王何不使臣見魏王，則臣請必北魏矣。』秦王許諾。衛鞅見魏王曰：『大王之功大矣，令行於天下矣。今大王之所從十二諸侯，非宋、衛也，則鄒、魯、陳、蔡，此固大王之所以鞭箠[23]使也，不足以王天下。大王不若北取燕，東伐齊，則趙必從矣；西取秦，南伐楚，則韓必從矣。大王有伐齊、楚心，而從天下之志，則王業見矣。大王不如先行王服[24]，然後圖齊、楚。』魏王悅於衛鞅之言也，故身廣公宮，制丹衣柱，建九斿[25]，從七星之旟[26]。此天子之位也，而魏王處之。於是齊、楚[27]怒，諸侯奔齊，齊人伐魏，殺其太子，覆其十萬之軍[28]。魏王大恐，跣行按兵於國，而東次於齊[29]，然後天下乃舍之。當是時，秦王垂拱[30]而受西河之外[31]，而不以德魏王[32]。故衛鞅之始與秦王計也，謀約不下席，言於尊俎之間。謀成於堂上，而魏將已禽於齊矣；衝櫓未施，而西河之外已入於秦矣。此臣之所謂北之堂上，禽將戶內，拔城於尊俎之間，折衝㉝席上者也。」

【章　旨】本段借衛鞅愚弄魏王以解秦難的史事說明游士說客有勝於百萬之軍的作用，且闡明「勞天下而自逸，亂天下而自安」的道理。

【注　釋】❶臣之所聞　姚鼐注：「此下言用謀之利、明於權藉時勢者。」❷北　敗。北之於堂，鮑注：「言謀之於堂，彼自敗也。」自此起言「堂上」、「戶內」、「尊俎之間」、「衽席之上」等都是指游士說客活動的場所，極言不必上戰場取勝。❸闔閭　吳王闔閭，善用兵。❹吳起　戰國初年的政治家、軍事家。衛國人，曾任魏西河郡守，楚令尹。為楚變法作出了成績。❺禽　同「擒」❻尊俎　杯盤器皿。尊，同「樽」。酒杯。俎，祭祀燕饗盛牲肉之盤。❼衝　戰車。❽衽席　臥席。❾倡優　樂工伶人。❿侏儒　短小人。倡優侏儒都是給人取樂的。⓫故名配天地不為尊二句　鮑注：「言其功德之崇。雖名利若此，猶不足稱也。」言游說者之功德無可比者。⓬逸　同「佚」。樂。⓭成謀　鮑注：「圖我之謀不成。」「諸侯無成謀」三句似為衍文。王念孫曰：「『諸侯』至『其然』十七字皆涉下而衍。」⓮宿憂　舊怨。鮑注：「言無一夕之憂。」⓯魏王　指魏惠王。⓰恃其強而拔邯鄲　《史記・六國年表》魏惠王十八年載「邯鄲降」。同年，趙成侯二十二年載「魏拔邯鄲」。邯鄲為趙國都城。⓱定陽　《漢書・地理志》載屬上郡，在今陝西延安附近。⓲十二諸侯　不能盡詳。宋、衛、鄒、魯、陳、蔡已見於下文。顧光國以為即泗上十二諸侯，尚有費、郯、邳、任、滕、薛。又〈秦策〉：「梁君伐楚勝齊，制趙、韓之兵，驅十二諸侯，以朝天子于孟津。」⓳秦王　指秦孝公。⓴竟　同「境」。下「竟」字同。㉑堞　城上女牆。㉒有　王念孫曰：「『有』下當補『從』。」㉓箠　馬鞭。㉔王服　王者服飾。㉕制丹衣柱二句　鮑注：「以丹帛為柱衣。」吳師道曰：「衣柱猶衣之也。」鮑注：「斿，旗旒。」旒即旗幟的裝飾邊。九斿，天子之旗的標誌。王念孫以為兩句皆不成文義，當作「制丹衣，建旌九斿」。㉖旟　旗上繪有鳥隼圖案的旗幟。七星之旟，則又在旗上增繪七星圖案。㉗齊楚　金正煒謂「楚」當為「人」之訛。㉘齊人伐魏三句　《史記・魏世家》載：惠王三十年，魏伐趙，趙告急齊。齊宣王用孫子計，救趙擊魏。魏遂大興師，使龐涓將，而令太子申為上將軍。與齊人戰，敗於馬陵。齊虜魏太子申，殺將軍涓，軍遂大敗。㉙東次於齊　鮑注：「過信為次，往服齊也。」次，住宿三日以上叫「次」。㉚垂拱　鮑注：「垂衣拱手，言無所事。」㉛西河之外　指魏在黃河以西的廣大地區。約今陝西東北部。㉜德魏王　以魏王為有德，即感謝魏王。㉝折衝　折毀敵方衝車。戰勝敵人之義。

【語　譯】「我聽說過，攻戰之法並不限於動用軍隊，即使對方有百萬之師，在大堂之上就可打敗它；即使有闔閭、吳起這樣善用兵的將領，在居室之內就可擒住他；即使有千丈的高城，在酒宴之間就可攻垮它；即使有百尺之長的戰車，在臥席之上就可摧毀它。所以說鐘、鼓、竽、瑟這些音樂之聲不絕於耳，地盤就可擴大，欲望就可實現；與音樂相應的樂工、伶人、侏儒的笑聲不乏於耳，諸侯各國之君便可同時來臣服啊。所以名號即使齊於天地也不算高貴，利益即使控制四海也不算豐厚。所以善於成就王業的，在於使天下人勞累而自己卻享受佚樂，使天下大亂而自己卻處境安寧，讓諸侯謀我之策不能得逞，那就無一夕之憂了。憑什麼知道是如此呢？佚樂安定屬於我，勞累動亂則屬於天下人，那麼這就是建立王業的辦法啊！精兵來就抵抗，禍患來就應付，使諸侯謀我之策不能得逞，那麼我們的國家就無一夕之憂了。憑什麼知道是如此呢？過去，魏惠王擁有土地千里，披甲之士三十六萬，憑藉他的強大攻下了趙國的邯鄲，又向西圍攻定陽，後來又率領十二諸侯去朝拜天子，以便西去圖謀秦國。秦孝公為此而恐懼，寢不安席，食不甘味，於是命令四境之內，在城上女牆全部設置戰具，全國動員防守，又為敢死隊任命將領，等待魏國的進攻。商鞅同秦王謀劃道：『魏國力量強大，號令能通行天下，又率領十二諸侯朝拜天子，它的同伙必然很多。所以憑一個秦國來對抗強大的魏國，恐怕力所難及。王何不派我去見魏王，那麼我一定能讓魏國敗退。』秦王答應了商鞅的請求。商鞅拜見魏王說：『大王的勢力夠大了，號令可以通行天下了，可是大王率領的十二諸侯，不是宋國和衛國，就是鄒、魯、陳、蔡這些國家，這些小國本來就是大王驅使的國家，不配和大王共治天下。大王不如向北聯合燕國，向東討伐齊國，那麼趙國就必然服從了；向西聯合秦國，向南討伐楚國，那麼韓國就必然服從了。大王有討伐齊國、楚國的想法，因順從了天下的心意，那麼王業就實現了。大王不如先準備天子的服飾，然後再去圖謀齊國和楚國。』魏王聽了商鞅的話感到高興，所以親自擴充宮室，製作丹帛裝飾殿柱，建立九斿大旗，還跟隨著七星鳥隼旗。這些都是天子的禮儀啊，可是魏王卻全用上了。在此時，齊、楚兩國被激怒了，各諸侯國也趕來支持齊國，齊國趁機討伐魏國，殺了魏國的太子，十萬魏軍全部覆滅。魏王十分驚恐，光著腳回到國內命令停止進軍，還東到齊國承認錯誤，然後天下諸侯才放棄對魏國的進攻。當此時，秦王毫不費力地得到了魏國黃河以西的廣大地區，並且不感謝魏王。所以說，當商鞅開始與秦王謀劃的時候，不須下席，只在酒宴之間交談。謀劃雖在堂上完成，可是魏國的將領已經在齊國被擒了；戰車還沒有來得及使用，而魏國黃河以西的廣大地區已經劃入秦國版圖了。這就是我所說的，在大堂之上就可打敗它，在居室之內就可擒住他，在酒宴之間就可攻垮它，在臥席之上就可摧毀它啊！」

【研　析】本篇以「用兵後起」貫串首尾，或言後起之利，或言先動之害，或敘攻戰之殘，或述佚勞治亂，讀來令人目不暇接。特別是五用「何以知其然也」把議論和引證緊扣，不覺其重複，更使全文形成一個整體。故浦起龍云：「『戰非所先』四字握全局，意有淺深而意歸一串，以長片藏短節，只作四片看。論議引證，相輔而行，莽莽蒼蒼，洋洋灑灑，真文豪也。持論獨高戰國，讀者不得以其汗漫而苦之。」

虞卿議割六城與秦

戰國策

【題　解】本篇出自《戰國策．趙策三》。當繫於周赧王五十五年（西元前二六〇年）長平戰後，內容記述了虞卿與樓緩在對待秦的策略上的一場辯論。樓緩是秦的代言人，他以表面的公正友善來掩蓋其本來面目，妄圖讓秦不戰而獲得趙城。虞卿則指出，秦為虎狼之國，貪得無厭，想用談判脅迫手段來獲得戰場上沒能獲得的利益，決不可妥協，並提出與齊結好共同抗秦的策略。最後樓緩陰謀敗露，只好逃走。

秦攻趙於長平，大破之，引兵而歸❶，因使人索六城於趙而媾❷。趙計未定，樓緩❸新從秦來。趙王與樓緩計之曰：「與秦城何如？不與何如？」樓緩辭讓曰：「此非外❹臣之所能知也。」王曰：「雖然，試言公❺之私❻。」樓緩曰：「王亦聞夫公甫文伯❼母乎？公甫文伯官於魯，病死，婦人為之自殺於房中者二人。其母聞之，不肯哭也。相室❽曰：『焉有子死而不哭者乎？』其母曰：『孔子，賢人也。逐於魯，是人❾不隨。今死而婦人為死者二人。若是者，其於長者薄，而於婦人厚！』故從母言之，之❿為賢母也；從婦言之，必不免為妒婦也。故其言一也，言者異，則人心變矣。今臣新從秦來，而言勿與，則非計也；言與之，則恐王以臣之為秦也。故不敢對。使臣得為王計之，不如予之。」王曰：「諾。」

【章　旨】交代辯論產生的背景，並介紹樓緩以趙城予秦的主張。

【注　釋】❶秦攻趙於長平三句　即長平之戰。趙孝成王六年（西元前二六〇年），秦將白起大破趙於長平，坑降卒四十萬。遂圍邯鄲，後因秦相范雎不支持白起，秦軍引歸。❷媾　講和。❸樓緩　趙人，曾為秦相。此次來趙為秦游說。❹外　原為「人」，乃「外」字損半因訛作「人」。樓緩秦臣，故有是稱（用金正煒說）。❺公　指樓緩。❻私　私見；個人意見。❼公甫文伯　春秋時魯國大夫，公父穆伯之子。其母敬姜。❽相室　《史記・平原君虞卿列傳》正義，謂傅、姆之類也。❾是人　此人，指公甫文伯。❿之　此。

【語　譯】秦軍在長平攻破趙國，重創趙軍，秦將率兵歸國後，就派人到趙國索取六城作為講和條件。趙國的對策還沒有確定下來，這時樓緩剛從秦國來到趙國。趙孝成王與樓緩商量此事說：「把六城給秦國怎麼樣？不給又會怎麼樣？」樓緩推辭說：「這不是我作為外臣所能知道的事情。」趙王說：「雖然如此，但還是試著談談您的個人意見。」樓緩說：「大王曾聽說過公甫文伯母親的事嗎？公甫文伯在魯國做官，病死了，在房中自殺的婦人就有兩人。他的母親敬姜聽到這件事，一聲也不肯哭啊。保姆說：『哪有兒子死了都不哭的呢?』他的母親說:『孔子是個大賢人,被魯國驅逐出國,公甫文伯這個人不跟隨孔子。現在他死了,為他而死的婦人卻有兩人。像這樣,他對於長者的感情淡薄,對於婦人的感情卻深厚!』由此可見,從母親口裡說出這話,她算是一個賢良的母親。如果從妻子的口裡說出這話,那麼就必定免不了被人稱為嫉妒的妻子了。所以說的話雖然一樣,由於說話的人不同,用心可能就不一樣了。現在我剛從秦國來,說不給秦國六城,那麼又不是辦法;說給秦國六城,那麼又恐怕大王懷疑我為秦國效勞啊!所以我不敢回答。不過讓我為大王著想,不如給秦國六城為佳。」趙王說:「好吧!」

虞卿❶聞之,入見王,王以樓緩言告之。虞卿曰:「此飾說❷也。」王曰:「何謂也?」虞卿曰:「秦之攻趙也,倦而歸乎?王以其力尚能進,愛王而不攻乎?」王曰:「秦之攻我也,不遺餘力矣,必以倦而歸也。」虞卿曰:「秦以其力攻其所不能取❸,倦而歸;王又以其力之所不能攻❹而資❺之,是助秦自攻也。來年秦復攻王,王無以救矣。」

【章　旨】本段虞卿一難樓緩,送城給秦是助秦自攻。

【注　釋】❶虞卿　戰國時游說之士,姓虞,名失傳。因進說趙孝成王,被任為上卿,故號虞卿。他主張合從抗秦,反對割地妥協。著有《虞氏春秋》十五篇。事詳《史記・平原君虞卿列傳》。❷飾說　以巧辯來掩飾其本意。飾,文飾。❸所不能取　指六城。❹所不能攻　指六城。❺資　助。

【語　譯】虞卿聽到此事後,入宮拜見趙王,趙王將樓緩的話告訴他。虞卿說:「這是虛偽乖巧的說法啊!」趙王說:「這是什麼意思?」虞卿說:「秦軍攻打趙國,是因為筋疲力盡才退兵呢?或者大王認為他們尚有進攻的能力，只是因為喜歡大王才不進攻呢？」趙王說：「秦國攻打我國，可以說是不遺餘力了，必是因為筋疲力盡了才退兵的啊！」虞卿說：「秦軍憑他的武力奪取他所不能奪取到手的城邑，落得筋疲力盡而歸。大王又將他憑武力所不能奪取到手的城邑送給他，這是幫助秦國攻打自己啊！來年秦軍再來進攻，大王就沒有辦法自救了。」

王以虞卿之言告樓緩。樓緩曰：「虞卿能盡知秦力之所至❶乎？誠知秦力之所不至，此彈丸之地，猶不與也❷，今秦來年復攻王，得無❸割其內❹而媾乎？」王曰：「誠聽子割矣，子能必❺來年秦之不復攻我乎？」樓緩對曰：「此非臣之所敢任❻也。昔者三晉❼之交於秦，相善也。今秦釋韓、魏而獨攻王，王之所以事秦❽，必不如韓、魏也。今臣為足下解負親之攻❾，啟關通敝❿，齊交韓、魏⓫。至來年而王獨不取⓬於秦，王之所以事秦者，必在韓、魏之後也。此非臣之所敢任也。」

【章　旨】本段樓緩二說趙王送城於秦，以免來年復攻。

【注　釋】❶秦力之所至　秦國兵力所能達到的限度。❷誠知秦力之所不至三句　這三句樓緩說得含蓄一點，意思是：虞卿如果確實知道秦國兵力達不到六城之域，這六城不過是彈丸之地，也不割給它。但秦確實有繼續攻戰之力，六城不給，來年秦又會進攻。❸得無　能不。❹內　指邊城以內之地。❺必　肯定。❻任　擔當；承擔。❼三晉　韓、趙、魏原為晉國之三家，故稱「三晉」。❽所以事秦　奉事秦國的禮品，如玉帛、土地之類。❾解負親之攻　鮑注：「趙嘗親秦而復負之，故秦攻之，今為媾所以解也。」即解除因趙國違背親秦之約而引起的攻伐。❿啟關通敝　開放邊境的關禁，以禮幣結好。敝，當依《史記・平原君虞卿列傳》作「幣」。幣，指束帛，通常用作贈送通好的禮品。⓫齊交韓魏　使趙與秦之交，跟韓、魏與秦之交一個樣。齊，等同。⓬取　取得歡心。「至來年」句是假設語氣。

【語　譯】趙王又將虞卿的話告訴樓緩。樓緩說：「虞卿能完全知道秦的兵力所能到達的極限嗎？假如真的知道秦的兵力不能到達這六城，而這六城不過是彈丸般的小塊土地也不會給它！假令秦國來年再進攻大王，大王能夠做到不割讓不止六城以外的境內之地來講和嗎？」趙王說：「假如聽從你說的把六城割讓了，你能肯定來年秦國不會再攻我嗎？」樓緩回答說：「這不是我所敢於承諾的事啊！過去三晉與秦結交，都關係友善。現在秦把韓、魏放置一邊偏偏進攻大王的原因，在於大王奉事秦的禮幣，必定趕不上韓、魏啊。現在我替您解除背棄親秦而遭到的攻伐，開放邊境的關禁，以禮幣通好，使趙與秦的關係如同韓、魏與秦的關係一樣親密。假如到來年唯獨大王不能取得秦的歡心，原因在於大王奉事秦的禮幣，必然是落在韓、魏的後面啊。這就不是我所能承諾的事啊。」

王以樓緩之言告虞卿。虞卿曰：「樓緩言不媾，來年秦復攻王，得無更割其內而媾。今媾，樓緩又不能必秦之不復攻也。雖割何益？來年復攻，又割其力之所不能取而媾也。此自盡❶之術也。不如無媾。秦雖善攻，不能取六城；趙雖不能守，亦不至失六城。秦倦而歸，兵必罷❷。我以六城收天下以攻罷秦，是我失之於天下，而取償於秦也，吾國尚利❸！孰與❹坐而割地，自弱以強秦？今樓緩曰：『秦善韓、魏而攻趙者，必王之事秦不如韓、魏也。』是使王歲以六城事秦也，即坐而地盡矣。來年秦復求割地，王將予之乎？不予，則是棄前資❺而挑秦禍也；與之，則無地而給之。語曰：『強者善攻，而弱者不能自守。』今坐而聽秦，秦兵不敝❻而多得地，是強秦而弱趙也。以益❼愈強之秦，而割愈弱之趙，其計固不止矣。且秦，虎狼之國也，無禮義之心，其求無已❽，而王之地有盡。以有盡之地，給無已之求，其勢必無趙矣。故曰此飾說也。王必勿與！」王曰：

「諾。」

【章旨】本段虞卿二難樓緩割城於秦，指出秦為虎狼之國，以有盡之地，給無已之求，其勢必無趙矣。

【注釋】❶自盡　指自己耗盡其所有土地。❷罷　同「疲」。下文「罷秦」之「罷」同。❸尚利　尚能占便宜。❹孰與　與其相比，誰好。❺前資　過去所付出的資財。指過去所割讓之地。❻敝　壞；損壞。❼益　增加。❽已　停止。

【語譯】趙王又將樓緩的話告訴虞卿。虞卿說：「樓緩說如果不講和，來年秦會再次進攻，大王會更要割讓境內的土地來講和。現在講和，樓緩又不能肯定秦不再進攻，即使割讓了六城又有什麼好處呢？來年再進攻，又要割讓秦的兵力所不能取得的地方來講和啊。這是自己耗盡所有土地的辦法啊，不如不講和的好。秦兵即使善於攻戰，卻不能取得六城；趙軍即使不能全守，也不至於失去六城。秦兵打累了就得退兵，士兵必然疲憊不堪。我們用六座城來聯合天下諸侯，再去進攻疲憊的秦國，這就天下諸侯來說我們有所損失，而對秦來說我們卻得到了補償，我國還能占到便宜。這和靜坐割地給人、削弱自己來增強秦國哪一種辦法好呢？現在樓緩說：『秦之所以與韓、魏親善只攻打趙國，肯定是大王奉事秦的禮幣趕不上韓、魏啊。』這是讓大王每年要用六城來奉事秦國，也就是坐等讓人把地割盡啊！如果來年秦再要求割地，大王還準備給它嗎？不給呢，那麼就把從前割地付出的代價一筆勾銷了，而且還引發與秦的戰禍；給地呢，那麼又沒有土地可割讓了。俗語說：『強大的國家善於攻戰，而弱小的國家又不能自守。』現在我們坐等秦國的擺布，秦兵不但用不著疲於奔命而且還多得土地，這就是讓秦國強大而讓趙國衰弱的作法啊！用這種作法來增強更加強大的秦國，削弱更為弱小的趙國，那麼秦國的如意算盤本就不會停止了。況且秦國，是虎狼般的國家啊，沒有講究禮義的心，它的貪求沒有止境，可是大王的土地是有限的。用有限的土地，去供給無止境的貪求，這種趨勢發展下去必定是沒有趙國了。所以說，樓緩的主張是一種虛偽乖巧的說法。大王一定不要割讓六城！」趙王說：「好吧！」

樓緩聞之，入見於王，王又以虞卿之言告之。樓緩曰：「不然。虞卿得其一，未知其二也。夫秦、趙構難❶，而天下皆說❷，何也？曰：『我將因❸強而乘❹弱。』今趙兵困於秦，天下之賀戰勝者，則必盡在於秦矣。故不若亟割地求和以疑天下❺，慰秦心。不然，天下將因秦之怒，乘趙之敝，而瓜分之。趙且亡，何秦之圖？王以此斷❻之，勿復計也。」

【章　旨】樓緩三說割地求和以疑天下。

【注　釋】❶構難　交戰。❷說　同「悅」。❸因　借；靠。❹乘　欺凌。❺疑天下　意思是使天下諸侯生疑，不敢圖趙。❻斷　決斷；作出決定。

【語　譯】樓緩聽說此事，又入宮拜見趙王，趙王又把虞卿的話告訴他。樓緩說：「不是如此。虞卿只知道一個方面，不知道另一個方面。秦、趙兩國交戰，天下諸侯都會高興，為什麼呢？他們將說：『我們要依靠強大的國家而欺凌弱小的國家。』如今趙兵為秦兵所困，天下祝賀戰勝的人，必定都會倒向秦國一方，因此不如趕快割地求和，以使天下諸侯生疑而不敢謀趙，同時也可使秦王得到安慰。不這樣，天下諸侯將憑藉秦王的憤怒，趁著趙國的疲憊不堪，趕來瓜分趙國。到那時趙國將會亡國，還圖謀什麼秦國呢？大王要根據這些情況作出決定，不要再考慮啊。」

虞卿聞之，又入見王曰：「危矣，樓子之為秦也！夫趙兵困於秦，又割地為和，是愈疑天下，而何慰秦心哉？是不亦大示天下弱❶乎？且臣曰勿予者，非固勿予而已也。秦索六城於王，王以六城賂齊❷。齊，秦之深讎也，得王六城，并力而西擊秦也，齊之聽王，不待辭之畢也。是王失於齊，而取償於秦，一舉結三國❸之親，而與秦易道❹也。」趙王曰：「善！」因發虞卿東見齊王❺，與之謀秦。虞卿未反，秦之使者已在趙矣❻。樓緩聞之，逃去。

【章　旨】虞卿三駁樓緩，並提出與齊結好的主張；樓緩陰謀敗露倉皇逃去。

【注　釋】❶示天下弱　即以弱示天下，把自己的弱點給天下諸侯看。❷賂齊　以財物賄賂齊國。❸三國　指韓、魏及齊。❹易道　猶「易轍」。改變方針。本欲割地親秦，今則合縱抗秦。❺齊王　指齊王建。❻秦之使者已在趙矣　指秦聞趙、齊謀秦，立即派出使者與趙修好。

【語　譯】虞卿聽到此事，又入宮拜見趙王說：「這可太危險了，樓緩是替秦國謀劃啊！所謂趙兵困在秦兵手裡，又要割地求和，這就越發使天下諸侯懷疑我們徹底失敗了，又怎麼能使秦王得到安慰呢？這不就向天下諸侯顯示我們是軟弱可欺嗎？況且我說的不給土地，並不是根本不拿出土地。秦國向大王索取六城，大王可以先把這六城拿來賄賂齊國。齊、秦兩國有深仇，齊國得到這六城，會同心協力向西進攻秦國，齊國聽從大王的意見，等不到把話講完，就會應允了。這就是說，大王雖在齊國有所損失，卻會在秦國得到補償，此舉措可以加強韓、魏、齊三國的相親，這就與原來割地予秦的方針大不同了。」趙王說：「很好！」就派虞卿向東出使拜見齊王，與齊王謀劃攻打秦國。虞卿還來不及返回趙國，這時秦國的使者已來到趙國表示修好了。樓緩聽到這個消息，立即逃跑了。

【研　析】文中圍繞割不割六城進行辯論，凡三說三難，層層進逼，逐步深入。樓緩巧譬善喻，弄得趙王昏昏然無有主張；虞卿則一眼識破「飾說」，稍事鋒刃，割城之說便剝露無遺了。浦起龍評曰：「戰國時，論割地事秦者非一，而是篇則以一詭一正鬭出機鋒。每看飾說之巧，彌顯駁語之精。樓曰恐謂為秦，虞曰危矣為秦，彼之初供即此之判結也。」

中旗說秦昭王

戰國策

【題　解】本篇出自《戰國策・秦策四》。林春溥《戰國策紀年》、顧觀光《戰國策編年》均繫此策於秦昭王四十一年（西元前二六六年）。秦自商鞅變法以後，國勢漸強。秦昭王後期，攻城略地，接連取得勝利，所以躊躇滿志，頗有驕意。左右大臣皆趨奉王意，唯中旗則引述智伯滅亡事，認為不可輕視韓、魏，從而使之警悟。

秦昭王謂左右曰：「今日韓、魏孰與始強？」對曰：「弗如也。」王曰：「今之如耳❶、魏齊❷，孰如孟嘗❸、芒卯❹之賢？」對曰：「弗如也。」王曰：「以孟嘗、芒卯之賢，帥強韓、魏之兵以伐秦，猶無奈寡人何也；今以無能之如耳、魏齊，帥弱韓、魏以攻秦，其無奈寡人何亦明矣。」左右皆曰：「甚❺然。」

【章旨】本段寫昭王輕視韓、魏，左右大臣趨奉昭王。

【注釋】❶如耳　韓臣。曾為魏大夫。❷魏齊　魏諸公子，後為魏相。曾笞擊范雎，雎為秦相，秦索魏齊頭，遂於秦昭王四十二年（西元前二六五年）自剄而死。❸孟嘗　即孟嘗君田文。任齊相時曾率齊、韓、魏三國聯軍攻秦，入函谷關。❹芒卯　魏將，又作孟卯。❺甚　誠；的確。

【語譯】秦昭王對左右的臣子說：「今天的韓國和魏國與它們當初的國勢比較，哪個時候更強盛呢？」大臣們回答說：「不如當初的國勢強盛。」昭王又問：「現在的韓國大臣如耳和魏國大臣魏齊與當初的孟嘗君和芒卯比較，哪個更有才能？」大臣們回答說：「都不如孟嘗君和芒卯。」昭王說：「當初，憑著孟嘗君和芒卯的傑出才能，又率領著強大的韓、魏聯軍來討伐秦國，對我們還無可奈何；如今，以無能的如耳和魏齊，率領弱小的韓、魏軍隊進攻秦國，他們能把我怎麼樣也是很清楚的了！」大臣們都說：「的確如此。」

中旗❶推琴對曰：「王之料天下過矣。昔者六晉❷之時，智氏❸最強，滅破范❹、中行❺，帥韓、魏以圍趙襄子於晉陽❻。決晉水以灌晉陽，城不沉者三板❼耳。智伯出行水❽，韓康子❾御❿，魏桓子⓫驂乘⓬。智伯曰：『始吾不知水之可亡人之國也，乃今知之。汾水利以灌安邑，絳水利以灌平陽⓭。』魏桓子肘⓮韓康子，康子履⑮魏桓子，躡⑯其踵⑰。肘足接於車上，而智氏分矣⑱。身死國亡，為天下笑。今秦之強，不能過智伯；韓、魏雖弱，尚賢⑲在晉陽之下也。此乃方其用肘足時也，願王之勿易⑳也。」

【章　旨】本段中旗引智伯身死國亡的教訓諫昭王不要輕視韓、魏的力量。

【注　釋】❶中旗　一作「中期」。秦臣，辯士。❷六晉　智氏、范氏、中行氏、韓氏、魏氏、趙氏為晉之六卿，晉昭公以後，晉室力量削弱，六卿強大，掌晉實權，故稱「六晉」。❸智氏　荀氏別族，食邑於智（亦作「知」），以邑為氏。此時之智氏為智伯瑤。❹范　自士會為晉卿，食邑於范，後以邑為氏，故稱范氏。❺中行　晉軍制，最初分上、中、下三軍，後又增置左、中、右三行，荀林父為中行將，後遂以官為氏，故稱中行氏。晉出公十七年（西元前四五八年），智氏、韓氏、魏氏、趙氏共分范氏、中行氏地，而范氏、中行氏亡。❻帥韓魏以圍趙襄子於晉陽　智伯向魏桓子及韓康子索地，魏、韓兩家答應了他的要求。智伯又向趙襄子索地，趙襄子不予，於是智伯帥智、韓、魏之兵圍趙襄子於晉陽。晉陽，在今太原市附近。❼板　二尺為板。❽行水　巡視水淹沒的情況。❾韓康子　名虎。❿御　駕車。⓫魏桓子　名駒。⓬驂乘　在車右邊陪乘。⓭汾水利以灌安邑二句　張琦《戰國策釋地》曰，此句「汾」、「絳」二字上下誤次。閻若璩引《梁書．韋叡傳》：「汾水灌平陽，絳水灌安邑。」斯為得之。當從張說。汾水經韓邑平陽，西南流入黃河。絳水之下游涑水，流經魏之安邑。此絳水當指涑水。安邑，在今山西夏縣西。平陽，在今山西臨汾西南。⓮肘　以肘觸。小臂曰肘。⓯履　用腳踩。⓰躡　踩。⓱踵　腳後跟。⓲智氏分矣　指未來智氏之土地將被韓、魏、趙瓜分。⓳賢　超過。⓴易　輕視。

【語　譯】大臣中旗把琴放置一旁回答說：「大王錯誤的估計天下形勢了。過去，晉國的韓氏、魏氏、趙氏、范氏、中行氏、智氏這六卿，智氏最強大，消滅了范氏、中行氏之後，又率領韓氏、魏氏之兵在晉陽包圍趙襄子。然後挖開晉水堤防用水來灌注晉陽，以至城牆只剩下六尺沒被淹沒了。智伯出來巡視灌水的情況，韓康子駕車，魏桓子作陪乘。智伯說：『當初我不知道灌水可以滅掉別人的國家，現在可知道了。絳水可以用來灌注安邑城，汾水可以用來灌注平陽城。』魏桓子用肘觸韓康子，韓康子用腳踩魏桓子，並且踩他的腳後跟。當桓子與康子在車上用肘足互相暗示的時候，就預示著智氏的土地將被瓜分了。果然智伯身死而國亡，成為天下人的笑柄。現在秦國的強大，不能超過當時的智伯；韓、魏即使弱小，其勢力也超過處於晉陽城下的趙襄子啊。我們所處的形勢正是他們用手足暗示的時候，希望大王切不可輕視啊！」

【研　析】妙用對比寫法，以左右之唯唯，烘托中旗之識力，以智伯之強大而滅亡，折服昭王之志驕意滿，看似平淡，確是牢不可破之理。至於「肘足相接」，神態畢現，含不盡之意於言外。

信陵君諫與秦攻韓

戰國策

【題　解】本篇出自《戰國策·魏策三》。林春溥《戰國策紀年》、于鬯《戰國策注》均繫此策於魏安釐王十五年（西元前二六二年）。文中寫魏王為從韓收回失地，想聯合秦國伐韓，信陵君從對秦的認識出發，陳述歷史和現實的情況，指出韓是魏的屏障，如果韓亡，則魏的疆土將直接受到秦的威脅。聯秦伐韓，不僅損害了韓，也會損害魏。為魏著想，他提出「存韓安魏」的決策，既可以從韓收回失地，又可以達到使韓「德魏、愛魏、重魏、畏魏」，從而以韓為縣，作為大梁的屏障。這裡充分表現了信陵君對形勢的識見，其後秦滅六國，正是先併韓、魏，不出其所料。

魏將與秦攻韓❶，無忌❷謂魏王❸曰：「秦與戎❹翟❺同俗，有虎狼之心，貪戾❻好利而無信，不識禮義德行。苟有利焉，不顧親戚兄弟，若禽獸耳。此天下之所同知也，非有所施厚積德也❼。故太后❽，母也，而以憂死；穰侯❾，舅也，功莫大焉，而竟逐之；兩弟⑩無罪，而再⑪奪之國。此其於親戚兄弟若此，而又況於仇讎之敵國乎？

【章　旨】本段信陵君論述秦有虎狼之心，不可親近。

【注　釋】❶魏將與秦攻韓　據《史記・魏世家》載，魏安釐王十一年（西元前二六六年），齊、楚攻魏，魏得秦昭王發兵救援，復定。於是魏王想親秦，共同伐韓以收復故地。下文言「今韓受兵三年矣」，安釐王十二年至十四年均有秦攻韓事。❷無忌　魏無忌，即信陵君，安釐王異母弟。《戰國策》多作「朱己」，《史記・魏世家》作「無忌」。❸魏王　魏安釐王，名圉。西元前二七六—前二四三年在位。❹戎　古代對我國西方民族的統稱。❺翟　我國古代北方民族。字亦作「狄」。❻戾　暴。❼非有所施厚積德也　因秦曾救魏，魏王對秦抱有幻想，所以信陵君說「秦不是施厚積德」之國。❽太后　即宣太后，秦惠王妃芈氏，昭王母。據《戰國策・秦策三》載，范雎向昭王陳說「四貴」危國，「秦王懼，於是乃廢太后，逐穰侯，出高陵，走涇陽於關外」。次年太后死，故曰「憂死」。又據《史記・穰侯列傳》載：「范雎言宣太后專制，穰侯擅權於諸侯，涇陽君、高陵君之屬太侈，富於王室。於是秦昭王悟，乃免相國，令涇陽君之屬皆出關，就封邑。」❾穰侯　即魏冉，宣太后異父弟，昭王舅，為秦相，封穰侯。❿兩弟　指涇陽君、高陵君，為昭王之弟。⓫再　兩次。

【語　譯】魏國準備同秦國去攻打韓國，信陵君對魏安釐王說道：「秦國的習俗與戎翟相同，有虎狼一般的心，貪暴好利而且不講信用，不懂得禮義德行。如果有利可圖，就不顧親戚兄弟，如同禽獸一樣。這是天下人都知道的事情，秦並不是施厚積德的國家啊！所以宣太后雖是昭王的母親，卻遭憂傷而死；穰侯雖是昭王的舅父，沒有誰的功勞比他大，竟然被驅逐出朝廷；兩個弟弟涇陽君和高陵君沒有犯法，卻兩次取消他們的封邑。由此可見他對於親戚兄弟都這樣，又何況對於結仇怨的敵國呢？

「今大王與秦伐韓，而益近秦患，臣甚惑之。而王弗識也，則不明矣。群臣知之，而莫以此❶諫，則不忠矣。今夫韓氏以一女子承一弱主❷，內有大亂，外安能支強秦、魏之兵，王以為不破乎？韓亡，秦有鄭地❸。與大梁❹鄰，王以為安乎？欲得故地❺，而今負❻強秦之禍也，王以為利乎？

【章旨】本段論述如果韓國滅亡，大梁更加面臨秦國的威脅。

【注釋】❶此　指韓亡益近秦患的道理。❷一女子承一弱主　當時韓桓惠王繼位僅十一年，可能王年少，由太后執政。承，輔佐。弱，年少。❸鄭地　韓哀二年（西元前三七五年），韓滅鄭，並遷都於鄭（今河南新鄭）。所以鄭地也就是韓地。❹大梁　魏國的都城，今河南開封市。❺欲得故地　史實不詳。鮑彪云：「蓋嘗喪地於韓，今欲取之。」❻負　遭受。

【語譯】「如今大王同秦國討伐韓國，假如韓國亡了，魏國就會更加靠近秦國，對此我很不理解。如果大王還不明這事的嚴重性，那就不明智了。群臣都知道這事的嚴重性，如果不把這道理說出來勸阻大王，那就不算為大王盡忠了。如今韓國靠一個女子輔佐一個幼主，國內本有大亂，國外怎麼能抵抗住強大的秦國和魏國的兵力，大王還認為韓國不會被攻破嗎？如果韓國滅亡，秦國就要全部占領原來屬於鄭國的地域，那就和大梁為鄰了，大王以為這樣會安全嗎？大王本想得到韓國占有的魏地，可是如今將遭受強秦的禍患，大王以為這樣會有利嗎？

「秦非無事❶之國也。韓亡之後，必且更事❷。更事，必就易與利；就易與利，必不伐楚與趙矣。是何也？夫越山踰河，絕韓之上黨❸而攻強趙，則是復閼與❹之事也，秦必不為也。若道❺河內❻，倍❼鄴❽、朝歌❾，絕漳、滏❿之水，而以與趙兵決勝於邯鄲之郊，是受智伯之禍⑪也，秦又不敢。伐楚，道涉山谷行三千里⑫，而攻冥阸⑬之塞，所行者甚遠，而所攻者甚難，秦又弗為也。若道河外⑭，背大梁，而右上蔡⑮、召陵⑯，以與楚兵決於陳⑰郊，秦又不敢也。故曰秦必不伐楚與趙矣，又不攻衛⑱與齊矣。韓亡之後，兵出之日，非魏無攻矣。

【章　旨】本段論述滅韓之後，秦再出兵，非攻魏不可。

【注　釋】❶事　指造端生事，發動戰爭。❷更事　姚鼐原注：「《國策》『便事』，《史記》『更事』，《史》是。」更事者再生事端的意思。❸上黨　郡名，在今山西東南部，榆社、和順縣以南、沁水流域以東地。❹閼與　在今山西武鄉。一說在和順縣。秦昭王三十七年（西元前二七〇年）秦伐韓，趙將趙奢率兵救韓，敗秦軍於閼與。閼與之事指此。❺道　取道。❻河內　指今河南省黃河以北地區，當時屬魏。❼倍　背；背向。引申為繞過。❽鄴　在今河北臨漳西南，臨漳水。❾朝歌　在今河南淇縣。❿滏　滏水，漳水支流。⓫智伯之禍　智伯率韓、魏攻趙，圍晉陽。趙聯合韓、魏攻智伯，滅智氏。⓬道涉山谷行三千里　當依《縱橫家書》作「道涉谷，行三千里」，「山」為衍文。《史記》索隱：「涉谷是往楚之險路。從秦向楚有兩道，涉谷是西道，河內是東道。」涉谷為地名。⓭冥阸　險塞名，在今河南信陽西南，與湖北應山接近。⓮河外　與河內相對而言，指今河南省西部黃河以南之地。⓯上蔡　在今河南上蔡西南。⓰召陵　在今河南郾城東。⓱陳　在今河南淮陽，當時楚遷都於此。⓲衛　《縱橫家書》作「燕」，是。《縱橫家書》注：「韓亡之後，秦不攻楚、趙，又不東向攻燕、齊，那就只有攻魏了……古書『燕』字常誤為『衛』。」

【語　譯】「秦國並不是一個不生事的國家，韓國滅亡之後，必將再生事端。再生事端，必然會在容易取勝和有利可圖的地方下手；要容易取勝和有利可圖，就必然不會討伐楚國和趙國了。這是為什麼呢？假如秦國越過高山跨過大河，橫過韓國的上黨來攻擊強大的趙國，那麼這將是過去閼與吃敗仗的重演，秦國肯定不會作的啊。假如取道河內，繞過鄴、朝歌，橫渡漳水、滏水，在邯鄲之郊來與趙國決勝負，這又將遭受過去智伯的災禍啊，秦國是不敢這麼作的。假如秦國取道涉谷，遠行三千里的路程來進攻冥阨這個要塞，因為走的路程太遠，而所攻的地方又很難攻下，秦國也是不會作的。假如取道河外，繞過大梁，經上蔡、召陵之東境，來與楚兵在陳之郊決戰，秦國也是不敢這麼作的啊。所以說，秦國肯定不會討伐楚國與趙國了，同時也不會攻打燕國與齊國了。那麼韓國滅亡之後，秦國一旦出兵，除了指向魏國，再沒有別的可攻的對象了。

「秦故有懷、茅、邢丘，城垝津以臨河內❶，河內共❷、汲❸莫不危矣。秦有鄭地，得垣雍❹，決滎澤❺，而水❻大梁，大梁必亡矣。王之使者大過矣，乃惡❼安陵氏❽於秦。秦之欲誅❾之久矣。然而秦之葉陽❿、昆陽⓫與舞陽⓬、高陵⓭鄰，聽使者之惡也，隨安陵氏而亡之，秦繞舞陽之北以東臨許，則南國⓮必危矣。南國雖無危，則魏國豈得安哉？且夫憎韓不愛安陵氏，可也；夫不患秦之⓯不愛南國，非也。

【章　旨】本段論述魏惡安陵君並令其與韓一道亡於秦，將會使魏的南方受秦的威脅。

【注　釋】❶秦故有懷茅邢丘二句　姚鼐原注：「此句依《史記》。《國策》作『懷地、邢丘、安城、垝津而以之臨河』。」故有，本來占有。故，通「固」。懷，在今河南武陟西。茅，在今河南獲嘉北。邢丘，在河南溫縣東。垝津，又寫作「圍津」，古黃河渡口，在今河南滑縣。❷共　地名，在今河南輝縣。❸汲　在今河南汲縣西。❹垣雍　在今河南原陽西。❺滎澤　在今河南鄭州西北，居大梁上游。❻水　作動詞用。灌水。❼惡　讒毀；說壞話。❽安陵氏　魏襄王時分封的一個小國，魏的附庸。其地在今河南鄢陵北。❾誅　討伐。姚鼐原注：「誅，《國策》作『許』。」按：許，地名，在今河南許昌東，地近安陵。《縱橫家書》作「許」。❿葉陽　在今河西葉縣西。⓫昆陽　在今葉縣。⓬舞陽　在今河南舞陽西，當時屬魏。⓭高陵在今舞陽縣西，屬魏。《史記》無「高陵」。⓮南國　指魏的南部土地。張琦曰，「南國蓋言魏之南」。或謂南國指許昌故城。此時屬韓，在魏之南，故言南國（見《史記》正義）。⓯之　姚鼐原注：「之猶及也。」

【語譯】「秦國本來占有懷、茅、邢邱，只要在垝津築城，逼近河內，河內的共、汲之地，沒有不遭受危險的了。秦國占領鄭地，得到垣雍，再挖開滎澤用水灌注大梁，大梁必將失守了。大王赴秦的使者大錯而特錯，竟在秦王面前讒毀安陵氏。秦國好久就想誅滅安陵氏了。然而秦國的葉陽、昆陽與魏國的舞陽、高陵接壤，假如聽憑使者對安陵氏的讒毀，聽憑安陵氏被秦所滅，秦兵繞過舞陽北面，向東逼近許，那麼魏國南方必然遭到危險了。南方即使沒有危險，魏國能得到安寧嗎？至於因憎恨韓而不愛安陵，這還說得過去；然而不畏秦國之患及不愛南方土地，那就不對了。

「異日者❶，秦乃在河西，晉國❷之去梁❸也千里有餘，有河山以闌❹之，有周、韓以間❺之。從林鄉軍以至於今❻，秦七❼攻魏，五入囿❽中，邊城盡拔。文臺❾墮，垂都❿焚，林木伐，麋鹿盡，而國繼以圍⓫。又長驅梁北，東至陶⓬、衛⓭之郊，北至乎闞⓮，所亡乎秦者，山南山北⓯，河外、河內，大縣數百，名都數十。秦乃在河西，晉國之去大梁也尚千里，而禍若是矣。又況於使秦無韓⓰而有鄭地，無河山以闌之，無周、韓以間之，去大梁百里，禍必百此矣。

【章旨】本段回顧秦七次攻魏五次進入囿的歷史教訓。

【注釋】❶異日者　從前。下文「異日者」與此同。❷晉國　指安邑。安邑在今山西夏縣西北。魏初建時都安邑，惠王時徙都大梁。魏為三晉之一，故自稱「晉」。❸梁　大梁。❹闌　遮擋。❺間　隔開。❻從林鄉軍以至於今　從此年至信陵君進諫時，當有二十年左右。林鄉軍，指秦攻魏駐軍於林鄉。林鄉，在今河南新鄭東。據《睡虎地秦墓竹簡・編年記》載，秦昭王二十四年（西元前二八三年）攻林。又同年（魏昭王十三年）《史記・魏世家》載：「秦拔我安城。兵到大梁，去。」❼七　原作「十」，據《史記》改。這二十年中秦恰是七攻魏。❽囿　原作「國」，據《史記》改。囿，養禽獸的園地。《史記》索隱，「囿即圃田」。圃田當是鄭國的原圃，在今河南中牟西北。❾文臺　臺名。《史記》正義引《括地志》云，曹州冤句縣（今山東曹縣西北）有文臺。❿垂都　在今山東鄄城東南。《史記》索隱：「垂，地名。有廟曰都。並魏邑名。」⓫國繼以圍　據《史記・魏世家》載，魏昭王十三年秦「兵到大梁」；魏安釐王二年秦「軍大梁下」。又據《史記・魏公子列傳》載，「秦兵圍大梁，破魏華陽下軍，走芒卯」。此當為安釐王四年事。以上自西元前二八三年至前二七三年，凡十年之間秦三攻大梁，故謂「國繼以圍」。國，指國都大梁。⓬陶　在今山東定陶北。⓭衛　國名。都濮陽，後滅於魏。⓮闞　地名。在今山東汶上西南。⓯山南山北　原缺「山南」二字，據《史記》、《縱橫家書》補。山，華山，在今陝西華陰北。張琦曰：「山南蓋謂商、洛，本魏地；山北則陝、虢、華陰。」⓰無韓　即「亡韓」。上文「韓亡，秦盡有鄭地」可證。無、亡，古通。

【語譯】「從前，秦國還處於河西之外，舊都安陽距大梁也有千里之遙，靠著河山遮擋，又有周和韓在中間隔開。從林鄉之戰以至於今，秦國凡七次進攻魏國，五次侵入囿中。邊城全被攻破，文臺被毀壞，垂都被焚燒，林木被砍伐，麋鹿被殺盡，大梁接連被包圍。秦兵又長驅直入大梁之北，東到陶、衛的郊外，北邊直攻到闞。被秦占領的地方，華山南北，黃河內外，大的縣邑有數百個，著名的城邑有數十座。秦國當時還處於河西之外，舊都安邑離大梁還有千里之遙，可是禍患竟到了這種地步。更何況若是秦國滅了韓國，占有鄭地之後，沒有河山的遮擋，沒有周、韓在中間隔開，離大梁近在百里，那麼魏國所遭禍患必定超過以前百倍了。

「異日者，從之不成也，楚、魏疑而韓不可得而約也。今韓受兵三年❶矣，秦撓❷之以講❸，韓知亡，猶弗聽，投質❹於趙，而請為天下雁行❺頓刃❻。以臣之愚觀之，則楚、趙必與之攻矣。此何也？則皆知秦欲之無窮也，非盡亡天下之兵，而臣海內之民，必不休矣。是故臣願以從❼事王，王速受楚、趙之約，而挾❽韓之質，以存韓為務，因求故地於韓，韓必效❾之。如此，則士民不勞而故地得，其功多於與秦共伐韓，然而無與強秦鄰之禍。

【章旨】本段提出聯合楚、趙以存韓為務的決策。

【注釋】❶受兵三年　據《史記・范雎蔡澤列傳》、〈秦本紀〉、〈白起王翦列傳〉載：秦昭王四十二年（西元前二六五年）秦攻韓少曲、高平。四十三年攻韓陘城等地，斬首五萬。四十四年攻韓南陽，斷太行道。❷撓　屈；迫使。❸講　和。❹投質　把人交出作抵押。❺雁行　在前列；打先鋒。❻頓刃　折鈍兵器，出死力。頓，鈍。❼從　合縱。共同抗秦。❽挾　持；控制。❾効　同「效」。致；送。

【語譯】「從前，合縱之所以不能成功，乃是楚、魏之間相互猜疑，使韓國不能參與盟約。如今韓國遭受兵禍已有三年之久，秦國想迫使它屈服講和，韓國明知自己要滅亡，還是不肯聽從，反而向趙國送去人質，請求聯合天下諸侯，願為前鋒與秦拼死。依我的淺見，楚國和趙國必定會同韓國一道攻打秦國了。這是什麼原因呢？因為都知道秦國的貪欲是無止境的，不全部消滅天下的兵力、臣服海內的人民，就必定不肯罷休啊。因此，我願意用合縱策略來事奉大王，大王應趕快接受楚國和趙國的縱約，挾持韓國的人質，以救助韓國為急務，接著去向韓國索取原來的土地，韓國一定會把土地歸還。這樣，不用勞累士兵百姓就可以得到原來的土地，這種功利要比和秦國共同討伐韓國大得多，而且還可避免與強秦為鄰招來的後患。

「夫存韓安魏而利天下，此亦王之大時❶已。通韓之上黨於共、甯❷，使道已通，因而關之❸，出入者賦❹之，是魏重質韓以其上黨也。共有其賦，足以富國。韓必德魏、愛魏、重魏、畏魏，韓必不敢反魏。韓是魏之縣也。魏得韓以為縣，則衛、大梁、河外必安矣。今不存韓，則二周❺必危，安陵必易❻。楚、趙大破，燕❼齊甚畏，天下之西鄉而馳秦，入朝為臣之日不久矣。」

【章旨】本段論述以「存韓為務」的好處及不存韓的極端不利。

【注釋】❶大時　重要時機。❷甯　《史記》正義，「甯，懷州脩武縣，本殷之甯邑」。「今魏開通共、甯之道，使韓上黨得直路而行也」。甯，在今河南獲嘉縣。❸關之　指在此設關。❹賦　徵稅。❺二周　指西周、東周兩個小國。❻易　易主。❼燕　原作「衛」，依《縱橫家書》改。

【語譯】「保存韓國安定魏國而有利於天下，這也是大王的重要時機了。經共、寧與韓國的上黨相通，假使這條道路疏通，接著設立關口稽查，進出過往的人都要徵收賦稅，這就是魏國重視以韓國為質的目的乃在於韓國的上黨啊。共同徵收賦稅，能夠使國家富強。韓國必然會感激魏國、愛護魏國、重視魏國、畏懼魏國，必然不敢反對魏國。韓國簡直成了魏國的縣邑啊。魏國得到韓國把它置為縣，那麼衛國、大梁以及河外之地必然安全無事了。現在如果不保存韓國，那麼二周必然危險，安陵必然易主，楚、趙被秦大破，魏、齊十分害怕，天下諸侯都會西向奔赴秦國，韓入朝稱臣的日子就不會很久了。」

【研析】此篇說辭，先言秦有虎狼之心，次言韓亡之後非魏無攻，再回顧七攻魏，五入囿中的歷史，最後提出合縱存韓的主張。說理透徹，條理井然，體現信陵君胸懷全局、見識高遠的特點。故林雲銘云：「信陵君之才識為戰國第一流人物，書中切中秦、魏利害，亦《國策》中第一等文字也。通篇一氣呵成，卻要細細分出段落，方見其妙。」

諫逐客書

李斯

【題解】本篇出自《史記・李斯列傳》，是李斯在秦王政十年（西元前二三七年）寫給秦王（統一六國後稱始皇）的奏議書。當時有秦臣認為：韓人鄭國到秦國作間諜，利用作注溉渠來消耗秦的人力，使秦無力伐韓。原來不滿意客卿的宗氏大臣向秦王進言說：「諸侯人來事秦者，大抵為其主游間於秦耳，請一切逐客。」後李斯也在被議逐之列，於是他就寫了這封奏議。文中論說逐客之議的錯誤，主要讓事實說話。大而至於歷代四君得客卿之力，開拓了疆土，改革了制度，建立了帝業；小而至於秦王眼前的聲色玩好亦不出自秦國，而秦王用之。事實俱在，很自然得出逐客之非的結論。這實際上也是為此後秦之統一六國和四海一家的大一統思想掃清了障礙。故秦王看到奏議，立即廢除逐客令，並恢復李斯的官職。

【作者】李斯（？—西元前二〇八年），戰國末期楚國上蔡（今河南上蔡）人，與韓非同為荀子的學生。初為秦相呂不韋舍人，後以帝業游說秦王嬴政，拜為長史、客卿。上〈諫逐客書〉後，更受重用，官至廷尉。秦王用李斯計謀併吞六國，統一天下，遂任以為丞相。如廢除《詩》、《書》百家之說，以吏為師，明法度，定律令，統一文字和度量衡等，都出自李斯的謀議。秦始皇去世後，李斯與趙高合謀，廢除太子扶蘇，立始皇少子胡亥為二世。最後被趙高誣陷，腰斬滅族。李斯是秦王朝唯一留有著作的文學家，〈諫逐客書〉為其代表作。此外尚有〈論督責書〉、〈自罪書〉以及一些刻石碑文傳世。

臣聞吏議逐客❶，竊❷以為過矣。昔繆公❸求士，西取由余❹於戎❺，東得百里奚❻於宛❼，迎蹇叔❽於宋，來❾邳豹❿、公孫支⓫於晉。此五子者，不產於秦，而繆公用之，并國二十，遂霸西戎。孝公⓬用商鞅⓭之法，移風易俗，民以殷盛，國以富強，百姓樂用，諸侯親服，獲楚、魏之師⑭，舉地千里，至今治彊。惠王⑮用張儀⑯之計，拔三川之地⑰，西并巴、蜀⑱，北收上郡⑲，南取漢中⑳，包九夷㉑，制鄢、郢㉒，東據成皋㉓之險，割膏腴之壤，遂散六國之從㉔，使之西面事秦，功施㉕到今。昭王㉖得范雎㉗，廢穰侯㉘，逐華陽㉙，強公室㉚，杜私門㉛，蠶食諸侯，使秦成帝業。此四君者，皆以客之功。由此觀之，客何負於秦哉？向使四君卻客㉜而不內㉝，疏士而不用，是使國無富利之實，而秦無強大之名也。

【章旨】本段開宗明義，指出逐客之議是錯誤的。並列舉秦四君任用客卿的史實，說明客卿對秦之富利強大功不可滅。

【注釋】❶客　客卿，官名。戰國時請別國人到本國做官，地位為卿而以客禮對待，稱客卿。❷竊　私意，自謙之詞。❸繆公　即秦穆公。西元前六五九年—前六二一年在位，春秋時五霸之一，秦國自此強大起來。❹由余　原為戎王之臣，出使秦國，秦穆公很賞識，便設計送女樂於戎王，使之沉湎其中。由余諫阻不聽，便投奔秦國，穆公用為謀臣，後秦伐戎，開拓國土千里，秦穆公遂為西戎霸主。❺戎　對西方民族的總稱。❻百里奚　原為虞國大夫，虞亡於晉，他被晉所俘，作為晉獻公之女（穆公夫人）的陪嫁奴隸送到秦國，他逃到楚國。秦穆公便用五張黑羊皮把他贖回，任為大夫，號為「五羖大夫」。❼宛　楚地，今河南南陽。❽蹇叔　岐州（今屬陝西）人，遊宋，因百里奚的推薦，秦穆公以厚禮聘為上大夫。❾來　招致。❿邳豹　晉大夫邳鄭之子。邳鄭被晉惠公所殺，邳豹逃到秦國，穆公任以為將，領兵攻晉，生俘晉惠公。⓫公孫支　即公孫子桑，岐州人，原住晉國，後到了秦國，穆公任為大夫。⓬孝公　秦孝公，西元前三六一年—前三三八年在位。他任用商鞅進行變法，使秦國富強。⓭商鞅　衛人，以強國之術游說秦孝公，得到重用，任以為相，執政十八年，實行變法，為秦國的富強奠定了基礎。孝公死，商鞅被殺。⓮獲楚魏之師　商鞅曾於孝公二十二年（西元前三四〇年）率兵襲擊魏師，虜魏公子卬，魏割河西之地求和。同年又進軍侵楚。獲，指戰勝。⑮惠王　秦惠王，西元前三三七年－前三一一年在位。⑯張儀　魏人，惠王任為相國，主張連橫，拆散六國合縱，使秦得以各個擊破，逐一削弱六國力量。⑰三川之地　原屬韓國，在今河南西川洛陽一帶，因境內有黃河、洛水、伊水流過而得名。⑱巴蜀　四川境內的兩個小國。⑲上郡　原屬魏國，地處今陝西北部。⑳漢中　原屬魏國，今陝西南部漢中一帶。㉑九夷　此處泛指南方少數民族地區。㉒鄢郢　楚國先後的都城。鄢，在今湖北宣城。郢，在今湖北江陵。㉓成皋　又名虎牢，韓國軍事重地，在今河南滎陽西北。㉔從　同「縱」。合縱。㉕施　延續。㉖昭王　秦昭王，西元前三〇六年－前二五一年在位。㉗范雎　魏人，因受魏相魏齊迫害，逃到秦國，得到昭王信用，任以為相，提出遠交近攻蠶食六國的策略。㉘穰侯　即魏冉，封於穰。秦昭王母宣太后的異父弟。㉙華陽　即羋戎，封於華陽。宣太后同父弟，亦專橫驕縱，為昭王所逐。㉚公室　諸侯曰公室，此指秦國朝廷。㉛私門　指貴戚勢力。㉜卻客　拒絕客卿。㉝內　同「納」。

【語　譯】我聽說朝臣們在商議驅逐客卿的事，私下以為這樣作錯了。當初秦穆公招納賢士，從西部戎族得到由余，從東方宛地得到百里奚，從宋國迎來蹇叔，從晉國招來邳豹、公孫支。這五個人都不生在秦國，可穆公任用他們，併吞了二十個國家，於是成為西戎地區的霸主。秦孝公任用商鞅實行變法，改革落後的風俗習慣，人民以此富足興旺，國家以此富裕強大，百姓都樂於為他效力，諸侯各國也親附聽命，戰勝了楚國和魏國的軍隊，拿下上千里的地盤，至今一直保持安定強盛的局面。秦惠王實施張儀的計策，攻取韓國的三川之地，西部平定巴國和蜀國的叛亂，北邊收取魏國的上郡，南邊取得楚國的漢中，兼併九夷的廣大地域，控制鄢、郢都城，東邊占領成皋這個險要之地，割取了許多肥沃的土地，於是拆散了六國的合縱，使它們向西服侍秦國，功業一直延續到今天。秦昭王得到范雎，廢除了穰侯魏冉，驅逐了華陽君羋戎，加強了國君和朝廷的權力，堵塞了貴戚在朝廷的勢力，逐步消滅諸侯各國，使秦國建成統一天下的基業。以上這四位君主取得的成功，都是依靠客卿的作用。從這裡看起來，客卿又在哪裡辜負了秦國呢？過去假如這四位君主拒絕客卿而不接納，疏遠賢士而不任用，這樣就會使國家得不到富裕的實際利益，秦國也不會有強大的名聲啊！

今陛下致崑山❶之玉，有隨和❷之寶，垂❸明月之珠❹，服太阿之劍❺，乘纖離❻之馬，建翠鳳之旗❼，樹靈鼉之鼓❽。此數寶者，秦不生一焉，而陛下說❾之，何也？必秦國之所生然後可，則是夜光之璧不飾朝廷，犀象之器不為玩好，鄭衛之女❿不充後宮，而駿良駃騠⓫不實外廄，江南金錫不為用，蜀之丹青⓬不為采。所以飾後宮、充下陳⓭、娛心意、說耳目者，必出於秦然後可，則是宛珠之簪⓮、傅璣之珥⓯、阿縞⓰之衣、錦繡之飾不進於前，而隨俗雅化⓱、佳冶窈窕⓲，趙女⓳不立於側也。夫擊甕叩缶⓴、彈箏搏髀㉑，而歌呼嗚嗚㉒快耳者，真秦之聲也；鄭、衛㉓、桑間㉔、韶、虞㉕、武、象㉖者，異國之樂也。今棄擊甕叩缶而就鄭、衛，退彈箏而取韶、虞，若是者何也？快意當前，適觀而已矣。今取人則不然㉗。不問可否，不論曲直，非秦者去，為客者逐。然則是所重者，在乎色樂珠玉；而所輕者，在乎民人也。此非所以跨海內、制諸侯之術也。

【章旨】本段以秦王所愛之聲色玩好皆出異國為例，說明逐客之非。

【注釋】❶崑山　崑崙山，在今新疆境內。❷隨和　隨侯及和氏。隨侯之珠、和氏之璧都是當時的珍寶。❸垂　掛。❹明月之珠　如明月的夜光珠。❺太阿之劍　古寶劍名。傳說歐冶子、干將鑿茨山洩其溪，取鐵英作為鐵劍三枚，一曰龍淵，二曰太阿，三曰工布。見《越絕書外傳・記寶劍》。❻纖離　古駿馬名。❼翠鳳之旗　用翠鳥羽裝飾成鳳圖的旗幟。❽靈鼉之鼓　用鼉皮蒙成的鼓。靈鼉即鼉，脊椎爬蟲類動物，狀似短尾鱷。❾說　同「悅」。❿鄭衛之女　相傳鄭、衛兩國多美女，善歌舞。⑪駃騠　駿馬名。⑫丹青　紅色和青色的顏料。⑬下陳　後列。指侍妾。⑭宛珠之簪　用宛地出產的珍珠裝飾的簪子。宛，縣名，今河南南陽，當時屬楚。⑮傅璣之珥　綴有小珠子的耳環。傅，附。璣，不圓的珠子。珥，耳環。⑯阿縞　阿地出產的絲綢。阿，東阿，齊地，在今山東東阿。⑰隨俗雅化　《史記》索隱「謂閑雅變化而能通俗也」。意思是打扮得漂亮而合乎時尚。⑱佳冶窈窕　容貌豔麗，體態優美。⑲趙女　趙國的美女。⑳擊甕叩缶　甕和缶都是瓦罐一類的器皿，秦人作為樂器來敲打。叩，敲。㉑彈箏搏髀　彈著秦箏拍打大腿以顯示節奏。以上擊甕、搏髀都是原始粗俗的表現。㉒歌呼嗚嗚　唱歌叫喊發出嗚嗚難聽的聲音。㉓鄭衛　指鄭國和衛國的音樂。㉔桑間　衛地，在濮水之濱，當地民間音樂盛行。鄭、衛之聲、桑間濮上之音在春秋時就很有名。㉕韶虞　都是虞舜時的樂曲。㉖武象　周武王時的舞曲。以上音樂都比原始的秦聲要悅耳。
㉗今取人則不然　方績曰：「到此方入正面。」

【語譯】現在陛下獲得昆山的玉，擁有隨侯、和氏的寶，懸掛的夜明珠，佩帶的太阿出產的劍，乘騎的纖離良馬，建立的用翠羽裝飾的鳳旗，設置的用鼉皮蒙成的鼓。這些寶物，沒有一件出產在秦國，可是皇上卻喜歡它們，這是為什麼呢？如果一定要秦國出產的才可以用，那麼這就使夜光珠璧不能裝飾朝廷，犀角象牙的器皿不能成為玩物，鄭國和衛國的美女不能充實後宮，同時如駃騠之類的駿馬也不能充實馬棚，江南的金錫得不到使用，西蜀的丹青顏料得不到圖繪。如果用來裝飾後宮、充實後列，使心意愉悅、耳目舒適的東西，一定要秦國出產的才可以用，那麼這就使宛地珍珠裝飾的髮簪、小珠串成的耳環、阿地白絹製成的衣服、錦緞彩綢的裝飾品都不會送到皇上跟前，同時隨從時尚打扮、漂亮優閒的趙國美女也不會站在皇上身旁啊。至於那些敲打瓦器、邊彈箏邊拍腿擊節、邊唱邊叫發出烏烏之聲用來娛樂耳目的，這才是真正秦地的音樂；而鄭、衛、桑間、韶、虞、武、象這些樂曲，倒是別國的音樂啊。現在陛下放棄敲打瓦器取用鄭、衛的音樂，避開彈箏取用韶、虞的音樂，這是什麼原因呢？只不過為了圖一時之樂，看著舒適罷了。現在用人就不是這樣。不問好和壞，不講是和非，凡不是秦國的人就要他離開，凡客卿都要驅逐。那麼陛下所重視的，在於美人音樂珠玉方面；而所輕視的，在乎人民啊。這不是用來統一天下、控制諸侯所應採取的辦法啊。

臣聞地廣者粟多，國大者人眾，兵❶強則士勇。是以太山❷不讓❸土壤，故能成其大；河海不擇細流，故能就其深；王者不卻眾庶，故能明其德❹。是以地無四方，民無異國，四時充美❺，鬼神降福，此五帝❻三王❼之所以無敵也。今乃棄黔首❽以資❾敵國，卻賓客以業諸侯❿，使天下之士，退而不敢西向，裹足⓫不入秦，此所謂藉寇兵⓬而齎盜糧⓭者也。夫物不產於秦⓮，可寶者多；士不產於秦，願忠者眾。今逐客以資敵國，損民以益讎，內自虛而外樹怨於諸侯，求國無危，不可得也。

【章旨】本段說明逐客的危害。逐客適足以削弱自己而幫助了敵國。

【注釋】❶兵　武器。❷太山　即泰山。❸讓　推辭；拒絕。❹王者二句　方績曰：「正意至此方透說。」卻，退；拒絕。❺充美　富足美滿。❻五帝　指黃帝、顓頊、帝嚳、堯、舜。❼三王　指夏禹、商湯、周文王和武王。❽黔首　秦國對百姓的稱呼。黔，黑色。❾資　助。❿業諸侯　使諸侯成就功業。⓫裹足　停住腳步。⓬藉寇兵　把兵器借給敵寇。藉，通「借」。⓭齎盜糧　把糧食送給盜賊。齎，贈送。⓮夫物不產於秦　此句以下何焯曰：「前動以利，此怵以害。」總結前三層，並與開首相應。

【語譯】我聽說土地寬廣就多產糧食，國家大人口就眾多，兵器精良戰士就勇敢。因此泰山不拒絕細小的泥土，所以能成為大山；河海不拒絕細流，所以能成為深水；國君不拒絕所有的眾庶百姓，所以能顯揚他的德行。因此地域不分東南西北，人民不管是哪個國家，一年四季都富足美滿，鬼神也會賜予福分，這就是五帝、三王無敵於天下的原因啊！現在皇上卻拋棄百姓來幫助敵國，辭退賓客來幫助諸侯取得業績，使得天下賢士望而卻步不敢西向，停步不敢入秦，這就叫做把武器借給敵寇、把糧食送給盜賊啊！其實，物品不出產在秦國的，值得珍視的卻很多；士人不生長在秦國的，願為秦國盡忠的卻不少。現在驅逐客卿來幫助敵國，減少自己的人民來增強敵人的力量，使自己內部空虛，而對外又在諸侯各國樹立仇怨，想要自己的國家沒有危險，那是不可能的啊！

【研　析】本文起句採用開門見山之法，點明全文中心論點以籠罩全篇。首段言人，二段言物，皆為「昔」，三段始言今之逐客。昔與今相對照，人與物相對照，忽而反說，忽而倒說，有無限姿態、無限神情。全文將敘述事實擺在對比的框架內。昔日四君重用客卿，今日秦君驅逐客卿；聲色玩好來自異國可用，人才來自異國卻不可用。一反一覆，一起一伏，顯示無限曲折變態，頗具說服力。同時精於排比鋪陳，富於文采，有駢偶趨向。故隋樹森評曰：「文章詞藻豐富，對偶排比得多，聲調色彩也較講究，為後來辭賦開了門徑。」章學誠以為實繫賦體，李兆洛曾將本篇選入《駢體文鈔》之首，以為「駢體初祖」。

論督責書

李　斯

【題　解】本篇出自《史記・李斯列傳》。秦二世即位，想肆志廣欲，長享天下而無害，問丞相李斯如何才能辦到。其時李斯子李由為三川守，對陳勝、吳廣起義鎮壓不力，李斯怕追究責任，失去官職，於是迎合二世心意，上論督責書以回答二世的提問。所謂「督責」，據《史記》索隱「督者，察也。察其罪，責之以刑罰也」。即國君要明察臣下的過失，加之以刑罰。書中指出，作為國君，之所以尊貴，就是要以天下自適，所謂「以人徇己，則己貴而人賤」，這正是二世所追求的。要作到這點，就要明申、韓之術，嚴刑峻法，輕罪重罰，讓百姓不敢違抗；同時還要獨斷專行，善於控制臣下，不要被仁義之人、諫說之臣、烈士之行所左右。這就是督責之術。二世見書，非常高興，於是大行督責，弄得「刑者相半於道，而死人日成積於市，殺人眾者為忠臣。」《史記》實際上加速了秦的滅亡。

二世責問李斯曰：「吾有私議❶而有所聞於韓子❷也。曰：『堯之有天下也，堂高三尺❸，采❹椽❺不斲❻，茅茨❼不翦，雖逆旅❽之宿，不勤於此矣。冬日鹿裘，夏日葛衣，粢❾糲❿之食，藜⓫藿⓬之羹，飯土匭⓭，啜⓮土鉶⓯，雖監門⓰之養，不觳⓱於此矣。禹鑿龍門⓲，通大夏⓳，疏九河⓴，曲九防㉑，決渟水㉒放之海，而股無胈㉓，脛無毛，手足胼胝㉔，面目黎㉕黑，遂以死於外，葬於會稽㉖，雖臣虜之勞，不烈㉗於此矣。』然則，夫所貴於有天下者，豈欲苦形勞神，身處逆旅之宿，口食監門之養，手持臣虜之作哉？此不肖人㉘之所勉也，非賢者之所務也。彼賢人之有天下也，專用天下適己而已矣，此所以貴於有天下也。夫所謂賢人者，必能安天下而治萬民，今身且不能利，將惡能治天下哉？故吾願賜㉙志廣欲，長享天下而無害，為之奈何？」李斯子由為三川守，群盜吳廣等西略地，過去弗能禁。章邯㉚以破逐廣等兵，使者覆案㉛三川相屬，誚讓㉜斯居三公㉝位，如何令盜如此。李斯恐懼，重爵祿，不知所出，乃阿二世意，欲求容，以書對曰：

【章　旨】本段介紹上〈論督責書〉的背景乃在於持官保祿，因而迎合二世肆志廣欲的心意。

【注　釋】❶私議　個人意見。❷韓子　即韓非（約西元前二八〇—前二三三年），先秦法家的集大成者。出身韓國貴族，與李斯同師事荀卿。所著書〈孤憤〉、〈五蠹〉、〈說難〉等十餘萬言，受到秦始皇的重視，被邀出使秦國。不久因李斯、姚賈陷害，死於獄中。❸堂高三尺　指堂基高三尺。❹采　櫟木。❺椽　屋椽，屋頂承瓦的木條。❻斲　即「斫」字。砍削。引申為雕鏤。❼茅茨　用茅草蓋的屋頂。❽逆旅　客舍。❾粢　粗舂的米做成的餅。❿糲　粗米。⓫藜　似藋的一種野菜。⓬藋　豆葉。⓭甂　即「簋」字。古代盛飯用的器皿。⓮啜　飲。⓯鉶　盛湯用的器皿。⓰監門　守門的人。⓱觳　薄。⓲龍門　傳說為夏禹所鑿，在今山西河津縣西北和陝西韓城縣東北。⓳大夏　地名，在今山西省境。通大夏，蓋言河道至此而不壅塞和溢出。⓴九河　據《尚書・禹貢》傳指徒駭、太史、馬頰、覆釜、胡蘇、簡、絜、鉤盤、鬲津九條河流。故道不能盡考，約在今山東德州以北至河北天津、河間一帶數百里之地。一說九河為九州之河，泛指全國河流。㉑曲九防　謂於黃河之九曲道別為堤防。曲，謂彎曲處，九言其多。㉒渟水　謂水亭蓄不流。㉓胈　腿上白肉。㉔胼胝　手掌腳底因長期勞動摩擦而生的繭（厚皮）。㉕黎　同「黧」。黃黑色。㉖會稽　指會稽山，在今浙江紹興市境。㉗烈　酷。㉘不肖人　指無能的人。㉙賜　盡。一作「肆」。放恣的意思。㉚章邯　原任秦少府（理財），西元前二〇八年率軍鎮壓陳勝、吳廣領導的反秦義軍。後在鉅鹿之戰中為項羽所破，投降。項羽封諸侯，他被封為雍王。西元前二〇五年被劉邦圍攻自殺。㉛覆案　謂事後調查。㉜誚讓　譴責。㉝三公　秦漢時以丞相（大司徒）、太尉（大司馬）、御史大夫（大司空）合稱「三公」，又稱「三司」。

【語　譯】秦二世責問李斯說：「我聽到韓非的論說有點個人的看法。韓非說：『堯擁有天下的時候，堂基之高只有三尺，櫟木作的椽條不加雕鏤，茅草蓋的屋頂不加修剪，即使客店的住宿，也不會比這更苦了。冬日穿鹿皮袍，夏日穿葛麻衣，吃著粗糙的糧食，喝著野菜豆葉湯，使用土缽土碗，即使守門之僕的供養，也不會比這更差了。夏禹鑿開龍門，讓大夏河道暢通，又疏通九河，在河道曲折處修築堤防，同時決開停蓄的湖水，讓它流入大海；經過這樣勞累，夏禹弄得大腿上沒有一塊完好的皮膚，小腿上不生毫毛，手掌腳底磨起厚繭，滿臉黃黑，於是死在野外，安葬在會稽山，即使奴僕的勞苦也不會比這更厲害了。』那麼擁有天下之所以尊貴，難道就在於讓身體受苦、精神勞累，如住在客舍，吃著守門人的飲食，從事奴僕般的勞作嗎？這都是小人所努力以赴的，不是賢人所當作的事情啊！那些賢人當擁有天下的時候，必定讓天下人適應自己的心意罷了，這就是擁有天下尊貴的原因啊。所謂賢人，必定能安定天下治理萬民，現在自身尚且不能得利，又怎麼能治理天下呢？所以我想作到盡其心意擴大欲望，長久享受天下富貴又不遭受危害，對此當怎麼辦呢？」李斯的兒子李由任三川郡守，群盜吳廣等向西攻城略地，來來往往李由都沒有能夠制止。等到章邯已經攻破驅逐吳廣等人的部隊，二世派使者一個接一個去調查三川守失職的事，並責備李斯官居三公之位，為什麼讓群盜發展到這種地步。李斯恐懼，又重視爵祿，不知道用什麼辦法來對付。於是迎合二世心意，以求得到容身的機會，就上了這封書來回答，說：

「夫賢主者，必且能全道❶而行督責之術者也。督責之，則臣不敢不竭能以徇❷其主矣，此臣主之分❸定，上下之義❹明，則天下賢不肖，莫敢不盡力竭任以徇其君矣。是故主獨制於天下而無所制也，能窮樂❺之極矣。賢明之主也，可不察焉？

【章旨】本段總言行督責之術的好處。

【注釋】❶全道 蓋與後「帝道備」義同，即具備帝道。❷徇 循；隨從。❸分 界線；職分。❹義 宜；合宜的關係。❺窮樂 享盡快樂。

【語譯】「那賢能的君主，必將能具備帝道而且實行督責的辦法啊。實行督責，那麼臣下就不敢不用盡才能來為他的主子服役，這樣臣與主之間的界限就能確定，上與下之間的關係就能清楚，那麼天下無論賢與不賢的人，沒有敢不盡力盡職來為他的君主服役的了！因此君主一人控制天下而不受任何控制，這樣就能享盡快樂到極點了。賢能的君主，能不明察嗎？

「故申子❶曰：『有天下而不恣睢❷，命之曰以天下為桎梏❸』者，無他焉，不能督責，而顧❹以其身勞於天下之民，若堯、禹然，故謂之『桎梏』也。夫不能修申、韓之明術，行督責之道，專以天下自適也，而徒務苦形勞神，以身徇百姓，則是黔首之役，非畜❺天下者也，何足貴哉？夫以人徇己，則己貴而人賤；以己徇人，則己賤而人貴。故徇人者賤，而人所徇者貴。自古及今，未有不然者也。凡古之所為尊賢者，為其貴也；而所為惡不肖者，為其賤也。而堯、禹以身徇天下者也，因隨而尊之，則亦失所為尊賢之心矣。夫可謂大繆❻矣！謂之為桎梏，不亦宜乎？不能督責之過也。」

【章旨】本段借申子之言，說明「徇人者賤，而人所徇者貴」的道理，人主當行督責之術。

【注釋】❶申子　申不害（西元前三八五—前三三七年），戰國時期政治家，法家的代表人物。鄭人，曾任韓昭侯相國，主張法治，尤重視「術」以監督臣下，加強中央集權。其學說為韓非所發展，後世並稱「申韓之學」。❷恣睢　放縱；隨心所欲，為所欲為。❸桎梏　套在手腳上的刑具。在此作約束自己的枷鎖解。❹顧　只；反而。❺畜　養；統治。❻繆　同「謬」。錯誤。

【語譯】「所以申子說：『擁有天下而國君不能隨心所欲，這樣的天下就稱它為約束自己的枷鎖』，其原因沒有別的，就在於不能實行督責，反而讓自身為天下百姓而操勞，像堯、禹的情況那樣，所以叫做約束自己的枷鎖啊。不能作到用申、韓的法術來治理，推行督責的辦法，專讓天下的人來滿足自己，只是作勞苦身心的事，讓自己隨從百姓，那麼這當是勞苦大眾的事，不是統治天下的人所作的事啊，怎麼值得尊貴呢？讓別人服從自己，那麼自己就尊貴別人卑賤；讓自己服從別人，那麼自己就卑賤別人尊貴。所以服從別人就卑賤，別人服從自己就尊貴。自古到今，沒有不是如此的啊！凡古代所謂尊重賢人，是因為他們尊貴；所謂厭惡不賢的人，是因為他們卑賤啊。可是堯和禹是讓自身服從天下的人，於是也接著尊重他們，那麼也就失去所謂尊重賢人的本意了。可算是最大的錯誤了！可見把天下叫做枷鎖，不是很恰當嗎？這是不能實行督責之術的過錯啊。

「故韓子曰『慈母有敗子，而嚴家無格虜❶』者，何也？則能罰之加焉必❷也。故商君❸之法，刑棄灰於道者❹。夫棄灰，薄罪也；而被刑，重罰也。彼唯明主為能深督❺輕罪。夫罪輕且督深，而況有重罪乎？故民不敢犯也。是故韓子曰『布帛尋常❻，庸人❼不釋；鑠金❽百鎰❾，盜跖❿不搏⓫』者，非庸人之心重，尋常之利深，而盜跖之欲淺也；又不以盜跖之行⓬，為輕百鎰之重也。搏必隨手刑，則盜跖不搏百鎰；而罰不必行也，則庸人不釋尋常⓭。是故城高五丈，而樓季⓮不輕犯也；泰山之高百仞，而跛牂⓯牧其上。夫樓季也而難五丈之限，豈跛牂也而易百仞之高哉？峭塹⓰之勢異也。明主聖王之所以能久處尊位，長執重勢，而獨擅天下之利者，非有異道也，能獨斷而審督責，必深罰，故天下不敢犯也。今不務所以不犯⓱，而事慈母之所以敗子⓲也，則亦不察於聖人之論矣。夫不能行聖人之術，則舍⑲為天下役何事哉？可不哀邪？

【章旨】本段借韓子的論述來闡明嚴刑峻法的必要，因而人主當行督責之術。

【注釋】❶慈母有敗子二句　《韓非子・顯學》云：「夫嚴家無悍虜，而慈母有敗子者，吾以知威勢之可以禁暴，而德厚之不足以止亂也。」格，彊悍。虜，奴隸。❷必　堅決。❸商君　商鞅，為秦孝公變法，使秦國開始強大。❹刑棄灰於道者　《史記・李斯列傳》正義云「棄灰於道者黥（在面額上刺字染墨）也」。❺深督　深刻審查，猶言重罰。下「督深」義同。❻尋常　古長度單位，八尺曰尋，倍尋（一丈六尺）曰常。❼庸人　普通人。❽鑠金　正在加熱鎔化中的黃金或黃銅。鑠，銷鎔。又《史記》索隱引《爾雅》：「鑠，美也。」則以鑠金為美金，錄以作參考。❾鎰　古時重量單位，二十兩或二十四兩為一鎰。❿盜跖　古時傳說中的大盜。⓫搏　用手拿。⓬行　品行。⓭搏必隨手刑四句　此四句當是對「布帛」四句的正面解釋，當按《韓非子・五蠹》「不必害，則不釋尋常；必害手，則不掇百溢」四句來理解，因此「刑」、「罰」二字均應作「傷害」解釋。⓮樓季　戰國時魏文侯弟，以善於攀登著稱。⓯跛牂　跛腳的母羊。⓰峭塹　指山勢的陡峻和平緩。⓱所以不犯　指督責深罰。⓲所以敗子　指仁愛寬厚。⓳舍　止；僅。

【語譯】「所以韓子說的『慈母會嬌慣出敗家子，而嚴厲的家庭卻沒有彊悍的奴隸』的原因，是什麼呢？就是能對他加以懲罰而且是堅定不移的啊！所以商鞅的法令規定，要對把灰拋在路上的人給予黥刑。本來把灰拋在路上，只是犯了輕罪啊；可是被施以黥刑，那是重罰啊。只有那些賢明的君主才能夠施行輕罪重罰。那些犯罪輕的也加以重罰，何況是犯了重罪的呢？所以百姓不敢犯法啊。因此韓非子說『尋常之長的布帛，普通人都不會放棄這種分外小利；正當銷鎔的百鎰黃金，盜跖也不敢用手去拿』，其原因並不是普通人的貪財之心重，尋常的布帛價值很大，盜跖的貪財之心淡薄；也不是盜跖的品格高，把百鎰之重的黃金看得輕啊！而是因為如果用手拿，必定會燙傷手，那麼盜跖就不拿這百鎰黃金；如果拿了不一定會傷手，那麼普通人也不會放棄這尋常的布帛。因此五丈高的城牆，樓季也不會輕易越過它；百仞之高的泰山，跛腳的母羊卻可以到山頂吃草。那樓季以越過五丈高的城牆為難事，難道跛腳的母羊反而把登上百仞之高的泰山看得容易嗎？就是因為陡峭與平緩的坡度不同啊。明主聖王之所以能夠長久居於尊貴的君位，長久的掌握重大的權柄，並單獨擁有天下的利益，並不是有別的辦法，就在於獨立決斷而明察罪過，加以重罰，所以天下的人都不敢違抗啊。現在不去施行督責重罰，而施行慈母教出敗家子使用的仁義寬厚的辦法，就太不了解聖人治國的主張了。既然不能施行聖人治國的辦法，就只能為天下人服役還能幹什麼呢？難道不可哀嗎？

且夫儉節仁義之人立於朝，則荒肆❶之樂輟❷矣；諫說論理之臣間於側，則流漫之志❸詘❹矣；烈士❺死節之行顯於世，則淫康❻之虞❼廢矣。故明主能外此三者，而獨操主術❽以制聽從之臣，而修其明法，故身尊而勢重也。凡賢主者，必將能拂世❾摩俗❿，而廢其所惡，立其所欲，故生則有尊重之勢，死則有賢明之謚⓫也。是以明君獨斷，故權不在臣也。然後能滅仁義之塗，掩馳說⓬之口，困烈士之行，塞聰揜⓭明，內獨視聽。故外不可傾以仁義烈士之行，而內不可奪以諫說忿爭⓮之辯。故能犖然⓯獨行恣睢之心而莫之敢逆。若此，然後可謂能明申、韓之術，而修商君之法。法修術明，而天下亂者，未之聞也。故曰王道約⓰而易操⓱也。唯明主為能行之。若此，則為⓲督責之誠⓳；督責之誠⓴，則臣無邪；臣無邪，則天下安；天下安，則主嚴尊；主嚴尊，則督責必；督責必，則所求得；所求得，則國家富；國家富，則君樂豐。故督責之術設，則所欲無不得矣。群臣百姓，救過不給㉑，何變之敢圖？若此，則帝道備，而可謂能明君臣之術矣。雖申、韓復生，不能加也。

【章　旨】本段強調「獨斷」的作用，認為明主應該「獨斷」，用權術來控制臣下，實行督責。

【注　釋】❶荒肆　荒誕放縱。❷輟　停止。❸流漫之志　放蕩不拘的心志。❹詘　同「屈」。受壓抑。❺烈士　具有雄心壯志的人。❻淫康　淫逸放縱。❼虞　通「娛」。❽主術　人主之術，指督責之術。❾拂世　與世情相違背。❿摩俗　謂改變世俗使從己意。摩，通「磨」。磨礪。⓫謚　謚號。人死後，後人根據生前表現給予的稱號。⓬馳說　游說。⓭揜　同「掩」。掩蔽。⓮忿爭　激烈地爭論。⓯犖然　獨立不移的樣子。⓰約　簡約。⓱操　掌握。⓲為　《史記》作「謂」。⓳誠　實行。⓴督責之誠　《史記》無此四字，依《史記會注考證》補。㉑給　足。

【語　譯】「至於那些節儉仁義的人在朝廷做官，那麼迷亂放恣的音樂就停止了；諫阻說理的大臣站在帝王身旁，那麼放蕩不拘的心志就受到壓抑了；志士為堅持節操而死的行為顯耀在世上，那麼淫逸愉悅的娛樂便廢除了。所以賢明的君主要擺脫這三種人的約束，獨立掌握君主的權術來控制順從的大臣，並制訂明確的法令，這樣自身就顯得尊貴，權勢也會加重啊！凡屬賢明的君主，必將能違背世情改俗從己，討厭的就廢除，喜歡的就確立，所以活著就享有受尊重的權勢，死了就有賢明的謚號啊。因此賢明的君主要獨立決斷事情，所以權力就不在大臣手中啊。然後才能鏟除仁義說教的途徑，堵塞游士說客的嘴巴，阻止志士死節的行為，掩蔽周圍大臣的聰明，獨自視聽判斷是非。所以外表不可傾慕仁義之人和志士之行，內心不可被勸諫游說的激烈爭辯所左右。所以能獨斷專行隨心所欲而沒有人敢違抗。像這樣以後，才談得上實施申子、韓非的權術，執行商鞅的法令了。執行法令實施權術，天下還出現動亂，這是沒有聽說過的事情啊！所以說君王的統治之道很簡約而又容易掌握。只有賢明的君主才能實行它。像這樣就叫做實行督責。實行督責，臣子就不會作壞事；臣子不作壞事，天下就會安定；天下安定，君主就獲得尊嚴；君主獲得尊嚴，實行督責就更果決；實行督責更果決，那麼所求必得；所求必得，那麼國家就會富裕；國家富裕，那麼君主就享受豐盛。所以督責之術設立，那麼君主所想的沒有不能得到的了。群臣百姓改正錯誤尚且來不及，又怎麼會有造反的意圖呢？像這樣，就具備了帝王之道，就能懂得君主御使臣下的權術了。即使申子、韓非再生，也不能超過啊。

【研　析】桐城派以「義法」為宗，本書選文又亦以「義法」為標準。所謂「義」，指的是孔孟聖賢之道，而本篇「非堯禹」、「滅仁義」，顯然不合於桐城派的「義」。之所以入選則主要著眼於「法」了。全文結構嚴謹，層次清晰，議論錯綜，語言峭潔。前面二段，從正反兩面集中闡明督責的必要性：行督責則可「窮樂之極」；不行，則將「以天下為桎梏」。三段集中論「責」，用嚴刑峻法，則人人不敢犯。四段集中論「督」，無論仁義之人，諫說之臣，死節之行，皆在掃蕩摒除之列，以保證國君「獨斷」之權。這些理論都是從申、韓引申而來。申、韓所代表的法家，本不失為治亂世之一法，而李斯對秦二世那樣一個庸主，卻鼓吹不受任何約束的絕對君權和肆無忌憚的窮奢極欲，這就無任何可取之處，而只能加速秦王朝的滅亡了。

卷十二 奏議類上編 二

至言

賈山

【題解】本篇出自《漢書・賈山傳》。傳載：賈山在「孝文時，言治亂之道，借秦為諭，名曰〈至言〉。」至言，有極言、直言之意。漢文帝即位後，節儉自勉，實行輕徭薄賦、平獄緩刑的政策，取得了一定成效。然而，他喜好馳驅射獵，常與大臣宴遊，日日射獵，擊兔伐狐。賈山恐傷大業，絕天下之望，因而向文帝上了這篇名曰「至言」的奏疏。文中首引秦代速亡的教訓，次論臣子直諫君主納諫的意義，再指出馳驅射獵會招致朝廷懈弛、諸侯怠政的後果，進而勸說文帝採取措施確立君主的威容，少與大臣宴遊射獵，作到「游不失樂，朝不失禮，議不失計。」〈至言〉對於漢文帝吸取秦速亡的教訓，聽言納諫，改變射獵的嗜好，無疑是有作用的。

【作者】賈山，潁川（今河南禹縣）人，生卒年不詳，約漢文帝前後在世。涉獵書記，不能為醇儒。事文帝，言治亂之道，上〈至言〉。其後，文帝下鑄錢令，山又上書諫阻，遂禁鑄錢。又訟淮南王無大罪，宜亟令返國，言多激切，然終不加罰。山有論文八篇，今不存。唯〈至言〉存於《漢書》本傳。

臣聞為人臣者，盡忠竭愚，以直諫主，不避死亡之誅者，臣山是也。臣不敢以久遠諭❶，願借秦以為諭，唯陛下少❷加意焉。

【章旨】本段關於上疏的說明。

【注釋】❶諭　同「喻」。譬喻。❷少　稍。

【語譯】我聽說作臣子的，要盡忠竭智，用說直話來勸諫他的君主，不避開死亡的誅罰，我賈山就是這樣的人。我實在不敢用久遠的史實來作比喻，我想借秦代速亡的事作比喻，希望皇上稍加留意啊。

夫布衣韋帶之士❶，修身於內，成名於外，而使後世不絕息。至秦則不然。貴為天子，富有天下，賦斂重數❷，百姓任罷❸，赭衣半道❹，群盜滿山，使天下之人，戴目❺而視，傾耳而聽。一夫大謼❻，天下嚮應者，陳勝是也。秦非徒如此也，起咸陽❼而西至雍❽，離宮❾三百，鍾鼓帷帳，不移而具❿。又為阿房之殿⓫，殿高數十仞⓬，東西五里，南北千步，從車羅騎，四馬鶩馳，旌旗不橈⓭。為宮室之麗至於此，使其後世曾不得聚廬而託處焉。為馳道⓮於天下，東窮燕、齊，南極吳、楚，江湖之上，瀕海⓯之觀畢至。道廣五十步，三丈而樹，厚築其外，隱以金椎⓰，樹以青松。為馳道之麗至於此，使其後世曾不得邪徑而託足焉。死葬乎驪山⓱，吏徒數十萬人，曠日十年，下徹三泉⓲，合采金石，冶銅錮⓳其內，漆塗其外，被以珠玉，飾以翡翠⑳，中成觀游，上成山林。為葬薶㉑之侈至於此，使其後世曾不得蓬顆蔽冢㉒而託葬焉。秦以熊羆㉓之力，虎狼之心，蠶食諸侯，并吞海內，而不篤㉔禮義，故天殃已加矣。臣昧㉕死以聞，願陛下少留意，而詳擇其中。

【章旨】本段以事實說明秦遭速亡的教訓，希望文帝加以對照，有選擇地汲取。

【注釋】❶韋帶之士　指貧賤的人。韋帶，用熟獸皮作的衣帶，無其他裝飾。❷數　頻繁。❸任罷　負擔疲倦。罷，通「疲」。❹赭衣半道　此句指罪人之多，行道之人半數著赭衣。赭衣，秦漢罪人所著之衣。赭，紅色。❺戴目　楊樹達以為「戴目」即「側目」。❻謼　同「呼」。❼咸陽　秦都城。在今陝西咸陽東北二十里。❽雍　秦孝公之前秦的都城。在今陝西鳳翔南。❾離宮　顏師古注：「凡言離宮者，皆謂於別處置之，非常所居也。」❿不移而具　指鐘鼓帷帳到處都有，不須搬動。⓫阿房之殿　即阿房宮，在咸陽附近。顏師古注：「阿房者，言殿之四阿皆為房也。一說大陵曰阿，言其殿高若於阿上為房也。房字或作旁，說云始皇作此殿，未有名，以其去咸陽近，且號阿旁。阿，近也。」⓬仞　八尺叫仞。⓭橈　屈；彎曲。師古注：「橈，屈也。言庭之廣大，殿之高敞，眾騎馳騖無所迫觸，建立旌旗不屈橈。」⓮馳道　天子之道。⓯瀕海　師古注：「瀕，水涯也。瀕海，謂緣海之邊也。」⓰隱以金椎　用鐵椎築穩。周壽昌《漢書》注校補曰：「隱即穩字，以金椎築使堅穩也。」⓱驪山　在今陝西臨潼縣城東南。⓲三泉　三重泉水，言墓穴之深。⓳錮　用鎔鑄的金屬封合。⓴翡翠　皆小雀。翡，赤色；翠，青色。㉑薶　同「埋」。㉒蓬顆蔽冢　猶言簡陋的小墳。蓬顆，長草的土塊。冢，墳。㉓羆　似熊而體大，俗稱人熊。㉔篤　厚。㉕昧　冒。

【語譯】那些庶民百姓貧苦卑賤的人，在家裡修養身行，想在外顯揚美名，使後世永遠流傳。至於秦代卻不是如此。作為尊貴的天子，享有天下的財富，卻還不斷徵收繁重的賦稅和勞役，把百姓弄得疲憊不堪，路上半數是罪人，盜賊藏滿山林，使天下的人側目而視，側耳而聽。一旦有人帶頭大呼造反，天下的人都響應號召，陳涉就是這樣的人啊。秦代還不僅如此，從咸陽起西到雍地，修建了離宮三百所，宮內的鐘鼓帷帳種種設施，到處都有，不用搬動。又修建阿房宮，殿堂高達數十仞，東西長五里，南北寬千步，車輛騎兵羅列，四馬奔馳，旌旗不須屈撓。作為宮殿富麗到這種地步，讓他的後代子子孫孫，用不著住所都可寄居到這裡。還在天下修築馳道，東邊到達燕國和齊國，南邊到達吳國和楚國，長江、黃河及沿海的景觀都可以到達。道路寬五十步，每距三丈種樹一株，路面厚厚築土，用鐵椎椎緊，然後種上青松。修築馳道富麗到這種地步，讓他的後代子子孫孫，用不著走小路都可走馳道。死了葬在驪山，修墓的吏人役徒數十萬人，花費了十年時間，墓穴掘地及泉，並採礦石，裡層用冶煉出的銅加以澆鑄密封，外表塗上油漆，披上珠玉，用翡翠加以裝飾，墓穴中成了觀賞遊玩的地方，墳墓的頂上培植成山林。為了埋葬奢侈到了這種地步，讓他的後代子子孫孫，用不著簡陋的安葬都可安葬到這裡。秦代憑它熊羆般的力氣，虎狼般的貪心，逐漸侵食諸侯，併吞了天下，可是，它不重視禮義治國，上天的災禍已經降到它頭上了。我冒犯死罪來把秦亡的史實講給您聽，希望皇上稍加留意並且詳細地選擇其中值得借鑑的地方。

臣聞忠臣之事君也，言切直則不用而身危，不切直則不可以明道。故切直之言，明主所欲急聞，忠臣之所以蒙❶死而竭知也。地之磽❷者，雖有善種，不能生焉；江皐❸河瀕❹，雖有惡種，無不猥❺大。昔者夏商之季世，雖關龍逢❻、箕子❼、比干❽之賢，身死亡而道不用。文王之時，豪俊之士皆得竭其智，芻蕘❾採薪之人皆得盡其力，此周之所以興也。故地之美者善養禾，君之仁者善養士。雷霆❿之所擊，無不摧折者；萬鈞⓫之所壓，無不糜滅者。今人主之威，非特⓬雷霆也，勢重，非特萬鈞⓫也。開道而求諫，和顏色而受之。用其言而顯⓭其身，士猶恐懼而不敢自盡，又迺況於縱欲恣行暴虐，惡聞其過乎？震之以威，壓之以重，則雖有堯舜之智，孟賁⓮之勇，豈有不摧折者哉？如此則人主不得聞其過失矣；弗聞，則社稷危矣。古者聖王之制，史⓯在前書過失，工⓰誦箴⓱諫，瞽⓲誦《詩》⓳諫，公卿比諫⑳，士傳言諫過㉑，庶人謗於道，商旅㉒議於市，然後君得聞其過失也。聞其過失而改之，見義㉓而從之，所以永有天下也。天子之尊，四海之內，其義㉔莫不為臣。然而養三老㉕於太學㉖，親執醬而餽㉗，執爵㉘而酳㉙，祝饐㉚在前，祝鯁㉛在後，公卿奉杖，大夫進履，舉賢以自輔弼，求修正㉜之士使直諫。故以天子之尊，尊養三老，視㉝孝也；立輔弼之臣者，恐驕也；置直諫之士者，恐不得聞其過失也；學問至於芻蕘者，求善無饜也；商人庶人誹謗己而改之，從善無不聽也。

【章旨】本段論述臣子直諫和君主納諫的意義。

【注釋】❶蒙 冒。❷磽 土質貧瘠，不易生長。❸皐 即「皋」字。水邊淤地。❹瀕 水邊。❺猥 師古曰：「猥，盛也。」王念孫曰：「猥猶猝也。」猝，忽然。❻關龍逢 夏桀之忠臣，諫而被殺。❼箕子 商紂臣，紂暴虐佯狂而去。❽比干 紂王叔父，因屢諫紂王，被剖心而死。❾芻蕘 割草的人。師古曰：「芻，刈草也。蕘，草薪也。言執賤役者也。」❿霆 疾雷。⓫鈞 古代重量單位，一鈞合三十斤。⓬特 獨；僅。⓭顯 榮顯，加官進爵之類。⓮孟賁 古之勇士。⓯史 史官。

常在君主身旁，記載君主的行動。班固云：「古之王者世有史官，君舉必書，所以慎言行、昭法式也。」⓰工　指百官。⓱箴　勸戒的話。⓲瞽　指盲人。⓳詩　指《詩經》。⓴比諫　師古曰：「比方是也。」即以打比喻的方式委婉勸諫。王先謙以「比諫」當為「正諫」之誤。據此則為切直之諫。㉑過　王先謙曰：「『過』字蓋涉下文而衍。」㉒旅　師古曰：「旅，眾也。」㉓義　宜。指正確的意見。㉔義　此處指君臣之間的大義。㉕三老　指德高識廣的老年人。《禮記・樂記》：「養三老五更於太學。」鄭注曰：「三老五更互言之耳，謂老人更知三德五事者也。」孔疏：三德謂正直、剛、柔（見《尚書・皋陶謨》），五事謂貌、言、視、聽、思（見〈洪範〉）。㉖太學　古代朝廷設立的最高學校。㉗餽　即「饋」。贈食於人。㉘爵　酒杯。㉙酳　食畢以酒漱口。㉚餉　古「噎」字。噎，食不下也。祝噎者，侍奉進食之官，祝老者進食不噎。㉛鯁　鯁塞。與「噎」義同。祝鯁者亦侍奉進食之官，祝老者進食不鯁塞。㉜修正　修身正心。㉝視　通「示」。表示。

【語　譯】我聽說忠臣在侍奉君主的時候，如果勸諫的話說得太真切直率，那麼就不被採納而且自身會遭到危險，如果說得不真切直率，那麼又不能把要說的意思講清楚。所以太真切直率的勸諫的話，則是賢明君主所希望急切聽到的，也是忠臣為什麼冒犯死罪竭心盡智勸諫的原因啊。貧瘠的土地，即使有很好的種子，也不能在這裡生長；江岸河邊的土地，即使不好的種子，沒有不很快生長壯大的。昔日夏朝和商朝的末代，即使有關龍逄、箕子、比干這樣的賢臣，結果也遭殺害，他們的主張不被採用。周文王在位時，豪傑俊才之士都能各盡其智，割草打柴的人都能各盡其力，這就是周朝之所以興盛的原因啊。所以美好的土地善種稻糧，仁愛的君主善待士人。遭雷霆所擊的東西，沒有不被摧毀折斷的；遭萬鈞之重所壓的東西，沒有不被粉碎消滅的。現在君主的威力，又何止是雷霆啊，權勢之重又何止是萬鈞啊。即使開闢言路請求勸諫，和顏悅色地接受，施行他的意見並提高他的官職，士人還是恐懼而不敢把話說完，又何況是那些放縱貪欲、隨意施行暴虐、討厭聽到別人講自己過錯的君主呢？在強威的震動、重力的高壓之下，那麼即使具備堯、舜的智慧、孟賁的勇力的人，難道有不被摧毀折斷的嗎？像這樣，那麼君主就不能聽到講自己過失的話了；不能聽到，那麼國家也就危險了。古代聖王的制度規定，史官在君主跟前記載他的過失，百官誦讀箴言加以勸諫，盲人誦讀《詩經》加以勸諫，公卿正面直接勸諫，士人通過轉述勸諫，庶民百姓在道路上發表意見，商人群眾在市集議論，這樣做了以後，君主就能聽到講自己過失的話了啊。知道自己的過失能夠改正，發現合宜的意見照著去作，所以才會永遠享有天下啊。憑藉天子的尊嚴，普天之下按理沒有不是天子的臣民。然而還在太學尊養三老，天子親自拿著肉醬盆給三老進食，端著酒杯進酒讓三老漱口，祝噎的人站在前面，祝鯁的人站在後面，防止三老進食咽不下而鯁塞，公卿為三老拿手杖，大夫為三老穿鞋，提舉賢才來輔佐自己，尋求修身正心的人士讓他直接勸諫。所以憑藉天子的尊嚴，還要尊養三老，是表示孝順啊；設立輔佐的大臣，是防止驕傲啊；安排直接勸諫的人，是恐怕不能聽到關於自己過失的話啊；還要向割草打柴的人學習求教，是表示追求盡善盡美而毫不厭倦啊；商人庶民向自己提意見就改正，正確的意見沒有不聽從的啊。

昔者，秦政力并萬國，富有天下，破六國以為郡縣，築長城以為關塞。秦地之固，大小之埶，輕重之權，其與一家之富，一夫之彊❶，胡可勝計也？然而兵破於陳涉，地奪於劉氏❷者，何也？秦王貪狼❸暴虐，殘賊天下，窮困萬民，以適❹其欲也。昔者，周蓋千八百國❺，以九州之民，養千八百國之君，用民之力，不過歲三日❻，什一而籍❼，君有餘財，民有餘力，而頌聲作❽。秦皇帝以千八百國之民自養，力罷❾不能勝❿其役，財盡不能勝其求。一君之身耳，所以自養者馳騁弋⓫獵之娛，天下弗能供也。勞罷者不得休息，飢寒者不得衣食，亡⓬罪而死刑者無所告訴，人與之為怨，家與之為讎，故天下壞也。秦皇帝身在之時，天下已壞矣，而弗自知也。秦皇帝東巡狩⓭，至會稽、琅邪，刻石⓮著其功，自以為過堯舜統⑮；縣石鑄鍾虡⑯，飾土築阿房之宮，自以為萬世有天下也。古者聖王作謚，三四十世耳，雖堯舜禹湯文武，絫世廣德，以為子孫基業，無過二三十世⑰者也。秦皇帝曰死而以謚法，是父子名號有時相襲⑱也，以一至萬，則世世不相復也。故死而號曰始皇帝，其次曰二世皇帝者，欲以一至萬也⑲。秦皇帝計其功德，度其後嗣，世世無窮，然身死纔數月耳，天下四面而攻之，宗廟滅絕矣。

【章旨】本段論述秦遭速亡的原因在於貪狼暴虐、殘賊天下、窮困下民以適其欲。

【注釋】❶一家之富二句　譬指陳涉、劉氏等。❷劉氏　指劉邦。項羽、劉邦破秦，經過楚、漢之爭，劉邦取得勝利，建立西漢王朝。❸貪狼　如狼之貪。一說「狼」為「狠」之誤。❹適　快。❺千八百國　《禮記・王制》孔疏曰：「《公羊》說殷三千諸侯，周千八百諸侯。」諸侯曰國。❻用民之力二句　《禮記・王制》：「用民之力，歲不過三日。」陳澔注：「用民之力，如治城郭塗巷溝渠宮廟之類。《周禮》豐年三日，中年二日，無年則一日而已。若師旅之事，則不拘此制。」《周禮》引文見《周禮・地官・均人》。❼什一而籍　公取十分之一。師古曰：「什一，謂十分之中公取一也。籍，借也，謂借人力也。一曰為簿籍而稅之。」《禮記・王制》鄭注：「籍之言借也。借民力以治公田。」蓋借民力治公田相當十分之一的賦稅。❽頌聲作　《公羊・宣公十五年》曰：「古者什一而籍，什一者天下之中正也。什一行而頌聲作矣。」何注曰：「頌聲者太平歌頌之聲，帝王之高致也。」師古謂頌者即《詩經》之「頌」。❾罷　同「疲」。❿勝　任；負擔。⓫弋　一種帶線的箭，射出去可以收回。⓬亡　同「無」。⓭巡狩　古代天子到諸侯各國去視察叫「巡狩」。⓮刻石　在石碑上刻文字。有李斯〈會稽刻石文〉、〈琅邪台刻文〉。⓯統　治理。師古曰：「統，治也。言自美功德，治理天下過於堯舜也。」⓰縣石鑄鍾虡　縣，稱。石，重量單位，一百二十斤。虡，懸掛鐘磬的木架，其內側之柱叫「虡」。師古曰：「縣，稱也。石，百二十斤。稱銅鐵之斤石，以鑄鍾虡，言其奢泰也。虡，猛獸之名，謂鍾鼓之柎（器物之足）飾為此獸。」按《史記・秦始皇本紀》「收天下兵，聚之咸陽，銷以為鍾鐻，金人十二，重各千石。」即指其事。鐻，同「虡」。⓱無過二三十世　按《漢書・律曆志》曰：「夏后氏繼世十七王，凡殷世繼嗣三十一王，周凡三十六王。」⑱襲　重複。⑲欲以一至萬也　《史記・秦始皇本紀》載：「二十六年制曰：朕聞太古有號毋謚，中古有號，死而以行為謚。如此，則子議父，臣議君也，甚無謂，朕弗取焉。自今已來，除謚法，朕為始皇帝，後世以計數，二世、三世至于萬世，傳之無窮。」

【語譯】昔日，秦王政用武力兼併萬國，擁有天下的財富，打破六國的界限設置郡縣，修築長城作為邊關要塞。秦地邊塞的牢固，國勢的強弱，權力的輕重，它與一家的富豪，一人的強弱比較，怎麼可以相提並論呢？然而秦兵被陳涉攻破，地盤被劉邦奪去，是什麼原因呢？就是因為秦王貪狠暴虐，殘害天下，讓百姓窮困，只顧自己的痛快啊。昔日，周代大約有一千八百國，用九州的百姓供養一千八百國的君主，使用百姓的勞力一年不超過三日，徵十分之一的賦稅，結果國君有餘財，百姓有餘力，因而頌揚聖明的歌聲大作。秦皇帝用一千八百國的百姓供養自己，結果弄得百姓精力疲憊負擔不了傜役，財貨耗盡滿足不了欲求。這只是為了一個君主本身啊，所拿來供養自己馳騁射獵之樂的費用，天下百姓都供給不了啊。勞累疲乏的人得不到休息，飢餓寒凍的人得不到衣食，無罪而判死刑的人無處控告，人人與他結了怨，家家與他結了仇，所以天下全都敗壞了。秦皇帝活著的時候，天下就已經敗壞了，可是自己一點也不知道。秦皇帝到東方巡狩，到達會稽、琅邪，還刻石碑顯揚自己的功德，自以為超過堯、舜的治理；還稱銅鐵的重量來鑄造懸鐘的大架，篩泥土來修築阿房宮，自以為會萬世享有天下。古代聖王作謚法，只不過三四十代罷了，即使堯、舜、禹、湯、文、武世世代代發揚德行來為子孫創立基業，也不過二三十代啊。秦皇帝說帝王死了用謚法，會使父子名號有時相重複，用一到萬的數序，那麼代代就不會相重複了，所以死了就稱始皇帝，下一代就稱二世皇帝，這樣做是想從第一代傳到萬代啊。秦皇帝計算他的功德，估量他的後代做皇帝，會世世代代沒有窮盡，然而，他死了以後才幾個月而已，天下四方就環起而攻之，以致國家消亡，宗廟滅絕了。

秦皇帝居滅絕之中而不自知者，何也？天下莫敢告也。其所以莫敢告者，何也？亡❶養老之義，亡輔弼之臣，亡進諫之士，縱恣行誅❷，退誹謗❸之人，殺直諫之士，是以道諛媮合苟容❹，比❺其德則賢❻於堯、舜，課❼其功則賢於湯、武，天下已潰而莫之告也。《詩》曰：「匪言不能，胡此畏忌。」「聽言則對，譖言則退❽。」此之謂也。又曰：「濟濟多士，文王以寧❾。」天下未嘗亡士也，然而文王獨言以寧者，何也？文王好仁則仁興，得士而敬之則士用，用之有禮義❿。故不致其愛敬，則不能盡其心；不能盡其心，則不能盡其力；不能盡其力，則不能成其功。故古之賢君於其臣也，尊其爵祿而親之；疾則臨視之亡數⓫；死則往弔哭之，臨其小斂大斂⓬；已棺塗⓭而後為之服錫衰麻絰⓮，而三臨其喪⓯；未斂，不飲酒食肉；未葬，不舉樂；當宗廟之祭而死，為之廢樂。故古之君人者於其臣也，可謂盡禮矣。服法服⓰，端容貌，正顏色，然後見之。故臣下莫敢不竭力盡死以報其上，功德立於後世，而令聞不忘也⓱。

【章旨】本段論述君主敬士納諫的重要。

【注釋】❶亡　同「無」。下同。❷縱恣　放縱隨意。❸誹謗　指直接指出過失。❹道諛媮合苟容　王念孫以為「道諛」即「諂諛」，猶諂媚，用不實之詞奉承人。媮，同「偷」。苟且。媮合苟容猶苟合取容，苟且迎合苟且容身。❺比　比方。❻賢　超過。❼課　考覈。❽匪言不能四句　匪，同「非」。聽言，恭維奉承的話。譖，毀。譖言即諫言。此四句出自《詩經・大雅・桑柔》。後二句〈桑柔〉作「聽言則對，誦言如醉」。另《詩經・小雅・雨無正》作「聽言則答，譖言則退」。師古曰：「言賢者見事之是非，非不能分別言之，而不言者何也？此但畏忌犯顏得罪罰也。又言，言而見聽，則悉意答對；不見信受，則屏退也。今《詩》本云『聽言則對，誦言如醉』。說者又別為義，與此不同。」師古後二句的解釋不合詩意，錄以備考。❾又曰二句　濟濟，眾多貌或威儀貌。師古曰：「此《大雅・文王》之篇也。濟濟，多威儀也。此言文王以多士之故，能安天下也。」❿禮義　宋祁曰：「『禮義』下語未屬，疑文不足。」「禮義」疑有脫文。⓫亡數　即無數。師古曰：「言心實憂念之，不為禮飾也。」⓬小斂大斂　給死者穿衣為小斂，入棺為大斂。⓭已棺塗　指已大斂。塗，塗飾，指在棺上塗畫紋飾。⓮錫衰麻絰　細麻製的喪服。錫，通「緆」。細布。絰，古代喪期結在頭上或腰間的麻帶。⓯三臨其喪　《魏書・禮志》：「十九年詔曰：古者大臣之喪有三臨之禮。」三臨，去看三次。⓰法服　指按禮制規定的服飾。⓱而令聞不忘也　姚鼐注：「以上論敬士。」令，善。

【語　譯】秦皇帝身處滅絕的環境中自己卻不明白，什麼原因呢？就是由於天下的人不敢告訴他啊。不敢告訴他的原因又是什麼呢？是由於秦皇帝沒有養老的義舉，沒有輔佐的大臣，沒有敢於勸諫的賢士，放縱隨意進行處罰，斥退批評的人，殺害直接勸諫的賢士，因此那些諂媚苟合取容的人，形容他的德行就說超過了堯、舜，考察他的功業就說超過了湯、武，天下已經崩潰卻沒有人告訴他啊。《詩經》說：「不是說出過失不可能，為何這樣的害怕忌諱？」「恭維他的話就回答，批評他的話就迴避。」就是說的這種情況啊。又說：「朝廷裡人才濟濟，文王就得以安寧。」天下不曾沒有士人，然而只有文王才得以安寧，為什麼呢？因為文王喜好仁那麼仁就興起成風，他得到士人就尊敬他們，那麼士人就為他所用，並且還依據禮義的原則來使用他們。所以不對士人奉獻自己的愛敬之心，那麼士人就不能全心全意；不能全心全意，那麼就不能全力以赴；不能全力以赴，那麼就不能成就他的功業。所以古代的賢君對待他的臣子，就加高他們的爵位和俸祿來親近他們；臣子有病，就不顧君臣禮節多次親臨探視；臣子死了就弔慰痛哭，並親臨小斂和大斂；已入棺對棺材加以塗飾後，君主還要穿上麻衣繫上麻帶，三次親臨喪場致哀；未入斂時，君主不飲酒食肉；未安葬時，不奏樂取樂；如果正當舉行宗廟祭祀的時候死了臣子，也要停止奏樂。所以古代做君主的對於他的臣子，可以說完全符合禮的要求了。君主接見臣下，要穿上禮服，端正容貌，和顏悅色，然後才接見他們。所以臣下沒有敢不盡死力來報答君主的，這樣君主的功業和德行就可影響到後代，而且美好的名聲也將世代相傳，不被遺忘啊。

今陛下念思祖考❶，術追厥功❷，圖❸所以昭光洪業休❹德，使天下舉賢良方正❺之士，天下皆訢訢❻焉，曰：將興堯舜之道、三王之功矣。天下之士，莫不精白❼以承休德。今方正之士，皆在朝廷矣，又選其賢者，使為常侍❽諸吏，與之馳敺❾射獵，一日再❿三出。臣恐朝廷之解⓫弛，百官之墮⓬於事也。諸侯聞之，又必怠於政矣。

【章　旨】本段接觸正題，提出文帝與朝臣射獵的問題。

【注　釋】❶祖考　祖宗。生曰父，死曰考。❷術追厥功　此句言追念祖考定天下之功。術，亦作「述」，與「聿」同，語辭。❸圖　謀。❹休　美。❺方正　本指人的品質正直不阿，後賢良方正成為漢代用人選舉的科目之一。❻訢訢　同「欣欣」。喜悅。❼精白　陳直謂即「清白」之借字。師古注：「厲精而為潔白也。」❽常侍　在皇帝左右奉侍的官員。錢大昭曰：「諸吏中常侍皆加官，中常侍得入禁中，諸吏得舉法。」❾敺　即「驅」字。❿再　二次。⓫解　同「懈」。⓬墮　同「惰」。

【語　譯】現在皇上思念祖宗，追憶祖宗治理天下之功，謀求發揚祖宗偉大的業績和美好的德行，要天下推舉賢良方正的人士，天下人都會很高興，說：我們的君主將會復興堯、舜的治道和三王的功業了。天下的人，沒有不潔身自好來承受皇上美德的。現在方正之士都選進朝廷了，又選拔其中的賢能之士讓他們做常侍諸吏，然而，卻同他們馳驅射獵，一天之中外出兩三次。我耽心朝廷會鬆懈，百官會懶於治事了。諸侯們聽到此事，又必定會荒廢政事了。

陛下即位，親自勉以厚天下，損食膳，不聽樂。減外徭衛卒，止歲貢，省廄馬以賦❶縣傳❷，去諸苑❸以賦農夫，出帛十萬餘匹以振貧民。禮高年，九十者一子不事❹，八十者二算不事❺。賜天下男子爵❻，大臣皆至公卿，發御府❼金賜大臣、宗族，亡不被澤者。赦罪人，憐其亡髮❽賜之巾，憐其衣赭❾書其背❿，父子兄弟相見也而賜之衣。平獄緩刑，天下莫不說喜。是以元年膏雨⓫降，五穀登，此天之所以相⓬陛下也。刑輕於它時而犯法者寡，衣食多於前年而盜賊少，此天下之所以順陛下也。臣聞山東吏布詔令，民雖老羸⓭癃⓮疾，扶杖而往聽之，願少須臾毋死，思見德化之成也。今功業方就，名聞方昭，四方鄉⓯風。今從⓰豪俊之臣，方正之士，直⓱與之日日獵射，擊兔伐狐，以傷大業，絕天下之望，臣竊悼之。

【章旨】本段頌揚文帝的政績，並指出功業方就而日與射獵，會有傷大業，絕天下之望。

【注釋】❶賦　給。師古曰：「賦，給與也。」❷縣傳　指公家驛站傳遞的馬。❸苑　供遊獵的園地。❹事　指納賦服役。❺二算不事　謂免二口算賦。算賦，漢時成年人所徵的人頭稅。❻賜天下男子爵　漢代設爵位二十級，一爵名公士，二爵名上造，授給普通士卒。❼御府　君主的府庫，猶國庫。❽亡髮　無髮，古之罪人受髡刑者剃去頭髮。❾衣赭　穿紅色囚服。❿書其背　在囚犯之背書其罪狀。王先謙《補注》曰：「言罪人已赦歸，與父子兄弟相見，上憐其無髮則賜之巾，憐其曾衣赭書背則賜之衣也。」⓫膏雨　滋潤作物的及時雨。⓬相　助。⓭羸　瘦弱。⓮癃　疲病，或謂駝背。《史記・平原君虞卿列傳》索隱：「罷癃謂背疾，言腰曲而背隆高也。」⑮鄉　向；傾慕。⑯從　使人跟隨。⑰直　但；只。

【語譯】皇上即位，親身自我克制來讓天下受惠，自己減損膳食，不聽音樂。減少外面的徭役和宮廷保衛的士卒，停止每年的進貢，減少廄馬來供驛站傳乘，拆除大量苑囿來供農民種植，拿出絲帛十萬餘匹來賑濟貧民。按禮的規定來對待老年人，九十歲的老年人只有一子的，免除賦稅徭役，八十歲的老年人免除二人的算賦。賜予天下男子的爵位，大臣們都可以升至公卿的爵位，把國庫的錢賜給大臣、宗族，沒有不受到皇上恩澤的。赦免罪人，同情他們沒有頭髮便送給他們頭巾，同情他們穿著紅色的囚服背面書寫著罪狀，父子兄弟相見不便就送給他們衣服。斷案公平，刑罰不苛，天下的人沒有不喜悅的。因此繼位之元年就降了及時雨，五穀豐收，這是上天幫助皇上的表現啊。刑罰比以前要輕，可是犯法的卻稀少，百姓的衣食比往年多，盜賊也因之減少，這是上天順從皇上的表現啊。我聽說山東官員宣布皇上的詔令，百姓中即使年老的、疲弱的、駝背的、生病的，都扶著手杖去聽詔令，希望多活一會兒不要死，想看到德澤化育的實現啊。現在皇上的功業剛剛有所成就，好的名聲剛剛出現，四面八方都嚮風慕義。可是現在讓豪俊之臣、方正之士跟隨自己，只同他們天天獵射，擊兔伐狐，因而傷害了治國的大業，使天下的人失望，我私下為此感到悲痛啊。

《詩》曰：「靡不有初，鮮克有終。」❶臣不勝❷大願，願少衰❸射獵。以夏歲二月❹，定明堂❺，造太學，修先王之道，風行俗成，萬世之基定，然後唯陛下所幸耳❻。古者大臣不媟❼，故君子❽不常見❾其齊嚴❿之色，肅敬之容。大臣不得與宴⓫游，方正⓬修潔⓭之士不得從射獵，使皆務其方⓮以高其節，則群臣莫敢不正身修行，盡心以稱⓯大禮⓰。如此，則陛下之道尊敬，功業施於四海，垂於萬世子孫矣。誠⑰不如此，則行日壞而榮日滅矣。夫士修之於家，而壞之於天子之廷，臣竊愍⑱之。陛下與眾臣宴游，與大臣方正朝廷論議，夫游不失樂，朝不失禮，議不失計，軌⑲事之大者也。

【章旨】本段向文帝提出改正措施，表達「游不失樂，朝不失禮，議不失計」的願望。

【注釋】❶詩曰三句　引自《詩經・大雅・蕩》。靡，無。鮮，少。❷不勝　不配擔當。❸少衰　稍減。❹夏歲二月　師古注：「時以十月為歲首，則謂夏正之二月為五月。今欲定制度，循於古法，故特云用夏歲二月也。」❺明堂　古代帝王宣明政教的地方。《白虎通・辟雍》曰：「天子立明堂者，所以通神靈、感天地、正四時、出教化、宗有德、重有道、顯有能、褒有行者也。」❻唯陛下所幸耳　師古曰：「言乃可恣意也。」王先謙曰：「言乃可從容游豫耳，非謂可恣意也。」幸，天子所愛曰幸。❼媟　同「褻」。狎也，親近遊玩。❽君子　指皇上。❾見　顯示。❿齊嚴　即齋嚴。莊嚴的樣子。「古者」三句意為君主在臣子面前應保持莊嚴的樣子，所以大臣不要常隨君主，讓君主得以寬鬆自如。⓫宴　師古曰：「安息曰宴。」⓬方正　指廉正不阿。⓭修潔　指品德美好。⓮方　道。指為臣之道。⓯稱　符合。⓰大禮　指君臣之間的禮儀。⓱誠　如果。⓲愍　悲憂。⓳軌　法。

【語譯】《詩經》說：「無事不有個開頭，但是很少能貫徹到結尾。」我不配有很大的心願，我只想皇上能稍減少射獵的興趣。改用夏曆的二月，確立明堂，興建太學，講修先王的主張，讓美好的風習形成，建立鞏固的萬世基業，然後任憑皇上從容娛樂罷了。按古制大臣不常在君主身邊，所以君主也就不常顯現出莊嚴的面色，肅敬的容貌。大臣不能參與君主的休息遊玩，廉正高潔的官員也不能跟隨君主射獵，使他們都盡為臣之道以養成高尚的節操，那麼群臣也就不敢不端正自身修潔品行，盡心服役以符合君臣大義。像這樣，那麼皇上的治道就會受到尊敬，功業傳到四海，流傳到萬代子孫了。假設不是這樣，那麼士人的德行會一天天變壞，美好的名聲會一天天消失了。作為士人在家裡修養成功，卻在天子的朝廷裡變壞，我為此而悲痛。皇上與群臣一道休息遊玩，與大臣方正在朝廷議事，應該做到遊玩不失去有節制的娛樂，在朝廷上不失去君臣之禮，議事不失去正確的謀劃，這是最大的法度啊。

【研　析】本篇目的在於諫阻文帝與大臣宴遊射獵，全文兩千餘字，而正面指斥其過的語言不足二百字，且置於全文最後部分，即倒數第二、三段之末，而且是點到即止，對其危害，並不多加分析，有似惜墨如金。末段雖正反面並列，亦以正面論述為主，其所以採用這一寫法，固然因為文帝英主，確能廣開言路，但就文章本身而言，則由於作者採用對照、烘托、借喻、鋪墊等手法，以步步逼進中心論題，最後只需畫龍點睛，就自然足以使中心突出。其主要寫法：一是對比之法，即以秦之暴政擾民、拒諫飾非而速亡，與三代廣開言路、推行仁政而祚長，從而說明仁政納諫之重要。一是以頌為諷之法，文章在對比秦與三代之後，立即轉入文帝，但歌頌文字大大超過批評文字，歌頌乃是為了批評，因為把文帝與堯、舜三王並列，自然與遊樂射獵不相容。因此歌頌只是一種批評，不過是正面的積極的批評而已。另外，此文距戰國不遠，氣勢磅礴宏闊，作者又大量採用排比對偶，句句騰躍，語語有崩雲墜石之勢。姚鼐評曰：「雄肆之氣，噴薄橫出，漢初之文如此。」

陳政事疏

賈　生

【題　解】本篇或題作〈治安策〉，見於《漢書．賈誼傳》，原無題，但稱：文帝六年「拜誼為梁懷王太傅，數問以得失。是時……誼上疏陳政事，多所欲匡建，其大略曰」云云，故知本篇當作於文帝六年（西元前一七四年）之後，原非針對一時一事而作。首先提出諸王僭越，對抗朝廷。異姓諸王，雖大多以謀反伏誅，而同姓王除濟北、淮南王外，其餘諸王如吳王濞等，亦多仗其地廣人眾，心懷不軌，抗拒朝廷法令，形成末大不掉的局面，如不迅速制止，則國家將面臨分裂動亂之危。這就是所謂「可為痛哭者一」。其次在對待匈奴問題上，漢初以歲貢金帛換取暫時苟安，因而形成「頭足倒懸」之勢，並使邊境軍民不得安寢；且漢以天下之主，反而受困於其眾不過漢一大縣之匈奴，而漢之君臣不獵反寇而獵彘兔，玩細娛而不圖大患。這就是所謂「可為流涕者二」。第三乃是富商大賈豪奢極欲，僭擬天子，世風敗壞，綱紀不修，道德沉淪，上下失序，大臣亦受刑罰之辱。這些都是「可為長太息」的事情。賈誼建議以「眾建諸侯而少其力」的辦法來削弱諸王勢力以鞏固中央集權；設屬國之官以主管匈奴事務，加強道德禮儀教育，特別注意對嗣君（即太子）的培養，禮遇大臣，勿妄施刑罰等一系列措施。這些都充分體現了政治家的高瞻遠矚。這些建議，部分為文帝所採納，部分為景、武二帝陸續實行。歷史證明賈誼的這些建議大多是深中時弊而又切實可行的。

臣竊惟❶事埶❷，可為痛哭者一，可為流涕❸者二❹，可為長太息者六❺。若其它背理而傷道❻者，難徧以疏舉❼。進言者皆曰天下已安已治矣，臣獨以為未也。曰安且治者，非愚則諛❽，皆非事實❾知治亂之體❿者也。夫抱⓫火厝⓬之積薪之下而寢其上，火未及燃，因謂之安，方今之埶，何以異此！本末舛逆⓭，首尾衡決⓮，國制搶攘⓯，非甚有紀⓰，胡可謂治？陛下何不壹⓱令臣得孰⓲數之於前，因陳治安之策，試詳擇焉。

【章　旨】本段陳述上疏的緣由。

【注　釋】❶惟　思考。❷事埶　形勢。❸涕　淚。❹二　姚鼐注：「此『二』字疑本是『一』字。」王先謙引王應麟云：「其一謂匈奴有可制之策而不用也；其二論足食勸農，班氏不載於傳，而載之〈食貨志〉。」錄以備考。❺長太息者六　疏中只三言「可為太息者此也」，吳汝綸謂「六」當作「三」。王先謙引王應麟云：「《新書》言庶人上僭，班氏取為太息之一；〈秦俗〉、〈經制〉二篇不以為太息，而班氏取為太息之二；諭教太子是為太息之三；體貌大臣是為太息之四；又〈等齊〉篇諭名分不正，又〈銅布〉篇論收銅鑄錢，此二者皆太息之說。班氏削〈等齊〉篇不取，而載〈銅布〉篇於〈食貨志〉，故六太息止載三篇。」❻背理而傷道　違背道理。道即理。❼疏舉　逐條列舉。❽諛　奉承，說不副實際的好話。❾事實　實際。❿體主體；實質。⓫抱　楊樹達曰：「火不可抱，蓋古無『拋』字，以『抱』為之。」意謂「抱」即「拋」。錄以備考。⓬厝　置。⓭舛逆　相互違背顛倒。⓮衡決　橫斷。衡，同「橫」。⓯搶攘　混亂貌。⓰紀　綱紀；條理。⓱壹　誠；的確。⓲孰　同「熟」。仔細。

【語譯】我私下考慮天下的形勢，可令人痛哭的事有一件，可令人流淚的事有二件，可令人長嘆息的事有六件。至於其他違背道理的事，是很難在這篇疏裡一一舉出的。現在向皇上進言的人都說天下已經安定太平，而我獨自認為還沒有啊。說天下已經安定太平的人，不是愚蠢就是奉承，都不是知道治亂大體的人啊！把火苗拋在堆積的木柴之下，而人睡在木柴之上，火還沒有燃上來，於是睡在上面的人把這叫做平安，當前天下的形勢與這種情況有什麼不同！當前的形勢是本末倒置，首尾中斷，制度紊亂，沒有綱紀，怎麼可以說是「治」？皇上何不真正讓我在您面前仔細列舉出來，並接著陳述治安的策略，試一試加以詳細抉擇。

夫射獵之娛與安危之機❶孰急？使為治，勞智慮，苦身體，乏鐘鼓❷之樂，勿為❸可也？樂與今同❹。而加之諸侯軌道❺，兵革❻不動，民保首領，匈奴賓服❼，四荒❽鄉風❾，百姓素朴，獄訟衰息。大數❿既得，則天下順治，海內之氣，清和⓫咸理⓬，生為明帝，沒為明神，名譽之美，垂於無窮。禮，祖有功而宗有德⓭，使顧成之廟⓮，稱為太宗，上配太祖，與漢亡極⓯。建久安之埶，成長治之業，以承祖廟，以奉六親⑯，至孝也；以幸天下，以育群生⑰，至仁也；立經陳紀⑱，輕重同得，後可以為萬世法程⑲，雖有愚幼不肖之嗣，猶得蒙業而安，至明也。以陛下之明達，因使少⑳知治體㉑者得佐下風㉒，致此非難也。其具㉓可素㉔陳於前，願幸無忽。臣謹稽㉕之天地，驗之往古，按㉖之當今之務，日夜念此至孰㉗也，雖使舜、禹復生，為陛下計，亡㉘以易此。

【章　旨】本段為文帝指出美好的前景，為陳述作鋪墊。

【注　釋】❶機　關鍵；變化。❷鐘鼓　指音樂。❸勿為　指不去治理，不實現天下大治。❹樂與今同　指文帝不要追求眼前的鐘鼓之樂，如果把國家治理好了，那時所感受到的樂趣與鐘鼓的樂趣是相同的。❺軌道　指遵守法制。❻兵革　指戰爭。兵，兵器。革，指用皮革製作的甲衣。❼賓服　歸順。❽四荒　四方邊遠的地區。❾鄉風　接受教化。鄉，同「嚮」。趨向。風，教化。❿大數　調治天下的道術。⓫清和　清平融和。⓬咸理　各方面都井然有序。⓭祖有功而宗有德　第一個被立廟祭祀的人叫做「祖」，繼承「祖」的人叫做「宗」。祖具有開創之功，而宗則是將祖的事業發揚光大，所以有德。廟號也有「祖」和「宗」的區別，一般把開國皇帝尊為「太祖」（或「高祖」），接著下一代就稱「太宗」。這裡是說文帝足夠太宗廟號的地位。⓮顧成之廟　顧成廟為漢文帝親立。據《漢書．文帝紀》：四年冬作顧成廟。顏師古注：「服虔曰：『廟在長安城南，文帝作，還顧見城，故名之。』應劭曰：『文帝自為廟，制度卑狹，若顧望而成，猶文王靈臺「不日成之」，故曰顧成。』」⓯亡極　沒有盡頭。亡同「無」。⓰六親　說法不一，其一說指父、母、兄、弟、妻、子。⓱群生　指百姓。⓲立經陳紀　建立綱紀法度。⓳法程　法式；榜樣。⓴少　通「稍」。㉑治體　治理的要領。少知治體者，賈誼自指。㉒佐下風　在下面輔佐。㉓具　同「俱」。㉔素　猶如實。㉕稽　考核。下文「驗」義同。㉖按　審查。㉗至孰　非常成熟。㉘亡　同「無」。

【語　譯】打獵的娛樂和國家安危的大事哪一個緊迫呢？假如治理國家只是費心耗神，勞累身體，很少有鐘鼓的快樂，那麼就不去治理，行嗎？這是因為國家治理好了，那時所感受到的樂趣與鐘鼓的樂趣是相同的。再加上諸侯遵守法制，沒有戰爭，人民能保住性命，匈奴服從歸順，四方邊遠的國家也嚮風慕義，百姓樸實本分，訴訟案件減少或絕滅。掌握了治國的根本，國家就能和順太平，天下出現清平融和井然有序的景象，因而生前被稱為明帝，死後就被奉為明神，美好的名聲，流傳到無窮無盡。根據禮的規定，有功的皇帝稱為祖，有德的皇帝稱為宗，國家治理好了以後，顧成之廟的神主就是太宗，上面與太祖相配，和漢朝江山永存。建成長治久安的功業，用以繼承太祖開創的事業，用以奉養六親，這是最大的孝啊；用以主宰天下，養育百姓，這是最大的仁啊；建立綱紀法制，寬嚴都十分恰當，以後可以作為子孫萬世效法的準則，即使愚笨幼弱不成器的繼承人，也能夠承受舊業讓天下平安，這是最大的明啊。憑藉皇上的聖明通達，再加上略知治國大體的大臣在下面輔佐，實現這樣的大治並沒有什麼困難啊。我可以完備如實地在您面前陳述出來，希望皇上不要忽視這些意見。我認真考察了天地萬物，驗證了以往歷史情況，研究了當前的形勢，日夜思考這些意見，已經很成熟了，即使禹、舜再生為皇上謀劃，也沒有辦法替代我的意見。

夫樹國❶固必相疑之埶❷，下數被其殃，上數爽❸其憂，甚非所以安上而全下也。今或親弟謀為東帝❹，親兄之子西鄉而擊❺，今吳又見告❻矣。天子春秋鼎盛❼，行義❽未過❾，德澤有加焉，猶尚如是，況莫大❿諸侯，權力且十此⓫者虖！然而天下少⓬安，何也？大國之王幼弱未壯，漢之所置傅相⓭方握其事。數年之後，諸侯之⓮王大抵皆冠⓯，血氣方剛，漢之傅相稱病而賜罷⓰，彼自丞尉⓱以上偏⓲置私人，如此，有異淮南⓳、濟北⓴之為邪！此時而欲為治安，雖堯舜不治。黃帝㉑曰：「日中必蔧㉒。」今令此道㉓順而全安，甚易；不肯早為，已迺墮㉔骨肉之屬而抗剄㉕之，豈有異秦之季世㉖虖？夫以天子之位，乘今之時，因天之助，尚憚以危為安，以亂為治，假設陛下居齊桓㉗之處，將不合諸侯而匡㉘天下乎！臣又知陛下有所必不能矣。

【章旨】本段建議文帝趁今天子年富、諸侯幼弱的有利條件，抓緊解決諸王叛變的問題。

【注釋】❶樹國　指建立諸侯國。❷相疑之埶　指諸侯王的勢力發展到足以與中央朝廷相對抗。疑，通「擬」。比較；對抗。❸爽　傷。❹親弟謀為東帝　指文帝弟、劉邦幼子淮南王劉長謀反事。據《漢書．淮南衡山濟北王傳》記載：劉長為人驕橫有才力，不把文帝作天子看待，常稱文帝為「大兄」。回到封國更加放肆，不用漢法，僭用天子禮儀，自作法令，上書文帝不謙遜恭順。文帝六年（西元前一七四年），勾結閩越、匈奴發動叛亂。事敗，被流放蜀地，途中絕食而死。所謂「謀為東帝」大概指這些情況。實際上自稱「東帝」的是吳王劉濞。❺親兄之子西鄉而擊　指齊悼惠王劉肥之子濟北王劉興居謀反事。劉興居自恃與大臣共誅諸呂、立文帝功勞很大，而埋怨其賞賜太薄，文帝三年（西元前一七七年），匈奴侵邊，文帝親征到太原，濟北王趁機發兵謀反，欲西擊滎陽，兵敗自殺。參見《漢書．高五王傳》。鄉，同「向」。❻吳又見告　指吳王劉濞有謀反跡象。劉邦兄劉仲之子劉濞於高祖十二年（西元前一九五年）立為吳王。吳境有銅山，劉濞招天下亡命之徒非法鑄錢，又東臨海，用海水煮鹽，因而國用饒足。漢文帝即位，吳王逐漸不守藩臣之禮，稱疾不朝，文帝無可奈何，乾脆賜予劉濞几杖養老，給他「不朝」的待遇。所謂「吳又見告」，大概是告發劉濞這時期出現了一些謀反的跡象。至於劉濞謀反的全部敗露，則是景帝時期的「吳楚七國之亂」。❼春秋鼎盛　年齡正當壯年。鼎，方。賈誼上疏時，文帝為三十三歲。❽行義　行為合宜。❾過　錯。❿莫大　沒有誰比它再大，即最大。⓫十此　十倍於此。⓬少　稍；暫時。⓭傅相　按漢制，諸侯王國由中央派遣傅相輔佐，實際起監督作用。傅，太傅，負責幼主的教育。相，協助主持諸侯王國的行政事務。⓮之　姚鼐注：「此『之』字疑衍。」⓯冠　古時男子二十歲行加冠禮，表示已成年，稱之「及冠」。⓰稱病而賜罷　藉口有病，恩准退休。

⑰丞尉　指諸侯王國的下級官員。丞，縣丞，縣令的助手。尉，縣尉，掌管一縣的治安。⑱偏　偏重。有本作「徧」，普遍。⑲淮南　指淮南王劉長。⑳濟北　指濟北王劉興居。㉑黃帝　古代傳說中的帝王，我國中原各族的共同祖先。由於他的地位神聖，因此後人把許多著作和言論都假託黃帝之名流傳下來。下面所引也是如此。㉒日中必彗二句　語見《六韜》。意為太陽正中，該曬東西，否則失時。拿起刀來，就用以割肉，否則失利。都是時不可失之意。彗，曝曬。操，持。㉓此道　指以上時不可失的道理。㉔墮　毀壞。㉕抗剄　舉起頭割頸。抗，舉。㉖季世　末代。秦二世即位，六公子戮死於社，公子將閭三人殺於內宮。㉗齊桓　即齊桓公，春秋五霸之一。他曾多次組織中原諸侯盟會以尊周天子，並抑制北狄和楚向中原地區的逼進，所謂「九合諸侯，一匡天下」，安定了周王室。㉘匡　扶正。

【語　譯】建立諸侯王國太大，必定會造成與中央朝廷相互對立的形勢，諸侯王會屢遭禍害，皇上也會多為此擔心憂慮，這實在不是使皇上放心、使諸侯王得以保全的辦法啊。如今有的親兄弟在東方謀劃稱帝，親兄之子也發兵西進襲擊朝廷，近來吳王的不法行為又被告發了。天子年富力強，行為合宜，沒有什麼過錯，功德恩澤普施諸王，他們尚且如此，何況是那些最大的諸侯，權力比他們還要大十倍呢！即使情況如此，天下還是比較安定，這是什麼原因呢？因為大諸侯國的諸王年紀還小，還未長大成人，中央安置在那裡的太傅、丞相正掌握著王國的政事。幾年以後，諸王大多加冠成人，正是血氣方剛的年紀，而朝廷委派的太傅、丞相都將託病告老還鄉了，而諸侯王則自上而下地普遍安排自己的親信，像這樣，他們和淮南王、濟北王又有什麼區別呢！到了那時，想要求得天下太平無事，即使是唐堯、虞舜再世也是無能為力的了。黃帝說：「到了中午一定要抓緊曝曬，拿著刀子一定要趕快宰割。」現在假使照著這個道理去做，實現國家的完全安定是很容易的；假使不肯及早行動，等到已經毀壞了骨肉之親，並拿著刀子去割他們的脖子，難道與秦的末代有什麼區別嗎？憑著天子的高位，趁著當今的有利形勢，靠著上天的幫助，尚且對轉危為安、變亂為治的要求有所顧慮，假使皇上處在齊桓公的境地，大概不會去聯合諸侯去匡正天下的混亂局面吧！我知道皇上必定不會那樣做的了。

假設天下如曩時❶，淮陰侯❷尚王楚，黥布❸王淮南，彭越❹王梁，韓信❺王韓，張敖❻王趙，貫高❼為相，盧綰❽王燕，陳豨❾在代，令此六七公者皆亡恙❿，當是時而陛下即天子位，能自安乎？臣有以知陛下之不能也。天下殽亂⓫，高皇帝⓬與諸公併起，非有仄室⓭之埶以豫席⓮之也。諸公幸者，迺為中涓⓯，其次廑得舍人⓰，材之不逮⓱至遠也。高皇帝以明聖威武即天子位，割膏腴⓲之地以王諸公，多者百餘城，少者乃三四十縣，德至渥⓳也。然其後十年之間，反者九起⓴。陛下之與諸公㉑，非親角材㉒而臣之也，又非身封㉓王之也。自高皇帝不能以是一歲為安，故臣知陛下之不能也。

【章　旨】本段陳說關係疏遠的異姓諸侯王背叛漢王朝的事實。

【注　釋】❶曩時　昔時。❷淮陰侯　指淮陰侯韓信，最初屬項羽，後歸劉邦，在楚、漢之爭中被封為齊王，後改封為楚王。高祖六年（西元前二〇一年），有人告發他謀反，被貶為淮陰侯。高祖十一年（西元前一九六年），因勾結陳豨謀反被呂后處死。❸黥布　即英布。漢四年（西元前二〇三年）被封為淮南王。高祖十一年（西元前一九六年）發兵謀反，高祖親征，擊破。❹彭越　漢初封為梁王，高祖十一年以謀反罪被殺。❺韓信　戰國時韓襄王後代，漢初封為韓王。劉邦命他到太原抵禦匈奴，他多次與匈奴講和，劉邦生疑，韓王信遂勾結匈奴反漢，失敗被殺。❻張敖　張耳之子，劉邦女婿，襲父為趙王。因趙相貫高謀殺劉邦事降為宣平侯。❼貫高　趙王張敖相。劉邦經過趙國，貫高陰謀行刺，事敗露被迫自殺。❽盧綰　漢初被封為燕王。陳豨反後，有人向高祖告發綰曾與豨有勾結，高祖命樊噲擊綰，綰率部逃亡匈奴。❾陳豨　漢初代國相，漢十年（西元前一九七年）反，高帝親征，擊破。❿亡恙　平穩無事，猶言健在。亡，同「無」。⓫殽亂　混亂。⓬高皇帝　漢高祖劉邦。⓭仄室　側室。卿大夫的庶子為側室。⓮豫席　先為憑藉。豫，通「預」。席，藉。⓯中涓　主持潔清灑掃之事，親近左右的侍從。⓰舍人　親近左右之人的通稱。⓱逮　及。⓲膏腴　肥肉油脂。此指肥沃的土地。⓳渥　厚。⓴反者九起　除黥布、彭越、韓信、盧綰、貫高、韓王信、陳豨等七起反叛事件之外，還有高祖五年臧荼、利幾二起反叛事件。㉑諸公　指以上開國重臣。㉒角材　較量才能的高下。角，較量。㉓身封　親自授封。

【語譯】假設天下的局勢像從前那樣，淮陰侯韓信還統治著楚，黥布還統治著淮南，彭越還統治著梁，韓王信還統治著韓，張敖還統治著趙，貫高還任趙國的相，盧綰還統治著燕，陳豨還在代，假如這六、七個王公都還健在，皇上在這時即天子位，自己能感到安全嗎？我敢斷言皇上是不會感到安全的。在那天下混亂的年代，高皇帝和這些王公們共同起事，他們並沒有支庶兄弟的勢力作為憑藉。這些人當中幸運的，在高祖身邊當上了中涓，次一等的才做個舍人，才能不及高祖相差很遠啊。高祖皇帝憑著他的明智威武，即位做了天子，分割肥沃的土地讓這些功臣做王，多的管轄百餘城，少的也有三四十縣，施予的恩德是最厚的了。可是後來十年之間，反叛的事件出現九起。陛下您跟當今諸侯王的關係，並不是經過親自同他們較量才使他們臣服的，也不是親自封他們做諸侯王的。即使是高皇帝也不能憑藉他的優越條件獲得一年的安寧，所以我知道皇上也是不能獲得安寧的。

然尚有可諉❶者，曰疏❷。臣請試言其親者。假令悼惠王❸王齊，元王❹王楚，中子❺王趙，幽王❻王淮陽，共王❼王梁，靈王❽王燕，厲王❾王淮南，六七貴人皆亡恙，當是時陛下即位，能為治虖？臣又知陛下之不能也。若此諸王，雖名為臣，實皆有布衣❿昆弟⓫之心，慮⓬亡⓭不帝制⓮而天子自為者。擅爵人⓯，赦死辠，甚者或戴黃屋⓰，漢法令非行也。雖行不軌⓱如厲王者，令之不肯聽，召之安可致⑱乎？幸而來至，法安可得加？動一親戚，天下圜視而起⑲，陛下之臣雖有悍⑳如馮敬㉑者，適㉒啟其口，匕首已陷其匈矣。陛下雖賢，誰與領㉓此？故疏者必危，親者必亂，已然㉔之效㉕也。其異姓負彊㉖而動者，漢已幸勝之矣，又不易㉗其所以然㉘。同姓襲是跡㉙而動，既有徵㉚矣，其埶盡又復然。殃旤之變，未知所移㉛，明帝處之，尚不能以安，後世將如之何？屠牛坦㉜一朝解十二牛，而芒刃㉝不頓㉞者，所排擊㉟剝割㊱，皆眾理解㊲也。至於髖髀㊳之所，非斤㊴則斧。夫仁義恩厚，人主之芒刃也；權埶法制，人主之斤斧也。今諸侯王皆眾髖髀也，釋㊵斤斧之用，而欲嬰㊶以芒刃，臣以為不缺則折。胡不用之淮南、濟北，埶不可也。

【章旨】本段陳說同姓諸侯王亦效法異姓諸侯王背叛朝廷，後果更加嚴重，必須用權勢法制加以制裁，不能施以仁義。

【注釋】❶諉　推託。❷疏　關係疏遠，指非親屬。❸悼惠王　高祖之子劉肥，高祖六年（西元前二〇一年）封為齊王。❹元王　高祖之弟劉交。高祖六年封為楚元王。❺中子　趙隱王劉如意。高祖八子，如意居中，故稱「中子」。高祖寵姬戚夫人所生，高祖九年（西元前一九八年）封為趙王，後被呂后害死。❻幽王　高祖之子劉友。高祖九年（西元前一九八年）封為淮陽王，後徙趙，為呂后幽禁而死。❼共王　高祖之子劉恢。高祖十一年（西元前一九六年）殺彭越。封恢為梁王，後徙趙。❽靈王　高祖之子劉建。高祖十一年燕王盧綰降匈奴，十二年（西元前一九五年）封為燕王。❾厲王　高祖少子劉長。高祖十一年淮南王英布謀反被殺，封劉長為淮南王。❿布衣　平民；老百姓。⓫昆弟　親兄弟。⓬慮　大抵；大概。⓭亡　同「無」。⓮帝制　皇帝的禮儀制度。⓯擅爵人　擅，擅自。爵人，給人以官爵。⓰黃屋　用黃繒做車蓋的車子，天子所乘。

屋，同「幄」。車蓋。⑰軌　法。⑱致　同「至」。⑲圜視而起　王先謙曰：猶言相顧而起。《新書》作「環視」。⑳悍　強悍；勇敢。㉑馮敬　文帝時為典客，因告發淮南王劉長謀反，並建議處死劉長，為劉長刺客殺害。㉒適　剛；才。㉓領　承辦；治理。㉔已然　已成事實。㉕效　效驗；證明。㉖負彊　倚仗強大。㉗易　治理。㉘所以然　指造成叛亂的根源。㉙襲是跡　指沿襲過去異姓諸侯王叛亂的道路。㉚徵　徵兆；跡象。㉛未知所移　不知轉移何方。姚鼐注：「殃禍在下，則骨肉抗剄；設移於上，或危社稷。」㉜屠牛坦　春秋時宰牛者，名坦。見《管子・制分》。㉝芒刃　鋒利的刀口。㉞頓　通「鈍」。㉟排擊　解剖敲打。㊱剝割　剝皮割肉。㊲眾理解　王先謙曰：「謂其肌肉易解判處。」理，肌肉。㊳髖髀　髖，胯骨。髀，股骨。㊴斤　砍刀。㊵釋　放下。㊶嬰　碰；觸動。

【語譯】然而，上面這種情況，還可以用關係疏遠來推託。那就請讓我談談具有親屬關係的同姓諸王吧。假如讓齊悼惠王還統治著齊，楚元王還統治著楚，趙王如意還統治著趙，幽王還統治著淮陽，共王還統治著梁，靈王還統治著燕，厲王還統治著淮南，而這六、七位貴人都還健在，這個時候皇上即位，能使天下太平嗎？我又知道皇上是不能的啊。像這些諸侯王，雖然名義上是臣子，實際上都自以為與皇上的關係就如同平民百姓中的兄弟關係那樣，不把皇上作皇帝看待，大概都沒有不使用皇帝制度而把自己看作天子的。他們擅自把官爵封給別人，赦免犯死罪的人，更為嚴重的是乘坐起皇帝專用的黃屋車，朝廷的法令在他們那裡得不到執行。像厲王那樣不守法的人，下命令他不聽從，召喚他怎麼能到來呢？幸而召來了，法令又怎能施加到他身上呢？制裁了一個親戚，天下諸侯王都會環顧而起，皇上的臣子，即使有像馮敬那樣勇敢的人，剛剛開口說實行制裁，他們刺客的匕首已經插進自己的胸膛了。皇上雖然賢能，誰敢來參與承辦此事呢？所以異姓諸侯王的強大必定造成危害，同姓諸侯王的強大必定造成動亂，這是從已成事實中得到的驗證啊。那些異姓諸侯王憑藉自己的強大發動叛亂，朝廷僅僅是僥倖地戰勝他們了，可是又不治理造成叛亂的根源，同姓諸侯王又沿襲他們的道路行動，已經有徵兆了，形勢又完全恢復到原來的樣子。災禍的發展變化，還不知道轉到何方。英明的皇帝處在這種境遇中尚且不能使國家安寧，後代對這種情況將又怎麼辦呢？屠牛坦一個早晨宰殺十二頭牛，而刀的鋒刃並不變鈍，這是因為他下刀排、擊、剝、割的都是肌理易解的地方。若碰到胯骨、股骨，那就不是用砍刀就是用斧頭了。同樣的道理，仁義恩德，好比是君王的鋒刃；權勢法制，好比是君王的砍刀、斧頭。如今諸侯王好比是胯骨、股骨，如果放下砍刀、斧頭不用，卻想用刀刃去硬碰，我認為刀刃不是砍缺就是被折斷。為什麼不把仁義恩德施在淮南王、濟北王身上呢，形勢不允許啊。

臣竊跡前事[1]，大抵彊者先反。淮陰[2]王楚最彊，則最先反；韓信[3]倚胡，則又反；貫高因趙資[4]，則又反；陳豨兵精，則又反；彭越用梁，則又反；黥布用淮南，則又反；盧綰最弱，最後反。長沙[5]迺在二萬五千戶耳，功少而最完，勢疏而最忠，非獨性異人也，亦形勢然也。曩令樊、酈、絳、灌[6]據數十城而王，今雖以殘亡可也；今信越之倫[7]列為徹侯[8]而居，雖至今存可也。然則天下之大計[9]可知已。欲諸王之皆忠附，則莫若令如長沙王；欲臣子之勿菹醢[10]，則莫若令如樊、酈等[11]；欲天下之治安，莫若眾建諸侯而少其力[12]。力少則易使以義[13]，國小則無邪心。令海內之勢，如身之使臂，臂之使指，莫不制從[14]。諸侯之君，不敢有異心，輻湊[15]並進，而歸命[16]天子。雖在細民[17]，且知其安，故天下咸知陛下之明。割地定制[18]，令齊、趙、楚各為若干國，使悼惠王、幽王、元王之子孫，畢以次[19]各受祖之分地[20]，地盡而止，及燕、梁它國皆然。其分地眾而子孫少者，建以為國，空而置之，須[21]其子孫生者，舉[22]使君之。諸侯之地其削頗入漢者，為徙其侯國及封其子孫他所，以數償之㉓。一寸之地，一人之眾，天子亡所利焉，誠以定治而已，故天下咸知陛下之廉。地制壹定，宗室子孫莫慮不王㉔，下無倍畔㉕之心，上無誅伐之志，故天下咸知陛下之仁。法立而不犯，令行而不逆，貫高、利幾㉖之謀不生，柴奇、開章㉗之計不萌㉘，細民鄉㉙善，大臣致順，故天下咸知陛下之義。臥赤子㉚天下之上而安，植遺腹㉛，朝委裘㉜，而天下不亂。當時大治，後世誦聖，壹動㉝而五業㉞附，陛下誰憚㉟而久不為此？

【章旨】本段提出「眾建諸侯而少其力」的主張以削弱大諸侯王的勢力，達到長治久安的目的。

【注釋】❶跡前事　師古曰：「尋前事之蹤跡。」猶言總結歷史經驗。❷淮陰　指韓信。❸韓信　指韓王信。❹貫高因趙資　指貫高為趙王張敖之相，力勸張敖反漢。資，資本；憑藉。❺長沙　指長沙王吳芮。高祖五年（西元前二〇二年）封長沙王，至文帝時已傳四代。❻樊酈絳灌　均為漢初功臣。樊，樊噲，漢初封為舞陽侯，因參與討平諸侯王叛亂等有功，升為左丞相。酈，酈商，漢初封為曲周侯，後升為右丞相。絳，絳侯周勃，文帝時為右丞相。灌，穎陰侯灌嬰，官至太尉，丞相。❼信越之倫　韓信、彭越之輩。❽徹侯　爵位名。秦分爵位為二十級，最高的一級稱徹侯。漢初襲秦制。❾大計　大致規律。❿菹醢　古代酷刑。把人殺死，剁成肉醬。⓫如樊酈等　指同樊、酈、絳、灌一樣，只給他們高的爵位，不讓他們建國稱王擁有割據的權力。⓬眾建諸侯而少其力　這是賈誼削弱諸侯王力量的重要主張。即在現有的封國內再劃分若干地盤，封給諸王的子孫為王，化大為小，使之無力對抗朝廷。⓭使以義　讓他們按禮義行事。義，宜。合宜即禮義。⓮制從　當作「從制」。從其節制。參見王念孫說。⓯輻湊　亦作「輻輳」。如車輻之集輳於轂，集中的意思。⓰歸命　服從。⓱細民　小民；百姓。⓲割地定制　即前面說的「眾建諸侯而少其力」的具體實施。分割諸侯王的封地，確立新的制度。⓳以次　指按子孫輩分長幼次序。⓴分地　封地。㉑須　等待。㉒舉　提舉。㉓諸侯之地其削頗入漢者三句　意謂漢初所封諸王，有的因犯罪其封國被削，而收歸漢劃為郡縣直轄的，或其所存土地不多，不足以建國，就將其子孫遷徙到另外的地方封侯建國，並將原來收歸漢的土地如數償還給他們，這樣就緩和了失國諸王的子孫與漢的矛盾。頗，多。「及其子孫他所，以數補之」原為「及其子孫也，所以數補之」，據《補注》引沈彤云「『也』當作『他』」改訂。㉔莫慮不王　沒有顧慮不做王的。王先謙曰：「《新書》作『慮莫不王』是也。」㉕倍畔　同「背叛」。㉖利幾　原為項羽部將，歸漢後封為潁川侯，後以謀反被誅。㉗柴奇開章　均為淮南王劉長的謀士，參與劉長謀反。㉘萌　生。㉙鄉　通「嚮」。㉚赤子　初生嬰兒，此指年幼皇帝。㉛遺腹　遺腹子，父死尚在母腹。此指未出生的皇帝。㉜朝委裘　皇帝已故，其留下的衣裘亦被大臣視若皇帝而加以朝拜。委，置；遺留。㉝壹動　一動，一項舉措。指「割地定制」。㉞五業　五項功業。上所云明、廉、仁、義、聖五項。㉟憚　怕。

【語　譯】我私下裡依據以前發生的事情進行考察，大抵是勢力強大的先反叛。淮陰侯韓信統治楚，勢力最強，就最先反叛；韓王信依靠了匈奴的力量，就又反叛；貫高憑藉趙國的勢力，就又反叛；陳豨擁有精銳的部隊，就又反叛；彭越憑藉梁國，就又反叛；黥布憑藉淮南，就又反叛；盧綰力量最弱，最後反叛。長沙王吳芮只有二萬五千戶，功勞少卻得到保全，關係疏遠卻對漢朝廷忠附，這不只是由於性情與人不同，也是由於形勢造成這樣的啊。倘若從前讓樊噲、酈商、周勃、灌嬰占據數十城做王，那現在已殘破亡國也是可能的；倘若讓韓信、彭越這輩人當時被封為徹侯而在位，那到現在還保存下來也是可能的。那麼，天下的大致規律就可以清楚了。想要諸王都忠附朝廷，那就不如讓他們弱小到像長沙王一樣；想要臣子們不被剁成肉醬，那就不如讓他們得以封爵像樊噲、酈商等人一樣；想要天下太平安定，就不如在大國中建立眾多的諸侯國以削弱他們的力量。力量弱就容易用禮義來驅使他們，國家小就不會產生反叛的邪心。這樣就能使全國的形勢，如同身軀指使手臂，手臂指使手指似的，沒有不聽從指揮與節制的。諸侯王不敢有反叛的想法，如同輻條聚向車轂一樣都歸順天子。即使一般老百姓，也知道有了安全保障，所以天下的人都知道皇上的英明。劃分土地確立制度，把齊、趙、楚三國的土地分成若干個小國，讓齊悼惠王、趙幽王、楚元王的子孫都按長幼輩分，受封先祖的那份領地，一直到分完為止，對燕、梁等其他國也是這樣。有些諸侯國封地多而子孫少的，也可以把它劃分成若干小國，暫時空置起來，等他們的子孫出生以後，再讓他們做君主。諸侯王國的土地多有被削歸朝廷直接管轄的，其所剩土地不多不足以建國的，就把他們的子孫遷徙到別的地方封侯建國，按差數補償他們。一寸土、一口人，皇帝也不從中獲利，確實只是為了安定太平，這樣，天下人都知道皇上的廉潔。劃分土地的制度一旦確立，宗室子孫不會擔心自己做不成王，因而諸侯王沒有背叛的心理，朝廷沒有征討的想法，所以天下人都知道皇上的仁愛。法律制定了，沒有人違反，政令推行沒有抵觸，貫高、利幾一類的謀反不會產生，柴奇、開章一類的詭計不會出現，老百姓都歸向善道，大臣們都順從朝廷，所以天下人都知道皇上的道義。即使讓幼小的赤子當皇帝，天下也很安定，即使立遺腹子做天子，讓臣子朝拜老皇帝留下的衣裘，天下也不致混亂。這樣就可使當今的天下太平無事，後代也稱頌皇上的聖明，只要採取割地定制這一措施，上述五種功業就會隨之而來，皇上又顧慮什麼而久久拖延不去實行呢？

天下之埶方病大瘇❶，一脛❷之大幾如要❸，一指之大幾如股❹，平居❺不可屈信❻，一二指搐❼，身慮❽亡聊❾。失今不治，必為錮疾❿，後雖有扁鵲⓫，不能為已。病非徒瘇也，又苦蹠盭⓬。元王之子⓭，帝之從弟⓮也；今之王者⓯，從弟之子也。惠王之子⓰，親兄子也；今之王者⓱，兄子之子也。親者⓲或亡分地⓳以安天下，疏者或制大權以偪⓴天子，臣故曰非徒病瘇也，又苦蹠盭。可為痛哭者，此病是也。

【章旨】本段強調指出當時諸侯王危害中央的嚴峻形勢。

【注釋】❶瘇 腳腫病。❷脛 小腿。❸要 同「腰」。❹股 大腿。❺平居 平時。❻信 通「伸」。❼搐 抽筋而痛。

❽慮　憂。❾亡聊　無可奈何。❿錮疾　拖延很久難治的病。⓫扁鵲　傳說為黃帝時名醫，春秋時鄭國的秦越人，亦醫術高明，時人也稱他為扁鵲。⓬𨂍盭　指腳掌扭反了，不便行走。用以比喻下文所說的親疏倒置。𨂍，古「蹠」字。腳掌。盭，古「戾」字。相反。⓭元王之子　指楚元王劉交的兒子劉郢，他是文帝的堂弟。⓮從弟　堂弟。⓯今之王者　指當時的楚王劉戊，他是劉郢的兒子。於文帝則為堂侄了。⓰惠王之子　指齊悼惠王劉肥的兒子劉襄，他是文帝的親侄。「惠王」下原無「之子」二字，據《新書‧大都》補。⓱今之王者　指當時齊王劉則，他是劉襄的兒子。以上說明諸侯王位代代相傳，與天子關係愈來愈疏，失去屏藩天子的作用。⓲親者　當指文帝自己的子孫。賈誼認為齊悼惠王劉肥及楚元王劉交的子孫皆不可靠，唯自己的兒子才足依賴，不過也只是兩代之利。《新書‧益壤》指出：「今所恃者，代（文帝子劉參）、淮陽（文帝子劉武）二國耳，皇太子亦恃之。」同時賈誼的「割地定制」、「眾建諸侯而少其力」，也是針對齊、楚等大國說的。故王先謙云：「『親者』謂帝之子孫，下文『疏者』即謂元王、惠王之後。」⓳亡分地　因為原有諸王把土地都分完了，再也無地可封了。亡，通「無」。⓴偪　同「逼」。

【語　譯】當今天下的形勢，正像人得了嚴重的浮腫病，小腿粗得幾乎有腰大，指頭粗得幾乎如大腿，平時既不能屈，也不能伸，一兩個指頭抽搐，自己就覺得無可奈何。錯過了今天的機會而不加治療，必定成為不治之症，以後即使有扁鵲那樣高明的醫生，也無能為力了。同時，這種病還不僅是浮腫，還苦於腳掌扭反而不能行走。楚元王的兒子，是皇上的堂兄弟；當今的楚王，是皇上堂兄弟的兒子。齊悼惠王的兒子，是皇上親兄的兒子；當今的齊王，是皇上親兄的孫子。這就形成皇上的親屬可能沒有土地分封來安定天下，而那些關係疏遠的諸侯王就會專擅大權來威脅天子。所以我說國家不僅僅是得了浮腫病，而且又伴著腳掌扭反的痛苦。值得令人痛哭的就是這種病啊！

天下之埶方倒縣❶。凡天子者，天下之首。何也？上也。蠻夷❷者，天下之足。何也？下也。今匈奴嫚娒❸侵掠，至不敬也，為天下患，至亡已❹也，而漢歲致金絮❺采繒❻以奉之。夷狄徵令❼，是主上之操也；天子共貢❽，是臣下之禮也。足反居上，首顧❾居下，倒縣如此，莫之能解，猶為❿國有人乎？非亶⓫倒縣而已，又類辟⓬，且病痱⓭。夫辟者一面病，痱者一方痛。今西邊北邊之郡，雖有長爵⓮，不輕⓯得復⓰，五尺⓱以上，不輕得息⓲，斥候⓳望烽燧⓴不得臥，將吏被介冑㉑而睡，臣故曰一方病矣。醫能治之，而上不使，可為流涕者此也。陛下何忍以帝皇之號為戎人㉒諸侯，埶既卑辱，而旤不息，長此安窮㉓？進謀者率以為是，固不可解也，亡具㉔甚矣。臣竊料匈奴之眾，不過漢一大縣，以天下之大，困於一縣之眾，甚為執事者㉕羞之。陛下何不試以臣為屬國之官㉖，以主匈奴。行臣之計㉗，請必係單于㉘之頸而制其命，伏中行說㉙而笞㉚其背，舉匈奴之眾唯上之令㉛。今不獵猛敵而獵田彘㉜，不搏反寇而搏畜菟㉝，翫細娛㉞而不圖大患，非所以為安也。德可遠施，威可遠加，而直數百里外威令不信，可為流涕者，此也。

【章　旨】本段陳述匈奴侵邊之患，並表示自己有辦法制服匈奴。

【注　釋】❶倒縣　即「倒懸」。指首足倒置。❷蠻夷　指四邊少數民族。古有所謂東夷、西戎、南蠻、北狄之稱。❸嫚娒　同「慢侮」。輕慢；對人不敬。❹亡已　即「無已」。不會停止。❺金絮　金銀絲綿。❻采繒　彩色綢緞。❼徵令　徵召命令。

❽共貢　供給貢賦，指上致金絮采繒。共，同「供」。❾顧　但；反而。❿為　同「謂」。⓫亶　但；只。⓬辟　同「躄」。足病不能行。⓭痱　風病。⓮長爵　高的爵位。⓯輕　輕易。⓰復　免除徭役叫「復」。⓱五尺　指小兒。古時一尺當今六寸多。⓲息　停止。指停止服役。⓳斥候　偵察兵。⓴烽燧　古時邊防報警的信號。白天燒煙叫烽，晚上舉火叫燧。㉑介胄　鎧甲和頭盔。㉒戎人　指匈奴人。㉓窮　盡。㉔亡具　無能。具，材具；才能。㉕執事者　主持事務的人。㉖屬國之官　主管屬國事務的官員，即典屬國。屬國，指周邊少數民族國家。㉗行臣之計　賈誼制服匈奴的策略依據《新書・匈奴》則為「耀蟬之術」，即所謂「三表」、「五餌」之類。㉘單于　匈奴最高首領的稱呼。㉙中行說　燕人，原漢文帝宦官，文帝遣宗室公主赴匈奴和親，使中行說隨行傅公主，說不欲行，並說：「必我行也，為漢患者。」中行說至匈奴而降，單于甚加親幸。中行說以漢事告匈奴，並出謀劃策對付漢朝。中行，複姓。說，名。㉚笞　用竹板鞭打。即「笞刑」。㉛唯上之令　唯上是令。只聽天子的命令。㉜田彘　野豬。㉝菟　通「兔」。㉞細娛　小的娛樂，指文帝喜好獵射。

【語　譯】現在天下的形勢正好是頭足顛倒了。凡是做天子的，應該是天下的頭。為什麼呢？處在上位啊！蠻夷，應該是天下的足。為什麼呢？處在下位啊！現在匈奴對漢輕侮侵奪，最不恭敬了，成為天下的禍患，而且沒有盡頭，可是朝廷每年送去金銀絲絮彩緞來供奉他們。夷狄發號施令，這本是皇帝所操持的啊；天子向夷狄納貢，這本是臣子應盡的禮節啊。現在居然足反而在上，頭反而在下，形勢如此顛倒，沒有辦法解救，還能說我國還有能幹的人才嗎？不僅是上下倒懸的問題，而且患有足病，又患有風病。有足病造成一邊不便，有風病造成一方疼痛。現在西邊北邊的郡縣，即派高爵的官員去鎮守，也不能輕易免除徭役，除了小兒都不能輕易得到休息，偵察人員時刻遙望烽燧得不到安睡，將士們披著甲冑睡覺，我所以說正是身軀一方產生病痛。這種病，醫生是能治好的，但是皇上卻不讓醫生治病，這是令人傷心流淚的事情啊！皇上您怎麼忍心以大漢皇帝的尊號來屈做匈奴的諸侯，這樣既讓自己處於卑下受辱的地位，而且禍患也不會停止，長此下去哪有盡頭呢？獻策的人大都以為這樣的作法是對的，這本就不可理解啊，沒有能力到了極點了。我私下料想匈奴的人口，不會超過大漢的一個大縣，以我們這樣大的天下，反而被這樣一個縣的人口所困擾，我很為您手下辦事的人感到羞慚。皇上何不試一試讓我做個主管屬國事務的官員，以主持匈奴的事務。如果實行我的計策，我一定可以用繩子繫著單于的脖子，並且控制他的性命，降服中行說，並且鞭打他的背脊，讓全匈奴的人只聽皇上的命令。現在不去攻打猛敵卻去獵射野豬，不去捉拿反寇卻去捕捉野兔，喜好細小的娛樂卻不考慮國家的禍患，這不是使國家安寧的辦法啊。德惠本可以施於遠方，威令本可以行於遠方，可是現在只不過數百里外，威令就伸張不了，這也是令人傷心流淚的事情啊！

今民賣僮❶者，為之繡衣絲履偏諸緣❷，內❸之閑❹中，是古天子后❺服，所以廟而不宴❻者也，而庶人得以衣婢妾。白縠❼之表❽，薄紈❾之裡，緁❿以偏諸，美者黼繡⓫，是古天子之服，今富人大賈嘉會⓬召客⓭者以被牆⓮。古者以奉一帝一后而節適⓯，今庶人屋壁得為帝服⓰，倡優⓱下賤得為后飾，然而天下不屈⓲者，殆⓳未有也。且帝之身自衣皁綈⓴，而富民牆屋被文繡；天子之后以緣其領，庶人孽妾㉑緣其履㉒，此臣所謂舛㉓也。夫百人作之，不能衣一人，欲天下亡寒，胡可得也？一人耕之，十人聚而食之，欲天下亡飢，不可得也。飢寒切㉔於民之肌膚，欲其亡為姦邪㉕，不可得也。國已屈矣，盜賊直㉖須時耳，然而獻計者曰毋動為大㉗耳。夫俗至大不敬也，至亡等也，至冒㉘上也，進計者猶曰毋為㉙，可為長太息者此也。

【章　旨】本段論述富商大賈奢豪極欲僭擬天子的服飾，是由於沒有等級觀念造成的。

【注　釋】❶僮　奴婢。❷偏諸緣　沿邊的牙形花紋作為衣物邊緣的裝飾。偏諸，牙形花紋。緣，邊。❸內　同「納」。❹閑　木柵欄。❺后　皇后。❻廟而不宴　廟祭時穿平時不穿。廟，指祭祖先之廟。宴，平居。❼縠　皺紗。❽表　衣面。❾紈　白色絲絹。❿緁　同「緝」。縫綴。⓫黼繡　繡有斧形花紋的衣服。黼，斧形花紋。⓬嘉會　美好的聚會。⓭召客　吸引客人。⓮被牆　裝飾牆壁。被，同「披」。⓯節適　符合規定而合宜。師古曰：「得其節而合宜。」⓰帝服　皇帝的服飾。⓱倡優　皆古代以音樂技藝娛人的藝人。倡，指樂人。優，指伎藝之人。⓲屈　窮屈。指財力窮盡。⓳殆　可能；恐怕。⓴皁綈　黑色絲織品。皁，黑色。綈，絲織物。師古曰：「厚繒也。」㉑蘖妾　蘖，通「孽」。指庶子旁支。妾，小老婆。㉒緣其履　指用文繡裝飾鞋邊。㉓舛　相違背。㉔切　切近；緊相連。㉕姦邪　做壞事。㉖直　只。㉗毋動為大　莫動最好。指不要採取改革措施是上策。毋動，無為之意。文帝尚黃老，以清靜為治。㉘冒　犯。㉙毋為　同「毋動」。黃老清靜無為之意。

【語　譯】現在普通百姓有出賣奴婢的，給奴婢穿上繡花絲綢衣和鞋子，同時還鑲上牙邊，再納入出賣奴婢的欄中，這是天子和皇后的服飾，只用來祭祖先時穿而平時是不能穿的啊，可是普通民眾卻拿來打扮奴婢和姬妾。用白綢做衣面，用薄綢做衣裡，再鑲以牙邊，繡成美麗的斧形花紋，這是古代天子的服飾啊，可是現在富商大賈舉行盛會為召引客人卻用來裝飾牆壁。古代的人只供給一個皇帝一個皇后符合規定而合宜，現在普通百姓的房屋牆壁能用皇帝的服飾裝飾，歌伎下賤的人也能用上皇后的服飾，這樣，天下的財物不被耗盡，恐怕是不可能的啊。況且現在皇帝本人還穿著黑繒衣服，富裕的百姓卻連牆壁都披上繡有花紋的絲織品；天子的正妻還只是用花紋鑲衣服邊緣，普通百姓卻用花紋裝飾支庶子女和婢妾的鞋邊，這一切我都認為與規定相違背了啊。一百個人做出的東西，還不夠一個人穿，欲天下人不遭寒凍，怎麼可能呢？一個人耕種所得的糧食，供十個人在一起吃飯，想天下人不受飢餓，也是不可能的啊。飢餓和寒凍直接關係到老百姓的生命，因此要想人不做壞事，這也是不可能的啊。國家的財力已經耗盡了，盜賊的出現只是等待時日罷了，可是出謀獻策的人卻說照原來規定不動是最重要的。社會習俗已經發展到大不敬了，發展到最沒有等級觀念了，發展到犯上作亂了，出謀獻計的人卻還說保持清靜無為，這是值得為之長歎息的事情啊！

商君❶遺❷禮義，棄仁恩，并心❸於進取，行之二歲，秦俗日敗。故秦人家富子壯則出分❹，家貧子壯則出贅❺。借父耰鉏❻，慮❼有德色❽；母取箕箒❾，立而誶語❿。抱哺⓫其子，與公併倨⓬；婦姑⓭不相說⓮，則反脣⓯而相稽⓰。其慈子耆利，不同禽獸者亡幾耳⓱。然并心而赴時⓲，猶曰蹷⓳六國，兼天下。功成求得矣，終不知反廉愧⓴之節，仁義之厚。信㉑并兼之法，遂㉒進取之業，天下大敗。眾掩㉓寡，智欺愚，勇威㉔怯，壯陵㉕衰，其亂至矣。是以大賢㉖起之，威震海內，德從天下㉗。曩之為秦者，今轉而為漢矣。然其遺風餘俗，猶尚未改。今世以侈靡相競，而上亡制度，棄禮誼㉘、捐㉙廉恥日甚，可謂月異而歲不同矣。逐利不㉚耳，慮㉛非顧行也。今其甚者，殺父兄矣。盜者剟㉜寢戶㉝之簾，搴㉞兩廟㉟之器，白晝大都之中，剽㊱吏而奪之金。矯偽者㊲出幾㊳十萬石粟，賦六百餘萬錢，乘傳㊴而行郡國㊵，此其亡行義之尤至㊶者也。而大臣特㊷以簿書㊸不報、期會㊹之間㊺以為大故㊻。至於俗流失㊼，世壞敗，因㊽恬㊾而不知怪，慮不動於耳目，以為是適然㊿耳。夫移風易俗，使天下回心而鄉(51)道，類非俗吏之所能為也。俗吏之所務，在於刀筆筐篋(52)，而不知大體(53)。陛下又不自憂，竊為陛下惜之。夫立君臣，等上下，使父子有禮，六親有紀(54)，此非天之所為，人之所設也。夫人之所設，不為不立，不植[55]則僵[56]，不修則壞。筦子[57]曰：「禮義廉恥[58]，是謂四維[59]，四維不張，國乃滅亡。」使筦子愚人也則可，筦子而少[60]知治體，則是豈可不為寒心哉？秦滅四維而不張，故君臣乖亂[61]，六親殃戮，姦人並起，萬民離叛，凡十三歲而社稷為虛[62]。今四維猶未備也，故姦人幾幸[63]，而眾心疑惑。豈如今定經制[64]，今君君臣臣，上下有差，父子六親各得其宜，姦人亡所幾幸，群眾信上而不疑惑[65]。此業壹定，世世常安，而後有所持循[66]矣。若夫經制不定，是猶度江河亡維楫[67]，中流而遇風波，船必覆矣。可為長太息者此也。

【章　旨】本段揭示漢承秦制造成世風敗壞的弊端，並提出恢復「四維」，以加強君臣上下的等級觀念。

【注　釋】❶商君　即商鞅（約西元前三九〇—前三三八年），戰國時衛人。姓公孫名鞅。因封於商，故稱商鞅、商君。商鞅相秦十九年，輔助秦孝公變法，廢井田，開阡陌，獎勵耕戰，使秦國富強。孝公死，公子虔等誣陷鞅謀反，車裂而死。❷遺　棄。❸并心　專心。❹出分　分財產給子女自立門戶。❺出贅　男子就婚於女方，成為女方家庭的一員。女方謂之招郎。時人以此為卑賤。❻耰鉏　耰，同「櫌」。用以耙碎平整土地。鉏，同「鋤」。耰鉏猶今之耙、鋤等農具。❼慮　大率；大抵。❽德色　臉上現出有恩德於人的樣子。❾箕箒　畚箕和掃箒。皆掃除之具。❿誶語　責罵。⓫哺　指哺乳；餵奶。⓬併倨　併坐。倨，通「踞」。媳婦當著公公的面餵奶，並坐在一排，時以為無禮之甚。⓭婦姑　媳婦與婆婆。⓮說　同「悅」。⓯反脣　翻脣，不服氣、鄙視惱怒的樣子。⓰稽　計較。⓱其慈子耆利二句　師古注：「唯有慈愛其子而貪嗜財利，小異於禽獸也。無幾，言不多也。」⓲赴時　追趕時風。王先謙以為「時」下當有「者」字，《新書・時變》有「者」字。⓳曰蹷　原作「日蹷」，依《漢書》改。蹷，顛覆。⓴廉愧　即廉醜，廉恥。㉑信　通「伸」。謂實行。㉒遂　成。㉓掩　掩襲。乘人不備而突然襲擊。㉔威　脅迫。㉕陵　通「淩」。欺淩。㉖大賢　指漢高祖劉邦。㉗德從天下　道德感化天下。從天下，令天下人順從。㉘禮誼　猶「禮義」。㉙捐　棄。㉚逐利不　得利與不得利。不，同「否」。㉛慮　大率；大抵。㉜剟　割取。㉝寢戶　陵寢的門戶。室有東西廂曰廟，無東西廂曰寢。㉞搴　取。㉟兩廟　指漢高祖和惠帝的陵廟。㊱剽　劫。㊲矯偽者　指假造詔令和文書的人。㊳幾　近。㊴傳　傳車。驛站的車馬。㊵行郡國　指巡行郡國，交通王侯，顯示自己的榮耀。㊶尤至　指無恥到極點。㊷特　只。㊸簿書　文書。㊹期會　預約的聚會。㊺間　間斷。「期會之間」，《新書・俗激》作「小期會不答」，故此「間」作「間斷」為允。㊻大故　大的事故。㊼失　王念孫以為「失」與「泆」同。泆，放縱。㊽因　王念孫以為「因」為「固」字之誤。固與顧同。顧，反而。㊾恬　安。㊿適然　應當如此。51鄉　同「嚮」。52刀筆筐篋　《補注》引周壽昌曰：「刀筆以治文書，筐篋以貯財幣，言俗吏所務在科條徵斂也。」53大體　全體；根本。54紀　師古曰：「紀，禮也。」指遠近尊卑的次序。55植　建樹。56僵　偃；倒下。57筦子　即管仲。「筦」同「管」。管仲春秋時人，相齊桓公，曾九合諸侯，一匡天下，使桓公成為春秋五霸之首。現存《管子》一書，包涵了管仲的思想，但為後人假託之作。下引四語參見《管子・牧民》。58禮義廉恥　古代重要的道德規範。59維　綱維；綱領。60少　稍。61乖亂　相違背雜亂。62十三歲而社稷為虛　秦始皇、秦二世共在位十五年。虛，廢墟；荒丘。63幾幸　希望僥倖。64經制　常制；不變的制度。經，常。65群眾信上而不疑惑　原作「而群臣眾信上而不疑惑」，依王念孫改。66持循　把握遵循。67維楫　亦作「維檝」。繫船的繩和槳。

【語　譯】商君拋棄了禮義仁恩，專心努力進取，變法實行才兩年，秦國的風俗一天天敗壞。因此秦人家庭富裕的，兒子長大了就要分家，家庭貧窮的，兒子長大了就要出家作贅婿。兒子借給父親農具，臉上大抵還現出施恩的顏色；母親拿了掃帚和畚箕，媳婦也要站著質問一番。媳婦懷裡抱著孩子餵奶，竟敢與公公並排坐在一起；婆婆和媳婦不和睦，媳婦往往會氣沖沖地頂嘴。秦人不知禮義，只知道愛護自己的孩子和貪圖個人私利，這種德行離禽獸已經相差無幾了。然而專心進取造成時風敗壞，還說是為了顛覆六國，統一天下。可是等到功業完成目的達到了，卻不知道恢復廉恥的節操和仁義的厚恩。一味實行兼併的主張，完成了進取的大業，天下風俗卻大大敗壞了。弄得人多的襲擊人少的，聰明的欺侮愚蠢的，勇敢的威脅怯懦的，強壯的淩辱衰老的，簡直亂到極點了。因此出現了大賢人來扶持天下危亂，他的威力使海內震驚，他的德行使天下人順從。過去作為秦的天下，現在轉變為漢的天下了。然而秦代遺留下來的壞的風俗，還沒有來得及改止。現在的世道是在生活奢侈淫靡方面競爭，朝廷又沒有建立制度，以致不講禮義廉恥一天天嚴重，可以說一月比一月、一年比一年不同了。人們所追求的只考慮有利無利罷了，都不顧及行為的善惡。現在發展到更嚴重的，已弄得殺死親父兄了。強盜割取陵寢門簾了，拿走高祖、惠帝廟裡的祭器，大白天在大街上劫持官吏，搶走錢財。有的人還敢於偽造詔令文書取出國家倉中近十萬石糧食，又矯詔徵斂賦稅六百餘萬錢，乘著傳車去巡視郡國，這是無恥之徒當中最突出的人啊。可是大臣們只是把文書沒有批復、預定的會議沒有準備當作大事。至於對待社會風俗放縱，世道敗壞，反而安然處之而不以為異常，大抵充耳不聞熟視無睹，以為是理所當然罷了。看來關於移風易俗，使天下人回心轉意嚮往正道，大概不是一般官吏所能做到的啊。因為一般官吏所專力從事的，在於辦理文書和徵斂賦稅，卻不知道治國的根本。皇上自己還不著急，我為皇上對此而惋惜。

關於確立正確的君臣關係，使上下分出等級，使父子之間有規範，使六親之間有次序，這些都不是天所安排的，而是要靠人去建立啊。人們相處的綱紀設施，不去做就不能建立，不扶持就會倒下，不修治就會頹敗。管子說：「禮義廉恥，好比是維繫國家的四根大繩，四根大繩如果沒有張開繫緊，國家就要滅亡。」假使管子是個愚蠢的人那就算了，假使管子稍微懂得一點治國的根本道理，那麼他說的話對照當前的現實，難道不值得令人寒心嗎？秦代拋棄了禮義廉恥而得不到發揚，所以君臣關係顛倒錯亂，親屬遭到殺戮，壞人紛紛出現，百姓離心背叛，總共只十三年時間，秦的社稷便成了廢墟。現在禮義廉恥這四維還沒有完備，因此壞人還抱有僥倖心理，百姓也存有疑慮。還不如現在就定下此一常規，讓君行君道，臣行臣道，上下各有等差，父子親屬也都各自處在適宜的位置上，壞人不會產生僥倖心理，百姓也都相信皇上而不會產生疑慮。這樣的功業一旦建立，世世代代就會長保平安，而且後人也有遵循的原則了。假如常規不能確立，那就好像是渡江河卻沒有粗繩和船槳，行到河中遇到風波，船必然遭到覆滅了。值得長歎的就是這件事情啊！

夏為天子，十有餘世[1]，而殷受之。殷為天子，二十餘世[2]，而周受之。周為天子，三十餘世[3]，而秦受之。秦為天子，二世[4]而亡。人性不甚相遠也，何三代之君有道之[5]長，而秦無道之暴[6]也？其故可知也。古之王者，太子迺[7]生，固舉以禮[8]。使士負之[9]，有司[10]齊肅[11]端冕[12]，見之南郊[13]，見於天也。過闕[14]則下，過廟則趨[15]，孝子之道也。故自為赤子[16]，而教固已行矣。昔者成王[17]幼在繈抱[18]之中，召公[19]為太保[20]，周公[21]為太傅[22]，太公[23]為太師[24]。保，保其身體[25]；傅，傅之德義[26]；師，道之教訓[27]。此三公[28]之職也。於是為置三少[29]，皆上大夫[30]也，曰少保、少傅、少師，是與太子宴[31]者也。故迺孩提[32]有識[33]，三公、三少，固明孝仁禮義以道習之[34]，逐去邪人，不使見惡行[35]。於是皆選天下之端士[36]，孝悌[37]博聞有道術[38]者，以衛翼[39]之，使與太子居處出入。故太子迺生而見正事，聞正言，行正道，左右前後皆正人也。夫習[40]與正人居之，不能毋正，猶生長於齊，不能不齊言也；習與不正人居之，不能毋不正，猶生長於楚之地，不能不楚言也。故擇其所耆[41]，必先受業[42]，迺得嘗[43]之；擇其所樂，必先有習，迺得為之。孔子曰：「少成若天性，習貫如自然[44]。」及太子少長，知妃色[45]，則入於學。學者，所學之官[46]也。〈學禮〉[47]曰：「帝入東學[48]，上親[49]而貴仁，則親疏有序，而恩相及矣；帝入南學，上齒[50]而貴信，則長幼有差，而民不誣[51]矣；帝入西學，上賢[52]而貴德，則聖智在位，而功不遺[53]矣；帝入北學，上貴而尊爵[54]，則貴賤有等，而下不隃[55]矣；帝入太學[56]，承師問道[57]，退習而考[58]於太傅，太傅罰其不則[59]而匡[60]其不及，則悳智長而治道得矣。此五學者既成於上，則百姓[61]黎民[62]化輯[63]於下矣。」及太子既冠[64]成人，免於保傅之嚴，則有記過之史[65]，徹膳之宰[66]，進善之旌[67]，誹謗之木[68]，敢諫之鼓[69]，瞽[70]史誦詩，工[71]誦箴[72]諫，大夫進謀，士傳民語。習與智長，故切[73]而不媿[74]；化[75]與心成，故中道[76]若性。三代[77]之禮，春朝朝日[78]，秋暮夕月[79]，所以明有敬也；春秋入學，坐國老[80]，執醬[81]而親餽[82]之，所以明有孝也；行以鸞和[83]，步[84]中〈采齊〉[85]，趣[86]中〈肆夏〉[87]，所以明有度[88]也；其於禽獸，見其生不食其死，聞其聲不食其肉，故遠庖廚，所以長恩，且明有仁也。夫三代之所以長久者，以其輔翼太子有此具也。及秦而不然。其俗固非貴辭讓也，所上者告訐[89]也；固非貴禮義也，所上者刑罰也。使趙高[90]傅胡亥而教之獄[91]，所習者非斬劓[92]人，則夷[93]人之三族[94]也。故胡亥今日即位，而明日射人[95]。忠諫者謂之誹謗，深計者謂之妖言[96]，其視殺人若艾草菅[97]然。豈惟胡亥之性惡哉？彼其所以道[98]之者非其理[99]故也。鄙諺曰：「不習為吏，視已成事[100]。」

又曰：「前車覆，後車誡[101]。」夫三代之所以長久者，其已事可知也；然而不能從者，是不法聖智也。秦世之所以亟[102]絕者，其轍跡[103]可見也；然而不避，是後車又將覆也。夫存亡之變，治亂之機[104]，其要在是矣。天下之命，縣[105]於太子；太子之善，在於早諭教[106]與選左右。夫心未濫[107]而先諭教，則化易成也；開於道術智誼之指[108]，則教之力也。若其服習積貫[109]，則左右而已。夫胡粵[110]之人，生而同聲，耆欲不異，及其長而成俗，累數譯[111]而不能相通，行有雖死而不相為[112]者，則教習然也。臣故曰選左右早諭教最急。夫教得[113]而左右正，則太子正矣，太子正而天下定矣。《書》[114]曰：「一人有慶，兆民賴之[115]。」此時務也。

【章　旨】本段以三代傳位久遠與秦二世而亡進行對比，說明教育太子的重要性。

【注　釋】❶十有餘世　據《漢書・律曆志》夏代「繼世十七王，四百三十二歲」。❷二十餘世　據《漢書・律曆志》：「凡殷世繼嗣三十一王，六百二十九歲。」❸三十餘世　據《漢書・律曆志》：「周凡三十六王，八百六十七歲。」❹二世　指秦始皇、秦二世兩代，共計十五年。❺之　而。下句「之」義同。❻暴　時間短促。❼迺　同「乃」。始。❽舉以禮　按禮的規定來養育。舉，養育。❾使士負之　國君世子生三日，卜士背負。❿有司　主管某一事務的人。⓫齊肅　虔誠恭敬。齊，通「齋」。一種潔身清心的儀式，表示虔誠。肅，敬。⓬端冕　指玄衣玄冕，卿大夫祭服。端，禮服。冕，禮帽。⓭南郊　京都的南郊，是祭天的地方。祭天稱郊祭。⓮闕　即「象魏」。宮門外懸掛法令的地方，故下而示敬。⓯過廟則趨　廟，祖廟。祭祖先的地方，故過廟則趨以示敬。趨，快步疾行。⓰赤子　指初生嬰兒。師古曰：「赤子，言其新生未有眉髮，其色赤。」⓱成王　周武王子姬頌，西周第二代君主。下面以周成王為例，說明太子從年幼起便受到良好的教育。⓲繈抱　同「襁褓」。

緥，小兒背帶。褓，小兒被。⑲召公　即姬奭，周文王庶子，因封地在召，故稱「召公」或「召伯」。武王滅商後，封召公於北燕，又稱「燕召公」。成王時召公與周公旦分陝而治。「自陝而西，召公主之；自陝而東，周公主之」（《史記・燕召公世家》）。⑳太保　官名，古「三公」之一，位次於太傅，周始置，輔佐天子之臣。㉑周公　姬旦，周文王子，輔佐武王滅紂，封於魯，又稱「魯周公」。武王時，成王年幼，周公攝政。傳說周代的禮樂制度都是他制訂的（見《史記・魯周公世家》）。㉒太傅　官名，古「三公」之一。周始置，輔佐天子之臣。㉓太公　太公望。姜姓，呂氏，名尚。相傳呂尚釣於渭濱，周文王出獵相遇，與語大說，並說「吾太公望子久矣」。故號之曰「太公望」。同載而歸，立為師。武王即位，尊為師尚父，輔佐武王滅紂，封於齊，為齊國始祖，俗稱「姜太公」（見《史記・齊太公世家》）。㉔太師　古「三公」之最尊者，周始置，輔佐天子之臣。㉕保其身體　《禮記・文王世子》稱：「保也者，慎其身以輔翼之而歸諸道者也。」即太保的職責是謹慎守住太子本身，使之符合「道」的要求。這個「道」的內容就是「禮」。㉖傅之德義　《禮記・文王世子》稱：「太傅審父子君臣之道以示之。」按此，則知道太傅本人應該詳明父子君臣的德義以作為太子的表率，因此〈文王世子〉此下明確指出「少傅奉世子以觀太傅之德」。傅，輔。㉗道之教訓　通過教訓德義來引導太子。《禮記・文王世子》稱：「師也者教之以事而喻德者也。」太師是要教太子所做的每件事情都要體現德義。㉘三公　作為太師、太傅、太保的「三公」在周代位極尊，教育太子還只是一個方面，據《漢書・百官公卿表》稱「太師、太傅、太保，是為三公，蓋參天子，坐而議政，無不總統，故不以一職為官名。」後來「三公」官職有變化，如西漢以丞相（大師徒）、太尉（大司馬）、御史大夫（大司空）合稱「三公」，東漢以太尉、司徒、司空合稱「三公」。皆為共同負責軍政的最高長官。㉙三少　少保、少傅、少師合稱「三少」，為「三公」的副職。《漢書・百官公卿表》稱：「又立三少為之副，少師、少傅、少保，是為孤卿。」所謂「孤卿」是六卿中掌握國政者，其位獨孤（獨特），故稱。㉚上大夫　周制，卿以下是大夫，大夫又分上、中、下三等。㉛宴　褻居；平時生活在一起。「三少」要和太子生活在一起，這與「三公」的教育太子有所不同。㉜孩提　指幼兒。幼兒可以提抱。㉝識　知；有認識能力。㉞道習之　指導太子練習實踐孝仁禮義。㉟惡行　壞的行為。㊱端士　正直的人。㊲孝悌　敬父母叫「孝」，敬兄長叫「悌」。㊳道術　指學問。㊴衛翼　保衛輔佐。㊵習　經常。此下的齊、楚的比喻一北一南，說明環境不同，人們的習性也會隨之改變。但是對楚卻帶有貶義，以「生長於楚」比喻「與不正人居之」，此先秦比喻寓言一貫用法。㊶耆　同「嗜」。偏好。㊷受業　傳授某方面的知識。受，同「授」。㊸嘗　試。㊹少成二句　少成，少年養成的品德。貫，同「慣」。按：此二句引自《孔子家語》。㊺妃色　女色。師古曰：「妃色，妃匹之色。」㊻官　學館。吳師道以為「官」與「館」通。姚鼐注：「官，當依戴作『宮』。」

(47)學禮　《禮》古經五十六篇中的篇名之一。據王聘珍《大戴禮記解詁》卷三注。(48)東學　此下東、南、西、北四學是根據春、夏、秋、冬四季所設，並依據時序特點確定教學內容（參見《大戴禮記解詁》卷三引盧辯注。(49)上親　即「尚親」。指尊敬父母。(50)上齒　即「尚齒」。尊重年壽高的人。(51)誣　欺騙。(52)上賢　即「尚賢」。崇尚賢能的人。(53)遺　遺忘。(54)尊爵　尊重爵位高的人。(55)隃　即「踰」。超越。此指下位僭越上位的行為。(56)太學　古代朝廷設立的最高級的學校。如周代的「東膠」是為太學。(57)承師問道　指接受太師的教育。(58)考　考核。(59)不則　不合法的內容。(60)匡　糾正。(61)百姓　指百官。(62)黎民　指老百姓。(63)化輯　被感化而達於和順。輯，和。(64)冠　古時男子二十歲行加冠禮，表示進入成年。(65)記過之史　記載過錯的史官。(66)徹膳之宰　撤去膳食的官員。宰，主管人。《大戴禮記・保傅》載：「太子有過，史必書之。史之義不得不書過；書過而宰徹去膳。夫膳宰之義，不得不徹膳，不徹善則死。」說明對太子的要求十分嚴格。(67)進善之旌　師古注：「進善言者，立於旌下。」意思是設立旌旗作標誌，以表示招引進善言的人提意見。(68)誹謗之木　師古注：「譏惡事者，書之於木。」設立木牌以招引批評者書寫意見。(69)敢諫之鼓　師古注：「欲顯諫者則擊鼓。」設鼓以招引敢於進諫者擊鼓進諫。(70)瞽　盲人。下「史」字王念孫以為衍文。(71)工　指樂人。(72)箴　寓有勸戒之義的文辭。(73)切　據王聘珍《大戴禮》注：「切，切近」。(74)媿　同「愧」。悔。(75)化　教化。(76)中道　合道。(77)三代　夏、商、周。(78)朝日　祭日。按古禮，天子在春分這一天早晨祭日於東壇。(79)夕月　祭月。按古禮，天子在秋分這一天傍晚祭月於西壇。(80)國老　告老退職的卿大夫。(81)醬　肉醬。(82)親餽　天子親自贈送食品。餽，同「饋」。(83)鸞和　古時車上裝的兩種金屬鈴。「鸞」在車衡，「和」在車軾。(84)步　慢行。(85)采齊　古樂章名，亦作「采茨」。(86)趣　通「趨」。疾行。(87)肆夏　古樂章名。(88)度　法度，指行路的快慢節奏。(89)告訐　告人過失，揭人陰私。(90)趙高　秦始皇時的宦官，任中車府令，精通刑獄，為始皇少子胡亥傳，曾教以「獄律令法事」。始皇死，他與李斯合謀矯詔逼死扶蘇，立胡亥為二世皇帝。(91)獄　刑法。(92)劓　割去罪犯鼻子的酷刑。(93)夷　滅絕。(94)三族　說法不一。一般指父族、母族、妻族。(95)射人　《史記・李斯列傳》載：「有行人入上林中，二世自射殺之。」(96)妖言　怪言；惑眾之言。(97)艾草菅　割茅草。艾，同「刈」，割。菅，茅草。(98)道　同「導」。(99)理　治。(100)已成事　已經過去的事。視已成事，猶言借鑑歷史。(101)誡　警戒。(102)亟　急疾；很快。(103)轍跡　車輪碾過留下的痕跡，猶言走過的道路。(104)機　指事物的樞紐、關鍵。(105)縣　同「懸」。(106)諭教　教育。諭，曉告。(107)濫　渙散。(108)開於道術智誼之指　《補注》王念孫曰：「智誼之指，本作『智誼理之指』『智』讀曰『知』，與『開』字相對為文，謂開通於道術，識義理之指也。《大戴禮》、《賈子》並作「知義理之指」。」開，啟。道術。猶道藝，學問技藝。智，知。誼，義。指，意思。句義從王說。(109)服習積貫　從事學習，積累養成好的習慣。貫，通「慣」。(110)胡粵　胡地與粵地，北方與南方。(111)累數譯　經過連續多次輾轉翻譯。(112)不相為　指不能互相替代。(113)教得　教育成功。(114)書　《尚書》。(115)一人有慶二句　師古曰：「《周書・呂刑》之辭也。一人，天子也。言天子有善，則兆庶獲其利。」慶，善。兆庶，猶言眾民。

【語譯】大禹做天子，傳了十多代，以後是殷商繼承。殷湯做天子，傳了二十多代，以後是周代繼承。周武王做天子，傳了三十多代，以後是秦代繼承。秦始皇做天子，只兩代就滅亡了。人的本性相差不遠啊，為什麼三代的君主有道就在位長久，而秦代的君主無道就在位如此短促呢？這當中一定是有原因的啊。古代做君王的，當太子初生下來，就用禮來培育。使士人背著太子，有司嚴肅齋戒，穿上禮服，戴上禮帽，抱著太子到南郊祭祀，拜見蒼天。背著太子經過宮闕就要放下示敬，經過祖廟就要疾走，這是履行孝子的規範啊。所以自從做嬰兒開始，太子的教育就已經在進行了。當初周成王年幼，還處在襁褓之中，就有召公做太保，周公做太傅，太公做太師。所謂「保」，就是謹慎守住太子本身使之合於道的要求；所謂「傅」，就是輔佐太子使之歸於德義；所謂「師」，就是通過教訓德義來加以引導。這就是「三公」的職責啊。接著還為太子安排了「三少」，都是上大夫的級別，這就是少保、少傅、少師，他們是與太子生活在一起的。所以太子還是個幼兒的時候就有了對禮的認識。「三公」、「三少」他們本就精於孝、仁、禮、義，用這些倫理道德來引導太子，並要太子反覆練習，驅走太子身旁的壞人，不讓太子見到醜惡的行為。在這種情況下，盡選天下的正直之士，孝順父母、尊敬兄長而又廣聞博見有學識技藝的，用來作為太子的輔翼，使他們與太子一同居住，一起出入。所以太子從初生起，所見到的是正事，所聽到的是正言，所行的是正道，太子前後左右都是一些正直的人啊。太子經常與正直的人一起生活，就不可能是不正直的，就好像生長在齊國不可能不說齊國話一樣啊；經常與不正直的人一起生活，就不可能是正直的，就好像生長在楚國不能不講楚國話一樣啊。所以必須選擇太子所嗜好的事情，必先加以教授，才能讓他試著去做；選擇太子所喜歡的事情，必先有一個練習的過程，才能讓他獨立去做。孔子說：「少時培育成的品格就好像自然形成的一樣，習慣養成了就好像自然如此一樣。」等到太子稍長大一點，懂得了愛女色，就進入學校。學校是學習的館舍啊。〈學禮〉說：「天子進入東學，學習崇敬父母和重視仁愛的內容，那麼親疏關係就擺正了先後次序，而且恩澤也能施加到他們身上了；天子進入南學，學習尊敬老年人而重視信的內容，那麼長幼就有了等級而百姓就不會相欺了；天子進入西學，學習尊敬賢人和重視德行的內容，那麼賢能聖智之士都會居於官位而其功勞就不會被遺忘了；天子進入北學，學習尊敬貴人和具有高爵位的人，那麼貴賤就有了區別，下位就不會僭越上位的職分了；天子進入太學，承受太師的教導和詢問治國安邦的道理，回到宮舍反覆練習並由太傅進行考核，天子所學不合法度和學得不夠的，太傅要加以處罰和匡正，那麼天子的德行和智慧就有所增長，而治國安邦的道理也就學到手了。天子在上位完成這五種學習任務，那麼在下位的百官和老百姓也就被感化而歸於和順了。」等到太子已經舉行過冠禮進入成年，脫離了太保、太傅的嚴格管教，還安排有秉筆直書的史官、縮減膳食的膳夫、招引人進善言的旌旗、招引人書寫過錯的木牌、敢於進諫者所擊的鼓，瞽人朗誦詩經，樂人朗誦箴言諫阻，大夫進獻謀略，士傳達百姓的意見。學習與智力同時增長，對所處理的問題切合實際而無恨悔；教化與思想都取得成就，想到的事都與道相副合，好像天性本來如此。按照三代的禮制規定，天子每年春分這天的早晨要祭日，每年秋分這天的傍晚要祭月，這是表明天子具有恭敬之心啊；中春、中秋的日子要到太學，讓國老們坐著，天子親自捧著肉醬饋贈國老，這是表明天子具有孝順之心啊；天子出行，行車要與車上的鸞和鈴聲的節奏相應，慢行時應合〈采齊〉樂章的節奏，快行時應合〈肆夏〉樂章的節奏，這是表明天子行車也符合法度啊；天子在對待禽獸方面，看見了牠們活著時的情景，就不忍心吃牠們死了的肉，聽到牠們被宰殺時嚎叫的聲音，就不忍心吃牠們的肉，所以要住得離廚房遠遠地，這是用來增進恩德，並且表明具有仁愛之心的措施啊。三代之所以傳位長久，就是因為輔佐太子有如此完備的措施啊。到了秦代就不是如此。當地的風俗本來就不重視辭讓，所推崇的是揭露別人的隱私；本來就不重視禮義，所推崇的是刑罰啊。卻還派遣趙高輔佐胡亥，教導他的是刑獄，胡亥所學到的不是殺人、割鼻的酷刑，就是絕滅犯人的三族啊。所以胡亥今天即位做皇帝，明天就在上林苑中射殺遊人。對他忠心勸諫的稱之為誹謗，認真為他謀劃的稱之為惑眾妖言，他把殺人看作割茅草一樣。這難道是胡亥的本性很壞嗎？是由於趙高等人所教導的內容不符合治道的緣故啊。鄉下俗語說：「不要專門學習如何做官，只要好好觀察往事就夠了。」又說：「前面的車子翻了，後面的車子引為警戒。」三代之君之所以傳位長久的原因，從他們以往的事跡中就可看清楚啊；但是又不能跟著他們去做，是不願效法大聖大智的人啊。秦代之所以如此急速滅亡，從他所走過的道路就可看清楚啊；然而漢代又不知迴避，那麼後面的車子又將要翻車了。關於國家生存與滅亡的變化，安定與動亂的發生，關鍵就在此了。天下的命運寄繫於太子身上；而太子走上正路，在於趁早對太子進行教育與選擇好左右的輔佐大臣。趁太子的心尚未渙散，就預先進行教育，那麼教化就容易收到成效啊；用道術來啟發，讓他知道義的意思，那麼這就是教育的力量啊。如果要他從事學習並養成良好的習慣，那就得依靠太子左右的人培養罷了。北方的胡地與南方粵地的人，生下來哭聲相同，嗜好也沒有什麼區別，可等到長大成人養成當地的習俗，即使經過多次輾轉翻譯語言也不能相通，所作的事情即使到死也不能互相替代，這就是教育學習形成的啊。所以我說選好左右輔佐的人盡早對太子進行教育，這是最急迫的事情。如果教育成功且左右輔佐人正直，那麼太子也就隨之正直了，太子正直的話，天下也就隨之安定了。《尚書》說：「天子一人有吉祥的事，那麼萬民都託他的福。」因此趁早教育太子和選拔太子左右輔佐的人，這是當務之急啊。

凡人之智，能見已然❶，不能見將然❷。夫禮❸者禁於將然之前，而法❹者禁於已然之後，是故法之所用易見，而禮之所為至難知也。若夫慶賞❺以勸善，刑罰以懲惡，先王執此之政，堅如金石❻，行此之令，信如四時❼，據此之公，無私如天地耳，豈顧❽不用哉？然而曰禮云禮云者，貴絕惡於未萌❾，而起教於微眇❿，使民日遷善遠辠而不自知也。孔子曰：「聽訟⓫吾猶人也，必也使毋訟乎。」

為人主計者，莫如先審⑫取舍；取舍之極⑬定於內，而安危之萌應於外矣。安者非一日而安也，危者非一日而危也，皆以積漸⑭然，不可不察也。人主之所積，在其取舍。以禮義治之者積禮義，以刑罰治之者積刑罰。刑罰積而民怨背，禮義積而民和親。故世主欲民之善同，而所以使民善者或異，或道⑮之以德教，或敺⑯之以法令。道之以德教者，德教洽⑰而民氣樂；敺之以法令者，法令極而民風哀。哀樂之感，禍福之應也。秦王之欲尊宗廟而安子孫，與湯、武同，然而湯、武廣大其德行，六七百歲而弗失，秦王治天下，十餘歲則大敗。此亡它故矣，湯、武之定取舍審，而秦王之定取舍不審矣。夫天下，大器⑱也。今人之置器，置諸安處則安，置諸危處則危。天下之情，與器亡以異，在天子之所置之。湯、武置天下於仁義禮樂，而德澤洽，禽獸草木廣裕，德被⑲蠻貊四夷⑳，累子孫數十世，此天下所共聞也。秦王置天下於法令刑罰，德澤亡一有，而怨毒㉑盈於世，下憎惡之如仇讎，既幾及身，子孫誅絕，此天下之所共見也。是非其明效大驗㉒邪？人之言曰：「聽言之道，必以其事觀之，則言者莫敢妄言㉓。」今或言禮誼㉔之不如法令，教化之不如刑罰，人主胡不引殷、周、秦事以觀之也？

【章旨】本段論述禮義教化的效果超過法令刑罰。

【注釋】❶已然　已經如此。已成的事實。❷將然　將出現的事實。「已然」指過去的事，「將然」指未來的事。❸禮　在周代，大而言之是國家的典章制度，小而言之是人們生活中的一種規範。從上到下都離不開禮的約束。❹法　指刑罰、法律。戰國時期出現了有名的法家商鞅、韓非等人，他們主張法治。法治和禮治有一定區別：禮治的核心是維護國家固有等級，用道德倫理來提高人們素質，保持社會安定；法治則要求集中君主權力，督察官吏職守，厲行嚴刑峻法，以統治人民，解決社會問題。在此賈誼一方面借禮的等級觀念來維護天子對諸侯王的獨尊地位，一方面又借禮的教化作用來緩和當時的社會矛盾。賈誼的禮法優劣論，無疑是強化了禮在教化方面的長處和法刻薄寡恩的短處。❺慶賞　猶獎賞。❻金石　金屬和石頭。❼信如四時　如春、夏、秋、冬四時之運行有序，周而復始，體現了信。❽顧　反。❾萌　始生。❿眇　小。⓫聽訟　審理訴訟案件。孔子做過大司寇，治理刑事的官。⓬審　明確；慎重。⓭極　標準。⓮積漸　逐漸形成。帶有不斷習染的意思。下面的「積禮義」、「積刑罰」，也是不斷習染禮義、習染刑罰的意思。⓯道　同「導」。⓰毆，同「驅」。⓱洽　周遍。⓲大器　寶器。⓳被　同「披」。加。⓴蠻貊四夷　皆指少數民族。蠻，泛指南方少數民族。貊，指東北地區少數民族。四夷，東夷、西戎、南蠻、北狄。㉑怨毒　怨恨。㉒明效大驗　最明顯的效果和驗證。㉓妄言　無依據的話；亂說。㉔誼　義。

【語譯】大凡人們的智慧作用，只能看清已經發生過的事情，而不能預見將要發生的事情。禮的作用卻能在事故發生之前加以預防，而法的作用只能在事故發生之後才加以禁止，因此法所起的作用顯而易見，而禮所起的作用卻是難以讓人知道的啊。至於用獎賞來鼓勵善人，用刑罰來懲辦壞人，先王用這一套治政，如金石般的堅定，用這一套施令，如四季運行不誤，用這一套公平辦事，好像天地一樣的無私，難道反而不採用嗎？然而一般說的「禮」啊「禮」啊是什麼意思呢，就是把壞事當還沒出現的時候就要杜絕，從細小的地方就要開始進行教育，使百姓一天天走向善道遠離犯罪而且自己還不知不覺啊。孔子曰：「審理訴訟案件，我同別人一樣啊，不過最好還是用德義進行感化使之不要出現訴訟啊！」為人君著想，不如先明確的取捨內容；取捨的標準在內部確定，那麼安危的苗頭在外部就會有相應的表現了。所謂安並不是一天形成的啊，所謂危也不是一天形成的啊，都是逐漸形成，不可不明察啊。人君所積累的，決定於他取捨的內容。用禮義來治理國家的，就多施行禮義，以刑罰治理國家的，就多施行刑罰。不過刑罰施行多了百姓會怨恨背叛，禮義施行多了百姓會和睦親善。所以君主希望百姓好的願望是相同的，但是如何使百姓好的辦法卻可能有所不同。有的國君用德義教化來引導百姓，有的國君用法令來驅趕百姓。用德義教化來引導百姓的，德義教化達到周遍百姓就充滿和樂的氣氛；用法令來驅趕百姓的，法令施行達到極點百姓就會產生哀怨情緒。百姓哀怨與和樂的感覺，是與國家的禍福相關聯的啊。秦始皇統一天下以後，也想使自己的宗廟永遠享受祭祀，使自己的子孫永遠居於君位，這種想法與商湯王、周武王是相同的，然而商湯王、周武王能努力擴大他們的德行的影響，傳了六七百年沒有失去天下，秦王治天下，僅十多年就大敗了。這沒有別的緣故，在於商湯王、周武王確定治國的辦法取捨謹慎，而秦王確定治國的辦法取捨不謹慎罷了。那天下，是個寶器啊。現在人們知道安放一般器物，安放在安全的地方就安全，安放在危險的地方就危險。天下這個寶器與一般器物的情況沒有什麼不同，在於天子如何來安放它。商湯王、周武王把天下安放在仁義禮樂的基礎上，因而德義恩澤普施天下，禽獸草木生長豐茂，德澤流及蠻貊四夷的少數民族地區，不斷做天子的子孫有幾十代，這是天下人所共知的情況啊。秦王把天下安放在法令刑罰的基礎上，德義恩澤沒有一點，因而怨恨充滿天下，百姓憎恨他討厭他，好像仇人一樣，滅亡的災禍幾乎落到他自己頭上，子孫被殺盡，這也是天下人所共知的情況啊。治天下用禮義還是用法令，這不是很明顯的效驗嗎？人們常說：「聽其言要觀其行，那麼說話的人就不敢亂說了。」現在有人說治國用禮義不如用法令，用教化不如用刑罰，君主為什麼不拿殷代、周代、秦代的事跡來加以考察呢？

人主之尊譬如堂❶，群臣如陛❷，眾庶如地。故陛九級❸上，廉❹遠地，則堂高；陛亡級，廉近地，則堂卑。高者難攀，卑者易陵❺，理埶然也。故古者聖王制為等列⑥，內⑦有公卿大夫士，外⑧有公侯伯子男⑨，然後有官師⑩小吏，延及庶人，等級分明，而天子加⑪焉，故其尊不可及也。里諺⑫曰：「欲投鼠而忌器⑬。」此善諭⑭也。鼠近於器，尚憚⑮不投，恐傷其器，況於貴臣之近主乎？廉恥節禮⑯以治君子，故有賜死⑰而亡戮辱⑱。是以黥劓⑲之辠不及大夫，以其離主上不遠也。禮，不敢齒⑳君之路馬㉑，蹵㉒其芻㉓者有罰，見君之几杖㉔則起，遭㉕君之乘車則下，入正門則趨㉖；君之寵臣㉗雖或有過，刑戮之辠不加其身者，尊君之故也。此所以為主上豫㉘遠不敬也，所以體貌㉙大臣而厲㉚其節也。今自王侯三公之貴，皆天子之所改容㉛而禮之也，古天子之所謂伯父㉜、伯舅㉝也，而今與眾庶同黥劓髡㉞刖㉟笞㊱傌㊲棄市㊳之法，然則堂不亡陛虖？被戮辱者不泰迫㊴虖？廉恥不行，大臣無迺握重權大官㊵，而有徒隸㊶亡恥之心虖？夫望夷之事㊷，二世見當㊸以重法者，投鼠而不忌器之習也。臣聞之，履㊹雖鮮㊺不加於枕，冠雖敝㊻不以苴㊼履。夫嘗已在貴寵之位，天子改容而體貌之矣，吏民嘗俯伏㊽以敬畏之矣，今而㊾有過，帝令廢之可也，退之可也，賜之死可也，滅㊿之可也；若夫束縛(51)之，係緤(52)之，輸之司寇(53)，編之徒官(54)，司寇小吏詈(55)罵而榜笞(56)之，殆(57)非所以令眾庶見也。夫卑賤者，習知(58)尊貴者之一旦(59)，吾亦迺可以加此也，非所以習天下(60)也，非尊尊貴貴(61)之化也。夫天子之所嘗敬，眾庶之所嘗寵，死而(62)死耳，賤人安得如此而頓辱(63)之哉！

【章旨】本段論述禮遇大臣是古代等級制的體現，是尊君的需要；不可對大臣施行刑罰，以避免百姓產生非禮行為。

【注釋】❶堂 指殿堂。❷陛 階級。❸陛九級 古時堂基的高度有規定。《禮記・禮器》：「天子之堂九尺，諸侯七尺，大夫五尺，士三尺。」每一尺為一級。❹廉 師古曰：「廉，側隅也。」指堂與堂基側面相接的邊緣。❺陵 師古曰：「陵，乘也。」登上。❻等列 各種等級。❼內 指朝廷之內。❽外 指朝廷之外分封的諸侯。❾公侯伯子男 諸侯的五個等級，即五等爵位。❿官師 師古曰：「官師，一官之長。」⓫加 指居於一切等級之上。⓬里諺 村野俗語。⓭欲投鼠而忌器 比喻除害又得有所顧忌。投鼠，擊鼠。忌器，忌諱器皿的損壞。⓮善諭 很好的比喻。諭，通「喻」。⓯憚 畏懼。⓰廉恥節禮 廉正、知恥、節操、禮義。《補注》王先謙曰：「《治要》引作禮節，《新書》同。《通鑑》作節禮，是司馬公所見《漢書》已與今本同矣。」⓱賜死 君主令臣自殺。⓲戮辱 指受刑罰。戮，同「僇」。侮辱。⓳黥劓 古代肉刑之一，即墨刑。以刀刺人面額用墨染黑。劓，割鼻。⓴齒 指審察馬齒看馬的年齡。㉑路馬 駕路車的馬。《禮記・曲禮》：「以足蹙路馬芻有誅，齒路馬有誅。」陳澔注：「路馬，君駕路車之馬也。」路指君主所乘的路車。路馬，駕路車的馬。㉒蹙 用腳踢。㉓芻 草。指路馬吃的草料。㉔几杖 几，用以憑靠的小几。杖，行路扶持用的手杖。㉕遭 遇。㉖趨 疾行。㉗寵臣 《補注》引周壽昌曰「蓋為君所尊愛之臣，不得援寵幸為說」。㉘豫 預先。㉙體貌 禮遇。師古曰：「體貌，謂加禮容而敬之。」㉚厲 激勵。㉛改容 改變容貌，肅然起敬的樣子。㉜伯父 天子稱同姓諸侯為「伯父」。㉝伯舅 天子稱異姓諸侯為「伯舅」。㉞髡 剃髮之刑。㉟刖 斷腳的酷刑。㊱笞 用竹板或荊條鞭打之刑。㊲傌 亦漢刑罰之一，傌音義同「罵」。㊳棄市 在鬧市執行死刑陳屍示眾。㊴泰迫 太迫近。泰，同「太」。㊵大官 王先謙曰「大官猶言高爵」。按「大官」應接「重權」連讀，猶言要職。㊶徒隸 役徒奴僕之類。㊷望夷之事 如淳曰：「閻樂殺二世於望夷宮，本由秦制無忌上之風也。」閻樂為趙高的女婿。㊸見當 被判罪。見，被。當，判罪。王先謙曰：「言二世見弒者，言秦上刑罰積習致然。」㊹履 鞋。㊺鮮 新。

㊻敝　壞；破舊。㊼苴　襯墊。㊽俯伏　身子伏倒表示敬畏。㊾而　如。㊿滅　此指滅族。(51)束縛　綑綁。(52)係緤　綑綁牽著走。(53)司寇　掌管刑獄、捕盜的官。王念孫以為司冠在先秦為尊官，不可能具體管犯人。漢代有廷尉無司寇，此兩司寇或為管刑獄之所，或為司空之誤。司空掌役使罪人之事。(54)徒官　可能是最基層管理罪人的小吏。徒，王念孫云「徒」即「役徒」。(55)詈　罵。(56)榜笞　鞭打。榜為木板，笞為竹板，皆作動詞用。(57)殆　可能。(58)習知　熟知；詳知。(59)一旦　指一旦犯法。(60)習天下　習染、薰陶天下的人。(61)尊尊貴貴　以尊者為尊，以貴者為貴，即敬重尊貴的人。(62)而　王念孫云與「則」同。(63)頓辱　使之因頓而受侮辱。頓，困躓。

【語　譯】人君的尊貴好比殿堂，大臣們好比是殿堂的臺階，百姓好比是平地。所以從下到上臺階九級，殿堂側邊離地的距離越遠，那麼殿堂就高；臺階沒有等級，殿堂側邊離地的距離近，那麼殿堂就低。高的殿堂難於攀升，低的殿堂容易登上，這是地理形勢造成的啊。所以古代聖王制訂出系列的等級，朝廷之內有公、卿、大夫、士，京畿之外有公、侯、伯、子、男，此外就是辦事的主管、辦事員，直到眾民百姓，等級分明，而天子則超越他們之上，所以天子的尊貴是沒有什麼人趕得上的。村野俗語說：「想要打老鼠，就要顧慮損害旁邊的器物。」這是個很好的比喻啊。老鼠離器物很近，尚且不敢擊，恐怕損傷了器物，何況尊貴的大臣離君主很近呢？廉恥節禮這些道德規範是拿來治理君子的，所以對君子的犯罪只有命令他自殺，沒有讓他們受刑罰之辱的規定。因此刺額、割鼻這種刑罰，不施加到大夫頭上，就是因為他們離君主不遠啊。按照禮制的規定，臣下不敢查看君主路馬的年齒，腳踢了路馬吃的草料就要受到懲罰，見到君主的几杖就要起身示敬，遇上君主的乘車就要下拜，進入殿堂正門就要快步前進；君主尊愛的大臣即使可能犯了錯誤，刑罰也不會施加到他們身上，是因為尊敬君主的緣故啊。這些規定是為了早避開對君主不敬的行為，為了禮遇大臣並激勵他們保持節操啊。現在從王侯到三公等顯貴，都是天子曾經恭敬以禮相待的人物啊，是古代天子所稱的伯父、伯舅啊，可是現在卻讓他們同眾民百姓一起遭受刺額、割鼻、剃髮、刖腳、鞭笞、辱罵、處死陳屍示眾種種刑罰，這樣看來，那麼殿堂之下不是沒有階陛了嗎？被侮辱的人不是太迫近君主了嗎？不用廉恥來激勵大臣，大臣們豈不是掌握著重權要職，卻又有著役徒僕隸般的無恥心理嗎？望夷宮中所以出現秦二世被迫自殺的事情，就是由於平時大臣養成了投鼠而不忌器的積習啊。我聽說過，鞋子即使是嶄新的也不能拿來作枕頭，帽子即使破舊了也不能用來墊鞋底。那些曾經處於尊位的人，天子曾對他們恭敬而以禮相待過，小吏百姓曾對他們服從敬畏過，現在如果有了罪過，廢黜他們的職位是可以的，辭退他們回鄉是可以的，賜死也是可以的；至於把他們捆綁起來，用繩索繫頸牽著走，解押到司寇那裡，編到徒官所屬隊伍裡，遭到司寇的小吏辱罵和鞭打，這可能不便於讓百姓看見啊。那些卑賤的人，如果熟知了達官貴人的事，心想達官貴人一旦犯了罪，我也可以對他們施加刑罰，這不是用來薰陶天下人的辦法啊，不是別貴賤、明尊卑的教化啊。天子曾經敬愛的人，百姓曾經尊重的人，一旦有了罪過，賜死就賜死罷了，卑賤的人怎麼應該擁有這種權力來困辱他們呢！

豫讓事中行之君❶，智伯❷伐而滅之，移事智伯。及趙滅智伯，豫讓釁面❸吞炭❹，必報襄子❺，五起而不中。人問豫子，豫子曰：「中行眾人畜❻我，我故眾人事之；智伯國士❼遇我，我故國士報之。」故此一豫讓也，反君事讎，行若狗彘❽；已而抗節❾致忠，行出虖列士❿，人主使然也。故主上遇其大臣如遇犬馬，彼將犬馬自為⓫也；如遇官徒⓬，彼將官徒自為也。頑頓⓭亡恥，奊詬⓮亡節，廉恥不立，且不自好，苟若⓯而可，故見利則逝⓰，見便則奪。主上有敗，則因而挺⓱之矣；主上有患，則吾苟免而已，立而觀之耳；有便吾身者，則欺賣⓲而利之耳。人主將何便於此？群下至眾，而主上至少也，所託財器職業⓳者，粹⓴於群下也。俱亡恥，俱苟妄㉑，則主上最病㉒。故古者禮不及庶人，刑不至大夫㉓，所以厲寵臣之節也。古者大臣有坐[24]不廉而廢者，不謂不廉，曰簠簋不飾[25]；坐汙穢淫亂男女亡別者，不曰汙穢，曰帷薄不修[26]；坐罷輭[27]不勝任者，不謂罷輭，曰下官不職。故貴大臣定有其辠矣，猶未斥然[28]正以諱之[29]也，尚遷就而為之諱[30]也。故其在大譴[31]大何[32]之域者，聞譴何，則白冠氂纓[33]，盤水加劍[34]，造[35]請室[36]而請辠耳，上不執縛係引而行也。其有中罪者，聞命而自弛[37]，上不使人頸盭而加[38]也。其有大辠者，聞命則北面再拜，跪而自裁[39]，上不使捽抑[40]而刑之也。曰：「子[41]大夫自有過耳，吾遇子有禮矣。」遇之有禮，故群臣自憙[42]；嬰[43]以廉恥，故人矜[44]節行。上設廉恥禮義以遇其臣，而臣不以節行報其上者，則非人類也。故化成俗定，則為人臣者，主耳忘身[45]，國耳忘家，公耳忘私，利不苟就[46]，害不苟去，唯義所在。上之化也，故父兄之臣[47]誠死宗廟[48]，法度之臣[49]誠死社稷[50]，輔翼之臣誠死君上，守圄[51]扞[52]敵之臣誠死城郭[53]封疆[54]。故曰聖人有金城[55]者，比物此志[56]也。彼[57]且為我[58]死，故吾得與之俱生；彼且為我亡，故吾得與之俱存；夫[59]將為我危，故吾得與之皆安。顧行[60]而忘利，守節而仗義，故可以託不御之權[61]，可以寄六尺之孤[62]。此厲廉恥行禮誼之所致也，主上何喪[63]焉？此[64]之不為，而顧彼之久行[65]，故曰可為長太息者此也[66]。

【章　旨】本段論禮遇大臣必立廉恥以激勵大臣的節操，而大臣也必以節行報答君主。

【注　釋】❶豫讓句　春秋末晉國人，他最初是晉六卿中行氏的家臣，無所知名，去而事智伯。趙襄子與韓、魏滅智伯，豫讓漆身為癩，滅鬚去眉以變其容，吞炭為啞以變其音，謀刺襄子為智伯報仇。後被執自殺。中行之君，指中行文子荀寅，晉大夫。中行，春秋晉荀林父將中行軍，後以中行為姓。君，對人的尊稱。❷智伯　春秋末晉大夫荀瑤，晉六卿之一。❸釁面　指以漆塗面。釁，本為縫隙，新鐘鑄成有隙，用牲血塗其隙叫「釁鐘」，因而「釁」由名詞轉作動詞用，作「塗」解。❹吞炭　吞食木炭，使聲帶變啞。❺襄子　指趙襄子毋卹，晉六卿之一。❻畜　養。❼國士　國中才能出眾的人。❽彘　豬。❾抗節　堅持節操。❿列士　胸懷大志追求功業的士人。列，通「烈」。⓫自為　要求自己。⓬官徒　僕役。⓭頑頓　圓滑沒有骨氣。頓，通「鈍」。⓮奊詬　無志。師古曰：「奊詬，謂無志分也。」或謂奊，無恥。《補注》劉台拱曰：「奊，本作謑，古字省耳。《說文》謑詬，恥也。謑或從奊。《廣雅》謑詬，恥也。」⓯苟若　猶「苟然」。隨便的樣子。若，然。⓰逝　往。⓱挺取。⓲欺賣　欺騙出賣。⓳財器職業　指國家的一切財物職事。⓴粹　同「萃」。集中。㉑苟妄　苟且虛偽。㉒病　擔憂。㉓故古者禮不及庶人二句　《禮記・曲禮》作「禮不下庶人，刑不上大夫」。意思是，在眾庶之中，不用禮來要求，因為制禮的依據是自士以上；自大夫以上則不施行刑罰，不是大夫犯罪可以不管，而是勉勵大夫自裁，不要受刑罰之辱。㉔坐　因；獲罪。㉕簠簋不飾　不廉潔的委婉說法。簠簋，盛放祭品的器皿。方形的叫「簠」，圓形的叫「簋」。飾，通「飭」。整治。㉖帷薄不修　淫亂的一種委婉說法。帷薄，帷幕和門簾。㉗罷輭　輭弱無力。師古曰：「罷，廢於事也。軟，弱也。罷讀曰『疲』。」㉘斥然　斥責的樣子。㉙正以謼之　直呼其名。謼，同「呼」。㉚諱　避忌；隱瞞。㉛譴　責問。㉜何　同「呵」。怒斥；大罵。㉝白冠氂纓　戴上有毛纓的白帽，古喪服的裝束。㉞盤水加劍　漢代大臣自請處死的一種表示。以盤盛水，加劍其上，表示請罪自刎。《補注》引如淳曰：「水性平，若己有正罪，君以平法治之也；加劍當以自刎也。或曰殺牲者以盤水取頸血，故示若此也。」㉟造　到。㊱請室　請罪之室。一作「清室」。㊲自弛　自動卸職。姚鼐注：「弛者，解去其職。」王先謙以為弛者毀也，並云：「聞命而免衣冠就桎械，自毀其容儀，不待上使人戾頸而加褫辱也。此雖不至大罪，然較譴何者為重，不能冠纓請罪，故須自毀而就獄也。不致死，故云中罪也。」㊳頸盭而加　猶加以戾頸，扭歪犯人的脖子。蘇林曰：「不戾其頸而親加刀鋸也。」王先謙評：「既是中罪，何至戾頸而加刀鋸，蘇說非也。」錄以備考。㊴自裁　自殺。㊵捽抑　指揪住頭髮往下按。師古曰：「捽，持頭髮也；抑，按之也。」㊶子　您。㊷自憙　猶言自好，自重。㊸嬰　加。㊹矜　尚。㊺主

耳忘身　孟康曰：「唯為主耳，不念其身。」㊻苟就　隨便去取。㊼父兄之臣　指君主的伯叔與兄弟等近親。即同姓大臣。㊽宗廟　天子、諸侯祭祀祖先的廟堂。改朝換代就宗廟被毀，因此宗廟象徵國家。㊾法度之臣　守法之臣。㊿社稷　即國家政權的象徵。社為土神，稷為五穀神，建國必立社稷神位，改朝換代社稷亦更換。(51)圄　同「禦」。止。(52)扞　同「捍」。抵抗。(53)城郭　古有內城外郭。(54)封疆　邊疆。(55)金城　堅固的城池。(56)比物此志　比物，比喻。此志，此意。(57)彼　指大臣。(58)我　君主自我。(59)夫　彼。(60)顧行　重視節行。(61)託不御之權　託權柄而不加控制。意思是放心把權力交給大臣。(62)寄六尺之孤　指把年幼的君主交給大臣輔佐。周代一尺，相當現在六寸，六尺之身則未長大成年。孤，幼而無父曰孤。「顧行」以下四句應劭曰：「言念主忘身，憂國忘家，如此可託權柄，不須復制御也。六尺之孤，未能自立者也。」(63)喪　損失。(64)此　指厲廉恥行禮義。(65)顧彼之久行　反而久行戮辱大臣之事。《補注》引胡注：「此，謂以禮義廉恥遇其臣；彼謂戮辱貴臣。言不為此而反久行彼也。」(66)可為長太息者此也　師古曰：「誼上疏言可為長太息者六，今此至三而止，蓋史家直取其要切者耳。故下贊云『掇其切於世事者著於傳』。」

【語　譯】豫讓曾經奉侍中行氏，智伯討伐中行氏並滅了中行氏的家族，豫讓轉而奉侍智伯。等到趙氏滅了智伯，豫讓就塗面改容，吞炭裝啞，一定要為智伯報仇殺趙襄子，可是五次襲擊都沒有擊中。有人問豫讓為什麼這樣做，豫讓說：「中行氏對我像對待普通人一樣，因此我也像普通人一樣奉侍他；智伯像對待國士一樣對待我，因此我也以國士身分報答他。」所以同一個豫讓啊，開頭是背叛了自己原來的主人去奉侍仇人，他的行為如同豬狗一樣；後來又堅持節操，效忠智伯，行為超出了胸懷壯志的烈士，這是人君對待手下人採取不同的態度使之如此的啊。所以君主對待他的大臣如果像對待犬馬一樣，那麼大臣也就會像犬馬一樣來要求自己；如果君主像對待僕役一樣對待大臣，那麼大臣也會像僕役一樣要求自己。圓滑無恥，無志又無節操，不顧廉恥，那麼將不會自重，得過且過，見利益就追求，見便宜就爭奪。遇上君主有失，就乘其空隙而握其權要；遇上君主有患，那我就苟且脫身罷了，站在一邊袖手旁觀；有對自身有利的事，就欺騙出賣君主，從中獲利罷了。君主得到臣下什麼好處呢？臣下人數多而君主只有一人，君主所囑託的國家財物、職事都集中在臣下手裡啊。臣下都不知廉恥，都苟且虛偽，那麼這是君主最害怕的事情。所以古代有「禮不及庶人，刑不至大夫」的規定，就是為了激勵寵臣們的節操啊。古代大臣如有不廉而被廢職的，不說「不廉潔」，而說「祭器未加整治」；如有因行為汙穢犯有男女淫亂之罪的，不說「行為汙穢」，而說「帷幕門簾欠修理」；如有因軟弱無能而不能勝任本職的，不說「軟弱無能」，而說「屬下官員不稱職」。所以尊貴的大臣被判定有罪了，還是不加呵斥而直呼其名，還是遷就他們，為他們隱瞞罪行啊。所以那些確屬被譴責、呵斥範圍的人，聽到譴責呵斥就帶上毛纓白冠，盛上盤水放上寶劍，前往「請室」而自行請罪罷了，君主也不派人捆綁繫頸牽著走啊。當中有犯中等罪的，聽到命令就自動卸職，君主也不派人扭他的腦袋進行侮辱啊。那些犯有大罪的，聽到命令就朝北面拜別君主，然後跪著自殺，君主並不派人揪他的頭髮按他的腦袋然後才處以死刑。君主只是說：「大夫您自己有罪過啊，我待您是有禮的了。」以禮相待，所以群臣自重；以廉恥激勵他們，所以人人都重視節操。君主用禮義廉恥的節操來勉勵群臣，而群臣不根據節操來報答君主的，那簡直不是人了。所以說好的教化成功，好的風俗形成，那麼做臣子的就能做到只為主上，忘了自身；只為國家，忘了自家；只為公事，忘了私事；遇到利益不隨便去取，遇上危險不隨便避開，一切以「義」為標準。由於君上有了好的教化，所以皇氏同姓的親近之臣願意為保衛宗廟而犧牲，守法之臣願意為保衛社稷而犧牲，輔佐之臣願為保衛君主而犧牲，守邊禦敵之臣願意為保衛城廓邊疆而犧牲。所以說聖人有堅不可摧的城廓，這個比喻就說明了以上的意思。君主以為他們將為我而死，所以我得與他們共同求生；他們將為我而亡，所以我得與他們共同圖存；他們將為我經受危難，所以我得與他們共圖平安。他們能夠看重德行而忘掉私利，堅守節操而懷抱大義，所以能夠把國家大權委託給他們，能夠把年幼的君主囑託給他們。這些就是由於激勵大臣堅持廉恥、履行禮義的節操所達到的啊，這對君主有什麼損失呢？放棄這些激勵節操的事不作，反而長久做那些戮辱大臣的事，所以這是值得令人深為嘆息的事啊！

【研　析】西漢初年，戰國百家爭鳴的餘風尚存，思想言論較為自由，加之文帝為人謙和寬緩，所以賈誼上疏言事無所避忌，諸如諸王僭制、匈奴侵邊、禮制廢弛、世風頹喪、太子諭教、禮遇大臣等問題，都能做到說理透闢，以理服人。在說理的同時，賈誼出於對國家命運的關切，對文帝的忠貞，陳述中無不流露出激烈的感情。他怨文帝是不知自憂，簡直是恨鐵不成鋼；他怒斥進言執事者是非愚則諛，不識大體；開篇即痛哭、流涕而復長嘆，悲切憂思之情籠罩全篇。這就使一篇說理言事的疏奏，既能以理服人，又能以情動人。此外，賈誼行文多用比喻，且運用極佳，如抱火積薪以喻形勢危急，天下大瘇以喻諸王末大，天下倒懸以喻匈奴侵邊，芒刃斤斧以喻仁義法制，殿堂陛階以喻君臣等次，這些比喻既貼切又形象。同時疏中俗語、古語的引用，無不左右逢源，極顯其學識之淵博。以上充分說明賈誼的政論是極富文學特色的。此疏一般認為經過班固的刪削，不是全文，但其行文的風格氣勢與〈過秦論〉是完全一致的。樓昉評云：「本末宏闊，首尾該貫，議論未免純駁之雜，然自仲舒以來未有言及此者，文氣筆力當為西漢第一。」浦起龍評曰：「賈策斷推西京文第一，有家令（即鼂錯）之峻刻而術非名法，有廣川（即董仲舒）之醇茂而氣更美多。急勢緩勢相御，夾喻夾正入化，辟盡眉山（指蘇洵、蘇軾）匠巧。本非完書，勿泥一、二、六之目。」其實賈誼奏疏對後人的影響是相當巨大的，析勢言事，都能切中時弊，故歸有光推為「千古書疏之冠」。受其影響者，又何止鼂錯、董子及蘇洵、蘇軾父子諸人。

論積貯疏

賈　生

【題　解】本篇出自《漢書．食貨志》。《通鑑》置於文帝二年（西元前一七八年），因此時有開籍田詔。但文中有漢立「幾四十年」之語，而文帝二年，漢立國僅二十八年，甚不相符。似應作於在長沙召回，即文帝六年以後。《漢書．食貨志》云「文帝即位，躬修儉節，思安百姓。時民近戰國，皆背本趨末。」所以賈誼上了此疏。疏中申言農業生產和積貯糧食的重要性，揭示當前百姓背本趨末、積貯空虛的嚴峻形勢和將會出現的大亂局面，最後提出驅民歸農，使天下人各食其力，末技游食之民轉向農業的重要措施。此疏呈上，得到文帝重視，於是「開籍田，躬耕以勸百姓」，收到良好的效果。

《筦子》❶曰：「倉廩實而知禮節❷。」民不足而可治者，自古及今，未之嘗聞。古之人曰：「一夫不耕，或受之飢；一女不織，或受之寒。」❸生之有時而用之亡度❹，則物力必屈❺。古之治天下，至孅❻至悉❼也，故其畜積足恃。今背本而趨末❽，食者甚眾，是天下之大殘❾也；淫侈❿之俗，日日以長，是天下之大賊⓫也。殘賊公行，莫之或止；大命將泛⓬，莫之振救。生之者甚少，而靡⓭之者甚多，天下財產，何得不蹷⓮？漢之為漢，幾四十年矣，公私之積，猶可哀痛。失時不雨，民且狼顧⓯，歲惡⓰不入，請賣爵子⓱，既聞耳矣。安有為天下阽危⓲者若是而上不驚者？

【章　旨】本段陳述積貯糧食的重要以及漢朝當時百姓背本趨末的嚴峻形勢。

【注　釋】❶筦子　即《管子》，筦同「管」。舊題戰國齊管仲撰，二十四卷，原本八十六篇，今佚十篇。現存《管子》一書為後人假託之作。❷倉廩實而知禮節　語出《管子・牧民》。意為百姓糧食充足，生活富裕了，才有禮節可言。正如孟子說的「此惟救死而恐不贍，奚暇治禮義哉」。倉廩，儲糧之器，方曰倉，圓曰廩。❸古之人曰五句　亦見《管子・輕重》。❹亡度　無標準；無限制。亡，同「無」。❺屈　窮盡；匱乏。❻孅　細致。孅，同「纖」。❼悉　周全。❽背本而趨末　中國古代以農立國，所以把農業稱為本業，把手工業商業稱為末業，先秦的思想家就主張重本抑末，後來一直成為中國封建社會重要的經濟政策。❾殘　害。❿淫侈　過分奢侈。⓫賊　害。⓬大命將泛　國家的命運將傾覆。泛，同「覂」。傾覆。⓭靡　通「糜」。消費。⓮蹷　竭盡。⓯狼顧　狼性膽怯，走路時回頭看，此比喻人之有顧慮。⓰歲惡　年成不佳。⓱賣爵子　朝廷賣爵級，民間賣子女。按《新書》作「請賣爵鬻子」。陳直《漢書新證》：「人民互相買賣之爵，則不知其價」，意以「賣爵」者亦為

「民」，可作參考。⓲阽危　面臨危險。師古注：「阽危，欲墜之意也。」隋樹森曰：說生產少而消費多，民俗奢而積貯少，國將危亡，意在引起漢帝警惕（轉引自《古文辭類纂評注》）。

【語　譯】管子說：「倉廩中糧食充足，百姓才有精力講究禮節。」百姓生活不富足而可以治理得好的，從古到今沒有聽說過。古人說：「一個男子不種田，就有人會挨餓；一個女子不織布，就有人會受凍。」生產受季節約束而耗費無限制，那麼物資一定會匱乏。古代治理天下，考慮最細致最周到的就是這個，所以國家的蓄積足夠為百姓所依靠。現在百姓很多人離開農業奔赴工商，吃飯的人很多，這是天下的大害啊；奢侈之風一天天增長，這是天下的大禍啊。禍害公開氾濫，沒有誰能夠制止；國家命運將要傾覆，沒有誰能挽救。生產的人很少而消費的人很多，天下的財產怎麼能不窮盡？漢朝自成立到現在，將近四十年了，國家和私人的蓄積之少，尚且值得令人哀痛。要是失了農時而不下雨，百姓將會憂慮重重，年成不好沒有收成，弄得朝廷賣官爵百姓賣子女，這種情況已經有所聞了。哪有治天下弄得如此面臨危險而皇上卻還不震驚的？

世之有飢穰❶，天之行❷也，禹湯被之矣❸。即❹不幸有方二三千里之旱，國胡以❺相恤❻？卒然❼邊境有急，數十百萬之眾，國胡以餽❽之？兵旱相乘❾，天下大屈❿。有勇力者聚徒而衡擊⓫，罷夫⓬羸老⓭易⓮子而齩⓯其骨。政治未畢通也⓰，遠方之能疑者⓱，並舉而爭起矣。迺駭⓲而圖⓳之，豈將有及乎？

【章　旨】此段從反面論證不積貯的危害性。

【注　釋】❶飢穰　飢荒與豐收。穰，指豐收。❷天之行　自然常規。❸禹湯被之矣　夏禹王、商湯王曾遭受過這種災害。

傳說夏禹王在位遭受過九年水災，商湯王在位遭受過七年旱災。❹即　假如。❺胡以　何以；靠什麼。❻恤　體恤；援救。❼卒然　突然。卒，同「猝」。❽餽　同「饋」。贈送；供應。❾乘　因；接連。❿大屈　特別窮困。屈，窮盡。⓫衡擊　即「橫擊」。橫行劫奪。⓬罷夫　同「疲夫」。疲憊的人。⓭羸老　瘦弱的老人。⓮易　交換。⓯齩　同「咬」。用齒咬。⓰政治未畢通也　政令未能全部通行。如〈陳政事疏〉言「如身之使臂，臂之使指」。⓱疑者　指同皇帝懷有二心的人。疑，通「擬」。意為僭。⓲駭　驚恐。⓳圖　謀。

【語　譯】世上有荒年和豐年，這是自然之道啊，夏禹王、商湯王在位的時候也遭遇這種情況。假如現在不幸碰上方圓二三千里的地方鬧旱災，國家靠什麼來救濟呢？假如邊境突然出現緊急情況，數十萬上百萬的民眾，國家又靠什麼來供應糧食呢？兵災和旱災一個接一個發生，會使天下特別窮困。有勇力的人會聚眾橫行搶劫，疲憊無力的人和瘦弱的老人將會易子而食其骨。政令又不能全部通行，遠方的那些對皇帝懷有叛逆思想的人，都會起來爭著造反了。到這時才驚恐地圖謀對策，難道還來得及嗎？

夫積貯者，天下之大命也。苟❶粟多而財有餘，何為而不成！以攻則取，以守則固，以戰則勝，懷敵❷附遠❸，何招而不至！今歐民❹而歸之農，皆著於本❺，使天下各食其力，末技❻游食之民❼，轉而緣南晦❽，則畜積足而人樂其所矣，可以為富安天下❾。而直❿為此廩廩⓫也，竊為陛下惜之！

【章　旨】本段提出驅民歸農的主張。

【注　釋】❶苟　假如。❷懷敵　使敵對者歸順。懷，有感召的意思。❸附遠　使遠方人依附。❹歐民　同「驅民」。驅趕民眾。❺著於本　依附農業。本指農業。❻末技　指商業、手工業者。❼游食之民　指居無定所的無業者。❽緣南晦　走向田閒，從事農業生產。晦，同「畝」。❾富安天下　使天下富裕安定。❿直　只是。⓫廩廩　懼怕。李奇曰：「廩廩，危也。」凜凜、懍懍、廩廩義並同。

【語　譯】積貯糧食這件事，關係到國家的命運啊。如果糧食積貯多而財貨有餘，什麼事辦不成呢！憑藉這個條件來攻伐就能奪取對方的城池，憑藉這個條件來防守就能守得牢固，憑藉這個條件來打仗就能取得勝利，可以使敵方歸順，使遠方依附，哪裡會有什麼召而不到的呢！現在驅趕百姓回到農業上來，使他們都依附農業，使天下人都自食其力，使工商之民和無業遊食的都轉向田間從事生產，那麼糧食蓄積就會充足，人們就會在農村安居樂業了，這樣做可以使天下富裕安定。怎麼竟然造成目前這種危懼的局面啊！我私下真為皇上感到可惜啊！

【研　析】賈誼繼承先秦重本抑末的思想，針對當時百姓背本趨末的情況上疏建議加強積貯、驅民歸農的措施，對於緩解當時社會矛盾無疑起了重要作用，古人評為「王佐之才」，不誣也。林雲銘云：「大意謂蓄積所以備凶荒之急，應軍興之用，全在預圖於無事之日，不能取給於有事之時。而預圖之策又在重農抑商，禁游食之民，使之并力於南畝也。漢法以力田應選舉，而禁錮商人不得為吏，亦即此意。」林說概括此疏至備至佳。

請封建子弟疏

賈　生

【題　解】本篇出自《漢書·賈誼傳》。《通鑑》繫於文帝十一年（西元前一六九年）。賈誼寫此疏時，文帝的三個兒子中劉武為淮陽王，劉參為代王，而幼子梁王劉揖則剛死不久。賈誼認為二皇子的力量十分弱小，而齊、趙、吳、楚又都是些關係較疏的大國諸侯，無法控制。因而主張把直屬於漢的淮南之地劃歸淮陽；並為梁王立嗣，把淮陽之北的城池及東郡增補梁國；或者把代王南遷建都睢陽。這樣就可分別對付諸大國的叛亂。後來文帝基本上採納了賈誼的意見，據《漢書·賈誼傳》載：「文帝於是從其計，乃徙淮陽王武為梁王，北界泰山，西至高陽，得大縣四十餘城。」

陛下即❶不定制❷，如今之埶，不過一傳再傳❸。諸侯猶且人恣❹而不制，豪植❺而大強，漢法不得行矣。陛下所以為蕃扞❻，及皇太子之所恃者，唯淮陽、代二國❼耳。代，北邊匈奴，與強敵為鄰，能自完則足矣。而淮陽之比大諸侯，廑如黑子之著面❽，適足以餌大國❾耳，不足以有所禁禦。方今制在陛下，制國而令子適足以為餌，豈可謂工❿哉？人主之行異布衣⓫。布衣者，飾小行⓬，競小廉⓭，以自託於鄉黨⓮；人主唯天下安、社稷固不⓯耳。高皇帝瓜分天下以王功臣，反者如蝟毛⓰而起。以為不可，故蘄⓱去不義諸侯⓲，而虛其國，擇良日，立諸子雒陽上東門⓳之外，畢以為王，而天下安。故大人⓴者，不牽㉑小行，以成大功。今淮南㉒地遠者或數千里，越兩諸侯㉓而縣㉔屬於漢，其吏民繇役往來長安者，自悉而補㉕，中道衣敝㉖，錢用諸費稱㉗此，其苦屬漢而欲得王至甚。逋逃㉘而歸諸侯者，已不少矣，其埶不可久。

【章　旨】本段陳述兩皇子的封地太小，不足以捍衛朝廷。

【注　釋】❶即　假如。❷定制　指確立諸王封地的制度。義同〈陳政事疏〉的「割地定制」。❸再傳　傳兩代。❹恣　隨意；放縱。❺豪植　矜驕之諸侯自立。胡三省注《通鑑》曰：「言人人自恣而不可制；矜豪自植立太過於強也。」❻蕃扞　捍衛。同時分封諸侯為了保衛天子，諸侯叫「藩」，同「蕃」。❼淮陽代二國　其時皇子劉武為淮陽王，劉參為代王。蓋文帝之子惟此二國。❽廑如黑子之著面　僅像臉上長的黑痣。廑，通「僅」。黑子，黑痣。著，附。❾餌大國　供大國作食餌。❿工　精細。⓫布衣　指百姓。古時一般平民只能穿粗麻衣服。⓬飾小行　講小的德行。⓭競小廉　追求廉潔的小節。廉，本義為「隅」。方正。因而有廉正、廉潔的意思。⓮鄉黨　古代行政區劃名稱。按《司馬法》：「五家為比，五比為閭，五閭為族，五族為黨，五黨為州，五州為鄉。」此當指家鄉宗族。⓯不　同「否」。⓰蝟毛　刺蝟之毛遇敵則豎起。此喻眾多。⓱蘄　通「芟」。除去。⓲不義諸侯　指背叛劉邦的異姓侯王。⓳雒陽上東門　洛陽東北城門。據史載：漢六年（西元前二〇一年）封劉肥為齊王，七年封劉如意為代王，後徙為趙王，十一年封劉恆為代王，劉恢為梁王，劉友為淮陽王。封王時都在洛陽行刪封之禮。⓴大人　古時有道德或有官爵的人稱「大人」，此指帝王。㉑牽　拘束。㉒淮南　漢初的諸侯國。高祖十一年（西元前一九六年）封劉長（高帝子）為淮南王，其領地包括今安徽淮河以南以及江西北部、湖南東部的廣大地區，是當時諸侯大國之一。文帝六年（西元前一七四年）劉長謀反，國被廢，其領地直屬於漢。文帝十六年立淮南厲王三子王淮南故地，三分之：阜陵侯劉安為淮南王，安陽侯劉勃為衡山王，陽周侯劉賜為廬江王。㉓兩諸侯　指劉武受封的淮陽（今河南淮陽一帶）、劉勝受封的梁（今河南商邱一帶）。㉔縣　同「懸」。懸隔；懸遠。㉕自悉而補　將自己全部家產拿出來作衣服。應劭曰：「自悉其家資財，補縫作衣。」師古曰：「悉，盡也。」㉖敝　破舊。㉗稱　相當。㉘逋逃　逃亡。逋，逃。

【語　譯】皇上假如還不訂立制度，如今的形勢，只不過能傳一代或兩代罷了。諸侯王還將人人放縱而無節制，大的諸侯自立而勢力太強，將使漢朝廷的法令不能推行了。皇上所用來捍衛朝廷和皇太子所依靠的，只有淮陽和代兩個小國罷了。代國北邊與匈奴接壤，與強敵作鄰國，能夠自我保全就很足夠了。淮陽國與大的諸侯國比較起來，僅僅像附在臉上的一顆黑痣，恰好被大國當作食餌罷了，不足以發揮禁止和抵禦的作用。當今訂制的權力還在皇上手中，為一個封國訂立制度讓親生子恰好足以作為大國的食餌，這種考慮難道算周到嗎？人君的德行與一般平民百姓不同。作為平民百姓，只是講究小的德行，追求小的廉潔，以便把自己寄託於鄉里宗族；而人君要考慮的則是天下是否安定，國家政權是否穩固。高祖皇帝分封功臣做王，反叛的好像蝟毛豎起一樣眾多。高祖皇帝以為這樣下去不行，所以芟除那些想反叛的諸侯王，把他們的封國空著，選擇良辰吉日，在雒陽上東門之外封立諸子，全部封他們做王，這樣天下才得到安定。所以做人君的，不去牽就小的德行來完成大的功業。現在原淮南國其中遠的地方，有的相隔數千里，要超越兩個諸侯國遠屬朝廷，當地的官吏百姓擔負輸送長安的徭役，往往自己拿出全部家產縫製衣服，以至走在路途衣服穿破，開銷的路費也與製衣費用相當，他們苦於隸屬朝廷，迫切想得到朝廷封王。現在當地百姓逃跑到其他諸侯封地的人，已經不少了，這種形勢已不可能維持太久了。

臣之愚計，願舉淮南地以益淮陽，而為梁王❶立後；割淮陽北邊二三列城❷與東郡❸以益梁。不可者，可徙代王而都睢陽❹。梁起於新郪❺以北著❻之河，淮陽包陳❼以南揵❽之江，則大諸侯之有異心者，破膽❾而不敢謀。梁足以扞❿齊、趙⓫，淮陽足以禁⓬吳、楚⓭，陛下高枕，終無山東⓮之憂矣，此二世⓯之利也。

【章旨】提出擴大兩皇子的封地措施以增強控制大諸侯國的能力。

【注釋】❶梁王 指皇子梁懷王劉揖，於文帝十一年入朝墜馬死，無子。❷列城 孟康曰：「列城，縣。」❸東郡 郡名，位於今河北南部，山東西北及河南東北，郡治濮陽，在今河南濮陽縣南。❹睢陽 位於今河南商邱的南部。❺新郪 地名。古稱郪丘，戰國魏邑。《漢書・地理志上》汝南郡新郪注：「應劭曰：『秦伐魏，取郪丘。漢興為新郪。』」故地在今安徽省界首縣東北茨河南岸。❻著 附著；靠近。❼陳 春秋時諸侯國，後為楚所滅。其地當今河南省與安徽省交界的一帶地域。❽揵 如淳曰：「揵，謂立封界也。或謂揵，接也。」❾破膽 比喻惶恐萬分。❿扞 同「捍」。⓫齊趙 齊國和趙國。齊，指齊悼惠王劉肥的原封地，在今山東泰山以北黃河流域及膠東半島一帶。當時劉肥已死，劉肥的兒子襲位齊王。趙，在今河北西部、山西北部及河套地區。當時高帝子劉友的兒子劉遂嗣位趙王。⓬禁 控制。⓭吳楚 吳，吳國。當時是高帝兄劉喜的兒子劉濞做吳王，他以文帝叔父自居，文帝不得不賜以几杖。景帝三年，他成為吳、楚七國叛亂的首領。吳在今江蘇、浙江、安徽三省交界的一帶地區。楚，楚國，地處今湖南、湖北一帶。當時是高帝弟劉交的孫子劉戊做楚王。⓮山東　指殽山以東的諸侯國。因京城長安在西部，各諸侯國在東部地區，故稱山東。⓯二世　指兩代天子。

【語　譯】我的想法，希望把整個淮南國的土地增補給淮陽王，同時為梁王劉勝立繼嗣人；割淮陽北面二三縣與東郡來增補給梁王。如果這樣不行就把代王劉參向南遷移定都睢陽。梁國的疆域從新郪以北可直抵黃河，淮陽國的疆域取得陳地以南直與長江相接，這樣一來，那些有異心的大諸侯王，就會惶恐之至而不敢謀反。梁國有足夠的力量來防備齊國和趙國，淮陽國有足夠的力量來控制吳國和楚國，這樣，皇上就可以高枕而臥，永遠不會擔心東部地區的叛亂了，這事攸關今後兩代天子的利益啊！

當今恬然❶，適遇諸侯之皆少，數歲之後，陛下且見之❷矣。夫秦日夜苦心勞力以除六國之旤，今陛下力制天下，頤指❸如意，高拱❹以成六國❺之旤，難以言智。苟身❻亡事，畜❼亂宿旤❽，孰視❾而不定❿，萬年之後⓫，傳之老母弱子⓬，將使不寧，不可謂仁。臣聞聖主言問⓭其臣而不自造事⓮，故使人臣得畢其愚忠，唯陛下財幸⓯。

【章　旨】本段指出：不要滿足於目前的暫時安寧，要及早作出安排，以避免日後的動亂。

【注　釋】❶恬然　安定的樣子。❷見之　指成年以後的諸侯王不服朝廷的情況。❸頤指　動頤示意以指使人。頤，面頰；腮。❹高拱　安閒無事的樣子。兩手合抱叫「拱」。❺六國　比喻諸侯王。❻身　指文帝自身這一代。❼畜　同「蓄」。積累。❽宿旤　宿，留住。「宿旤」與「畜亂」義同。❾孰視　細看，指熟視無睹。孰，同「熟」。❿不定　拿不定主意。或謂不定制，指不為二皇子增益土地。⓫萬年之後　指文帝死後。⓬老母弱子　指太后和年幼皇太子。⓭言問　猶「問」。言，王引之以為即「問」，「言問」為古之複語。⑭造事　猶興事。不自造事，意思是不自作主張去做一件事情，總要聽臣下的意見。⑮財幸　希望聽從我的意見。師古曰：「財與裁同。裁擇而幸從其言。」

【語　譯】現在形勢還算平靜，恰好遇上諸侯王都還年少，等到幾年之後，皇上就將看到不同的情況了。秦始皇日夜操勞費盡心機，才消除六國的禍患，現在皇上的權力足以控制天下，動容指使便一切如意，拱手坐視而讓諸侯王擴張勢力釀成禍害，這很難說是明智。即使皇上這一輩不發生事故，但是也已積蓄了禍亂，如果熟視無睹，不採取定制的措施，等到皇上百年之後，將皇位傳給皇太后和幼小的皇子時，就將出現不安寧的情況了，這不可叫做仁愛。我聽說聖明的君主有事就詢問他的臣子，而不擅自造端興事，所以臣下都能竭忠盡智為君主辦事，希望皇上能採納我的意見。

【研　析】標題之「封建子弟」，實指擴大文帝二子（武、參）封地，或徙之重要地區，並為少子（揖）立嗣，用以禁制東南疏族大國如吳、楚有可能發生的叛亂。文分三段：首段分析形勢。其二子所封之國，或鄰強敵，僅足以自保；或處疏族大國之間，只堪作餌，均不足以捍衛朝廷。並列舉高帝時異姓王連續叛亂以為鑑戒。二段提出正面建議。末段告誡文帝不可苟安於當今之無事，以致「畜亂」於嗣子繼位之後。全篇文字不多，而分析透闢，議論切中時弊，不僅顯示出一個政治家的洞察力，而且富有預見性。故樓昉評曰：「深識事勢，議論懇切，筆力老健。至吳、楚之反而說始驗；至主父偃之出，而策始行。」後來七國之亂時，吳、楚兵不敢越梁（時劉武為梁王）而西，終於失敗，不可謂非此疏之功。

諫封淮南四子疏

賈　生

【題　解】本篇出自《漢書・賈誼傳》。漢高帝定天下後，封子劉長為淮南王。文帝六年（西元前一七四年），淮南王聯結閩越、匈奴欲謀反，事泄，流於蜀嚴道，死於途中，諡厲王。文帝八年，復封淮南厲王四子皆列侯，賈誼預知文帝必將重封他們為王，認為漢室之患將從此始，於是寫此疏陳述重封他們為王的危害。至於寫作時間，《通鑑》、《漢紀》皆繫於文帝八年封四子為侯之後，王先謙則認為當與前篇相同，應為文帝十一年（西元前一六九年）。王說似為優。諫，《廣雅・釋詁》：「諫，止也。」此有諫阻、諫止之意。

竊恐陛下接王淮南諸子❶，曾❷不與如臣者孰計❸之也。淮南王之悖逆亡道❹，天下孰不知其辠？陛下幸而赦遷之，自疾而死，天下孰以王死之不當？今奉尊罪人之子，適❺足以負謗❻於天下耳。此人少壯❼，豈能忘其父哉？白公勝❽所為父報仇者，大父❾與伯父、叔父❿也。白公為亂，非欲取國代主也，發憤⓫快志，剡手⓬以衝⓭仇人之匈⓮，固為俱靡⓯而已。淮南雖小，黥布⓰嘗用之矣，漢存特⓱幸耳。夫擅⓲仇人足以危漢之資，於策不便。雖割而為四，四子一心也。予之眾，積之財，此非有子胥⓳、白公報於廣都⓴之中，即疑有剸諸㉑、荊軻㉒起於兩柱之間㉓，所謂假㉔賊兵、為虎翼者也。願陛下少㉕留計。

【注釋】❶淮南諸子　淮南王劉長徙蜀死於道中後，文帝憐其子幼，乃於文帝八年封其四子劉安為阜陵侯，劉勃為安陽侯，劉賜為陽周侯，劉良為東城侯。不出賈誼所料，文帝十六年乃徙淮南王劉喜王故城陽，而立厲王三子王淮南故地三分之：阜陵侯劉安為淮南王，安陽侯劉勃為衡山王，陽周侯劉賜為廬江王。東城侯劉良前薨。無後。❷曾　乃；卻。❸孰計　同「熟計」。仔細研究。❹淮南王之悖逆亡道　劉長為高帝少子，高帝十一年（西元前一九六年）平滅黥布後受封為淮南王。劉長為人驕縱專橫，文帝即位，稱文帝為「大兄」，擅殺辟陽侯審食其，在封國內自作法令，對抗朝廷。文帝六年（西元前一七四年）

「令男子但等七十人與棘蒲侯柴武太子奇謀，以輂車四十乘反谷口，令人使閩越、匈奴。」事覺治之，赦罪遷蜀，絕食死於道中（見《漢書・淮南厲王劉長傳》）。❺適　恰好。❻負謗　受怨。師古曰：「言若尊王其子，則是厲王無罪，漢枉殺之。」❼少壯　稍長大。❽白公勝　熊氏，名勝，楚平王太子建之子。楚平王時，欲害太子建，太子建後奔鄭，為鄭人所殺，勝與伍子胥奔吳。楚惠王二年（西元前四八七年），召勝回國，號稱「白公」。白公武勇而下士，欲為父報鄭仇，惠王八年，晉伐鄭，楚救鄭，於是白公在惠王十年發動叛亂襲殺其叔伯令尹子西、司馬子綦於朝，並劫持惠王，後由葉公平定，白公奔山自縊，惠王得以復位。❾大父　祖父。指楚平王。❿伯父叔父　指令尹子西、司馬子綦。⓫發憤　發洩私憤。⓬剡手　舉手。剡，舉起。⓭衝　指刺進。⓮匈　同「胸」。⓯靡　倒下。⓰黥布　即英布，漢六（今安徽六安）人。曾犯法被黥面，故又稱黥布。秦末率驪山刑徒起兵，歸附項羽，作戰常為前鋒，封九江王。楚漢相爭時，隨何說之歸漢，封淮南王，從劉邦圍攻項羽於垓下。高祖十一年，韓信、彭越被誅，布不自安，遂發兵反。高祖親征，破布軍於蘄西，布敗走長沙，為番陽人所殺。⓱特　只。⓲擅　通「禪」。讓。⓳子胥　伍子胥，名員，楚大夫。父伍奢、兄伍尚都被楚平王殺害。子胥奔吳，吳封之於申，又稱申胥。與孫武共佐吳王闔閭伐楚，五戰進入郢都，掘平王墓，鞭屍三百。吳王夫差敗越，越請和，子胥諫不從。後聽信伯嚭讒言，逼迫子胥自殺。⓴廣都　大都。㉑剸諸　即專諸，吳人。吳王闔閭即位前，曾與其堂兄吳王僚爭奪君位，闔閭收買專諸刺殺了吳王僚而自立，專諸亦為僚左右刺死。㉒荊軻　戰國衛人，稱荊卿，又名慶卿。受燕太子丹之命赴秦刺秦王，詐獻樊於期首級及燕督亢地圖，刺秦王不中，被殺。㉓兩柱之間　指在殿堂上楹柱之間行刺。㉔假　借。㉕少　稍。

【語譯】我私下擔心皇上會接著封淮南王劉長的兒子們做王，這件事皇上還沒有與像我這樣的大臣們仔細研究過。淮南王背叛朝廷，橫行無道，天下人哪個不知道他的罪行？幸虧皇上赦免了他的死罪，只是將他遷徙，是他自己抱恨而死，天下人誰認為他死得不該？現在皇上奉尊罪人的兒子，恰好足以受天下人的埋怨罷了。這些人稍長大一點，難道能忘記他們的父親嗎？白公勝要為他父親報仇的對象，就是他的祖父與伯父、叔父啊。白公勝作亂並不是想要取代國君的位置，而是要發洩胸中的忿懣讓自己痛快一番，舉手刺進仇人的胸膛，本就是為了同歸於盡罷了。淮南地方雖小，黥布曾依憑它來叛亂過，漢的天下能保存下來只是幸運罷了。為仇人提供足以危害朝廷的依憑，這在策劃方面是不妥的。即使把淮南分割為四國，四個兒子也是一條心的啊。給了他們人口，為他們積累財富，這樣即使沒有像伍子胥、白公勝那樣在大都廣眾之中報仇的人，也會可能出現像剸諸、荊軻那樣在朝廷殿堂上行刺的事，這就是一般所說的把兵器借給盜賊、為老虎添上翅膀啊。希望皇上稍加留意。

【研　析】本篇僅二百餘字，文雖短，而議論透闢，分析入情入理。首言厲王悖逆無道，文帝並未虧負；罪人之子不當封。後舉白公、黥布為喻，白公為父報仇，黥布據淮南而叛，以闡明若加封四子，將來四子一心，為父報仇，又有封地，必為朝廷之憂。引喻貼切，足為前鑑。屠隆評曰：「此疏僅僅數語耳，而意轉展，詞迫切，自是漢初文字。」後來，劉安、劉賜在封王四十年後，均以謀反自殺。劉勃雖傳三世，最後亦因謀反伏誅。一切皆不出賈誼所料，可見本文亦有很強的預見性。

諫放民私鑄疏

賈　生

【題　解】本篇出自《漢書・食貨志》。鑄造錢幣，關係國家金融命脈，故歷代王朝，都由國家掌管，不准民間私鑄。但據《漢書・食貨志》云：「孝文五年，為錢益多而輕，乃更鑄四銖錢，其文為『半兩』，除盜鑄錢令，使民放鑄。」賈誼針對文帝除盜鑄令、允許私人鑄錢的舉措寫了此疏。疏中指出允許私人採銅鑄錢，不但使農業荒廢，而所鑄的錢又雜以鉛鐵，信用降低，不便流通，同時也會使犯罪的人日益增多。因此他主張「上收銅勿令布」。銅由政府壟斷，可以收到七個方面的功效。例如國家可以掌握鑄錢大權，可以控制金融，可以調節貨物的多寡，可以反民於耕等等，體現了賈誼深刻的經濟思想。可是文帝沒有採納他的意見。當時吳國「即山鑄錢，富埒天子」，以致後來成了吳楚七國之亂的首領。鄧通是個大夫，也憑著鑄錢獲利，其財產超過王侯，所以「吳鄧錢布天下」。賈誼看到了這種形勢的嚴重性。

法使天下公得顧租❶，鑄銅錫為錢，敢雜以鉛鐵為它巧❷者，其罪黥。然鑄錢之情，非殺❸雜為巧，則不可得贏❹；而殺之甚微❺，為利甚厚。夫事有召禍，而法有起姦❻。今令細民人操造幣之埶❼，各隱屏❽而鑄作，因欲禁其厚利微姦❾，雖黥罪日報❿，其埶不止。迺者⓫民人抵罪，多者一縣百數，及吏之所疑，榜笞⓬奔走者甚眾。夫縣⓭法以誘民，使入陷阱⓮，孰積⓯於此？曩禁鑄錢，死罪積下⓰；今公鑄錢，黥罪積下。為法若此，上何賴⓱焉？又民用錢，郡縣不同。或用輕錢，百加若干⓲；或用重錢，平稱不受⓳。法錢⓴不立，吏急而壹之㉑虖㉒，則大為煩苛，而力不能勝㉓；縱而弗呵㉔虖，則市肆㉕異用，錢文㉖大亂。苟非其術，何鄉㉗而可哉？今農事棄捐㉘而采銅者日蕃㉙，釋㉚其耒耨㉛，冶鎔㉜炊炭，姦錢㉝日多，五穀不為多㉞。善人怵㉟而為姦邪，愿民㊱陷而之刑戮。刑戮將甚不詳㊲，奈何而忽㊳？國知患此，吏議必曰禁之，禁之不得其術，其傷必大。令㊴禁鑄錢，則錢必重，重則其利深，盜鑄如雲而起㊵，棄市㊶之罪，又不足以禁矣。姦數㊷不勝㊸，而法禁數潰㊹，銅使之然也。故銅布㊺於天下，其為禍博矣。

【章旨】本段論述除盜鑄錢令使民放鑄的害處。其害在於錢質不純、輕重不一、不便流通、荒廢農事，從而導致犯法者甚眾。

【注釋】❶顧租　指向官府租佃礦山僱工開採。❷巧　偽詐。❸殺　亂雜。❹贏　餘利。❺微　指一錢之中雜以鉛鐵甚少。

❻起姦　興起姦邪，使人做壞事。❼埶　同「藝」。技能。《說文》藝作「埶」。❽隱屏　躲避。《補注》：周壽昌：「隱，避藏也。屏，私處絕人蹤跡也。」❾厚利微姦　指投入少而獲利多的不正當行為。如前所云「殺之甚微為利甚厚」之意。❿報論罪。⓫迺者　往日。迺，同「乃」。⓬榜笞　鞭打。⓭縣　同「懸」。⓮陷阱　捕獸的坑井。此指誘人入羅網。⓯積　多。⓰積下　委積於下。指在下面犯法的人多。⓱賴　利。⓲百加若干　指使用不夠法定重量的錢，一百枚需外加若干枚補足。⓳平稱不受　指使用超過法定重量的錢，市場流通中會要倒找若干輕錢，故仍不能接受。應劭曰：「用重錢則平稱有餘，不能受也。」⓴法錢　依法所鑄之錢。或謂法定的標準錢。㉑壹之　猶「一之」。統一或整齊一下錢的標準。㉒虖　同「乎」。下同。㉓勝　任；承擔。㉔呵　怒斥。㉕市肆　商場。肆，商店。㉖錢文　指錢幣的表面值。表面值與錢的實際值不符，所以亂也。㉗鄉　同「嚮」。向。㉘捐　棄。㉙蕃　多。㉚釋　放下。㉛耒耨　農具。耒，如今之鍬柄，此指鍬，用以起土。耨，用以鋤草。㉜鎔　指錢模。㉝姦錢　不合法的錢。㉞五穀不為多　王念孫以為「多」涉上文「多」字而衍。「五穀不為」，言五穀不成也。為作「成」解。㉟怵　誘；動心。㊱愿民　謹慎老實的人。㊲詳　通「祥」。善。㊳忽　忘。㊴令　師古曰：「令謂法令也。」㊵如雲而起　師古曰：「言其多。」㊶棄市　殺之陳屍於市。㊷數　屢次。下「數」同。㊸勝　盡。㊹潰敗。㊺布　同「佈」。散布。

【語　譯】按照法律可以讓天下的人公開租佃礦山僱工開採銅錫鑄錢，並對敢於將鉛鐵摻雜鑄錢弄虛作假的，規定判處黥刑。然而鑄錢的實情是，如不摻雜鉛鐵弄虛作假，就不可能贏利；只要摻雜很少的鉛鐵，獲利就很豐厚。凡有的事情如做得不好反而會招來禍害，有的法令立得不當反而會助長邪惡。現在讓小民人人掌握鑄錢的技藝，各自躲藏在隱蔽之處鑄錢，於是想禁止這種投入少而獲利多的不法行為，即使每天判處黥刑，這種趨勢也是不能被遏止的。往年，百姓觸犯法網而判罪的，多的時候一縣有數百人，以及吏卒所懷疑的對象加以鞭打逃去的人，其數更多。公布法令來引誘人民，使人陷入法網，犯罪的人數還有什麼比這更多的呢？過去禁止百姓鑄錢，下面犯死罪的多；現在讓百姓公開鑄錢，下面犯黥罪的多。像這樣的立法，皇上得到什麼好處呢？況且百姓所使用的錢幣，各郡各縣都不相同。有的使用輕錢，一百枚外加若干枚；有的使用重錢，一枚抵一枚也不受歡迎。法定的標準錢沒有確立，吏卒為了應急作統一整治吧，那麼工作又非常煩瑣，力量也不能勝任；任憑其發展不去控制吧，那麼市場上各種錢雜用，錢的面額會大亂。假如拿不出真正制止這種趨勢的辦法，錢幣的雜亂不知要發展到何種地步才會結束呢？現在拋棄農事去採銅礦的人一天天多起來，他們放下農具，從事冶煉和燒炭，假錢一天天增多，而五穀卻不去種植。善良的人也經不起誘惑去製造假錢，謹慎老實的人陷入法網而遭到刑罰。受刑罰的人多並不是好事，為什麼對此視而不見呢？一國中知道有了這種憂患，官吏們肯定會說要加以禁止，可是禁止的辦法又不對頭，那麼造成的傷害必定更大。現在假如立法禁止私人鑄錢，那麼幣值的分量就會加重，幣值的分量加重政府獲利也會增多，同時盜鑄錢幣的事也會如雲湧起，這樣一來就是加上棄市之罪，也會不能禁止了。姦邪之事層出不窮，而推行的法令又屢遭失敗，這都是銅造成的啊。然而銅遍布於天下，它所形成的禍害是夠大的了。

今博禍❶可除，而七福可致❷也。何謂七福？上收銅勿令布❸，則民不鑄錢，黥罪不積，一矣。偽錢不蕃，民不相疑，二矣。采銅鑄作者，反於耕田，三矣。銅畢歸於上，上挾❹銅積以御❺輕重❻，錢輕則以術❼斂❽之，重則以術散之，貨物必平，四矣。以作兵器❾，以假❿貴臣，多少⓫有制，用別貴賤，五矣。以臨⓬萬貨，以調盈虛⓭，以收奇羨⓮，則官富實而末民⓯困，六矣。制吾棄財⓰，以與匈奴逐，爭其民則敵必懷⓱，七矣。故善為天下者，因禍而為福，轉敗而為功，今久退七福而行博禍，臣誠傷之。

【章　旨】本段論述將採銅鑄錢的權利收歸中央的七大好處，並可以因禍為福轉敗為功。

【注　釋】❶博禍　大禍。❷致　得到。❸勿令布　指不讓銅散布於民間。❹挾　持；掌握。❺御　駕馭；控制。❻輕重　指錢幣分量的輕重或面值的大小。一說指錢幣的賤和貴。《國語．周語下》：「景王二十一年，將鑄大錢。單穆公曰：『不可。古者，天災降戾，於是量資幣，權輕重，以振救民。民患輕，則為作重幣以行之，於是乎有母權子而行，民皆得焉。若不堪重，則多作輕而行之，亦不廢重，於是乎有子權母而行，小大利之。』」又《管子．國蓄》：「夫民有餘則輕之，故人君斂之以輕；民不足則重之，故人君散之以重。斂積之以輕，散行之以重，故君必有十倍之利，而財之櫎可得而平也。」按：前者以貨幣輕重言，後者以物價貴賤言。❼術　辦法。❽斂　收。❾以作兵器　古代以銅鑄兵器。如淳曰：「古者以銅為兵，秦銷鋒鍉鑄金人十二是也。」❿假　給予。⓫多少　指擁有兵器的多少。⓬臨　控制。⓭以調盈虛　用以調節貨物的充足和短缺。調，平均。⓮奇羨　贏餘。⓯末民　指工商之民。⓰棄財　王先謙曰：「聽民放鑄，則是棄財。今收銅以為御物之具，故曰『制吾棄財』。」⓱懷　歸附。宋祁以為「懷」當作「壞」。

【語　譯】現在大禍可以消除，七福可以得到啊。什麼叫七福呢？朝廷收集天下的銅，不讓散布到民間，那麼百姓就不會鑄錢，犯黥罪的人就不會多，這是第一件。私鑄錢不會發展，百姓不會懷疑，這是第二件。原採銅礦鑄錢的人，都歸田耕種，這是第三件。採銅權利統歸朝廷，朝廷可以控制銅的積累來調劑錢的輕重和貴賤，錢賤就想辦法收進，錢貴就想辦法拋出，用來調劑物價的均平，這是第四件。用銅來製作兵器，用來賜給貴臣，兵器的多少有一定制度，用來區別身分的貴賤，這是第五件。用錢來控制貨物，調節貨物的多少，用這種辦法來獲得贏餘，那麼政府就會富裕，工商之民就會貧困，這是第六件。控制我們打算拋棄的錢財，用來對付匈奴，爭奪民眾，那麼敵人就會造成混亂，這是第七件。所以善於治理天下的人，要能把災禍轉變成福祉，把失敗轉變為成功。現在的情況是長久地屏退七件福事，推行遭大禍的政策，我的確為此而傷痛。

【研　析】只抓住「收銅勿令布」一端，即解決了種種社會矛盾，其對於政策利弊的認識頗有眼光。呂思勉云：「賈生奏議最精者為〈諫放民私鑄疏〉，說理極深，語極簡而確。」

卷十三 奏議類上編 三

言兵事書

鼂 錯

【題 解】本篇出自《漢書·鼂錯傳》。兵事，即有關戰爭事務，具體指如何對付匈奴侵擾。漢文帝時，匈奴侵邊，文帝準備發兵抗擊，鼂錯上此疏論述了用兵的原則和策略。疏中指出用兵制勝最重要的是選擇良將，所謂「將不知兵，以其主予敵也；君不擇將，以其國予敵也。」同時還指出交戰時必須具備有利的地形、訓練有素的士卒和精良的器械，這樣在良將的指揮下就能取得戰爭的勝利。最後還就漢與匈奴形勢的優劣進行對比，認為「匈奴之長技三，中國之長技五」，能夠取得勝利。本文從戰爭的一般原則到具體應用都作了論述，最切合時用，成為兵家的經典。此書及下二書《漢紀》載於文帝十四年（西元前一六六年）。

【作 者】鼂錯，河南潁川（今河南禹縣）人。生年不詳，卒於漢景帝三年（西元前一五四年）。他是西漢時期著名的散文家和政論家。年輕時，曾「學申商刑名之學」，又從人學《尚書》。文帝時，任過太常掌故、太子舍人、博士等職，後拜為太子（即漢景帝）家令，號稱「智囊」。景帝即位，任他為御史大夫，當時諸侯跋扈，對中央政權造成嚴重威脅，鼂錯力主強化中央集權，提出「削藩」的主張，指出吳王劉濞「謀作亂逆」，勸景帝迅速派兵討伐。景帝接受了他的意見，採取了一些削藩的措施。可是引起了以吳王劉濞為首的七國之亂，提出「請誅鼂錯以清君側」，前吳相袁盎因與錯不和，趁機誣陷，景帝一時不明，將鼂錯斬於東市。然七國並未因此退兵，景帝追悔莫及。班固在贊言中發出「錯雖不終，世哀其忠」的感歎。鼂錯文筆雄健，說理曉暢，語多質實，其議論頗帶鋒芒。他的著作，原有《新書》三卷，文集二卷，均不存。僅存一些單篇。本篇及以下諸篇，都是很有影響的文章。

臣聞漢興以來，胡虜❶數入邊地，小入則小利，大入則大利。高后時，再❷入隴西❸，攻城屠邑，毆略❹畜產。其後復入隴西，殺吏卒，大寇盜。竊聞戰勝之威，民氣❺百倍；敗兵之卒，沒世❻不復。自高后以來，隴西三困於匈奴矣，民氣破傷，亡❼有勝意。今茲隴西之吏，賴社稷之神靈，奉陛下之明詔，和輯❽士卒，底厲❾其節，起破傷之民，以當乘勝之匈奴，用少擊眾，殺一王，敗其眾而有大利。非隴西之民有勇怯，迺將吏之制❿巧拙⓫異也。故兵法曰：「有必勝之將，無必勝之民。」由此觀之，安邊境，立功名，在於良將，不可不擇也。

【章旨】本章論述選擇良將的重要性。

【注釋】❶胡虜　指匈奴。❷再　兩次。❸隴西　指今陝西北部及甘肅東部一帶。❹毆略　驅趕掠奪。毆同「驅」。❺民氣　指士卒的情緒。❻沒世　死。此指一輩子。❼亡　通「無」。❽和輯　和協，親睦。❾底厲　同「砥礪」。磨鍊的意思。❿制　統制；指揮。⓫巧拙　高明與笨拙，猶優劣。

【語譯】我聽說漢朝建立以來，匈奴屢次入侵邊境，小規模入侵就取得小利，大規模入侵就取得大利。高后時曾兩次入侵隴西，攻取城邑，屠殺人民，驅趕擄掠牲畜。此後又入侵隴西，殺害吏卒，大肆搶劫。我聽說打了勝仗的威武之師，士卒情緒百倍；打了敗仗的士卒，一輩子不能再振作。自高后以來，隴西已有三次被匈奴的入侵所困擾，士卒的情緒十分頹喪，沒有打勝仗的勇氣。現在卻不然，隴西官吏，依靠社稷的保佑，遵循皇上明智的詔令，使士卒和諧，磨鍊他們的節操，使頹喪的士卒振作起來，用他們來抵擋乘勝的匈奴，用少量的士卒攻打眾多的敵人，殺了他們一王，打敗了匈奴入侵而取得大勝。這並不是隴西的人民過去就怯懦現在就勇敢，而是將吏的指揮有高明和笨拙的不同啊。所以兵法書上說：「有定能戰勝敵人的將領，沒有定能戰勝敵人的士卒。」由這點看來，安定邊境，建立功名，關鍵在於良將，君主不可不選擇良將啊。

臣又聞用兵臨戰合刃❶之急者三：一曰得地形，二曰卒服習❷，三曰器用利❸。兵法曰：「丈五之溝，漸❹車之水，山林積石，經川丘阜❺，屮❻木所在，此步兵之地也，車騎二不當一。土山丘陵，曼衍❼相屬❽，平原廣野，此車騎之地也，步兵十不當一。平陵❾相遠❿，川谷居間，仰高臨下，此弓弩之地也，短兵百不當一。兩陳⓫相近，平地淺屮，可前可後，此長戟之地也，劍楯⓬三不當一。萑葦⓭竹蕭⓮，屮木蒙蘢⓯，支葉茂接，此矛鋋⓰之地也，長戟⓱二不當一。曲道相伏，險阸相薄⓲，此劍楯之地也，弓弩三不當一。士不選練⓳，卒不服習，起居⓴不精，動靜㉑不集㉒，趨利㉓弗及，避難不畢㉔，前擊後解㉕，與金鼓㉖之音相失，此不習勒卒㉗之過也，百不當十。」兵㉘不完利，與空手同；甲不堅密，與袒裼㉙同；弩不可以及遠，與短兵同；射不能中，與亡矢同；中不能入，與亡鏃㉚同。此將不省兵㉛之禍也，五不當一。故兵法曰：「器械不利，以其卒予敵也；卒不可用，以其將予敵也；將不知兵，以其主予敵也；君不擇將，以其國予敵也。」四者，兵之至要也。

【章旨】本章論述交戰時必須具備的三個條件：有利的地形、訓練有素的士卒和堅利的兵器。

【注釋】❶合刃　交戰。❷服習　反覆練習，熟悉。❸利　鋒利。❹漸　浸；霑濕。❺經川丘阜　經川，常流之水。丘，土山。阜，大的土山。師古曰：「大陸曰阜。」❻屮　古「草」字。❼曼衍　綿延不斷。❽屬　連接。❾平陵　平地和丘陵。❿遠　指遠離、遠隔。⓫陳　同「陣」。⓬楯　同「盾」。⓭萑葦　蘆荻。⓮蕭　蒿草。⓯蒙蘢　形容草木繁密覆蓋的樣子。⓰鋋　鐵把短矛。⓱戟　長桿頂端附有月牙狀的利刀，可以橫刺。⓲薄　迫近。⓳選練　精銳幹練。⓴起居　或起或坐。居同「踞」。王先謙曰：「起居猶言坐作。」作亦「起」義。㉑動靜　或行或止。㉒集　整齊。㉓利　指戰機。㉔畢　楊樹達曰：「疾也。『避難不畢』與『趨利弗及』意同。」㉕解　通「懈」。㉖金鼓　古時作戰，擊鼓是進軍的信號，鳴金（銅鑼）是收兵的信號。㉗勒卒　治兵；統率部隊。㉘兵　兵器。㉙袒裼　赤身露體。㉚鏃　箭頭。㉛省兵　檢驗兵器。

【語譯】我又聽說戰爭臨近，對於交戰取勝最急切的有三件事情：一是占據有利的地形，二是士卒訓練熟悉，三是兵器鋒利。兵法書上說：「一丈五尺寬的溝，僅能霑濕車輪的水，石頭堆積山林，常流環繞的土山，以及草木叢生之處，都是有利於步兵作戰的地方，如果用兵車作戰，則二分兵車不能抵擋一分步兵。如遇綿延不斷的土山丘陵地帶，或平原曠野的廣闊地帶，這是有利於兵車作戰的地方，如果用步兵作戰，則十分步兵不能抵擋一分兵車。如遇平地與丘陵相距甚遠，又有川谷阻隔其間，據有居高臨下的形勢，這是有利於使用弓弩作戰的地方，如果使用短兵作戰，則百分短兵不能抵擋一分弓弩。如遇兩方陣地相近，又是平地淺草，可進可退，這是有利於使用長戟作戰的地方，如果用劍楯，則三分劍楯抵擋不住一分長戟。如遇蘆荻竹蕭，草木蒙密，枝葉繁茂的地帶，這是使用矛鋋作戰的地方，如用長戟作戰，則二分長戟不能抵擋一分矛鋋。如遇道路曲折隱伏難見，險阸要塞互相迫近的地帶，這是使用劍楯作戰的地方，如果使用弓弩作戰，則三分弓弩不能抵擋一分劍楯。士卒不訓練，起居不按規定，行止動作不和諧一致，遇到有利形勢不能進攻，遇到不利形勢不能避開，前面攻擊後面懈怠，與鳴金擊鼓的指揮不協調，這是不經常練兵的過錯啊，打起仗來百人抵擋不住對方十人。」兵器不完好鋒利，與空手作戰相同；鎧甲不堅固緊密，與赤身露體作戰相同；弓弩的射程不遠，與持短兵作戰相同；箭頭射出不能中敵，與沒有弓箭作戰相同；雖射中而不能射穿，與沒有箭頭作戰相同。這就是帶兵的將領不懂得兵器帶來的禍害，這五項不應當有任何一項失誤。所以兵法書上又說：「器械不鋒利，就是把士卒送給敵人啊；士卒不能作戰，就是把將領送給敵人啊；將領不懂得指揮軍隊，就是把君主送給敵人啊；君主不善選擇將領，就是把國家送給敵人啊。」以上這四點，是用兵最重要的啊。

臣又聞小大異形❶，強弱異埶，險易異備。夫卑身以事強，小國之形也；合小以攻大，敵國❷之形也；以蠻夷攻蠻夷❸，中國之形也。今匈奴地形技埶與中國異，上下山阪，出入溪澗，中國之馬弗與❹也；險道傾仄❺，且馳且射，中國之騎❻弗與也；風雨罷❼勞，飢渴不困，中國之人弗與也。此匈奴之長技也。若夫平原易地❽，輕車突騎❾，則匈奴之眾易撓亂❿也；勁弩長戟，射疏⓫及遠，則匈奴之弓弗能格⓬也；堅甲利刃，長短相雜⓭，遊弩往來，什伍⓮俱前，則匈奴之兵弗能當也；材官騶發⓯，矢道同的⓰，則匈奴之革笥木薦⓱弗能支也；下馬地鬭，劍戟相接，去就相薄⓲，則匈奴之足弗能給⓳也。此中國之長技也。以此觀之，匈奴之長技三，中國之長技五，陛下又興數十萬之眾，以誅數萬之匈奴，眾寡之計，以一擊十⑳之術也。

【章　旨】本章論述在用兵中漢與匈奴形勢之優劣。

【注　釋】❶形　與「勢」意義相同。❷敵國　此謂敵我雙方勢均力敵。❸以蠻夷攻蠻夷　師古曰：「不煩華夏之兵，使其同類自相攻擊也。」蠻夷，古指東方和南方的少數部族，概而言之則指華夏周邊的少數部族。❹與　師古曰：「與猶如。」❺仄　師古曰：「仄，古側字。」傾側，猶言傾斜。❻騎　騎兵。❼罷　同「疲」。❽易地　平地。師古曰：「易亦平也。」❾突騎　師古曰：「突騎言其驍銳可用衝突敵人也。」❿撓亂　攪亂。⓫疏　闊遠。胡三省曰：「勁弩所以射疏；長戟所以及遠。」⓬格　抵禦。⓭長短相雜　《補注》引沈欽韓曰：「司馬法定爵曰：五兵當長以衛短，短以救長，迭戰則久，皆戰則強。」⓮什伍　師古曰：「五人為伍，二伍為什。」⓯材官騶發　材官，臣瓚曰「騎射之官也」。騶發，王引之「謂疾發也」。⓰矢道同的　謂射技高超，每支箭都射中在一個準的上。的，準的。⓱革笥木薦　革笥，以皮革製成如鎧甲樣披在身上。木薦，以木板作成如楯牌。⓲薄　迫近。⓳給　謂相連及。⓴以一擊十　當為「以十擊一」。

【語　譯】我又聽說小國和大國、強國和弱國各自所處的形勢是不同的，所處的險境和平地採取的作戰措施也是不同的。委屈自身來服事強國，這是小國的形勢；小國聯合起來抵抗大國，這是勢均力敵的形勢；用蠻夷來攻打蠻夷，這是中國的形勢。現在匈奴的地形以及作戰的技術與中國不同，上上下下都是山坡，進進出出都是溪流水溝，中國的戰馬比不上匈奴；險峻的道路傾斜的山坡，一邊奔馳一邊射箭，中國的騎兵比不上匈奴；經受風雨疲勞飢渴而不感到困難，中國的士卒趕不上匈奴。這對匈奴來說是擅長的技能啊。如果是在平原平地作戰，用輕車衝擊敵人，那麼匈奴的陣容就容易被攪亂；用強弩射、長戟刺都可達到遠的距離，那麼匈奴的弓箭就不能抵禦；堅甲利刃長短兵器雜用，強弩來往運動，隊伍都向前衝鋒陷陣，那麼匈奴的兵器就不能抵擋；騎射之士突然發射，支支箭射中同一目標，那麼匈奴的鎧甲楯牌就無法抵禦；下馬地戰，劍戟相加，來回搏鬥，那麼匈奴士卒的腳步就無法趕上。這對中國來說是擅長的技能啊。從以上看來，匈奴擅長的技能只有三項，而中國擅長的技能則有五項，皇上又發動數十萬士卒，來誅滅數萬士卒的匈奴，眾寡懸殊，這是以十擊一的戰術啊！

雖然，兵，凶器❶；戰，危事也。以大為小，以強為弱，在俛卬之間耳❷。夫以人之死爭勝，跌而不振❸，則悔之亡及也。帝王之道，出於萬全❹。今降胡義渠❺蠻夷之屬來歸誼❻者，其眾數千，飲食長技與匈奴同，可賜之堅甲絮衣，勁弓利矢，益以邊郡之良騎，令明將能知其習俗、和輯❼其心者，以陛下之明約❽將之。即有險阻，以此當之；平地通道，則以輕車材官制之。兩軍相為表裡，各用其長技，衡❾加之以眾，此萬全之術也。傳曰：「狂夫之言，而明主擇焉。」臣錯愚陋，昧死上狂言，唯陛下財擇❿。

【章　旨】本章提出克制匈奴的辦法——以夷制夷。

【注　釋】❶兵二句　《道德經》：「兵者，不祥之器。」《呂覽・論威》：「凡兵，天下之凶器也。」❷以大為小三句　師古曰：「言不知其術，則雖大必小，雖強必弱也。俛亦俯字，卬讀曰仰。」俯仰之間，言時間之短暫。❸振　起。❹萬全　言其考慮周備，萬無一失。❺義渠　古代西戎的一支，地處今陝西中部，春秋時曾稱王建國。但西元前二七〇年已為秦所併。此借指近漢邊境、受漢影響之匈奴部落，猶如東漢之南匈奴。❻誼　義。歸義者趨向於大義。❼和輯　猶言團結協調。師古曰：「輯與集同。」❽明約　堅明的約束，必守的信約。❾衡　同「橫」。❿財擇　即裁擇。王先謙謂：「財，少也。」意調稍加留意予以擇定。

【語　譯】雖然如上所言，而兵器則是一種凶器；作戰則是一種危險的事啊。如果作戰無術，大國變成小國，強勢變成弱勢，乃是轉瞬之間的事罷了。以士卒的犧牲為代價來爭取勝利，一旦失足受挫，就再也不能振起，那時後悔就來不及了啊。所以帝王考慮問題，要非常周備。現在匈奴族有些部落和其他民族的人前來歸附大義，他們的民眾數千，飲食、特技都與匈奴相同，可以賜給他們堅固之甲、絲絮之衣、強勁之弓、鋒利之箭，增強邊郡的善騎之士，派遣懂得他們習俗的將領作思想疏導，使之心悅誠服，再用皇上的堅明約束控制他們。即令遇上險阻之地，也讓他們去抵擋；如遇上平地暢通之道，就用輕車善射者去制服。兩軍裡外夾攻，各發揮自己的特技，再加上眾多的士卒橫擊，這就是周備的戰術啊！古書上說：「狂惑之人的言論，只有聖明的君主才能加以採擇啊。」我鼂錯愚笨鄙陋，冒著死罪呈上這些狂惑之言，希望皇上稍加留意予以取捨。

【研　析】本篇條分縷析，章法清晰，層次井然，理切辭暢。全篇以擇將為主，先言用兵三急，次引兵法闡明針對不同地形條件，應當選用不同的兵種和兵器，進而強調兵器的重要性「五不當一」。接下指出用兵四要。隨後再具體分析匈奴與中國長技的對比，中國五長乃是取勝的憑藉。最後提出以夷制夷這一「萬全之術」。全篇前後穿插照應，備極周匝。大量使用排比句，使文章恣肆而氣勢磅礴。林希元以為「說出兵家利害，華夷虛實，大略無遺，又一一切當，真經世之文。」故「文帝嘉之，乃賜錯璽書寵答焉」（《漢書・鼂錯傳》）。

論守邊備塞書

鼂　錯

【題　解】本篇出自《漢書・鼂錯傳》。中心內容是以秦為鑑提出徙民實邊以防匈奴的措施。匈奴是游牧部族，隨水草遷徙，美草甘水則止，草盡水竭則移，往來轉徙，時去時至，擾亂邊境，漢無法防備。鼂錯主張招募罪人或追求爵位的人常住邊境，給他們室屋器用，從事田作，無妻無夫者照顧婚配，作高城深塹加以護衛。

他認為「徙民實邊，使遠方亡屯戍之事；塞下之民，父子相保，亡係虜之患」，是利施後世的事情。書奏，文帝從之，成為後世防邊安境的有效之策。

臣聞秦時，北攻胡貉❶，築塞❷河上，南攻揚粵❸，置戍卒焉。其起兵而攻胡粵者，非以衛邊地而救民死也，貪戾❹而欲廣大也，故功未立而天下亂。

且夫起兵而不知其埶❺，戰則為人禽❻，屯則卒積死❼。夫胡貉之地，積陰❽之處也，木皮三寸，冰厚六尺❾，食肉而飲酪❿，其人密理⓫，鳥獸毳⓬毛，其性能⓭寒。揚粵之地，少陰多陽，其人疏理⓮，鳥獸希⓯毛，其性能暑。秦之戍卒不能其水土，戍者死於邊，輸者僨⓰於道，秦民見行，如往棄市⓱，因以讁⓲發之，名曰讁戍。先發吏有讁及贅壻⓳、賈人，後以嘗有市籍⓴者，又後以大父母㉑父母嘗有市籍者，後入閭取其左㉒。發之不順，行者深怨，有背畔之心。凡民守戰至死而不降北㉓者，以計㉔為之也。故戰勝守固，則有拜爵之賞；攻城屠邑，則得其財鹵㉕，以富家室，故能使其眾蒙矢石㉖，赴湯火，視死如生。今秦之發卒也，有萬死之害，而亡銖兩㉗之報，死事之後，不得一算之復㉘。天下明知禍烈及己也，陳勝行戍，至於大澤㉙，為天下先倡，天下從之如流水者，秦以威劫而行之之敝也。

【章　旨】本段論述秦南北攻伐，士卒不習水土引起陳涉起義的教訓。

【注　釋】❶胡貉　胡，指匈奴。貉，泛指北方民族，《周禮》注：「北方曰貉狄。」❷塞　邊塞，指長城。❸揚粵　指南越。《史記・南越列傳》載：秦時已并天下，略定揚越，置桂林、南海、象郡以謫徙民。❹戾　暴戾。❺埶　地勢。指地形、水土、氣候等條件。❻禽　同「擒」。❼積死　病死。王念孫讀「積」為「漬」，「此言邊地苦寒，戍卒不耐其水土則生疾病，相漸漬而死也。」❽積陰　蓋久寒之意。❾木皮三寸二句　《漢書補注》：「沈欽韓曰：《尸子》朔方之寒冰厚六尺，木皮三寸，北極左右有不釋之冰。」❿酪　乳汁所作。⓫密理　陳直謂「腠理緊密」。⓬毳　細毛。⓭能　通「耐」。下同。⓮疏理　與上「密理」對文，謂肌理粗疏。⓯希　同「稀」。⓰僨　仆倒。⓱棄市　處死後陳尸示眾。⓲讁　同「謫」。貶斥；罰罪。⓳贅壻　錢大昕曰：「贅乃以物質錢之意，賣身不贖而配之主家者，謂之贅壻。」故亦在罰罪之列。秦有七科謫。戍，漢因秦制。七科為：吏有罪一，亡命二，贅壻三，賈人四，有市籍五，父母有市籍六，大父母有市籍七，凡七科。⓴市籍　商人名冊，此似指小商小販。古時重農抑商，商人及小商販社會地位不高。㉑大父母　祖父母。㉒入閭取其左　指征發貧民。古時貧民居於閭之左。閭，里門。《周禮》：五家為比，五比為閭。一閭二十五家。㉓北　敗退。㉔計　指有所打算。㉕財鹵　指擄獲之財物。鹵，搶奪。㉖矢石　箭與石頭。古代作戰發矢拋石以打擊敵人。㉗銖兩　古二十四銖為一兩。此言其輕微。㉘一算之復　免除一人之口稅。復，免除。漢法：凡百姓年十五至六十五歲出賦錢。百二十為一算。㉙大澤　大澤鄉，今安徽宿縣西南。秦末陳涉、吳廣率領謫戍漁陽的九百人，在大澤鄉起義。

【語　譯】我聽說秦代時北攻匈奴，在黃河岸築城牆，南攻揚粵，在這裡駐紮戍守的士卒。它起兵攻匈奴、南粵的原因，並不是保衛邊地解救人民的死難啊，而是貪暴成性想擴大自己的疆域，所以功業未成天下就動亂了。

　　而且興兵打仗，如果不懂得敵我雙方的形勢，那麼打起仗來士卒就會被人擒獲，駐紮軍隊士卒就會相繼死亡。匈奴所處的地區，是長久嚴寒的地區，樹皮厚三寸，冰厚六尺，他們食肉和喝奶酪，人身肌膚緊密，鳥獸長滿細毛，其本性就能耐寒。南粵地區，少寒而多溫，那裡的人肌膚粗疏，鳥獸羽毛稀少，其本性就能耐暑。秦代戍邊的士卒不適應那裡的水土，戍守的士卒往往死在邊疆，運輸的士卒往往倒在道路上。秦民被征發，好像去被殺頭示眾一樣，因而用貶謫的辦法征發，所以稱之為謫戍。先征發官吏中受過貶謫的人和贅壻、商人，後來征發曾有市籍的人，又接著征發祖父母或父母有市籍的人，最後還進入閭左征發貧窮的人。征發不順理成章，被征發的人深為恐懼，懷有背叛之心。大凡士卒無論防守或出戰甚至犧牲而不投降逃走的原因，就是因為有所考慮啊。因為作戰取勝或防守牢固，就受到拜爵的獎賞；攻下城邑殲滅敵人，就會得到擄獲的財物來讓家室發財致富，所以能使他們的士卒冒著矢石，赴湯蹈火，勇於犧牲，視死如歸。而秦的征發士卒，有種種犧牲的危險，卻沒有一點點報答，戰死之後，卻得不到一點點免除賦稅的優待。天下人明知大禍將要落到自己頭上，所以陳涉被謫戍征發，到了大澤鄉，為天下首先發動起義，天下人跟隨他如流水一般，這就是秦代用威力脅迫征發帶來的失敗啊！

胡人衣食之業，不著❶於地，其勢易以擾亂邊境。何以明之？胡人食肉飲酪，衣皮毛，非有城郭田宅之歸居，如飛鳥走獸於廣野，美屮甘水則止，屮盡水竭則移。以是觀之，往來轉徙，時至時去，此胡人之生業，而中國之所以離南畮❷也。今使胡人數處轉牧，行獵於塞下，或當燕代❸，或當上郡、北地、隴西❹，以候❺備塞之卒，卒少則入。入不救❻，則邊民絕望而有降敵之心；救之，少發則不足，多發遠縣纔至，則胡又已去。聚而不罷，為費甚大；罷之，則胡復入。如此連年，則中國貧苦，而民不安矣。

【章旨】本段論述胡人衣食之業不著於地，容易擾亂邊境，發卒備胡不易取得效果。

【注釋】❶著　附著；依附。❷南畮　即田畝。畮即「畝」字。古人選擇朝南向陽之地耕作，故謂之南畝。❸燕代　今河北、山西北部一帶。❹上郡北地隴西　上郡，今陝西榆林東南、無定河北岸一帶。北地，北地郡當今甘肅慶陽西北及寧夏一帶。隴西，甘肅東南部及青海一帶。❺候　伺察。❻入不救　姚鼐注「一本作陛下不救」。

【語譯】匈奴人衣食的來源不依附於土地，這種形勢就使之容易擾亂邊境。根據什麼了解呢？匈奴人食肉喝乳酪，穿皮毛衣，沒有城郭田土住宅的安居條件，就好像曠野的飛鳥走獸一樣，遇上好的水草之地就停居下來，水草完竭就轉移到另外的地方。根據這種情況看來，往來遷移，時來時去，這就是匈奴人的生產和生活方式，也就是迫使中國的居民之所以離開耕種之地的原因啊！現在讓匈奴人到處遷移放牧，在邊塞打獵，有的在燕、代邊境，有的在上郡、北地、隴西邊境，他們伺察漢人防邊士卒的情況，士卒少，就入侵。入侵如果不援救，那麼邊民絕望，會產生降敵之心；如果援救，派遣的士卒太少又顯得不足，多派遣則要從遠縣調來，才到達，匈奴人則又已離開了。聚集大量防邊士卒如不撤退，耗費又很大；如果撤退，匈奴人又來擾亂。這樣年復一年，那麼國家會弄得貧苦，而人民也會不安定了。

陛下幸憂邊境，遣將吏，發卒以治塞，甚大惠也。然今遠方之卒守塞，一歲而更❶，不知胡人之能。不如選常居者，家室田作，且以備之。以便為之高城深塹❷，具藺石❸，布渠荅❹。復為一城，其內城間百五十步。要害之處，通川之道，調❺立城邑，毋下千家，為中周虎落❻。先為室屋，具田器，迺募罪人及免徒復作❼，令居之；不足，募以丁奴婢贖辠❽及輸奴婢❾欲以拜爵者；不足，迺募民之欲往者，皆賜高爵❿，復其家⓫，予冬夏衣、廩食，能自給而止。郡縣之民，得買其爵以自增至卿⓬。其亡⓭夫若⓮妻者，縣官⓯買予之。人情非有匹敵⓰，不能久安其處。塞下之民，祿利不厚，不可使久居危難之地。胡人入驅⓱，而能止其所驅者，以其半予之，縣官為贖其民⓲。如是，則邑里⓳相救助，赴胡不避死，非以德上⓴也，欲全親戚而利其財也。此與東方之戍卒，不習地埶而心畏胡者，功相萬㉑也。以陛下之時㉒，徙民實邊，使遠方亡屯戍之事；塞下之民，父子相保，亡係虜之患，利施㉓後世，名稱聖明，其與秦之行怨民㉔，相去遠矣。

【章旨】本段具體闡明徙民實邊的主張。

【注釋】❶一歲而更　戍邊一年更換一次。更，替換。❷以便為之高城深塹　胡三省曰：「因山川地形之便而為之城塹。」塹，做防禦用的壕溝。❸藺石　城上雷石，用以打擊敵人的大石頭。❹渠荅　鐵蒺藜，用以守城的器械。❺調　計算；規劃。❻中周虎落　意謂在內城與城邑中間以竹篾環繞。虎落蓋竹籬笆之類。❼免徒復作　赦免經過一定刑期的罪犯。臣瓚曰：「募有罪者及罪人遇赦復作竟其日月者，今皆除其罰，令居之也。」❽丁奴婢贖辠　謂願當奴婢來贖罪。如緹縈願沒入為官婢以贖父刑罪是也。丁，當。❾輸奴婢　輸送庶人到官府作奴婢。《漢書・食貨志下》：「募民能入奴婢得以終身復。」❿高爵　謂九級起之官爵。⓫復其家　免除全家徭役。⓬卿　《補注》：「卿謂左庶長以上之爵」。⓭亡　通「無」。⓮若　或。⓯縣官　猶言國家、政府。漢代每以「縣官」為天子的代稱。《史記・絳侯周勃世家》：「盜買縣官器」，《索隱》：「縣官，謂天子也。」⓰匹敵　猶言配偶。⓱驅　指擄掠。⓲以其半予之二句　姚鼐注：「此言能奪還胡所驅略者，以半入官，以半予能奪還者。然畜產器物則遂予之，若內有人民，官又當以財贖之，不使竟為奴，又不使奪還者失利也。」按此甚確。⓳邑里　邑中之里。二十五家為里。⓴非以德上　非以德為重。高步瀛云：「言此非以德為重，乃欲全親戚而利財耳。」㉑功相萬胡三省曰：「言其功萬倍於東方之戍卒也。」㉒時　指得其時。㉓施　留傳。㉔行怨民　指征發怨恨之民。

【語　譯】皇上關心邊境的形勢，派遣將吏征發戍卒來防守邊塞，這是很大的恩德啊。然而，派遣遠方的士卒戍守邊塞，一年更換一次，並不能了解匈奴人的特點。不如選派長久定居的人，讓他們安家落戶從事耕作，同時還可防備匈奴人侵擾。因地勢之便築高城，挖深壕，陳設虎石，分布鐵蒺藜。又在高城深壕之內再築一城，城內距離一百五十步。重要的地方開鑿河道，規劃建立城邑，邑中住戶不下千家，在中間周圍繞以竹篋作籬笆。在城邑中首先建築屋室，準備田器，再招募罪人及刑滿赦免的人，讓他們居住下來；如果不夠，再招募願當奴婢贖罪及輸送奴婢入官府想得到拜爵的人；再有不足，招募想赴邊塞的人，都給他們高的爵位，並免除全家的徭役，發給冬夏衣服及糧食，一直到能自給自足才停止供應。郡縣應募赴邊塞的，可以買到爵位，可以累進升到高爵卿位。其中有單身男女的，國家為他們買來男女作配偶。人之常情，沒有配偶就不能長久安居下來。邊塞的人，利祿不厚，不能讓他們長久處於危難的境地。匈奴人入塞擄掠，能夠奪回擄掠的財物而立功的人，將奪回的一半賜給他們，如果其中被奪回的有平民，則國家用錢贖買，不使淪為奴隸。像這樣，城邑中的人互相救援幫助，抵禦匈奴人不惜犧牲，他們並不是以德為重，而是想保全親戚獲得財利啊。這與派來東方的戍卒既不熟悉地形又畏懼匈奴人比較起來，功效是高出萬倍啊。趁著皇上正得其時，遷徙民眾充實邊塞，使遠方的人沒有屯邊戍守的麻煩；邊塞下的人民又能父子相保，沒有被擄掠的憂患。遷徙民眾充實邊塞的利益流傳到後世，皇上又能享有聖明君主的稱號，這與秦代征發怨恨之民守邊，其功效是相差太大了。

【研　析】本篇中心在於募民實邊。首段舉秦事為鑑，秦代採取謫戍有罪、商販及貧賤之民，強令徙邊，故被遣則「如往棄市」，不僅不能消除邊患，甚至還釀成陳勝之亂。次段闡明不實邊備塞則無法防止匈奴之擾邊，而發兵救患則多勞而無功。末段才正面提出可行之法，即募民使之安居邊境，故應高城深塹以衛之，賜爵免賦，給衣食用具以利之，目的在於使其安居樂業。前二段是反題，三段是正題。正如浦起龍所評：「為當日踐更戍邊進是策也，其勝算在『常居』二字。彼秦以威劫致敵，則迫遣不可也；然虜以亟肆疲我，則弛備又不可也。兩面逼出城塹田室之法，正是常勝算，文章經濟並臻絕頂。」王文濡亦評曰：「老謀深算，守邊防塞之法，無以逾此。文亦勁氣直達，非枝枝節節而為之者。」文章結構異常嚴密，矩矱森然。三段之間，緊相銜接，真可謂文心周匝，潑水難入。

復論募民徙塞下書

鼂錯

【題　解】本篇緊接上篇，著重陳述前篇所未備者，重在引述古制，在生活方面當使徙邊之民樂其處而有長居之心，同時當加強教訓，使民有禦敵相救的能力。鼂錯建議「絕匈奴不與和親」，要給以重創使之不敢復來。

陛下幸募民相徙以實塞下，使屯戍之事益省，輸將❶之費益寡，甚大惠也。下吏誠能稱❷厚惠，奉明法，存卹❸所徙之老弱，善遇其壯士，和輯❹其心，而勿侵刻❺，使先至者安樂而不思故鄉，則貧民相慕而勸❻往矣。臣聞古之徙遠方以實廣虛❼也，相❽其陰陽之和，嘗其水泉之味，審其土地之宜，觀其屮木之饒，然後營邑立城，制里割宅❾，通田作之道，正阡陌之界，先為築室，家有一堂二內❿，門戶之閉，置器物焉。民至有所居，作有所用，此民所以輕去故鄉而勸之新邑也。為置醫巫，以救疾病，以修祭祀，男女有昏⓫，生死相卹，墳墓相從⓬，種樹畜長⑬，室屋完安，此所以使民樂其處而有長居之心也。

【章旨】本章陳述繼承古制在生活設施方面要準備周到，使塞下之民有樂處長居之心。

【注釋】❶輸將　輸送。❷稱　副。❸存卹　猶慰問。卹，字亦作「恤」，憂也。❹和輯　團結協調。師古曰：輯與「集」同。❺侵刻　欺凌刻薄。❻勸　勸勉；鼓勵。❼廣虛　師古以為「寬廣空虛之地」，王念孫以為「空曠之墟」，皆可通。❽相　觀察。❾制里割宅　建立閭里，分建住宅。五家為鄰，五鄰為里，里二十五家，閭亦二十五家。❿一堂二內　一間正堂，堂後有東西二內室。⓫昏　同「婚」。⓬相從　相連接。⓭種樹畜長　種植的作物生長繁茂。《補注》劉攽曰：「所種所樹，畜積長茂。」

【語譯】皇上招募民眾遷徙到邊塞之下，使駐守邊塞的役事慢慢減省，輸送的費用漸漸減少，這是很大的恩德啊。下面的官吏真能作到符合皇上的厚恩，奉行明確的法令，慰問關心所遷徙的老弱之民，很好的對待健壯之士，與他們齊心協力，不欺凌刻薄，使先遷徙的民眾安心愉快而不思念故鄉，那麼貧苦的人就羨慕而相互勸勉前去邊塞了。我聽說古時遷徙遠方的民眾以充實寬廣空虛之地，先要考察陰陽調和的地形，試嘗泉水的味道，審查土地適宜種植的作物，觀察草木豐饒的情況，然後才設立城邑，建造閭里住宅，溝通耕作的道路，規正阡陌的田界，先為他們在田間建房，每家有一個正堂兩間內室，門窗能夠關閉，其中放置器物。遷徙之民到來有房屋居住，耕作有器具使用，這就是民眾所以輕易離開故鄉相勉遷往新建城邑的原因啊。還為他們安排醫生和巫師，為人們治病，講修祭祀之禮。男女有婚嫁，生死相互關撫，墳墓連在一起，作物種植生長繁茂，住宅完美安定，這就是使民眾產生樂於長期安居之心的原因啊！

臣又聞古之制邊縣以備敵也，使五家為伍，伍有長；十長一里，里有假士❶；

四里一連，連有假五百❷；十連一邑，邑有假候❸。皆擇其邑之賢材有護❹，習地形、知民心者，居則習民於射法，出則教民於應敵。故卒伍成於內，則軍正❺定於外。服習❻以成，勿令遷徙❼。幼則同游，長則共事。夜戰聲相知，則足以相救；晝戰目相見，則足以相識。驩愛之心，足以相死❽。如此，而勸以厚賞，威以重罰，則前死不還踵❾矣。所徙之民，非壯有材力，但❿費衣糧，不可用也；雖有材力，不得良吏，猶亡功也。

【章　旨】本段陳述繼承古制加強教訓以備敵的措施。

【注　釋】❶假士　士為一里之長。假，暫時代理，表示非常職。下「假」皆此意。❷五百　一連之長官。《補注》引王文彬云：「此文五百蓋與長、士、候隨地命名，非必以數起義也。」❸候　《補注》胡三省云：「候，即軍候也。」❹有護　師古曰：「有保護之能者也。」❺正　同「政」。❻服習　猶練習。「服」亦「習」義。❼遷徙　變換。勿令遷徙，師古：「各守其業也。」❽相死　互相援救，不避其死。❾還踵　猶言回轉逃走。師古曰：「還讀曰旋。旋踵，回旋其足也。」❿但　僅。

【語　譯】我又聽說古時的制度規定，邊遠地域的防敵，使五家組成一伍，伍有伍長；十個伍長管理的五十家組成一里，里有假士負責；四里組成一連，連有假五百負責；十連組成一個城邑，城邑有假候統率。這些負責的人都是選自城邑中的賢才，能保護民眾，熟悉地形，了解民心，平常就教民練習射箭，出戰就教民如何對付敵人。所以士卒的編制在內部組成，行軍布陣的法規則在外面決定。訓練一旦完成，就不要變換。年紀幼小就一起遊玩，長大了就共同執行任務。夜晚作戰聽聲音就知道是誰，就能夠相互援救；白天作戰彼此相見，就能相識。大家存有歡快愛護的心情，能夠互相支援不避死難。達到這種程度，再用重賞加以鼓勵，用重罰來樹立威信，那麼邊民們只會拼死向前而不會回頭了。所遷徙的民眾如果不是年壯而有能力的，僅僅是耗費衣食，這種人是不可使用的啊；即使有能力，如果沒有很好的官員來組織訓練，還是不能取得功效的啊。

陛下絕匈奴不與和親，臣竊意❶其冬來南也，壹大治❷，則終身創❸矣。欲立威者，始於折膠❹。來而不能困，使得氣❺去，後未易服也。愚臣亡識，唯陛下財❻察。

【章　旨】本段提出不與匈奴和親的主張，並建議趁秋來之時重創匈奴。

【注　釋】❶意　料想。❷治　指打擊。❸創　創傷。師古曰：「創，懲艾也。」❹折膠　膠為製弓材料之一，至秋膠則凝固堅而可折，用膠製的弓這時也勁而可用，利於作戰。此以折膠喻秋天。❺得氣　師古曰：「使之得勝逞志氣而去。」❻財　少；稍。

【語　譯】皇上與匈奴斷絕來往而不同他和親，我料想匈奴當冬天來時一定會南下入侵，要給予沉重還擊，使之終身傷痛不敢復來。想建立對匈奴的威信，那就趁秋天的到來時作好準備。如果匈奴來犯，不能使之陷於危困，讓他們得意而去，以後就不能輕易使之屈從啊。我愚笨而沒有見識，希望皇上稍加考察。

【研　析】本篇在內容和寫法上都緊承上篇。上篇言募民徙邊的必要性和可行性，本篇則進而闡明募民的具體操作方法，其目的在於達到「使民樂其處而有長居之心」。二段復引古法為據，具體說明如何才能實現「備敵」，即鞏固邊防的功效。故浦起龍評曰：「詳前篇所未備，參之古法，氣味在管、商之間。」評語之所以點出管、商，不單由於管仲、商鞅是先秦的思想家，更重要的是著眼於他們都是治國強兵的實踐家。真德秀評曰：「錯三書〈包括〈言兵事書〉〉，皆古今不易之論，非直可施之當時而已。」

論貴粟疏

鼂　錯

【題　解】本篇出自《漢書・食貨志》。貴粟，即重視糧食，包括糧食的生產和蓄備。亦可解為提高糧食價格。二說差別不大。漢朝初年，經過戰亂和社會變動，糧食十分緊缺。特別是邊境大量屯兵防備匈奴，糧食及運糧更感困難。此前賈誼在〈論積貯疏〉中作了陳述。鼂錯本篇進一步論述了糧食的重要，並提出了解決邊防糧食緊缺的具體措施，即「以粟為賞罰」，「募天下入粟縣官，得以拜爵，得以除罪」。文帝聽從了他的意見，並加以執行。本篇還揭示了農民種田的艱難痛苦以及商人兼并農人而農人流亡的殘酷現實，表現作者面對現實、面對下層的深刻體驗。

聖王在上，而民不凍飢者，非能耕而食之，織而衣之也，為開其資財之道也。故堯禹有九年之水❶，湯有七年之旱❷，而國亡捐瘠❸者，以畜積多而備先具也。

【章　旨】本章提出開其資財之道的主張：畜積糧食。

【注　釋】❶堯禹有九年之水　《尚書・堯典》、《史記・夏本紀》皆載堯時洪水滔天事。〈夏本紀〉說：「堯聽四嶽（四方諸侯之長），用鯀治水，九年而水不息，功用不成。」後來由禹治理成功，故並言「堯禹」。❷湯有七年之旱　湯時大旱，有的說是五年，有的說七年。《呂氏春秋・順民》：「昔者湯克夏而正天下，天大旱，五年不收。湯乃以身禱於桑林。」《說苑・君道》：「湯之時，大旱七年，雒坼川竭，煎沙爛石，於是使人持三足鼎祝山川。」賈誼《新書・無蓄》：「禹有十年之蓄，故免九年之水；湯有十年之積，故勝七歲之旱。」以上記載可與鼂錯此文相互參考。❸捐瘠　指貧而被拋棄的人和病人。捐，棄。瘠，病。楊樹達解為「棄捐不埋之骸骨」。

【語　譯】聖王居於上位，而百姓不遭受飢寒的原因，並不是君王親自耕種給他們吃，親自織布給他們穿，而是替他們開拓取得資財的道路啊。所以堯、禹有九年的水災，湯有七年的旱災，而國內沒有窮人和病人，是由於畜積的糧食很多，事先作了充分準備啊。

今海內為一，土地人民之眾，不避湯禹❶，加以亡天災數年之水旱，而畜積未及者，何也？地有遺利❷，民有餘力，生穀之土未盡墾，山澤之利未盡出也，游食之民❸未盡歸農也。民貧，則姦邪生。貧，生於不足；不足，生於不農；不農，則不地著❹；不地著，則離鄉輕家❺。民如鳥獸，雖有高城深池、嚴法重刑，猶不能禁也。夫寒之於衣，不待輕煖❻；飢之於食，不待甘旨❼。飢寒至身，不顧廉恥。人情一日不再食❽則飢，終歲不製衣則寒。夫腹飢不得食，膚寒不得衣，雖慈母不能保❾其子，君安能以有其民哉？明主知其然也，故務民於農桑❿，薄賦斂，廣畜積，以實倉廩⓫，備水旱，故民可得而有也。

【章　旨】本段提出引導人民務農桑、薄賦斂、廣畜積的建議。

【注　釋】❶不避湯禹　不比湯禹的時代差。避，讓。不避，不讓；不次於。❷遺利　餘利，指未被開發的潛在之利。❸游食之民　遊手好閒、不務正業的人。❹地著　依附於土地，後來也稱「土著」。指農業人口有固定的戶籍和土地。❺輕家　把家庭看得輕，可以隨便離開。❻輕煖　指輕鬆煖和的衣服，如狐裘、絲綿之類。❼甘旨　指甜美的食物。甘，甜。旨，美。❽再食　吃兩餐。❾保　保有；養育。❿務民於農桑　猶使民務農桑。務，盡力從事。農桑，種田養蠶。⓫倉廩　儲備糧食之具，方曰倉，圓曰廩。

【語譯】現在天下統一，土地的廣闊、人民的眾多，不比湯、禹在位的時代少，同時又沒有數年的水旱天災，可是糧食衣物的畜積卻趕不上湯、禹，是什麼原因呢？那就是土地尚有潛力，人民尚有餘力，生長穀物的土地沒有全部開墾，山林水澤的財利沒有充分利用，遊手好閒的人沒有全部回歸農業。人如果貧窮，就會產生作壞事的心理。貧窮，是由於財資不足才產生的；財資不足，是由於不從事農業產生；不從事農業，人們就不依附土地；不依附土地，就會看輕家庭離鄉背井。人好像鳥獸一樣，即使有高城深池阻攔，有嚴法重刑懲戒，還是不能禁止其離散的。一個受寒的人對於衣服的要求，不一定等待暖煖的衣服；一個受飢的人對於食物的要求，不一定等待甜美的食物。飢寒到了身上，往往不顧廉恥。人之常情一天不吃兩餐飯就飢餓，一年到頭不製衣服就寒冷。腹中飢餓沒有吃的，身上寒冷沒有穿的，即使慈愛的母親也不能保有他的兒子，作為在上位的君主又怎能擁有他的百姓呢？聖明的君主知道這個道理，所以盡力使百姓從事農耕和養蠶，減輕賦稅，增加畜積，用以充實倉廩，預防水旱天災，所以百姓就能為君主所擁有啊！

民者，在上所以牧❶之，趨利如水走下，四方亡擇❷也。夫珠玉金銀，飢不可食，寒不可衣，然而眾貴之者，以上用之故也。其為物輕微易臧❸，在於把握❹，可以周❺海內而亡飢寒之患。此令臣輕背其主❻，而民易去其鄉，盜賊有所勸❼，亡逃者得輕資❽也。粟米布帛，生於地，長於時❾，聚於力❿，非可一日成也；數石⓫之重，中人⓬弗勝⓭，不為姦邪所利，一日弗得而飢寒至。是故明君貴五穀而賤金玉。

【章旨】本章從粟米布帛與金玉的對比中提出貴五穀而賤金玉的主張。

【注釋】❶所以牧　用什麼辦法來治理百姓。牧，養，含治理之意。❷亡擇　無擇；無有選擇。❸臧　同「藏」。❹把握　一把所握，言其輕微。❺周　周遊；遍遊。❻輕背其主　臣子把背叛他的君主不當一回事。輕，看輕。❼勸　鼓勵。❽輕資　輕便的資財。❾時　季節。❿聚於力　集中勞力。王念孫說：「力」當作「市」。荀悅《漢紀・文帝紀》作「聚於市」。⓫石　古代以「石」為衡量輕重之名稱，秦以一百二十斤為「石」。又以「石」為衡量容積多少之名稱，如以十斗為一石（石即斛之古名稱）。此「數石」是指若干斛的糧食。⓬中人　指中等力氣的人。⓭勝　任；擔負。

【語譯】作為百姓，全在於君主如何來治理，他們追逐利益就好像水往低處流一樣，是沒有一定方向的啊。至於珠玉金銀，餓了不能吃，寒了不能穿，然而大家之所以重視它的原因，是由於君主使用的緣故啊。珠玉金銀作為一種物品，輕便細小容易收藏，拿在手中，可以遊遍海內之地卻無飢寒之患。這就會讓臣子輕易地背叛他的君主，讓百姓輕易地離開他的家鄉，使得盜賊受到鼓勵，讓逃亡的人得到便於攜帶的資財啊。糧食布帛，從土裡生出，按季節成長，要花很多的精力，不是一天成長起來的；幾石重的糧食，一個中等勞力擔負不了，不會成為壞人所貪求之物；但如果一天得不到它，飢寒就會降臨。因此聖明的君主把五穀看得很重，而把金玉看得很輕。

今農夫五口之家，其服役者不下二人；其能耕者，不過百畮❶；百畮之收，不過百石。春耕夏耘，秋穫冬臧，伐薪樵，治❷官府，給繇役，春不得避風塵，夏不得避暑熱，秋不得避陰雨，冬不得避寒凍，四時之間，亡日休息。又私自送往迎來❸，弔❹死問❺疾，養孤❻長幼❼在其中。勤苦如此，尚復被水旱之災。急政暴賦❽，賦斂不時❾，朝令而暮改。當具❿有者，半賈⓫而賣；亡者，取倍稱⓬之息，於是有賣田宅、鬻⓭子孫以償責者矣。而商賈⓮大者積貯倍息，小者坐列⓯販賣，操其奇贏⓰，日遊都市，乘上之急⓱，所賣必倍⓲。故其男不耕耘，女不蠶織，衣必文采，食必粱⓳肉，亡農夫之苦，有仟伯之得⓴。因其富厚，交通㉑王侯，力過吏埶㉒，以利相傾㉓。千里游敖㉔，冠蓋㉕相望，乘堅策肥㉖，履絲曳縞㉗。此商人所以兼并農人，農人所以流亡者也。今法律賤商人㉘，商人已富貴矣；尊農夫，農夫已貧賤矣！故俗之所貴㉙，主之所賤也；吏之所卑㉚，法之所尊也。上下相反，好惡乖迕㉛，而欲國富法立，不可得也。

【章　旨】本段揭示農民的艱苦以及商人兼并農人造成農人流亡的現實。

【注　釋】❶晦　古「畝」字。❷治　指服事。❸送往迎來　指親戚朋友間交際往來。❹弔　哀悼。❺問　慰問。❻孤　幼而無父曰孤。❼長幼　養育幼兒。❽急政暴賦　即急徵暴賦。政，通「徵」。急徵與暴賦一般說來沒區別。徵指徵收賦稅，賦指斂取土地所入。❾不時　不按一定季節。❿當具　當繳納之時。具，《說文》：「共（供）也。」引申為供應，交納。⓫賈　同「價」。⓬倍稱　加倍。⓭鬻　賣。⓮商賈　行走經商曰「商」，坐肆經商曰「賈」。⓯坐列　猶言坐肆，開店。⓰奇贏　猶贏餘。奇，餘。⓱上之急　君主所必需。⓲倍　指價格倍於平常。⓳粱　好粟米。⓴仟伯之得　指農民的收穫。仟伯，通

「阡陌」，田間道路，此指農田。㉑交通　猶今言「交接」、「交際」。㉒吏執　官吏的權勢。㉓傾　壓倒。㉔游敖　猶遨遊。敖，同「遨」。㉕冠蓋　官服、車蓋，指商人的服飾排場。㉖乘堅策肥　乘堅車，駕著肥馬。㉗履絲曳縞　穿絲織鞋，穿著絲織白絹衣。曳，拖著。㉘法律賤商人　《史記・平準書》：「天下已平，高祖乃令：賈人不得衣絲乘車，重租稅以困辱之。孝惠高后時，為天下初定，復弛商賈之律。」鼂錯上此疏時，大概尚存留一些限制商人的律令。㉙俗之所貴　指商人。㉚吏之所卑　指農夫。㉛乖迕　相違背。

【語　譯】現在農夫有五口人的家庭，參加勞動的不少於二人；能耕種的土地，不超過一百畝；百畝的收穫，不超過一百石。春天耕種，夏天鋤草，秋天收穫，冬天保藏，上山砍柴，進官府服事，供給徭役，春天不能避開風塵，夏天不能避開暑熱，秋天不能避開陰雨，冬天不能避開寒凍，一年四季，沒有休息的時間。又各自還得應酬親戚朋友的來往，哀悼死喪，慰問病人，養育孤子幼兒等等的耗費都在百石的收入當中。如此的勤苦之外，還會遇上水旱天災。緊急苛暴的稅收，沒有一定的時節，早晨發出的法令，晚上就加以改變。當繳納租稅的時候，有糧的人不得不半價賣出；沒糧的人又不得不付出加倍的利息去借債，在這種情況下就出現了賣田宅、賣子孫償債的情況了。而那些大商人，屯積糧食以便取得加倍的利息，小商販便開商店經營買賣，獲取高額利潤，天天遊行於都市，乘著君主所急需，賣出加倍的價格。所以商人男的不必耕田種地，女的不必養蠶織布，可穿的都是紋采綢緞，吃的都是美食佳餚，沒有農夫的辛苦，卻有田地的所得。他們還憑藉富厚的資財，與王侯打交道，勢力超過了官吏，因爭權奪利而相互傾軋。他們外出千里遨遊，官服車蓋接連不斷，乘著堅車，駕著肥馬，穿著絲鞋和白絹衣裙。這就是商人兼并農人而農人流離失所的原因啊。現在法律雖然賤視商人，可商人已經得到富貴了；法律雖然尊重農夫，可農夫已經貧賤了。所以世俗所重視的，是君主所輕賤的商人啊；官吏所卑視的，又是法律所尊重的農夫啊。上與下的態度相反，愛與憎的心理相背，要想國家富強法律生效，是不可能的。

方今之務，莫若使民務農而已矣。欲民務農，在於貴粟。貴粟之道，在於使民以粟為賞罰。今募天下入粟縣官❶，得以拜爵❷，得以除罪。如此，富人有爵，農民有錢，粟有所渫❸。夫能入粟以受爵，皆有餘者也。取於有餘以供上用，則貧民之賦可損，所謂「損有餘，補不足❹」，令出而民利者也。順於民心，所補者三：一曰主用足，二曰民賦少，三曰勸農功❺。今令：「民有車騎❻馬一匹者，復卒三人❼。」車騎者，天下武備也，故為復卒。神農❽之教曰：「有石城十仞❾，湯池❿百步，帶甲百萬，而亡粟，弗能守也。」以是觀之，粟者，王者大用，政之本務。今民入粟受爵，至五大夫⓫以上，迺復一人耳。此其與騎馬之功，相去遠矣⓬。爵者，上之所擅⓭，出於口而亡窮；粟者，民之所種，生於地而不乏。夫得高爵與免罪，人之所甚欲也。使天下入粟於邊，以受爵免罪，不過三歲，塞下之粟必多矣。

【章　旨】本章提出解救當前糧食不足的具體措施：在於貴粟，以粟為賞罰，入粟於邊。

【注　釋】❶縣官　指國家、政府。❷拜爵　授以爵位。此種用入粟政府買來的爵位，只是一種社會地位的標誌，沒有實際職務。文帝果然聽從了鼂錯的建議，並付諸實行。據《漢書・食貨志》記載：「於是文帝從錯之言，令民入粟邊，六百石爵上造，稍增至四千石為五大夫，萬二千石為大庶長，各以多少級數為差。」❸渫　散；流通。❹損有餘二句　《道德經》第七十七章「天之道損有餘而補不足」。❺農功　農事。❻車騎　猶言車馬。施以鞍轡的馬曰「騎」。此車騎馬指一部戰車，一匹可用於騎射的馬。❼復卒三人　指免除應當服兵役的三人。復，免除賦役的名詞。❽神農　傳說中的古五帝之一，他首先教人種植，故稱「神農」。又傳說以火德王天下，故又稱「炎帝」。《漢書・藝文志》「兵家」類中有〈神農兵法〉一篇，此所引「神農之教」，或出於其中。❾仞　八尺曰仞。❿湯池　護城河。湯，燒開的水，此謂湯池，極言其護城河之難越。⓫五大夫　漢第九等爵。⓬此其與騎馬之功二句　出車騎者可復卒三人，而入粟至五大夫者，只復卒一人，而兩相比較，入粟者的功勞要大得多。⓭擅　專有。

【語　譯】當今的急務，沒有比讓百姓從事農業更重要了。想要百姓專力務農，就在於重視糧食。重視糧食的辦法，就是要用糧食作為獎賞和懲罰的手段。當今應該號召天下的人都把糧食上交政府，就能夠得到封爵，或者得到免罪。像這樣，富人有了爵位，農民有了錢，糧食得到流通。那些能夠上交糧食得到爵位的，都是有多餘糧食的人。拿多餘的糧食來供君主使用，那麼貧民的賦稅就可減少，所謂「拿出有餘的，補給不足的」，這種法令一出百姓就會得到利益。這種順從民心的事，有三大好處：一是君主使用的資財充足，二是百姓的賦稅減少，三是鼓勵農民從事農業。現在有法令規定：「百姓中有交納駕車之馬一匹的，可以免除三人當兵的義務。」車馬，是天下作戰的裝備啊，所以為他免除當兵的義務。古代神農帝教導說：「有十仞高的堅固城牆，一百步寬的護城河，甲冑武裝的百萬大軍，可是沒有糧食，還是不能守住啊。」由此看來，糧食，對於君王來說有著很大的作用，是治理國家的根本條件。按現在的法令，百姓交納糧食授予爵位，累升至五大夫以上，才免除一人的服役，這與上交戰馬免除三人服役相比，所得到的實效相差很遠了。爵位，是君主專有的，可從皇上口中無窮無盡地賞賜給人；糧食，是百姓所種植的，可以從土地生出而不會匱乏。得到高爵與免除罪刑，是人們所希望的。假使天下的人都把糧食送到邊塞，以得到爵位或免除罪刑，不超過三年，邊塞之下積累的糧食必定是很多的了。

【研　析】本篇為鼂錯代表作，一般古文選本如《古文觀止》之類大多選入。儘管本文標題似為後人所加，但點出一個「論」字，說明這是一篇中心明確、論點突出的政論文。全文前後相承，層層深入，結構嚴密，文筆矯健，在歷代的政論文中也不失為優秀之作。作者還採用不少對偶排比句，使文章氣勢磅礴，音調鏗鏘，顯示出古代散文駢偶化的趨勢。本篇主要採用對比手法，貫徹全篇的乃是農、商即本、末的對比，其中特別突出農民的辛勞而又貧賤與商人安逸而又富貴這一鮮明對照，從而形成強烈的反差，作者對漢初政治得失的褒貶寓於其中，從而有力地支持了「貴粟」這一中心論點。此外還插入糧食與金玉的對比，世俗尊卑與法令貴賤的對比，進馬與入粟所得不同的對比，等等。反反覆覆，而又一意相承，不脫離本文中心，可見其結構之嚴密。魯迅在《漢文學史綱要》中將賈誼與鼂錯並列為漢初著名散文家，但認為賈誼以「文彩」勝，而鼂錯之「現實」則超過賈誼，本篇就是一個例證。

諫獵書

司馬長卿

【題　解】本篇出自《漢書・司馬相如傳》，據《通鑑》、《漢紀》並載於漢武帝建元三年（西元前一三八年）。這時武帝正喜好親自獵取熊豕，追逐野獸，因上此疏諫阻。疏中說明野獸也同人一樣有傑出技能者，如果突然襲擊人，則人不勝防；即使萬全無患，也不是天子當作的事情。最後以「明者遠見於未萌，而智者避危於無形」來加以規勸，帶有諷諭之意。

【作　者】司馬相如（西元前一七九－前一一七年），字長卿，因慕戰國藺相如的為人，改名相如。蜀郡成都（今屬四川）人。景帝時得充郎官，為武騎常侍。後到梁孝王劉武門下作客，與諸侯遊士交往。在梁寫的〈子虛賦〉，武帝見到大加讚賞，經同鄉楊得意介紹，被召進宮，接寫〈上林賦〉，獲得武帝歡心，被命為郎官，後任中郎將。曾兩次出使巴蜀，宣諭武帝旨意，安定民心。最後被任為孝文園令（管理文帝陵墓的長官），不久病死。司馬相如本家貧，從梁回蜀後，結識了臨邛大富人卓王孫。卓王孫之女文君新寡，相如借彈琴表達愛慕之心。卓文君奓夜私奔，一起到成都共同生活。相如擅長作文，但口吃，又有消渴病（即糖尿病），生平不慕官爵，後雖因獻賦得官，卻常稱病在家閒居。司馬相如在文學上的貢獻主要為辭賦，據《漢書・藝文志》載：他有賦二十九篇。今存賦六篇。〈子虛賦〉、〈上林賦〉為其代表作。他是漢大賦的代表作家，所作辭采富麗，結構宏大，藝術性較高，因而對當世及後代產生了很大影響。留下散文雖不多，但也有一定成就。

臣聞物有同類而殊能者，故力稱烏獲❶，捷言慶忌❷，勇期賁、育❸。臣之愚，竊以為人誠有之，獸亦宜然。

【章　旨】本段從人之異能引入獸之異能，開諫獵之端。

【注　釋】❶烏獲　戰國秦武王時力士。❷慶忌　春秋末吳王僚之子，據傳他能走追奔獸，手接飛鳥。❸賁育　即孟賁、夏育。師古曰：「孟賁，古之勇士也，水行不避蛟龍，陸行不避豺狼，發怒吐氣，聲響動天。夏育，亦猛士也。」

【語　譯】我聽說萬物當中有同類而有不同能力的情況，所以就人類而言，力量大的當推烏獲，行動敏捷的當推慶忌，勇而無畏的就算孟賁、夏育。按我的愚笨之見，人類有這種異能的情況，野獸也應該如此。

今陛下好陵❶阻險，射猛獸，卒然❷遇軼材❸之獸，駭不存❹之地，犯屬車❺之清塵❻，輿不及還轅❼，人不暇施巧，雖有烏獲、逢蒙❽之技，力不得用，枯木朽株❾盡為害矣。是胡越❿起於轂⓫下，而羌夷⓬接軫⓭也，豈不殆⓮哉？雖萬全無患，然本非天子之所宜近也。且夫清道⓯而後行，中路⓰而後馳，猶時有銜橛⓱之變，而況涉乎蓬蒿，馳乎丘墳⓲，前有利獸⓳之樂，而內無存變⓴之意，其為害也不亦難矣。夫輕萬乘㉑之重，不以為安，而樂出於萬有一危㉒之塗以為娛，臣竊為陛下不取也。

【章旨】本章論述打獵危險，不是天子宜作的事情。

【注釋】❶陵　越過。❷卒然　同「猝然」。突然，出其不意。❸軼材　超軼之才。軼，超出。❹不存　不察。王先謙曰：「〈釋詁〉存，察也。謂不及察之地。」❺屬車　指後面相連續的車輛。❻清塵　猶塵土，灰塵。師古曰：「塵謂行而起塵也。言清者，尊貴之意也。」❼還轅　調轉車轅。❽逢蒙　古代善射的人。❾朽株　腐朽的樹兜。❿胡越　古時指北邊的胡人和南方的越人。⓫轂　車轂。車輪中央承軸的部分。⓬羌夷　西方的羌人和東方的夷人。以上胡、越、羌、夷指中原四境的少數部族，他們經常對中原地區進行干擾。⓭軫　車後橫木。以上「轂下」、「接軫」皆指接近天子的乘車，喻打獵之危險與四夷壓境同。⓮殆　危險。⓯清道　謂清除道路，辟止行人。⓰中路　蓋選擇大路之中，不易傾覆。⓱銜橛　控制馬的馬口所銜橫木。銜橛之變，指馬不聽役使，無法控制。⓲丘墳　山丘高地。土之高者曰墳。⓳利獸　想獲取獸。《禮記》鄭注：「利，猶貪也。」⓴存變　猶存有應變之心。㉑萬乘　指天子。㉒萬有一危　萬分中有一分危險，不能作到「萬全無患」。

【語譯】現在皇上愛好跋越險阻之地獵取猛獸，如果突然遇上特別兇猛的野獸，來不及覺察受了驚駭，衝犯了皇上的車隊，車駕來不及調轉車轅，保駕的勇士也來不及施展武藝，即令有烏獲、逢蒙的技巧也無法用上，連枯朽的樹枝和樹兜都好像在擋道作惡了。這就如同在車駕之旁出現了胡越羌夷的侵擾，這難道不危險嗎？即使絕對安全沒有禍患，然而這也本不是天子所應該作的事啊！天子平時出巡，先得要清除道路，選擇道路中央而後才能啟動車駕奔馳，尚且有車馬不聽役使的時候，何況跋涉茂草，奔馳山丘高地，一心追求前面獵取野獸的痛快，而沒有一點應付突變的心理，這樣造成禍害就不難了。這種看輕天子之尊的作法，並不安全，而喜歡出入於萬一遇險的路途以為娛樂，我私下認為皇上的這種作法是不足取的。

蓋明者遠見於未萌，而智者避危於無形，禍固多藏於隱微，而發於人之所忽❶

者也。故鄙諺曰：「家累千金，坐不垂堂❷。」此言雖小，可以喻大。臣願陛下留意幸察。

【章　旨】本章規勸皇上要防患避危。

【注　釋】❶忽　忽略；不經意。❷垂堂　邊堂，靠近屋檐處。《論衡・四諱》：「毋承屋檐而坐，恐瓦墜擊人首也。」

【語　譯】明白的人在事物遠遠萌生之前就能看清，聰明的人當危險未出現時便能迴避，災禍本來多藏於未出現的隱微階段，發生在人們所忽略的時候啊。所以俗語說：「積累千金之財的富貴人家的人，不要靠近屋檐而坐。」這話說的事情雖然是小，但是可以說明大的道理。我希望皇上加以留意予以明察。

【研　析】本篇文雖不長，但卻能切中其弊，且搖曳轉換、波瀾起伏，結構嚴密。先言猝遇猛獸「豈不殆哉」，已經說得悚然可畏，似乎已到收筆作結之時，然筆鋒一轉，由急入緩，進而提出「雖萬全無患，然本非天子所宜近也」這一以退為進之法，其命意在於暗刺以萬乘之尊，不當因從獵而荒廢朝政，這才是「諫獵」更主要的目的，但又妙在含蓄不露。末段因小見大，把「諫獵」這一主題，提到治國弭禍的哲學高度。孫執升評曰：「先言其勢之可畏，中言非理之所宜，末後數語，宕開一步，而引諺作結，要言不煩，亦復名論亹亹。」姚範亦有評曰：「相如〈諫獵〉真至於文者，下面方似有說話，忽然而止，卻插入他語忽而接。變怪百出，而神氣渾涵不露。雖以昌黎〈師說〉較之，且多圭角矣。」

諫伐閩越書

淮南王安

【題　解】本篇出自《漢書・嚴助傳》。閩越，古國名，為越人的一支，相傳為越王句踐後代。分布在今福建北部和浙江南部一帶，秦末，首領無諸曾助漢滅秦破楚，受漢封為閩越王，都東冶（今福建福州）。武帝建元三年（西元前一三八年），舉兵圍東甌（古國名，亦為古越人，首領受漢封為東海王，領有今浙江甌江流域，因都東甌，即今溫州市，故名），東甌向漢告急，漢援兵未至而閩越罷去。後三年，閩越復發兵擊南越（亦古越人一支，分布在今兩廣、湖南一帶。漢初，趙佗建立南越國，亦稱南粵。景帝時內附），南越王上書以聞，漢派遣王恢、韓安國兩將軍將兵討閩越。此時淮南王劉安上書諫阻。書中多方面陳述了不可舉兵的理由：閩越自古荒外之地，斷髮文身之民，自三代以來不服中原；加上該地地勢險阻，環境惡劣，漢卒不習水土，即令取勝也得不償失；得其地，也不足以置為郡縣。劉安認為：天子之兵有征而無戰，應該採取懷柔政策，建其王侯以為藩臣，這樣，可以「不勞一卒，不頓一戟，而威德並行」。書奏，得到武帝嘉許。據〈嚴助傳〉載：「是時漢兵遂出，未踰領，適會閩越王弟餘善殺王以降，漢兵罷。」

【作　者】劉安（西元前一七九—前一二二年），漢高祖劉邦的孫子，淮南厲王劉長的長子。厲王死後，曾封為阜陵侯。文帝十六年（西元前一六四年），襲其父爵為淮南王。他喜讀書鼓琴，善為文辭，不愛打獵馳騁。在淮南招致賓客方術之士，多至數千人。於是與蘇飛等八人及諸儒大山、小山之徒，集體編寫內篇（即《淮南子》二十一篇），外書甚眾，又有中篇八卷。當時愛好藝文的武帝在位，劉安的博學善辯，才思敏捷，深受武帝尊重。劉安因父親劉長被流放致死，心懷怨恨，欲為叛亂，「治攻戰具，積金錢賂遺郡國諸侯游士奇材」（《史記・淮南衡山王列傳》），積極作謀取帝位的準備。後謀反事被發現，於元狩元年（西元前一二二年）自殺。劉安的著作很多，今存《淮南鴻烈》（即《淮南子》）。這部書是在劉安主持下，由劉安及其門客集體編寫的。其內容以道家學說為主，兼採儒、法、陰陽等各家思想。該書文詞華麗、豐富，寫作上繼承了莊、騷的傳統，特別是其中保存了一些優美的古代神話，如〈共工怒觸不周山〉、〈女媧補天〉、〈后羿射日〉等，為後世研究古代神話提供了重要資料。

陛下臨❶天下，布德施惠，緩刑罰，薄賦斂，哀鰥❷寡，恤孤獨，養耆❸老，振匱乏，盛德上隆，和澤下洽❹，近者親附，遠者懷德，天下攝❺然。人安其生，自以沒身不見兵革。今聞有司❻舉兵，將以誅越，臣安竊為陛下重❼之。

【章　旨】本章說明當前天下安定，不當舉兵。

【注　釋】❶臨　制；統治。❷鰥　老而無妻曰鰥。❸耆　老，或六十歲曰耆。❹洽　霑潤。❺攝　安。❻有司　執事者。❼重　師古曰：「重，難也。」

【語　譯】皇上君臨天下，普施德惠，延緩刑罰，減輕賦稅，哀憐鰥寡，關心孤獨，供養老人，振救貧民，德行隆盛朝廷，恩澤霑溉下民，使近者親附，遠方向風慕義，天下安然無事。人人都安居樂業，自以為這一世再也見不到打仗的事情了。現在聽說主事的人將舉兵討伐閩越，我私下為皇上這麼做提出不同意見。

越方外❶之地，劗髮文身❷之民也，不可以冠帶之國❸法度理❹也。自三代之盛，胡越不與❺受正朔❻，非強弗能服，威弗能制也。以為不居之地，不牧❼之民，不足以煩中國也。故古者封內甸服❽，封外侯服❾，侯衛賓服❿，蠻夷要服⓫，戎狄荒服⓬，遠近勢異也。自漢初定以來，七十二年⓭，吳越人相攻擊者不可勝數，然天子未嘗舉兵而入其地也。

【章　旨】本章述越自古方外之地，不足以煩中國，不必舉兵。

【注　釋】❶方外　境外，古指中國（即中原）之外。❷劗髮文身　越人習俗，不留頭髮，身上畫花紋。劗，古「剪」字。

❸冠帶之國　指中原地區。中原人加冠繫帶。❹理　治理。❺與　參預。❻正朔　謂正月初一。古時朝代變易，有改正朔的規定。《尚書大傳・略說》：「夏以十三月（孟春建寅之月）為正，以平旦為朔；殷以十二月（季冬建丑之月）為正，以雞鳴為朔；周以十一月（仲冬建子之月）為正，以夜半為朔。」自漢武帝以後，直至清末，皆從夏制。此「受正朔」謂接受朝廷頒的曆法，表示歸順賓服。❼牧　養。❽封內甸服　天子京畿之外，每五百里為一區劃，按遠近分侯服、甸服、綏服、要服、荒服為五服。故千里之內為甸服。封猶「邦」。師古曰：「甸服主治王田以供祭祀也。」❾侯服　五服之一，指京畿五百里以內。師古曰：「侯，候也，為王者斥候（伺望敵兵之人）。」❿侯衛賓服　《尚書・康誥》以侯、甸、男、采、衛為五服。服虔曰：「侯服之外又有衛服。賓，賓見於王也。侯、衛二服同為賓也。」⓫要服　二千里以外為要服。師古曰：「又在侯、衛之外而居九州之內也。要，言以文德要來之耳。」⓬荒服　二千五百里以外為荒服。師古曰：「此在九州之外者也。荒，言其荒忽絕遠，來去無常也。」以上謂之五服，古代說法略有不同者。如〈康誥〉則言周制為侯、甸、男、采、衛五服。劉安所述，蓋秦漢間說法。⓭七十二年　漢高帝十二年，惠帝七年，高后八年，文帝二十三年，景帝十六年，至武帝建元六年正七十二年。

【語譯】越本中國境外之地，都是些未開化的斷髮文身之民，不可用冠帶禮義之邦的法度來治理。自從夏、商、周三代興盛以來，胡越之族，不參預並接受華夏的正朔之禮，不是強制不能使之臣服，不用威力不能使之從屬。都以為這裡不是安居的地方，不是可牧養的民眾，不值得麻煩中國出兵討伐。所以古代天子邦畿之內有甸服，邦畿之外有侯服，侯服之外有衛服，侯服衛服都以賓禮朝見天子，衛服之外就是蠻夷要服，要服之外就是處於九州之外的戎狄荒服，遠近各有不同的形勢。自從漢初到現在已經七十二年，吳人和越人相攻的次數不可盡數，然而天子並沒有舉兵到越地討伐啊。

臣聞越非有城郭邑里也，處谿谷之間，篁竹❶之中，習於水鬬，便於用舟，地深昧❷而多水險，中國之人，不知其勢阻而入其地，雖百不當其一。得其地，不可郡縣❸也；攻之，不可暴取❹也。以地圖察其山川要塞，相去不過寸數，而間❺獨數百千里。阻險林叢，弗能盡著❻，視之若易，行之甚難。天下賴宗廟之靈，方內大寧，戴白❼之老，不見兵革，民得夫婦相守，父子相保，陛下之德也。越人名為藩臣❽，貢酎❾之奉，不輸大內❿；一卒之用，不給⓫上事。自相攻擊，而陛下發兵救之，是反以中國而勞蠻夷⓬也。且越人愚戇⓭輕薄，負約反覆，其不用天子之法度，非一日之積⓮也。一不奉詔，舉兵誅之，臣恐後兵革無時得息也。

【章旨】本章敘越地勢險阻，不可舉兵；得其地，亦不可置為郡縣。

【注釋】❶篁竹　竹林。師古曰：「竹田曰篁。」❷深昧　幽深陰暗。師古曰：「昧，暗也。言多草木。」❸不可郡縣　不可劃為郡縣由漢直接管轄。❹暴取　即刻取勝。❺間　其間。或謂相間隔。❻著　明；注明。❼戴白　師古曰：「戴白，言白髮在首。」❽藩臣　古諸侯為藩臣，保衛天子之臣。❾貢酎　古時，各王侯及藩國均貢酎金，以助天子祭祀宗廟所用。酎，本為祭祀宗廟所用的醇酒，此當指酎金。❿大內　姚鼐云漢初有大內（官名），掌財貨。胡三省曰：「言越國僻遠，既不輸土貢，又不輸酎金於中國，得其地無益也。」⓫給　供。⓬勞蠻夷　勞苦於蠻夷之地。⓭戇　愚。⓮積　久。

【語譯】我聽說越人沒有內城外郭都邑里閭，居住在谿谷之間和竹林之中，熟練水上爭鬥，便於使用舟船，地勢幽深陰暗而多水險，中國的士卒不了解當地的地勢險阻，進入當地，是我百而不當其一。就算得到了那塊土地，也不可置為郡縣直屬朝廷；如果強攻，也不可立即取得勝利。根據地圖來察看那裡的山川要塞，相隔不過數寸，而實際相隔卻有數百里數千里之遙。險阻谿谷，深山老林，不能完全標明，從地圖上看好像很容易，而實際走起來卻十分艱難。現在天下依賴祖先的保佑，國內十分安寧。白髮老人沒有見到戰爭，百姓能夠夫妻團聚，父子相互依靠，這是皇上的德行所致啊。越人名義上作為諸侯，可是酎金的貢奉，不上交大內官府；一卒的差役，不供給皇上使用。他們自相攻擊，可皇上發兵去救援，這是倒過來用中國的士卒到蠻夷之地受苦受累啊。況且越人愚鈍輕薄無禮，不遵守約法，反覆無常，他們不履行天子的法度，並非一日之久了。一遇不遵守天子詔令的事情發生，便舉兵討伐，我耽心今後的戰爭會沒有停息的時候啊。

間者❶數年，歲比❷不登❸，民待賣爵贅子❹以接衣食，賴陛下德澤振救之，得毋轉死溝壑。四年不登，五年復蝗，民生未復。今發兵行數千里，資❺衣糧，入越地，輿轎❻而隃領❼，拕❽舟而入水，行數百千里，夾以深林叢竹，水道上下擊石❾。林中多蝮蛇猛獸，夏月暑時，嘔泄霍亂之病相隨屬也，曾未施兵接刃，死傷者必眾矣。前時南海王❿反，陛下先臣⓫使將軍間忌⓬將兵擊之，以其軍降，處之上淦。後復反，會天暑多雨，樓船卒水居擊櫂⓭，未戰而疾死者過半。親老涕泣，孤子謕⓮號，破家散業，迎尸千里之外，裹骸骨而歸，悲哀之氣，數年不息。長老至今以為記⓯。曾未入其地而禍已至此矣。

【章　旨】本段述漢近年多災，民生未復，以過去攻南海王為鑑，不可舉兵。

【注　釋】❶間者　頃者；不久前。❷比　頻；接連。❸登　成熟。❹賣爵贅子　富人賣爵，窮人賣子為奴婢。贅或謂贅婿。

如淳曰：「淮南俗，賣子與人作奴婢名為質子，三年不能贖，遂為奴婢。」❺資　師古曰：「資猶齎。」齎，運送。❻輿轎　抬轎。❼隃領　同「踰嶺」。❽拕　即「拖」字。❾擊石　謂船觸石難以行。❿南海王　南越王。文帝二年，南越王反，攻淮南邊境，淮南王劉長破之。見《漢書・五行志》。⓫先臣　指淮南厲王劉長。⓬間忌　《漢書・淮南王傳》作「簡忌」。⓭水居擊櫂　師古曰：「言常居舟中水上，而又有擊櫂行舟之役，故多死也。」櫂，槳。⓮謕　古「啼」字。⓯記　王先謙曰：「書其事為監戒。」

【語譯】近數年來，田禾接連不熟，百姓依靠賣爵賣子來維持衣食，幸賴皇上德澤拯救他們，才避免流離轉徙死於溝壑之中。建元四年五穀不熟，建元五年又遭蝗災，民眾生計沒有恢復。現在發兵行數千里，運送衣服糧食，進入越地還得肩扛竹轎翻山越嶺，拖船水運，走上數百上千里，穿越深林竹叢，船行河道，上下觸石，難以行進。深林又多蝮蛇猛獸，夏天暑熱之時，嘔吐腹泄霍亂之病接連不斷，未曾兵刃相接，死傷的人就已經很多了。前些年南海王反叛，皇上先臣即派遣將軍間忌領兵攻打，南海王率軍投降，駐紮於上淦。後來又復反叛，加上天氣暑熱多雨，樓船士卒久居船上擊槳，未經交戰，而病死士卒就已超過半數。親老哭泣，孤兒啼號，傾家蕩產到千里之外接迎尸體，裹著骸骨而歸。悲哀之聲，數年沒有停止。年高的人至今還將此事作為鑑戒。未曾進入越地，而所遭災禍已到如此地步了。

臣聞軍旅之後，必有凶年❶。言民之各以其愁苦之氣，薄❷陰陽之和，感天地之精，而災氣為之生也。陛下德配天地，明象日月，恩至禽獸，澤及草木，一人有飢寒不終其天年而死者，為之悽愴於心。今方內無狗吠之警，而使陛下甲卒死亡，暴露中原，霑漬❸山谷；邊境之民，為之早閉晏開❹，鼂不及夕❺。臣安竊為陛下重之。

【章旨】本段述軍旅之後，必有凶年，不可舉兵。

【注釋】❶軍旅之後二句　《道德經》第三十章：「大軍之後，必有凶年。」❷薄　迫近。❸霑漬　相繼而死。漬，病。❹早閉晏開　傍晚早閉門，早晨遲開門，為避兵難。❺朞不及夕　猶朝不保夕。師古曰：「朞，古『朝』字。」言憂危亡不自保也。」

【語譯】我聽說軍旅之後，必有天災。說明百姓用他們的愁苦之情，逼迫陰陽失調，觸發天地精氣，這才產生災荒啊！皇上的德行可配天地，聖明同於日月，恩澤施及禽獸草木，如有一人因飢寒而不得壽終，也為之悲痛不已。當今四境之內平安無事，聽不到犬吠的報警，卻讓皇上的士卒死亡，骨骸暴露在戰場上，相繼病死於山谷之中；邊境之民，為避兵荒而早閉晚開，朝不保夕。我私下為皇上這種作法提出不同意見。

不習南方地形者，多以越為人眾兵強，能難邊城。淮南全國之時❶，多為邊吏，臣竊聞之，與中國異，限以高山，人迹所絕，車道不通，天地所以隔外內也。其入中國，必下領水❷，領水之山峭峻，漂石破舟❸，不可以大船載食糧下也。越人欲為變，必先田餘干界中❹，積食糧，乃入伐材治船。邊城守候誠謹，越人有入伐材者，輒收捕，焚其積聚，雖百越❺，奈邊城何？且越人綿力薄材❻，不能陸戰，又無車騎弓弩之用，然而不可入者，以保❼地險，而中國之人不能❽其水土也。臣聞越甲卒不下數十萬，所以入之，五倍乃足，輓❾車奉饟❿者不在其中。南方暑溼，近夏癉⓫熱，暴露水居，蝮蛇蠚⓬生，疾癘⓭多作，兵未血刃，而病死者什二三。雖舉⑭越國而虜之，不足以償所亡。

【章　旨】本段述越人恃其地勢險要，漢卒不習水土，不可舉兵。

【注　釋】❶淮南全國之時　淮南厲王劉長死後，漢文帝分淮南為三國。此全國之時，指淮南未三分之時。全，完整之意。❷領水　或謂地名，即大庾嶺北流之水。或謂山嶺之水。❸漂石破舟　師古曰：「言水流湍急，石為之漂轉，觸破舟船也。」❹田餘干界中　在餘干縣邊界種田。田，種田。餘干，今江西餘干縣。❺百越　包括閩越、東甌、南越等越族。❻綿力薄材　力弱能薄。綿，柔弱。材，伎能。❼保　倚仗。❽能　通「耐」。❾輓　引；拉。❿饟　資糧。⓫癉　盛。從王念孫說。⓬蠚　師古曰：「蠚，毒也。」蠚生，《補注》宋祁曰：「浙本生作蟲。」⓭癘　惡病。⓮舉　全。

【語　譯】不了解南方地形的人，大都以為越人眾兵強，能在邊城作難。當淮南尚未三分時，很多是邊界來的官吏，我聽說越地的風土與中國不同，有高山阻隔，人跡不到，車路不通，所以天地內外都被隔開。他們進入中國，必須自領水而下，領水之山峻高陡峭，湍急的水流漂石破舟，不可用大船運載糧食。越人想叛變作難，必先在餘干縣邊界種田積糧，然後入界砍伐樹木造船。邊城守侯誠然嚴密，遇有越人砍伐木材，立即收捕，焚燬他們的積儲。即使百越聯合進攻，也沒有辦法對付邊城。況且越人力弱能薄，不能在陸地作戰，又沒有車馬弓弩可用，然而不可進入越地的原因，在於越人依憑地勢險阻，而中國的士卒不習慣當地的水土。我聽說越人的士卒不少於數十萬，所以要進攻，需五倍於他們的兵力才夠用，另有拉車運糧的人還不在此數之中。南方暑熱潮濕，近於夏季熱得更加厲害，漢士卒露居水上，蝮蛇毒蟲，惡疾叢生，未及交戰，而病死的人就會有什之二三。即使把全越的人俘虜過來，也不能補償漢的損失。

臣聞道路言，閩越王，弟甲❶弒而殺之。甲以誅死，其民未有所屬。陛下若欲來內❷，處之中國，使重臣臨存❸，施德垂賞以招致之，此必攜幼扶老以歸聖德。若陛下無所用之，則繼其絕世，存其亡國，建其王侯，以為畜❹越。此必委質❺為藩臣，世共貢職。陛下以方寸之印，丈二之組❻，填撫方外，不勞一卒，不頓❼一戟，而威德並行。今以兵入其地，此必震恐，以有司為欲屠滅之也，必雉兔逃，入山林險阻。背而去之，則復相群聚；留而守之，歷歲經年，則士卒罷❽勌，食糧乏絕。男子不得耕稼樹種，婦人不得紡績織紝❾，丁壯從軍，老弱轉餉❿，居者無食，行者無糧。民苦兵事，亡逃者必眾，隨而誅之，不可勝⓫盡，盜賊必起。

【章　旨】本章建議使用安撫之策，令其歸附以為藩臣，不可舉兵。

【注　釋】❶甲　猶言「某甲」。本名餘善，當時淮南王安尚未知其名，故言「某甲」。❷內　同「納」。❸臨存　治理安撫。❹畜　養。❺委質　謂委其子為人質。❻組　師古曰：「組，印之綬。」繫印的絲帶。❼頓　鈍。❽罷　通「疲」。❾紝　機頭。❿轉餉　轉運糧食。⓫勝　盡。

【語　譯】我從過路的人聽說，閩越王被其弟某甲弒殺，某甲因而也被誅而死。閩越的百姓無有統屬。皇上如果想招納他們，讓他們安居中國，派權臣治理安撫，施德惠懸重賞招之使來，這必定會攜幼扶老來歸順皇上。如果皇上沒有辦法使用，就讓越王的後代續其王位，保存已滅的國家，置為諸侯，用以畜養越人。這樣他們必會委以人質作為藩守之臣，世代盡到貢賦之職。皇上只用方寸的大印，丈二的印綬，便可鎮守安撫境外的越人，不勞一卒，不毀一戟，而皇上的威服和德化都會收到很好的成效。現在率兵進入越地，這樣必使越民震驚恐慌，以為主管其事的人是想把他們屠殺滅盡，他們必然會像野雞兔子一樣逃入山林險阻之地。如果漢士卒離開，他們又會成群相聚；如果在那兒留守，經歷年歲，漢士卒就會疲倦不堪，缺乏糧食。這樣一來，漢地男子不能耕種，婦人不能紡織，青壯年從軍，老弱輸送糧餉，在家的人沒有飯吃，行路的人沒有糧食。百姓為戰爭所苦，逃亡的人必定很多，如果接著對他們加以誅罰，則罰不勝罰，盜賊必然趁機而起。

臣聞長老言，秦之時，嘗使尉屠睢❶擊越，又使監祿❷鑿渠通道。越人逃入深山林叢，不可得攻。留軍屯守空地，曠日持久，士卒勞倦，越迺出擊之，秦兵大破，迺發適戍❸以備之。當此之時，外內騷動，百姓靡敝❹，行者不還，往者莫反，皆不聊❺生。亡逃相從，群為盜賊，於是山東之難❻始興。此老子所謂「師之所處，荊棘生之❼」者也。兵者凶事，一方有急，四面皆從。臣恐變故之生，姦邪之作，由此始也。《周易》曰：「高宗伐鬼方，三年而克之❽。」鬼方，小蠻夷；高宗，殷之盛天子也。以盛天子伐小蠻夷，三年而後克，言用兵之不可不重也。

【章旨】本章述當以秦攻越為鑑，不可舉兵。

【注釋】❶尉屠睢　郡都尉，姓屠名睢。❷監祿　監郡御史，名祿。❸適戍　被貶謫之人戍守。適，同「謫」。❹靡敝離散疲敝。❺聊 賴。❻山東之難 指陳涉、吳廣起義。❼師之所處二句 《道德經》第三十章：「師之所處，荊棘生焉。」❽高宗伐鬼方二句 見《易・既濟》九三爻辭。據《竹書紀年》載：殷高宗武丁三十二年伐鬼方，三十四年王師克鬼方。鬼方為當時北方的一個強族。

【語譯】我聽到年高的人說，秦時曾派郡都尉屠睢擊越，又派監郡御史祿鑿渠開通糧道。越人聞訊逃入深山叢林，無法攻打。秦軍屯聚戍守一片空地，長久空費時日，士卒勞累疲倦，越人趁機出兵襲擊，秦軍大敗，只得派遣謫戍之徒來守備。當此之時，秦內外騷動，百姓離散，疲敝不堪，出而不歸，往而不返，都無法生存。相繼逃亡，一群群相聚變成盜賊，於是殽山以東的陳勝、吳廣作難就出現了。這就是老子所說的「駐軍之處，荊棘叢生」啊。用兵，本來是一種不吉祥的事，一方有急，四面響應。我耽心事故的發生，壞人的作惡，就可能從這次舉兵伐越開始啊。《周易》說：「殷高宗討伐鬼方，經過三年時間才戰勝它。」鬼方，只是個小蠻夷；高宗，卻是殷代的傑出天子啊。用傑出的天子來討伐小蠻夷，還用了三年時間才戰勝，說明用兵這件事不可不慎重對待啊！

臣聞天子之兵，有征而無戰，言莫敢校❶也。如使越人蒙❷死徼幸，以逆執事之顏行❸，廝輿❹之卒，有不一備❺而歸者，雖得越王之首，臣猶竊為大漢羞之。陛下以四海為境，九州為家，八藪為囿❻，江漢為池。生民之屬，皆為臣妾。人徒之眾，足以奉千官之共❼；租稅之收，足以給乘輿之御❽。玩❾心神明，秉執聖道，負黼依❿，憑⓫玉几，南面而聽斷，號令天下，四海之內莫不嚮應。陛下垂德惠以覆露⓬之，使元元⓭之民，安生樂業，則澤被萬世，傳之子孫，施之無窮，天下之安，猶泰山而四維⑭之也。夷狄之地，何足以為一日之間⑮，而煩汗馬之勞乎？《詩》云：「王猶允塞，徐方既來。」⑯言王道甚大，而遠方懷之也。臣聞之，農夫勞而君子養焉；愚者言而智者擇焉。臣安幸得為陛下守藩⑰，以身為障蔽⑱，人臣之任也。邊境有警，愛身之死，而不畢其愚，非忠臣也。臣安竊恐將吏之以十萬之師，為一使之任也⑲。

【章　旨】本段述天子之兵，有征而無戰，不足煩汗馬之勞，不必舉兵伐越，並表示自己盡忠盡職的心情。

【注　釋】❶校　校量。王先謙曰：「伐罪而弔其民，故莫敢校。」❷蒙　冒。❸顏行　前行，排在行列之前。❹廝輿　賤役之人。師古曰：「廝，析薪者；輿，主駕車者。此皆言賤役之人。」❺不一備　謂有損傷。❻八藪為囿　師古曰：「八藪，謂魯有大野，晉有大陸，秦有楊汙，宋有孟諸，楚有雲夢，吳越之間有具區，齊有海隅，鄭有圃田。」藪，大澤。囿，苑囿，養禽獸之域。❼共　供。❽御　用。❾玩　愛。❿負黼依　背倚畫有黼文的屏風。黼，白與黑相次文。依，通「扆」。宮殿上設在戶牖之間的屏風。⓫憑　同「凭」。靠。⓬覆露　謂覆蓋潤澤，養育之意。⓭元元　庶民。元，善也，民之類善，故稱元。⓮維　繫。⓯間　閒暇。如淳曰：「得其地物，不足為一日閒暇之虞也。」虞，娛。⓰詩云二句　師古曰：「〈大雅・常武〉之詩。猶，道也。允，信也。塞，滿也。既，盡也。言王道信充滿於天下，則徐方淮夷盡來服也。」徐方，古東夷之一，一稱徐夷，今江蘇西北部和安徽東北部。⓱守藩　作漢天子的諸侯。⓲障蔽　屏障遮護，猶保衛。⓳臣安竊恐二句　師古曰：「言使發一使鎮撫之，則越人賓服，不煩兵往。」

【語　譯】我聽說天子的用兵，只有征伐而無交戰，是說沒有誰敢同天子對抗啊。假如越人貿然拚死以徼幸求勝，對抗軍師的前列，如有一卒遭遇不幸而歸，即使得到越王的首級，我還是為我大漢感到羞恥。皇上擁有四海以內的廣闊疆域，九州為家，八藪為苑囿，江漢為護城河。所有人民都是皇上的奴僕。役人眾多，足以供給百官役使；租稅的收入，足以獻給皇上享用。皇上愛心通神明，奉行聖主之道，背靠黼文屏風，前據玉几，南面聽政斷事，號令天下，四海之內，沒有不響應的。皇上降下德惠養育群生，使善良之民安居樂業，那麼恩澤加於萬代，傳於子孫，及於無窮，天下之安，就好像泰山加上四周用繩索繫住那麼堅固一樣。夷狄這塊土地，又怎足以供皇上一日之樂而使士卒付出汗馬之勞呢？《詩經》說：「王道真正充滿於天下，則徐方淮夷盡來歸附。」說明王道的作用很大，而遠方之民都嚮往啊。我聽說，農夫勤力於耕稼，所得五穀以養君子；愚笨的人說的話，聰明的人會加以選擇。我幸運地成為皇上的守藩之臣，以自身作為天子的屏障，這是人臣應盡之責。邊境不安，惜身之死，不盡其愚薄之材，就不是忠臣。我耽心將吏統率十萬大軍所作的事情，原只是一個使者就能完成的任務啊。

【研 析】全篇陳述不宜舉兵之由：或言化外之地，不足以置為郡縣；或言地形險阻，環境惡劣，中國之人不耐其水土；或言大軍之後，必有凶年，或言天子之兵，有征而無戰。條分縷析，事豐理贍，在西漢中為異樣文字。

言世務書

嚴 安

【題 解】本篇出自《漢書·嚴安傳》。據《通鑑》寫於武帝元朔元年（西元前一二八年）。書中揭示當時天下財用侈靡，逐利犯法，引起社會不安，指出當以周、秦為鑑：周失之弱，號令不行，諸侯恣行，凌弱暴寡，民無所告愬；秦失之強而多欲，法令嚴苛，窮兵黷武，致使天下大叛。從周秦的史實中得出兩點警示：一是要武帝注意兵久而變起，不可窮兵黷武；一是要武帝注意限制郡守的權力，以免重蹈晉、齊的覆轍。這兩點當為嚴安上此書的用意所在。

【作　者】嚴安，本姓莊，避東漢明帝劉莊諱改。臨淄（今山東淄博）人，生卒年不詳。大約自景帝初年至武帝末年在世，為武帝文學侍從之臣。據《史記・平津侯主父列傳》載：「是時趙人徐樂、齊人嚴安俱上書言世務各一事，於是上召拜主父偃、徐樂、嚴安為郎中。」本傳稱「以故丞相史上書」，「後以安為騎馬令」，即主持天子的騎馬。

臣聞鄒子❶曰：「政教文質❷者，所以云救❸也。當時❹則用，過則舍之❺，有易則易之❻。故守一❼而不變者，未睹治之至❽也。」今天下人民用財侈靡，車馬衣裘宮室，皆競修飾，調五聲❾使有節族❿，雜五色⓫使有文章⓬，重五味方丈⓭於前，以觀⓮欲天下。彼民之情，見美則願之，是教民以侈也。侈而無節，則不可贍⓯，民離本而徼⓰末矣。末不可徒得，故搢紳者⓱不憚為詐，帶劍者⓲夸⓳殺人以矯⓴奪，而世不知媿㉑，故姦軌㉒浸長。夫佳麗珍怪，固順於耳目，故養失而泰㉓，樂失而淫，禮失而采㉔，教失而偽。偽采淫泰，非所以範㉕民之道也。是以天下人民逐利無已，犯法者眾。臣願為民制度以防其淫，使貧富不相燿，以和其心。心既和平，其性恬安。恬安不營㉖，則盜賊銷；盜賊銷，則刑罰少；刑罰少，則陰陽和，四時正，風雨時，屮木暢茂，五穀蕃孰，六畜遂字㉗，民不夭厲㉘，和之至也。

【章　旨】本段揭示當時天下用財侈靡，民背本趨末，逐利犯法的社會現實。

【注　釋】❶鄒子　即鄒衍，戰國末期齊國人，陰陽五行學派的代表人物。此「鄒子」當指鄒衍之書。《漢書・藝文志》有《鄒子》四十九篇。今皆不傳。❷文質　文采與樸實。政教中這兩方面，依形勢而有所側重。❸救　師古曰：「以救敝。」糾正偏差。❹當時　謂得其時，符合實際。❺過則舍之　師古曰：「非其時則棄置也。」❻有易則易之　師古曰：「可變易者則易也。」先謙曰：「官本『也』作『之』。」❼守一　指固定不變的治理方法。❽治之至　最好的治理之道。至，極至。❾五聲　宮、商、角、徵、羽。❿族　奏。⓫五色　青、黃、赤、白、黑。⓬文章　猶言文采。⓭五味方丈　謂菜餚陳列一方丈。五味，甘、酸、鹹、苦、辣。⓮觀　孟康曰：「觀，猶顯也。」師古曰：「顯示之使其慕欲也。」⓯贍　足。⓰徼　求。⓱搢紳者　猶言仕宦者。插笏於紳，是謂搢紳。搢，插。紳，大帶。⓲帶劍者　游俠一類的人。⓳夸　競賽。⓴矯　偽。㉑媿　辱：羞恥。㉒姦軌　犯法作亂。《左傳・成公十七年》：「亂在外為姦，在內為軌。」軌，通「宄」。㉓泰　驕恣。㉔采　此謂文過其實之意。㉕範　師古曰：「範，謂為之立法也。」㉖營　惑亂。㉗字　生育。㉘夭厲　夭折生病。

【語　譯】我聽到鄒衍說：「政治教化有文采和樸實兩個方面，所以如此，是為了糾正偏差啊。適應形勢就遵循，不適應就棄而不用，有改變的必要就改變。所以抱著一個固定的治理方法不變，是由於沒有見到最高明的治理啊。」當今天下百姓在財用方面奢侈浪費，車馬衣裘屋室都競相講究修飾，調節五音使音樂更有節奏，雜配五色使觀賞之物更有文采，重調五味使珍餚陳列前席，用這些辦法來顯示自己的奢侈豪華，使天下人產生嗜欲。人的本性，見到美好的東西就羨慕，那麼這就是用奢侈來教導百姓啊。奢侈沒有節制，就不可能得到滿足，於是百姓就離開農耕而追求末業了。末業也不可憑空得利，所以仕宦之人敢於從事欺詐，游俠競相殺人以巧取豪奪，而世上之人又不以為羞恥，所以犯法作亂慢慢增多。那美色及珍奇之物，本來就適應耳目的享受，所以供養失度就產生驕縱，音樂失度就產生淫聲，禮儀不守規範就浮華失實，政教不到位就弄虛作假。弄虛作假、浮華不實、淫聲、驕縱，這些都不是用來作為百姓的規範啊。因此天下人民追逐利益沒有止境，犯法的人也就很多。我願意為百姓制訂法度以防止他們過度享受，使貧富不相互炫耀而心地平和。心地已平和，本性就會恬靜。恬靜而不惑亂，盜賊就會消失；盜賊消失，刑罰就會減少；刑罰減少，陰陽二氣就和諧，春夏秋冬四季就正常，風雨就適時到來，草木就生長暢茂，五穀生長豐收，六畜成功繁殖，百姓不夭不病，這就是和諧的最高境界啊。

臣聞周有天下，其治❶三百餘歲，成、康❷其隆也，刑錯❸四十餘年而不用。及其衰亦三百餘年，故五伯更起。五伯者，常佐天子，興利除害，誅暴禁邪，匡正海內，以尊天子。五伯既沒，賢聖莫續，天子孤弱，號令不行。諸侯恣行，強陵弱，眾暴寡。田常❹篡齊，六卿❺分晉，並為戰國，此民之始苦也。於是強國務攻，弱國修守，合從連衡，馳車轂擊，介胄❻生蟣蝨，民無所告愬❼。

【章　旨】本段回顧周代歷史。由於天子孤弱，號令不行，至於戰國，百姓開始受苦。

【注　釋】❶治　太平。❷成、康　周成王、周康王，為西周盛世。❸刑錯　刑罰放置不用。錯，通「措」。放置。❹田常　即陳成子，名恆，一名常。西元前四八一年殺死齊簡公，擁立齊平公，任為相國，從此齊國由陳氏專政。❺六卿　范氏、中行氏、知氏及韓、趙、魏三家，世為晉卿，故稱六卿。六卿互相兼併，最後只剩下韓、趙、魏三家，瓜分了晉國。❻介胄　鎧甲頭盔。❼愬　同「訴」。

【語　譯】我聽說周代擁有天下，中間太平的時候有三百餘年，成王、康王的時期是最興盛的階段，刑罰放置有四十多年不用。接著周代衰微，也延緩了三百餘年，所以五霸交替而起。五霸，常輔佐天子興利除害，懲暴禁邪，匡正海內秩序，要大家尊重天子。五霸消失，後來的賢主聖君沒有繼承五霸事業的，因而天子孤弱無依，號令不能行於天下。諸侯任意而行，勢強的欺負勢弱的，人多的殘害人少的。田常篡奪了齊國，六卿瓜分了晉國，都成為戰國諸侯，從這時起，百姓才開始生活在苦海之中。在這種情況下，強國專務進攻，弱國注意防守，合縱連橫，往來的車輛眾多而相撞，士卒的甲盔生了蟣蝨，百姓的痛苦無處申訴。

及至秦王，蠶食天下，并吞戰國，稱號皇帝。一海內之政，壞諸侯之城，銷其兵，鑄以為鐘虡❶，示不復用。元元黎民，得免於戰國，逢明天子，人人自以為更生❷。鄉❸使秦緩刑罰，薄賦斂，省傜役，貴仁義，賤權利，上篤厚，下佞❹巧，變風易俗，化於海內，則世世必安矣。秦不行是風，循其故俗，為知巧權利者進，篤厚忠正者退，法嚴令苛，讇諛者眾，日聞其美，意廣心逸，欲威海外。使蒙恬❺將兵以北攻強胡，辟地進❻境，戍於北河，飛芻輓粟❼，以隨其後。又使尉屠睢❽將樓船之士攻越，使監祿❾鑿渠運糧，深入越地，越人遁逃。曠日持久，糧食乏絕，越人擊之，秦兵大敗。秦乃使尉佗❿將卒以戍越。當是時，秦禍北構⓫於胡，南挂⓬於越，宿⓭兵於無用之地，進而不得退，行十餘年。丁⓮男被甲，丁女轉輸，苦不聊生，自經⓯於道樹，死者相望。及秦皇帝崩，天下大畔，陳勝、吳廣舉陳⓰，武臣、張耳⓱舉趙，項梁⓲舉吳，田儋⓳舉齊，景駒⓴舉郢，周市㉑舉魏，韓廣㉒舉燕，窮山通谷，豪士並起，不可勝載也。然本皆非公侯之後，非長官之吏，無尺寸之勢，起閭巷，杖棘矜㉓，應時而動，不謀而俱起，不約而同會，壞長地進㉔，至乎伯王㉕，時教㉖使然也。秦貴為天子，富有天下，滅世絕祀，窮兵㉗之禍也。故周失之弱，秦失之強，不變㉘之患也。

【章　旨】本段回顧秦代的歷史。秦恃其強大，法令嚴苛，對外窮兵黷武，導致天下叛離。

【注　釋】❶鐘虡　懸鐘鼓之架。❷更生　再生。王先謙曰：「言秦併六國，示不復用兵，人人以為逢明天子，有更生之慶。」❸鄉　師古曰：「讀曰嚮。」❹佞　《史記》作「智」。❺蒙恬　秦代名將。秦統一後，率兵三十萬人擊退匈奴，並奉命修築長城。❻進　增益。❼飛芻輓粟　飛芻，謂運送糧草，其疾如飛。輓粟，指運送糧食。輓，拉車。❽尉屠睢　郡都尉，名屠睢。❾監祿　監郡御史，名祿。以上二人均見前篇。❿尉佗　南海尉趙佗。後趙佗據粵稱王。⓫構　指結怨。⓬挂　結。王念孫曰：「挂，讀為絓，結也。」⓭宿　留。⓮丁　壯。⓯自經　自縊而死。⓰舉陳　在陳舉兵。⓱武臣張耳　陳涉令武臣、張耳、陳餘徇趙地。武臣至邯鄲，自立為趙王，陳餘為大將軍，張耳、召騷為左右丞相。⓲項梁　項羽的叔父，與項羽在吳中起義，後與章邯作戰，大敗於定陶，梁死。⓳田儋　狄人田儋殺狄令，自立為齊王。⓴景駒　秦嘉等聞陳王軍破出走，乃立景駒為楚王。㉑周市　周市至魏地，欲立魏後故甯陵君咎為魏王，陳王遣咎回，立為魏王，周市為相。㉒韓廣　武臣作趙王後，派遣故上谷卒史北徇燕地，韓廣立為燕王。以上諸人事跡見之於《史記‧陳涉世家》及〈項羽本紀〉。㉓棘矜　用棘木做的杖。古代亦稱「杖」為「矜」。㉔壞長地進　逐步擴充疆域。師古曰：「言其稍稍攻伐進益土境以至彊大也。」㉕伯王　或霸或王。伯，指項羽。㉖時教　指秦「循其故俗」等等造成的影響。㉗窮兵　好戰不止。㉘不變　不知依據形勢改變策略。

【語　譯】到了秦王，逐步兼併天下，并吞戰國，用皇帝作為稱號。統一海內的政權，平毀諸侯割據的城牆，銷燬兵器，鑄成懸鐘大架，表示不再用兵。庶民百姓，已經脫離了戰國的災難，似乎遇上了聖明的天子，人人都自以為得到再生。過去假使秦放寬刑罰，減輕賦稅，免除徭役，崇尚仁義，鄙棄權利，提倡誠篤厚道，貶斥智巧，改變秦的惡俗，良風美政就會化及海內，那麼世世代代就平安無事了。可是秦不提倡這種良風美政，仍然按照過去惡習行事，凡工於智巧善於弄權的人就得到進用，誠篤厚道忠心正直的人就被斥退，法令嚴苛，阿諛逢迎的人多，每天聽到的都是頌揚的話，欲望放縱，一心追求安樂，想用武力威服海外。派遣蒙恬領兵北攻匈奴，開闢土地擴大疆域，派兵戍守北河，拉車飛速運送糧食，緊跟在大軍的後面。又派遣尉屠睢率領樓船之卒攻越，派遣監祿開鑿渠道運送糧食，深入到越地，越人逃跑了。空費時日過了很久，糧食欠缺，越人趁機進攻，秦兵大敗。秦只好派尉佗領卒戍守越地。當此之時，秦的禍害北面與匈奴結怨，南面與越結怨，把兵卒留在無用之地，能進而不能退，陷入其境將近十餘年。壯男當兵，壯女運輸，痛苦得無法生存，在路旁的樹上自縊，死亡的人一個接著一個。等到秦皇帝逝世，天下大叛，陳勝、吳廣在陳起事，武臣、張耳在趙起事，項梁在吳起事，田儋在齊起事，景駒在郢起事，周市在魏起事，韓廣在燕起事，偏僻的山谷村野，同時起事的英雄豪傑，無法盡舉。然而，他們本都不是公侯的後代，也不是一官之長的吏人，沒有一點點憑藉，就從閭巷當中崛起，拿著棘杖作武器，順應形勢而動，未經約定卻同時會合，地盤漸漸擴大，至於稱霸稱王，這是當時形勢使之如此啊。秦王有天子的尊位，富有天下，結果傳位絕代，祖宗斷祀，這是窮兵黷武造成的禍殃啊。所以周天子的失誤在於軟弱，秦的失誤在於逞強，這是政教策略固守不變造成的啊！

今徇❶南夷，朝夜郎❷，降羌僰❸，略薉州❹，建城邑，深入匈奴，燔其龍城❺，議者美之。此人臣之利，非天下之長策也。今中國無狗吠之警，而外累於遠方之備，靡敝國家，非所以子民❻也。行無窮之欲，甘心快意，結怨於匈奴，非所以安邊也。禍挐❼而不解，兵休而復起，近者愁苦，遠者驚駭，非所以持久也。今天下鍛甲摩劍，矯❽箭控弦，轉輸軍糧，未見休時，此天下所共憂也。夫兵久而變起，事煩而慮❾生。今外郡之地，或幾千里，列城數十，形束壤制❿，帶脅⓫諸侯，非宗室之利也。上觀齊晉所以亡，公室卑削，六卿大盛也；下覽秦之所以滅，刑嚴文刻⑫，欲大無窮也。今郡守之權，非特六卿之重也；地幾千里，非特閭巷之資也；甲兵器械，非特棘矜之用也。以逢萬世之變，則不可勝諱⑬也。

【章　旨】本段指出當今之危局，在於用兵太久，郡守權重，從而揭示全篇之主旨。

【注　釋】❶徇　攻取土地。❷夜郎　戰國至漢有夜郎國，今貴州西部和北部。❸僰　古族名，約居今川南、滇東一帶。❹薉州　《漢書・武帝紀》元朔元年載：「東夷薉君南閭等口二十八萬人降，為蒼海郡。」師古曰：「薉與穢同。」❺龍城　匈奴祭天處，地在今蒙古國內。❻子民　養民如子。❼絜　《說文》：「牽引也。」謂紛亂牽連。❽矯　師古曰：「矯，正曲使直也。」❾慮　憂。❿形束壤制　孟康曰：「言其土地形勢足以束制其民。」⓫帶脅　王先謙曰：「《史記》作旁脅。」⓬文刻　法律條文深刻，多陷人於罪。⓭不可勝諱　師古曰：「言不可盡諱者，言必滅亡也。」諱，避忌。

【語　譯】當今攻取南夷，使夜郎來朝，讓羌僰投降，攻略薉州，建置城邑，深入匈奴之境，燒燬龍城，議論的人都讚美這件事。可這只是臣子們得利，並不是治理天下的長遠策略啊。當今中國沒有狗吠的驚擾，可是對外由於遠方防守而受累，國家疲困，這不是養育百姓的辦法啊。為實現無窮的貪欲，心甘情願同匈奴結怨，這不是安定邊境的辦法啊。出現災禍而不解除，本已停止舉兵卻又再行舉兵，使近處的人愁苦，遠方的人受驚駭，這不是持久的辦法啊。當今天下人都在製甲摩劍，矯箭引弦，運送軍糧，不見停息，這是天下人所共同耽心的事情啊。用兵太久會產生變亂，事情煩擾會產生憂患。當今外郡之地有的多至幾千里，割賜的城邑數十座，其形勢和土地足以控制其人民，還連帶威脅諸侯，這對宗室不是有利啊。上觀齊、晉之所以滅亡，是由於公室的權利被削弱，六卿的勢力太強啊；下看秦之所以滅亡，是由於嚴刑峻法，貪欲大而無止境啊。當今郡守的權利，不只是六卿那樣重；地域幾千里，不只是閭巷崛起的那一點憑藉；甲兵器械，不只是棘杖的作用。如遇上萬世的非常之變，那麼產生的危險就不可諱言了。

【研　析】本篇言「世務」，即當世之重大事務，非止一端。屠隆評曰：「嚴安一書，以『變』字作眼目：一節欲變奢為儉；二節欲變秦之窮兵以息禍亂；三節欲變郡守之重。作三段看。」但此三事，並非平列，而是有所側重。其重點在末段，即勿效秦皇窮兵黷武，以致「滅世絕祀」。漢武帝繼位，至上此書時，雖止十三年；但其人好大喜功，開邊擴土，前後用兵幾五十年。窮兵黷武，此時已現端倪。嚴安此書，防範於未然，顯示出政治家敏銳的眼光。末段雖為全文重點，但篇幅僅占全書四分之一。前面三段全部圍繞此段而發。前段言變奢為儉，提倡恬安和平，正從理論上批評了武帝之好大喜功。二段言周失之弱，以喻漢初郡守權重。三段舉秦事為鑑，乃正面點出窮兵黷武之禍，借秦喻漢，乃是當時政論家常見寫法。康熙帝玄燁有評曰：「此書特為窮兵而發，前言禁奢侈是引端，後言郡守權重是餘波，文家賓主法也。」此評甚當。就時而言，周、秦為賓，漢代為主；就事而言，世風奢靡、郡守權重是賓，攻伐不休、安邊非策是主。主次分明，綰合自然，機局緊湊之至。

論伐匈奴書

主父偃

【題　解】本篇出自《漢書・主父偃傳》。匈奴是好戰的游牧部族，從殷、周以來，一直成為中國北境的外患。秦末到漢初的三四十年間，匈奴族在冒頓單于統治之下，武力達到空前未有的強盛，擁有騎兵三十萬。西漢接近匈奴的郡縣，人口和財物，都成了匈奴掠奪的對象。西漢前期，朝廷一直採取和親政策，對匈奴忍讓，企圖換取邊境的暫時安寧。可是匈奴卻愈益驕橫，連年入侵邊郡，掠奪人口畜產。「小入則小利，大入則大利」。漢景帝時，由於國力接近極盛時期，軍事抵抗力逐漸加強，匈奴只能「小入盜邊」，雙方的力量對比開始發生變化。漢武帝元光二年（西元前一三三年）開始對匈奴進行長期的討伐戰爭。特別是從元朔二年（西元前一二七年）至元狩四年（西元前一一九年）的九年中，命衛青、霍去病對匈奴發動了三次大的進攻，取得了巨大勝利，迫使匈奴把王庭遷於漠北，擴大和鞏固了西漢北方的疆域，換取了此後五六十年邊境的平靜。因此漢武帝的抗擊匈奴，在歷史上是值得肯定的。主父偃的書疏當上於元朔元年（西元前一二八年），當時對匈奴已經進行了幾年的討伐戰爭，而主要戰役即將開始，主父偃見到的只是戰爭的負面影響，因而上書諫伐匈奴。書中引秦及高帝略地定疆造成的被動局面為借鑑，建議武帝不要攻伐匈奴，以防止釀成兵民離心、將吏外市的後果。

【作　者】主父偃，西漢齊國臨淄（今山東濟南）人，學長短從橫術，晚學《易》、《春秋》、百家之言。家貧，北遊燕、趙、中山。元光元年，西入關見衛青，衛青數次向武帝推薦未引起注意。偃於是直接上書闕下。朝奏，暮召入見。所言九事，其八事為律令，一事諫伐匈奴。徐樂、嚴安亦上書言世務。書奏，武帝召見三人，謂曰：「公皆安在？何相見之晚也！」乃拜三人皆為郎中。偃數上疏言事，遷謁者、中郎、中大夫，一年當中四次遷升。其令諸侯推恩分子弟及徙天下豪傑兼并之家於茂陵的建議，均被武帝採納並產生過重大影響。元朔中，武帝拜偃為齊相。追究齊王與其姊姦事，齊王自殺。後以告發偃受諸侯金及齊王自殺事，元朔三年（西元前一二六年）被誅滅族。《漢志》著其著有文章二十八篇。

臣聞明主不惡切諫❶以博觀，忠臣不避重誅以直諫，是故事無遺策，而功流萬世。今臣不敢隱忠避死以效愚計，願陛下幸赦而少察之。

【章　旨】上書前言，希望皇上納諫。

【注　釋】❶切諫　犯顏忠諫。

【語　譯】我聽說聖明的君主不憎惡犯顏忠諫以求擴大視聽，忠臣不避重的刑罰來直言極諫，因此行事就不會失策，而功績流傳千秋萬代。現在我不敢隱藏自己的忠臣之心避開死刑的誅罰來獻出自己的愚笨之計，希望皇上能赦免我的罪過而對我的意見稍加考察。

《司馬法》❶曰：「國雖大，好戰必亡；天下雖平，忘戰必危。」天下既平，天子大愷❷，春蒐秋獮❸，諸侯春振旅，秋治兵，所以不忘戰也。且怒者逆德也，兵者凶器也，爭者末節❹也。古之人君，一怒必伏尸流血，故聖王重❺行之。夫務戰勝，窮武事，未有不悔者也。

【章旨】本段引《司馬法》提出總的原則：不可忘戰，亦不可好戰。下文皆就好戰之失而論之。

【注釋】❶司馬法　古兵書。齊威王使大夫追論古者司馬兵法，而附穰苴所著兵法於其中，因號《司馬穰苴兵法》。❷大愷　回師整軍所奏之樂。應劭曰：「《周禮》還師振旅之樂也。」❸春蒐秋獮　一種通過打獵來練兵的行動。蒐，春天打獵為蒐。獮，秋天打獵為獮。❹末節　小節；小事。❺重　難。

【語譯】《司馬法》說：「國家雖然強大，喜好打仗必遭滅亡；天下雖然太平，忘了戰爭必遭危險。」天下已經太平，天子回師振旅還要演奏軍樂，春秋兩季打獵練兵，諸侯春季整頓軍旅，秋天練兵，這就是不忘戰爭啊。況且對人發洩忿怒是違反道德的啊，兵器是一種凶器，與人爭鬥是一種小節。古代的君主，一旦發洩忿怒必然死人流血，所以聖王不隨便進行戰爭。那些一味追求取勝，窮兵黷武的人，沒有不後悔的。

昔秦皇帝任❶戰勝之威，蠶食天下，并吞戰國，海內為一，功齊三代❷。務勝不休，欲攻匈奴。李斯❸諫曰：「不可。夫匈奴無城郭之居，委積❹之守，遷徙鳥舉❺，難得而制。輕兵深入，糧食必絕；運糧以行，重不及事。得其地不足以為利，得其民不可調而守也。勝必棄之，非民父母❻。靡敝❼中國，甘心匈奴，非完計也。」秦皇帝不聽，遂使蒙恬將兵而攻胡，卻地千里，以河為境。地固澤鹵❽，不生五穀，然後發天下丁男以守北河。暴兵露師，十有餘年，死者不可勝數，終不能踰河而北。是豈人眾之不足，兵革之不備哉？其勢不可也。又使天下飛芻輓粟❾，起於黃、腄、琅邪❿負海之郡，轉輸北河，率三十鍾而致一石⓫。男子疾耕，不足於糧餉；女子紡績，不足於帷幕⓬。百姓靡敝，孤寡老弱不能相養，道死者相望，蓋天下始叛也。

【章旨】本段引用秦派蒙恬領兵攻伐匈奴的史實說明匈奴不可攻。

【注釋】❶任　用；憑藉。❷三代　指夏、商、周。❸李斯　時任秦代丞相。❹委積　指倉廩所藏的糧餉。少曰委，多曰積。❺舉　飛。❻勝必棄之二句　《補注》李慈銘曰：「謂勝其國而棄其民，非為民父母之道。」❼靡敝　散亂敗壞。❽澤鹵　猶斥鹵。即鹽鹼之地。❾飛芻輓粟　快速運送糧草。❿黃腄琅邪　古縣名，皆在今山東省境內。黃，今黃縣。腄，今福山縣。琅邪，今膠南縣東南。⓫率三十鍾而致一石　六斛四斗為一鍾。石即斛。秦時伐匈奴，每一石粟運往北河，道路所費要花一百九十二斛（三十鍾）。⓬帷幕　帷裳簾幕之類。

【語譯】昔日秦皇帝憑藉取勝的威力，蠶食天下，兼并六國，統一海內，功績與三代開國之君相等。可是專務求勝而不知休止，想進一步攻伐匈奴。李斯勸諫說：「不可。匈奴沒有居住的城郭，沒有固守的糧倉，遷徙不定如同鳥獸，很難制服。如果只派輕兵深入其地，糧食必定不能供應；如果隨軍運送糧食，沉重的負擔又不濟於事。就算得到那塊土地也沒有什麼用處，得到他們的人民也不可調遣充實邊防。戰勝了匈奴卻又拋棄他們的人民，並不符合為民父母的原則。這樣只能使中國散亂疲弊不堪，讓匈奴高興，這不是完備的計策啊。」秦皇帝不聽，遂派遣蒙恬率兵攻伐匈奴，開拓疆域千里，以黃河為邊界。當地土質本就多鹽鹵，不長五穀，而後又調動丁壯來守衛北河。部隊暴露於野外十多年，死的人不可盡數，終於不能踰越黃河向北推進。這難道是兵力不足、武備不夠嗎？是形勢不允許啊！秦又派天下人民飛速運送糧草，從濱海的黃、腄、琅邪諸縣，輾轉運送糧草到北河，送糧一石，路途耗費糧三十鍾。男人努力耕種不足以供給糧餉，婦女紡績不足以縫製帷幕，百姓散亂疲弊，孤寡老弱不能得到供養，路上死人到處可見，因此天下人民才開始叛亂啊。

及至高皇帝定天下，略地於邊。聞匈奴聚代谷❶之外而欲擊之，御史成諫曰：「不可。夫匈奴獸聚而鳥散，從之如搏景❷。今以陛下盛德攻匈奴，臣竊危之。」高帝不聽，遂至代谷，果有平城之圍❸。高帝悔之，迺使劉敬❹往結和親，然後天下亡干戈之事。

【章旨】本段引高帝攻匈奴遭平城之圍的教訓，說明匈奴不可攻。

【注釋】❶代谷　山名，今山西代縣西北，冒頓單于曾居於此。❷搏景　擊影。王先謙曰：「胡注：景隨物而生者也，存滅不常，難得而搏之。」❸平城之圍　漢高祖七年（西元前二〇〇年）高祖自將兵擊韓王信，至平城，被匈奴圍七日。平城，在今大同市東北。❹劉敬　即婁敬，當漢高祖時，首倡對匈奴實行和親政策。

【語譯】等到高皇帝定天下，在邊境略地擴大疆土。得知匈奴聚兵於代谷之外，想加以攻打，御史成諫阻說：「不可。匈奴像鳥獸一樣時聚時散，追擊它就好像搏擊影子一樣。現在憑著皇上的盛德來攻擊匈奴，我以為這是危險的事啊。」高帝不聽，於是率兵到代谷，果然在平城被匈奴包圍。高帝這才後悔，就派遣劉敬前往匈奴和親，此後天下才沒有戰爭的事發生。

故兵法曰：「興師十萬，日費千金。」秦常積眾數十萬人，雖有覆軍❶殺將，係虜單于，適足以結怨深讎❷，不足以償天下之費。夫匈奴行盜侵敺❸，所以為業，天性固然。上自虞、夏、殷、周，固不程督❹，禽獸畜之，不比為人。夫不上觀虞、夏、殷、周之統❺，而下循❻近世之失，此臣之所以大恐，百姓所疾苦也。且夫兵久則變生，事苦則慮易❼，使邊境之民靡敝愁苦，將吏相疑而外市❽，故尉佗、章邯❾得成其私，而秦政不行，權分二子❿，此得失之效也。故《周書》曰：「安危在出令，存亡在所用。」⓫願陛下孰計之而加察焉。

【章　旨】本段論述攻伐匈奴，興師動眾耗費太多，且易產生兵民離心、將吏外市的後果。

【注　釋】❶覆軍　覆亡其軍。❷深讎　加深讎怨。❸侵敺　來侵邊境，敺略人畜。敺與「驅」同。❹程督　考察。師古曰：「程，課也；督，視責也。」❺統　緒。統緒，此指一貫的作法。❻循　因循；繼承。❼慮易　思想起變化。師古曰：「言思慮變易失其常也。」❽外市　指與外交往以成其私利。❾尉佗章邯　尉佗，即南越王趙佗，秦時為南海尉，故稱尉佗。秦已破滅，佗即擊并桂林、象郡，自立為南越武王（事見《史記・南越列傳》）。章邯，秦將章邯在鉅鹿被項羽包圍，便使人與項羽約盟，項羽乃立章邯為雍王。以上尉佗、章邯即為外市之例。❿二子　指趙佗、章邯二人。⓫周書曰三句　《逸周書・王佩解》：「存亡在所用，離合在出命。」

【語　譯】所以兵法說：「發動十萬兵眾，每天耗費千金。」秦經常儲積兵眾數十萬人，即使能全滅其軍斬殺其將，俘虜單于，恰好足以深結怨仇，也補償不了天下的耗費。匈奴行盜侵邊掠奪人民畜產，已成為他們的職業，本性就是如此。上自虞舜、夏、商、周，本就對匈奴不加計較，只是當作禽獸看待，不能與人類並論。現在上不審察虞舜、夏、商、周的傳統作法，而下卻因循近來秦和漢初的失誤，這就是我感到恐懼而百姓遭受疾苦的原因啊。況且用兵持久就會產生變亂，役事太苦思想就會變易反常，促使邊境之民離心愁苦，將吏相互猜疑而向外勾結謀利，所以尉佗、章邯就有機會實現他們的個人野心，而秦的政令不能推行，大權被二人分散了，這就是由於持久用兵所產生的效驗啊！所以《逸周書》說：「國家的安危在於君主號令的正確與否，國家的存亡在於君主用人的得失。」以上意見希望皇上仔細考慮而加以明察啊。

【研　析】本篇主要採取引證之法，即引用若干事理作為論據來證明其論點。引證的事理通常為古人言論和史實這類早有定論的材料，用這些材料作為論據，可以使論證和說明更加真實可信。引證往往需要若干事理同時並列引用，這樣才能增強氣勢和給人不容置疑的說服力。邵博《邵氏聞見後錄》卷十四云：「學者於文用引證，猶訴訟之用引證也。」這正是本篇所採用的表現手法。本篇主要引用古事有二，即秦皇帝和漢高帝伐匈奴所帶來的無窮禍患和失敗以作為前車之鑑。又引用李斯及御史成之諫阻以說明匈奴之不可伐。其事相似，其言可用。再以兵法之言綰結，復以虞夏三代之事作為正面例證，以尉佗、章邯二子借外市而成其私為例，以說明挑起外釁可能招致的危險。唐順之評曰：「通篇只是引用二舊事與昔人諫諍之說，而後自說處不過數語，亦是文一體。」

禁民挾弓弩議

吾丘子贛

【題　解】本篇出自《漢書・吾丘傳》。約作於元朔五年（西元前一二四年）。武帝時，丞相公孫弘奏「民不得挾弓弩」，武帝交群臣議，壽王以此書對。書中通過回顧歷史，指出古人作五兵之意在於禁暴討邪，及至周室衰微，兵器才成為賊害之具，後來雖有秦的銷兵折鋒，也卒至亂亡。從而得出「聖王務教化而省禁防」的結論。壽王還指出當今之所以有盜賊，罪在郡國二千石，非挾弓弩之過，不可廢先王詩禮教化之典以利姦人。書奏，武帝詰難公孫弘，弘屈服。

【作　者】吾丘壽王，字子贛，西漢趙人，《漢紀》作涿郡（今河北涿州）人，武帝召為郎，拜東郡都尉，徵入為光祿大夫侍中。後因事被誅。《漢志》載其有文章六篇，賦十五篇。《隋志》著錄《吾丘壽王集》二卷。大多亡佚。

臣聞古者作五兵❶，非以相害，以禁暴討邪也。安居則以制猛獸而備非常，有事則以設守衛而施行陣❷。及至周室衰微，上無明王，諸侯力政，彊侵弱，眾暴寡，海內抏敝❸，是以巧詐並生。智者陷愚，勇者威怯，苟以得勝為務，不顧義理，故機變械飾❹，所以相賊害之具，不可勝數。於是秦兼天下，廢王道，立私議❺，滅《詩》、《書》而首法令❻，去仁恩而任刑戮，墮名城，殺豪桀，銷甲兵，折鋒刃。其後民以耰鉏箠梃❼相撻擊，犯法滋眾，盜賊不勝，至於赭衣❽塞路，群盜滿山，卒以亂亡。故聖王務教化而省❾禁防，知其不足恃也。

【章　旨】本段以歷史證實，說明禁挾弓弩不足恃，從而提出聖王務教化而省禁防的主張。

【注　釋】❶五兵　師古曰：「五兵，謂矛、戟、弓、劍、戈。」❷行陣　行伍隊列。❸抏敝　耗損敗壞。王先謙曰：「抏，摧挫消耗之意也。」❹機變械飾　四者皆兵器之類。機，弩上的機關，又叫弩牙。變，「碆」的假借字，用石鏃的箭。械，器械。飾，兵甲之屬。❺私議　指秦一己之說，如下文「滅《詩》、《書》而首法令」等。❻首法令　以法令為首。如「以法為教，以吏為師」等。❼櫌鉏箠梃　櫌，耘田之器。鉏，即「鋤」字。箠，策馬杖。梃，大杖。❽赭衣　秦時犯人穿紅色囚衣，此指囚犯。❾省　減少。

【語　譯】我聽說古代創製五種兵器，不是用來相互殘害，而是用來禁止暴亂討伐邪惡啊。平常用來制服野獸和預防非常事故，戰事發生就用兵器守衛和裝備軍隊。到了周王室衰微的時代，上面沒有賢明的君主，諸侯各自為政，強大的侵犯弱小的，人多的欺負人少的，海內耗損破壞，取巧欺詐一時並發。因此就出現聰明陷害愚昧，強勇威脅怯懦，只要能戰勝對方，就不講是否符合義理，所以機變械飾這類相互殘害的器具不可盡數。到了秦代兼併天下，廢除聖王之道，確立一己之說，焚燒《詩》、《書》而以法令為首，拋棄仁恩而施行刑罰，毀壞名城，殺害豪傑，銷毀盔甲兵器，摧折鋒刃。後來，百姓用鋤頭木棒作武器來械鬥，犯法的人更多，盜賊層出不窮，以至於囚犯滿路，盜賊滿山，終於導致秦代因此而在動亂中覆亡了。所以聖王重視禮樂教化而少採取禁止防範措施。他們知道禁止防範是不可靠的啊！

今陛下昭明德，建太平，舉俊材，興學官❶，三公❷有司❸，或由窮巷❹，起白屋❺，裂地而封，宇內日化，方外❻鄉風。然而盜賊猶有者，郡國二千石❼之罪，非挾弓弩之過也。《禮》曰：「男子生，桑弧蓬矢以舉之。」❽明示有事❾也。孔子曰：「吾何執？執射乎？」❿大射之禮⓫，自天子降及庶人，三代之道也。《詩》云：「大侯既抗，弓矢斯張，射夫既同，獻爾發功⓬。」言貴中也。愚聞聖王合射以明教矣，未聞弓矢之為禁也。且所為禁者，為盜賊之以攻奪也。攻奪之罪死，然而不止者，大姦之於重誅固不避也。臣恐邪人挾之而吏不能止，良民以自備而抵⑬法禁，是擅⑭賊威而奪民救也。竊以為無益於禁姦，而廢先王之典，使學者不得習行其禮，大不便。

【章　旨】本段針對現實指出猶有盜賊，罪在郡國二千石，非挾弓弩之過，不可廢先王教化之典以利姦人。

【注　釋】❶學官　武帝興太學，立學校之官。當時學官有五經（《易》、《書》、《詩》、《禮》、《春秋》）博士，置弟子員五十人。❷三公　當時指丞相、太尉、御史大夫。❸有司　指三公以下的執事官員。❹窮巷　不通車馬的小巷，即貧寒之家。❺白屋　以白茅覆蓋之屋，亦貧寒之家。或謂白屋即起家無所憑藉之義。❻方外　四境之外，邊遠地區。❼郡國二千石　指郡守、都尉、王國之相，其俸皆二千石。❽禮曰三句　《禮記・射義》：「故男子生，桑弧蓬矢六，以射天地四方。天地四方者，男子之所有事也。」桑弧蓬矢，以桑木為弓，以蓬草稈為矢。❾事　指四方扞禦之事。❿孔子曰三句　見《論語・子罕》。⓫大射之禮　為祭祀而舉行的射儀。⓬詩云五句　引自《詩經・賓之初筵》。侯，箭靶。抗，舉。同，集合，分對合射。師古云：「言既舉大侯，又張弓矢，分耦而射，則獻其發矢中的之功也。」⓭抵　觸犯。⓮擅　專有。

【語　譯】現在皇上發揚清明的德行，建立了太平的盛世，舉用俊美的人才，興辦太學設立學官，三公及主管官員，有的出自貧苦之家，有的出自無所依託之室，給他們割地分封，域內之民一天天被感化，境外之民向風慕義。然而還存在盜賊，罪責在於郡國二千石，並不是挾帶弓矢的過錯啊！《禮記》說：「男孩出生時，拿桑弧蓬矢舉向上下四方。」以表明男子今後承擔扞禦的任務。孔子說：「我幹什麼呢？做射擊手嗎？」大射的禮儀，上自天子下至眾民都要遵循，這是三代的原則啊。《詩經》說：「大侯箭靶已經舉起，弓矢已經張開，射箭的人成對集中，表現射中靶的的本事啊！」這是因為把射中看得重要啊！我只聽說過聖王集中習射以彰明教化，未聽說禁止挾帶弓矢啊。況且所謂禁止挾帶的目的，是為了解決盜賊的劫奪。按規定劫奪犯死罪，然而犯罪仍然不止，是因大姦人對於嚴誅重刑本就不害怕。我耽心官吏無法禁止壞人挾帶弓矢，反而讓善良的百姓挾帶弓矢用以自衛又觸犯了法禁，這就會讓盜賊專擅弓矢逞威風，而剝奪了百姓自衛的工具啊。我認為這樣作，對於禁姦沒有好處，反而廢除了先王用以教化的典章，使學者不能練習射禮，非常不便。

【研　析】本篇屬於奏疏中「議」體。吳訥《文章辨體序說》曰：「『議事以制，政乃不迷。』眉山蘇氏釋之曰：『先王人法並任，而任人為多，故臨事而議。』是則國之大事，合眾議而定者尚矣。」是否當禁民挾弓弩，這當然算不得國之大事，但亦並非無關緊要的細微末節，問題在於從何種角度來看待這一問題。本篇重要特點在於將禁弓弩這一小事，提高到「聖王務教化而省禁防」的高度，究竟是務教化以導民向善，還是致力於禁防弓弩以求得太平，這就是治國之道的分歧所在。全文中心在「無益於禁姦，而廢先王之典」兩句，前者舉秦事為鑑，秦雖「銷甲兵，折鋒刃」，結果仍「群盜滿山」。後者則據經析理，引《禮記》、《論語》、《詩經》之言，即所謂先王之法作為說理依據，文不繁縟，理甚明覈，包括倡議者公孫弘亦不得不為之折服。

諫除上林苑

東方曼倩

【題　解】本篇出自《漢書・東方朔傳》。上林苑，本秦之舊苑，始皇二十五年，營建朝宮置於苑中，阿房宮即其前殿。漢初荒廢，高帝十二年（西元前一九五年）許民入內開墾。武帝時重修。本篇作於建元三年（西元前一三八年），此前武帝曾帶著大批人馬微行出獵，騎射馳騖禾稼農田。因而想就近在阿城以南，盩厔以東，宜春以西，劃出大片山林農田以作為上林苑，與終南山相接。當時東方朔在傍，乃上疏諫阻。疏中稱：規劃為上林苑的這塊土地，地形重要，物產豐富，有天下陸海之稱。如果規以為苑，是「絕陂池水澤之利，而取民膏腴之地，上乏國家之用，下奪農桑之業」，這不是強國富民之道，表明東方朔敢於直諫和關注民生疾苦。武帝耽於射獵之樂，雖然給予東方朔晉級賜金，仍然如原規劃起了上林苑。

【作　者】東方朔，字曼倩，平原厭次（今山東惠民縣東）人。屢次上書求見，漢武帝見他「高自稱譽」，以為奇，特令待詔公車，後任常侍郎、太中大夫、給事中等職。朔滑稽好辯，常奇談怪語引起武帝注意。因此後世為他附會編造了一些滑稽詼諧的故事，成為民間傳說中的一個箭垛式人物。東方朔並不是一個只靠奇行怪語嘩眾取寵的俳優，他有一定的政治抱負。他曾上書陳農戰強國之計，但始終未得到武帝重用，因而寫了〈客難〉一文以抒發他憤世的感情。東方朔的作品，據《漢書・藝文志》載有二十二篇，屬雜家，大部分作品已散失。此外，托名為他所寫的有《神異經》、《海內十洲記》。現存他的作品，除〈客難〉、〈非有先生論〉外，還有〈七諫〉，收入〈楚辭〉一書中，為「追憫屈原」而作。

臣聞謙遜靜愨❶，天表❷之應，應之以福。驕溢靡麗❸，天表之應，應之以異❹。

今陛下累郎❺臺，恐其不高也；弋❻獵之處，恐其不廣也。如天不為變，則三輔❼之地，盡可以為苑，何必盩厔、鄠、杜❽乎？奢侈越制，天為之變，上林雖小❾，臣尚以為大也。

【章　旨】本段指出奢侈不可越制，防止上天的報應。

【注　釋】❶愨　誠篤；忠厚。❷天表　天外。❸靡麗　奢華。❹異　指災變。❺郎　同「廊」。❻弋　箭尾繫繩，射出可收回的箭。❼三輔　漢太初元年（西元前一〇四年）改置為京兆尹、左馮翊、右扶風三個相當郡的行政區，原所轄皆京畿之地，故合稱「三輔」。轄境相當今陝西中部地區。師古曰：「中尉及左右內史則為三輔矣，非必謂京兆、馮翊、扶風也。學者疑此言為後人所增，斯未達也。」茲錄以備一說。❽盩厔鄠杜　三者皆縣名。盩厔，今周至縣。鄠，今戶縣。杜，今西安市東南。均在長安附近。❾上林雖小　《三輔黃圖》曰：「上林苑即秦之舊苑也。」蓋武帝認為原苑小，故擴大之。

【語　譯】我聽說謙讓忠厚，上天就會用福報應。驕縱奢華，上天就會用災異報應。當今皇上建立廊廡臺閣，唯恐其不高；射獵之處，唯恐其不廣闊。如果上天不降災異，那麼即使三輔廣闊的地域，都可以建立苑囿，何必限制在盩厔、鄠、杜的範圍之內呢？不過皇上奢侈的生活超過了規定，上天會降下災異的，原有的上林苑即使很小，我還以為太大呢。

夫南山❶，天下之阻也。南有江淮，北有河渭，其地從汧隴❷以東，商雒❸以西，厥壤肥饒。漢興，去三河❹之地，止霸產❺以西，都涇渭之南，此所謂天下陸海❻之地。秦之所以虜西戎、兼山東❼者也。其山出玉石、金、銀、銅、鐵，豫章、檀、柘，異類之物，不可勝原❽，此百工所取給，萬民所卬❾足也。又有秔、稻、梨、栗、桑、麻、竹箭之饒，土宜薑芋，水多鼃❿魚，貧者得以人給家足，無飢寒之憂。故酆、鎬⓫之間，號為土膏⓬，其賈畝一金。今規以為苑，絕陂池水澤之利，而取民膏腴之地，上乏國家之用，下奪農桑之業，棄成功⓭，就敗事，損耗五穀，是其不可，一也。且盛⓮荊棘之林，而長養麋鹿，廣狐兔之苑，大虎狼之虛⓯，又壞人冢墓，發人室廬，令幼弱懷土而思，耆老泣涕而悲，是其不可，二也。斥⓰而營之，垣而囿之，騎馳東西，車騖南北，又有深溝大渠，夫一日之樂，亦足以危無隄之輿⓱，是其不可，三也。故務苑囿之大，不恤農時，非所以彊國富人也。

【章　旨】本段指出皇上只顧擴充苑囿，不恤農時，非彊國富民之道。

【注　釋】❶南山　終南山，在長安之南。❷汧隴　師古曰：「汧，汧水也。隴，隴坻也。」汧水在今陝西岐山、扶風一帶。隴坻在今陝西隴縣境內。❸商雒　服虔曰：「商與上雒二縣也。」雒同「洛」。二縣均在今陝西商縣境內。❹三河　《史記・貨殖列傳》曰：「昔唐人都河東，殷人都河內，周人都河南。夫三河在天下之中，若鼎足，王者所更居也。」三河即指今洛陽黃河南北一帶。此「去三河」，即指不在洛陽建都。❺止霸產　即定都長安。霸產，即灞水、滻水。均在今西安市附近。❻陸海　師古曰：「高平曰陸。關中地高，故稱耳。海者萬物所出，言關中山川物產饒富，是以謂之陸海也。」❼兼山東　指統一六國。山東，殽山以東。❽原　計。❾印　同「仰」。❿鼃　即「蛙」字。⓫酆鎬　二地皆在長安附近。長安在西周謂之鎬京。⓬土膏　言其土地肥沃如脂膏。⓭成功　已成之功業。⓮盛　指培育繁茂。⓯虛　同「墟」。山丘。⓰斥　度量。⓱無隄之輿　指天子。按蘇林與張晏的解釋：無隄，無限。輿，乘輿，指天子。無隄之輿，謂天子富貴無限。

【語　譯】那終南山，是天下的屏障。南邊有長江、淮河，北邊有黃河、渭水。從汧水、隴坻以東，商縣、上雒以西，土壤肥饒。漢朝的建立，拋開黃河南北一帶，居於霸水產水以西，在涇水渭水之南建都，這地方就是一般所說的天下平原富庶之地，秦就憑藉它滅掉西戎、統一六國。那裡的山出產玉石、金、銀、銅、鐵，豫章、檀、柘，異類之物不可盡計。這些都是百工所需，萬民所賴以足用之物啊。該地又有豐富的秔、稻、梨、栗、桑、麻、竹箭，土質適宜種植薑、芋，水中多產蛙、魚，貧民賴以家給人足，沒有飢寒的憂慮。所以酆、鎬之間，號稱「土膏」，價值高到每畝一金。現在規劃作為苑囿，失去了沼池水澤的利益，占用了百姓肥美的田地，對上來說減少了國家的財用，對下來說剝奪了百姓的農桑之業，放棄已成之功，而從事必敗之業，損耗五穀，這是不可行的第一點理由。況且，讓這塊土地長滿荊棘之林，用來畜養麋鹿，擴大狐兔的場所，增廣虎狼的丘墟；又破壞別人的墳墓，拆掉別人的房屋，使幼弱懷念故土，讓老年悲痛流涕，這是不可行的第二點理由。規劃經營，加上圍牆，車騎東西南北奔馳，又有深溝大渠，就只是一天的獵射之樂，也足以危及皇上的安全，這是不可行的第三點理由。所以只圖苑囿的擴大，不顧及百姓的農桑，這不是強國富民的辦法啊。

夫殷作九市❶之宮，而諸侯畔；靈王起章華之臺❷，而楚民散；秦興阿房之殿，而天下亂。糞土愚臣，忘生觸死❸，逆盛意，犯隆指❹，罪當萬死。不勝大願，願陳《泰階六符》❺，以觀天變，不可不省。

【章旨】本段警諭武帝當以前代之失為鑑，對於天變不可不省。

【注釋】❶九市　應劭曰：「紂於宮中設九市。」❷靈王起章華之臺　師古曰：「楚靈王作章華之臺，納亡人以實之，卒有乾谿之禍也。」❸觸死　觸犯死罪。❹隆指　指皇上意旨。隆，大。❺泰階六符　《補注》周壽昌曰：「案〈藝文志〉天文家有《泰階六符》一卷。注引李奇曰：『三臺謂之泰階，兩兩成體，三臺故六，觀色以知吉凶，故曰符。』疑朔即陳此書。」篇首言「天表之應」等語，疑亦出自此書。

【語譯】殷紂王作九市之宮，引起諸侯叛變；楚靈王起章華之臺，引起楚民離散；秦始皇興建阿房宮，引起天下大亂。我是無用之臣，忽忘生命觸犯死罪，違背了皇上的旨意，罪當萬死。我懷有不盡的宏願，願奉獻《泰階六符》，以便觀察上天的變異，皇上不可不弄明白。

【研析】雖天變之說首尾照應，而中間大段，則陳述國之得失，民之疾苦，鑿實之至，正感議論正大，氣勢昌偉，一點也不覺玄虛。徐中行評為「西京（即西漢）諫書第一」，雖不免過譽，但浦起龍評曰：「以符應為儆省，以利害為指陳，咀吮之餘，雋味流衍。」此評卻較為公允。

化民有道對

東方曼倩

【題解】本篇出自《漢書・東方朔傳》。應作於太初二年（西元前一〇三年）武帝修建建章宮以後。時武帝在位已近四十年。文治武功都頗多成就；追求豪奢享樂之風大為滋長。時天下侈靡，百姓多離開農畝而趨向工商，武帝從容問朔化民之道，朔即以此文對。文中以文帝恭儉與武帝奢侈進行對比，規勸武帝當眾焚毀殿帳，除卻走馬，從事節儉，天下就歸農了。

堯、舜、禹、湯、文、武、成、康，上古之事，經歷數千載，尚難言也，臣不敢陳。願近述孝文皇帝之時，當世耆老皆聞見之。貴為天子，富有四海，身衣弋綈❶，足履革舄❷，以韋❸帶劍，莞蒲❹為席，兵木無刃❺，衣縕無文❻，集上書囊❼以為殿帷。以道德為麗❽，以仁義為準❾。於是天下望風成俗，昭然化之。

【章　旨】本段述文帝的恭儉，天下歸化。

【注　釋】❶弋綈　黑色綈袍。弋，通「黓」。黑色。❷革舄　生皮製的鞋。不用柔皮，以示節儉。❸韋　熟牛皮。句意只用牛皮帶劍而不加裝飾。❹莞蒲　皆草名，用以織席，以示節儉。❺兵木無刃　服虔曰：「兵器如木而無刃，言不大治兵也。」❻衣縕無文　言衣內裝有亂絮，而外表無有文采。縕，亂絮。❼上書囊　《補注》沈欽韓謂《東觀漢記》載「上書以青布囊素裡封書，不中式，不得上。」集綴上書囊為殿帷，亦示節儉。❽麗　美。❾準　準繩。

【語　譯】堯、舜、禹、湯、文、武、成、康這些上古帝王之事，經歷了數千年，還難說清楚，我不敢陳述。我願就近說說孝文皇帝時的事情，當代的老年人都聽到見到過的。文帝貴為天子，富有四海，可身上穿黑色綈袍，腳上穿生革製的鞋，僅以熟牛皮繫劍，莞蒲之草為席，兵器如木棍而無鋒刃，穿亂絮之衣而外無文采，集綴上書之囊作為殿帷。以道德為美事，以仁義為準繩。於是天下的人嚮往文帝節儉之風而成為習俗，明顯地被感化。

今陛下以城中為小，圖起建章❶，左鳳闕❷，右神明❸，號稱千門萬戶。木土衣綺繡，狗馬被繢罽❹，宮人簪瑇瑁❺，垂珠璣。設戲車❻，教馳逐；飾文采，叢珍怪；撞萬石之鐘，擊雷霆之鼓；作俳優❼，舞鄭女❽。上為淫侈如此，而欲使民獨不奢侈失農，事之難者也。

【章旨】本段敘述武帝的奢侈。

【注釋】❶建章　宮名。❷鳳闕　闕名。❸神明　臺名。《三輔黃圖》載：「建章宮在未央宮西，長安城外，帝於未央宮營造日廣，以城中為小，乃於宮西跨城池作飛閣通建章宮，構輦道以上下。左鳳闕高二十五丈，右神明臺。」❹繢罽　五綵毛織品。❺瑇瑁　龜類，其甲有文，可作裝飾品。字亦作「毒冒」。❻戲車　戲弄之車，如今之雜技所用。❼俳優　雜技詼諧之類的戲。❽鄭女　古以鄭衛之地多美女，故為美女之稱。

【語譯】現在皇上認為長安城內範圍狹小，打算起建章宮，左邊建鳳闕，右邊建神明臺，號稱千門萬戶。木土裝飾綺繡，狗馬披上彩氈，宮人插上瑇瑁簪，身上懸玉垂珠。設置戲弄之車，教人奔馳追逐；用文采加以裝飾，聚集許多珍奇怪異；撞百石之重的大鐘，擊聲如雷霆的大鼓；俳優作戲，美女跳舞。皇上過分奢侈到了這種地步，還想要百姓獨不奢侈不拋棄農耕，這是難辦到的事啊。

陛下誠能用臣朔之計，推甲乙之帳❶，燔之於四通之衢❷，卻走馬❸示不復用，則堯舜之隆❹，宜可與比治矣。《易》曰：「正其本，萬事理；失之豪釐，差以千里❺。」願陛下留意察之。

【章　旨】本段提出焚毀殿帷、除卻走馬以示節儉的建議。

【注　釋】❶推甲乙之帳　推，謂推而去之。甲乙之帳，甲乙指次第，謂帳多，故以甲乙稱之。❷衢　通衢；大道。❸卻走馬　卻，退。走馬，善跑的馬。❹隆　盛，指盛世。❺正其本四句　今本《周易》無有此文。《禮記・經解》有「差若豪釐，謬以千里」。疑為當時俗諺。豪，同「毫」。兔豪也。十豪為氂。喻極短距離。

【語　譯】皇上真能用我的計策，除掉所有的殿帳，放在四通八達的大道上當眾焚毀，退回善跑的馬，表示不再使用，那麼即令堯舜的隆盛之世，也應該可與比其治道了。《周易》說：「凡事正其根本，萬事就有條不紊；如果有了毫釐的失誤，就會造成千里的差別。」希望皇上明察這個道理。

【研　析】這是一篇問對之文，目的是回答武帝「化民有道乎」之問，文章妙處在於並不正面回答，不詳加論述如何化民，而是根據「上有所好，下必從之」這一道理，將化民之道集中到皇帝本身行為如何這一焦點之上。文章主體部分採用對比手法，將文帝、武帝之所作所為進行對照。文帝節儉，武帝奢靡，形成鮮明而又強烈的反差，而諷諫之意寓焉。開篇第一句禹、湯、文、武等「上古之事」則用「尚難言也」一語撇開，而以文帝相接，這是文章省減之法。而且，正如張英所評：「當武帝時，即舉文帝恭儉，以為規勸，彌見切實。」《古文淵鑒》評曰：「朔此文與〈諫除上林苑書〉及拒董偃事，可謂謇諤，豈得以滑稽目之？」

卷十四　奏議類上編　四

上德緩刑書

路長君

【題　解】本篇出自《漢書·路溫舒傳》。作於漢宣帝即位之初，《漢紀》載於本始元年（西元前七三年）。上德，或作「尚德」，即崇尚德治，寬緩刑獄之意。《漢書·刑法志》載：及孝武即位，外事四夷之功，內盛耳目之好，征發煩數，百姓貧耗，窮民犯法，酷吏擊斷，姦軌不勝。於是招進張湯、趙禹之屬，條定法令。律、令凡三百五十九章，大辟四百九條，千八百八十二事，死罪決事比萬三千四百七十二事。文書盈於几閣，典者不能遍睹。是以郡國承用者駁，或罪同而論異。姦吏因緣為市，所欲活則傅生議，所欲陷則予死比，議者咸冤傷之。此種情況，昭帝之世，仍因襲不改。宣帝即位，路溫舒上此書。書中指出「秦有十失，其一尚存，治獄之吏是也。」獄吏殘刻，深文羅織，必欲置人於死地而後止，以致刑罪之人，不可勝計，天下不得安。因而提出「省法制，寬刑罰」的建議。本文的價值就在於真實揭露了當世法令煩苛、獄吏深刻殘賊的情況，至於廢治獄是否可行，現實既不允許，亦非杜絕源流的舉措。

【作　者】路溫舒，字長君，鉅鹿（今河北平鄉）東里人。生卒年不詳，約當漢昭、宣二帝前後在世。少時，求為獄小吏，因學律令，轉為獄史。太守見而異之，署決曹史。又受《春秋》通大義，舉孝廉，為山邑丞。坐法免，復為郡吏。昭帝時，守廷尉史。宣帝即位，溫舒上此書，帝善其言，遷廣陽私府長，舉文學高第，遷右扶風丞。久之，遷臨淮太守，政績優異，卒於官。

臣聞齊有無知之禍，而桓公以興❶；晉有驪姬之難，而文公用伯❷。近世趙王❸不終，諸呂❹作亂，而孝文為太宗❺。繇是觀之，禍亂之作，將以開聖人也。故桓、文扶微興壞，尊文、武之業，澤加百姓，功潤諸侯，雖不及三王，天下歸仁焉。文帝永思至德，以承天心，崇仁義，省刑罰，通關梁，一遠近，敬賢如大賓，愛民如赤子，內恕情之所安，而施之於海內，是以囹圄空虛，天下太平。夫繼變化❻之後，必有異舊❼之恩，此聖賢所以昭天命也。

【章　旨】本段揭示禍亂之作將以開啟聖人的歷史必然，並歌頌文帝承受天命，致使天下太平的聖績。

【注　釋】❶無知之禍二句　無知即公孫無知，齊莊公之孫，僖公之侄，襄公之堂兄弟。無知之禍指連稱、管至父殺襄公立無知事。後來齊人又殺無知，立公子小白，是為桓公。（事見《左傳》莊公八、九年）。❷驪姬之難二句　驪姬，晉獻公寵姬，為謀立其子奚齊，讒害太子申生及重耳、夷吾諸公子。其後里克殺其二子，在秦穆公的幫助下，迎立惠公夷吾。夷吾死，懷公繼立，秦穆公殺懷公立重耳，是為文公。（事見《左傳》）。❸趙王　即趙王如意，高祖戚夫人所生。戚姬幸，欲立如意代太子，遭呂后嫉恨，如意及戚夫人被呂后害死。❹諸呂　指呂祿、呂產等。孝惠帝死，呂后稱制掌管朝政，大封呂氏親屬為侯王，如呂祿、呂產掌管軍政大權。呂后死，諸呂作亂，賴周勃、陳平等老臣削平諸呂叛亂，迎立代王劉恆，是為孝文皇帝。❺太宗　第二代皇帝的稱號。《史記・孝文本紀》載：丞相申徒嘉等奏稱：「世功莫大於高皇帝，德莫盛於孝文皇帝。高皇廟宜為帝者太祖之廟，孝文皇帝廟宜為帝者太宗之廟。天子宜世世獻祖宗之廟。郡國諸侯宜各為孝文皇帝立太宗之廟。諸侯王列侯使者侍祠天子，歲獻祖宗之廟。」❻變化　王念孫曰：「《漢紀・孝宣紀》『變化』作『變亂』……宣帝繼昌邑王之後，故曰繼變亂之後。」作「變亂」可從。❼異舊　王念孫亦依《漢紀・孝宣紀》「異舊」當作「雋異」，雋異之情，非常之恩也。

【語　譯】我聽說齊國曾有公孫無知之禍，齊桓公才有機會興起；晉國曾有驪姬之難，晉文公因而做了霸主。

近世趙王如意不得善終，諸呂作亂，孝文帝因而成為漢室天下的太宗。由此看來，禍亂的發生，將會為聖人的出現開闢道路。所以齊桓、晉文扶持衰微的周室，恢復廢止的制度，尊崇文王、武王的事業，恩德施加於普天之下的百姓，功德潤澤各國的諸侯，雖然趕不上三王的成就，但天下的人卻稱道他們的仁德。文帝久想實現最高的德行，以承受天意，推崇仁義，減損刑罰，疏通關禁，遠近一體，尊敬賢人如同接待貴賓，愛撫百姓如同愛撫幼兒，內安於寬容之情，而外施加於海內之民，因而牢獄沒有犯人，天下太平無事。繼承變亂之後的帝位，天下百姓必定感受到非常之恩，這就是聖主賢君昭顯天命的原因啊。

往者昭帝即世❶而無嗣，大臣憂戚，焦心合謀，皆以昌邑❷尊親，援❸而立之。然天不授命，淫亂其心，遂以自亡。深察禍變之故，迺皇天之所以開至聖也。故大將軍❹受命武帝，股肱❺漢國。披肝膽，決大計，黜亡義，立有德，輔天而行，然後宗廟以安，天下咸寧。臣聞《春秋》正即位，大一統而慎始也❻。陛下初登至尊，與天合符，宜改前世之失，正始受命❼之統，滌煩文，除民疾，存亡繼絕，以應天意。

【章　旨】本段陳述宣帝即位亦與天合符，勸勉他改革前世之失，以順天意。

【注　釋】❶即世　捨世；死去。❷昌邑　指昌邑王劉賀，武帝孫。大將軍霍光徵倉邑王劉賀繼承帝位，由於劉賀淫亂，在位二十七日廢歸故國。❸援　引。提拔的意思。❹大將軍　指霍光。《漢書・霍光傳》載：光字子孟，驃騎將軍霍去病之弟。武帝後元二年，武帝以光為大將軍，受遺詔輔少主。明日，武帝崩，太子襲尊號是為孝昭帝。帝年八歲，政事壹決於光。❺股肱大腿曰股，大臂曰肱。股肱以比得力的輔佐。❻春秋正即位二句　《春秋》以簡約的文字記事，後代研究《春秋》的學者，為尊重孔子，往往在簡約的文字中尋找微言大義而加以發揮。《公羊傳．隱公元年》曰：「元年者何？君之始年也。春者何？歲之始也。王者孰謂？謂文王也。曷為先言王而後言正月？王正月也。何言乎王正月？大一統也。」以上是就《春秋》頭一句話「元年春王正月」作解釋。何休又為《公羊傳》「公何以不言即位」這句話作注說：「即位者一國之始，政莫大於正始。故《春秋》以元之氣正天之端，以天之端正王之政，以王之政正諸侯之即位，以諸侯之即位正竟內之治。」自上而下，層層匡正，這都是大一統的意思，也是慎始的意思。❼始受命　王先謙補注：王念孫以為「命」為衍文。這樣正與上句「改前世之失」為對文。且《漢紀》及《說苑．貴德》皆無「命」字。

【語譯】過去，昭帝去世時無繼嗣，大臣們都非常憂愁，焦急地共同謀劃，都以為昌邑王劉賀是皇室尊顯的親屬，於是薦舉他立為皇帝。然而，上天不授命，讓他心思淫亂，於是自取滅亡。深刻考察禍變產生的緣由，這就是皇天在為至聖之人的出現開闢道路啊。所以大將軍霍光受武帝之命輔佐漢國，披露肝膽，一片忠心，謀劃國家大計，廢黜無義的昌邑王，確立有德的漢宣帝，順著天命行事，這樣之後，宗廟才得以平靜，天下才得以安寧。我聽說《春秋》主張匡正國君的即位，提倡天下大一統，慎重處理王政的開端。皇上初即位，與天意相符，應該改革前世的失誤，匡正初始受命的傳統，滌除煩苛的法令，驅除百姓的疾苦，使已亡的諸侯復位，使絕代的諸侯有人繼承，以應合上天的意旨。

臣聞秦有十失❶，其一尚存，治獄之吏是也。秦之時，羞文學，好武勇，賤仁義之士，貴治獄之吏，正言者謂之誹謗，遏❷過者謂之妖言。故盛服先生❸不用於世，忠良切言皆鬱於胸，譽諛之聲日滿於耳，虛美熏心，實禍蔽塞，此乃秦之所以亡天下也。方今天下賴陛下厚恩，亡金革❹之危，飢寒之患，父子夫妻，勠力安家，然太平未洽❺者，獄亂之也。夫獄者，天下之大命也，死者不可復生，絕者不可復屬❻。《書》曰：「與其殺不辜，寧失不經。」❼今治獄吏則不然，上下相毆❽，以刻❾為明，深者獲公名，平者多後患。故治獄之吏，皆欲人死。非憎人也，自安之道，在人之死。是以死人之血，流離❿於市，被刑之徒，比肩而立，大辟⓫之計，歲以萬數，此仁聖之所以傷⓬也。太平之未洽，凡以此也。夫人情安則樂生，痛則思死，棰楚⓭之下，何求而不得？故囚人不勝痛，則飾辭以視之⓮；吏治者利其然，則指道⓯以明之；上奏畏卻⓰，則鍛練而周內之⓱。蓋奏當⓲之成，雖咎繇⓳聽之，猶以為死有餘辜。何則？成練⓴者眾，文致之罪㉑明也。是以獄吏專為深刻殘賊而亡極，媮㉒為一切，不顧國患，此世之大賊也。故俗語曰：「畫地為獄，議不入；刻木為吏，期不對。」㉓此皆疾吏之風㉔，悲痛之辭也。故天下之患，莫深於獄；敗法亂正㉕，離親塞道，莫甚乎治獄之吏。此所謂「一尚存」者也。

【章旨】本段揭露當世法令煩苛、獄吏殘害民命的種種表現。

【注釋】❶十失　指廢封建、築長城、鑄金人、造阿房、焚書、坑儒、營驪山之家、求不死之藥、使扶蘇監軍、用治獄之吏。❷遏　顏曰：「遏，止也。」楊樹達曰：「遏疑當讀為謁。謁，白也。」❸盛服先生　指儒生。盛服謂正其衣冠，禮儀不苛。❹金革　猶甲兵，指戰爭。❺洽　和協。❻屬　連接。❼書曰三句　引自《尚書・大禹謨》。不辜，無罪。不經，不合常規。❽敺　同「驅」。爭逐；競爭。❾刻　苛細。❿流離　淋漓。⓫大辟　死刑。⓬所以傷　王先謙以為當為「所傷」，《治要》引無「以」字。⓭棰楚　皆杖木之名。棰，杖。楚，荊。⓮飾辭以視之　飾辭，說假話。視，王先謙曰：「令其誣服也。」《漢紀》作「則飾妄辭以示之。」⓯指道　指畫引導，猶誘供。⓰畏卻　怕被退回。⓱鍛練而周內之　羅織上奏的文書，使之周備而不致出現漏洞。鍛練，猶錘鍊。周內，即周納，周備補納破綻。⓲當　判罪。⓳咎繇　即皋陶，舜時士師，善治獄。⓴成練　羅織而成的罪名。㉑文致之罪　依靠法令文字羅織成的罪名。㉒媮　苟且。㉓俗語曰五句　為當時流行的對獄吏的疾恨之辭。顏師古曰：「畫獄木吏尚不入對，況真實乎！期猶必也，議必不入對。」㉔風　微加曉告。㉕正　楊樹達：「正」，讀為「政」。

【語　譯】我聽說秦有十種失誤，其中有一種現在還存在，這就是治獄之吏啊。秦時，恥於談儒生經書，喜好作戰武勇，鄙賤仁義之士，尊重治獄的官吏，正面提出批評的稱之為誹謗，諫阻過錯的稱之為妖言。所以講究禮儀的儒生不被任用，忠言直諫的人都把意見鬱積在胸中，這樣一來，每天耳中聽到的都是些稱頌阿諛的話，虛假的稱頌在內心滲透，實際的禍患就不能發現，這就是秦之所以失去天下的原因啊。當今天下依賴皇上的厚恩，沒有戰爭的危險和飢寒的災禍，父子夫妻都同心合力經營家室，然而太平總是不能呈現，這是獄吏作亂的緣故啊！關於治獄，是天下的命脈之所在，判死刑的不可復生，斷肢體的不可再接。所以《尚書》有言：「與其殺無罪的，寧可不守常法。」現在的獄吏卻不是如此，他們上下相互競爭，把苛刻治獄的算作精明，治獄苛刻的獲得公平的名聲，而治獄平緩的卻留下許多後患。所以治獄的官吏，都想置人於死地。這並不是憎恨犯人，而是為了保護自身，其辦法就是要把人整死。因此死人的血跡，市上遍處淋漓皆是，被刑的囚徒，挨肩接踵，死刑統計，每年數以萬計，這是仁聖君主為之傷痛的原因。太平沒有呈現，都是因為治獄這件事啊。人之常情，遇到安適就貪生，遇到痛楚就想死，在重刑鞭撻之下，犯人的什麼口供獄吏得不到呢？所以當犯人痛楚難忍時，便以不實之辭向獄吏認罪；獄吏認為怎樣的口供才有利判刑，便誘導犯人使之明白提供怎樣的口供；呈上的文書唯恐其被退回，便用文字羅織罪名，以作到天衣無縫。大概依據這樣上呈的文書判定罪行，即使由咎繇來復審，也會以為該犯死有餘辜。什麼原因呢？因為經過羅織而成的犯罪實事很多，舞文弄墨以置人於死地便很清楚了啊。因此獄吏專門作些苛刻殘害民命的事以致毫無限制，苟且妄為一切，不顧國家禍患，這是世間的大害啊。所以俗語說：「即使地上畫一道圈當作牢獄，也決計不會進入；即使刻一個木偶當作獄吏，也不會同它對話。」這對獄吏憎恨表現出的一種諷諭，是悲痛已極的話啊。所以天下的禍患，沒有比牢獄更深的了；敗壞法紀擾亂政治，離散家庭堵塞正道，沒有比治獄之吏造成的危害更大的了。這就是我所說的其中「一種失誤」現在還存在的情況啊。

臣聞烏鳶❶之卵不毀，而後鳳皇集；誹謗之罪不誅，而後良言進。故古人有言：「山藪藏疾，川澤納汙，瑾瑜匿惡，國君含詬❷。」唯陛下除誹謗❸以招切言，開天下之口，廣箴諫之路，掃亡秦之失，尊文、武之德，省法制，寬刑罰，以廢治獄❹，則太平之風，可興於世，永履和樂，與天亡極，天下幸甚！

【章　旨】本段提出省法制、寬刑罰以廢治獄的建議。

【注　釋】❶鳶　鴟鷹。❷山藪藏疾四句　為春秋時晉大夫伯宗之辭（見《左傳・宣公十五年》）。師古謂：「言山藪之有草木，則毒害者居之；川澤之形廣大，則能受於汙濁；人君之善御下，亦當忍恥病也。」疾，指猛獸蟲蛇之類。惡，指瑕疵。《左傳》作「瑕」。含詬，言人君當有寬容的胸懷。詬，恥。❸誹謗　指誹謗之律。❹以廢治獄　謂除去治獄的弊端。楊樹達稱治獄不可廢，《說苑》作「煩獄」。林雲銘：「玩前段敘秦之失，提出誹謗妖言字樣，末復言除誹謗以招切言，則所謂治獄之吏，乃專指治誹謗之獄無疑矣。」

【語　譯】我聽說烏鳶之卵不遭毀損，而後鳳凰就會來此停留；犯誹謗之罪的不加誅罰，而後忠良之言就會進諫。所以古人有言：「山中草木叢生，就會隱藏猛獸蟲蛇；川澤廣大，就會接納汙穢；瑾瑜美玉之屬雖純，也會含有瑕疵；國君心胸開闊，定能容納誹謗之言。」希望皇上廢除誹謗之律以招來忠直之言，讓天下的人開口說話，廣開規勸的言路，掃除亡秦的失誤，尊崇文、武的德教，減省法制，寬緩刑罰，以廢除治獄的弊端，那麼天下太平的景象就會出現於世，永遠享受昇平和樂，以致天長地久而無有止境，天下百姓感到幸運之至。

【研　析】本篇標題為「上德緩刑書」，但細察全文，「上德」二字，不過偶有出現，並未能集中論述，此文章家減省之法也。因為「緩刑」與「上德」，本是一個問題的兩個方面，只要對治獄之刻深殘賊、殃民誤國的後果分析深透，「上德」自然不言而喻。浦起龍評曰：「以頌聖為題前，以治獄為題中，以納言為題後，層次精嚴，奏札正式，文章家所謂全作也。」故雖無「上德」之具體論述，同樣亦可稱為「全作」。所謂「頌聖」，又以頌文帝德化為主，宣帝登位「與天合符」為從，而以秦時貴治獄之吏為反襯。其言治獄之刻深，則以秦時為主，以武、昭「獄亂」為從，即所謂「秦有十失，其一尚存」。這就能使全篇主次分明，重點突出，且立言得體。金聖歎評曰：「前半用反覆感動之筆，極說廢興之際，以故應天意。後幅用層層快便之筆，極說獄吏之毒，宜加意民命。」天意民命正是本篇議論的出發點和構思之基礎。故唐德宜認為：「〈上德〉一書，深中時務，妙在立言有體，說出天意所在，民命攸關。愷切懇摯，語語動聽。」

論霍氏封事

張子高

【題　解】本篇出自《漢書・張敞傳》。據《漢紀》作於宣帝地節三年（西元前六七年）。霍氏，指霍光家族。霍光歷事武、昭、宣三朝，主政二十年，曾廢昌邑王賀、立宣帝於民間，權傾中外，但霍光為人正直而無過犯。地節二年霍光去世，宣帝始親政，但霍氏家族宗親皆居要位，其子禹官大司馬，其兄孫霍山、霍雲皆為列侯，其二婿亦官要職，奢靡跋扈。霍光妻欲立其幼女成君為皇后，乃鴆殺宣帝微時之妻許皇后，此案正在追查之中。當時，山陽太守張敞乃上此封事。文中引春秋世卿貴盛延及後代專國篡位的教訓，建議宣帝罷霍氏三侯，抑退其權勢，保全其宗族，以達到家國兩全的目的。封事，即密封之奏章。《漢書》李賢注：「宣帝始令賢臣得奏封事，以知下情。封有正副，領尚書者先發副封，所言不善，屏而不奏。后魏相奏去副封，以防壅蔽。」可知封事之名，始於漢宣。

【作　者】張敞，字子高，茂陵人，生年不詳，卒於漢元帝初元初年。宣帝神爵元年（西元前六一年）為京兆尹，市無偷盜，然無威儀，嘗走馬章臺街，自以為便而拊馬。又為婦畫眉，長安中盛傳「張京兆眉憮」。甘露元年（西元前五三年），坐與楊惲厚免歸。數月，京兆枹鼓四起，冀州部盜賊縱橫。帝思敞功，召拜冀州刺史。乘傳到部，盜賊屏息。元帝初即位（西元前四八年）欲用為左馮翊，適病卒。著有集二卷（《唐書・藝文志》），今佚。

臣聞公子季友❶有功於魯，大夫趙衰❷有功於晉，大夫田完❸有功於齊，皆疇❹其官邑，延及子孫。終後田氏篡齊❺，趙氏分晉❻，季氏顓魯❼，故仲尼作《春秋》，迹❽盛衰，譏世卿❾最甚。

【章　旨】本段引春秋時代大夫貴盛，其子孫專國篡位的史事作為宣帝的借鑑。

【注　釋】❶公子季友　春秋魯桓公子，莊公弟，一稱成季。莊公卒，季友立其子班，為慶父所殺，季友奔陳。及歸，立班子申，是為僖公，季友為相，其後世為季孫氏，為「三桓」之一。❷趙衰　字子餘，春秋晉國之卿。隨從公子重耳流亡在外十九年，幫助重耳回國即位，並幫助創造霸業。其後為晉六卿、三家之一。❸田完　即田敬仲、陳完（田、陳古音通用）。春秋時齊國大夫，陳厲公之子。西元前六七二年因內亂出奔到齊，被齊桓公任為工政。❹疇　等同。《補注》云：「案《宣紀》

『疇其爵邑』。張晏注云：『律，非始封十減二。疇者等也，言不復減也。』」❺田氏篡齊　春秋末期田成子（即陳成子，名恆，一名常）於西元前四八一年殺死齊簡公，擁立齊平公，任為相國，從此齊國由田氏專政。西元前三八六年，周安王便承認田和為諸侯，從姜姓的齊國便轉為田姓的齊國了。❻趙氏分晉　西元前四九〇年趙氏擊敗范氏、中行氏，西元前四五三年趙、魏、韓三家又滅知氏，三分其地，從此晉國只剩趙、魏、韓三家，而晉君成為附庸。西元前四〇三年周威烈王便承認三家為諸侯。❼季氏顓魯　魯於西元前五六二年建立三軍，由季孫氏、叔孫氏、孟孫氏各擁一軍，把公室瓜分。前五三七年又取消中軍，四分公室，季孫氏得二分，其他二家各得一分，從此魯國由季孫氏專權。顓，同「專」。❽迹　推尋。❾譏世卿　《公羊傳・隱公三年》：「其稱尹氏何？貶。曷為貶？譏世卿。世卿非禮也。」

【語　譯】我聽說公子季友對魯國有功，大夫趙衰對晉國有功，大夫田完對齊國有功，都保留了他們原有的官位和封邑，一直傳到子子孫孫。可最終田氏篡奪了齊國，趙氏瓜分了晉國，季氏壟斷了魯國的朝政，所以仲尼作《春秋》，推究國家盛衰之由，譏刺世卿特別厲害。

迺者，大將軍❶決大計，安宗廟，定天下，功亦不細矣。夫周公七年❷耳，而大將軍二十歲❸，海內之命，斷於掌握。方其隆時，感動天地，侵迫陰陽，月朓❹日蝕，晝冥宵光，地大震裂，火生地中，天文失度，祅祥變怪不可勝記，皆陰類❺盛長，臣下顓制之所生也。朝臣宜有明言曰：陛下褒寵故大將軍，以報功德足矣。間者，輔臣顓政，貴戚大盛，君臣之分不明。請罷霍氏三侯❻皆就第，及衛將軍張安世❼，宜賜几杖❽歸休，時存問召見，以列侯為天子師。明詔以恩不聽，群臣以義固爭而後許，天下必以陛下為不忘功德，而朝臣為知禮，霍氏世世無所患苦。今朝廷不聞直聲，而令明詔自親其文，非策之得者也。今兩侯以出❾，人情不相遠，以臣心度之，大司馬及其枝屬，必有畏懼之心。夫近臣自危，非完計也。

【章　旨】本段陳述罷霍氏三侯等措施是勢之必然，但形成人心畏懼、近臣自危，亦非完美之計。

【注　釋】❶大將軍　指霍光。下「決大計」數語指武帝死後，霍光輔立昭帝；昭帝死無子，征昌邑王賀為帝，即位二十七天，荒淫亂政，光與楊敞、張安世等定策復奏請皇太后廢之；立武帝曾孫劉詢，是為宣帝。❷周公七年　周武王死，成王年幼，周公姬旦輔佐成王，攝政七年。❸二十歲　霍光自武帝後元二年（西元前八七年）主政，至宣帝地節二年（西元前六八年）去世，正好二十年。❹月朓　謂農曆月底，月亮在西方出現。❺陰類　古人有陰陽之說，把自然界的事物分成陰陽兩類，如天陽地陰、日陽月陰，上言月朓種種都是陰類太盛之象。附會到人事方面就是男陽女陰、君陽臣陰種種。因此月朓等就是臣下專制的象徵。❻霍氏三侯　霍光子禹嗣為博陸侯，霍光兄之孫山封為樂平侯，雲為冠陽侯。❼張安世　字子孺，張湯之子。時為衛將軍，兩宮衛尉、城門北軍兵由他統領。❽賜几杖　天子對退休大臣的一種禮遇。《禮・曲禮》「必操几杖以從之」，疏：「杖可以策身，几可以扶己，俱是養尊者之物。」❾兩侯以出　謂霍山、霍雲因過歸家。以，同「已」。

【語　譯】過去，大將軍霍光決斷大的計謀，安定宗廟，平定天下，功勞不為小了。周公攝政僅七年而已，然而大將軍卻執政二十年，天下的命脈都在他的掌握之中。當他執政興盛之時，感動了天地，侵犯了陰陽，發生月朓日蝕，白天昏暗，晚上光明，大地震動斷裂，地中起火，天象失去了常態，吉凶變怪的事，不可盡記，這些都是陰類事物太盛、臣下專制所造成的啊。在這種情況下，朝廷大臣應該明白勸諫說：皇上褒獎寵幸原大將軍霍光，用以報答他的功德已經足夠了。近來輔臣專政，貴戚太盛，君臣之間的名分不清。請罷免霍氏三侯，使之都回舍第，衛將軍張安世也應該賜以几杖，讓他退休歸老，皇上按時慰問召見，以列侯的待遇作為天子的老師。皇上因為霍氏的恩德而不聽從群臣的建議，群臣因守大義而經過堅決諫諍才得到皇上的同意，這樣天下人必以為皇上不忘霍氏的功德，也表現了朝臣的知禮，霍氏也世世沒有什麼禍患和痛苦。不過當今朝廷上聽不到直言極諫的聲音，得讓皇上親自閱讀文件才能發現問題，這也是失策的啊。現在兩侯已因過歸家，人們的心情沒有什麼大的區別，以我的心情來揣度他們，大司馬和他的親屬們必定有畏懼之心。作為皇上近臣懷有自危之心，並不是完美的計策啊。

臣敞願於廣朝白發其端❶，直守遠郡，其路無由。夫心之精微，口不能言也；言之微眇❷，書不能文也。故伊尹五就桀、五就湯❸，蕭相國❹薦淮陰❺，累歲乃得通。況乎千里之外，因書文、諭事指哉！惟陛下省察。

【章　旨】本段表明作者希進入朝廷當面陳述的心意。

【注　釋】❶端　由。❷眇　細。❸伊尹五就桀五就湯　《孟子・告子下》：「五就湯、五就桀者，伊尹也。」伊尹，古之賢臣。就，往。❹蕭相國　蕭何。❺淮陰　淮陰侯韓信。

【語　譯】臣下張敞願在廣大的朝廷上說明這件事的緣由，由於我在遠郡任職，沒有途徑達到朝廷。關於人心的精微，是不能用口說出來的；言語的精細，是不能用文字寫明的啊。所以伊尹五次往桀那兒進諫，五次往湯那兒進諫，最後才歸於湯；蕭何推薦韓信，經歷了一年的時間才說通。何況我處在千里之外，憑藉書疏文字來說明事情的意旨呢！希望皇上明察。

【研　析】這篇封事主旨在於「請罷霍氏三侯皆就第」。目的不是彈劾霍氏，而是保全霍氏，使其「世世無所患苦」。霍氏實有大功於漢，霍光之兄霍去病為抗擊匈奴功臣，即霍光本人，輔昭立宣以安劉氏，功在社稷，然其子孫貴戚跋扈太甚，敗跡已露，作者苦心孤詣，故措辭中有許多委曲妙用。首段引春秋古事，說明世卿久盛，必危邦國，喻義貼切。二段正文，辭正氣平，善於處事，寫得委婉盡致，妙在含蓄不露，而又能深中霍氏之弊。浦起龍評曰：「封事本旨非罪狀霍氏，乃計安霍氏也。安之在於抑之，而抑之又不自人主出之；如此則恩結疑釋而邪謀不生；邪謀不生則勳戚安；勳戚安則國體厚，而上下兩全矣。以架空為正告，以曲筆達深言，其心其文，刻入微至。」

諫擊匈奴書

魏弱翁

【題　解】本篇出自《漢書・魏相傳》。本書作於宣帝元康二年（西元前六四年），自漢武帝時，衛青、霍去病幾度北伐，進軍漠北，匈奴勢力漸衰，對漢朝的威脅已經不大。但仍有一些小的侵擾。元康二年，匈奴派兵攻車師，鄭吉被圍。宣帝與後將軍趙充國等議，欲因匈奴衰弱，出兵擊其右地，使不敢復圖西域。丞相魏相乃上此書。書中指出：出兵自古有五種情況，而漢此次出兵，則是師出無名。同時邊郡困乏，無力參戰，郡國守相又多不實選，風俗尤薄，水旱不時，如果出兵，恐怕禍起蕭牆，因而建議不要出兵，應多關心內部的變化。結果宣帝從其言，改變了出兵的決策。

【作　者】魏相，字弱翁，濟陰定陶人。生年不詳，卒於漢宣帝神爵三年（西元前五九年），少學《易》，為郡卒史，舉賢良，以對策高第，為茂陵令。宣帝時，累官御史大夫。霍光卒（西元前六八年），相請減損霍氏權，以全功臣之後。又請上書者去副封以防壅蔽。韋賢免，魏相代為相。宣帝始親政事，勵精圖治；相數上便宜，皆蒙納用。封高平侯，卒謚憲侯。著有集二卷（《舊唐書・經籍志》），已佚。

臣聞之，救亂誅暴，謂之義兵，兵義者王；敵加於己，不得已而起者，謂之應兵，兵應者勝；爭恨❶小故，不忍憤怒者，謂之忿兵，兵忿者敗；利人土地貨寶者，謂之貪兵，兵貪者破；恃國家之大，矜民人之眾，欲見威於敵者，謂之驕兵，兵驕者滅❷。此五者，非但人事，迺天道也。

【章旨】本段泛論出兵之由，為後師出無名作鋪墊。

【注釋】❶恨 《補注》先謙曰：王念孫云「『恨』讀為『很』，謂相爭鬥也。孟子言『好勇鬥很』，是『很』與爭鬥同義，故以『爭很』連文，作『恨』者借字耳。」❷兵驕者滅 《補注》沈欽韓曰：「《文子・道德》篇『義兵王，應兵勝，忿兵敗，貪兵死，驕兵滅』，相論本之。」

【語譯】我聽說，為解除暴亂而用兵的，叫做「義兵」，用兵堅持正義就能成為王者；敵國把戰爭強加於自己，不得已而應戰的，叫做「應兵」，用兵應敵而戰的就能取勝；為一點小事而爭鬥，不能克制憤怒的，叫做「忿兵」，兵逞其憤怒的，就要遭到失敗；貪求別人土地貨寶而動兵的，叫做「貪兵」，用兵貪婪的就要被擊破；倚仗國家強大、人口眾多，想在敵國面前顯示威風的，叫做「驕兵」，驕傲之兵就要遭到滅亡。這五種用兵的結局，不只決定於人事，也是天意決定的啊。

間者，匈奴嘗有善意，所得漢民，輒奉歸之，未有犯於邊境。雖爭屯田車師❶，不足致❷意中。今聞諸將軍欲興兵入其地，臣愚不知此兵何名者也？今邊郡困乏，父子共犬羊之裘，食草萊之實，常恐不能自存，難以動兵。「軍旅之後，必有凶年」❸，言民以其愁苦之氣，傷陰陽之和也。出兵雖勝，猶有後憂，恐災害之變因此以生。今郡國守相，多不實選❹，風俗尤薄，水旱不時。案❺今年計，子弟殺父兄，妻殺夫者，凡二百二十二人，臣愚以為此非小變也。今左右不憂此，迺欲發兵報纖介之忿❻於遠夷，殆孔子所謂「吾恐季孫之憂，不在顓臾，而在蕭牆之內也❼」。願陛下與平昌侯、樂昌侯、平恩侯❽及有識者詳議，迺可。

【章旨】本段論述師出無名，應關心內部的憂患。

【注釋】❶屯田車師　車師為西域國名，在今新疆吐魯番附近。車師與匈奴結婚姻，教匈奴遮漢通烏孫道。侍郎鄭吉與校尉司馬熹發西域諸國萬餘人、屯田士兵千五百人共擊車師，破之；車師王奔烏孫，鄭吉使吏卒三百人屯田車師。之後，匈奴遣騎攻車師田者，圍車師城數日乃解。屯田，屯戍之卒開墾之田畝。❷致　置。❸軍旅之後二句　引老子《道德經》語。❹不實選　師古曰：「言不得其人。」❺案　查考；依據。❻纖介之忿　指匈奴遣兵擊屯田者一事。❼吾恐季孫之憂三句　引自《論語・季氏》。顓臾，魯國的附庸國，現山東費縣西北八十里有顓臾村，當是古顓臾之地。蕭牆，魯君所用的屏風。人臣至此屏風，便會肅然起敬，所以叫做蕭牆（蕭字從肅得聲）。蕭牆之內，喻內部。❽平昌侯樂昌侯平恩侯　平昌侯，王無故。樂昌侯，王武。兩人皆宣帝之舅。平恩侯，許伯，宣帝王皇后父，太子之外祖父。

【語譯】近一段時間以來，匈奴曾有善意，所得漢朝人民，立即歸還，未曾發生侵犯邊境的事。雖然有屯田車師的爭執，也不足以放在胸中。現在聽說諸將軍想興兵進入匈奴之境，我不知道這次出兵打的是什麼旗號啊？現今邊郡困乏，父子共穿犬羊的皮裘，吃的是野草的果實，還怕不能自我生存，因而動兵打仗是困難的。所謂「大兵之後，必有凶年」，說的是民眾用他們的愁苦情緒，傷害了陰陽二氣的調和啊。出兵即使取得勝利，也還有後顧之憂，恐怕災害的變異，會接著出現。現今郡國的守相官員，大都不得其人，風俗尤其澆薄，水旱災經常發生。依據今年的統計，子弟殺父兄的，妻子殺丈夫的，總共有二百二十二人之多，我認為這不能算是小的變異啊。現在皇上左右的大臣不對這些事情耽憂，卻想發兵向遠方的匈奴報復微小的怨忿，可能是孔子所說的「我恐怕季孫氏所憂慮的，不在顓臾，而在宮廷之內啊」。希望皇上與平昌侯、樂昌侯、平恩侯及有見識的人，詳細討論之後才可行。

【研　析】本篇諫伐匈奴，主要從理論和實際兩個方面進行論述。匈奴侵擾車師，本非漢土，故既不算「義兵」，亦不得稱「應兵」，正符合「爭恨小故，不忍憤怒」，當稱為「忿兵」。而「忿兵者敗」，這是就理論方面所應作出的結論。就現實而言：西域小國，而相互爭奪，師出無名，何況邊境困乏，世風澆薄，域內未安，何必唯此區區車師是圖！內部未臻於治，而妄言攘外，小不忍必亂大謀，此孔子所謂，必將禍起蕭牆。史載宣帝聽從魏相之議，撤出屯田之兵，將車師棄與匈奴，這乃是正確決策。

陳兵利害書

趙翁孫

【題　解】本篇出自《漢書・趙充國傳》。作於宣帝神爵元年（西元前六一年）。時匈奴聯合先零羌為患，先零因與罕、幵等羌解仇結約。漢廷議先擊罕、幵，充國上書陳其利害，卒從充國議。文中指出，皇上議欲出擊罕、幵，罕、幵未有所犯，而先零則準備為寇，因此建議先誅先零，罕、幵則不用煩兵而服矣。後果如充國計。

【作　者】趙充國，字翁孫，西漢隴西上邽（今甘肅天水）人，生於武帝建元四年（西元前一三七年），卒於宣帝甘露二年（西元前五二年）。熟習邊情。武帝、昭帝時，率軍出擊匈奴，勇敢善戰，以功為後將軍。宣帝即位，受封為營平侯。後與羌人作戰，在西北屯田，促進了西北地區的開發。

臣竊見騎都尉安國❶前幸賜書，擇羌人可使使罕❷，諭告以大軍當至，漢不誅罕，以解其謀。恩澤甚厚，非臣下所能及。臣獨私美陛下盛德至計亡已，故遣幵豪雕庫❸宣天子至德，罕、幵之屬皆聞知明詔。今先零❹羌楊玉，此羌之首帥名王，將騎四千，及煎鞏❺騎五千，阻石山木❻，候便為寇。罕羌未有所犯，今置先零，先擊罕；釋有罪，誅亡辜。起壹難，就兩害，誠非陛下本計也。

【章旨】本段簡略陳述置先零，先擊罕、幵的失計。

【注釋】❶安國　即義渠安國，為光祿大夫、騎都尉，抗擊羌人將領之一。❷罕　漢時羌族別種。漢世活動在金城郡（治所在今甘肅永靖西北）一帶。❸幵豪雕庫　幵，漢時羌族別種。豪，帥長；首領。雕庫，人名。❹先零　羌族的一支。漢世居於湟水以南、青海西北。以畜牧為生，多次進擾金城（今蘭州）、隴西等地。❺煎鞏　煎鞏與下黃羝、莫須同為古羌族小部落名。❻阻石山木　師古曰：「謂依阻山之木石以自保固。」

【語譯】我拜讀了騎都尉義渠安國帶來的皇上詔書，書中提到選擇羌人可以出使罕羌的，告諭他們漢大軍將要到來，漢並不誅滅罕羌，以緩和他們聯合先零共同叛漢的計謀。皇上恩澤甚厚，不是我輩所能考慮到的。我個人對皇上盛大的德行和最高的謀略讚美不已，所以派遣幵羌首領雕庫宣揚天子的最高德行，罕、幵的人民都聽到了解了皇上。現在先零羌人楊玉，他是羌人的首帥名王，率領自己的四千騎兵和煎鞏羌的五千騎兵，依山石林木以為險阻，等待機會作亂。罕羌並沒有參與侵犯，現在放下先零羌不擊，先擊罕羌；放掉有罪的，誅討無罪的。本來只是一個先零羌作亂，卻連同罕、幵兩羌受害，可能不是皇上的本意啊！

臣聞兵法：「攻不足者守有餘。」又曰：「善戰者致人❶，不致於人。」今罕羌欲為敦煌、酒泉寇，宜飭❷兵馬，練戰士，以須❸其至。坐得致敵之術，以逸擊勞，取勝之道也。今恐二郡兵少，不足以守，而發之行攻，釋致虜之術，而從為虜所致之道，臣愚以為不便。先零羌虜欲為背畔❹，故與罕、开解仇結約，然其私心，不能亡恐漢兵至而罕开背之也。臣愚以為其計常欲先赴罕、开之急❺，以堅其約❻。先擊罕、羌，先零必助之。今虜馬肥，糧食方饒，擊之恐不能傷害，適使先零得施德於罕、羌，堅其約，合其黨。虜交堅黨合，精兵二萬餘人，迫脅諸小種❼，附著者稍眾，莫須之屬，不輕得離也。如是，虜兵寖❽多，誅之用力數倍，臣恐國家憂累繇❾十年數，不二三歲而已。

【章　旨】本段具體論述先擊罕、开的不便。

【注　釋】❶致人　使人來。❷飭　整頓。❸須　待。❹畔　同「叛」義。❺赴罕开之急　往救罕、开的急難。❻堅其約　使罕、开與先零的盟約牢固。❼小種　服虔以為羌名。❽寖　漸。❾繇　同「由」。

【語　譯】我聽到兵法說：「進攻敵人的力量不夠，可防守敵人卻綽綽有餘。」又說：「善於指揮作戰的人能把敵人招來，不被敵人引誘過去。」現在罕羌想侵犯敦煌、酒泉，應該整頓兵馬，訓練戰士，以等待他們到來。靜坐而引誘敵人的戰術，以逸擊勞，這是取勝的原則。現在又耽心二郡的兵力不足，不能防守，因而採取前往進攻的辦法，拋棄引誘敵人的戰術，而實行被敵人所引誘的決策，我以為不太恰當。先零羌虜想發動叛亂，所以與罕、开二羌化除了仇怨、締結了盟約，然而先零羌的內心，不可能不耽心漢兵的到來和罕、开二羌的背叛啊。我以為先零的計策是想先去解除罕、开的危急，以使他們的盟約牢固。如果先擊罕羌，先零必然發兵援救。現在羌虜馬肥，糧食正當豐饒，如果漢兵出擊罕羌，恐不能給以致命的傷害，恰好促使先零得到向罕羌施以德惠的機會，使盟約更牢固，黨羽更擴張。敵虜盟約牢固黨羽擴張，就能出動精兵二萬餘人，迫脅諸小種羌，依附的會慢慢多起來，像莫須羌之輩，就不會輕易被拆散了啊。像這樣下去，羌虜兵卒慢慢增多，再誅滅就得花數倍之力，我耽心國家的憂患將會以十年計，不僅是二三年而已！

臣得蒙天子厚恩，父子俱為顯列❶。臣位至上卿❷，爵為列侯❸，犬馬之齒❹七十六，為明詔填溝壑❺，死骨不朽，亡所顧念。獨思惟兵利害至孰悉也。於臣之計，先誅先零已，則罕、开之屬，不煩兵而服矣。先零已誅而罕、开不服，涉正月擊之，得計❻之理，又其時也。以今進兵，誠不見其利。唯陛下裁察。

【章旨】本段陳述感戴天子厚恩的心情及先誅先零的建議。

【注釋】❶父子俱為顯列　其子卬為右曹中郎將。❷上卿　後將軍；少府。❸爵為列侯　充國以與霍光策立宣帝，封營平侯。❹犬馬之齒　犬馬，作者自稱。齒，年歲。❺填溝壑　喻死。❻計　先謙曰：「官本得下『計』作『利』。」

【語譯】我蒙受天子的厚恩，父子都屬於顯要的官列。我位至上卿，爵為列侯，我的年歲已經七十六，為皇上去犧牲，死且不朽，沒有什麼留戀。我只是在用兵的得失方面非常熟悉啊。在我的看法，應先誅伐先零結束，那麼罕、开之輩不煩用兵就會歸服了。如果先零已誅滅而罕、开仍然不取，經過正月再來攻打他，計得理順，又正當其時啊。按現在的辦法進兵，真不見利益之所在。希望皇上明察裁定。

【研析】本篇集中論述對西羌用兵由於策略差別所帶來的不同後果，先零為首惡，罕、开二羌不過是脅從。而廷議卻「釋有罪，誅亡辜」，先擊罕、开二羌，故首段明確指出廷議之不當，「誠非陛下本計」。二段進一步從兵法原則和具體實施兩方面詳細分析先擊罕、开二羌所必然導致的不利後果，不僅用力數倍，且費時十數年，非善戰者「致人」之策，適足以招致諸羌「交堅黨合」，於漢不利。末段提出正面建議，先擊先零則二羌不戰自服。至於此中感恩效忠數語，自是上書套語，不足為病。全文明白曉暢，切於事情。王文濡評之曰：「老謀深算，不愧籌邊名將，文亦絕無枝蔓語。」

屯田奏一

趙翁孫

【題解】本篇及下二篇均出自《漢書・趙充國傳》。本篇應作於宣帝神爵二年（西元前六〇年），緊承前篇。而《漢紀》、《通鑑》皆載〈屯田〉三奏於元康元年（西元前六五年），疑誤。趙充國擊敗先零羌後，以為窮寇不可追，欲罷騎兵屯田以待其敝。奏章未及呈上，適得進兵璽書，遂上〈屯田奏〉。先後上〈屯田奏〉三，此為其一。奏章指出羌虜易以計破，難用兵碎，認為擊之不便。同時目前供養難久支持，因提出屯田的建議，並將可墾田畝、可用兵力、所需費用核實上奏。

臣聞兵者，所以明德除害也。故舉得於外，則福生於內，不可不慎。臣所將吏士馬牛食，月用糧穀十九萬九千六百三十斛，鹽千六百九十三斛，茭藁❶二十五萬二千八十六石❷。難❸久不解，繇役不息，又恐它夷卒有不虞之變，相因並起，為明主憂，誠非素定廟勝之冊❹。且羌虜易以計破，難用兵碎也，故臣愚以為擊之不便。

【章旨】本段陳述將士供養不足，難久堅持，因認為擊之不便。

【注釋】❶茭藁　指牲口飼料。茭，乾草。藁，稻麥的稈子。❷石　此重量名。前文所言之斛（漢以十斗為斛），乃容量名。據《漢書・律歷志上》：「三十斤為鈞，四鈞為石。」❸難　《廣韻》：「患也。」此指邊患，即邊境戰事。❹廟勝之冊　在朝廷上取勝的決策。師古曰：「廟勝謂謀於廟堂而勝敵也。」冊，同「策」。

【語譯】我聽說用兵的目的，是為了彰明德行和消除禍患。所以如果在外面用兵有所收穫，那麼在朝廷就要獲得福利，不可不謹慎從事。我所統率的官兵士卒及馬牛所用的食物，每月耗用糧穀十九萬九千六百三十斛，鹽一千六百九十三斛，飼料二十五萬二百八十六石。如果戰事久不解除，徭役不停止，又恐怕其他夷人猝然產生料想不到的變化，事件一個接一個發生，為皇上造成憂患，的確不是平常在廟堂上就能取勝於敵的決策。況且羌虜容易用計謀攻破，難用兵力擊碎啊，所以我以為現在使用兵力攻打於己不利。

計度臨羌❶東至浩亹❷，羌虜故田，及公田民所未墾，可二千頃以上，其間郵亭❸多壞敗者。臣前部❹士入山伐材木，大小六萬餘枚，皆在水次❺。願罷騎兵，留弛刑❻應募，及淮陽汝南❼步兵與吏士私從者，合凡萬二百八十一人，用穀月二萬七千三百六十三斛，鹽三百八斛，分屯要害處。冰解漕下❽，繕鄉亭，浚溝渠，治湟陿❾以西道橋七十所，令可至鮮水❿左右。田事出，賦⓫人二十晦。至四月草生，發郡騎及屬國胡騎伉健⓬各千，倅馬什二⓭，就草，為田者遊兵⓮。以充入金城郡，益積畜，省大費。今大司農⓯所轉穀至者，足支萬人一歲食。謹上田處及器用簿，唯陛下裁許。

【章旨】本段上奏屯田規模包括墾地、兵力、費用等事宜。

【注釋】❶臨羌　縣名。漢置，屬金城郡，地在今青海湟源東南。漢時為羌族所居。❷浩亹　縣名，屬金城郡。地在今甘肅永登西南。❸郵亭　即驛站。漢代郵亭兼任招待過客，傳遞文書以及警備巡邏等事。❹部　部署；安排。❺水次　水邊。❻弛刑　指解除枷鎖等刑具的刑徒。弛，解。❼淮陽汝南　其地在今河南省境。陳直曰：「由居延漢簡看，居延戍卒多為淮陽、汝南、昌邑土人。」❽漕下　指以水運木而下。漕，水運穀曰漕。此指水運。❾湟陿　湟水出金城臨羌塞外，東入黃河。山陿而夾水曰陿。❿鮮水　青海湖。⓫賦　分給。⓬伉健　健壯。⓭倅馬什二　師古曰：「倅，副也。什二者，千騎則與副馬二百匹也。」⓮遊兵　來往巡遊的士兵，用以保護耕者。⓯大司農　官名，九卿之一。掌握租稅錢穀鹽鐵等事。

【語譯】估計從臨羌東至浩亹，羌虜原有的田土及百姓所未開墾的公田，大約在二千頃以上，其中郵亭多有敗壞。我以前曾部署士兵入山林砍伐材木，大小共六萬餘株，都堆積在水邊。我想取銷騎兵，留下免刑具的刑徒、應募的人，以及淮陽、汝南的步兵與私跟吏士的人，合計共一萬二百八十一人，用糧食每月二萬七千三百六十三斛，鹽三百八斛，分散屯聚在要害之處。待冰溶解，把木材水運而下，修繕鄉亭，深挖溝渠，治理湟水峽谷以西的路橋七十所，使直通至鮮水左右。春天農事開始，每人分給土地二十畝。待至四月草生之際，調動金城郡的騎兵和屬國的胡人騎兵各千人，配副馬各十分之一，就草地餵養，以作為保衛屯田者的遊兵。以屯田的收穫充實金城郡的庫藏，增加積蓄，省去了很大的費用。現在大司農所運送到的糧食，只足夠開支一萬人吃一年。我呈上墾田的地域及器用名冊，希望皇上裁決同意。

【研析】此為〈屯田〉三奏的第一篇，故首先闡明屯田設想的具體內容及其可行性。包括屯田地域、田畝、兵眾、所得利益及因罷騎兵以減省糧食、草料的供應。如不採用此策，則每月將耗費糧穀、鹽、茭藁若干。其數量之大，若難久不解，實非「廟勝之冊」。故王文濡評曰：「此一篇報銷帳預算表也，核實上奏，無一字虛飾。」所謂「預算表」，即臨事之前，預先造好計畫，以便按計畫施行。正如浦起龍所評：「仍標不輕兵，見本旨。所講在屯政，而本謀仍在按兵，為三奏總意。其一路核算臚列，所謂先定其規模而後從事。」

屯田奏二

趙翁孫

【題解】本篇緊承前篇，前奏上後，宣帝反問「後將軍，言欲罷騎兵，萬人留田，即如將軍之計，虜當何時伏誅？兵當何時得決（決勝）？孰計其便復奏」（《漢書》本傳），充國在奏章中指出，萬人留田是靜坐支解羌虜的辦法，兵決勝可期月而望。並列舉了不出兵而屯田的十二條好處。諸如留屯以為武備，因田得穀；令羌虜不得歸肥饒之地，貧破其眾；居民不失農業；罷騎兵省大費種種，總之不出兵而行屯田，實屬取勝之道。

臣聞帝王之兵，以全取勝，是以貴謀而賤戰。戰而百勝，非善之善者也。故先為不可勝，以待敵之可勝❶。蠻夷習俗，雖殊於禮義之國，然其欲避害就利，愛親戚，畏死亡，一也。今虜亡其美地薦草❷，愁於寄託遠遯，骨肉離心，人有畔志，而明主般❸師罷兵，萬人留田，順天時，因地利，以待可勝之虜，雖未即伏辜，兵決可期月❹而望。羌虜瓦解，前後降者萬七百餘人，及受言❺去者凡七十輩，此坐支解羌虜之具也。

【章旨】本段陳述如果實行罷兵留田，兵決可期月而望，是靜坐支解羌虜的辦法。

【注釋】❶先為不可勝二句　見《孫子兵法・形》。孫子曰：「昔之善戰者，先為不可勝，以待敵之可勝。不可勝在己，可勝在敵。故善戰者，能為不可勝，不能使敵之可勝。」不可勝，自己加強力量，不會被敵人戰勝。待敵之可勝，等待和尋求對敵之可乘之機。❷薦草　稠草。一說美草。❸般　通「班」。還也。❹朞月　指一整年或一整月。此當指一整年。朞，同「期」。❺受言　師古：「謂羌受充國之言，歸相告喻者也。」

【語　譯】我聽說帝王的用兵，以全勝敵國來取勝，因此重視謀略而看輕實戰。即令是百戰百勝，也不是完善中最完善的啊。所以首先要自己創造條件不被敵人戰勝，然後再尋求敵人的可乘之機以戰勝敵人。蠻夷的習俗，雖與講禮義的中原不同，然而他們避開禍害、追求利益、關愛親戚、懼怕死亡的心理是相同的。現在羌虜失去了美地豐草，為遠逃寄身而發愁，骨肉間離心，人人都有背叛的想法，如果皇上回師休兵，萬人留下種田，順乎天時，得其地利，以等待可被戰勝的羌虜，即使未能立即使之屈服認罪，用兵決勝也只是一年內可以等待的事情。羌虜今已瓦解，前後投降的已達一萬七百多人，接受勸告相互告喻而離去的達七十輩，這就是靜坐分裂羌虜的辦法啊。

臣謹條不出兵留田便宜十二事：步兵九校❶，吏士萬人，留屯以為武備，因田致穀，威德並行，一也。又因排折羌虜，令不得歸肥饒之地，貧破其眾，以成羌虜相畔之漸❷，二也。居民得並田作❸，不失農業，三也。軍馬一月之食，度支田士❹一歲，罷騎兵以省大費，四也。至春省❺甲士卒，循河湟，漕穀❻至臨羌，以示羌虜，揚威武傳世折衝❼之具，五也。以閒暇時，下所伐材，繕治郵亭，充入金城，六也。兵出，乘危徼幸❽；不出，令反畔之虜，竄於風寒之地，離❾霜露疾疫瘃墯❿之患，坐得必勝之道，七也。亡經阻遠追死傷之害，八也。內不損威武之重，外不令虜得乘間之埶，九也。又亡驚動河南大开、小开⑪，使生它變之憂，十也。治湟陿中道橋，令可至鮮水，以制西域，信威千里，從枕席上過師⑫，十一也。大費既省，繇役豫⑬息，以戒不虞⑭，十二也。留屯田得十二便，出兵失十二利。臣充國材下，犬馬齒衰，不識長冊，唯明詔博詳公卿議臣採擇。

【章旨】本段陳述不出兵留田便宜十二事。

【注釋】❶九校　九部。❷相畔之漸　逐漸形成背叛之勢。❸並田作　《補注》：周壽昌曰：「言民田與屯田同時並作，兩不相妨。」❹田士　屯田之士卒。❺省　省察；檢閱。❻漕穀　水運糧穀。❼折衝　折返敵人之衝車，言不需實戰，以威武取勝。或謂摧折衝陷敵人，即擊退敵人。❽乘危徼幸　師古曰：「言不可必勝。」意指履危險之地，處危險之時，以求意外勝利。❾離　遭受。❿瘃墯　師古謂：「因寒瘃而墯指」。瘃，凍瘡。墯，指斷指。⑪大开小开　服虔曰：「皆羌種，在河西之河南也。」⑫從枕席上過師　指既修好了橋，又伸威千里，在這種環境裡行軍，就好像在枕席上行軍一樣。極言出征之易。⑬豫　預。⑭不虞　不料；意外。

【語譯】我謹分條陳述不出兵留以屯田的十二點好處：步兵共九部，官吏士卒上萬人，留下屯田以充作武備，因種田而得到糧食，這是威武與德惠並行的事情，這是第一點。又因驅逐分裂羌虜，讓他們不得回歸於肥饒的土地，使之貧乏而瓦解其眾，造成羌虜漸漸背叛的形勢，這是第二點。居民耕種與屯田並舉，不荒廢農事，這是第三點。軍馬一個月的食物，估計就可以維持屯田士卒一年，因而取銷騎兵可以節省大的開支，這是第四點。如果到來年春天整頓甲兵士卒，沿著黃河、湟水水運糧食抵達臨羌，向羌虜宣示，彰揚漢師的威武，傳播制敵取勝之道，這是第五點。趁軍事閒暇之時，水運所伐木材，修治郵亭，充實金城，這是第六點。如果出兵，則冒危險且不一定能夠取勝；不出兵，讓反叛之虜逃跑到風寒之地，遭受霜露疾疫凍斷手指的痛苦，乃靜坐必然取勝的辦法，這是第七點。沒有經歷險阻遠追敵虜造成死傷的危害，這是第八點。內部不會降低威武之師的威望，外面不會讓羌虜得到可乘之機，這是第九點。又沒有驚動河南的大幵、小幵二羌，使之產生別的變亂帶來的憂患，這是第十點。修建湟水狹谷的橋梁，令其直通鮮水，以便制服西域，威武伸展千里，簡直像從枕席上行軍一樣，這是第十一點。巨大的開支已經節省，徭役又將停止，用以免除意外的事情發生，這是第十二點。留下士卒屯田得到十二點好處，出兵則失去十二點好處。我才能低下，年歲衰老，拿不出完美的計策，只希望皇上與公卿廣泛詳細地討論我的建議，並給以採納選擇。

【研　析】前篇說屯田的可行性，本篇則意在說明屯田的必要性。必要性又從理論和實踐兩方面立言。理論上首先提出「貴謀而賤戰」為其綱領。王文濡評曰：「此就前篇利益而言之加詳耳，貴謀賤戰，實千古扼要之論。」進而分析提出「先為不可勝，以待敵之可勝」，意即以逸待勞，可不戰而屈人之兵；並以羌人部分歸降以證之。在實踐方面則具體分析列舉「便宜十二事」。這十二事包括揚威、示德、省費、息繇、實邊、待虜生變以乘其危。總括起來，不外「強漢弱虜」四個字，此乃萬全之策。浦起龍評曰：「便宜在留屯，即不利在輕兵也；手寫此而神注彼，看處處點勒不出兵宗旨。」

屯田奏三

趙翁孫

【題　解】本篇緊承前二篇。前奏上後，宣帝復問：「期月而望者，謂何時也？」「虜聞兵頗罷，且丁壯相聚，攻擾田者及道上屯兵，復殺略人民，將何以止之？」又恐大小幵與先零為一等等，令充國孰計復奏。充國因上第三道屯田奏章。文中就宣帝提出的問題一一作了回答，特別對屯田之便與出兵的不利加以詳述，成為三奏的主旨和總結。

臣聞兵以計為本，故多算勝少算❶。先零羌精兵，今餘不過七八千人，失地遠客，分散飢凍。罕、幵、莫須，又頗暴略❷其羸❸弱畜產，畔還者不絕，皆聞天子明令相捕斬之賞❹。臣愚以為虜破壞，可日月冀❺，遠在來春。故曰兵決可期月而望。

【章旨】本段陳述用兵決勝可期月而望的理由。

【注釋】❶多算勝少算　見《孫子兵法・計》：「多算勝，少算不勝。」句意即計算周密勝過計算不周密。算，本指計算的籌碼，這裡有計算、計謀的意思。❷暴略　侵暴；掠奪。❸羸　瘦。❹相捕斬之賞　指捕到先零羌虜斬之有賞。❺可日月冀　意為破虜時間不遠，指日月可待。冀，期待。

【語譯】我聽說用兵以計謀為根本，所以計謀多的能戰勝計謀少的。先零羌虜的精兵，現在剩下的不過七、八千人，失去地盤逃於遠方，分散各處受飢受寒。罕、幵、莫須又頗逞強擄掠他們的瘦弱民眾和牲口，因而背叛先零羌逃回中原的絡繹不絕，都知道了天子的命令捕得羌虜而斬的有賞。我以為羌虜的瓦解指日可待，最遲不超過明年春天。所以說用兵決勝可以指望在一年內實現。

竊見北邊自敦煌至遼東，萬一千五百餘里，乘塞列隧❶，有吏卒數千人，虜數大眾攻之而不能害。今留步士萬人屯田，地埶平易，多高山遠望之便；部曲❷相保，為塹壘木樵❸，校聯不絕❹；便兵弩，飭鬭具，逢火幸通，埶及并力❺。以逸待勞，兵之利者也。臣愚以為屯田，內有亡費之利，外有守禦之備。騎兵雖罷，虜見萬人留田，為必禽之具，其土崩歸德❻，宜不久矣。從今盡三月，虜馬羸瘦，必不敢捐其妻子於他種中，遠涉河山而來為寇。又見屯田之士，精兵萬人，終不敢復將其累重❼還歸故地。是臣之愚計，所以度虜且必瓦解其處，不戰而自破之冊也。

【章　旨】本段詳述屯田之利。

【注　釋】❶乘塞列隧　登上邊塞陳列烽火。乘，升。隧，通「燧」，用以守望並放烽火的亭子。❷部曲　古時軍隊的編制單位。將軍領軍皆有部，部下有曲。❸塹壘木樵　塹，壕溝。壘，壁壘；堡壘。樵，同「譙」，瞭望敵情的高樓。❹校聯不絕　言營壘相次。校，木欄柵。❺烽火幸通二句　王先謙曰：「《漢紀》作『烽火相連，埶足并力』。」❻歸德　歸服德義，即投誠。❼累重　師古曰：「累重，謂妻子也。」

【語　譯】我見到北邊從敦煌到遼東，一萬一千五百餘里，緣邊塞陳列烽火，有吏卒數千人，敵虜大眾數攻而不能損害。現今留步卒萬人屯田，地勢平易，又多高山便於遠望；部曲士卒又相互支持，建築了壕溝堡壘瞭望樓，木柵相聯不絕；便於使用兵器弓弩，整理防守器械，烽火一旦通報，其勢一定合力以赴。以逸待勞，是用兵的利益之所在。我以為屯田對內有節省開支的好處，對外有防守禦敵的準備。騎兵雖然取銷，敵虜見到上萬人留下屯田，必成為他們被擒的措施，可見他們土崩瓦解歸德投誠的時機，應該不久了。從今以後三個月之內，虜馬瘦弱，必不敢把他們的妻室子女拋棄到別的羌種中，遼遠跋涉河山前來侵犯。又見到屯田的士卒，精兵萬人，終必不敢再攜帶他們的妻室子女還歸故地。這是我的愚笨的計謀，是因為估計到敵虜必將各在他處瓦解，屬不戰而自破的策略啊。

至於虜小寇盜，時殺人民，其原未可卒❶禁。臣聞戰不必勝，不苟接刃❷；攻不必取，不苟勞眾。誠令兵出，雖不能滅先零，亶能令虜絕不為小寇，則出兵可也；即今同是，而釋坐勝之道，從乘危之埶，往終不見利，空內自罷敝❸，貶重❹而自損，非所以視蠻夷❺也。又大兵一出，還不可復留，湟中亦未可空，如是，繇役復發也。且匈奴不可不備，烏桓不可不憂。今久轉運煩費，傾我不虞之用，以澹❻一隅，臣愚以為不便。校尉臨眾❼，幸得承威德，奉厚幣，拊循眾羌，諭以明詔，宜皆鄉風。雖其前辭嘗曰「得亡效五年❽」，宜亡它心，不足以故出兵❾。

【章　旨】本段詳述出兵的不利。

【注　釋】❶卒　同「猝」。立即。❷戰不必勝二句　《補注》：沈欽韓曰：「《六韜・軍勢》：『上戰無與戰，故爭勝白刃之前者，非良將也。』」❸罷敝　通「疲弊」。❹貶重　先謙曰：「貶重，胡注『謂貶中國之威重』。」❺視蠻夷　顯示給蠻夷看。❻澹　通「贍」。供養。❼臨眾　人名，姓辛，後繼趙充國守邊。❽得亡效五年　宣帝詔書中曾引用大开、小开說的「得亡效五年（指宣帝元康二年，即西元前六四年匈奴寇車師，至此正好五年）時不分別人而并擊我」，疑其叛變，急欲出兵攻討。趙充國以為开羌雖有此語，但聽詔書內容後，就會消除異心，不必因此事而出兵。❾不足以故出兵　《補注》王念孫曰：「『不足以故出兵』，本作『不足以疑故出兵』，『疑故』者，疑事也。」

【語　譯】至於羌虜曾有小規模的寇盜，經常殺害人民，這本來就不可即刻禁止。我聽說戰爭不一定能取勝，就不要隨便去與敵人交鋒；進攻不一定能奪取，就不要隨便去勞累大眾。如果此次派兵出擊，雖不能滅亡先零，但能使羌虜定不為小寇，那麼出兵是可以的；如果仍然不能杜絕小寇，卻又放棄了靜坐以待勝的策略，去冒著危險的形勢，終究得不到利益，徒然使自己內部弄得疲憊不堪，降低了自己的威嚴而損害了自己，這不應顯示給蠻夷觀看啊。同時大兵一出，返回時又不可再留下，而湟中又不能無人駐守，像這樣徭役又會再度征發。況且匈奴不可不備，烏桓不可不令人耽憂。現在長久轉運物資的煩雜耗費，是將我國以備不測的費用完全用在這一個地區，我以為這種作法不利。校尉辛臨眾，有幸承受皇上的威德，帶著厚禮，安撫眾羌，並曉諭詔書，羌眾都會向風歸附。雖然皇上此前說過「已經沒有成效達五年之久了」，但還是應該不要有別的想法，不值得因這點小事來出兵。

臣竊自惟念奉詔出塞，引軍遠擊，窮天子之精兵，散車甲於山野，雖無尺寸之功，媮❶得避慊❷之便，而亡後咎餘責。此人臣不忠之利，非明主社稷之福也。臣幸得奮精兵，討不義，久留天誅❸，罪當萬死。陛下寬仁，未忍加誅，令臣數得孰計。愚臣伏計孰甚，不敢避斧鉞之誅，昧死陳愚，唯陛下省察。

【章旨】本段表明自己不為個人免責，而是從忠於皇上社稷出發，希望皇上採納自己的意見。

【注釋】❶媮　苟且。❷慊　通「嫌」。嫌疑。❸天誅　天意當誅滅，俗謂罪當天誅地滅，此指敵人。

【語譯】我私下想過，如果奉皇上之命離開邊塞，帶兵遠出攻擊，把天子的精兵全部派出，讓戰車兵甲拋棄於山野之間，這麼做即使沒有尺寸之功，可能也會苟且得到避嫌疑的便宜，而且自己既沒有後患也沒有責任。不過，這種作法乃是人臣不忠的表現，而不是明主社稷的福分啊。我有幸率領精兵討伐不義，長久停留在此，等待上天誅滅羌敵，我罪該萬死。由於皇上的寬大仁愛，不忍心對我加以誅罰，反而要我再三仔細考慮。我的確經過了多次仔細考慮，不敢迴避斧鉞的誅罰，冒著死罪陳述我的意見，希望皇上明察。

【研析】本篇主要為回答宣帝提出的一些疑問，補充前二篇所未及者，而重點則在於正面論述出戰之不利。貿然出戰，不僅空內自疲，貶重自損，繇役復發；且北方一千五百里邊防，不單須防羌虜，尚有匈奴、烏桓亦不能不備，不可不憂。這樣，留屯不戰，所考慮的不光為局部利益，更是攸關整個國家的邊防利益。儘管奉詔出戰，於己足可塞責，但於國不利；不出戰於己似為不忠，但卻有功於社稷。屯田與不戰，本是一個問題的兩個方面：首篇言屯田的可行性，二篇言屯田的必要性，正面論及的都是屯田。本篇則就出戰之利害落墨，出戰必然不利，這就從反面論證了屯田乃是唯一的選擇。這三篇合起來是一個整體，但各篇又能相對獨立，各有其側重。浦起龍評曰：「此篇前輕後重，為諸篇大歸宿，前證留屯之成效，後論輕出之多虞，於是陳兵利害之篇旨，的然可見矣。」姚鼐評曰：「推闡盡致，仍不覺其繁冗，可為論事之法。」

入粟贖罪議

蕭長倩

【題解】本篇出自《漢書・蕭望之傳》。作於神爵元年（西元前六一年）。當時西羌反叛，京兆尹張敞上書言有罪者入粟邊境以贖罪，用解救百姓之急。事下有司，蕭望之與少府李彊議，以為入粟贖罪，會造成貧富異刑、執法不一、有傷教化的弊端。其議即為本文。

【作者】蕭望之，字長倩，東海蘭陵（今山東蒼山境）人，徙杜陵（今西安市東南）。生卒年說法不一，約生於漢武帝元封初年，卒於元帝初元二年（西元前四七年）。家世業農，至望之，好學，治《齊詩》，師事同縣后倉將十年。後詣太常受業，又從夏侯勝問《論語》。大將軍霍光執政，長史丙吉薦王仲翁與望之等，皆召見，以忤光不除用，署小苑東門候以辱之。及魏相為相，除為屬察廉，為大行治禮。宣帝在民間，已聞望之名，至是，常向諮詢國事，位至太子太傅。宣帝疾篤，受遺詔輔政，領尚書事。元帝即位，望之以師傅見重，多所匡正，詔賜爵關內侯，且欲用為丞相。後為弘恭、石顯所陷，不肯屈，飲鴆自殺。望之為一代賢臣，故在當時不以著作名世。《漢書・藝文志》載望之賦四篇，今不存。

民函❶陰陽之氣，有好義欲利之心，在教化之所助。雖堯在上，不能去民欲利之心，而能令其欲利不勝其好義也。雖桀在上，不能去民好義之心，而能令其好義不勝其欲利也。故堯桀之分，在於義利而已，道❷民不可不慎也。

【章　旨】本段述民有好義欲利之心，在於教化的導向。

【注　釋】❶函　包含；具有。❷道　通「導」。

【語　譯】人本身就包含有陰氣和陽氣，就有好義欲利的心理，義、利哪個占上風，在於教化的作用。即使有堯這樣的君主在上位，也不能去掉人的欲利之心，但能使他的欲利之心不會超過好義之心。即使有桀這樣的君主在上位，也不能去掉人的好義之心，但能使他的好義之心不會超過欲利之心。所以堯與桀的區別就在於義、利以何者為先而已，可見教導民眾不可不慎重啊！

今欲令民量粟以贖罪，如此，則富者得生，貧者獨死，是貧富異刑，而法不壹也。人情貧窮，父兄囚執，聞出財得以生活，為人子弟者，將不顧死亡之患、敗亂之行，以赴財利，求救親戚。一人得生，十人以喪，如此，伯夷❶之行壞，公綽❷之名滅，政教壹傾，雖有周、召❸之佐，恐不能復。

【章　旨】本段述如令民量粟以贖罪，則會產生貧富異刑、執法不一的弊端。

【注　釋】❶伯夷　古之賢者，商末孤竹君長子。❷公綽　魯大夫孟公綽，乃孔子所尊敬者。《論語・憲問》：「公綽之不欲」。❸周召　即周公姬旦、召公姬奭，二人均為周成王相。

【語　譯】現在令民眾獻出糧食以減免罪刑，像這樣，只有富人犯罪才能夠得到活命的機會，而窮人犯罪就只有死路一條，這就造成貧富犯罪有不同的刑罰標準而法令不一致啊。人之常情，窮人的父兄被關押拘禁，聽到拿出財產就能活命，作為子弟，將會不顧死亡的禍患、敗亂的行為去追求財利，用以解救親人。一個人被救活，會有十個人因此而死亡。像這樣，伯夷的廉潔之行被破壞，公綽美好的名聲也會消失，政治教育一旦廢弛，即使有周公、召公這樣的賢相來輔佐，也恐怕不能恢復。

古者臧❶於民，不足則取，有餘則予。《詩》曰：「爰及矜人，哀此鰥寡。」❷上惠下也。又曰：「雨我公田，遂及我私。」❸下急上也。今有西邊之役，民失作業，雖戶賦口斂，以贍其困乏，古之通義，百姓莫以為非。以死救生，恐未可也。陛下布德施教，教化既成，堯舜亡以加也，今議開利路，以傷既成之化，臣竊痛之。

【章　旨】本段述入粟贖罪以開財利之路，有傷教化，不可行。

【注　釋】❶臧　同「藏」。指儲藏財富。❷詩曰三句　引自《詩經・小雅・鴻雁》。爰，語助詞。矜人，苦民。鰥寡，無妻曰鰥，無夫曰寡。❸又曰三句　引自《詩經・小雅・大田》。雨，下雨。師古曰：「言眾庶喜於時雨，先潤公田，又及私田，是則其心先公後私。」

【語譯】古代財富儲藏在民間，公家不足就取用，公家有剩餘就賜與。《詩經》說：「連同這些貧苦的人，鰥寡都值得哀憐。」這是國家施惠於下民啊。又說：「雨落到了我們的公田，也落到了我們的私田。」這是下民關心國家啊。現在西邊有戰役，百姓荒廢了生產，即使按戶而賦計口而斂，以供養西部邊境兵民的困乏，這是古代公認的道理，百姓沒人以為這是不對的。然而以糧食贖死求生的作法，恐怕不可行啊。皇上普降德澤施展教化，教化已見成效，連堯舜也不會超過，現在卻議論開闢財利之路，以傷害已見成效的教化，我私下為此事痛心。

【研析】本篇三段，首段從理論上分析。姚鼐評曰：「辭意皆本《荀子》。」似指荀子之性惡論，其實未當。其根據應為揚雄性善惡混和及王充性有善有惡論。王充《論衡・本性》云：「人性有善有惡，舉人之善性，養而致之則善長；性惡，養而致之則惡長。如此，則性各有陰陽善惡，在所養焉。」這正是首段之所據。二段具體分析入粟贖罪之害。三段聯繫朝廷擬採取此項政策的出發點，即伐羌之役所造成的困乏。引《詩經》以說明上惠下，下亦急上，故此可用戶賦口斂，即依靠下急上的方法予以解決，不宜重利忘義。通篇強調教化重於不擇手段的斂財。義重於利，不單教民如此，治國救邊，亦宜如此。

罷珠厓對

賈君房

【題解】本篇出自《漢書・賈捐之傳》。作於漢元帝初元三年（西元前四六年）。珠厓，漢郡名，轄境在今海南省東北部，治所在瞫都（今瓊山市）。自武帝元封二年（西元前一一〇年）立儋耳（亦在今海南省）、珠厓二郡至昭帝始元元年（西元前八六年）二十餘年間，凡六反叛。至其五年，罷儋耳郡并入珠厓。至宣帝神爵三年（西元前五九年），珠厓三縣復反。甘露元年（西元前五三年），九縣反，發兵平定。元帝初元元年（西元前四八年），珠厓又反，發兵擊之。諸縣更叛，連年不定。宣帝與有司議大發兵。御史大夫陳萬年以為當擊；待詔賈捐之以為關東民眾困乏，流離道路，宜棄珠厓，救民飢饉。丞相于定國附其議。元帝乃下詔以罷珠厓郡。

【作者】賈捐之，字君房，賈誼之曾孫。生卒年不詳。據本傳推測，當卒於初元三年之後。元帝初即位，上疏言得失，召待詔金馬門。捐之數被召見，言多納用。由於觸犯權貴石顯，竟坐棄市。

臣幸得遭❶明盛之朝，蒙危言❷之策，無忌諱之患，敢昧死竭卷卷❸。

【章旨】本段為陳述事理之前的心情表露。

【注釋】❶遭　遇。❷危言　直言。師古曰：「言出而身危，故云危言。」❸卷卷　通「拳拳」。忠誠；懇切。

【語譯】我有幸遇上了聖明興盛的朝代，承蒙策求直言，沒有忌諱帶來的禍患，敢於冒犯死罪以竭盡我的一片忠誠之心。

臣聞堯、舜，聖之盛也，禹入聖域而不優❶，故孔子稱堯曰「大哉」❷，《韶》❸曰「盡善」，禹曰「無間」。❹以三聖之德，地方不過數千里，西被流沙，東漸於海，朔南暨聲教訖於四海❺。欲與聲教，則治之；不欲與者，不強治也。故君臣歌德❻，含氣之物，各得其宜。武丁❼、成王，殷、周之大仁也，然地東不過江、黃❽，西不過氐、羌，南不過蠻荊，北不過朔方。是以頌聲作，視聽之類，咸樂其生。越裳氏重九譯而獻❾，此非兵革之所能致；及其衰也，南征不還❿，齊桓捄其難⓫，孔子定其文⓬。以至乎秦，興兵遠攻，貪外虛內，務欲廣地，不慮其害。然地南不過閩越，北不過太原，而天下潰畔，禍卒在於二世之末。長城之歌，至今未絕⓭。

【章旨】本段引秦以前史實，說明國之興盛不在地域的大小，而在於聖德。

【注釋】❶禹入聖域而不優　臣瓚曰：「禹之功德裁入聖人區域，但不能優泰耳。」優，寬。❷孔子稱堯曰二句　《論語・泰伯》：「大哉！堯之為君也。」❸韶　舜樂舞名。❹禹曰二句　《論語・泰伯》：「禹，吾無間然矣！」無間，無空隙，無可挑剔處。❺西被流沙三句　此引《尚書・禹貢》之辭。〈禹貢〉作「東漸於海，西被于流沙，朔南暨聲教訖于四海」。被，及。漸，入。朔，北方。暨，與；參與；受到。正義曰：「雖在服外，皆與聞天子威聲文教，時來朝見。」傳云：「此五服之外，皆與王者聲教而朝見，言其聞風感德而來朝也。」按此，「暨」釋為「參與」，作介詞用。這樣可以上下貫通。訖，止。四海，猶四夷。四方少數民族。《爾雅》云：「九夷八狄七戎六蠻謂之四海。」「朔南暨聲教訖于四海」，九字一句，謂北方南方受到聲教皆止於夷狄之區。❻君臣歌德　見《尚書・皋陶謨》。舜歌曰：「股肱喜哉！元首起哉！百工熙哉！」皋陶歌曰：「元首明哉！股肱良哉！庶事康哉！」等。❼武丁　殷高宗。為殷中興之主。❽江黃　周時小國名。江，在今河南正陽縣。黃，在今河南潢川縣。❾越裳氏重九譯而獻　古國名。其地在今越南之南境。九譯，謂遠國使來，需經多次輾轉翻譯，語言乃通。❿南征不還　周昭王南巡，渡漢水，中流溺死。據說當地居民憎恨昭王，特以膠結之船渡水，至中流船體瓦解，昭王溺死。故後來齊桓公以此為伐楚之藉口：「昭王南征而不復，寡人是問！」（《左傳・僖公四年》）。⓫齊桓捄其難　指伐楚事。捄，即「救」字。⓬孔子定其文　孔子所謂「微管仲，吾其被髮左衽矣！」以上二句均從王先謙說。⓭長城之歌二句　《補注》沈欽韓曰：「〈河水注〉引揚泉《物理論》曰：『秦築長城，死者相屬，民歌曰：生男慎勿舉，生女哺用脯。不見長城下，屍骸相支柱。』」

【語　譯】我聽說堯舜是聖人當中最傑出的，夏禹還只是進入到聖人的領域而算不得優秀，所以孔子稱頌堯說「偉大啊」，稱頌舜的《韶》樂是「盡善盡美」，稱頌禹說「沒有什麼可以挑剔的」。憑著這三位聖人的德行，地域也不過數千里，西邊到達流沙，東邊到達海邊，以及北邊和南邊這些五服之外的地域，聖人的聲威和文教感化了四夷之民。四夷之民中願意接受教化的，就加以治理；不願接受教化的，就不強行治理。所以君臣都互相歌頌德行，凡有生命的物類，都得到了恰當的安排。殷高宗和周成王，是殷、周的大仁人，然而他們統轄的地域，東邊沒有超越江國和黃國，西邊沒有超越氐、羌，南邊沒有超越蠻荊，北邊沒有超越朔方。因此歌頌殷、周的聲音到處出現，凡有生命的物類，都愉快地生活。越裳氏經過多次輾轉翻譯，獻來他們的貢物，這並不是通過武力所能辦到的；可是，等到國家一旦衰落，周昭王南征不能返回，還有賴於齊桓公幫助救難，因而齊桓公還得到孔子的肯定。到了秦代，興兵遠攻，向外貪求，耗盡了內部的人力物力，一心想擴大地盤，不考慮由此帶來的後患。然而地盤南邊也沒有超過閩、越，北邊也沒有超過太原，並使得天下潰亂背叛，禍亂終於在二世之末釀成。長城之歌，到現在還傳唱不絕！

賴聖漢初興，為百姓請命，平定天下。至孝文皇帝，閔❶中國未安，偃❷武行文，則斷獄數百，民賦四十，丁男三年而一事❸。時有獻千里馬者，詔曰：「鸞旗❹在前，屬車❺在後，吉行日五十里，師行三十里，朕乘千里之馬，獨先安之❻？」於是還馬，與道里費，而下詔曰：「朕不受獻也，其令四方毋求來獻。」當此之時，逸遊之樂絕，奇麗之賂塞，鄭衛之倡❼微矣。夫後宮盛色，則賢者隱處；佞人❽用事，則諍臣❾杜口。而文帝不行，故諡為「孝文」，廟稱「太宗」。

【章　旨】本段言文帝行節儉而天下歸附。

【注　釋】❶閔　憫；憐惜。❷偃　息。❸民賦四十二句　漢制：常賦每年百二十錢，當時民多，每三年出賦四十錢。一事，指三年負擔一次賦稅。❹鸞旗　屬天子儀仗。師古曰：「鸞旗編以羽毛，列繫橦旁，載於車上。大駕出則陳於道而先行。」❺屬車　天子車之後跟隨的相連屬的車。❻安之　何往。師古曰：「安之，言何所適往。」❼鄭衛之倡　古以鄭衛之地民間多淫靡之聲。倡，女樂；唱歌的女子。❽佞人　善於言辯的小人。❾諍臣　直諫之臣。

【語　譯】有賴大漢的初興，替百姓祈求保全性命，平定了天下。到孝文皇帝，憐惜當時國家尚未安定，於是停止使用武力，實行文德教化，每年斷獄案件只有數百起，民賦減為四十，丁男三年交納賦稅一次。當時有人獻千里馬，孝文皇帝下詔令說：「鸞旗在前先導，車駕跟隨在後，吉事出行每天走五十里，行軍每天走三十里，我乘上千里馬，單獨在前走向何方呢？」於是退還千里馬，並支付旅途的耗費，接著下詔令說：「我不接受貢品，責令四方之民也不要送來貢品。」當此之時，追求遊玩之樂的絕跡了，貢獻奇美寶物的堵塞了，淫靡之聲消失了。一般說來，後宮聲色盛行，那麼賢能的人就會隱居山林；巧言善辯的小人當權，而忠言直諫之臣就會緘默無語。但文帝卻不是如此，所以謚號叫做「孝文」，廟號叫做「太宗」。

至孝武皇帝元狩六年❶，太倉之粟，紅腐而不可食，都內之錢，貫❷朽而不可校❸。迺探平城之事❹，錄冒頓❺以來，數為邊害，籍兵厲馬❻，因富民以攘服之❼。西連諸國，至於安息❽，東過碣石❾，以玄菟、樂浪❿為郡，北卻匈奴萬里，更起營塞，制南海以為八郡⓫。則天下斷獄萬數，民賦數百，造鹽鐵酒榷⓬之利，以佐用度，猶不能足。當此之時，寇賊並起，軍旅數發，父戰死於前，子鬭傷於後，女子乘亭鄣⑬，孤兒號於道，老母寡婦，飲泣巷哭，遙設虛祭，想魂乎萬里之外。淮南王盜寫虎符⑭，陰聘名士，關東公孫勇⑮等詐為使者，是皆廓⑯地泰大，征伐不休之故也。

【章旨】本段言武帝征伐不已，地域擴大而民遭苦難。

【注釋】❶元狩六年　西元前一一七年。❷貫　串錢的繩。❸校　計算。❹平城之事　漢初匈奴強盛，冒頓單于不斷侵擾，西元前二〇〇年匈奴大軍圍攻晉陽（今山西太原），漢高祖親率軍三十餘萬迎戰，被圍困於平城白登山（今山西大同東南），達七日之久。後來用陳平計才得以解脫。探，追憶。❺冒頓　匈奴王名。冒頓單于在漢高帝六年（西元前二〇一年）自立。❻籍兵厲馬　王先謙以為作「籍馬厲兵」文義較長。指登記民間之馬，磨利兵器。❼因富民以攘服之　王先謙「謂取貲富民以供兵用也」。攘，師古曰：「攘，卻也。」❽安息　古國名，即今伊朗。❾碣石　碣石山，今河北昌黎北。❿玄菟樂浪　玄菟，郡名。漢武帝元封三年（西元前一〇八年）置，治所在沃沮城（今朝鮮境內），後移遼河流域至朝鮮咸鏡道一帶。樂浪，郡名。漢武帝元封三年置，治所在今朝鮮平壤市南。⓫八郡　武帝元鼎六年（西元前一一一年），平南越，置南海、蒼梧、鬱林、合浦、交趾、九真、日南、珠厓、儋耳九郡。昭帝始元五年（西元前八二年）罷儋耳入珠厓，故計八郡。⓬鹽鐵酒榷　鹽鐵酒由國家專賣。榷，專賣。⓭亭鄣　謂於邊塞險要之處築亭置牆以防守。鄣，同「障」字。⓮虎符　發兵的憑證。⓯公孫勇　《漢書・武帝紀》載：征和三年（西元前九〇年）「九月，反者公孫勇、胡倩，發覺皆伏辜。」⓰廓　開。

【語譯】到了孝武皇帝元狩六年，皇倉的糧食，已經紅腐變質而不可食用，錢庫的錢幣，串錢繩已經朽壞而不可計算。於是探究高帝平城被圍的事件，記錄冒頓單于以來，多次犯邊的情況，登記馬匹，磨利兵器，借助富民的財力來擊退制服他們。西邊征服西域各國，一直到達安息，東邊越過了碣石山，將玄菟、樂浪置為郡縣，北邊擊退匈奴上萬里，連續築起兵營要塞，南邊將南海地域置為八個郡縣。而國內犯罪的人增多，斷案以萬來統計，百姓繳納賦稅數百，還開發鹽鐵酒類專賣之利，用來補償開支，仍然感到不足。正當此時，寇賊並起，征戰不斷，父親戰死在前，兒子接著受傷，婦女避身亭障，孤兒在路上號哭，老母寡婦，哭泣於街巷，虛設牌位遙祭親人，召喚萬里之外的魂魄。淮南王劉安假造虎符，暗地裡招聘名士，關東公孫勇等以欺詐的手段冒充使者，這些情況的出現，都是由於開拓疆土太大、征伐頻繁造成的啊。

今天下獨有關東❶，關東大者，獨有齊、楚，民眾久困，連年流離，離其城郭，相枕席於道路。人情莫親父母，莫樂夫婦，至嫁妻賣子，法不能禁，義不能止，此社稷之憂也。今陛下不忍悁悁❷之忿，欲驅士眾，擠❸之大海之中，快心幽冥❹之地，非所以救助飢饉，保全元元也。《詩》云：「蠢爾蠻荊，大邦為讎。」❺言聖人起則後服，中國衰則先畔，動為國家難，自古而患之久矣。何況迺復其南方萬里之蠻乎！駱越❻之人，父子同川而浴❼，相習以鼻飲，與禽獸無異，本不足郡縣置也。顓顓❽獨居一海之中，霧露氣溼，多毒草蟲蛇水土之害，人未見虜，戰士自死。又非獨珠厓有珠犀瑇瑁也，棄之不足惜，不擊不損威。其民譬猶魚鼈，何足貪也！

【章　旨】本段陳述應以關東民之困苦為憂，而珠厓本不足置為郡縣，棄之不足惜。

【注　釋】❶關東　指函谷關以東的中原地區。漢時天下除中原外，尚有關中、隴蜀、遼東及嶺南等地區，並非獨有關東。疑「今天下」尚有「大者」二字，承下句省。❷悁悁　忿怒貌。❸擠　《通鑑》胡注：「擠，排也，推也。」❹幽冥　黑暗。

此指地下、陰間。幽冥之地即死亡所歸之地。❺詩云三句　引自《詩經・小雅・采芑》。師古曰：「蠢，動貌也。蠻荊，荊州之蠻也。言敢與大國為讎敵也。」❻駱越　古越族之一。胡三省稱「珠厓蓋亦駱越地」。❼父子同川而浴　辭據《孔子集語》卷下引《尚書大傳》：「子曰：『吳越之俗，男女同川而浴。』」❽顓顓　同「專專」。區區之意。

【語譯】當今天下最大的地域只有關東，而關東最大的地區只有齊楚，那裡的民眾長久處於貧困之中，連年流離在外，離開城郭，相互枕藉於道路。人的情性，沒有比父母更親的，沒有比夫妻更愛的，現在弄得嫁妻賣子，法律不能禁止，道德不能勸阻，這是國家社稷的憂患啊！現在皇上容不下這點忿怒，想驅使士卒，把他們推入大海之中，只圖一時痛快置之於死亡之地，這不是幫助解救飢饉、保全人民的辦法啊。《詩經》上說：「蠢蠢欲動的荊蠻啊，敢與大國為讎敵！」說的是如有聖人出現，他們也會最後歸附，如果中國衰敗，他們就最先背叛，蠢動就成為國家的災難，自古就以之為患，由來已經很久了。何況又是處於南方萬里之遙的蠻族啊！駱越這種部族的人，父子竟在同一條河洗浴，習慣用鼻飲水，與禽獸沒有區別，本不值得置為郡縣啊。他們獨居一海之中的區區之地，霧露潮濕，又多毒草蟲蛇水土之害，人們還沒有見到蠻虜，戰士自己已經困死。又不是只有珠厓才有珠玉、犀角、瑇瑁啊，拋棄它不為可惜，不攻打不會損失自己的威望，他們的民眾就像魚鱉一樣，有什麼值得貪求呢！

臣竊以往者羌軍言之，暴師曾未一年，兵出不踰千里，費四十餘萬萬，大司農❶錢盡，迺以少府❷禁錢續之。夫一隅為不善，費尚如此，況於勞師遠攻，亡士毋功乎！求之往古則不合，施之當今又不便。臣愚以為非冠帶之國❸、〈禹貢〉❹所及，《春秋》❺所治，皆可且無以為。願遂棄珠厓，專用恤關東為憂。

【章　旨】本段建議放棄珠厓，以關東之民為憂。

【注　釋】❶大司農　主管軍國之用。❷少府　主管天子的費用，故稱「禁錢」。❸冠帶之國　衣冠束帶，講文明的國家。❹禹貢　《尚書》的篇名。〈禹貢〉中所規劃的版圖，蠻越等族皆在五服之外。❺春秋　孔子所修史書，其主旨在於尊王攘夷。

【語　譯】我用過去征伐羌人的軍隊來說，出師在外不曾超過一年，出征也不超過千里，可耗費達四十餘萬萬，大司農錢庫的錢花光了，於是就用少府的禁錢繼續維持。只是一角的背叛，耗費尚且如此之大，何況勞師遠攻，犧牲戰士而又無功可言呢！用歷史來論證既不相符，用當前的事實來對照也不相合。我以為不是禮義之國的地域，〈禹貢〉所規劃到的，《春秋》主張整治的，都認為不必在這上面有所作為。我建議放棄珠厓，一心以關東之民為憂。

【研　析】本篇「陳用兵之害，痛切感人」（張英評）。全文說理，主要圍繞「求之往古則不合，施之當今又不便」二語。所謂「往古」，所舉之時有二：一為堯、舜、三代及秦，二為漢初。都採用對比方法，堯、舜、三代之主，均以德治，不以兵革，故遠近頌歌，民樂其生；而周昭南征不還，秦貪外虛內，卒亡二世，說明窮兵廣地之非策。漢初則以文帝之偃武行文與武帝之勞師遠征所導致的不同後果，更為出兵珠厓的前車之鑑。至於「當今」時事，則又用關東與蠻荊相對照，國家之本在關東，而關東困乏，為社稷之憂，棄此不顧，而欲快心幽冥之地，實不足取。末段復舉花巨費伐羌軍以為告誡，慎勿舉兵，這樣就從多方面、多角度論證了棄珠厓恤關東這一主題。浦起龍評曰：「述古述祖，並切遠略，及對時事，反提中土，奇！奇！藏關鍵於寬平，寓動蕩於直達，挨衍者袖手，纖佻者汗顏，別成一種體勢。」

卷十五　奏議類上編　五

條災異封事

劉子政

【題解】本篇出自《漢書・楚元王傳》附劉向傳。作於漢元帝永光元年（西元前四十三年）。元帝即位後，中書宦官弘恭、石顯專權，劉向上疏認為地震、雨雪皆因恭、顯迫害蕭望之等所致，宜退恭、顯，進望之等以通賢者之路。書奏，恭、顯劾向誣罔不道，免為庶人。後光祿勳周堪、堪弟子大夫給事中張猛大見信任，向乃上封事進諫。篇中述歷代災異的出現，都是因為讒邪當權所引起的天變，建議元帝堅持任用賢人，退遠讒邪，決斷狐疑，使是非炳然可知，則百異消滅，眾祥並至，以成太平之基、萬世之利。

臣前幸得以骨肉❶備九卿❷，奉法不謹，乃復蒙恩❸。竊見災異並起，天地失常，徵❹表為國。欲終不言，念忠臣雖在甽畝❺，猶不忘君，惓惓❻之義也。況重以骨肉之親，又加以舊恩未報乎！欲竭愚誠，又恐越職，然惟❼二恩未報，忠臣之義，一抒愚意，退就農畝，死無所恨。

【章　旨】說明以骨肉之親、忠臣之義，具有進言之責。

【注　釋】❶骨肉　劉向為高帝弟楚王劉交玄孫。自交至向凡五世，故曰「骨肉」。❷九卿　劉向曾為宗正，故曰「備九卿」。《通典・職官典》曰：「漢以太常、光祿勳、衛尉、太僕、廷尉、大鴻臚、宗正、大司馬、少府謂之九寺大卿。」❸乃復蒙恩　元帝初即位，擢劉向為散騎宗正給事中，與蕭望之、周堪、金敞四人同心輔政，而中書宦官弘恭、石顯弄權，蕭望之等欲向元帝白罷退之，未白而語泄，向遭恭、顯誣陷下獄。後向乃使其外親上變事，復遭恭、顯誣陷，免為庶人。故稱「復蒙恩」。蒙恩，蒙受恩賜，實指遭陷害被赦事。❹徵　徵兆。❺甽畝　指田野。甽為田中之溝。❻惓惓　猶「拳拳」。忠誠之意。❼惟　思考。

【語　譯】我過去幸運地憑藉骨肉的關係徒居九卿之列，由於守法不謹慎，於是再次受到皇上的恩赦。我見到各種災異同時發生，天地失去了常規，這些徵兆表明是因國事而起。我本想一直不發言，但想到作為忠臣雖處在田野，還是不能忘記君主的恩德，這才能體現臣子的忠誠大義。何況我與皇上又有著骨肉之親，加上皇上過去對我的恩德還未曾報答啊！我想竭盡愚忠向皇上陳述，可又怕超越了自己的職位；然而一想到皇上對我的兩次施恩未及報答，為了恪守一個臣子的責任，於是決意盡情抒發我的淺陋的想法，再退居田野，就是死了也無所遺憾。

臣聞舜命九官，濟濟相讓❶，和之至也。眾賢和於朝，則萬物和於野。故〈簫韶〉九成，而鳳皇來儀；擊石拊石，百獸率舞❷。四海之內，靡不和寧。及至周文，開基❸西郊，雜遝❹眾賢，罔不肅和，崇推讓之風，以銷分爭之訟。文王既沒，周公思慕，歌詠文王之德，其詩曰：「於穆清廟，肅雍顯相。濟濟多士，秉文之德❺。」當此之時，武王、周公繼政，朝臣和於內，萬國驩於外，故盡得其驩心，以事其先祖。其詩曰：「有來雍雍，至止肅肅。相維辟公，天子穆穆❻。」言四方皆以和來也。諸侯和於下，天應報於上，故〈周頌〉曰「降福穰穰❼」，又曰「飴我釐麰❽」。釐麰，麥也，始自天降。此皆以和致和，獲天助也。

【章旨】本段歷述舜及文、武、周公上下和諧得到天助的盛況。

【注釋】❶舜命九官二句　舜所任命九官，皆謙讓和諧。九官，師古曰：「《尚書》禹作司空，棄后稷，契司徒，咎繇作士，垂共工，益朕虞，伯夷秩宗，夔典樂，龍納言，凡九官也。」此概括《尚書・舜典》。濟濟，威儀貌。❷簫韶九成四句　前二句見於《尚書・皋陶謨》，後二句見於《尚書・舜典》。韶，舜樂名，舉簫管之屬以示其完備。成，終。奏樂一終謂之一成。九成猶言九奏。石，石磬，古樂器。拊，拍。師古曰：「於〈韶〉樂九奏，則鳳皇見其容儀，擊鐘鳴磬而百獸相率來舞，言感至和也。」❸開基　開創基業。師古曰：「言文王始受命作周也。」❹雜遝　聚積之貌。❺於穆清廟四句　此〈周頌〉祀文王〈清廟〉之詩。於，歎辭。穆，美。肅，敬。雍，和。顯，明。相，助。濟濟，盛貌。師古曰：「言文王有清淨之化，敬而且和，光明著見，故濟濟之眾士皆執行文王之德也。」❻有來雍雍四句　引自《詩經・周頌・雝》。雍雍，和樂。辟，國君。公，諸侯。師古：「言有此賓客以和而來至止而敬者，乃助王祭之人，百辟與諸侯耳。於是時，天子則穆穆然。」❼降福穰穰　引自《詩經・周頌・執競》，祀武王之詩。穰穰，多也。❽飴我釐麰　引自《詩經・周頌・思文》，以后稷配天之詩。飴，假作「貽」。贈送。釐麰，亦作來牟。來，小麥。牟，大麥。

【語譯】我聽說舜任命了九人的官職，大家都相互推讓，達到了和悅的最高境界。眾多的賢人在朝廷和悅相處，那麼萬物也就會在野外和悅相處。所以簫管演奏的〈韶〉樂奏了九遍，鳳凰到來現出儀容；敲擊拍拊石磬，百獸相率跳舞。四海之內，無不和樂安寧。到了周文王，在西郊開創周的基業，聚集眾多的賢人，沒有不恭敬和悅的，都崇敬推讓的風尚，以化解紛爭的訴訟。文王逝世，周公思慕文王，歌頌文王的德行，率諸侯祀文王之詩說：「啊，美而清靜的宗廟，諸侯們恭恭敬敬來陪祭。執事的人們整整齊齊，把高尚的品德來保持。」當此之時，武王、周公相繼執政，朝廷之內大臣們和諧一致，朝廷之外萬國諸侯歡欣鼓舞，所以朝廷內外得以歡欣來事奉他們的祖先。武王祭文王之詩說：「來這裡安安靜靜，到這裡恭恭敬敬。諸侯們助祭在廟堂，天子的儀態多美好端莊！」說的是四方諸侯都懷著和悅之心而來啊。諸侯在下界和悅的情況反映到上天，上天就有所報應，所以〈周頌〉說「上天降下的福分眾多啊」，又說「上天贈我可貴的麳麰啊」。麳麰，就是麥子，這是頭一次自天而降。這都是用君臣間的和悅招來天地間的和悅，得到了上天的幫助啊！

下至幽、厲之際，朝廷不和，轉相非怨，詩人疾而憂之曰：「民之無良，相怨一方❶。」眾小在位，而從邪議，歙歙❷相是，而背君子，故其詩曰：「歙歙訿訿，亦孔之哀。謀之其臧，則具是違；謀之不臧，則具是依❸。」君子獨處守正，不橈❹眾枉❺，勉彊❻以從王事，則反見憎毒讒愬，故其詩曰：「密勿從事，不敢告勞。無罪無辜，讒口嗸嗸❼。」當是之時，日月薄❽蝕而無光，其詩曰：「朔日辛卯，日有蝕之，亦孔之醜❾。」又曰：「彼月而微，此日而微，今此下民，亦孔之哀❿！」又曰：「日月鞠⓫凶，不用其行⓬；四國⓭無政，不用其良！」天變見於上，地變動於下，水泉沸騰，山谷易處，其詩曰：「百川沸騰，山冢⓮卒崩，高岸為谷，深谷為陵。哀今之人，胡憯莫懲⓯！」霜降失節，不以其時，其詩曰：「正月繁霜，我心憂傷。民之訛言，亦孔之將⑯！」言民以是為非，甚眾大也。此皆不和、賢不肖易位⑰之所致也。

【章　旨】本段陳述幽、厲之際朝廷不和、賢不肖易位所引起的天變。

【注　釋】❶民之無良二句　引自《詩經・小雅・角弓》。良，善。師古曰：「言人各為不善，其意乖離而相怨也。」❷歙歙　相投合貌。❸歙歙訿訿六句　引自《詩經・小雅・小旻》。訿訿，相詆毀。孔，甚。臧，善。戴震曰：「君子之謀出，則眾小在位，訿訿然詆毀而共違之。小人之邪議，則歙歙然一倡眾和，而共依從之。其黨同伐異如是。」❹橈　屈。❺枉　曲；邪僻。❻勉彊　盡力。❼密勿從事四句　引自《詩經・小雅・十月之交》。原詩作「黽勉從事，不敢告勞。無罪無辜，讒口囂囂」。密勿，猶「黽勉」。勤勉努力。謷謷，眾聲嘈雜。❽薄　迫。❾朔日辛卯三句　朔日辛卯，指初一。朔日，指月朔。辛卯，初一干支為辛卯。有，又。醜，凶惡。「朔日」三句，亦見〈十月之交〉。師古曰：「周之十月，夏之八月，朔日有辛卯，日月交會，而日見蝕，陰侵於陽。辛，金日也。卯，木辰也。以卯侵金，則臣侵君，故甚惡之。」❿彼月而微四句　師古曰：「言彼月者當有虧耳，而今此日，乃復微也。言君臣失道，氣為災異，故令人甚哀也。」微，不明。⓫鞫　告。⓬行　常軌。⓭四國　猶言「四方」。⓮山冢　山頂。⓯胡憯莫懲　陳奐云：「憯當為朁。朁，曾也。懲，止也。胡朁莫懲，言無有止亂也。」自上「朔日辛卯」至此句，均引自〈十月之交〉。⓰正月繁霜四句　引自《詩經・小雅・正月》。正月，夏之四月。訛言，猶言謠言、妖言。訛，偽。將，大。謂妖言流傳很盛。⓱易位　指賢居下，不肖反居上。

【語　譯】此後，到了厲王、幽王的時期，朝廷內部不和悅，反而相互埋怨，詩人對此表示憎惡而擔憂，說：「有些人呀不善良，互相抱怨對方。」許多小人在位，聽從邪僻的言論，投其所好而背離君子，所以詩中說：「唯唯否否沒有是非，也是很大的悲哀！謀劃得很好，但就都這樣違背；謀劃得不好，就都這樣依隨。」君子孤立獨處保持正直，不屈從眾小人的邪議，努力盡忠於王事，倒過來遭受憎恨讒毀，所以有詩說：「勤勤懇懇辦王事，不敢訴苦表功勞。我本沒罪又無錯，眾口卻讒言嗷嗷。」當此之時，日月都迫近遭蝕而沒有光亮，那詩又說：「那月初一辛卯這天，又出現日蝕啊，也是非常凶惡的事。」又說：「過去那月亮失去光彩，現在卻太陽失去光彩，現在的那些百姓，也真是太悲哀！」又說：「日月顯示凶象，不按常軌運行；四方政治失理，不用他的賢良。」天的變異呈現在上，地的變異震動在下，河水沸騰上湧，高山和深谷對換了位置，那詩又說：「百川滾滾沸騰，山頂突然崩倒，高岸變成深谷，深谷變成山陵。可憐當今的人，災難沒有止境。」霜降失去節制，不按它原來的季節，詩中說：「四月裡來多霜，我的心裡憂傷。」人們捏造謠言，把事情大大誇張。」說的是人們以是為非，影響很多的人。這都是由於不和悅、賢人與不肖人顛倒位置所造成的啊。

自此之後，天下大亂，篡殺殃禍並作，厲王奔彘❶，幽王見殺❷。至乎平王❸末年，魯隱❹之始即位也，周大夫祭伯❺，乖❻離不和，出奔於魯，而《春秋》為諱❼，不言來奔，傷其禍殃自此始也。是後，尹氏❽世卿而專恣，諸侯背畔而不朝，周室卑微，二百四十二年之間❾，日食三十六，地震五，山陵崩阤❿二，彗星三見，夜常星不見，夜中星隕如雨⓫一，火災十四，長狄入三國⓬，五石隕墜，六鶂⓭退飛，多麋，有蜮蜚⓮，鸜鵒⓯來巢者，皆一見。晝冥晦，雨木冰⓰，李梅冬實，七月霜降，草木不死，八月殺菽⓱，大雨雹，雨雪靁霆，失序相乘⓲，水、旱、饑、蝝、螽、螟⓳，蠭午⓴並起。當是時，禍亂輒應，弒君三十六，亡國五十二，諸侯奔走不得保其社稷者，不可勝數也。周室多禍，晉敗其師於貿戎，伐其郊㉑；鄭傷桓王㉒；戎執其使㉓；衛侯朔召不往，齊逆命而助朔㉔；五大夫爭權，三君更立㉕，莫能正理。遂至陵夷㉖，不能復興。由此觀之，和氣致祥，乖氣致異。祥多者其國安，異眾者其國危，天地之常經㉗，古今之通義也。

【章旨】本段陳述春秋時朝臣不和引起天變的情況。

【注釋】❶厲王奔彘 周厲王無道，殺人止謗，後來被國人流放於彘。彘，地名，今山西霍縣東北。❷幽王見殺 周幽王無道，寵褒姒，被犬戎所攻，諸侯失救，被殺於驪山下。虜褒姒，盡取財物而去。❸平王 幽王之子。為避犬戎之禍，東遷雒邑。❹魯隱 魯國國君隱公息姑，其元年（西元前七二二年）為《春秋》記事之始。❺祭伯 周王朝卿士，祭是其食邑，今河南鄭州市東北有古祭亭。伯，蓋其行次。杜預注以「伯」為爵位。參見楊伯峻《春秋左傳注》。❻乖 背。❼春秋為諱 《春秋・隱公元年》載：「冬十有二月，祭伯來。」《穀梁傳》：「來者，來朝也。」祭伯，天子之大夫，出奔於魯，《春秋》不言「奔」，諱之也。❽尹氏 《春秋・隱公三年》作「君氏」，《公羊》、《穀梁》皆作「尹氏」，謂尹氏為天子之大夫。楊伯峻以為「尹」蓋「君」之殘誤字。又《詩經・小雅・節南山》云：「尹氏太師，赫赫師尹，不平謂何！」則尹氏為太師，其權之重可知也。❾二百四十二年之間 自魯隱公元年（西元前七二二年）至魯哀公十四年（西元前四八一年）西狩獲麟《春秋》絕筆止，共計二百四十二年。❿阤 崩塌。⓫夜常星不見二句 常星，即恆星，避文帝諱改。中星，指二十八宿依次每月運行至南方中天之星宿。此據《春秋・莊公七年》：「夏四月辛卯，夜恆星不見，中星隕如雨。」《左傳》：「夜恆星不見，夜明也。星隕如雨與雨偕也。」因當晚流星雨，照耀夜空甚明，故恆星為其所掩。⓬長狄入三國 長狄，屬鄋瞞之種。《春秋・文公十一年》：冬，叔孫得臣敗狄於鹹，獲長狄兄弟三人，一之齊，一之魯，一之晉。⓭鶂 即鷁，一種水鳥。《左傳・僖公十六年》載：「六鷁退飛，過宋都，風也。」⓮蜮蜚 蜮，古指一種能含沙射影的小動物。蜚，一種小飛蟲。⓯鸜鵒 又作「鴝鵒」。俗名八哥。⓰木冰 水氣著樹枝結為冰。⓱菽 大豆。師古曰：「謂定公元年十月隕霜殺菽。周之十月，夏之八月。」⓲乘 因；相連接。⓳蝝螽螟 蝝，蝗子。螽，蝗蟲。螟，食苗心的昆蟲。⓴螽午 師古注：「螽午猶雜沓也。」雜沓，眾多紛雜貌。㉑晉敗其師於貿戎二句 師古曰：「《春秋公羊經》成元年秋，王師敗績于貿戎。」又云：「昭二十三年正月，經書『晉人圍郊』也。」貿戎又作「茅戎」，在今山西平陸縣境。郊，周邑。在河南鞏縣境。㉒鄭傷桓王 《左傳・桓公五年》：

「鄭師合以攻之，王卒大敗。祝聃射王中肩，王亦能軍。祝聃請從之。公曰：『君子不欲多上人，況敢陵天子乎！苟自救也，社稷無隕，多矣。』」㉓戎執其使　師古云：「隱七年冬，經書『天王使凡伯來聘，戎伐凡伯于楚丘以歸』。」㉔衛侯朔召不往二句　師古云：「《春秋》桓十六年，經書『衛侯朔出奔齊』，《穀梁傳》曰『天子召而不往也』。」㉕五大夫爭權二句　應劭曰：「周景王崩，單穆公、劉文公、鞏簡公、甘平公、召莊公，此五大夫相互爭奪，更立王子猛、子朝及敬王，是為三君也。」㉖陵夷　師古曰：「陵阜謂阜替也。」逐漸衰頹的意思。㉗常經　不變的法則。

【語　譯】從此以後，天下大亂，篡奪君位及謀殺天子的殃禍一齊發生，周厲王被國人流放到彘，周幽王被犬戎所殺。到了周平王末年，魯隱公剛即位的時候，周大夫祭伯背離不和，出逃到魯國，而《春秋》為他避諱，不說「出奔」，原因是傷痛周王朝的禍殃，從此就開始了啊。從此以後，作為世卿的尹氏專權放縱，諸侯背叛而不朝拜天子，周王室的地位變得卑微了，《春秋》記事的二百四十二年之間，日蝕發生三十六次，地震發生五次，山陵崩塌發生二次，彗星出現三次，夜晚見不到恆星，因為居中天之二十八宿中有流星隕落如雨一次，火災發生十四次，抓獲長狄的三個戰俘竟然逃到三個國家去了，五塊隕石自天而墜，六隻水鳥在大風中好像退著飛行，許多麋鹿，還有蜮、蜚之類的怪物，以及八哥前來築巢，以上這些都出現一次。白天昏暗，水氣使樹木結冰，李、梅冬天結實，七月就開始降霜，八月凍壞了豆類，草木還不枯死，冰雹大批落下，飛雪伴隨雷霆，失去時序的現象接連不斷，水災、旱災、饑荒，蝗、螟之類的昆蟲為害，一時紛紛並起。當此之時，禍亂立即有所報應，弒君之事發生三十六次，五十二個國家遭滅亡，各國君主到處奔逃，不能保守社稷的，不可盡計啊。周王室多災多禍，晉國在貿戎打敗了王師，並攻伐周的郊邑；鄭人祝聃射傷了周桓王；戎人攻伐周王的使者凡伯；衛侯朔不理睬天子之召命，齊國竟敢於違命而助朔；王室五大夫之間爭權，操縱三個天子先後更替而立，都不能符合正理，於是周王室一天天衰落下去而不能復興。由此看來，和悅之氣招來祥瑞，背逆之氣導致變異。祥瑞出現多的國家就安全，變異出現多的國家就危險，這是天地的不變法則，古今的普遍道理啊！

今陛下開三代之業，招文學之士，優游寬容，使得並進。今賢不肖渾殽❶，白黑不分，邪正雜糅❷，忠讒並進。章交公車❸，人滿北軍。朝臣舛午❹，膠戾乖剌❺，更相讒愬❻，轉相是非。傳授增加，文書紛糾，前後錯謬，毀譽渾亂。所以營惑❼耳目，感移心意，不可勝載。分曹❽為黨，往往群朋，將同心以陷正臣。正臣進者，治之表❾也；正臣陷者，亂之機也。乘治亂之機，未知孰任，而災異數見，此臣所以寒心者也。夫乘權藉勢之人，子弟鱗集❿於朝，羽翼陰附者眾，輻輳⓫於前，毀譽將必用，以終乖離之咎⓬。是以日月無光，雪霜夏隕，海水沸出，陵谷易處，列星失行，皆怨氣之所致也。夫遵衰周之軌迹，循詩人之所刺，而欲以成太平，致〈雅〉〈頌〉⓭，猶卻⓮行而求及前人也。初元⓯以來六年矣，案春秋六年之中，災異未有稠⓰如今者也。夫有春秋之異，無孔子之救，猶不能解紛，況甚於春秋乎？

【章　旨】本段指出當今朝廷白黑不分、邪正雜糅，以致引起災異數現，其嚴重性有過於春秋時期。

【注　釋】❶渾殽　即「混淆」。雜亂。❷糅　和。❸章交公車二句　如淳曰：「《漢儀注》：中壘校尉主北軍壘門內，尉一人主上書者獄。上章於公車，有不如法者，以付北軍尉，北軍尉以法治之。」公車，官署名，總領天下上事及徵召。❹舛午　互相違背。❺膠戾乖剌　義同「舛午」。師古曰：「言意志不和，各相違背。」❻讒愬　進讒詆毀。❼營惑　迷惑。❽曹　輩。❾表　標誌。❿鱗集　師古曰：「言其相次如魚鱗。」⓫輻輳　師古曰：「輻輳，言如車輻之歸於轂也。」⓬毀譽將必

用二句　師古曰：「言讒佞之人毀譽得進，則忠賢被斥，日以乖離也。」⓭致雅頌　前人認為《詩經》中〈大雅〉、三〈頌〉諸篇都是歌頌太平的詩歌，故「致雅頌」有歌頌太平之意。致，達到。⓮卻　後退。⓯初元　漢元帝的頭一個年號，西元前四八年至前四四年。⓰稠　多。

【語譯】現在皇上開拓三代的基業，招納文學之士，條件放寬，無所約束，使他們都能進入朝廷。但是當今賢與不肖混雜，白黑不分，邪僻與正直雜糅，忠臣與讒佞並進。奏章上交公車官署，被彈劾的人充斥北軍。朝臣不和，互相違背，互相讒毀，彼此相非。文書交接頻繁，紛紜混亂，前後矛盾，詆毀與讚許標準不一。以此來迷惑皇上的耳目，使心意動搖，事例不可盡載。一群群結成朋黨，將同心陷害正直之臣。正直之臣得到進用，是治世的標誌；正直之臣被誣陷，那是動亂的關鍵。他們掌握著治亂的關鍵，尚不知誰在任事，而災禍變異已經多次出現，這是我所寒心的事啊。至於那些憑藉權勢的人，他們的子弟鱗集於朝廷，眾多支持的人暗中依附，從四面八方聚集，在這種情況下，都盡其詆毀和讚美之能事，以致造成忠良被排斥隔離的局面。因此日月失去光輝，霜雪在夏天隕落，海水沸騰上涌，山陵與深谷交換了位置，星辰失去了常軌，這都是人們的怨氣所導致的後果啊。如果遵循東周衰落的軌跡和按照詩人所批評的情況來治理，想要完成太平盛世的事業，得到〈雅〉、〈頌〉般的歌頌，那就好像向後倒退卻又要趕上前人的足跡一樣不可能啊！從太初以來已經六年了，按照春秋六年之中發生的變異次數來比較，也沒有像現在如此之多啊！就春秋的變異而言，當時沒有孔子來救助，還是不能解除紛亂，更何況現在的情況比春秋更嚴重呢？

原❶其所以然者，讒邪並進也。讒邪之所以並進者，由上多疑心，既已用賢人而行善政，如或譖❷之，則賢人退而善政還❸。夫執狐疑之心者，來讒賊之口；持不斷之意者，開群枉❹之門。讒邪進則眾賢退，群枉盛則正士消。故《易》有否、泰，小人道長，君子道消；君子道消，則政日亂，故為否。否者閉而亂也。君子道長，小人道消；小人道消，則政日治，故為泰。泰者通而治也。《詩》又云：「雨雪麃麃，見晛聿消❺。」與《易》同義。昔者鯀、共工、驩兜❻，與舜、禹雜處堯朝，周公與管、蔡❼並居周位，當是時，迭進相毀，流言相謗，豈可勝道哉？帝堯、成王能賢舜、禹、周公，而消共工、管、蔡，故以大治，榮華至今。孔子與季孟❽偕仕於魯，李斯與叔孫❾俱宦於秦，定公、始皇賢季、孟、李斯，而消❿孔子、叔孫，故以大亂，汙辱至今。故治亂榮辱之端，在所信任。信任既賢，在於堅固而不移。《詩》云：「我心匪石，不可轉也⓫。」言守善篤也。《易》曰：「渙汗其大號⓬。」言號令如汗，汗出而不反者也。今出善令，未能踰時⓭而反，是反汗也；用賢未能三旬而退，是轉石也。《論語》曰：「見不善如探湯⓮。」今二府⓯奏佞讇⓰不當在位，歷年而不去。故出令則如反汗，用賢則如轉石，去佞則如拔山，如此望陰陽之調，不亦難乎？

【章　旨】本段陳述陰陽失調的原因在於讒邪並用，對賢人多疑而信任不堅。

【注　釋】❶原　推究。❷譖　讒毀；誣陷。❸還　收回；消退。❹群枉　猶眾讒邪不直之人。枉，曲。❺雨雪麃麃二句　引自《詩經・小雅・角弓》。麃麃，同「瀌瀌」。狀下雪之盛。晛，日氣。聿，語辭。師古曰：「言雨雪之盛麃麃然，至於無雲，日氣始出，而雨雪皆消釋矣。喻小人雖多，王若欲興善政，則賢者升用而小人誅滅矣。」❻鯀共工驩兜　師古注：「鯀，崇伯之名，即檮杌也。共工，少皞氏之後，即窮奇也。驩兜，帝鴻氏之後，即渾敦也。」按此，皆傳說中人物。❼管蔡　周公之弟管叔、蔡叔，參與武庚之亂。管叔等散布流言，謂周公攝政對成王不利。❽季孟　季孫、孟孫，皆魯桓公的後代，執國權而卑公室。❾叔孫　即叔孫通，秦時以文學徵待詔博士。❿消　退。⓫我心匪石二句　引自《詩經・邶風・柏舟》。師古曰：「言石性雖堅，尚可移轉，己志貞確，執德不傾，過於石也。」⓬渙汗其大號　《周易・渙卦》九四爻辭。師古曰：「言王者渙然大發號令，如汗之出也。」⓭時　季；三個月。⓮見不善如探湯　出自《論語・季氏》。為孔子之語，意為遇見邪惡，使勁避開，好像將伸手到沸水裡一樣。⓯二府　指丞相、御史。⓰讇　同「諂」。

【語　譯】推究這種現象所造成的原因，是由於讒邪之人一道進用。讒邪之人之所以一道進用，是由於皇上多疑心，既然已經在任用賢人來實行善政，如有人來誹謗他，那麼賢人就被斥退而善政也因之廢止。皇上對賢人懷有狐疑之心，就會招來進讒陷害之徒；存有猶豫不決之意，就會為委曲邪佞之人打開門徑。讒邪之人進用，那麼眾賢人就會引退；委曲邪佞之人得勢，那麼正直不阿之士就會消失。所以《周易》有否、泰二卦，小人的主張得用，君子的主張消失，君子的主張消失，那麼朝政就一天天紊亂，所以叫做「否」。「否」的意思是閉塞而遭亂啊。君子的主張得用，小人的主張消失；小人的主張消失，那麼朝政就一天天得到治理，所以叫做「泰」。「泰」的意思是通達而安定啊。《詩經》又說：「大雪紛紛下落，見到日光消融。」與《周易》的意思相同。昔日鯀、共工、驩兜與舜、禹同處於堯帝的朝廷，周公與管叔、蔡叔並在周王室任職，當此之時，他們輪番詆毀、散布流言的事，難道能說盡嗎？帝堯、成王能重視舜、禹、周公而斥退共工、管叔、蔡叔，所以天下得到大治，美好的名聲流傳至今。孔子與季孫、孟孫同在魯國做官，李斯與叔孫通同在秦國做官，魯定公、秦始皇重用季孫、孟孫、李斯而斥退孔子、叔孫通，所以導致天下大亂，汙辱的名聲流傳至今。所以太平、動亂、榮譽、汙辱的原因，就在於所信任的人。所信任是賢人，還在於堅固而不動搖。《詩經》說：「我的心不是石頭，不可隨意轉移啊。」這是說要保守一種美好的事物，要具有誠篤的心志啊。《周易》說：「王者大發號令，如汗之流出啊。」說的是發號令如出汗一樣，汗的流出是不能收回的啊。現在發出一個好的號令，沒有經歷三個月就收回，這是將汗收回啊；任用的賢人不到三十天就斥退，這是轉移石頭啊。《論語》說：「發現了不善人，好像把手指伸到開水中一樣，急速避開。」現今二府已上疏奏請佞諂之人不當任用，可是拖延經年而不能撤換。所以皇上的號令就好像將汗收回一樣，用賢人就好像轉移石頭一樣，而撤換讒佞之徒就好像移山那麼艱難，像這樣希望陰陽之氣調和，不是困難的事嗎？

是以群小窺見間隙，緣飾❶文字，巧言醜詆❷，流言飛文❸，譁❹於民間。故《詩》云：「憂心悄悄，慍于群小❺。」小人成群，誠足慍也❻。昔孔子與顏淵、子貢更相稱譽，不為朋黨；禹、稷與皋陶傳❼相汲引，不為比周❽。何則？忠於為國，無邪心也。故賢人在上位，則引其類而聚之於朝。《易》曰：「飛龍在天，大人聚也。」❾在下位則思與其類俱進。《易》曰：「拔茅茹以其彙，征，吉❿。」在上則引其類，在下則推其類。故湯用伊尹，不仁者遠，而眾賢至，類相致也。今佞邪與賢臣並在交戟⓫之內，合黨共謀，違善依惡，歙歙訿訿，數設危險之言，欲以傾移主上。如忽然用之，此天地之所以先戒，災異之所以重至者也。

【章旨】本段陳述由於小人用事，天地所以先戒、災異所以重至。

【注釋】❶緣飾　裝飾。❷醜詆　惡毒誹謗。❸流言飛文　王先謙曰：「《通鑑》胡注：放言於外以誣人曰流言。為飛書以詆毀，若今之匿名書，曰飛文。」❹譁　喧譁。❺憂心悄悄二句　引自《詩經・邶風・柏舟》。悄悄，憂貌。慍，怒。❻小人成群二句　王先謙曰：「案此蓋亦魯詩訓。《荀子・宥坐》篇釋詩曰：『小人成群，斯足憂矣。』《韓詩外傳》云：『小人成群，何足禮哉！』皆與此義同，與毛傳別。」❼傳 遞；更替。❽比周 結夥營私。❾飛龍在天二句 《易・乾卦》九五象辭。師古曰：「言聖王正位，臨馭四方，則賢人君子皆來見也。」❿拔茅茹以其彙三句 《易・泰卦》初九爻辭。茹，牽引。彙，類。征，行。鄭氏曰：「茅喻君有潔白之德，臣下引其類而仕之。」⓫交戟 謂宿衛。官禁門衛，以戟相交，以防不測。

【語譯】因此群小伺察有隙可乘，便以文字作裝飾，以語言惡毒詆毀，到處散布謠言和蜚語，在民間喧鬧一時。所以《詩經》說：「我心中愁悶，怨恨那些小人。」小人成群，的確值得怨恨啊。昔日孔子與顏淵、子貢相互稱譽，不能算作成朋結黨；夏禹、稷與皋陶互相聚結，不能算作結夥營私。為什麼呢？因為都是為國家盡忠，沒有邪心啊。所以賢人在上位，就引進他的同類到朝廷來集結。《周易》說：「飛龍升到天頂，是大人聚集的象徵。」賢人處在下位，就想同他的同類一道進入朝廷，《周易》說：「拔茅草連帶著別的茅草也一道拔出，這樣作，大吉大利。」居於上位的賢人引進他的同類，處於下位的賢人推薦他的同類。所以湯用伊尹，不仁的人就遠離，而眾賢人就到來，這是由於同類招致而來的啊。現在佞邪之臣與賢臣都處在宮廷之內，他們結成黨羽共同謀劃，遠離善道，依隨惡德，唯唯否否，屢屢設定令人遭致危險的言論，想動搖皇上的意志。假如忽然用上他們的計策，這就是天地之所以預先加以警戒，災異之所以重複到來的原因啊！

自古明聖，未有無誅而治者也，故舜有四放之罰❶，而孔子有兩觀之誅❷，然後聖化可得而行也。今以陛下明知，誠深思天地之心，迹察❸兩觀之誅，覽否、泰之卦，觀雨雪之詩❹，歷周、唐❺之所進以為法，原秦、魯之所消以為戒，考祥應之福，省災異之禍，以揆❻當世之變，放遠佞邪之黨，壞散險詖❼之聚，杜閉群枉之門，廣開眾正之路，決斷狐疑，分別猶豫，使是非炳然可知，則百異消滅，而眾祥並至，太平之基，萬世之利也。

【章　旨】本段總括全文，建議皇上親賢遠佞、是非分明，以達到百異消滅、眾祥並至的目的。

【注　釋】❶四放之罰　師古曰：「謂流共工于幽州，放驩兜于崇山，竄三苗于三危，殛鯀于羽山也。」❷兩觀之誅　應劭曰：「少正卯，姦人之雄，故孔子攝司寇七日，誅之於兩觀之下。」觀，闕。宮門之上兩旁有觀樓的稱闕。❸迹察　根據遺跡考察。師古曰：「尋其餘迹而察之。」❹雨雪之詩　指《詩經・小雅・角弓》。按毛傳為父兄刺幽王好讒佞的詩。❺歷周唐　歷，歷觀。周，指周成王。唐，指帝堯。❻揆　度；衡量。❼險詖　邪惡不正。

【語　譯】從古代起，明智的聖人，沒有不通過誅罰而能治理好國家的啊，所以舜有四人放逐的誅罰，孔子有兩觀之下對少正卯的誅戮，然後聖人的教化才得以通行啊。當今以皇上的英明才智，的確能深思天地的用心，考察兩觀之下的誅戮，看過〈否〉、〈泰〉二卦的內容，讀過〈角弓〉的詩篇，歷覽了周成王、帝堯進用賢才以為法則，推究了秦始皇、魯定公斥退賢才作為教訓，考證了祥瑞之福，看清了災異之禍，用以上事實來衡量當今的變異，放逐佞邪的朋黨，驅散險惡不正之徒的聚結，堵塞委曲邪僻的門徑，廣開正直之士進用的道路，對狐疑猶豫的事情加以決斷區分，使是非鮮明可知，那麼百種災異就會消失，各種祥瑞都會到來，這可是太平的基礎、萬世的福利啊。

臣幸得託肺附❶，誠見陰陽不調，不敢不通❷所聞。竊推春秋災異以效❸今事一二，條其所以，不宜宣泄。臣謹重封昧死上。

【章　旨】本段說明上書條陳災異之意。

【注　釋】❶肺附　喻帝王的微末親屬。劉向原為漢高祖劉邦同父少弟劉游（楚元王）之後，故云。師古云：「舊解云肺附謂肝肺相附著，猶言心膂也。一說肺謂斫木之肺札也。自言於帝室，猶肺札附於大材木也。」《補注》王念孫謂「肺附皆謂木皮也」。「言己為帝室微末之親，如木皮之託於木也。下文云臣幸得託末屬，是其證矣。」❷通　王念孫曰：「通，道也，謂道其所聞也。」❸効　同「效」。明。

【語　譯】我有幸依託於皇室的微末之親，的確見到了陰陽不協調的情況，不敢不把我所知道的事陳述出來，推究春秋時期的災異，略以說明當今發生的事情之一二，分條說明其所以發生的原因，不宜公開宣泄。我謹重封此疏冒著死罪呈上。

【研　析】自堯、舜至於春秋，歷舉和氣致祥、乖氣致異的種種情節以印證當世，災異之生有過於春秋者。究其因乃在於讒邪並進；讒邪並進者，又在於對賢人信任不堅。最後歸於親賢遠佞、決斷狐疑，標舉一篇之旨。文中援古形今，節節暗生，弘恭、石顯之黨呼之欲出，凜然大義，力透紙背，惜乎元帝無可如何耳。姚鼐云：「元帝非不知君子小人之別，但疑君子未必無黨護之習，欲間雜用小人以伺察之。故此奏以『乖』、『和』二字立案，以去疑為主，中以災異為之徵。」案〈石顯傳〉載：「中人無外黨，精專可信任。」是以終元帝之世，石顯一直用事。然則姚氏評「元帝非不知君子小人之別」，誠未必然也。「間雜小人以伺察之」，亦未必然也。

論甘延壽等疏

劉子政

【題　解】本篇出自《漢書・陳湯傳》。作於漢元帝竟寧元年（西元前三三年）（此據《通鑑》。《漢紀》載於建昭三年（西元前三六年）疑誤）。宣帝時匈奴乖亂，五單于爭立，呼韓邪單于與郅支單于俱遣子入侍，漢兩受之。後呼韓邪單于身入稱臣朝見，郅支以為呼韓邪破弱降漢，不能自還，即西收右地。會漢發兵送呼韓邪單于，郅支由是遂西破呼偈、堅昆、丁令，兼三國而都之。怨漢擁護呼韓邪而不助己，困辱漢使者江乃始等。

元帝初元四年（西元前四五年），遣使奉獻，因求侍子，願為內附。漢遣衛司馬谷吉送之。既至，郅支單于怒，竟殺吉等。自知負漢，又聞呼韓邪益彊，遂西奔康居。漢遣使三輩至康居求谷吉等屍，郅支困辱使者。建昭三年（西元前三六年）秋，西域都護甘延壽、副校尉陳湯矯制發屯田車師吏卒及西域十五國兵共四萬人，分兩道入康居，攻殺匈奴郅支單于，斬閼氏、太子、名王以下千五百一十八級，生俘百四十五人，降者千餘人。回報，中書令石顯、丞相匡衡卻以矯制加罪，於是劉向上疏為之申辯。疏中推言甘、陳征討郅支是「立千秋之功，建萬事之安」，其功有過於西周大夫方叔、吉甫，即令有過，也應以功覆過，除過勿治。疏奏，元帝赦罪勿治，並加封賞。

郅支單于❶因殺使者吏士以百數，事暴揚外國，傷威毀重，群臣皆閔❷焉。陛下赫然欲誅之意未嘗有忘。西域都護延壽❸、副校尉湯❹承聖指，倚神靈，總百蠻之君，攬❺城郭之兵，出百死，入絕域，遂蹈康居❻，屠五重❼城，搴歙侯❽之旗，斬郅支之首，縣旌萬里之外，揚威昆山❾之西，掃谷吉之恥，立昭明之功，萬夷慴伏，莫不懼震。呼韓邪單于見郅支已誅，且喜且懼，鄉❿風馳義，稽首來賓，願守北藩，累世稱臣。立千載之功，建萬世之安，群臣之勳莫大焉。

【章　旨】本段陳述甘、陳征服郅支單于的功勞。

【注　釋】❶郅支單于　呼韓邪單于兄右賢王呼屠吾斯，自立為郅支骨都侯單于。❷閔　病；憂。❸延壽　甘延壽，字君況，北地郁郅人。少以良家子善騎射為羽林，遷為郎。以才力愛幸，稍遷至遼東太守，免官。車騎將軍許嘉薦為郎中諫大夫，使西域都護騎都尉，與副校陳湯共誅斬郅支單于，封義成侯。薨，謚曰壯侯。❹湯　陳湯，字子公，山陽瑕丘（今山東兗州）人。少好書，博達善屬文。西至長安求官，得太官獻食丞。初元二年（西元前四七年），元帝詔列侯舉茂材，富平侯張勃舉湯，以父死不奔喪，下獄論罪。後復以薦為郎，數求使外國。久之遷西域副校尉，與甘延壽俱出。湯為人沉勇有大慮，多策謀，喜奇功。及平郅支，元帝賜爵關內侯，拜為射聲校尉。成帝時曾為從事中郎，由於貪財受金，不自收斂，卒以此敗，卒於長安。❺擥　同「攬」。總握。❻康居　西域國名。中亞北部烏茲別克撒馬爾罕一帶。❼五重　《通鑑》作「三」。胡注：郅支城木城再重，並土城為三重。❽歙侯　康居王屬官名。《漢紀》作翕侯，《漢書·匈奴傳》則作翖侯。歙、翕、翖三字並通。❾崑山　崑崙山之省稱。❿鄉　同「嚮」。

【語譯】郅支單于囚禁殺害漢使吏士以百來計算，此事顯揚到國外，損毀了大漢的威風和尊嚴，群臣都為此事發愁。皇上想大張旗鼓攻討的意思一直沒有消失。西域都護甘延壽、副校陳湯，仰承皇上意指，依賴神靈保佑，總帥西域各國的君主，帶領保衛城郭的兵卒，來到百死之地，進入絕遠之域，於是蹈平康居之國，屠戮五重之城，取下歙侯的旗幟，斬獲郅支之首，將大漢的軍旗懸掛在萬里之外的康居，在崑崙山之西宣揚了國威，掃除了谷吉所受的恥辱，立下了赫赫的功勳，所有的夷狄之族都畏懼而歸順，沒有不畏懼而震驚的。呼韓邪單于見郅支已被誅滅，又喜又懼，順應形勢，慕義驅馳而來，低頭歸順，願為大漢防守北境，世世稱臣。立下了千秋的功業，建樹了萬世的平安，群臣的功勳沒有比這更大的啊！

昔周大夫方叔、吉甫❶為宣王誅獫狁❷而百蠻從，其《詩》曰：「嘽嘽焞焞，如霆如雷，顯允方叔，征伐獫狁，蠻荊來威❸。」《易》曰：「有嘉折首，獲匪其醜❹。」言美誅首惡之人，而諸不順者皆來從也。今延壽、湯所誅震，雖《易》之折首、《詩》之雷霆不能及也。論大功者，不錄小過；舉大美者，不疵細瑕。

《司馬法》曰：「軍賞不踰月。」欲民速得為善之利也。蓋急武功，重用人也。吉甫之歸，周厚賜之，其《詩》曰：「吉甫宴喜，既多受祉，來歸自鎬，我行永久❺。」千里之鎬猶以為遠，況萬里之外，其勤至矣！延壽、湯既未獲受祉之報，反屈捐命❻之功，久挫於刀筆❼之前，非所以勸有功、厲戎士也。

【章　旨】本段與方叔、吉甫對比，甘、陳之功有過之而反受挫於刀筆，很不公平。

【注　釋】❶方叔吉甫　周宣王時北征玁狁、南征蠻荊的兩位軍事統帥。❷玁狁　北狄名，漢為匈奴。❸嘽嘽焞焞五句　引自《詩經・小雅・采芑》。嘽嘽，眾貌。焞焞，盛貌。顯允，謂英明而有威信。師古曰：「言車徒既眾且盛，有如雷霆，故能克定玁狁，而令荊土之蠻亦畏威而來也。」❹有嘉折首二句　《周易・離卦》上九爻辭。嘉，善。醜，類。師古：「言王者出征克勝，斬首多，獲非類，故以為善。」❺吉甫宴喜四句　引自《詩經・小雅・六月》。受祉，受福賜。祉，福。來歸自鎬，俞樾云：「則又言吉甫自鎬京歸其私邑，與其私人燕飲也。」可備一說。鎬，西周都城鎬京。❻捐命　捨命。❼刀筆　指法吏。

【語　譯】昔日周大夫方叔、尹吉甫為周宣王誅討玁狁，然後所有的蠻夷之族都順從宗周，那《詩經》說：「雜響的聲音轟隆隆，好像霹靂雷霆，英明而有威信的方叔，討伐了玁狁強敵，荊楚南蠻就以此為畏！」《易經》說：「出征制勝，斬首多而獲非類的，值得讚許。」說的是誅戮首惡的，那些過去不歸順的也都來歸順了啊。現在甘延壽、陳湯所誅戮引起的震驚，即使《周易》說的克敵斬首、《詩經》說的霹靂雷霆也是不能趕上的啊。評論一個人的大功，就不記他的小過；標舉一個人的大美，就不把他的小缺點作為疵病。《司馬法》說：「軍隊裡行賞不能超過一個月。」目的是想讓人們很快得到由於作好事帶來的利益。大概是為了急於讓士卒建立武功、重視用人啊。尹吉甫凱旋而歸，周天子給以豐厚賞賜，《詩經》中說：「尹吉甫受宴很歡喜，已經多受賞賜福祉。這次來歸於鎬京，我們行軍已長久。」只千里之隔的鎬京，尚且以為遙遠，何況是萬里之外的康居國呢，可見他們勤勞辛苦到了極點了！甘延壽、陳湯既未獲得受福的報答，反而委屈了他們不惜生命奮戰的功勞，長時間被舞文弄墨的法吏折磨，這並不是鼓勵有功、勉勵士卒的辦法啊！

昔齊桓前有尊周之功❶，後有滅項之罪❷，君子以功覆❸過，而為之諱行事❹。貳師將軍李廣利❺，捐五萬之師，靡❻億萬之費，經四年之勞，而廑獲駿馬三十匹，雖斬宛王毌鼓❼之首，猶不足以復❽費，其私罪惡甚多。孝武以為萬里征伐，不錄其過，遂封拜兩侯、三卿、二千石百有餘人。今康居之國強於大宛，郅支之號重於宛王，殺使者罪甚於留馬，而延壽、湯，不煩漢士，不費斗糧，比於貳師，功德百之。且常惠隨欲擊之烏孫❾，鄭吉迎自來之日逐❿，猶皆裂土受爵。故言威武勤勞，則大於方叔、吉甫；列功覆過，則優於齊桓、貳師；近事之功，則高於安遠、長羅⓫，而大功未著，小惡數布，臣竊痛之。宜以時解縣通籍⓬，除過勿治⓭，尊寵爵位⓮，以勸有功。

【章旨】本段與齊桓、貳師等對比，甘、陳更當以功覆過，除過勿治。

【注釋】❶尊周之功　師古曰：「謂伐楚責苞茅及會王太子于首止。」❷滅項之罪　師古曰：「項，國名也。《春秋》僖十七年夏滅項。《公羊傳》曰：齊滅之也。不言齊，為桓公諱也。桓常有繼絕存亡之功，故君子為之諱。」項故城在今河南省項城縣境。❸覆　掩蓋。❹行事　指滅項事。王念孫以為「行事」二字，乃總目下文之詞。「行事」為往事，即下文所稱李廣利、常惠、鄭吉三人之事（見《補注》）。❺李廣利　漢武帝李夫人之兄。❻靡　散。❼毌鼓　師古注：「〈西域傳〉作毌寡，而此云毌鼓，鼓寡聲相近，蓋戎狄之言不甚諦也。」毌，同「貫」。❽復　償。❾常惠隨欲擊之烏孫　漢宣帝時，匈奴擊烏孫，常惠以烏孫兵大破匈奴。❿鄭吉迎自來之日逐　匈奴日逐王先賢撣降漢，鄭吉發兵迎之。⓫安遠長羅　安遠，鄭吉封安遠侯。長羅，常惠封長羅侯。⓬解縣通籍　解縣，解除懸案，不再追究。通籍，漢制，記名字、年齡於宮門冊籍，查核相符，方可入宮。猶言恢復出入宮廷的待遇。⓭治　治罪。⓮尊寵爵位　加封其爵位。

【語　譯】昔日齊桓公前有尊重周王室的功勞，後有滅掉項國的罪過，記史的君子用桓公的功勞來掩蓋他的過錯，對他的行事避而不錄。貳師將軍李廣利，拋棄了五萬兵卒，花銷了上億萬的經費，經歷了四年的勞苦，卻僅獲得駿馬三十匹，即使斬掉宛王毌鼓的頭，還是不足以補償所耗的費用，他個人的罪惡甚多。漢武帝以為征伐萬里，不應該記錄他的過錯，於是封拜兩侯、三卿、二千石百有餘人。現今康居這個國家比大宛要強，郅支的名號比大宛要重，殺使者的罪惡比大宛留馬不獻的過錯要深，而甘延壽、陳湯不煩擾漢的士卒，沒有耗費斗糧，與貳師將軍相比，其功德是勝過百倍。況且常惠隨欲攻打烏孫，鄭吉迎接自動歸來的日逐王，尚且都割地授爵。所以說就威武勤勞來講，那麼甘、陳則大於方叔、吉甫；就評功掩過來說，那麼甘、陳的條件比齊桓公、貳師將軍為優越；就最近的事功而言，那麼也比安遠侯、長羅侯的功勞要高，可是甘、陳的大功沒有顯揚，而小的過失則多所散布，我為此而痛心。我認為應該解除治罪的懸案，恢復出入宮廷的待遇，免除其過而不加追究，還應加封爵位，以鼓勵為國立功的人。

【研　析】文分兩層：首先直述甘、陳平定郅支之功，謂群臣之勳莫大焉；次引昔人之功過待遇以對比，謂甘、陳尤當以功覆過，不計細瑕。引典籍、述往事，充分表現「論」的特色，頗具說服力。林雲銘評曰：「茲篇首段敘郅支之罪，即以『群臣皆惆』、『陛下欲誅』二語提起，隨以『承聖旨』三字、『群臣之勳莫大』六字前後呼應。見得出師雖未奉明諭，實體君心所必討，雖未經會議，亦紓卿相所素憂；本非甘、陳一己之私，不得板板執『矯制』二字為彼罪也。中間至末，計六引證，段段比斷，曲盡變化。末又一總收括，皆極寫甘、陳之功而以不錄小過、不疵細瑕為主，則久不行賞之失自見，筆力甚勁。」

論起昌陵疏

劉子政

【題解】本篇出自《漢書・楚元王傳》附劉向傳。作於成帝永始元年（西元前十六年）罷昌陵復還歸延陵之時。昌陵，漢縣名，地在今陝西臨潼東。旋廢。《關中記》：「成帝初，延陵城邑（指墳塋、宮廟）已成，言事者以為不便，乃更造昌陵，取土東山，與粟同價，數年不成。谷永等議仍延陵。」王先謙曰：「成帝以渭城延陵亭部為初陵在建始二年（西元前三一年），以新豐戲鄉為昌陵縣在鴻嘉元年（西元前二〇年），罷昌陵反故陵在永始元年，反故陵即此傳所云『復還歸延陵』也。反故陵後，制度仍奢，故向上此疏。末云『初陵之橅，宜從公卿大臣之議』，明向此疏諫延陵制度之奢，非諫昌陵也。」高步瀛認為「王說是，然文中止論昌陵而不及延陵之泰奢，惟篇末初陵云云始及延陵，蓋子政此疏上於罷昌陵復延陵之初，當時規畫已適初制，故子政詳論昌陵以為鑑。」姑從高說，文字是論昌陵，目的是諫延陵。所以標題是論起昌陵，非諫起昌陵，極有分寸。疏中指出，一個朝代的興衰，世之長短皆以道德為效驗，而葬之厚薄亦與道德智慮有關。「德彌厚者葬彌薄，知愈深者葬愈微；無德寡知，其葬愈厚。丘隴彌高，宮廟甚麗，發掘必速。由是觀之，明暗之效，葬之吉凶，昭然可見矣。」疏中以歷代帝王賢士厚葬與薄葬的大量事實說明了厚葬的危害性，從而指出營起昌陵之不當，勸諫成帝營起初陵當以漢文薄葬節儉為則，而以秦昭、始皇厚藏奢侈為戒。疏奏，成帝甚感向言，而不能從其計。

臣聞《易》曰：「安不忘危，存不忘亡，是以身安而國家可保也❶。」故賢聖之君，博觀終始❷，窮極事情❸，而是非分明。王者必通三統❹，明天命所授者博，非獨一姓也。孔子論《詩》至於「殷士膚敏，裸將于京❺」，喟然歎曰：「大哉天命！善不可不傳於子孫。是以富貴無常，不如是，則王公其何以戒慎？民萌何以勸勉❻？」蓋傷微子❼之事周，而痛殷之亡也。雖有堯、舜之聖，不能化丹朱❽之子；雖有禹湯之德，不能訓末孫之桀、紂。自古及今，未有不亡之國也。昔高皇帝既滅秦，將都雒陽，感寤劉敬❾之言，自以德不及周而賢於秦，遂徙都關中，依周之德，因秦之阻❿。世之長短，以德為效⓫，故常戰栗，不敢諱亡。孔子所謂「富貴無常」，蓋謂此也。

【章　旨】本段論述一個朝代的長短，以道德的厚薄作徵驗，在位者應以為戒。

【注　釋】❶安不忘危三句　出自《周易・繫辭下》。原文作「君子安而不忘危，存而不忘亡，治而不忘亂，是以身安而國家可保也。」❷終始　指終而復始的運行規律。❸情　實。❹三統　《春秋繁露・三代改制・質文》中說：夏建寅，尚黑，為黑統；商建丑，尚白，為白統；周建子，尚赤，為赤統。繼周而興者比為黑統，以後依此循環。劉向引此，重在說明「天命所授，非獨一姓」，借以向皇帝提出警告。❺殷士膚敏二句　引自《詩經・大雅・文王》。師古曰：「言殷之臣有美德而敏疾，乃來助祭于周，行裸鬯之事，是天命無常，歸於有德。」膚，美。敏，疾。裸，灌鬯。鬯，以鬱金香草合黍釀造的香酒。❻大哉天命六句　不知出處。萌，師古曰：「萌與甿同，無知之貌。」❼微子　殷紂王庶兄，周武王克商後，封之於宋。❽丹朱　堯之子。堯因丹朱不肖，禪於舜。上言「堯舜」者，連類而及舜。《補注》劉攽謂「既言堯舜，豈可不言商均，明脫此二字。」商均為舜之子。❾劉敬　齊人，本姓婁，說服劉邦都關中，賜姓劉。❿依周之德二句　《補注》沈欽韓曰：「《說苑・至公》篇：『昔周成王之卜居成周也，其命龜曰，予一人兼有天下，辟就百姓，敢無中山乎！使予有罪，則四方伐之無難也。』《淮南・氾論》『武王克殷，欲築宮於五行之山。周公曰：不可，夫五行山，固塞險阻之地也，使我有暴亂之行，則天下之伐我難矣。』案周欲子孫以德久長，故不使馮恃險阻，漢德不及周，故即關中之險也。」⑪效　徵驗。

【語譯】我聞知《周易》說：「處於安定的時期就不要忘記危險的出現，處於生存的環境就不要忘記遭滅亡的可能，因此自身就能平安而國家也可賴以保全。」所以聖賢的君主，廣泛觀察事物的終始變化，深刻了解事物的真實情況，作到是非分明。為王的人必須通曉三統，明白天命所授予的對象是廣泛的，不僅僅是一姓啊。孔子研究《詩經》，讀到〈文王〉「殷商的卿士都很漂亮敏捷，執行灌鬯酒的禮儀助祭於周京。」喟然感歎說：「天命偉大啊！善德不可不傳於子孫。因此富貴並不能常在一家，如果不這樣，那麼王公大人們憑什麼得到警戒而謹慎？百姓們又憑什麼得到鼓勵呢？」孔子這話大概是因為微子事周而感到悲傷，為殷商的滅亡而痛惜啊。即使有堯、舜這樣的聖君，也不能感化丹朱、商均這樣的兒子；即使有禹、湯這樣的厚德，也不能訓誡他們末代的夏桀和商紂。從古到今，未曾有過不遭滅亡的國家啊。昔日高皇帝已經滅秦，將定都雒陽，為劉敬的勸諫所感悟，自認為道德趕不上周，只是超過秦代，於是把都城遷到關中，依賴周的厚德，利用秦的險阻。一個朝代的長短，以道德作為徵驗，所以經常抱著謹慎小心戰戰兢兢的態度，不敢避開遭到滅亡的可能性。孔子所說的「富貴並不能常在一家」，大概就是說這種情況啊。

孝文皇帝居霸陵❶，北臨廁❷，意悽愴悲懷，顧謂群臣曰：「嗟乎！以北山石為槨，用紵絮斮陳漆其間❸，豈可動哉？」張釋之❹進曰：「使其中有可欲❺，雖錮南山猶有隙；使其中無可欲，雖無石槨，又何慼❻焉？」夫死者無終極，而國家有廢興，故釋之之言，為無窮計也。孝文寤焉，遂薄葬，不起山墳❼。《易》曰：「古之葬者，厚衣之以薪，藏之中野，不封不樹。後世聖人，易之以棺槨❽。」

棺槨之作，自黃帝始。黃帝葬於橋山❾，堯葬濟陰❿，丘壠⓫皆小，葬具甚微。舜葬蒼梧，二妃不從；禹葬會稽，不改其列⓬。殷湯無葬處⓭。文、武、周公葬於畢⓮，秦穆公葬於雍橐泉宮祈年館下⓯，樗里子⓰葬於武庫，皆無丘壠之處。此聖帝明王、賢君智士，遠覽獨慮無窮之計也。其賢臣孝子，亦承命順意而薄葬之，此誠奉安君父，忠孝之至也。

【章　旨】本段以歷代帝王賢士的薄葬之例，說明薄葬是奉安君父的無窮之計。

【注　釋】❶霸陵　文帝陵墓，在長安城東七十里，今長安縣境。但此處指霸陵所在之山。❷廁　通「側」。師古注：「廁，岸之邊廁也。」李奇注：「霸陵山北頭廁近霸水，帝登其上以遠望也。」❸用紵絮斮陳漆其間　紵，麻。斮，同「斫」。斬。陳，施。師古曰：「紵絮者，可以紵衣之絮也，斮而陳其間又從而漆之也。」❹張釋之　堵陽人，字季。文帝先後拜為中大夫、廷尉等職。任廷尉時，力主持法平正，所謂「法者天子所與天下公共也。」「廷尉，天下之平也，一傾而天下用法皆為輕重，民安所措其手足？」❺可欲　指厚葬使人產生盜墓之欲。❻慼　憂。以上釋之之言見《史記・張釋之馮唐列傳》。❼不起山墳　《漢書・文帝紀》贊曰：「治霸陵皆瓦器，不得以金銀銅錫為飾，因其山，不起墳。」按此，不起山墳，意為不在山上再起墳。❽古之葬者六句　見《周易・繫辭下》。原文「不封不樹」後有「喪期無數」四字。不封，不聚土為墳。不樹，不種樹。❾橋山　其地說法不一。一說在今陝西子長縣境。❿濟陰　約在今山東定陶西北。⓫丘壠　冢墳。⓬不改其列　鄭氏云：「不改變樹木百物之列也。」師古云：「言山川田畝皆如故耳。」⓭無葬處　師古云：「謂不見傳記也。」⓮畢　即畢原。沈欽韓稱「周時畢原應在長安之西近酆宮，似當以在咸陽者為是。」⓯秦穆公葬於雍橐泉宮祈年館下　沈欽韓曰：「《括地志》秦穆公冢在雍縣東南二里。《一統志》蘄年宮在鳳翔府南，即秦橐泉宮。」⓰樗里子　名疾，秦惠王異母弟，位至丞相。

【語　譯】孝文皇帝登上霸陵所在之山的北邊，居高臨下遠望，頗有淒涼悲傷的感歎，回頭對群臣說：「嗟呼！

將北山作為棺槨，用斬斷的麻絮紮於隙間，再塗以膠漆，難道有誰能盜墓嗎？」張釋之進言說：「假使棺槨中置有令人羨慕的殉葬物，即使用金屬把終南山熔鑄封存也會留有縫隙；假使棺槨中沒有置入令人羨慕的殉葬品，即使沒有石頭棺槨，又有什麼可憂的呢？」那被埋葬了的死者在時間上是無有止境的，而國家卻還存在著興衰存亡，所以釋之的話，是為了長久的考慮啊。孝文帝聽了醒寤過來，於是改用薄葬，不營建山墳。《周易》說：「古代安葬的，用積薪覆蓋，葬在曠野之中，不起墳冢，不種樹林。後世的聖人才換成用棺槨安葬。」棺槨的製作，從黃帝開始。黃帝葬在橋山，堯葬在濟陰，墳冢都很小，葬物也很微薄。舜葬在蒼梧，他的兩個妃子還未能趕上；禹葬在會稽，不改變樹木田畝的原貌。殷湯的葬處不見於史籍記載。文王、武王、周公葬在畢，秦穆公葬在雍橐泉宮祈年館下，樗里子葬在武庫，都沒有營造墳冢。這些都是聖帝明王、賢君智士們高瞻遠矚獨特思考作長遠打算啊。那些賢臣孝子也承受順從上輩的意旨來進行薄葬，這誠然是安慰君父最忠孝的辦法啊。

夫周公，武王弟也，葬兄甚微。孔子葬母於防❶，稱「古墓而不墳❷」，曰：「丘，東西南北之人也，不可不識也❸。」為四尺墳，遇雨而崩，弟子修之，以告孔子。孔子流涕曰：「吾聞之，古者不修墓❹。」蓋非之也。延陵季子❺適齊而反，其子死，葬於嬴、博❻之間。穿不及泉，斂以時服，封墳掩坎❼，其高可隱❽，而號曰：「骨肉歸復於土，命也，魂氣則無不之也。」夫嬴、博去吳，千有餘里，季子不歸葬。孔子往觀曰：「延陵季子於禮合矣！」故仲尼孝子，而延陵慈父，舜、禹忠臣，周公弟❾弟，其葬君親骨肉，皆微薄矣。非苟為儉，誠便於體⑩也。宋桓司馬⑪為石槨，仲尼曰：「不如速朽！」秦相呂不韋集知略之士而造《春秋》⑫，亦言薄葬之義，皆明於事情者也。

【章　旨】本段以歷代君親骨肉的薄葬之例說明薄葬符合禮的體制。

【注　釋】❶防　師古曰：「防，魯邑名也。」在今曲阜市東。❷墓而不墳　師古曰：「墓謂壙穴也，墳謂積土也。」❸東西南北之人也二句　師古曰：「東西南北言周遊以行其道，不得專在本邦，故墓須表識。」識，記；標誌。❹古者不修墓　陳澔注：「雨甚而墓崩，門人修築而後反，孔子流涕者，自傷其不能謹之於封築之時，以致崩圮。且言古人所以不修墓者，敬謹之至，無事於修也。」（見《禮記集說》）❺延陵季子　吳公子季札。封於延陵（今江蘇丹徒），故稱。❻嬴博　二邑均在山東，嬴縣故城在萊蕪市西北，博縣故城在今泰安市東南。❼坎　壙穴。❽其高可隱　《禮記．檀弓》注：「封可手據，謂高四尺所。」臣瓚曰：「謂人立可隱肘也。」謂墳冢低矮。王文彬謂「隱，據也。」以上從「孔子葬母於防」至「於禮合乎」皆見於《禮記．檀弓》。❾弟　同「悌」。順從兄長。悌弟者，順從兄長之弟也。❿體　禮。古「體」、「禮」字通用。⓫宋桓司馬　桓司馬名魋。事亦見《禮記．檀弓》。⓬春秋　《呂氏春秋》。其中〈節葬〉、〈安死〉等篇皆言薄葬之義。

【語　譯】周公，是武王的弟弟，可他葬兄十分微薄。孔子把母親安葬在防地，稱道「古代只開掘墓穴而不積土為墳」，說：「我孔丘，是東西南北周遊列國的人，不可不在墓上作標誌啊。」於是只作四尺之高的墳，結果遇雨而崩裂，弟子們加以修復，把此事告訴孔子。孔子傷心流淚說：「我聽說，古代是不修墓的啊。」大概是由於當時孔子修築墳墓時的不謹慎而加以自責啊。延陵季子赴齊返回的途中，他的兒子死了，就地安葬在嬴、博之間。掘地沒有達到出泉水的深度，入棺時只是著以隨身的衣服，填上壙穴掩上墳土，其高度可以憑據臂肘，季子哭號說：「人死了骨肉復歸於土，這是命定的啊，可他的魂氣卻無所不往。」嬴、博之地離吳國有千多里之遙，季子不將兒子帶到吳國去安葬。孔子前往觀看，說：「延陵季子的作法符合禮的要求了！」所以孔子是個孝子，延陵季子是個慈父，舜、禹是忠臣，而周公是個敬順兄長的弟弟，他們安葬君親骨肉，都作到薄葬了。他們不是隨便從事節儉，而是真正適於禮的要求啊。宋司馬桓魋製作石頭棺槨，孔子說：「倒不如讓它快點腐朽！」秦國宰相呂不韋招集一批富有智慧謀略的士人編著了一部《呂氏春秋》，其中也談到了薄葬的意義，都是對事實真象明瞭的人啊！

逮至吳王闔閭，違禮厚葬，十有餘年，越人發之。及秦惠文、武、昭、嚴襄五王❶，皆大作邱隴，多其瘞❷臧，咸盡發掘暴露，甚足悲也。秦始皇帝葬於驪山之阿❸，下錮三泉❹，上崇山墳，其高五十餘丈，周回五里有餘，石槨為游館❺，人膏❻為燈燭，水銀為江海，黃金為鳧雁。珍寶之臧，機械之變❼，棺槨之麗，宮館之盛，不可勝原❽。又多殺宮人，生薶工匠，計以萬數。天下苦其役而反之，驪山之作未成，而周章❾百萬之師至其下矣。項籍燔其宮室營宇，往者❿咸見發掘。其後牧兒亡羊，羊入其鑿⓫，牧者持火照求羊，失火燒其臧槨。自古至今，葬未有盛如始皇者也，數年之間，外被項籍之災，內離⓬牧豎之禍，豈不哀哉！

【章旨】本段陳述以秦始皇的厚葬遭致滅亡的事實，說明厚葬之害。

【注釋】❶秦惠文武昭嚴襄五王　錢大昭曰：「惠文一也，武二也，昭三也，嚴襄即莊襄四也，此云五王者，蓋昭王之後尚有孝文王，脫『孝文』二字耳。」❷瘞　埋。❸阿　山曲。❹三泉　三重泉。指地下深處。❺石槨為游館　師古曰：「多累石作槨於壙中，以為離宮別館也。」❻人膏　《史記．秦始皇本紀》作「人魚膏」。❼機械之變　〈秦始皇本紀〉言「令匠作機弩矢，有所穿，近輒射之。」❽原　王念孫：「原者量也，度也。」❾周章　周文，即陳勝之部將。❿往者　謂往日之所造。⓫鑿　指壙穴。⓬離　同「罹」。遭。

【語譯】到了吳王闔閭，違背禮制而進行厚葬，過了十餘年，其墓被越人發掘。到了秦惠文王、武王、昭王、孝文王、莊襄王這五個國君，都大造墓墳，多埋藏陪葬寶物，都盡被發掘暴露，很值得悲哀啊。秦始皇帝葬在驪山山曲，壙穴之下掘至三泉而加以鑄塞，其頂部加高山墳，高五十餘丈，周圍五里有餘，用石頭累為棺槨當作離宮別館，燃燒人魚膏作為燈燭，用水銀作成江海，用黃金作成野鴨鴻雁。奇珍異寶的儲藏，弓弩機械的應變，棺槨的華麗，宮館的盛大，簡直不可量數。造成之後又多殺宮人，活埋工匠，以萬數計。天下百姓為驪山之役所苦而起來造反，驪山的工程未及完成，而周章的百萬之師已經迫近咸陽城下了。項羽燒燬了宮室屋宇，過去所建造的一切都被發掘。自那以後，牧童丟失了羊，往往進入壙穴尋找，用火照明，由於失火，燒掉了棺槨所藏物品。從古到今，陪葬之物沒有比始皇更盛多的了，可數年之間，外遭項籍之災，內遭牧童之禍，難道不可悲嗎！

是故德彌厚者葬彌薄，知愈深者葬愈微；無德寡知，其葬愈厚。邱隴彌高，宮廟甚麗，發掘必速。由是觀之，明暗之效，葬之吉凶，昭然可見矣。周德既衰而奢侈，宣王賢而中興，更為儉宮室，小寢❶廟，詩人美之，〈斯干〉❷之詩是也。上章道宮室之如制，下章言子孫之眾多也❸。及魯嚴公❹刻飾宗廟❺，多築臺囿，後嗣再絕❻，《春秋》刺❼焉。周宣如彼而昌，魯、秦如此而絕，是則奢儉之得失也。

【章　旨】本段以周宣、魯嚴之例說明奢儉的得失。

【注　釋】❶寢　室。廟後曰寢。❷斯干　《詩經・小雅》篇名。其首句曰「秩秩斯干」。鄭箋：「喻宣王之德如澗水之源，秩秩流出，而無極已也。」❸上章道宮室之如制二句　師古曰：「宮室如制，謂『殖殖其廷，有覺其楹，君子攸寧』也。子孫眾多，謂『維熊維羆，男子之祥；為虺為蛇，女子之祥』也。」宣王定都於何處，史無明載。據高步瀛引姚姬傳〈斯干〉說曰：「西周之都數遷矣。文王居豐，武王居鎬，至穆王居鄭，懿王居廢丘。遭厲王流彘之禍，宣王中興，蓋廢丘宮室之壞而鎬京之廢久矣，宣王宜更擇都邑建宮室，史不著宣王所遷之邑，以〈斯干〉及申伯信宿（邁），王餞于郿」（見〈崧高〉）度之，蓋宣王都右扶風之城南山之北、渭水之南雍、郿之間也。」雍在今陝西鳳翔南，郿在今陝西眉縣東。❹魯嚴公　即魯莊公。❺刻飾宗廟　將宗廟刻桷丹楹，以誇夫人。❻後嗣再絕　謂魯莊公之子子般、閔公皆被殺死。❼刺　諷刺；批評。

【語　譯】因此，道德越厚的人安葬就越薄，智慮越深的人安葬就越微；既無道德又少智慮的人，安葬就越豐厚。墳墓越高，宮廟越華麗，遭到發掘也必然迅速。據此考察，效驗或明或暗，安葬或吉或凶，就可清楚看到了。周厲王時道德衰敗生活奢侈，周宣王賢能使周復興，他改為從儉從小營建宮室宗廟，詩人對他予以讚美，這就是〈斯干〉這篇詩。詩的上章是稱道宮室的營建符合禮制的要求，下章是祝福宣王子孫繁衍眾多。而魯莊公卻對宗廟的椽桷楹柱加以刻飾，修建亭臺苑囿甚多，結果其後嗣兩次遭到滅絕，於是《春秋》對此加以批評。周宣王那樣節儉卻昌盛繁榮，而魯莊公、秦始皇如此奢侈卻遭到滅絕，這就是奢侈與節儉造成的得失啊。

陛下即位，躬親節儉，始營初陵❶，其制約小，天下莫不稱賢明。及徙昌陵，增埤為高，積土為山，發民墳墓，積以萬數。營起邑居❷，期日迫卒❸，功費大萬❹百餘。死者恨於下，生者愁於上，怨氣感動陰陽，因❺之以饑饉，物故❻流離，以十萬數，臣甚惽❼焉！以死者為有知，發人之墓，其害多矣；若其無知，又安用大？謀之賢知則不說❽，以示眾庶則苦之。若苟以說愚夫淫侈之人，又何為哉？陛下慈仁篤美甚厚，聰明疏達蓋世，宜弘漢家之德，崇劉氏之美，光昭五帝三王；而顧與暴秦亂君，競為奢侈，比方丘隴，說愚夫之目，隆一時之觀，違賢知之心，亡萬世之安，臣竊為陛下羞之！唯陛下上覽明聖黃帝、堯、舜、禹、湯、文、武、周公、仲尼之制，下觀賢知穆公、延陵、樗里、張釋之之意。孝文皇帝去墳薄葬，以儉安神，可以為則；秦昭、始皇，增山厚臧，以侈生害，足以為戒。初陵之橅❾，宜從公卿大臣之議，以息眾庶。

【章旨】本段說明營建昌陵的不當，營建延陵當以之為鑑。

【注釋】❶始營初陵　建始二年（西元前三一年）成帝以渭城延陵亭部為初陵。❷營起邑居　在營建皇陵的同時，還得為大量移民營建城邑住宅。❸卒　通「猝」。時間倉猝。❹大萬　陳直謂「大萬」蓋為西漢人習俗語。猶言以萬計。❺因　接著。❻物故　謂死亡。人死變為異物。❼惽　通「閔」。憂。❽說　通「悅」。下同。❾橅　同「模」。規模。

【語譯】皇上即位，親自履行節儉，當初始營初陵，其建制簡約，規模狹小，天下無不稱頌皇上賢明。待到遷徙昌陵，增低為高，積土為山，掘民墳墓，積累總計以萬計算。營建城邑住宅，限期短促，工程費用在上萬的有百餘。死者遺恨於下，生人愁苦於上，埋怨之氣感動了陰陽，接連不斷出現饑荒，死者和流離於外的人，以十萬計算，我為此甚感愁苦！如果死人有知覺，那麼掘他的墳墓，危害當是更多了；如果死人無知覺，那又何必擴大營建呢？以擴大營建來與賢人商量，他們都會不愉快，將此公布於民眾，則都會以此為苦難。如果只是為了討得愚夫和奢淫之人高興，那又有什麼意義呢？皇上仁慈篤厚，聰明通達蓋世，應該弘揚漢家的道德，崇尚劉氏的美行，光大五帝三王的傳統；卻反而與暴虐的秦皇、淫亂的君主競作奢侈的事情，比墳墓的高大，讓愚人看了高興，讓景觀隆盛一時，違背了賢智之士的想法，忘掉了萬代的平安，我為皇上對此感到羞愧！希望皇上閱讀上至明聖黃帝、堯、舜、禹、湯、文、武、周公、仲尼所訂的制度，了解下至賢智穆公、延陵、樗里、張釋之的心意。孝文皇帝去掉大墳進行薄葬，用節儉安定神明，可以作為法式；秦昭王、秦始皇造山厚葬，因奢侈而產生禍害，值得作為鑑戒。現在營建初陵的規模，應該聽從公卿大臣的議論，以平息百姓們的不滿情緒。

【研　析】厚葬之害，在於糜費、多役、擾民、啟盜、招禍，而薄葬則反是。不僅有利於自身，且能有益於天下，為子孫萬世之福。但作者並未從理論上加以論述，而全借助引古事為例證。文章大量引用古人事跡，先言薄葬，則以漢文帝為代表，下舉從皇帝到孔子、季札等十三位聖君賢臣；再言厚葬，則從吳王闔閭到始皇等八人為例，而以始皇為典型。這兩個典型，又錯雜為用。漢文作為薄葬典型，放在舉例之前，借以說明薄葬的意義。始皇作為厚葬典型，放在舉例之後，用以概括厚葬之禍殃，使文章起伏多變。全文以諫厚葬為中心，但又不局限於此，如首段言天命之無常，五段言奢侈之得失，皆蘊藉深遠。正如吳汝綸所評：「有危亡之懼，發興無端，不專為起陵立意，故沸郁湛至，悲憤蒼涼。」

極諫外家封事

劉子政

【題　解】本篇出自《漢書・楚元王傳》附劉向傳。據《漢紀》本篇當作於成帝元延元年（西元前十二年）。外家，指成帝外祖父家，即元帝王皇后、成帝皇太后王政君之本家，主要指王氏兄弟輩。成帝嗣位不久，即封太后之兄王鳳為大將軍、大司馬、領尚書事，政權、軍權集於一身，而他的五個弟弟也都同日封侯。王氏宗族戚黨，日趨貴盛，以致尚書、九卿、州牧、郡守中外要職，皆為王氏所把持。王氏權傾朝廷，勢危劉氏。陽朔二年（西元前二二年）王鳳死，則舉其弟王音以自代；七年後王音死，又以弟王商自代；三年後，即元延元年王商死，又復以弟王根以自代。兄弟四人，相繼輔政；而成帝無子，政出王門，劉氏危如累卵。劉向作為「宗室遺老」，甚為憂懼，恐國祚轉移外戚，故特上此疏。希望成帝能改變這種大臣擅權專國的局面，「黜遠外戚，毋授以政」，援引宗室，以安社稷。但成帝闇弱，大權早已旁落，王氏根深蒂固，故對此疏，只能「歎息悲其意」，不敢有所作為。四年後，王根病免，又舉其侄王莽以自代。十三年後，王莽毒死平帝，西漢遂亡。這是西漢末年劉、王兩大家族為爭奪最高統治權的一場殊死鬥爭，其中一個是早已衰落、政治上無所作為的皇族，另一個則是依靠裙帶關係驟然得勢，飛揚跋扈的外戚。如果我們擺脫傳統的正統觀念，此中並無正邪是非之分。故劉向在此疏中，亦未從親賢遠佞角度立言，而僅僅從維護劉氏江山這一立場著眼，其意義也就極為有限了。

臣聞人君莫不欲安，然而常危；莫不欲存，然而常亡。失御臣之術也。夫大臣操權柄持國政，未有不為害者也。昔晉有六卿❶，齊有田、崔，衛有孫、甯，魯有季、孟，常掌國事，世執朝柄。終後田氏取齊❷，六卿分晉，崔杼弒其君光❸。孫林父、甯殖出其君衎，弒其君剽❹。季氏八佾❺舞於庭，三家者以〈雍〉❻徹，並專國政，卒逐昭公❼。周大夫尹氏❽筦朝事，濁亂王室。子朝、子猛更立❾，連年乃定。故《經》曰：「王室亂❿。」又曰：「尹氏殺王子克⓫。」甚之也。《春秋》舉成敗，錄禍福，如此類甚眾，皆陰盛而陽微，下失臣道之所致也。故《書》曰：「臣之有作威作福，害於而家，凶於而國⑫。」孔子曰：「祿去公室，政逮大夫⑬。」危亡之兆。秦昭王舅穰侯及涇陽、葉陽君⑭，專國擅勢，上假太后之威，三人者權重於昭王，家富於秦國，國甚危殆，賴寤范雎之言⑮，而秦復存。二世委任趙高，專權自恣，壅蔽大臣，終有閻樂望夷之禍⑯，秦遂以亡。近事不遠，即漢所代也。

【章旨】本段列舉秦以前大臣專國的史事作為借鑑。

【注釋】❶六卿　指智伯、范、中行、韓、趙、魏。❷田氏取齊　周安王十六年（西元前三八六年），齊田和立為齊侯，並改元。❸崔杼弒其君光　魯襄公二十五年（西元前五四八年），齊莊公光私通崔杼之妻，崔杼殺之，立莊公異母弟杵臼，是為景公。❹孫林父甯殖出其君衎二句　「弒」上疑脫「甯喜」二字。《春秋・襄公十四年》（西元前五五九年）夏四月載：衛侯衎（衛獻公）出奔。二十六年（西元前五四七年）春王二月載：衛甯喜弒其君剽（衛殤公），衎復位。❺八佾　古天子專用之舞。佾，舞列。杜預稱：八佾，八列，每列八人，共六十四人。季氏八佾舞於庭，出自《論語・八佾》。❻雍　也寫作「雝」。《詩經・周頌》的一篇。古時天子撤膳時所奏樂。❼卒逐昭公　魯昭公二十五年（西元前五一七年），魯三桓逐昭公，昭公出奔於齊。❽尹氏　世為周王室臣，蓋食邑於尹，故尹氏其人實不止一二，《左傳》中凡六見。❾子朝子猛更立　周景王卒，周大夫單旗（穆公）、劉狄（伯蚠）立景王長子猛，是為悼王。景王庶子王子朝依靠舊官、百工之失業者、靈、景之族，與悼王爭王位，敗王師。悼王出奔，告急於晉。晉率師護悼王歸王城。悼王卒，母弟王子匄立為敬王。周敬王在晉的支援下，經過幾年的爭鬥才入主成周，王子朝自知失勢，奉周之典籍奔楚。此謂王子朝之亂，先後歷時五年之久。事見《左傳・昭公二十二年》（西元前五二〇年）至二十六年（西元前五一六年）。❿王室亂　見《春秋・昭公二十二年》。⓫尹氏殺王子克　此乃魯桓公十八年事，與尹氏無涉，今經文不見此句，疑誤。王子克為周莊王弟子儀。⓬臣之有作威作福三句　引自《周書・洪範》。而，汝；你。⓭祿去公室二句　語出《論語・季氏》，引文略異。公室，指諸侯、國君。政逮大夫，猶言大夫掌政。逮，及。⓮穰侯及涇陽葉陽君　穰侯，秦昭王母宣太后異父長弟魏冉，封之穰。涇陽葉陽君，為昭王同母弟。⓯范雎之言　見《史記・范雎蔡澤列傳》。范雎說以利害，昭王大懼，於是廢太后，逐穰侯、高陵（即葉陽）、華陽、涇陽君於關外。⓰終有閻樂望夷之禍　〈秦始皇本紀〉載：二世齋於望夷宮，趙高乃陰與其婿成陽令閻樂、其弟趙成謀遣樂將吏卒千餘人至望夷宮，麾其兵進，二世自殺。

【語　譯】我聽說君主沒有不圖安定的，然而常遭危亂；沒有不圖生存的，然而常遭滅亡。這是由於不懂得駕御臣子的辦法啊。大臣操持權柄，掌握國政，沒有不造成危害的啊。過去，晉國有六卿，齊國有田氏、崔氏，衛國有孫氏、甯氏，魯國有季孫、孟孫，長期掌握國政，累世執持朝柄。到後來田氏取代了齊國，六卿瓜分了晉國，崔杼殺了他的國君光。孫林父、甯殖趕走他的國君衎，又殺了他的國君剽。季氏家裡用天子的八佾舞樂跳舞，三家撤膳時都僭用天子的〈雍〉樂，並專擅國政，最後趕走了魯昭公。周大夫尹氏掌管朝政，把王室弄得混亂不堪。子朝、子猛爭立天子，經歷數年才得以平定。所以《春秋經》說：「王室混亂。」又說：「尹氏殺了王子克。」言其作惡太甚啊。《春秋》記載的成敗禍福，像如此之類的事例很多，都是因為陰類盛長而陽類衰微，在下失去為臣之道所造成的啊。所以《尚書》說：「大臣如有作威作福的，既有害於你的家，也有害於你的國。」孔子說：「祿位離開公室，政權被大夫掌握。」這是國家危亡的徵兆。秦昭王的舅舅穰侯及涇陽君、葉陽君，專國擅權，對上假借太后的權威，三人的權力比昭王還要重，財富超過秦國，在國家危急的情況下，昭王依靠范雎的諫言得以醒寤，使秦國再得以生存。秦二世委任趙高作丞相，專權放縱，蒙蔽大臣，終於釀成閻樂在望夷宮逼死二世的禍亂，秦國於是遭到滅亡。這個最近發生的事故離現在還不遠，就在漢所取代的秦代啊。

漢興，諸呂❶無道，擅相尊王。呂產❷、呂祿❸席❹太后之寵，據將相之位，兼南北軍之眾，擁梁、趙王之尊，驕盈無厭，欲危劉氏。賴忠正大臣絳侯、朱虛侯❺等竭誠盡節，以誅滅之，然後劉氏復安。今王氏一姓，乘朱輪華轂❻者二十三人，青紫貂蟬❼，充盈幄內，魚鱗左右❽。大將軍❾秉事用權，五侯❿驕奢僭盛，並作威福，擊斷自恣，行汙而寄治，身私而託公⓫。依東宮⓬之尊，假甥舅之親，以為威重，尚書九卿州牧郡守，皆出其門。筦執樞機⓭，朋黨比周⓮。稱譽者登進，忤恨⓯者誅傷；游談者助之說，執政者為之言。排擯宗室，孤弱公族，其有智能者，尤非毀而不進。遠絕宗室之任，不令得給事朝省，恐其與己分權。數稱燕王、蓋主⓰，以疑上心；避諱呂、霍⓱，而弗肯稱。內有管、蔡之萌，外假周公之論，兄弟據重，宗族磐互⓲。歷上古至秦漢，外戚僭貴，未有如王氏者也。雖周皇甫⓳、秦穰侯、漢武安⓴、呂、霍、上官㉑之屬，皆不及也。

【章旨】本段言王氏專權之盛，為歷史上外戚僭貴所不及。

【注釋】❶諸呂　指呂后親屬。❷呂產　呂后長兄周呂侯呂澤之子，先後封交侯、呂王、梁王，握南軍（漢守衛宮廷之兵），呂后遺詔任相國。❸呂祿　呂后次兄建成侯呂釋之之子，先後封胡陵侯、趙王，任上將軍，握北軍（漢守衛京城之兵）。❹席　因；依憑。❺絳侯朱虛侯　絳侯，周勃。朱虛侯，劉章。劉章與陳平、周勃共誅諸呂。❻朱輪華轂　古代王侯貴族所乘車，皆塗紅漆於車輪。李善注：「二千石皆得乘朱輪。」❼青紫貂蟬　《續漢書・輿服志》載：公侯將軍紫綬，九卿、中二千石、二千石青綬。侍中、中常侍加黃金璫，附蟬為文，貂尾為飾，謂之趙惠文冠。❽魚鱗左右　師古曰：「言在帝之左右相次若魚鱗也。」❾大將軍　指王鳳，元后同母兄。成帝即位，尊皇后為皇太后，以鳳為大司馬、大將軍，統尚書中事。❿五侯　河平二年（西元前二七年），成帝悉封諸舅王譚、王商、王立、王根、王逢為列侯。五人同日封，故世謂之「五侯」。王氏專權自此始。⓫行汙而寄治二句　師古曰：「寄，託也。內為汙私之行，而外託治公之道也。」⓬東宮　太后所居。胡三省曰：「漢制，太后率居長樂宮，在未央宮東，故曰東宮。」⓭樞機　指朝廷權力部門。⓮比周　結夥營私。⓯忤恨　王念孫曰：「恨讀為很，忤，逆也。很，違也。謂與王鳳相違逆，非謂相怨恨也。」⓰燕王蓋主　燕王，指劉旦，武帝子，昭帝時謀反，伏誅。蓋主，即鄂邑公主，昭帝姊，蓋侯妻，與燕王旦同時謀反。師古云：「宗室親近而反逆也。」⓱呂霍　呂，呂氏。霍，指霍顯、霍禹等。師古云：「呂后、霍后二家皆坐僭擅誅滅，故為王氏諱而不言也。」⓲磐互　盤結交互。⓳皇甫　師古曰：「皇甫，周卿士字也。周后寵之，故處於盛位，權黨於朝，詩人刺之。事見〈小雅·十月之交〉。」⓴武安　武安侯田蚡，孝景后同母弟，後為丞相，驕貴一時。㉑上官　上官桀，昭帝左將軍，與霍光結為婚姻，光長女為桀子上官安之妻，生女因帝姊鄂邑蓋主納為後宮倢伃，數月立為皇后。桀既尊盛，參與殺光廢帝迎立燕王旦為天子的謀劃。事發覺，光盡誅桀、安、弘羊、外人宗族。燕王、蓋主皆自殺。

【語譯】漢代興起，呂后之族無道，擅自封相立王。呂產、呂祿憑藉太后的寵幸，占據大將軍、宰相的高位，兼領南軍、北軍的兵眾，擁有梁王、趙王的尊號，志驕意滿，貪得無厭，圖謀危害劉氏天下。幸託忠正大臣絳侯周勃、朱虛侯劉章等竭誠盡節將呂氏誅滅，然後劉氏天下才恢復平安。現在王氏一姓乘朱輪華轂的就有二十三人，配青紫印綬蟬飾貂尾的充滿朝廷，魚鱗般地密布皇上左右。大將軍王鳳執掌朝政擁有大權，王氏五侯驕奢僭越得勢，都作威作福，專斷放縱，其本行為汙濁而假以治理之名，本為一己之私卻假託為公辦事。依憑太后的尊嚴，假借甥舅之親，來加強自己的威望和地位，尚書、九卿、州牧、郡守各級要害部門的官員都出自他們的門下。他們執掌著朝廷中樞的機要，結成朋黨合夥營私。對他們讚譽的就升官晉級，違背他們意願的就被誅罰傷害；游士說客幫他們說話，執政的人替他們辯理。排斥劉姓宗室，孤立削弱王族，其中有才智能力的人，尤其被毀謗而不能升遷。疏遠拒絕劉氏宗室的任職，不讓在朝廷各部門做官，耽心他們會分散王氏的權力。屢次宣揚宗室燕王旦、鄂邑蓋主謀反的事，用以動搖皇上對宗室的信任；又往往對呂氏、霍氏的專權擅政，避忌而不肯稱道。內心本有如管、蔡謀反的念頭，外表卻打著周公誅管、蔡以安王室的旗號，說什麼兄弟據有重任，會導致宗室盤根錯節相互援引。經歷上古和秦、漢各代，外戚的僭越貴盛，沒有像王氏如此的得勢啊。即使周皇甫、秦穰侯、漢武安侯、呂氏、霍氏、上官桀之輩，都趕不上王氏啊。

物盛必有非常之變先見，為其人徵象。孝昭帝時，冠石❶立於泰山，仆柳起於上林❷，而孝宣帝即位。今王氏先祖墳墓在濟南者，其梓柱生枝葉，扶疏❸上出屋，根臿地中，雖立石起柳，無以過此之明也。事勢不兩大，王氏與劉氏亦且不並立，如下有泰山之安，則上有累卵之危。陛下為人子孫，守持宗廟，而令國祚❹移於外親，降為皁隸❺，縱不為身，奈宗廟何？婦人內夫家，外父母家，此亦非皇太后之福也！孝宣皇帝不與舅平昌、樂昌侯❻權，所以全安之也。

【章旨】本段言王氏專權而引起變異，建議皇上應重視防止國祚轉移而危及宗廟。

【注釋】❶冠石　臣瓚曰：「冠山下有石自立，三石為足，一石在上，故曰冠石也。」❷仆柳起於上林　師古曰：「其樹已死，僵仆於地而更起生。」以上二事均見《漢書・眭弘傳》。❸扶疏　樹木枝條四布貌。❹祚　福；位。❺皁隸　指卑賤的人。❻平昌樂昌侯　即王無故、王武，二人皆宣帝之舅。

【語譯】事物興盛之前，必有超乎尋常的變化出現，作為相應的人事出現的徵兆。孝昭帝時，冠石自立於泰山，僵仆的柳樹重生於上林，接著孝宣帝即位。當今王氏先祖在濟南的墳墓，墓室的梓柱長出枝葉，扶疏向上伸出屋頂，梓柱的根下長地中，即使冠石自立、僵柳回生也超過不了如此明顯的徵兆啊。凡事之權勢不允許有兩大，王氏與劉氏亦將不允許並立，如果在下位的有如泰山之安，那麼在上位的就會有累卵之危。皇上作為漢主的子孫，守護宗廟，卻讓國家的福祚轉移到外戚一方，自己降為皁隸，即算不為自身著想，又如何對待宗廟呢？婦人應當親近夫家而疏遠父母家，如果劉氏亡也不是皇太后的福啊。孝宣皇帝不予舅平昌侯、樂昌侯的權力，目的是讓大家都平安啊。

夫明者起福於無形，銷患於未然。宜發明詔，吐德音，援近❶宗室，親而納信；黜遠❷外戚，毋授以政，皆罷令就第，以則效先帝之所行。厚安外戚，全其宗族，誠東宮之意，外家之福也。王氏永存，保其爵祿；劉氏長安，不失社稷。所以褒睦外內之姓，子子孫孫無疆之計也。如不行此策，田氏復見於今，六卿必起於漢，為後嗣憂，昭昭甚明，不可不深圖，不可不蚤慮。《易》曰：「君不密，則失臣；臣不密，則失身；幾事不密，則害成❸。」唯陛下深留聖思，審固幾密，覽往事之戒，以折中取信，居萬安之實，用保宗廟，久承❹皇太后，天下幸甚！

【章旨】本段建議皇上採取措施削弱王氏權力。

【注釋】❶援近　師古曰：「援，引也。謂升引而附近之也。」❷黜遠　師古曰：「遠謂疏而離之也。」❸君不密六句　語出《周易・繫辭上》。幾事，辦事之初。幾，虞翻曰「初也」。❹承　侍奉。

【語譯】聖明的君主應該在無形跡中造福，在患亂未形成時銷除患難。皇上應該發出詔令，宣布德音，援引接近宗室，親近並接納他們的誠信；廢黜和疏遠外戚，不授與政事，罷免職務讓他們回家，以效法先帝的作法。以豐厚的待遇安定外戚，保全他們的宗族，這的確是順皇太后之意，是外戚的福分啊。這樣王氏永遠存在，並保住了爵祿；劉氏長久平安，不會失去社稷。這是用以褒獎和睦外內之族，子子孫孫無有窮盡的計策啊。如果不實行這種策略，田氏就會在今天再現，而六卿又會在漢代興起，必成為後代的憂患，道理非常明白，不可不深刻謀劃，不可不早作考慮。《周易》說：「君主不慎密，就會失去臣子；臣子不慎密，就會失去自身；處理萌芽階段的事不慎密，就會以禍害告終。」希望皇上深加留意，明白固守事物處於萌芽階段慎密從事的道理，觀覽歷史的教訓，從中評判擇善而行，就可使漢居於萬安之地，用以保存劉氏宗廟，長久侍奉皇太后，這是天下百姓最幸運的事情！

【研析】本篇採用開端立案之法，第一句即提出「大臣操權柄持國政，未有不為害者也」。以下援引大量史實作為主要論據。這些史實都是經過選擇有針對性的典型事例，使權臣傾國這一抽象道理，變得具體、簡明而又發人深省。康熙帝玄燁評曰：「踔雜引古事，而言理則晰毫解縷，故爾卓犖不磨。」首段引漢前史實，從晉之六卿、魯之三桓到二世趙高，而以秦昭王之四貴（引三人）為重點。秦昭三貴、漢初諸呂，都因太后而得勢，其性質與王氏同，故加以重點表述，足以窺見作者之深意。引古事甚多，而文章不散亂者，一是由於列舉並不平列，而是有所側重，二是由於作者採用了分段關鎖之法，如第一段所引均為春秋末至秦二百年間事，故段末以「近事不遠，即漢所代也」為結。二段從諸呂到王氏，則又以「歷上古至秦漢，外戚僭貴，未有如王氏者也」加以收束。故浦起龍評曰：「是時論王氏者多矣，未有精嚴峻整如此篇者。」

上星孛奏

劉子政

【題解】本篇出自《漢書・楚元王傳》附劉向傳。作於漢成帝元延元年（西元前十二年）秋。星孛，即彗星，俗稱掃帚星，古人認為乃刀兵國亂之兆。《漢書・五行志》載：「元延元年七月辛未，有星孛於東井。」故劉向懷不能已，特上此疏。疏中歷舉春秋、秦、漢以來天象變異，說明天變與人事應若影響，而當今日食星孛屬變之大者，希望成帝能有所作為。本來，彗星出現及疏中列舉的天象變異純屬自然現象，但古人不明，只能依據「天人合一」的道理，按照各自的政治需要，以附會於人事。儘管這是不得已的辦法，但卻不足為訓。

臣聞帝舜戒伯禹：「毋若丹朱敖❶！」周公戒成王：「毋若殷王紂❷！」《詩》曰：「殷鑒不遠，在夏后之世❸。」亦言湯以桀為戒也。聖帝明王常以敗亂自戒，不諱廢興，故臣敢極陳其愚，惟陛下留神察焉。

【章旨】本段言上疏之由，建議皇上當以前事為戒。

【注釋】❶丹朱敖　丹朱，帝堯子。敖，同「傲」。毋若丹朱敖，係禹戒舜語，劉向誤記。孔疏謂此「勸帝自勤」。見《虞書・益稷》。❷周公戒成王二句　事見《周書・無逸》。❸殷鑒不遠二句　引自《詩經・大雅・蕩》。夏后，指桀。

【語譯】我聽說伯禹戒舜說：「不要像丹朱那樣傲慢！」周公戒成王說：「不要像殷紂王那樣胡作非為！」《詩經》說：「殷代的借鑑不遠，就在夏桀王那裡。」也是說商湯應以夏桀為鑑戒啊。聖明的帝王常以敗亂的史事作為鑑戒，並不諱言國家的興亡，所以我敢於盡量說出我的想法，希望皇上留意加以考察啊。

謹按春秋二百四十二年，日蝕三十六，襄公尤數❶，率三歲五月有奇而壹食。漢興訖竟寧❷，孝景帝尤數，率三歲一月而壹食。臣向前數言日當食，今連三年比❸食。自建始❹以來，二十歲間而八食，率二歲六月而一發，古今罕有。異有小大希稠，占有舒疾緩急，而聖人所以斷疑也。《易》曰：「觀乎天文，以察時變❺。」昔孔子對魯哀公，並言夏桀、殷紂暴虐天下，故曆失則❻，攝提失方❼，孟陬無紀❽，此皆易姓之變也。秦始皇之末至二世時，日月薄食，山陵淪亡，辰星出於四孟❾，太白❿經天而行，無雲而雷，枉矢⓫夜光，熒惑⓬襲月，孽⓭火燒宮，野禽戲廷，都門內崩，長人⓮見臨洮，石隕於東郡，星孛大角⓯，大角以亡。觀孔子之言，考暴秦之異，天命信可畏也。及項籍之敗，亦孛大角。漢之入秦，五星聚於東井⓰，得天下之象也。孝惠時，有雨血，日食於衝，滅光星見之異⓱。孝昭時，有泰山臥石自立，上林僵柳復起，大星如月西行，眾星隨之，此為特異，孝宣興起之表。天狗⓲夾漢而西，久陰不雨者二十餘日，昌邑⓳不終之異也。皆著於漢紀。觀秦、漢之易世，覽惠、昭之無後，察昌邑之不終，視孝宣之紹起，天之去就，豈不昭昭然哉？高宗、成王亦有雊雉拔木⓴之變，能思其故，故高宗有百年之福，成王有復風之報㉑。神明之應，應若景㉒嚮，世所同聞也。

【章　旨】本段歷舉春秋、秦、漢以來天象變異，說明天之去就應若影響。

【注釋】❶數　頻繁。❷竟寧　漢元帝年號。僅一年（西元前三三年）。❸比　接連。❹建始　漢成帝年號。共四年（西元前三二—前二九年）。❺觀乎天文二句　《周易・賁卦》彖辭。❻則　法則。❼攝提失方　孟康曰：「攝提，星名也。隨斗杓建十二月，歷不正則失其所建。」攝提乃恆星，左右各三，在牧夫座內，為二十八宿之亢宿。夏（曆）正月黃昏出現於東方，隨斗杓而轉。失方，指正月黃昏而不見攝提星。❽孟陬無紀　孟康曰：「首時為孟，正月為陬。」孟陬，即陰歷正月之別稱。古代以北斗七星斗柄運轉以計月，斗柄東指偏北為建寅元月，即夏曆正月。孟陬無紀，指正月而斗柄並未東指。❾四孟　孟春、孟夏、孟秋、孟冬。今通言陰曆之正月、四月、七月、十月。然師古稱：「四時之孟月也。當見四仲也。」辰星（即水星）當出於四仲（即二、五、八、十一月），今出於四孟，古人認為是易王的徵兆。❿太白　即金星，晨現東方曰「啟明」，夕現西方曰「長庚」，古人認為太白主兵戎。⓫枉矢　應劭曰：「流星也，其射如矢，蛇行不正，故曰枉矢流，以亂伐亂。」蘇林曰：「有聲為天狗，無聲為枉矢也。」⓬熒惑　火星。應劭曰：「熒惑主內亂，月主刑，故趙高殺二世也。」⓭蘖　同「孽」。災。⓮長人　大人。《漢書・五行志》載：「史記秦始皇帝二十六年，有大人長五丈，足履六尺，皆夷狄服，凡十二人，見于臨洮。」⓯星孛大角　應劭曰：「天王坐席也。流星茀大角，大角因伏不見也。」大角，星名。屬牧夫座第一星，為北天中亮星。⓰東井　星宿名，即井宿，二十八宿之一。因在參星之東，故稱。⓱日食於衝二句　孟康曰：「日月行交道之衝也。相薄而既也，京房所謂陰氣盛，薄奪日光者也。」⓲天狗　亦指彗星。《史記・天官書》：「天狗，狀如大奔星，有聲，其下止地，類狗。」《集解》：「星有尾，旁有短彗，下有如狗之形者。」⓳昌邑　昌邑王劉賀。行淫亂，立二十七日被廢。⓴雊雉拔木　雊雉，《尚書・高宗肜日》序言：「（殷）高宗祭成湯，有飛雉升鼎耳而雊（鳴）。祖已訓諸王。」祖已為高宗之賢臣。拔木，周成王時，周公因避管、蔡流言離開鎬京，天大雷電而風，拔木偃禾。㉑復風之報　周成王悔悟，出郊迎周公，「天乃雨，反風，禾則盡起。」以上拔木反風事均見《尚書・金縢》。㉒景　同「影」。

【語譯】我謹據《春秋》二百四十二年之間，日蝕出現三十六次，襄公時尤其頻繁，大率三年另五個月多一點發生一次日蝕。大漢建立到竟寧年間，孝景帝時尤其頻繁，大率三年另一個月發生一次日蝕。我曾經多次說過日當食，今接連三年發生。自建始以來二十年間，發生八次日食，大率每兩年另六個月發生一次，從古到今是少有的。變異有大小稀密的區別，占卜也有舒緩疾急的不同，聖人就根據這些來判斷吉凶。《周易》說：「觀察天象的變異，以考察時事的變化。」過去孔子回答魯哀公，並說夏桀、殷紂暴虐天下，所以天象失序，攝提星運行不符時序，作為歲首的正月沒有確定的根據，這都是改姓換代的變異啊。秦始皇之末到二世期間，日月相迫而食，山陵陷落消失，辰星反常於四孟時出現，太白星運行卻經過中天，天無雲而響雷，流星使夜空明亮，火星侵襲月亮，災火燒毀宮室，野鳥在宮廷內嬉戲，都門向內崩塌，高人在臨洮出現，隕石落到東郡，彗星出現在大角星旁，大角因而消失無光。觀察孔子的話，考察暴秦時發生的變異，天命真是可畏啊！到了項羽的失敗，彗星亦隱蔽大角。漢高祖進入秦地，五大行星聚集在井宿內，這是得天下的徵兆啊。孝惠帝時，出現天下血雨，月亮衝日而產生日蝕，出現太陽無光，星辰白晝出現的變異。孝昭帝時，泰山臥石自立，上林苑中僵仆的柳樹重新豎起，大星像月一樣往西運行，眾星跟隨在後，這是突出的變異，是孝宣帝興起的徵兆。彗星隨著天河往西運行，二十多天久陰不雨，這是昌邑王不能終位的變異啊。這些情況都記載在漢代史籍之中。考察秦、漢的換代，惠帝、昭帝的無後嗣，昌邑王的不能終位，宣帝的繼起，上天的去就之意，難道不是很明顯嗎？殷高宗、周成王也有雊雉拔木的變異，由於他們能自思其過，所以高宗有百年享國之福，成王得到了反風起禾的報答。神明的報應，就好像形影和聲響的回應一樣迅速，這是世人都知道的事情啊！

臣幸得託末屬❶，誠見陛下寬明之德，冀銷大異，而興高宗、成王之聲，以崇劉氏，故豤豤❷數奸❸死亡之誅。今日食尤屢，星孛東井，攝提炎及紫宮❹，有識長老莫不震動，此變之大者也。其事難一二記，故《易》曰：「書不盡言，言不盡意❺。」是以設卦指爻而復說義。《書》曰：「伻來以圖❻。」天文難以相曉，臣雖圖上，猶須口說，然後可知。願賜清燕❼之閒，指圖陳狀。

【章　旨】本章陳述當今日食星孛屬變異之大者，願當面向皇上指圖陳狀。

【注　釋】❶末屬　謂自己為劉氏宗室子孫。❷狠狠　同「懇懇」。款誠之意。❸奸　通「干」。犯也。❹紫宮　星座名。古代天文家分天體恆星為三垣，中垣有紫微十五星，象徵左右輔弼大臣。攝提炎及紫宮，疑當時曾一度成為變星，故其光照紫宮，乃權臣專國之兆。❺書不盡言二句　引自《周易・繫辭上》之辭。❻伻來以圖　引自《周書・洛誥》。謂周公使人給成王送來地圖。伻，使。❼燕　安閒。

【語　譯】我幸運地託皇室子孫的福，的確看到皇上有著寬厚明達的德行，希望銷除大的變異，恢復像高宗、成王那樣的聲譽，用以提高劉氏的威望，所以我以款誠之心屢次觸犯死亡之罪。當今日食尤其頻繁，彗星出現在東方井宿之內，攝提星光照紫微宮，懂得此道的老年人沒有不為之震驚的，這是變異當中最突出的現象啊。關於天象的變化不能一條條記載清楚，所以《周易》說：「文字不能將要說的話全部表達出來，而語言又不能將想到的全部表達出來。」因此《周易》設定卦象指明爻位，再加以解說其中的意義。《尚書》說：「周公派使者給成王送來地圖。」天象變化是難以弄明的，我雖然把圖象呈上，還需要加以解說，然後才能清楚。我希望皇上趁清閒之時召見我，以便我根據圖象加以陳說。

【研　析】本篇立意構思，與〈條災異封事〉同。不過，前篇作於三十年前，指斥者主要為弘恭、石顯等宦官，故「於邪正賢否之辨，一篇之中，反復數四，可謂深切。」（真德秀評）而本篇矛頭則指向外戚王氏，其勢之大，給漢室造成危機之嚴重，絕非恭、顯等宦豎可比。故本篇將天變更明確地與一個王朝的敗亂淪喪、改姓換代聯繫起來。兩篇都寫得較為含蓄，都採取了引而不發的寫法。特別是本篇篇末已然提及當今之變，乃「變之大者也」，該以何種人事應之？接下卻用「其事難一二記」一句，虛晃一槍，意味深長，讀者當可不言而喻，斯更得含蓄之妙。不過本篇錄自《漢書》，但荀悅《漢紀》所載，此下尚有「今同姓疏遠，母黨專政，祿去公室，權在外家，非所以強漢之宗，保守社稷，安固後嗣也」三十三字。這一小段文字究竟是班固有意刪去，還是荀悅畫蛇添足之筆，今已難考，讀者自己鑑別可也。

上政治得失疏

匡稚圭

【題　解】本篇出自《漢書‧匡衡傳》。作於漢元帝永光二年（西元前四二年）。當時有日蝕、地震之變，元帝問以政治得失，匡衡上此疏。疏中指出，若要改變當今貪財賤義的民俗，達到刑錯不用、社會安定的目的，皇上應從本原上作起，大興禮樂，做到「減宮室之度，省靡麗之飾，考制度，修外內，近忠正，遠巧佞」等等，由內及外，由近及遠，「令海內昭然咸見本朝之所貴。道德弘於京師，淑問揚乎疆外」，這樣便能作到大化成，禮讓興。元帝見疏，「說其言，遷衡為光祿大夫、太子少傅」。《漢紀》及《通鑑》並載此疏於元帝永光二年（西元前四二年）。

【作　者】匡衡，西漢經學家。字稚圭，東海承（今山東棗庄）人。父世農夫，至衡好學，家貧，庸作以供資用，才智過人，經學精習。諸儒為之語曰：「無說《詩》，匡鼎（方且）來；匡說詩，解人頤。」善說《詩》，時引經義以議論政治。元帝時任丞相，封樂安侯。時宦官中書令石顯專權亂政，衡畏權勢，逢迎依違，不敢立異。成帝時以專地盜土以自益，免為庶人，終於家。

臣聞五帝不同禮，三王各異教，民俗殊務，所遇之時異也。陛下躬聖德，開太平之路，閔愚吏民觸法抵禁，比年❶大赦，使百姓得改行自新，天下幸甚！臣竊見大赦之後，姦邪不為衰止，今日大赦，明日犯法，相隨入獄，此殆導之未得其務也。蓋保❷民者，陳之以德義，示之以好惡❸，觀其失而制其宜，故動之而和，綏❹之而安。今天下俗貪財賤義，好聲色，上侈靡，廉恥之節薄，淫辟之意縱，綱紀❺失序，疏者踰內❻，親戚之恩薄，婚姻之黨隆，苟合徼幸，以身沒❼利。不改其原，雖歲赦之，刑猶難使錯❽而不用也。

【章旨】本段言當今民俗貪財賤義，好聲色，上侈靡，如不從本原上作起，雖連年大赦亦無效。

【注釋】❶比年　連年。比，頻。❷保　養。❸陳之以德義二句　師古曰：「《孝經》曰：『陳之以德義而民莫遺其親。』『示之以好惡而民知禁』，故衡引以為言。」❹綏　安；安撫。❺綱紀　《白虎通・三綱六紀》篇曰：「三綱者，謂君臣、父子、夫婦也。六紀者，謂諸父、兄弟、族人、諸舅、師長、朋友也。綱者，張也；紀者，理也。大者為綱，小者為紀，所以張理上下、整齊人道也。」❻疏者踰內　師古曰：「疏者，妻妾之家；內者同姓骨肉也。」❼沒　貪。王引之云：「沒，謂貪冒也。」❽錯　置。

【語譯】我聽說五帝的禮各不相同，三王的教化也各有其異，民俗也有不同的內容，這是由於各自所處的時代不同啊。皇上親自聽政，開闢太平之路，痛惜愚笨的吏民觸犯法禁，連年賜予大赦，使百姓得改過自新，這是天下幸運的事情！可我見到大赦之後，奸邪的事並沒減少止息，今天大赦了，明天又犯法，相繼入獄，這可能是引導之法不得其要啊。大概養民的君主，要施行德義的舉措，明示正確的好惡，看到他們的失誤，就採取適宜的辦法，所以一旦治理就能達到和諧，一旦優撫就能實現安定。當今天下風俗，貪於財貨，輕賤德義，喜好聲色，崇尚侈靡，廉恥之節操淡薄，淫辟之意無節，三綱六紀失去順序，妻妾之家超過親生骨肉，親戚之間恩情淡薄，婚姻裙帶結黨興盛，懷有苟且徼倖之心，不惜以身試法貪取財利。像這種情況，如果不從本原上加以改革，即使每年一大赦，刑罰仍難於棄置而不用啊。

臣愚以為宜壹曠然大變❶其俗。孔子曰：「能以禮讓為國乎？何有❷？」朝廷者，天下之楨幹❸也。公卿大夫相與循禮恭讓，則民不爭；好仁樂施，則下不暴；上義高節，則民興行；寬柔和惠，則眾相愛。四者，明王之所以不嚴而成化也。何者？朝有變色之言，則下有爭鬭之患；上有自專之士，則下有不讓之人；上有克勝之佐，則下有傷害之心；上有好利之臣，則下有盜竊之民。此其本也。今俗吏之治，皆不本禮讓，而上克暴❹，或忮❺害好陷人於罪，貪財而慕勢，故犯法者眾，姦邪不止。雖嚴刑峻法，猶不為變，此非其天性，有由然❻也。

【章　旨】本段建議皇上當以禮讓治國，否則即令嚴刑峻法也不會改變民俗。

【注　釋】❶曠然大變　曠然，空曠貌，形容大變的徹底，不保留任何陳規舊習。❷能以禮讓為國乎二句　引自《論語・里仁》。謂能以禮讓治國，則其事甚易。❸楨幹　主幹。❹克暴　猶刻暴，苛刻殘暴。宋祁謂「克」當作「刻」。❺忮　忌恨。❻由然　指由於上位失去教化以致如此。

【語　譯】我的愚見以為應該徹底大變其風俗才能解決問題。孔子說：「能夠用禮義謙讓來治國家嗎？那還存在什麼困難呢？」朝廷，是天下的主幹。公卿大夫如果能作到相互依循禮制恭敬謙讓，那麼百姓就不會爭奪；都喜好仁德樂於施與，那麼下位就不會苛刻殘暴；都崇尚大義提高節操，那麼百姓就會修養德行；都相處寬柔和惠，那麼群眾就會相親相愛。這四個方面的施行，就是明主聖王不必通過嚴刑峻法就能完成教化的原因。這是何故呢？朝廷有變顏失色的言論，那麼下面就有爭鬥的禍患；上面有專擅獨裁的官員，那麼下面就有不謙讓的人；上面有好勝的輔佐，那麼下面就產生傷害的心理；上面有貪利的大臣，那麼下面就有盜竊的民眾。這些都是最基本的原則。當今一般官吏的治理，都不以禮讓為根本，崇尚苛刻殘暴之治，有的還好忌恨而陷人於罪，貪於財利，追慕權勢，所以犯法的人多，姦邪為惡不止。即使用嚴刑峻法，仍然不能改變，這些不是人們的天性所致，而是由於朝廷失去教化造成的啊。

臣竊考〈國風〉之詩，〈周南〉、〈召南〉❶被賢聖之化深，故篤於行而廉於色。鄭伯好勇而國人暴虎❷，秦穆貴信而士多從死❸，陳夫人好巫而民淫祀❹，晉侯好儉而民畜聚❺，太王躬仁邠國貴恕❻。由此觀之，治天下者，審所上而已。今之偽薄忮害不讓極矣。臣聞教化之流，非家至而人說❼之也。賢者在位，能者在職，朝廷崇禮，百僚敬讓，道德之行由內及外，自近者始，然後民知所法，遷善日進而不自知。是以百姓安，陰陽和，神靈應而嘉祥見。《詩》曰：「商邑翼翼，四方之極。壽考且寧，以保我後生❽。」此成湯所以建至治，保子孫，化異俗而懷鬼方❾也。今長安，天子之都，親承聖化，然其習俗無以異於遠方，郡國來者無所法則，或見侈靡而放❿效之。此教化之原本，風俗之樞機，宜先正者也。

【章　旨】本段言禮讓教化應從內及外，自近者始，先從朝廷作起。

【注　釋】❶周南召南　《詩經》十五國風中開頭的兩組詩。❷鄭伯好勇而國人暴虎　鄭伯，鄭莊公。暴虎，搏虎；徒手打虎。❸秦穆貴信而士多從死　秦穆，秦穆公。從死，謂子車氏之三良奄息、仲行、鍼虎殺身以殉。❹陳夫人好巫而民淫祀　陳夫人，陳胡公夫人。張晏謂陳夫人「好祭鬼神，鼓舞而祀」。❺晉侯好儉而民畜聚　晉侯，晉昭公。高步瀛：「案〈地理志〉

曰：成王滅唐而封叔虞，其民有先王遺教，君子深思小人儉陋，故唐詩〈蟋蟀〉、〈山樞〉、〈葛生〉之篇，皆思奢儉之中，念死生之慮。」❻太王躬仁邠國貴恕　太王為周文王祖父，即古公亶父，建國於邠，修德行義，故其俗皆貴誠恕。引以上五人事，蓋分別用了相關的詩義：鄭伯見於〈大叔于田〉，秦穆見於〈黃鳥〉，陳夫人見於〈坎其擊鼓〉，晉侯見於〈山有樞〉，太王見於〈緜〉。說見《漢書補注》。❼人說　對每個人加以解說。猶〈離騷〉「眾不可戶說兮」的「戶說」。❽商邑翼翼四句　引自《詩經・商頌・殷武》。翼翼，盛大貌。今本《詩經》在「壽考且寧」之前尚有「赫赫厥聲，濯濯厥靈」二句。❾鬼方　應劭注：「鬼方，遠方也。」一說鬼方，古國名。❿放　通「仿」。

【語譯】我研究過《詩經・國風》的詩篇，其中〈周南〉、〈召南〉兩組詩接受聖人的教化最深刻，所以詩的內容體現在行動上為誠篤，體現在臉色上為廉正。鄭莊公喜好勇力，國人就徒手搏虎；秦穆公重視信用，士人就隨之殉葬；陳夫人喜好巫鬼，民間就多祭祀鬼神；晉昭公重視節儉，民間就蓄聚財用；古公亶父親行仁義，邠國的人就重視誠恕。從這些看來，治天下的君主，對於所崇尚的內容要謹慎選擇罷了。當今虛偽澆薄、忌恨傷害、不謙讓已經發展到極點了。我聽說，教化的流行，並不需要家家都到人人都說啊。賢人在位，能人在職，朝廷重視禮義，大臣們敬重謙讓，道德的流行，由朝內到朝外，自近處開始感化，然後百姓就有所效法，一天天不知不覺向善道轉化。因此百姓安寧，陰陽和諧，神靈感應就會賜予吉祥徵兆。《詩經》說：「商朝京都堂皇，處在四方的中央。商王長壽又安寧，保佑我們後代子孫。」這就是商湯王建立太平盛世，保護子孫，感化異俗而安撫遠方的原因。當今長安，是天子的都城，接受天子親自教化，然而這裡的習俗與遠方沒有什麼不同，下面郡國來京城的人卻沒有值得效法的內容，有的人見到長安的奢侈淫靡反而加以仿效。這裡是教化的起源，風俗的樞要之地，應該首先加以糾正啊。

臣聞天人之際，精祲有以相盪❶，善惡有以相推，事作乎下者，象動乎上，陰陽之理，各應其感，陰變則靜者動❷，陽蔽則明者晻❸，水旱之災隨類而至。

今關東連年饑饉，百姓乏困，或至相食，此皆生於賦斂多，民所共❹者大，而吏安集之不稱之效也。陛下祗❺畏天戒，哀閔元元，大自減損，省甘泉、建章宮衛，罷珠厓❻，偃武行文，將欲度❼唐虞之隆，絕❽殷周之衰也。諸見罷珠厓詔書者，莫不欣欣，人自以將見太平也。宜遂減宮室之度，省靡麗之飾，考制度，修外內，近忠正，遠巧佞，放鄭衛，進雅頌，舉異材，開直言，任溫良之人，退刻薄之吏，顯絜白之士，昭無欲之路，覽六藝之意，察上世之務，明自然之道，博和睦之化，以崇至仁，匡失俗，易民視，令海內昭然咸見本朝之所貴。道德弘於京師，淑問❾揚乎疆外，然後大化可成，禮讓可興也。

【章　旨】本段提出成大化、興禮讓的具體內容。

【注　釋】❶精祲有以相盪　精祲，舊謂陰陽相浸漸以成的災祥之氣。相盪，猶相互感應，沈欽韓曰：「《淮南子・泰族訓》：國危亡而天文變，世惑亂而虹蜺見，萬物有以相連，精祲有以相蕩也。」❷靜者動　如地震。❸明者晻　如日食。晻，暗。❹共　供。❺祗　敬。❻罷珠厓　見前賈捐之〈罷珠厓對〉。❼度　超越。❽絕　棄絕。❾淑問　美好的名聲。

【語　譯】我聽說天與人的關係，皆因陰陽之氣相互感應，善與惡相互推演，下界發生的事就有天象反映在上，陰陽的道理都與這種感應相關，如果陰氣變化那麼處於靜的事物就會發動，陽氣隱蔽那麼光明的東西就會變得昏暗，水災旱災也依隨陰陽不同的類別產生。當今關東連年發生饑荒，百姓困乏，有的甚至人食人，這種情況的出現，是由於賦斂多，百姓負擔重，而官吏們只是安於聚斂而不顧實際的情況啊。皇上能夠敬畏上天的警戒，哀憐百姓，主動大減稅斂，省去甘泉宮、建章宮的門衛，撤銷珠厓郡，停止戰爭修行文治，以便超越堯、舜時的隆盛，防止殷、周末世的衰敗。許多見到撤銷珠厓郡詔書的人，沒有不欣然高興的，個個以為將會見到太平盛世。現在皇上應該壓縮宮室建設的規模，省去富麗堂皇的裝飾，考究朝廷制度，修正朝廷內外，親近忠心正直的人，遠離巧言令色的人，廢除鄭、衛之聲，登進雅、頌之樂，提舉傑出人才，開拓直言極諫之路，任用溫良的人，斥退刻薄之吏，彰顯廉潔清白之士，昭示無貪欲之路，重溫六藝的意義，了解上世的情況，明白自然的道理，擴大和睦的教化，用以崇尚至仁，匡正時俗，改變百姓的看法，讓全國的人都能明顯地看到本朝所重視的內容。這樣道德的影響在京城擴大，美好的聲譽就能傳揚邊境之外，然後，大的教化就可實現，禮讓就可興盛啊。

【研析】篇義一言以蔽之：禮讓教化當自朝廷始。然指事類物，略不及恭、顯，不及劉向之辭切言深。真德秀云：「衡之論美矣，然方是時，恭、顯用事，逐（周）堪、猛，殺賈捐之，衡對略不及此，雖有近忠正、遠邪佞之言，何益哉？」另行文多鋪排，結尾處一連用二十二排比，亦二十二動詞，曲盡其態，氣勢自顯。

論治性正家疏

匡稚圭

【題解】本篇出自《漢書．匡衡傳》。據《通鑑》當作於元帝永光五年（西元前三九年）。當時傅昭儀及子定陶王愛幸，超過皇后、太子，故匡衡復上此疏。疏中指出皇上應該遵循祖制、宣揚祖功，明白好惡，調理情性以及正確處理后妃、嫡庶尊卑關係，這些內容有某些針對性。

匡聞治亂安危之機，在乎審所用心。蓋受命之王，務在創業垂統，傳之無窮；

繼體之君，心存於承宣先王之德，而褒大其功。昔者成王之嗣位，思述文、武之道以養其心，休烈❶盛美，皆歸之二后❷而不敢專其名，是以上天歆❸享，鬼神祐焉。其《詩》曰：「念我皇祖，陟降廷止❹。」言成王常思祖考之業，而鬼神祐助其治也。陛下聖德天覆，子愛海內，然陰陽未和，姦邪未禁者，殆論議者未丕❺揚先帝之盛功，爭言制度不可用也，務變更之。所更或不可行，而復復之。是以群下更相是非，吏民無所信。臣竊恨國家釋樂成之業❻，而虛為此紛紛也。願陛下詳覽統業之事，留神於遵制揚功，以定群下之心。〈大雅〉曰：「無念爾祖，聿修厥德❼。」孔子著之《孝經》首章，蓋至德之本也。

【章　旨】本段建議皇上遵循祖制，宣揚祖功。

【注　釋】❶休烈　美好的功業。❷二后　二君。指文王、武王。❸歆　神食祭品之氣。或謂欣悅。❹念我皇祖二句　引自《詩經·周頌·閔予小子》。師古曰：「言成王常念文王、武王之德奉而行之，故鬼神上下臨其朝廷。」陟，升。❺丕　大。❻樂成之業　指樂於宣帝所成之業。❼無念爾祖二句　引自《詩經·大雅·文王》。無念，念也。聿，助詞。

【語　譯】我聽說治亂安危的關鍵，全在於謹慎用心。大凡接受天命成為君主的，一心在於開創事業留下好的傳統，傳之子孫無有窮盡；繼位的君主，只把繼承宣揚先王的德行放在心中，表彰擴大先王的功業。昔周成王繼位，思念闡明文王、武王的主張以修養自己的心情，美好盛大的功業都歸於二王，而不敢獨享盛名，因此上天感動欣享，鬼神福祐。《詩經》說：「成王常思文、武之德，鬼神上下臨其朝廷。」說的是成王常思文、武的功業，所以鬼神幫助他治理天下。皇上聖明的德行加惠於民如天之覆蓋，愛海內之民如子，然而陰陽仍未調和、姦邪仍未禁止的原因，可能是議論政事的人未曾大力宣揚先帝的盛大功業，反而強調先帝的制度不可再施行，務必加以變更。所更替的有的仍然不可施行，又回過來恢復原來的制度。因此弄得群臣更加爭論不休，吏民們無所適從。我痛心朝廷放棄宣帝已成的大業，而徒然議論紛紛。我希望皇上詳細研究認識宣帝傳下的事業，注意遵循宣帝的制度和宣揚宣帝的功業，從而安定群臣的心理。〈大雅〉說：「要思念你祖皇的功業，效法他的德行。」孔子將這話寫在《孝經》的首章，大概這是最高德行的根本。

傳曰：審好惡，理情性，而王道畢矣❶。能盡其性，然後能盡人物之性；能盡人物之性，可以贊天地之化❷。治性之道，必審己之所有餘，而強其所不足❸。蓋聰明疏通者，戒於大察；寡聞少見者，戒於癕❹蔽；勇猛剛強者，戒於大暴；仁愛溫良者，戒於無斷；湛❺靜安舒者，戒於後時；廣心浩大者，戒於遺忘。必審己之所當戒，而齊之以義❻，然後中和之化應，而巧偽之徒不敢比周而望進。唯陛下戒之，所以崇聖德也。

【章旨】本章建議皇上明好惡、理情性以崇尚聖德。

【注釋】❶傳曰四句　胡三省曰：「衡守詩學，此必詩傳之言。」❷能盡其性四句　節引自《中庸》。能把人的本性全部發揮出來，也就能發揮萬物的本性，這樣就能幫助天地的化育，起到由主觀之性推動客觀世界的作用。性指人的本性。贊，助也。❸治性之道三句　既然人要盡性，那麼各人的品性又有所不同，或有餘，或不足，所以就要治性。下面提出的「六戒」

等等都是治性之法。❹雍　同「壅」。❺湛　同「沉」。❻齊之以義　用「義」來治理它。義者事之宜也，就是說都要作得恰當，下文「中和」就是用「義」調理的結果。

【語譯】古書說：明白好惡之心，治理人的情欲本性，作君王的道理全部包盡了。能全部發揮他個人的本性，就能全部發揮別人和外物的本性；能全部發揮別人和外物的本性，就能贊助天地的化育。治理人本性的辦法，必須首先明白自己本性中哪些是太過的，哪些是不足的，去掉太過，加強不足。大凡聰明通達的人，要防止過於細察；見聞不多的人，要防止受蒙蔽；勇猛剛強的人，要防止過分暴躁；仁愛溫良的人，要防止優柔寡斷；沉靜安適的人，要防止落後於形勢；心胸寬廣的人，要防止有所遺忘。必須明白自己所當防止的事情，用大義來加以調節，然後便會出現中正平和的精神境界，從而巧佞虛偽的人便不敢結夥營私貪緣幸進。希望皇上加以警戒，目的是崇尚聖王的德性啊。

臣又聞室家之道修，則天下之理得，故《詩》始〈國風〉，《禮》本〈冠〉〈婚〉❶。始乎〈國風〉，原情性而明人倫也；本乎〈冠〉〈婚〉，正基兆而防未然也。福之興莫不本乎室家，道之衰莫不始乎梱內❷。故聖王必慎妃后之際，別適❸長之位。禮之於內也，卑不踰❹尊，新不先故，所以統人情而理陰氣也。其尊適而卑庶也，適子冠乎阼❺，禮之用醴❻，眾子不得與列，所以貴正體而明嫌疑也。非虛加其禮文而已，乃中心與之殊異，故禮探其情而見之外也。聖人動靜游燕所親，物得其序；得其序則海內自修，百姓從化。如當親者疏，當尊者卑，則佞巧之姦因時而動，以亂國家。故聖人慎防其端，禁於未然，不以私恩害公義。陛下聖德純備，莫不修正，則天下無為而治。《詩》云：「于以四方，克定厥家❼。」《傳》曰：「正家而天下定矣❽。」

【章　旨】本段建議皇上重視后妃嫡庶的尊卑關係。

【注　釋】❶冠婚　《禮記》有〈冠義〉、〈婚義〉二篇。古時男子二十而冠，三十而婚。❷梱內　內室。借指家室婦女。梱，通「閫」。門限。❸適　同「嫡」。此指嫡妻所生子，稱嫡子。古制「立嫡以長不以賢」，說明嫡子的地位特殊，所謂「別嫡長之位」，是指把嫡長子的地位與其他嫡子及庶子區別開來。❹隃　通「踰」。超越。❺阼　主階。段玉裁注：「階之在東者。」❻醴　甜酒。❼于以四方二句　引自《詩經・周頌・桓》。師古曰：「言欲治四方者，先當能定其家，從內以及外。」❽正家而天下定矣　引自《周易・家人卦》彖辭。

【語　譯】我又聽說把家庭內部的關係處理好了，天下的道理也就體現出來了。所以《詩經》從〈國風〉開始，《禮記》以〈冠義〉和〈婚義〉為基礎。從〈國風〉開始，是本於人的情性從而使倫理分明啊；以〈冠義〉、〈婚義〉為基礎，是為了擺正開端從而防範於未然啊。福的興起沒有不依靠室家的，道德的衰敗沒有不從閨門內開始的。所以聖王必須謹慎處理妃后之間的關係，區分嫡長與庶子的地位。禮制，對於室家之內來說，就是要作到身分卑下的不能超越身分高貴的，娶妻新娶的地位不能超越原配的，這是統制人情和調理陰陽的原則啊。至於以嫡子為尊以庶子為卑的規定，例如嫡子行冠禮在主階，行禮用醴酒，其他庶子都不能參與其中。這是尊重正確的禮儀，從而避免界線不清啊。並不只是抽象地加上那些禮儀的條文而已，而是發自內心有加以區分的要求，所以關於了解一個人對禮儀的遵循，其內情必然體現在外表上啊。聖人無論起居動靜遊樂休閒，所接觸的事物都會變得有條不紊；事物有條不紊，海內就會得到治理，百姓就會接受教化。按禮制的要求，應當親近的如果反而疏遠，應當尊重的如果反而賤視，那麼利口巧說的姦邪之徒就會乘機而起，擾亂國家。所以聖人謹防姦邪的萌芽，防範於未然，不因私愛損害公義。皇上聖德純粹完備，不存在修身正心的問題，那麼天下就可無為而治了。《詩經》說：「想要治理四方，先當治理其家。」《周易》說：「室家得到治理，天下就安定了。」

【研析】本篇分三大段，首段言法祖，二段言治性，三段言正家。而標題上標明「治性」、「正家」二義而無「法祖」，因為治性、正家都必須以「法祖」為其思想基礎。法祖不僅要法先王，也包括遵循體現「文武之道」的儒家經典。故只要真的做到治性、正家，自然也就包含了「法祖」的內容。所以本篇在寫法上，三段多以引經傳文開始，同時又以引經傳文作結，林希元所評「義理精透純粹，可謂通經之儒」，說的正是這個意思。

戒妃匹勸經學威儀之則疏

匡稚圭

【題解】本篇出自《漢書·匡衡傳》。作於漢元帝竟陵元年（西元前三三年）。其年五月，元帝崩，成帝即位，衡乃上疏。此疏內容，正如標題所示，分為戒妃匹、勸經、學威儀之則三事並舉。妃匹，即配偶，戒妃匹，即正確處理好天子與后妃的關係，因為這是人倫之始、綱紀之首、王權之端。勸經，指天子當專精六經這一「永永不易之道」。學威儀之則，指天子無論對上天、對親屬、對臣子、對萬物，都必須保持一種正確的態度以作為天下的表率。何以此時上此疏，主要由於成帝初嗣位，「君子慎始」，初登大位，應該事事小心謹慎，並無其他具體針對性。匡衡好發空論，面對現實政治的一些重大而又敏感的原則問題，往往表現無所作為，甚至依違苟合，只好空談義理。這是匡衡作風，也是匡衡文風。不僅本篇如此，以上二篇無不如此。

陛下秉至孝，哀傷思慕不絕於心，未有游虞❶弋射之宴❷，誠隆於慎終追遠❸，無窮已也。竊願陛下雖聖性得之，猶復加聖心焉。《詩》云「煢煢在疚❹」，言成王喪畢思慕，意氣未能平也，蓋所以就❺文、武之業，崇大化❻之本也。

【章　旨】本段言皇上當節制哀思，繼承先王之業。

【注　釋】❶虞　通「娛」。❷宴　樂。❸慎終追遠　《論語・學而》曾子曰：「慎終追遠，民德歸厚矣。」集解引孔安國曰：「慎終者，喪盡其哀；追遠者，祭盡其敬。」❹煢煢在疚　引自《詩經・周頌・閔予小子》。煢煢，憂思貌。疚，病。❺就　成。❻大化　指深遠的教化。

【語　譯】皇上懷有最孝順的德操，在心中不斷地哀傷思慕，沒有遊玩射獵的興趣，真的作到了喪盡其哀，祭盡其敬，這種心情無窮無盡的。我認為皇上雖有天性已成自然，還要加意於增強聖心。《詩經》說的「憂思成病」，是講成王悼喪完畢還繼續思慕，心情未能平靜，大概是想繼續完成文王、武王的事業，重視教化深遠的根本啊。

臣又聞之師❶曰：妃匹之際，生民之始，萬福之原❷。婚姻之禮正，然後品物遂❸而天命全。孔子論《詩》以〈關雎〉為始❹，言太上者❺民之父母，后夫人之行不侔❻乎天地，則無以奉神靈之統，而理萬物之宜。故《詩》曰：「窈窕淑女，君子好仇❼。」言能致其貞❽淑，不貳其操，情欲之感無介乎容儀❾，宴私之意不形❿乎動靜，夫然後可以配至尊而為宗廟主。此綱紀之首，王教之端也，自上世已來，三代興廢，未有不繇此者也。願陛下詳覽得失盛衰之效，以定大基，采有德，戒聲色，近嚴敬，遠技能⓫。

【章　旨】本段闡明正確對待妃匹、戒聲色的意義。

【注　釋】❶聞之師　據《漢書・儒林傳・張蒼傳》，匡衡受詩於后蒼。此處「師」當指后蒼。❷原　本。❸遂　成。❹關雎為始　〈關雎〉為《詩經・國風》的第一篇，古代學者認為《詩經》是孔子編排的，因而編為第一，則認為有特殊意義。❺太上者　指天子。❻侔　等同。❼窈窕淑女二句　引自《詩經・周南・關雎》。窈窕，幽閒。淑，美善。仇，或作「逑」。匹配；配偶。❽貞　女子以正自守叫貞。貞，正也。❾情欲之感無介乎容儀　師古云：「言不以情欲繫心而著於容儀者。」❿形　現也。⓫技能　王文彬曰：「技能，謂奇技淫巧。」

【語　譯】我又從老師那裡聽說：與后妃配偶的關係，是人類的開端，萬福的根源。婚姻符合禮制，然後萬類都得以長成而完備地接受天命。孔子解釋《詩經》以〈關雎〉為首的意義，是說天子是民之父母，后妃夫人的行為如果不與天地相配，那麼就無法繼承奉侍神靈的傳統，無法合宜治理萬物。所以《詩經》說：「這幽閒美善的女子，是君子的好配偶。」說的是能以正善自守，節操不變，不以情欲繫心而表現在儀容上，宴樂私愛之意不表現在舉止中，這樣才可以與天子相配而為宗廟之主。這是國家綱紀的頭一條，是帝王教化的開端啊，從上古以來，三代的興廢，沒有不與此相關的啊。希望皇上詳細考察歷代得失盛衰的效應，以奠定宏大的基業，進用有德之士，警戒聲色之樂，親近威嚴恭敬之人，疏遠奇技淫巧之徒。

竊見聖德純茂，專精《詩》、《書》，好樂無厭。臣衡材駑，無以輔相❶善義，宣揚德音。臣聞六經❷者，聖人所以統天地之心，著善惡之歸❸，明吉凶之分，通人道之正，使不悖❹於其本性者也。故審六藝之指，則天人之理可得而和，草木昆蟲可得而育，此永永不易之道也。及《論語》、《孝經》，聖人言行之要，宜究其意。

【章　旨】本段闡述專精六經的意義。

【注　釋】❶相　助。❷六經　指《詩經》、《尚書》、《周易》、《儀禮》、《樂經》、《春秋》六部儒家經典。❸歸　旨意。❹悖　違背。

【語　譯】我見到皇上德行純正盛茂，專心精研《詩經》、《尚書》，並且喜好研讀而無有滿足。臣下匡衡才能低下，無法以善義輔佐，宣揚皇上恩德。我聽說六經是聖人用來總領天地之心，記載善惡之旨，明白吉凶的分界，通曉人道的正理，使人們不致違背自己的本性。所以明白六經的意義，那麼天與人的關係就可得到調和，草木昆蟲就可得到化育，這是永遠不變的道理啊。至於《論語》、《孝經》也是聖人言行的重要記載，應該研究它們的意義。

臣又聞聖王之自為動靜周旋，奉天承❶親，臨朝饗臣，物有節文❷，以章❸人倫。蓋欽翼祗❹栗❺，事天之容也；溫恭敬遜，承親之禮也；正躬嚴恪❻，臨眾之儀也；嘉惠和說❼，饗下❽之顏也。舉錯動作，物遵其儀，故形為仁義，動為法則。孔子曰：「德義可尊，容止可觀，進退可度，以臨其民，是以其民畏而愛之，則而象之❾。」〈大雅〉云：「敬慎威儀，惟民之則❿。」諸侯正月朝覲⓫天子，天子惟道德昭穆穆⓬以視⓭之，又觀⓮以禮樂，饗醴迺歸。故萬國莫不獲賜祉福，蒙化而成俗。今正月初幸路寢⓯，臨朝賀，置酒以饗萬方。傳曰：「君子慎始⓰。」願陛下留神動靜之節，使群下得望盛德休⓱光，以立基楨⓲，天下幸甚！

【章　旨】本段闡述注重威儀的意義。

【注　釋】❶承　事奉。❷物有節文　物，師古曰：「物，事也。」節文，節制修飾。❸章　明。❹欽翼祗　皆恭敬之意。《爾雅・釋詁》：「祗、翼、欽，敬也。」❺栗　戰栗謹敬貌。❻嚴恪　師古曰：「嚴，讀為儼。」儼、恪皆恭敬義。❼說　同「悅」。❽饗下　招待臣下。饗，燕饗。❾德義可尊六句　師古曰：「《孝經》載孔子之言也。」則，以為榜樣。象，似。❿敬慎威儀二句　引自《詩經・大雅・抑》。⓫覲　見。⓬穆穆　端莊盛美貌。⓭視　示。⓮觀　使之觀。⓯路寢　天子治事之所。⓰君子慎始　語見《禮記・經解》。⓱休　美。⓲基楨　基礎主幹。

【語　譯】我又聽說聖王的舉止動靜，遵奉天意，侍候父母，親臨朝廷，優待臣子，事事都有節制文采，以章明人倫。一般說來，恭敬謹慎，是事奉天意的態度；溫恭謙遜，是侍候父母的禮節；恭敬正身，是面對眾人的儀容；嘉惠和悅，是優待臣子的容顏。一舉一動，都遵循規定的儀容，所以形貌本身就表現仁義，舉動就符合法則。孔子說：「天子的德義值得尊敬，容貌舉止值得觀賞，進退周旋可以度量，以這樣的儀容舉止面對民眾，因此民眾畏懼而熱愛他，以為榜樣而效法他。」〈大雅〉說：「恭敬謹慎的威儀，是眾民的榜樣。」諸侯正月朝見天子，天子心懷道德以端莊的儀容出現於前讓諸侯景仰，陳列禮樂讓諸侯觀賞，賜以醴酒然後回國。所以萬國諸侯沒有不受到福祉的，從而接受教化而成為習俗。現今正月初幸路寢，接待朝賀，置酒招待萬方諸侯。《禮記》說：「君子一開始就必須事事謹慎。」希望皇上留意動靜舉止的規定，使群臣百姓見到皇上的盛德光輝，從而立下穩固的根基，那麼天下就非常幸運！

【研　析】本篇並列三事，而首段則以「慎終追遠」之告誡作為總冒。浦起龍評曰：「平頭四節，格自我創，皆對初服進規，最切要，最停當。」此評難免過譽。祖聖尊經，如果脫離現實緊迫問題，沒有針對性的話，就會成為迂腐的老生常談，又何「切要」之有？細查各段，每段均不離紹聖，不離引經，又都不接觸現實。浦起龍又評曰：「上擬旦、奭『沖人』（按：《尚書・盤庚》中語，指年幼天子）之誥，下開馬、鄭義疏之宗，經術之義，無以尚之。」將本篇比擬為周公、召公告成王諸如〈召誥〉、〈無逸〉之類，性質相近，而匡衡之德才卻相距甚遠；以本篇開啟東漢末馬融、鄭玄注疏之風，則頗有見地。匡衡把解經的方法，引入現實性、針對性極強的奏疏之中，使之成為空話連篇的注疏，這不單表明奏疏的衰微，更標誌著西漢末年古文的衰落。

罷邊備議

侯　應

【題　解】本篇出自《漢書・匈奴傳下》。《漢紀》、《通鑑》並載在元帝竟陵元年（西元前三三年）。《漢書・匈奴傳下》載：這一年「單于復入朝，禮賜如初，加衣服錦帛絮，皆倍於黃龍（宣帝年號，即西元前四九年）時。單于自言願壻漢氏以自親。元帝以後宮良家子王牆字昭君賜單于。單于驩喜，上書願保塞上谷以西至敦煌，傳之無窮，請罷邊備塞吏卒，以休天子人民。天子令下有司議，議者皆以為便。郎中侯應習邊事，以為不可許。」於是上此議。議中以十條理由說明不可罷邊備。對奏，元帝詔勿議罷邊事。這十條理由，總的原則是：居安思危，不可因匈奴（其實只匈奴之一部，即呼韓邪單于所領部落）暫時和親內附而沉迷其中，應該「永持至安」之策，著眼於邊境的長治久安。議中除了特別揭示「夷狄之情，困則卑順，強則驕逆」的天性，決不可罷邊備外，還就一些具體問題，諸如漢、匈之民犯禁、竄出闖入引發事端等，說明亦不可罷邊備。理豐意贍，表現了作者高瞻遠矚、計謀周密的特點，不愧為安邊之長策。

【作者】侯應，元帝時官郎中。《漢紀》作郎中令，姓侯名應，生平不詳。

周秦以來，匈奴暴桀❶，寇侵邊境，漢興尤被其害。臣聞北邊塞至遼東，外有陰山，東西千餘里，草木茂盛，多禽獸，本冒頓單于依阻其中，治作弓矢，來出為寇，是其苑囿也。至孝武世，出師征伐，斥奪❷此地，攘之於幕❸北，建塞徼❹，起亭隧❺，築外城，設屯戍以守之，然後邊境得用少安。

【章旨】本段簡述匈奴侵邊歷史，賴武帝出師備邊才得以少安。

【注釋】❶桀　凶暴。❷斥奪　開拓占領。❸幕　通「漠」，指沙漠。❹塞徼　邊塞要地。❺隧　師古注：「深開小道。」或謂即「燧」，烽燧。

【語譯】從周、秦以來，匈奴凶暴，侵犯邊境，漢朝建立尤遭其害。我聽說北方邊塞直至遼東，外有陰山，東西千餘里，草木茂盛，多禽獸，本來冒頓單于把這裡作為阻障，製作弓矢，來往侵犯，這一帶成了他們的苑囿。到了孝武帝時，派大軍征伐，奪得此地，把單于趕到大漠之北，在塞上建立要地，築起亭燧，建築外城，安排兵卒駐守，然後邊境才得以稍微安定。

幕北地平，少草木，多大沙❶，匈奴來寇，少所蔽隱。從塞❷以南，徑深山谷，往來差難。邊長老言，匈奴失陰山之後，過之未嘗不哭也。如罷備塞戍卒，示夷狄之大利，不可一也。今聖德廣被，天覆匈奴，匈奴得蒙全活之恩，稽首來臣。夫夷狄之情，困則卑順，彊則驕逆，天性然也。前以罷外城❸，省亭隧❹，今裁足以候望通烽火而已。古者安不忘危，不可復罷，二也。中國有禮義之教，刑罰之誅，愚民猶尚犯禁，又況單于能必其眾不犯約哉？三也。自中國尚建關梁以制諸侯，所以絕臣下之覬欲❺也。設塞徼，置屯戍，非獨為匈奴而已，亦為諸屬國降民，本故匈奴之人，恐其思舊逃亡，四也。近西羌保塞，與漢人交通，吏民貪利，侵盜其畜產妻子，以此怨恨，起而背畔，世世不絕。今罷乘❻塞，則生嫚易❼分爭之漸，五也。往者從軍多沒不還者，子孫貧困，一旦亡出從其親戚，六也。又邊人奴婢愁苦欲亡者，多曰：「聞匈奴中樂，無奈候望急何？」然時有亡出塞者，七也。盜賊桀黠，群輩犯法，如其窘急亡走北出，則不可制，八也。起塞以來，百有餘年，非皆以土垣也，或因山巖石，木柴僵落，谿谷水門❽，稍稍平之，卒徒築治，功費久遠，不可勝計。臣恐議者不深慮其終始，欲以壹切省繇戍，十年之外，百歲之內，卒❾有他變，障塞破壞，亭隧滅絕，當更發屯繕治，累世之功，不可卒復，九也。如罷戍卒，省候望，單于自以保塞守御，必深德漢，請求無已，小失其意，則不可測，開夷狄之隙，虧中國之固，十也。非所以永持至安，威制百蠻之長策也。

【章旨】本段陳述不可罷邊備的十條理由。

【注釋】❶大沙　猶大漠，不生草木的沙石地。王先謙補注曰：「所謂大磧也。」磧，亦沙漠。❷塞　此指長城。❸罷外城　宣帝地節二年（西元前六八年），是時匈奴不能為寇於漢，停建外城以休百姓（見《漢書‧匈奴傳》）。❹省亭隧　省去烽火亭的建設。❺覬欲　窺伺圖謀。❻乘　守。❼嫚易　輕侮；倨傲；不以禮相待。❽或因山巖石三句　顧炎武曰：昔人斫大樹倒著川中，以巨木為柵，其外縱橫布石，以限戎馬，此侯應所謂「木柴僵落，谿谷水門」。❾卒　同「猝」。突然。

【語譯】沙漠以北土地平坦，草木稀少，多大沙漠，匈奴來犯，很少有隱蔽之地。從長城以南，道路經過深山大谷，往來較難。住在邊境的老年人說，匈奴人失去陰山之後，他們經過陰山沒有不痛哭的。如果撤銷防備長城戍卒，表明讓夷狄得到大利，這是不可罷邊備的第一條理由。當今皇上聖德廣加，如天之覆蓋匈奴，匈奴蒙受了保全性命的恩德，來叩頭稱臣。那夷狄的本性，困弱了就卑下順從，強大了就驕傲叛逆，其天性就是如此啊。過去曾經撤除外城，省去亭燧，當今僅僅足以供守望通烽火而已。古人說的安不忘危，不可再行撤除，這是不可罷邊備的第二條理由。中國是有禮義教化的國家，有刑罰的戒懲，百姓仍然犯法，又何況單于能肯定他的部眾不違反規約嗎？這是不可罷邊備的第三條理由。自從中國重視建設關梁以控制諸侯，都是用以杜絕臣下的非分之想。在長城設立關口，安排士卒戍守，並不僅為防匈奴而已，也因諸屬國的降民，他們本都是匈奴人，恐怕他們思舊逃亡，這是不可罷邊備的第四條理由。近來西羌加固邊塞，前與漢人交往中，吏民貪利，侵盜他們的畜產妻子，因而產生怨恨，起來背叛，世世不絕。當今如果撤除邊守，那麼會漸漸產生輕侮紛爭的事，這是不可罷邊備的第五條理由。以往從軍的士卒有失落而不回的，他們的子孫貧困，一旦逃出，跟隨他們的親戚流落不歸，這是不可罷邊備的第六條理由。又有邊境居民的奴婢，愁苦想逃亡的，大都說：「聽說匈奴中生活快樂，只是無法對付戍守士卒加強盤查啊？」然而仍有經常逃出長城的，這是不可罷邊備的第七條理由。盜賊凶暴狡猾，犯法的成群，他們如遇窘迫緊急便逃走北出，不可控制，這是不可罷邊備的第八條理由。修築長城以來，百多餘年，並不都用土築城牆，有的是就山取岩石、僵枝的木柴、谿谷的水門，稍微加以整理，由士卒罪犯來建築，這樣費時久遠的工程，不可盡計。我耽心議論的人沒有深思事情的終始，想省去一切繇役戍守，十年之外，百年之內，突然發生意外變化，長城屏障被破壞，亭隧滅絕，又再調動士卒戍守修治，可這幾代的事業，是不易一下恢復的，這是不可罷邊備的第九條理由。如果撤除戍卒，省去候望，單于自以為護邊守禦有功，必以為有大德於漢，不斷向漢提出酬勞條件，稍有不如意，後果就不可預料，產生與夷狄之間的隔閡，損毀了中國牢固的邊塞，這是不可罷邊備的第十條理由。這並不是永遠保持安定，以威力控制蠻夷的善策啊。」

【研　析】本文主要內容採用列舉之法，而首段回溯匈奴為犯已久，其所以表示「願保塞」，並非源於本心，而是懾於武帝征伐，使之勢窮力乏，不得已而來歸。這段既是全篇總冒，也為下文蓄勢。所以下文十條中，一、二、三條均承首段之勢而言，也是瞻前顧後之語。四至八條，則從微處著眼，罷邊備則不足以使漢、胡之民各安其邊。九條言塞徼長城修築不易，不宜棄置。十條言不可將邊防重任付與匈奴，使其恃功貪求。考慮得周密詳備，故凌約言評曰：「應侯（當為侯應）所條十事，洞虜中肺腑，非久諳邊務、為國深謀遠慮者，不能有此言。」

訟陳湯疏

谷子雲

【題　解】本篇出自《漢書・陳湯傳》。據《通鑑》當作於成帝建始四年（西元前二九年）。訟，申理以爭是非也。陳湯，見劉向〈論甘延壽等疏〉。元帝建昭三年（西元前三六年）甘延壽、陳湯出兵康居大捷，受到元帝封賞。成帝即位，丞相匡衡復言湯奉使專命，盜所收康居財物，湯坐免。後湯上書言康居王侍子，非王子也。按驗實王子也。湯下獄當死。太中大夫谷永上疏訟湯。疏中引述歷史上戰克之將的巨大影響，而陳湯之功為漢元以來之未有，湯僅言事失誤而無大過，建議成帝記人之功，忘人之過，以勉勵赴死難之臣。

【作者】谷永，字子雲，長安人。少為長安小史，博學經書，工筆札，元帝建昭中為太常丞，屢上疏言事。成帝時，王氏方盛，五侯兄弟爭名，永與樓護俱為五侯上客。長安諺云：「谷子卿筆札，樓君卿脣舌。」谷永治經，於京房之《京氏易》最精，故善言災異，累遷光祿大夫。前後所上四十餘事，專攻擊帝及後宮。帝知永黨於王氏，不甚親信。後由北地太守徵為大司農，歲餘以病免，還家數月卒。有集五卷，今佚。

臣聞楚有子玉得臣，文公為之仄席而坐❶；趙有廉頗、馬服❷，彊秦不敢窺兵井陘；近漢有郅都❸、魏尚❹，匈奴不敢南鄉沙幕。繇是言之，戰克之將，國之爪牙，不可不重也。蓋「君子聞鼓鼙之聲，則思將率之臣❺」。

【章旨】本段引述歷史上戰克之將的重大影響。

【注釋】❶楚有子玉得臣二句　子玉，名得臣，楚令尹。魯僖公二十八年（西元前六三二年），與晉文公戰於城濮。楚師敗績。但文公猶有憂色，曰：「得臣猶在，憂未歇也。」後聞得臣死，晉文公喜形於色，曰「莫余毒也已」。仄席，側席；側身而坐。《禮記・曲禮上》：「有憂者側席而坐。」❷馬服　趙奢，封馬服君。❸郅都　景帝時為雁門太守，匈奴為引兵而去。❹魏尚　文帝時為雲中太守，匈奴不敢近塞。❺君子聞鼓鼙之聲二句　語出《禮記・樂記》。率，同「帥」。

【語譯】我聽說楚有子玉得臣，晉文公因有他的存在側席而坐；趙有廉頗、趙奢，強秦不敢派兵窺伺井陘；近漢有郅都、魏尚，匈奴不敢南向度越沙漠。由此說來，攻戰獲勝的將帥，是國家的爪牙，不可不重視啊。因此，「君子聽到戰鼓之聲，就想到保衛國家的將帥之臣」。

竊見關內侯陳湯，前使副西域都護，忿郅支之無道，閔王誅之不加，策慮愊億❶，義勇奮發，卒興師奔逝❷，橫厲❸烏孫❹，踰集都賴❺，屠三重城，斬郅支首，報十年之逋❻誅，雪邊吏之宿恥，威震百蠻，武暢西海，漢元❼以來，征伐方外之將，未嘗有也。

【章　旨】本段陳述陳湯的戰功。

【注　釋】❶愊億　憤怒之貌。❷奔逝　王念孫以為「奔」當為「猋」字之誤，「猋逝」言猋風之逝。❸厲　師古曰：「厲，度也。」❹烏孫　西域國名，地在今新疆伊犁河流域。❺踰集都賴　如淳曰：「踰，遠也。遠集郅支都賴水上也。」師古曰：「踰，讀曰遙。」都賴水在今新疆伊犁西北。❻逋　逃。❼漢元　胡三省曰：「漢元，謂漢初。」

【語　譯】我認為關內侯陳湯，前以副西域都護出使，忿恨郅支單于的無道，為沒有受到天子的誅罰而發愁，思慮憤怒，義勇奮發，猝然興師速奔，橫度烏孫之境，越過都賴水，屠誅三重城之敵，斬郅支單于之首，報了十年漏誅之仇，洗雪了邊吏過去之恥，威風震動百蠻，武功暢達西海，自漢初以來，征伐邊遠之地的將帥如陳湯者，還未曾出現過啊！

今湯坐言事非是❶，幽囚久繫，歷時不決，執憲❷之吏，欲致之大辟❸。昔白起為秦將，南拔郢都，北阬趙括，以纖介❹之過，賜死杜郵❺，秦民憐之，莫不隕涕。今湯親秉鉞，席卷喋血❻萬里之外，薦功祖廟，告類❼上帝，介冑之士，靡不慕義。以言事為罪，無赫赫之惡。《周書》曰：「記人之功，忘人之過，宜為君者也❽。」夫犬馬有勞於人，尚加帷蓋之報❾，況國之功臣者哉！

【章　旨】本段陳述不當以陳湯的小過而忘掉他的大功。

【注　釋】❶是　疑當作「實」。❷憲　法。❸大辟　死罪。❹介　同「芥」。喻細微。❺杜郵　地名，在咸陽西。❻喋血　段玉裁謂「蹀血」是「流血滿地汙足也」。喋，通「蹀」。蹈。❼類　通「禷」。祭天。❽記人之功三句　今《尚書》無此文。❾犬馬有勞於人二句　語出《禮記‧檀弓下》：（孔子曰）「吾聞之，敝帷不棄，為埋馬也；敝蓋不棄，為埋狗也。」

【語　譯】當今陳湯因言語失實，久繫牢獄，經歷數月不加判決，執法之吏，企圖置之死地。昔日白起為秦將，南邊攻下郢都，北邊坑殺趙括之軍，結果只是因細微的過失，被秦王賜死杜郵，秦民哀憐，沒有不流淚的。如今陳湯親執斧鉞，血戰全勝於萬里之外，向祖廟獻功，告祭上帝，披甲戴盔的士卒，沒有不敬仰其大義。只是因言語失實獲罪，並沒有明顯的過錯。《周書》說：「要記住別人的功勞，忘掉別人的過失，這樣的作法才是作國君的所應當採用的。」那犬馬對人有勞累之功，尚且用帷幕車蓋埋葬作為報答，更何況是國家的功臣呢！

竊恐陛下忽於鼓鼙之聲，不察《周書》之意，而忘帷蓋之施。庸臣遇湯，卒從吏❶議，使百姓介然❷有秦民之恨，非所以厲死難之臣也。

【章　旨】本段告誡皇上要重視功臣。

【注　釋】❶吏　指法吏。❷介然　耿耿於懷之貌。

【語　譯】我耽心皇上忽略忘記了戰鼓之聲，不了解《周書》說的意思，忘掉了對狗馬尚需帷蓋的回報。把陳湯視之為平庸的大臣，最後服從法吏之議，使百姓耿耿於懷有如秦民的遺恨，這不是勉勵赴死難之臣的節操啊。

【研　析】本篇四段，層次井然有序。首段泛言良將之功，舉古今名將為例，其中有反（楚子玉）有正（趙二人、漢二人），從兩個方面說明良將乃是國運之所攸關。二段概述陳湯之功，為漢之所未嘗有。三段進而分析陳湯功大罪小，告誡成帝勿效秦之誅白起。末段收束全文。全面感情深厚，中心突出，語言簡潔有力。林雲銘評曰：「是篇止言其功大罪小，段段布置；末用數語收括上文，有疾風卷籜之勢，大旨全為國家屬將士之地，剴切詳明極矣。」

訟甘陳疏

耿　育

【題　解】本篇出自《漢書・陳湯傳》。據《通鑑》當作於哀帝綏和二年（西元前七年）。陳湯以妄言罪遷徙敦煌，後敦煌太守奏湯前誅郅支單于，威行外國，不宜近邊塞。詔徙安定。議郎耿育上書言便宜，為湯申訟。疏中指出：陳湯功勞無比，而為丞相匡衡所排抑，使功臣武士失望；既援人之功以懼敵，又棄人之身以快讒，遠覽之士莫不計度，此堪為國家之憂。書奏，天子還湯。《漢紀》載在成帝永始二年（西元前十五年）。以疏中載有「孝成皇帝」字，知當在哀帝即位後矣。《通鑑》載在綏和二年（西元前七年）之末。

【作　者】耿育，漢成、哀時議郎。生平不詳。

延壽、湯為聖漢揚鉤深致遠❶之威，雪國家累年之恥，討絕域不羈之君，繫萬里難制之虜，豈有比哉！先帝嘉之，仍❷下明詔，宣著其功，改年垂曆❸，傳之無窮。應是南郡獻白虎❹，邊陲無警備。會先帝寢疾，然猶垂意不忘，數使尚書責問丞相，趣❺立其功。獨丞相匡衡排而不予，封延壽、湯數百戶，此功臣戰士所以失望也。

【章旨】本段言甘、陳戰功無比，而遭丞相匡衡排抑，使功臣戰士失望。

【注釋】❶鉤深致遠　見《周易・繫辭上》。胡三省曰：「言湯等深入康居，遠誅郅支，雖其竄伏荒外，能揚威而鉤致之也。」物在深處，能鉤取之；物在遠方，能招致之。❷仍　屢次。❸改年垂曆　師古曰：「謂改年為竟寧也。」❹應是南郡獻白虎　《漢書・宣帝紀》曰：「神爵元年，南郡獲白虎。」胡三省曰：「白虎，西方之獸，亦威武，故以為湯等之應。」❺趣　催促。

【語譯】甘延壽、陳湯為大漢宣揚了取勝遠方的威風，洗雪了國家多年蒙受的恥辱，討伐了遠域的不服之君，繫住了萬里之外難於控制的強虜，其功勞難道有誰能與之相比嗎！元帝對他嘉獎，屢次發出詔書，宣布記載他們的功勞，改變年號頒布曆書，把他們的功績永遠傳下去。這應該是當年南郡獻白虎這一祥瑞的體現，邊疆無需設立警備。不久遇上元帝臥病，然而仍加留意不忘，多次使尚書責問丞相，催促他給予記功封賞。唯獨丞相匡衡排斥而不同意，只封延壽、湯數百戶，這就是讓功臣戰士失望的原因啊。

孝成皇帝承建業之基，乘征伐之威，兵革不動，國家無事。而大臣傾邪，讒佞在朝，曾不深惟本末之難，以防未然之戒，欲專主威❶，排妒有功，使湯塊然❷被冤拘囚，不能自明。卒以無罪，老棄敦煌❸，正當西域通道，令威名折衝❹之臣，旋踵❺及身，復為郅支遺虜所笑，誠可悲也。至今奉使外蠻者，未嘗不陳郅支之誅，以揚漢國之盛❻。夫援人之功以懼敵，棄人之身以快讒，豈不痛哉！

【章　旨】本段述陳湯蒙冤，老棄敦煌，為郅支遺虜所笑。

【注　釋】❶專主威　專擅皇上之威。❷塊然　師古曰：「塊然，獨處之意，如土塊也。」❸敦煌　地名，今甘肅敦煌。處於河西走廊西端，自漢以來成為中原與中亞交通的門戶。❹折衝　令敵之衝車折而返也。意為取勝。❺旋踵　轉一下腳跟。言時間之短。❻盛　王念孫以為「盛」當為「威」字之誤。

【語　譯】孝成皇帝繼承元帝建業的基礎，憑藉甘、陳征伐的威力，不動兵革，國家無事。可是大臣有失公正，讒佞之人在朝，乃不深思禍難本末，以防患未然為戒，企圖專擅主上之威，以排斥妒嫉有功之人，使陳湯獨獨蒙冤繫獄，不能自辯清白。終於以無罪被徙棄敦煌，這裡正當西域要道，讓剛剛享有威名卻敵的功臣，接著就禍亂及身，復為郅支單于殘虜所笑，真是可悲啊！直到今天奉命出使蠻夷之域的人，沒有不稱道郅支被誅以宣揚大漢國威的。既援引陳湯的戰功以嚇唬敵人，又棄置陳湯本人以取悅讒佞，難道不令人痛心嗎！

且安不忘危，盛必慮衰。今國家素無文帝累年節儉富饒之畜❶，又無武帝薦延❷梟俊❸禽敵之臣，獨有一陳湯耳！假使異世不及陛下❹，尚望國家追錄其功，封表❺其墓，以勸後進也。湯幸得身當聖世，功曾未久，反聽邪臣，鞭逐斥遠，使亡逃分❻竄，死無處所。遠覽之士，莫不計度，以為湯功累世不可及，而湯過人情所有❼。湯尚如此，雖復破絕筋骨，暴露形骸，猶復制於脣舌，為嫉妒之臣所繫虜耳！此臣所以為國家尤戚戚也！

【章　旨】本段言陳湯遭遇如此，將使遠見之士產生顧慮，這是作者為國家最擔憂的事情。

【注　釋】❶畜　同「蓄」。指府庫之藏，倉廩之蓄。❷薦延　推薦接納。如淳曰：「使群臣薦士而延納之。」❸梟俊　猛將。劉攽曰：「梟俊猶言梟將也。」❹假使異世不及陛下　意謂假使陳湯先世就死了趕不上陛下之世。陛下，指哀帝。❺封表　封，重修墳墓以示恩禮和尊敬。表，以立石建碑表彰其功績。❻分　離。❼人情所有　師古曰：「言湯所犯之罪過，人情共有此事耳，非特詭異。」

【語　譯】況且處於安定之境不要忘記危亡的可能，處於興盛之時必須預防衰敗的到來。當今國家本來沒有像文帝時經年節儉富饒的儲積，又沒有像武帝時推薦延納勇猛之將的大臣，唯有一個陳湯罷了！假使陳湯過去早逝趕不上皇上盛世，還希望國家追記他的功績，重修墳墓立石表彰，用以勸勉後人。陳湯有幸處身聖朝，然而立功為時不久，反而聽從讒邪，把他驅逐到遠方，使之逃亡離散，將死無葬身之地。遠見卓識之士，無不為自身估量，以陳湯之功累世不可及，而其過錯也屬人之常情。陳湯遭遇尚且如此，那麼今後即使再傷筋斷骨、暴露形骸，仍不免被佞讒口舌所制，為嫉妒之臣所繫虜罷了。這就是我為國家特別擔憂的原因啊。

【研　析】這是本書所選錄為陳湯等抱不平文章的第三篇。王鴻緒評曰：「向書爽切，永書條暢，育書更覺抑揚感慨，動人聽聞。」劉向書作於斬郅支單于事三年後，故繁徵博引，引經據典，措辭方正平和；谷永疏於事過七年之後，故詞語宛轉有序，然不平之意，略有流露；而本篇作於湯等立功三十年後，功臣長期棄置，莫可奈何，情辭迫切，悲憤無已。正如林雲銘所評：「是篇所云無罪老棄、傾邪讒佞等語，罵盡附會成獄，悲憤極矣。」篇中云「延壽、湯為聖漢揚鉤深致遠之威，雪國家累年之恥，討絕域不羈之君，繫萬里難制之虜」，僅以語言及人情常有之過而遭拘囚，老棄敦煌。其功如彼，其罰如此，故文中指斥讒邪，義憤填膺，正氣凜然。甘、陳等固為民族之英雄，而為之申辯者，其亦為我中華民族凝聚力之所在乎！

治河議

賈　讓

【題　解】本篇出自《漢書・溝洫志》。作於綏和二年（西元前七年）七月，哀帝嗣位四個月後。黃河自古以來多次決口，西漢初黃河故道，自今河南浚縣西南往東北流經滑縣南、濮陽西、河北大名東、山東高唐南，北折經德州市東、河北南平西，又東北經滄縣東入海。武帝時在今濮陽南決口，東南流至鉅野澤通於淮泗，後二十年復塞歸故道。元、成後屢決，有時自今河南滎陽由汴入泗入淮，成帝末則經魏郡（郡治在今河南臨漳）至今山東濱縣境附近入海。但魏郡以下河道多變，患害無窮，主管官員「博求能浚川疏河者」，但絕少應者。時待詔賈讓奏言治河，因上此疏。賈讓根據親身考察，首先從歷史、地理兩方面闡明黃河水患屢屢產生的原因，進而提出治河上、中、下三策。上策為遷徙冀州部分居民，決堤以使河水入海；中策為多穿漕渠，以分殺黃河水勢，從而抑制水患，且民得灌溉之利；下策則繕完故堤，加厚增高。此三策雖並舉，作者自己未明確表明態度，但從行文來看，上策難行，下策無補，著意重點在中策。本篇雖屬奏議，但實為一篇專業性、實用性極強的科學論文。自賈讓以後，專門論述治河的論文、論著頗多，而此篇為其開端，篳路藍縷，功不可沒，故頗為後來者所反覆稱道。

【作　者】賈讓，蓋成、哀時人，生平不詳。

治河有上中下策。古者立國居民，疆理❶土地，必遺川澤之分，度水勢所不及❷。大川亡防❸，小水得入，陂障❹卑下，以為汙❺澤，使秋水多得有所休息，左右游波，寬緩而不迫。夫土之有川，猶人之有口也。治土而防其川，猶止兒嗁而塞其口，豈不遽止，然其死可立而待也。故曰：「善為川者，決之使道；善為民者，宣之使言❻。」

【章旨】本段指出「決之使導」才是治河的正確方法。

【注釋】❶疆理　分疆劃界。❷必遺川澤之分二句　師古曰：「遺，留也。度，計也。言川澤水所流聚之處，皆留而置之，不以為居邑而妄墾殖，必計水所不及，然後居而田之也。」❸防　堤。❹陂障　堤岸。❺汙　師古曰：「停水曰汙。」❻善為川者四句　見《國語．周語上》。

【語譯】治理黃河有上中下三策。古代建立國家讓眾民居住，對土地分疆劃界，必定留下川澤水系所流經之處，估量水所不及的安全地帶。大川沒有堤防，小水可以流入，低下的地方，把它作為儲水的沼澤，假如秋水增多，能有地方停息，左右流波，也寬緩而不致沖擊。土地有川道，就好像人有口一樣。治土築堤以堵塞水流，就好像小兒啼哭而堵塞其口一樣，哭聲難道不立即停止，然而小兒的死亡可立而待啊。所以說：「善於治川的人，要決開河道，疏導流水；善於治民的人，就要廣為宣導，讓他們發言。」

蓋隄防之作，近起戰國，癰❶防百川，各以自利。齊與趙、魏，以河為竟❷，趙、魏瀕❸山，齊地卑下，作隄去河二十五里。河水東抵齊隄，則西泛趙、魏，趙魏亦為隄，去河二十五里。雖非其正，水尚有所游盪。時至而去，則填淤肥美，民耕田之，或久無害，稍築室宅，遂成聚落❹。大水時至漂沒，則更起隄防以自救，稍去其城郭，排水澤而居之，湛❺溺自其宜也。

【章旨】本段述戰國齊與趙、魏各築堤以自利帶來的災害。

【注釋】❶雍　同「壅」。堵塞。❷竟　同「境」。指邊界。❸瀕　臨近；邊界。❹聚落　村落。❺湛　同「沉」。

【語譯】大概修築堤防，最晚也從戰國開始，堵塞河道，各以自利。齊與趙、魏，以黃河為界，趙、魏兩國靠近山，齊的地勢卑下，於是離黃河二十五里築堤，河水漲時，東面抵達齊堤，西面則在趙、魏之境氾濫，於是趙、魏也在離黃河二十五里築堤。雖然並不是好的辦法，但水流還有游盪的區域。水來時復退去，留下淤積的泥沙肥美，民眾耕田種植，有時經久無害，慢慢建築住宅，以至成為村落。大水來時遭到淹沒，又另起堤防以自救，漸漸有人離開原來居住的城郭，排乾澤水居住，這樣，遭到淹沒自然是應該的啊。

今隄防狹者，去水數百步，遠者數里，近黎陽❶南故大金隄，從河西西北行，至西山南頭乃折東，與東山相屬。民居金隄東，為廬舍，住十餘歲，更起隄，從東山南頭直南，與故大隄會。又內黃❷界中，有澤方數十里，環之有隄，往十餘歲，太守以賦民，民今起廬舍其中，此臣親所見者也。東郡白馬❸故大隄，亦復數重，民皆居其間。從黎陽北盡魏❹界，故大隄去河遠者數十里，內亦數重。此皆前世所排也。河從河內❺，北至黎陽，為石隄，激使東；抵東郡平剛❻，又為石隄，使西北；抵黎陽觀❼下，又為石隄，使東北；抵東郡津❽北，又為石隄，使西北；抵魏郡昭陽，又為石隄，激使東北。百餘里間，河再西三東，迫阸❾如此，不得安息。

【章　旨】本段陳述黃河百餘里間兩向西、三向東的轉折情況。

【注　釋】❶黎陽　古縣名。在今河南浚縣東。❷內黃　戰國時為魏黃邑，漢置內黃縣，今屬河南省。❸白馬　縣名。秦置，今河南滑縣東。❹魏　此指魏郡。漢初置治所在鄴縣（今河北臨漳），黎陽為其轄縣，東北直至今河北館陶、丘縣一帶，皆黃河故道。❺河內　郡名。秦置，治所在今河南武涉西南。❻平剛　縣名。沈欽韓曰：「東郡無平剛縣，疑當為剛平。」剛平，漢縣名，本齊之剛邑，今山東寧陽縣北。❼觀　師古曰：「觀，縣名也。」即畔觀縣，漢置，乃古觀國地，其地在今山東觀城西。❽東郡津　東郡，郡治濮陽，轄區約今山東西南及河南東北部。津，指郡內渡口名。❾迫阸　逼窄阻障。

【語　譯】當今堤防距河水狹窄之處，僅數百步，離河水遠的也只數里。靠近黎陽縣南的大金堤，從河西西北行，到達西山南頭，然後折而向東，與東山相接。眾民居住金堤之東，建築屋室田舍，經過十餘年，再起堤防，從東山南頭直折向南，與原大堤相接。又內黃縣境，有水澤方圓數十里，周圍都有堤防，過去十餘年，太守還令民交納賦稅，現在民眾在其中建築屋室田舍，這是我所親眼見到的事情啊。東郡白馬縣原有的堤防也有數重，民眾皆在堤內居住。從黎陽縣北抵達魏郡界，原有大堤離河道遠的有數十里，堤內之堤亦有數重。河水都是前世所排乾的。河道從河內郡北行到達黎陽，修築石堤，堵住河水使之東流；抵達東郡平剛，又修築石堤，堵住河水使西北流；抵達黎陽、觀縣之下，又修築石堤，堵住河水使東北流；抵達東郡渡口之北，又修築石堤，使河水西北流；抵達魏郡昭陽，又修築石堤，堵住河水流向東北。僅百餘里之間，河流兩次往西行、三次往東行，逼窄阻障如此，河水沒有平靜的時候。

今行上策，徙冀州❶之民當水衝者，決黎陽遮害亭，放河使北入海。河西薄大山，東薄金隄，勢不能遠泛濫，期月❷自定。難者將曰：「若如此，敗壞城郭田廬冢墓以萬數，百姓怨恨。」昔大禹治水，山陵當路者毀之，故鑿龍門，辟伊闕❸，析底柱❹，破碣石❺，墮❻斷天地之性。此乃人功所造，何足言也。今瀕❼河十郡治隄，歲費且萬萬，及其大決，所殘亡數。如出數年治河之費，以業❽所徙之民，遵古聖之法，定山川之位，使神人各處其所而不相奸❾。且以大漢方制萬里，豈其與水爭咫尺之地哉？此功一立，河定民安，千載亡患，故謂之上策。

【章　旨】本段述治河之上策，在於徙民決堤，放河入海。

【注　釋】❶冀州　武帝時十三州之一，轄境約今河北中部、河南北部及山東西部。❷期月　週月或週年。此當指週年。❸鑿龍門二句　龍門在今山西河津縣西北與陝西韓城縣東北之間，兩岸峭壁對峙，形如闕門，相傳為夏禹所鑿，故亦稱禹門。伊闕，《水經注》曰：「伊水又北入伊闕。昔大禹疏以通山，兩山相對，望之若闕，伊水歷其間北流，故謂之伊闕矣。」❹底柱　《水經注》曰：「砥柱，山名也。昔禹治洪水，山陵當水者鑿之，故破山以通河，河水分流，包山而過，山見水中若柱然，故曰砥柱也。」底，或作「砥」。砥柱山在河南三門峽市東黃河中，今已不存。❺碣石　山名，《尚書・禹貢》：「冀州，……夾右碣石入於河。」今為何地，爭論較多，一般以為當在渤海西岸古黃河入口處。❻墮　同「隳」。毀。❼瀕　臨近。❽業　安置就業。❾奸　同「干」。犯。

【語　譯】當今如果實行上策，遷徙面臨水患的冀州之民，決開黎陽遮害亭的河堤，讓黃河水北入大海。河西靠近大山，東面靠近金堤，河水的流勢不能氾濫很遠，週年自能安定。責難的人會說：「像這種作法，破壞了數萬城郭田舍墳墓，百姓會產生怨恨之心。」昔日大禹治水，山陵當路的要毀壞，所以鑿龍門，闢伊闕，分底柱，破碣石，毀壞了天地的本來面貌。現在毀壞的城郭田舍等都是人工所造，何值一說啊！當今沿河十郡修整堤防每年耗費將上萬萬，如果發生大的決堤，所受其殘害者不計其數。譬如將去年治河的費用拿來安置所遷徙的民眾，遵循古代聖人夏禹的法則，固定山川的位置，使神人各安其所，不會互相侵犯。況且憑藉當今擁有萬里的疆域，難道還與河水爭咫尺之地嗎？這樣的功績一旦建立，黃河平靜，百姓安定，千載無有災患，所以把它叫做上策。

若乃多穿漕❶渠於冀州地，使民得以溉田，分殺❷水怒❸，雖非聖人法，然亦救敗術也。難者將曰：「河水高於平地，歲增隄防，猶尚決溢，不可以開渠。」臣竊按視遮害亭西十八里至淇水口❹，乃有金隄高一丈；自是東，地稍下，隄稍高，至遮害亭高四五丈；往五六歲，河水大盛，增丈七尺，壞黎陽南郭門入至隄下，水未踰隄二尺所。從隄上北望，河高出民屋，百姓皆走上山，水留十三日，隄潰二所，吏民塞之。臣循隄上行，視水勢，南七十餘里至淇口，水適至隄半，計出地上五尺所。今可從淇口以東為石隄，多張水門。初元❺中，遮害亭下河去隄足數十步，至今四十餘歲，適至隄足。由是言之，其地堅矣。恐議者疑河大川難禁制，滎陽漕渠，足以卜❻之，其水門但用木與土耳。今據堅地作石隄，勢必完安。冀州渠首，盡當卬❼此水門。治渠非穿地也，但為東方一隄，北行三百餘里入漳水中。其西因山足高地，諸渠皆往往股❽引取之，旱則開東方下水門溉冀州，水則開西方高門分河流。通渠有三利，不通有三害：民常罷❾於救水，半失作業；水行地上，湊潤上徹❿，民則病溼氣，木皆立枯，鹵⓫不生穀；決溢有敗，為魚鱉食，此三害也。若有渠溉，則鹽鹵下隰⓬，填淤加肥；故種禾麥，更為秔⓭稻，高田五倍，下田十倍；轉漕舟船之便，此三利也。今瀕河隄吏卒郡數千人，伐買薪石之費，歲數千萬，足以通渠成水門。又民利其灌溉，相率治渠，雖勞不罷，民田適治，河隄亦成。此誠富國安民，興利除害，支數百歲，故謂之中策。

【章旨】本段述治河之中策，穿漕渠利民灌溉，並削弱水勢。

【注釋】❶漕　開渠運輸叫漕。❷分殺　分散削弱。❸水怒　指水的洶湧澎湃。❹淇水口　淇水在今河南省北部，古黃河支流，南流至今汲縣東北淇門鎮入黃河。下文「淇口」同。❺初元　漢元帝年號，西元前四八－前四四年。❻卜　估計；預測。❼卬　同「仰」。❽股　如淳曰：「股，支別也。」❾罷　借為「疲」。❿湊潤上徹　會聚潤濕之氣向上蒸發。湊，會聚。徹，通。⓫鹵　鹽鹼；鹽鹼地。⓬隰　低濕之地。⓭秔　不黏的稻。字也作「稉」、「粳」。

【語譯】至於在冀州之地的黃河，沿堤多開漕渠，使民得以灌溉田畝，又可削弱水勢，雖然不是聖人夏禹治水的辦法，然而也是救災的一種手段啊。責難的人又會說：「河水高於平地，年年增高堤防，河堤仍然決口河水氾濫，不可以開渠。」我根據親自考察的情況，從遮害亭西十八里至淇水口，有金堤才高一丈；從這裡往東，地勢慢慢低下，堤防也慢慢升高，至遮害亭高達四、五丈；以往五、六年，河水大漲，也只升高一丈七尺，沖壞黎陽南郭門穿城直到堤下，水位從來沒有超過堤二尺左右。從堤上北望，河道高出民屋，百姓都逃至山上，河水留駐十三日，河堤崩潰兩處，吏民將它堵塞。我沿堤往上走，巡視水勢，南起七十餘里至淇水入黃河口，河水恰好只淹堤的一半，大約高出地面五尺左右。現在可以從淇水口往東修築石堤，多開閘門。元帝初元年間，遮害亭下河道離堤腳數十步，至今過了四十多年，恰好河水漲至堤腳。由此看來，這裡的地質可謂堅硬了。我擔心議論的人會懷疑黃河大川難於控制，滎陽的漕渠就足以證明，那裡的水門還只是用木料與泥土罷了。現在依據堅硬之地作石堤，其勢必定完全平安。冀州渠道的開端，完全依靠這裡的閘門排水。治理渠道並不是開地挖渠啊，僅是修築東方一堤，河水便北行三百里流入漳水中。其西依據山腳高地，諸渠都往往分股引其水，遇旱災就打開東方下水門灌溉冀州，遇水災就打開西方高門分減河流。開渠有三利，不開渠有三害：民眾經常疲於救治水患，一半人不能從事耕作；水在地上氾濫，水氣蒸發，民眾因濕氣生病，樹木枯死，鹽鹼地不生五穀；如遇堤防大量決口潰堤，人們都會淹死為魚鱉所食。這就是不開渠的三害啊。如果開渠灌溉，那麼鹽鹵就成為低濕之地，填上淤泥增加肥料；所以原種禾麥的，可以改種秔稻，高田可增加五倍糧食，低田可增加十倍糧食；渠道還有舟船轉運的方便。這是開渠的三利啊。當今沿河治堤的吏卒每郡數千人，伐薪採石之費，每年花費千萬，足夠開通渠道建成閘門。由於民有灌溉之利，相邀治渠，雖然勞苦但不感疲倦，民田治好之時，河堤也建成。這真的可以富國安民，興利除害，可以維持百年之久，所以把它叫做中策。

若乃繕❶完故隄，增卑倍❷薄，勞費亡已，數逢其害。此最下策也。

【章　旨】本段述治河之下策，修繕加高加厚故堤。

【注　釋】❶繕　修治。❷倍　通「培」。

【語　譯】至於修治原有的堤防，低的加高，薄的加厚，耗費人力物力無有止境，屢屢遭遇水患。這是治河的最下之策啊。

【研　析】本文實際上是一篇科學論文，不得以奏議或一般古文視之。故作者既不講求起承轉合之類的篇章結構，也不著意於修辭藻飾之華美。主要如實分析，有理有據，一切從實際出發，回過來又能見諸實踐，這就是本文的基本風格。在此前提下，文章也表現了作者科學的思路。全篇六段，前三段為第一部分，主要分析黃河水患原因。其中首段立足於理論，強調的是一個「道」（導）字。導，還是防，乃是古代治河的兩大派。導為治本，防乃治標；導為主動，防屬被動，防不勝防，故水患頻仍。二、三兩段從歷史和地理兩個角度分析黃河水患原因。後三段為全文第二部分，提出上、中、下三策，上、中二策均屬於「導」。上策為大導，移民決河，乃夏禹治河之策，西漢末世，國力不張，殊難實行，故未加詳論。中策為小導，多開渠道，減殺水勢，且利灌溉，雖非萬世之功，但「興利除害，支數百歲」，在當時屬可行之策，故作重點論述。而下策為單純修治堤防，所謂頭痛醫頭之法，斯乃下策。故張英評之曰：「雖陳三策，觀其敘述有詳略，命意多在中策耳，故後代率用之。」

諫不許單于朝書

揚子雲

【題　解】本篇出自《漢書．匈奴傳下》。據《通鑑》載於漢哀帝建平四年（西元前三年）。時烏珠留若鞮單于上書願朝，哀帝以問公卿，以為虛費府帑，可且勿許。單于使辭去，未發，黃門郎揚雄上書諫阻。以為此前秦至武帝對匈奴採取強攻之策，匈奴亦未肯稱臣。至宣帝匈奴倨驕，亦只能採取羈縻之策，說明匈奴歷來為中國勁敵，因諫哀帝，不可拒絕匈奴來朝以開將來之隙，希望皇上留意於未亂未戰，以遏邊萌之禍。書奏，天子醒寤，召還匈奴使者，更報單于書而許之。

【作　者】揚雄，西漢著名哲學家、辭賦家、語言學家。字子雲，蜀郡成都人。生於漢宣帝甘露元年（西元前五三年），卒於新莽天鳳五年（西元一八年），享年七十一歲。少好學，不為章句訓詁，涉覽無所不窺，為人簡易佚蕩，口吃不能劇談，好作深思。年四十餘始至京師。成帝詔對，除為郎中，給事黃門。恬於利祿，故久不遷官。王莽時，校書天祿閣，因事恐被收，自投閣下，幾死。後以病免，又召為大夫。家素貧，嗜酒，人稀至其門。雄因祿位容貌不能動人，故他死後四十餘年，其著作始大行。他的著作很多，所作賦多模仿司馬相如。今存賦凡十六篇。又仿《論語》作《法言》，仿《易》作《太玄》。其語言學著作以《方言》一書最有價值。

臣聞六經之治，貴於未亂；兵家之勝，貴於未戰，二者皆微❶。然而大事之本，不可不察也。今單于上書求朝，國家不許而辭之，臣愚以為漢與匈奴從此隙❷矣。本❸北地之狄，五帝所不能臣，三王所不能制，其不可使隙甚明。臣不敢遠稱，請引秦以來明之。

【章旨】本段簡言不可拒絕單于求朝的心意。

【注釋】❶微　精妙。❷隙　嫌隙。❸本　或作「夫」。

【語譯】我聽說儒家六經的治國，重在未亂之前；兵家的取勝，重在未戰之時，這兩種主張都非常精妙。然而這是大事的根本，不可不明察啊。當今單于上書請求朝見，國家拒絕而加以辭謝，我以為大漢與匈奴的關係從此將產生隔閡了。匈奴作為北地的狄族，昔日五帝不能以為臣屬，三王不能加以控制，因而不能使之產生隔閡這是很明白的道理。我不敢稱述久遠的史事，願引述秦以來的史事加以說明。

以秦始皇之強，蒙恬之威，帶甲四十餘萬，然不敢窺西河❶，迺築長城以界之。會漢初興，以高祖之威靈，三十萬眾困於平城，士或七日不食，時奇譎之士，石畫❷之臣甚眾，卒其所以脫者，世莫得而言也❸。又高皇后嘗忿匈奴，群臣庭議，樊噲請以十萬眾橫行匈奴中，季布❹曰：「噲可斬也，妄阿順指！」於是大臣權書❺遺之，然後匈奴之結解，中國之憂平。及孝文時，匈奴侵暴北邊，候騎❻至雍甘泉❼，京師大駭，發三將軍❽屯細柳、棘門、霸上以備之，數月迺罷。孝武即位，設馬邑之權❾，欲誘匈奴，使韓安國將三十萬眾，徼❿於便地，匈奴覺之而去，徒費財勞師，一虜不可得見，況單于之面乎！其後深惟社稷之計，規恢⓫萬載之策，迺大興師數十萬，使衛青、霍去病操兵前後十餘年。於是浮西河⓬，絕大幕⓭，破窴顏⓮，襲王庭，窮極其地，追奔逐北，封⓯狼居胥山⓰，禪⓱於姑衍⓲，以臨瀚海⓳，虜名王貴人以百數。自是之後，匈奴震怖，益求和親，然而未肯稱臣也。

【章旨】本段述自強秦至武帝對匈奴採取強攻，然亦未肯稱臣。

【注釋】❶西河　蓋指今甘肅、寧夏、內蒙三省區黃河南北流向以西的地區。❷石畫　大的謀劃。石，同「碩」。大。畫，策劃。❸卒其所以脫者二句　師古曰：「卒，終也。莫得而言，謂自免之計，其事醜惡，故不傳。」❹季布　楚人，為項羽將，多次困劉邦軍。項羽敗後，赦歸劉邦，召拜為郎中，以任俠著名。❺權書　師古曰：「以權道為書，順辭以答之。」權道，即一時權宜之計。❻候騎　巡邏偵察之騎兵。❼雍甘泉　雍縣在今陝西鳳翔南。甘泉山在今陝西淳化境內，即甘泉宮處。

❽三將軍　指周亞夫、劉禮、徐厲分屯細柳、霸上、棘門。❾設馬邑之權　漢武帝使馬邑人聶翁壹佯為賣馬邑城以誘單于，而伏兵三十萬於旁。單于發覺，乃引兵還。馬邑，漢屬雁門郡。治所在今山西朔縣。❿徼　遮；中途攔截。⓫恢　大；恢宏。⓬浮西河　浮，渡過。西河，此指今寧夏、內蒙間黃河自南而北流的一段。⓭幕　通「漠」。⓮窴顏　窴顏山。在匈奴境。西漢元狩四年（西元前一一九年）衛青破匈奴單于北至窴顏山趙信城（今蒙古訥拉特山）而還。⓯封　築土為壇以祭天。⓰狼居胥山　今蒙古德爾山。⓱禪　或作「墠」。剷平一塊土以祭地。⓲姑衍　山名，在漠北。⓳瀚海　地處蘇尼特之北，喀爾喀之南，其西接伊犁界。一謂即蒙古大沙漠古稱瀚海。

【語譯】憑藉秦始皇的強大，蒙恬的威力，帶甲之士四十餘萬，然而不敢窺視西河之地，只好築長城作為邊界。及到漢初興盛，憑藉高祖的威靈，三十萬人被困於平城，士卒絕食七日，當時善出奇巧之計的人，擅長宏大謀略的臣子很多，最後高祖是怎樣擺脫困境的，世人不能說清楚啊。再者高皇后曾因匈奴的嫚侮而忿怒，群臣在朝廷商討對策，樊噲請求率領十萬之眾以橫行匈奴中，季布則說：「樊噲值得殺頭啊，隨便曲意順從聖意！」於是大臣以權宜之計順辭作書以贈，然後與匈奴的糾紛才得以緩解，中國的憂愁得以消除。到了孝文帝時，匈奴又侵擾北方邊境，巡邏的騎兵到了雍縣和甘泉山，京師長安大為驚恐，派遣三位將軍分別駐守細柳、棘門、霸上用以戒備，數月之後才撤軍。孝武帝即位，在馬邑設權詐之計，想誘匈奴深入，派韓安國率領三十萬士卒在旁攔截，結果匈奴發覺離去，徒然耗費財物勞累士卒，一個敵人也沒能見到，更何況想見到單于呢！自那以後，深刻考慮保衛社稷之計，圖謀萬年安定之策，於是派大軍數十萬人，使衛青、霍去病帶兵前後十餘年。在此時渡過西河，橫絕大漠，攻破窴顏山趙信城，襲擊單于王庭，全部掃盡，追逐逃亡之敵，封土狼居胥山以祭天，墠姑衍山之地以祭地，並臨近瀚海，俘獲名王貴人以百統計。從此之後，匈奴驚恐，請求和親，然而仍不肯稱臣啊。

且夫前世豈樂傾無量之費，役無罪之人，快心於狼望❶之北哉？以為不壹勞者不久佚，不暫費者不永寧，是以忍百萬之師以摧❷餓虎之喙❸，運府庫之財填盧山❹之壑而不悔也。至本始❺之初，匈奴有桀心❻，欲掠烏孫，侵公主❼，迺發五將❽之師十五萬騎獵其南，而長羅侯❾以烏孫五萬騎震其西，皆至質❿而還。時鮮有所獲，徒奮揚威武，明漢兵若雷風耳。雖空行空反，尚誅兩將軍⓫。故北狄不服，中國未得高枕安寢也。逮至元康、神爵⓬之間，大化神明，鴻恩溥洽，而匈奴內亂，五單于⓭爭立。日逐、呼韓邪攜國歸死⓮，扶伏稱臣，然尚羈縻⓯之，計不顓⓰制。自此之後，欲朝者不拒，不欲者不強。何者？外國天性忿鷙⓱，形容魁健，負力怙⓲氣，難化以善，易隸以惡⓳，其強難詘，其和難得。故未服之時，勞師遠攻，傾國殫貨，伏尸流血，破堅拔敵，如彼之難也。既服之後，慰薦⓴撫循，交接賂遺，威儀俯仰，如此之備也。往時常屠大宛之城㉑，蹈烏桓之壘㉒，探姑繒之壁㉓，籍蕩姐之場㉔，艾朝鮮之旃㉕，拔兩越之旗㉖，近不過旬月之役，遠不離㉗二時㉘之勞，固已犁其庭、埽其閭㉙，郡縣而置之，雲徹席卷，後無餘菑。惟北狄為不然，真中國之堅敵也。三垂㉚比之懸矣，前世重之茲甚，未易可輕也。

【章旨】本段述自宣帝起只能採取羈縻之策，說明匈奴為中國之勁敵，不可輕視。

【注釋】❶狼望　師古曰：「狼望，匈奴中地名也。」又胡三省曰：「邊人謂舉燧為狼煙。狼望，謂狼煙候望之地。」❷推　《漢紀》作「投」。❸喙　指鳥獸之嘴。❹盧山　古匈奴山名，在今外蒙喀爾喀地。❺本始　漢宣帝年號，共四年（西元前七三—前七〇年）。❻桀心　桀驁不馴之心。❼公主　漢嫁於烏孫皇室宗族之女。❽五將　指田廣明、范明友、韓增、趙充國、田順五人。❾長羅侯　即常惠。因將烏孫兵擊匈奴有功，封長羅侯。❿質　所預期之處。⓫兩將軍　指田廣明、田順二將軍，以不實報軍情下吏自殺。⓬元康神爵　皆為宣帝年號。從西元前六五—前五八年。⓭五單于　除呼韓邪外，尚有屠耆（即日逐）、烏籍、車犁、呼揭等五單于。⓮死　王念孫以為「死」當為「化」之訛。⓯羈縻　籠絡以遷延時日。⓰顓　同「專」。專制，師古謂不以為臣妾也。⓱忿鷙　凶猛。⓲怙　恃。⓳易隸以惡　易於用武力使之歸附。隸，附屬。惡，威；武力。⓴慰薦　同「慰藉」。撫慰。㉑屠大宛之城　指陳湯、甘延壽擒斬郅支單于曾兵經大宛事。㉒蹈烏桓之壘　烏桓，遼東胡人，曾為漢、匈邊患，宣帝時派度遼將軍范明友以兵擊之，得勝還。㉓探姑繒之壁　姑繒，西南夷部族，昭帝時派王平、田廣明將兵並進，大破益州。㉔籍蕩姐之場　籍，通「藉」。踐蹈。蕩姐，西羌種族。具體事實，史失載。㉕艾朝鮮之旃　艾，通「刈」。絕也。武帝時遣樓船將軍楊僕、荀彘領兵攻朝鮮，斬其王。㉖拔兩越之旗　武帝時南越王反，乃遣伏波將軍路博德、樓船將軍楊僕等人擊之，以之為南海、蒼梧、鬱林、合浦等九郡，後東越王又反，漢兵擊之，東越王降。㉗離　歷。㉘二時　一時三月，二時六月。㉙犁其庭埽其閭　俗謂「犁亭掃穴」。乾淨消滅之意。閭，里門。㉚三垂　指東、西、南三方邊陲。

【語　譯】至於前代難道樂於耗損無限費用，役使無罪的人，奔赴邊境作戰嗎？他們以為不付出一次大的勞累就得不到長久的安逸，不暫時耗費大量財用就得不到永遠的寧靜，因此忍心將百萬士卒投於餓虎之口，運輸府庫之財填補盧山丘壑而不反悔啊。到了宣帝本始初年，匈奴產生了桀驁之心，企圖掠奪烏孫，侵犯漢室公主，於是漢派遣五位將軍統率十五萬騎兵攻伐匈奴南部，長羅侯常惠率領烏孫五萬騎兵攻伐匈奴西部，都到達了預期的地點才返回。可是當時收穫甚微，只是耀武揚威一番，表明漢兵行動如風雷一般迅速罷了。即使如此空往空返毫無所得，倒過來還有兩位將軍遭到誅戮。所以北狄沒有臣服，中國是不能高枕而臥啊。到了宣帝元康、神爵年間，得神明之化育，普降大恩，而匈奴產生內亂，五單于爭立為王。日逐、呼韓邪單于帶領國人投漢，匍匐稱臣，然而漢尚且對以籠絡順應之策，不用強制之計。自此以後，想來漢朝拜的不拒絕，不想來的不勉強。何故呢？因為匈奴人本性兇暴，外貌魁偉雄健，以力氣自負，難用善道感化，容易用武力使之歸附，其人之強悍難使屈從，欲其和悅難於實現。所以當他們尚未臣服之時，就得勞師遠攻，用盡國庫的財貨，流血犧牲，攻破堅壘打垮敵人，是那樣的困難啊。已經被臣服之後，得要安撫慰問，來往贈送財物，還得講究威儀並隨之俯仰應酬，是這樣的周全備至啊。過去曾經攻滅大宛城邑，踐踏烏桓堡壘，攻下姑繒戰壁，踐踏蕩姐戰場，砍斷朝鮮旗桿，拔取兩越旌旗，所花時間，少則十天一月的服役，多則不超過半年的勞苦，本已經徹底乾淨消滅有如犁庭掃穴，再將其置為郡縣，如雲之散，如席之捲，不留後患。只有北狄就不是如此，真正是中國的勁敵啊。東、西、南三面之勢都與匈奴相差懸殊，所以前代更加重視，不可輕忽啊。

今單于歸義，懷款誠之心，欲離其庭，陳見於前，此迺上世之遺策❶，神靈之所想望，國家雖費，不得已者也。奈何距以來厭之辭❷，疏以無日之期❸，消往昔之恩，開將來之隙？夫款而隙之，使有恨心，負前言，緣往辭，歸怨於漢，因以自絕，終無北面之心，威之不可，諭之不能，焉得不為大憂乎？夫明者視於無形，聰者聽於無聲，誠先於未然，即蒙恬、樊噲不復施，棘門、細柳不復備，馬邑之策安所設，衛、霍之功何得用，五將之威安所震？不然，壹有隙之後，雖智者勞心於內，辯者轂擊❹於外，猶不若未然之時也。且往者圖西域，制車師，置城郭都護三十六國，費歲以大萬計者，豈為康居、烏孫能踰白龍堆❺而寇西邊哉？迺以制匈奴也。夫百年勞之，一日失之，費十而愛一❻，臣竊為國不安也。

唯陛下少留意於未亂未戰，以遏邊萌❼之禍。

【章旨】本段言不可拒絕單于求朝的願望。

【注釋】❶上世之遺策　指漢武、宣、昭三朝對匈奴征伐之策。❷距以來厭之辭　距，同「拒」。厭，厭勝。古代巫術，謂以詛咒制服人。此書之前載：「時哀帝被疾，或言匈奴從上游來厭人，自黃龍、竟寧時，單于朝中國輒有大故。」按此，匈奴地處上游，故有厭人之勢。❸疎以無日之期　胡三省曰：「止其來朝，辭以他日而無一定之期，則匈奴與漢疏。」❹轂擊　使者之車奔馳於外，車轂相撞。❺白龍堆　孟康曰：「龍堆形如土龍身，無頭有尾，高大者二三丈，埤者丈餘，皆東北向，相似也，在西域中。」❻費十而愛一　胡三省曰：「謂向者不憚十分之費以制匈奴，今來朝之費十分之一耳，乃愛惜之。」❼萌　民。

【語譯】當今單于歸往大義，懷著誠懇的心情，想離開王庭，朝見於皇上之前，這乃是上世多次討伐之策所收到的效果，是神靈所想望的，過去國家為征討匈奴雖大為耗費，那是不得已而為之啊。怎麼能用厭勝的迷信之辭加以拒絕呢，用無有約定之期以造成疏遠，將以往的大漢之恩一筆勾銷，打開將來的隔閡之門？他們抱著款誠而來，帶著隔閡而去，使之產生仇恨之心，依據以往和好的承諾以歸罪漢廷，因而與漢決絕，改變稱臣的想法，這時既不可對匈奴施以威力，又不能同他講清道理，怎麼不造成大的憂患呢？明眼人在事情尚未表露時便看得清楚，聰慧人當聲音尚未發出時便能聽到。如果能作到防患於未然之時，那麼即使蒙恬、樊噲也沒有必要防守，棘門、細柳也沒有必要再設防，馬邑之謀又有什麼必要設計，衛青、霍去病的戰功又在哪裡建立，五將軍的威力又將震懾何處？如不能防患於未然，一旦造成隔閡之後，即使才智之士勞心竭慮於內，辯說之徒擊轂奔馳於外，仍然不如未出現事故之時為好啊。況且以往圖謀西域，控制車師，在三十六國建城郭設都護，每年的費用以百萬計，難道康居、烏孫能越過白龍堆來侵犯我西境嗎？原是用以控制匈奴啊！百年的辛勞之功，毀於一旦，耗費十倍的財用以禦敵，卻吝惜一倍的財用以禮遇匈奴，我為國家而不安啊。希望皇上在未亂未戰之前稍加留意，以遏止邊民之禍。

【研　析】本篇文辭朗暢奇麗，西漢質樸淳厚的文風略盡，現出向東漢文風轉化之跡。浦起龍云：「歷數累代之憂，繼舉三陲之效，平陳側證，而正諫不待煩言矣。末言圖功西域，亦以控制北庭，亦復罥帶不測。說稱其括二百年匈奴事勢，又不類〈劇秦〉、〈典引〉奇字聱牙，信乎子雲生平光昌貌美之篇也。」

毀廟議

劉子駿

【題　解】本篇出自《漢書・韋賢傳》。作於綏和二年（西元前七年）哀帝三月即位之後。據《漢書・韋賢傳》介紹，高祖時令諸侯王都皆立太上皇廟。惠帝尊高帝廟為太祖廟，景帝尊孝文廟為太宗廟，至宣帝復尊孝武廟為世宗廟，三廟令所行幸郡國皆立。宣帝時，郡國合京師共立廟一百七十六所。一歲祠，上食二萬四千四百五十五，周衛士四萬五千一百二十九人，祝宰樂人萬二千一百四十七人，養犧牲卒不在數中。龐大的祭祀之資，朝廷不堪負擔，所以元帝時御史大夫貢禹提出罷郡國廟，定漢宗廟迭毀禮（即天子七廟，除高帝太祖廟、文帝太宗廟永存之外，其餘五廟則以親盡迭毀）。此後丞相韋玄成、匡衡均先後力主毀廟議，郡國廟遂廢。哀帝即位，丞相孔光、大司空何武奏言復議毀廟，皆以為五廟迭毀，後雖有賢君，猶不得與祖宗並列。孝武皇帝雖有功烈，親近宜毀。於是太僕王舜、中壘校尉劉歆都各有奏議，他們雜引古制故事，以為孝武皇帝功業至著，又是孝宣皇帝定為世宗，廟不宜毀。奏議得到了哀帝同意。

【作　者】劉歆，西漢末年古文經學派的開創者、目錄學家、數學家。字子駿，劉向之子。約生於漢宣帝甘露初年，卒於劉玄更始元年（西元二十三年），享年七十餘歲。少年即通《詩》、《書》，能文章。成帝時，與王莽同為黃門郎，河平中（西元前二六年）受詔與父向領校祕書，凡六藝、傳記、諸子、詩賦、數術無所不究。向死後，歆為中壘校尉。哀帝立，為侍中太中大夫，遷都騎尉，奉車光祿大夫，奉領五經，卒父前業。王莽篡位，尊為國師。後以謀誅王莽，事洩自殺。其著作以《七略》最為有名，主要內容保存在《漢書・藝文志》中，為我國目錄學之祖。曾發現《周禮》、《左傳》、《毛詩》、《古文尚書》等古文經，建議為它們立學官，遭到今文博士的反對，王莽執政，立古文博士。著《三統曆譜》，造有圓柱形的標準量器，圓周率為三・一五四七，世有「劉歆率」之稱。

臣聞周室既衰，四夷並侵，玁狁最彊，於今匈奴是也。至宣王而伐之，詩人美而頌之曰：「薄伐玁狁，至於太原❶。」又曰：「嘽嘽推推，如霆如雷，顯允方叔，征伐玁狁，荊蠻來威❷。」故稱中興。及至幽王，犬戎來伐，殺幽王，取宗器❸。自是之後，南夷與北夷交侵，中國不絕如綫❹。《春秋》紀齊桓南伐楚，北伐山戎，孔子曰：「微管仲，吾其被髮左衽矣❺！」是故棄桓之過而錄其功，以為伯❻首。

【章旨】本段言周時四夷為患，得周宣、齊桓之力以救難，故詩人及孔子頌錄其功。

【注釋】❶薄伐玁狁二句　引自《詩經・小雅・六月》。〈毛序〉云：「宣王北伐也。」❷嘽嘽推推五句　引自《詩經・小雅・采芑》。〈毛序〉云：「采芑，宣王南征也。」嘽嘽，眾貌。推推，盛貌。亦作「焞焞」。顯允，謂英明而有威信。方叔，周宣王南征荊蠻的將帥。來威，令荊蠻畏威而來。威，畏。❸宗器　杜預注：「宗廟禮樂之器，鐘磬之屬。」❹南夷與北夷交侵二句　見《公羊傳・僖公四年》。何休注曰：「南夷謂楚滅鄧、穀，伐蔡、鄭；北夷謂狄滅邢、衛至於溫，交亂中國。」❺微管仲二句　引自《論語・憲問》。微，無。被髮左衽，披髮不髻，上衫前襟左邊開口。中國古代少數民族的習俗。被，同「披」。❻伯　同「霸」。

【語譯】我聽說周王室已衰，四夷並侵，其中玁狁勢力最強，就是今天的匈奴啊。到了周宣王才開始征伐玁狁，所以詩人讚美歌頌說：「宣王征伐玁狁，一直到達太原。」又說：「雜響的聲音轟隆隆，好像霹靂雷霆，英明而有威信的方叔，討伐了玁狁強敵，荊楚南蠻就以此為畏！」所以稱宣王復興周王室。到了幽王，犬戎侵伐，殺了幽王，劫走了宗廟的祭祀之器。從此以後，南夷與北狄交侵，中國的命脈如懸於一線。《春秋》記錄了齊桓公南伐楚、北伐山戎的事跡，孔子感嘆說：「如果沒有管仲，我們可能披頭散髮而衣襟則自左邊開口了！」因此對齊桓公的過錯棄而不錄，只錄他的功績，把他作為五霸之首。

及漢興，冒頓❶始彊，破東胡❷，禽月氏❸，并其土地，地廣兵彊，為中國害。南越尉佗❹，總百粵❺，自稱帝。故中國雖平，猶有四夷之患，且無寧歲，一方有急，三面救之，是天下皆動而被其害也。孝文皇帝厚以貨賂，與結和親，猶侵暴無已。甚者興師十餘萬眾，近屯京師及四邊，歲發屯備虜，其為患久矣，非一世之漸也。諸侯郡守，連匈奴及百粵以為逆者，非一人也。匈奴所殺郡守、都尉，略取人民，不可勝數。

【章　旨】本段言漢初匈奴之患，天下被其害。

【注　釋】❶冒頓　匈奴頭曼單于之子，殺父自立為單于，在位三十年左右。他趁秦亡楚漢之爭無力北顧之機，盡復秦所占匈奴故地，破東胡及西域二十餘國，形成我國北方空前的軍事大國，號稱諸引弓之民三十餘萬，對漢初北境造成巨大威脅，高帝、呂后、文帝皆只能以和親贈幣求得苟安，賈誼所謂手足倒置之勢也。❷東胡　居於今河北東北部、遼寧北部、內蒙東部一帶。❸月氏　即大月氏。原居甘肅、青海間，先遷新疆西部伊犁河流域，後遷阿姆河上游阿富汗東北部一帶。❹尉佗　《史記‧南越列傳》稱：南海尉任囂病且死，召龍川令趙佗行南海尉事，秦已破滅，即擊并桂林、象郡，自立為南越武王。高后時，佗乃自尊號為南越武帝。❺百粵　自嶺而南是百越之地，亦謂之南越。粵、越字通。

【語　譯】到了大漢建立，冒頓單于統治的匈奴始強，東面擊破東胡，西面擒擄月氏，兼并其的土地，地域廣大，士卒強悍，成為中國之大害。南越尉趙佗，總領百粵，擅自稱帝。所以中國國內雖平，尚有四夷之患，況且沒有哪一年安定過，一方夷狄出現緊急，往往三面救援，這就形成天下都動盪不安並受到侵害。孝文皇帝只好用厚貨賄賂，嫁宗室女與之和親，即令如此，尚且侵擾無已。匈奴氣焰更為囂張時，漢不得不興師十餘萬眾，駐紮在京師及四邊，每年都要發兵屯邊防守匈奴，它作為大漢的禍患已經很久了，並不是一代逐漸形成的啊。國內諸侯郡守，勾結匈奴及百粵以作亂的，不僅是某一個人。匈奴所殺郡守、都尉，擄掠人民，也不可盡數啊。

孝武皇帝愍中國罷勞，無安寧之時，乃遣大將軍驃騎伏波樓船之屬❶，南滅百粵，起七郡；北攘匈奴，降昆邪❷十萬之眾，置五屬國❸，起朔方❹，以奪其肥饒之地；東伐朝鮮，起玄菟❺、樂浪❻，以斷匈奴之左臂；西伐大宛，并三十六國，結烏孫，起敦煌、酒泉、張掖，以鬲❼婼羌❽，裂匈奴之右肩。單于孤特，遠遁於幕北，四垂無事，斥❾地遠❿境，起十餘郡。功業既定，迺封丞相為富民侯⓫，以大安天下，富實百姓，其規橅⓬可見。又招集天下賢俊，與協心同謀，興制度，改正朔⓭，易服色⓮，立天地之祠，建封禪，殊官號⓯，存周後⓰，定諸侯之制，永無逆爭之心，至今累世賴之。單于守藩，百蠻服從，萬世之基也。中興之功，未有高焉者也。高帝建大業，為太祖；孝文皇帝德至厚也，為文太宗；

孝武皇帝功至著也，為武世宗。此孝宣帝所以發德音⓱也。

【章　旨】本段陳述武帝立萬世之基、建中興之功，沒有人能超過他的功業。

【注　釋】❶乃遣大將軍驃騎伏波樓船之屬　大將軍，衛青。驃騎將軍，霍去病。伏波將軍，路博德。樓船將軍，楊僕。❷昆邪　匈奴王名。❸五屬國　指降漢的匈奴人分置於隴西、北地、上郡、朔方、雲中五個邊郡，因其故俗稱為「五屬國」。❹起朔方　指五屬國始於朔方郡（今內蒙河套一帶）。❺玄菟　郡名。漢武帝元封三年（西元前一〇八年）置，治所在沃沮城（今朝鮮境內），後移遼河流域至朝鮮咸鏡北道一帶。❻樂浪　郡名，亦元封三年置。治所在今朝鮮平壤市南。❼鬲　通「隔」。❽婼羌　古西域國名，在今新疆若羌縣。❾斥　開。❿遠　廣。⓫富民侯　田千秋，亦謂「車千秋」。⓬橅　同「模」。⓭改正朔　指漢武帝改用太初曆，以建寅之月（正月）為歲首。⓮易服色　改變車服馬匹的顏色。改正朔易服色，以明受命於天也。⓯殊官號　如大司馬、五經博士、諫大夫等為武帝所置。又如改名者，郎中令改光祿勳，中大夫改光祿大夫，大行令改大鴻臚等。⓰存周後　武帝詢問耆老，乃得周孽子嘉，封嘉為周子南君，以奉周室。⓱發德音　《漢書・宣帝紀》載：本始二年六月庚午尊孝武廟為世宗廟，奏盛德文始五行之舞，天子世世獻武帝，巡狩所幸之郡國皆立廟。

【語　譯】孝武皇帝哀憐中國民眾為匈奴侵擾而疲勞，沒有安寧的時候，於是派遣大將軍衛青、驃騎將軍霍去病、伏波將軍路博德、樓船將軍楊僕之輩，南面滅掉百粵，建立七郡；北面抗擊匈奴，降服昆邪單于十萬之眾，建立五個屬國，最先建在朔方郡，以奪取匈奴肥饒之地；東面討伐朝鮮，建立玄菟、樂浪二郡，用以斷絕匈奴的左臂；西面討伐大宛，兼并三十六國，交結烏孫，建立敦煌、酒泉、張掖諸郡，以隔開婼羌，割斷匈奴的右臂。這時，單于感到勢單力孤，於是逃遁於大漠之北，中國四面邊陲無事，開地擴境，新建十餘郡。功業已定，於是封丞相田千秋為富民侯，使天下大安，百姓富實，可見當時規模之大。武帝又招集天下的賢俊之士，同謀共劃，興制度，改正朔，易服色，為皇天后土立祠，定封禪之禮，改變官號，確立周的後代，規定諸侯的制度，使之永無叛逆爭鬥之心，直到今天世世代代都有所依憑。單于安於邊境，四夷服從，這是萬世的基業啊。歷史上的中興之功，沒有比武帝再高的了。高皇帝創建大業，稱為太祖；孝文皇帝道德最厚，稱為文太宗；孝武皇帝的功業最明顯，稱為武世宗。這是孝宣皇帝所宣布德音的原因。

《禮記・王制》及《春秋穀梁傳》，天子七廟，諸侯五，大夫三，士二。天子七日而殯❶，七月而葬；諸侯五日而殯，五月而葬。此喪事尊卑之序也，與廟數相應。其文曰：「天子三昭三穆❷，與太祖之廟而七；諸侯二昭二穆，與太祖之廟而五。」故德厚者流❸光，德薄者流卑。《春秋左氏傳》曰：「名位不同，禮亦異數❹。」「自上以下，降殺以兩，禮也❺。」七者其正法，數可常數者也。宗不在此數中。宗，變也❻。苟有功德則宗之，不可預為設數。故於殷，太甲為太宗，太戊曰中宗，武丁曰高宗❼。周公為〈無逸〉❽之戒，舉殷三宗以勸成王。由是言之，宗無數也。然則所以勸帝者之功德博矣。以七廟言之，孝武皇帝未宜毀，以所宗言之，則不可謂無功德。《禮記》祀典❾曰：「夫聖王之制祀也，功施於民則祀之，以勞定國則祀之，能救大災則祀之。」竊觀孝武皇帝，功德皆兼而有焉。凡在於異姓，猶將特祀之，況於先祖？或說：天子五廟無見文❿，又說中宗、高宗者，宗其道而毀其廟。名與實異，非尊德貴功之意也。《詩》云：「蔽芾甘棠，勿翦勿伐，邵伯所茇⓫。」思其人猶愛其樹，況宗其道而毀其廟乎？迭毀之禮⑫，自有常法，無殊功異德，固以親疏相推。及至祖宗之序，多少之數，經傳無明文，至尊至重，難以疑文虛說定也。孝宣皇帝舉公卿之議，用眾儒之謀，既以為世宗之廟，建之萬世，宣布天下，臣愚以為孝武皇帝功烈如彼，孝宣皇帝崇立之如此，不宜毀。

【章　旨】本段引述禮制用以說明武帝廟不宜毀之由。

【注　釋】❶殯　入棺叫殯。❷三昭三穆　古代宗廟排行次序，始祖廟居中，以下父子迭為昭穆，左為昭，右為穆。鄭玄注：「父為昭，子為穆。」❸流　師古曰：「流謂流風餘福。」❹名位不同二句　見《左傳・莊公十八年》。❺自上以下三句　見《左傳・襄公二十六年》子產之語。殺，減；差。兩，謂九、七、五、三、一，各以「二」數遞減。❻宗二句　師古曰：「言非常數，故云變也。」❼太甲為太宗三句　《史記・殷本紀》云：帝太甲修德，諸侯咸歸殷，稱「太宗」；帝太戊立，殷復興，諸侯歸之，故稱「中宗」；武丁修政行德，天下咸驩，殷道復興，立其廟為「高宗」。❽無逸　《尚書》中的一篇。❾祀典　今《禮記》無此篇。引文見於《禮記》之〈祭法〉。楊樹達曰：「祀典」為泛稱。當是。❿無見文　蓋指五經無明文。⓫蔽芾甘棠三句　引自《詩經・召南・甘棠》。序云：「美召伯也。」蔽芾，盛貌。甘棠，杜梨。白者為棠，赤者為杜。邵伯，西周初年的召公奭；或以為西周末年的召虎。茇，草舍。止於其下以自蔽，如草舍。⓬迭毀之禮　迭毀，謂五廟、七廟，以世次更迭，親盡則毀。迭，更迭。

【語　譯】《禮記・王制》及《春秋穀梁傳》記載，天子建立七廟，諸侯建立五廟，大夫建立三廟，士建立二廟。天子逝世七日後入棺，七月後下土安葬；諸侯逝世五日後入棺，五月後安葬。這些葬事的尊卑次序，與廟數是相應的啊。關於廟數的明文記載說：「天子立三昭三穆，與太祖之廟共為七廟；諸侯立二昭二穆，與太祖之廟共為五廟。」所以道德深厚的人其流風餘福廣遠，道德澆薄的人其流風餘福卑微。《春秋左氏傳》說：「名位不同，禮儀也有不同的數字規定。」「從上到下，都以二數作為等級的差別，」這是符合禮制規定的啊。」

七廟是禮制正式規定的，數字是永恆不變的啊。可是稱為「宗」則不在此數的規定中。宗，是變的意思，只要有功德就可稱之為「宗」，不可預先規定設多少「宗」。所以在殷代，太甲被稱為「太宗」，太戊被稱為「中宗」，武丁被稱為「高宗」。周公作〈無逸〉以告誡成王，就舉出殷三宗來勸戒成王。由此說來，「宗」是沒有數字規定的啊，那麼所用以表彰帝王功德的方式是博大無限了。就七廟來說，孝武皇帝廟不應該毀，就所宗功德而言，那麼不可說武帝沒有功德。《禮記》祀典中說：「關於聖王制訂祀禮的規定，有功業施加於民的就祭祀他，有勞績安定國家的就祭祀他，能救濟大災大亂的就祭祀他。」據我看來，孝武皇帝的功與德都具備以上條文。凡在於異姓的人，尚且特殊祭祀他，何況是我們的先祖？有人說：天子五廟不見明文規定，又說，所謂中宗、高宗，是宗奉他們的功德而毀掉他們的祠廟。這種名實不符的作法，並不是真正的尊德貴功之意啊。《詩經》說：「茂盛的甘棠樹，不剪枝葉不砍幹，因是召伯蔽身之所。」思念召伯其人，還愛惜他的樹，何況是宗崇武帝的功德卻又毀掉他的祠廟呢？更迭毀廟的禮儀，從來就有恆久不變的規定，不講什麼特異的功德，本就只憑親疏次序來推定。但是，至於祖宗的次序，數字的多少，經傳沒有明文規定，這種最尊貴最重大的事情，很難根據疑文虛說來確定啊。孝宣皇帝依據公卿的議定，採用眾儒的謀略，已經為武帝建立了世宗之廟，傳之萬世，向天下宣布，我以為孝武皇帝的功業是那樣的崇高，孝宣皇帝又是這樣尊崇而立廟，武帝世宗之廟不應該毀掉。

【研　析】本篇中心論題為漢武帝作為世宗，在天子七廟中，應該上升與太祖（高帝）、太宗（文帝）並列，建立萬世，還是作為一般昭、穆，親盡則毀。劉歆力主前者，故上此疏，反對毀廟。但哀帝時，上溯武、昭、宣、元、成正好五廟，加上太祖、太宗正好七廟。故武帝之世廟，無論上列祖、宗，還是下比昭、穆，當時均不屬應毀之列。故劉歆此議，在哀帝時並無多少實踐意義，而僅僅作為一個制度問題提出而已。這一事件，無論從實際角度，還是理論角度，今天看來，全無價值，然而在古人看來，「國之大事，在祀與戎」（《左傳・成公十三年》），祭祀，特別是祭祖，乃是與兵戎征伐並列的國家大事，豈可不辨。故劉歆在文中，不惜濃墨重彩，大肆渲染武帝破匈奴、擴疆土、安邊境，文治武功「未有高焉者也」。末段則從制度上說明，「宗」非常數，故殷有三宗，武帝功德皆兼，豈可宗其道而毀其廟。故康熙帝玄燁評曰：「引據論議，卓爾不群，可謂博而篤矣。」

出師表

諸葛孔明

【題解】本篇為諸葛亮於西元二二七年出師北伐時上給後主劉禪的奏疏。表，古代臣子對君主有所陳請的一種文書。疏中反覆勸勉劉禪繼承先帝興復漢室、還於舊都的遺志，廣開言路，秉持平正，親近賢臣，遠離小人，表明自己對蜀漢的一片忠誠以及臨行時對後主的殷切期望。

【作　者】諸葛亮，字孔明。三國時著名政治家、軍事家和文學家。琅邪陽都（今山東沂水境）人。少隨叔父諸葛玄避難荊州，躬耕於南陽隆中（今湖北襄樊）。時左將軍劉備以亮有殊量，乃三顧亮於草廬之中。及曹操南征荊州，劉琮舉州降魏，而劉備無立錐之地，於是亮乃使吳，得三萬人以助備，敗曹操於赤壁，收江南及平定成都。備稱帝以亮為丞相，錄尚書事。劉備逝世，受遺詔輔後主。建興初封武鄉侯，領益州牧。亮志在攻魏以復中原，乃東和孫權，南平孟獲，而後出師北伐，六出祁山，與魏相攻戰累年，蜀漢建興十二年（西元二三四年）秋以疾卒於軍，年五十四歲。諡忠武。有《諸葛亮集》二十五卷，至宋減為十四卷，明末張溥輯為一卷，今有中華書局整理本行世。陳壽評亮「科教嚴明，賞罰必信，至於吏不容奸，人懷自厲，道不拾遺，彊不侵弱，風化肅然也。」

臣亮言：先帝❶創業未半，而中道崩殂❷。今天下三分❸，益州❹罷弊，此誠危急存亡之秋❺也。然侍衛之臣不懈於內，忠志之士忘身於外者，蓋追先帝之殊遇❻，欲報之於陛下也。誠宜開張聖聽❼，以光❽先帝遺德，恢宏❾志士之氣，不宜妄自菲薄❿，引喻失義⓫，以塞忠諫之路也。宮中、府中⓬，俱為一體，陟罰臧否⓭，不宜異同。若有作姦犯科⓮及為忠善者，宜付有司⓯，論其刑賞，以昭陛下平明之治，不宜偏私，使內外異法也。

【章旨】本段分析蜀漢形勢，囑咐後主繼承先帝尊賢納諫的品德，秉持平正，不宜偏私。

【注釋】❶先帝　已去世的皇帝。此指劉備。❷崩殂　死亡。天子死稱「崩」、「殂落」。❸三分　指魏、蜀、吳三分天下。❹益州　蜀漢所在地，相當今四川大部分及雲南、貴州部分地區。❺秋　《文選》李善注曰：「歲以秋為功畢，故以喻時之要也。」重要時刻之義。❻殊遇　特殊恩遇。❼開張聖聽　廣泛聽取群臣的意見。聖聽，聖明的聽聞。❽光　大；發揚光大。❾恢宏　大；拓展；發揚。❿妄自菲薄　無端自視淺陋。菲薄，微薄；淺陋。⓫引喻失義　稱引譬喻不合道理。義，宜；理。⓬宮中府中　內宮、外廷。宮中，指皇帝的宮禁中的侍臣。府中，指丞相府所屬官吏，即政府官吏。建興元年（西元二二三年），諸葛亮被封武鄉侯，開府治事。⓭陟罰臧否　陟罰指升降官職，臧否指評論人物。陟，升。臧，善。否，惡。⓮犯科　違犯法紀。科，法律條文。⓯有司　主管的官吏。自「宮中府中」至「內外異法」數語，蓋有為而發。劉禪後期寵信宦官，可能此時已露端倪，故有斯論。

【語譯】臣諸葛亮陳述：先帝開創統一天下的基業，還未完成一半，中途就病逝了。現在天下分成三國，我們的基地益州顯得疲弊，這確實是到了危急存亡的緊要時刻。然而侍衛之臣在朝廷裡不敢懈怠，忠志之士在疆場上不畏犧牲，這可能是大家都追懷先帝待他們的厚恩，想要向皇上加以報答啊。因此皇上的確應該擴大視聽，以光大先帝留下的美德，鼓舞有為之士的志氣，不要妄自菲薄，言談失理，從而堵塞大家盡忠進諫的道路。宮中的侍臣和丞相府的官員都是一個整體，對他們的提升、懲罰、表彰、批評標準不應有所不同。假若有營私舞弊、違法亂紀，以及忠心耿耿盡職盡責的人，都應交有關主管官員去論定其懲處與獎勵，以彰顯皇上治理的公平而聖明，不應該有所偏私，使得宮中與府中法度不一啊。

侍中、侍郎郭攸之、費禕、董允等❶，此皆良實❷，志慮忠純，是以先帝簡拔❸以遺陛下。愚以為宮中之事，事無大小，悉以咨❹之，然後施行，必能裨❺補闕漏❻，有所廣益。將軍向寵❼，性行淑均❽，曉暢軍事，試用於昔日，先帝稱之曰能，是以眾議舉寵為督❾。愚以為營中之事，事無大小，悉以咨之，必能使行陣❿和穆⓫，優劣得所也。親賢臣，遠小人，此先漢⓬所以興隆也；親小人，遠賢臣，此後漢⓭所以傾頹⓮也。先帝在時，每與臣論此事，未嘗不歎息痛恨於桓、靈⓯也。侍中⓰、尚書⓱、長史⓲、參軍⓳，此悉貞亮死節⓴之臣也，願陛下親之信之，則漢室之隆㉑，可計日而待也。

【章旨】本段推薦可以信任、依靠的文臣武將，指出親賢臣、遠小人的重要。

【注釋】❶侍中侍郎郭攸之費禕董允等　侍中、侍郎，都是皇帝近侍官。當時，郭攸之、費禕任侍中，董允任黃門侍郎。❷良實　忠良篤實。❸簡拔　選拔。❹咨　同「諮」。詢問。❺裨　增益。❻闕漏　缺失遺漏。闕，通「缺」。❼向寵　襄陽人。劉備時為牙門將。劉禪即位，封都亭侯，為中部督，掌管宿衛兵。諸葛亮北伐時，上表後主，遷寵為中領軍。❽淑均　善良而公平。❾督　指中部督。❿行陣　營陣行列，指部隊。⓫穆　通「睦」。⓬先漢　指西漢。⓭後漢　指東漢。⓮傾頹　傾覆敗亡。⓯桓靈　東漢末桓帝、靈帝。二帝因寵信宦官，政治腐敗，加速了東漢的滅亡。⓰侍中　指郭攸之、費禕、董允三人。⑰尚書　指陳震，南陽人，建興三年拜尚書。⑱長史　指張裔，成都人，當時以射聲校尉領留府長史。⑲參軍　指蔣琬，零陵湘鄉人，當時任參軍。⑳貞亮死節　堅貞誠信以死報國。亮，信。㉑隆　興盛。

【語譯】侍中侍郎郭攸之、費禕、董允等，都是善良篤實思想忠直純正的人，因此先帝選拔他們留給皇上。我認為宮中的事，不論大小，都可以向他們詢問，然後再去施行，定能增補缺失和疏漏，廣收效益。將軍向寵，性行善良而為人公正，通曉軍事，當年被試用，先帝以為能幹，所以大家推薦他做中部督。我認為軍中之事，無論大小，都可去詢問他，必能使軍營和睦，士卒優劣各得其所。親近賢臣，疏遠小人，這是前漢事業興旺發達的原因啊；親近小人，疏遠賢臣，這是後漢衰敗傾覆的原因啊。先帝在世時，每當與我談論此事，對桓帝、靈帝無不懷歎惜和痛心之感啊！侍中、尚書、長史、參軍，他們都是堅貞誠信能為節操而犧牲的臣子，希望皇上親近並信任他們，那麼漢室的興隆，將為期不遠指日可待啊。

臣本布衣❶，躬耕於南陽❷，苟全性命於亂世，不求聞達❸於諸侯。先帝不以臣卑鄙❹，猥❺自枉屈❻，三顧臣於草廬❼之中，諮臣以當世之事。由是感激，遂許先帝以驅馳❽。後值傾覆❾，受任於敗軍之際，奉命於危難之間❿，爾來二十有一年矣。先帝知臣謹慎，故臨崩寄臣以大事⓫也。受命以來，夙⓬夜憂歎，恐託付不效，以傷先帝之明。故五月渡瀘⓭，深入不毛⓮。今南方已定，兵甲已足，當獎帥三軍，北定中原，庶竭駑鈍⓯，攘⓰除姦凶⓱，興復漢室，還於舊都⓲。此臣之所以報先帝而忠陛下之職分也。至於斟酌⓳損益⓴，進盡忠言，則攸之、禕、允之任也。

【章　旨】本段追述自己曾受先帝殊遇，表示北定中原的決心。

【注　釋】❶布衣　平民。❷南陽　郡名。《三國志・蜀志》引《漢晉春秋》：「亮家於南陽之鄧縣，在襄陽城（今湖北襄樊）西二十里，號曰隆中。」王應麟《困學紀聞》以「南陽」為襄陽村墟名。❸聞達　名聲遠揚仕宦顯達。❹卑鄙　指地位卑微，識見鄙陋。❺猥　李善曰：「猥，曲也。」朱駿聲曰：「猥，實亦發聲之詞。」❻枉屈　枉駕屈尊。指三顧草廬。❼草廬　茅草屋。❽驅馳　指供驅使，奔走效勞。❾後值傾覆　指當陽長坂之敗。建安十三年（西元二〇八年）八月荊州劉表卒。九月曹操南征，劉琮舉州降。時劉備屯樊城（今襄陽東北），琮不敢告備。曹操至宛，備大驚駭，將其眾去，過襄陽，琮左右及荊州人多歸備，比到當陽（今湖北當陽東），眾十餘萬人。操將精騎五千急追之，及於當陽之長坂（今湖北當陽東北）。備棄妻子，與諸葛亮、張飛、趙雲等數十騎走。張飛將二十騎拒後。趙雲抱備子禪，與關羽船會，得濟沔（即漢水），遇劉琦眾萬餘人，與俱到夏口（今武漢市）。曹操遂據有江陵。❿受任於敗軍之際二句　指同年十月奉命聯吳抗曹，大敗曹軍於赤壁（今湖北蒲圻西北長江南岸）事。⓫故臨崩寄臣以大事　劉備病篤，召亮屬以後事，謂亮曰：「君才十倍曹丕，必能安國，終定大事。若嗣子可輔，輔之；如其不才，君可自取。」亮涕泣曰：「臣敢竭股肱之力，效忠貞之節，繼之以死！」備又為詔敕後主曰：「汝與丞相從，事之如父。」⓬夙　早。⓭渡瀘　瀘，今金沙江。後主建興元年（西元二二三年），南中諸郡並發生事變。三年，諸葛亮率軍南征，連戰皆勝。其秋，南方全部平定，因此出師北伐沒有後顧之憂。⓮不毛　不長草木的荒蕪之地。⓯駑鈍　自謙才能平庸。駑，無用之馬。⓰攘　排除。⓱姦凶　指曹操。⓲舊都　指長安、洛陽，兩漢建都所在。蜀以繼漢統自命，故以攻取二地為還舊都。⓳斟酌　對事度量它的可否而加以去取。⓴損益　增減。

【語　譯】我原本是個平民，在隆中親自耕種，只想在此戰亂之時，苟且保全自己的性命，不想在諸侯中顯揚名聲。先帝不因為我卑微鄙陋，不惜降低身分自我委屈，三次來草廬求訪，就當時世事向我詢問。這使我非常感激，於是答應為先帝奔走效勞。後來荊州傾覆，在此軍事失利的時刻我接受了重任，在危急艱難的關頭我奉命出使，從那時以來，已有二十一年了。先帝深知我辦事謹慎，因此在臨終前將國家大事託付給我。自從接受使命以來，朝夕憂歎，唯恐先帝託付之事沒有結果，從而損傷先帝的知人之明。因此五月渡過瀘水，深入不毛之地。現在南方的叛亂已經平定，兵器甲冑充實，應當勉勵三軍北上平定中原，希能盡我平庸愚鈍的才智，鏟除奸邪兇惡的曹魏，復興漢室，回到舊都。這是我用以報答先帝和忠於皇上所應盡的職責啊。至於對朝事的斟酌取捨，提出盡忠之言，那就是攸之、費禕、董允的責任啊。

願陛下託臣以討賊興復之效；不效，則治臣之罪，以告先帝之靈。若無興德之言，則責攸之、禕、允之咎❶，以彰其慢❷。陛下亦宜自謀，以諮諏❸善道❹，察納雅言❺，深追❻先帝遺詔。臣不勝❼受恩感激。今當遠離，臨表涕泣，不知所云。

【章旨】本段陳述自身、大臣以及皇上三者的責任。

【注釋】❶咎　過失；罪責。❷慢　怠慢。❸諮諏　詢問。❹善道　好的主張。❺雅言　正言。❻深追　深深記住。❼勝　盡。

【語譯】懇請皇上把討伐賊兵復興中原的重任交給我；如若不成，就對我加以治罪，以此告知先帝的在天之靈。如若沒有向您提出增進德行的意見，就責問攸之、費禕、董允的過失，揭露他們的怠慢。皇上也應自行思慮，以徵詢好的治國辦法，發現並採納合理的建議，深切記住先帝的遺言。這樣我就能承受皇上的恩德而感激不盡了。現在將遠離皇上了，流著涕淚呈上這份表文，不知說了些什麼。

【研析】本篇文情並茂，膾炙人口。「親賢臣，遠小人」為本篇中心。篇中凡十三引「先帝」，充分表達了對劉備的悲懷感激之情，冀其喚醒後主，振興國事。對後主的告誡既不失臣子之禮，又有父輩般的關懷，進言論事，甚為得體。行文不足千字，敘事、說理、抒情三者熔而為一。定型而凝鍊的詞語如「存亡之秋」、「妄自菲薄」、「陟罰臧否」、「裨補闕漏」等皆詞約而義豐，廣泛流傳於後世。方苞云：「孔明早見後主躬自菲薄，親近小人，恐其遠離師保，志趣日遷，故宮、府、營陣，悉屬貞良，以謹持其政柄。又恐不能傾心信用，故首言國事危急，使知負荷之難；中則痛恨桓、靈，以為傾頹之鑑；終則使之自謀，以禁其昏蒙。而皆稱先帝以臨之，使知沮忠良之氣，必墮先帝之業；蹈桓、靈之轍，必傷先帝之心；棄善道、忽雅言，是悖先帝之遺命，其言語氣象，雖不能上比伊、周，而絕非兩漢文士之所能近似矣。」

卷十六　奏議類上編　六

禘祫議

韓退之

【題解】本文是唐德宗貞元十九年（西元八〇三年）韓愈寫的一篇關於禘祫問題的奏議。禘祫，是古代的大祭。禘，有審諦其尊卑而祀之的意思。祫，則是合祭，《說文》釋為「大合祭先祖親疏遠近」。《禮記》有「三年一祫，五年一禘」的記載，可見當時是分開的。北魏文帝時，禘祫並為一名。本文所論，即用此義。禘祫，就是指祫祭。寫作的緣由，是當時有一場關於如何實行禘祫祭禮的爭議。唐初，高祖李淵追尊其祖父李虎為太祖，李虎父李天賜為懿祖，祖父李熙為獻祖，皆祀於太廟。到中唐時，因年代久遠，親盡當祧（廢廟而遷其神主），如何行禘祫之禮就成了問題。代宗即位後，禘玄宗、肅宗，而將獻祖、懿祖遷於夾室，不能參與禘祫大祭的享食。德宗建中初年，治代宗喪畢，當祫祭，太常博士陳京對於如何處置獻、懿二祖的神主提出建議，群臣紛紛發表不同意見，這種爭論延續了二十餘年。貞元十九年，德宗下詔令百僚議。韓愈即獻此奏議，指斥反對將獻、懿二祖享食祫祭的種種議論，提出自己的主張，以申孝子慈孫報本反始，不忘其所由生之本意。韓愈的奏議雖然並未為德宗所採納，但此文卻被後人認為是說經議禮的典範文章。與本書卷二之〈改葬服議〉並稱為韓文中兩篇重要的經論，但前篇為私議，本篇則為奏議。

右❶今月❷十六日敕旨❸：「……宜令百僚議，限五日內聞奏者。」將仕郎守❹國子監四門博士臣韓愈謹獻議曰：

【章 旨】本段敘寫作奏議的事由。

【注 釋】❶右 古以右為尊，此文起首引德宗敕旨，故稱右。❷今月 寫奏議的當月，即貞元十九年三月。❸敕旨 此處所引旨文有省略。「宜令百僚議」前，應有「禘祫之祭，禮之大者。先有眾議，猶未精詳」等語。❹守 唐制，凡階卑而職高者稱為守。韓愈的官階是將仕郎，從九品下；任職則為國子監四門（國子監「六學」之一）博士，掌教七品官以上及侯伯子男之子之為生員者和民間的俊士生，故自稱「守」。

【語 譯】上面有本月十六日皇上旨意：「……應該讓百官議論，限於五天之內奏聞。」將仕郎守國子監四門博士臣下韓愈謹獻上奏議說：

伏以陛下追孝祖宗，肅敬祀事，凡在擬議，不敢自專，聿求厥中❶，延訪❷群下。然而禮文繁漫，所執各殊。自建中之初，迄至今歲，屢經禘祫，未合適從。臣生遭聖明，涵泳恩澤，雖賤不及議❸，而志切效忠。今輒先舉眾議之非，然後申明其說。

【章 旨】本段敘禘祫之議的由來，和寫作此奏議的動機及奏議的基本內容。

【注 釋】❶聿求厥中 聿，句首助詞。厥，其。中，正當；合理；合乎正道。❷延訪 延，接引；接納。訪，諮詢；徵求意見。❸賤不及議　唐代都省集議，惟有朝官能參與。國子博士非朝官，故曰「不及議」。

【語　譯】我以為皇上追念孝敬祖宗，嚴肅恭敬地對待祭祀大事，凡事計畫商議，不敢獨斷專行，為求得合理恰當，接納徵詢群臣的意見。但是禮儀條文繁多散漫，人們把握堅持的各不相同。自從建中初年以來，直到今年，多次經過禘祫祭禮，未能合乎中道而為大家所贊同。我生逢聖明之世，蒙受皇上恩澤，雖然地位卑微不能參加朝官的討論，但內心迫切希望貢獻忠誠。現在就先舉出眾人議論的錯誤，然後申明自己的意見。

一曰：「獻、懿廟主，宜永藏之夾室。」❶臣以為不可。夫祫者合也。毀廟之主，皆當合食於太祖❷。獻、懿二祖，即毀廟主也。今雖藏於夾室，至禘祫之時，豈得不食於太廟乎？名曰合祭，而二祖不得祭焉，不可謂之合矣。

【章　旨】批駁把獻懿二祖的神主收藏在夾室，不參加合祭的議論。

【注　釋】❶一曰三句　這是貞元七年裴郁等人、八年李嶸等人的議論。《釋名・釋宮室》曰：「夾室在堂兩頭，故曰夾也。」這裏指太廟的夾室。❷毀廟之主二句　《公羊傳・文公二年》注釋：「毀廟，謂……毀其廟，藏其主於太祖廟中。」古代禮制，天子立七廟，諸侯五廟，因世系延長，較遠的祖先（除太祖外），則毀（廢除）其廟，遷其神主於太廟。毀廟之主皆當合食於太祖，也見於《公羊傳・文公二年》注。

【語　譯】一種議論說：「獻祖、懿祖的神主，應該永遠收藏在太廟的夾室。」我認為不對。祫祭，是合祭的意思。廢了廟的神主都應該同太祖一起享食。獻、懿二祖，是廢廟的神主。現在雖然藏在夾室中，到禘祫大祭的時候，難道能夠不在太廟中享食嗎？名叫合祭，而二祖不能享祭，就不能稱做合祭了。

二曰：「獻、懿廟主，宜毀之瘞之。」❶臣又以為不可。謹按《禮記》：「天子立七廟，一壇一墠。」❷其毀廟之主皆藏於祧廟❸，雖百代不毀。祫則陳於太廟而饗焉。自魏晉以降，始有毀瘞之議❹，事非經據，竟不可施行。今國家德厚流光，創立九廟❺，以周制推之，獻、懿二祖猶在壇墠之位，況於毀瘞而不禘祫乎？

【章旨】批駁「把獻懿二祖的神主毀棄掩埋到陵園」的議論。

【注釋】❶二曰三句　這是李嶸等人的議論。瘞，掩埋；埋葬。這裡指葬於陵園。❷謹按禮記三句　據《禮記·祭法》，王（天子）立七廟，即考廟、王考廟、皇考廟、顯考廟、祖考廟，還有供奉祭祀祖考廟之上的遠祖的昭穆二祧廟。孔疏：「一壇一墠者，七廟之外又立壇、墠各一也。」築土為祭所曰壇，不封土則曰墠。比祧廟更遠的祖先設壇祭，壇祭之上的祖先設墠祭。❸其毀廟之主句　《禮記·祭法》鄭玄注：「天子遷廟之主，以昭穆合藏於二祧（廟）之中……祫乃祭之耳。」❹毀瘞之議　這種議論始於漢代。丞相韋玄成曾提出將太祖之前的太上皇神主瘞於陵園，不及禘祫。晉孫欽也有此議。❺創立九廟　據《唐會要》，開元十年玄宗特立九廟，將唐睿宗文明元年遷於夾室的獻、懿二祖復列於正室。

【語譯】第二種議論說：「獻、懿二祖的神主，應該廢廟後掩埋在陵園裡。」我也認為不行。依據《禮記》：「天子立七廟，還設一壇一墠。」那些廢廟遷出的神主，都藏在祧廟裡，即使經過百代也不毀棄。祫祭時就陳設於太廟中享食。從魏晉以來，才有毀棄掩埋的議論，但事情沒有經典作為依據，終究不能實行。現在國家推崇道德形成美好傳統，創立了九廟，何況依據周代禮制推算，獻、懿二祖還在壇祭墠祭的位置上，怎能毀廟掩埋而不得享食禘祫大祭呢？

三曰：「獻、懿廟主，宜各遷於其陵所。」❶臣又以為不可。二祖之祭於京師，列於太廟也，二百年❷矣。今一朝遷之，豈惟人聽疑惑，抑恐二祖之靈，眷顧依遲❸，不即饗於下國❹也。

【章旨】批駁「把獻懿二祖的神主遷移到各自陵墓處」的議論。

【注釋】❶三曰三句　這是員外郎裴樞的議論，他主張「建石室於寢園，以藏神主，至禘祫之時則祭之。」❷二百年　自唐高祖武德元年（西元六一八年）開國至貞元十九年（西元八〇三年），只有一百八十六年，此舉其成數言之。❸依遲　久留安處，不忍離去。❹下國　小國；小地方。獻祖懿祖陵墓都在趙州昭慶縣。對上「京師」而言，故稱「下國」。

【語譯】第三種議論說：「獻祖、懿祖的神主，應當各自遷到他們的陵墓處。」我又認為不行。二祖在京城享祭，神主陳列在太廟裡，近二百年了。現在一下遷走，豈止人民聽知消息產生疑惑，還恐怕二祖的陰靈眷戀不忍離開，不去那小地方享食呢。

四曰：「獻、懿廟主，宜附於興聖廟而不禘祫。」❶臣又以為不可。傳曰：「祭如在❷。」景皇帝❸雖太祖，其於屬乃獻、懿之子孫也。今欲正其子東向之位，廢其父之大祭，固不可為典矣。

【章旨】批駁「認為獻懿二祖的神主應該附設在太祖廟而不參加合祭」的議論。

【注釋】❶四曰三句　這是考工員外郎陳京、同官縣尉仲子陵等人的議論。興聖廟，即太祖李虎之廟。按古代禮制，禘祫時太祖位於西而東向，其子孫列為昭穆。唐興，由於太祖之上有獻、懿二祖，故禘祫時虛東向之位，而太祖與群廟列於昭穆。陳京等議論的用意，是使太祖在禘祫時處東向位，確立其始祖的地位（居太廟第一室）。❷祭如在　這是《論語・八佾》篇中的話。❸景皇帝　即李虎。

【語　譯】第四種議論說：「獻懿二祖的神主，應該附設在太祖廟中而不參與禘祫。」我又認為不行。書傳說：「祭祀祖先的時候，便好像祖先真在那裡。」景皇帝雖然是太祖，他在親屬關係上，還是獻祖、懿祖的子孫。現在為著想確立兒子祭祀時的東向位置，而廢除父親的大祭，當然不可以作為典則了。

五曰：「獻、懿二祖，宜別立廟於京師。」❶臣又以為不可。夫禮有所降，情有所殺❷。是故去廟為祧，去祧為壇，去壇為墠，去墠為鬼❸，漸而之遠，其祭益稀。昔者魯立煬宮，《春秋》非之❹，以為不當取已毀之廟，既藏之主，而復築宮以祭。今之所議，與此正同。又雖違禮立廟，至於禘祫也，合食則禘無其所❺，廢祭則於義不通。

【章　旨】批駁「獻懿二祖的神主應在京城另外立祭廟」的議論。

【注　釋】❶五曰三句　這是吏部郎中柳冕等人的議論。❷殺　減少。❸是故四句　《禮記・祭法》篇有「遠廟為祧」，「去祧為壇，去壇為墠」，「去墠為鬼」的話，是韓文所本。去，離開。這裡指世系在廟（祧、壇、墠）之上的距離。❹昔者二句　據《春秋》，定公元年立煬宮。《公羊傳》：「立煬宮，非禮也。」煬公是魯國先君伯禽（周公子）的兒子。因年代久遠，其廟已毀，魯大夫季平子為其建煬宮（廟室）祭禱他，不合禮制，所以受到譏議。❺禘無其所　這是說獻懿二祖若作別廟，則禘祫時就既不能祭於太廟，又不能祭於別廟，故無其所。

【語譯】第五種議論說：「獻懿二祖，應該在京城另外立廟。」我又認為不行。（隨著祖先世系的久遠）祭禮有所減少，感情也有所消減。所以在祖考廟之上的祖先入祧廟，比祧廟更遠的祖先受壇祭，比壇祭更遠的祖先受墠祭，比墠祭更遠的祖先叫做「鬼」，逐漸越來越遠，所受的祭祀也越來越少。當年魯國立煬宮，《春秋公羊傳》對此非議，認為不應該取出已經廢了的廟中所收藏的神主，又重新建立廟室祭祀。現在的這種議論，與魯國立煬宮的作法正一樣。況且即使違反禮制立了廟，到了禘祫大祭的時候，獻、懿二祖若與子孫合食，則沒有處所受祭，如果因為無可禘祫而廢除二祖受祭的資格，則在禮義上是不符合的。

此五說者，皆所不可。故臣博采前聞，求其折中。以為殷祖玄王❶，周祖后稷，太祖之上，皆自為帝❷。又其代數已遠，不復祭之。故太祖得正東向之位，子孫從昭穆之列。禮所稱者，蓋以紀一時之宜，非傳於後代之法也。傳曰：「子雖齊聖，不先父食。」❸蓋言子為父屈也。景皇帝雖太祖也，其於獻、懿則子孫也。當禘祫之時，獻祖宜居東向之位，景皇帝宜從昭穆之列。祖以孫尊，孫以祖屈，求之神道，豈遠人情？又常祭甚眾，合祭甚寡，則是太祖所屈之祭至少，所伸之祭至多，比於伸孫之尊，廢祖之祭，不亦順乎？事異殷周，禮從而變，非所失禮也。

【章旨】本段提出並闡述作者關於獻懿二祖享食禘祫的主張。

【注　釋】❶玄王　指殷商始祖契。傳說契之後十四世而商興。❷太祖之上二句　殷人以契為始祖（太祖），周人以后稷為始祖。太祖以上的祖先，因遙遠難考，都各被尊為上帝，如周人用禘禮祭帝嚳，而在祭天時用后稷配享。上古及殷周祭禮各不相同，見《禮記・祭法》等。❸傳曰三句　見《左傳・文公二年》。齊聖，恭敬聖明。杜預注釋「齊」為「肅」。聖，明哲。

【語　譯】這五種說法，都是不能實行的。所以我廣泛收集前代的記聞，尋求那中正無所偏頗的辦法。認為殷以契為太祖，周以后稷為太祖。太祖以上，都各自尊為上帝。又因其世代已遠，不再合祭。所以太祖能確立東向的位置，子孫依從昭穆的行列。古禮所稱述的，是記載當時的合適制度，不是傳給後代的法則。書傳說：「兒子雖然恭敬明哲，不能在父親之前享受祭品。」說的是兒子為父親退讓。景皇帝雖然是太祖，他對獻祖、懿祖而言還是子孫。當禘祫大祭的時候，獻祖應該處於東向的位置，景皇帝應該依從昭穆的行列。祖父因為孫子而受到尊重，孫子因為祖父而退讓，這樣做求之合於天道，難道遠離人情？又平常祭祀次數很多，合祭的次數很少，那麼太祖退讓主位的祭祀極少，居主位的祭祀極多，比較起為了伸展孫子的尊嚴，廢除祖父的祭祀，豈不也更合乎禮義嗎？事情不同於殷周時代，禮制隨著有所變化，不是人們所說的失禮。

臣伏以制禮作樂者，天子之職也。陛下以臣議有可采，麤合天心，斷而行之，是則為禮。如以為猶或可疑，乞召臣對，面陳得失，庶有發明。謹議。

【章　旨】本段表明希望天子採納和願面陳得失的態度。

【語　譯】我以為制禮作樂，是天子的職責。如果皇上認為我的奏議有可以採納之處，大體合乎天心，決定加以實行，這就可以作為禮制。如果還認為有疑問，請召我回答，當面陳述得失，我希望還能有所發揮闡述。謹上此奏議。

【研　析】本文是一篇參與辯論的奏議文字。作者採用先破後立的議論方式，而「追孝祖宗」的意旨貫串始終，作為全篇的綱領。具體論述時，既引經據典，堅持禮制的基本原則，特別，是合乎天心（神道）人情的原則，又不拘執舊說，根據「事異殷周，禮從而變」的觀點，提出自己的主張。使所議論的問題，無論是就體現儒家的正統思想，還是本身的邏輯思路，都具有較強的說服力。作者面對種種不同於己見的議論，充滿著自信，故批駁（破）和闡述（立）均富有感情氣勢。破則要言不煩，立則堂皇正大。故前人評價頗高。方苞說：「反復周密，理正詞質，說經之文，當用為程式。」劉大櫆說：「筆力堅挺，如鐵鑄成，允為議禮之法式。」

復讎議

韓退之

【題　解】這是韓愈元和六年（西元八一一年）寫的奏議。《韓昌黎文集》，作〈復讎狀〉。元和六年九月，富平縣人梁悅為父報仇殺人後，自投縣請罪。唐憲宗特赦其死罪，杖配循州。並詔令將處理報讎殺人問題的禮法「異同」交都省集議。按：據《新唐書》記載，從太宗到當時，復讎殺人的案件共七例，原之者三，不原者四，包括梁悅在內。可見難於一例處理。韓愈上此議，並沒有對這一事件提出具體處理意見，而僅僅著眼於經與法應該參用這個總的方針，從而闡明了維護儒家道德與法制的重要性，表達了使經律不失其指的處理原則。

右❶伏奉今月❷五日敕：「復讎，據《禮經》❸，則義不同天；徵法令，則殺人者死。禮法二事，皆王教之端。有此異同，必資論辨，宜令都省❹集議聞奏者。」

朝議郎、行❺尚書職方員外郎、上騎都尉韓愈議曰：

【章　旨】本段敘寫作奏議的事由。

【注　釋】❶右　蜀本《韓集》前有一段：「元和六年九月，富平縣人梁悅，為父報仇，殺人自投縣請罪。勑：『復仇殺人，固有彝典，以其申冤請罪，視死如歸，自詣公門，發於天性，志在徇節，本無求生；寧失不經，特從減死，宜決杖一百，配流循州。』」右，指以上一段文字。❷今月　指元和六年九月。❸據禮經　按《禮記．曲禮》：「父之讎，弗與共戴天。」❹都省　唐武則天改中政尚書省為都省。都，全部。尚書省是總領百官庶政的地方，故有此稱。❺行　唐制，凡階高而職卑者稱為「行」。韓愈當時以正六品朝議郎擔任尚書省職方司員外郎（從六品）。職方，屬兵部。

【語　譯】上面敬奉本月五日詔令：「復讎，根據《禮經》，是道義上與讎人不共戴天；按照法令，則是殺人的人要處死。禮法兩件事，都是王者政教的根本。有這種不同，必須加以討論辯析。應該命尚書省集體討論，把奏議送上來聞知。」朝議郎現任尚書省職方司員外郎動轉上騎都尉韓愈上奏議說：

伏以子復父讎，見於《春秋》❶，見於《禮記》❷，又見《周官》❸，又見諸子史，不可勝數，未有非而罪之者也。最宜詳於律，而律無其條，非闕文也。蓋以為不許復讎，則傷孝子之心，而乖先王之訓；許復讎，則人將倚法專殺，無以禁止其端矣。夫律雖本於聖人，然執而行之者，有司也。經之所明者，制有司者也。丁寧❹其義於經，而深沒❺其文於律者，其意將使法吏一斷於法，而經術之士，得引經而議也。

【章　旨】本段闡述復讎義明於經而文沒於律的原因。

【注釋】❶見於春秋 按《公羊傳・定公四年》：「父不受誅，子復讎可也。」❷見於禮記 按《禮記・檀弓》：「子夏問於孔子曰：『居父母之仇如之何？』子曰：『寢苫枕干不仕，弗與共天下也；遇諸市朝，不反兵而鬬。』」❸又見周官 按《周官・調人》：「凡殺人而義者，令勿讎，讎之則死。」❹丁寧 再三告示。❺沒 滅。沒其文，謂不見於文字。

【語譯】我以為子報父讎，見於《春秋》傳，見於《禮記》，又見於《周官》，又見之於子史諸書，不可勝數，沒有非議而認為此事有罪的。最應該在法律上明文規定，但法律上沒有這種條文，這並不是文字上的缺漏。大概是認為不許復讎，就傷害了孝子的感情，違背了先王的教訓；准許復讎，人們就會倚仗法律恣意進行殺戮，沒有辦法禁止讎殺的原故。法律雖然根據聖人的教導制訂，但是掌握和執行的人，是主管官員。經書所闡明的，是制約主管官員的。在經書上反覆宣示本義，而在法律上完全不見於文字的原因，那意思恐怕是要使執法官員全憑法律決斷，而掌握經書的君子能夠引據經典加以議論吧。

《周官》曰：「凡殺人而義者，令勿讎，讎之則死❶。」義，宜也。明殺人而不得其宜者，子得復讎也，此百姓之相讎者也。《公羊傳》曰：「父不受誅，子復讎可也。」不受誅者，罪不當誅也。誅者，上施於下之辭，非百姓之相殺者也。又《周官》曰：「凡報仇讎者，書於士❷，殺之無罪。」言將復讎，必先言於官，則無罪也。

【章旨】本段引述並闡釋古代經典的復讎之義。

【注釋】❶令勿讎二句 據鄭玄注，這句的意思是，如殺人「得其宜」（合乎禮義），「雖所殺者人之父兄，不得讎也。使之不同國而已。」❷書於士 士，士師，古代掌刑獄之官。書於士，向士師書面報告。

【語譯】《周官》說：「凡是殺人而合乎道義的，下令不許復讎，復讎的人就要處死。」義，是合宜的意思。說明殺人而不得其宜的，兒子可以復讎，這是造成百姓相互讎殺的原因。《公羊傳》說：「父親沒犯死罪而受到官府誅殺，做兒子的可以復讎。」不受誅，是指父親罪不當殺。所謂「誅」，是指在上位的人向在下位的人施行殺戮的話，不是指百姓之間相互讎殺的事。還有，《周官》說：「凡是報讎的人，首先書面報告士師，殺了讎人沒有罪。」說的是要復讎，先要向官府報告，就沒有罪。

今陛下垂意典章，思立定制，惜有司之守，憐孝子之心，示不自專，訪議群下。臣愚以為復讎之名雖同，而其事各異。或百姓相讎，如《周官》所稱，可議於今者；或為官所誅，如《公羊》所稱，不可行於今者。又《周官》所稱，將復讎先告於士，則無罪者；若孤稚羸弱，抱微志而伺敵人之便，恐不能自言於官，未可以為斷於今也。然則殺之與赦，不可一例❶。宜定其制曰：「凡有復父讎者，事發，具其事申尚書省。尚書省集議奏聞，酌其宜而處之。」則經律無失其指❷矣。謹議。

【章旨】本段提出並闡述自己對復讎之事的觀點和具體處理方式與原則。

【注釋】❶一例 一律；一概而論。❷指 通「恉」。意旨；意向。

【語譯】現在皇上重視典章制度，想建立穩定的法制，愛護官員的職守，憐憫孝子的心願，表明不獨自專行，諮詢群臣的意見。我拙見認為復讎的名義雖然一樣，但復讎的事情卻各不相同。有的是百姓相互報讎，如《周官》中稱述的，在今天仍然可以討論；有的是被官府誅殺，如《公羊傳》中稱述的，就不能在今天實行。還有《周官》稱述的，將要復讎，先向司法官吏報告就無罪的；如果是孤兒幼兒病弱的人，懷抱著隱蔽的復讎心志，偵伺著向敵人下手的方便時機，恐怕自己來不及先向官府報告，那就不能因此據《周官》所言在今天判決他有罪。既然如此，那麼對於復讎者，處死或是赦免他，不能一概而論。應該制定規則說：「凡是有為父親復讎的，事情發生後，詳細寫明事實，上報尚書省，尚書省集體討論報告皇帝，根據實際情況，考慮怎樣才恰當並給以處置。」這樣，經義和法律就都不會失去它們的本意了。敬上此議。

【研　析】李光地評此文「事理周盡，而辭令簡要」（據沈欽韓《韓集補注》），準確地概括了本文的特點。文章以復讎之事「丁寧其義於經，而深沒其文於律」的禮法異同為切入點，引出「經術之士，得引經而議」的內容主體，而後通過引經據典和列舉事類，說明對復讎之事「殺之與赦，不可一例」，最後水到渠成地提出「酌其宜而處之，則經律無失其指」的原則建議，充分體現儒家經義對於執法的指導意義和禮法的一致性。這樣的論述，在當時顯然有很強的說服力。文章多處引用經典，對加強本文論述的權威性很有作用，如劉大櫆所言「約六經之旨而成文」；但行文又極精要，所引經典在第二、三、四段相互呼應、復現而各具其意義，共同構成嚴密的邏輯整體。

論佛骨表

韓退之

【題　解】這是韓愈於唐憲宗元和十四年（西元八一九年）為諫迎佛骨而寫的奏表。據《舊唐書・韓愈傳》，鳳翔法門寺內有護國真身塔，塔內有釋迦佛指骨一節。元和十四年正月，憲宗令中使杜英奇押宮人三十，持香花迎佛骨入大內，留禁中三日，並送諸佛寺供養。這一舉動引起佞佛狂熱，王公士庶，奔走捨施，百姓有廢業破產燒頂灼臂而求供養者。韓愈上此表勸諫，觸怒憲宗，欲處極刑。幸得崔群、裴度及國戚諸貴相救，得以不死，從吏部侍郎貶為潮州刺史。韓愈詩句「一封朝奏九重天，夕貶潮陽路八千」（〈左遷至藍關示侄孫湘〉）即記此事。在奏表中，韓愈力陳「佛不可事」的道理和帝王佞佛的危害，極諫憲宗止迎佛骨，表現了維護儒家思想正統地位和封建國家利益的堅定立場。

臣某言：伏以佛者，夷狄之一法耳。自後漢時流入中國，上古未嘗有也。昔者黃帝在位百年，年百一十歲❶；少昊在位八十年，年百歲；顓頊在位七十九年，年九十八歲；帝嚳在位七十年，年百五歲；帝堯在位九十八年，年百一十八歲；帝舜及禹，年皆百歲❷。此時天下太平，百姓安樂壽考，然而中國未有佛也。其後，殷湯亦年百歲❸，湯孫太戊在位七十五年，武丁在位五十九年❹，書史不言其年壽所極，推其年數，蓋亦俱不減百歲。周文王年九十七歲，武王年九十三歲❺，穆王在位百年❻。此時佛法亦未入中國，非因事佛而致然也。漢明帝時始有佛法，明帝在位纔十八年耳。其後亂亡相繼，運祚不長。宋、齊、梁、陳、元魏❼以下，事佛漸謹，年代尤促。惟梁武帝在位四十八年，前後三度捨身❽施佛。宗廟之祭，不用牲牢；盡日一食，止於菜果。其後竟為侯景所逼，餓死臺城❾，國亦尋滅。事佛求福，乃更得禍。由此觀之，佛不足事，亦可知矣。

【章　旨】本段列舉古帝王未事佛與後世人主事佛禍福事例比較論述，指出佛不足事，事佛得禍。

【注　釋】❶昔者黃帝二句　據《太平御覽》引《帝王世紀》：「黃帝在位百年而崩，年百一十歲。」以下引少昊、顓頊、帝嚳、帝堯在位年數及壽數，皆出《帝王世紀》。❷帝舜及禹二句　舜禹壽數，也出《帝王世紀》。❸殷湯亦年百歲　出《太平御覽》引《韓詩內傳》等。❹湯孫太戊二句　太戊、武丁在位年數，出《尚書・無逸》。❺周文王二句　文王武王年壽，出《禮記・文王世子》。❻穆王在位百年　此據《論衡・氣壽》考論。按：以上古帝王壽數及在位年數，多係傳說，並非史實。注明出處，是為了說明韓愈所列舉事例，均言之有據。他的行文是謹嚴的。❼元魏　即北魏（西元三八六－五三四年），鮮卑族拓跋氏建立。自孝文帝（元宏）改姓元，故又稱元魏。❽三度捨身　據《南史》，梁武帝蕭衍曾四度捨身，韓愈所論，是據《梁書》所記。佛教徒為宣揚佛法，或為布施，自加苦行，稱為捨身。蕭衍曾去佛寺捨身為奴。❾臺城　故址在今南京市玄武湖側。本春秋吳後苑城，東晉時作建康宮，晉宋間謂朝廷禁省為臺，故稱。蕭衍為侯景所困，餓死於臺城內之淨居殿。

【語　譯】臣韓愈奏言：（我）認為佛教不過是來自夷狄的一種法術。從後漢流傳入中國，上古時不曾有過。過去黃帝在位一百年，年壽一百一十歲；少昊在位八十年，年壽一百歲；顓頊在位七十九年，年壽九十八歲；帝嚳在位七十年，年壽一百零五歲；帝堯在位九十八年，年壽一百一十八歲；帝舜和禹年壽都是百歲。這些時代，天下太平，百姓安樂長壽，但是中國並沒有佛教。在那之後殷王湯也是年壽百歲，湯的孫子太戊在位七十五年，武丁在位五十九年，典籍史書沒有說他們最終的年壽，推算他們的年齡，恐怕也都不少於百歲。周文王享年九十七歲，武王享年九十三歲，穆王在位百年，這時候佛法也還沒有傳入中國，他們都不是因為事奉佛法而得以這樣長壽。漢明帝時，開始傳入佛法，明帝在位不過十八年。以後社會動亂王朝滅亡相繼發生，王朝年代和君王享年都不長。南朝宋、齊、梁、陳和北朝元氏魏國以下各朝，事奉佛法越來越恭謹，年代更短。只有梁武帝在位四十八年，前後三次到佛寺捨身布施。宗廟的祭祀，不用牛羊豬作祭禮；白天吃一餐，只吃蔬菜瓜果。他以後竟被侯景所逼，餓死在臺城裡，國家不久也滅亡。事奉佛法求福，卻更加得禍。由此看來，佛法不值得事奉，也可以知道了。

高祖始受隋禪❶，則議除之❷。當時群臣材識不遠，不能深知先王之道、古今之宜，推闡聖明以救斯弊，其事遂止，臣常恨焉。伏惟睿聖文武皇帝❸陛下，神聖英武，數千百年已來，未有倫比。即位之初，即不許度人為僧、尼、道士，又不許創立寺觀。臣常以為高祖之志，必行於陛下之手。今縱未能即行，豈可恣之轉令盛也？今聞陛下令群僧迎佛骨於鳳翔，御樓以觀，舁❹入大內，又令諸寺遞迎供養。臣雖至愚，必知陛下不惑於佛，作此崇奉以祈福祥也。直以年豐人樂，徇人之心，為京都士庶設詭異之觀、戲玩之具耳。安有聖明若此，而肯信此等事哉？然百姓愚冥，易惑難曉，苟見陛下如此，將謂真心事佛，皆云：「天子大聖，猶一心敬信，百姓何人，豈合更惜身命？」焚頂燒指，百十為群，解衣散錢，自朝至暮，轉相倣效，惟恐後時，老少奔波，棄其業次。若不即加禁遏，更歷諸寺，必有斷臂臠❺身以為供養者。傷風敗俗，傳笑四方，非細事也。

【章旨】本段論述憲宗應繼承高祖之志，不應信佛。

【注釋】❶高祖始受隋禪　西元六一八年（隋恭帝義寧二年）五月，隋恭帝禪位予唐，唐王李淵即皇帝位。事實上，李淵是在隋煬帝被殺後廢恭帝建立唐朝的。❷議除之　武德九年（西元六二六年）四月，唐高祖下詔，沙汰天下僧尼道士女冠。❸睿聖文武皇帝　唐憲宗的尊號。❹舁　抬東西；共舉。❺臠　割肉成塊。

【語譯】高祖皇帝才受隋禪讓，就考慮清除佛法。當時群臣見識不遠，不能深切理解先王的治道、古今的真理，推衍闡發君王的聖明，拯救事佛的弊害，除佛的事因而廢止未能實行，我對此常感到遺憾。俯伏思惟當今皇上，神聖英武，幾千百年來，沒有人能比擬。剛即位，就不准剃度人做和尚、尼姑和道士，又不准新建寺廟道觀。我總認為高祖的志向一定在皇上手上實現。現在即使還不能馬上實行，難道能夠放縱而讓事佛的風氣反而更盛行嗎？現在聽說皇上下令僧人們到鳳翔去迎接佛骨，您登臨御樓觀看，佛骨抬入內宮，又下令各寺廟接連迎奉供養。我雖然很愚鈍，知道皇上一定不會被佛法迷惑，作出這種敬奉來祈求幸福吉祥。只是因為年成豐收，人民歡樂，順從人心，為京城官員百姓陳設奇異的觀賞、做遊戲的玩具罷了。哪裡有如此聖明的君王，肯信這種事呢？但是百姓愚蠢頑固，容易被迷惑，難以明白道理，如果看見皇上如此作為，會認為是真心事佛，都說：「天子偉大聖明，還一心恭敬信奉，百姓是什麼人，難道更能吝惜身體性命！」於是焚燒頭頂手指，數十百人成群，脫衣散錢布施，從早到晚，互相倣效，惟恐落在別人後面，老老少少奔走不息，拋棄自己的職業生計。這些情況，如果不馬上加以禁止，還讓佛骨歷經各寺廟迎奉，一定會有砍斷手臂割碎身體來供養的人。傷風敗俗，傳笑四方，不是小事啊。

夫佛本夷狄之人❶，與中國言語不通，衣服殊製。口不言先王之法言❷，身不服先王之法服，不知君臣之義、父子之情。假如其身至今尚在，奉其國命，來朝京師，陛下容而接之，不過宣政❸一見，禮賓❹一設，賜衣一襲❺，衛而出之於境，不令惑眾也。況其身死已久，枯朽之骨，凶穢之餘，豈宜令入宮禁？孔子曰：「敬鬼神而遠之。」古之諸侯，行弔於其國，尚令巫祝先以桃茢祓除不祥❻，然後進弔。今無故取朽穢之物，親臨觀之，巫祝不先，桃茢不用，群臣不言其非，御史不舉其失，臣實恥之！乞以此骨付之有司，投諸水火，永絕根本。斷天下之疑，絕後代之惑，使天下之人，知大聖人之所作為，出於尋常萬萬也，豈不盛哉！豈不快哉！佛如有靈，能作禍祟，凡有殃咎，宜加臣身。上天鑑臨，臣不怨悔。無任感激懇悃之至，謹奉表以聞。

【章　旨】本段提出自己的反佛主張。

【注　釋】❶佛本夷狄之人　按佛祖釋迦牟尼本是古印度毗迦羅衛國王子。古代中國人稱周邊文化相對落後的部眾為「夷狄」。❷法言　合乎儒家禮法的言論。法，謂合乎禮法。下文「法服」之「法」義同。《孝經》：「非先王之法言不敢言，非先王之法服不敢服。」❸宣政　殿名。唐朝多於此殿接見藩屬和其他遠方使者。❹禮賓　指禮賓院，唐元和九年置。下文「設」，謂設宴。❺襲　衣一套稱一襲，包括衣和裳，一說包括單衣和夾（複）衣。❻古之諸侯三句　《禮記・檀弓》：「君臨臣喪，以巫祝桃茢執戈，惡之也。」據鄭玄注，桃指桃木，鬼所惡；茢，是葦苕，蘆葦花，苕帚可掃除不祥。

【語　譯】佛陀本來是夷狄的人，與中國言語不通，衣服製作不同。口不說先王教導的合乎禮法的言語，身不穿先王製作的合乎禮法的衣服，不懂得君臣的大義，父子的情分。假如那人至今還在，奉他國家的使命，來京城朝見，皇上寬容地接待他，不過在宣政殿見一次面，在禮賓院設一次宴，賜一套衣服，派護衛送出國境，不讓他欺惑百姓。何況他身死已久，一塊枯朽的骨頭，屍體上不祥的汙穢的餘物，難道適宜讓它進入天子居住的內宮嗎？孔子說：「嚴肅地對待鬼神，但不去接近他。」古代諸侯在國內弔喪，尚且命令巫祝先行，不用桃木葦苕到停殯處祓除不祥，然後入內祭弔。現在無故取來枯朽汙穢的東西，親臨觀看，不派巫祝先行，不用桃木葦苕祓除不祥，群臣不說這樣做的錯誤，御史不指出這樣做的過失，我實在為此感到羞恥。我請求將這塊骨頭交給主管官員，丟到水中或火中銷毀，永遠除掉禍害的根本。斷絕天下人和後代的疑惑，使天下人知道皇上大聖人的作為，超出普通人萬萬倍，難道不是大好事嗎！難道不使人痛快嗎！如果佛陀有靈，能夠作禍害，所有的災難，應該加在我的身上。上天親臨鑑察，我決無怨悔。感動奮發懇切忠誠之情到了極點，敬奉此表奏聞。

【研　析】從今天來看，本文中韓愈辟佛表現了一些明顯的局限，如華夏中心觀念，儒家正統觀念；所用論據有些也缺乏論證力（如第一段古帝王壽數等），但在當時，這卻是一篇富有勇氣和挑戰精神的出色的辟佛文字。從寫作看，一是立言之得體。何焯評曰：「惑之大者，則用借鑑；惑之小者，則用直陳，極得因事納誨立言之體。」（據馬其昶《韓昌黎文集校註》）第一段論事佛得禍，用蕭衍身死國滅為鑑，是婉言；第二段論迎佛骨將傷風敗俗，列舉事實直陳，就是得體的表現。在諫勸中，始終堅持正面引導，三段分別用古帝王、高祖之志、孔子之言作為立言之圭臬，以有利於收到說服效果，這也是得體的表現。其二是敘論簡峻明健、情感淋漓噴湧。每段論述之後，均作出極為簡潔精警的論斷，而作者忠君憂國之情、奮不顧身之志遞次進入高潮，噴薄而出，頗有感人力量。故林紓云：「就文論文，可謂聲滿天地，能言人所不敢言。」

潮州刺史謝上表

韓退之

【題　解】元和十四年（西元八一九年）正月十四日，韓愈因上〈論佛骨表〉，被貶為潮州刺史，即日上道，三月二十五日到潮州，即寫此表謝恩。據《舊唐書・韓愈傳》載，憲宗得表後謂宰臣曰：「昨得韓愈到潮州表，因思其所諫佛骨事，大是愛我。我豈不知？然愈為人臣，不當言人主事佛乃年促也。」欲復用愈。因宰相皇甫鎛阻撓，次年改授袁州刺史。韓愈在表中，表達了對論佛骨「言涉不敬」的悔罪，和對憲宗的感激忠誠稱頌，也表述了對荒遠貶所的憂悸和對自己學問文章的自許，以期打動人主哀苦憐才之心。這在專制政權下也是無可奈何之事。蘇東坡云：「與其靦顏忍恥，哀求於眾人；不若歸命投誠，控告於君父。」可謂韓愈之知音。

臣某言：臣以狂妄戇❶愚，不識禮度，上表陳佛骨事，言涉不敬❷。正名定罪，萬死猶輕。陛下哀臣愚忠，恕臣狂直，謂臣言雖可罪，心亦無他，特屈刑章❸，以臣為潮州刺史。既免刑誅，又獲祿食。聖恩宏大，天地莫量。破腦刳❹心，豈足為謝！臣某誠惶誠恐，頓首、頓首。

【章　旨】本段向憲宗表達悔罪和感恩之情。

【注　釋】❶戇　愚蠢。❷不敬　指對皇帝不夠禮貌和尊敬。《國語・晉語》韋昭注：「不敬，慢惰也。」也有人認為，即大不敬，古代不敬皇帝的罪名。唐代以大不敬為十惡之一，當處死滅族。❸屈刑章　在用刑法時給以寬容。屈，枉曲，此為婉詞。刑章，刑法。❹刳　剖開；挖空。

【語　譯】臣韓愈說：我因為狂妄愚笨，不知道禮法，上表議論佛骨之事，言語中有些對皇上不尊敬。按名分定罪，處死一萬次還算處罰從輕。皇上哀憐我的愚忠，寬恕我的狂妄直率，說我言語雖然可以辦罪，心裡還沒有別的不良動機，特地在刑法上寬容，派我作潮州刺史。既免除處死的刑罰，又讓我得到俸祿養活。皇上恩德弘大，天地都無法衡量，我即使破腦剖心，哪裡足以表達感謝之情！臣韓愈誠惶誠恐，向皇上一遍遍叩首。

臣以正月十四日，蒙恩除潮州刺史。即日奔馳上道，經涉嶺海，水陸萬里，以今月二十五日到州上訖❶。與官吏百姓等相見，具言朝廷治平，天子神聖，威武慈仁，子養❷億兆人庶，無有親疏遠邇。雖在萬里之外，嶺海之陬❸，待之一如畿甸❹之間，輦轂之下❺。有善必聞，有惡必見，早朝晚罷，兢兢業業，惟恐四海之內，天地之中，一物不得其所。故遣刺史面問百姓疾苦，苟有不便，得以上陳。國家憲章完具，為治日久，守令承奉詔條，違犯者鮮，雖在蠻荒，無不安泰。聞臣所稱聖德，惟知鼓舞讙呼，不勞施為，坐以無事。臣某誠惶誠恐，頓首頓首。

【章旨】本段敘述自己奔馳上道和到潮州任後，向官吏百姓宣示聖德的情況。

【注釋】❶今月句　今月謂本月，指韓愈到潮州並上表之元和十四年三月。唐朝謂接印治事為上。上訖，謂與前任接印交割完畢。❷子養　養之如子。❸陬　邊隅；角落。❹畿甸　泛指京城地區。古代稱天子直接統治的京城及附近地區曰京畿（王畿）。王畿方千里。距王城四面五百里之內曰甸服（據《尚書・禹貢》）。❺輦轂之下　天子車駕近旁，也即京城地區。輦轂，天子車駕。

【語譯】我於正月十四日，蒙皇恩任命為潮州刺史。當天就快馬上路，經過五嶺，取道海上，水陸萬里，於本月二十五日到潮州接印完畢。與當地官吏百姓等相見，充分闡明朝廷政治太平，天子神聖，威武仁慈，把億萬民眾全都當作兒女撫養，沒有親疏遠近之分。即使在萬里之外，南嶺大海之邊，對待他們同對待京城地區皇上身邊的百姓一樣。有善事一定能聽見，有惡事一定能看到，早上設朝，到晚才休息，兢兢業業，惟恐四海之內，天地之中，有一樣事物得不到合理的安排。所以派遣刺史當面詢問百姓疾苦，如果百姓有不滿意，刺史可以上奏。國家制度法令完備，進行治理時間長久，州縣地方官接受執行詔令條例，很少有違法犯罪的，即使在野蠻荒遠之地，也無處不安寧太平。聽到我稱頌皇上功德，大家只知道鼓舞歡呼，不需辛勞作為，自然太平無事。臣韓愈誠惶誠恐，向皇上一遍遍叩首。

臣所領州，在廣府極東界上。去廣府❶雖云纔二千里，然來往動皆經月。過海口，下惡水，濤瀧❷壯猛，難計程期。颶風❸鱷魚，患禍不測。州南近界，漲海❹連天，毒霧瘴氛，日夕發作。臣少多病，年纔五十，髮白齒落，理不久長；加以罪犯至重，所處又極遠惡，憂惶慚悸，死亡無日。單立一身，朝無親黨，居蠻夷之地，與魑魅❺為群。苟非陛下哀而念之，誰肯為臣言者？

【章旨】本段敘述潮州的荒遠和自己的憂懼心情。

【注釋】❶廣府　唐廣州府。在今廣州市。❷瀧　急流的水。❸颶風　巨大的熱帶風暴。❹漲海　南海別名。❺魑魅　古代傳說中的山林異物精怪。

【語譯】我所管理的潮州，在廣州府的極東邊境。離廣州府雖然說才二千里，然而來往動輒需一個多月。經過出海口，順著險惡的海水駛船，波濤急流雄壯猛烈，路途難以計算時間和里程。颶風鱷魚，禍患襲擊無法預測。潮州的南部邊境，是連天的南海，毒霧瘴氣，早晚發作瀰漫。我從小多病，年齡才五十歲，已經頭髮花白，牙齒掉落，按理已活不久長；加以所犯罪過極為嚴重，所處環境又極為邊遠險惡，憂慮惶恐慚愧驚懼，死亡的日子不遠了。我孤單一人，在朝廷沒有親屬朋友，居住在蠻夷人的地域，與山林精怪異物為群。如果不是皇上哀憐想念我，有誰肯為我說話？

臣受性愚陋，人事多所不通，惟酷好學問文章，未嘗一日暫廢，實為時輩所見推許。臣於當時之文❶，亦未有過人者。至於論述陛下功德，與《詩》《書》相表裡❷，作為歌詩❸，薦❹之郊廟，紀泰山之封，鏤白玉之牒❺，鋪張對天之閎休❻，揚厲❼無前之偉蹟，編之乎《詩》《書》之策而無愧，措之乎天地之間而無虧。雖使古人復生，臣亦未肯多讓。

【章旨】本段自敘學問文章的成就，和對寫作頌聖文字的自負。

【注釋】❶當時之文　時文，指當時流行的駢體文。❷表裡　《後漢書・盧植傳》：盧植上書有「今《毛詩》《左氏》《周禮》各有傳記，其與《春秋》相表裡。」李賢注：「表裡，言義相須而成也。」可知表裡有相呼應、配合、補充之義。❸作為歌詩　指韓愈所作〈元和聖德頌〉〈平淮西碑〉等作品。❹薦　進獻。❺鏤白玉之牒　在白玉上鏤刻牒文，封禪時用以告天。❻鋪張句　鋪張，鋪陳宣揚。對天，配天。閎，同「宏」，大也。休，美好。❼揚厲　本為威武奮發之意，後引申為發揚光大之意。

【語譯】我生性愚笨淺陋，待人處事很多地方不明白，只是特別喜好學問文章，不曾有一天放棄，確實被同時同輩的人所推許。我在當前的流行文體寫作方面，還沒有超過別人的地方。至於論述皇上功德，同《詩經》《尚書》頌揚天子的文字相呼應配合，創作合樂的詩歌，進獻於祭天地宗廟的莊嚴儀式，記載登泰山舉行封禪大典，寫作鏤刻在白玉上的祭告牒文，鋪陳宣揚皇上可配上天的偉大美好功德，發揚光大史無前例的宏偉事業，這些作品編進《詩經》《尚書》一類典籍並無愧色，放在天地之間也無欠缺。即使古人復生，我也不願意多謙讓。

伏以大唐受命有天下，四海之內，莫不臣妾❶。南北東西，地各萬里。自天寶之後，政治少懈，文致未優，武剋不剛❷。孽臣姦隸❸，蠹居棊處，搖❹毒自防，外順內悖，父死子代，以祖以孫，如古諸侯，自擅其地，不貢不朝，六七十年。四聖❺傳序，以至陛下。陛下即位已來，躬親聽斷，旋乾轉坤。關機闔闢❻，雷厲風飛，日月清照，天戈所麾❼，莫不寧順❽，大宇之下，生息理極❾。高祖創制天下，其功大矣，而治未太平也；太宗太平矣，而大功所立，咸在高祖之代。非如陛下承天寶之後，接因循之餘，六七十年之外，赫然興起，南面指麾，而致此巍巍之治功也。宜定樂章，以告神明，東巡泰山，奏功皇天，具著顯庸❿，明示得意⓫，使永永年代，服我成烈⓬。當此之際，所謂千載一時，不可逢之嘉會。而臣負罪嬰纍⓭，自拘海島，戚戚嗟嗟⓮，日與死迫，曾不得奏薄伎⓯於從官之內、隸御之間，窮思畢精，以贖罪過。懷痛窮天，死不閉目。瞻望宸極⓰，魂神飛去。伏惟皇帝陛下，天地父母，哀而憐之。無任感恩戀闕、慚惶懇迫之至！謹附表陳謝以聞。

【章旨】本段稱頌憲宗功德，乞求哀憐。

【注釋】❶臣妾　古代對奴隸的稱呼。男曰臣，女曰妾。這裡用作動詞，稱臣稱奴之意。❷文致未優二句　文致，以文德致太平。武剋，指用武功取勝。剋，通「克」。制勝。❸孽臣姦隸　指作惡的藩鎮宦官。孽，忤逆；反叛為害。❹搖　作《爾雅・釋詁》。❺四聖　指唐肅宗、代宗、德宗、順宗。❻關機闔闢　關機，即機關。設有機件而能制動的機械。機用以發動，關用以制動。闔闢，或閉（制動）或開（發動）。此句譬喻謀略運用得宜。❼天戈所麾　天戈，天兵。指皇帝派出的軍隊。麾，通「揮」。❽莫不寧順　這句概括了唐憲宗平定藩鎮叛亂割據局面、加強國家統一的功績，如他在〈平淮西碑〉中所稱頌的平夏、平蜀、平江東、平澤潞、平淮西、定東平等。❾理極　治理得最好。極，至；達到最高程度。❿具著顯庸　全部寫出顯赫的功績。庸，功。⓫得意　如願以償，感到滿意。⓬成烈　成就的功業。⓭嬰釁　承受罪罰。嬰，加；受。釁，罪過。⓮戚戚嗟嗟　憂思長嘆的樣子。⓯奏薄伎　進獻微小技能，指前文「作為歌詩」等語。⓰宸極　北極星。喻帝位或帝王所居。

【語譯】我以為大唐受天命享有天下，四海之內，沒有不稱臣稱奴歸順降服的。從南到北，從東到西，土地各有萬里。自從天寶之後，政治漸漸鬆懈，文德吏治不夠完善，武功克敵也缺乏力量。反叛的藩鎮和作惡的宦官，像蛀蟲一樣盤據，像棋子一樣分布，製造禍毒，自我設防，外示順從，心懷悖逆，父死子代，以孫繼祖，如同古代諸侯那樣，自己專權統治他的地盤，不進貢獻不朝天子，達六七十年之久。肅、代、德、順四朝聖人依次傳位，直到當今皇上。皇上即位以來，親自了解決斷事務，扭轉了天下局勢。運用謀略得當自如，雷厲風行，光明普照，皇上大軍指向的地方，沒有不平定歸順的。普天之下，萬物生長繁衍，政治極為清明。高祖創建天下，他的功勳夠偉大了，但政治還未太平；太宗時代國家太平了，但建立國家的大功，全都在高祖時代。不如皇上承受天寶之後的動亂局勢，接手因循苟安的舊習，在此局面長達六七十年之後，卻能顯赫地振作憤發，親自指揮，而實現這一偉大崇高的治理功績。應該審定樂章，來稟告神靈，東巡泰山，向皇天上帝報功，全部寫明皇上的顯赫功績，明白告示已如願以償，使世世代代，服從我大唐成就的功業。當前時刻，是人們所說的千年一時難遇的盛會。而我身負重罪，獨自拘守在海島，憂傷嘆息，一天天臨近死亡，還不能在跟隨皇上的官員中間、奴僕之內，進獻我的微薄本領，窮盡心思和精力，來贖回罪過。我懷著痛苦困窮而死，到死也不能閉上眼睛。遠望皇上居處，心神飛翔而去。俯伏思惟皇帝陛下，天下人的父母，同情和憐憫我。我感激皇恩、懷戀京城、慚愧惶恐、懇切急迫的心情已到了不能承受的極點。謹附上此表陳述謝恩以奏聞皇上。

【研　析】本文語言頗見特色，特別是在單句散行的古文中大量運用四字句加強氣勢和表現力。張裕釗評「伏以大唐受命有天下」一段說：「四字句一氣直下，讀之止如一句。」胡韞玉說：「篇中雖多四字句，然以氣行之，絲毫不見沾滯。」四字句連用，形成排比之勢；而其結構或駢或散，錯綜於散句之中，極變化頓挫之妙，細玩文味可知。雖然文中頗有敘僻遠窮愁，悔罪乞憐的「戚戚嗟嗟」之處，但其基調是自許和期待。有人認為，「求哀君父，不乞援奧灶，有節概人固宜如此。」（曾國藩評）有人則認為，「須玩其位置之巧，並無乞憐，只自傷耳。」（何焯評）所以，文章仍然體現了韓文的氣勢風格特點。劉大櫆說，此文「通篇硬語相接，雄邁無匹，是昌黎能事。」胡韞玉說，此文「文氣蓬勃，奔騰澎湃，如萬頃波濤倏忽而至，文事至此，嘆為觀止。」說得過分了一點，但大體是對的。

駁復讎議

柳子厚

【題　解】此議之寫作歲月無可考。一據《新唐書》載此文於姓名前冠以「禮部員外郎」，認為作於永貞中；一據篇中不避高宗廟諱，又唐憲宗曾有刪定〈刑法〉之制敕，認為在元和年間。寫作動因也不可考。一說因憲宗有「刪定」之令，故特上此議（陳景雲《柳集點勘》）。但作者的意旨是很清楚的，他通過對徐元慶復讎案件及陳子昂誅旌並施的建議的評論，闡述刑禮一致的觀點，對達理聞道之人的正義復讎之舉給以明確的肯定，以宜旌不宜誅歸旨。

臣伏見天后時❶，有同州下邽❷人徐元慶者，父爽，為縣尉趙師韞所殺，卒能手刃父讎，束身歸罪。當時諫臣陳子昂建議誅之，而旌其閭，且請編之於令，永為國典❸。臣竊獨過之。

【章旨】本段敘寫作此議的事由。

【注釋】❶天后時　指武則天掌權時。唐高宗上元元年（西元六七四年）八月，詔改「皇帝稱天皇，皇后稱天后」。弘道元年（西元六八三年）高宗逝世，次年武則天先後廢繼位之中宗、睿宗，以天后自掌朝政，並於西元六九〇年改國號為「周」，直到神龍元年（西元七〇五年）中宗復辟，共執政二十餘年。❷同州下邽　同州為唐州名，轄地在今陝西渭水以北一帶。下邽地在今陝西渭南縣東北，時為同州轄縣。❸當時五句　武則天長壽二年（西元六九三年），陳子昂擢任右拾遺，是為諫官，子昂建議之事，具載《舊唐書》中《文苑・陳子昂傳》，「當時議者咸以子昂為是」。閭，古代以二十五家為閭，後泛指鄉里、地方。

【語譯】臣柳宗元聞知天后時，有同州下邽人徐元慶，父親徐爽被縣尉趙師韞所殺，終於能親自殺死讎人，捆綁自己接受官府刑罰。當時諫臣陳子昂建議處死他，而後在當地予以表彰，並且請求把對這一案件的處理編入法令，永遠作為國家的法典。我私下獨認為這種作法是錯誤的。

臣聞禮之大本，以防亂也。若曰：「無為賊虐❶，凡為子者殺無赦❷。」刑之大本，亦以防亂也。若曰：「無為賊虐，凡為治者殺無赦❸。」其本則合，其用則異，旌與誅莫得而並焉。誅其可旌，茲謂濫❹，黷❺刑甚矣；旌其可誅，茲謂僭❻，壞禮甚矣。果以是示於天下，傳於後代，趨義者不知所向，違害❼者不知所立。以是為典可乎？

【章　旨】本段闡述禮刑一致的觀點，批駁誅旌並施的意見。

【注　釋】❶若曰二句　若，其；這樣。指示代詞。賊虐，傷害；殺害。❷凡為子者句　凡是逞凶殺害他人，作為做兒子的報父仇也一定要處死而不能赦免。❸凡為治者句　對於無故殺害別人的人，雖然是執法官員也一定要處死而不能赦免。❹茲謂濫　此語及下文「茲謂僭」暗用《左傳・襄公二十六年》中「善為國者，賞不僭而刑不濫」，「賞僭，則懼及淫人；刑濫，則懼及善人」等語。❺黷　玷汙。❻僭　越分；過分。❼違害　避害。章士釗《柳文指要》：「知人報仇而避之，是謂違害。」

【語　譯】我聽說禮的根本目的，是用以防亂。它這樣告誡人們：「不要殺害別人，兒子為父親報仇而殺人，就應該處死而不能赦免。」刑的根本目的，也是用以防亂的。它這樣告誡人們：「不要殺害別人，治理百姓的官員不依法律而殺人，也要處死而不能赦免。」禮與刑的根本目的是一致的，它們的具體運用則有所不同，表彰和誅殺決不能同時並用。誅殺那值得表彰的人，這叫做濫刑，這樣做對刑罰的損害太厲害了；表彰那應該誅殺的人，這叫做違禮，這樣做對禮制的破壞太厲害了。如果用這種刑賞昭示於天下，傳給後代，就會使追求道義的人迷失方向，躲避報復的人不知道如何立身。用這種東西作為國家的法典，可行嗎？

蓋聖人之制，窮理以定賞罰，本情以正褒貶，統於一而已矣。嚮使刺讞❶其誠偽，考正其曲直，原始❷而求其端，則刑禮之用，判然離矣。何者？若元慶之父不陷於公罪❸，師韞之誅，獨以其私怨，奮其吏氣，虐於非辜；州牧不知罪，刑官不知問，上下蒙冒❹，籲❺號不聞；而元慶能以戴天為大恥，枕戈為得禮，處心積慮，以衝讎人之胸，介然自克❻，即死無憾，是守禮而行義也。執事者宜有慚色，將謝之不暇，而又何誅焉？其或元慶之父不免於罪，師韞之誅，不愆❼於法，是非死於吏也，是死於法也。法其可讎乎？讎天子之法，而戕奉法之吏，是悖驁❽而凌上也。執而誅之，所以正邦典，而又何旌焉？

【章旨】本段分析徐元慶案件的曲直，批駁誅旌並施之議。

【注釋】❶刺讞　刺，偵查；考察。讞，審理案件；議罪。❷原始　推究事情的發生。原，推究本源。❸公罪　國法所定的罪行。❹蒙冒　欺騙；掩飾。❺籲　呼告。❻介然自克　介然，耿直貌。克，約束；克制。❼愆　罪過；過失。此處用作動詞。❽悖驁　悖，違背。驁，傲慢不馴。

【語譯】聖人制禮作法，是推究事理來定賞罰，根據人情來端正褒貶的標準，將理與情二者相統一罷了。當初假使對案件調查審理事情的真偽，考察並正確判斷它的是非曲直，推究它的發生過程以弄清緣由，那麼刑禮的運用，就明白地分辨清楚了。為什麼呢？如果徐元慶的父親不是犯了國法，而趙師韞殺他，完全是因為個人讎怨，顯示他當官的威勢，傷害了無罪的人；而州郡地方長官不將他法辦治罪，司法官員也不加過問，對上掩飾，對下欺騙，無辜者的冤屈呼號充耳不聞；徐元慶能夠以與讎人共處為最大恥辱，以日夜手持武器準備復讎為符合孝禮，精心謀劃，要刺穿讎人的胸膛，光明磊落地自我束身歸罪，赴死而毫無遺憾，這是遵守禮制履行道義的行為。當權者應該面對他感到慚愧，向他道歉請罪都來不及，怎麼能處死他呢？如果徐元慶的父親犯了不可赦免之罪，趙師韞殺死他，並不違背法律，這就不是被官吏所殺，而是被法律處死。法律，難道可以視為讎敵嗎？讎恨天子的法律並殺害執法的官員，這是悖逆傲慢犯上的行為。把這種人抓起來處死，是用以嚴明國家法制，怎麼又去表彰呢？

且其議❶曰：「人必有子，子必有親。親親❷相讎，其亂誰救？」是惑於禮也甚矣。禮之所謂讎者，蓋以冤抑沉痛而號無告也。非謂抵罪觸法，陷於大戮，而曰：「彼殺之，我乃殺之。」不議曲直，暴寡脅弱❸而已，其非經背聖，不亦甚哉！《周禮》調人掌司萬人之讎❹，「凡殺人而義者，令勿讎，讎之則死。有反殺者，邦國交讎之」，又安得親親相讎也？《春秋公羊傳》曰：「父不受誅，子復讎，可也；父受誅，子復讎，此推刃之道❺。復讎不除害❻。」今若取此以斷兩下相殺，則合於禮矣。

【章旨】本段批駁所謂「親親相讎」的議論。

【注釋】❶其議　這裡指前文所引陳子昂的建議。❷親親　前一個「親」字用作動詞。親親，愛自己的親人。❸暴寡脅弱　《禮記・樂記》：「強者脅弱，眾者暴寡。」脅，威脅。暴，施暴。❹周禮句　《周禮・地官・調人》：「調人掌司萬民之難而諧和之。」柳文中作「萬人」，是避唐太宗諱。據鄭注，難即難相與為仇讎之意，調人掌管處理百姓之間的相互讎怨，使之和諧相處。這裡及下文，參見韓愈《復讎議》注。❺此推刃之道　《公羊傳・定公四年》何休注曰：「子復讎，非復當討其子。一往一來曰推刃。」推刃，即相互讎殺不止之意。❻復讎不除害　《柳文指要》：「凡復仇合理者，私以復子之讎，公即除國家之害。若推刃，則只復讎而非除害也。」不除害，即沒有為國家清除濫殺無辜之人。

【語　譯】而且陳子昂的議論說：「人必定有兒子，兒子必定有雙親。各人都愛自己的雙親而相互讎殺，那種混亂誰人救治？」這對於禮制的無知也太厲害了。禮制稱為復讎的，應是指親人被殺，冤屈壓抑心情沉痛呼號無告的事。不是說犯罪觸犯法律，陷於死刑，卻說：「他殺死我的親人，我就要殺死他。」不論是非曲直，只是依靠暴力對弱者或個人行凶，那種行為違背經書和聖人之教，不也太過分了嗎？《周禮》說，調解糾紛官員的職責是掌管解除百姓的讎怨，「凡是殺人而合乎道義的，下令不許復讎，復讎的人就要處死。有違反這一原則而復讎的，全國都把他視為讎敵。」這樣的話，又怎麼會因為愛各自的親人而互相讎殺呢？《春秋公羊傳》說：「父親不應被殺，兒子復讎，是可以的；父親應當處死，兒子復讎，這是為相互讎殺不止開闢道路。這樣的復讎不能為國家消除禍害。」現在如果依據這些規定來判決兩方的讎殺，就合乎禮制了。

且夫不忘讎，孝也；不愛❶死，義也。元慶能不越於禮，服孝死義，是必達理而聞道者也。夫達理聞道之人，豈其以王法為敵讎者哉？議者反以為戮，黷刑壞禮，其不可以為典明矣。

【章　旨】本段論述徐元慶是達理聞道之人，不應誅戮。

【注　釋】❶愛　惜；吝惜。

【語　譯】況且不忘復讎，是孝；不吝惜生命，是義。徐元慶能夠不違禮制，實行孝道，獻身道義，這一定是位明知事理並且聞知大道的人。明知事理聞知大道的人，難道他是以王法為讎敵的人嗎？提出建議的人反而要把他處死，濫用刑罰，破壞禮制，這種建議不能作為法典，是很明白了。

請下臣議附於令，有斷斯獄者，不宜以前議從事。謹議。

【章　旨】本段提出請求，希望採納本奏議。

【語　譯】請皇上把我的奏議附在法令之後，今後有判這類案件的，不應根據從前陳子昂的建議辦事。謹上此奏議。

【研　析】本文與韓愈的〈復讎議〉，並非寫作於同時，緣於同事，但論述的是同一個問題，故可對照並讀。林雲銘云：「柳州此議，當與韓昌黎〈復讎狀〉參看，方見其妙。」韓文是對復讎問題作原則性論述，不涉及具體案件，所以雖事理周盡，但簡要籠統。柳文則對具體案件的處理意見（陳子昂建議）發表議論，而其目的則仍在闡述合乎儒家禮義的事理原則，故其特點，一是重在駁議，而駁中有立，意旨鮮明：反對誅旌並施，主張禮刑一致，表彰正義復讎。破（駁）立結合得很好。二是演繹論理。在提出具體案例後，即從事理原則立論，再對具體案件進行分析，得出結論。這就突出了事理原則即禮義之道和求實精神對於法治的指導意義。三是論證周密嚴謹，有說服力。吳楚材、吳調侯評述道：「首敘起『手刃父讎，束身歸罪』八字，便見得宜旌不宜誅。中段是論理，故作兩平之言。後段是論事，故作側重之語。引經據典，無一字游移，乃成鐵案。」這種分析是不錯的。劉大櫆批評此文「雖精悍，然失之過密，神氣拘滯，少生動飛揚之妙。」對奏議文字不應如此苛求。浦起龍說：「元慶之事往矣。此因檢閱成例，見陳拾遺議並用旌誅而駁之。以旌誅不並施立論柱，以宜旌不宜誅歸論旨，韓猶深渾，柳議嚴肅。」他的看法是有道理的。

卷十七　奏議類上編　七

論臺諫言事未蒙聽允書

歐陽永叔

【題　解】這是北宋仁宗至和二年（西元一〇五五年），時任翰林院侍讀學士歐陽修寫的一篇奏議。臺諫，指臺官和諫官，臺官，即御史臺諸官，包括監察御史、殿中侍御史等，職掌糾劾官邪。諫官，包括諫議大夫、司諫等諫院諸官，職掌侍從規諫。本文批評宋仁宗好疑自用，拒納臺諫忠言，特別是對當時臺諫官對宰相陳執中過惡的尖銳批評不予採信，拒絕罷其政事的要求。《宋史・歐陽修傳》曰：「修在翰林八年，知無不言。臺諫論宰相陳執中過惡，而執中猶遷延固位。修上疏，以為陛下拒忠言，庇愚相，為聖德之累。未幾，執中罷。」此即本文寫作前後的有關背景。

臣聞❶自古有天下者，莫不欲為治君，而常至於亂；莫不欲為明主，而常至於昏者，其故何哉？患於好疑而自用也。

【章　旨】本段提出奏議主旨：人君之患，在於好疑自用。

【注　釋】❶臣聞　按：原奏議此上有「日月具官臣歐陽某謹昧死再拜上書」等字樣。選入時刪去。

【語　譯】我聽說，自古擁有天下的人，沒有不想成為政治清明安定的君王，然而卻經常導致動亂；沒有不想成為賢明君王的，然而卻經常變為昏庸，那原因是什麼呢？毛病在於喜歡疑忌而又自以為是。

夫疑心動於中，則視聽惑於外；視聽惑，則忠邪不分，而是非錯亂。忠邪不分而是非錯亂，則舉國之臣皆可疑。既盡疑其臣，則必自用其所見。夫以疑惑錯亂之意，而自用則多失；多失則其國之忠臣，必以理而爭之。爭之不切，則人主之意難回；爭之切，則激其君之怒心，而堅其自用之意。然後君臣爭勝，於是邪佞之臣，得以因隙而入，希旨❶順意，以是為非，以非為是，惟人主之所欲者，從而助之。夫為人主者，方與其臣爭勝，而得順意之人，樂其助己，而忘其邪佞也，乃與之并力以拒忠臣。夫為人主者，拒忠臣而信邪佞，天下無不亂，人主無不昏也。

【章　旨】本段論述好疑自用必然導致世亂主昏。

【注　釋】❶希旨　迎合君王意旨。

【語　譯】內心產生疑忌，那麼對外界的視聽就會迷惑；視聽迷惑，就會忠邪不分而且是非錯亂。忠邪不分而且是非錯亂，那麼全國的臣下都值得懷疑。既然對臣下都懷疑，那麼必定按自己的看法一意孤行。憑著疑惑錯亂的心思一意孤行，就會多有失誤；多有失誤，那麼國家的忠臣就會以理相爭。不極力相爭，那麼君王的心意難以改變；極力相爭，那就會激發君王的憤怒，從而堅定他自以為是的心意。這樣以後君臣就會互爭輸贏。於是邪佞的臣子，就得以利用空隙鑽進來，迎合人主旨意，順從他的心思，把是當作非，把非當作是，只按照人主的願望推動幫助他。做君王的，正同他的臣下互爭輸贏之時，得到了順從心意的人，很高興他幫助自己，卻忘記了他是邪佞之人，就同他合力來對抗忠臣。做君王的人，抗拒忠臣而相信邪佞，天下沒有不混亂，君王也沒有不昏庸的了。

自古人主之用心，非惡忠臣而喜邪佞也，非惡治而好亂也，非惡明而欲昏也，以其好疑自用，而與臣下爭勝也。使為人主者，豁然去其疑心，而回其自用之意，則邪佞遠而忠言入；忠言入，則聰明不惑，而萬事得其宜。使天下尊為明主，萬世仰為治君，豈不臣主俱榮而樂哉？其與區區❶自執，而與臣下爭勝，用心益勞，而事益惑者，相去遠矣。

【章旨】本段論述去好疑自用之病則可為明主治君。

【注釋】❶區區　同「姁姁」。自得貌。

【語譯】自古君王的用心，不是厭惡忠臣喜歡邪佞，不是厭惡政治清明太平而喜歡混亂，不是厭惡英明而想要昏庸，其所以成為昏君，只是因為他喜歡懷疑、自以為是並且與臣下爭勝。假使做君王的，胸懷坦蕩，除掉自己的疑心，改正他自以為是的心思，那麼就會遠離邪佞，採納忠言；採納忠言了，那麼就會聰明不糊塗，處理萬事都合理妥當。使得天下人都尊崇為英明人主，萬世敬仰為太平君王，豈不是君臣都光榮而快樂嗎？

那種情形，與得意洋洋地主觀固執，同臣下爭勝，用心越辛苦，辨事卻越糊塗的情況比較，相距該多遠啊。

臣聞《書》載仲虺稱湯之德曰「改過不悋」，❶又戒湯曰「自用則小」。成湯，古之聖人也，不能無過，而能改過，此其所以為聖也。以湯之聰明，其所為不至於繆戾❷矣，然仲虺猶戒其自用，則自古人主惟能改過，而不敢自用，然後得為治君明主也。

【章旨】本段以仲虺戒湯為例論述能戒自用然後得為治君明主。

【注釋】❶臣聞書載句 仲虺，商湯的左相。《尚書・仲虺之誥》中有本文所引仲虺稱湯和戒湯的文字。但〈仲虺之誥〉實際上是後人所作。悋，同「吝」。❷繆戾 錯誤；乖張背理。

【語譯】我聽說《尚書》記載仲虺稱頌湯的美德道「改正過錯而不顧惜」，又告誡湯道「自以為是就渺小」。成湯是古代聖人，他不能沒有過錯，但能改正過錯，這是他成為聖人的原因。憑著成湯的聰明，他的作為是不至於悖謬乖戾的，但仲虺還告誡他自以為是的害處，那麼自古君王只有能夠改過，而不敢自以為是，然後才能成為太平之君、英明之主呢。

臣伏見宰臣陳執中❶，自執政以來，不叶人望，累有過惡❷，招致人言。而執中遷延❸，尚玷宰府。陛下憂勤恭儉，仁愛寬慈，堯舜之用心也。推陛下之用心，天下宜至於治者久矣。而紀綱日壞，政令日乖，國日益貧，民日益困，流民滿野，濫官滿朝，其亦何為而致此？由陛下用相不得其人也。近年宰相多以過失因言者罷去❹，陛下不悟宰相非其人，反疑言者好逐宰相。疑心一生，視聽既惑，遂成自用之意。以謂宰相當由人主自去，不可因言者而罷之。故宰相雖有大惡顯過，而屈意以容之；彼雖惶恐自欲求去，而屈意以留之；雖天災水旱，飢民流離，死亡道路，皆不暇顧，而屈意以用之。其故非他，直欲沮❺言事者爾。言事者何負於陛下哉？使陛下上不顧天災，下不恤❻人言，以天下之事，委一不學無識、諂邪很❼愎之執中而甘心焉！言事者本欲益於陛下，而反損聖德者多矣。然而言事者之用心，本不圖至於此也，由陛下好疑自用而自損也。今陛下用執中之意益堅，言事者攻之愈切。陛下方思有以取勝於言事者，而邪佞之臣，得以因隙而入，必有希合陛下之意者，將曰「執中宰相，不可以小事逐，不可使小臣動搖」，甚者則誣言事者欲逐執中而引用他人。陛下方患言事者上忤聖聰，樂聞斯言之順意，不復察其邪佞而信之，所以拒言事者益峻，用執中益堅。夫以萬乘之尊，與三數言事小臣，角必勝之力，萬一聖意必不可回，則言事者亦當知難而止矣。然天下之人與後世之議者，謂陛下拒忠言，庇愚相，以陛下為何如主也？

【章　旨】本段批評宋仁宗因好疑自用而拒納忠言，庇護宰臣陳執中的錯誤。

【注　釋】❶臣伏見句　據《宋史・陳執中傳》，執中，字昭譽，時以吏部尚書拜同平章事，昭文館大學士多年。❷累有過惡　指至和元年（西元一〇五四年），陳執中女奴被執中或其嬖妾張氏拷打致死一事。殿中侍御史趙抃及言官多人彈劾，執中一方面告病求去，一方面又拒絕取證。已而有詔罷獄。❸遷延　拖延。此謂久居相位，不願自行引退。❹近年句　據史載，自宋仁宗明道二年（西元一〇三三年）親政後，二十餘年宰相因言官而罷者十餘人。言者，即諫官。❺沮　阻止。❻恤　憂慮；顧惜。❼很　同「狠」。兇暴。

【語　譯】我看到宰相陳執中，自從執政以來，不符合人們的希望，多次出現罪過，招致人們議論。而陳執中還不肯自行引退，仍然玷辱宰相的職位。皇上憂思勤勞、恭謹節儉，仁愛寬厚慈祥，這是如同堯舜一樣的用心。皇上的用心推及於天下，天下應該達到太平很久了。然而法紀一天天敗壞，政令一天天乖離混亂，國家一天比一天貧弱，人民生活一天比一天窮困，田野裡到處是流亡的百姓，朝廷裡充滿著冗濫的官員，那又為什麼會到這種地步呢？因為皇上所用的宰相不得其人。近年來宰相多有人由於有過錯而遭到諫官彈劾罷官，皇上不省悟這是由於宰相不得其人，反而懷疑諫官們喜歡罷逐宰相。疑心一旦產生，視聽就已惑亂，於是就形成自以為是的心理。認為宰相應該由君王自己罷免，不能因為諫官彈劾而罷免。所以宰相即使有大的罪惡、明顯的過錯，卻委屈心意寬容他；他雖然惶恐不安自己想辭職引退，卻委屈心意去挽留他；雖然遇到水旱天災，百姓飢餓，流離失所，死亡在道路上，都無暇顧及，而委屈心意繼續任用他。沒有別的緣故，只不過想阻止諫官們的彈劾罷了。諫官們何曾辜負皇上呢？竟然使得皇上上不顧及天災，下不考慮人言，把天下大事，委託給一個不學習、無見識、諂諛邪佞狠毒剛愎的陳執中而心甘情願啊！諫官們本來想有益於皇上，卻反而損害皇上的德行已經很多了。然而諫官們的用意，本來不曾打算到這個地步，是由於皇上喜歡疑忌、自以為是，因而自我損害呢。現在皇上用陳執中的心意更加堅定，諫官彈劾他更加激切，皇上正想著用以取勝諫官的辦法，因而邪佞之臣得以乘此空隙進入，其中必定有迎合皇上心意的人，會說「陳執中是宰相，不能因為小事罷免，不能讓小臣動搖他」，更有甚者，則胡說諫官想要趕走陳執中而引進別人。皇上正擔心諫官違逆自己的意旨，很高興聽到這種順心的話語，不再察覺其為邪佞之人而聽信他，因而拒絕諫官的態度更加嚴厲，用陳執中的態度更加堅決。憑藉天子的尊嚴，同幾位言事小臣較量，定要取勝，萬一皇上心意一定不能改變，諫官們也會知難而止了。然而天下之人，與後世的議論者，說皇上拒絕忠言，庇護愚相，會把皇上看成怎樣的君王呢？

前日御史論梁適❶罪惡，陛下赫怒，空臺而逐之❷。而今日御史又復敢論宰相，不避雷霆之威，不畏權臣之禍，此乃至忠之臣也，能忘其身而愛陛下者也。陛下嫉之惡之，拒之絕之；執中為相，使天下水旱流亡，公私困竭，而又不學無識，憎愛挾情，除改❸差繆，取笑中外❹，家私❺穢惡，流聞道路，阿意順旨，專事逢君，此乃諂上傲下愎戾之臣也。陛下愛之重之，不忍去之。陛下睿智聰明，群臣善惡，無不照見，不應倒置如此。直由言事者太切，而激成陛下之疑惑爾。執中不知廉恥，復出視事，此不足論；陛下豈忍因執中上累聖德，而使忠臣直士卷舌❻於明時也？

【章　旨】本段批評宋仁宗倒置朝臣善惡的錯誤。

【注　釋】❶梁適　字仲賢，東平（今屬山東）人。曾任禮部侍郎同中書門下平章事。至和元年七月，因清議極論其貪黷怙權被罷。見《宋史・梁適傳》。❷空臺而逐之　謂將整個御史臺的御史全部罷逐。據《續資治通鑑長編》，至和二年即罷梁適的次年，殿中侍御史馬遵、呂景初、吳中復等均被黜逐。❸除改　指升降官員。除，除官。除其舊職；更命新職。改，改官；

調任他職。這裡分別代指官職升降。❹中外　這裡指京城與外地。❺家私　家中私事。這句指陳執中或其嬖妾笞撻婢女致死之事。❻卷舌　謂閉口不言。

【語　譯】前些日子御史奏論梁適罪惡，皇上赫然震怒，差不多整個御史臺的官員都被罷逐。而今天御史仍舊還敢奏論宰相，不躲避皇上雷霆般的震怒，不懼怕觸怒權臣所招致的禍害，這是極為忠貞的臣子，是能夠忘卻自身利害而愛皇上的人。然而皇上嫉恨他們，討厭他們，抗拒他們，趕走他們；陳執中擔任宰相，使國家遭遇水旱，百姓流亡，公私財力困窮枯竭，而又不學習，無見識，愛憎挾帶私心，升降官員錯誤荒謬，為京城內外所取笑，家中私事骯髒醜惡，到處流傳聞知，阿諛順從皇上意旨，專事逢迎君王，這是對上諂媚對下傲慢剛愎兇暴的臣子。然而皇上喜歡他，重用他，不願罷逐他。皇上英明智慧，群臣的善惡，沒有不洞察的，不應該這樣顛倒。只是由於言官過於激切，因而激成皇上的疑惑罷了。陳執中不知廉恥，重新出來理事，這不值得議論；皇上難道願意由於陳執中影響您的聖明美德，而使得忠臣直士在這清明盛世從此閉口不言嗎？

臣願陛下廓然❶回心，釋去疑慮，察言事者之忠，知執中之過惡，悟用人之非，法成湯改過之聖，遵仲虺自用之戒，盡以御史前後章疏，出付外廷❷，議正執中之過惡，罷其政事。別用賢材，以康時務，以拯斯民，以全聖德，則天下幸甚。臣以身叨恩遇，職在論思❸，意切言狂，罪當萬死！

【章　旨】本段表達對宋仁宗回心釋疑去惡用賢的希望。

【注　釋】❶廓然　廣大開闊的樣子。此謂心胸開闊。❷外廷　即朝廷。百官議政事處。❸論思　議論思考。班固〈兩都賦〉：「故言語侍從之臣……朝夕多論思，日月獻納。」

【語　譯】我希望皇上心胸開闊地回心轉意，消除疑慮，察知言官的忠心，了解陳執中的罪過，醒悟用人的錯誤，效法成湯勇於改過的聖明，接受仲虺「自用則小」的告誡，把御史前後參劾的奏章全部交給朝廷，議論考定陳執中的罪過，罷免他的宰相職權。另外任用賢能人才，以安定時局，拯救國民，保全皇上聖明德行，那就天下大幸。我因為自己蒙受皇上恩遇，職務是議論思考，奏議難免心意激切，言語狂妄，罪該萬死！

【研　析】就邏輯方法而論，這篇奏議是運用演繹推理論證的典範之作：先闡述一般原則，再涉及具體問題。而其論述過程，又體現了歐陽修散文的獨特風格：既尖銳明晰，又委婉曲折。文章以批評人主好疑自用之病為中心，反覆運用對比（正反，今古，彼此等）使議論不斷深化，題旨逐漸顯明，至文末提出彈劾執中過惡，罷其政事之議，則水到渠成，不可動搖了。故方苞評此文曰：「所向曲折如意，如乘快馬行平地，遲速進退，自由其心。」林紓評此文曰：「通篇用『好疑』、『爭勝』二語，力破上下之隔閡。前後關鎖嚴密，切摯和婉，此所以為好奏議也。」

移滄州過闕上殿疏

曾子固

【題　解】此疏作於宋神宗元豐三年（西元一〇八〇年）。在此之前的十二年（即熙寧二年，西元一〇六九年）起，曾鞏從出為越州通判，轉知齊、襄、洪、福、明、亳等六州，調動頻繁，「負才名，久外徙，世頗謂偃蹇不偶」（《宋史．曾鞏傳》）。這次由亳州（今屬安徽）徙知滄州（今屬河北），經過汴京，「神宗召見，勞問甚寵，遂留判三班院」（同前）。此疏當寫於召見之時。內容大體為頌美「大宋之隆」，歷述自宋太祖至當朝神宗各代君王之功德。論述基本統治經驗，並提出使文學之臣修列國史以垂世教的建議，委曲表明自己的心意。他被神宗留用，此疏當起了重要作用。

臣聞基厚者勢崇，力大者任重。故功德之殊，垂光❶錫祚，舄奕❷繁衍，久而彌昌者，蓋天人之理，必至之符。然生民以來，能躋登茲者，未有如大宋之隆也。

【章旨】本段總論宋王朝的隆盛，揭示題旨。

【注釋】❶垂光　《後漢書・班固傳》：「和氏之璧，千載垂光。」後特指帝王基業久遠。《尉繚子》：「所謂天子者，一曰神明，二曰垂光，三曰洪敘，四曰無敵。此天子之事也。」❷舄奕　語出班固《典引》。《增韻》：「奕，集累世也。舄奕，蟬聯不絕也。」

【語譯】我聽說基礎厚實的地位崇高，力量強大的任務繁重。所以帝王功德特別偉大，就能光芒普照，澤及後嗣，子孫繁衍，連綿不絕，時間久遠而更加昌盛，這是由於上應天道，人事必定能達到的效果。然而，自從有人類以來，能夠登上這種地位的，沒有像大宋王朝這樣隆盛的了。

夫禹之績大矣，而其孫太康，乃墜厥緒❶。湯之烈盛矣，而其孫太甲，既立不明❷。周自后稷十有五世，至於文王，而大統未集，武王、成王始收太平之功。而康王之子昭王，難於南狩❸；昭王之子穆王，殆於荒服❹；暨於幽、厲，陵夷盡矣。及秦以累世之智并天下，然二世而亡。漢定其亂，而諸呂七國之禍，相尋以起。建武中興，然沖、質以後，世故多矣❺。魏之患，天下為三。晉、宋之患，天下為南北。隋文始一海內，然傳子而失。唐之治，在於貞觀、開元之際，而女禍❻世出，天寶以還，綱紀微矣。至於五代，蓋五十有六年，而更八姓十有四君❼，其廢興之故甚矣。

【章　旨】本段歷敘自夏禹至五代的王朝興廢。

【注　釋】❶太康二句　太康因沉迷田獵，其國為有窮氏后羿所奪，其弟五人作〈五子之歌〉，中有「荒墜厥緒，覆宗絕祀」之語。事見《史記・夏本紀》、偽古文《尚書・五子之歌》。❷太甲二句　殷太甲為君暴虐，政治昏暗，被伊尹放逐於桐宮。事見《史記・殷本紀》。❸昭王二句　《史記・周本紀》：「昭王之時，王道微缺，昭王南巡狩不返，卒於江上。」❹穆王二句　周穆王不聽勸諫，遠征犬戎，導致邊境關係緊張，「荒服者不至」。事見《國語・周語》。荒服，距京城極邊遠之地。見《尚書・禹貢》。殆，危險。❺沖質以後二句　東漢沖帝二歲即位，在位僅一年。質帝繼位，一年後被大將軍梁冀鴆殺。此後，東漢政局陷於混亂。❻女禍　這裡指武則天、韋后專權、太平公主為亂等事。❼八姓十有四君　五代後梁朱姓。後唐莊宗李存勗，明宗李嗣源，本胡人，為李克用養子，閔宗從厚，明宗養子，本姓王。後晉石姓。後漢劉姓。後周太祖郭威，世宗柴榮，郭威養子。故五代君王共有八姓。梁三君，唐四君，晉二君，漢二君，周三君，共十四君。

【語　譯】禹的功績偉大呀，但是他的孫子太康，卻中斷了夏朝的國運。湯的功業盛大呀，但是他的孫子太甲，當了君王後昏暗不明。周從后稷經過十五代，到了文王，而還未實現天下一統，周武王、成王才完成太平功業。但是康王的兒子昭王，在去南方巡狩途中遇難；昭王的兒子穆王，遇到邊境不寧的危機；到了幽王、厲王，國勢完全衰落了。到秦國用幾代人的才智才統一天下，但是只經過兩代就滅亡。漢朝平定了秦末動亂，但是諸呂和吳、楚七國的禍亂，接連發生。光武帝中興漢室，但是沖帝、質帝以後，世上的事故多了。魏的禍患，是天下分裂為三國。晉宋的禍患，是天下分裂為南北朝。隋文帝才統一中國，但傳位到兒子就失了江山。唐朝的盛世，在貞觀、開元之間，但女禍每代都出現，天寶以來，朝廷統治衰落了。到了五代，五十六年，卻換了八姓十四個君王，那廢興的事件太多了。

宋興，太祖皇帝為民去大殘，致更生，兵不再試，而粵、蜀、吳、楚五國之君，生致闕下❶。九州來同，復禹之跡。內輯師旅，而齊以節制；外卑藩服，而約以繩墨。所以安百姓、禦四夷、綱理萬事之具，雖創始經營，而彌綸❷已悉。莫貴於為天子，莫富於有天下，而舍子傳弟❸，為萬世策造邦受命之勤。為帝太祖，功未有高焉者也。

【章　旨】本段論述宋太祖的功德。

【注　釋】❶粵蜀二句　指宋太祖派兵滅荊南、平湖南（楚）、滅後蜀、南漢（粵）、南唐（吳）等割據政權。❷彌綸　語出《周易・繫辭》。彌謂縫補彌合，綸謂經綸牽引。這裡喻指製定彌合治理國家的措施。❸舍子傳弟　宋太祖趙匡胤傳位於其弟光義，為太宗。

【語　譯】宋朝興起，太祖皇帝為人民除去兇殘，使他們重新獲得生機，不再遭受兵亂，而粵、蜀、吳、楚之地的五國君王，都生俘到京城。九州統一，恢復了大禹時代的疆域。內使軍隊和諧，而實現統一指揮；外使藩鎮削弱，而用法度約束。用以安寧百姓、抵禦四夷、治理天下萬事的措施，雖然是創始經營，卻製定彌合得完備無缺。人沒有比做天下子更高貴，沒有比擁有天下更富有，但太祖卻放開兒子傳位給弟弟，為萬世謀劃開國受命的辛勤勞績。成為太祖皇帝，功業沒有比他更高的了。

太宗皇帝，遹❶求厥寧，既定晉疆❷，錢俶自歸❸。作則垂憲，克紹克類❹。保世靖民，丕丕❺之烈。為帝太宗，德未有高焉者也。

【章　旨】本段論述宋太宗的功德。

【注　釋】❶遹　同「聿」。發語詞。「遹求厥寧」語出《詩・文王有聲》。❷既定句　指宋太宗派兵攻取太原（晉），滅北漢。❸錢俶句　太宗即位後，吳越國王錢俶取消國號，獻地歸宋。❹克紹句　《爾雅・釋詁》：「紹，繼也。」「類，善也。」句意謂能繼承帝業，能行德政。❺丕丕　大也（《爾雅・釋訓》）。

【語　譯】太宗皇帝，追求天下的安寧，既平定了晉地北漢，吳越王錢俶又來歸降。製定法規制度，能繼承帝業，實行德政。保護天下，安定百姓，這樣偉大的功業。作為太宗皇帝，德行沒有高過他的了。

真宗皇帝，繼統遵業，以涵煦生養，蕃息齊民❶，以并容徧覆，擾服異類❷。蓋自天寶之末，宇內板蕩❸，及真人❹出，天下平，而西北之虜，猶間入關邊❺。至於景德❻，二百五十餘年❼，契丹始講和好，德明亦受約束，而天下銷鋒灌燧❽，無雞鳴犬吠之警，以迄於今。故於是時，遂封泰山，禪社首❾，薦告功德，以明示萬世不祧之廟，所以為帝真宗。

【章　旨】本段論述宋真宗的功德。

【注　釋】❶齊民　猶言平民。齊，等。無有貴賤之意。❷擾服句　擾，馴；安。異類，異族。這裡指契丹（遼）和黨項（西夏）。❸板蕩 《詩・大雅》中有〈板〉〈蕩〉兩詩篇。兩詩皆刺責周厲王無道，造成社會動蕩。此處即借指局勢動蕩。❹真人 聖人，指宋太祖。❺西北之虜二句 指遼和西夏乘機侵擾。❻景德 宋真宗年號（西元一〇〇四至一〇〇七年）。❼二百五十餘年 指從西元七五五年安史之亂起，到景德元年（西元一〇〇四年）宋遼訂立澶淵之盟，得以天下無事，歷時二百五十年。❽德明句 德明即西夏國主元昊。景德三年，元昊（趙德明）奉表歸順。按：這二句對宋遼和宋西夏關係的敘述，皆係誇飾之辭。❾社首 社首山，在泰山附近。禪社首是在泰山舉行封禪大典儀式的一個內容。

【語譯】真宗皇帝繼承大統基業，用以涵養溫暖萬物生機，繁衍百姓人口，以包容統治天下，馴服異族。從天寶末年起，海內動蕩不安，直到聖人出現，天下才得太平，但是西方和北方的敵人，還是不時乘機侵擾邊境。到了景德年間，經過了二百五十餘年，契丹終於來講和好，趙德明也來接受約束，天下銷毀兵器，澆滅報警的邊疆烽火，沒有了雞鳴狗吠的警報，一直到現在。所以在這時候，就舉行了封禪泰山的大典，向上天祭告功德，顯示大宋萬世不遷神主的宗廟，所以成為真宗皇帝。

仁宗皇帝，寬仁慈恕，虛心納諫，慎注措❶，謹規矩，早朝晏退，無一日之懈。在位日久，明於群臣之賢不肖忠邪。選用政事之臣，委任責成，然公聽並觀，以周知其情偽。其用舍之際，一稽於眾，故任事者亦皆警懼，否輒罷免。世以謂得馭臣之體。春秋未高❷，援立有德，付畀惟允❸，故傳天下之日，不陳一兵，不宿一士，以戒非常，而上下晏然，殆古所未有。其豈弟❹之行，足以附眾者，非家施而人悅之也，積之以誠心，民皆有父之尊，有母之親。故棄群臣之日，天下聞之，路祭巷哭，人人感動欷歔。其得人之深，未有知其所繇然者。故皇祖之廟，為宋仁宗。

【章　旨】本段論述宋仁宗的功德。

【注　釋】❶注措　措施。❷春秋未高　春秋，年壽。仁宗立皇子時年五十三歲。❸援立二句　指仁宗立皇子事。仁宗無子，以濮安懿王允讓之子宗實為養子，賜名曙，立為皇子。仁宗崩，趙曙繼位，是為英宗。❹豈弟　同「愷悌」。和樂簡易。

【語　譯】仁宗皇帝寬厚仁慈忠恕，能虛心接受諫言，慎重舉措，謹守規矩，早起上朝，至晚方退，沒有一天懈怠。在位時間長，對於群臣的賢能不肖忠正邪曲很明白。選用執政大臣，交付任務，要求成效，但又公正全面地聽取觀察情況，以周到知悉其真假。他用人的取捨，都在公眾中考察，所以任事的大臣也都警惕戒懼，不稱職的就都罷免。世人因此說皇帝得到了駕馭臣下的法式。年壽未老，就著手確立有德之人為太子，傳位之事處理得公正恰當，所以皇帝駕崩傳天下的那天，不需陳列一件兵器，不需住宿一名衛士，來警戒意外事變，而上下平安，這也許是自古以來沒有過的事。他那和樂儉樸平易的品行，足以使民眾感化歸附的，不僅僅是施行於每個家庭而使得人人高興，而且還通過長期的誠心感化，使得皇帝真正成為百姓尊愛的父母。所以當皇帝離開群臣逝世的日子，天下聽到噩耗，到處道路祭奠，街巷哭號，人人激動悲泣。那樣深入地得到人心，簡直沒有人知道何以達到這種程度。所以今日皇上祖父的廟號，是仁宗皇帝。

英宗皇帝，聰明睿智，言動以禮，上帝眷相，大命所集，而稱疾遜避❶，至於累月。自踐東朝❷，淵默恭慎，無所言施議為，而天下傳頌稱說，德號彰聞。及正南面，勤勞庶政。每延見三事❸，省決萬機，必咨訪舊章，考求古義，聞者惕然，皆知其志在有為。雖早遺天下❹，成功盛烈，未及宣究，而明識大略，足以克配前人之休。故皇考之廟，為宋英宗。

【章旨】本段論述宋英宗的功德。

【注釋】❶稱疾遜避　指仁宗立趙曙（英宗）為皇子時，趙曙辭讓之事。《宋史・英宗本紀》：「戊寅，立為皇子……帝聞詔，稱疾益堅辭詔。」❷東朝　東宮。謂太子之位。❸三事　指三公。《詩・雨無正》：「三事大夫，莫肯夙夜。」疏：「三事大夫為三公。」❹早遺天下　英宗在位日短，僅四年（西元一〇六四至一〇六七年）。享年三十六。

【語譯】英宗皇帝聰明睿智、言行依禮，上帝眷顧幫助他，使他成為繼承天命的體現者；而他被立為皇子時，卻藉口有病辭讓，一直有好幾個月。自從登上太子之位，思慮深沉，靜默少言，恭敬謹慎，沒有什麼言語行動，但天下人都傳頌稱道，德行美名到處顯明可聞。等到即皇帝位，辛勤操勞各種政務。每召請三公大臣，審察決斷紛繁政事，一定諮詢過去的規矩章法，考察探求古代大義，聽者心懷戒懼，都知道皇帝的志向在有所作為。雖然他很早就捨棄天下，偉大的功績和興盛的事業，都沒有來得及實現完成，但他聰明識大體，足以能夠與前代君王的美德相配。所以今日皇上先父的廟號，是英宗皇帝。

陛下神聖文武，可謂有不世出之姿；仁孝恭儉，可謂有君人之大德。憫自晚周、秦、漢以來，世主率皆不能獨見於眾人之表，其政治所出，大抵踵襲卑近，因於世俗而已。於是慨然以上追唐、虞、三代荒絕之跡，修列先王法度之政，為其任在己，可謂有出於數千載之大志；變易因循，號令必信，使海內觀聽，莫不奮起，群下遵職，以後為羞，可謂有能行之效。今斟酌損益，革弊興壞，制作法度之事❶，日以大備，非因陋就寡、拘牽常見之世，所能及也。繼一祖四宗❷之緒，推而大之，可謂至矣！

【章旨】本段論述宋神宗的功德。

【注釋】❶制作法度句　指宋神宗任用王安石變法。《宋史・神宗本紀》：「熙寧二年（西元一〇六九年）二月甲子，陳升之、王安石創置三司條例，議行新法。」〈王安石傳〉：「設置三司條例而農田水利、青苗、均輸、保甲、免役、市易、保馬、方田諸役相繼並興，號為新法。」❷一祖四宗　指宋太祖、太宗、真宗、仁宗、英宗。

【語譯】皇上神聖，文武兼備，可以說具有歷代罕見的英姿；仁孝恭儉，可以說具有為人君的大德。皇上感慨自從東周、秦、漢以來，歷代君王大都不能獨特地表現出一般人之上的水平，他們治理國政的措施，大多沿襲眼前的近代，順應世俗而已。於是慷慨地把上追唐堯、虞舜、夏商周三代中斷的事業，修明先王講求法度的政治，作為自己的使命，可以說是具有超越數千年的大志；改變因循守舊的作法，發號施令堅決誠信，使海內民眾目觀耳聽，無不精神振奮，群臣遵守職責，以落後為可恥，可以說有了實行的成效。現在斟酌損益，革除弊政，百廢俱興，製作法度的事情，一天天地完善，不是那些因襲淺陋，追求渺小，拘束於平庸見識的時代所能達到的。皇上繼承一祖四宗的事業，推向更加廣闊的領域，可說到了頂點了。

蓋前世或不能附其民者，刑與賦役之政暴也。宋興以來，所用者鞭扑之刑，然猶詳審反復，至於緩過縱❶之誅，重誤入之辟❷，蓋未嘗用一暴刑也。田或二十而稅一，然歲時省察，數議寬減之宜，下蠲除之令，蓋未嘗加一暴賦也。民或老死不知力政❸，然猶憂憐惻怛，常謹復除❹之科，急擅興之禁，蓋未嘗興一暴役也，所以附民者如此。前世或失其操柄者，天下之勢，或在於外戚，或在於近習，或在於大臣。宋興以來，戚里宦臣，曰將曰相❺，未嘗得以擅事也，所以謹其操柄者如此。而況輯師旅於內，天下不得私尺兵一卒之用；卑藩服於外，天下不得專尺土一民之力，其自處之勢如此。至於畏天事神，仁民愛物之際，未嘗有須臾懈也，其憂勞者又如此。蓋不能附其民，而至於失其操柄，又怠且忽，此前世之所以危且亂也。民附於下，操柄謹於上，處勢甚便，而加之以憂勞，此今之所以治且安也。故人主之尊，意諭色授，而六服❻震動；言傳號渙❼，而萬里奔走。山巖窟穴之氓，不待期會❽，而時輸歲送以供其職者，惟恐在後；航浮索引❾之國，非有發召，而籯❿齎橐⓫負以致其贄者，惟恐不及。西北之戎，投弓縱馬，相與袪服⓬而戲豫⓭；東南之夷，正冠束衽，相與挾冊而吟誦。至於六府⓮順敘，百嘉⓯鬯遂，凡在天地之內，含氣之屬⓰，皆裕如也。蓋遠莫懿於三代，近莫盛於漢唐，然或四、三年，或一、二世，而天下之變，不可勝道也。豈有若今五世六聖⓱，百有二十餘年，自通邑大都，至於荒陬海聚⓲，無變容動色之慮，萌於其心；無援枹擊柝之戒，接於耳目？臣故曰：生民以來，未有如大宋之隆也。

【章　旨】本段論述「附民」與「慎權柄」的基本政治經驗，頌揚宋王朝的隆盛。

【注　釋】❶過縱　康本、吳本均作「故縱」，當從。該判罪而故意不判罪，又叫「失出」。❷誤入之辟　不該判罪而誤判了罪。辟，罪。❸力政　同「力征」。即勞役。❹復除之科　免徭役的法令。科，法令。條例。❺曰將曰相　為將為相者。曰，助詞。❻六服　周代把王畿以外的地方，根據遠近分為侯服、甸服、男服、采服、衛服、蠻服。後以六服泛指遠近各地。❼號渙　號令傳布。出《易・渙卦》：「九五，渙汗其大號。」渙，原為流散之意。這裡作散布、傳播解。❽期會　約期召集。❾索引　指在艱險山區，需用繩索牽引而行。❿籯　竹器。筐籠之類。⓫橐　囊袋之類。⓬袨服　盛服。⓭戲豫　逸豫；游樂。⓮六府　古以金木水火土穀謂六府。⓯百嘉鬯遂　百善暢達。⓰含氣之屬　有生命之物。古人認為萬物皆稟氣而生。⓱五世六聖　宋太祖、太宗、真宗、仁宗、英宗、神宗為六聖。其中太祖、太宗為兄弟，故曰五世。⓲荒陬海聚　邊遠和海邊村落。陬、聚，皆聚居村落之意。

【語　譯】大概前代有些不能使百姓擁護的原因，是刑罰和賦役的政策暴虐。宋朝立國以來，用的是鞭打的刑罰，但是仍然詳細反覆審查，以至於對官員審案，該判罪而未判罪的錯誤懲罰寬緩，而對不該判罪而誤判的懲罰嚴厲，未曾用過一種暴刑。田稅有時僅二十分之一，但每年每季還檢查審察，多次討論寬減的可能，頒布免除賦稅的法令，未曾增加過一次重賦。老百姓有的到老死還不知道服徭役的事，但皇上還憂慮憐憫同情百姓痛苦，經常嚴行免除賦役的法令，及時禁止擅自動用民力興造之事，未曾興起過一次重大徭役，所以才能獲得百姓擁護達到這種程度。前代有的君主之所以失去對國家權力的控制，是因為天下的權勢，或在外戚，或在宦官近臣，或在大臣手裡。而宋朝建立以來，外戚宦官，將相大臣，未曾得以擅權行事，所以才能保持對政權的控制。況且還集中軍隊的指揮權於朝廷，使天下沒有一兵一卒為私人所用；對外則削弱藩鎮勢力，使天下沒有尺寸土地、一個百姓為私人專有，朝廷將自己安置在這樣的權威地位之上。至於敬畏天命，祭祀神靈，仁愛百姓萬物之時，未曾有一刻懈怠。那憂勞的情形又是這樣，看來，不能使百姓擁護，以至於失去對國家權柄的控制，又懈怠疏忽，這乃是前代所以危殆動亂的原因。在下得到百姓擁護，在上保持對政權的控制，處在有利的地位上，而又加以憂勞，這是今天能夠治理安定的原因。所以君王尊嚴，心中的旨意只需以面色表達，就使遠近震動；言語號令一傳布，臣民就會萬里奔走。住在山巖洞穴的人民，不須等待召喚，年歲時節交納輸送以履行職責，惟恐落在人後；需要浮航江海或繩索牽引攀援才能到達的國家，沒有聽到號召，就用筐籠送袋子揹以貢獻他們的禮物，惟恐來不及。西北的戎族，丟掉弓箭，放開馬匹，一起穿著盛裝遊樂；東南的夷人，戴正禮帽，紮好衣襟，一起帶著書冊吟誦。以至於各種財貨整治有序，所有善舉順暢實現，凡是天地之內的有生之物，都生長豐足了。一般認為，遠古沒有比三代更美的，近世沒有比漢、唐更強盛的，然而有的三四年，有的一二代，天下的變亂，就都數不清了。哪裡能夠像大宋五代六位聖人，一百二十多年，從交通要地大都市，到荒山遠海的村落，沒有使人改變臉色的憂慮，萌發於心；沒有擂鼓用兵擊更鑼防盜賊的警報，傳入耳目呢？所以我說：自從有人類以來，沒有像大宋這樣隆盛的。

竊觀於《詩》，其在〈風〉〈雅〉，陳大王、王季、文王致王迹之所由，與武王之所以繼代。而成王之興，則美有〈假樂〉〈鳧鷖〉❶，戒有〈公劉〉〈泂酌〉❷。其所言者，蓋農夫女工，築室治田，師旅祭祀，飲尸❸受福，委曲之常務。至於〈兔罝〉之武夫❹，行修於隱；牛羊之牧人，愛及微物，無不稱紀❺。所以論功德者，由小以及大，其詳如此。後嗣所以昭先人之功，當世之臣子所以歸美其上，非徒薦告鬼神、覺悟黎庶而已也。《書》稱「勸之以九歌，俾勿壞」，❻蓋歌其善者，所以與其嚮慕興起之意，防其怠廢難久之情，養之於聽，而成之於心，其於勸帝者之功美，昭法戒於將來。聖人之所以列之於經，垂為世教也。

【章旨】本段論述《詩》《書》頌揚先王垂為世教的傳統。

【注釋】❶美有假樂句　二詩皆《詩·大雅》篇名。〈毛詩序〉曰：「〈鳧鷖〉守成也。太平君子能持盈守戒，神祇祖考安樂之也。」「〈假樂〉嘉成王也。」❷戒有公劉句　二詩皆《詩·大雅》篇名。〈毛詩序〉：「〈公劉〉，召康公戒成王也。成王將莅政戒以民事，美公劉之厚於民，而獻是詩也。」「〈泂酌〉，召康公戒成王也。言皇天親有德饗有道也。」❸飲尸　尸是古代祭祀時代替祖宗神靈受祭的人。飲尸即祭祀時以禮事尸，故尸得宴飲。❹兔罝句　《詩·兔罝》有「赳赳武夫，公侯干城」等句，兔罝，兔網，代指獵兔者。《墨子》云：「文王舉閎夭、泰顛於罝网之中，授之政，而士服。」行修於隱，才德修養達到隱微處。❺牛羊三句　《詩·行葦》有「敦彼行葦，牛羊踐履」句，〈詩序〉曰：「周家忠厚，仁及草木。」鄭箋：「敦敦然道傍之葦，牧牛羊者，毋使躐履折傷之。」❻書稱二句　出《左傳·文公七年》引《夏書》。左傳文云：「九功之德皆可歌也，謂之九歌。六府三事謂之九功。水火金木土穀，謂之六府；正德、利用、厚生，謂之三事。」勸，勉勵之意。

【語譯】我私下讀《詩經》，它在〈風〉〈雅〉中，陳述周太王、王季、文王創造王業的過程，和武王之所以繼代的業績。而成王的興盛，頌美的詩篇有〈假樂〉、〈鳧鷖〉，告誡的有〈公劉〉、〈泂酌〉。詩中所說的，大概是農夫工女，建房子治田畝，軍隊行動，祭祀典禮，請尸宴飲，接受神靈賜福，詳盡描述日常事務。至於〈兔罝〉詩中的武夫，道德教化達到隱微之處；〈行葦〉詩中的放牧牛羊人，愛心施及微小的草木，無不稱頌紀述。所以談論功德的，由小事直到大事，這樣詳盡。這是後代用以顯示先人的功業，當代臣子用以歸功頌美他的君王，並不只是為了敬獻告知鬼神和教化百姓使之覺悟而已。《尚書》說「用九歌勉勵君王，使他們不變樣」，歌頌君王的德政，用以啟發他們嚮往羨慕，興起仿傚的心意，防止他們產生怠慢荒廢難於持久的情緒，在聽歌中培養，在思想裡形成，那目的在於勉勵帝王的功業美德，為將來昭示法度勸戒，聖人所以把《詩》《書》列為經典，目的是為了流傳後世以作教化呢。

今大宋祖宗興造功業，猶大王、王季、文王；陛下承之以德，猶武王、成王。而群臣之於考次論撰，列之簡冊❶，被之金石❷，以通神明、昭法戒者，闕而不圖，此學士大夫之過也。蓋周之德盛於文武，而〈雅〉〈頌〉之作，皆在成王之世。今以時考之，則祖宗神靈，固有待於陛下。臣誠不自揆，輒冒言其大體。至於尋類取稱❸，本隱以之顯，使莫不究悉，則今文學之臣，充於列位，惟陛下之所使。

【章旨】本段表明自己願充當文學之臣的心意。

【注釋】❶簡冊　這裡指史書。❷被之金石　金指鐘鼎之屬，石指碑碣之類，古人常於其上鐫刻文字，以頌功紀德。❸尋類取稱　指寫作時尋找可譬喻的事物類別，取其可以稱揚的。

【語譯】今天大宋祖宗興造功業，就如同周太王、王季、文王一樣；皇上以聖德繼承，就如同武王、成王一樣。然而群臣對於考察論述撰寫大宋功業，依次序修撰國家史冊，刻在鐘鼎碑碣之上，用以宣揚先王神明，昭示後人效法勸戒之事，卻缺失而未能加以考慮，這是朝廷學士大夫的過失。因為周朝美德興盛在文王武王時代，但〈雅〉〈頌〉的創作，都在成王之時。現在以時代來考察，那麼對祖宗神靈的頌揚，就有待於皇上了。我確實不自量力，就冒昧地談論此事的要略。至於創作中尋找類別，取其可稱道之處，使本來隱微的，得以彰明顯露，使所有應該表現的全都得到深入的表現，那麼今天的文學侍從，充滿在各種位置上，只要聽憑皇上吩咐了。

至若周之積仁累善，至成王、周公為最盛之時，而〈洞酌〉言皇天親有德，饗有道，所以為成王之戒。蓋履極盛之勢，而動之以戒懼者，明之至、智之盡也。如此者，非周獨然。唐、虞，至治之極也，其君臣相飭曰：「兢兢業業，一日二日萬幾❶。」則處至治之極，而保之以祗慎，唐虞之所同也。今陛下履祖宗之基，廣太平之祚，而世世治安，三代所不及。則宋興以來全盛之時，實在今日。陛下仰探皇天所以親有德、饗有道之意，而奉之以寅畏❷，俯念一日二日萬幾之不可以不察，而處之以兢兢，使休光美實，日新歲益，閎遠崇侈❸，循之無窮，至千萬世，永有法則，此陛下之素所蓄積。臣愚區區愛君之心，誠不自揆，欲以庶幾詩人之義也。惟陛下之所擇！

【章　旨】本段提出對神宗皇帝的希望。

【注　釋】❶兢兢業業二句　語出《尚書・皋陶謨》。孔傳：「幾，微也，言當戒懼萬事之微。」❷寅畏　敬畏謹慎。寅，敬。❸崇侈　高大。

【語　譯】至於周朝的仁善，積累到成王、周公是最盛大的時期，而〈洞酌〉詩說皇天親近有德之君，款待有道之君，用以作為對成王的告誡。大概處在極盛的形勢，而用戒懼來感動，是聰明智慧的頂點了。這樣做，不只周朝是如此。唐堯、虞舜，是治世的最高境界，他們君臣相互告誡說：「兢兢業業，每一日二日，都要戒懼萬事之微。」那麼處在治世的最高境地，而用敬畏謹慎保護它，唐虞時代是一樣的。今天皇上登上祖宗的基業，拓展太平國運，而世世代代治理安寧，三代趕不上。那麼宋朝建國以來全盛的時代，確實就在今天。皇上向上探求皇天所以親近有德之君，宴享有道之君的意旨，而以敬畏謹慎的態度事奉上天，向下想到每一天兩天萬事的幾微之處不可以不加考察，而以兢兢業業的態度處理，使得盛美的光輝和良好的成果，一天天更新，一年年增加，開闊遙遠崇高盛大，傳遞無窮，直到萬世，永遠有法則榜樣，這是皇上一向積蓄的志向。臣下我生性愚昧，懷抱著眷戀愛君之心，實在不自量力，只希望接近古代詩人作《詩經》的大義。只聽憑皇上選定。

【研析】對這篇「頌聖」文字，前人有些過高評價。如方苞云：「是篇稱引皆應於義理，而又緣飾以經術，遂覺特出於衆。」其實作者稱頌「大宋之隆」的目的，不單是為了表達「愛君之心」，更主要是為了借此博取神宗好感，以成為「充於列位」的「文學之臣」，改變自己長期在外轉徙任職的境遇。後來他欲留京城的目的雖然達到了，但分配給他的不過是史館修撰之類小官而已。在堂皇正大的議論和誇大其辭的頌美的詞句中包藏著作者坎坷不遇的悲哀和委曲為己的用意，應該是此文的一個特色。正如葉適所說：「其辭皆諂而哀。」（《習學記言序目》卷五十）當然，在正面的熱烈稱頌中，也可以看到作者的委婉勸諫。如第九段論反對暴刑暴賦，強調「附民」與「謹權柄」，和結尾一段關於「祇慎」「寅畏」的勸戒，就未嘗不包含著對當時變法中一些問題的婉曲批評。這也可見作者用心之密，用筆之巧。至於寫作結構的優點，沈德潛的下述評語大體正確：「長篇文字最易筋肉慵緩，文中節節關鎖，層層提挈，重規疊矩，脈絡並通，絕無慵緩之病。」

卷十八 奏議類上編 八

上皇帝書

蘇子瞻

【題　解】本文標題或作「上神宗皇帝書」，《經進東坡文集事略》則題為「萬言書」。其寫作時間，文集（見注釋❶）中稱為「熙寧四年」（西元一〇七一年）。但亦有人（如施宿《東坡年譜》）定為熙寧二年者。據史載熙寧二年二月，蘇軾服父喪期滿回到京城，朝廷政局發生巨大變化，宋神宗（西元一〇六八—一〇八五年在位）任王安石為參知政事（副相），創立三司條例司，雷厲風行地推行新法。蘇軾在仁宗朝雖然也主張大力改革，反對因循苟且，但對於王安石的那種更大膽、更徹底的全面改革，卻表示異議，曾多次上書反對，本文就是其中最有代表性的一篇。文中對新法進行了比較全面的批評，並以「結人心，厚風俗，存紀綱」這三條建議作為抨擊新法的立論基礎。在他看來，王安石的那種激進大膽的改革，正違背了這三條主張。如農田水利、雇役、青苗、均輸諸法，滋事擾民，虧官害民，與民爭利，以致天下怨謗，國無寧歲，故必須罷廢新法，以結民心。而國運之長短「在風俗之厚薄，而不在乎富與貧」，唯有忠厚治國。而新法急功近利，強調事功，開倖進之門，使巧佞之徒驟得重用，因此欲厚風俗，就必須加強道德教化，排斥巧佞。文章還強調保持重臺諫、開言路的傳統，這乃是存紀綱的重要關鍵，呼籲朝廷聽取不同意見，不能偏聽偏信。儘管作者對王安石新法總的持批判態度，但亦未全盤否定，對其中如縮減皇族官僚特權，加強國防戰備的具體措施表示贊同。而且，作者還預見到新法推行中必將產生的某些弊端，如水利法侵奪民時，青苗法強行抑配，破壞過去行之有效的常平倉法，免役法加重下層民眾負擔，均輸法容易造成國家資財浪費，特別是新法之急於求成，客觀上給貪緣鑽營之徒大開方便之門。這些正是後來新法走向變質、失敗的根本原因。假如神宗能虛心聽取本篇所提出的一些合理建議，完全可以使新法產生相輔相濟、補偏救弊的效果。

臣近者不度❶愚賤，輒上封章言買燈事❷。自知瀆犯❸天威❹，罪在不赦，席藁❺私室，以待斧鉞❻之誅。而側聽❼逾旬，威命不至。問之府司，則買燈之事，尋❽已停罷。乃知陛下不惟赦之，又能聽之，驚喜過望，以至感泣！何者？改過不吝❾，從善如流❿，此堯、舜、禹、湯之所勉強而力行，秦、漢以來之所絕無而僅有。顧此買燈毫髮之失，豈能上累日月之明⓫？而陛下翻然改命⓬，曾不移刻⓭，則所謂智出天下而聽於至愚，威加四海而屈於匹夫，臣今知陛下可與⓮為堯舜，可與為湯武，可與富民而措刑⓯，可與強兵而伏戎虜⓰矣。有君如此，其忍負之？惟當披露腹心⓱，捐棄肝腦⓲，盡力所至，不知其他。乃者⓳臣亦知天下之事有大於買燈者矣，而獨區區以此為先者，蓋未信而諫，聖人不與，交淺言深，君子所戒。是以試論其小者，而其大者固將有待而後言。今陛下果赦而不誅，則是既已許之矣。許而不言，臣則有罪，是以願終言之。臣之所欲言者三，願陛下結人心，厚風俗，存紀綱⓴而已。

【章旨】本段陳述上書的理由，並提出上書的三個內容：結人心，厚風俗，存紀綱。

【注釋】❶度 忖量。又：此句之上，蘇集尚有「熙寧四年二月□日，具位臣蘇軾謹冒萬死，再拜上書皇帝陛下」二十四字。❷輒上封章二句 神宗曾於熙寧二年籌備上元節（夏曆正月十五日）抑價購買浙燈四千盞，蘇軾上〈諫買浙燈狀〉諫止。❸瀆犯 冒犯。❹天威 這裡指皇帝的尊嚴。❺席藁 以稿為席。古斬刑時，罪人以稿為席，伏砧板以待行刑。此指在家，即待罪之意。藁，禾稈。❻鉞 兵器。❼側聽 猶言側聞，從旁聞知的意思，表示謙敬。❽尋 隨後；不久。❾改過不吝 見《尚書・仲虺之誥》。仲虺告誡成湯之辭。❿從善如流 謂聽從善言如順水流，無所阻滯。《尚書・大禹謨》「舍己從人」、〈伊訓〉「從諫弗咈」，語意相同。⓫日月之明 這裡指神宗皇帝賢明。⓬改命 謂收回成命。⓭移刻 猶言「經時」。形容時間短暫。⓮與 以。⓯措刑 指無人犯法，刑法擱置不用。措，擱置。⓰伏戎虜 伏，降服。戎虜，指侵犯邊境的外族。⓱披露腹心 把內心的想法表露出來，表示忠誠。⓲捐棄肝腦 指犧牲生命。⓳乃者 過去；追溯以往。⓴紀綱 指國家的法令制度。

【語譯】不久前，我沒有考慮到自己的愚蠢和卑賤，就呈上封章議論購買浙燈的事。我知道這件事冒犯了皇上的尊嚴，犯下了不可饒恕的罪行，在家以稿為席，等待嚴峻的懲罰。但傾耳聽命十多天，刑罰的命令沒有來到。到官署詢問此事，才知道買燈的事，不久前已停止了。從此才知道皇上不僅赦免了我，而且還聽取了我的意見，又驚又喜，出乎意料，以至感動得流淚！為什麼呢？毫無保留地改正過錯，如順水就下，爽快地聽從善言，這是連堯、舜、禹、湯也要通過努力才能做到的，是秦漢以來絕無僅有的事。就買燈這微不足道的小過失，怎麼能影響皇上的聖明呢？然而皇上迅速收回成命，不拖延一點時間，這真是智慧超出天下卻能聽取極愚蠢的意見，威嚴震於四海卻能屈從於平民百姓，我現在知道了皇上可以作堯、舜、湯、武一樣的君主，可以不用刑法而使百姓富足，可以加強軍備而使戎虜降服。有這樣聖明的君主，誰還會忍心辜負皇上呢？只會袒露心胸，不惜犧牲，竭盡全力去做，不考慮別的事情。過去我也知道天下的事，有比買燈更大的事，而唯獨把買燈這樣一件小事先提出來，原因是如人們所說的，沒有取得信任就上書勸諫，是聖人不贊同的，交往不多就推心置腹地交談，是君子所戒備的。所以我試圖先述說買燈的小事，而將重要的事等待時機成熟以後再陳說。現在皇上當真赦免了我的罪過而不加追究，這就說明皇上已經允許我的作法了。允許我說而我如果不說，那我是有罪責的了，因此我願意全部陳述出來。我想要陳述的有三點，就是希望皇上能夠凝聚人心，使風俗淳厚，保持國家的紀綱罷了。

人莫不有所恃。人臣恃陛下之命，故能役使小民；恃陛下之法，故能勝伏❶強暴。至於人主所恃者誰與？《書》❷曰：「予臨❸兆❹民，凜❺乎若朽索❻之馭六馬❼。」言天下莫危於人主也。聚則為君臣❽，散則為仇讎。聚散之間，不容毫釐。故天下歸往謂之王❾，人各有心謂之獨夫❿。由此觀之，人主之所恃者，人心⓫而已。人心之於人主也，如木之有根，如燈之有膏⓬，如魚之有水，如農夫之有田，如商賈之有財。木無根則槁，燈無膏則滅，魚無水則死，農夫無田則飢，商賈無財則貧，人主失人心則亡。此必然之理也，不可逭⓭之災也。其為可畏，從古以⓮然，苟非樂禍好亡，狂易⓯喪志，孰敢肆其胸臆⓰，輕犯人心乎？昔子產焚載書⓱以弭⓲眾言，賂伯石以安巨室⓳，以為眾怒難犯，專欲⓴難成。而孔子亦曰：「信而後勞其民，未信則以為厲己也㉑。」惟商鞅變法㉒，不顧人言，雖能驟致富強，亦以召怨天下，使其民知利而不知義，見刑㉓而不見德，雖得天下，旋踵㉔而亡。至於其身，亦卒不免，負罪㉕出走，而諸侯不納，車裂以徇㉖，而秦人莫哀。君臣之間，豈顧如此？宋襄公雖行仁義㉗，失眾而亡；田常雖不義㉘，得眾而強。是以君子未論行事之是非，先觀眾心之向背。謝安之用諸桓未必是㉙，而眾之所樂，則國以乂安㉚。庾亮之召蘇峻未必非㉛，而勢有不可，則反為危辱。自古迄今，未有和易同眾而不安，剛果自用而不危者也。

【章旨】本章用古事例論述凝聚人心的重要。

【注釋】❶勝伏　戰而勝之而使之降服。伏，服。❷書　指偽古文《尚書》，引文出自其中的〈五子之歌〉。❸臨　自上視下。猶言統治。❹兆　古十萬曰億，十億曰兆。❺凜　危貌。❻朽索　腐索。腐朽之索不可馭馬駕車。❼六馬　古制天子駕車使用六馬。❽臣　他本作「民」。❾天下句　語見《易緯・乾鑿度》。《說文》亦言：「王，天下所歸往也。」❿獨夫　殘暴無道、眾叛親離的統治者。⓫人心　指民心。⓬膏　油。⓭逭　逃避。⓮以　通「已」。⓯狂易　狂而變易常性。猶今言神經失常。⓰肆其胸臆　猶言任意胡為。⓱子產焚載書　子產，即公孫僑，春秋時政治家。為鄭國大夫，執鄭國政，時子孔想專國政，擬定載書以控制公族，載書內容是確立尊卑位次及國家法令，遭到公族的反對，子產為了平息紛爭，焚了載書。《左傳・襄公十年》載：「子孔當國，為載書，以位序，聽政辟。大夫、諸司、門子弗順，將誅之。子產止之，請為之焚書，子孔不可，曰：『為書以定國，眾怒而焚之，是眾為政也，國不亦難乎？』子產曰：『眾怒難犯，專欲難成，合二難以安國，危之道也。不如焚書以安眾。』乃焚書於倉門之外，眾而後定。」載書，盟誓之辭。⓲弭　停止。⓳賂伯石句　伯石，鄭臣，即公孫段。性貪，子產執政，鄙薄其為人。子產為緩和矛盾，故滿足其要求。《左傳・襄公三十年》載：「子產為政，有事伯石，賂與之邑。子太叔曰：『國皆其國也，奚獨賂焉？』子產曰：『無欲實難，皆得其欲，以從其事，而要其成，非我有成，其在人乎？何愛於邑？邑將焉往？《鄭書》有之曰：「安定國家，必大焉先。」姑先安大，以待其所歸。』既伯石懼而歸邑，卒與之。」巨室，大族；豪門。⓴專欲　一意孤行。㉑孔子亦曰三句　見《論語・子張》。子夏之言，蘇軾誤引為孔子之言。厲，虐害。㉒商鞅變法　商鞅，春秋時政治家，曾為秦孝公變法，致使國富兵強。孝公死，舊貴族復辟，商鞅被害。㉓刑法。㉔旋踵　轉足之間。形容迅速。㉕負罪　背著罪名。公子虔等告商鞅謀反，商鞅出逃，往魏，魏弗受，欲往他國，魏懼秦，納商鞅於秦。負，遭。㉖車裂以徇　車裂，古代酷刑之一。徇，示眾。〈秦策一〉曰：「商君歸還，惠王車裂之，而秦人不憐。」㉗宋襄公句　見《史記・宋微子世家》。宋襄公與楚戰於泓，有人勸其乘楚軍未濟或既濟而未成陣時擊之，襄公說「君子不困人於阨」，致失戰機，因而大敗。國人皆怨公，公亦病傷，竟卒。㉘田常句　《史記・田敬仲完世家》載：「田常復修釐子之政，以大斗出貸，以小斗收，齊人歌之曰：嫗乎采芑，歸乎田成子！」《莊子・胠篋》篇載：「故田成子有乎盜賊之名而身處堯、舜之安，小國不敢非，大國不敢誅，十二世有齊國。」田常，即田成子。春秋時齊國大臣，名恆，一作常，陳釐公之子。曾弒齊簡公而專國政。㉙謝安句　據《晉書・謝安傳》載：時苻堅強盛，安遣弟石及兄子玄等應機征討，玄等既破堅，安以總統功進拜太保，是時桓沖既卒，荊、江二州並缺，物論以玄勳望，宜以授之。安以父子皆著大勳，恐為朝廷所疑，又懼桓氏失職，桓石虔復有沔陽之功，乃以桓石民為荊州，改桓伊於中流，石虔為豫州，既以三桓據三州，彼此無怨，各得所任。謝安，字安石，東晉孝武帝時為宰相。諸桓，指桓石民、桓伊、桓石虔。㉚乂安　太平安定。㉛庾亮句　庾亮知蘇峻必為禍亂，欲謀峻之兵權，以大司農徵召峻入京。峻不應，遂舉兵反。庾亮，字元規，明帝皇后之兄。徙中書令。蘇峻，以討平王敦功，官歷陽（今安徽和縣）內史，擁兵萬餘。後攻入建康，為溫嶠、陶侃等擊敗而死。

【語　譯】每個人沒有不有所依賴的。大臣官吏依賴皇上的命令，因此能驅使平民百姓；依賴皇上的法規，因此能戰勝制服強暴的人。那麼皇上又依賴誰呢？《尚書》說：「我治理百姓，恐懼得就像用腐朽的繩索驅駕六匹馬一樣。」這就是說天下沒有比作人主的更危險了。人們與他集聚在一起就形成君主和臣民的關係，各自離散就會成為君主的仇人。集聚和離散之間，不容許有絲毫的偏差。所以天下百姓歸順您，那麼您就是君王；而人心不一，那就是眾叛親離的獨夫。由此看來，君主所依賴的是民心罷了。民心對於君主來說，就好比樹木要有根，燈盞要有油，魚兒要有水，農夫要有田，商人要有錢。樹木沒有根就會枯死，燈盞沒有油就會熄滅，魚兒沒有水就會死亡，農夫沒有田就會飢餓，商人沒有錢就會貧窮，君主失去民心就會滅亡。這是必然的道理，是無法逃避的災難啊。失去民心的可怕從古就是這樣的了，如果不是喜歡禍患和滅亡，神經失常，哪一個敢任意胡為，隨便冒犯民心呢？昔日子產焚毀盟書平息了大家的怨言，賄賂伯石安定了鄭國的世族，因為眾人的憤怒是很難觸犯的，個人專斷也是很難成功的。孔子也說：「得到民眾的信任才役使民眾，沒有得到信任，民眾反以為是虐待自己。」像商鞅變法，不顧及他人的意見，雖然能很快讓國家富強，但也招至天下人的埋怨，使得他的民眾只知道如何得利而不懂得禮義，只看見刑罰而不看見仁德，雖然得到了天下，但很快就喪失了。至於商鞅自己，最後不免於禍，公子虔等告他謀反，他負罪逃出秦國，然而各諸侯國不敢接納他，將他交給秦國，被用車裂酷刑來示眾而秦國人不哀痛。君主和大臣之間，難道願意這樣嗎？宋襄公雖然對敵軍講仁義，但因失去軍心而遭致滅亡；田常雖然不義，但因獲得民心而強大。因此君子不要先議論辨這事的對與不對，而要先觀察民心的向背。謝安安排三桓占領三州的作法不一定對，但三桓等人都高興，國家太平安定。庾亮召蘇峻入京的作法也不一定錯，然而當時的形勢不允許，那就反而遭致危險和屈辱。從古到今，沒有因謙和平易齊心協力而不安定，也沒有剛愎自用而不遭致危險的啊。

今陛下亦知人心之不悅矣。中外之人，無賢不肖，皆言祖宗以來，治財用者，不過三司❶使副判官。經今百年，未嘗闕事。今者無故又創一司，號曰制置三司條例司❷。六七少年❸日夜講求於內，使者四十餘輩❹分行營幹❺於外。造端❻宏大，民實驚疑；創法新奇，吏皆惶惑。賢者則求其說而不可得，未免於憂；小人則以其意度❼於朝廷，遂以為謗。謂陛下以萬乘之主而言利，謂執政以天子之宰而治財。商賈不行，物價騰踊。近自淮甸❽，遠及川蜀，喧傳萬口，論說百端。或言京師正店❾，議置監官；夔路❿深山，當行酒禁；拘收僧尼常住⓫，減剋⓬兵吏廩祿，如此等類，不可勝言。而甚者至以為欲復肉刑。斯言一出，民且狼顧⑬。陛下與二三大臣亦聞其語矣，然而莫之顧者，徒曰：「我無其事，又無其意，何恤⑭於人言？」夫人言雖未必皆然，而疑似則有以致謗。人必貪財也，而後人疑其盜；人必好色也，而後人疑其淫。何者？未置此司，則無此謗。豈去歲之人皆忠厚，而今歲之士皆虛浮⑮？孔子曰：「工欲善其事，必先利其器⑯。」又曰：「必也正名乎⑰！」今陛下操其器而諱⑱其事，有其名而辭⑲其意，雖家置一喙⑳以自解，市列千金以購人㉑，人必不信，謗亦不止。夫制置三司條例司，求利之名也；六七少年與使者四十餘輩，求利之器也。驅鷹犬而赴林藪㉒，語人曰：「我非獵也。」不如放鷹犬而獸自馴。操網罟㉓而入江湖，語人曰：「我非漁也。」不如捐網罟而人自信。故臣以為消讒慝㉔而召和氣，復人心而安國本，則莫若罷制置三司條例司。夫陛下之所以創此司者，不過以興利除害也。使罷之而利不興，害不除，則勿罷；罷之而天下悅，人心安，興利除害，無所不可，則何苦而不罷？陛下欲去積弊㉕而立法，必使宰相熟議而後行。事若不由中書㉖，則是亂世之法。聖君賢相，夫豈其然？必若立法不免由中書，熟議不免使宰相，此司之設，無乃冗長㉗而無名？智者所圖，貴於無迹。漢之文、景，紀無可書之事㉘；唐之房、杜，傳無可載之功㉙，而天下之言治者與㉚文、景，言賢者與房、杜，蓋事已立而迹不見，功已成而人不知。故曰善用兵者，無赫赫㉛之功。豈惟用兵？事莫不然！今所圖者萬分未獲其一也，而迹之布於天下，已若泥中之鬭獸，亦可謂拙謀矣。陛下誠欲富國，擇三司官屬與漕運使副㉜，而陛下與二三大臣，孜孜㉝講求，磨以歲月，則積弊自去而人不知。但恐立志不堅，中道而廢。孟子有言：「其進銳者其退速㉞。」若有始有卒，自可徐徐。十年之後，何事不立？孔子曰：「欲速則不達，見小利則大事不成㉟。」使孔子而非聖人，則此言亦不可用。《書》曰：「謀及卿士，至於庶人㊱。」翕然大同㊲，乃底元吉㊳。若逆多而從少㊴，則靜吉而作凶。今自宰相大臣，既已辭免不為㊵，則外之議論斷亦可知。宰相，人臣也，且不欲以此自汙，而陛下獨安受其名而不辭？非臣愚之所識也㊶。君臣宵旰㊷，幾一年矣，而富國之效，茫如捕風。徒聞內帑出數百萬緡㊸，祠部㊹度五千餘人耳。以此為術，其誰不能？

【章　旨】本段論述制置三司條例司的弊病，建議取消此司。

【注　釋】❶三司　北宋太平興國八年專設三司使，總領財賦，號為「計相」。三司指鹽鐵、度支、戶部。設有使、副使，下設判官等職。❷制置三司條例司　此乃王安石為變法而特設的機構。創立於熙寧二年。名為草擬條例，實則負責籌劃與推行新政。❸六七少年　時派呂惠卿等八人為條例司檢樣文字官，負責草擬新法。八人皆青年。蘇轍因曾上書言害財之事在於冗官、冗兵、冗費，故也被王安石選中，為八人中之一。時蘇轍已辭去，故只言六七人。❹四十餘輩　據《長編紀事本末》卷六十八載：「熙寧二年閏十一月，條例司奏，差官提舉諸路常平廣惠倉，兼管句農田水利差役事，河東、湖南、梓州、利州、夔州各二員，江西、湖北、成都府、廣東、廣西、福建各一員，又差官同管句陝西、江西、湖北，成都府、廣東、廣西、福建各一員，並令閤門引上殿，從之。時天下常平錢穀見在一千四百萬貫石，諸路各置提舉二員，以朝官為之，管句一員，京官為之，或共置二員，開封府界一員，凡四十一人。」❺營幹　經營從事。❻造端　開始。❼度　揣度。❽淮甸　宋都開封，故以淮河流域為甸服。❾京師正店　京都經營的商業。此似由計議中之「市易法」引起。❿夔路　宋有夔州路，在今四川重慶。⓫常住　指僧道的寺舍、什物、樹木、田園、僕畜、糧食等統稱常住物，簡稱常住。⓬減剋　減少；削減。⓭狼顧　狼性多疑，行走時常回頭觀看。比喻人疑慮不安，駭懼。⓮恤　顧惜；憂慮。⓯虛浮　不切實；不踏實。⓰工欲善其事二句　見《論語・衛靈公》。意思是說工匠想要做好他的事情，必首先磨利他的工具。⓱必也正名乎　見《論語・子路》。意指名要與實相符。正名者糾正名與實不符的情況。⓲諱　隱瞞；迴避。⓳辭　推辭；不接受。⓴喙　鳥獸的嘴。借指人的嘴。㉑市列千金句　西元前三六一年商鞅為了取信於民，在城南門立三丈之木，宣布誰能把木頭搬到北門，給予金五十兩，於是有一人搬了，立即給予金五十兩，因而取得百姓信任，為推行新法創造了條件。此蓋為蘇軾所本。㉒林藪　山林湖澤。指隱居地。㉓罟　網的通稱。㉔讒慝　說人壞話；邪惡之人。㉕積弊　長期形成的弊病。㉖中書　指宰相。唐有中書、尚書、門下三省。宋設政事堂與樞密院兩府。宰相仍名「同中書門下平章事」。中書省取旨，門下省審復，尚書省執行。蘇軾的意思是由條例司立法是不合法的。㉗冗長　多餘。㉘漢之文景二句　西漢文帝、景帝，治政清靜無為，不興事端，故《史記》、《漢書》文、景二紀，止言勸農桑，減租賦，除肉刑，定箠令之類。㉙唐之房杜二句　《舊唐書・房杜傳》載：「房喬，字玄齡，齊州臨淄人。杜如晦，字克明，京兆杜陵人。」房、杜二傳，止言玄齡善謀，如晦善斷，而史臣亦稱其輔贊彌縫藏諸用，使人由之而不知。㉚與　同「舉」。㉛赫赫　盛大顯赫的樣子。㉜漕運使副　宋時各路有轉運使和副使，經管本路財賦。㉝孜孜　勤勉努力的樣子。㉞其進銳者其退速　見《孟子・盡心上》，意思是前進太猛的人，後退也會快。㉟欲速則不達二句　見《論語・子路》，意思是求快就達不到目的，只看到小利就不能成就大事。㊱謀及卿士二句　意思是同卿士商量，直到同庶人商量。《尚書・洪範》：「汝則有大疑，謀及乃心，謀及卿士，謀及庶人，謀及卜筮。」㊲翕然大同　翕然，相吻合，和順的樣子。大同，《尚書・洪範》：「汝則從，龜從，筮從，卿士從，庶民從，是謂大同。」即五者皆贊同。㊳乃底元吉　底，通「抵」。

至。元吉，大吉。㊴逆多而從少　就上述五者之從與逆相比較而言。㊵辭免不為　青苗法剛頒布，大臣如富弼、魯亮皆以議論不合求去。㊶非臣愚之所識也　姚鼐此處注：「鼐按此處有抵巇相傾習氣。」㊷宵旰　「宵衣旰食」之略語。意謂天未亮就穿衣起身，天黑了才吃飯。形容非常勤勞，多用以稱頌帝王勤於政事。㊸徒聞句　據《宋史・食貨志下八》載：「熙寧二年，以發運使薛向領均輸平準事，賜內藏錢五百萬緡，上供米三百萬石。時議慮其為擾，多以為非。」內帑，指國庫。緡，古代穿銅錢的繩子。也指成串的銅錢。一千文為一緡。㊹祠部　〈職官志〉曰：「禮部，其屬三，曰祠部，曰主客，曰膳部。祠部郎中員外郎，掌天下祠典道釋祠廟醫藥之政令，凡宮觀寺院道釋，籍其名額，應給度牒。」

【語　譯】現在皇上也知道百姓不悅之意了。朝廷內外的人，無論是有德有才的，還是無德無才的，都說自祖先創業以來，管理財經的就是鹽鐵、度支、戶部三司的使、副使、判官等官員。到今百年以來，未曾有過失之事。現在沒有一點原因又要特置一司，稱為制置三司條例司。讓六七個青年人在裡面日夜研究生財之道，四十多位使臣分途到各處經營。開創的規模巨大，百姓確實感到驚訝不解；新法的創制新奇，官吏們都感到惶恐困惑。賢能的人不能為新政求得合理的說法，不免為朝廷擔憂；小人就依據新政的意思對朝廷進行揣度，從而引出種種誹謗。說皇上作為萬乘大國的君主卻還與民爭利，說執政的大臣作為天子的宰相而聚斂財賦。商人不能經商，物價飛漲。近自淮河流域，遠到川蜀一帶，萬口喧鬧傳言，議論紛紛紜紜。有的說京城官家商店，要設立監官；夔州的山區也將實行酒禁；要沒收僧道的寺舍財物，剋扣削減軍隊、官員的糧餉俸祿，這樣一類的事，數不勝數。更厲害的是傳說要恢復肉刑。這些傳言一出，百姓都將疑慮不安。皇上和幾位大臣，也聽到這些說法了，然而並不理睬這些傳言，僅僅說：「我沒有做這樣的事，也沒有這樣的意思，何必害怕大家的議論呢？」人們的議論雖然未必都正確，然而正是這些疑慮才導致大家的非議。一個人必有貪財之心，然後人們就進一步懷疑他有劫掠行為；一個人必有好色之心，然後人們就進一步懷疑他淫蕩。為什麼呢？沒有設置三司條例司，就不會有這些非議。難道過去的人都忠誠厚道，而現在的人都虛浮不實嗎？孔子說：「工匠要想做好他的事情，必須首先要磨利他的器具。」又說：「必須辨正名稱與實際的關係啊！」現在皇上既然設置了條例司這個機構，卻又迴避條例司作的事情，有了條例司的名分卻又不承認條例司的意圖，即使派人挨家挨戶去向他們作解釋，在街上懸賞千金以收買人心，人們也不會相信，非議還是不會停止。本來制置三司條例司，就是追求財利的名稱；六七個青年人和四十多位使節就是追求財利的工具。驅趕著鷹犬到深山大澤中去，卻對人說：「我不是去捕獵的。」不如放了鷹犬而野獸自然馴服。扛著漁網到江湖中去捕魚，對人說：「我不是去捕魚的。」不如撤掉漁網而人們自然相信。所以我認為要消除讒言邪念以形成和睦的局面，恢復民心以安定國家，就必須取消制置三司條例司。皇上創設條例司的目的，不過是為了興利除害啊。假使取消了條例司而利益沒有得到，禍害沒有消除，那就不能取消；如果取消了條例司而天下人人高興，民心安定，能興利除害，取消了沒有什麼不可，那麼為什麼不取消呢？皇上若想通過立法來消除長期形成的弊病，那這個立法一定要經過宰相的深思熟慮後才能施行。這種立法假若不經過中書省慎重研究，那麼就是亂世之法。作為明君賢相，難道願意這樣做嗎？既然立法不能不經過中書省，仔細議事不能不經過宰相，那麼設立這個司，不是顯得多餘而名不順嗎？聰明人所考慮的，可貴處在於不表露形跡。漢代的文帝、景帝，史書裡沒有多少值得記載的事情；唐代的賢相房玄齡、杜如晦，傳記裡也沒有多少值得記載的功勞，然而大家都說會治理國家的君主必數文帝、景帝，賢能的宰相必舉房玄齡、杜如晦，大概他們是成就了事業而不見痕跡，立了功勞而不讓人知道吧。所以說，善於用兵的人，沒有顯赫的功勞。難道只有用兵是這樣嗎？事情沒有不是這樣的。現在建立條例司的圖謀者，未取得萬分之一的成績，而行動的跡象已經遍布於天下，就像泥潭中好鬥的野獸一樣，也可算是笨拙的計謀了。皇上真正要想使國家富強，就要選任三司的官吏和各路轉運使、副使，皇上和少數大臣，勤勉努力地研究琢磨，長此以往，那麼長期形成的弊病就自然會消失而人們還不會覺察。只恐怕立志不堅，半途而廢。孟子說過：「前進太猛的人，後退也會快。」如果善始善終，自然可以逐漸去做好。十年以後，什麼事情不能成功？孔子說：「求快就達不到目的，只看見小利就不能成就大事。」假如孔子不是聖人，那麼這話也不必遵循。《尚書》上說：「與卿士商量，再與庶民商量。」意見一致，大家贊同，可以取得大吉。假若反對的多而贊同的少，那麼守靜就吉利，而行動就不吉利。現在宰相大臣，已經推辭請退不幹事，那麼外面的議論，也就可想而知了。宰相作為君主的臣子，尚且不願意以從事此項工作來玷汙自己，難道皇上就安然承受這個名義而不推辭？這不是我的愚魯所能理解的啊。君臣起早貪黑勤於政事，時過近一年了，可是富國的效果，茫然如捕風捉影，虛幻不可知。僅聽說耗費國庫的錢財五百萬緡，祠部發出可以免除徭役的度牒五千餘人。用這個辦法作為治國的策略，有誰不會呢？

且遣使縱橫，本非令典❶。漢武遣繡衣直指❷，順帝遣八使❸，皆以守宰狼籍❹，盜賊公行，出於無術，行此下策。宋文帝元嘉之政❺，比於文、景，當時責成郡縣，未嘗遣使。及至孝武❻，以郡縣遲緩，始命臺使❼督之，以至蕭齊❽，此弊不革。故景陵王❾子良上疏極言其事，以為此等朝辭禁門，情態即異；暮宿州縣，威福便行。驅迫郵傳，折辱守宰，公私煩擾，民不聊生❿。唐開元中，宇文融⓫奏置勸農判官，使裴寬等二十九人並攝御史，分行天下，招攜⓬戶口，檢責漏田⓭。時張說、楊瑒、皇甫璟、楊相如⓮，皆以為不便，而相繼罷黜。雖得戶八十餘萬，皆州縣希旨⓯，以主為客⓰，以少為多。及使百官集議都省⓱，而公卿以下，懼融威勢，不敢異辭。陛下試取其傳⓲讀之，觀其所行，為是為否？近者均稅寬恤⓳，冠蓋⓴相望。朝廷亦旋㉑覺其非，而天下至今以為謗。曾未數歲，是非較然㉒。臣恐後之視今，猶今之視昔。且其所遣，尤不適宜。事少而員多，人輕而權重。夫人輕而權重，則人多不服，或致侮慢以興爭；事少而員多，則無以為功，必須生事以塞責。陛下雖嚴賜約束，不許邀功㉓，然人臣事君之常情，不從其令而從其意。今朝廷之意，好動而惡靜，好同而惡異，指意所在，誰敢不從？臣恐陛下赤子㉔，自此無寧歲矣。

【章　旨】本章論述遣使縱橫各地的害處。

【注　釋】❶令典　國家的典章法令。❷漢武句　據《漢書・武帝紀》載：天漢二年，「泰山、琅邪群盜徐教等阻山攻城，道路不通，遣直指使暴勝之等繡衣杖斧，分部逐捕，刺使郡守以下皆伏誅。」繡衣直指，官名。❸順帝句　《後漢書・順帝紀》載：「漢安元年八月丁卯，遣侍中杜喬、光祿大夫周舉、守光祿大夫郭遵、馮羨、欒巴、張綱、周栩、劉班等八人分行州郡，班宣風化，舉實臧否。」「順帝」原誤為「桓帝」。據《經進東坡文集事略》改。❹狼籍　本指狼踐踏過的地方。此指行為卑汙，名聲敗壞。❺宋文帝句　南朝宋文帝劉義隆，在位三十年，躬勤政事，於時政平訟理，江左稱治。元嘉，宋文帝年號。❻孝武　南朝宋文帝第三子劉駿，在位十一年崩，諡孝武。❼臺使　御使臺派出的使者。宋元嘉中，皆責成郡縣，孝武帝徵求急速，以郡縣遲緩，始遣臺使，自此公役勞繁。❽蕭齊　齊高帝蕭道成，國號齊，故謂之蕭齊。❾景陵王　蕭子良，蕭道成之孫。姚鼐注：景，「竟」字避宋諱改「景」。❿朝辭禁門八句　見《南齊書・蕭子良傳》。郵傳，驛站。折辱，侮辱。⓫宇文融　唐代大臣。京兆萬年（今陝西西安）人。玄宗（李隆基）開元初，累官至監察御史。曾大肆搜括民財。開元九年（西元七二一年），他建議清理逃亡戶口和漏稅田畝，設置勸農判官二十九人，自掌御史，分赴各地，清理出客戶八十餘萬和大量土地。開元十七年任宰相，在任僅百日即被貶流放，死於途中。⓬招攜　安撫離散的人。攜，離。引申為躲藏。⓭漏田　漏稅之田。⓮張說楊瑒皇甫璟楊相如　張說，時官中書令，受宇文融彈劾罷去。楊瑒，由戶部侍郎出為華州刺史。皇甫璟，由陽翟尉貶盈川尉。楊相如，由右拾遺貶懷州別駕。⓯希旨　迎合在上者的意旨。⓰以主為客　把原在籍的戶口作為新收編的戶口。弄虛作假。⓱都省　指尚書省。⓲其傳　指《舊唐書・宇文融傳》和《新唐書・宇文融傳》。⓳均稅寬恤　仁宗嘉祐四年，遣使均田減稅。五年，又遣使分行天下，訪寬恤民力事。均稅為北宋稅制，先丈量田地，然後按肥瘦分等定稅，謂「均稅」。⓴冠蓋　指朝廷使者。㉑旋　很快；不久。㉒較然　清白的樣子。㉓邀功　求功。特指以不正當手法掠取功勞。㉔赤子　百姓的代稱。

【語譯】派遣使臣到各地去，這本來就不是朝廷的典章法令。漢武帝派遣直指使繡衣杖斧逐捕盜賊，漢順帝派遣使者八人到州郡，都是因為地方長官行為不檢，盜賊公然橫行，出於沒有辦法，才使用這一下策。宋文帝元嘉時的政治，可與文、景之治相比，當時政事要求郡縣負責，沒有派遣使臣。到了宋孝武帝劉駿，認為郡縣辦事遲緩，才開始派遣臺使督促，一直到齊高帝蕭道成時，這一弊端沒有革除。因此竟陵王蕭子良上書詳盡議論遣使的弊端，認為這些使臣一朝告別宮門，態度就變了樣；到晚上住宿州縣，便作威作福。驅使逼迫驛站，侮辱地方長官，公私都遭煩擾，百姓沒法生活下去。唐代開元年間，宇文融上奏設置勸農判官，派遣裴寬等二十九人代理御史，分別巡行天下，招撫藏匿的農戶，檢查漏稅的田地。當時張說、楊瑒、皇甫璟、楊相如都認為不妥，因而相繼被罷黜。雖然招得農戶八十餘萬，都是因為州縣官員為迎合上面的意旨，把主戶充作客戶，以少數謊報多數。等到官員們在尚書省內評議，三公九卿以下的官員，由於懼怕宇文融的威嚴權勢，不敢發表不同的意見。皇上不妨試試把宇文融的傳記讀一讀，看他的所作所為，是對還是不對？前不久實行均稅以寬大體恤民力，使者路途往來不絕。朝廷也隨即發覺這種作法不好，而百姓到現在還在指責謗議。不要多少時間，是非就明顯了。我擔心後人評論現在的作法，就好像現在評論過去的一樣。再說派遣的人也極不適合。事情少而人員多，地位卑微而權力極大。位卑而權大，則人們大多不會服從，有的甚至於輕視怠慢而引起爭吵；事情少而官員多，就沒有什麼立功的機會，勢必發生事端來敷衍塞責。皇上雖然嚴加控制，不許邀功請賞，然而臣子侍奉君主的常情，往往不是按照旨令而是迎合上司的心意行事。如今朝廷的意思，喜歡興作而厭惡平靜，喜歡附和而厭惡立異，既然朝廷的旨趣是這樣，誰敢不順從呢？我擔心皇上的臣民，從此以後沒有安寧的日子了啊。

至於所行之事，行路皆知其難。何者？汴水❶濁流，自生民以來，不以種稻。

秦人之歌曰：「涇水一石，其泥數斗；且溉且糞，長我禾黍。」❷何嘗曰長我粳稻耶？今欲陂❸而清之，萬頃之稻，必用千頃之陂，一歲一淤，三歲而滿矣。陛下遽信其說，即使相視地形。萬一官吏苟且順從，真謂陛下有意興作，上糜❹帑廩❺，下奪農時，隄防一開，水失故道，雖食議者之肉，何補於民？天下久平，民物滋息❻，四方遺利，蓋略盡矣。今欲鑿空❼尋訪水利，所謂即鹿無虞❽，豈惟徒勞，必大煩擾。凡所擘畫❾利害，不問何人，小則隨事酬勞，大則量才錄用。若官私格沮❿，並行黜降⓫，不以赦原。若材力⓬不辦興修，便許申奏⓭替換。賞可謂重，罰可謂輕。然並終不言諸色人⓮妄有申陳⓯，或官私誤興功役，當得何罪。如此，則妄庸輕剽浮浪姦人⓰，自此爭言水利矣。成功則有賞，敗事則無誅，官司⓱雖知其疏，豈可便行抑退⓲？所在追集老少，相視可否，吏卒所過，雞犬一空。若非灼然⓳難行，必須且為興役。何則？格沮之罪重，而誤興之過輕。人多愛身，勢必如此。且古陂廢堰，多為側近冒耕⓴，歲月既深，已同永業。苟欲興復，必盡追收，人心或搖，甚非善政。又有好訟之黨㉑，多怨㉒之人，妄言某處可作陂渠，規㉓壞所怨田產；或指人舊業，以為官陂。冒佃㉔之訟，必倍今日。臣不知朝廷本無一事，何苦而行此哉？

【章 旨】本章論述推行農田水利新政的困難。

【注 釋】❶汴水 古水名，宋人以從黃河至淮河的通濟渠東段為汴水，故道在今河南滎陽至開封一段。❷秦人之歌曰五句 引文見《漢書・溝洫志》。糞，施肥。❸陂 蓄水堤防。此指攔水的隄壩。❹糜 浪費。❺帑廩 指錢糧。帑，藏金幣絲帛的府庫。廩，藏糧食的倉庫。❻滋息 繁殖；增生。❼鑿空 憑空設想。史載熙寧二年，朝廷派劉彝等八人分遣諸道，尋訪農田水利。❽即鹿無虞 意為追逐野鹿，沒有虞人引導，入於林中必無收穫，徒勞無益。《易・屯卦・六三》：「即鹿無虞，惟入於林中。君子幾，不如舍，往悋。」即，追逐。虞，虞人；掌禽獸的人。❾擘畫 謀劃；經營。❿格沮 謂不奉行這種興修水利的方法。⓫黜降 斥退；降級。⓬材力 才智和能力。⓭中奏 向君主上書。⓮諸色人 各種人。⓯妄有申陳 謊言中報陳述。妄，弄虛作假。⓰妄庸輕剽浮浪姦人 妄庸，虛妄平庸。輕剽，輕浮、躁急。浮浪，輕浮放蕩，不務正業。姦人，邪惡、狡詐的人。⓱官司 官府。⓲抑退 黜退。⓳灼然 明明白白的樣子。⓴冒耕 蒙蔽上司而耕種。冒，蒙。㉑黨夥 徒；同夥的人。㉒多怨 與人多所結怨。㉓規 謀劃。㉔冒佃 蒙蔽上司而佃耕。

【語 譯】至於新政所推行的事項，普通人都知道是有它的困難的。為什麼呢？汴河水水質渾濁，自從有人以來，就不能用它來種水稻。秦人的歌謠唱道：「一石涇河水中，含有幾斗泥沙；一邊灌溉一邊施肥，才能使黍稷生長。」何曾說過要使粳稻生長呢？如今想在河邊築隄壩蓄水，使河水澄清，萬頃的稻田就要有千頃的池塘，一年淤積一次，三年池塘就積滿了泥沙。皇上立即相信他們的說法，便派遣使臣察看地形。萬一使臣馬虎隨便地順從，真的認為皇上有意興建，那麼國家浪費了錢財糧食，農民貽誤了耕種的時間，隄壩一旦沖開，河水橫流不遵循原來的河道，那時就是吃了提議築隄壩人的肉，對農民來講，又有什麼用呢？天下長期太平，人民及物力的增殖，四方的贏餘，大概差不多用盡了。如今憑空設想探求水利，這就好比追逐野鹿，沒有虞人引導，不僅是徒勞無益，還必定帶來大的麻煩和困擾。凡對新法獻策謀劃利弊，不論什麼人，小功就隨事酬償，大功就量才錄用。假若官吏私自阻撓，就對他降職斥退，不再赦宥。假若官吏自覺才智能力不行，不能做好興修水利之事，便允許上書另派他人接替。這樣獎賞可謂重，懲罰可謂輕。然而始終不指明各種人士虛妄申報陳述的，或者官私兩方面錯誤興建水利工程的，所應當承擔的罪責。這樣一來，那麼一些平庸虛妄、輕浮放蕩、不務正業、邪惡狡詐的人，從此都會爭著去談水利了。成功了就有酬賞，事辦壞了也不懲罰，官府雖然知道他們的淺薄無能，但是怎麼可以隨便貶退呢？水利工程所涉及的地方招集老少，察看能否進行，官兵經過之地，連雞犬也被擄一空。倘若不是明顯難辦的事，必定貿然興辦開工。什麼原因呢？因為阻擋興建的罪重，而錯誤興修的過錯懲罰很輕。人們都是愛惜自己的，形勢必然如此。況且古隄壩和廢棄的池塘，大多已被附近的農民不報而耕，時間已過很久，就同自己祖傳的家業一樣。假如想恢復原樣，必定全部追還，民心也可能動盪不安，這實在不是好政策。又有些好訟爭辯之徒，愛與人結怨之人，散布說某處可以作隄修渠，謀劃破壞所怨恨的人的田產；或者把別人的舊業，說成是官陂公田。這樣一來，冒耕的糾紛，必會比現在成倍增加。我不知道朝廷本來平靜無事的，為什麼要推行這樣的水利法呢？

自古役人，必用鄉戶❶。猶食之必用五穀，衣之必用絲麻，濟川之必用舟楫，行地之必用牛馬，雖其間或有以他物充代，然終非天下所可常行。今者徒聞江、浙之間，數郡雇役❷，而欲措之天下。是猶見燕、晉之棗栗❸，岷、蜀之蹲鴟❹，而欲以廢五穀，豈不難哉？又欲官賣所在坊場❺，以充衙前❻雇直❼，雖有長役，更無酬勞。長役所得既微，自此必漸衰散。則州郡事體❽，憔悴可知。士大夫捐親戚，棄墳墓，以從官於四方者，宣力之餘，亦欲取樂，此人之至情也。若凋弊太甚，廚傳❾蕭然，則似危邦之陋風，恐非太平之盛觀❿。陛下誠慮及此，必不肯為。且今法令莫嚴於御軍，軍法莫嚴於逃竄，禁軍三犯，廂軍五犯⓫，大率處死，然逃軍常半天下。不知雇人為役，與廂軍何異？若有逃者，何以罪之？其勢必輕於逃軍，則其逃必甚於今日。為其官長，不亦難乎？近者雖使鄉戶頗得雇人，然至於所雇逃亡，鄉戶猶任其責。今遂欲於兩稅⑫之外，別立一科，謂之庸錢⑬，以備官雇，則雇人之責，官所自任矣。自唐楊炎廢租庸調⑭以為兩稅，取大曆十四年應干⑮賦斂之數，以定兩稅之額，則是租調與庸，兩稅既兼之矣。今兩稅如故，奈何復欲取庸？聖人立法，必慮後世，豈可於兩稅之外，別立科名⑯？萬一不幸，後世有多欲之君，輔之以聚斂之臣⑰，庸錢不除，差役仍舊，使天下怨讟⑱，推所從來，則必有任其咎者矣。又欲使坊郭等第⑲之民，與鄉戶均役，品官形勢⑳之家，與齊民㉑並事。其說曰：「《周禮》田不耕者出屋粟，宅不毛者有里布㉒。而漢世宰相之子不免戍邊㉓。」此其所以藉口也。古者官養民，今者民養官。給之以田而不耕，勸之以農而不力，於是乎有里布、屋粟、夫家㉔之征。而民無以為生，去為商賈，事勢當爾，何名役之？且一歲之戍，不過三日，三日之雇，其直三百。今世三大戶㉕之役，自公卿以降，無得免者，其費豈特三百而已？大抵事若可行，不必皆有故事。若民所不悅，俗所不安，縱有經典明文，無補於怨。若行此二者，必怨無疑。女戶單丁㉖，蓋天民㉗之窮者也，古之王者，首務恤㉘此，而今陛下首欲役之。此等苟非戶將絕而未亡，則是家有丁而尚幼。若假之數歲㉙，則必成丁而就役，老死而沒官。富有四海，忍不加恤？

【章旨】本章論述雇役法的不合理。

【注釋】❶鄉戶　宋代特指有恆產的平民，多充官府職役。《宋史・食貨志》：「役人必用鄉戶，為其有常產，則自重。」免役法實行前，差役均由鄉戶承擔。❷雇役　出錢雇傜役的人。即「計產賦錢，募民代役」。原來不負擔差役的官戶、女戶、寺觀、未成丁等戶，也要定額的半數交納「助役錢」。原先李復圭在兩浙，張詵在越州曾實行過。❸燕晉之棗栗　《史記・貨殖列傳》載：「安邑千樹棗，燕秦千樹栗，其人皆與千戶侯等。」安邑，縣名。秦置，治所在今山西夏縣西北。春秋時屬晉。❹岷蜀之蹲鴟　《史記・貨殖列傳》載：「蜀卓氏曰：吾聞汶山之下沃野，下有蹲鴟，至死不飢。」蹲鴟，大芋。❺坊場　指官設專賣的市場。❻衙前　差總之名。凡有大役，如運送官物錢糧等，均責成衙前統領夫役，負擔最繁重。故王安石以坊場酒稅之錢為衙前雇價。❼雇直　雇用夫役的錢。包括免役錢及助役錢。「凡當役人戶，以等第出錢名免役錢」。而「未成丁、單丁、女戶、寺觀、品官之家，舊無色役而出錢者，名助役錢」（《宋史・食貨志》）。❽事體　事之體統。此指過往賓客接待等。❾廚傳　即驛站。廚，供應過客食宿。傳，指供應過客車馬。❿盛觀　繁盛的景象。⓫禁軍三犯二句　據《宋史・兵志一》載：「天子之兵，以守京師，備征戍，曰禁軍。諸軍之鎮兵，以分給役使，曰廂軍。」⓬兩稅　宋代土地稅，分夏稅和秋稅兩種。夏輸不超過六月，秋輸不超過十一月。⓭庸錢　雇人的工資，輸錢入官以招募差役。⓮租庸調　見《舊唐書・楊炎傳》和《新唐書・食貨志》。租，唐制，丁男、中男授田一頃，歲輸粟二石，謂之租。庸，凡男丁每歲無償服役二十日，若不服役，每日交絹三尺，謂之庸。調，隨鄉土所產歲輸綾、絹、絁各二丈而加五分之一，另隨輸綿或麻，謂之調。唐德宗時楊炎將其合并改為兩稅。⓯取大曆句　大曆，唐代宗年號（西元七六六年—七七九年）。應干，猶言應該收取。⓰科名　名目。⓱聚斂之臣　《禮記・大學》篇：「孟獻子曰：百乘之家，不畜聚斂之臣。」聚斂，搜刮財貨。⓲怨讟　怨恨；仇恨。⓳坊郭等第　似指城市貴族。坊郭，城鎮人戶之稱。等第，宋代經進士考取得名次者。⓴品官形勢　品官，指有品級的官員，凡九等。形勢，權勢地位。㉑齊民　平民百姓。㉒周禮二句　見《周禮・地官・載師》。屋粟，古代稅名。鄭玄注：屋粟，民有田不耕，所罰三夫之稅粟。里布，古代貨幣，以布帛做成。㉓漢世宰相句　見《漢書・昭帝紀》。戍邊，駐守邊疆。㉔夫家　見《周禮・地官・載師》。鄭注：夫家猶「夫稅家稅也。夫稅者百畝之稅；家稅者出士從車輦給徭役」。或謂「夫家」指「夫布」。《周禮・地官・閭師》疏：「出夫布者，亦使出一夫口稅之錢也。」㉕三大戶　後周顯德五年，令鄉村中以百戶為一團，每團選三大戶為耆長，察民家之姦盜，均民田之耗登。見《文獻通考・職役一》。後稱耆長為三大戶。按此蓋為鄉村小吏，如後世保甲長之類。㉖女戶單丁　無男丁之戶，即由婦女當家長之戶曰女戶。僅有男丁一人之戶曰單丁。㉗天民　生民；人類。㉘恤　憐恤；同情。㉙假之數歲　猶言上天讓他再活一些年。假，借。《左傳・僖公二十八年》：「天假之年。」

【語譯】自古以來，差役均由鄉戶承擔。就像吃的必須是五穀，穿的必須用絲麻，過河必須用船槳，陸地遠行必須用牛馬，雖然有時也可用其他的東西代替，但終究不是大家能常用的。現在竟聽到江、浙這一帶，有些郡縣實行出錢雇用差役，而且想在全國施行。這就像是看見燕、晉的棗、栗，四川的大芋，而想廢除五穀，豈不是困難的事嗎？又想官賣當地官府開設的坊場，用來供給衙前差總雇用的工錢，雖然有了長久役使之人，卻沒有報酬。這些長役得到的酬金很少，必定會漸漸懈怠懶散。這樣州郡的局面，困頓萎靡也就可想而知了。士大夫拋棄內外親屬，背離先人墳墓，到外地做官的，效力之餘，也想取樂享受，這是人之常情啊。假若州郡過分窮窘，供應他們食宿車馬的驛站淒涼簡陋，這就像危亡邦國的敗落風氣，恐怕不是太平的興旺景象。皇上如果考慮到這些，必定不肯這樣做。而且現在的法令沒有比治軍更嚴厲的，軍法沒有比懲罰逃竄更嚴厲的，禁軍逃竄三次，廂軍逃竄五次，大都處以死刑，然而逃竄的士兵經常布滿天下。不知道雇人做差役，與廂軍有什麼不同？如果有逃竄的，又怎樣來處罰他們呢？處罰的程度一定比逃兵輕些，那麼雇役的逃竄一定比現在更多。作為管制差役的官吏，不是也很難辦嗎？近期內雖然讓鄉戶雇請差役，然而所雇的差役逃亡了，鄉戶還是要負逃亡之責的。如今又想在兩稅之外，另外設立一類，稱為庸錢，作為官府雇差役之用，那麼雇役逃跑的責任，官府就自己承擔了。自從唐德宗時楊炎將租庸調合併改為夏稅和秋稅兩稅，以大曆十四年應該徵收的數額，作為兩稅的定額，那麼這租調和庸，已包括在兩稅之中了。如今兩稅如舊未變，怎麼又想恢復徵收庸錢呢？聖人制定法令，必須考慮到後世，怎麼可以在兩稅之外，另外設立名目呢？萬一有什麼不測，今後出現多欲生事的君主，又加上搜刮錢財的大臣來輔佐，庸錢不廢除，差役依舊存在，這樣就會使天下百姓產生怨恨，推尋這種情況產生的淵源，就必定有承擔這一罪責的人啊。又想使城市裡有地位的人家，與鄉戶平均負擔助役錢，有品級官員、有權勢地位的人，與平民百姓有同樣的義務，還辯解說：「《周禮》上寫著凡是有田不耕種的就出粟米，有地不栽種桑麻的就交稅錢。而且漢代宰相的兒子，也不免要戍守邊疆。」這就是為他們所作所為製造的藉口啊。古時候是官養民，現在是民養官。給了他們田地卻不耕種，勸導他們務農卻不願出力，於是就有了稅錢、粟米、差役稅的徵收。而老百姓無法生存，只得棄農經商，這是自然趨勢，為何再立名目去使他們服役呢？況且每一年的戍守，不超過三天，三天的雇值就是三百錢。本朝三大戶的鄉役，從三公九卿以下，不得免除，他們的雇值豈只三百錢嗎？大致上一件事情若是可行，不必都要有舊例依據。假若百姓有所不滿意，社會習俗有所不合，就是有經典明文的規定，也無法彌補大家的怨恨。如果推行雇役、庸錢，必定產生怨恨，無須懷疑。女戶、單丁，都是百姓中最窮困的人，古時的君主，首要事務就是體恤他們，而現在皇上首先想到的是要他們承擔賦役。這一類人家如果不是戶口將要絕滅而尚未死亡，就是家裡有兒子而年紀還小。如果寬貸一些年，就必定一旦成丁而承擔差役，直至老死無人承繼而其產業沒於官所。作為擁有天下財富的皇上，怎能忍心不體恤他們呢？

孟子曰：「始作俑者，其無後乎！」❶《春秋》書「作邱甲」、「用田賦」❷，皆重其始為民患也。青苗放錢❸，自昔有禁，今陛下始立成法，每歲常行。雖云不許抑配❹，而數世之後，暴君汙吏，陛下能保之與？異日天下恨之，國史記之，曰青苗錢自陛下始，豈不惜哉？且東南買絹，本用見錢❺；陝西糧草，不許折兌❻。

朝廷既有著令，職司❼又每舉行。然而買絹未嘗不折鹽，糧草未嘗不折鈔。乃知青苗不許抑配之說，亦是空文。只如治平❽之初，揀刺義勇❾，當時詔旨慰諭，明言永不戍邊。著在簡書❿，有如盟約。於今幾日，論議已搖⓫。或以代還東軍⓬，或欲抵換弓手，約束難恃⓭，豈不明哉！縱使此令決行，果不抑配，計其間願請之戶，必皆孤貧不濟之人。家若自有贏餘，何至與官交易？此等鞭撻已急，則繼之逃亡。逃亡之餘，則均之鄰保⓮。勢有必至，理有固然。且夫常平⓯之為法也，可謂至矣。所守者約，而所及者廣。借使⓰萬家之邑，止有千斛⓱，而穀貴之際，千斛在市，物價自平。一市之價既平，一邦之食⓲自足。無操瓢⓳乞丐之弊，無里正⓴催驅之勞。今若變為青苗，家貸一斛，則千戶之外，孰救其飢？且常平官錢，常患其少。若盡數收糴，則無借貸；若留充借貸，則所糴幾何？乃知常平青苗，其勢不能兩立。壞彼成此，所喪愈多。虧官害民，雖悔何逮？臣竊計陛下欲考其實，則必亦問人。人知陛下方欲力行，必謂此法有利無害。以臣愚見，恐未可憑。何以明之？臣頃在陝西㉑，見刺義勇，提舉㉒諸縣，臣嘗親行。愁怨之民，哭聲振野。當時奉使還者，皆言民盡樂為。希合取容㉓，自古如此。不然，則山東之盜，二世何緣不覺㉔？南詔之敗，明皇何緣不知㉕？今雖未至於斯，亦望陛下審聽而已。

【章 旨】本章論述青苗法的難行。

【注 釋】❶孟子曰三句 見《孟子・梁惠王上》。俑，殉葬用的木偶、土偶。❷春秋句 《春秋》成公元年三月書「作邱甲」，哀公十三年春王正月書「用田賦」。邱甲，春秋魯國的兵賦制度。邱，亦作「丘」。地域單位。《周禮》規定：九夫為井，四井為邑，四邑為丘，四丘為甸，每甸出長轂一乘，戎馬四匹，牛十二頭。甲士三人，步卒七十二人。成公推行丘甲制，以丘承擔甸的賦稅，等於增加四倍。田賦，按土地多少徵收的賦稅。這是我國最早的田賦記載。❸青苗放錢 《宋史・仁宗紀》載：「天聖五年冬十月辛未，罷陝西青苗錢。」李參傳曰：「參為陝西轉運使，部多戍兵，苦食少，參令民自度麥粟之贏餘，先貸以錢，俟麥粟熟輸之官，號青苗錢。數年廩有羨糧。」蓋此即王安石於熙寧二年推行青苗法所自出，仁宗時特詔罷之，子瞻謂自昔有禁，抑或指此。青苗法是對常平倉法進行的一項改革，故亦稱常平新法。❹抑配 於田禾青苗時，不論貧富強行放貸，收成後加十分之二或三的息還錢或還糧。❺且東西買絹二句 東南，指當時的淮、浙、江、湖等六路，於熙寧二年七月實行均輸法。見，同「現」。❻折兌 指用現鈔購買。而現鈔多偽，民不信任。❼職司 指主管其事的官員。❽治平 宋英宗年號，元年即西元一〇六四年。❾揀刺義勇 選用民兵。義勇，宋鄉兵之一。在義勇之民的手臂上刺字作為不充軍戍邊的標誌。史載：英宗治平元年，韓魏公琦建議，請於陝西諸州點刺義勇，凡主戶家三丁選一，六丁選二，九丁選三，總得十五萬六千八百七十三人。當時詔旨明言，此等義勇永不充軍戍邊。❿簡書 命令；公文。⓫搖 動搖。⓬代還東軍 指替換防遼之軍，讓其還鄉。東軍，指防遼之軍。⓭約束難恃 指皇帝所作禁令與保證皆靠不住。約束，規約；規章。⓮均之鄰保 由富裕戶保人分攤賠償。為了防止借戶逃亡，青苗法實施時，又由五戶或十戶結成一保，由三等以上戶（地主或富裕戶）充作「甲頭」，負責賠償。⓯常平 古代一種調節米價的方法。《宋史・食貨志上四》載：「常平義倉，漢、隋利民之良法，常平以平穀價，義倉以備凶災。周顯德中，又置惠民倉，以雜配錢分數折粟貯之，歲歉減價，出以惠民。宋兼存其法焉。乾德初，詔諸州於各縣置義倉，淳化三年，京畿大穰，分遣使臣，於四城門置場，增價以糴，虛近倉貯之，命曰常平。歲饑，即下其予民。」⓰借使 假使。⓱止有千斛 指常平倉的積穀。斛，古者十斗為斛，至宋賈似道改為五斗為斛。⓲一邦之食 奏議邦作方，食作民。⓳操瓢 拿著盆瓢討乞。⓴里正 鄉役名，掌管督催租賦等事。㉑臣頃句 東坡先生年譜謂：嘉祐六年，授大理評事鳳翔府簽判。英宗治平元年，官於鳳翔。鳳翔，鳳翔縣，在陝西關中。㉒提舉　掌管。㉓希合取容　意為迎合皇上之意以取得自己容身之地。同苟合取容。㉔山東之盜二句　陳涉部將周文率大軍攻到函谷關，秦二世受趙高之蒙蔽還不知曉。事見《史記・秦始皇本紀》。㉕南詔之敗二句　唐玄宗開元年間，封蒙歸義為雲南王。天寶初，占有雲南，號大蒙。楊國忠等派兵討之，大敗。事見《舊唐書・玄宗本紀》。南詔，今雲南大理等地。明皇，唐玄宗李隆基。

【語　譯】孟子說：「第一個造作木偶土偶來殉葬的，該會斷絕後代吧！」《春秋》記載成公推行邱甲制，哀公徵用田畝稅，都是在於顯示他們開始成為百姓的災難啊。青苗法，過去早已被禁止，現在皇上又重新把它作為常法，每年執行。雖然說不許強行放貸青苗錢，但幾代之後，暴君汙吏，皇上能保證他們不強行嗎？到那時天下百姓怨恨青苗法，國史上記載，說青苗錢是從皇上開始的，這豈不是值得惋惜嗎？況且江南沿海一帶買絹綢，本來要用現錢；向陝西徵收糧草，不許用錢折兌。朝廷既有明文規定，主管官員又按法令執行。然而實際上買絹未嘗不以鹽折兌，徵收糧草未嘗不以錢折兌。於是知道青苗錢不許強配的說法，不過是一紙空文。這就好比治平初年選徵義勇，當時詔書說得好聽，明說永遠不駐守邊疆。寫在公文上，很像盟約。到現在才沒多久，原來的說法已經改變了。有的替換防遼之軍，有的想抵換弓箭手，現有的規章靠不住，這不是很明顯嗎！就算這個法令堅決執行，果真不強配，估計這中間請貸青苗錢的，也必定都是孤苦貧寒、生活難於維持的人家。家裡假若有盈餘，又何必來與官府交易呢？這些人如果被鞭打催逼得太急了，那麼接著就會出現逃亡。逃亡之後剩下虧欠，需還之錢就會攤派給鄰居保人。形勢必定會發展成這樣，從道理上講也會是這樣。至於那置常平倉的辦法，可以說最好了。奉行常平法很簡明，其受益者又很廣泛。假使萬家聚居的城邑，只要有積穀千斛，當穀貴的時候，有這千斛穀投放到市場上，物價自然會平穩下來。一個市場的物價平穩，這個地方的百姓自然充足。沒有拿著瓢盆沿途乞討的弊病，沒有里正催交青苗錢的辛勞。現在假若將常平法變為青苗法，一家借貸一斛，一千戶以外的戶，又拿什麼借貸給他們救饑呢？而且常平官錢，經常出現不夠。假若全部拿來收購糧米，就沒有錢實行借貸；假若留足借貸，那收購的糧食又有多少呢？要知道常平法與青苗法，它們是勢不兩立的。破壞常平法而實行青苗法，損失的更多，虧損了官吏坑害了百姓，即使後悔也來不及啊？我私自想，皇上若想考察青苗法的實際情況，就必須詢問使臣。使臣知道皇上正欲努力推行青苗法，就定會說此法有利無害。以我愚蠢的見解，恐怕使臣的說法是不能作為憑證的。從何證明呢？我不久前在陝西任鳳翔判官，見到徵募義勇民兵，掌管的各縣，我都親自去巡視過。憂愁怨恨的百姓，哭聲震動郊野。當時奉命的使臣回來時，都說百姓全都高興這樣做。迎合皇上的意旨以求得自己安身，自古以來就是這樣。不然，那山東各地起來造反，秦二世為什麼沒有察覺呢？討伐南詔的失敗，唐明皇為什麼不知道？現在雖然還沒有到達這種地步，也希望皇上仔細聽取意見啊。

昔漢武之世，財力匱竭，用賈人桑弘羊❶之說，買賤賣貴，謂之均輸❷。於時商賈不行，盜賊滋熾，幾至於亂。孝昭既立，學者爭排其說❸，霍光❹順民所欲，從而予❺之。天下歸心，遂以無事。不意今者此論復興。立法之初，其說尚淺，徒言徙貴就賤，用近易遠❻。然而廣置官屬，多出緡錢❼，豪商大賈，皆疑而不敢動。以為雖不明言販賣，然既已許之變易❽，變易既行，而不與商賈爭利者，未之聞也。夫商賈之事，曲折難行。其買也先期而予錢，其賣也後期而取直❾。多方相濟，委曲相通，倍稱❿之息，由此而得。今官買是物，必先設官置吏⓫，簿書廩祿⓬，為費已厚。非良不售，非賄不行。是以官買之價，比民必貴。及其賣也，弊復如前。商賈之利，何緣而得？朝廷不知慮此，乃捐五百萬緡⓭以與之。

此錢一出，恐不可復。縱使其間薄有所獲，而征商之額⑭，所損必多。今有人為其主牧牛羊者，不告其主，以一牛而易五羊。一牛之失，則隱而不言；五羊之獲，則指為勞績。陛下以為壞常平而言青苗之功，虧商稅而取均輸之利，何以異此？

【章　旨】本章論述虧商稅而取均輸之利的作法不可取。

【注　釋】❶桑弘羊　西漢大臣，洛陽人。為商人之子，故稱為「賈人」。武帝時任治粟都尉，領大司農，推行「重農抑商」政策，盡營天下鹽鐵，作平準、均輸諸法，以控制全國產品，貴賣賤買，平抑物價，打擊商賈，國用以饒。❷均輸　漢武帝在桑弘羊創議下實行的一種經濟政策。即國家實行統一徵收、買賣和運輸貨物，以調節各地供應。本章所述均輸為王安石的新法之一。作用在於調節物資供求關係，平抑物價以打擊大商人的盤剝。❸排其說　攻擊桑弘羊的作法。排，排斥；攻擊。❹霍光　霍去病異母弟，字子孟。武帝朝為奉車都尉，後元初為大司馬、大將軍，受遺詔，輔幼主，封博陸侯，政事一決於光。❺予　同意。❻徒言徒貴就賤二句　由發運史總管採購、稅收、貢物，原則是避開貴的地區和遠的地區，要就賤就近採購，以免運輸之勞。❼緡錢　穿成串的錢。當時錢幣的形式。❽變易　交易。❾直　同「值」。錢。❿倍稱　加倍償還，借一還二。⓫設官置吏　官者主事，吏者執事。⓬簿書廩祿　簿書，文書，指記錄財物出納的簿冊。廩祿，祿米；俸祿。⓭五百萬緡　據《宋史・食貨志》載：以發運使薛向領均輸平準事，賜內藏錢五百萬緡，上供米三百萬石。⓮征商之額　指商稅的標準。

【語　譯】當初漢武帝的時候，朝廷府庫匱乏空虛，採用商人桑弘羊的意見，從物價賤的地方買進來，運到貴的地方賣出去，稱這種方法為「均輸」。那時富商大賈不能牟利，無法經營，盜賊很盛，幾乎出現動亂的局面。昭帝即位後，賢良文學之士都爭議要廢除均輸法，大司馬霍光順從百姓的欲望，因而同意廢除均輸。天下民眾從內心歸服，此後就平安無事了。沒想到現在，均輸之說又出現了。剛立法的時候，還說得比較簡單，只說在採購中避貴取賤，就近易遠。然而卻廣泛設置屬官機構，國庫多支緡錢，富商大賈，都心存疑慮而不敢從事經營。認為雖然沒有明確說國家操縱販賣，然而已經准許官府交易，交易已經在實行，還說不與商賈爭利，這是從來沒有聽說過的。商賈買賣這種事，是曲折難辨的。他們買進來要預先付款，賣出去要過後收錢。經過多方周轉，交涉通融，成倍的利息，就是這樣得來的。現在官府採購貨物，必須先設官府派官吏，文書簿籍、俸祿薪金，花費已經很多了。貨色不好的不成交，不送賄賂的行不通，這樣一來官家買的價格，比普通商家的一定貴。至於賣出，其弊端也與買時一樣。要想獲得經營的利益，又怎麼能得到呢？朝廷不清楚這些情況，就拿出五百萬緡錢給均輸機構使用。這種錢一旦拿出，恐怕就收不回來了。即使這中間能獲微利，然而比起徵收的商稅，損失必多。好比現在有人為他的主人放牧牛羊，避開他的主人，私下用一頭牛換了五隻羊。一頭牛損失了，卻隱瞞著不講；換來的五隻羊，卻說成他的功勞。皇上認為這種破壞了常平法而談論青苗法的功勞，虧損了商稅而獲取均輸的薄利，與用一頭牛換取五隻羊的作法有什麼不同呢？

陛下天機❶洞照，聖略❷如神，此事至明，豈有不曉？必謂已行之事，不欲中變，恐天下以為執德❸不一，用人不終，是以遲留❹歲月，庶幾❺萬一。臣竊以為過矣。古之英主，無出漢高。酈生謀撓楚權❻，欲復六國，高祖曰善，趣❼刻印。及聞留侯❽之言，吐哺❾而罵，曰趣銷印。夫稱善未幾，繼之以罵，刻印、銷印，有同兒戲❿，何嘗累⓫高祖之知人，適足以明聖人之無我⓬。陛下以為可而行之，知其不可而罷之，至聖至明，無以加此。議者必謂民可與樂成，難與慮始⓭，故勸陛下堅執不顧，期於必行。此乃戰國貪功之人，行險徼幸⓮之說。陛下若信而用之，則是徇⑮高論而逆至情，持空名而邀實禍，未及樂成而怨已起矣。臣之所願結人心者，此之謂也。

【章　旨】本章以漢高祖之例論述結人心的重要。

【注　釋】❶天機　天賦之靈性。❷聖略　聖明的謀略。❸執德　操持德義。這裡指堅守施政原則。❹遲留　停留；逗留。❺庶幾　差不多；近似。❻酈生句　酈生，酈食其。陳留高陽（今河南杞縣西南）人。劉邦之謀士。撓，削弱。楚權，指項羽的力量。當時酈食其建議恢復六國割據以削弱項羽勢力，得到劉邦贊同，並催促他趕快刻印以便分封。張良得知後，當即向劉邦闡明此舉極為不當，劉邦聽後，吐出口中食物，大罵酈生幾乎壞了大事，並立即下令把印銷毀。❼趣　通「促」。趕快。❽留侯　張良。他的祖先本姓姬，是韓國的公族，他因躲避秦朝的追捕，改姓張，字子房。封為留侯。❾吐哺　時漢高祖方食，急於說話，故吐出口中的食物。古傳周公「一飯三吐哺」。❿兒戲　兒童遊戲。此喻處理事情輕率。⓫累　妨礙。⓬無我　不固執己見。《論語·子罕》：「子絕四，毋意，毋必，毋固，毋我。」⓭民可與樂成二句　意為百姓無遠見，只樂意享受已成的事業，而不能同他們商量當初的開創。此為古代俗語，有多處記載。《管子·法法》：「故民未嘗可與慮始，而可與樂成功。」《史記·商君列傳》：「衛鞅曰：民不可與慮始，而可與樂成。」⓮行險徼幸　行險，冒險。徼幸，同「僥幸」。由於偶然原因而獲得成功或免去災禍。《禮記·中庸》：「小人行險以徼幸。」⓯徇　追求；順從。

【語　譯】皇上天賦的靈性明照一切，謀略如神，上述這些事情的弊端極清楚，哪有不知道的？想必是認為已經實行，不想中途改變，擔心天下百姓認為施政原則缺乏一貫性，用人不能善始善終，因此拖延時間，以期萬一能收實效。我私下裡認為這種想法也是不得當的。古時的傑出君主，沒有比得上漢高祖的。酈食其謀劃削弱楚王的勢力，建議恢復六國，高祖說很好，催促趕快刻印。等到聽了留侯張良的意見，正在進食的高祖吐出口中食物斥罵酈食其，並說趕快毀印。剛剛稱讚沒有多久，接著改口就罵，一會兒刻印，一會兒毀印，就像小兒做遊戲，這哪裡會影響了高祖的知人之明，恰好能表明聖人不堅持己見。皇上認為對的就推行它，後來覺得它不對就廢除它，極其聖明，沒有比這更好的了。提出新法的人一定會說那些老百姓只可以共同歡慶事業的成功，但不能和他們謀劃事業的創始，因此勸皇上堅決執行不顧一切，達到推行新法的目的。這就是戰國時期貪功求名的人，奉行冒險行事僥倖取勝的主張。皇上假若相信並採用這種說法，那麼這是順從空論而違背真情，守著虛名而招來實際的禍害，還沒等到歡慶成功時，怨恨就已經產生了。我所考慮的凝聚人心，就是這個道理。

士之進言者為不少矣，亦嘗有以國家之所以存亡，曆數❶之所以長短告陛下者乎？夫國家之所以存亡者，在道德之淺深，而不在乎強與弱；曆數之所以長短者，在風俗之厚薄，而不在乎富與貧。道德誠深，風俗誠厚，雖貧且弱，不害於長而存；道德誠淺，風俗誠薄，雖強且富，不救於短而亡。人主知此，則知所輕重❷矣。是以古之賢君，不以弱而忘道德，不以貧而傷風俗。而智者觀人之國，亦必以此察之。齊至強也，周公知其後必有篡弒之臣❸。衛至弱也，季子知其後亡❹。吳破楚入郢，而陳大夫逢滑知楚之必復❺。晉武既平吳，何曾知其將亂❻。隋文既平陳，房喬知其不久❼。元帝斬郅支，朝呼韓，功多於武、宣矣，偷安而王氏之釁生❽。宣宗收燕、趙❾，復河湟❿，力強於憲、武矣，銷兵而龐勛之亂起⓫。臣願陛下務崇道德而厚風俗，不願陛下急於有功而貪富強。使陛下富如隋⓬，強如秦⑬，西取靈武⑭，北取燕薊⑮，謂之有功可也，而國之長短則不在此。夫國之長短，如人之壽夭，人之壽夭在元氣⑯，國之長短在風俗。世有尪羸⑰而壽考⑱，亦有盛壯而暴亡。若元氣猶存，則尪羸而無害。及其已耗，則盛壯而愈危。是以善養生者，慎起居，節飲食，導引關節，吐故納新⑲。不得已而用藥，則擇其品之上，性之良，可以久服而無害者，則五藏和平而壽命長。不善養生者，薄節慎之功，遲吐納之效，厭上藥而用下品，伐真氣而助強陽⑳，根本已空，僵仆無日。天下之勢，與此無殊。故臣願陛下愛惜風俗，如護元氣。

【章　旨】本章論國家存亡不在富強，而在風俗和道德，希望皇上不要急於有功而貪富強。

【注　釋】❶曆數　猶言國運。指國家的興衰、朝代的更替。❷所輕重　孰輕孰重。誰重要誰不重要。❸齊至強也二句　太公呂尚封於齊，至國順齊俗，簡其君臣之禮，擅魚鹽之利，後來成為強國，齊桓公以霸，而至於春秋末期，田常弒齊簡公專政，田氏遂代齊。據《淮南子・齊俗》載：「昔太公望、周公旦受封而相見。太公望問周公曰：『何以治魯？』周公曰：『尊尊親親。』太公曰：『魯從此弱矣。』周公問太公曰：『何以治齊？』太公曰：『舉賢而上功。』周公曰：『後世必有劫殺之君。』其後齊日以大，至於霸，二十四世而田氏代之。魯日以削，至三十二世而亡。」❹衛至弱也二句　《左傳・襄公二十九年》載：吳公子季札到魯國來訪問，魯國用周樂招待他。當他聽到歌〈衛風〉的時候，評論說：「美哉淵乎，憂而不困者也。吾聞衛康叔、武公之德如是，是其〈衛風〉乎？」又與衛國的蘧瑗、史狗、史鰌、公子荊等人交談，又評論說：「衛多君子，未有患也。」衛國當時是個小國，至秦二世元年才為秦所滅，為諸侯國中最後亡者。蘇軾認為季札有眼光。季子，季札，又稱公子札。春秋時吳國貴族，吳王諸樊之幼弟，多次推讓君位。❺吳破楚入郢二句　春秋末吳攻破楚，楚昭王外逃，陳國處在吳、楚之間，究竟親誰為好呢？陳大夫逢滑則認為楚一定會恢復，表現了他的遠見。事見《左傳・哀公元年》。郢，楚國都城，在今湖北江陵。逢滑，春秋時陳國大夫。❻晉武既平吳二句　晉武帝平吳後，天下暫安，遂耽樂遊宴。仆射何曾嘗說：「每侍常語，不論經國遠圖，惟說平生常事，非貽厥孫謀之道也。」指諸孫說：「汝輩必遇亂。」結果武帝死後，釀成八王之亂的局面。何曾，字穎考。西晉大臣。陳國陽夏（今河南太康）人。❼隋文既平陳二句　隋滅陳，統一了中國，出現一片昇平景象，但房喬依據文帝的表現，預言隋不可長久。據《舊唐書．房玄齡傳》載：「房喬，字玄齡，青州臨淄（今山東淄博）人。嘗從父至京師，時天下寧宴，論者咸以國祚方永，玄齡乃避左右告父曰：『隋帝本無功德，但誑惑黔黎，不為後嗣長計，混諸嫡庶，使相傾奪，諸后藩枝，競崇淫侈，終當內相誅夷，不足保全家國。今雖清平，其亡可翹足而待。』」❽元帝斬郅支四句　謂漢元帝雖攻伐匈奴有功，但優游不斷，委政外戚，終致新莽篡政。事見《漢書．元帝紀》。元帝，漢宣帝長子，名奭。元帝建昭三年，陳湯矯詔發兵攻郅支單于，斬其首。竟寧元年，匈奴呼韓邪單于來朝。郅支，西漢匈奴呼韓邪單于之兄，名呼屠吾斯。呼韓，匈奴虛閭權渠單于子，名稽侯酬。武宣，指漢武帝、漢宣帝。王氏，元帝后王氏。元后之父及兄弟皆因元后關係而封。后居位輔政，一家中共有九侯、五大司馬。后之侄王莽終於篡漢。❾宣宗句　據《新唐書．宣宗紀》和《藩鎮傳》，可能指燕盧龍軍張直方及趙成德軍王紹懿的歸順。不過此二人的歸順與憲宗之平淮西、平東平，武宗之平澤潞，不可同日而語，謂力強於憲、武，則不符實際。❿復河湟　黃河與湟水的並稱。沙州人張義潮於宣宗大中五年（西元前八五一年）逐吐蕃，略定沙、伊、西、甘等十州，遣使入獻圖籍，於是吐蕃所侵河湟之地盡得恢復。⓫銷兵句　銷兵，即息兵。龐勛之亂，懿宗時事。龐勛，武寧軍節度使糧料判官。懿宗咸通九年（西元八六八年）龐勛率徐泗農民舉行兵變。懿宗是宣宗之子，繼宣宗而立。意謂宣宗兵力強於前朝（即憲、武），然一旦休兵，禍亂便起。⓬富如隋　隋文帝開皇中，有司上言，府藏皆滿無所容，積於廊廡，於是更闢左藏院。見《隋書．食貨志》。⓭強如秦　秦并六國，天下之強國。⓮靈武在今寧夏。當時為西夏所據。⓯燕薊　在今河北省。當時為遼所占有。⓰元氣　古人指人之精氣，構成生命的最初要素。元者始也。⓱尫羸　瘦弱。⓲壽考　長壽；高壽。⓳導引關節二句　疏通關節血脈，吐出濁氣，吸進新鮮空氣，道家的一種養生方法。《莊子．刻意》：「吹呴呼吸，吐故納新，熊經鳥申，為壽而已矣。」⓴強陽　陽剛之氣，好運動。《莊子．知北遊》：「天地之強陽氣也。」強陽，運動。

【語譯】給皇上進言的士大夫為數不少了，有沒有以國家存亡和朝代運數長短為內容向皇上進言的呢？國家存亡的原因，在於人們道德的深淺，而不在於國家的強與弱；朝代運數長短的原因，在於風俗的淳厚澆薄，而不在於國家的富與貧。道德確實深厚，風俗確實淳樸，即使既貧且弱，也無害於國家的長期存在；如果道德確實淺陋，風俗確實澆薄，即使國家強大富足，也無法挽救國運的短命和滅亡。君主懂得這個道理，就知道哪個重要哪個不重要了。因此古時的賢君明主，不會因為弱小而拋棄道德，不會因為貧困而傷害風俗。而明智的人觀察國家，也必定用這個標準來審察。齊國是個極強大的國家，周公旦預見齊國後世一定有弒君謀位的臣子。衛國是極弱小的國家，季札預見到衛國必定最後滅亡。吳國打敗楚國進入了楚國都城，而陳國大夫逢滑預見楚國一定會復興。晉武帝滅吳國後，大臣何曾預見晉國將會大亂。隋文帝滅了陳國，房玄齡預見隋朝國運不會長久。漢元帝殺了匈奴的郅支單于，呼韓邪單于入朝，元帝的功勞比漢武帝、漢宣帝還多，然而他只會貪圖目前的安逸而后宮王氏的禍患便產生了。唐宣宗平定了燕、趙之地，收復了黃河、湟水之間的地區，力量比唐憲宗、武宗還強，但息兵休戰之後不久，龐勛的叛亂就發生。我希望皇上致力於推崇道德、注重風俗，不希望皇上急於建立功業而貪圖富強。假使皇上像隋文帝一樣富裕，像秦國一樣強大，西邊征服靈武，北邊收復燕薊，稱之為有功是可以的，然而國家壽命的長短則不在這裡。國家壽命的長短，就像人壽命的長短一樣，人壽命的長短在於元氣，國家命運的長短在於風俗。人世間有瘦弱而長壽的，也有旺盛強壯而突然死亡的。如果元氣還存在，那麼即使瘦弱也不會危及生命。假若元氣已耗盡，那麼越旺盛強壯就越危險。因此善於養生的人，慎重對待日常生活，節制飲食，導氣引體活動關節，吐出濁氣吸納清氣。萬不得已而要用藥時，就選擇上等、性質溫和、可以長期服用而無害處的好藥，這樣人體五臟就得到調和而壽命久長。不善於養生的人，輕視節制飲食和慎於起居的功效，嫌吐故納新的效率緩慢，討厭上等藥而用劣質藥，損害了元氣而助長了剛強之氣，人的本源已經空虛，倒下也就指日可待了。國家的形勢，與人的身體沒有什麼不同。所以我希望皇上愛惜風俗，就像保護人體的元氣一樣。

古之聖人，非不知深刻之法可以齊眾，勇悍之夫可以集事，忠厚近於迂闊，老成初若遲鈍。然終不肯以彼而易此者，知其所得小而所喪大也。曹參賢相也，曰慎無擾獄市❶。黃霸循吏也，曰治道去泰甚❷。或譏謝安以清談廢事，安笑曰：「秦用法吏，二世而亡。」❸劉晏為度支，專用果銳少年，務在急速集事，好利之黨，相師成風❹。德宗❺初即位，擢崔祐甫為相，祐甫以道德寬大推廣上意，故建中❻之政，其聲翕然❼，天下想望，庶幾正觀❽。及盧杞為相，諷上以刑名整齊天下，馴致澆薄，以及播遷❾。我仁祖之御天下也❿，持法至寬，用人有敘⓫。專務掩覆過失，未嘗輕改舊章。然考其成功，則曰未至。以言乎用兵，則十出而九敗；以言其府庫，則僅足而無餘。徒以德澤在人，風俗知義，是以升遐⓬之日，天下如喪考妣。社稷長遠，終必賴之，則仁祖可謂知本矣。今議者不察，徒見其末年吏多因循⓭，事不振舉，乃欲矯之以苛察⓮，齊之以智能，招來新進勇銳之人，以圖一切速成之效，未享其利，澆風⓯已成。且天時不齊⓰，人誰無過？國君含垢⓱，至察無徒⓲。若陛下多方包容，則人材取次可用。必欲廣置耳目，務求瑕疵，則人不自安，各圖苟免，恐非朝廷之福，亦豈陛下所願哉？漢文欲用虎圈嗇夫，釋之以為利口傷俗⓳。今若以口舌捷給而取士，以應對遲鈍而退人，以虛誕無實為能文，以矯激⓴不仕㉑為有德，則先王之澤，遂將散微。

【章旨】本章引述古今事例，批評當今用人之誤，進一步闡明厚風俗的道理。

【注釋】❶曹參賢相也二句　據《史記・曹相國世家》載：「參相齊九年，齊國安集，大稱賢相。惠帝二年，蕭何卒，參聞之，告舍人趣治行，吾將入相。居無何，使者果召參，參去，屬其後相曰：『以齊獄市為寄，慎勿擾也。』後相曰：『治無大於此者乎？』參曰：『不然，夫獄市者，所以並容也，今君擾之，姦人安所容也？吾是以先之。』」曹參，沛縣人。秦時為獄掾，與蕭何同起，封平陽侯，蕭何死，參為相國。獄市，指訴訟及交易買賣，皆姦人圖利之所，窮治其事則非黃老省事之術。❷黃霸循吏也二句　據《漢書・循吏・黃霸傳》載：霸字次公，淮陽陽夏人也。為潁川太守。「許丞老，病聾，督郵白欲逐之。霸曰：『許丞廉吏，且善助之，毋失賢者意。』或問其故，霸曰：『數易長吏，送故迎新之費，及姦吏緣絕簿書，盜財物，公私費耗甚多，皆當出於民。所易新吏又未必賢，或不如其故，徒相益為亂。凡治道，去其泰甚者耳。』」循吏，奉職守法的官吏。泰甚，過分。泰，同「太」。❸或譏謝安以清談廢事四句　東晉尚清談，謝安四十歲以前隱居東山，曾與許詢、孫綽等人友善，皆志在清談。《晉書・謝安傳》載：「安嘗與王羲之登冶城，悠然遐想，有高世之志。羲之謂曰：『夏禹勤王，手足胼胝；文王旰食，日不暇給。今四郊多壘，宜思自效，而虛談廢務，浮文妨要，恐非當今所宜。』安曰：『秦任商鞅，二世而亡，豈清談致患耶？』」謝安，字安石，東晉陳郡陽夏（今河南太康）人。西晉末南遷，謝氏和王氏同為世族之首。安於孝武帝時位至宰相。前秦南下，他力持鎮靜，使謝石、謝玄拒敵，獲得淝水之戰的大捷。❹劉晏為度支五句　《舊唐書・劉晏傳》載：「寶應二年，遷吏部尚書平章事，領度支鹽鐵轉運租庸使。罷相為太子賓客，尋授御史大夫，領東都、河南、江淮、山南等道轉運使如故。凡所任使，多收後進有幹能者，其所總領，務乎急促，趨利者化之，遂以成風。」據此，劉晏在管理財政和用人方面有所成就，蘇軾之言似欠公允。果銳，果斷而敢於進取。❺德宗　唐德宗李适。即位之初，擢用崔祐甫為相。崔祐甫字貽孫，長安人。為相時用德治，故政聲藹然，海內想望貞觀之治。❻建中　德宗年號（西元七八〇—七八三年）。❼翕然　收斂；平息。❽正觀　即貞觀，唐太宗年號。宋避仁宗嫌名所改。❾播遷　流離；逃亡。德宗建中四年，涇原兵過京師，以食劣譁變，奉太尉朱泚為主，德宗出奔奉天（今陝西乾縣）。《舊唐書・盧杞傳》載：「及杞為相，諷上以刑名整齊天下。初李希烈請討梁崇義，崇義誅而希烈叛，盡據淮右襄、鄧之郡邑。恆州李寶臣死，其子維岳邀節鉞，遂與田悅締結，以抗王師。繇是河北、河南連兵不息。是時人心愁怨，涇師乘閒謀亂，奉天之奔播，職杞之由。」盧杞，字子良，滑州（今屬河南）人，繼崔祐甫為相，為非作歹，引起河南河北兵亂不息。❿我仁祖句　仁祖，宋仁宗趙楨。御，治理。⓫敘次序。⑫升遐　帝王之死的委婉說法。⑬因循　照舊章辦事。⑭苛察　細察。指嚴刑峻法。⑮澆風　輕薄的社會風氣。⑯天時不齊　謂天生殺萬物不在同一時。《禮記・學記》曰：「大信不約，大時不齊。」孔疏曰：「大時謂天時也。」⑰國君含垢　謂國君當有容忍的器量，受盡委屈而在所不辭。《左傳・宣公十五年》曰：「晉伯宗引古諺曰：川澤納汙，山藪藏疾，瑾瑜匿瑕，國君含垢。」⑱至察無徒　對人細小毛病都看得清楚的人是沒有朋友的。《大戴禮・子張問入官》篇曰：「水至清則無魚，人至察則無徒。」⑲漢文欲用虎圈嗇夫二句　《史記・張釋之馮唐列傳》載：「釋之從行，登虎圈，上問上林尉諸禽獸簿，十餘問，尉左右視，盡不能對。虎圈嗇夫從旁代尉對上所問禽獸簿甚悉，欲以觀其能口對響應無窮者。文帝曰：『吏不當若是邪？尉無賴。』乃詔釋之拜嗇夫為上林令。……釋之曰：『夫絳侯、東陽侯稱為長者，此兩人言事曾不能出口，豈斅此嗇夫諜諜利口捷給哉！……今陛下以嗇夫口辨而超遷之，臣恐天下隨風靡靡，爭為口辯而無其實。且下之化上，疾於景響，舉錯不可不審也。』文帝曰：『善。』乃止不拜嗇夫。」虎圈嗇夫，掌管虎圈的小吏。釋之，張釋之。事漢文帝，官至廷尉，以不能取容當世，後辭官不仕。利口，善於辭令、巧說。⑳矯激　猶矯情。掩飾真情。㉑仕　出仕。古以不仕為清高。有本仕作「任」。

【語　譯】古時候的聖人，不是不知道嚴峻苛刻的法令可以統一天下百姓，勇猛強悍的人可以完成某些事業，而忠厚的人則近似迂闊無用，老成的人初看就像遲鈍笨拙。然而聖人始終不肯用苛察勇猛的人來替換忠厚老成的人，因為他們懂得那樣做的結果將是得到的少而喪失的多。曹參是個賢明的丞相，曾說不要隨意擾亂訴訟和集市。黃霸是個守法的官吏，他說治國之道不要有過分的作法。有人指責謝安空談玄理會荒廢事業，謝安笑著說：「秦國使用苛察的法吏，秦二世很快就亡了。」唐代劉晏做度支時，專用果斷敏銳的年輕人，務必求得事業速成，結果貪利之徒，相互仿效而形成風氣。唐德宗初即位時，選用崔祐甫為宰相，崔祐甫用道德寬緩的辦法，弘揚君主的意旨，因此建中初期的政治清平，民心安定，天下百姓仰慕，近似貞觀之治。等到盧杞做宰相，諷諫皇上用刑律來治理天下，致使社會風氣浮薄，以至德宗流離奉天。我朝仁宗治理天下的時候，執法寬大，按規定的等級第次選用人才。專心掩蓋彌補過失，不曾輕易改變昔日的規章。然而考察他的成就，就有不夠之處。就用兵打仗而言，則是十次出戰有九次失敗；就府庫財物的存貯而言，則是剛剛夠用而沒有積餘。只是由於恩德施於百姓，讓大家形成了堅持義理的風氣，因此當他死去的時候，天下百姓像死了父母一樣的悲傷。社稷的長遠保存，最終必須依賴這樣的風俗，而仁宗可以說是懂得這個根本了。如今那些議論朝政的人不了解整個情況，僅僅見到仁宗末年，官吏大多因循守舊，辦事敷衍拖沓，於是就想用苛刻繁瑣的法令來矯正，用智慧與才能來要求臣下，招來初入仕途而勇於進取的人，以圖達到一時速成的效果，結果沒有得到它的利益，反而讓輕薄的社會風氣形成了。天時尚且好壞不一，人誰能沒有過錯？國君要寬容大度，過分明察就失去人才。如果皇上多方寬容，那麼人才就可按等次使用。如果皇上一定要多方設置耳目偵察，專找臣下的過失，那麼人人都不能自安其心，各自都會苟且保身免禍，這恐怕不是朝廷的福氣，又難道是皇上所希望的嗎？漢文帝想用掌管虎圈的小吏為上林令，張釋之認為僅憑善於辭令而被提拔的作法會敗壞風俗。如今假若根據言辭敏捷來選取士人，根據對答遲鈍來辭退士人，把荒誕無實的人視為有文才，把掩飾真心虛言不仕的人視為有德行，那麼先王的德澤，就將會散失而衰微了。

自古用人，必須歷試❶。雖有卓異之器，必有已成之功。一則使其更❷變而知難，事不輕作；一則待其功高而望重，人自無辭❸。昔先主以黃忠❹為後將軍，而諸葛亮憂其不可，以為忠之名望，素非關、張之倫，若班爵❺遽同，則必不悅。其後關羽果以為言❻。以黃忠豪勇之姿，以先主君臣之契❼，尚復慮此，而況其他？世常謂漢文不用賈生❽，以為深恨。臣嘗推究其旨，竊謂不然。賈生固天下之奇才，所言亦一時之良策，然請為屬國❾，欲係單于，則是處士之大言，少年之銳氣。昔高祖以三十萬眾，困於平城❿，當時將相群臣，豈無賈生之比？三表五餌[11]，人知其疏，而欲以困中行說[12]，尤不可信。兵，凶器也[13]，而易言之，正如趙括之輕秦[14]，李信之易楚[15]。若文帝亟用其說，則天下殆將不安。使賈生嘗歷艱難，亦必自悔其說。用之晚歲，其術必精。不幸喪亡，非意所及[16]。不然，文帝豈棄才之主？絳、灌[17]豈蔽賢之士？至於晁錯[18]，尤號刻薄[19]。文帝之世，止於太子家令，而景帝既立，以為御史大夫。申屠賢相，發憤而死[20]。更法改令，天下騷然。及至七國發難[21]，而錯之術亦窮矣。文景優劣，於此可見。大抵名器[22]爵祿，人所奔趨。必使積勞而後遷，以明持久而難得，則人各安其分，不敢躁求。今若多開驟進[23]之門，使有意外之得，公卿侍從，跬步[24]可圖。其得者既不以徼幸自名，則不得者必皆以沉淪為恨。使天下常調[25]，舉生妄心[26]，恥不若人，何所不至？欲望風俗之厚，豈可得哉？選人之改京官，常須十年以上。薦更險阻[27]，計析毫釐，其間一事聱牙[28]，常至終身淪棄。今乃以一人之薦舉而予之，猶恐未稱，章服[29]隨至。使積勞久次[30]而得者，何以厭服[31]哉？夫常調之人，非守則令，員多闕少，久已患之，不可復開多門以待巧進[32]。若巧者侵奪已甚，則拙者迫怵[33]無聊。利害相形，不得不察。故近來朴拙之人愈少，而巧進之士益多。惟陛下重之惜之，哀之救之。如近日三司獻言，使天下郡選一人，催驅三司文字[34]，許之先次㉟指射㊱以酬其勞。則數年之後，審官㊲吏部，又有三百餘人，得先占闕。常調待次，不其愈難？此外勾當㊳發運均輸，按行㊴農田水利，已據監司之體，各懷進用之心。轉對㊵者望以稱旨而驟遷，奏課㊶者求為優等而速化㊷，相勝以力，相高以言，而名實亂矣。惟陛下以簡易為法，以清淨為心，使姦無所緣，而民德歸厚㊸。臣之所願厚風俗者，此之謂也。

【章旨】本章論述用人必須歷試，依據其功業成就來依次任官授職，不可開驟進之門。

【注釋】❶歷試　屢試；多次考驗或考察。❷更　經歷。❸無辭　無非議之辭。❹黃忠　字漢升，南陽人，劉備部將，賜爵關內侯。❺班爵　序列爵位。❻關羽句　《三國志・費詩傳》載：「先主為漢中王，遣詩拜關羽為前將軍。羽聞黃忠為後將軍，怒曰：『大丈夫終不與老兵同列！』不肯受拜。詩謂羽曰：『王與君侯，譬猶一體，同休等戚，禍福共之，愚為君侯不宜計官號之高下，爵祿之多少為意也。』羽大感悟，遽即拜受。」❼契　相合。此指君臣協調。❽漢文不用賈生　賈生即賈誼。西漢初年政治家、文學家。文帝召以為博士，悅之，一歲中越等提拔至太中大夫。遭周勃等老臣的忌恨，於是文帝後疏遠了他，不用其議，乃以賈生為長沙王太傅。事見《史記・屈原賈生列傳》。❾請為屬國　請求作管理歸附屬國的官員。即典屬國。賈誼在〈陳政事疏〉中說：「陛下何不試以臣為屬國之官，以主匈奴？行臣之計，請必係單于之頸，而制其命，伏中行說而笞其背。」❿高祖以三十萬眾二句　高祖困於平城，又稱白登之圍。時匈奴冒頓單于不斷侵擾漢朝北境，西元前二〇〇年匈奴大軍圍攻晉陽（今山西太原），漢高祖親率軍三十餘萬迎戰，被圍困於平城白登山（今山西大同東南）達七日之久，後用陳平計始得解圍。⓫三表五餌　賈誼陳獻的防禦匈奴的方法。以立信義、愛人之狀和好人之技為三表；賜之以盛服車乘、盛食珍味、音樂婦人、高堂邃宇府庫奴婢和親近安撫為五餌。⓬中行說　漢文帝遣宦官中行說送公主赴匈奴和親，因降匈奴，為漢患。⓭兵二句　兵器是用來打仗殺人的，所以是凶器。《越語》下：「范蠡曰：兵者凶器也。」《呂氏春秋・論威》曰：「凡兵，天下之凶器也。」⓮趙括之輕秦　趙括自少時學兵法，言兵事，以天下莫能當，嘗與其父奢言兵事，奢不能難，然不調善。括母問奢其故，奢曰：「兵，死地也，而括易言之。使趙不將括即已，若必將之，破趙軍者必括也。」後趙王以趙括代廉頗，率大軍與秦將白起戰於長平，被困四十六日，最後趙括被射死，趙軍四十多萬人被俘後遭活埋。後此趙國的實力削弱。事見《史記・廉頗藺相如列傳》。⑮李信之易楚　李信為秦代將領。據《史記・白起王翦列傳》載：「始皇問李信，吾欲攻取荊，於將軍度用幾何人而足？李信曰：『不過用二十萬人。』始皇問王翦，王翦曰：『非六十萬人不可。』始皇曰：『王將軍老矣，何怯也？李將軍果勢壯勇，其言是也。』遂使李信及蒙恬將二十萬伐荊，荊人大破李信軍，入兩壁，殺七都尉，秦軍走。」⑯不幸喪亡二句　漢文帝改任賈生為梁懷王太傅。數年，懷王騎，墮馬而死，賈生自傷為傅無狀，哭泣歲餘亦死。賈生之死，時年三十三歲。⑰絳灌　周勃，封絳侯，文帝時任丞相。灌嬰，文帝時丞相。⑱晁錯　即鼂錯。生平見卷十三〈言兵事書〉作者介紹。⑲刻薄　冷酷無情。⑳申屠賢相二句　申屠嘉，文帝時遷御史大夫，後任丞相。曾因向景帝狀告晁錯破壞宗廟牆垣而未成，惱怒而死。㉑七國發難　指吳、楚等七國起兵反叛。㉒名器　古代表示等級的爵號及車服儀制等稱名器。《左傳・成公二年》：「唯器與名，不可以假人。」㉓驟進　指越級提拔。當時因贊助新法而進者，如呂惠卿輩，不可勝舉。㉔跬步　半步。㉕常調　按常規選任官吏。㉖妄心　妄想。指得到超級提拔。㉗薦更險阻　薦，重；一再。更，經歷。險阻，猶言艱難、困難。㉘鑿牙　猶言齟齬不相合。㉙章服　任官所著禮服。㉚久次　長久等待。㉛厭服　心滿意足。厭，同「饜」。滿足。㉜巧進　取巧得官。㉝迫怵　窘迫恐懼。㉞催驅句　史不詳。舊注：言強令學習三司官書文件，允以提先補官。文字，文件；公文。㉟先次　猶超次，比原定次序提前。㊱指射　宋制，某些在選官員可以在川、陝、閩、廣等八路邊遠地區隨意就差。即自行選定任官地點，稱為「指射」。㊲審官　指審官院。掌管文、武官員的選授、勳封及考課的政令。㊳勾當　主管；辦理。㊴按行　巡視。㊵轉對　宋代臣僚每隔數日，輪流上殿指陳時政得失。㊶奏課　把對官吏的考績上報朝廷。㊷速化　與「驟遷」義同。指迅速升官。㊸民德歸厚　《論語・學而》：「曾子曰：慎終追遠，民德歸厚矣。」

【語　譯】自古以來選用人才，必須經過多次考試和考察。即使有出眾才能的人，也必須有過去的功績。這樣做的原因，一是使他們歷經曲折而知道事業的艱難，不致輕率辦事；一是等待他們取得大的功績和崇高的名望，人們才自然信服。三國時，劉備提拔黃忠為後將軍，然而諸葛亮擔憂這樣做不適宜，因為就黃忠的名聲威望，向來不能與關羽、張飛等同而論，假若現在他們的排列爵位驟然一樣，那麼關羽、張飛一定不高興。後來關羽果然對此有意見。就黃忠那樣豪邁英勇的人品，劉備君臣關係的投合，對此尚有所顧慮，更何況其他的人呢？過去常說漢文帝不用賈誼，後人感到很大的遺憾。我曾經研究過文帝的意圖，認為不是這樣。賈誼固然是天下的奇才，他所說的計策也是當時的一個良策，然而他請求做主持附屬國的官，想因繫匈奴王單于，那只不過是書生的浮誇之辭，年輕人的一時衝動罷了。從前漢高祖率領三十萬軍隊抗拒匈奴，結果被匈奴圍困於平城，當時的將相群臣，難道沒有一個比得上賈誼的嗎？賈誼陳獻的所謂「三表」、「五餌」以對付匈奴的方法，大家都知道它的疏闊，而想用它來困折中行說，更加不可相信。兵甲本是凶器，賈誼把它說得太輕易了，就好比趙括輕視秦軍，李信輕視楚國一樣。假若漢文帝急於採用了賈誼的主張，那麼天下恐怕就要不安寧了。假使賈誼經歷過各種艱難困苦的考驗，也許會對原來的主張有所悔悟。遲一些年再任用他，他的策略必定更加精妙。不幸他死得太早，這是意料不到的。如果不是我說的這個意思，文帝豈不成了拋棄人才的君主？周勃、灌嬰豈不成了忌賢妒能的大臣？至於鼂錯這個人，尤稱苛刻寡情。文帝在位時，只任命他擔任到太子家令為止，景帝登位後，他被提升為御史大夫。申屠嘉是個賢良丞相，終因景帝偏聽，惱怒而死。鼂錯多方更改法令，弄得天下不安。等到吳、楚等七國發動叛亂，鼂錯也無計可施了。文帝、景帝識人的高低，在這裡就看得清楚了。大體上名號、爵祿，是人們所追求的。但必須先積累功績然後才能晉升，以表明晉升官爵是必經長期努力而且是不容易得到的，那麼大家就會各自安分守己，不敢急於求得。現在如果多開迅速提升官位之門，就會讓人有意外晉升的想法，公卿侍從，就舉步可得了。那些意外得到官職的人既然不肯承認自己是僥倖成功的，而那些沒有得到提拔的人就必定會因沉淪下僚而不滿。即使按常規晉升的人，都會產生非分之想，為自己不如人而感到恥辱，這樣一來，什麼事做不出來呢？要想使風俗淳厚，難道能做得到嗎？候補待選的官員改任京職，經常要等待十年以上。多次經歷曲折，評審細致，當中只要有一點點不合要求，常常導致終身沉淪棄用。如今憑一人的推薦就可授予官職，還怕他不能稱心如意，官服馬上跟著送到。這樣讓那些積累功績又經多年等待按次序升遷的人，怎麼能心服呢？按常規調遷的人，不是太守就是縣令，待選人員多而職位少，早已成為憂患，不可再打開各種門路來方便投機取巧的人。假若取巧晉升的人過多，那麼忠厚老實的人就會感到惶恐而無所依靠。以上利弊的對照，不可不看清楚。所以現在樸實淳厚的人愈來愈少，而投機取巧的人愈益增多。希望皇上能夠重視、痛惜、憐憫、拯救他們。比如最近三司呈上建議，要全國每郡選派一人，強令學習三司的公文，答應他們優先選定任官地點，以此來補償他們的辛勞。那麼數年之後，被吏部考察提拔的官吏中，又有三百多人，得提前占有空額。按常規遷選按照資歷依次補缺的人，不是更加困難了嗎？此外管理發運均輸，巡視農田水利，已經侵犯了監察司的體制，這些人都有進用之心。向朝廷陳述得失的臣僚，希望能符合皇上的旨意而得到迅速晉升；上報考績的人，希望有優秀政績可以快速入仕，他們用實力相爭，用言詞比高低，從此名與實的關係就紊亂了。希望皇上制法簡易，心懷清靜，使壞人沒有可乘之機，這樣民眾的德行就歸於淳厚了。我之所以希望加強淳美的風俗，說的就是這件事。

古者建國，使內外相制，輕重相權。如周如唐，則外重而內輕❶；如秦如魏，則外輕而內重❷。內重之弊，必有姦臣指鹿之患❸；外重之弊，必有大國問鼎❹之憂。聖人方盛而慮衰，常❺先立法以救弊。國家租賦總於計省❻，重兵聚於京師❼，以古揆今，則似內重。恭惟❽祖宗所以預圖而深計，固非小臣所能臆度而周知。然觀其委任臺諫❾之一端，則是聖人過防之至計。歷觀秦漢以及五代，諫爭❿而死，蓋數百人。而自建隆⓫以來，未嘗罪一言者。縱有薄責，旋即超升。許以風聞⓬，而無官長⓭。風采⓮所繫，不問尊卑。言及乘輿⓯，則天子改容；事關廊廟⓰，則宰相待罪。故仁宗之世，議者譏宰相但奉行臺諫風旨而已⓱。聖人深意，流俗豈知？擢用⓲臺諫，固未必皆賢，所言亦未必皆是。然須養其銳氣⓳，借之重權者，豈徒然哉？將以折姦臣之萌，而救內重之弊也。夫姦臣之始，以臺諫折之而有餘；及其既成，以干戈取之而不足。今法令嚴密，朝廷清明，所謂姦臣，萬無此理。然養貓以去鼠，不可以無鼠而養不捕之貓；畜狗以防姦，不可以無姦而畜不吠之狗。陛下得不上念祖宗設此官之意，下為子孫立萬一之防？朝廷紀綱，孰大於此？

【章旨】本章論述當時朝廷處於內重的形勢，應加強臺諫以防止姦人作亂。

【注釋】❶如周如唐二句　指戰國諸侯紛爭，唐末藩鎮跋扈，故謂之外重內輕。❷如秦如魏二句　秦統一，廢諸侯置郡守，曹魏子弟宗室權力同匹夫一樣，故謂之外輕內重。❸指鹿之患　趙高欲專權，以鹿作試驗問群臣的故事。據《史記・秦始皇本紀》載：趙高欲為亂，恐群臣不聽，乃先設驗，持鹿獻於二世曰：「馬也。」二世笑曰：「丞相誤邪？謂鹿為馬。」問左右，左右或默，或言馬以阿順趙高。或言鹿，高因陰中諸言鹿者以法。後群臣皆畏高。❹問鼎　相傳夏禹鑄九鼎，三代作為傳國之寶，以為政權的象徵。據《左傳》載楚莊王曾向王孫滿問鼎之輕重，後以問鼎為窺視神器，喻有奪取政權之意。❺常　本作「當」。❻計省　宋代總領國家財經事務的機構，三司的別稱。❼重兵聚於京師　據《宋史・兵志》載：宋太祖鑑前代之失，把精銳部隊集中於京師，以備征伐。❽恭惟　恭敬地思考。表敬詞。❾臺諫　指御史臺臣和諫院。臺臣管糾劾百官，諫院管侍從規諫。❿諫爭　直言規勸。⓫建隆　宋太祖年號。(西元九六〇—九六二年)。⓬風聞　經傳聞而得知。古時御史等任監察職務的官員可以根據傳聞進諫或彈劾官吏，謂之風聞言事。⓭無官長　《通考・職官七》載：「御史臺，宋承唐制，無大夫，以中丞為臺長，無正員。以兩省給諫權，自中丞以下，掌糾繩內外、百官姦慝，肅清朝廷綱紀，大事廷辨，小事奏彈。」案御史中丞雖為臺長，而與他省部院館長官不同，故云無官長。⓮風采　這裡指廣泛搜集的傳聞。⓯乘輿　代指天子。據揚雄《獨斷》上載：「天子至尊，不敢渫瀆言之，故託之於乘輿。乘猶載也，輿猶車也，天子以天下為家，不以京師宮室為常處，則當乘車輿以行天下，故群臣託乘輿以言之。」⓰廊廟　指朝廷。⓱議者句　宋仁宗嘉祐四年八月乙亥，仁宗到崇政殿策試錢藻、汪輔之等人，並入四等，監察御史裏行沈起奏言輔之無行，罷之。輔之躁忿，因以書誚讓宰相富弼曰：「公為宰相，但奉臺諫風旨而已，天下何賴焉？」弼不能答。事見《續資治通鑑．長編》卷百九十。⑱擢用　選拔任用。⑲銳氣　指敢於直言極諫。

【語　譯】古代建立國家，就要讓內部與外部互相制約，權力的輕重相互平衡。像周代、唐代，是外重而內輕；像秦代、曹魏，是外輕而內重。內重的弊病，必定會有姦臣指鹿為馬的災難；外重的弊病，必定會有大國圖謀中原的憂患。聖人在剛興盛之時就考慮到防止衰微，往往先確立法度以制止弊端的出現。我們國家的租稅統統由三司管理，重兵都聚集在京城，按古時的情況來衡量現在，就有點像內重的情況。我想到祖宗所以周密謀劃防患未然的原因，本不是我小小臣子所能主觀推測和詳知的。然而看當時信任臺諫這點上，則是聖人嚴密防範的最好計謀。逐一考察秦、漢以及五代的歷史，因直言規勸而被處死的，大概就有數百人之多。然而自從太祖建隆以來，未曾懲罰過一個直諫的人。即使有輕微的責備，隨即就越級提升。允許臺諫官員可以根據傳聞進諫或彈劾官吏，而且御史臺不設御史大夫主管。凡諷諫所涉及的，不問地位尊卑。諫言涉及到天子的，天子也要嚴肅對待；事有關朝廷的，宰相也等待處理。因此仁宗時代，有人譏諷宰相只會奉行臺諫意旨辦事罷了。聖人深刻的用意，世俗之人又怎麼懂得呢？提拔任用的臺諫官員，當然不一定都是賢能的人，他們所說的也不一定都正確。然而必須培養他們敢於直言極諫的勇氣，不然賦予臺諫重大的權力，豈不枉然？就是要用它來摧毀姦臣於萌芽狀態，拯救內重的弊病啊。姦臣剛剛出現的時候，用臺諫挫敗他們是綽綽有餘的；等到姦臣已形成一定勢力，用武力去消滅他們都不容易了。現在法令嚴密，朝廷政治清明，所說的姦臣，絕對沒有產生的道理。然而養貓是為了消滅老鼠，但不可以因為沒有老鼠而養不會捕捉老鼠的貓；養狗是為了防止偷盜，但不可以因為沒有偷盜而畜養不會吠叫的狗。皇上能不上思祖宗設立臺諫的意義，下為子孫後代確立永久的防範措施嗎？朝廷政綱法紀中，還有比這更大的事嗎？

臣自幼小所記，及聞長老之談，皆謂臺諫所言，常隨天下公議❶。公議所與，臺諫亦與之；公議所擊，臺諫亦擊之。及至英廟之初，始建稱親之議❷，本非人主大過，亦無典禮明文❸，徒以眾心未安，公議不允，當時臺諫以死爭之。今者物論❹沸騰，怨讟❺交至，公議所在，亦可知矣，而相顧❻不發，中外失望。夫彈劾積威❼之後，雖庸人亦可以奮揚；風采消委❽之餘，雖豪傑有不能振起。臣恐自茲以往，習慣成風，盡為執政私人❾，以致人主孤立。紀綱一廢，何事不生？孔子曰：「鄙夫可與事君也與哉？其未得之也，患不得之；既得之，患失之。苟患失之，無所不至矣。」❿臣始讀此書，疑其太過，以為鄙夫之患失，不過備位而苟容。及觀李斯憂蒙恬之奪其權，則立二世以亡秦⓫；盧杞憂懷光之數其惡，則誤德宗以再亂⓬。其心本生於患失，而其禍乃至於喪邦。孔子之言，良不為過。是以知為國者，平居必常有忘軀犯顏⓭之士，則臨難庶幾有徇義守死之臣。苟平居尚不能一言，則臨難何以責其死節？人臣苟皆如此，天下亦曰殆哉⓮！君子和而不同，小人同而不和⓯。和如和羹，同如濟水⓰。故孫寶有言，周公上聖，召公大賢，猶不相悅，著於經典，兩不相損⓱。晉之王導⓲，可謂元臣，每與客言，舉坐稱善，而王述⓳不悅，以為人非堯舜，安得每事盡善？導亦斂衽⓴謝之。若使言無不同，意無不合，更唱迭和，何者非賢？萬一有小人居其間，則人主何緣得以知覺？臣之所謂願存紀綱者，此之謂也。

【章旨】本段繼續論述加強臺諫、聽取公議以存紀綱的重要。

【注釋】❶公議　公眾的說法。❷及至英廟之初二句　宋仁宗無嗣，死後，以濮王之子趙曙繼位，是為英宗。即位之次年（治平二年），詔議崇奉生父濮王典禮。議久不定，三年，侍御史呂誨、范純仁、呂大防等力主稱仁宗為皇考，濮王為皇伯。而中書韓琦、歐陽修等則主張稱濮王為皇考。英宗因立濮王園陵，貶呂誨等三人外出。史稱「濮議」。事見《宋史・英宗本紀》、《呂誨傳》等。英廟，即英宗。對已故君主的一種稱法。❸亦無句　指御史臺尊濮王為伯父，也缺乏古制的依據。❹物論　眾人的議論；輿論。❺讟　痛怨；誹謗。❻相顧　相視。❼積威　累受威力的約束。司馬遷〈報任安書〉：「積威約之勢也。」❽消委　衰敗。❾盡為句　如謝景溫素附王安石，與安石弟安國為婚姻家，故安石用為知雜御史，仍更不置中丞及諫官，恐其異故。據《溫公日記》。❿孔子曰八句　見《論語・陽貨》。「患不得之」一般作「患得之」，意不明。《潛夫論・愛日》作「患不得之」，疑其義為長。⓫李斯憂蒙恬之奪其權二句　蒙恬為秦始皇時將領。始皇死，趙高將立扶蘇的遺詔篡改為立胡亥。並勸告丞相李斯：如果立扶蘇必用蒙恬為丞相。李斯怕失去相位，也就同意了立胡亥的主張。此為李斯既得之患失之的一例。⓬盧杞憂懷光之數其惡二句　盧杞為唐德宗宰相。德宗在奉天，為朱泚攻圍，李懷光自魏縣赴難解圍。盧杞以懷光功大，怕懷光見德宗陳述自己的過失，因建議德宗讓懷光乘勝收復京城，不要他入奉天。懷光生疑，揚言與朱泚連和反叛。德宗又播遷梁州避亂。《舊唐書・李懷光傳》載：「懷光性粗厲疏愎，緣道數言盧杞、趙贊、白志貞等姦佞，且曰：吾見上，當請誅之。杞等微知之，懼甚，因說上令懷光乘勝逐泚，不可許至奉天。德宗從之。懷光屯軍咸陽，數上表暴揚杞等罪惡，上不得已，以貶杞、趙贊、白志貞以慰安之。懷光且宣言曰：吾今與朱泚連和，車駕當須引避。由是上遽幸梁州。」⓭犯顏　舊謂敢於冒犯君王或尊長的威嚴。⓮天下句　《尚書・秦誓》載：「以不能保我子孫黎民，亦曰殆哉。」殆，危險。⓯君子和而不同二句　和與同是兩個重要概念。和是調和，將矛盾的正反面、是非可否加以綜合得出正確的結論。同則是無原則地苟同，人云亦云，如君錯臣亦錯。引文見《論語・子路》。⓰和如和羹二句　以五味調羹來比喻和，用水加水調羹來比喻同。《左傳・

昭公二十年》載：「公曰：『和與同異乎？』（晏子）對曰：『異。和如羹焉，水火醯醢鹽梅以烹魚肉，燀之以薪，宰夫和之，齊之以味，濟其不及，以洩其過。君子食之，以平其心。今據（梁丘據）不然。君所謂可，據亦曰可。君所謂否，據亦曰否。若以水濟水，誰能食之？』」⑰孫寶有言六句　孫寶，字子嚴，西漢穎川鄢陵（今屬河南）人。《漢書．孫寶傳》載：「平帝立，（寶）為大司農，會越嶲郡（今四川西昌東南）上黃龍游江中，太師孔光、大司徒馬宮等，咸稱莽功德比周公，宜告祠宗廟。寶曰：周公大聖，召公大賢，尚猶有不相說，著於經典，兩不相損。今風雨未時，百姓不足，每有一事，群臣同聲，得無非其美者？」⑱王導　字茂弘。晉元帝時為丞相，後受遺詔輔明帝，又受明帝遺詔輔成帝，歷事三朝，出將入相，導功為多，官至太傅。⑲王述　字懷祖。於晉穆帝時先後任太守、刺史，遷散騎常侍、尚書令等職。為官清正，性急多累，「食雞子」傳為佳話。下「人非堯舜」二語見於《晉書．王述傳》。⑳斂衽　收整衣襟。表示恭敬。

【語譯】我從小時候的記憶，以及從老年人那裡聽到的，都說臺諫所提出的意見，都順從公眾的議論。公眾稱讚的，臺諫也稱讚它；公議批評的，臺諫也批評它。到英宗登位不久，開始有以稱親生父為皇父的朝議，這本來不是人主的什麼大錯，也沒有什麼古制的依據，只是大臣們還猶豫不定，公議又不允許，當時的臺諫，拚死爭論稱皇伯的主張。現在公眾的議論非常激烈，怨恨誹謗一齊出現，公議所反映的情況，也就可想而知了，可是這些大臣們互相觀望而不表態，朝廷內外都感到失望。如果有臺諫多次施予彈劾的威勢，即使是平常的人也還可能奮發振作；如果諷諫一旦衰敗，即使是豪傑之士也有可能不會振作。我擔憂從此以後，不良習慣形成風氣，任用的都是執政者的私黨，從而使得皇上孤立無援。紀綱一旦廢棄，什麼樣的事情不會發生呢？孔子說：「鄙陋短見的人，難道能同他共事嗎？當他尚未得到職位的時候，生怕得不到；已經得到了，又生怕失去。倘若生怕失去，會無所不用其極了。」我最初讀這段話，好像覺得講得太過分了，認為鄙陋的人擔心失去，不過是為了保全職位而苟合取容。當看到李斯擔心蒙恬奪取他的相位，就擁立胡亥為二世皇帝，使得秦國遭致滅亡；盧杞擔心李懷光在德宗面前列舉他的罪狀，就使德宗失誤以致再次遭亂。他們的本心不過是擔心失去職位，但是所帶來的災禍卻造成國家的衰亡。這時我才覺得孔子的話，的確一點也不過分。因此懂得治國的人，平素身邊必常有敢於犯顏忘身極諫的人，那麼面臨危難之際就可能有舍生取義的臣子。如果平日裡連一言也不敢發，那麼面臨危難之際又怎能要求他死守節義呢？人臣如果都是這樣，國家也就很危險了！君子用自己的正確意見來糾正別人的錯誤意見，使一切都做到恰到好處，卻不肯盲從附和。小人只是盲從附和，卻不肯表示自己的不同意見。「和」就像用不同調味品配製的羹湯一樣，「同」就像用水來加在水上一樣。所以孫寶曾經說過，周公是個大聖人，召公是個大賢人，還是有彼此不滿意的地方，這在經典著作裡記載著，但對兩人的名聲都沒有損害。東晉丞相王導，可以稱得上元老重臣，每與客人交談，所有在座的人都叫好，然而王述就不高興，認為人不可能都是堯、舜，怎麼會每件事都做得那麼盡善盡美呢？王導當時只好整衣恭敬地表示歉意。假如言論沒有不同，意見沒有不合，輪番互相呼應配合，賢與不肖怎麼區分？如果中間萬一有小人，那麼皇上又從哪裡得知呢？我所以希望完善國家紀綱，指的就是這些。

臣非敢歷詆新政，苟為異論。如近日裁減皇族恩例❶，刊定任子條式❷，修完器械，閱習鼓旗❸，皆陛下神算之至明，乾剛之必斷。物議既允，臣敢有辭？然至於所獻三言，則非臣之私見。中外所病，其誰不知？昔禹戒舜曰：「無若丹朱傲，惟慢遊是好❹。」舜豈有是哉？周公戒成王曰：「無若殷王受之迷亂，酗於酒德哉❺！」成王豈有是哉？周昌以漢高為桀、紂❻，劉毅以晉武為桓、靈❼，當時人君曾莫之罪，書之史冊以為美談。使❽臣所獻三言，皆朝廷未嘗有此，則天下之幸，臣與有焉。若有萬一似之，則陛下安可不察？然而臣之為計，可謂愚矣。以螻蟻之命，試雷霆之威，積其狂愚，豈可屢赦？大則身首異處，破壞家門；

小則削籍投荒❾，流離道路。雖然，陛下必不為此。何也？臣天賦至愚，篤於自信。向者與議學校貢舉❿，首違大臣⓫本意，已期竄逐，敢意自全？而陛下獨然其言，曲賜召對⓬，從容久之。至謂臣曰：「方今政令得失安在？雖朕過失，指陳可也。」臣即對曰：「陛下生知之性，天縱文武，不患不明，不患不勤，不患不斷，但患求治太速，進人太銳，聽言太廣。」又俾⓭述其⓮所以然之狀。陛下頷之曰：「卿所獻三言，朕當熟思之。」臣之狂愚，非獨今日，陛下容之久矣。豈有容之於始，而不赦之於終？恃此而言，所以不懼。臣之所懼者，譏刺既眾，怨仇實多，必將詆臣以深文，中臣以危法，使陛下雖欲赦臣而不得，豈不殆哉？死亡不辭，但恐天下以臣為戒，無復言者。是以思之經月，夜以繼日，書成復毀，至於再三。感陛下聽其一言，懷不能已，卒吐其說，惟陛下憐其愚忠而卒赦之！不勝俯伏待罪憂恐之至。

【章旨】本段為全文的結束語，再次表明上書的理由和心情。

【注釋】❶裁減句　據史載：神宗熙寧二年十一月甲戌，神宗詔裁宗子授官法，唯宣祖、太祖、太宗之子孫，擇其後各封國公，世世不絕。其餘玄孫之子，將軍以下，聽出外官；祖免之子（五服以外的遠親），更不賜名授官，許令參加科舉考試。參見《文獻通考·帝系十》。❷刊定句　《文獻通考·選舉七》載：「熙寧初，裁損奏蔭之法，自宰相使相而下，併及宮掖外戚，遞有減損。」任子，因父兄的功績，得保任授予官職。❸修完器械二句　修繕兵器，訓練部隊。鑑於北宋初以來兵將脫離，作戰不力的被動局面，神宗、王安石參照仁宗時的一些改革主張，實行減兵併營，置將練兵的措施，從而改變了兵制的弊端。神宗稱讚說：「不惟勝敵，兼可省財。」❹無若丹朱傲二句　見《尚書・益稷》。丹朱，堯的兒子。❺無若殷王受之迷亂二句　見《尚書・無逸》。受，紂王名。酗，醉酒發怒。於，為。❻周昌句　《漢書・周昌傳》載：「昌嘗燕入奏事，高帝方擁戚姬，昌還走。高帝逐得，騎昌項問曰：『我何如主也？』昌仰曰：『陛下即桀、紂之主也。』於是上笑之。」周昌，西漢大臣。沛縣（今屬江蘇）人。❼劉毅句　《晉書・劉毅傳》載：「（武）帝嘗問毅曰：『卿以朕方漢何帝也？』對曰：『可方桓、靈。帝曰：吾德雖不及古人，猶克己為政，又平吳會，混一天下，方之桓、靈，其已甚乎？』對曰：『桓、靈賣官錢入官庫，陛下賣官錢入私門，以此言之，殆不如也。』帝大笑曰：『桓、靈之世，不聞此言，今有直臣，故不同也。』」劉毅，字仲雄，東萊掖（今山東掖縣）人。官至尚書左僕射。❽使　假使；假如。❾削籍投荒　革職流放於荒遠之地。籍，官員名冊。荒，遠。❿議學校貢舉　子瞻《議學校貢舉狀》稱：「科舉之法，行之百年，治亂盛衰，初不由此。自文章言之，則策論為有用，詩賦為無益。自政事言之，則詩賦策論，均為無用矣。雖知其無用，然自祖宗以來，莫之廢者，以為設法取士，不過如此也。自唐至今，以詩賦為名臣者，不可勝數，何負於天下而欲廢之？」⓫大臣　指王安石。蘇軾不主張廢詩賦，而王安石主張廢詩賦而用經文取士。⓬曲賜召對　蘇集郎曄本稱：「公墓誌云：熙寧四年，王介甫欲變更科舉，神宗疑焉，使兩制三館議之。公議上，神宗悟曰：『吾固疑此，得蘇軾議，意釋然矣。』即日召見。」曲賜，有委曲己意而賜予的意思。⓭俾　使。⓮述其　當從他本作「具述」。詳備陳述的意思。

【語　譯】我不敢一一指責新的政令，隨便發出不同的議論。比如最近裁減皇帝的家族享受恩典的規定，修改審定因父兄的功績而得保任官職的條文，整修武器，訓練部隊，這都表明皇上神妙計謀的極其高明，朝綱的堅決果斷。公眾的議論已經肯定了，我還敢有什麼言辭呢？但是至於我所進獻的結人心，厚風俗，存紀綱這三條，並不是我的個人意見。朝廷內外所擔憂的問題，還有誰不知道呢？從前大禹告誡虞舜說：「不要像丹朱那樣狂妄傲慢，一味喜歡懶惰逸樂。」虞舜難道是這樣的嗎？周公告誡成王說：「不要像商紂王那樣迷惑昏亂，把酗酒作為酒德啊！」成王難道是這樣的嗎？周昌把漢高祖比作夏桀、商紂，劉毅把晉武帝比作漢桓帝、靈帝，當時的帝王竟沒有懲罰他們，史書裡也記錄下這些話，成了傳世的美談。假如我所進獻的三條意見，都是朝廷不存在的弊端，那就是天下的幸運，我當然也有過自己的貢獻。假若萬一有類似的問題，那麼皇上怎麼能不覺察?只是我的這些考慮,可真算愚蠢啊。用我這樣螻蟻般的無足輕重的性命,想嘗試天子雷霆般的權威,頻頻暴露出我的這種狂妄愚昧,怎麼可以屢次獲得赦罪呢?重罰就是殺頭,毀壞家族;輕罰就是革職流放至荒遠之地,跋涉道路。雖然如此,皇上也一定不會這樣做的。為什麼呢?我天生非常愚昧,十分自信。當時參與討論學校貢舉,第一次就違背了大臣的意思,早就等待著流放竄逐的處罰,敢考慮個人的安全嗎?然而皇上卻獨以我說的為是,承蒙賜予召見,讓我回答有關政事,談了很久。皇上甚至對我說:「現在的政策法令,得失怎麼樣?即使我的過失,指明說出也是可以的。」我就對皇上說:「皇上有不待學而知之的天性,有上天賜予的文韜武略,不擔心不明察,不擔心不勤勉,不擔心不決斷,唯擔心皇上求治之心太切,提拔人才太急,聽取意見太廣泛。」又要我詳細陳述產生這種擔憂的原因。皇上點頭說:「你所談的三個方面,我應當反覆思考。」我的這種狂妄愚昧,不是現在才有的,皇上寬容我已很久了。難道只有在開始時寬容而到結束時就不赦罪嗎?憑藉這個道理來分析,所以我不害怕。我所害怕的是譏諷的人很多,結成仇怨的人也很多,必定會用苛刻的文字來毀謗我,用嚴酷的法律來中傷我,即使皇上就是想赦免我也不可能,難道不危險嗎?對死亡我毫不迴避,但擔心天下臣民以我為借鑑,再也沒有敢發表意見的人了。因此我考慮了整整一個月,日夜不停地寫,寫了又毀,毀了又寫,這樣再三反覆才寫成。為皇上聽取了我關於論議學校貢舉的意見而感動,懷思不盡,終於把心裡要說的話全部說出,希望皇上憐憫我的愚忠而最後赦免我!我俯首伏地等待處置,不勝恐懼之至。

【研　析】本篇規模宏大,內容繁複,涉及新法的諸多方面,洋洋七千餘言,但構思十分嚴密,條理極為清晰。首段總起,由諫買燈之事引入本題,迴曲宛轉地說明此次上書的本意,明確提出「結人心,厚風俗,存紀綱」作為全篇綱領。以下便對這三點詳加闡明:從第二到九段為第一部分,具體分析設置三司條例司、水利、雇役、青苗、均輸諸法之誤國害民,以證明結人心的必要。第十至十二段論厚風俗,而新法講求實事實功的政治效能,必將導致風俗敗壞。十三、十四兩段論述重臺諫、開言路乃存綱紀的關鍵。末段以陳述自己的憂懼深遠但又不得不言的複雜心態以結束全文，曲折委婉，真實感人。綜觀全文，緊緊圍繞三個中心論點順次展開，先總說，次分論，後歸結，事例與議論密切結合，條達懇切而又委婉盡情。言事論理之處，往往大量引用前代史實（全文引古事達七十餘處）和設用譬喻，不論正引或反說，大多用對舉排比之法，以加強文章的說服力和感染力。劉大櫆評曰：「奏疏總以明顯為要。時文家有典、顯、淺三字訣，奏議能盡此三字，則盡善矣。『典』字最難，必熟於前史之事蹟，並熟於本朝之掌故，乃可言『典』。至『顯』、『淺』二字，則多本於天授，雖有博學多聞之士，而筆下不能顯豁者多矣……此文雖不甚淺，而『典』、『顯』二字，則千古所罕見也。」此評甚確。

卷十九　奏議類上編　九

代張方平諫用兵書

蘇子瞻

【題解】據《東坡奏議》，此文是熙寧十年（西元一〇七七年）蘇軾受張方平委託代寫。張方平，字安道。官蜀時首識蘇軾父子兄弟，為之延譽，對蘇軾尤有知遇之恩。神宗時，曾任參知政事。王安石行「新法」，方平極論其害。後告老，論事益切，「至於用兵起獄尤反覆言之。」（《宋史‧張方平傳》）蘇軾此文，反映了他們對於加強西北邊防的消極保守態度。姚鼐認為「此書是子虛烏有之事」。是蘇軾被貶黃州後（即西元一〇八〇年後）聞知神宗因用兵失敗悔痛，乃追作是文，聊以發揮己意。但此說根據不足。

臣聞好兵猶好色也。傷生之事非一，而好色者必死；賊❶民之事非一，而好兵者必亡。此理之必然者也。

【章旨】本段提出「好兵者必亡」的基本觀點。

【注釋】❶賊　殘害；傷害。

【語譯】我聽說好兵如同好色一樣。傷害生命的事不止一種，但好色的人必定致死；殘害百姓的事不止一種，而喜歡用兵的人必定滅亡。這是必然的道理。

夫惟聖人之兵，皆出於不得已❶。故其勝也，享安全之福；其不勝也，必無意外之患。後世用兵，皆得已而不已。故其勝也，則變遲而禍大；其不勝也，則變速而禍小。是以聖人不計勝負之功，而深戒用兵之禍。何者？興師十萬，日費千金，內外騷動，殆於道路者七十萬家❷。內則府庫空虛，外則百姓窮匱。飢寒逼迫，其後必有盜賊之憂；死傷愁怨，其終必致水旱之報。上則將帥擁眾，有跋扈之心；下則士眾久役，有潰叛之志。變故百出，皆由用兵。至於興事首議之人，冥謫❸尤重。蓋以平民無故緣兵而死，怨氣充積，必有任其咎者。是以聖人畏之、重之，非不得已不敢用也。

【章　旨】本段論述聖人深戒用兵之禍。

【注　釋】❶不得已　《老子》曰：「兵者不祥之器。非君子之器，不得已而用之。」❷興師十萬四句　語意本於《孫子・用間》。殆，疲勞。❸冥謫　死後在陰間受到責罰。這是古人的迷信觀念。

【語　譯】聖人用兵打仗，都是出於不得已。所以勝利了，就能享受安全的幸福；即使不能取勝，也一定沒有意外的禍患。後世人用兵，都是能夠停止而不停止。所以他們勝利了，就變化遲緩而致禍大；不獲勝，就變化迅速而致禍較小。所以聖人不計較用兵勝負的功績，而深以用兵之禍為戒。為什麼呢？孫子早說過，興兵十萬，每天耗費千金，從京城到外地到處騷動，百姓在道路上疲於奔命的有七十萬家。裡面國庫空虛，外面百姓窮困貧乏。飢寒逼迫，以後必定會有盜賊的憂患；死傷愁怨，最終必定導致水旱災害的報應。在上就會將帥擁兵自重，產生驕橫跋扈的心理；在下就會士卒兵眾因久役在外，產生潰散叛亂的情緒。出現種種變故，都是由於用兵。至於首先倡議興兵生事的人，死後在陰間更會受到重罰。這是因為普通百姓無緣無故因為用兵而死，死後怨氣充塞堆積，必定要有人承擔罪責。所以聖人對於用兵心存畏懼並謹慎從事，非不得已則不敢用兵。

自古人主好動干戈，由敗而亡者，不可勝數。臣今不敢復言，請為陛下言其勝者。秦始皇既平六國，復事胡越，戍役之患，被於四海。雖拓地千里，遠過三代，而墳土未乾，天下怨叛。二世被害，子嬰就擒，滅亡之酷，自古所未嘗有也。漢武帝承文、景富溢之餘，首挑匈奴，兵連不解，遂使侵尋及於諸國，歲歲調發，所至成功。建元之間，兵禍始作❶。是時蚩尤旗出，長與天等❷，其春，戾太子❸生。自是師行三十餘年，死者無數。及巫蠱事❹起，京師流血，僵尸數萬，太子父子皆敗。故班固以為太子生長於兵❺，與之終始。帝雖悔悟自克，而歿身之恨，已無及矣。隋文帝既下江南，繼事夷狄；煬帝嗣位，此志不衰，皆能誅滅彊國，威震萬里。然而民怨盜起，亡不旋踵。唐太宗神武無敵，尤喜用兵。既已破滅突厥、高昌、吐谷渾等，猶且未厭，親駕遼東，皆志在立功，非不得已而用。其後武氏之難，唐室陵遲，不絕如綫。蓋用兵之禍，物理難逃。不然，太宗仁聖寬厚，克己裕人，幾至刑措，而一傳之後，子孫塗炭，此豈為善之報也哉？由此觀之，漢、唐用兵於寬仁之後，故勝而僅存；秦、隋用兵於殘暴之餘，故勝而遂滅。臣每讀書至此，未嘗不掩卷流涕，傷其計之過也。若使此四君者，方其用兵之初，隨即敗衄❻，惕然戒懼，知用兵之難，則禍敗之興，當不至此。不幸每舉輒勝，故使狃於功利，慮患不深。臣故曰勝則變遲而禍大，不勝則變速而禍小，不可不察也。

【章旨】本段論述古代人主好動干戈，勝而致禍。

【注釋】❶建元二句　建元，漢武帝第一個年號，共六年（西元前一四〇—前一三五年）。建元五、六年間，閩越王圍東甌、攻南越，武帝發兵擊之。❷蚩尤旗出二句　蚩尤旗，彗星名。古代認為主征伐的一種星象。《漢書‧天文志》：「蚩尤之旗類彗而後曲，象旗，見則王者征伐四方。」同書〈武五子傳〉：「建元六年，蚩尤之旗見，其長竟天。後遂命將出征，略取河南，始建朔方。其春，戾太子生。」❸戾太子　漢武帝子劉據，衛后所生，立為皇太子。武帝晚年迷信巫蠱。江充用事。與太子及衛后有隙。當時武帝懷疑宮內有人祝詛。江充在太子宮中掘得桐木人。太子惶恐，發宮衛斬殺江充等，並與丞相劉屈氂等戰。長安人心擾亂，傳言太子謀反。太子兵敗自殺，其二子並遇害。後武帝知太子無辜，乃作思子宮，為歸來望思之臺於湖（太子死處），天下聞而悲之。據〈武五子傳〉，戾太子生於武帝建朔方郡之元朔二年（西元前一二七年），而非蚩尤旗出現之年，戾太子遇害在征和二年（西元前九一年）。❹巫蠱事　用巫術進行詛咒，曰巫蠱。江充以陷害太子等人而釀成事變。

❺班固以為句 見《漢書・武五子傳贊》。❻衄 折傷。

【語譯】自古君王好動干戈，由於失敗而滅亡的，不能盡數。我現在不敢重複多說，請求為陛下說說那些獲勝者。秦始皇已經平定了六國，又對胡人越人用兵，遠戍行役的災難，加在全國百姓身上。雖然開拓了千里疆土，遠遠超過夏商周三代，但他死後墳土未乾，天下就怨恨反叛。秦二世被殺，子嬰被擒，滅亡的酷烈，是自古以來不曾有過的。漢武帝繼承文帝、景帝兩朝的富足豐裕，首先挑起匈奴戰事，戰爭接連不斷，並因而使得出征侵犯波及邊疆各國，年年調軍發兵，所向之處，無不成功。建元年間，兵禍開始發生，當時天上出現蚩尤旗星象，長度與天相等，建朔方郡那年春天，戾太子出生。從此戰事連續三十多年，死了無數人。等到迷信巫蠱，牽連太子的事發生，京城開戰流血，死了幾萬人，太子父子都敗死。班固認為太子生長在戰爭年代，與戰事相始終。武帝晚年雖然對征伐之事有所悔悟克制，但太子父子被迫自殺的遺恨，已經無法挽回了。隋文帝已經派兵滅了南朝，接著又向夷狄開戰；煬帝繼位，這種志向不衰，都能消滅強國，威震萬里。然而百姓怨恨，盜賊蜂起，隋朝很快滅亡。唐太宗神武無敵，尤其喜歡用兵。已經打敗消滅了突厥、高昌、吐谷渾等國，還不滿足，親征遼東高麗，都是志在建立功業，並非不得已才用兵。以後武氏的禍難，使得李唐宗室衰微，僅留下孤弱一線而未中斷。可見用兵的禍患，是事物之理，難以逃避。如果不是如此的話，唐太宗仁慈聖明，胸懷寬厚，能克己而厚待於人，幾乎廢除刑罰，然而傳了一代之後，子孫遭受災難痛苦，這難道是為善的報應嗎？由此看來，漢、唐用兵在推行寬厚仁政之後，所以勝利後僅能保存；秦、隋用兵在暴政之下，所以勝利後隨即滅亡。我每讀書到這些地方，總不能不掩卷流淚，悲傷他們計畫的錯誤。如果使這四位君王，當他們用兵之初，隨即遭受挫敗，警惕戒懼，知道用兵的困難，那麼禍敗的產生，應當不會到這種地步。不幸每一用兵就獲勝，所以使得他們習慣於貪功圖利，憂慮禍患不夠深遠。我所以說勝利就變化遲緩而禍大，不勝就變化迅速而禍小，這個道理不能不明察啊。

昔仁宗皇帝覆育天下，無意於兵。將士惰媮❶，兵革朽鈍。元昊乘間❷，竊發西鄙，延安、涇原、麟、府❸之間，敗者三四，所喪動以萬計，而海內晏然。兵休事已，而民無怨言，國無遺患。何者？天下臣庶，知其無好兵之心；天地鬼神，諒其有不得已之實故也。

【章　旨】本段論述宋仁宗無好兵之心。

【注　釋】❶媮　同「偷」。偷安。❷元昊句　寶元元年（西元一〇三八年），黨項族首領元昊建國大夏，史稱西夏。並從康定元年（西元一〇四〇年）起，不斷發動對宋戰爭，宋軍屢敗。後用范仲淹計，清野固守。慶曆四年（西元一〇四四年），宋夏重訂和約，邊境始安寧。❸延安涇原麟府　皆西北州郡名。延安郡治在今陝西膚施。涇原路治渭州（今甘肅平涼）。麟州治在今陝西神木縣。府州州治在今陝西府谷縣。

【語　譯】當年仁宗皇帝統治化育天下，無意用兵。將士懶惰偷安，兵器裝備腐朽銹蝕。元昊乘機，在西方邊境發動侵擾，延安、涇原、麟州、府州之間，我軍接連失敗，損失每次都在萬人以上，但是整個國家局勢安定。不打仗生事，百姓沒有怨言，國家沒有留下禍患。為什麼呢？這是天下臣民，都知道君王無好戰之心；天地鬼神，理解皇上有不得已的實情的緣故呀。

今陛下天錫勇智，意在富彊。即位以來，繕甲治兵，伺候鄰國。群臣百僚，窺見此指，多言用兵。其始也，弼臣執國命者，無憂深思遠之心；樞臣當國論者，無慮害持難之識；在臺諫之職者，無獻替❶納忠之議。從微至著，遂成厲階❷。

既而薛向為橫山之謀，韓絳效深入之計，陳升之、呂公弼等陰與之協力❸，師徒喪敗，財用耗屈。較之寶元、慶曆之敗，不及十一，然而天怒人怨，邊兵背叛，京師騷然，陛下為之旰食❹者累月。何者？用兵之端，陛下作之，是以吏士無怒敵之意，而不直陛下也。尚賴祖宗積累之厚，皇天保佑之深，故使兵出無功，感悟聖意。然淺見之士，方且以敗為恥，力欲求勝，以稱上心。於是王韶搆禍於熙河，章惇造釁於梅山，熊本發難於渝、瀘❺。然此等皆戕賊已降，俘纍老弱，困弊腹心，而取空虛無用之地以為武功。使陛下受此虛名，而忽於實禍，勉強砥礪，奮於功名。故沈起、劉彝復發於安南❻，使十餘萬人暴露瘴毒，死者十而五六，道路之人，斃於輸送，貲糧器械，不見敵而盡。以為用兵之意，必且少衰，而李憲之師，復出於洮州矣❼。今師徒克捷，銳氣方盛，陛下喜於一勝，必有輕視四夷、陵侮敵國之意。天意難測，臣實畏之。

【章旨】本段批評神宗喜兵好戰，群臣迎合上意，到處尋釁興師，因而給國家帶來重重災難。

【注釋】❶獻替　獻其可，替其否，即肯定正確意見，廢棄錯誤作法。替，廢棄。❷厲階　禍端。厲，惡行；禍亂。厲階，致禍之由。❸既而薛向三句　指責當時一些邊將朝臣挑起與西夏的戰事。薛向，時任轉運使。韓絳，時任參知政事，陝西宣撫使。陳升之、呂公弼，皆知樞密院事。❹旰食　晚食，事務繁忙不能按時吃飯。❺王韶三句　是指責當時邊境和對國內蠻夷部落採取的軍事行動。王韶，著名邊將，驅逐吐蕃勢力，收復失地，知熙州，取河州。熙寧中，宋始置熙河路（治所在今甘肅臨洮），河隴邊防安定。章惇，時以檢證中書戶房公事察訪荊北路經制南江事，用兵平湖南蠻酋之亂。梅山，在今湖南安化新化縣界。熊本，時以檢證中書戶房官察訪梓夔兼經制夷事。曾誘殺夷酋，以功上報。渝瀘，渝州、瀘州，在今四川。上述三次用兵，性質並不一樣，但蘇軾均加以指斥。❻沈起句　安南，即交趾。沈起時以天章閣待制知桂州，欲攻取交趾以希功，妄言密受旨。起罷職後，劉彝知桂州，禁與交趾貿易，挑起邊釁。❼李憲二句　指熙寧十年，洮東安撫司言果莊結連南北諸羌入寇，詔秦鳳熙路計議措置邊事李憲率師平定岷州（今甘肅岷縣），進入洮州。洮州治所在今甘肅臨潭，時為洮東安撫司言果莊駐地。

【語　譯】今天，皇上天賜勇武智慧，立志富國強兵。即位以來，修理盔甲，整頓武庫，偵察鄰國，等候時機。群臣百官察知陛下這一心意，大多主張用兵。開始時，掌握國家命運的宰輔們，沒有憂慮深遠的心思；討論國家大事的樞密院使，沒有考慮困難禍害的見識；在御史臺任職的諫官們，沒有支持正確、否定錯誤、效納忠誠的建議。事情從小到大，終於成為了禍端。不久，薛向作出了在橫山用兵的謀劃，韓絳獻出深入敵境的計策，陳升之、呂公弼等人暗中與他們協力，結果軍事失敗，財物耗竭。比較仁宗寶元、慶曆之時的失敗，雖然不到那時的十分之一，然而天怒人怨，邊防士兵叛亂，京城騷動不安，皇上因此幾個月不能按時吃飯。為什麼呢？用兵的開端，是皇上發動，所以官吏士卒對敵人都沒有憤恨情緒，並不認為皇上有理。還靠祖宗積累厚德，皇天深切保佑，所以使得出兵無功，希望能夠以此使聖心有所感悟。然而見識淺陋的人，還是把失敗當作恥辱，要奮力克敵求勝，來滿足皇上的心意。於是王韶在熙河惹禍，章惇在梅山挑釁，熊本在渝州、瀘州發難。然而這些人都是殺害已經投降的敵人，俘虜捆綁老弱敵兵，使國內腹心之地陷於困窮疲弊，而奪取空虛無用的土地作為武功。使皇上獲得取勝的虛名，而忽視實際存在的禍患，並且勉強振作磨鍊，為自己功名奮鬥。所以，沈起、劉彝一再在安南用兵，使得十幾萬人，暴露在瘴氣毒霧之中，死的人占十分之五六，路途上的人，則死於運輸勞役，物資糧食和各種器械，沒有到達對敵前線就消耗盡了。大家認為皇上用兵的心意，必定會稍有衰減，然而李憲的軍隊，又出現在洮州了。現在軍隊戰勝，銳氣正盛，皇上因為打了一次勝仗而高興，一定會產生輕視四夷、欺凌敵國的心意。天意難測，我真害怕戰爭再起。

且夫戰勝之後，陛下可得而知者，凱旋捷奏，拜表稱賀，赫然耳目之觀耳。至於遠方之民，肝腦屠於白刃，筋骨絕於餽餉，流離破產，鬻賣男女，薰眼折臂❶自經之狀，陛下必不得而見也。慈父孝子、孤臣寡婦之哭聲，陛下必不得而聞也。譬猶屠殺牛羊，刳❷臠❸魚鼈以為膳羞，食者甚美，死者甚苦。使陛下見其號呼於梃❹刃之下，宛轉於刀几之間，雖八珍❺之美，必將投筋而不忍食，而況用人之命，以為耳目之觀乎？

【章旨】本段論述用兵獲勝給百姓帶來的深重苦難。

【注釋】❶薰眼折臂　意為自殘肢體器官，以逃避兵役。❷刳　從中間剖開。❸臠　切割成小塊肉。❹梃　棍杖。❺八珍　指最珍貴的美食。出《周禮》：「膳夫曰：『珍有八物。』」

【語譯】而且戰勝之後，皇上能夠知道的，就是凱旋報捷，群臣上表祝賀，耳目之前聲勢煊赫的情景罷了。至於遠方百姓，死亡於刀刃之下，傷殘在運送糧餉途中，流離失所，破產無家，賣兒賣女，為逃避兵役而自殘自殺的情況，皇上一定是無法看到的。慈父孝子、孤臣寡婦的哭聲，皇上一定是無法聽見的。譬如屠殺牛羊，剖切魚鱉做成菜餚，吃的人覺得味道很美，死去的動物卻很痛苦。如果讓皇上見到牠們在刀棍下喊叫，在几案上掙扎的慘狀，即使是最珍貴的美味，一定會丟下筷子不忍心吃喝了，何況用人的性命，作為自己耳目的觀賞呢？

且使陛下將卒精強，府庫充實，如秦、漢、隋、唐之君，既勝之後，禍亂方興，尚不可救；而況所任將吏，罷軟凡庸，較之古人，萬萬不逮。而數年以來，公私窘乏，內府累世之積，掃地無餘；州郡征稅之儲，上供殆盡；百官廩俸，僅而能繼；南郊❶賞給，久而未辦。以此舉動，雖有智者，無以善其後矣。且饑疫之後，所在盜賊蜂起，京東、河北❷，尤不可言。若軍事一興，橫斂隨作，民窮而無告，其勢不為大盜，無以自全。邊事方深，內患復起，則勝、廣❸之形，將在於此。此老臣所以終夜不寐，臨食而歎，至於痛哭而不能自止也。

【章　旨】本段論述國家形勢嚴重，如果繼續用兵，後果不堪設想。

【注　釋】❶南郊　指祭天。古代天子每年冬至日，在圜丘祭天，因其地在京城南郊，又稱南郊大祀。祭禮後，例有賞賜。❷京東河北　指宋代的京東路、河北路行政地區。❸勝廣　陳勝吳廣。

【語　譯】而且，即使皇上兵精將強，倉庫充實，如同秦始皇、漢武帝、隋文帝、唐太宗等君王一樣，已經取勝之後，才出現禍亂，這種情形，還無法挽救；何況皇上所任用的將領官員，疲憊軟弱，平庸無能，比起古人，萬萬不如。而且幾年來，國家和百姓，都陷入困窮，朝廷府庫幾代人的積蓄，已經掃地無餘；地方上徵收賦稅的儲備，供給皇上的，快要用盡；官員們的薪俸，僅僅能夠維持不中斷；南郊祭天後的賞賜停止，很久無法實行了。憑著這樣的條件用兵，即使再聰明的人，也無法保證今後沒有事故發生。而且在饑荒疫病之後，盜賊蜂湧而起，京東路、河北路一帶，形勢尤其嚴重。如果戰事一旦發生，隨著就有橫徵暴斂，百姓走投無路，上告無門，在那種形勢下，如果不做大盜，就無法保全自己。邊境戰事正打得厲害，內地又發生禍患，那麼秦朝末年陳勝吳廣揭竿而起的形勢，又將會在這時出現。這就是老臣我通宵不能入睡，面對飯食嘆息，甚至於傷心痛哭而不能自止的緣故啊。

且臣聞之，凡舉大事，必順天心。天之所向，以之舉事必成；天之所背，以之舉事必敗。蓋天心向背之跡，見於災祥豐歉之間。今自近歲，日蝕星變，地震山崩，水旱癘疫，連年不解，民死將半。天心之向背，可以見矣。而陛下方且斷然不顧，興事不已。譬如人子得過於父母，惟有恭順靜默，引咎自責，庶幾可解。今乃紛然詰責奴婢，恣行箠楚，以此事親，未有見赦於父母者。故臣願陛下遠覽前世興亡之迹，深察天心向背之理，絕意兵革之事，保疆睦鄰，安靜無為，為社稷長久之計，上以安二宮❶朝夕之養，下以濟四方億兆之命。則臣雖老死溝壑，瞑目於地下矣。

【章　旨】本段希望皇上深察天心向背之理，絕意兵革之事。

【注　釋】❶二宮　指神宗祖母太皇太后曹氏（仁宗后），母皇太后高氏（英宗后）。

【語　譯】而且我聽說，凡舉行大事，一定要順應天心。天心所指向的，用以辦事必定成功；天心背棄的，用以辦事必定失敗。天心向背的表現，從吉凶禍福年成豐歉可以看到。近些年來，日蝕、星象變異、地震山崩、水旱災害、流行疾病，連年不斷，百姓死亡將半。天心的向背，可以看到了。而皇上還是斷然不顧，不停地用兵興事。這就如同兒子得罪於父母，只有恭敬順從，靜思默想，引咎自責，希望獲得寬解。現在卻胡亂責問奴婢，任意鞭打，用這種態度事奉父母，沒有能夠被父母原諒的。所以我希望皇上遠觀前代興亡的事跡，深刻理解天心向背的道理，斷絕興兵開戰的心意，保衛邊疆，和睦鄰國，安靜無為，為江山長治久安作計畫，對上使太皇太后、皇太后能安享皇上的孝親之養，對下能夠救濟天下億萬百姓的性命。這樣，我即使老死在溝壑之中，也能在地下瞑目了。

昔漢祖破滅群雄，遂有天下；光武百戰百勝，祀漢配天。然至白登❶被圍，則講和親之議；西域請吏，則出謝絕之言❷。此二帝者，非不知兵也，蓋經變既多，則慮患深遠。今陛下深居九重，而輕議討伐，老臣庸懦，私竊以為過矣。然而人臣納說於君，因其既厭而止之，則易為力；迎其方銳而折之，則難為功。凡有血氣之倫，皆有好勝之意。方其氣之盛也，雖布衣賤士，有不可奪。自非智識特達，度量過人，未有能於勇銳奮發之中，舍己從人，惟義是聽者也。今陛下盛氣於用武，勢不可回，臣非不知，而獻言不已者，誠見陛下聖德寬大，聽納不疑，故不敢以眾人好勝之常心，望於陛下。且意陛下他日親見用兵之害，必將哀痛悔恨，而追咎左右大臣未嘗一言。臣亦將老且死，見先帝於地下，亦有以藉口矣。惟陛下哀而察之。

【章　旨】本段表明上書心意，希望皇上納諫。

【注　釋】❶白登　山名，在今山西大同。漢高祖劉邦曾被匈奴圍困於此，達七日之久，後依陳平之計才得脫圍，乃遣劉敬與之和親。❷西域二句　《後漢書・西域傳》：「匈奴斂稅重刻，(西域)諸國不堪命。建武中，皆遣使求內屬，願請都護。光武以天下初定，未遑外事，竟不許之。」

【語　譯】當年漢高祖消滅群雄，於是據有天下；光武帝百戰百勝，延續漢朝，祭祀配享天帝。然而，高祖白登被圍時，就接受與匈奴和親的建議；光武時西域諸國請求派官員領兵保護，卻用言語謝絕。這兩位帝王，不是不懂用兵，而是因為經歷的事變多了，憂慮後患就深遠。現在皇上深居宮內，而輕率地議論出兵打仗的事，我這個老臣平庸懦弱，私下認為這樣做是錯誤的。然而群臣向君王進言，順著他已經厭煩的心理勸止他，就容易收效；逆著他正當銳猛之氣去阻撓他，就難於成功。凡是有血氣的人，都有好勝之心。當他正氣盛的時候，即使是普通平民貧賤士子，也不能改變其心志。除非智慧見識特別通達，度量超越常人，沒有能夠在勇猛奮發的時候，放棄自己的意見，接受別人的意見，只聽從正確道理的人。現在皇上在用武方面意氣正盛，形勢不能挽回，我並非不知道，但是仍然不停止進言的緣故，是確實看到皇上聖明的德行寬大，能聽信接受忠言而不懷疑，所以不能把一般人好勝的常心，同皇上相比。而且想到皇上以後親眼看到用兵的害處，必定會哀痛悔恨，而回頭責備左右大臣們不曾有一言勸諫。我已將年老快死了，在九泉之下見到先帝，也有個交待了。希望皇上哀憐體察我的心意。

【研　析】此文立意頗有特色。楊慎指出：「古之諫用兵，只說不勝之害，務避害而趨利。此說雖勝其害猶不可言，況以當今天時人事觀之，動必不勝。如此立意，高人一等。」當然，在宋朝邊境受到嚴重威脅侵擾之時，一味反對用兵未為的論。蘇軾自己也寫過「會挽雕弓如滿月，西北望，射天狼」的詞句(〈江城子・密州出獵〉)。但應當承認，本文對好兵之害的剖析是獨特、深刻而警動人心的。針對當時師徒克捷，人主銳氣方盛而難回的情勢，作者確立以力陳戰勝之禍為論述重點，引今證古，歷敘前代，指斥當今，「旨豐而言不約，意博而辭不寡。」(黃紱麟評)「剴切詳明，婉轉深入，欲回人主錮蔽之心，庶幾危言足以動之。」(沈德潛評)

可以說，危言聳聽，正是這篇奏議構思和行文的特點。它成功地表現了一位老臣的忠忱悃憂之心。

徐州上皇帝書

蘇子瞻

【題　解】這是蘇軾知徐州時所寫的奏議。據蘇軾〈上文潞公書〉云：「軾在徐州時，見諸郡盜賊為患，而察其人，多兇俠不遜，因之以饑饉，恐其憂不止於竊攘剽殺也。輒草具其事上之。會有旨移湖州而止。」可見此文稿成但尚未上奏神宗。《蘇軾文集》載此文開頭標明「元豐元年（西元一〇七八年）十月」。作者於次年三月奉旨移知湖州。這篇奏議從分析徐州地勢民風入手，指出盜賊為患對於國家安全的嚴重影響，集中闡述了解決當地盜賊問題的具體措施和政策建議。

臣以庸材，備員冊府❶，出守兩郡❷，皆東方要地。私竊以為守法令，治文書，赴期會❸，不足以報塞萬一。輒伏思念東方之要務，陛下之所宜知者，得其一二，草具以聞，而陛下擇焉。

【章　旨】本段敘寫奏議的緣由。

【注　釋】❶冊府　即策府，古代帝王以為藏書冊之地。此句謂直史館。❷兩郡　指密州（治所在今山東諸城）和徐州。蘇軾知徐州前，任密州知州。❸期會　約期聚會。

【語　譯】我憑著平庸的材質，任職史館，出京擔任密、徐兩州知州，都是東方要地。私下認為遵守法令，處理文件，按時參加會議，不足以報答皇上恩德和承擔職責的萬分之一。總思慮著東方的重要事務，應該讓皇上知道的，想到了其中的一二件，寫成奏議上報，請皇上裁奪。

臣前任密州，建言自古河北與中原離合，常係社稷存亡❶，而京東之地，所以灌輸❷河北。缾竭則罍恥❸，脣亡則齒寒。而其民喜為盜賊，為患最甚，因為陛下畫所以待盜賊之策。及移守徐州，覽觀山川之形勢，察其風俗之所上❹，而考之於載籍，然後又知徐州為南北之襟要，而京東諸郡安危所寄也。昔項羽入關，既燒咸陽而東歸，則都彭城。夫以羽之雄略，捨咸陽而取彭城，則彭城之險固形便，足以得志於諸侯者可知矣。臣觀其地，三面被山，獨其西平川數百里，西走梁、宋，使楚人開關而延敵，材官騶發❺，突騎雲縱，真若屋上建瓴水❻也。地宜粟、麥，一熟而飽數歲。其城三面阻水，樓堞之下，以汴、泗為池，獨其南可通車馬，而戲馬臺在焉。其高十仞，廣袤百步，若用武之世，屯千人其上，聚櫑木❼礮石，凡戰守之具，以與城相表裡，而積三年糧於城中，雖用十萬人不易取也。其民皆長大，膽力絕人，喜為剽掠，小不適意，則有飛揚跋扈之心，非止為盜而已。漢高祖沛人也，項羽宿遷人也，劉裕彭城人也，朱全忠碭山人也，皆在今徐州數百里間耳。其人以此自負，凶桀之氣，積以成俗。魏太武以三十萬眾攻彭城❽，不能下；而王智興以卒伍庸材恣睢於徐❾，朝廷亦不能討，豈非以其地形便利、人卒勇悍故耶？

【章旨】本段分析徐州地形便利，人卒勇悍，喜為盜賊的情況。

【注釋】❶臣前任密州三句　蘇軾知密州時，曾上〈論河北京東盜賊狀〉極論山東（太行山以東）河北（黃河以北）的戰略地位，繫天下存亡。❷灌輸　交通運輸。❸罍恥　罍是形狀似壺而較大的容器。此句出《詩經・蓼莪》：「瓶之罄矣，維罍之恥。」喻相互依存的關係。❹上　通「尚」。❺材官騶發　勇武之卒急驟出兵。騶，通「驟」。❻屋上建瓴水　喻居高臨下不可阻遏。瓴，盛水瓶。建，傾覆之意。一說，建瓴謂屋檐上建水槽（瓦溝）以瀉水。❼櫑木　即滾木。櫑，原為礧，謂推石自高而下。後改用滾木，寫作「櫑」。❽魏太武句　指南朝宋元嘉二十七年（西元四五〇年），北魏太武帝拓跋燾率兵數十萬攻徐州未克。❾王智興句　王智興，唐朝人。原為徐州牙兵。長慶初，充武寧軍節度副使，以兵逼走朝廷任命的節度使崔群。後朝廷不能討，被迫詔封其檢校工部尚書充本軍節度使。

【語譯】我從前任密州知州時，曾經上書發表意見說自古河北與中原地區的離合，常常關係著國家的存亡，而京城以東地方，乃是與河北交通運輸的必經之道。瓶水竭盡，水壺因而蒙受羞恥；沒有了嘴唇保護，牙齒會感到寒冷。而京東地方百姓喜歡做盜賊，造成的災禍最為厲害，於是替皇上謀劃對付盜賊的計策。等到調任徐州知州，觀察山川的形勢，考察這裡的風俗好尚，並且從古籍記載中考證，然後又知道徐州是南北咽喉要害之地，是京城以東各州郡安危寄託的地方。當年項羽進入關中，焚燒秦都咸陽回到東方，以彭城為國都。憑著項羽的雄才大略，捨棄咸陽而取彭城為都城，那麼彭城的險要堅固，形勢適宜建都，足以在諸侯國中稱霸的條件就可以知道了。我觀察那裡的地勢，三面環山，只有西面數百里平原，往西可通向大梁和宋州一帶中原地區，如果楚人打開城門迎戰敵人，勇武之士急驟出動，突擊騎兵如風起雲湧般放縱馳騁，居高臨下，真像從屋上傾倒屋檐水一樣勢不可擋。徐州土地適宜種植粟米小麥，一次成熟可以供應好幾年。城市三面有水阻隔，城牆之下，以汴水泗水作為護城河，只有南面可通車馬，而那裡有座戲馬臺。那臺高七八丈，長寬各百步，如果打仗時屯集千名士兵在臺上，積聚滾木礮石及所有戰守器具，與城中部隊裡外互相配合，並且在城裡屯積三年糧食，即使用十萬人進攻也不容易奪取。那裡的百姓都身材高大，膽量力氣超過一般人，喜歡做搶劫掠奪之事，稍微不如意，就有飛揚跋扈的心思，不只是做盜賊而已。漢高祖是沛人，項羽是宿遷人，劉裕是彭城人，朱全忠是碭山人，都在現今徐州周圍幾百里之內呢。那裡的百姓因為出了這些人而自負，兇暴的脾性，累積傳承成為習俗。北魏太武帝率三十萬人攻彭城，不能攻下；而唐朝王智興率領平庸的士卒在徐州任意橫行，朝廷也不能征討制服，難道不是因為那裡地形有利、兵民勇悍的緣故嗎？

州之東北七十餘里，即利國監❶。自古為鐵官商賈所聚，其民富樂。凡三十六冶，冶戶皆大家，藏鏹❷巨萬。常為盜賊所窺，而兵衛寡弱，有同兒戲。臣中夜以思，即為寒心。使劇賊致死❸者十餘人白晝入市，則守者皆棄而走耳。地既產精鐵，而民皆善鍛。散冶戶之財以嘯召無賴，則烏合之眾，數千人之仗，可以一夕具也。順流南下，辰發巳至，而徐有不守之憂矣。不幸而賊有過人之才，如呂布、劉備❹之徒，得徐而逞其志，則京東之安危未可知也。

【章旨】本段論述利國監形勢之可憂。

【注釋】❶利國監　地名。真宗太平興國四年（西元九七九年）置，即今徐州東北利國鎮，為冶鐵中心，時有鐵工三四千人。❷鏹　錢貫，貫串之錢。後亦代指銀錢。❸致死　拚命；不怕死。❹呂布劉備　東漢末年，劉備曾領徐州牧。呂布後襲徐州，自稱徐州刺史。

【語譯】徐州的東北七十多里處，就是利國監。自古以來是鐵官商賈聚集的地方。那裡百姓富裕安樂。共有三十六個冶鍊作坊，冶戶都是大戶人家，藏有百萬銀錢。經常被盜賊所窺伺，而守衛的士兵既少又弱，有如兒戲。我半夜想起，就為此而驚恐擔心。如果有十幾個敢於拚命的大盜，白天闖進市場，那麼守衛的士兵都會放棄此地而逃跑。這裡土地既出產好鐵，民眾又善於冶鍊。如果散發冶戶的錢財來號召集合無賴之徒，那麼烏合之眾，幾千人的兵器，可以一晚齊備。順流南下，辰時出發，巳時到達，路途只需一個時辰，而徐州就有無法防守的憂患了。如果不幸，盜賊有超過一般人的才幹，像呂布、劉備那樣的人，得到徐州，實現他更大的野心，那麼京東地區的安危就難以預料了。

近者河北轉運司奏乞禁止利國監鐵，不許入河北，朝廷從之。昔楚人亡弓，不能忘楚，孔子猶小之❶。況天下一家，東北二冶❷皆為國興利，而奪彼與此，不已隘乎？自鐵不北行，冶戶皆有失業之憂，詣臣而訴者數矣。臣欲因此以征冶戶，為利國監之捍屏。今三十六冶，冶各百餘人，採鑛伐炭，多飢寒亡命強力鷙忍之民也。臣欲使冶戶每冶各擇有材力而忠謹者，保任十人，籍其名於官，授以卻刃❸刀槊，教之擊刺，每月兩衙集於知監之庭而閱試之。藏其刃於官以待大盜。不得役使，犯者以違制論。冶戶為盜所擬❹久矣，民皆知之。使冶出十人以自衛，民所樂也。而官又為除近日之禁，使鐵得北行，則冶戶皆悅而聽命，姦猾破膽而不敢謀矣。

【章　旨】本段論述解決利國監問題的對策。

【注　釋】❶楚人亡弓三句　《說苑・主公》記載：「楚共王出獵而遺其弓，左右請求之。共王曰：『止。楚人遺弓，楚人得之，又何求焉？』仲尼聞之曰：『惜乎其不大。曰「人遺弓，人得之」而已，何必楚也？』」這個故事表現了孔子天下一家的思想。❷東北二冶　東冶即利國監，北冶指當時河北西路設置的衛州黎陽監，鑄銅錢。❸卻刃　去掉刀刃，以免隨意傷人。一本無此二字。❹擬　算計。一本作「睨」則是睥睨，窺伺之意。

【語　譯】近來河北轉運司上奏請求禁止利國監的鐵，不許進入河北，朝廷依從了。過去楚國人遺失了弓，認為只要楚國人得到就不必尋找，不能忘記楚國的地域界限，孔子還批評他們的眼光過於狹隘。何況現在天下一家，東方和北方的兩處冶鍊之地，都是為國興利，卻禁止那裡輸出到這裡，這不是太狹隘了嗎？自從利國監的鐵不能運輸到北方，冶戶都有失業的憂慮，到我這裡多次申訴。我想藉此機會徵集冶戶，作為利國監的屏障。現在三十六冶場，每個冶場各有百多人，採礦砍柴燒炭，多數是飢寒交迫、亡命江湖、強壯有力、兇猛殘忍的人。我想使冶戶從每個冶場各選擇能幹有力氣而且忠誠謹慎的，作擔保任用十人，把他們的名字登記在官府裡，交給他們除去鋒刃的刀槊，教給擊刺武藝，每月兩次集中在管理監務的官衙庭院裡檢閱考核。把刀刃藏在官府，準備對付大盜。不准隨便叫他們服役，違犯的作違反法制論罪。冶戶們被盜賊所算計已經好久了，老百姓都知道這情況。讓每個冶場出十個人自衛，是百姓高興的事情。而官府又為他們解除近日的禁令，使出產之鐵能夠北運，那麼冶戶都會高興地聽從命令，姦猾盜賊就害怕而不敢打主意了。

徐城雖險固，而樓櫓❶敝惡。又城大而兵少，緩急❷不可守，今戰兵千人耳。

臣欲乞移南京❸新招騎射兩指揮於徐。此故徐人也，嘗屯於徐，營壘材石既具矣，而遷於南京。異時轉運使分東西路，畏餽餉之勞而移之西耳。今兩路為一❹，其去來無所損益，而足以為徐之重。城下數里，頗產精石無窮。而奉化廂軍❺，見闕數百人，臣願募石工以足之，聽不差出使。此數百人者，常采石以甃❻城，數年之後，舉為金湯之固。要使利國監不可窺，則徐無事；徐無事，則京東無虞矣。

【章旨】本段提出加強徐州城防守的建議。

【注釋】❶樓櫓　古代城牆上用以瞭望敵軍之無頂蓋高臺。❷緩急　這裡作偏義複詞，取「急」義。下文「損益」也是偏義複詞，取「損」義。❸南京　宋以應天府為南京，在今河南商邱。❹今兩路為一　宋京東路，熙寧七年分東西路，京東西路治所在應天府。元豐元年兩路仍由轉運司統管。❺廂軍　各州鎮守之兵。❻甃　本指修井，《周易》注引干寶曰：「以甎壘井曰甃。」後以磚砌物皆稱甃。

【語譯】徐州城牆雖然堅固，但是望臺破舊不好。同時城大而守兵稀少，情況緊急時難以防守，現在可以作戰的士兵不過千餘人罷了。我想請求調動南京新招募的騎射兩指揮的軍隊到徐州。這些士兵本來是徐州人，曾經駐紮在徐州，修建營房堡壘的木材石料都齊備了，卻調到南京去了。從前京東路的轉運使分為東西兩路，擔心運輸糧食辛勞，所以把部隊往西調動。現在京東東西兩路仍然由轉運司統一管理，部隊再調回不會有什麼損害，卻足以加強徐州的重要性。城外幾里路，頗出產優質石料，蘊藏量無窮。而奉化廂軍現在還缺幾百人，我願意招募石工來補足缺額，而不派遣他們出差。招募的這幾百人，常年採石加固城牆，幾年之後，就可使徐州一舉成為金城湯池般的堅固。總之，能使利國監不被壞人窺伺，那麼徐州就平安無事；徐州無事，那麼京東一帶就不必擔憂了。

沂州❶山谷重阻，為逋逃淵藪❷，盜賊每入徐州界中。陛下若采臣言，不以臣為不肖，願復三年守徐，且得兼領沂州兵甲，巡檢公事，必有以自效。

【章旨】本段提出請求：願復守徐三年，並兼領沂州兵甲。

【注釋】❶沂州 宋州名，在今山東臨沂市，當時屬京東東路。❷淵藪 比喻聚集躲藏之處。水深者謂淵，水淺而草盛的澤地謂藪。

【語譯】沂州山重谷阻，是逃亡者聚集藏匿的地方，盜賊經常從那裡侵入徐州地界。皇上如果採納我的意見，不把我看作不肖之臣，希望能讓我再擔任徐州知州三年，並且能兼管沂州軍事，巡視檢查當地治安，我一定能做出貢獻。

京東惡盜，多出逃軍。逃軍為盜，民則望風畏之。何也？技精而法重也。技精則難敵，法重則致死，其勢然也。自陛下置將官，修軍政，士皆精銳而不免於逃者，臣嘗考其所由。蓋自近歲以來，部送罪人配軍❶者，皆不使役人而使禁軍。軍士當部送者，受牒即行，往返常不下十日，道路之費，非取息錢不能辦。百姓畏法不敢貸，貸亦不可復得。惟所部將校，乃敢出息錢與之，歸而刻❷其糧賜。以故上下相持，軍政不脩，博弈飲酒，無所不至，窮苦無聊，則逃去為盜。臣自至徐，即取不係省錢❸百餘千別儲之。當部送者，量遠近裁取，以三月刻納❹，不取其息。將吏有敢貸息錢者，痛以法治之。然後嚴軍政，禁酒博。比期年，士皆飽暖，練熟技藝，等第為諸郡之冠，陛下遣敕使按閱，所具見也。臣願下其法諸郡，推此行之，則軍政修而逃者寡，亦去盜之一端也。

【章　旨】本段闡述修軍政以消弭逃軍為盜的有效措施。

【注　釋】❶配軍　受流放刑罰而發配戍邊的軍卒。❷剋　通「尅」。尅扣。❸省錢　又叫「省陌」。「陌」通「百」。宋太平興國二年，始詔民間，緡錢定以七十七枚作為一百。公私出納皆然，故曰省錢。而剩餘的二十三枚緡錢不加貫串，故曰不係。❹剋納　限期交納。

【語　譯】京東地區的兇惡盜賊，多數來自逃亡軍士。逃亡軍士做盜賊，老百姓望風生畏。為什麼呢？因為逃兵武藝高強而刑罰嚴厲。武藝高強，就能對付官軍，刑罰嚴厲，逃犯就敢拼命，形勢逼迫他們這樣做。自從皇上配置將官，整頓軍務，士卒都很精銳，然而仍然難免有逃兵，我曾經考察那緣由。大概是近年以來，刑部發送罪人充軍，都不差役人而用禁軍。軍士擔任刑部押送任務的人，收到公文就得出發，往返常常不止十天，路上所需費用，不借利息錢就無法籌辦。老百姓害怕違法不敢借貸，就是借出去也不能收回。只有所在部隊的軍官，才敢借利息錢給他們，等到回來時再扣除他們的糧餉抵債。所以上下級關係緊張，軍務無人整頓，士兵賭博飲酒，無所不為，窮苦得過不下去的，就逃跑去當盜賊。我自從到徐州上任以後，就取「省錢」剩下未貫串的緡錢百多吊另外儲存。有執行刑部押送任務的，根據路途遠近裁奪，借給押送之人，限期三個月歸還，不取利息。官兵中有敢放高利貸的，依法嚴厲治罪。然後嚴明軍紀，禁止酗酒賭博。等到一年之後，士兵都能吃飽穿暖，武藝訓練嫻熟，考核等第在各州中名列第一，這是皇上派遣使者檢閱全都看見的。我希望皇上能把這種辦法下頒發給各州，推廣實行，那麼軍政就能整頓好，逃兵就會減少，這也是消除盜賊的一種辦法。

臣聞之，漢相王嘉❶曰：「孝文帝時，二千石❷長吏安官樂職，上下相望，莫有苟且之意。其後稍稍變易，公卿以下轉相促急，司隸、部刺史發揚陰私，吏或居官數月而退。二千石益輕賤，吏民慢易之，知其易危，小失意則起離畔之心。前山陽亡徒❸蘇令縱橫，吏士臨難，莫肯仗節死義者，以守相❹威權素奪故也。國家有急，取辦於二千石，二千石尊重難危，乃能使下。」以王嘉之言而考之於今，郡守之威權，可謂素奪矣。上有監司伺其過失，下有吏民持其長短❺，未及按問，而差替之命已下矣。欲督捕盜賊，法外求一錢以使人且不可得。盜賊凶人，情重而法輕者，守臣輒配流之，則使所在法司復按其狀，劾以失入。惴惴如此，何以得吏士死力，而破姦人之黨乎？由此觀之，盜賊所以滋熾者，以陛下守臣權太輕故也。臣願陛下稍重其權，責以大綱，闊略其小故。凡京東多盜之郡，自青、鄆以降，如徐、沂、齊、曹之類，皆慎擇守臣，聽法外處置強盜。頗賜緡錢，使得以布設耳目，畜養爪牙。然緡錢多賜則難常，少又不足於用。臣以為每郡可歲別給一二百千，使以釀酒。凡使人葺捕盜賊，得以酒與之，敢以為他用者坐贓論。

賞格之外，歲得酒數百斛，亦足以使人矣。此又治盜之一術也。

【章　旨】本段論述加強守臣威權以治盜的必要。

【注　釋】❶王嘉　字公仲，平陵人，漢哀帝建平三年為丞相。❷二千石　漢制，內自九卿郎將，外至郡守郡尉，秩皆二千石。後即以二千石代稱郎將和郡守知府。❸山陽亡徒　漢成帝永始三年，山陽鐵官徒蘇令等二二八人攻殺郡守長吏等。❹守相　守指郡守。相指諸侯國相，管理諸侯國政務。❺持其長短　持，挾持。長短，猶言是非。

【語　譯】我聽說，漢朝丞相王嘉曾經上疏道：「孝文帝時，郡守知府官員，安於官位，樂於職守，上下級互相尊重，沒有人有馬虎苟且的心思。以後漸漸有了變化，公卿以下，變得關係緊張，司隸和其他各部刺史，專門揭發隱私，官員有些上任幾個月就被罷免。郡守知府地位逐漸變得輕賤，吏役百姓都怠慢瞧不起他們，知道他們官位難保，稍微不如意就產生離散叛亂之心。從前山陽地方的亡命之徒蘇令等人叛亂橫行，官吏士兵面臨禍難，沒有誰手持符節為道義而獻身的，是因為郡守和諸侯國相的權威一向喪失的緣故。國家有急事，還得依靠郡守去辦，郡守有威望權力，地位穩定，才能使喚下屬。」用王嘉的奏議考察今天，郡守的權威，可以說早已喪失了。上面有監司伺察他的過失，下面有吏役百姓抓住他的缺點，還未來得及檢查詢問，朝廷派人接替職務的命令已經下達了。想要督察捕捉盜賊，要在法制規定之外找一個錢來使喚人都不行。盜賊壞人，情節嚴重而法制處罰比較輕的，地方官員一般總是處以發配流放之刑，於是就要所在地的司法部門，重新審查罪罰情狀，舉劾守臣判決錯誤。守臣如此恐懼不安，如何能夠得到官吏士卒拚死效力，破除奸人的黨羽呢？由此看來，盜賊之所以滋生猖獗，是因為皇上給予守臣的權力太輕的緣故。我希望皇上稍微加重守臣的權力，只督察他們的基本大節，而對小事則不予苛求。凡是京東地區多盜賊的州郡，從青州、鄆州以下，如徐州、沂州、齊州、曹州之類，都慎重選擇守臣，聽憑他們在法制之外處置強盜。多賜給緡錢，讓他們能設置偵察人員，養育勇猛衛士。但是緡錢賞賜多了就難以經常維持，少了又不夠用。我認為每州郡可以每年另外給一二百貫錢，讓他們用來釀酒。凡是派人緝捕盜賊，可把酒作為賞賜，敢把這錢挪作他用的按貪汙罪論處。照原標準賞賜之外，每年能得到幾百斛酒，也足夠用來使喚差役了。這又是治理盜賊的一種方法呢。

然此皆其小者，其大者非臣之所當言。欲默而不發，則又私自念，遭值陛下英聖特達如此，若有所不盡，非忠臣之義。故昧死復言之。

【章旨】本段提示下文將進一步論述重大問題。

【語譯】然而這些都是小問題，那重大問題不是我所應該說的。想沉默不發表意見，又私自心想，遇到皇上這樣傑出聖明卓越明達的君王，倘若說話有所保留，不是忠臣的道義行為。所以冒著死罪又進言。

昔者以詩賦取士，今陛下以經術用人❶，名雖不同，然皆以文詞進耳。考其所得，多吳、楚、閩、蜀之人。至於京東西、河北、河東、陝西五路，蓋自古豪傑之場，其人沉鷙勇悍，可任以事，然欲使治聲律，讀經義，以與吳、楚、閩、蜀之人，爭得失於毫釐之間，則彼有不仕而已，故其得人常少。夫惟忠孝禮義之士，雖不得志，不失為君子；若德不足而才有餘者，困於無門，則無所不至矣。故臣願陛下特為五路之士，別開仕進之門。漢法：郡縣秀民，推擇為吏，考行察廉，以次遷補，或至二千石，入為公卿。古者不專以文詞取人，故得士為多。黃霸❷起於卒史，薛宣❸奮於書佐，朱邑❹選於嗇夫，丙吉❺出於獄吏，其餘名臣循吏❻由此而進者，不可勝數。唐自中葉以後，方鎮皆選列校以掌牙兵❼。是時四方豪傑不能以科舉自達者，皆爭為之，往往積功以取旄鉞❽。雖老姦巨盜或出其中，而名卿賢將如高仙芝、封常清、李光弼、來瑱、李抱玉、段秀實之流❾，所得亦已多矣。王者之用人如江河，江河所趨，百川赴焉，蛟龍生之。及其去而之他，則魚鼈無所還❿其體，而鯢鰍為之制⓫。今世胥史⓬牙校，皆奴僕庸人者，無他，以陛下不用也。今欲用胥史牙校，而胥史行文書，治刑獄錢穀，其勢不可廢鞭撻；鞭撻一行，則豪傑不出於其間。故凡士之刑者不可用，用者不可刑。故臣願陛下采唐之舊，使五路監司郡守，共選士人⓭以補牙職，皆取人材心力有足過人，而不能從事於科舉者，祿之以今之庸錢⓮，而課之鎮稅場務督捕盜賊之類，自公罪杖以下聽贖。依將校法，使長吏得薦其才者，第其功伐⓯，書其歲月，使得出仕比任子⓰而不以流外⓱限其所至。朝廷察其尤異者擢用數人，則豪傑英偉之士漸出於此途，而姦猾之黨可得而籠取也。其條目委曲，臣未敢盡言，惟陛下留神省察。

【章　旨】本段論述為京東等五路之士別開仕進之門，以籠取姦猾之黨的建議。

【注　釋】❶經術用人　宋初承唐制，進士科主要考詩賦，王安石當政後，改革科舉，將原來明經、學究諸科，裁撤併入進士科，廢除詩賦、帖經，改試經義。以《易》、《詩》、《書》、《禮》、《論》、《孟》作為考試命題範圍。❷黃霸　自此至下文邴吉，均為漢朝人，《漢書》有傳。黃霸，字次公。曾為二百石卒史，後官至丞相。❸薛宣　字贛君，少為廷尉書佐，後任御史大夫、丞相。❹朱邑　字仲卿，少時為舒桐鄉嗇夫（鄉官），後官至大司農。❺邴吉　字少卿，原為魯國獄史，後官至御史大夫、丞相。❻循吏　奉法循理之吏。《史記》、《漢書》均有〈循吏傳〉。❼牙兵　衛兵。軍帳前立大旗表示營門，謂牙門。牙兵即牙門衛士。下文「牙校」，指低級武官。❽旄鉞　旄和鉞。借指軍權。旄，竿頂飾以旄牛尾的旗。鉞，形似大斧的兵器。古代將帥出征，「左杖黃鉞，右秉白旄」（《書・牧誓》）。❾高仙芝句　高仙芝以下，至段秀實，皆唐玄宗至德宗時名將。❿還　通「旋」。迴旋。⓫鯢鰍句　此句出《莊子・庚桑楚》。制，擅，專有、控制之意。⓬胥史　即胥吏。官府中辦理文書的小吏。⓭士人　一作「土人」。下文「牙職」，指官府中的雜差職務。⓮庸錢　為免力役所交納的錢。⓯第其功伐　排列其功績次第。⓰任子　因父兄的功績，得保任授予官職的人。自漢起有任子之制。宋制，臺省六品諸司五品，登朝歷兩任，可請任子之官職。⓱流外　古時稱九品官以下，即流內以外的職官。流外經考銓升遷入流（任九品以上職官）限制甚嚴。

【語　譯】過去通過考試詩賦取士，現在通過考試經義來選拔人才，名義雖然不同，但都靠文詞仕進。我考察得到的人才，多數是吳、楚、閩、蜀地區的人。至於京東西、河北、河東、陝西五路地區，大概自古是出豪傑的場所，那裡的人沉著兇猛勇悍，可以任用辦事，但是要讓他們講究聲調格律，研讀經典奧義，來與吳、楚、閩、蜀士人在細微文字之間爭得失，那麼他們只有不做官罷了，所以那裡得到的人才經常很少。只有講求忠孝禮義的士子，雖然不得志於科舉，仍然不失為君子的本色；倘若是德行不足而才能有餘的人，被仕進無門所困惱，就會無所不為。所以我希望皇上特別為京東等五路士人，另外開啟仕進之門。漢朝法制：郡縣中出色的士民，可以推舉選擇做官吏，通過考察品行孝廉和才幹，按照一定的程序升遷遞補，有的任職至郡守，進入朝廷成為公卿。古時不專門靠文詞取人，所以能得到大批人才。黃霸從卒史出身，薛宣從書佐奮起，朱邑從鄉官中推選，邴吉出身獄吏，其餘的名臣賢吏，由這類途徑仕進的人，多得數不盡。唐朝從中期以後，地方節度使都選擇一般軍校統領衛兵。這時四方豪傑，不能通過科舉考試找到仕進門路的，都爭著做這種職事，往往積累戰功而取得軍權。即使是一些老姦雄、大強盜，有的也走這條路；而像高仙芝、封常清、李光弼、來瑱、李抱玉、段秀實這些名卿賢將，朝廷得到的確實也很多。君王用人如同江河，江河奔流所向，所有的水流都往那裡匯集，蛟龍也能生存。如等到水流不匯向江河而四處流散，那麼就水淺得連魚鱉也無法轉身，小魚泥鰍就專擅其中了。當今文書小吏低級武官，都是奴僕庸人，沒有別的緣故，就因為皇上不用他們。現在要用文書小吏、低級武官，而文書吏經辦文書，治理刑獄錢穀，一當出現差誤，那情勢不能廢除鞭撻之刑；一用鞭撻刑罰，那麼豪傑之士就不可能從他們之中產生。所以凡是士人，受過刑罰的不能用，要用的人不能受刑罰。所以我希望皇上採取唐朝舊制，讓五路的監司郡守，共同選拔士人來補充官府中雜差職務和吏員，全都選取那些心智勇力超過常人，而又不能從事科舉考試的人，用百姓交納的免役錢作俸祿，用管理鎮稅場務督捕盜賊之類任務來考核他們，凡是犯有小罪受杖刑以下的，都可以讓他們罰款贖罪。依照將校之法，讓長官能夠推薦其中才能傑出的人，登記排列其功績，寫明年月，使他們能夠比照任子為官的制度出仕，而不因為他們是流外職官而限制他們的任職和升遷。朝廷考察其中特別突出的提拔幾人，那麼，豪傑英偉的士子，就會逐漸從這條道路上出現，而姦猾之徒就可能籠絡控制。其中的具體措施細節，我不敢詳盡說明，希望皇上留神省視觀察。

昔晉武平吳之後，詔天下罷軍役，州郡悉去武備。惟山濤論其不可❶。帝見之曰：「天下名言也。」而不能用。及永寧❷之後，盜賊蠭起，郡國皆以無備不能制，其言乃驗。今臣於無事之時，屢以盜賊為言，其私憂過計亦已甚矣。陛下縱能容之，必為議者所笑。使天下無事而臣獲笑可也，不然，事至而圖之，則已晚矣。干犯天威，罪在不赦。

【章　旨】本段婉言希望神宗重視自己的憂思遠計。

【注　釋】❶惟山濤句　事見《晉書．山濤傳》。山濤，魏晉間人，「竹林七賢」之一。入晉後，任侍中等職。❷永寧　晉惠帝年號。永寧元年（西元三〇一年），趙王司馬倫廢晉惠帝，自稱皇帝，諸王起兵反對，爆發「八王之亂」。

【語　譯】當年晉武帝平定吳國實現統一之後，下詔天下罷免兵役，州郡統統除去軍事設施。只有山濤上疏議論這樣做不行。晉武帝看到，稱讚說：「這是天下名言。」但不能採納。到了永寧年以後，盜賊成群出現，郡國都因為沒有軍事設施，不能對付，山濤的話才得到驗證。現在我在天下無事的時候，屢次把盜賊問題提出來進言，這些私下的憂心，錯誤的計議，也太過分了。皇上即使能夠寬容，一定要被議論者嘲笑。如果天下無事，而我受到嘲笑是應該的，不然的話，一旦天下有事，到那時再來考慮，那就已經晚了。我的言論觸犯了皇上的威嚴，罪過不可赦免。

【研　析】本文所論為作者所念「東方之要務」，而以弭盜為主旨。作者「於無事之時，屢以盜賊為言」，並非危言聳聽，而是意在表達對某種潛在社會政治危機的憂慮和應對方略，顯示自己的政治見識和才幹。這與前一篇〈代張方平諫用兵書〉針對現實問題痛切陳詞是不同的。所以，文章顯得視野開闊深遠而非淺泛，用筆朴老堅實而不虛華。浦起龍評析：「文凡四轉關，前見近慮，后見遠略，周密而宏大。」大體而言，除首尾兩段外，第二段從歷史、地理、民風論述盜患之可憂是第一層，是全文立論基礎。第三、四、五、六段提出加強利國監、徐州兼及沂州之防務以禦盜的具體措施為第二層。第七、八段分別從修軍政和重威權兩方面論述治盜之法是第三層。第二、三層基本上是具體的地方性、行政性的措施政策，但從第二層推進至第三層，內容已有所深化，開始涉及朝廷的一些軍政問題。但作者在第九段筆鋒一轉：「然此皆其小者」，並在第十段論「其大者」，即改進調整取士用人政策以籠取姦猾之黨，消除為盜隱患。不管這種議論是否深中肯綮，但全文由近及遠，由小及大，由淺入深的邏輯層次是清晰而頗有力度的。茅坤評曰：「此等文字，識見筆力並入西漢。」認為可以同賈誼、鼂錯的政論相比，其精神風格確實是一脈相承的。

圜丘合祭六議劄子

蘇子瞻

【題解】本篇當作於宋哲宗元祐八年（西元一〇九三年）三月。郎本（南宋郎曄《經進東坡文集事略》）及《東坡奏議全集》等文前有「元祐八年三月日，端明殿學士兼翰林院侍讀學士、左朝奉守禮部尚書蘇軾劄子奏」三十四字。當時朝臣中關於天子郊祭是否天地合祭曾發生激烈爭論。古代天子於郊外祭祀天地稱郊祀。宋代自太祖以來，三年舉行一次郊祀，天子於冬至日親至南郊，合祭天地及宗廟，並行赦宥頒賞軍士等事。據《宋史・哲宗本紀》元祐七年九月戊戌詔：「冬至日南郊宜依故事，設皇地祇，禮畢，別議方澤之禮以聞。」時蘇軾主合祭，從之者五人，劉安世主分祭之說，從之者四十人。分祭說者主張在冬至南郊祭天外，天子於夏至親至北郊祭地。本來，南郊北郊，天地分合祭，是一個千古聚訟難考的禮制問題。蘇軾所以力排眾議，除了禮制本身的歧見外，重要原因之一是郊祀大典隆重，加上禮後的恩蔭賞賜，國力耗費過大。江少虞《皇宋事實類苑》曰：「唐人雜事非表非狀者，謂之牓子，亦謂之錄子，今謂之劄子。凡群臣百司上殿奏事兩制以上，非時有所奏陳，皆用劄子。」劄子，又作「札子」，遂成為奏議的體式名稱。（宋代也有中書樞密院往來文書稱「劄子」的。見江少虞書卷二十九。）圜丘，郎本及奏議全集本均作「圓丘」。

臣伏見九月二十二日詔書節文❶：「俟郊禮畢，集官詳議祠皇地祇事，及郊祀之歲廟享典禮聞奏者。」臣恭覩陛下近者至日❷親祀郊廟，神祇饗答，實蒙休應。然則圜丘❸合祭，允當天地之心，不宜復有改更。

【章　旨】本段陳述寫作奏議的緣由。

【注　釋】❶節文　有節略的文字。❷至日　冬至之日。❸圜丘　古代祭天的圓形高壇。《周禮・春官・大司樂》賈注：「土之高者曰丘，取自然之丘圜者，象天圜也。」圜，同「圓」。

【語　譯】我看到皇上九月二十二日的詔書，其中一段文字大略是：「等到郊禮結束以後，召集官員詳細議論祭祀地神的事情，以及舉行郊祭之年的祖先宗廟祭祀典禮。上奏給我聽。」我恭敬地目睹皇上近年在冬至日親自主持郊祭，神靈享受祭祀，蒙受他們的美好回應。既然如此，那麼在圜丘合祭天地神祇，確實符合天地之心，不應該又有改變。

臣竊惟議者欲變祖宗之舊，圜丘祀天而不祀地，不過以謂冬至祀天於南郊，陽時陽位❶也，夏至祀地於北郊，陰時陰位也，以類求神，則陽時陽位，不可以求陰也。是大不然。冬至南郊，既祀上帝，則天地百神，莫不從也。古者秋分夕月❷於西郊，亦可謂陰位矣。至於從祀上帝，則以冬至而祀月於南郊，議者不以為疑，今皇地祇亦從上帝，而合祭於圜丘，獨以為不可，則過矣。

【章　旨】本段駁斥「圜丘祀天而不祀地」的議論。

【注　釋】❶陽時陽位　天為陽，地為陰。冬至一陽生，夏至一陰生。故冬至祀天，乃陽時陽位，夏至祀地則反是。❷夕月祭月。

【語譯】我私心想，有些議論的人要改變祖宗的舊制，圜丘祭天而不祭地，不過是認為冬至在南郊祭天，是陽時陽位，夏至在北郊祭地，是陰時陰位，按照類別祈求神靈，那麼陽時陽位，是不能求陰的。這種看法很不正確。冬至日南郊既祭祀上帝，那麼天地百神沒有不跟隨享受祭祀的。古代秋分日在西郊祭月，也可以說是陰位了。至於在祭上帝時隨祭，那麼在冬至日南郊同時祭月，議論的人並不疑惑，現在地神也隨上帝享祭，在圜丘合祭，獨獨認為不可以，那就錯誤了。

《書》曰：「肆類于上帝，禋于六宗，望于山川，徧于群神❶。」舜之受禪也，自上帝、六宗、山川、群神，莫不畢告，而獨不告地祇，豈有此理哉？武王克商，庚戌，柴望❷。柴，祭上帝也。望，祭山川也。一日之間，自上帝而及山川，必無南北郊之別也，而獨略地祇，豈有此理哉？臣以知古者祀上帝，則並祀地祇矣。何以明之？《詩》之序曰：「〈昊天有成命〉❸，郊祀天地也。」此乃合祭天地，經之明文。而說者乃以比之〈豐年〉❹「秋冬報也」，曰秋冬各報，而皆歌〈豐年〉，則天地各祀，而皆歌〈昊天有成命〉也。是大不然。〈豐年〉之詩曰：「豐年多黍多稌，亦有高廩，萬億及秭，為酒為醴，烝畀祖妣，以洽百禮，降福孔皆❺。」歌於秋可也，歌於冬亦可也。〈昊天有成命〉之詩曰：「昊天有成命，二后受之。成王不敢康，夙夜基命宥密。於緝熙！單厥心，肆其靖之❻。」終篇言天而不及地。頌所以告神明也，未有歌其所不祭，祭其所不歌也。今祭地於北郊，歌天而不歌地，豈有此理哉？臣以此知周之世祀上帝，則地祇在焉。歌天而不歌地，所以尊上帝。故其序曰：「郊祀天地也。」《春秋》書不郊，猶三望❼。《左氏傳》曰：「望，郊之細也❽。」說者曰，三望，泰山、河、海。或曰淮海也。又或曰分野之星及山川也。魯，諸侯也，故郊之細，及其分野山川而已。周有天下，則郊之細，獨不及五嶽四瀆乎？嶽瀆猶得從祀，而地祇獨不得合祭乎？秦燔《詩》《書》，經籍散亡，學者各以意推類而已。王、鄭、賈、服之流，未必皆得其真。臣以《詩》《書》《春秋》考之，則天地合祭久矣。

【章旨】本段以《書》《詩》《春秋》經典考證天地合祭已久。

【注釋】❶書曰五句　引文出自《尚書・堯典》(偽古文《尚書》分出為〈舜典〉)。肆，遂；就。類，同「禷」。祭名，《說文》：「禷，以事類祭天神。」禋，《東坡書傳》：「精意以享曰禋。宗，尊。六宗，尊神也。」「六宗」說法各有不同，馬融云：「天地四時也。」望，祭山川。❷武王克商三句　此據偽古文《尚書・武成》：「丁未祀於周廟，庚戌，柴望，大告武成。」高步瀛謂：「此文敘次錯謬，子瞻據以證天地同祭，尤非也。」錄以備考。❸昊天有成命　《詩・周頌》篇名。❹豐年　《詩・周頌》篇名。「秋冬報也」是該篇「詩序」語。❺豐年多黍多稌七句　稌，稻米。秭，禾耒。可能是當時計禾的數量單位。萬億及秭，極言數量之多。烝，進獻。孔皆，非常佳美。孔，很。皆，嘉。❻昊天有成命七句　二后，指文王和武王。后，君王。基命宥密，基，謀。宥，同「有」。密，同「勉」。句意為（成王）謀劃國政非常勤勉。鄭玄注云：「言君夙夜為謀政教以安民。」於，感嘆詞。緝熙，繼續光大。單，同「殫」。盡。肆其，遂乃；於是就。❼三望　《春秋・僖公三十一年》：「夏四月，四卜郊，不從，乃免牲，猶三望。」《公羊傳》：「三望者何？望，祭也。然則曷祭？祭泰山、河、海。」❽郊之細也　《左傳・僖公三十一年》文。❾分野之星及山川也句　《左傳・僖公三十一年》杜預注：「三望，分野之星，國中山川，皆郊祀望而祭之。」分野，古代將天上星辰的位置與地上諸侯國或州的位置相對應。就天文說，稱分星；就地上說，稱分野。❿四瀆　古代以江、河、淮、濟為四瀆，「四瀆者，發源注海者也。」（《爾雅・釋水》）。⓫王鄭賈服之流　指王肅、鄭玄、賈逵、服虔等人，他們都曾議及郊祀。

【語　譯】《尚書》說：「於是在祭上帝時舉行類祭，向天地四時之神舉行禋祭，向山川神舉行望祭，向群神都舉行祭祀。」虞舜接受唐堯禪位的時候，自上帝、六宗、山川、群神，沒有不祭告，卻獨不祭告地祇，難道有這個道理嗎？武王戰勝商紂，庚戌日，舉行柴望之祭。柴，是祭上帝。望，是祭山川。一天之內，從祭上帝到山川，一定沒有南郊北郊的分別，而獨獨忽略了地祇，難道有這個道理嗎？我因此知道古代祭上帝，就必定一起祭地祇呢。憑什麼證明呢？《詩經》的小序說：「〈昊天有成命〉詩，是頌郊祀天地的。」這就是合祭天地，經典的明白文字。而解說的人卻把它比作〈豐年〉詩，即「秋冬季節報答神靈的祭祀頌歌」，說秋冬季節各舉行報祭卻都唱〈豐年〉，那麼天地各有祭祀，都唱〈昊天有成命〉詩。這是很錯誤的。〈豐年〉詩上說：「豐年小米稻穀收穫多，也有高大的米倉，用來儲存萬億束新糧，把它們釀成清酒和甜酒，進獻給男女祖先，祭祀的所有禮儀和洽齊備，神靈降福非常美妙吉祥。」在秋天歌唱可以，在冬天歌唱也可以。而〈昊天有成命〉詩上說：「上天降下了聖明的旨意，文武二王接受了天命。成王不敢安享康樂，早晚謀劃國政非常勤勉。啊！他能繼續光大祖德，盡心國事，於是國家就能安寧。」整篇詩說到天而沒有提到地。頌詩是用以祭告神明的，沒有歌頌他所不祭祀的，也沒有祭祀他所不歌頌的。現在如果到北郊祭地祇，只歌頌天而不歌頌地，難道有這種道理嗎？我因此知道在周代，祭祀上帝的時候地祇也同時祭祀。歌頌天而不歌頌地，是表示尊崇上帝的意思。所以那詩序說：「郊祀天地。」《春秋》經書記載，不舉行郊祭，還舉行「三望」之祭。《左傳》說：「望是小規模的郊祭。」解說的人說，三望是指祭泰山、黃河、大海。有人說是祭泰山、淮河、大海。又有人說望是祭分野的星辰和對應的國中山川。魯國是諸侯，所以小規模的郊祭，只能祭到分野星辰對應的山川。周有整個天下，那麼小規模郊祭，難道不要祭到五嶽四瀆嗎？山嶽河流都能隨同受祭，地祇難道獨獨不能合祭嗎？秦朝焚燒《詩經》《尚書》，經典書籍散落流失，後代學者只好各自憑想像推測。王肅、鄭玄、賈逵、服虔等人都曾議論過古代的祭禮，未必都能得到那時的實情。我依據《詩經》《尚書》《春秋》考證此事，就知道天地合祭由來已久了。

議者乃謂合祭天地，始於王莽，以為不足法。臣竊謂禮當驗其是非，不當以人廢。光武皇帝，親誅莽者也，尚采用元始合祭故事❶。謹按《後漢書·郊祀志》，建武二年，初制郊兆❷於洛陽，為圜壇八陛❸，中又為重壇，天地位其上，皆南鄉西上。此則漢世合祭天地之明驗也。又按《水經注》，伊水東北至洛陽縣圜丘東，大魏❹郊天之所，準漢故事，為圜壇八陛，中又為重壇，天地位其上。此則魏世合祭天地之明驗也。唐睿宗將有事於南郊，賈曾議曰：「有虞氏禘黃帝而郊嚳，夏后氏禘黃帝而郊鯀。郊之與廟皆有禘。禘於廟，則祖宗合食於太祖；禘於郊，則地祇群望，皆合於圜丘，以始祖配享。蓋有事祭，非常祀也。三輔❺故事，祭於圜丘，上帝后土，位皆南面。」則漢嘗合祭矣。時褚无量、郭山惲等，皆以曾言為然。明皇天寶元年二月敕曰：「凡所祠享，必在躬親。朕不親祭，禮將有闕。其皇地祇宜於南郊合祭。」是月二十日，合祭天地於南郊。自後有事於圜丘皆合祭。此則唐世合祭天地之明驗也。

【章　旨】本段駁合祭始於王莽不足法的議論，指出禮當驗其是非，不當以人廢。並考證歷代都合祭天地。

【注　釋】❶元始合祭故事　《漢書・郊祀志》載：漢平帝元始五年，王莽奏請合祭天地。❷郊兆　郊祭祭壇的地基。兆，域；地基。❸八陛　八層臺階。❹大魏　指北魏。❺三輔　西漢都城長安及其附近（京畿）地區。包括京兆尹、左馮翊、右扶風。

【語　譯】議論的人卻說合祭天地，是從王莽開始的，認為不能效法。我私下認為禮制應當檢驗它是否正確，不應當因為制禮的人不好就廢除。漢光武皇帝是親自消滅王莽的人，卻採用王莽於元始年間創議的合祭天地的舊例。據《後漢書・郊祀志》記載，東漢建武二年，在洛陽開始建築郊祭祭壇，建造了有八層臺階的圜壇，中間是重壇，天地的祭位都設在那裡，都是位置靠西而面向南方，這是漢代合祭天地的證明。又據《水經注》，伊水往東北流到洛陽圜丘的東面，是北魏郊祭天地的地方。依照漢代舊例建造了八層臺階的圜壇，中間又有重壇，天地的祭位設在上面。這就是北魏合祭天地的證明。唐睿宗準備到南郊祭天，賈曾上奏議說：「有虞氏禘祭黃帝而郊祭帝嚳，夏后氏禘祭黃帝而郊祭鯀。郊祭與廟祭都有大祭。在廟祭時大祭，那麼祖先在太廟中一起享受祭祀；在郊祭時大祭，那麼地祇和所有山川神祇都在圜丘祭祀，並以始祖配合祭祀。這是有大事的祭祀，不是經常舉行的祭祀。據三輔舊事傳說，漢在圜丘祭祀，上帝后土的祭位都是南向。」那麼西漢也曾合祭了。當時褚无量、郭山惲等人，都認為賈曾說得對。唐明皇天寶元年二月下詔令說：「凡是祭祀，我一定要親自去。我如果不親自祭祀，禮儀將有缺失。地祇應當在南郊合祭。」這個月的二十日，在南郊合祭天地。自此以後凡是在圜丘祭祀都是天地合祭。這就是唐代合祭天地的證明。

今議者欲冬至祀天，夏至祀地，蓋以為用周禮也。臣請言周禮與今禮之別。古者一歲，祀天者三，明堂❶饗帝者一，四時迎氣者五❷，祭地者二，饗宗廟者四，為此十五者，皆天子親祭也。而又朝日夕月❸，四望山川，社稷五祀❹，及群小祀之類，亦皆親祭。此周禮也。太祖皇帝，受天眷命，肇造宋室，建隆❺初郊，先饗宗廟，并祀天地。自真宗以來，三歲一郊，必先有事景靈❻，偏饗太廟，乃祀天地。此國朝之禮也。夫周之禮，親祭如彼其多，而歲行之，不以為難；今之禮，親祭如此其少，而三歲一行，不以為易，其故何也？古者天子出入，儀物不繁，兵衛甚簡，用財有節，而宗廟在大門之內，朝諸侯，出爵賞，必於太廟，不止時祭而已。天子所治，不過王畿千里，唯以齋祭禮樂為政事。能守此，則天下服矣。是故歲歲行之，率以為常。至於後世，海內為一，四方萬里，皆聽命於上，機務之繁，億萬倍於古，日力有不能給。自秦漢以來，天子儀物，日以滋多，有加無損，以至於今，非復如古之簡易也。今所行皆非周禮。三年一郊，非周禮也；先郊二日而告原廟❼，一日而祭太廟，非周禮也；郊而肆赦，非周禮也；優賞諸軍，非周禮也；自后妃以下，至文武官，皆得蔭補親屬，非周禮也；自宰相、宗室以下至百官，皆有賜賚，非周禮也。此皆不改，而獨於地祇則曰周禮不當祭於圜丘，此何義也？

【章　旨】本段駁冬至祀天夏至祀地是用周禮的議論。

【注　釋】❶明堂　古代帝王宣明政教的地方。❷四時迎氣者五　指於立春、立夏、立秋、立冬四時祭祀及季夏六月迎土氣於南郊，以此分祭五帝。❸朝日夕月　指春分朝日，秋分夕月的祭拜日月神儀式。❹社稷五祀　出《周禮・大宗伯》。社稷，土、穀之神。五祀指與社稷配享的五次祭祀。說法不一，或謂五祀祭五官之神，或謂五行之神。❺建隆　宋太祖趙匡胤年號，為西元九六〇至九六二年。❻景靈　宋真宗大中祥符五年（西元一〇一二年）詔建的祭祖宮殿。沈括《夢溪筆談》曰：「上親郊廟冊文皆曰：恭薦歲事。先景靈宮，謂之朝獻；次太廟，謂之朝饗；末乃有事於南郊。」❼原廟　《漢書・禮樂志》顏師古注：「原，重也。言已有正廟更重立之。」按：景靈宮即是原廟。

【語　譯】現在那些議論的人想要冬至祭天，夏至祭地，認為這是周代禮制。請讓我說說周禮與今禮的區別。古時一年內，祭天三次，明堂祭饗上帝一次，四時迎節氣五次，祭地兩次，祭饗宗廟四次，這十五次祭祀，都是天子親自主祭。而且又有春分祭日、秋分祭月、望祭五嶽四瀆等山川、祭社、祭稷等五次祭祀，以及各種小的祭祀等等，也都要親祭。這就是周代禮制。太祖皇帝承受上天眷顧賜予天下，創建宋朝。建隆初年，舉行郊祭，先在太廟祭祀，然後天地合祭。自從真宗以來，每隔三年舉行一次郊祭，一定先到景靈宮祭祀，再到太廟，最後並祭天地。這是我朝的禮制。周代禮制，天子親祭那樣多，而且每年都要舉行，不感到困難。現在的禮制，天子親祭這樣少，三年一次，並不覺得容易，是什麼緣故呢？古代天子出入，儀仗不繁瑣，侍衛也很少，花費的財物有限制，而且宗廟在宮門之內，諸侯朝見，天子賜爵賞賜，必定在太廟進行，不只是在祭祀時候。天子治理的地方，不過是京城周圍方圓千里，只是把齋戒祭祀制禮作樂作為政事。能夠守住王畿千里，天下就服從。所以每年能這樣做，終於成為常例。到了後代，海內統一，四方疆土萬里，都聽命於皇帝，事務的繁雜，是古代的億萬倍，每天時間不夠用。從秦、漢朝以來，天子的儀仗，一天天地加多，有增無減，一直到現在，不再像古代那樣簡約了。現在所行的都不是周禮。三年一次郊祭，不是周禮；郊祭前兩天先祭告原廟，前一天祭太廟，不是周禮；郊祭就大赦，不是周禮；優待賞賜所有官兵，不是周禮；從后妃以下直到文武官員，都能夠靠皇帝恩蔭而使親屬補授官爵，不是周禮；從宰相、皇室宗親以下到百官，都有賞賜，不是周禮。這些都不說要按周禮改變，卻獨對祭地祇就說按周禮不應該在圜丘合祭，這是什麼道理呀？

議者必曰今之寒暑，與古無異，而宣王薄伐玁狁❶，六月出師，則夏至之日，何為不可祭乎？臣將應之曰舜一歲而巡❷四岳，五月方暑，而南至衡山，十一月方寒，而北至常山❸，亦今之寒暑也，後世人主能行之乎？周所以十二歲一巡❹者，惟不能如舜也。夫周已不能行舜之禮，而謂今可以行周之禮乎？天之寒暑雖同，而禮之繁簡則異。是以有虞氏之禮，夏商有所不能行，夏商之禮，周有所不能行，時不同故也。宣王以六月出師，驅逐玁狁，蓋非得已；且吉甫為將，王不親行也。今欲定一代之禮，為三歲常行之法，豈可以六月出師為比乎？

【章　旨】本段駁斥「認為今古寒暑沒有變異」故可夏至行祭的議論。

【注　釋】❶薄伐玁狁　見《詩・小雅・六月》。薄，發語詞。玁狁，周代北方邊境經常南侵的部族。或說，即北狄，匈奴。〈六月〉詩寫周宣王討伐玁狁入侵的情況。詩中有「六月棲棲」「王于出征」的話，故下文云「六月出師」。詩中稱頌宣王大臣尹吉甫，有「王于出征，以佐天子」，「文武吉甫，萬邦為憲」的話，故蘇軾下文又說「吉甫為將，王不親行」。❷舜一歲而巡　見《尚書・堯典》。❸常山　即恆山，避宋真宗諱改。❹周所以十二歲一巡　《周禮・秋官・大行人》：「十有二歲王巡守。」《禮記・王制》鄭注：「周制，十二年一巡守。」

【語　譯】那些議論的人必定說今天的寒暑，與古代沒有不同，而周宣王討伐玁狁，六月出征，那麼夏至的日子，為什麼不能舉行祭祀呢？我要回答說舜一年之內巡視四嶽，五月正是暑天而南到衡山，十一月正寒冷而北到恆山，也與今天的寒暑相同，後世君王能這樣做嗎？周代天子所以十二年巡視一次，是因為不能像舜那樣。周代已經不能實行舜的禮制，能夠說今天可以實行周代的禮制嗎？天氣的寒暑雖然相同，但禮儀的繁簡卻不同。所以舜的禮制，夏、商兩代有不能實行的，夏、商的禮制，周代有不能用的，是時代不同的緣故。周宣王在六月出兵，驅逐玁狁，是不得已的事；而且以尹吉甫為將，宣王並不親自出行。現在要確定一個朝代的禮制，作為三年一次長期實行的辦法，難道可以用宣王一次六月出師做比方嗎？

議者必又曰夏至不能行禮，則遣官攝祭祀，亦有故事❶。此非臣之所知也。《周禮・大宗伯》：「若王不與❷，則攝位。」鄭氏注曰：「王有故，則代行其祭事。」賈公彥疏曰：「有故，謂王有疾及哀慘皆是也。」然則攝事非安吉之禮也。後世人主，不能歲歲親祭，故命有司行事，其所從來久矣。若親郊之歲，遣官攝事，是無故而用有故之禮也。

【章　旨】本段駁斥派遣官員代行祭祀的議論。

【注　釋】❶亦有故事　指宋神宗元豐四年詔親祀北郊並依南郊之儀，有故不行，即以上公代行之事。❷與　同「預」。

【語　譯】那些議論的人必定又說如果天子夏至不能行祭禮，就派遣官員代行祭祀，這也有舊例。這種說法不是我能明白的。《周禮・大宗伯》說：「如果君王不能親自來主祭就代理其位。」鄭玄注說：「君王有事故，就代行祭祀。」賈公彥疏解說：「有事故，是說君王有病或哀痛傷心的事，都屬此類。」既然如此，那麼代行祭祀就不是平安吉祥的禮儀。後代君王，不能年年親自祭祀，所以命令官員代理行事，這種作法很久了。至於親自郊祭的那年，派遣官員代理，這就是沒有事故卻採用了有事故的禮儀了。

議者必又曰省去繁文末節，則一歲可以再郊。臣將應之曰古者以親郊為常禮，故無繁文。今世以親郊為大禮，則繁文有不能省也。若帷城幔屋，盛夏則有風雨之虞，陛下自宮入廟，出郊，冠通天❶，乘大輅，日中而舍，百官衛兵暴露於道，鎧甲具裝，人馬喘汗，皆非夏至所能堪也。王者父事天，母事地，不可偏也❷。事天則備，事地則簡，是於父母有隆殺❸也。豈得以為繁文末節，而一切欲損去乎？國家養兵，異於前世。自唐之時，未有軍賞，猶不能歲歲親祠。天子出郊，兵衛不可簡省，大輅一動，必有賞給。今三年一郊，傾竭帑藏，猶恐不足，郊賚之外，豈可復加？若一年再賞，國力將何以給？分而與之，人情豈不失望？

【章　旨】本段駁省去繁文末節，一年就可以祭祀兩次的議論。

【注　釋】❶通天　通天冠。天子之冠。❷王者句　《白虎通・爵篇》：「王者父天母地，為天之子也。」❸隆殺　厚薄。殺，衰減。

【語　譯】那些議論的人必定又說省掉繁瑣的禮儀不必要的細節，那麼一年就可以祭祀兩次。我要回答說古代把天子親自主持郊祭作為常禮，所以沒有繁瑣的禮儀。近代以來把天子親自郊祭作為大禮，那麼繁瑣的禮儀就不能簡省了。像在郊外用帷幔當作城牆房屋，盛夏就要擔心風雨，皇上從皇宮到宗廟，再到郊外，戴著通天冠，乘坐玉輅大車，中午住宿，百官和衛兵，全都在路上露天休息，鎧甲冠服穿著整齊，人馬喘息，汗流浹背，這都不是夏至暑天承受得了的。君王把天當作父親事奉，把地當作母親事奉，是不能有偏向的。如果事奉天就完備，事奉地就簡省，這是對於父母有厚薄之分了。怎能夠認為是繁瑣禮儀和不必要的細節，就要省掉這一切呢？國家養兵，與前代不同。在唐朝時，沒有軍賞，尚且不能每年親自祭祀。皇帝出行郊祭，士兵侍衛不能簡省，天子車馬一動，一定要有賞賜。現在三年一次郊祭，用盡國庫錢財，還恐怕不足，一次郊祭的賞賜之外，難道還能再加一次？如果一年賞賜兩次，國家財力將如何供給？如果把一次的賞賜分作兩次給予，人們心裡豈不感到失望？

議者必又曰三年一祀天，又三年一祀地。此又非臣之所知也。三年一郊，已為疎闊，若獨祭地而不祭天，是因事地而愈疏於事天。自古未有六年一祀天者。如此，則典禮愈壞，欲復古而背古益遠，神祇必不顧饗，非所以為禮也。

【章　旨】本段駁斥隔三年輪流祭祀天地的議論。

【語　譯】那些議論的人一定又說每三年祭祀一次天，又過三年祭祀一次地。這又不是我所明白的。三年一次郊祭，時間已有相當的間隔了，如果只祭地而不祭天，那就是因為事奉地而更加疏忽於事奉天了。自古以來沒有六年一次祀天的事。這樣做，那麼典章禮制就更加被破壞，想要復古卻背離古道更遠，神祇一定不會來享受祭祀，決不是合乎禮制的作法。

議者必又曰當郊之歲，以十月神州之祭❶，易夏至方澤之祀❷，則可以免方暑舉事之患。此又非臣之所知也。夫所以議此者，為欲舉從周禮也。今以十月易夏至，以神州代方澤，不知此周禮之經耶，抑變禮之權耶？若變禮從權而可，則合祭圜丘，何獨不可？十月親祭地，十一月親祭天，先地後天，古無是禮，而一歲再郊，軍國勞費之患，尚未免也。

【章　旨】本段駁以神州之祭代替方澤之祭的議論。

【注　釋】❶神州之祭　祭名。祭神州地祇，如五嶽四瀆。高步瀛引劉元城《盡言集議》曰：「神州地祇，乃天子建都之所一方之神爾，非皇地祇之比也。」❷方澤之祀　指夏至日祭地。原為方丘與祭天之圜丘相對，取天圓地方之義。《周禮・春官・大司樂》：「夏日至，於澤中之方丘奏之。」疏：「言澤中方丘者……因下以事地，故於澤中，取方丘者，水鍾曰澤。不可以水中設祭，故亦取自然之方丘，象地方故也。」後世掘地為方池，貯水以祭，故稱方澤。《廣雅・釋天》：「圜丘大壇祭天也，方澤大折祭地也。」

【語　譯】那些議論的人一定又說在郊祭那年，用十月的神州祭替換夏至祭地，就可以免除暑天辦祭祀的辛勞。這又不是我所知曉的。他所以作這種議論，是想要都按周禮行事。現在用十月換夏至，用祭神州換祭地祇，不知道這是周禮的常規，還是周禮的臨時變通？如果說可以依據權宜需要變通禮制，那麼圜丘合祭天地，為什麼獨獨不行呢？十月親自祭地，十一月親自祭天，先地後天，古代沒有這種禮制，而且一年兩次郊祭，軍隊勞累國家耗費的擔憂，還是不能免除。

議者必又曰當郊之歲，以夏至祀地祇於方澤，上不親郊而通爟❶火，天子於禁中望祀。此又非臣之所知也。《書》之望秩❷，《周禮》之「四望」，《春秋》之「三望」，皆謂山川在境內而不在四郊者，故遠望而祭也。今所在之處，俛則見地，而云望祭，是為京師不見地乎？

【章旨】本段駁主張夏至日天子在宮中望祭的議論。

【注釋】❶爟　《說文》：「舉火曰爟。」❷秩　以尊卑秩次祭祀。

【語譯】那些議論的人必定又說在郊祭的這年，在夏至日到方澤祀地祇，皇上不必親自到北郊，而是舉火，讓光明遠照，通達祀所，天子在宮中望祭。這又不是我所明白的了。《尚書》中的望祭，《周禮》中的「四望」，《春秋》中的「三望」，都是說山川在國境內卻不在四郊的，所以遠望而祭祀。現在皇宮所在的地方，低頭就看見大地，卻說要望祭，這是因為在京城看不到地嗎？

此六議者，合祭可不❶之決❷也。夫漢之郊禮，尤與古戾，唐亦不能如古。本朝祖宗，欽崇祭祀，儒臣禮官，講求損益，非不知圜丘方澤，皆親祭之為是也。蓋以時不可行，是故參酌古今，上合典禮，下合時宜，較其所得，已多於漢唐矣。天地宗廟之祭，皆當歲徧，今不能歲徧，是故徧於三年當郊之歲；又不能於一歲之中，再舉大禮，是故徧於三日。此皆因時制宜，雖聖人復起，不能易也。今並祀不先親祭，而北郊則必不能親往，二者孰為重乎？若一年再郊，而遣官攝事，是長不親事地也。三年間郊，當行郊地之歲，而暑雨不可親行，遣官攝事，則是天地皆不親祭也。

【章旨】本段論述郊禮應參酌古今，因時制宜。

【注釋】❶不 同「否」。❷決 分別；判定。

【語譯】這六點議論，可以分析判定合祭能否實行了。漢代的郊祭之禮，尤其與上古不同，唐朝也不能像上古那樣。本朝祖先尊崇祭祀，制禮的官員儒士討論對古代禮制有所增減，並非不知道圜丘和方澤，都要天子親祭才正確。只是因為時勢已不能實行，所以參照斟酌古今情況，上則合乎典章禮制，下則合乎形勢條件，比較起漢、唐時代，從古代禮制上得到的，已經更多了。天地宗廟的祭祀，依古禮應當一年之內全部舉行，現在不能一年之內全部舉行，所以在三年中要舉行郊祭的那年全部祭祀；又不能在一年之內，舉行兩次大禮，所以在南郊祭天時，在三天之內全部祭祀。這些都是因時制宜，即使聖人再出現，也不能改變的。現在天地合祭天子能夠親祭，而夏至到北郊祭地祇卻一定不能親自去，二者比較，哪一種作法更有分量呢？如果一年兩次郊祭，卻派遣官員代理祭地，這是天子長期不親自事奉地祇。如果三年相間輪流郊祭天地，到實行郊祭地祇的那年，卻因為暑熱或下雨不能親自舉行，而派遣官員代理，這就是天地都不親自祭祀了。

夫分祀天地，決非今世之所能行，議者不過欲於當郊之歲，祀天地宗廟，分而為三耳。分而為三，有三不可：夏至之日，不可以動大眾，舉大禮，一也；軍嘗不可復加，二也；自有國以來，天地宗廟，惟享此祭，累聖相承，惟用此禮，此乃神祇所歆，祖宗所安，不可輕動，動之則有吉凶禍福，不可不慮，三也。凡此三者，臣熟計之，無一可行之理。伏請從舊為便。昔西漢之衰，元帝納貢禹之言毀宗廟，成帝用丞相衡之議改郊位❶，皆有殃咎，著於史策。往鑑甚明，可為寒心。

【章旨】本段論述把對天地宗廟的祭祀分而為三的作法不可行。

【注釋】❶元帝納貢禹之言二句　事見《漢書・郊祀志》。其說無據。高步瀛曰：「漢元、成之殃咎，不在毀廟改郊。此(劉)元城所謂引禍福殃咎之說劫持朝廷者也。蓋子瞻欲其說之得伸，故為此警悚之言耳。」

【語譯】分祭天地，必定不是現在能夠實行的，那些議論的人不過想在逢郊祭的這一年，把祭祀天、地和宗廟，分作三次罷了。分作三次祭祀，有三條理由不能做：夏至的日子，不能興師動眾，舉行大禮，這是第一；給軍士的賞賜不能再增加了，這是第二；自從建國以來，天地宗廟都只享用這一次郊祭，歷代聖王相繼，只用這種禮儀，這是神靈歆享，祖宗安心的事，不能輕易改動，改動了就會有吉凶禍福的不祥變化，不能不憂慮，這是第三條理由。總計這三條，我仔細考慮，沒有一條可以實行祭祀一分為三的道理。敬請皇上以依舊例行事為方便。當年西漢衰落，漢元帝採納貢禹的建議毀棄宗廟，漢成帝用丞相匡衡的建議改變郊祭的地點，都帶來了災殃，在史書上有記載。往事的鑑戒很鮮明，可使後人警懼。

伏望陛下詳覽臣此章，則知合祭天地，乃是古今正禮，本非權宜。不獨初郊之歲所當施行，實為無窮不刊❶之典。願陛下謹守太祖建隆、神宗熙寧之禮，無更改易郊祀廟享，以敉❷寧上下神祇。仍乞下臣此章，付有司集議，如有異論，即須畫一❸解破臣所陳六議，使皆屈伏。上合周禮，下不為當今軍國之患。不可固執，更不論當今可與不可施行，所貴嚴祀大典，蚤以時定。取進止❹。

【章　旨】本段表達對皇帝的希望。

【注　釋】❶刊　削除；修改。❷敉　撫；安定。❸畫一　統一。❹取進止　奏章的一種套語，意思是：我的意見是否正確，聽候裁決。葉夢得《石林燕語》卷四：「臣僚上殿劄子末概言取進止……今乃以為可否取決之辭。」

【語　譯】我希望皇上詳細看我的這奏章，就知道合祭天地，才是古今的正禮，本來不是權宜變通的作法。不只是初逢郊祭之年應當施行的，實際上是後世永遠不能更改的典則。希望皇上敬守太祖建隆年間、神宗熙寧年間的禮儀，不要更改郊祭廟饗的作法，使上下神祇得以安寧。還請求把我的奏章發下，交給主管部門共同討論，如果有不同意見，就可以統一解釋我所陳述的六點議論，以便使那些反對者都屈服接受。上則符合周禮，下則不成為當前軍事國政的憂患。不要固執，更不必討論分祭之說現在能夠不能夠施行，最重要的是嚴肅莊重的祭祀大典，要及早依據時勢作出決斷。可否，等候皇上聖意。

【研　析】蘇軾此文，從議論性質說，主要是駁議。雖係禮制之爭，但又明顯包含了作者的軍國之憂，時政之見。上合古禮、下合時宜的思想貫穿全篇。王文濡評曰：「引經據史，層層駁詰，文筆雖未團結而理解清晰，固應屈伏一時。」其駁議方法和條理盡有可取之處。作者雖針對「議者」發論，而其目的仍在爭取皇帝的認可，故在議禮時，不只著眼於引經據典，還多於國事利益和祖宗成法上闡述，一篇之中「三致意焉」，這是深得奏議要義的用筆。

卷二十　奏議類上編　十

上仁宗皇帝言事書

王介甫

【題　解】本文南宋舒龍本標題作「上皇帝萬言書」。宋仁宗嘉祐三年（西元一〇五八年）二月，王安石自知常州調任提點江南東路刑獄。這年冬天，返京述職。十月甲子（二十八日），調任三司度支判官（此據《續資治通鑑長編》）。在這些日子裡，王安石「俯仰換冬春，紛紛空百憂」（〈解使事泊棠陰〉詩），他系統地思考了入仕十多年來心中所縈繞的問題，大約在這年年底，或嘉祐四年初，寫出了這篇萬言書。近人梁啟超稱譽為「秦漢以後第一大文」（《王安石評傳》）。在這篇奏議中，王安石全面分析了當時的政治形勢，尖銳地指出了國家存在的嚴重危機，認為有必要進行變法革新。而變法革新的首要任務，在於培養一大批可供選拔任用的人才，而人才嚴重缺乏的原因在教育。文章詳細闡述了古代先王造就人才的方法，包括教育、管理、選拔、任用人才的正確方法，即所謂「教之、養之、取之、任之」的「陶冶而成之之道」。並將其與當時培養造就人才的方法一一進行比較，從而揭露了當時人才制度的種種弊端。文章主張根據學以致用的原則來改革當時脫離實際、毫無用處的教學內容，鑑於人才缺乏在歷史上曾經造成的危害，文章進而提出改革教育制度和科舉制度、培養造就人才的方針和步驟，即所謂「慮之以謀，計之以數，為之以漸，而又勉之以成，斷之以果」。這些都是本文極有價值的內容。在變法開始之前，王安石以人才作為急務和需要變革的首要問題提出來，說明王安石作為傑出政治家的遠見卓識。但由於種種原因，這些建議未能見諸實踐。改革最後之所以失敗，人才也正是重要原因。高步瀛曰：「行政在人，荊公變法，本注意於此。以後君子不附，不得不假乎小人，而新政乃至不可為矣，惜哉！」

臣愚不肖，蒙恩備使一路❶。今又蒙恩召還闕廷，有所任屬，而當以使事歸報陛下。不自知其無以稱職，而敢緣使事之所及，冒言天下之事。伏惟陛下詳思而擇處其中，幸甚。

【章旨】本段敘上書的緣由。

【注釋】❶備使一路　指充任提點江南東路刑獄。路，宋代行政區域名。時分全國為十八路，由朝廷指派官員到各路監察地方行政、司法、財賦等事，安石為監察該路司法，故稱「使」。

【語譯】我愚笨不賢能，蒙皇上恩惠派往充任提點江南東路刑獄。現在又蒙恩召回朝廷，有所任用，應當將外任情況回來報告皇上。不知道自己不稱職，還膽敢根據出任外官所了解的情況，冒昧地談論天下大事。敬請皇上仔細考慮並選擇其中可取之處，我將萬分榮幸。

臣竊觀陛下有恭儉之德，有聰明睿智之才。夙興夜寐，無一日之懈。聲色狗馬觀游玩好之事，無纖芥之蔽，而仁民愛物之意孚❶於天下。而又公選天下之所願以為輔相者，屬之以事，而不貳❷於讒邪傾巧之臣。此雖二帝、三王之用心，不過如此而已。宜其家給人足，天下大治。而效不至於此，顧內❸則不能無以社稷為憂，外則不能無懼於夷狄，天下之財力日以困窮，而風俗日以衰壞，四方有志之士，諰諰然❹常恐天下之久不安。此其故何也？患在不知法度故也。

【章　旨】本段論述形勢，指出當今之患在不知法度。

【注　釋】❶孚　信任；取信。❷貳　懷疑；不信任。《尚書・大禹謨》：「任賢勿貳，去邪勿疑。」❸顧內　指當時內政不寧。如慶曆三年的王倫起事及此後張海、王則等各處起事。❹諰諰然　恐懼的樣子。

【語　譯】我私下觀察皇上，有恭敬節儉的美德，有聰明睿智的才能。起早睡晚，沒有一天鬆懈。聲色狗馬，觀賞遊玩之事，沒有絲毫能蒙蔽皇上，而仁愛百姓及珍惜物力的心思，受到天下人的信服。同時又能公正地選擇得到天下信任的人來做宰相輔弼大臣，委派他們處理國家大事，而不因為那些姦邪挑撥之臣好進讒言而懷疑他們。這樣做，即使堯舜二帝、夏商周三代君王的用心，也不過如此罷了。應該能夠家家充裕，人人富足，天下太平。然而成效並沒有達到這個程度，於國內對政局不能沒有憂愁，而在國外對遼國西夏等異族不能不感到畏懼，國家的財力一天天困窮，而風俗一天天變壞，四方有志之士，都常擔心天下會難以長久安寧。這是為什麼呢？禍患在於不懂得建立法令制度的緣故。

今朝廷法嚴令具，無所不有，而臣以謂無法度者，何哉？方今之法度，多不合乎先王之政故也。孟子曰：「有仁心仁聞而澤不加於百姓者，為政不法於先王之道故也。」❶以孟子之說觀方今之失，正在於此而已。

【章　旨】本段論述方今法度，多不合乎先王之政。

【注　釋】❶孟子曰三句　語出《孟子・離婁上》，字句小異。

【語　譯】今天朝廷刑法嚴密，政令完備，無所不有，但我卻認為沒有法度，為什麼呢？是現今的法令制度，大多不合乎先王的政治主張的緣故。孟子說：「有仁愛之心和仁愛的美譽，然而恩澤不施加於百姓，是治理國政沒有效法先王之道的緣故。」用孟子的說法觀察，當今的失誤正在這裡。

夫以今之世去先王之世遠，所遭之變、所遇之勢不一，而欲一一修先王之政，雖甚愚者猶知其難也。然臣以謂今之失患在不法先王之政者，以謂當法其意而已。夫二帝、三王相去蓋千有餘載，一治一亂，其盛衰之時具矣。其所遭之變、所遇之勢亦各不同，其施設之方亦皆殊，而其為天下國家之意，本末先後，未嘗不同也。臣故曰當法其意而已。法其意，則吾所改易更革，不至乎傾駭天下之耳目，囂囂❶天下之口，而固已合乎先王之政矣。

【章　旨】本段論述法先王之政，當法其意。

【注　釋】❶囂　囂囂。眾口紛雜的樣子。

【語　譯】今天的時代，距離先王的時代久遠，所遭逢的變化、所面臨的形勢不一樣，卻想要一一修復先王的政事，即使很愚蠢的人，都還知道困難。然而我認為當今的失誤在於沒有效法先王的政治，指的是認為應當效法先王治國的基本精神。二帝與三王，相距有千百餘年，一時天下太平，一時天下動亂，都有過興盛和衰敗的時期。他們遭逢的變化，面臨的形勢，也各不相同，他們施政的辦法也不一樣，然而他們治理天下國家的基本精神，施政的本末先後，並沒有什麼不同。所以我說應該效法他們的基本精神就行了。效法他們的基本精神，那麼我們所要進行的改革變易，就不至於使天下人的耳目感到驚駭，也不至於使天下人議論紛紛，而實際上就已經合乎先王的政治了。

雖然，以方今之勢揆之，陛下雖欲改易更革天下之事，合於先王之意，其勢必不能也。陛下有恭儉之德，有聰明睿知之才，有仁民愛物之意，誠加之意，則何為而不成，何欲而不得？然而臣顧以謂陛下雖欲改易更革天下之事，合於先王之意，其勢必不能者，何也？以方今天下之人才不足故也。

【章　旨】本段指出當今的問題是天下人才不足。

【語　譯】雖然如此，從當前形勢分析，皇上雖然想要改革變易天下的事情，使之合於先王政治的基本精神，那形勢一定不能做到。本來，皇上有恭敬節儉的美德，有聰明睿智的才能，有仁愛百姓及珍惜物力的心思，果真施以改革之心，那麼有什麼事情做不成，什麼願望不能實現呢？然而我卻認為皇上雖然想改革變易天下的事情，以合於先王政治的基本精神，在當前形勢下一定不能做到，為什麼呢？這是因為當今天下的人才不足的緣故啊。

臣嘗試竊觀天下在位之人，未有乏於此時者也。夫人才乏於上，則有沉廢伏匿在下，而不為當時所知者矣。臣又求之於閭巷草野之間，而亦未見其多焉。豈非陶冶而成之者非其道而然乎？臣以謂方今在位之人才不足者，以臣使事之所及，則可知矣。今以一路數千里之間，能推行朝廷之法令，知其所緩急，而一切能使民，以修其職事者甚少，而不才苟簡貪鄙之人，至不可勝數。其能講先王之意以合當時之變者，蓋闔❶郡之間，往往而絕也。朝廷每一令下，其意雖善，在位者猶不能推行，使膏澤加於民，而吏輒緣之為姦，以擾百姓。臣故曰在位之人才不足，而草野閭巷之間，亦未見其多也。夫人才不足，則陛下雖欲改易更革天下之事，以合先王之意，大臣雖有能當陛下之意，而欲領此者，九州之大，四海之遠，孰能稱陛下之旨，以一二推行此，而人人蒙其施者乎？臣故曰其勢必未能也。孟子曰：「徒法不能以自行。」❷非此之謂乎？然則方今之急，在於人才而已。誠能使天下之才眾多，然後在位之才，可以擇其人而取足焉。在位者得其才矣，然後稍視時勢之可否，而因人情之患苦，變更天下之弊法，以趨先王之意，甚易也。今之天下，亦先王之天下。先王之時，人才嘗眾矣，何至於今而獨不足乎？故曰陶冶而成之者，非其道故也。

【章旨】本段闡明當今人才匱乏，主要是由於造就人才的途徑不合理。

【注釋】❶闔 全；全部。❷孟子曰二句 語出《孟子・離婁上》章。

【語譯】我曾經試著私下觀察，看到國家在位官員的情況，沒有比現在更缺乏人才的了。在上面的人才缺乏，那麼在下面就應該有被埋沒廢棄或隱居山林的人才，卻不為當時的人所知道的了。我又到城市里巷鄉村田野間尋找，卻也沒有發現很多人才。這難道不是造就人才的途徑不合理而導致這樣的嗎？我認為當今在位的人才不足，從我出任提刑官時所接觸的情況，就可以知道了。現在一路區域幾千里之內，能夠推行朝廷的政令，知道事情的緩急，而所有舉措都使百姓擁護來完成自己職責的人很少，而沒有才幹苟且偷安貪婪鄙陋的人，多得簡直數不完。那些能夠講求先王政治的基本精神而又合乎當前形勢變化的人，整個州郡之內，常常找不到一個人。朝廷每下達一道法令，意圖雖然很好，而在位的官員還是不能推行，使老百姓得到恩惠，而吏役就乘機作壞事，騷擾百姓。所以我說在位的人才不足，而里巷鄉村中，也沒有發現許多。人才不足，那麼皇上雖然想要改革變易天下之事使之合於先王的治國精神，大臣之中雖然也有能夠合乎皇上心意想領導這一事業的人，但九州這樣大，四海這樣遠，誰能符合皇上的旨意，一條兩條地加以推行，從而使人人蒙受施行的恩惠呢？所以我說在當前形勢下必定做不到。孟子說：「光有法令，它是不能自己施行的。」說的不就是這種情況嗎？既然如此，當今的緊要事務，就在於人才罷了。假如使得全國的人才眾多，然後各級職位所需的人才就可以從其中選擇配齊了。在位任官職者是物色到的真正人才，然後逐漸觀察形勢是否合適，進而根據民眾的疾苦，改變天下有害的法令，使之逐步符合先王的治國精神，就很容易了。當今的天下，也就是先王的天下。先王的時代，人才曾經眾多，怎麼到了今天反而不足呢？所以說是造就人才的途徑不合理的緣故啊。

商之時，天下嘗大亂矣。在位貪毒禍敗，皆非其人。及文王之起，而天下之才嘗少矣。當是時，文王能陶冶天下之士，而使之皆有士君子之才，然後隨其才之所有而官使之。《詩》曰：「豈弟君子，遐不作人❶？」此之謂也。及其成也，微賤兔罝❷之人，猶莫不好德，〈兔罝〉之詩是也，又況於在位之人乎？夫文王惟能如此，故以征則服，以守則治。《詩》曰：「奉璋峩峩，髦士攸宜。」又曰：「周王于邁，六師及之。」❸言文王所用，文武各得其材，而無廢事也。及至夷厲之亂❹，天下之才又嘗少矣。至宣王之起，所與圖天下之事者，仲山甫而已。故詩人嘆之曰：「德猶如毛，維仲山甫舉之，愛莫助之❺。」蓋閔人士之少，而山甫之無助也。宣王能用仲山甫，推其類以新美天下之士，而後人才復眾。於是內修政事，外討不庭❻，而復有文武之境土。故詩人美之曰：「薄言采芑，于彼新田，于此菑畝❼。」言宣王能新美天下之士，使之有可用之才，如農夫新美其田，而使之有可采之芑也。由此觀之，人之才，未嘗不自人主陶冶而成之者也。

【章旨】本段以古為例，論述人才都由人主陶冶而成。

【注釋】❶豈弟君子二句　出《詩經・大雅・旱麓》。豈弟，又作「愷（凱）悌」。和樂平易之意。遐不作人，怎麼造就人才。遐不，同「胡不」。胡，何；怎麼。作人，作新人之意。孔疏：「作人者，變舊造新之辭。」後多指培育人才。❷兔罝　《詩經・周南》有〈兔罝〉篇。兔罝，即捕兔之網。〈詩序〉：「〈兔罝〉，后妃之化也。〈關雎〉化行，則莫不好德，賢人眾多也。」鄭箋：「罝兔之人，鄙賤之事，猶能恭敬，則是賢者眾多也。」意指周文王時人才眾多，連獵兔之人也有良好品德。

❸奉嶂峨峨五句　詩出《詩經・大雅・棫樸》。奉，同「捧」。璋，牙璋。一種發兵用的玉質兵符，邊緣有齒，以合另一半，故名牙璋。峩峩，兩手捧起高舉的樣子。髦士，英俊有才能的人。髦，俊。攸，所。于邁，行進。六師，古時天子有六軍（即師），此指周王在京城的軍隊。及之，追隨他（周王）。❹夷厲之亂　指周夷王厲王時代的動亂，周夷王時，國勢衰弱，夷王被迫親自下堂接見諸侯。厲王後被國人暴動放逐。❺德猶如毛三句　詩出《詩經・大雅・烝民》。猶，原文作「輶」。輶，本義為輕車，引申為輕物或輕義。仲山甫，周宣王時大臣。這裡引文有略。幾句的原意是，道德修養工夫本來輕得像羽毛，但人們很少能將它舉得高。只有仲山甫能將道德標準舉得高，令人敬愛而不能再增分毫。❻不庭　指不服從周王朝統治，不來朝見周王。❼薄言采芑三句　詩出《詩經・小雅・采芑》。芑，一種苦菜。新田，開墾了兩年的田土。菑畝，新割草開墾的田畝。按：〈采芑〉詩稱頌宣王時大臣方叔平定荊蠻並開發土地的事。

【語　譯】商朝時，天下曾經大亂。在位的人貪婪狠毒，製造禍亂，都極不稱職。到周文王興起時，天下的人才曾經很少了。這時候，周文王能夠造就天下之士，使他們都具備君子的才能，然後按照他具有的才能任命恰當的官職使用他們。《詩經》說：「和樂平易的君子，怎麼不造就人才呢？」說的就是這事。等到人才成就的時候，就連地位低賤的捕兔人，都沒有不崇尚德行的，〈兔罝〉詩說的就是這種情況，何況在位的人呢？文王正因為能夠這樣，所以出征就能降服對方，守土就能使天下大治。《詩經》說：「捧著牙璋高高舉起，英俊的臣下多麼合適。」又說：「周王出行，六師軍隊追隨著他。」說文王用的人，文武人才分別能得到合適任用，沒有廢棄的事情。到了夷王、厲王動亂時代，天下的人才又已經很少了。到宣王興起之時，參與他謀劃天下大事的人，只有仲山甫一人而已。所以詩人感嘆說：「道德修養工夫輕易得像舉羽毛，只有仲山甫能夠舉起，可惜無人幫助他。」這是憂傷人才太少，仲山甫沒有人幫助。周宣王能用仲山甫，推廣這一典型來重新培養天下之士，然後人才又眾多了。於是對內修明政事，對外征討反叛，因而重新恢復了文王武王時的疆土。所以詩人稱美說：「一把一把採摘芑菜，到那已經開墾的新田裡，到那剛開墾的菑田裡。」說的是周宣王能夠重新培養天下之士，使他們成為可用的人才，好像農夫翻新他們的田地，而使田地有可以採摘的芑菜。由此看來，天下人的才能，沒有不是由君王培養造就而成的呢。

所謂人主陶冶而成之者，何也？亦教之、養❶之、取之、任之有其道而已。

【章旨】本段指出人主培養教育人才的內容應包括教、養、取、任四個方面。

【注釋】❶養 《周禮・天官》鄭注：「養，猶治也。」《孟子・盡心下》：「養心莫善於寡欲。」據本篇文意，引申為管理、治理。

【語譯】所謂君王培養造就人才是什麼意思呢？也就是教育、管理、選拔、任用人才都有一定的方針罷了。

所謂教之之道，何也？古者天子諸侯，自國至於鄉黨❶皆有學，博置教導之官而嚴其選。朝廷禮樂刑政之事，皆在於學。士所觀而習者，皆先王之法言德行治天下之意，其材亦可以為天下國家之用。苟不可以為天下國家之用，則不教也；苟可以為天下國家之用者，則無不在於學。此教之之道也。

【章旨】本段具體論述教育人才的方針。

【注釋】❶鄉黨 即鄉里。鄉、黨均古代基層組織。《禮記・曲禮》鄭注：「周禮，二十五家為閭，四閭為族，五族為黨，五黨為州，五州為鄉。」

【語譯】所謂教育人才的方針是什麼呢？古時天子和諸侯，從中央到鄉里都有學校，嚴格地挑選並廣泛地設置教導官員。朝廷制禮作樂、刑罰政教的事情，都屬於學校教育的範圍。士子觀看學習的，都是先王關於法律、言語、道德、品行和治理天下的指示，他們學到的才能也可以為治理天下國家所用。如果不能對治理天下國家有用的，就不教；如果可以對治理天下國家有用的，那就沒有不屬於學校學習範圍的。這是教育人才的方針。

所謂養之之道，何也？饒之以財，約之以禮，裁之以法也。何謂饒之以財？人之情，不足於財，則貪鄙苟得，無所不至。先王知其如此，故其制祿，自庶人之在官者❶，其祿已足以代其耕矣。由此等而上之，每有加焉，使其足以養廉恥而離於貪鄙之行。猶以為未也，又推其祿以及其子孫，謂之世祿。使其生也，既於父母、兄弟、妻子之養，婚姻、朋友之接，皆無憾矣；其死也，又於子孫無不足之憂焉。何謂約之以禮？人情足於財，而無禮以節之，則又放僻邪侈，無所不至。先王知其如此，故為之制度。婚喪、祭養、燕享之事，服食、器用之物，皆以命數為之節❷，而齊之以律度量衡之法。其命可以為之，而財不足以具，則弗具也。其財可以具，而命不得為之者，不使有銖兩分寸之加焉。何謂裁之以法？先王於天下之士，教之以道藝❸矣，不帥教，則待之以屏棄遠方、終身不齒之法❹；約之以禮矣，不循禮，則待之以流、殺之法。〈王制〉曰：「變衣服者其君流❺。」〈酒誥〉曰：「厥或誥曰：『群飲，汝勿佚，盡執拘以歸於周，予其殺！』」❻

夫群飲、變衣服，小罪也；流、殺，大刑也。加小罪以大刑，先王所以忍而不疑者，以為不如是，不足以一天下之俗而成吾治。夫約之以禮，裁之以法，天下所以服從無抵冒者，又非獨其禁嚴而治察之所能致也，蓋亦以吾至誠懇惻之心，力行而為之倡。凡在左右通貴之人，皆順上之欲而服行之，有一不帥者，法之加必自此始。夫上以至誠行之，而貴者知避上之所惡矣，則天下之不罰而止者眾矣。故曰此養之之道也。

【章　旨】本段具體論述管理人才的方針。包括用錢財使其富足，用禮制加以約束和用法律加以制裁，使之歸於正道。

【注　釋】❶庶人之在官者　指不由朝廷任命的吏員。《禮記・王制》鄭注：「謂府史之屬，官長所除（任用），不命於天子國君者。」❷以命數為之節　古代帝王按爵位官階等級賜給臣下儀仗器物叫命（瑞命）。命數，即賜命的次數。節，是等級地位的標誌。據《周禮・春官・典命》，上公九命為伯，其國家宮室車旗衣服禮儀，皆以九為節；侯伯七命，禮儀等皆以七為節；子男五命，以五為節等。❸藝　指六藝，即禮樂射御書數。❹不帥教二句　帥，遵循。屏棄遠方、終身不齒（指不能入仕），是古代禮制對屢教不改者的懲罰，見《禮記・王制》。❺變衣服者其君流　古代對違反禮制關於服裝制度等的懲罰。流，流放。原文是：「變禮易樂者為不從，不從者流。革制度衣服者為畔（叛），畔者君討。」❻酒誥曰六句　語出《尚書・酒誥》。句意是：對群飲之徒，官府應收捕而不放鬆，押送到周京城殺掉。佚，鬆弛。周，指周京城。〈酒誥〉是周公為改造殷人嗜酒至以大亂喪德的惡俗，命其弟康叔在衛（殷故地）宣布的戒酒令，措辭嚴厲。

【語　譯】所謂管理人才的方針是什麼呢？要用錢財使他們富足，要用禮制對他們加以約束，要用法律對他們加以制裁。什麼叫用錢財使之富足？人的常情，錢財不夠用，就會貪婪卑劣苟且追求錢財，什麼壞事都幹。

先王知道這種情況，所以他制定俸祿，從普通平民充當官府吏屬，他們的俸祿就足夠代替在家耕作所得。由此隨著官職一級一級上升，俸祿不斷增加，使他們足夠用以培養廉恥的觀念，遠離貪婪卑劣的行為。還認為不夠，又規定他們的俸祿可以傳給子孫世代享受，這叫做世祿。使他們活著的時候，對於父母、兄弟、妻子兒女的養育，舉辦婚姻，接交朋友，都不因錢財困乏而不滿意；他們死後，又不擔憂子孫養生錢財不夠。什麼叫用禮制約束呢？人的常情，如果錢財富足但沒有禮制加以節制，那就又會放縱胡為，邪曲奢侈，什麼壞事都做。先王知道這種情況，所以制定禮制。婚姻、喪葬、祭祀、贍養、宴飲等事情，服飾、飲食、器用等物品，都依據君王賜命次數作為不同等級地位享用的約束限制，而又有統一計量單位的數量的規定。他們受賜等級允許可以這樣做，但是錢財不夠置辦的，就不必照那個等級辦。錢財能夠置辦，但是等級規定不能享用的，就不允許有一絲一毫的增加。什麼是用法律制裁呢？先王對天下士人，用道德和六藝教育他們，如果不遵循教導，就用驅逐到遠方、終身不得入仕的辦法來處理；用禮制約束他們，不遵守禮制的，就用流放、斬殺的法律來處理。〈王制〉篇說：「違背禮制改變衣服的人，君王就要流放他們。」〈酒誥〉篇說：「有告示道：『對於聚眾飲酒的人，你們不要放過，全部抓起來送到周朝京城，我要斬殺他們！』」聚眾飲酒、擅自改變衣服式樣，是小罪過；流放、斬殺，是大刑罰。把大刑施加於犯小罪的人，先王之所以容許而不猶豫，是因為覺得如果不這樣，就不足以統一天下的風俗達到大治。以禮制約束，用法律制裁，天下之所以服從而沒有抵觸，又並非僅僅依靠禁令嚴厲管理嚴密就能做到的，還要以我們君王至誠懇切的心意，身體力行，加以倡導。凡是君王左右地位顯貴的人，都順從君王的意旨努力實行，有一個不遵守的人，執法就從他開始。君王以至誠之心推行禮法，地位顯貴的人知道要避免君王所憎惡的事了，那麼天下不用懲罰而自行停止作惡的人就多了。所以說這就是管理人才的方針。

所謂取之之道者，何也？先王之取人也，必於鄉黨，必於庠序，使眾人推其所謂賢能，書之以告於上而察之。誠賢能也，然後隨其德之大小，才之高下，而官使之。所謂察之者，非專用耳目之聰明，而聽私於一人之口也。欲審知其德，問以行；欲審知其才，問以言。得其言行則試之以事。所謂察之者，試之以事是也。雖堯之用舜❶，不過如此而已，又況其下乎？若夫九州之大，四海之遠，萬官億醜❷之賤，所須士大夫之才則眾矣。有天下者，又不可以一一自察之也，又不可偏屬於一人，而使之於一日二日之間，考試其行能而進退之也。蓋吾已能察其才行之大者，以為大官矣，因使之取其類以持久試之，而考其能者以告於上，而後以爵命祿秩予之而已。此取之之道也。

【章　旨】本段具體論述選拔人才的方針。

【注　釋】❶堯之用舜　傳說堯在「禪讓」帝位給舜以前，曾委任他辦事，對他進行了三年考察。見《尚書·堯典》。❷醜　類。

【語　譯】所謂選拔人才的方針是什麼呢？先王選拔人才，一定要在地方上，一定要在學校中，使眾人推舉他們認為賢能的人物，用書面報告君王，讓君王進行考察，果真賢能，然後根據他德行、才能的高下大小任命官職使用。所謂考察，並非專靠自己的耳聰目明，偏私聽信某一個人的言論。要想詳細知道他的品德，就要詢問了解他的行為；要想詳細了解他的才能，就得詢問聽取他的言論。知道他的言論行為了，就用辦事來檢驗他。所謂考察，就是用辦事來檢驗他。即使是堯用舜，也不過這樣做罷了，何況下面的人呢？至於九州這樣廣大，四海這樣遼遠，千千萬萬官吏和各類人員，所需要的士大夫人才才眾多呢。君王據有天下，又不能一一親自考察，又不能專門交付給一個人，讓他在一天兩天之內考核檢驗所有人的德行才能而給予或升或降的處理。我們君主已經能夠考察他們中才幹德行突出的人才並讓他做大官了，那就再委派他去選擇與他同類的人進行長期考察，並將考察出來的賢能者報告君主，然後君主以詔命賜以官爵俸祿。這就是選拔人才的方針。

所謂任之之道者，何也？人之才德，高下厚薄不同，其所任有宜有不宜。先王知其如此，故知農者以為后稷，知工者以為共工❶。其德厚而才高者以為之長，德薄而才下者以為之佐屬。又以久於其職，則上狃習而知其事，下服馴而安其教。賢者則其功可以至於成，不肖者則其罪可以至於著，故久其任而待之以考績之法。夫如此，故智能才力之士，則得盡其智以赴功，而不患其事之不終，其功之不就也。偷惰苟且之人，雖欲取容於一時，而顧僇辱在其後，安敢不勉乎？若夫無能之人，固知辭避而去矣。居職任事之日久，不勝任之罪，不可以幸而免故也。彼且不敢冒而知辭避矣，尚何有比周❷讒諂爭進之人乎？取之既已詳，使之既已當，處之既已久，至其任之也又專焉，而不一一以法束縛之，而使之得行其意。堯舜之所以理百官而熙眾工❸者，以此而已。《書》曰：「三載考績。三考，黜陟幽明。」❹此之謂也。然堯舜之時，其所黜者則聞之矣，蓋四凶❺是也。其所陟者，則皋陶、稷、契❻，皆終身一官而不徙。蓋其所謂陟者，特加之爵命祿賜而已耳。此任之之道也。

【章　旨】本段具體論述任用人才的方針。

【注　釋】❶故知農者二句　《漢書・百官公卿表》曰：「《書》載唐虞之際，棄作后稷，播百穀；垂作共工，利器用。」后稷、共工，皆古代官名。稷，農官。共工，工師，理百工之事。❷比周　結黨營私。❸熙眾工　興辦各種事業。熙，興起。工，同「功」。❹書曰四句　語出《尚書・堯典》。黜，廢黜。陟，提升。幽、明相對。分指賢明和不賢。❺四凶　據〈堯典〉，指驩兜、三苗、鯀、共工（人名）四位堯時大臣。❻皋陶稷契　皆上古賢人。皋陶，舜時大臣，掌刑獄之事。稷，即后稷，周朝始祖，教民耕種。契，傳為商之始祖，舜時為司徒，掌教化。

【語　譯】所謂任用人才的方針是什麼呢？人的才能德行，高下厚薄不同，對他們的任用有的恰當有的不恰當。先王知道這種情況，所以懂得農事的人任命他做農官，懂得工藝的人任用他做百工之官。那些道德深厚而且才能傑出的人任用為主管官員，道德淺薄而且才能低下的任用作助手或下屬。又因為長久讓他們擔任某一職務，那麼上司就熟悉這個人的工作情況，而下面的人就會心悅誠服安於接受教導，賢能的人就可以成就自己的功業，壞人的罪惡就可以充分暴露，所以讓他們長久地擔任某一職務並對他們採用考察業績的方法。這樣做了，所以，有才智能力的人，就能夠充分發揮才智創建功績，而不要擔心事情不能做完，功業不能成就。懶惰苟且偷安的人，即使想一時得到寬容，然而想到以後會受到懲罰屈辱，怎麼敢不勤勉努力呢？至於那些無能的人，就一定知道躲避而離開了。因為長期居官辦事、卻不能勝任的罪責，是不可能僥倖免除的。那些人既不敢貿然充任而自知辭避，哪裡還會有結黨營私、諂媚讒害、爭著往上爬的人呢？選拔人才的制度已經完善，使用的方法又已恰當，任職時間又如此長久，至於所任職務又專一於此，而且不用法令一一束縛他們，使他們能夠按照自己的心意辦事。堯、舜統領百官興辦各種事業，就是用這種辦法。《尚書》說：「三年進行一次考定業績。經過三次考核之後，提升賢明的，罷黜不賢的。」說的就是這種情況。然而堯舜時代，所罷黜的人是聽說過的，就是「四凶」。他們所提升的人，就是皋陶、稷、契，都是終身擔任一個官職並未調動。所說的提升，只是特地加封給爵位、增加俸祿罷了。這是任用人才的方針。

夫教之、養之、取之、任之之道如此，而當時人主，又能與其大臣悉其耳目心力，至誠惻怛思念而行之，此其人臣之所以無疑，而於天下國家之事無所欲為而不得也。

【章旨】本段論述人主實行教、養、取、任之道的好處。

【語譯】教育、管理、選拔、任用人才的方針是這樣，而當時君王，又能夠與他的大臣用盡自己的耳目心力，用最誠懇真切的態度思考實行，這樣，臣下就沒有什麼疑慮，對於天下國家的事情，無論想做什麼都能辦到。

方今州縣雖有學，取牆壁具而已，非有教導之官，長育人才之事也。唯太學有教導之官❶，而亦未嘗嚴其選。朝廷禮樂刑政之事，未嘗在於學。學者亦漠然自以禮樂刑政為有司之事，而非己所當知也。學者之所教，講說章句而已。講說章句，固非古者教人之道也。近歲乃始教之以課試之文章。夫課試之文章，非博誦強學窮日之力則不能。及其能工也，大則不足以用天下國家，小則不足以為天下國家之用。故雖白首於庠序，窮日之力以帥上之教，及使之從政，則茫然不知其方者皆是也。蓋今之教者，非特不能成人之材而已，又從而困苦毀壞之，使不得成材者，何也？夫人之才，成於專而毀於雜。故先王之處民才，處工於官府，處農於畎畝，處商賈於肆，而處士於庠序❷，使各專其業而不見異物，懼異物之足以害其業也。所謂士者，又非特使之不得見異物而已，一示之以先王之道，而百家諸子之異說，皆屏之而莫敢習者焉。今士之所宜學者，天下國家之用也。今悉使置之不教，而教之以課試之文章，使其耗精疲神，窮日之力以從事於此。及其任之以官也，則又悉使置之，而責之以天下國家之事。夫古之人以朝夕專其業於天下國家之事，而猶才有能有不能，今乃移其精神，奪其日力，以朝夕從事於無補之學，及其任之以事，然後卒然責之以為天下國家之用，宜其才之足以有為者少矣。臣故曰非特不能成人之才，又從而困苦毀壞之，使不得成才也。

【章　旨】本段批評當時學校教育不能使人成才，反而糟蹋毀壞人才的弊病。

【注　釋】❶太學有教導之官　宋國子監設直講，後稱國子博士，以京官選人充任，掌以經術教授諸生（據《文獻通考・職官考》）。❷先王之處民才五句　語出《管子・小匡》。民才，普通百姓人才。

【語譯】當今州縣雖然有學校，但只是校舍牆壁而已，沒有教導的官員掌管培育人才的工作。只有太學有教導官員，但也不曾經過嚴格挑選。朝廷的禮樂、刑法、政治的事務，不曾作為教學內容。學生也漠不關心，自以為禮樂、刑法、政治等是主管部門的事，並非自己應當知曉的。學生受到的教育，不過是講解經書的章句。講解章句，本來就不是古代教育人才的方法。近年又開始教學生做應試的文章。應試的文章，非經過整天費力地廣泛背誦記憶和努力寫作就做不好。等到他能寫好應試文章了，大的方面，又不能治理天下國家；小的方面，又不能為天下國家做些實事。所以雖然在學校讀書到老，整天盡力遵循上面的教導，等到讓他們從政，卻茫然不知如何去處事，這樣的人到處都有。現在的教育者，不但不能造就人才，反而糟蹋毀壞他們，使他們不能成材，為什麼呢？人的才能，成功於專門培養，而毀壞於雜事干擾。所以先王在安置普通人才時，把工匠安排在官府工場，把農夫安置在田間，把商人安排在市場，而把士人安置在學校，使他們各自專心於自己的職業而不接觸別的事情，因為恐怕其他事物會妨害他們的專業。而所說的士人，又不只是使他們不接觸其他事物就算了，而是一律要他們學習先王之道，而諸子百家的異端學說，全都摒棄使誰也不敢學習。今天士子所應當學的，是對天下國家有用的知識。現在全都擱置不教，卻教他們做應試的文章，使他們耗費精神，整天盡力從事於此。等到任用他們為官了，就又把做應試文章的事全都擱置，而要求他們完成治理天下國家的事務。古代的人，從早到晚，專心致志地學習治理天下國家事務的學問，他們的才能還有的夠有的不夠，現在卻轉移他們的注意力，消耗他們的時間精力，使他們從早到晚從事沒有益處的學習，等到讓他們任職辦事時，然後突然要求他們為天下國家所用，當然他們的才能足以有所作為的人少了。所以我說現在的教育，不但不能造就人才，反而會糟蹋毀壞他們，使他們不能成材。

又有甚害者。先王之時，士之所學者文武之道也。士之才，有可以為公卿大夫，有可以為士，其才之大小宜不宜則有矣。至於武事，則隨其才之大小，未有不學者也。故其大者，居則為六官❶之卿，出則為六軍❷之將也；其次則比、閭、族、黨❸之師，亦皆卒、伍、師、旅❹之帥也。故邊疆、宿衛，皆得士大夫為之，而小人不得奸其任。今之學者，以為文武異事，吾知治文事而已，至於邊疆、宿衛之任，則推而屬之於卒伍。往往天下姦悍無賴之人，苟其才行足以自託於鄉里者，亦未有肯去親戚而從召募者也。邊疆、宿衛，此乃天下之重任，而人主之所當慎重者也。故古者教士，以射御為急，其他技能，則視其人才之所宜而後教之。其才之所不能，則不強也。至於射，則為男子之事❺。人之生有疾則已；苟無疾，未有去射而不學者也。在庠序之間，固當從事於射也。有賓客之事則以射❻，有祭祀之事則以射❼，別士之行同能偶則以射❽，於禮樂之事，未嘗不寓以射，而射亦未嘗不在於禮樂、祭祀之間也。《易》曰：「弧矢之利，以威天下。」❾先王豈以射為可以習揖讓之儀而已乎？固以為射者武事之尤大，而威天下守國家之具也。居則以是習禮樂，出則以是從戰伐。士既朝夕從事於此，而能者眾，則邊疆、宿衛之任，皆可以擇而取也。夫士嘗學先王之道，其行義嘗見推於鄉黨矣，然後因其才而託之以邊疆、宿衛之事，此古之人君所以推干戈以屬之人，而無內外之虞也。今乃以夫天下之重任，人主所當至慎之選，推而屬之姦悍無賴、才行不足自託於鄉里之人，此方今所以諰諰然常抱邊疆之憂，而虞宿衛之不足恃以為安也。今孰不知邊疆、宿衛之士不足恃以為安哉？顧以為天下學士以執兵為恥，而亦未有能騎射行陣之事者，則非召募之卒伍，孰能任其事者乎？夫不嚴其教，高其選，則士之以執兵為恥，而未嘗有能騎射行陣之事，固其理也。凡此，皆教之非其道故也。

【章旨】本段批評當時學校教育重文輕武，進一步說明教育人才不符合先王之道的弊害。

【注釋】❶六官 據《周禮》，指六卿之官，即天官冢宰，地官司徒，春官宗伯，夏官司馬，秋官司寇，冬官司空。❷六軍 據《周禮・夏官》，天子（王）六軍，軍一萬二千五百人。❸比閭族黨 均古代社會基層組織名。五家為比，五比為閭，四閭為族，五族為黨，參見本篇前文「鄉黨」注。❹卒伍師旅 卒伍師旅都是古代軍隊組織單位。按每家出一人服兵役，一比（五家）出五人為伍，一閭五伍為兩（二十五人），一族四兩（一百人）為卒，一黨五卒（五百人）為旅，一州五旅（二千五百人）為師，見《周禮・地官》。下文的「卒伍」，則代指軍隊基層。❺射則為男子之事 《禮記・射義》：「是故古者天子以射選諸侯、卿、大夫、士。射者，男子之事也。」❻有賓客之事則以射 《周禮・春官》：「以賓射之禮親故舊朋友。」❼有祭祀之事則以射 《禮記・射義》：「天子將祭，必先習射於澤。澤者，所以擇士也。」❽別士之行同能偶則以射 《漢書・食貨志》：「諸侯歲貢少（小）學之異者於天子，學於太學。命曰：『造（選）士行同能偶，則別之以射，然後爵命焉。』」❾易曰三句 出《易・繫辭》。

【語譯】還有更嚴重的問題。先王時代，士所學習的是文武之道。士的才能，有的可以做公卿大夫，有的可以做普通官吏，他們的才能有大有小，合適或者不合適做什麼是有區別的。至於武藝，那麼無論才能大小，沒有哪個人不學習的。所以，才能大的人，平時就做六卿的官，戰時就做天子六軍的將領；才能差一點的，平時就做比、閭、族、黨的老師，戰時也都是卒、伍、師、旅的指揮。所以保衛邊疆和宮廷宿衛，都是由士大夫擔任，而小人不能竊取這種職位。現在的讀書人，認為文武是不同的兩碼事，我只要知道治理文事就行了，至於邊防和宿衛的事情，就推給軍隊的人。而這些人往往是天下姦邪兇悍無賴的人，如果他們的才能和品行能夠被地方所接受，也就沒有誰願意離開親人而去應召募從軍了。邊防和宿衛，這些都是國家的重任，而且是君王所應當慎重考慮的。所以古代教育士人，把射箭駕車作為最要緊的事，其他技藝，就看那人才能是否合適然後進行教育。才能達不到的，就不勉強。至於射箭，是男子的事。人生在世，有殘疾就算了；如果沒有殘疾，決沒有放棄射箭而不學習的。在學校裡，固然經常從事習射。有賓客宴請要射箭，有祭祀的事要射箭，士的才能品行相當，要區分其高低時，要比射箭，禮樂儀式中沒有不包含有射箭這一內容，而射箭也沒有不出現在禮樂、祭祀等場合中的。《易經》說：「弓箭是犀利的，可以用來威懾天下。」先王難道只把射箭當做可以練習揖讓的禮儀嗎？當然是認為射箭是武事中最大的事，是威懾天下守衛國家的手段。平時在家以此練習禮樂，出征憑著這本領從軍作戰。士人既然能從早到晚熟習武藝而且能射箭的人很多，那麼邊防、宿衛的任務，就可以從中選擇人擔任了。士人曾經學習過先王之道，他們的品行道義又曾經被鄉里所推舉，然後根據他們的才幹而委派負責邊防和宿衛的任務，這就是古代君王，把兵權交付給他們中合適的人，而沒有內外憂患的緣故。現在卻把天下的重任，君王應該特別慎重處理的人選，委託交付給姦邪兇悍無賴、才能品行都不能在鄉里立足的人，這就是今天常常驚恐地抱著邊疆的憂患，而又擔心守衛宮廷的人不足以確保安全的緣故。現在誰不知道擔任邊防和宿衛的人不足依靠以確保安全呢？但是卻認為天下的讀書人把拿起武器當作羞恥，而且也沒有能懂得騎射和行軍布陣事情的人，那麼除非是召募來的士兵，有誰能擔任這種任務呢？如果不嚴格地進行教育，提高標準選擇人才，那麼士子以拿武器為恥辱，沒有能懂得騎射和行軍布陣的，就是理所當然的了。所有這些，都是教育人才的方法不對啊。

方今制祿，大抵皆薄。自非朝廷侍從之列，食口稍衆，未有不兼農商之利，而能充其養者也。其下州縣之吏，一月所得，多者錢八九千，少者四五千。以守選、待除、守闕通之❶，蓋六七年而後得三年之祿，計一月所得，乃實不能四五千，少者乃實不能及三四千而已。雖廝養之給，亦窘於此矣。而其養生、喪死、婚姻、葬送之事，皆當於此出。夫出中人❷之上者，雖窮而不失為君子；出中人之下者，雖泰而不失為小人。唯中人不然，窮則為小人，泰則為君子。計天下之士，出中人之上下者，千百而無十一。窮而為小人，泰而為君子者，則天下皆是也。先王以為衆不可以力勝也，故制行不以己，而以中人為制，所以因其欲而利道之，以為中人之所能守，則其制可以行乎天下，而推之後世。以今之制祿，而欲士之無毀廉恥，蓋中人之所不能也。故今官大者，往往交賂遺，營貲產，以負貪汙之毀；官小者，販鬻乞丐，無所不為。夫士已嘗毀廉恥以負累於世矣，則其偷惰取容之意起，而矜奮自強之心息，則職業安得而不弛，治道何從而興乎？又況委法受賂、侵牟百姓者，往往而是也。此所謂不能饒之以財也。

【章　旨】本段揭示當時在人才管理方面，不能用錢財俸祿使之富裕所帶來的嚴重後果。

【注釋】❶守選句 守選，指等候朝廷錄用（量才授官）。待除，等候調任新職。守闕，等候補官。闕，同「缺」。❷中人 品行才能都屬中等的人，即指「上智」與「下愚」之間的人。孔子認為「惟上智與下愚不移」，而中人則反是，故「窮則為小人，泰則為君子」。

【語譯】當今制定的官員俸祿，大都較低。除非朝廷君王的侍從之類人，家中吃飯的人稍微多一些，就沒有不同時從事農業或商業取利而能生活充裕的了。下面州縣官吏，一個月所得，多的八九千錢，少的四五千錢，把等候錄用、等待調任、等候補缺等的時間算在一起，大概需要六七年然後才得到三年俸祿，算起來一月所得，實際上不到四五千錢。少的實際上不到三四千錢。即使是僕役的供養，這點費用也會感到困窘。而他們養生、死喪、婚姻、送葬等事，都要從這裡支出。而道德水平超出中等之上的人，即使困窮仍然不失為君子；中等以下的人，即使寬裕仍然不改變小人本性。只有中等的人不是這樣，困窮時就做小人，寬裕了就做君子。總計天下的士子，超出中等或低於中等的，一千人中不到十個，一百人中沒有一個。困窮時做小人，寬裕時做君子的，天下到處都是。先王認為這種人太多了，不可以用強力制服，所以制定實行政策不以自己為標準，而以中等的人為標準，所以根據他們的欲望而用利益引導他們，認為中等人能夠遵守，那麼制度就可以在天下實行並且推延到後代。按照當今制定的俸祿，而想要士大夫不毀棄廉恥之心，是中等人做不到的。所以當今官大的，往往爭相接受賄賂饋送，經營個人資產，背上貪汙的惡名；官小的，販賣乞討，無所不為。士大夫已經毀棄廉恥之心而在世上背了壞名聲，於是他那懶惰偷生苟合取容的心意就產生了，自重自強發奮努力的心思就消失了，這樣下去他們任職的事業怎能不放鬆，治理天下國家之道又從哪裡興起呢？又何況枉法受賄，侵害掠取百姓的人，到處都有。這就是所說的不能用錢財使他們富足的害處啊。

婚喪、奉養、服食、器用之物，皆無制度以為之節，而天下以奢為榮，以儉為恥。苟其財之可以具，則無所為而不得，有司既不禁，而人又以此為榮。苟其財不足，而不能自稱於流俗，則其婚喪之際，往往得罪於族人親姻❶，而人以為恥矣。故富者貪而不知止，貧者則勉強其不足以追之。此士之所以重困，而廉恥之心毀也。凡此所謂不能約之以禮也。

【章旨】本段批評在管理人才方面，不能用禮制加以約束所帶來的後果。

【注釋】❶親姻　姻親。俗稱親家一方的親戚。

【語譯】婚姻、喪葬、奉養、飲食、衣服、器用等物品，都沒有一定的制度加以限制，而天下以奢侈為光榮，以節儉為恥辱。只要他的錢財可以備辦，那就沒有什麼要辦而辦不到的。有關部門既不禁止，而人們又以此為光榮。如果他的財力不足，而不能達到習俗風氣的要求，那麼辦理婚姻喪葬之事的時候，往往就得罪族人和親戚，而人們都認為這是恥辱。所以富人貪圖虛榮而不知道節制，窮人就勉強地用自己不足的財力去追攀。這就是士大夫之所以陷入重重困境而喪盡廉恥之心的原因。所有這些，都是我所說的不能用禮制約束的結果。

方今陛下躬行儉約，以率天下，此左右通貴之臣所親見。然而其閨門之內，奢靡無節，犯上之所惡，以傷天下之教者，有已甚者矣。未聞朝廷有所放絀以示天下。昔周之人，拘群飲而被之以殺刑者，以為酒之末流生害，有至於死者眾矣，故重禁其禍之所自生。重禁其禍之所自生，故其施刑極省，而人之抵於禍敗者少矣。今朝廷之法，所尤重者獨貪吏耳。重禁貪吏而輕奢靡之法，此所謂禁其末而弛其本❶。然而世之議者，以為方今官冗，而縣官財用已不足以供之❷，其亦蔽於理矣。今之入官誠冗矣，然而比諸❸前世置員蓋甚少，而賦祿又如此之薄，則財用之所不足，蓋亦有說矣。吏祿豈足計哉？臣於財利固未嘗學，然竊觀前世治財之大略矣。蓋因天下之力，以生天下之財，取天下之財，以供天下之費。自古治世，未嘗以不足為天下之公患也。患在治財無其道耳。今天下不見兵革之具，而元元安土樂業，各致己力以生天下之財，然而公私常以困窮為患者，殆以理財未得其道，而有司不能度世之宜而通其變耳。誠能理財以其道而通其變，臣雖愚，固知增吏祿，不足以傷經費也。

【章　旨】本段批評朝廷在管理人才方面法制不夠完善，「重禁貪吏而輕奢靡之法」，和「理財未得其道」。

【注　釋】❶此所謂禁其末句　此處姚鼐有一段批語，認為原文有舛誤，照錄於下供參考：「自『陛下躬行』至『弛其本』與後段『法嚴令具』至『不能裁之以刑也』兩段當前後互易。荊公集見一南宋雕本，極多舛錯，世亦無佳本正之。蓋『世之識（議）者』一段，補饒財之餘意；『陛下躬行』一段補約以禮裁以刑之餘意，均當在『不能裁之以刑也』結句之後，而為刊本舛誤，遂無覺其文勢之不順者。『然而世之識（議）者』上仍有脫字。」❷而縣官財用句　此處姚鼐有注「下有脫文」四字。❸比諸　此處一本據《王荊公詩文沈氏注》的意見補入「比諸」二字。

【語　譯】當今皇上親自實行節儉，作為天下人的表率，這是左右顯貴大臣親眼見到的。然而在這些人自己家裡卻奢靡無度，觸犯皇上所憎惡的事情，損害國家的教化，有的非常嚴重。沒有聽說過朝廷對他們有什麼處罰，來公告天下。過去周朝人，拘捕聚眾飲酒的人而處以斬殺之刑，是認為酗酒產生禍害，以至於因此而死亡的人太多，所以嚴厲禁止產生禍害的根源。嚴厲禁止了產生禍害的根源，所以用刑很少，而遭受酗酒禍害的人也少了。現在朝廷法律處罰最重的，只有貪官。嚴厲禁止貪官，卻放鬆對奢靡行為的法律懲治，這叫做禁止末節而放鬆了根本。然而社會上議論的人，認為現在官員太多而無所用，而國家財政已不足以供養他們，這種說法也缺乏道理。現在官員確實多了，然而比較起前代來，官吏編制很少，而俸祿又這樣低，那麼財政用費的不足，應該是另有原因的了，官吏俸祿哪裡值得計較呢？我當然不曾學習過理財生利，然而私下考察過前代理財的大致情況。那就是憑藉天下的人力物力，來創造天下的財富，再用天下的財富，來供給天下人消費。自古太平盛世，從來沒有把財用不足當做天下的公害的。問題在於理財沒有正確的方法罷了。現在天下看不到作戰的兵器，老百姓都安居樂業，各自盡力來創造天下的財富，然而國家和私人卻經常把財用困窘作為可憂之事，恐怕也是理財沒有找到正確的方法，而有關部門又不能根據現實情況而進行變革罷了。果真能夠用正確的方法理財而又善於變革，我雖然愚笨，也當然知道增加官吏俸祿不至於耗損朝廷的經費。

方今法嚴令具，所以羅❶天下之士，可謂密矣。然而亦嘗教之以道藝，而有不帥❷教之刑以待之乎？亦嘗約之以制度，而有不循理之刑以待之乎？亦嘗任之以職事，而有不任事之刑以待之乎？夫不先教之以道藝，誠不可以誅其不帥教；不先約之以制度，誠不可以誅其不循禮；不先任之以職事，誠不可以誅其不任事。此三者，先王之法所尤急也。今皆不可得誅，而薄物細故，非害治之急者，為之法禁，月異而歲不同，為吏者至於不可勝記，又況能一一避之而無犯者乎？此法令所以玩❸而不行，小人有幸而免者，君子有不幸而及者焉。此所謂不能裁之以刑也。凡此皆治之非其道也。

【章旨】本段批評當今在管理人才方面，不能用禮制和刑法來約束他們的弊害。

【注釋】❶羅 本義為捕鳥的網。引申作防範、約束解。❷帥 率；遵循。❸玩 輕慢；藐視。

【語譯】當今刑法嚴格，政令完備，用以約束天下士人，可以說很周密了。然而教給他們道德和藝能以後，而對不遵守教導的人有刑法來處罰嗎？用制度對他們進行約束以後，而對不遵守禮制的人有刑法來處罰嗎？委任他們以官職以後，而對不盡職的人有刑法來處罰嗎？如果不先用道德和藝能教導他們，當然不可以因為不遵教導而處罰他們；不首先用制度約束他們，當然不可以因為不遵守制度而處罰他們；不首先讓他們任職辦事，當然不可以因為不盡職而處罰他們。以上這三方面，是先王的法令最重視的，現在都不受處罰，而對那些細小的事情，並非影響治理國家的緊急事務，卻設立法令禁止，而且每月每年條令都在變化，連做官吏的人都不能全記住，何況普通人又怎能一一迴避而不觸犯呢？這是法令所以被輕慢而不能實行，小人可以僥倖逃避懲罰，君子卻可能不幸而觸犯的原因。這就是我所說的對人才不能用法律制裁的意思。所有這些都是管理人才的方法不正確啊。

方今取士，強記博誦而略通於文辭，謂之茂才異等，賢良方正❶。茂才異等，賢良方正者，公卿之選也。記不必強，誦不必博，略通於文辭，而又嘗學詩賦，則謂之進士。進士之高者，亦公卿之選也。夫此二科所得之技能，不足以為公卿，不待論而後可知。而世之議者，乃以為吾常以此取天下之士，而才之可以為公卿者，常出於此，不必法古之取人，而後得士也。其亦蔽於理矣。先王之時，盡所以取人之道，猶懼賢者之難進，而不肖者之雜於其間也。今悉廢先王所以取士之道，而毆❷天下之才士，悉使為賢良、進士，則士之才可以為公卿者，固宜為賢良、進士，而賢良、進士亦固宜有時而得才之可以為公卿者也。然而不肖者，苟能雕蟲篆刻之學❸，以此進至乎公卿；才之可以為公卿者，困於無補之學，而以此絀死於巖野，蓋十八九矣。夫古之人有天下者，其所以慎擇者公卿而已。公卿既得其人，因使推其類以聚於朝廷，則百司、庶物❹無不得其人也。今使不肖之人幸而至乎公卿，因得推其類聚之朝廷，此朝廷所以多不肖之人，而雖有賢智，往往困於無助，不得行其意也。且公卿之不肖，既推其類以聚於朝廷；朝廷之不肖，又推其類以備四方之任使；四方之任使者，又各推其不肖以布於州郡，則雖有同罪舉官之科❺，豈足恃哉？適足以為不肖者之資而已。其次，九經、五經、學究、明法之科❻，朝廷固已嘗患其無用於世，而稍責之以大義❼矣。然大義之所得，未有以賢於故也。今朝廷又開明經之選❽，以進經術之士。然明經之所取，亦記誦而略通於文辭者，則得之矣。彼通先王之意，而可以施於天下國家之用者，顧未必得與於此選也。其次，則恩澤子弟❾，庠序不教之以道藝，官司不考問其才能，父兄不保任其行義，而朝廷輒以官予之，而任之以事。武王數紂之罪，則曰：「官人以世❿。」夫官人以世，而不計其才行，此乃紂之所以亂亡之道，而治世之所無也。又其次，曰流外⓫，朝廷固已擠之於廉恥之外，而限其進取之路矣。顧屬之以州縣之事，使之臨士民之上，豈所謂以賢治不肖者乎？以臣使事之所及，一路數千里之間，州縣之吏出於流外者，往往而有；可屬任以事者，殆無二三，而當防閑其姦者皆是也。蓋古者有賢不肖之分，而無流品之別⓬。故孔子之聖，而嘗為季氏吏⓭。蓋雖為吏，而亦不害其為公卿。及後世有流品之別，則凡在流外者，其所成立固嘗自置於廉恥之外，而無高人之意矣。夫以近世風俗之流靡，自雖士大夫之才，勢足以進取，而朝廷嘗獎之以禮義者，晚節末路，往往怵⓮而為姦，況又其素所成立，無高人之意，而朝廷固已擠之於廉恥之外，限其進取者乎？其臨人親職，放僻邪侈，固其理也。至於邊疆、宿衛之選，則臣固已言其失矣。凡此皆取之非其道也。

【章　旨】本段批評朝廷在選拔人才方面的種種弊端。

【注　釋】❶茂才異等二句　這些都是制科名目。茂才，即秀才，避漢光武帝劉秀諱改。❷歐　同「驅」。❸雕蟲篆刻之學　喻指微不足道的技能。出揚雄《法言》。❹百司庶物　百司，政府一切部門。庶物，眾物；萬物。一說，「庶物」一本作「庶府」，意同「百司」。❺同罪舉官之科　指官員犯罪，其薦舉人一并治罪。科，法律條文。❻九經五經學究明法之科　宋代的科舉項目。五經科，考《易》、《書》、《詩》、《禮記》、《春秋》五書。九經科，五經之外，加試《周禮》、《孝經》、《論語》、《孟子》四書。學究科，考只通一經者。明法科，考法令。❼稍責之以大義　宋仁宗皇祐五年（西元一〇五三年），規定各科考試，問「大義」十道。較之以前專考記誦，稍有改變。❽明經之選　宋仁宗嘉祐二年（西元一〇五七年），下詔增設明經科，出身與進士等同。試法：凡明兩經、三經或五經，各問大義十條。兼以《論語》、《孝經》，策時務三條。❾恩澤子弟　宋初太祖定任子之法，大臣登朝歷兩任，其子弟可恩蔭入仕。❿官人以世　見《尚書・泰誓》，意思是，用世襲的辦法任人為官。世，世襲。⓫流外　隋唐時自一品至九品的職官稱為流內，九品以下的吏員稱為流外。由於宋代流內官員一般須由科舉考試選拔，故也把非進士、明經等出身的低級官員稱為流外。⓬流品之別　自三國曹魏行九品中正法，人才及仕宦始有九品和流外的分別。⓭嘗為季氏吏　孔子曾擔任過魯國大夫季孫氏的家臣。⓮怵　誘惑。出《漢書・食貨志下》：「善人怵而為姦邪。」

【語　譯】當今選拔人才，記憶力強、讀書廣博而又比較會寫文章的人，稱為茂才異等、賢良方正。參加茂才異等、賢良方正等制科考試的，是公卿的選拔對象。不一定記性好，也不一定讀得多，文章寫得比較好，而又曾經學過詩賦的人，就叫做進士。進士中的傑出者，也是公卿的選拔對象。考上這兩科的人所掌握的技能，並不足以成為公卿，這是不必討論就知道的事情。然而世上議論的人，卻認為我們經常用這種辦法選取天下人才，而可以成為公卿的人才，經常從這裡產生，不必效法古代選拔人才的方法就可以得到人才。這也是不明事理。先王時代，用盡各種選拔人才的辦法，還擔心賢能的人難於選拔上，而不賢的人混雜在其中。現在完全廢棄了先王選拔人才的方法，而驅使天下有才之士，都去應賢良、進士考試，那麼可以做公卿的人才，當然要去考賢良、進士，而賢良、進士中也應當有時能找到可以做公卿的人才。然而不賢能的人，只要會一點詩賦文章，就可以借這種階梯進入到公卿之位。而才能可以做公卿的人，卻被沒有用處的學問弄得困頓不堪，並因此遭受壓抑屈死在草野鄉間的，占了十分之八九。古代的君王占有天下，他所慎重選擇的，就是公卿。公卿得到了合適人選，便讓他們推舉同類型的人集合到朝廷裡，那麼政府各個部門的官員，都能得到合適的人選了。現在讓不賢能的人，僥倖進入到公卿地位，乘機得以推舉他的同類聚集在朝廷裡，這就是朝廷中不賢的人很多，而即使有賢明君子，往往由於無人支持而陷入困境，不能施展自己的抱負的緣故。而且公卿中的不肖之徒，既推舉自己的同類聚集在朝廷中；朝廷中的不肖之徒，又推舉自己的同類充當派往四方的專任使者；四方的專使，又各自推舉同樣的不肖之徒在州郡地方任職，那麼即使法令規定，官員犯罪，推舉的人一起治罪，執行起來難道靠得住嗎？反而正好為不肖之徒所利用呢。其次，九經、五經、學究、明法等科，朝廷本來已經擔憂記誦學問對於世事無用，而逐漸要求掌握經書的大義。然而，考核經典大義所得的人，未必比過去好多少。現在朝廷又開明經科，來選拔能用經書治世的人才。然而明經科所選拔的，也不過要求善於記誦而文章寫得比較好的人就行。那些理解先王的治國方針，而可以在天下國家施行以發揮作用的人，反而未必能進入選拔行列。再其次，就是蒙受恩蔭的大臣子弟，學校不教給他們道德和藝能，有關部門不考察了解他們的才能，父兄不能擔保他們的品行道義，而朝廷就給予他們官職，任用他們辦事。周武王列舉商紂王的罪行時，曾說：「用世襲的方法任人為官。」用世襲的方法任人為官，而不考察他們的才能品行，這是紂王之所以亂亡的原因，在政治清明的時代是不應有的事。再其次是流外的官吏，朝廷本來就已經把他們排斥在知廉恥的君子行列之外，而又限制他們的仕進的道路，但是又把州縣的事務交給他們，讓他們凌駕在普通百姓和士子之上，這難道是所謂用賢人治理不賢的人嗎？根據我奉使任職所了解的情況，一路幾千里之內，州縣官吏出自於流品之外的人，到處都有；可以委託辦事的人，幾乎不到十分之二三，而需要防備他們做壞事的人卻多得很。古代有賢和不賢的區分，卻沒有流內和流外的區別。所以孔子這樣的聖人，也曾經做過季孫氏的小吏。但雖然作過小吏，卻並不妨害他後來成為公卿。到了後代才有流內和流外的區別，凡是在流品之外的，他的作為，當然已把自己置之於知廉恥的君子之外，而沒有超出他人的心志了。由於近代社會風習的衰弱，即使有士大夫的才能，形勢有利於他們上進，而朝廷也曾經用禮義獎勵過的人，到了晚年失意的時候，往往受誘惑而去幹壞事，又何況那些平素志向作為並沒有超過他人的心志，而朝廷本來已把他們排斥出知廉恥的君子行列之外，限制他們上進道路的人呢？這些人一旦擔任官職，統治百姓，就胡作非為，姦邪奢靡，當然在情理之中了。至於邊防、宿衛的人才選拔，我已經議論過其中的錯誤了。所有這些，都是選拔人才沒有正確的方法呢。

方今取之既不以其道，至於任之，又不問其德之所宜，而問其出身之後先；不論其才之稱否，而論其歷任之多少。以文學進者，且使之治財，已使之治財矣，又轉而使之典獄❶；已使之典獄矣，又轉而使之治禮。是則一人之身，而責之以百官之所能備，宜其人才之難為也。夫責人以其所難為，則人之能為者少矣；人之能為者少，則相率而不為。故使之典禮，未嘗以不知禮為憂，以今之典禮者未嘗學禮故也；使之典獄，未嘗以不知獄為恥，以今之典獄者未嘗學獄故也。天下之人亦已漸漬❷於失教，被服❸於成俗，見朝廷有所任使，非其資序，則相議而訕之；至於任使之不當其才，未嘗有非之者也。且在位者數徙，則不得久於其官。故上不能狃習而知其事，下不肯服馴而安其教，賢者則其功不可以及於成，不肖者則其罪不可以至於著。若夫迎新將故❹之勞，緣絕簿書❺之弊，固其害之小者，不足悉數也。設官大抵皆當久於其任，而至於所部❻者遠、所任者重，則尤宜久於其官，而後可以責其有為。而方今尤不得久於其官，往往數日輒遷之矣。取之既已不詳，使之既已不當，處之既已不久，至於任之則又不專，而又一一以法束縛之，不得行其意，臣故知當今在位多非其人。稍假借❼之權，而不一一以法束縛之，則放恣而無不為。雖然，在位非其人，而恃法以為治，自古及今，未有能治者也。即使在位皆得其人矣，而一一以法束縛之，不使之得行其意，亦自古及今，未有能治者也。夫取之既已不詳，使之既已不當，處之既已不久，任之又不專，而又一一以法束縛之，故雖賢者在位，能者在職，與不肖而無能者，殆無以異。夫如此，故朝廷明知其賢能足以任事，苟非其資序，則不以任事而輒進之；雖進之，士猶不服也。明知其無能而不肖，苟非有罪，為在事者所劾，不敢以其不勝任而輒退之；雖退之，士猶不服也。彼誠不肖無能，然而士不服者何也？以所謂賢能者任其事，與不肖而無能者，亦無以異故也。臣前以謂不能任人以職事，而無不任事之刑以待之者，蓋謂此也。

【章　旨】本段批評當時在任用人才方面的種種弊端。

【注　釋】❶典獄　掌管刑獄。下文「典禮」之「典」也是掌管之義。❷漸漬　浸染；習慣於。❸被服　接受沾染影響。❹將故　送舊。將，送。❺緣絕簿書　由於調動頻繁，官員只能同文件（簿書）打交道，難以辦成事業。❻部　統屬；管理。❼假借　借給；給予。

【語　譯】當今選拔人才既不用正確的方法，至於任用人才，又不問他們的德行是否合適，卻問他們科舉出身時間的先後；不論他們的才能是否與職位相稱，卻只講究他們擔任過的官職的多少。憑藉文章學問入仕的人，卻讓他管理財政；已經派他管理財政了，不久又讓他掌管刑獄；已經叫他掌管刑獄了，又回頭派他管理禮儀。這樣對一個人，卻要求他具備百官的才能，當然成就這樣的人才就難辦了。用難以做到的事情去要求人，那麼能夠做的人就少了；能夠辦事的人少，於是人們就互相追隨著不努力辦事了。所以叫他掌管禮儀，他不曾以不懂得禮制為可憂，因為當今掌管禮儀的人都不曾學過禮制呀；叫他掌管刑獄，他不懂得刑罰為恥辱，因為當今掌管刑獄的人都不曾學過刑法呀。天下的人，都已經逐步習慣於沒有受過教化，受到世俗習氣的浸染，看到朝廷任用的官員，不是論資排輩的，就相互議論取笑他們；至於任用的官員才幹不稱職，卻不曾有過非議的人。而且在職官員屢屢調動，就不能在一個官位上久任。因此，上司不能熟悉他的工作情況和下級的辦事能力，下級不肯心悅誠服並且接受他的教導，賢能的人不能成就自己的功業，不賢的人的罪惡也不能充分暴露。至於迎新官送舊任的辛勞，文書交接不清的弊害，當然還只是小害，不能全都列舉。設立官職，大多應當讓官員久任，至於那些統屬的地區比較遠、任務又重的官員，就更應當久任，然後才可以要求他們有所作為。而現在官吏尤其不能久任其職，往往過幾天就調動了。選擇人才既已不審慎，使用人才既已不當，安排官位既不長久，至於授給職權又不專一，而且還用一項又一項法令把他們束縛起來，使他們不能按自己的心意行事，所以我當然知道當今在位的人多半不稱職。如果稍微給他們一些權力，而不用一項又一項法令加以限制，他們就會肆無忌憚，無所不為。雖然如此，由於在職官員不稱職，卻想依靠法令進行治理，從古到今，沒有能夠治理好的。即使在職官員都得到了合適的人選，卻用一項又一項法令加以束縛，不使他們能按自己的心意行事，從古到今，也是沒有人能治理好的。選擇人才既然不審慎，使用人才既然不恰當，安排官職既然不長久，授給職權又不專一，而又用一項又一項法令束縛他們，所以雖然有賢人在位，能人任職，與不賢而又無能的人，恐怕沒有差別。由於這樣，所以朝廷明明知道他賢能足以任職辦事，只要不合資歷次序，就不讓他任職和晉升；即使晉升了，人們還是不服。明明知道他無能而且不賢，如果不是有罪，被當事人檢舉，就不敢因為他不勝任職務而黜退他；即使黜退了，人們還是不服。他確實是不賢並且無能，然而人們為什麼對黜退他還是不服呢？就是因為所謂賢能的人辦事，與不賢而且無能的人辦事，也並沒有什麼差別。我前面說過不能只委派給人以職事，而沒有刑罰處分不盡職的人，說的就是這種情況。

夫教之、養之、取之、任之，有一非其道則足以敗天下之人才，又況兼此四者而有之。則在位不才苟簡貪鄙之人，至於不可勝數，而草野閭巷之間，亦少可任之才，固不足怪。《詩》曰❶：「國雖靡止❷，或聖或否。民雖靡膴❸，或哲或謀，或肅或艾❹。如彼泉流，無淪胥❺以敗。」此之謂也。

【章旨】本段小結當時對人才教育、管理、選拔、任用都不符合先王之道的弊害。

【注釋】❶詩曰　以下引文，見《詩・小雅・小旻》。❷靡止　不大。止，大。❸膴　盛多。❹或哲或謀二句　指不同的人。哲，明智。謀，會出主意。肅，恭謹嚴肅。艾，字當作乂，治理。❺淪胥　相率；全都。

【語譯】人才的教育、管理、選拔、任用，有一項不合乎正道，就足以敗壞天下的人才，又何況這四個方面全都不正確呢。那樣，在位的沒有才幹、苟且懶惰、貪婪卑劣之流，多得數不清；而城鄉之間，也缺少可用的人才，當然不足為怪。《詩經》說：「國家雖然不大，也有聖人，也有凡夫。民眾雖然不多，有的明智達理，有的會出計謀，有的恭謹嚴肅，有的擅長治理。人才就像泉水湧流，不善於利用就會敗亡。」說的就是這個意思。

夫在位之人才不足矣，而閭巷草野之間，亦少可用之才，則豈特行先王之政而不得也？社稷之託，封疆之守，陛下其能久以天幸為常，而無一日之憂乎？蓋漢之張角，三十六萬，同日而起，所在郡國，莫能發其謀。唐之黃巢，橫行天下，而所至將吏，無敢與之抗者。漢唐之所以亡，禍自此始。唐既亡矣，陵夷❶以至五代，而武夫用事，賢者伏匿消沮❷而不見，在位無復有知君臣之義、上下之禮者也。當是之時，變置社稷，蓋甚於弈碁之易，而元元肝腦塗地，幸而不轉死於溝壑者無幾耳。夫人才不足，其患蓋如此。而方今公卿大夫，莫肯為陛下長慮後顧，為宗廟萬世計，臣竊惑之。昔晉武帝趨過目前，而不為子孫長遠之謀❸，當時在位，亦皆偷合苟容，而風俗蕩然，棄禮義，捐法制，上下同失，莫以為非，有識固知其將必亂矣。而其後果海內大擾，中國列於夷狄者二百餘年。伏惟三廟❹祖宗神靈所以付屬陛下，固將為萬世血食❺，而大庇元元於無窮也。臣願陛下鑑漢唐五代之所以亂亡，懲晉武苟且因循之禍，明詔大臣，思所以陶成天下之才，慮之以謀，計之以數，為之以漸，期為合於當世之變，而無負於先王之意，則天下之人才不勝用矣。人才不勝用，則陛下何求而不得，何欲而不成哉？

【章旨】本段論述人才不足是國家長治久安的憂患。

【注釋】❶陵夷　衰弱。❷消沮　消沉；沮喪。❸晉武帝二句　指司馬炎統一中國後因循苟且，大封諸侯王，導致八王之亂，外族內侵，終至亡國。❹三廟　指宋太祖、太宗、真宗三位宋初君王。❺血食　享受後代子孫祭祀。祭祀要殺牲（牛羊豬等）作祭品。

【語譯】在位的人才不足，城鄉之間，也缺乏可用的人才，那樣難道只是不能實行先王的政治嗎？江山的重託，邊疆的防衛，皇上能夠長久靠著上天賜予的僥倖獲得安穩正常、卻沒有意外變故的憂患嗎？東漢的張角，組織三十六萬人同時起兵，所在的郡縣和諸侯國，沒有誰事先察覺他的計畫。唐朝的黃巢，橫行天下，他所到達地方的文武將官，沒有誰敢抵抗的。漢朝、唐朝的滅亡，禍患從這裡開始。唐朝滅亡以後，國勢衰弱一直延續到五代，武將掌握大權，賢能的人隱居消沉不肯露面，在職官員再沒有知道君臣的大義、上下尊卑的禮制的人了。這時候，政權的更替，簡直比下棋時棋局變化還容易，而普通百姓肝腦塗地，僥倖得以不輾轉流亡死在野外的人沒有幾個呢。人才不足的禍患有這樣嚴重。然而現今的朝廷大臣，沒有誰肯替皇上作長遠考慮，為國家長治久安計議，我私下感到迷惑不解。當年晉武帝貪圖眼前之樂，而不為子孫長遠考慮，當時在位的大臣，也都得過且過，苟合取容，而風氣敗壞，拋棄禮義，破壞法律制度，從上到下都迷失了正道，但是沒有誰意識到這些錯誤，有識之士當然知道國家必定要動亂了。後來果然天下大亂，中原地區淪入異族統治二百多年。我想，太祖、太宗、真宗諸位祖先神靈所交付給皇上的江山，當然是為了萬世永存，受子孫祭祀，並且能永遠保護自己的百姓。我希望皇上能夠以漢、唐、五代之所以動亂滅亡的教訓為鑑戒，以晉武帝因循苟且的災禍為警惕，明白告示大臣，思考造就天下人才的辦法，作出有預見的計畫，進行有步驟的安排，逐步實行，力求合乎當前形勢的變化，而又不辜負古代先王之道的基本精神，那樣，天下的人才就用不完了。人才用不完，那樣，皇上有什麼追求不能實現，什麼願望不能成功呢？

夫慮之以謀，計之以數，為之以漸，則成天下之才甚易也。臣始讀《孟子》，見孟子言王政之易行，心則以為誠然。及見與慎子論齊魯之地❶，以為先王之制國，大抵不過百里者，以為今有王者起，則凡諸侯之地，或千里，或五百里，皆將損之，至於數十百里而後止。於是疑孟子雖賢，其仁智足以一天下，亦安能毋劫之以兵革，而使數百千里之強國，一旦肯損其地之十八九，比於先王之諸侯？至其後，觀漢武帝用主父偃之策❷，令諸侯王地悉得推恩封其子弟，而漢親臨定其號名，輒別屬漢，於是諸侯王之子弟，各有分土，而勢強地大者，卒以分析弱小。然後知慮之以謀，計之以數，為之以漸，則大者固可使小，強者固可使弱，而不至乎傾駭變亂敗傷之釁。孟子之言不為過。又況今欲改易更革，其勢非若孟子所為之難也。臣故曰慮之以謀，計之以數，為之以漸，則其為甚易也。

【章　旨】本段以古代削弱諸侯國為例，論述只要預先計畫，逐步實行，造就人才的事業是容易成功的。

【注　釋】❶與慎子論齊魯之地　原文見《孟子・告子下》。魯國欲以慎到為將軍攻齊，孟子批評這種「不教民而用之」的「殃民」作法。指出古代諸侯之地方百里，地非不足，「今魯方百里者五，子以為有王者作，則魯在所損乎？在所益乎？」❷漢武帝用主父偃之策　見本書卷六〈漢興以來諸侯年表序〉及注。武帝用主父偃策，令諸侯王「推恩」，把自己的封地分封給子弟，由朝廷親自定其官爵稱號，直屬中央，大大削弱了諸侯王的勢力。

【語　譯】考慮有預見的計畫，進行有步驟的安排，逐步實行，那樣培養造就天下的人才就很容易。我初讀《孟子》，看到孟子說王政容易實行，心裡就認為確實如此。等到讀到孟子與慎子議論齊、魯的土地，他認為先王分封諸侯國，大都不過方圓百里，現在如果有實行王政的人出現，就會按古制，凡是諸侯國的土地，有的方圓千里，有的方圓五百里，都要減少到方圓數十上百里為止。我於是疑惑孟子雖然賢明，他的仁愛之心和智慧足以統一天下，又怎麼能不用武力相脅迫，而使方圓數百上千里的強國，一下子願意減少他們十分之八九的土地，等同於先王分封的諸侯國呢？到後來，看到漢武帝採用主父偃的建議，命令諸侯國君都要把自己的土地推恩分封給子弟，然後由朝廷親自確定他們的官爵名號，分別直屬中央管轄，於是諸侯王的子弟，各自有了分封的土地，而勢力強大土地廣闊的諸侯國，終於因此分解為數國而變弱小了。在這以後，我懂得了考慮有預見的計畫，進行有步驟的安排，逐步實行，那麼，大的必定可以使他變小，強的必定可以使他變弱，而不至於發生傾覆、驚駭、變亂、敗傷的禍患。孟子的話沒有錯。又何況今天想要更改變革的事，那形勢並沒有孟子所要做的那樣難呢？所以我說考慮好有預見的計畫，進行有步驟的安排，逐步實行，那麼造就人才是很容易的。

然先王之為天下，不患人之不為，而患人之不能；不患人之不能，而患己之不勉。何謂不患人之不為，而患人之不能？人之情，所願得者，善行、美名、尊爵、厚利也。而先王能操之以臨天下之士，天下之士有能遵之以治者，則悉以其所願得者以與之。士不能則已矣，苟能，則孰肯舍其所願得，而不自勉以為才？故曰不患人之不為，患人之不能。何謂不患人之不能，而患己之不勉？先王之法，所以待人者盡矣。自非下愚不可移之才，未有不能赴者也。然而不謀之以至誠惻怛之心，力行而先之，未有能以至誠惻怛之心，力行而應之者也。故曰不患人之不能，而患己之不勉。陛下誠有意乎成天下之才，則臣願陛下勉之而已。

【章　旨】本段論述君王應自勉努力，以成就天下人才。

【語　譯】然而先王治理天下，不擔心人們不去做，而擔心人們沒有才能；不擔心人們沒有才能，而擔心自己不努力。為什麼說不擔心人們不去做，而擔心人們不能做呢？人的常情，希望得到的，是好品行、好名聲、高爵位、多錢財。先王能夠掌握這一切來駕馭天下士人，天下的士人，有能遵從先王之道治理國家的，就把他們想要得到的東西全部賜給他們。士子們沒有能力就算了，如果真有能力，那麼誰願意捨棄自己希望得到的東西，而不努力使自己成才呢？所以說不要擔心人們不去做，而擔心他們沒有才能。為什麼說不要擔心人們沒有才能，而擔心自己不努力呢？先王的法度，在怎樣對待人才的問題上可以說是盡善盡美的了。除非是不能改變的蠢人，沒有不能出來為國家盡力的。但是，如果君王自己不能用最誠摯懇切的心意去謀劃，帶頭身體力行，那就也不會有用最誠摯懇切的心意，身體力行而響應的人。所以說不要擔心人們沒有才能，而擔心自己不努力。皇上如果真心要造就天下的人才，那麼我希望皇上努力去做就是了。

臣又觀朝廷異時，欲有所施為變革，其始計利害未嘗不熟也，顧有一流俗僥倖之人，不悅而非之，則遂止而不敢❶。夫法度立，則人無獨蒙其幸者。故先王之政，雖足以利天下，而當其承敝壞之後，僥倖之時，其刱法立制，未嘗不艱難也。使其刱法立制，而天下僥倖之人，亦順悅以趨之，無有齟齬，則先王之法，至今存而不廢矣。惟其刱法立制之艱難，而僥倖之人不肯順悅而趨之，故古之人欲有所為，未嘗不先之以征誅，而後得其意。《詩》曰：「是伐是肆，是絕是忽。四方以無拂。」❷此言文王先征誅而後得意於天下也。夫先王欲立法度以變衰壞之俗，而成人之才，雖有征誅之難，猶忍而為之；以為不若是，不可以有為也。及至孔子，以匹夫游諸侯，所至則使其君臣捐所習，逆所順，強所劣，憧憧❸如也，卒困於排逐。然孔子亦終不為之變，以為不如是，不可以有為。此其所守，蓋與文王同意。夫在上之聖人莫如文王，在下之聖人莫如孔子，而欲有所施為變革，則其事蓋如此矣。今有天下之勢，居先王之位，刱立法制，非有征誅之難也，雖有僥倖之人不悅而非之，固不勝天下順悅之人眾也。然而一有流俗僥倖不悅之言，則遂止而不敢為者，惑也。陛下誠有意乎成天下之才，則臣又願斷之而已。夫慮之以謀，計之以數，為之以漸，而又勉之以成，斷之以果，然而猶不能成天下之才，則以臣所聞，蓋未有也。

【章旨】本段論述成就天下之才，必須果斷行事。

【注釋】❶朝廷異時六句　這裡指北宋仁宗朝范仲淹推行慶曆新政失敗的事。流俗僥倖之人，指同流合汙，希冀僥倖上進的人。❷詩曰四句　語出《詩經・大雅・皇矣》。詩句描寫周文王征伐崇國的戰爭。伐，攻打。肆，突擊。絕，殺盡。忽，除滅。拂，違逆。❸憧憧　同「衝衝」。往來不絕的樣子。

【語譯】我又看到朝廷當年想要有所變革作為，起初，考慮利弊未必不周全，然而一旦出現隨俗守舊、希圖僥倖的小人不滿意並且非議，就中止不敢實行。要建立法制，那麼人們是不可能只蒙受它的好處的。所以先王的政治雖然能夠有利於天下，然而當他繼承前代的敗壞局面以後，面對人們的僥倖心理，他要創建法令制度，沒有不艱難的。如果他創立法制的時候，天下那些希圖僥倖的人，都高興地順從接受沒有阻撓反對，那麼先王的法制，就會保存至今而不被廢棄了。正因為創立法制艱難，而那些希圖僥倖的人，不肯順從高興地接受，所以古代先王想要有所作為，沒有不先用武力征討消滅，然後才能按照自己的心意實行。《詩經》說：「(文王征伐崇國)於是攻打，於是突擊，於是把敵人斬盡殺絕。四方各國再不敢抗拒違命。」這說的是周文王先征伐消滅敵人，然後才能推行自己的主張於天下。先王想要創建法度，來改變衰敗的習俗，造就人才，即使有征伐戰爭的困難，還是堅決地去做；認為不這樣做就不能有所作為。到了孔子，以普通人的身分游說諸侯，所到的地方就都要那裡的君臣拋棄他們的習慣作法，改變他們的趨向，加強他們的薄弱之處，來往奔走，結果被排斥驅趕，陷入困境。然而孔子終究並不因此改變態度，他認為不這樣做，就不能有所作為。這表明他堅持的操守，是與周文王一致的。在上位的聖人，沒有誰比得上周文王；在下位的聖人，沒有誰比得過孔子。然而想要有所變革作為，那就要都能這樣行事。現在皇上擁有天下的權力，處於同先王一樣的地位，創立法制並沒有征伐的艱難，雖然有希圖僥倖的人不滿意而非議，但是肯定不如天下滿意服從擁護的人多。然而一旦出現隨俗守舊，希圖僥倖的人不滿意的言論，就中止而不敢實行，是自己主意不堅定啊。皇上果真有意造就天下的人才，那麼我又希望能堅決果斷地去做。考慮好了計畫，進行了有步驟的安排，逐步實行，而又努力去完成，堅持到最後結果，然而還不能造就天下人才，這樣的事情，我從來沒有聽說過。

然臣之所稱，流俗之所不講，而今之議者，以謂迂闊而熟爛者也。竊觀近世士大夫，所欲悉心力耳目以補助朝廷者有矣。彼其意非一切利害❶，則以為當世所能行者。士大夫既以此希世，而朝廷所取於天下之士，亦不過如此。至於大倫大法，禮義之際，先王之所力學而守者，蓋不及也。一有及此，則群聚而笑之，以為迂闊。今朝廷悉心於一切之利害，有司法令於刀筆之間❷，非一日也。然其效可觀矣。則夫所謂迂闊而熟爛者，惟陛下亦可以少留神而察之矣。昔唐太宗正觀❸之初，人人異論。如封德彝❹之徒，皆以為非雜用秦、漢之政，不足以為天下。能思先王之事開太宗者，魏文正公一人耳。其所施設，雖未能盡當先王之意，抑其大略可謂合矣。故能以數年之間，而天下幾致刑措❺，中國安寧，蠻夷順服，自三王以來，未有如此盛時也。唐太宗之初，天下之俗，猶今之世也。魏文正公之言，固當時所謂迂闊而熟爛者也，然其效如此。賈誼曰：「今或言德教之不如法令，胡不引商、周、秦、漢以觀之？」❻然則唐太宗之事，亦足以觀矣。

【章　旨】本段引古證今，希望皇帝排斥流俗之議，重視自己的意見。

【注　釋】❶一切利害　意謂暫時的利害得失。一切，權宜。❷有司句　姚鼐於「有司」下注「脫字」二字。但有人認為並無脫字，這句意謂主管部門忙於奉行法令，治理文書。漢代以前文書寫在竹簡上，寫錯了用刀削去，叫刀筆。❸正觀　即貞觀，避宋仁宗趙禎諱改。❹封德彝　唐太宗時大臣，曾任右僕射。❺刑措　廢置刑罰。指犯罪的人極少。❻賈誼曰三句　引文出賈誼〈陳政事疏〉（見本書卷十二）。

【語　譯】然而我說的意見，是世俗的人沒有談到過的，而且是當今議論者認為是迂闊無用的陳詞濫調。我私下觀察近些年來士大夫們想要窮盡心力來幫助朝廷的人是有的。他們的心意所在，如果不是關係眼前利害得失的事，就是當前能行得通的事。士大夫們既然用這種觀點迎合時俗，而朝廷選取的天下之士，也不過如此。至於基本的倫理道德、基本的法律制度、禮義規範，這些先王所努力學習和堅持的東西，都不在考慮之列。

如果有人提到這些，就聚集在一起嘲笑他，認為是迂闊無用的東西。現在朝廷一心考慮眼前的利害得失，主管部門頒布法令，只是在文辭修飾上花工夫，已經不止一天了。然而它們的效果是可以看得清楚的。那麼，他們所講的迂闊無用的陳詞濫調，希望皇上也可以稍微留意和觀察了。當年唐太宗貞觀初年，對於治理國家各人都有不同的意見，像封德彝這些人，都認為如果不雜用秦漢兩朝的政治措施，就不能治理天下。能夠想到用先王的政治開導太宗的，只有魏徵一人罷了。他所採取的措施，雖然未必能全都合乎先王的精神，但是大體上是符合的。所以能夠在幾年之內，使得天下幾乎不用刑罰，中國安寧，四周的蠻夷各國順從歸附，自從夏商周三代以來，沒有過像這樣繁榮強盛的時代。唐太宗初年，天下的習俗，正如同今天一樣。魏徵的話，本是當時也被認為迂闊無用的陳詞濫調，然而他卻取得了這樣的效果。賈誼說：「今天有人說道德教化不如法令，為什麼不徵引商、周、秦、漢的歷史來觀察呢？」如此說來，唐太宗的事業，也就足以用來觀察取法學習了。

臣幸以職事歸報陛下，不自知其駑下，無以稱職，而敢及國家之大體者，以臣蒙陛下任使，而當歸報。竊謂在位之人才不足，而無以稱朝廷任使之意，而朝廷所以任使天下之士者，或非其理，而士不得盡其才，此亦臣使事之所及，而陛下之所宜先聞者也。釋此不言，而毛舉❶利害之一二，以汙陛下之聰明，而終無補於世，則非臣所以事陛下惓惓之意也。伏惟陛下詳思而擇其中，天下幸甚。

【章　旨】本段表明自己上書的心情和願望。

【注　釋】❶毛舉　言舉毫毛之事，輕小之甚，即瑣細列舉之意。

【語　譯】我榮幸地把任職情況回京報告皇上，不考慮自己才能低劣不能稱職，卻敢於議論國家的根本大事，這是因為自己蒙受皇上任命差使，應該回來報告。我私下認為在位的人才不足，與朝廷任命使用的意圖很不相稱，而朝廷任命使用天下之士的措施，有些不合理，使士子不能充分發揮他們的才能，這也是我奉旨辦事時所了解的，而且應該讓皇上及早知道的。丟開這些不說，倘若只是瑣碎列舉一兩件利害得失的小事，來損害皇上的聰明，結果對國事並沒有補益，那就不是我事奉皇上的懇切忠誠之心了。敬請皇上仔細考慮，選擇採取其中的合理意見，天下就很幸運了。

【研　析】這篇奏議歷來評價很高。不管人們對王安石變法持何種態度，但對本文的成就是一致肯定的。首先是其篇章宏偉而一脈貫通。茅坤評：「此書幾萬餘言，而其絲牽繩貫，如提百萬之兵，而鉤考部曲，無一不貫。」方苞評：「歐蘇諸公上書，多條舉數事，其體出於賈誼〈陳政事疏〉。此篇只言一事，而以眾法之善敗經緯其中，義皆貫通，氣象包舉，遂覺高出同時諸公之上。」王安石是一位見識卓出的政治家。本奏議雖以使事述職為緣由，目光卻不局限於具體事務和眼前得失，而以創立法制，行先王之政為根本，以人才問題為急務，縱論天下之事，綱舉目張，顯示出高屋建瓴的氣勢和把握全局的能力，議論也就自然「高出同時諸公之上」。儲欣評：「荊公此書，只是要改制變法，大肆更張耳。胸中有無數見解，無數話頭，卻尋出『人才不足』四字統之。架堂之柱，將胸口所欲言者盡數納入，隨機大發。故議論愈多，頭緒愈整，由其以一綫貫千條也。」其二，本奏議結構嚴謹而闡析透闢。沈德潛對此有精要分析。他說：「陶冶人才以行先王之政，此立言之大意也。前提出教之、養之、取之、任之四綱。先用正說以申之，又用反說以行之。總束前文，又生出慮之以謀，計之以數，為之以漸三項，又轉出勉之、斷之以作歸宿，末又勸人主排眾議以行己說……其行文部勒有方，如大將將數十萬兵而不亂。中間絲聯繩貫，提絜起伏，照應收繳，動嫺法則，極長篇之能事。」全文共二十八自然段，可分為三大部分：第一至七段為序論部分。概括當時國家存在種種內憂外患，關鍵在於法令「多不合乎先王之政」，特別是陶冶人才非其道。文章順遞而下，層層深入，引出全文中心，即第二部分（第八至二十六段），作者至此提出了自己關於培養造就人才的系統觀點（「陶冶而成之」之道），其中第八至第十三段正面提出了教育、管理、選拔、任用人才（「教之、養之、取之、任之」之道）的具體方針。第十四至二十二段則從反面揭露了當時造就人才「非其道」所帶來的種種弊端，並與正面提出的方針兩兩對照。第二十三至二十六段則進一步闡明目前形勢下造就人才的方針和步驟。末尾兩段為第三部分，即結語部分，作者重申了本文的主旨。全篇條文縷析，層層遞進，前後照應，一氣呵成，結構安排井然有序，無絲毫錯雜之感，邏輯性很強。特別是其高度的現實針對性和批判革新精神，表明本文確實是一篇政治家極有見地的政論，而不僅僅是文章家的論文。

本朝百年無事劄子

王介甫

【題解】本文當寫於神宗熙寧元年（西元一〇六八年）。據《續資治通鑑長編》卷六十六載：這年四月，「詔翰林學士王安石越次入對……問安石：『祖宗守天下，能百年無大變，粗致太平，以何道也？』安石退而書奏。」即此文寫作緣由。宋朝自太祖建隆元年（西元九六〇年）建國至此已百年有餘，此舉成數。本文在總結北宋建國百年來成功政治經驗的同時，重點論述仁宗一朝的政治得失。指陳時弊，深中肯綮，對啟動宋神宗變法，具有直接影響。蔡上翔《王荊公年譜》曰：「公之傾動主上，得專政柄者，盡在此書。其於宋室中葉之病，言言洞中膏肓矣。」

臣前蒙陛下問及本朝所以享國百年，天下無事之故。臣以淺陋，誤承聖問，迫於日晷❶，不敢久留，語不及悉，遂辭而退。竊惟念聖問及此，天下之福，而臣遂無一言之獻，非近臣所以事君之義，故敢冒昧而麤有所陳。

【章旨】本段述寫作本奏議的緣由。

【注釋】❶日晷　日影，這裡代指白天的時間。

【語譯】我前幾天承蒙皇上問到本朝建立國家百年以來，天下所以太平無事的原因。我因為見識淺陋，不合適地承蒙皇上垂詢，限於當天時間已晚，不敢久留，沒有能夠充分議論，就告辭出來了。私下想到皇上問到這個問題，是天下人的幸福。然而我卻沒有貢獻隻字片語，不符合親近的臣子事奉君王的要求，所以膽敢冒昧上書大體陳述我的意見。

伏惟太祖，躬上智獨見之明，而周知人物之情偽。指揮付託，必盡其材；變置施設，必當其務❶。故能駕馭將帥，訓齊❷士卒，外以扞❸夷狄，內以平中國。於是除苛賦，止虐刑，廢強橫之藩鎮❹，誅貪殘之官吏，躬以簡儉為天下先。其於出政發令之間，一以安利元元❺為事。太宗承之以聰武，真宗守之以謙仁，以至仁宗、英宗，無有逸德❻。此所以享國百年，而天下無事也。

【章旨】本段概述太祖以來享國百年，天下無事的原因。

【注釋】❶當其務　適合事務的需要。❷訓齊　訓練使之整齊。❸扞　扞格；抵抗。❹廢強橫之藩鎮　指宋太祖削去節度使的實際兵權，使其成為虛職。❺元元　人民；百姓。❻逸德　失德。

【語　譯】我俯伏思考太祖皇帝，具有極高的智慧和獨到的見解，而且對各種人物的真假表現全都察知。他指揮交付工作，一定能夠充分發揮各人的才幹；實行措施或有所變革，一定要適合事情的需要。所以能夠統率將帥，訓練整齊士兵，對外抵抗異族侵擾，對內安定整個中國。然後廢除過於沉重的租稅，禁止殘酷的刑罰，削除橫行霸道的藩鎮，誅殺貪汙殘暴的官吏，親自在天下帶頭，過簡樸節儉的生活。他在施行政令的時候，一切以安定、有利於百姓為要務。太宗以聰明英武繼承了太祖的事業，真宗以謙和仁愛之心守護國家，直到仁宗、英宗，都在德行上沒有過失。這就是本朝能夠享國百年天下無事的原因。

仁宗在位，歷年最久。臣於時實備從官❶，施為本末❷，臣所親見。嘗試為陛下陳其一二，而陛下詳擇其可，亦足以申鑑於方今。伏惟仁宗之為君也，仰畏天，俯畏人❸，寬仁恭儉，出於自然。而忠恕誠愨❹，終始如一，未嘗妄興一役，未嘗妄殺一人。斷獄務在生之❺，而特惡吏之殘擾；寧屈己棄財於夷狄❻，而終不忍加兵。刑平而公，賞重而信。納用諫官御史，公聽並觀，而不蔽於偏至之讒；因任❼眾人耳目，拔舉疏遠，而隨之以相坐之法❽。蓋監司❾之吏，以至州縣，無敢暴虐殘酷，擅有調發，以傷百姓。自夏人順服❿，蠻夷遂無大變，邊人父子夫婦，得免於兵死，而中國之人，安逸蕃息，以至今日者，未嘗妄興一役，未嘗妄殺一人，斷獄務在生之，而特惡吏之殘擾，寧屈己棄財於夷狄，而不忍加兵之效也。大臣貴戚，左右近習，莫敢強橫犯法，其自重慎，或甚於閭巷之人，此刑平而公之效也。募天下驍雄橫猾以為兵，幾至百萬，非有良將以御之，而謀變者輒敗；聚天下財物，雖有文籍委之府史⑪，非有能吏以鉤考⑫，而斷盜者輒發；凶年饑歲，流者填道，死者相枕，而寇攘⑬者輒得，此賞重而信之效也。大臣貴戚，左右近習，莫能大擅威福，廣私貨賂，一有姦慝⑭，隨輒上聞；貪邪橫猾，雖間或見用，未嘗得久，此納用諫官御史，公聽並觀，而不蔽於偏至之讒之效也。自縣令、京官，以至監司臺閣⑮，升擢之任，雖不皆得人，然一時之所謂才士，亦罕蔽塞而不見收舉者，此因任眾人之耳目，拔舉疏遠，而隨之以相坐之法之效也。升遐⑯之日，天下號慟，如喪考妣，此寬仁恭儉，出於自然，忠恕誠愨，終始如一之效也。

【章旨】本段論述宋仁宗朝的政治成效。

【注釋】❶備從官　擔任侍從官職。仁宗時，王安石曾直集賢院，同修起居注，知制誥，侍從皇帝。❷本末　這裡指從始至終的過程。❸仰畏天二句　指仁宗行事謹慎而知戒懼。《論語・季氏》：「君子有三畏：畏天命，畏大人，畏聖人之言。」畏天，即畏天命。畏人，此指畏有德之人。❹誠愨　誠實忠厚。❺斷獄務在生之　指仁宗施用刑罰，盡可能減免死刑。《宋史・仁宗本紀贊》：「大辟（判死刑）疑者皆令上讞（評議），歲常活千餘。吏部選人，一坐失入死罪，皆終身不遷。每諭輔臣曰：『朕未嘗詈人以死，況敢濫用辟手？』」❻屈己棄財於夷狄　指仁宗對遼與西夏侵擾威脅，用妥協求和政策以保安寧。慶曆二年，遼國屯兵邊境，仁宗遣使求和，每年送遼「歲幣」共達銀二十萬兩，絹三十萬匹。慶曆四年，宋夏重訂和約，仁宗封元昊為夏國主，歲賜銀茶絹綵凡二十五萬五千。❼因任　信任；依靠。❽相坐之法　牽連犯罪的法律。坐，犯罪。這裡指薦舉人員不實，要連帶受犯罪處罰。❾監司　宋代各路設置安撫、轉運、提點刑獄、提舉常平四司，總稱監司，分別負責監察該路官吏。❿夏人順服　指慶曆三年，西夏主趙元昊遣使請和。⓫府史　官府文書吏員。史，古代官佐之稱。《周禮・天官》：「史，掌官書以贊治。」鄭注：「贊治，若今起文書草也。」⓬鉤考　查核。⓭寇攘　搶奪；做強盜。⓮姦慝　姦邪。慝，邪惡。⓯臺閣　指中央行政和監察機構。東漢以尚書輔佐皇帝，直接處理政務。尚書臺建築在宮廷之內，稱臺閣。《後漢書・仲長統傳》：「光武皇帝政不任下，雖置三公，事歸臺閣。」⓰升遐　皇帝死日升遐。

【語　譯】仁宗皇帝在位，經歷的年歲最長。我當時擔任侍從官職，實行各種措施的始終過程，都是我親自見到的。現在嘗試著向皇上陳述一二，皇上從其中仔細選擇可取之處，也可以作為今天施政的借鑑。我想仁宗作為君主，對上敬畏天命，對下敬畏有德之人，寬厚仁慈恭謹儉樸，一切出於自然天性。而且待人真誠體諒誠摯，始終如一，不曾隨意興辦一項勞役，不曾妄殺一個無辜。判決刑獄，盡力減免死罪，特別痛恨官吏的殘暴和侵害百姓；寧可委屈自己拋棄錢財給遼國和西夏，而終於不忍心對他們用兵。刑罰平和公正，賞賜重而守信，採納諫官、御史的進言，能夠公正全面地聽取觀察，而不被那片面偏頗的議論迷惑；聽取大家的見聞，提拔那些雖然關係疏遠卻有才能的人，同時又用牽連相坐的法律加以限制。所以從各路的監察官員，直到州縣官吏，沒有人膽敢暴虐殘酷，擅自徵調傷害百姓的。自從西夏歸順朝廷以後，蠻夷異族就再沒有大的變亂發生，邊地百姓父子夫婦都能免於戰爭死亡之苦，而中原地區人民也得以安逸地繁衍生息，直到今天，這就是仁宗不曾隨意興辦一項勞役，不曾妄殺一個無辜，判決刑獄盡力減免死罪，特別痛恨官吏殘暴和擾害百姓，寧可委屈自己拋棄錢財給遼國西夏，卻不忍心對他們用兵這種政策的成效。大臣和皇親國戚，左右親近的人，沒有誰敢於強橫犯法，他們自處的嚴肅謹慎，有時還超過一般平民百姓，這就是刑罰平和公正的成效。召募天下勇猛強橫奸詐的人做士兵，人數將近百萬，並沒有良將統率駕馭，然而陰謀叛亂的人總是失敗；集中了天下的財物，雖然有文書簿冊交給辦事小吏，但並沒有能幹的官員查核，然而欺瞞貪汙的人總是被揭發；遇到災害嚴重的饑荒年歲，流亡的百姓塞滿道路，死亡的人堆疊枕藉，然而乘機搶劫做強盜的總被抓獲，這是仁宗重賞賜而又守信用的成效。大臣和皇親國戚，左右親近的人，沒有誰敢大肆擅作威福，到處私受賄賂，一旦有姦邪不法的事，隨即就有人上報揭發；貪婪姦邪強橫狡猾之徒，雖然也偶然有被任用的，但沒有能長久在位的，這是採納諫官御史意見，公正全面聽取考察，而不被片面偏頗的議論蒙蔽的成效。從縣令到京官，到各路監司官員和中央臺閣大臣，升遷提拔，雖然不能都得到合適人選，但是那時候有才能的人士，也很少有被壓抑阻擋而沒有加以任用的，這是信任大家的見聞觀察，不任人以親，能選拔與自己關係疏遠然而有才能的人，並隨後用牽連相坐的法律對薦舉者加以限制的成效。仁宗去世的時候，天下百姓號哭悲痛，如同死去自己的父母，這是仁宗寬厚仁慈恭謹儉樸，待人真誠體貼誠摯，並且能始終如一的成效。

然本朝累世因循末俗❶之弊，而無親友群臣之議。人君朝夕與處，不過宦官、女子，出而視事，又不過有司之細故，未嘗如古大有為之君，與學士大夫討論先王之法，以措之天下也。一切因任自然之理勢，而精神之運❷，有所不加；名實之間，有所不察。君子非不見貴，然小人亦得廁其間；正論非不見容，然邪說亦有時而用。以詩賦記誦求天下之士❸，而無學校養成之法；以科名資歷敘❹朝廷之位，而無官司課試之方。監司無檢察之人，守將非選擇之吏。轉徙之亟❺，既難於考績；而游談之眾，因得以亂真。交私養望❻者，多得顯官；獨立營職者，或見排沮。故上下偷惰取容而已，雖有能者在職，亦無以異於庸人。農民壞於繇役❼，而未嘗特見救恤；又不為之設官，以修其水土之利。兵士雜於疲老，而未嘗申敕❽訓練；又不為之擇將，而久其疆埸之權❾。宿衛則聚卒伍無賴之人，而未有以變五代姑息羈縻❿之俗。宗室則無教訓選舉之實，而未有以合先王親疏隆殺之宜⓫。其於理財，大抵無法。故雖儉約而民不富，雖憂勤而國不強。賴非夷狄昌熾之時，又無堯湯水旱之變⓬，故天下無事，過於百年。雖曰人事，亦天助也。蓋累聖⓭相繼，仰畏天，俯畏人，寬仁恭儉，忠恕誠慤，此其所以獲天助也。

【章　旨】本段論述本朝累世之弊。

【注　釋】❶末俗　末世的習俗。指敗壞的風氣。❷精神之運　指主觀努力。❸以詩賦記誦句　這裡是批評唐宋以詩賦取士和考經書記誦的科舉方法。❹敘　排列；安排次序。❺亟　急切；頻繁。❻交私養望　交結私黨以培植自己的名望。❼繇役　徭役。朝廷官府徵發民工的勞役。❽申敕　告誡；告諭。❾疆埸之權　守衛邊防的職權。疆埸，邊界。❿羈縻　籠絡。⓫未有以合先王親疏隆殺之宜　不符合先王關於親疏尊卑的處事原則。《禮記・鄉飲酒義》鄭玄注：「尊者禮隆，卑者禮殺，尊卑別也。」殺，減。這句話含蓄地借古代聖王批評任人唯親，主張任人唯賢。這是王安石的一貫主張。⓬堯湯水旱之變　傳說古代堯時有九年洪水，湯遇五年大旱。⓭累聖　歷代聖君。指太祖以下諸位先帝。

【語　譯】然而本朝歷代都沿襲了過去亂世的不良風氣，卻沒有親友和群臣對此議論批評。君王從早到晚相處的，不過是宦官和后妃宮女，出朝理政，也不過處理各部門的細小事務，而不曾如同古代那些大有作為的君王，與學士、大夫們討論先王的法制並在天下實行的事。一切順任形勢的自然發展，而不去加以主觀的運作努力；對名分與實際之間是否相符，也不去進行考察。君子並非不被看重，然而小人也得以混雜在其中；正確的議論並非不被接受，然而邪說也有時被採納。科舉考試用考作詩賦和記誦經書章句的辦法來選拔天下人才，而沒有設立學校培養造就人才的法令制度；憑科舉名位和仕途資歷安排在朝廷的地位次序，卻沒有各部門考核官吏的辦法。監察部門沒有可以履行監察職責的人，守將中沒有選拔出來的官吏。頻繁調動，既難於對官員進行考核；那些善於奔走誇誇其談的人，又借機得以以假亂真。交結私黨以培植個人聲望的人多半得到顯要官職，而不趨炎附勢勤於職守的人有時還被排斥打擊。所以從上到下，只是苟且偷安，苟合取容，雖然具有有才幹的人在職，他的表現同平庸的人也沒有區別。農民被徭役所苦，卻不曾被特別救濟同情，又不替他們設官來興修農田水利；軍隊多雜有老弱疲憊之兵，而又不曾告誡訓練，又不為他們挑選良將長久授予邊疆軍事之權。保衛京城的軍隊，聚集了許多兵痞無賴之人，卻不曾改變五代以來對他們一味姑息遷就籠絡的習慣。對皇室親屬子弟沒有教育訓導選拔的實際措施，不符合先王關於親疏尊卑的處理原則。對於治理財政，基本上無法可依。所以雖然皇上儉樸節約然而百姓並不富足，皇上雖然憂思勤勞然而國家並不強大。幸好靠著並非夷狄強盛猖狂的時候，又沒有如唐堯、商湯時代那樣遇到連年的重大水旱災害，所以天下無事，超過百年。雖然說這是由於人為的努力，但也是上天保祐的結果。因為本朝歷代聖王相繼，對上敬畏天命，對下敬畏有德之人，寬厚仁慈恭謹儉樸，真誠體貼誠摯忠厚，這是能夠得到上天保祐的原因。

伏惟陛下躬上聖之質，承無窮之緒，知天助之不可常恃，知人事之不可怠終，則大有為之時，正在今日。臣不敢輒廢將明之義❶，而苟逃諱忌之誅❷。伏惟陛下，幸赦而留神，則天下之福也。取進止。

【章　旨】本段表明自己上奏的心情和願望。

【注　釋】❶將明之義　奉行職責，闡明事理的義務。《詩・大雅・烝民》：「肅肅王命，仲山甫將之。邦國若否，仲山甫明之。」原詩歌頌輔佐周宣王的大臣仲山甫。朱熹《詩集傳》：「將，奉行也。若，順也。順否，猶臧否也。明，謂明於理。」

❷諱忌之誅　指觸犯皇帝忌諱而獲罪罰。

【語　譯】我想皇上具有極高智慧的素質，繼承了將傳給無窮世代的帝業，知道上天的保祐是不能經常依靠的，又知道人事的努力是不可以懈怠下去的，那麼大有作為的時代，正在今天。我不敢隨便放棄人臣所應有的輔佐王命、辨明事理的職責，去逃避因觸犯忌諱而應受到的懲罰。敬請皇上寬恕我的冒犯並考慮我的意見，那就是國家的幸福了。是否妥當，聽候皇上裁決。

【研　析】王安石此文，雖然是奉旨應對「本朝所以享國百年，天下無事之故」所上的奏議，但其目的卻在指陳時弊，啟發神宗發動變法。這使得作者在寫作時，精心構思，縝密著筆。一是避免平均用筆，而把重點放在時間最長並對當朝政治有直接影響的仁宗一朝（西元一〇二三至一〇六三年，共四十一年）的議論上。二是在正面議論中，巧妙指陳得失，在「無事」題下談「有事」，褒中有貶，為後半篇揭露社會積弊埋下伏筆。分析仁宗朝政，一方面以六大「效」為綱，總結其成功經驗；另一方面在具體陳述時，又隱含著對當時政治缺失的某些批評（如「寧屈己棄財於夷狄」的對外政策，「不皆得人」的人才政策等），這就順理成章地進入了下一層次對「本朝累世因循末俗之弊」的精闢議論，而作者的變法主張即已隱含其中。故茅坤評曰：「此篇精神骨髓，荊公所以直入神宗之膂，全在說仁廟處，可謂搏虎屠龍手。」在這一層次中，作者深入地分析了當時官僚機構臃腫、農民貧窮痛苦、軍隊軟弱無力和財政空虛無法等種種社會危機，從而說明了變法改革的必要性和迫切性，這無異為第二年展開的變法活動吹起了一支前奏曲。全篇邏輯嚴密，條理清晰，大量運用的對偶排比句式，既增強文章氣勢，又使音調鏗鏘，本文因此成為王安石政論文的代表作之一。故吳汝綸評曰：「綱舉目應，章法高古。自首至尾，如一筆書，所謂瑰偉雄放也。」

進戒疏

王介甫

【題　解】本文作於宋神宗熙寧二年（西元一〇六九年）五月。按英宗於治平四年（西元一〇六七年）正月辭世，神宗即位，至熙寧二年三月，已二十七個月。《宋史・禮志》：「三年之喪，從鄭康成義，天聖（宋仁宗年號）敕斷以二十七月。」這時神宗喪服已除，王安石被任以參知政事，始行新法。他上此疏，勸勉皇帝「早自戒於耳目之欲」，「自愛以成德，而自強以赴功」，使其變法事業能得到皇帝的全力支持。沈德潛稱其「得大臣格心之義」。（《孟子》：「大臣者，格君心之非者也。」）進戒，呈進諫戒之言。《尚書・說命》：「（王）既免喪，其惟不言，群臣咸諫於王。」為進戒奏疏之本。

臣某昧死再拜上疏皇帝陛下：臣竊以為陛下既終亮陰❶，考之於經，則群臣進戒之時。而臣待罪近司，職當先事有言者也。

【章　旨】本段陳述上疏的緣由。

【注　釋】❶亮陰　指帝王居喪。《書・無逸》：「乃式亮陰，三年不言。」又寫作「諒陰」、「諒闇」、「亮闇」、「梁闇」等。《儀禮經傳通解》：「何謂梁闇也？傳曰：高宗居倚廬（守喪居處），三年不言。百官總已以聽於冢宰而莫之違。此之謂梁闇。」鄭玄注則謂亮陰即凶廬（倚廬），守喪居所。

【語　譯】臣王安石冒死再拜上疏給皇上：我私下認為皇上已經服喪終結，從經書上查考知道，這正是群臣進呈諫戒之言的時候。而我在皇上身邊待罪，是職責應當最先進言的人。

竊聞孔子論為邦，先放鄭聲，而後曰「遠佞人」❶。仲虺稱湯之德，先不邇聲色，不殖貨利，而後曰「用人惟己」❷。蓋以謂不淫耳目於聲色玩好之物，然後能精於用志；能精於用志，然後能明於見理；能明於見理，然後能知人；能知人，然後佞人可得而遠，忠臣良士，與有道之君子，類進❸於時，有以自竭，則法度之行，風俗之成，甚易也。若夫人主雖有過人之材，而不能早自戒於耳目之欲，至於過差以亂其心之所思，則用志不精；用志不精，則見理不明；見理不明，則邪說詖❹行，必窺間乘殆而作，則其至於危亂也豈難哉！

【章旨】本段論述人主應早自戒於耳目之欲。

【注釋】❶孔子論為邦三句 《論語・衛靈公》：「放鄭聲，遠佞人。鄭聲淫，佞人殆。」放，放逐；拋棄。鄭聲，春秋時鄭國的樂曲。孔子認為鄭聲淫靡，應該拋棄。後人常以「鄭聲」指代淫靡樂曲。❷仲虺稱湯之德四句 出《書・仲虺之誥》：「惟王不邇聲色，不殖貨利。德懋懋官，功懋懋賞，用人惟己，改過不吝。」懋有盛美之意。用人惟己，用人之言若自己出。仲虺，商湯的臣子。❸類進 同類相聚而進。❹詖 偏頗；邪僻。

【語譯】我聽說孔子談論治理邦國，先要求拋棄淫靡的音樂，然後才說「遠離姦邪小人」。仲虺稱頌湯的美德，先說不近聲色，不謀取買賣利益，然後才說「採納別人的意見如同自己的意見一樣」。這是因為不使耳目沉溺於聲色玩樂之物，然後才能專心實現自己的抱負；能專心實現抱負，然後才能辨明事理；能辨明事理，然後才能了解人；能夠了解人，然後姦邪小人才能疏遠，忠臣良士和有道德的君子，才能以類相從，得到進用，盡心效力，那樣法度的實行，風俗的形成，就很容易了。如果君王雖然有超過一般人的才幹，卻不能及早對聲色享樂的欲望加以戒除，以至於過分追求迷戀，擾亂了自己的心思，就不能專心致志；不能專心致志，就不能辨明事理；不能辨明事理，那樣邪惡的言論和不軌的行為，就會乘機出現，那麼必然導致天下的危亂，這難道不是很容易的嗎！

伏惟陛下即位以來，未有聲色玩好之過聞於外。然孔子聖人之盛，尚自以為七十而後敢縱心所欲也❶。今陛下以鼎盛之春秋❷，而享天下之大奉，所以惑移耳目者為不少矣。則臣之所豫慮❸，而陛下之所深戒，宜在於此。天之生聖人之材甚吝，而人之值聖人之時甚難。天既以聖人之材付陛下，則人亦將望聖人之澤於此時。伏惟陛下自愛以成德，而自強以赴功，使後世不失聖人之名，而天下皆蒙陛下之澤，則豈非可願之事哉？臣愚不勝惓惓，惟陛下恕其狂妄，而幸賜省察。

【章　旨】本段表達對皇帝納諫以成就功德的期望。

【注　釋】❶尚自以為七十而後句　《論語·為政》記孔子說「(吾)七十而從心所欲，不逾矩。」❷鼎盛之春秋　此時神宗年方二十三歲，處於盛壯之年。❸豫慮　事先的憂慮。豫，通「預」。

【語　譯】我想皇上即位以來，並沒有沉溺聲色玩樂的過失在外面傳聞。然而孔子作為大聖人，尚且自認為到七十歲以後才能完全按照自己的心願行事而不違反規矩。現在皇上以盛壯之年，享受天下人的奉養，能夠用以迷惑轉移皇上耳目之欲的事物不少呢。既然如此，那麼我預先憂慮的，皇上需要深自警戒的，應該都在這些地方。天生聖人賦與才質的事是很少的，而人遇到聖人的時代也很難。上天既然把聖人的才質賦予皇上，那麼人們也就將希望在此時得到聖人的恩澤。敬希皇上自愛以成就道德，自強以追求成功，使皇上在後代不失去聖人的美名，而天下人都能蒙受皇上的恩澤，這難道不是可以期待的事嗎？我雖愚拙而心情卻極為懇切，請皇上原諒我的狂妄，對我的進戒之言賜予省視體察，我將不勝榮幸。

【研　析】此文意旨鮮明，論述簡要。通過引用儒家經典和古代聖賢典範，由古及今，開導君王。故沈德潛稱道其「典要通明，不須枝葉」。

卷二十一 奏議類下編 一

對賢良策一

董子

【題解】董仲舒〈對賢良策〉共三篇，因其中主要論述天道與人事的關係，故又稱「天人三策」。對策是臣下回答皇帝有關政事的策問的文字。董仲舒在「天人三策」中，系統地論述了他的天人合一的哲學觀念和以德教治國、獨尊儒術的政治思想主張，其意見受到漢武帝的重視，故破例連續三次策問。〈對賢良策一〉是董仲舒觀點的總體陳述。本篇援引《春秋》紀陰陽災異之說，著重探討天人感應之理，把寓褒貶於史筆的《春秋》說成是記錄「天災」、「天瑞」以見「天心」的經典。「天」在這裡變成了有意志有感應的人格神。「天」對於在位的統治者經常用符瑞或災異分別表示希望和譴責，用以指導他們的行動。但是，「天心仁愛人君」，「盡欲扶持而全安之」，故「天」總是偏袒並保護上符「天心」的帝王的。這樣，董仲舒一方面把儒學引向神學，而使之宗教化；另一方面又使宗教化的儒學與中央集權的專制主義緊密地結合在一起，從而為漢王朝的統治的合理性提供理論依據，因此大得漢武帝稱賞。此外，本篇還第一次提出對後世影響極大的「五常」，即仁、誼（義）、禮、知（智）、信這一道德觀念系統，與作者在《春秋繁露・基義》中所提出的「三綱」相結合，成為儒家倫理道德體系的核心內容。

【作　者】董仲舒（西元前一七九－前一〇四年），西漢今文經學家。廣川（今河北棗強縣東）人。《漢書・董仲舒傳》載他「少治《春秋》（案：指《春秋公羊傳》），孝景時為博士」。他治學專精，曾「三年不窺園」，「進退容止，非禮不行，學士皆師尊之」。「武帝即位，舉賢良文學之士前後百數，而仲舒以賢良對策焉」。董仲舒對策的時間，一說在元光元年（西元前一三四年，據《漢書・武帝紀》），一說在建元元年（西元前一四〇年，據司馬光《資治通鑑》）或五年（西元前一三六年，齊召南說）。對策後，武帝任董仲舒為江都王相。曾因言災異事下獄，判死罪，詔赦免。後又任膠西王相。江都易王和膠西王都是武帝的兄長，驕橫縱恣，仲舒「凡相兩國，輒事驕王，正身以率下，數上疏諫爭，教令國中，所居而治」。晚年以病辭官歸居，修學著書，朝廷有大議，常派使者和大臣諮詢。以壽終於家。著有《春秋繁露》八十二篇。董仲舒的思想對漢代乃至二千多年的古代封建社會有重要影響。本傳稱：「自仲舒對冊，推明孔氏，抑黜百家，立學校之官，州郡舉茂材孝廉，皆自仲舒發之。」

制❶曰：朕獲承至尊休德❷，傳之亡窮，而施之罔極，任大而守重。是以夙夜不皇❸康寧，永惟❹萬事之統，猶懼有闕。故廣延四方之豪雋，郡國諸侯公選賢良脩絜❺博習之士，欲聞大道之要、至論之極。今子大夫褎然為舉首❻，朕甚嘉之。子大夫其精心致思，朕垂聽而問焉。

【章旨】本段皇帝述說策問的緣由。

【注釋】❶制　帝王的命令。《史記・秦始皇本紀》：「命曰制，令曰詔。」「制曰」句以下三段至「朕將親覽焉」是漢武帝策問的文字。❷休德　美德。休，美。❸不皇　無暇。皇，通「遑」。閒暇。❹永惟　深思。❺脩絜　修身潔行。脩，同「修」。絜，同「潔」。❻褎然為舉首　謂其賢良出眾，是被薦舉者的出眾人物。《漢書・董仲舒傳》顏師古注引張晏曰：「褎，進也，為舉賢良之首也。」王先謙補注引王念孫曰：「褎然者，出眾之貌。」

【語譯】皇帝的命令說：我得以繼承先帝的皇位和美德，將要傳給無窮後世，施美政於無邊四方，任務職守重大。所以從早到晚，沒有閒暇安逸享樂，深遠地思考著各種事務的管理，還恐怕有缺失。因此廣泛地延請四方豪傑，地方郡守和各封國諸侯公正推選的賢良方正、修身潔行、知識淵博的士人，想聽取治國大道的要旨，最高深的議論。現在你這位大夫是被薦舉者的出眾人物，我很看重你。大夫你精心思考，我提出問題，虛心聽取你的回答。

蓋聞五帝三王之道，改制作樂而天下洽和，百王同之。當虞氏之樂，莫盛於〈韶〉，於周莫盛於〈勺〉❶。聖王已沒，鍾鼓筦❷絃之聲未衰，而大道微缺。陵夷至虖❸桀紂之行，王道大壞矣。夫五百年之間❹，守文之君，當塗之士，欲則先王之法，以戴翼❺其世者甚眾，然猶不能反，日以仆滅❻，至後王而後止。豈其所持操，或誖繆❼而失其統與？固天降命不可復反，必推之於大衰而後息與？烏虖❽！凡所為屑屑，夙興夜寐，務法上古者，又將無補與？三代受命，其符❾安在？災異之變，何緣而起？性命之情，或夭或壽，或仁或鄙❿，習聞其號，未燭⓫厥理。伊⓬欲風流⓭而令行，刑輕而姦改，百姓和樂，政事宣昭，何脩何飭而膏露⓮降，百穀登，德潤四海，澤臻屮木，三光全⓯，寒暑平，受天之祜，享鬼神之靈，德澤洋溢，施虖方外⓰，延及群生？

【章　旨】本段提出要求對策的問題。

【注　釋】❶勺　《詩經・周頌》篇名。今本作「酌」。張晏曰：「言能成先祖之功以養天下也。」❷筦　同「管」。❸虖　同「乎」。下文同。❹五百年之間　指春秋戰國時期。❺戴翼　輔佐補助。戴，助。❻仆滅　滅亡。仆，斃；死亡。❼詩繆　同「悖謬」。錯誤。❽烏虖　同「嗚呼」。感嘆詞。❾符　徵驗；可以驗證的表徵。❿或仁或鄙　有的寬仁，有的狹隘淺陋。仁，寬裕。鄙，狹陋。⓫燭　照；明曉。⓬伊　惟。⓭風流　指教化風氣流行。⓮膏露　甘露，謂雨露及時。⓯三光全　指沒有日蝕月蝕流星隕石等天象變異。三光，指日、月、星。⓰施虖方外　延伸到國外。施，延及。方外，域外。

【語　譯】我聽說五帝三王的治理之道，改造制度製作樂曲而天下融洽和平，所有諸侯都歸順接受。在舜帝時音樂沒有比〈韶〉樂更盛大的，在周代沒有比〈勺〉詩音樂更盛大的。聖王去世之後，鐘鼓管絃的聲音沒有減弱，然而治國大道逐漸殘缺損壞。衰落到出現了桀紂的暴行，王道完全毀壞了。此後那五百年之內，堅持禮樂教化的君王和當權人物，想效法先王的法制來幫助補救時世的人很多，然而還是不能返回先王的時代，反而一天天地走向衰亡，直到後代君王統一全國才停止動亂。難道是他們所堅持實行的是錯誤的，背離了先王的正道嗎？還是本來上天降下的命運不可能回歸，一定要發展到極為衰落之後才終結呢？啊！所做的勞碌瑣屑之事，起早睡晚，努力效法上古帝王的行為，會沒有任何補益嗎？夏商周三代接受天命，它們的徵驗在哪裡？災害和異常的自然變化，是因為什麼引起的？人的壽命，有的早夭，有的長壽；人的性情，有的寬仁，有的狹陋，聽慣了這些名稱，卻不明白其中的道理。想要使教化暢通，法令推行，刑罰減輕，姦邪改過，百姓和樂，政治清明，要怎樣修養怎樣整飭就能使甘露降落，五穀豐收，恩德潤澤四海，滋潤到草木，日月星光輝沒有任何虧損，寒暑氣溫平和，承受上天的福祉，享受鬼神的護佑，恩澤洋溢，一直延伸到域外和普及所有的生靈呢？

子大夫明先聖之業，習俗化之變，終始之序，講聞高誼之日久矣，其明以諭朕。科別其條，勿猥勿并❶，取之於術，慎其所出❷。廼其不正不直，不忠不極，枉於執事，書之不泄，興於朕躬，毋悼後害❸。子大夫其盡心，靡有所隱，朕將親覽焉。

【章　旨】本段提出對對策的要求。

【注　釋】❶科別二句　分條論說，不要堆疊或合併。猥，積也。并，合也。一說，猥為苟且之意。❷取之於術二句　謂從正道立論，非正道勿以上陳。王先謙《漢書補注》謂時丞相衛綰奏所舉賢良治申韓蘇張之言者皆罷，制詞中特申誡之。術，道。此指儒學正道。❸廼其不正不直六句　極，中也。顏師古《漢書注》謂此數句意為「公卿執事有不忠直而阿枉者，皆令言之，朕自發書，不有漏泄，勿懼有後害而不言也。」興，開啟。

【語　譯】你這位大夫通曉先聖的事業，熟知世務的變化，歷史的進程，講論高深道理的時間很久了，希望明白告訴我。分條述說，不要堆疊，不要合併，從正道立論，謹慎地對待立論的依據。至於那些官員不正直、不忠正，枉法辦事，你們寫了不會泄漏，我都要親自打開的，不要害怕會帶來後患。你這位大夫盡心陳述，不要有隱瞞，我都要親自閱看呢。

仲舒對曰：陛下發德音，下明詔，求天命與情性，皆非愚臣之所能及也。臣謹案《春秋》之中，視前世已行之事，以觀天人相與之際，甚可畏也。國家將有失道之敗，而天廼先出災害以譴告之；不知自省，又出怪異以警懼之；尚不知變，而傷敗廼至。以此見天心之仁愛人君而欲止其亂也。自非大亡道之世者，天盡欲扶持而全安之，事在彊勉❶而已矣。彊勉學問，則聞見博而知益明；彊勉行道，則德日起而大有功。此皆可使還至❷而立有效者也。《詩》曰：「夙夜匪解。」❸《書》云：「茂哉茂哉！」❹皆彊勉之謂也。

【章旨】本段為董仲舒對策起始，論述君王應當彊勉。

【注釋】❶彊勉　發奮勉力。彊，勉力。❷還至　速至。顏師古曰：「還讀曰旋。旋，速也。」❸詩曰二句　詩句出《詩經・大雅・烝民》。顏師古曰：「解讀曰懈，懈怠也。」❹書云二句　語句出《尚書・皋陶謨》。茂，勉也。

【語譯】董仲舒回答說：皇上發出美德之言，頒布聖明詔書，探求天命與情性，這都不是愚笨的我所能夠達到的。我恭謹地依據《春秋》經典中，觀看前代已經做的事情，來考察天道人事之間的關係，感到很值得警懼。國家如果有違背正道的衰敗，上天就先出現災害來譴責告誡；君王如果不知道自己反省，上天又會出現怪異來警告使他畏懼；如果還不知道改變，傷害敗亡就到來了。由此可以看出天心對人君的仁愛而想要制止他們的昏亂。除非是極其無道的君王，上天都盡力扶持而使他們得到保護安寧，事情就在於人君的奮發自勉。勉力於學問，就會見聞廣博而智力更加聰明；勉力於行道，就會道德一天天增進而成就大功業。這都是可以使之很快達到目標立刻產生效果的事。《詩經》說：「早晚都不鬆懈。」《書經》說：「勉力啊勉力啊！」都是說要發奮自勉。

道❶者，所繇適於治之路也，仁義禮樂皆其具也。故聖王已沒，而子孫長久安寧數百歲，此皆禮樂教化之功也。王者未作樂之時，迺用先王之樂宜於世者，而以深入教化於民。教化之情不得，雅頌之樂不成。故王者功成作樂，樂其德也。樂者，所以變民風、化民俗也。其變民也易，其化人也著。故聲發於和，而本於情，接於肌膚，臧❷於骨髓。故王道雖微缺，而筦絃之聲未衰也。夫虞氏之不為政久矣，然而樂頌遺風猶有存者，是以孔子在齊而聞〈韶〉也❸。夫人君莫不欲安存而惡危亡，然而政亂國危者甚眾，所任者非其人，而所繇者非其道，是以政日以仆滅也。夫周道衰於幽、厲，非道亡也，幽、厲不繇也。至於宣王，思昔先王之德，興滯補弊，明文、武之功業，周道粲然復興。詩人美之而作，上天祐之，為生賢佐，後世稱誦，至今不絕❹。此夙夜不解，行善之所致也。孔子曰：「人能弘道，非道弘人也。」❺故治亂廢興在於己，非天降命不可得反，其所操持誖謬，失其統也。

【章　旨】本段論述治亂廢興在於人，君王應以道治國。

【注　釋】❶道　中國古代重要的哲學範疇，可分「天道」、「人道」兩個方面。〈天人三策〉中的「道」，多指人道，其中又包括了治國之道（即為君之道）和修身之道（即為人之道）這兩方面內容。❷臧　同「藏」。深入。❸孔子在齊而聞韶　《論語・述而》：「子在齊，聞〈韶〉，三月不知肉味。」❹詩人美之而作五句　指《詩經・大雅》中〈崧高〉、〈烝民〉等篇。詩中稱頌周宣王時尹吉甫、仲山甫等人輔佐宣王中興之功，下文「為生賢佐」，即指這些人。❺孔子曰三句　語出《論語・衛靈公》。

【語　譯】道，是遵循著適於治理天下的途徑，仁義禮樂，都是實行「道」的手段。所以聖王雖已去世，然而子孫能長久安寧幾百年，這都是禮樂教化的功勞。君王尚未制製作音樂時，就用適合於當代的先王的音樂，來深入教化民眾。教化未取得深入人心的成果，就不能製作雅頌的音樂。所以君王功成才能作樂，為道德教化成功而快樂。音樂是用來改變民風，變化民俗的。它改造民眾容易，教化人心效果明顯。所以聲音由於感情而發出和諧音樂，接觸人的肌膚，深入人的心靈骨髓。所以先王的大道雖然些微殘缺，但是管絃樂曲之聲並未衰落。大舜去世很久了，然而用音樂稱頌大舜的風氣仍然保存下來，所以孔子在齊國仍然聽到了〈韶〉樂。君王沒有不想要長久安寧而厭惡危亡，然而政治昏亂國家敗亡的情形很多，由於任用的大臣不得其人，而他們所遵循的不合正道，所以國政一天天走向敗亡。周朝的治理之道在幽王、厲王時代衰落，不是大道滅亡了，是幽王、厲王不遵循大道。到了宣王時代，追思當年先王的大道，把廢棄停滯的事業興辦起來，補救前朝的過失，顯示文王、武王的功業，周朝的治理之道重放光彩得以復興。詩人寫詩頌美宣王，上天保佑，為他降生賢人輔佐，後代人稱道歌頌他，至今不斷絕。這是他從早到晚毫不懈怠努力的結果。孔子說：「人能夠弘揚大道，不是用大道來弘揚人。」所以國家的治亂興廢全在於君王自己的作為。不是上天降下的命運不能回歸，是君王的措施行為錯誤，因而迷失了正道。

臣聞天之所大奉使之王❶者，必有非人力所能致而自至者，此受命之符也。天下之人，同心歸之，若歸父母，故天瑞❷應誠而至。《書》曰：「白魚入于王舟，有火復于王屋，流為烏。」❸此蓋受命之符也。周公曰：「復哉！復哉！」❹孔子曰：「德不孤，必有鄰。」❺皆積善絫❻德之效也。及至後世，淫佚衰微，不能統理群生，諸侯背畔，殘賊良民，以爭壤土，廢德教而任刑罰。刑罰不中，則生邪氣。邪氣積於下，怨惡畜於上，上下不和，則陰陽繆盭❼而妖孽❽生矣。此災異所緣而起也。

【章　旨】本段論述天命之符和災異緣起。

【注　釋】❶奉使之王　奉以天下，使其成就王業。王，用作動詞。成就王道的大業。❷天瑞　自然界的吉祥徵兆。❸書曰四句　顏師古《漢書注》曰：「今文尚書泰誓之文（按：不見於今本《尚書・泰誓》）也。謂伐紂之時有此瑞也。」火復於王屋，王文彬曰：「復讀為覆。言火下垂而屋在其覆中也。」流為烏，指火（煙）形成為大烏（鴉）的形狀。❹周公曰三句　顏師古曰：「周公視大烏之瑞，迺曰復哉復哉。復，報也。言周有盛德，故天報以此瑞也。亦見今文〈泰誓〉。」（按：今本不存。）❺孔子曰三句　語出《論語・里仁》。❻絫　古「累」字。❼繆盭　錯亂悖離。繆，同「謬」。盭，古「戾」字。悖離。❽孽　災害。

【語　譯】我聽說上天要奉送天下使君主成就王業的，一定會有不是人力能夠招致而自然出現的現象，這就是稟受天命的徵驗。天下人民同心歸附他，如同歸向自己的父母親，所以自然的祥瑞徵兆隨著君王實行王道的誠心努力而到來。《書經》說：「周武王誓師伐紂時，白魚跳進武王船中，有火從上而下，覆蓋在武王居住的房屋上，火煙流動變成烏鳥的形狀。」這些大概都是武王稟受天命的徵驗。周公說：「周有大德，這是上天回報啊！上天回報啊！」孔子說：「有道德的人不會孤單，一定會有同伴。」這都是積累善行美德的成效。等到後代，君王淫逸，國勢衰微，不能統領治理百姓萬物，諸侯背叛，殘害善良民眾而爭奪土地，廢除道德教化而專用刑罰。刑罰使用不合理，就產生邪氣。邪氣在社會下層積蓄，怨恨在上層堆積，上下不和，就使陰陽錯亂而產生妖怪災害。這是災害變異出現的原因。

臣聞命者天之令也，性者生之質也，情者人之欲也。或夭或壽，或仁或鄙，陶冶而成之，不能粹美，有治亂之所生，故不齊也❶。孔子曰：「君子之德風也，小人之德屮也。屮上之風必偃。」❷故堯、舜行德則民仁壽，桀、紂行暴則民鄙夭。夫上之化下，下之從上，猶泥之在鈞❸，惟甄者❹之所為；猶金之在鎔，惟冶者之所鑄。「綏之斯俫，動之斯和❺」，此之謂也。

【章　旨】本段論述民之性命與君王教化陶冶的關係。

【注　釋】❶有治亂之所生　句中「有」為「又」義。《漢紀》引文「有」即作「又」。❷孔子曰四句　語出《論語・顏淵》。《集解》引孔安國曰：「偃，仆也。加草以風，無不仆者，猶民之化於上也。」❸鈞　製陶器所用的轉輪。❹甄者　製陶器的工匠。❺綏之斯俫二句　語出《論語・子張》，為子貢之言。《集解》引孔安國曰：「綏，安也。安之則遠者來至。動之則莫不和睦。」俫，同「來」。一本即作「來」。

【語　譯】我聽說命運是上天的指令，本性是天生的材質，情感是人的欲望。壽命有早夭的，有長壽的，本性有寬仁的，有陋狹的，如同製陶冶鐵，是人造就的，不可能純粹完美；又加上生活在太平時世或者亂世不同時代，所以不可能整齊一致。孔子說：「統治者的德行好像風，老百姓的德行好像草。風吹到草上，草一定倒伏。」所以堯、舜行德政人民就寬仁長壽，桀、紂行暴政人民就鄙陋早夭。統治者教化民眾，民眾服從統治者，如同泥土在製陶的轉輪裡，只聽憑陶匠作為；如同金屬在鎔爐裡，只聽憑治金工匠鑄造。「安撫百姓，百姓就會從遠方來歸附；動員百姓，百姓就都能和睦同心」，這話說的就是這個意思。

臣謹案《春秋》之文，求王道之端，得之於正❶。正次王，王次春❷。春者，天之所為也。正者，王之所為也。其意曰，上承天之所為，而下以正其所為，正王道之端云爾。然則王者欲有所為，宜求其端於天❸。天道之大者在陰陽。陽為德，陰為刑。刑主殺而德主生。是故陽常居大夏❹，而以生育養長為事；陰常居大冬，而積於空虛不用之處。以此見天之任德不任刑也。天使陽出布施於上而主歲功，使陰入伏於下而時出佐陽。陽不得陰之助，亦不能獨成歲。陽以成歲為名❺，此天意也。王者承天意以從事，故任德教而不任刑。刑者不可任以治世，猶陰之不可任以成歲也。為政而任刑，不順於天，故先王莫之肯為也。今廢先王德教之官，而獨任執法之吏治民，毋迺任刑之意與？孔子曰：「不教而誅，謂之虐。」❻虐政用於下，而欲德教之被四海，故難成也。

【章　旨】本段依據《春秋》之義論述王者應承天意任德教而不任刑。

【注　釋】❶正　正月。《春秋》是魯國史書，以魯國君在位年數紀年，但於某年紀事前，必書「春王正月」，以示對周天子最高權威的遵從。王，指周王（天子）。❷正次王二句　顏師古曰：「解《春秋》書『春王正月』之一句也。」次，次序，謂「春王正月」筆法，「正」字在「王」字後，「王」字在「春」字後，排列有序。❸求其端於天　此句下姚鼐有注：「此段專對（策問中）『何修何飭』，至篇末皆一意。」附此供參考。❹大夏　盛夏。大，盛也。下文「大冬」同。❺陽以成歲為名　顏師古曰：「謂年首稱春，即上文所云『王次春』者是也。」《春秋》書「春王正月」，是以春（陽）為歲首，即是「陽以成歲為名」。❻孔子曰三句　語出《論語・堯曰》。原文作「不教而殺」。

【語　譯】我恭謹地根據《春秋》的文字，尋求王道的端始，在「正月」的筆法中得到了。在「春王正月」的筆法中，「正」字承「王」字後，「王」字承「春」字後。春，是上天的作為。正月，是天子所制定的曆法。那意思是說，上承上天的作為，而在下用天道端正自己的作為，正是王道的端始。既然如此，那麼君王想要有所作為，應該到天道去尋求端始。天道的大處在陰陽。陽是德化，陰是刑罰。刑罰主殺戮而德化主生長。所以陽總是處在盛夏，而以生育滋養作為職責；而陰總是處於隆冬，而積聚在空虛不用的地方。從這裡可以看出天道是用德化而不用刑罰的。上天讓陽在地面散布溫暖和煦來成就一年的收成，讓陰隱伏在地下，但有時出來幫助陽。陽得不到陰的幫助，也不能獨自成就年歲到歲終。但是一年的開始畢竟還是以春，即陽為其名，這就是上天的意思。君王稟承天意行事，所以用道德教化而不用刑罰。刑罰不能用來治理天下，如同陰不能用以成就年歲。執政而專用刑罰，是不合天道的，所以先王沒有人肯那樣做。現在廢除先王進行道德教化的官員，而專門任用執行刑法的官吏治理百姓，恐怕就是用刑罰治天下的意思吧?孔子說：「不進行教化而誅殺，叫做暴虐。」對下面施行暴虐統治，卻想要道德教化的恩澤遍及四海，所以難以成功。

臣謹案《春秋》謂一元❶之意。一者，萬物之所從始也；元者，辭之所謂大❷也。謂一為元者，視❸大始而欲正本也。《春秋》深探其本而反，自貴者始。故為人君者，正心以正朝廷，正朝廷以正百官，正百官以正萬民，正萬民以正四方。四方正，遠近莫敢不壹於正，而亡有邪氣奸❹其間者。是以陰陽調而風雨時，群生和而萬民殖，五穀孰而屮木茂。天地之間，被潤澤而大豐美；四海之內，聞盛德而皆徠臣。諸福之物，可致之祥，莫不畢至，而王道終矣。

【章　旨】本段依據《春秋》之義，論述君王以正心為本。

【注　釋】❶一元　謂以「一」為「元」。《春秋》書魯君某公即位第一年不稱「一年」而稱「元年」。顏師古曰：「釋公始即位何不稱一年而言元年也。」❷辭之所謂大　王念孫曰：「『大』當為『本』。」《公羊傳・隱公元年》：「元年者何？君之始年也。」本，始，意通。又：顏師古注引《周易》稱「元者善之長也，故曰辭之所謂大也。」二說俱可通。這裡取王說。❸視　顏師古曰：「『視』讀曰『示』。」❹奸　犯。

【語　譯】我恭謹地依據《春秋》所說的以「一」為「元」的用意。「一」，是萬物的起始；「元」，是語辭中「根本」的意思。稱「一」為「元」，是表示從「一」起始就要端正根本。《春秋》深入探尋根本作為起始，從地位尊貴的人開始。所以做人君的人，從端正己心來端正朝廷，從端正朝廷來端正百官，從端正百官來端正萬民，從端正萬民來端正四方。四方端正了，無論遠近沒有誰敢不統一到正道上，就沒有邪氣侵犯其中了。所以陰陽調和，風雨及時，所有生靈都能和睦相處，百姓人口得以繁衍，五穀豐收，草木茂盛。天地之間蒙受君王恩澤而到處豐盛美好；四海之內聽說君王的大德都來稱臣歸附，各種象徵幸福的事物，可以招致的吉祥徵兆，沒有不全都到來的，王道就完成了。

孔子曰：「鳳鳥不至，河不出圖，吾已矣夫！」❶自悲可致此物，而身卑賤不得致也。今陛下貴為天子，富有四海，居得致之位，操可致之勢，又有能致之資，行高而恩厚，知明而意美，愛民而好士，可謂誼❷主矣。然而天地未應，而美祥莫至者，何也？凡以教化不立，而萬民不正也。夫萬民之從利也，如水之走下，不以教化隄防之，不能止也。是故教化立而姦邪皆止者，其隄防完也；教化廢而姦邪並出，刑罰不能勝者，其隄防壞也。古之王者明於此，是故南面而治天下，莫不以教化為大務。立太學以教於國，設庠序以化於邑，漸❸民以仁，摩❹民以誼，節民以禮，故其刑罰甚輕而禁不犯者，教化行而習俗美也。

【章　旨】本段論述王者以教化為大務。

【注　釋】❶孔子曰四句　語出《論語・子罕》。古代傳說，鳳凰是神鳥，祥瑞的象徵，出現就表示天下太平。又傳說，聖人受命，黃河就出現圖畫。孔子的話，表明對當時天下不能太平清明的失望。《書・顧命》：「天球，河圖。」孔傳謂河圖即八卦。鄭玄認為是帝王聖者受命之瑞。❷誼　義；道義。❸漸　浸潤。❹摩　砥礪。

【語　譯】孔子說：「鳳凰不飛來，黃河不出現圖畫，我這一生恐怕是完了啊！」他自己傷心德行可以招致這些祥瑞之物，然而自身地位卑賤，不能招來。今天皇上尊貴作天子，富足占有四海，處在可以招致祥瑞的地位，操持可以招致的權勢，又有能夠招致的材質，德行崇高而恩澤深厚，智慧明達而心意美好，愛護百姓而又喜好賢士，可以稱做道義之主了。然而天地沒有回應，祥瑞沒有出現到來，為什麼呢？總是因為沒有建立教化因而民眾德行沒有端正。民眾追求利益，如同水往低處流動，不用教化像堤防那樣攔阻，不顧道義而追求利益的行為就不能制止。所以教化建立姦邪就都會止息，是因為堤防完好；教化廢止而姦邪就一齊出現，刑罰都無法制止，是因為堤防被破壞了。古代的聖王明白這個道理，所以登上君主之位治理天下時，沒有不把教化作為大事。在國都建立太學，在地方設立庠序進行教化，用仁愛浸潤百姓，用道義砥礪百姓，用禮制規範百姓，所以他們用刑罰很輕而且有禁令無人違犯，是因為實行了教化習俗變美好了。

聖王❶之繼亂世也，埽除其迹而悉去之，復脩教化而崇起之。教化已明，習俗已成，子孫循之，行五六百歲尚未敗也。至周之末世，大為亡道，以失天下。秦繼其後，獨不能改，又益甚之，重禁文學，不得挾書，棄捐禮誼而惡聞之，其心欲盡滅先聖之道，而顓為自恣苟簡之治，故立為天子十四歲❷而國破亡矣。自古以來，未嘗有以亂濟亂，大敗天下之民如秦者也。其遺毒餘烈，至今未滅，使習俗薄惡，人民嚚頑❸，抵冒殊扞❹，孰爛如此之甚者也。孔子曰：「腐朽之木，不可彫也，糞土之牆，不可圬也。」❺今漢繼秦之後，如朽木糞牆矣。雖欲善治之，亡可奈何。法出而姦生，令下而詐起，如以湯止沸，抱薪救火，愈甚亡益也。竊譬之琴瑟不調，甚者必解而更張❻之，迺可鼓也；為政而不行，甚者必變而更化之，迺可理也。當更張而不更張，雖有良工不能善調也；當更化而不更化，雖有大賢不能善治也。故漢得天下以來，常欲善治，而至今不可善治者，失之於當更化而不更化也。古人有言曰：「臨淵羨魚，不如退而結網。」今臨政而願治七十餘歲❼矣，不如退而更化。更化，則可善治；善治，則災害日去，福祿日來。詩云：「宜民宜人，受祿于天。」❽為政而宜於民者，固當受祿於天。夫仁、誼、禮、知、信，五常之道，王者所當脩飭也。五者脩飭，故受天之祐，而享鬼神之靈，德施於方外，延及群生也。

【章　旨】本段以古鑑今，論述君王應當修飭仁義禮智信五常之道。

【注　釋】❶聖王　此處指周文王、武王。❷立為天子十四歲　指自秦王嬴政二十六年統一中國稱始皇帝至秦二世胡亥三年被弒，共十四年。（西元前二二一－前二〇七年。）❸嚚頑　指背離道義。顏師古曰：「口不道忠信之言為嚚，心不則德義之經為頑。」❹殊扞　極力抗拒。顏師古曰：「殊，絕也。扞，拒也。」❺孔子曰四句　語出《論語・公冶長》。原文無「腐」字「之」字，作「朽木」。彫，同「雕」。雕琢刻畫。圬，同「杇」。用泥塗牆。❻更張　重新張設。更，改正。下文「更化」之「更」，義同。❼七十餘歲　指漢初至董仲舒對策之年。自漢高祖元年（西元前二〇六年）至武帝元光元年（西元前一三四年）對策之年，凡七十三年。❽詩云三句　引自《詩經・大雅・假樂》。

【語　譯】聖明的周文王、武王承亂世繼位，把混亂的跡象全部清除掉，重新修治教化並尊崇振興道德。待教化已經昌明，習俗已經形成，子孫遵循著做，實行五六百年還沒有敗壞。到了周朝的末世，君王極為無道，因而失去了天下。秦朝繼承周朝末世之後，不但不能改變，還更加厲害，嚴厲禁止文章學術，不准攜帶書籍，拋棄禮義，厭惡聽人談論道德，那心思是想要滅盡前代聖賢的正道，而專門實行恣意妄為苟且粗放的統治，所以當了天子十四年國家就破亡了。自古以來，不曾有過像秦朝那樣用亂世繼承亂世，大大傷害天下百姓的時代。他所遺留的毒害破壞，到現在還沒有消滅，使得風俗習慣變得淺薄醜惡，人民不講道義，衝突對抗，腐爛敗壞到這樣厲害。孔子說：「腐朽的樹木不能雕刻了，糞土堆的牆壁不能塗抹平整了。」現在漢朝繼承秦朝之後，形勢如同朽木糞牆，即使想要好好治理，也無可奈何。法律一頒布，姦邪就出現；命令一下達，詐偽就產生，如同用添加熱水的辦法止住水的沸騰，抱著木柴去救燃燒的大火，只會更加厲害而沒有好處。好比是琴瑟的音調不調和，情況嚴重就一定要解絃重新張設，才能夠彈奏；治理國政無法推行，情況嚴重了，必須改變端正治國之道，才能夠治理好。應當重新張設而不去做，即使好的樂工也不能調好琴瑟；應當改造端正治理之道而不去做，即使有大賢人也不能治理好國家。所以漢朝自從得到天下以來，雖然想要好好治理，但是至今沒有治理好，是因為錯在應當改變端正的沒有改變端正。古人有一句話，說：「面對著潭水喜歡魚，不如回家結網捕魚。」現在漢朝當權想要治理好天下已經七十多年了，不如回頭改變治理之道。改變就可以治理好；治理好了，災害就可以一天天消除，福祿就一天天到來。《詩經》說：「君王的美政使百姓和所有人都合適相宜，就從上天稟受賜給的幸福。」治理國政而能夠使百姓相宜，當然就會從上天稟受幸福。仁義禮智信這五種普通道德，是君王應當修養整治好的。這五種道德修養整治好了，就受到上天的福祉，鬼神的護佑，恩德就延伸到域外，普及所有的生靈了。

【研析】本篇是對策的典範之作，為歷代文章家所推崇。方苞評曰：「古文之法首尾一綫，惟對策最難。以所問本杈牙而難合也。惟董生能依問條對，事雖不一，而義理自相融貫。且大氣包舉，使人莫窺其鎔鑄之迹，良由其學深造自得，故能左右逢源也。」策問共提出了七個問題，必須一一對答，但更要藉此闡述自己的基本思想，故以德教治國貫串全文。德教在於君王，故對策先從彊勉論起，尚未直接回答，卻觸及問題的根本。以下用三段綜合回答策問的前六個問題（操持失統，天命復反，所為無補，天命之符，災異緣起，性命之情等），爾後以《春秋》之義為立論依據，正面論述王者承天意以德教治國的觀念，這是文章的重心，故在總論後復分論之。姚鼐在分析「臣謹案《春秋》一元之意」以下兩段說：「上段言人君正心以正朝廷德也，下段皆言教也。所當修飭二者而已。而以福祥可致間其中，不截然分兩段，固是古人文字變化多有如此，而德教相因亦非兩事也。」這裡指出「德」「教」分論而又分當「修」「飭」二義，最後在由古及今的事理分析中回應策問中「何修何飭」這個最後也最重要的問題，將對策要求的答策問與立主意二者完滿地結合起來，確能做到「首尾一線」而又「左右逢源」。

對賢良策二

董　子

【題　解】《漢書・董仲舒傳》載：仲舒對策後，「天子覽其對而異焉，乃復冊（策）之曰」。因此有第二篇對策。本文緊承前篇，而側重於「天人感應」的人事方面，回答武帝關於古代帝王之道，何以有勞逸儉奢的不同，天下皆治，何以自己盡思極神而不見功效等問題。認為這是時代不同，各朝所繼承的傳統不同。舜承堯之治世，故無為而天下治；周文王承殷末亂世，故日不暇食，而漢承秦大亂之後，不單帝王自己「夙寤晨興」，更重要的還在於養士和擇賢，並就此進行論述，進而提出興太學、慎擇吏、行貢舉等具體措施。而以德教治理天下的基本主張則與前篇一致，並相連貫。

制曰：蓋聞虞舜之時，游於巖郎❶之上，垂拱❷無為，而天下太平。周文王至於日昃❸不暇食，而宇內亦治。夫帝王之道，豈不同條共貫與？何逸勞之殊也？蓋儉者不造玄黃旌旗之飾，及至周室，設兩觀❹，乘大路❺，朱干玉戚❻，八佾❼陳於庭，而頌聲興。夫帝王之道豈異指❽哉？或曰良玉不瑑❾，又云非文亡以輔德。二端異焉。殷人執五刑❿以督姦，傷肌膚以懲惡。成、康不式⓫四十餘年，天下不犯，囹圄空虛。秦國用之，死者甚眾，刑者相望，秏⓬矣哀哉！

【章　旨】本段皇帝提出帝王之道是否有異的問題。

【注釋】❶巖郎 即「巖廊」。古代無「廊」字，借「郎」為之。巖廊，高廊。喻廟堂和朝廷。❷垂拱 垂衣拱手。古代用以描述帝王所任得人，人皆稱職，自己可以無為而致太平。❸昃 太陽偏西。❹兩觀 宮門雙闕。闕是宮門兩旁的高臺建築物，可以在上面觀望，或曰，可以讓百姓觀看，所以又稱觀。❺大路 王者所乘大車。路，同「輅」。車名。❻朱干玉戚 帝王儀仗，紅漆盾牌，玉製戚柄。干，盾。戚，像斧的兵器。❼八佾 古代天子所用的舞隊。顏師古曰：「佾，列也，舞者之行列也。一列八人，天子八列六十四人。」❽指 同「旨」。旨意；意趣。❾瑑 雕刻。❿五刑 指墨（用墨刺字）、劓（割鼻）、剕（斷足）、宮（割生殖器）、大辟（處死）五種刑罰。也泛指各種輕重不等的刑罰。⓫式 通「試」。用也。⓬耗 虛；空虛。

【語譯】皇帝的命令說：聽說堯舜時候，天子在廟堂朝廷悠閒行走，垂衣拱手，不做具體事務而天下太平。周文王忙到太陽偏西時還沒有空閒吃飯，天下也治理太平。帝王的治國之道，難道不是道理相通、原則一貫的嗎？為什麼勞逸這麼不相同啊？儉樸的君王不製造黑黃等彩色旌旗的裝飾，到了周朝，卻建造宮門兩闕，天子乘著高大車馬，有紅色盾牌玉製斧柄的儀仗，八列舞隊在庭院舞蹈，而詩人創作頌美的歌詩。帝王之道難道意趣這麼不同嗎？有人說美玉不需雕琢，又有人說沒有文彩就不能輔助德政。兩種說法完全不相同。商朝人實行五刑來懲罰姦邪，用損傷肌膚的刑罰來懲處邪惡。周朝成王、康王四十多年不用刑罰，天下人不違犯法令，監獄空虛。秦國用刑罰，死亡的人很多，受刑的人到處都可以看到，人口減少，天下空虛，可悲啊！

烏虖！朕夙寤晨興，惟前帝王之憲，永思所以奉至尊，章洪業，皆在力本任賢。今朕親耕藉田❶，以為農先，勸孝弟，崇有德，使者冠蓋相望，問勤勞，恤孤獨，盡思極神，功烈休德，未始云❷獲也。今陰陽錯繆，氛氣❸充塞，群生寡遂，黎民未濟，廉恥貿亂❹，賢不肖渾殽❺，未得其真。故詳延特起之士，意庶幾乎。今子大夫待詔百有餘人，或道世務而未濟，稽諸上古而不同，考之於今而難行，毋迺牽於文繫❻而不得騁與？將所繇異術，所聞殊方與？各悉對著於篇，毋諱有司。明其指略，切磋究之，以稱朕意。

【章　旨】本段就現實問題提出對對策的要求。

【注　釋】❶藉田　古代帝王每年春耕時親自下田扶犁，以示為民表率，鼓勵農作。所耕之田叫「藉田」。藉，《說文》作耤，古者使民如借，故謂之藉。❷云　楊樹達謂：「云」猶「有」。❸氛氣　惡氣。指疫病之氣。❹貿亂　混亂不明。貿，當同「眊」。不明之貌。❺渾殽　混雜。殽，一本作「淆」。❻牽於文繫　顏師古曰：「謂懼於文法之吏。」

【語　譯】啊！我晚睡早起，想效法前代帝王，長久地思考如何敬奉上天，光大帝業，都在於努力以農為本，任用賢能。現在我親自耕種藉田作為農民表率，勸勉孝弟之行，推崇有德之人，派出的使者車馬相連，慰問勤勞者，撫恤孤獨者，用盡心思精神，然而功業和美德卻沒有什麼收穫。現在陰陽發生錯亂，惡氣瀰漫，疫病流行，各種生靈難以成長，百姓得不到救助，道德羞恥之心不明，賢不賢的界線混亂，找不到真正的標準。所以把傑出的人才全部聘請出來，心想差不多了吧。現在你們各位大夫等待皇帝詔命的有一百多人，有些人談論現實事務卻不夠通達，有些人考證遠古之事卻不一致，考察到今天卻難以實行，恐怕是擔心自己的言辭被執法官吏們牽連獲罪而不敢盡情議論吧？還是你們所遵循的學術主張不同，所聽到的道理不一樣呢？你們各自盡意答對，寫在奏章裡，不要避忌官員。要大膽闡明各自的旨意，互相切磋研究，才符合我的心意。

仲舒對曰：臣聞堯受命，以天下為憂，而未以位為樂也。故誅逐亂臣，務求賢聖，是以得舜、禹、稷、卨、咎繇❶。眾聖輔德，賢能佐職，教化大行，天下和洽。萬民皆安仁樂誼，各得其宜，動作應禮，從容中道。故孔子曰：「如有王者，必世而後仁。❷」此之謂也。堯在位七十載，乃遜於位以禪虞舜。堯崩，天下不歸堯子丹朱而歸舜。舜知不可辟，迺即天子之位，以禹為相，因堯之輔佐，繼其統業，是以垂拱無為而天下治。孔子曰：「〈韶〉盡美矣，又盡善也❸。」此之謂也。至於殷紂，逆天暴物，殺戮賢知，殘賊百姓。伯夷、太公，皆當世賢者，隱處而不為臣。守職之人，皆奔走逃亡，入於河海❹。天下秏亂❺，萬民不安，故天下去殷而從周。文王順天理物，師用賢聖，是以閎夭、大顛、散宜生等，亦聚於朝廷。愛施兆民，天下歸之，故太公起海濱而即三公也。當此之時，紂尚在上，尊卑昏亂，百姓散亡，故文王悼痛而欲安之，是以日昃而不暇食也。孔子作《春秋》，先正王而繫萬事，見素王之文❻焉。繇此觀之，帝王之條貫同，然而勞逸異者，所遇之時異也。孔子曰：「〈武〉盡美矣，未盡善也❼。」此之謂也。

【章　旨】本段回答策問，論述帝王之道條貫相同而遇時有異。

【注　釋】❶禼咎繇　禼，古文「偰」字，經傳多作「契」，為堯司徒，殷人先祖。咎繇，即臯陶。❷孔子曰三句　語出《論語・子路》。句中「世」，三十年為一世。❸韶盡美矣二句　出《論語・八佾》。❹入於河海　指到黃河和大海邊躲避。❺秏

亂　昏亂不明。秏，同「眊」。❻見素王之文　顯示素王的文章。見，同「現」。素王，有王者之德而未處其位的人。《莊子・天道》：「以此處上，帝王天子之德也；以此處下，玄聖素王之道也。」郭象注：「有其道為天下所歸而無其爵者，所謂素王自貴也。」後代儒家專以素王稱孔子。❼武盡美矣二句　出《論語・八佾》。《集解》引孔安國云：「〈武〉，武王樂也。以征伐取天下，故未盡善。」

【語譯】董仲舒回答說：我聽說堯稟受天命，把天下事作為自己憂思的事，而不把居君王之位作為快樂。所以誅殺驅逐作亂的臣子，盡力尋求聖賢之人，所以得到了舜、禹、稷、契、皋陶。多位聖賢輔助君德，有才能的人輔佐職事，教化普遍施行，天下和睦融洽。所有百姓都安仁樂義，各人都稱心如意，行動合乎禮儀，舉止合乎正道。所以孔子說：「如果有王者出現，一定要經過三十年才能使仁政大行。」說的就是這個意思。堯在位七十年，就退位禪讓給虞舜。堯死了，天下不歸心於堯的兒子丹朱而歸心於舜。舜知道躲避不了，才登上天子之位，用禹作宰相，任用堯的輔佐之臣，繼承堯的傳統作法，所以垂衣拱手，無須作為而天下大治。孔子說：「舜制的〈韶〉樂美極了，而且好極了。」說的就是這個意思。到了殷紂王，違背天意，虐殺生靈，誅戮賢能智慧之人，殘害百姓。伯夷、姜太公都是當時的賢人，隱居而不願意作殷商之臣。擔任職務的人也都奔走逃亡，到黃河或大海邊躲藏。天下昏亂不明，廣大民眾不得安寧，所以天下人背離殷商而歸向西周。文王順應天意，治理萬物，任用聖賢並拜他們為師，所以閎夭、大顛、散宜生等人也都聚集到朝廷上。文王的仁愛施及萬千民眾，天下都歸向他，所以姜太公從海濱隱居處出來到周朝就任三公。這時候，紂還在君王位上，但尊卑的秩序已經混亂，百姓離散逃亡，所以文王很傷心痛苦，想安定天下，因而忙到太陽偏西還沒有時間吃飯。孔子作《春秋》，先端正帝王之道，並以此統率各種大事，顯示了素王的文采善意。由此可以看到，帝王治理天下的道理原則是一樣的，但是勞逸卻不相同，是因為他們遭遇的時代不同。孔子說：「頌周武王的〈武〉樂美極了，但是還不夠好。」說的就是這個意思。

臣聞制度文采玄黃之飾，所以明尊卑，異貴賤，而勸有德也。故《春秋》受命，所先制者，改正朔，易服色，所以應天也。然則宮室旌旗之制，有法而然者也。故孔子曰：「奢則不遜，儉則固。」❶儉，非聖人之中制也。臣聞良玉不瑑，資質潤美，不待刻瑑，此亡異於達巷黨人❷不學而自知也。然則常玉不瑑，不成文章；君子不學，不成其德。

【章　旨】本段就奢儉問題對策。

【注　釋】❶故孔子曰三句　語出《論語・述而》。固，固陋；寒傖。❷達巷黨人　《論語・子罕》有「達巷黨人曰：『大哉孔子！博學而無所成名。』」《集解》引鄭玄曰：「達巷，黨（里巷）名。」《史記・孔子世家》作「達巷黨人童子」。有學者以為即是項橐。傳說項橐年七歲教孔子，是所謂「不學而自知」的神童，也可將「達巷黨人」解釋為達地里巷的某個人。

【語　譯】我聽說，制度要通過各種彩色的服飾，以便用來顯示尊卑貴賤等級，鼓勵有德之人。所以《春秋》記載君王稟受天命，首先要制定的，是改訂曆法，規定正月第一天，改變服飾顏色，用以表明上應天意。既然如此，那麼宮室旌旗的制度，是有規定才這樣的。所以孔子說：「奢侈豪華就顯得不謙遜，省儉樸素就顯得寒傖。」省儉樸素並非聖人認為合適的制度。我聽說，好玉不雕琢，是質地溫潤美好，不需要雕刻，這與傳說的達地里巷的一個人不經過學習而自然有知識，沒有什麼差別。然而一般的玉石不經雕琢，就沒有文彩；君子不學習，就不能成就道德。

臣聞聖王之治天下也，少則習之學，長則材諸位❶，爵祿以養其德，刑罰以威其惡，故民曉於禮誼，而恥犯其上。武王行大誼，平殘賊，周公作禮樂以文之，至於成、康之隆，囹圄空虛四十餘年，此亦教化之漸，而仁誼之流，非獨傷肌膚之效也。至秦則不然，師申、商之法，行韓非之說，憎帝王之道，以貪狼為俗，非有文德以教訓於天下也。誅❷名而不察實，為善者不必免，而犯惡者未必刑也。是以百官皆飾空言虛辭而不顧實，外有事君之禮，內有背上之心，造偽飾詐，趣利無恥。又好用憯酷❸之吏，賦斂亡度，竭民財力，百姓散亡，不得從耕織之業，群盜竝起。是以刑者甚眾，死者相望，而姦不息，俗化使然也。故孔子曰：「導之以政，齊之以刑，民免而無恥。」❹此之謂也。

【章　旨】本段就周秦之政對策。

【注　釋】❶材諸位　按照材質（才能）授以官位。❷誅　責求。❸憯酷　殘忍刻毒。憯，同「慘」。慘毒。❹故孔子曰四句　語出《論語・為政》。政指法教而非德教。齊，整齊；整頓。免，苟免於罪。

【語　譯】我聽說，古聖先王治理天下時，人民年少時就讓他們學習，年長了就按照才能授予一定職位，用爵祿培養他們的德行，用刑罰來阻止他們的惡行，所以民眾明白禮義而以犯上為恥。周武王施行大義，掃除暴君，周公制定禮樂，進行文治，到了成王、康王盛世，監獄空虛四十多年，這也是教化浸潤，仁義普及的成效，並不只是用刑罰損傷肌膚的結果。到了秦朝就不是如此，學習申不害、商鞅的法家學說，推行韓非的主張，痛恨古代帝王的治國之道，把貪婪狠毒作為習俗，沒有用禮樂道德來教化天下。責求虛名而不考察實際，做好事的人不一定能免罪，做壞事的人不一定受刑罰，所以官員們都用虛假的言辭裝飾自己而不顧實際，外面有事奉君王的禮節，內心卻懷著背叛犯上的心思，弄虛作假，無恥地追逐財利。又喜歡用殘忍刻毒的官吏，聚斂搜括沒有止境，用盡民眾財力，百姓離散逃亡，不能從事耕織，盜賊到處出現。所以受刑罰的人很多，處死的人到處可以望見，然而姦邪並未止息，這是風氣使得如此。所以孔子說：「用法令來誘導他們，用刑罰來整頓他們，人民只是暫時免於罪過，卻沒有廉恥之心。」說的就是這種情形。

今陛下并有天下，海內莫不率服，廣覽兼聽，極群下之知，盡天下之美，至德昭然，施於方外。夜郎、康居❶，殊方萬里，說德歸誼，此太平之致也。然而功不加於百姓者，殆王心未加焉。曾子曰：「尊其所聞，則高明矣；行其所知，則光大矣。高明光大，不在於它，在乎加之意而已。」❷願陛下因用所聞，設誠於內而致行之，則三王何異哉！

【章　旨】本段論述武帝政治的得失並提出希望。

【注　釋】❶夜郎康居　皆古國名。夜郎，漢時西南夷，在今貴州省西部。康居，漢時西域國，在今哈薩克斯坦國境內。❷曾子曰八句　引文出《大戴禮·曾子疾病》，文略異。

【語　譯】現在皇上統一天下，海內沒有不順服的，廣泛地觀看，全面地傾聽，充分發揮了群臣的智慧，全部獲得了天下的美頌，至高的德行昭著顯耀，施行到了域外。夜郎、康居這樣遠在千萬里外的國家，心悅誠服於皇上的德行道義而來歸附，這都是天下太平的成效。然而皇上的功德沒有施加在百姓身上，是因為皇上行王道的仁心沒有施予百姓。曾子說：「尊重他所聽到的王道，就高明了；實行他所知曉的大道，就發揚光大了。高明光大，不在於別的，在於施加的心意罷了。」希望皇上接受並採用所聽到的帝王之道，內心有誠意，而且努力實行，那麼與夏商周三代先王相比，又有什麼差別呢！

陛下親耕藉田以為農先，夙寤晨興，憂勞萬民，思惟往古，而務以求賢，此亦堯、舜之用心也。然而未云獲者，士素不厲❶也。夫不素養士，而欲求賢，譬猶不瑑玉而求文采也。故養士之大者，莫大虖太學。太學者，賢士之所關❷也，教化之本原也。今以一郡一國之眾，對亡應書❸者，是王道往往而絕也。臣願陛下興太學，置明師，以養天下之士，數考問以盡其材，則英俊宜可得矣。今之郡守、縣令，民之師帥❹，所使承流而宣化也。故師帥不賢，則主德不宣，恩澤不流。今吏既亡教訓於下，或不承用主上之法，暴虐百姓，與姦為市❺，貧窮孤弱，冤苦失職，甚不稱陛下之意。是以陰陽錯繆，氛氣充塞，群生寡遂，黎民未濟，皆長吏不明，使至於此也。

【章　旨】本段就當前問題對策，並提出興學養士以提高官吏素質的建議。

【注　釋】❶厲　勉勵。一曰，砥礪其行。❷關　由。意謂賢士由太學培養。❸亡應書　不能應對經義。亡，同「無」。❹師帥　師長；表率。❺與姦為市　與姦邪之人勾結，交易為利。

【語　譯】皇上親自耕種藉田作為農夫的表率，晚睡早起，為所有百姓憂思勞碌，心想效法往古，而且致力於求賢，這也算是堯舜之君的用心了。然而未能有所收穫，是因為士人平時缺乏培養勉勵。平時不培養士人，而想要求賢，好比不雕琢玉石而想要文彩。所以養士的規模大，沒有比太學更大的。太學，是培養賢士的地方，推行教化的根本。現在一個郡一個諸侯國的民眾，卻沒有人能應對經義，這是王道常常斷絕不傳的原因。我希望皇上興辦太學，設立賢師，來培養天下的士人，經常考察詢問，讓他們盡量發揮自己的才學，那麼傑出的人才就應當可以得到了。現在的郡守、縣令，是百姓的師長和表率，要他們承接傳送皇上恩澤，宣揚道德教化。所以如果當師長表率的人不賢明，那麼皇上的德行就不能宣揚，恩澤就不能傳播。現在的官吏既在下面沒有經過教育訓練，有的又不接受執行皇上的法令，殘暴虐害百姓，與姦邪勾結，交易謀利，使得貧窮孤弱的百姓，含冤受苦，失去謀生之路，很不符合皇上的心意。所以陰陽錯亂，疫病惡氣充塞，萬物不能成長，百姓不得救助，都是郡縣官長不賢明，使得情況到這種地步。

夫長吏多出於郎中、中郎，吏二千石❶子弟選郎吏，又以富訾❷，未必賢也。且古所謂功者，以任官稱職為差❸，非所謂積日絫❹久也。故小材雖絫日，不離於小官；賢材雖未久，不害為輔佐。是以有司竭力盡知，務治其業而以赴功。今則不然，絫日以取貴，積久以致官，是以廉恥貿亂，賢不肖渾殽，未得其真。臣愚以為使諸列侯、郡守、二千石，各擇其吏民之賢者，歲貢各二人，以給宿衛，且以觀大臣之能；所貢賢者有賞，所貢不肖者有罰。夫如是，諸侯、吏二千石皆盡心於求賢，天下之士，可得而官使也。偏得天下之賢人，則三王之盛易為，而堯、舜之名可及也。毋以日月為功，實試賢能為上，量材而授官，錄德而定位，則廉恥殊路，賢不肖異處矣。陛下加惠，寬臣之罪，令勿牽制於文，使得切磋究之，臣敢不盡愚！

【章旨】本段論述擇賢任官以改善吏治的主張。

【注釋】❶吏二千石　漢代內自九卿郎將，外至郡守尉的俸祿等級，都是二千石。分三等：中二千石、二千石、比二千石。王先謙疑「吏」字為衍文。又說：「仲舒言其時令長多出於郎，而選郎非任子弟即算貲，故未必賢。」❷訾　同「貲」。即「資」字。以資產可入為郎，始於漢初。❸差　等第。❹絫　古「累」字。

【語譯】郡縣長官多從郎中、中郎中選用，俸祿二千石的官員子弟選為郎官，又有憑著家產作郎官的人，這都不一定賢能。而且古人所謂功業，是根據任官稱職的表現分為等第差別，不是所謂積累時日的資歷。所以才幹小的即使任職日久，也不能離開低級官位；賢能人才雖然任職不久，也不妨害他成為輔佐大臣。所以官員竭盡心力智慧，努力做好本職事務來建立功業。現在不是這樣，積累時日來取得高位，任職長久來求得升官，因而道義廉恥之心不明，賢不賢的標準混亂，找不到真正的人才。我認為讓各位列侯、郡守，俸祿二千石的官員各自選擇他們那裡賢能的官吏和百姓，每年薦舉吏民各二人充當皇宮侍衛，並用以觀察他們是否有擔任大臣的才能；官員薦舉的人賢能有賞，薦舉的人不賢就要受罰。這樣做，諸侯和俸祿二千石的官員就都會盡心求賢，天下的人才就可以得到並任用官職了。天下的賢人全都得到了，那麼夏商周三代君王的盛世就容易達到，那堯、舜的美名也就可以趕上了。不要把當官的時間長久作為功績，而要把實際考核是否賢能作為最高標準，根據才能授予官職，錄用有德之人確定地位，那樣廉潔與羞恥就會道路不同，賢與不賢兩種人就界線分明了。皇上請施恩惠，寬恕我的罪過，不要讓我的言辭被文法之吏所牽累，使我的意見能夠被切磋研究，我豈敢不盡自己的忠誠呢！

【研析】在本篇策問裡，武帝就奢儉勞逸與帝王之道的關係和現實政治兩個方面提出問題。對所提策問，仲舒既一一回答，章法明晰，又用聖王以德教治天下的思想貫穿全文，並著重闡述了興學養士、擇賢任官以解決現實問題的主張。既與前篇對策一脈貫通，又體現了本篇的時政特色。對於仲舒略論奢儉，後人有不同評論。陳亮評曰：「武帝再策，首詢奢儉，時雖有好大喜功之心，而未甚也。仲舒之對，詳於求賢之事則是，略於從儉之說則非。」而王文濡則云：「奢儉勞逸，因時為之，聖王本無成見。後篇於養士擇賢三致意焉，尤為對症發藥。」

對賢良策三

董子

【題解】《漢書・董仲舒傳》載，仲舒第二次對策後，「於是天子復冊（策）之。」乃有單獨回答武帝策問的第三次對策。本文是三篇對策中帶有總結性質的一篇，也是董仲舒政治思想、哲學思想和倫理思想的集中體現。文中對天人合一、古今相通作了更加深入的探討，認為天道與人事，包括人之命、性、情息息相關；三王之教不同，而皆有失，但其弊並非道，而是「道之失」，由此提出「道之大原出于天，天不變，道亦不變」這一著名命題。天作為創造萬物的超自然的主宰，是不會改變的；那麼，道作為封建制度的根本原則和「三綱五常」之類社會道德準則，也是不可改變的，以此來論證封建制度的神聖性和永久性。在此基礎上，作者進一步從《春秋》大一統的思想出發，提出了罷黜百家，表彰儒學的主張。這樣，他就把漢代在政治、經濟諸領域建立的大一統帝國所奉行的封建專制主義，擴展到了意識形態領域，開啟了此後兩千餘年封建社會以儒學為正統的局面。

制曰：蓋聞「善言天者必有徵於人，善言古者必有驗於今」❶，故朕垂問乎天人之應，上嘉唐、虞，下悼桀、紂，寖❷微寖滅、寖明寖昌之道，虛心以改。今子大夫明於陰陽所以造化，習於先聖之道業，然而文采未極，豈惑虖當世之務哉？條貫靡竟，統紀未終，意朕之不明與？聽若眩與？夫三王之教，所祖❸不同，而皆有失，或謂久而不易者道也，意豈異哉？今子大夫既已著大道之極，陳治亂之端矣，其悉之究之，孰之復之❹。《詩》不云虖：「嗟爾君子，毋常安息。神之聽之，介爾景福。」❺朕將親覽焉，子大夫其茂❻明之。

【章　旨】本段皇帝策問，要求董仲舒進一步闡述己見。

【注　釋】❶善言天者二句　語出《黃帝內經素問卷．舉痛論》：「黃帝問曰：『余聞善言天者必有驗於人，善言古者必有合於今。』」驗，驗證。又見於《荀子．性惡》，文略異。❷寖　古「浸」字。浸，逐漸。❸祖　始；起始。❹悉之二句　悉，全部。究，竟；終盡。孰，同「熟」。精審，詳細。復，反覆再三。❺詩不云虖五句　下文詩句引自《詩經．小雅．小明》。中間省略「靖共爾位，好是正直」二句。原詩「恆」因避諱改作「常」。顏師古曰：「安息，安處。介，助也。景，大也。言人君不當苟自安處而已。若能靖恭其位，直道而行，則神聽而知之，助以大福也。」❻茂　勉；努力。

【語　譯】皇帝的命令說：聽說「善於談論天道的人一定能在人事上驗證；善於談論古事的人一定能夠在今事上驗證」，所以我向你們詢問天人之間的感應，向上稱頌堯舜，向下傷悼桀紂，弄清使得天下逐漸衰弱滅亡，或者逐漸昌盛清明的道理，虛心改正自己的過失。現在大夫你對於陰陽造就變化萬物的道理很明曉，對於前代聖王的治道功業很熟悉，然而你的文章沒有充分闡述，難道是對於當前政務不夠清楚嗎？你的對策，道理講得不徹底，綱紀論述不長遠，是認為我不明事理嗎？還是認為我的聽聞惑亂不清呢？夏商周三代君王的政教，起點各不相同，但又都有過失，有人認為那長久不會改變的就是道，這中間的意思難道不同嗎？現在大夫你已經闡明大道的原則，陳述治亂的端由了，希望你全面地不保留地論述，詳盡地反覆地說明。《詩經》不是說麼：「可嘆你們君子啊，不要總是貪戀安逸。神靈聽到了，就會賜給你們大福。」我會親自看你的對策，大夫你勉力闡明自己的觀點。

仲舒復對❶曰：臣聞《論語》曰：「有始有卒者，其唯聖人虖！」❷今陛下幸加惠，留聽於承學之臣❸，復下明冊以切其意，而究盡聖德，非愚臣之所能具也。前所上對，條貫靡竟，統紀不終，辭不別白，指不分明，此臣淺陋之罪也。

【章旨】本段表達自己單獨對策的心情。

【注釋】❶復對　再次對策。姚鼐在本段前評注曰：「前兩策問遍問諸賢良，此策蓋獨問董子。故策首謝此意。」董仲舒此次單獨對策，所以本段首先表明心意。❷論語曰三句　語出《論語・子張》，係子夏之言。❸承學之臣　顏師古曰：「言轉承師說而學之，蓋謙辭也。」

【語譯】董仲舒再次對策說：我聽說《論語》中有說：「有始有終的人，恐怕只有聖人吧！」現在皇上賜予恩惠，留心聽取我這個轉承師說學習的臣下之言，又下達聖明的策問，意旨深切，極盡聖賢美德，這不是愚拙的我能夠做到的。前兩次呈上的對策，道理講得不徹底，綱紀論述不長遠，言辭表達不明白，意旨闡述不分明，這是我見識淺陋的罪過。

冊曰：「善言天者必有徵於人；善言古者必有驗於今。」臣聞天者，群物之祖也。故徧覆包函而無所殊，建日月風雨以和之，經陰陽寒暑以成之。故聖人法天而立道，亦溥❶愛而亡私，布德施仁以厚之，設誼立禮以導之。春者天之所以生也，仁者君之所以愛也；夏者天之所以長也，德者君之所以養也；霜者天之所以殺也，刑者君之所以罰也。繇此言之，天人之徵，古今之道也。孔子作《春秋》，上揆之天道，下質諸人情，參之於古，考之於今。故《春秋》之所譏，災害之所加也；《春秋》之所惡，怪異之所施也。書邦家之過，兼災異之變，以此見人之所為，其美惡之極，迺與天地流通，而往來相應，此亦言天之一端也。古者脩教訓之官，務以德善化民，民已大化之後，天下常亡一人之獄矣。今世廢而不脩，亡以化民，民以故棄仁誼而死財利，是以犯法而罪多，一歲之獄，以萬千數。以此見古之不可不用也。故《春秋》變古則譏之。天令之謂命，命非聖人不行；質樸之謂性，性非教化不成；人欲之謂情，情非度制不節。是故王者上謹於承天意，以順命也；下務明教化民，以成性也；正法度之宜，別上下之序，以防欲也。脩此三者，而大本舉矣。人受命於天，固超然異於群生。入有父子兄弟之親，出有君臣上下之誼，會聚相遇，則有耆老長幼之施；粲然有文以相接，驩然有恩以相愛，此人之所以貴也。生五穀以食❷之，桑麻以衣之，六畜以養之，服牛乘馬，圈豹檻虎，是其得天之靈，貴於物也。故孔子曰：「天地之性，人為貴。」❸明於天性，知自貴於物；知自貴於物，然後知仁誼；知仁誼，然後重禮節；重禮節，然後安處善；安處善，然後樂循理；樂循理，然後謂之君子。故孔子曰：「不知命，亡以為君子❹。」此之謂也。

【章旨】本段回答策問論述天人相應，人受命於天，應明於天性。

【注釋】❶溥　普遍。❷食　奉養；給人吃。❸孔子曰三句　語出《孝經・聖治》。性，生；生命。❹不知命二句　語出《論語・堯曰》。

【語譯】策問說：「善於談論天道的人一定能在人事上驗證；善於談論古事的人一定能在當今得到驗證。」我聽說，上天是萬物的本原。所以上天普遍覆蓋包容萬物而不加區別，造就日月風雨來使它們溫暖和煦，經過陰陽寒暑使它們生長成熟。所以聖人效法上天確立治道，也是普愛眾生而沒有私心，施行仁德來厚待他們，建立禮義來引導他們。春季是上天用以生長的季節，仁慈是君王用以愛民的；夏季是上天用以成長的季節，道德是君王用以教養人心的；霜是上天用以摧殘已衰草木的，刑法是君王用以懲罰犯罪的。由此說來，天道與人事之間的徵驗，是從古到今的道理。孔子作《春秋》，上面推究天道，下面取證於人情，從古事驗證，在現實中考察。所以《春秋》批評的人事，也是上天施加災害的地方；《春秋》所憎惡的人事，也是上天降下怪異的地方。記載各國和家族的過錯，同時也記載災害怪異的變化，由此看到人的作為，那善惡的極致，就與天地溝通而互相感應，這也是談天道的一個起點。古代管理教育訓導的官員，努力用道德善行教化百姓，百姓受到普遍教化以後，天下經常沒有一個人進牢獄了。現在廢除道德而不加修治，沒有什麼教化百姓，百姓因而拋棄道義而為財利拚死，所以犯法判罪的人多，一年的刑獄案件就以千萬計算。由此可以看到，古人的治理之道不能不用。所以《春秋》對於改變古制的就批評。上天發出的指令叫做命，天命沒有聖人不能奉行；人的素樸本質叫做性，性沒有受到教化不能養成；人的欲望叫做情，情沒有制度的約束不能節制。所以君王對上謹慎地承受天意，來順從天命；對下致力於昌明道德教化百姓，來培養人性；端正法度的事項，分別上下的次序，來遏止欲望的氾濫。治理了這三件事，根本大事就完成了。人稟受天命，當然有超越不同於萬物的地方。人家門有父子兄弟的親情，出家門有君臣上下的禮義，聚集或相遇時，就有對於老人和年幼者的施捨；熱情洋溢地以禮儀制度來互相接待，高高興興地以恩義來互相親愛，這就是人所以尊貴的地方。生長五穀供人食用，桑麻供人穿衣，用六畜奉養人，用牛馬駕車或騎乘，把虎豹猛獸關在欄檻裡，這都是人得到天賦予的靈性，尊貴於萬物的表現。所以孔子說：「天地之間的生命，人是最尊貴的。」明瞭了天性，就知道人自己比萬物尊貴；知道自己比萬物尊貴，然後知曉仁義；知曉仁義，然後重視禮節；重視禮節，然後能以處於善道為安寧；以處於善道為安寧，然後能樂於依禮行事；樂於依禮行事，然後可以稱做君子。所以孔子說：「不知道天命，不能成為君子。」說的就是這個道理。

冊曰：「上嘉唐、虞，下悼桀、紂，寖微寖滅、寖明寖昌之道，虛心以改。」

臣聞眾少成多，積小致鉅，故聖人莫不以晻❶致明，以微致顯。是以堯發於諸侯❷，舜興虖深山❸，非一日而顯也，蓋有漸以致之矣。言出於己，不可塞也；行發於身，不可掩也。言行，治之大者，君子之所以動天地也。故盡小者大，慎微者著。《詩》云：「惟此文王，小心翼翼。」❹故堯兢兢❺日行其道，而舜業業❻日致其孝，善積而名顯，德章而身尊。此其寖明寖昌之道也。積善在身，猶長日加益❼，而人不知也；積惡在身，猶火之銷膏，而人不見也。非明虖情性，察虖流俗者，孰能知之？此唐、虞之所以得令名，而桀、紂之可為悼懼者也。夫善惡之相從，如景鄉❽之應形聲也。故桀、紂暴謾❾，讒賊並進，賢知隱伏，惡日顯，國日亂，晏然自以如日在天，終陵夷而大壞。夫暴逆不仁者，非一日而亡也，亦以漸至。故桀、紂雖亡道，然猶享國十餘年。此其寖微寖滅之道也。

【章旨】本段回答策問論述「寖明寖昌、寖微寖滅之道」。

【注釋】❶晻 同「暗」。❷堯發於諸侯 顏師古曰：「謂從唐侯升天子之位也。」傳說堯曾被封為唐侯。參見《史記・五帝本紀》索隱引衛宏說。❸舜興虖深山 興，起。《孟子・盡心》：「舜之居深山之中。與木石居，與鹿豕遊。」❹詩云三句 見《詩經・大雅・大明》。❺兢兢 戒慎貌。❻業業 危懼貌。❼猶長日加益 王先謙曰：「言如短景（晝短之日）日漸加長也。」❽景鄉 同「影響」。❾暴謾 殘暴傲慢。謾，同「慢」。傲慢。

【語譯】策問說：「向上稱頌堯、舜，向下傷悼桀、紂，弄清天下逐漸衰弱滅亡或逐漸清明昌盛的道理，虛心改正自己的過失。」我聽說，聚少成多，積小成大，所以聖人沒有不從陰暗到達光明，從隱微到達顯赫。所以堯從諸侯出身，舜來自深山，並非一天就顯赫於世的，都有一個逐漸成就的過程。言語出於自己口中，是不能阻塞的；行動從自己身體發出，是不可能掩蓋的。言行，是修身的重大方面，是君子用以感應天地的表現。所以盡力於各種小事，就會成就大業；對細微的事情謹慎處置，就會有顯著成效。《詩經》說：「只有這位文王，做事小心恭敬嚴肅。」所以堯謹慎地每天履行自己的道義，而舜小心地每天表達自己的孝心，善行積累了，名聲就顯赫；道德昭著了，地位就崇高，這就是他們使天下逐漸清明昌盛的道理。善行積累在自己身上，如同白晝短的日子逐漸變長，人們並不易察覺；惡行積聚在自己身上，如同火燃燒銷蝕膏油，人們不易看見。如果不是明白人的情性，察知社會習俗的人，誰能懂得這個道理？這就是堯、舜所以得到美名，桀、紂之所以令人傷心警懼的原因。人們跟隨善行或惡行，就如同影子隨形，回音隨聲一樣。所以桀、紂殘暴傲慢，進讒者和害人者一起進用，賢能的人和智慧的人隱蔽躲藏，罪惡一天天顯露，國家一天天混亂，桀、紂卻安然自得，以為如同太陽在天上不會墜落，終於衰落以至完全滅亡。倒行逆施殘暴不仁的君王，並非一天就敗亡，也是逐漸造成的。所以桀、紂雖然無道，然而還能在位十餘年。這就是他們的天下逐漸衰弱滅亡的道理。

冊曰：「三王之教，所祖不同，而皆有失，或謂久而不易者道也，意豈異哉？」

臣聞夫樂而不亂，復❶而不厭者，謂之道。道者萬世亡弊，弊者道之失❷也。先王之道，必有偏而不起之處，故政有眊而不行，舉其偏者以補其弊而已矣。三王之道，所祖不同，非其相反，將以捄溢❸扶衰，所遭之變然也。故孔子曰：「亡為而治者，其舜虖！」❹改正朔，易服色，以順天命而已；其餘盡循堯道，何更為哉？故王者有改制之名，亡變道之實。然夏上❺忠，殷上敬，周上文者，所繼之捄❻，當用此也。孔子曰：「殷因於夏禮，所損益可知也；周因於殷禮，所損益可知也；其或繼周者，雖百世可知也。❼」此言百王之用，以此三者❽矣。夏因於虞，而獨不言所損益者，其道如一，而所上同也。道之大原出於天，天不變，道亦不變。是以禹繼舜，舜繼堯，三聖相受而守一道，亡救弊之政也。故不言其所損益也。繇是觀之，繼治世者其道同，繼亂世者其道變。今漢繼大亂之後，若宜少損周之文，致用夏之忠者。

【章旨】本段就策問論述「道」乃古今不變者，道失則生弊，救弊扶偏，三代才變而改制，而並非改道。進而提出「天不變，道亦不變」這一重要命題。

【注釋】❶復　顏師古曰：「復謂反復行之也。」❷弊者二句　顏師古曰：「言有弊非道由，失道故有弊。」❸捄溢　捄，古「救」字。溢，滿溢；過分。❹孔子曰　語出《論語・衛靈公》。❺上　同「尚」。❻所繼之捄　繼承和補救。顏師古曰：「繼謂所受先代之次也。捄謂救其弊也。」❼殷因於夏禮六句　語出《論語・為政》。因，沿襲。顏師古曰：「謂忠、敬與文因循為教，立政垂則，不遠此也。」❽百王之用二句　三者，指忠、敬、文。《史記・高祖本紀》：「夏之政忠。忠之敝，小人以野，故殷人承之以敬。敬之敝，小人以鬼，故周人承之以文。文之敝，小人以僿，故救僿莫若以忠。三王之道若循環，周而復始。」參見前注顏說。

【語譯】策問說：「夏商周三代君王的政教的起點各不相同，但是都有過失，有人說長久不變的叫做道，意思難道不同嗎？」我聽說，使人快樂但並不過分，反覆實行但並不厭倦的東西叫做道。道是萬世都不會有弊害的。弊害是失道的結果。先王的道必定有偏重不一的地方。所以政治有昏暗不明，政教有不行的時候，就要使用那有所偏重之處以便補救那弊失的地方罷了。三代之道起點不同，但不是相反，而是用以救治過分或扶植不足的局勢，是它們遇到的變化不同才造成這樣的。所以孔子說：「無為而治的，大概是舜吧！」舜只改訂曆法，改易服飾顏色來順應天命，其餘的都遵循堯的治理之道，還改變什麼呢？所以古代帝王只是改變制度的名義，而沒有改變大道的內容。然而夏代崇尚忠順盡力，殷代崇尚恭敬謙遜，周代崇尚文彩禮儀，繼承前代而又要救治前代的弊失，應該這樣做。孔子說：「殷朝沿襲夏朝的禮制，所廢除和增添的，是可以知道的；周朝沿襲殷朝的禮制，所廢除和增添的，是可以知道的；那麼，假如有繼承周朝當政的人，就是一百代以後，也是可以預先知道的。」這裡是說，百代君王所用的治理之道，還是這三種。夏朝沿襲虞舜，卻獨不說有所廢除和增添的地方，他們的治理之道一樣，崇尚的相同。道的本原來自於天，天不變，道也不變。所以禹繼承舜，舜繼承堯，三位聖人前後相承而堅持同一治理之道，是因為沒有需要補救弊失的政治。所以不說他們有所廢除或增添。由此看來，繼承太平時代的治理之道相同，繼承動亂時代的治理之道有所變化。現在漢朝繼承大亂之後，似乎應該稍微減少周人的文彩禮儀，盡量用夏人的忠順盡力。

陛下有明德嘉道，愍世俗之靡薄❶，悼王道之不昭，故舉賢良方正之士，論誼❷考問，將欲與仁誼之休德，明帝王之法制，建太平之道也。臣愚不肖，述所聞，誦所學，道師之言，廑❸能勿失耳。若迺論政事之得失，察天下之息耗❹，此大臣輔佐之職，三公九卿之任，非臣仲舒所能及也。然而臣竊有怪者。夫古之天下，亦今之天下；今之天下，亦古之天下。共是天下，古亦大治❺，上下和睦，習俗美盛，不令而行，不禁而止，吏亡姦邪，民亡盜賊，囹圄空虛，德潤艸木，澤被四海，鳳皇來集，麒麟來游。以古準今，壹何不相逮之遠也？安所繆盭而陵夷若是？意者有所失於古之道與？有所詭於天之理與？試迹之於古，返之於天，黨❻可得見乎？

【章旨】本段以古准今，評論當朝政事。

【注釋】❶靡薄　散漫浮薄。❷論誼　誼，通「議」。王先謙曰：「《群書治要》引作『論議』，當從之。」❸廑　同「僅」。❹息耗　生產與消耗。❺古亦大治　依王先謙說，當作「古以大治」。❻黨　同「儻」。儻若；或許。

【語譯】皇上有聖明的德行和美好的治理之道，憐憫風俗的散漫浮薄，傷心王道的不能昭明，所以薦舉賢良方正的士人，議論考察諮詢，想要發揚仁義的美德，闡明帝王的法令制度，建立太平之道。我愚笨不賢，陳述自己聽到的，誦讀自己學到的，講述老師的話，僅僅能做到不遺漏罷了。至於議論政事的得失，了解國家的收入和消耗，這是輔佐大臣的職責，三公九卿的任務，不是我董仲舒所能做到的。然而我私下有些感到奇怪的地方。古代的國家，也就是當今的國家；今日的國家，也就是古代的國家。都是這個國家，古代治理太平，上下和睦，習俗美好興旺，沒有命令人們就能自覺行善，沒有禁令人們就能自覺停止惡行，官吏沒有姦邪之人，民眾沒有人做盜賊，監獄空虛沒有囚犯，德行滋潤草木，恩澤普及四海，鳳凰一起飛到，麒麟前來遊玩。用古代衡量當今，為什麼今天會趕不上而相差這樣的遠呢？怎麼差錯違背以至於衰落到這種程度？想來是有些失去了古道嗎？是有些背離了天理嗎？嘗試追尋到往古，回歸到天道，或許能看得清楚吧？

夫天亦有所分予。予之齒者去其角❶，傅其翼者兩其足❷。是所受大者，不得取小也。古之所予祿者，不食於力，不動於末，是亦受大者不得取小，與天同意者也。夫已受大，又取小，天不能足，而況人虖？此民之所以囂囂❸苦不足也。

身寵而載高位，家溫而食厚祿，因乘富貴之資力，以與民爭利於下，民安能如❹之哉？是故眾其奴婢，多其牛羊，廣其田宅，博其產業，畜其積委❺，務此而亡已，以迫蹵民。民日削月朘❻，寖以大窮。富者奢侈羨溢❼，貧者窮急愁苦。窮急愁苦，而上不救，則民不樂生；民不樂生，尚不避死，安能避罪？此刑罰之所以蕃，而姦邪不可勝者也。故受祿之家，食祿而已，不與民爭業，然後利可均布，而民可家足。此上天之理，而亦太古之道。天子之所宜法以為制，大夫之所當循以為行也。故公儀子相魯❽，之其家見織帛，怒而出其妻；食於舍而茹葵，慍而拔其葵，曰：「吾已食祿，又奪園夫紅女利虖？」古之賢人君子在列位者，皆如是。是故下高其行而從其教，民化其廉而不貪鄙。及至周室之衰，其卿大夫緩於誼而急於利，亡推讓之風，而有爭田之訟。故詩人疾而刺之，曰：「節彼南山，維石巖巖。赫赫師尹，民具爾瞻❾。」爾好誼，則民鄉仁而俗善；爾好利，則民好邪而俗敗。由是觀之，天子、大夫者，下民之所視效，遠方之所四面而內望也。近者視而放❿之，遠者望而效之，豈可以居賢人之位，而為庶人行哉？夫皇皇⓫求財利，常恐乏匱者，庶人之意也；皇皇求仁誼，常恐不能化民者，大夫之意也。《易》曰：「負且乘，致寇至。」⓬乘車者，君子之位也；負擔者，小人之事也。

此言居君子之位，而為庶人之行者，其禍患必至也。若居君子之位，當君子之行，則舍公儀休之相魯，亡可為者矣。

【章　旨】本段論述在上者不應與民爭利。

【注　釋】❶予之齒者去其角　顏師古曰：「牛無上齒則有角，其餘無角者則有上齒。」《大戴禮》等書載：「戴角者無上齒。」❷傅其翼者兩其足　顏師古曰：「傅讀曰附，附著也。言鳥不四足。」❸囂囂　眾人的愁怨聲。❹如　當。（據王念孫說）當，對當；抵擋。❺積委　聚集。《周禮・地官》鄭注：「少曰委，多曰積。」❻朘　萎縮；蹙縮。❼羡溢　富饒。羨，多餘。❽公儀子相魯　公儀子名休，魯繆（穆）公時為執政之卿。下文所言之事，見《史記・循吏列傳》。紅，同「工」。❾節彼南山四句　見《詩經・小雅・節南山》。顏師古曰：「節，高峻貌。巖巖，積石貌。赫赫，顯盛也。師尹，周太公尹氏也。言三公之位，人所瞻仰，若山之高也。」這首詩是周大夫家父對當時執政大臣的批評譏刺。一說，師尹分指太師和尹氏。太師掌軍事，尹是文職大臣。❿放　同「仿」。仿效。⓫皇皇　同「遑遑」。急速之貌。⓬易曰三句　見《易經・解卦》六二爻辭。

【語　譯】天的給予是有所分別的。給予上齒的動物沒有角，給予翅膀的飛鳥只有兩隻足。這表明稟受上天賜予大的好處，就不能再獲取小的利益。古代給予俸祿的官員，不需像農夫那樣自食其力，也不像工商那樣到處流動，這是得到大利益的人不得謀取小利，與天道的意思一樣。已得到大利，又取小利，上天都不能滿足這種要求，何況人呢？這就是人們之所以口出怨言而不滿意的原因。身受寵信而居高位，家庭溫飽而又享受優厚俸祿，憑藉富貴的地位財力，來與百姓在下面爭利，百姓怎麼能受得了呢？所以在上位者增加自己的奴婢，增多自己的牛羊，擴大自己的田舍，擴充自己的產業，積蓄自己的財物，致力於此，沒有止境，來壓迫踐踏百姓。百姓一天天一月月地困頓萎縮，逐漸走向極度貧窮。有錢的人奢侈富足，貧寒的人窮急愁苦。窮急愁苦然而上面不救助，那麼老百姓就會感到生活沒有樂趣；老百姓生活失去了樂趣，死都不逃避，哪裡還會逃避犯罪？這就是刑罰之所以繁多，然而姦邪不能制止的原因。所以接受俸祿的家庭，只能靠俸祿供養，不能同百姓爭利，這樣以後利益才能均勻分配，而百姓才可以家庭富足。這是上天的公理，也是上古的治理之道。國家應當取法作為制度，士大夫應當遵循見之於行動。所以公儀休作魯相國，到自己家裡看見妻子織帛，憤怒地驅逐自己的妻子回娘家；在家裡吃飯，吃了葵菜，生氣地拔掉菜園的葵菜，說：「我已經享受俸祿，又去奪取菜園農夫織帛女工的利益嗎？」古代的賢人君子在官位上的人都能如此。所以下面的人尊崇他們的德行而且服從他們的教育，百姓為他們的廉潔感化而不貪婪鄙陋。到了周朝衰落的時候，那些卿大夫不急於道義而急於謀利，沒有推讓的風氣而有爭奪田地的訴訟。所以有詩人憎惡並諷刺說：「那高峻的南山啊，堆疊著巖石。聲勢顯赫的太師尹氏，老百姓都抬頭望著你。」你愛好道義，那麼百姓就趨向仁義，風俗良好；你愛好財利，那麼百姓就喜歡姦邪，風俗敗壞。由此看來，天子大夫，是下層百姓之所以觀看仿效，遠處民眾之所以從四方朝著國內表示敬仰的對象。近處的百姓看了摹仿，遠處的民眾敬仰而效法，難道可以居於賢人的地位而做普通人的行為嗎？那急切地謀取財利總是恐怕缺欠不足，這是普通人的心思；急切地追求仁義卻總是擔心不能教化民眾，這是大夫的心思。《易經》說：「背著東西而又乘車，就會招來強盜。」乘坐車子，是君子的位置；背挑重物是小人的事。這裡說處在君子的位置而做普通人的事，那禍患一定會到來。如果處於君子的地位，做符合君子的行為，那麼，除了像公儀休做魯相那樣行事，那就沒有別的值得去做的了。

《春秋》大一統❶者，天地之常經，古今之通誼也。今師異道，人異論，百家殊方，指意不同，是以上亡以持一統，法制數變，下不知所守。臣愚以為諸不在六藝❷之科、孔子之術者，皆絕其道，勿使並進。邪辟之說滅息，然後統紀可一，而法度可明，民知所從矣。

【章　旨】本段建議獨尊儒術，罷黜百家。

【注　釋】❶春秋大一統　這裡指《公羊傳》宣揚的「大一統」觀念。《春秋公羊傳》「隱公元年春王正月」《傳》云：「何言乎王正月？大一統也。」此言《春秋》奉周王朝正朔，以天下諸侯皆統於周室，不得自專。❷六藝　六經。

【語　譯】《春秋》的大一統思想，是天地的常存之道，古今的通行道義。現在師長的學術主張各不相同，接受教育的人議論各不相同，諸子百家學說方法各異，意旨不同，所以在上位者無法統一思想，法制多次變化，下面的人不知如何遵循。我認為那些凡是不在「六經」之內，不屬於孔子儒家學說的各家，都要禁絕他們的學說傳播，不要讓它們同儒術一起存在發展。邪僻的學說消滅了，然後國家的綱紀可以高度統一，法令制度可以明曉，百姓知道依從行事了。

【研　析】這篇對策在形式上有不同於前二策的地方，是凡回答策問，必先引述原文，再作對策。篇中凡三見「冊曰」。方苞評曰：「條舉所問，以為界畫。因制策詰以『辭不別白，指不分明』故也。唐宋以後，遂用此為式。」認為董仲舒依據漢武帝的批評意見採取了條列問答更加鮮明的體式，因而也更體現了對帝王權威的遵從，故為後代所仿效。但本篇後兩段卻在策問之外有所闡發，並提出重要建議，這又是一個特點。姚鼐評曰：「此篇末陳不奪民利、罷黜百家二事，非策所及，而自發之，亦因策有『悉之』『究之』語也。然皆貫以天人古今，故首尾一綫。」一方面策問之外所論，仍遵循策問要求，另一方面始終貫穿「天人合一」、古今相通的基本思想（這也是本篇策問的重點），使對策首尾一貫，完整統一。

卷二十二　奏議類下編　二

對制科策

蘇子瞻

【題解】本文是宋仁宗嘉祐六年（西元一〇六一年）蘇軾參加賢良方正能直言極諫制科考試時所寫的對策。制科，又名制舉，是古代在一般科舉考試之外，由皇帝特詔並親自在殿廷主持的考試，有不同科目。試題是以皇帝的口吻提出策問，應試舉子所作即為對策。蘇軾這篇對策以第三等中式，並於試後，由原任澠池縣主簿陞為大理評事簽書鳳翔府判官。其弟蘇轍同科以第四等中式。蘇軾〈答李端叔書〉云：「某少年時，讀書作文專為應舉而已。既及進士第，貪得不已，又舉制策，其實何所有？而其號為直言極諫。」可見本文寫作的基本意圖是「應舉」，而非提出系統的政治主張。但其中也表達了蘇軾的一些重要政治、思想觀點。特別是敢於正面指斥仁宗不知勤勉、荒廢朝政，不知選拔、任用、考核大臣之術，後宮奢靡以及兵冗、官冗等北宋痼疾，表明作者對於朝政弊端有一定了解，對民生狀況和社會問題也有親身接觸。因此本篇才得超出其他「官樣文章」的對策之上，而成為此後作者進入官場所持政治立場的一個起點。

臣謹對曰：臣聞天下無事，則公卿之言輕於鴻毛；天下有事，則匹夫之言重於泰山。非智有所不能，而明有所不察，緩急之勢異也。方其無事也，雖齊桓之深信其臣，管仲之深得其君，以握手丁寧之間，將死深悲之言，而不能去其區區之三豎❶。及其有事且急也，雖唐代宗之庸，程元振之用事，柳伉之賤且疏，而一言以入之，不終朝而去其腹心之疾❷。夫言之於無事之世，足以有所改為，而常患於不信；言之於有事之世者，易以見信，而常患於不及改為。此忠臣志士之所以深悲，天下之所以亂亡相尋，而世主之所以不悟也。今陛下處積安之時，乘不拔之勢，拱手垂裳❸而天下嚮風，動容變色而海內震恐。雖有一事之失常，一物之不獲，固未足以憂陛下也。所為親策賢良之士者，以應故事而已，豈以臣言為真足以有感於陛下耶？雖然，君以名求之，臣以實應之。陛下為是名也，臣敢不為是實也？

【章　旨】本段論述無事之世進言之難和自己以實言對策的態度。

【注　釋】❶三豎　指豎刁、易牙、開方三嬖臣。參見本書卷三蘇洵〈管仲論〉。❷去其腹心之疾　指唐代宗罷程元振事。程元振，宦官。因擁立唐代宗有功，封保定縣侯，遷驃騎大將軍，統領禁兵，權威天下。廣德初，吐蕃党項內侵，京城陷落，皇帝倉皇外逃。太常博士翰林待詔柳伉上疏，批評「陛下遠賢良，任宦豎，離間將相而幾於亡」，請「獨斬元振頭馳告天下」。唐代宗迫於壓力，乃下詔盡削元振官爵，放歸田里。❸垂裳　垂衣裳，穿著長大的衣服無所事事的樣子，古書中常形容帝王無為而治。

【語　譯】臣蘇軾恭敬回答皇上策問說：我聽說如果天下無事，那麼公卿的言論就比鴻毛還輕；如果天下有事，那麼一個普通百姓的言論會比泰山還重。不是由於人的智慧有什麼做不到之處，聰明有什麼不能洞察之事，而是因為形勢平緩或危急不同。當天下無事時，儘管齊桓公深信他的臣下，管仲深得他的君王信任，他臨死時懷著深悲，同桓公握手訣別，叮嚀時刻說的那番話，竟不能除掉桓公身邊的區區三個小人。等到天下有事而且危急的時候，儘管唐代宗平庸，程元振專權，柳伉地位低賤還敢於上疏，他的一番言論得到皇帝採納，朝廷的心腹大患馬上被清除掉。在天下無事的時代進言的人，能夠使在上者有所改進作為，然而經常擔憂不被聽信；在天下有事的時代進言的人，容易被聽信，然而經常擔憂已來不及改進作為。這是忠臣志士因之深感悲哀，天下因之動亂危亡接連不斷而歷代君王因之仍然不覺悟的事情啊。今天皇上處於長期太平時代，憑藉不可動搖的威勢，無須作為而天下歸服，稍微改變臉色海內就震動恐慌。即使有一件事情異常，一樣東西未得到，本不足以使皇上憂心。皇上所以親自策問賢良之士，只是按慣例行事，難道認為我的對策真能夠使皇上有所感悟嗎？雖然如此，君王按照賢良方正直言極諫的名稱要求，我就按照符合名稱的實際回答。皇上設置了這個賢良方正直言極諫的制科名目，我怎敢不按照這名目要求的實際去做呢？

伏惟制策，有念祖宗先帝大業之重，而自處於寡昧，以為「志勤道遠，治不加進❶」。臣竊以為陛下即位以來，歲歷三紀❷，更於事變，審於情偽，不為不熟矣。而治不加進，雖臣亦疑之。然以為志勤道遠，則雖臣至愚，亦未敢以明詔為然也。夫志有不勤，而道無遠。陛下苟知勤矣，則天下之事，粲然無不畢舉，又安以訪臣為哉？今也猶以道遠為嘆，則是陛下未知勤也。

【章旨】本段針對策問，指出仁宗尚不知勤勉。

【注釋】❶志勤道遠二句　此八字是策問原文。以下多處引用原文對答，不一一注明。❷三紀　三十六年。歲星（木星）繞日一周為一紀，十二年。仁宗從天聖元年（西元一〇二三年）嗣位，至此時已三十九年，此舉其成數。

【語譯】我想皇上策問中，表示想到祖宗先帝創立江山大業的功勳，而自己處於淺陋不明，感覺「心志勤奮，道途遙遠，治理國家沒有進步」。我私下認為皇上即位以來，已經歷時三紀，經歷了世事變故，審察真偽，不是不熟練了。然而治理國家沒有進步，即使是我也感到疑惑。然而認為心志勤奮，道途遙遠，那麼雖然我很愚蠢，也不敢認為策問的話說得對。大凡心志有所不勤奮，而治道並非遙遠。皇上假若能知道勤勉，那麼天下的事情，都會了然於心，而沒有不能全部辦好的，又何必向臣下諮詢呢？現在，仍然感嘆道途遙遠，那麼這是皇上還沒有懂得勤勉啊。

臣請言勤之說。夫天以日運故健，日月以日行故明，水以日流故不竭，人之四肢以日動故無疾，器以日用故不蠹。天下者，大器也❶。久置而不用，則委靡廢放，日趨於弊而已矣。陛下深居法宮❷之中，其憂勤而不息邪？臣不得而知也；其宴安而無為邪？臣不得而知也。然所以知道遠之嘆，由陛下之不勤者，誠見陛下以天下之大，欲輕賦稅，則財不足；欲威四夷，則兵不彊；欲興利除害，則無其人；欲敦世厲俗❸，則無其具。大臣不過遵用故事，小臣不過謹守簿書，上下相安，以苟歲月。此臣所以妄論陛下之不勤也。

【章旨】本段從天下日趨於弊的種種情況以闡明仁宗對國事之不勤。

【注釋】❶天下二句 此語出賈誼〈陳政事疏〉，見前文。❷法宮 按標準建造的宮殿，即皇宮。法，標準；格式。❸敦世厲俗 使世風淳厚，習俗激勵人。敦，厚。厲，同「勵」。

【語譯】請讓我論說勤勉。天因為每天運行所以健康，日月因為每天運行所以光明，水因為每天流動所以不枯竭，人的四肢因為每天運動所以沒有毛病，器物因為每天使用所以沒有蛀蟲。天下，是一個大容器。長久放置不用，就會委靡廢棄，一天天變得破弊呢。皇上深居皇宮之中，能憂慮勤勉而不懈怠嗎？我無從知道；還是宴遊安樂而無所事事呢？我也無從知道。但是我之所以知道從感嘆道遠，看出是由於皇上不勤勉，確是因為見到皇上以這樣大的天下，想要減輕賦稅，卻財用不足；想要威服四方蠻夷，卻兵力不強；想要興利除害，卻沒有可用之人；想要使世風敦厚向上，卻沒有恰當措施。大臣不過按慣例行事，小臣不過謹慎處理文書，上下相安無事，只求苟延歲月。這種情況，是我所以妄論皇上不勤勉的原因。

臣又竊聞之，自頃歲以來，大臣奏事，陛下無所詰問，直可之而已。臣始聞而大懼，以為不信；及退而觀其效見，則臣亦不敢謂不信也。何則？人君之言，與士庶不同，言脫於口，而四方傳之，捷於風雨。故太祖太宗之世，天下皆諷誦其言語，以為聳動之具。今陛下之所震怒而賜譴者，何人也？合於聖意誘而進之者，何人也？所與朝夕論議深言者，何人也？越次躐等❶召而問訊之者，何人也？四者臣皆未之聞焉。此臣所以妄論陛下之不勤也。

【章旨】本段從仁宗應對大臣無所不可進一步闡明仁宗對國事之不勤。

【注　釋】❶躐等　越過等級或順序。

【語　譯】我又私下聽說，自從近年以來，大臣奏事，皇上不作任何追問，只是表示同意罷了。我最初聽說這事非常驚恐，認為不可相信；等到大臣們退朝觀察其表現，我就也不敢說不相信了。為什麼呢？君王的言論，與普通讀書人和平民不同，話從口裡說出，四方傳布，比風雨還迅捷。所以太祖、太宗時代，天下人都傳布背誦他們的話語，成為影響世道人心的手段。現在皇上震怒並給予譴責的是誰呢？合乎聖明之心引用提拔的是誰呢？同他們朝夕議論推心置腹交談的是誰呢？越過等級次序召見詢問的是誰呢？這四種人，我都不曾聽說。這是我所以妄論皇上不勤勉的原因。

臣願陛下條天下之事，其大者有幾？可用之人有幾？某事未治，某人未用，雞鳴而起，曰：「吾今日為某事，用某人。」他日又曰：「吾所為某事，其果濟矣乎？所用某人，其人果才矣乎？」如是孜孜焉，不違於心，屏去聲色，放遠善柔❶，親近賢達，遠覽古今。凡此者勤之實也，而道何遠乎？

【章　旨】本段正面提出君王務勤致遠在於察人任賢。

【注　釋】❶善柔　語出《論語・季氏》。皇侃疏曰：「善柔，謂面從而背毀者也。」指當面恭維背地毀謗的偽善者。

【語　譯】我希望皇上條列天下之事，其中重大的有幾件？可用的人有幾個？某件事還沒有做，某個人還沒有用，雞鳴時起床，說：「我今天要做某件事，用某個人。」另一天，又說：「我所做的某件事，果然做好了嗎？我所用的某個人，那人果然有才能嗎？」這樣勤勉不懈，不違心志，屏棄聲色之樂，放逐疏遠口是心非的小人，親近賢良明達之士，遠觀歷史，把握當今。這都是勤勉的實際行動，路途怎會遙遠呢？

伏惟制策：有「夙興夜寐，於今三紀。德有所未至，教有所未孚；闕政尚多，和氣或盭❶；田野雖闢，民多亡聊❷；邊境雖安，兵不得徹❸；利入已浚❹，浮費彌廣；軍冗而未練，官冗而未澄；庠序比興，禮樂未具；戶罕可封❺之俗，士忽胥❻讓之節。此所以訟未息於虞芮❼，刑未措於成康❽。意在位者不以教化為心，治民者多以文法為拘，禁防繁多，民不知避；法敘寬濫，吏不知懼，纍繫者眾，愁嘆者多。」凡此陛下之所憂數十條者，臣皆能為陛下歷數而備言之，然而未敢為陛下道也。何者？陛下誠得御臣之術，而固執之，則嚮之所憂數十條者，皆可以捐之大臣，而己不與❾。今陛下區區❿以嚮之數十條為己憂者，則是陛下未得御臣之術也。

【章　旨】本段據策問所列的國家未治的大量事實，指出仁宗駕馭臣下之術不正確。

【注　釋】❶盭　同「戾」。悖逆；違背。❷亡聊　無可依靠。聊，賴。❸徹　同「撤」。❹浚　索取；榨取。❺封　封賞；表彰。❻胥　相互。❼虞芮　商、周時二古國名。據《詩・緜》毛傳，虞、芮二君爭田，後入周境，見百姓相讓有禮，受到感動，乃息訟互讓。❽成康　指周成王康王時代。《史記・周本紀》謂：成康之際，天下安寧，刑措四十餘年不用。❾與　同「預」。干預。❿區區　形容情真意摯。

【語　譯】我思考皇上策問中有言：「(我)起早睡晚，到現在已歷時三紀。德行未達到完美，教化未能使人信服；朝政缺失還多，和風時雨有時乖違；田野雖然開闢，百姓生活還大多沒有依靠；邊境雖然安寧，但守軍卻不能撤退；賦稅收入已向百姓索取，但不必要的費用開支越來越多；軍隊冗多卻缺乏訓練，官員冗多卻未能清理；學校接連興辦，禮樂教化卻沒有做好；民間家庭少有值得旌表的好風氣，士人忽視互相謙讓的禮節。這就是爭訟不能像當年虞、芮二君一樣自行停息，刑罰未能像當年成、康之治一樣措置不用的原因。想來在上位的人不把教化放在心上，管理百姓的官員多把舞文弄法作為約束，禁止防備的刑法繁多，百姓不知如何躲避；對法律的解釋範圍既寬又濫，官吏不知有所戒懼，被囚繫的罪犯多，愁苦哀嘆的人卻更多。」總之，皇上所憂慮的這幾十條，我都能夠替皇上一一數出並且詳盡論說，然而不敢對皇上說。為什麼呢？如果皇上果真得到駕御臣下的方法而且堅持實行，那麼剛才提到的所憂慮的幾十條事項，都可以交給大臣而自己不必干預。現在皇上真心真意地把剛才那幾十條作為自己的憂思，那麼這就表明皇上並沒有得到駕御臣下的方法。

天下所謂賢者，陛下既得而用之矣。方其未用也，常若有餘；而其既用也，則不足。是豈其才之有變乎？古之用人者，日夜提策❶之。武王用太公，其相與問答百餘萬言，今之《六韜》❷是也。桓公用管仲，其相與問答亦百餘萬言，今之《管子》❸是也。古之人君，其所以反覆窮究其臣者若此。今陛下默默而聽其所為，則夫嚮之所憂數十條者，無時而舉矣。古之忠臣，其受任也，必先自度曰：「吾能辦是矣乎？」度能辦是也，則又曰：「吾君能忘己而任我乎？能無以小人間我乎？」度其能忘己而任我也，能無以小人間我也，然後受之。既已受之矣，則以身任天下之責而不辭，享天下之利而不愧。今也內不度己，外不度君，而輕受之；受之而眾不與也，則引身而求去；陛下又為美辭而遣之，加之重祿而慰之。夫引身而求退者，非果廉節而有讓也，是邀君以自固也，是自明其非我之欲留以逃謗也，是不能辦其事，而以其患遺後人也。陛下奈何聽之？臣故曰陛下未得御臣之術也。

【章　旨】本段從古今在用人方面的不同進行對比，進一步闡明仁宗駕馭臣下之術之不當。

【注　釋】❶提策　提，提舉。策，指策問諮詢。❷六韜　《隋書・經籍志》載「《太公六韜》五卷」。原注曰：「周文王師姜望撰」。今存《武經七書》及《百子全書》本，凡六卷六十篇，二萬餘言。❸管子　《漢書・藝文志》載《管子》八十五篇。原注曰：「夷吾（管仲）相齊桓公，九合諸侯不以兵車事也。」原二十四卷，八十六篇，今存七十六篇。

【語　譯】天下的所謂賢人，皇上都得到並且任用了。當他們沒有被任用時，常覺得其才能有餘；等到已經任用了，又常覺得其才能不足。這難道是因為他們才能有什麼變化嗎？古代用人的君王，對於被任用的人才，經常提舉諮詢。周武王用姜太公，他們相互問答的話有百多萬字，這就是現在傳世的《六韜》。齊桓公用管仲，他們相互問答的話也有百多萬字，這就是今天傳世的《管子》。古代的君王，像這樣反覆地窮根究底地詢問臣下。現在皇上默默地聽任臣下作為，那麼前面列舉所憂慮的幾十條事項，是沒有時候能辦好的了。古代的忠臣，他們接受任務時，必定先自己考慮道：「我能夠辦這事嗎？」估計能夠辦這事了，就又說：「我的君王能夠超出自我而任用我嗎？能夠不因為小人而疏遠我嗎？」估計君王能夠超出自我而任用我，能夠不因為小人而疏遠我了，然後才接受任務。已經接受任務了，就用自己一身擔負治理天下的責任而不推辭，享受天下的利益而不慚愧。現在的大臣內不估量自己的力量，外不忖度君王的信任程度，輕易地接受任務；接受任務以後，眾人不合作，就自求辭職；皇上又用好話遣送他，增加優厚俸祿去安慰他。那些自己要求辭職的人，並非他們的節操方正而能謙讓，這乃是要挾君王來加強自己地位，只是表明自己並不想留職，借此來逃避批評，只是不能把事情辦好，而把禍患留給後人。皇上為什麼聽信他們這樣做呢？所以我說皇上沒有得到駕御臣下的方法。

若夫「德有所未至，教有所未孚」者，此實不至也。德之必有以著其德之之形，教之必有以顯其教之之狀。德之之形，莫著於輕賦；教之之狀，莫顯於去殺。此二者，今皆未能焉。故曰實不至也。夫以選舉之重，而不取才行；官吏之眾，而不行考課；農末之相傾，而平糴之法❶不立；貧富之相役，而占田之數無限❷。天下之闕政，則莫大乎此，而和氣安得不盭乎？田野闢者，民之所以富足之道也。其所以無聊，則吏政之過也。然臣聞天下之民，常偏聚而不均。吳、蜀有可耕之人，而無其地；荊、襄有可耕之地，而無其人。由此觀之，則田野亦未可謂盡闢也。夫以吳、蜀、荊、襄之相形，而飢寒之民，終不能去狹而就寬者，世以為懷土而重遷，非也。行者無以相群，則不能行；居者無以相友，則不能居。若輩徙飢寒之民，則無有不聽矣。

【章　旨】本段是對制策中「德有所未至，教有所未孚」之語的議論。批評朝政之失並提出移民寬地等建議。

【注釋】❶平糴之法 《漢書・食貨志》記李悝為魏文侯制平糴之法。官府在年成好時以平價收購儲存糧食，以防穀賤傷農，遇災荒年成則以平價出售，以防穀貴傷民。糴，買糧食。❷占田句 參見卷三蘇明允《論衡・田制》篇及注。

【語譯】至於制策中說「德行有所未能達到完美，教化有所未能使人信服」的話，這些確實是沒有達到。德行必定有顯示那德行的表現，教化必有用來顯示那教化的狀態。德行的表現，沒有比減輕賦稅更顯著的；教化的形態，沒有比停止刑殺更明顯的。這兩件事，現在都未能做到。所以我說確實沒有達到。推選薦舉人才這樣重要，卻沒有錄取有才幹德行的；官吏這樣眾多，卻不實行業績考核；農商相爭，但平糴的法令沒有確立；窮人被富人役使，而私人占田的數量卻不加限制。治理天下政治的失誤，沒有比這些更大的了，國家的祥和之氣怎會不出現乖戾呢？開闢田野，是使百姓富足的途徑。百姓之所以無可依靠，那是官吏治理的過錯。我聽說天下百姓，總是過於集中而分布不均。吳、蜀一帶有可耕作的農民，卻沒有土地；荊、襄一帶有可耕作的田地，卻沒有耕作的人。從這種情況看，那麼田野也不能說都開闢已盡。用吳蜀與荊襄兩地情形比較，飢寒百姓，終於不能離開狹窄的吳蜀而往較寬闊的荊襄之地，一般認為是由於留戀故土難於遷徙，其實不對。遷徙之民如果不能成群結伙，就不願遷徙；居住之民如果沒有友善的鄰居，就不能安居。如果能集體遷徙飢寒百姓，那是沒有人不聽從的。

「邊境已安而兵不得徹」者，有安之名，而無安之實也。臣欲小言之，則自以為愧；大言之，則世俗以為笑。臣請略言之。古之制北狄者，未始不通西域。今之所以不能通者，是夏人❶為之障也。朝廷置靈武於度外，幾百年❷矣。議者以為絕域異方，曾不敢近，而況於取之乎？然臣以為事勢有不可不取者。不取靈武，則無以通西域；西域不通，則契丹之強，未有艾也。然靈武之所以不可取者，非以數郡之能抗吾中國，吾中國自困而不能舉也。其所以自困而不能舉者，以不生不息之財，養不耕不戰之兵，塊然如巨人之病膇❸，非不枵然❹大矣，而手足不能以自舉。欲去是疾也，則莫若捐秦❺以委之，使秦人斷然如戰國之世，不待中國之援，而中國亦若未始有秦者。有戰國之全利，而無戰國之患，則夏人舉矣。其便莫如稍徙緣邊之民不能戰守者於空閑之地，而以其地益募民為屯田。屯田之兵稍益，則向之戍卒，可以稍減。使數歲之後，緣邊之民，盡為耕戰之夫，然後數出兵以苦之，要以使之厭戰而不能支，則折而歸吾矣。如此而北狄❻始有可制之漸，中國始有息肩之所。不然，將濟師❼之不暇，而又何徹乎？

【章旨】本段對制策中「邊境已安而兵不得徹」等語發表議論，提出委棄秦地，移民邊境屯田以困西夏等解決邊境問題的建議。

【注釋】❶夏人　這裡指宋初党項族趙元昊建立的夏國，即西夏。❷幾百年矣　按靈武失陷在宋真宗咸平五年（西元一〇〇二年），至蘇軾對策之嘉祐六年，僅六十年。這裡說幾近百年，大概是追溯到此前党項人侵擾之時。幾，幾乎。靈武，在今寧夏。❸塊然句　塊同「傀」。傀然，巨大貌。膇，足腫。❹枵然　空虛闊大貌。枵，同「呺」。呺然，見《莊子・逍遙遊》。❺捐秦　棄秦地。按：蘇軾在這裡提出「捐秦以委之」的建議，「其意欲使關中自為戰守之具而中國不預。」（郎曄《經進東坡文集事略》）即發揮秦地軍民的戰鬥力以對付西夏。❻北狄　這裡指遼（契丹）。❼濟師　增加軍隊。

濟，增益。

【語譯】制策中所說「邊境已經安寧但守軍不能撤出」的話，這是有安寧之名卻沒有安寧的實際。我想往小處說，就自己感到慚愧；往大處說，世俗之人就認為可笑。請讓我簡略說一說。古代制服北方異族的君王，沒有不交通西域的。今天之所以不能與西域交通，是西夏人從中阻隔的緣故。朝廷不把靈武放在心裡，任憑西夏占領，已經將近百年了。議論的人認為那是極遠的邊塞之地，連靠近都不敢，何況去奪回它呢？然而我認為形勢已到了不能不奪回的時候。不取靈武，就無法通西域；西域不通，那麼北方契丹的強大就不能遏止。但是靈武之所以不可奪取，不是因為西夏盤據的那幾個州郡能夠同中國抗衡，而是中國自己有困難而不能攻取。中國之所以自己有困難而不能攻取，是因為憑著不能生長增加的財富，供養著不能耕種又不能打仗的士兵，就像巨人身上患病浮腫的大腿，並非不形體龐大，但卻不能自己舉手動腳。想要除去這疾病，那就不如丟開秦地不管，使得秦地人完全同戰國時代一樣，不必等待中原地區的支援，而中原也好像不曾有秦地。秦地有戰國時的全部有利條件，而沒有戰國時相互征伐威脅的禍患，那就可以戰勝西夏人了。那方便之法，是不如把不能作戰戍守的邊境百姓逐漸遷徙到空閒土地處，而用這些邊境土地增加招募百姓作屯田士兵。屯田士兵逐漸增多了，那麼從前的守邊士兵就可以逐漸減少。使得幾年之後，邊境百姓都成為了既能耕種又能作戰的人，然後經常出兵騷擾西夏，總之要使得西夏人厭倦打仗，不能支持，那就會屈服歸順我們了。這樣，北方契丹才能逐漸得到制服，中國也才有解除戰爭負擔的辦法。不然，增加軍隊都來不及，又怎麼可能撤除守邊士兵呢？

所謂「利入已浚，而浮費彌廣」者，臣竊以為外有不得已之二虜[1]，內有得已而不已之後宮。後宮之費，不下一敵國。金玉錦繡之工，日作而不息，朝成夕毀，務以相新。主帑❷之吏，日夜儲其精金良帛而別異之，以待倉卒之命，其為費豈可勝計哉？今不務去此等，而欲廣求利之門，臣知所得之不如所喪也。

【章旨】本段對制策中「利入已浚，而浮費彌廣」之語發表議論，提出減少後宮糜費的建議。

【注釋】❶二虜 指遼（契丹）和西夏。❷帑 古代指收藏錢財的府庫和府庫裡的錢財。

【語譯】制策中所說「賦稅收入已向百姓索取，但不必要的開支卻越來越多」的話，我私下認為外面有不肯罷休的契丹、西夏兩個敵人，裡面有能夠控制卻不加以控制的後宮開支。後宮的花費，不比一個敵國小。金玉錦繡工人，每天勞作不得休息，早晨完成，晚上又毀掉，專心致力於追求新奇。主管府庫收藏的官吏，從早到晚儲藏那些精美的金玉絲帛，還要加以分門別類，以便等待後宮的緊急吩咐，那種花費難道可以計算盡嗎？現在不努力消除這些糜費，卻想開拓求利的門徑，我知道得到的一定不如失去的多呢。

「軍冗而未練」者，臣嘗論之曰：此將不足恃之過也。然以其不足恃之故，而擁之以多兵，不蒐❶去其無用，則多兵適所以為敗也。「官冗而未澄」者，臣嘗論之曰：此審官吏部與職司無法之過也。夫審官吏部，是古者考績黜陟之所也，而特以日月為斷❷。今縱未能復古，可略分其郡縣，不以遠近為差，而以難易為等，第❸其人之所堪而別異之。才者常為其難，而不才者常為其易。及其當遷也，難者常速，而易者常久。然而為此者固有待也。內之審官吏部，與外之職司，常相關通。而為職司者，不惟舉有罪，察有功而已，必使盡第其屬吏之所堪，以詔審官吏部。審官吏部常從內等其任使之難易，職司常從外第其人之優劣，才者常用，不才者常閑，則冗官可澄矣。

【章旨】本段對制策中「軍冗」、「官冗」等語發表議論，並提出改進官吏考核任用制度的建議。

【注釋】❶蒐　檢閱；選擇。❷特以日月為斷　只憑任職時間長短為考核標準。斷，判斷。❸第　次序；等第。這裡是排列次序的意思。

【語譯】制策所說「軍隊冗多卻未加訓練」的話，我曾經議論說過：這是將領不值得依靠導致的錯誤。然而，因為將領無能，不足以信賴，卻擁有大量軍隊，又不通過檢閱挑選，清除無用之人，那麼軍隊雖多，卻正足以導致失敗。制策中有「官員冗多而未能清理」的話，我曾經議論說：這是掌管審核官員的吏部和地方職能部門沒有正確制度造成的錯誤。審核官員的吏部，是古代考核官員政績並陞降官職的地方，但現在卻只依據任職時間長短作標準。今天即使不能恢復古制，也可以大體對郡縣進行分類，不依離京城的遠近區分，而按照治理的難易程度分等，排列任用官員的能力分別使用。有才幹的一般管理較難治理的郡縣，缺乏才幹的人一般管理較易治理的郡縣。到了陞遷官職的時候，擔負困難任務的人陞遷快些，擔負輕鬆任務的人任原職時間相對長些。然而，做官的本來期待陞遷。朝廷掌管審核官員的吏部與外地的職能部門，經常互相聯繫。外地的職能部門，不只是檢舉官員罪過，考察其功績，一定要他們把所屬官員的能力全部排列次序，報告審核官員的吏部。審核官員的吏部從朝廷內排列任用職務的難易，職能部門常從地方上考察排列官員們的優劣，有才能的人經常得到任用，沒有才幹的經常被閒置，那麼官員冗多的現象可以得到清理了。

「庠序興而禮樂未具」者，臣蓋以為庠序者，禮樂既興之所用，非所以興禮樂也。今禮樂鄙野而未完，則庠序不知所以為教，又何以興禮樂乎？如此而求其可封，責其胥讓，將以息訟而措刑者，是卻行而求前也。夫上之所嚮者，下之所趨也，而況從而賞之乎？上之所背者，下之所去也，而況從而罰之乎？今陛下責在位者不務教化，而治民者多拘文法，臣不知朝廷所以為賞罰者何也。無乃或以教化得罪，而多以文法受賞與？夫禁防未至於繁多，而民不知避者，吏以為市❶也。敘法不為寬濫，而吏不知懼者，不論其能否，而論其久近也。繆繫者眾，愁嘆者多，凡以此也。

【章旨】本段對制策中「庠序興而禮樂未具」等語發表議論。批評朝廷忽視禮樂教化的過失。

【注釋】❶吏以為市　指官吏受賄枉法。市，買賣交易。

【語譯】制策中所說「學校興辦但禮樂未能完備」等話。我認為，學校，是禮樂已經興起後用的，不是用來興禮樂的。現在農村邊遠之地禮樂教化沒有完成，那麼學校不知道如何進行教育，又用什麼去興禮樂呢？像這樣去尋求值得表彰的風習，要求相互禮讓，要實現平息爭訟，廢止刑罰，這是向後倒退走路而要求能前進啊。在上位的人所喜好的，是在下位的人所趨向跟隨的，何況對此還要加以獎勵呢？在上位的人所反對的，是在下位的人所捨棄的，何況對此還要加以懲罰呢？現在皇上責備在位的人不致力於教化，而管理百姓的官員多拘泥於文法，我不知道朝廷用來賞罰的標準究竟是什麼。恐怕是有人因為教化獲罪，而許多人因為舞文弄法受賞吧？法律禁止防範之處並不繁多，但百姓不知道迴避，這是因為官吏徇私，把執法作為謀利的交易。解釋法律的範圍並不寬泛，但官吏不知道戒懼，是因為考核官吏時不看他是否能幹而只看他任職時間長短。被囚禁的罪犯多，愁苦嘆息的人更多，都是由於這原故啊。

伏惟制策有「仍歲❶以來，災異數見。乃六月壬子，日食於朔，淫雨過節，煖氣不效，江河潰決，百川騰溢。永思厥咎，深切在予。變不虛生，緣政而起」。此豈非陛下厭聞諸儒牽合之論，而欲聞其自然之說乎？臣不敢復取《洪範傳》〈五行志〉❷以為對，直以意推之。

【章旨】本段引述制策中「災異數見」等語並開始議論。

【注釋】❶仍歲　數歲；連年。❷洪範傳五行志　疑指《洪範五行傳》（漢劉向撰），已佚，但其內容保存在《漢書・五行志》中，以陰陽五行思想解釋自然現象、災異與人事的關係。

【語譯】制策中有言「連年以來，災害怪異屢次出現。六月壬子日是月初一日，發生日食，大雨不止，超出常規，暖氣不起作用，長江黃河潰決，許多河流洪水氾濫。長久思考這些災異，深感責任在我。這些變異不是憑空產生的，是由於朝政引起的」。這豈不是表明皇上聽慣了儒生們牽強附會的議論，想聽到關於自然變化的說法嗎？我不敢再採取《洪範傳》、〈五行志〉的觀點對策，只按照自己的想法推論。

夫日食者，是陽氣不能履險也。何謂陽氣不能履險？臣聞❶五月二十三分月之二十，是為一交。交當朔則食。交者，是行道之險者也。然而或食或不食，則陽氣之有強弱也。今有二人並行，而犯霧露，其疾者，必其弱者也；其不疾者，必其強者也。道之險一也，而陽氣之強弱異。故夫日之食，非食之日而後為食，其虧也久矣，特遇險而見焉。陛下勿以其未食也為無災，而其既食而復也為免咎。臣以為未也，特出於險耳。

【章　旨】本段論述日食之因，是陽氣不能履險。

【注　釋】❶臣聞以下數句　這是東漢劉歆《三統曆》和漢末劉洪《乾象曆》中關於預測日蝕的說法。其計算法頗為複雜，且不甚科學，故不便詳加解釋。

【語　譯】日食，是陽氣不能履險的結果。什麼是陽氣不能履險呢？我聽說，日月運行的軌道，每隔五個月加上二十三分月之二十，就會有日、月運行軌道相交一次。相交如果正當月初一日，就出現日食。日月軌道相交，是指運行軌道中的險阻。然而有時日食，有時沒有日食，那是陽氣有強弱。現在有兩人冒著霧露一起走路，那得病的人，必定是身體虛弱的；那不患病的，必定是身體強壯的。運行軌道的險阻一樣，但陽氣的強弱不同。所以日食，不是要出現日食的那一天就一定有日食，是陽氣虧損久了，只不過遇著險阻而顯示出來。皇上不要認為沒有出現日食就是無災，也不要認為日食以後陽光重新恢復是免禍。我認為並非如此，只是由於出現了險阻罷了。

夫淫雨大水者，是陽氣融液汗漫而不能收也。諸儒或以為陰盛，臣請得以理折之。夫陽動而外，其於人也，為噓。噓之氣，溫然而為溼。陰動而內，其於人也，為噏❶。噏之氣，冷然而為燥。以一人推天地，天地可見也。故春夏者，其一噓也；秋冬者，其一噏也。夏則川澤洋溢，冬則水泉收縮，此燥溼之效也。是故陽氣汗漫融液而不能收，則常為淫雨大水，猶人之噓而不能吸也。今陛下以至仁柔天下，兵驕而益厚其賜，戎狄桀傲而益加其禮，蕩然與天下為咻呴❷溫煖之政。萬事隳壞❸，而終無威刑以堅凝之，亦如人之噓而不能吸，此淫雨大水之所由作也。天地告戒之意，陰陽消復之理，殆無以易此矣。

【章　旨】本段論述淫雨大水之所由作及天地告戒之意。

【注　釋】❶噏　同「吸」。❷咻呴　噓（呼出）氣貌。咻，呼吸聲。呴，吐氣。❸隳壞　毀壞。隳，同「墮」。毀壞。

【語　譯】淫雨大水，是陽氣融化為水液，水勢浩瀚無法收斂的結果。儒者們有人認為是陰氣過盛，請讓我用道理反駁他們。陽氣發動而出外，在人是噓氣。噓出的氣，溫熱而潮濕。陰氣發動而在內，在人是吸氣。吸入之氣，清冷而乾燥。從一人推廣到天地，天地就可以觀察了。所以，春夏是天地的一次噓氣；秋冬是天地的一次吸氣。夏天江河湖泊漲溢，冬天水泉收縮乾涸，這是陰陽之氣乾燥濕潤的不同表現。所以陽氣融化為水液，水勢浩瀚不能收斂，就常成為淫雨大水，如同人只能噓出氣而不能吸入。現在皇上以至大的仁心柔服天下，軍隊驕悍卻更增加賞賜，戎狄之人桀驁不馴卻更增加禮遇，很寬大地在天下施行噓出溫暖之氣的仁政。許多事業被毀壞，卻終於沒有威嚴的刑罰來制止維護，也好像人只能噓氣而不能吸氣，這是淫雨大水發生的原因。天地藉此告誡君王的意旨，陰陽二氣消長循環的道理，恐怕沒有比這更簡易明白的了。

而制策又有「五事之失❶，六沴❷之作，劉向所傳，呂氏所紀❸。五行何修而得其性？四時何行而順其令？非正陽❹之月，伐鼓救❺變，其合於經乎？方盛夏之時，論囚報重，其考於古乎？」此陛下畏天恐懼求端之過，而流入於迂儒之說。此皆愚臣之所學於師而不取者也。夫五行之相沴，本不至於六；六沴者，起於諸儒欲以六極分配五行❻，於是始以皇極附益而為六。夫皇極者，五事皆得；不極者，五事皆失，非所以與五事竝列而別為一者也。是故有眊而又有蒙❼。有極而無福，曰：「五福皆應。」此亦自知其疏也。呂氏之時令，則柳宗元之論❽備矣。以為有可行者，有不可行者。其可行者，皆天事也；其不可行者，皆人事也。若夫禜社❾伐鼓，本非有益於救災，特致其尊陽之意而已。《書》曰：「乃季秋月朔，辰弗集於房。瞽奏鼓，嗇夫馳，庶人走。」❿由此言之，則亦何必正陽之月，而後伐鼓救變，如左氏之說⓫乎？盛夏報囚，先儒固已論之，以為仲尼誅齊優之月⓬，固君子之所無疑也。

【章　旨】本段對制策中「五事之失，六沴之作」等語發表議論。

【注　釋】❶五事之失　《尚書‧洪範》：「五事：一曰貌，二曰言，三曰視，四曰聽，五曰思。」對五事的要求：「貌曰恭，言曰從，視曰明，聽曰聰，思曰睿。」沒有達到的是「五事之失」。❷六沴　指天地四時之氣反常而發生的破壞危害作用。

沴，害。❸劉向二句　指劉向所作《洪範五行傳》和《呂氏春秋・十二紀》。❹正陽　古以農曆四月（一說四月和十月）為正陽。❺捄　同「救」。❻諸儒欲以六極分配五行　此句及下文，是針對劉向《洪範五行傳》中一些說法提出的批評，因為制策中用了劉向的「六沴」之說。蘇洵曾有〈洪範論〉力闢「（劉）歆向之惑」，可見蘇軾之論，實本之庭訓。六極，〈洪範〉篇有「嚮用五福，威用六極」之說。五福是「壽、富、康寧、攸好德、考終命」。六極是凶短折、疾、憂、貧、惡、弱。極在這裡是窮的意思，謂不幸之事。但六極又指天地上下四方。所以劉向班固等欲以「六極」與「五行」等相配合，遂從〈洪範〉篇中提出「皇極」（君王行事的準則）與「五事」並列，又提出「六沴」（六氣相傷）之說。這些說法都遭到蘇軾父子批評。❼有眊而又有蒙　劉向提出「皇之不極，則厥咎眊」。蘇軾認為〈洪範〉中已將「蒙」作為咎徵，眊、蒙意無異，不應重複。❽柳宗元之論　柳宗元有〈時令論〉一文，批評《呂氏春秋・十二紀》中把自然界的月令與人君政事牽強聯繫的說法。認為「凡政令之作，有俟時而行之者，有不俟時而行之者。」❾禜社　禜，通「縈」、「營」。據《周禮》鄭玄注，日食時，以朱絲縈社（土地神主）以救。一說作「禜」。祭名，以禳水旱癘疫之災。❿書曰六句　引文見偽古文《尚書・胤征》。弗集於房，指日月在房宿相遇不相和睦，發生日食。集，通「輯」。和睦。嗇夫，小臣。庶人，指在官府供役的百姓。⓫左氏之說　此說見於《左傳・莊公二十五年》及杜預注。⓬仲尼誅齊優之月　據《穀梁傳・定公十年》，這年夏天，魯定公會齊侯於頰谷。齊侯使優施舞於魯君之幕下。孔子曰：「笑君者罪當死。」使司馬行法誅之。

【語　譯】制策中又說「五事的失誤，六氣反常為害的發生，是劉向《五行傳》和《呂氏春秋》中說過的。五行怎樣治理才能符合它們的本性？四季要怎樣作為才能順應它們的月令？不是正陽之月，敲鼓救日食，合乎經典嗎？正當盛夏時節審訊罪犯，判以重刑，能在古代得到驗證嗎？」這是皇上畏懼天意，遇事恐懼尋求端由太過分，因而受到迂腐儒者議論的影響。這都是愚拙的我曾向老師學習而沒有學到的。五行互相傷害，本來沒有六種；六沴，是產生於儒者們想用六極分別配合五行，於是開始把皇極增加進去成為了六事。皇極，本來是五事都符合要求的意思；不極，就是五事都達不到要求，並非把皇極與五事並列而另作一種。所以，劉向的說法中咎徵有眊又有蒙，意思重複。六極五福中有一極沒有福對應，卻說「五福都有對應。」這也是自己知道其中的疏失了。對《呂氏春秋》中的時令說法，柳宗元的〈時令論〉已經討論得全面了。他認為有可以按照做的，有不可以按照做的。那可以按照做的，是有關自然的事；那不可以按照做的，是無關自然的人事。至於發生日食時用朱絲縈繞社主和擊鼓，本來對救災沒有益處，只不過表達尊崇太陽的意思罷了。《尚書》中說，「九月初一，日月在房宿不和輯，而發生日食。盲人樂官擊鼓，小臣和官府差役奔跑。」從這些話看，那又何必一定要像《左傳》所說的，要到正陽之月才能擊鼓救變呢？盛夏判決囚犯，前代儒者早已議論過，認為孔子殺齊國優施的時間正當夏月，君子當然沒有疑問了。

伏惟制策有「京師諸夏❶之根本，王教之淵源，百工淫巧無禁，豪右僭差❷不度」。此在陛下身率之耳。後宮有大練之飾❸，則天下以羅紈為羞；大臣有脫粟❹之節，則四方以膏粱為汙。雖無禁令，又何憂乎？

【章旨】本段對制策關於京師風氣的話發表議論。

【注釋】❶諸夏　原指周代分封的諸侯國，後即指華夏地區，中國。❷僭差　違反超越禮制的等級現定。❸大練之飾　衣裙不加染飾，意謂穿著樸素。大練，大帛。未經染色緣飾。❹脫粟　指米飯粗糙。脫粟，米才脫殼，未經精製。

【語譯】制策中說「京城是中國的根本，君王政教的淵源。各種工匠的製作奇巧不受限制，豪強僭越禮制不守法度」。這在乎皇上自己作表率罷了。後宮穿不加染飾的絹帛，那麼天下人就會把穿著精美綾羅當作可羞；大臣有吃糙米的節操，那麼四方就會把膏粱美食當作汙穢。即使沒有禁令，又何必憂慮呢？

伏惟制策有「治當先內，或曰：『何以為京師❶？』政在擿❷姦，或曰：『不可撓獄市❸』」。此皆一偏之說，不可以不察也。夫見其一偏而輒舉以為說，則天下之說，不可以勝舉矣。自通人而言之，則曰治內所以為京師也，不撓獄市，所以為摘姦也。如使不撓獄市而害其為摘姦，則夫曹參者，是為逋逃主也。

【章　旨】本段對制策中關於「治內」「摘姦」的一偏之說發表議論。

【注　釋】❶何以為京師　意謂應行寬大之政。語出《世說新語．政事》。東晉謝安執政，逃兵很多。有人主張一一搜索。謝安不許，云「若不容置此輩，何以為京城？」又見《南史．王儉傳》。京城很大，難免沒有不法之徒藏身，故云。❷摘　揭發。一作「擿」。❸不可撓獄市　也是為政寬和的意思。《史記．曹相國世家》記曹參為齊相國九年，齊國安集。參去，屬其後相曰：「以齊獄市為寄，慎勿擾也。」相曰：「治無大此者乎？」參曰：「不然。夫獄市者所以並容也。今君擾之，姦人安所容也？吾是以先之。」撓，擾亂。獄市，監獄和市場。

【語　譯】制策中說「治理應當先從內部開始，有人卻說：『不寬大，怎麼能治好京城？』執政要揭發姦邪，有人卻說：『不能擾亂監獄和市場』」。這都是一種片面的說法，不能夠不明察。看到事物的一方面就舉出來作議論，那麼天下的議論，不能列舉完呢。從明白事理的人而言，他們就會說整治內部，所以要治理京城，不擾亂監獄市場，所以要揭發姦邪。如果不擾亂監獄市場卻損害揭發姦邪，那麼曹參就成為逃犯的窩藏主人了。

伏惟制策有「推尋前世，深❶觀治迹，孝文尚老子而天下富殖，孝武用儒術而天下虛耗，道非有弊，治奚不同？」臣竊以為不然。孝文之所以為得者，是儒術略用也；其所以得而未盡者，是用儒之未純也；而其所以為失者，是用老也。何以言之？孝文得賈誼之說，然後待大臣有禮，御諸侯有術，而至於興禮樂，係單于，則曰未暇，故曰儒術略用而未純也。若夫用老之失，則有之矣。始以區區之仁，壞三代之肉刑❷，而易之以髡笞；髡笞不足以懲中罪，則又從而殺之。用老之失，豈不過甚矣哉？且夫孝武亦未可謂用儒之主也。博延方士，而多興妖祠❸，大興宮室，而甘心遠略，此豈儒者教之？今夫有國者，徒知徇其名，而不考其實，見孝文之富殖，而以為老子之功；見孝武之虛耗，而以為儒者之罪，則過矣。此唐明皇之所以溺於晏安，徹去禁防，而為天寶之亂也。

【章　旨】本段對制策中前世「用老」「用儒」得失之語發表議論。

【注　釋】❶深　《東坡文集》作「探」。❷壞三代之肉刑　據《漢書・刑法志》，漢文帝即位第十三年，下令廢黥（刺面）、劓（割鼻）、刖（斷足）等肉刑。❸多興妖祠　妖祠，指迷信妖怪之說而建立的祭神之所。此句指漢武帝晚年信方士祠泰一，祭汾陰，禮八神等事。

【語　譯】制策中說「推尋前代，探索觀察他們治理的道路，漢文帝崇尚老子而天下富足繁衍，漢武帝用儒術而國家糜費空虛。治理之道並沒有弊病，治理結果為什麼不同？」我私下認為這種說法不對。漢文帝之所以有所成就，是因為大體運用了儒術；其所以雖有成就但未能完成事業，是因為用儒家之道不夠純淨；而其所以有過失，是因為用了老子學說。憑什麼這樣說呢？文帝採用了賈誼的建議，然後對大臣有禮貌，駕馭諸侯國有了辦法，但是對於興禮樂，制服匈奴單于，卻說「沒有閒暇」，所以我說他只是大體用儒術卻不夠純淨。至於用老子學說的過失，就有下面這些了。開始時因為一點點仁慈之意，廢除了三代以來的肉刑，而用髡笞之刑替代；但髡笞之刑不足以懲罰犯罪，接著又把罪犯殺掉。用老子學說的過失，豈不是太厲害了嗎？而且漢武帝也還不能說是用儒術的君王。他到處延請方士，興建迷信妖異之說的祠堂，大量興建宮殿，醉心於攻取邊遠地域，這些難道是儒者教給他的嗎？現在統治國家的人，只知道追求名聲，而不考求實際，看到漢文帝時的富足繁衍，就認為是老子的功勞；看到漢武帝時的糜費空虛，就認為是儒者的罪過，這就錯了。這也是唐明皇之所以沉溺於太平安樂，撤除近衛防守，從而導致天寶之亂的教訓啊。

伏惟制策有「王政所由，形於詩道，周公〈豳〉詩❶，王業也，而係之〈國風〉。宣王北伐，大事也，而載之〈小雅〉❷」。臣聞〈豳〉詩，言后稷、公劉所以致王業之艱難者也。其後累世而至文王，文王之時，則王業既已大成矣，而其詩為〈二南〉。〈二南〉之詩，猶列於〈國風〉，而至於〈豳〉，獨何怪乎？昔季札觀周樂❸，以為〈大雅〉曲而有直體，〈小雅〉思而不貳❹，怨而不言。夫曲而有直體者，寬而不流也；思而不貳，怨而不言者，狹而不迫也。由此觀之，則〈大雅〉、〈小雅〉之所以異者，取其辭之廣狹，非取其事之小大也。

【章旨】本段對制策中關於王政形於詩道的問題發表議論。

【注釋】❶周公豳詩　指《詩・豳風》中的〈七月〉篇。〈詩序〉曰：「〈七月〉，陳王業也。」❷載之小雅　指《詩經・

小雅》的〈六月〉篇。〈詩序〉曰：「〈六月〉，宣王北伐也。」❸季札觀周樂　事見《左傳・襄公二十九年》。季札，吳國公子。❹貳　二心；兩屬。指離叛之意。

【語譯】制策中說「王政建立的過程，表現在詩道裡。周公的〈豳〉詩，陳述王業，卻放在〈國風〉中；宣王北伐，是大事，卻記載在〈小雅〉裡」。我聽說〈豳〉詩，是陳述后稷、公劉創造王業的艱難的。以後經過幾代到了周文王，文王時代，王業已經有盛大成就了，而關於他的詩歌是〈二南〉。〈二南〉的詩，都還編排在〈國風〉裡，至於〈豳〉詩在〈國風〉中，何必獨感奇怪呢？當年季札觀看周樂演出，認為〈大雅〉委婉而有剛勁之體，〈小雅〉憂思但沒有叛離之心，有怨氣但沒有傾吐。委婉而有剛勁之體的意思，是寬厚而不流蕩；憂思而無離叛之心的意思，是有怨氣而不傾吐，辭意狹窄但不迫促。由此看來，〈大雅〉、〈小雅〉之所以不同，是取自於詩歌辭意的廣狹，並不是取自所述事件的大小。

伏惟制策有「周以冢宰制國用，唐以宰相兼度支❶。錢穀，大計也；兵師，大眾也。何陳平之對，謂當責之內史❷；韋賢之言，不宜兼於宰相❸？」臣以為宰相雖不親細務，至於錢穀兵師，固當制其贏虛利害。陳平所謂責之內史者，特以宰相不當治其簿書多少之數耳。昔唐之初，以郎官領度支，而職事以治。及兵興之後，始立使額❹，參佐既眾，簿書益繁，百弊之源，自此而始。其後裴延齡❺、皇甫鎛❻，皆以剝下媚上，至於希世用事。以宰相兼之，誠得防姦之要。而韋賢之議，特以其權過重歟？故李德裕以為賤臣不當議令，臣常以為有宰相之風矣。

【章　旨】本段對制策中關於宰相權責的問題發表議論。

【注　釋】❶度支　官名。掌管全國財賦的統計和支調。❷陳平之對二句　《史記・陳丞相世家》記載，漢文帝問左丞相陳平：「天下一歲錢穀出入幾何？」陳平回答：有主管官員，「問錢穀，責治粟內史。」❸韋賢之言二句　《唐書・李德裕傳》：時韋弘質建言：宰相不可兼治錢穀。德裕奏言：「……弘質賤臣，豈得以非所宜言上觸天聽！」文中之韋賢，實為韋弘質（或因避諱省作韋質，本篇又誤質作賢）。李德裕，唐武宗時任宰相。❹兵興之後二句　據《唐會要》，唐自開元天寶以後，時事多故，始設度支使或曰判度支使，以尚書侍郎等高官專判度支事。❺裴延齡　唐德宗時任司農少卿領度支事，專剝下附上，以希寵幸。❻皇甫鎛　唐憲宗時任司農卿判度支，以聚斂鉤剝，官至宰相。

【語　譯】制策中說「周朝用冢宰管理國家財政，唐朝用宰相兼度支職權。錢穀，是國家大政。兵師，統領大批人馬。為什麼陳平回答漢文帝，說錢穀的事要責問主管的治粟內史；韋弘質進言皇帝說，宰相不可兼治錢穀呢？」我認為宰相雖然不親自處理細小事務，至於錢穀兵師這種大事，當然應該掌握它們的盈餘、虧損和勝利、失敗這些主要方面。陳平所說的責問內史，只是因為宰相不應該掌管那些簿冊文書多少的數字罷了。過去唐朝初年，用郎官統領度支分設職務處理事情。到開元天寶年間戰事發動之後，開始設立度支使，下級部屬吏員已經眾多，文書簿冊越來越繁瑣，各種弊病的源頭，從這裡開始。以後裴延齡、皇甫鎛，都憑著向下盤剝向上獻媚，以至於迎合朝廷，掌握大權。用宰相兼度支，確實找到了防止姦邪的關鍵。韋弘質的建議，只是因為宰相之權太重吧？所以李德裕認為下級官員不應當議論朝廷法令，我常常認為他有宰相的風度呢。

伏惟制策有「錢貨之制，輕重之相權；命秩❶之差，虛實之相養；水旱蓄積之備；邊陲守禦之方；圜法有九府之名❷；《樂語》有五均之義❸。此六者，亦方今之所當論也」。昔單穆公曰：「民患輕，則多作重以行之；若不堪重，則多作輕以行之，亦不廢重。輕可改而重不可廢，不幸而過，寧失於重。」❹此制錢貨之本意也。命者，人君之所擅，出於口而無窮。秩者，民力之所供，取於府而有限。以無窮養有限，此虛實之相養也。水旱蓄積之備，則莫若復隋、唐之義倉❺。邊陲守禦之方，則莫若依秦、漢之更卒❻。《周官》有太府、天府、泉府、玉府、內府、外府、職內、職金、職幣，是謂九府，太公之所行以致富。古者天子取諸侯之士以為國均，則市不二價，四民常均，是謂五均。獻王❼之所致以為法，皆所以均民而富國也。

【章旨】本段對制策中「錢貨之制」等問題發表議論。

【注釋】❶命秩　賜予官爵俸祿等級。❷圜法句　圜法，流通財幣的辦法。《漢書・食貨志》：「太公為周立九府圜法。」顏注：「圜，謂均而通也。」九府，周代掌財幣之九種官。❸樂語句　樂語，古代典籍，已佚。《漢書・食貨志》注云：「《樂語》，樂元語，河間獻王所傳，道五均事。」又引其文云：「天子取諸侯之士，以立五均。則市無二價，四民常均，彊者不得困弱，富者不得要貧，則公家有餘恩及小民矣。」西漢末，王莽於長安及洛陽、邯鄲、臨淄、宛、成都等五都立五均司，行賒貸之法。❹昔單穆公九句　事見《國語・周語》。單穆公，周大夫。❺義倉　隋文帝時長孫平創立，唐代沿用。豐年由百姓自願捐納設立，作為公共儲備，以救饑饉。❻更卒　在地方郡縣服徭役的兵民，一月更換。❼獻王　西元前?年—前一三〇年。漢景帝子，名德，封河間王。卒諡獻。世稱河間獻王。

【語譯】制策中說「錢幣的製作，要衡量幣值輕重；爵命俸祿的差別，要做到虛實相養；為預防水旱災荒所作的積蓄儲備；邊境防守禦敵的方略；圜法中有九府的官名；《樂語》中有設立五均的道理。這六個問題，也是今天應當討論的」。當年單穆公說：「民眾擔心幣值輕，就多製重幣流通；如果承擔不起重幣，就多作輕幣流通，也不廢除重幣。輕幣可以改動但重幣不能廢除，不幸而有偏差，寧可幣值偏重。」這是製作錢幣的本意。賜予爵命，是君王獨有的權利，從口裡說出，沒有窮盡。俸祿，是民眾財力供給的，從府庫取出，數量有限。用無窮的爵命受有限的民力供養，這就是虛實的相養。防禦水旱災害的蓄積儲備，就不如恢復隋唐時代的義倉制度。邊境防守禦敵的方略，就不如依照秦漢時代的更卒制度。《周官》有太府、天府、泉府、玉府、內府、外府、職內、職金、職幣，這叫九府，是太公實行用以致富的部門。古代天子選取諸侯的土地以實現各國疆域大體平均，那麼市場就沒有兩種價格，士農工商四民總能財富大體平均，這叫做五均，這是河間獻王所提出作為法令的主張。它們都是用以實現均民富國的目標的。

凡陛下之所以策臣者，大略如此。而於其末復策之曰：「富人強國，尊君重朝，弭災致祥，改薄從厚，此皆前世之急政，而當今之要務。」此臣有以知陛下之聖意，以為向之所以策臣者，各指其事，恐臣不得盡其辭，是以復舉其大體而槩問焉。又恐其不能切至也，故又詔之曰：「悉意以陳，而無悼❶後害。」臣是以敢復進其狷狂之說。夫天下者，非君有也，天下使君主之耳。陛下念祖宗之重，思百姓之可畏，欲進一人，當同天下之所欲進；欲退一人，當同天下之所欲退。今者每進一人，則人相與誹曰：「是進於某也，是某之所欲也。」每退一人，則又相與誹曰：「是出於某也，是某之所惡也。」臣非敢以此為舉信也。然而致此言者，則必有由矣。今無知之人，相與謗於道曰：「聖人在上，而天下之所以不盡被其澤者，便嬖小人，附於左右，而女謁❷盛於內也。」為此言者，固妄矣。然而天下或以為信者，何也？徒見諫官御史之言，矻矻❸乎難入，以為必有間之者也。徒見蜀之美錦，越之奇器，不由方貢而入於官也。如此而向之所謂急政要務者，陛下何暇行之？臣不勝憤懣，謹復列之於末。惟陛下寬其萬死。幸甚幸甚！

【章　旨】總結全文，並直言批評當今用人之弊。

【注　釋】❶悼　恐懼；擔憂。❷女謁　通過宮中君王嬖寵的女子進行干求請託。❸矻矻　極度辛勞的樣子。

【語　譯】皇上用以策問我的全部內容，大體是以上這些。而在末尾又策問說：「富民強國，尊君王重朝廷，消災求福，改革澆薄的風氣使之趨向淳厚，這些都是前代的急政，當今的要務。」這話使我能夠知道陛下的聖意，是認為前面用以策問我的，指的是各種具體事情，恐怕我不能把要說的話說完，所以又從大局上概要詢問。又恐怕我不能說得深切透徹，所以又詔告我說：「把想法全都陳述出來，不要擔心以後會有禍害。」所以我敢於再進獻自己的狷狂議論。天下，不是君王私有的，是天下之人讓君王主管的。陛下想到祖宗交付的重任，想到百姓的可畏，要進用一個人，應當符合天下人希望進用此人的心願；要黜退一個人，應當符合天下人希望黜退此人的心願。現在每進用一人，人們就一起非議說：「這是由於某人而進用的，是某人想要進用的。」每黜退一人，人們又一起非議說：「這是由於某人而黜退的，是某人所痛恨的。」我不敢認為這些話都是可信的。然而導致這種言論，必定是有原因的。現在無知的人，一起在路上批評說：「聖人在上，然而天下人不能全都蒙受他的恩澤的原故，是親信小人在身邊依附，宮中又盛行通過得寵后妃進行干求請託的風氣。」說這話的人當然沒有根據。然而天下人有些把這話當真，為什麼呢？人們只看到諫官御史的言論，費盡辛勞而很難被採納，認為一定有人在從中阻隔。只見到蜀地的美錦，越地的奇巧器物，並非由州郡上貢卻進入宮廷。像這樣做，前面陛下所說的急政要務，又哪裡有空暇去實行？我不勝憤懣，謹在對策末尾又作陳述。希望陛下寬恕我的萬死之罪。萬幸萬幸！

【研析】這是一篇應試文字，自然不同於一般就某一問題有感而發有為而作的奏議。它只能圍繞並扣緊制策所問，臨場發揮，一一作答。制策涉及的問題多，對策的議論便難以集中深入而易流於散漫。蘇軾此文，也不可能擺脫這種局限。但他仍然盡力發揮了自己的思理和才氣。如對策前面部分從「陛下未知勤」和「陛下未得御臣之術」兩個方面展開議論，既極具「直言極諫」的應試特色，又顯示出高屋建瓴、把握全局的思辨和議論能力，在結構上又對全文起著提綱絜領的作用。議論本身也富有層次和深度。文章結尾，在總結全文時，再對朝廷用人之弊直言批評，既使後部分散漫的對策議論得以收束，又與前文的綱領性論述相呼應，突出了重點和中心。特別難能可貴的是，在這段結尾文字中，作者提出了「天下者，非君有也，天下使君主之耳」這樣頗有民主色彩的觀點，為全文生色。方苞評論此文說：「條對策問，而言皆鑿鑿，不異於宿構，是作者姿材傑特處。後半散漫少精彩，以所問本膚且雜也。」大體中肯。

卷二十三　奏議類下編　三

策略一

蘇子瞻

【題解】本文及以下十一篇至〈策斷〉（下），選自蘇軾〈進策〉。宋仁宗嘉祐六年（西元一〇六一年），蘇軾應制科考試時，曾奏〈進策〉二十五篇。可見〈進策〉是蘇軾為參加此次考試、早有準備和系統構思而作的一組奏議文字，不同於應試臨場所作的〈對制科策〉。在〈進策·總敘〉中，蘇軾批評自漢以來的「務為射策決科之學」的對策文字（包括董仲舒的〈對賢良策〉）「有科舉之累」，「言有浮於其意，而意有不盡於其言」。表示「臣愚不肖，誠恐天下之士，不獲自盡，故嘗深思極慮，率其意之所欲言者，為二十五篇。曰略、曰別、曰斷」。是二十五篇分為〈策略〉（綱領性議論）、〈策別〉（專題性議論）、〈策斷〉（決策性議論）三部分。〈策略〉是這一組二十五篇的總論部分，共五篇，其作用是「明其略」。〈策略一〉一本題下有小字注「自斷」二字。此篇的主旨是希望君王能居安思危，自斷於心，並立志有所作為。這是〈進策〉的總冒，〈策略〉之起始。

臣聞天下治亂，皆有常勢。是以天下雖亂，而聖人以為無難者，其應之有術也。水旱盜賊，人民流離，是安之而已也。亂臣割據，四分五裂，是伐之而已也。

權臣專制，擅作威福，是誅之而已也。四夷交侵，邊鄙不寧，是攘❶之而已也。凡此數者，其於害民蠹國，為不少矣。然其所以為害者有狀，是故其所以救之者有方也。

【章旨】本段總論天下產生的動亂，應當用不同的方法來治理。

【注釋】❶攘　排斥；驅除。

【語譯】我聽說天下治亂，都有一定的趨勢。所以天下即使動亂，但是聖人認為不難處理，是因為有辦法對付。水旱災害，盜賊破壞，人民流離失所，這只要使人民安寧就行。叛亂之臣割據，國土四分五裂，這只要討伐消滅就行。掌握大權的臣子獨斷專行，擅作威福，這只要把他們誅殺掉就行。四方異族交相侵擾，邊境不寧，這只要把入侵者驅除就行。總之，這幾種事，對於害民禍國，是不少的。然而，它們造成的危害，有具體的表現，所以用以挽救治理也有一定的方法。

天下之患，莫大於不知其然而然。不知其然而然者，是拱手而待亂也。國家無大兵革，幾百年矣。天下有治平之名，而無治平之實；有可憂之勢，而無可憂之形，此其有未測者也。方今天下非有水旱盜賊，人民流離之禍，而咨嗟怨憤，常若不安其生；非有亂臣割據，四分五裂之憂，而休養生息，常若不足於用；非有權臣專制，擅作威福之弊，而上下不交，君臣不親；非有四夷交侵，邊鄙不寧之災，而中國皇皇❶，常有外憂。此臣所以大惑也。今夫醫之治病，切脈觀色，聽其聲音，而知病之所由起。曰此寒也，此熱也，或曰此寒熱之相搏也。及其他，無不可為者。今且有人恍然❷而不樂，問其所苦，且不能自言，則其受病有深而不可測者矣。其言語、飲食、起居、動作，固無以異於常人，此庸醫之所以為無足憂，而扁鵲、倉公❸之所以望而驚也。其病之所由起者深，則其所以治之者，固非鹵莽因循苟且之所能去也。而天下之士，方且掇拾三代之遺文，補葺漢唐之故事，以為區區之論，可以濟世，不已疏乎？

【章　旨】本段論述當時天下雖有治平之名，實有可憂之勢。

【注　釋】❶皇皇　同「惶惶」。惶恐不安的樣子。❷恍然　神志恍忽不清。恍，同「怳」。❸扁鵲倉公　二人皆古代的名醫。扁鵲，春秋時鄭國人，姓秦名越人。太倉公，漢初臨淄人，姓淳于名意，事跡見《史記・扁鵲倉公列傳》。

【語　譯】天下的禍患，沒有比不知道情形如此然而實際已經如此更大的了。不知道情形如此而實際已經如此，這是拱著手等待動亂。國家沒有大的戰事，將近百年了。天下有政治太平的名聲，卻沒有太平的實際；有可憂的形勢，卻沒有可憂的具體表現，這是因為有未預知的東西。當今天下並沒有水旱盜賊導致人民流離的災禍，然而百姓嘆息怨憤，總像生活不得安寧；沒有亂臣割據國土四分五裂的憂慮，然而國家雖經休養生息，仍然常覺財用不足；並非有權臣專制，擅作威福的弊害，然而上下不溝通，君臣不親和；並沒有四方異族交相入侵，邊境不寧的災害，然而國內惶恐不安，經常有外敵之憂。這些都是我大為困惑的事情。現在醫生治病，切脈觀色，聽病人的聲音，然後知道病發生的原因。說這是寒症，這是熱症，或者說這是因為寒熱互相衝突。還有其他原因，沒有不可以診治的。現今有一人，神情恍惚不快樂，問他哪裡不舒服，自己都說不出，那麼他得病就深不可測了。他的言語飲食，起居動作，本來同一般人沒有什麼不同，這就是庸醫之所以認為不值得憂慮，而像扁鵲倉公這樣的名醫之所以望見而吃驚其病重的原因。他起病的原因深，那麼用以治病的方法，當然不是用魯莽的循慣例辦事敷衍應付的態度能夠做到把病除去的。然而，天下的士人，卻正在搜檢三代的遺文，修補漢唐的舊例，用這些來作出見解淺陋狹小的議論，認為可以救治天下，這不是太疏闊荒唐了嗎？

方今之勢，苟不能滌蕩振刷而卓然有所立，未見其可也。臣嘗觀西漢之衰，其君皆非有暴鷙淫虐之行，特以怠惰弛廢，溺於晏安，畏期月❶之勞，而忘千載之患，是以日趨於亡而不自知也。夫君者，天也。仲尼贊《易》，稱天之德曰：「天行健，君子以自強不息❷。」由此觀之，天之所以剛健而不屈者，以其動而不息也。惟其動而不息，是以萬物雜然各得其職而不亂，其光為日月，其文為星辰，其威為雷霆，其澤為雨露，皆生於動者也。使天而不知動，則其塊然者，將腐壞而不能自持，況能以御萬物哉？苟天子一日赫然奮其剛明之威，使天下明知人主欲有所立，則智者願效其謀，勇者樂致其死，縱橫顛倒，無所施而不可。苟人主不先自斷於中，群臣雖有伊、呂、稷、契，無如之何。故臣特以人主自斷，而欲有所立為先，而後論所以為立之要云。

【章　旨】本段論述人君應該首先自我決斷並立志有所作為。

【注　釋】❶期月　一整月。又，一整年也可叫期月（或期年）。❷天行健二句　語出《周易・乾卦・象辭》。〈象辭〉是《易傳》「十翼」（上下〈彖辭〉、上下〈象辭〉、上下〈繫辭〉、〈文言〉、〈說卦〉、〈序卦〉、〈雜卦〉）之一。《周易乾鑿度》云：「仲尼五十究《易》，作《十翼》。」故說「孔子贊《易》」云。

【語　譯】現今的形勢，如果不能滌蕩洗刷舊習，卓然有所立志，看不出可以做什麼。我曾經觀察西漢的衰落歷史。那些君王都不是有殘暴凶狠淫亂虐害行為的，只是因為怠惰鬆懈，荒廢朝政，沉溺於太平享樂，畏懼整月整年的辛勞，而忘記了千年禍患，所以一天天走向衰亡卻自己不知道。君王是代表上天的。孔子讚美《易經》，稱頌上天的德行說：「上天運行不停所以健壯，君子要自強不息。」由此看來，上天之所以剛健不屈，是因為它運行不止。只因它運動不止，所以萬物紛雜卻各自得到自己的職守而不亂，它的光輝成為日月，它的文采成為星辰，它的威嚴成為雷霆，它的恩澤成為雨露，都是由於運動而生成的。假使上天不知運動，那麼這龐然大物就會腐爛而不能自保，何況能夠用以統領萬物呢？如果天子有一天顯赫地發揚他的剛健英明的威勢，使天下人都明白知曉君王想要有所建樹，那麼聰明人就願意貢獻他們的智謀，勇敢的人就樂於獻出自己的生命，任意作為，無論君王怎樣施行，沒有不可以的。如果君王不首先在心中決斷，群臣即使有伊尹、呂尚、稷、契那樣的賢人，也無可奈何。所以我特地把君王自我決斷並想立志有所作為放在第一位，然後再論述實現所立志向的關鍵問題。

【研　析】作為整部〈進策〉及其第一部分〈策略〉的總冒，本文具有高屋建瓴、總攬全局的氣勢和居安思危、見微知著的獨到眼光。作者在對比中揭示治平之世下的可憂之勢，又以「病有深而不可測者」恰切比喻，頗有警動人主的效果。末段切入題旨，雖有君權天授的觀念，但以「君」與「天」類比，對於加強論證的權威力量，確是再精當不過的了。

策略四

蘇子瞻

【題解】此文一本題下有注「破庸人之論」五字。本篇的主旨是，論人才問題，提出破庸人之論，開功名之門，而後天下可為。其中包含著對北宋建國以來在用人問題上的平庸政策和觀念的批評。

天子與執政之大臣，既已相得而無疑❶，可以盡其所懷，直己而行道。則夫當今之所宜先者，莫如破庸人之論，以開功名之門，而後天下可為也。

【章旨】本段在上篇（〈策略三〉）基礎上，提出全文主旨。

【注釋】❶既已相得句　〈策略三〉論君臣應相得無疑，本文所論，承前篇而來。

【語譯】天子與執政的大臣，已經相互契合而不存疑忌，可以盡量展示自己的懷抱，堅持自我人格來推行道義。那麼當今應該首先做的，沒有比得上破除庸人的議論，來開啟功名的門徑，然後天下事才可以有所作為了。

夫治天下譬如治水。方其奔衝潰決，騰湧漂蕩而不可禁止也，雖欲盡人力之所至，以求殺❶其尺寸之勢而不可得；及其既衰且退也，駸駸❷乎若不足以終日。

故夫善治水者，不惟有難殺之憂，而又有易衰之患。導之有方，決之有漸，疏其故而納其新，使不至於壅閼❸腐敗而無用。嗟夫！人知江河之有水患也，而以為沼沚❹之可以無憂，是烏知舟楫灌溉之利哉？夫天下之未平，英雄豪傑之士，務以其所長，角奔而爭利，惟恐天下一日無事也。是以人人各盡其材，雖不肖者，亦自淬厲❺而不至於怠廢。故其勇者相吞，智者相賊，使天下不安其生。為天下者，知夫大亂之本，起於智勇之士爭利而無厭，是故天下既平，則削去其具❻，抑遠天下剛健好名之士，而獎用柔懦謹畏之人。不過數十年，天下靡然無復往時之喜事也。於是能者不自憤發而無以見其能，不能者益以弛廢而無用。當是之時，人君欲有所為，而左右前後，皆無足使者，是以綱紀日壞而不自知，此其為患，豈特英雄豪傑之士趦趄❼而已哉？聖人則不然，當其久安於逸樂也，則以術起之，使天下之心，翹翹然常喜於為善。是故能安而不衰。且夫人君之所恃以為天下者，天下皆為而己不為。夫使天下皆為而己不為者，開其利害之端，而辨其榮辱之等，使之踊躍奔走，皆為我役而不自知，夫是以坐而收其功也。如使天下皆欲不為而得，則天子誰與共天下哉？今者治平之日久矣，天下之患，正在此也。臣故曰破庸人之論，開功名之門，而後天下可為也。

【章　旨】本段批評用人之患，論述開功名之門而後天下可為。

【注　釋】❶殺　消滅；減弱。❷駸駸　急驟的樣子。❸壅閼　堵塞；阻塞。❹沼沚　這裡泛指小水池。沼，水池。沚，水中小洲。❺淬厲　比喻磨鍊。淬，治鍊刀劍時淬火使堅利。厲，同「礪」。磨刀石。用作動詞。❻削去其具　削減其權力、手段。具，器具，這裡是引伸意。❼趦趄　行走不便的樣子。

【語　譯】治理天下，如同治水。當洪水奔騰衝決洶湧漂蕩而不可遏止的時候，雖然想盡人力的極限，以求得減退尺寸水勢都做不到；等到水勢衰退了，那退水的急驟好像等不到一天就會枯竭。所以善於治水的人，不僅僅有難以減退洪水的憂慮，而且還要有水勢容易衰竭的擔心。疏導水流有辦法，決開水流要有一個逐漸的過程，疏通原有的，接納新來的，使水流不至於因為堵塞腐敗而變得無用。唉！人們知道江河有水患，而認為小池裡的水可以無憂，這又哪裡知道水還有通舟船和灌溉的好處呢？在天下還沒有平定的時候，英雄豪傑之士，努力以自己的所長，角逐奔走，爭權奪利，惟恐天下一旦平安無事。所以人人各自施展自己的才幹，即使是沒有才幹的人自己也刻苦磨鍊而不至於懈怠放棄，所以那些勇敢的人相互吞併，智慧的人相互殘害，使天下人生存不得安寧。治理天下的人，知道天下大亂的根源，是由於智勇之士爭權奪利而不知滿足，所以天下平定之後，就削去這些人的權力，抑制疏遠天下的剛健好名之士，而獎賞任用柔順懦弱謹慎小心之人。不超過幾十年之後，天下風氣順從，再沒有過去那樣喜歡生事了。於是，有才能的人不再自己發憤努力從而無從表現他的才能，沒有才能的人更加因為懈怠自棄而變得無用。這時候，君王想有所作為，但是左右前後，都沒有足以使喚的人，所以國家法紀一天天地敗壞而自己卻不知道，像這種情況的憂患，難道只是英雄豪傑之士猶豫不前、不能有所作為嗎？聖人卻不是如此，當人們久安於逸樂的時候，就用辦法使他們振作起來。讓天下人的心思，常常奮力地喜歡做好事。所以國家形勢才會安寧而不會衰退。而且君王之所賴以治理天下的方法，是使天下人都有所作為而自己卻不必做。要使天下人都有所作為而自己卻不必做，就要開啟利害的門道，分辨榮辱的等差，使他們踴躍奔走，都被我役使而自己還不知道，因此君王能夠坐著收取功效。如果讓天下人都想無所作為而有所獲取，那麼天子同誰去共同治理天下呢？現在太平日子很久了，天下的憂患，正在這裡。所以我說破除庸人的議論，開啟功名的門徑，然後天下可以有所作為了。

今夫庸人之論有二：其上之人，務為寬深不測之量；而下之士，好言中庸之道。此二者，皆庸人相與議論，舉先賢之言，而獵取其近似者，以自解說其無能而已矣。夫寬深不測之量，古人所以臨大事而不亂，有以鎮世俗之躁，蓋非以隔絕上下之情，養尊而自安也。譽之則勸❶，非之則沮，聞善則喜，見惡則怒，此三代聖人之所共也。而後之君子，必曰譽之不勸，非之不沮，聞善不喜，見惡不怒，斯以為不測之量，不已過乎？夫有勸有沮，有喜有怒，然後有間而可入；有間而可入，然後智者得為之謀，才者得為之用。後之君子，務為無間，夫天下誰能入之？古之所謂中庸者，盡萬物之理而不過，故亦曰皇極❷。夫極，盡也。後之所謂中庸者，循循焉為眾人之所能為，斯以為中庸矣。此孔子、孟子之謂「鄉原」❸也。「一鄉皆稱原人❹焉，無所往而不為原人。」「同乎流俗，合乎汙世❺。」曰：「古之人，何為踽踽涼涼？生斯世也，為斯世也，善斯可矣。」謂其近於中庸而非，故曰「德之賊也」。孔子、孟子惡鄉原之賊夫德也，欲得狂者而見之，狂者又不可得見；欲得獧者而見之，曰：「狂者進取，獧者有所不為也❻。」今日之患，惟不取於狂者、獧者，皆取於鄉原。是以若此靡靡不立也。孔子，子思之所從受〈中庸〉者❼也。孟子，子思之所授以〈中庸〉者也，然皆欲得狂者、獧者而與之。然則淬勵天下，而作其怠惰，莫如狂者、獧者之賢也。臣故曰破庸人之論，開功名之門，而後天下可為也。

【章旨】本段論述必須破除兩種庸人之論，而後天下可為。

【注釋】❶勸 勉勵。❷皇極 語出《尚書・洪範》：「建用皇極。」偽孔傳曰：「皇，大。極，中、凡用事當立大中之道。」所以蘇軾把「皇極」與「中庸」聯繫起來。❸孔子孟子之謂鄉原 原，同「愿」。《論語・陽貨》、《孟子・盡心下》都批評鄉愿。鄉愿，是沒有真是非的好好先生。孔子說：「鄉愿，德之賊也。」賊，賊害之意。〈盡心下〉篇中孟子對孔子的思想作了進一步解釋與發揮。孟子在同弟子萬章問答時說：「言不顧行，行不顧言，則曰：『古之人，古之人，行何為踽踽涼涼？生斯世也，為斯世也，善斯可矣。』閹然媚於世也者，謂之鄉原（愿）。」踽踽，獨行不進的樣子。涼涼，冷冷清清。❹一鄉皆稱原人焉二句 這是〈盡心下〉篇中萬章問孟子的話。原人，即愿人，鄉愿之人。《說文》：「愿，謹也。」《左傳》杜注：「愿，謹善也。」原（愿）人，即謹慎處世的老好人。❺同乎流俗二句 這是孟子向萬章解說孔子稱鄉愿為德之賊時說的話，見〈盡心下〉。❻狂者進取二句 見《論語・子路》：「不得中行而與之，必也狂狷乎？狂者進取，狷者有所不為。」獧，同「狷」。孟子引述此文解釋說：「孔子豈不欲中道哉？不可必得，故思其次也。」狂者，狂放之人，進取於善道。狷者，狷介之人，不屑為不潔之事。❼子思之所從受中庸者也二句 子思是孔子之孫，相傳《禮記・中庸》為子思所作。《史記・孟子荀卿列傳》曰：「孟軻……受業於子思之門人。」

【語譯】現在庸人的議論有兩種：在上位的人，努力做出寬深不測的度量；在下的士子，喜歡談論中庸之道。

這兩種論調，都是庸人們一起議論時，舉出前代賢人的話，獵取那似是而非的東西，來為自己的無能解說罷了。寬深不測的度量，是古人之所以能面臨大事而不亂，借此壓抑世俗的浮躁，而並非用來隔絕上下的感情交流，使自己安於養尊處優的地位。讚美他就受到勉勵，批評他就感到沮喪，聽到善言就高興，看到惡行就憤怒，這是三代聖人共同的心理。但是後代君子，一定要說讚美他卻不感到鼓勵，批評他卻不感到沮喪，聽見善言不高興，見到惡行不憤怒，這就是不測的度量，不是太過分了嗎？有勉勵，有沮喪，有喜，有怒，然後才有機會可以進入；有機會可以進入，然後有智慧的人就能為他設謀，有才幹的人才能為他任用。而後代的君子，一定要弄到沒有機會，那天下人誰能進入而得到使用呢？古代人所說的中庸，是能盡萬物的本性而又恰如其分，所以又叫皇極。極，是盡的意思。後代人所說的中庸，循規蹈矩地做眾人能做的事，就認為是中庸。這是孔子孟子所說的「鄉愿」。「全鄉的人都稱他是老好人，他沒有到哪裡不做老好人的。」「混同於流行的習俗，投合於汙濁的世道。」這種人說：「古時的人為什麼孤孤獨獨，冷冷清清？生在這個世界裡，為這個世道做事，過得去就行了。」孔子、孟子認為這種人好像接近中庸其實並非中庸，所以說他是「殘害道德的人」。孔子、孟子痛恨鄉愿殘害道德，想得到狂放的人見他們，狂放的人又不得見；想得到狷介的人見他們，說：「狂放的人一意向前，狷介之士不肯做壞事。」現在的憂患，是不選取狂放或狷介的人，選取的都是鄉愿。所以像這樣隨風順從不能有所樹立。孔子，乃是傳授給子思〈中庸〉篇的人；孟子，乃是從子思那裡接受〈中庸〉篇的人，然而都想得到狂放或狷介之士同他們交往。既然如此，那麼磨鍊天下人改變他們的怠惰，沒有比狂放或狷介之士更賢能的了。所以我說破除庸人的議論，開啟功名的門徑，然後天下可以有所作為了。

【研　析】本文論述人才問題，提出了一些卓越見解。承平之世，易用平庸鄉愿之人。作者敏銳地洞察這種現象隱伏的矛盾和危機，提出開功名之門以取英雄豪傑，和破庸人之論重狂狷之士兩項重要建議，這無論對於國家的長治久安還是對於人才的個人命運都是具有重要意義的。文章結構清晰嚴謹而又富於變化。首段總論，後面兩大段分論，而又分別於兩段尾歸結照應，一篇之中，三致意焉。作為主體的兩大段，「前後各自為段落起伏」（唐順之評）。前段以治水為喻，其中藉水有「易衰之患」，引申批評當朝抑剛用柔的人才政策及其危害，很有特色。後段破庸人之論，兩種議論，一種以聖人之常情破之，提出「有間而可入」的新穎觀念，一種以孔孟之議論破之，得出「莫如狂者、獧者之賢」的人才觀點，實際上並非回歸儒家經典，而是不同凡響的個人創見。故康熙帝玄燁稱讚此文「難其英偉之氣，而又兼雋快之筆」。

策略五

蘇子瞻

【題解】本文一本題下有注「結天下之心」五字。此篇的主旨，在於通過總結歷史經驗，勸諫處於承平之世的君王，應通上下之情，結天下之心，以為長治久安之計。

臣聞天子者，以其一身寄之乎巍巍之上，以其一心運之乎茫茫之中，安而為泰山，危而為累卵，其間不容毫釐。是故古之聖人，不恃其有可畏之資，而恃其有可愛之實；不恃其有不可拔之勢，而恃其有不忍叛之心。何則？其所居者天下之至危也。天子恃公卿以有其天下，公卿大夫士，以至於民，轉相屬也，以有其富貴。苟不得其心，而欲羈之以區區之名，控之以不足恃之勢者，其平居無事，猶有以相制；一旦有急，是皆行道之人，掉臂而去，尚安得而用之？古之失天下者，皆非一日之故，其君臣之權❶，去已久矣。適會其變，是以一散而不可復收。

方其未也，天子甚尊，大夫士甚賤，奔走萬里，無敢後先，儼然南面以臨其臣，曰：「天何言哉！」百官俯首就位，斂足而退，兢兢惟恐有罪，群臣相率，為苟安之計，賢者既無所施其才，而愚者亦有所容其不肖，舉天下之事聽其自為而已。及乎事出於非常，變起於不測，視天下莫與同其患，雖欲分國以與人，而且不及矣。秦二世，唐德宗❷，蓋用此術，以至於顛沛而不悟，豈不悲哉！

【章　旨】本段從天子的地位論述結天下之心的重要。

【注　釋】❶權　《東坡文集》作「懽（歡）」，句意較明白。❷唐德宗句　這裡指唐德宗「猜忌刻薄，以彊明自任，恥見屈於正論，而忘受欺於姦諛」（《舊唐書．德宗本紀》贊），親信盧杞等小人，朱泚作亂，倉皇出逃奉天，「由是朝廷益弱，方鎮愈彊。至於唐亡，其患以此。」（同前）

【語　譯】我聽說作天子的人，把他的一人生命寄在高高的帝位之上，把他的整個心思用在茫茫的四海之中，安寧時像泰山，危險時像雞蛋堆疊，安危之間容不下絲毫空隙。所以古代的聖人，不依仗他有使人畏懼的名聲，而依靠他有使人敬愛的實際行動；不依仗他有不可動搖的權勢，而依靠臣民有不忍叛離的忠心。為什麼呢？他所處的地位，是天下最危險的地方。天子依仗公卿而保有他的天下，公卿大夫士以至於百姓，一層層相統屬，因而保有自己的富貴。如果不能得到在下的臣民的忠心，而只想用微不足道的名義來束縛他們，用不足依靠的權勢來控制他們，平時安居無事時，還能互相牽制；一旦有危急，這都成了路上行人，甩手離去不管，還怎麼能使他們為君王所用呢？古代喪失天下的人，都不是因為一天一時的原因，他們君臣之間的親密感情，失去已久了。恰好遇上事變，所以一旦離散就不能再收拾。當天下未亂之時，天子非常尊貴，把大夫士看得非常卑賤，奔走萬里，沒有誰敢越過等級次序，天子矜重莊嚴地南面而坐，下臨群臣，說：「天何必說話啊！」百官低著頭就位，縮著腳退朝，戰戰兢兢惟恐有罪，群臣相互跟隨著作苟安的打算，賢能的人既無法施展自己的才幹，愚笨的人沒有本事也可得到容納，全部天下事，都聽任不管。等到出現非常事件，發生不測變故，眼看全國都沒有人能夠同君王分擔憂患，即使想把國家分給他人，也來不及了。秦二世、唐德宗就是用這種辦法治國，以至於遭到禍亂還不覺悟，豈不可悲嗎！

天下者，器也。天子者，有此器者也。器久不用而置諸篋笥，則器與人不相習，是以扞格❶而難操。良工者，使手習知其器，而器亦習知其手，手與器相信而不相疑，夫是故所為而成也。天下之患，非經營禍亂之足憂，而養安無事之可畏。何者？懼其一日至於扞格而難操也。昔之有天下者，日夜淬勵其百官，撫摩其人民，為之朝聘、會同、燕享，以交諸侯之歡。歲時月朔，致民讀法❷，飲酒蜡臘❸，以遂萬民之情。有大事，自庶人以上，皆得至於外朝以盡其詞❹；猶以為未也，而五載一巡狩❺，朝諸侯於方岳之下，親見其耆老賢士大夫，以周知天下之風俗。凡此者，非以為苟勞而已，將以馴致服習天下之心，使不至於扞格而難操也。及至後世，壞先王之法，安於逸樂，而惡聞其過。是以養尊而自高，務為深嚴，使天下拱手，以貌相承，而心不服。其腐儒老生，又出而為之說曰：天子不可以妄有言也。史且書之，後世且以為譏。使其君臣相視而不相知，如此，則偶人而已矣。天下之心既已去，而倀倀❻焉抱其空器，不知英雄豪傑已議其後。

【章旨】本段從天子與天下的關係論述結天下之心的重要。

【注釋】❶扞格　格格不入；相抵觸。❷讀法　《周禮・地官》：「正月之吉，各屬其州之民而讀法，以致其德行道藝而勸之，以糾其過惡而戒之。」是古代地方官向民眾宣講法令的制度。❸飲酒蜡臘　飲酒，古代的禮制儀式。《禮記・鄉飲酒義》孔疏謂有四事：「一則三年賓賢能，二則鄉大夫飲酒，三則州長習射飲酒，四則黨正蜡祭飲酒。總而言之，皆謂之鄉飲酒。」蜡、臘皆祭名，分別於歲終祭眾鬼神和祖先。周時臘與大蜡合為一祭，秦漢後只稱臘祭。❹皆得至於外朝以盡其詞　《周禮・秋官》小司寇之職曰：「掌外朝之政以致萬民而詢焉。一曰詢國危，二曰詢國遷，三曰詢立君。」此三者即所謂國之大事。外朝的地點，諸家之說不一。鄭玄注認為外朝在雉門（王宮五門自外第二門）之外。❺五載一巡狩　《禮記・王制》：「天子五年一巡狩。」分至東南西北四嶽，諸侯朝見。方岳，四方之嶽（岳）。❻倀倀　無所見的樣子。

【語譯】天下，像器物。天子，是擁有這器物的人。器物久不使用而放在箱籠裡，那麼人與器物不熟悉，所以會感到抵觸難以操持。好工匠用雙手熟悉了解他的器物，而器物也熟悉了解那雙手，手與器物相互信任而不相懷疑，因此做事就能成功。天下的患難，不是製造禍亂可憂，而是安養無事可畏。為什麼呢？害怕這器物一旦發生抵觸而難於操持。過去擁有天下的君王，日夜磨鍊他的官員，愛撫他的人民。設立朝聘會同宴享之禮，與諸侯結交親密感情。歲末和正月初，招集民眾宣讀法令，舉行鄉飲酒儀式和蜡臘大祭，來和順萬物的情性。國家有大事，從普通百姓以上，都能到外朝盡量發表自己的意見；還認為不夠，每五年到各地巡狩，在四嶽名山接受諸侯朝見，親自會見當地的有名望的老人和賢士大夫，從而遍知天下的風俗。所有這些，不是隨意操勞，是要用以使天下人的心馴服習慣，不至於抵觸而難以操持。等到後代，破壞了先王的法制，君主安於逸樂而且討厭聽取對他的錯誤的批評，因此養尊處優，自高自大，竭力裝作高深莊嚴的樣子，使天下人對他表示尊敬，外表迎合卻內心不服。那些迂腐的儒者老先生又出面為他辯解道：天子不可以隨意說話呢。史家還把這話記載下來，後代人把這話作為譏笑的對象。使得他們君臣相見卻不相了解，像這樣，就是木偶人一般。天下人的心既然已經失去，卻徒然地抱著天下這個空器物，不知道英雄豪傑已經在後面打主意了。

臣嘗觀西漢之初，高祖創業之際，事變之興，亦已繁矣。而高祖以項氏創殘之餘，與信、布之徒，爭馳於中原。此六七公者，皆以絕人之姿，據有土地甲兵之眾，其勢足以為亂，然天下終以不搖，卒定於漢。傳十數世矣，而至於元、成、哀、平，四夷嚮風，兵革不試。而王莽一豎子，乃舉而移之，不用寸兵尺鐵，而天下屏息，莫敢或爭，此其故何也？創業之君出於布衣，其大臣將相皆有握手之歡，凡在朝廷者，皆有嘗試擠掇❶，以知其才之短長。彼其視天下如一身，苟有疾痛，其手足不期而自救。當此之時，雖有近憂，而無遠患。及其子孫，生於深宮之中，而狃於富貴之勢，尊卑闊絕，而上下之情疏；禮節繁多，而君臣之義薄。是故不為近憂，而常為遠患。及其一旦，固已不可救矣。聖人知其然，是以去苛禮而務至誠，黜虛名而求實效，不愛高位重祿，以致山林之士，而欲聞切直不隱之言者，凡皆以通上下之情也。昔我太祖、太宗既有天下，法令簡約，不為崖岸❷。當時大臣將相，皆得從容終日，歡如平生，下至士庶人，亦得以自效，故天下稱其言至今。非有文采緣飾❸，而開心見誠，有以入人之深者。此英主之奇術，御天下之大權也。

【章　旨】本段回顧歷史經驗，論述必須通上下之情。

【注　釋】❶擠掇　一本作「嚌啜」。亦嘗試之意。一說：擠掇，指用人的斥取。❷崖岸　喻形勢嚴峻，約束嚴厲。❸緣飾　裝飾。緣，衣邊飾。

【語　譯】我曾經觀看西漢初年歷史。高祖創業的時候，出現的事變，也很繁多了。然而高祖憑藉項羽留下的殘破江山，與韓信、英布之流，在中原爭逐。韓信等這六七人，都憑著超出一般人的才質，據有眾多土地兵卒，那勢力足以作亂，然而天下終於沒有動搖，最後終於為漢所平定。傳了十幾代，到了元帝、成帝、哀帝、平帝時，四方異族歸順，沒有戰事，但是王莽一個小子，竟能把漢朝江山改變，不用一寸兵器，天下人緊張得屏住呼吸，沒有人敢與他爭奪，這是什麼原故呢？創業的君王，出身於平民，他的大臣將相都與他有親密的交情，凡是在朝廷中的官員，都是他親自試用過的，因而知道他們才能的優劣。他們君臣把天下看作如同一個人的身體，如果有病痛，他的手足不須等待就會自救。在這樣的時候，雖然有近憂，卻沒有遠患。到了後代子孫，生在深宮之中，習慣於富貴權勢，君臣由於地位尊卑而分離，上下之間感情疏遠；禮節雖然繁多，但君臣的道義關係薄弱。所以即使沒有近憂，卻經常存在遠患。等到一旦出事，當然已經不可救藥了。聖人知道這個道理，所以除去繁苛的禮節而追求至誠，貶斥虛名而講求實效，不吝惜高位重祿，來招致山林隱逸之士，只想聽到深切直率沒有隱諱的言論，所有這些都是為了溝通上下之情。過去我朝太祖、太宗皇帝已有天下之後，法令簡明，不搞嚴苛法制。當時的大臣將相，都能整天與君王從容相處，如同老朋友一樣親密，下面到普通士子百姓，也能夠自覺有所貢獻，所以天下至今稱頌他們的言語。並沒有文采修飾，而能開誠布公地相見，進入人心靈深處。這是英明君王的奇術，統治天下的大謀略呢。

方今治平之日久矣，臣愚以為宜日新盛德，以激昂天下久安怠惰之氣。故陳其五事，以備採擇。其一曰將相之臣，天子所恃以為治者，宜日夜召論天下之大計，且以熟觀其為人。其二曰太守刺史，天子所寄以遠方之民者，其罷歸，皆當問其所以為政，民情風俗之所安，亦以揣知其才之所堪。其三曰左右扈從侍讀侍講之人，本以論說古今興衰之大要，非以應故事❶而已，經籍之外，苟有以訪之，無傷也。其四曰吏民上書，苟小有可觀者，宜皆召問優游❷，以養其敢言之氣。其五曰天下之吏，自一命以上，雖其至賤，無以自通於朝廷，然人主之為，豈有所不可哉？察其善者，卒然召見之，使不知其所從來。如此，則遠方之賤吏，亦務自激發為善，不以位卑祿薄，無由自通於上，而不修飾❸。使天下習知天子樂善親賢恤民之心，孜孜不倦如此，翕然皆有所感發，知愛於君，而不可與為不善，亦將賢人眾多，而姦吏衰少，刑法之外，有以大慰天下之心焉耳。

【章旨】本段提出通上下之情，結天下之心的五條建議。

【注釋】❶故事　舊例。❷優游　一本作「優慰」。於義較順。❸修飾　這裡是指德行修養。

【語譯】現在天下太平的日子很久了，我認為應該每天更新增益美德，來激勵振奮天下由於長久安逸而怠惰的風氣。特地陳述五件事，以備君王選擇採納。第一件事是，將相大臣，是君王依靠治理天下的人，應該經常召見討論國家大計，並且藉以熟悉了解他們的為人。第二件事是，太守刺史，是天子把遠方百姓交託給他們的人，當他們罷職回京時，都應該詢問他們當官治政的作為，民情風俗的安定情況，也藉以推知此人的才幹能力。第三件事是，左右隨從和侍讀侍講學士，本來同他們討論古今興衰的要義，不是按慣例用來充數的，除了講論經籍，如果有事情要向他們諮詢，是沒有妨礙的。第四件事是，官吏百姓上書，只要稍有值得一看的，應該都召問，給以優待慰勉，藉以培養人們敢於直言的勇氣。第五件事是，天下的官吏，從最低一級官職開始，雖然他們地位很低賤，沒有辦法把自己的意見上達於朝廷，但是君王的行為，有什麼不能做到呢？觀察其中表現好的，突然召見他們，使他們不知召見的緣由從何而來。如果這樣，那麼遠方的低微官吏，也會自己激勵奮發做好事，而不因為官職低、俸祿薄，沒有門路與朝廷君王相溝通而不加強修養。從而使天下百姓都熟悉了解天子樂善親賢體恤民眾的心思，是如此孜孜不倦，大家都有所感動奮發，知道愛戴他們的君王而不要做不好的事，也就會使賢人眾多，而姦邪官吏日漸減少，君王除了刑法以外，也有辦法大慰天下人之心了。

【研析】這篇策論雖然仍然針對時弊，但卻從正面立論。作者確立了「通上下之情」「結天下之心」的主旨，然後從大處遠處起筆，「渾渾浩浩而來，曲折縱達，從心所欲。」（劉大櫆評）而最終落筆處都在現實，語重而心長。當然，正如姚鼐所批評：「此篇立論極善，而文不免于冗長。」這一弊病從文章論述中的一些意思反覆之處可以感覺出來。這也許因為本文是〈策略〉部分的末篇，作者覺得有必要對「古今興衰之大要」反覆強調以深入人主之心吧。

決壅蔽

蘇子瞻

【題解】本文是蘇軾〈進策・策別〉中「課百官」項的第三篇。蘇軾在〈策別・敘例〉中說，〈策略〉論「為治之大要」，「若夫事之利害，計之得失，臣請列而言之。」是為〈策別〉，其總項有四：課百官、安萬民、厚財貨、訓軍旅。「課百官」項下包含六篇策論。決壅蔽，指打破堵塞遮蔽。本文首先標舉出清明政治的理想，接著尖銳地批評了宋代封建官僚政治所造成的人情壅塞、上下阻隔、緣法為姦、賄賂公行等現象，進而提出了省事勵精的改革主張。文中針砭的弊端，在宋代都比較普遍而典型，表明作者對宋代政壇的清醒了解和敏銳的觀察。

所貴乎朝廷清明而天下治平者，何也？天下不訴❶而無冤，不謁❷而得其所欲，此堯舜之盛也。其次不能無訴，訴而必見察；不能無謁，謁而必見省❸，使遠方之賤吏，不知朝廷之高；而一介之小民，不識官府之難，而後天下治。

【章旨】本段闡述朝廷清明而天下治平的理想。

【注釋】❶訴　訴訟。❷謁　請謁；稟告。❸省　省察；了解。

【語譯】人們所看重的朝廷清明而天下治平的社會，是怎樣的情景呢？天下人不需訴訟而沒有冤屈，人們不必進見官府而能滿足他的願望。這是堯舜盛世。次一等社會，不會沒有訴訟，但上訴一定能得到明察公斷；不能不向官府請求，但只要提出就一定會被了解清楚，使得遠方的低微官吏，不感到朝廷的高深；而一位普通百姓，也不覺官府難進，然後天下得到治理。

今夫一人之身，有一心兩手而已。疾痛疴❶癢動於百體❷之中，雖其甚微不足以為患，而手隨至。夫手之至，豈其一一而聽之心哉？心之所以素愛其身者深，而手之所以素聽於心者熟，是故不待使令而卒然以自至。聖人之治天下，亦如此而已。百官之眾，四海之廣，使其關節脈理，相通為一，叩之而必聞，觸之而必應。夫是以天下可使為一身。天子之貴，士民之賤，可使相愛，憂患可使同，緩急❸可使救。

【章旨】本段以人身心為喻論述聖人治天下的道理。

【注釋】❶疴　疥瘡。❷百體　身體的各個部分。百，言其多。❸緩急　偏義複詞，只有「急」義。

【語譯】現在一個人的身體，都只有一顆心兩隻手。疾病疼痛，疥瘡發癢，牽動身體的各個部位，即使症狀很輕微，不足成為憂患，但兩手隨時會來撫搔。手的活動，難道每次全都聽從心的指揮嗎？因為心對於自己的身體一向愛得深，而手一向很熟練地聽從心的指揮，所以不需要等待心的指揮，手也能迅速地自動到需要撫摸的部位去。聖人治理天下，也是如此罷了。百官如此眾多，四海這樣廣大，要使他們如同人的關節脈絡，相互貫通成為一個整體，敲打它一定會聽到聲音，觸摸它一定會作出反應。所以這樣就能夠使天下成為一個整體。從尊貴的天子，到低賤的士民，都可以使他們相互愛護，有憂患可以共同承受，有急難可以相互救助。

今也不然。天下有不幸而訴其冤，如訴之於天；有不得已而謁其所欲，如謁之於鬼神。公卿大臣不能究其詳悉，而付之於胥吏。故凡賄賂先至者，朝請而夕得；徒手而來者，終年而不獲。至於故常之事，人之所當得而無疑者，莫不務為留滯，以待請屬❶。舉天下一毫之事，非金錢無以行之。昔者漢唐之弊，患法不明，而用之不密，使吏得以空虛無據之法，而繩天下，故小人以無法為姦。今也法令明具，而用之至密，舉天下惟法之知。所欲排者，有小不如法，而可指以為瑕；所欲與者，雖有所乖戾，而可借法以為解。故小人以法為姦。今夫天下所為多事者，豈事之誠多耶？吏欲有所鬻❷而未得，則新故相仍，紛然而不決。此王化❸之所以壅遏而不行也。

【章　旨】本段揭露和分析產生壅蔽的現狀及其原因。

【注　釋】❶請屬　請託。指行賄賂以通關節。❷鬻　這裡指「鬻法」。即賣法受賄。❸王化　王道教化。這裡指朝廷政令。

【語　譯】現在卻不是這樣。天下人有不幸要向官府傾訴他的冤屈，就像向天上訴那樣困難；有人不得已要向官府提出要求，就像求見鬼神那樣困難。公卿大臣不能追究具體詳情，就把事情交付給辦事小吏。所以凡是先送賄賂的人，早上有所請求，傍晚就可以得到；但空著手來的人，一年到頭也無所收穫。至於按照常規該辦的事，人們的理應解決而沒有疑難的事，沒有不故意拖延停留，來等待行賄請託。整個天下哪怕是極小的事情，沒有金錢就無法辦成。過去漢、唐兩朝的弊端，毛病出在法律不嚴明，執法不嚴密，使官吏能夠胡作非為，用沒有任何依據的法令約束天下，所以，小人利用法令的疏漏作壞事。現在的法令詳明完整，而執行的細則多如牛毛，整個天下只知道法律如此。官吏對於那些想要排斥的人，稍微有一點不合法規要求之處，就可以作為罪責來指摘；對於與自己交好的人，即使違法亂紀，卻可以借曲解法律從而得到解脫。所以小人往往利用法律來為非作歹。現在天下所以多事，難道事情果真那麼多嗎？官吏想要賣法索賄還一時未能得逞，於是就把新舊案件堆積起來，亂紛紛地得不到辦理。這就是王道教化所以受阻塞而不能實行的原因。

昔桓、文之霸，百官承職，不待教令而辦，四方之賓至，不求有司。王猛❶之治秦，事至纖悉，莫不盡舉，而人不以為煩。蓋史之所記：麻思❷還冀州，請於猛。猛曰：「速裝，行矣！至暮而符下。」及出關，郡縣皆已被符。其令行禁止，而無留事者，至於纖悉，莫不皆然。苻堅以戎狄之種❸，至為霸王，兵強國富，垂及昇平者，猛之所為，固宜其然也。今天下治安，大吏奉法，不敢顧私；而府史之屬，招權鬻法，長吏心知而不問，以為當然。此其弊有二而已，事繁而官不勤，故權在胥吏。欲去其弊也，莫如省事而勵精❹。省事，莫如任人；勵精，莫如自上率之。

【章　旨】本段從古論今，提出「省事而勵精」以決壅蔽的主張。

【注　釋】❶王猛　西元三二五—三七五年在世。十六國時前秦人。後為苻堅相。前秦因之而國富兵強。臨終遺言，勸堅勿圖晉。堅不聽，終有淝水之敗。❷麻思　廣平（今河北鴻澤，時屬冀州）人，流寓關中，因母死請回冀州。❸苻堅以戎狄之種　苻堅係臨渭氐人，其先世為氐族首領。❹勵精　振奮精神。指勤於政務。

【語譯】當年齊桓公、晉文公建立霸業，百官各司其職，不必等待教令就自覺辦事。四方的賓客來到，不必找主管官員求情。王猛治理前秦，極為細小的事情，全都辦好，但人們並不認為煩瑣。史書記載，麻思欲回冀州，向王猛請示。王猛說：「趕快收拾行裝，準備走吧！到天黑准予通行的公文就下達了。」等麻思剛出關，各郡縣都接到符令了。他辦事做到令行禁止，沒有積壓的政務，直到極小的事，也莫不如此。苻堅以氐族之君，直到成為霸主，兵強國富，幾乎達到天下太平，王猛的作為，當然應該能如此啊。現在天下安定，大臣們執法，不敢顧及私利；但下屬官員，攬權受賄賣法，長官心裡明白卻不過問，認為自然如此。這樣危害有兩方面，事務繁雜而官員不勤政，所以權力落到文書小吏手中。想要除去弊害，沒有比精簡朝廷事務和振奮精神勵精圖治更重要的。精簡事務，最好信任能夠辦事的人才；勵精圖治，最好從上面作表率。

今之所謂至繁，天下之事，關於其中，訴者之多，而謁者之眾，莫如中書❶與三司❷。天下之事，分於百官，而中書聽其治要。郡縣錢幣，制於轉運使❸，而三司受其會計。此宜若不至於繁多。然中書不待奏課❹以定其黜陟，而關與其事，則是不任有司也；三司之吏，推析贏虛，至於毫毛，以繩郡縣，則是不任轉運使也。故曰省事莫如任人。

【章旨】本段論述「省事」必須任用得人。

【注釋】❶中書　即中書省。掌管處理庶務，宣奉命令，行臺諫章疏群臣奏請，領取旨意，除授官職等。❷三司　宋代中央財政機關，通管鹽鐵、度支、戶部，又稱計省。❸轉運使　宋代地方官名。掌管所在一路財賦收入及物資轉運。❹奏課　指地方或有司上奏官員考核情況。

【語　譯】現在所說的最繁忙的，天下所有的事情，都集中在那裡，訴訟和謁請眾多的部門，沒有比得上中書省和三司的。天下的事務，分配給各級部門官吏管理，而中書省只了解處理主要問題。郡縣的財賦收支，由轉運使管理，而三司主管國家財賦大計。這樣事務應該不至於太繁多。然而，如果中書省不等待有關部門申奏官員政績考核情況來決定其升降，而是直接處理其事，那麼這就是不信任主管部門；三司的官員，核查分析財賦收支盈虧情況，一直管到細微之處，以此約束郡縣，那麼這就是不信任轉運使了。所以說，精簡事務，最好是任用並信任能夠辦事的人才。

古之聖王愛日以求治，辨色而視朝。苟少安焉，而至於日出，則終日為之不給❶。以少而言之，一日而廢一事，一月則可知也；一歲，則事之積者不可勝數矣。欲事之無繁，則必勞於始而逸於終，晨興而晏罷。天子未退，則宰相不敢歸安於私第；宰相日昃❷而不退，則百官莫不震悚，盡力於王事，而不敢宴游。如此，則纖悉隱微，莫不舉矣。天子求治之勤，過於先王，而議者不稱王季之晏朝❸，而稱舜之無為❹；不論文王之日昃❺，而論始皇之量書❻。此何以率天下之怠耶？臣故曰勵精莫如自上率之，則壅蔽決矣。

【章　旨】本段論述「勵精」在上位者應該作表率。

【注　釋】❶不給　不暇。❷日昃　太陽偏西之時。日過正午叫昃。❸王季句　王季，名季歷，周文王姬昌之父。晏朝，退朝晚。《史記・周本紀》記王季「日中不暇食而待士。」❹舜之無為　《論語・衛靈公》有「無為而治者，其舜也歟？」的話。❺文王之日昃　《尚書・無逸》云，文王「自朝至於日中昃，不遑暇食。」❻始皇之量書　《史記・秦始皇本紀》記曰「天下之事，無大小皆決於上，至以衡石量書。日夜有呈，不中呈，不得休息。」秦時用簡書，以衡（秤）石（重量單位，一百二十斤為一石）量書，表明每天處理的文書很多。

【語　譯】古代聖王，珍惜時間治理天下，天剛發亮，能辨別物體時就上朝。如果稍微圖安逸，到日出時才上朝，就整天因之忙碌，不得閒暇。從少的方面說，一天丟掉一件事未辦，一個月的累積就可想而知了；過了一年，那累積未辦的事情就無法計數了。所以，要想事務不繁，就必須先勤勞而後安逸，一清早就理事，到很晚才退朝。天子沒有退朝，宰相就不敢回私人府第休息；宰相日頭偏西還未退朝，百官沒有誰不震驚緊張，盡力於國事，而不敢休息遊玩。這樣做，那麼無論多麼細小隱微的事情，沒有不能辦成的。當今皇上治理天下的勤勞，超過先王，然而一些議論的人不稱頌王季很晚退朝，卻只稱頌舜的無為而治；不論說文王每天過午還沒有空閒吃飯，卻議論秦始皇每天用衡石量書，這些論者為什麼要這樣去倡導天下人怠惰呢？所以我說勵精圖治最好從上面作出表率，這樣，政令壅塞的弊端就可以解決了。

【研　析】本文結構清晰，「前半言壅蔽之當決，後言所以決之之道。」（唐順之評語）綜觀全文，前一部分（第一至四段）著重從理想與現實、歷史與現狀的對比分析中，揭露宋代官僚政治的嚴重弊害，說明「決壅蔽」的必要性與緊迫性；後一部分（第五、六兩段）從正反兩個方面的對比分析中，提出「決壅蔽」的正確方略和具體措施。說理透闢，見解切當，寫法也很靈活。所論雖為決蔽，起點卻很高遠，其間益以人身之喻，更顯出變化。古今之比照，屢屢出現，但用法各不相同，桓文之霸和王猛治苻秦一例，看似與題旨並不相干，卻由此引出「省事而勵精」的治弊之道，原來結論之義正隱含例證之中。杜訥評此文文意：「筆鋒犀利，言言中窾，并刀哀梨，不足以喻其快爽。」劉大櫆評其文筆：「坡公自謂，意之所到，則筆力曲折無不盡意。心手之喻，意之所到，已為奇妙；而筆力曲折盡意，尤為奇妙。」

無沮善

蘇子瞻

【題解】本篇是〈策別〉「課百官」項的第六篇。沮，阻止。沮善，阻人為善。本文進一步發揮了作者在〈策略四〉提出的開功名之門，以術用人的觀點，但著重闡述勉勵大小官員為善，包括那些曾犯過錯的州縣官吏、府史賤吏和入貲為官者都不得歧視以至不予升遷，這對於改善吏治、提高官吏的道德素質是非常重要的。

昔者先王之為天下，必使天下欣欣然常有無窮之心，力行不倦，而無自棄之意。夫惟自棄之人，則其為惡也甚毒而不可解。是以聖人畏之，設為高位重祿以待能者，使天下皆得踴躍自奮，扳援而來。惟其才之不逮，力之不足，是以終不能至於其間，而非聖人塞其門，絕其塗也。夫然，故一介之賤吏，閭閻❶之匹夫，莫不奔走於善，至於老死而不知休息。此聖人以術驅之也。

【章旨】本段論述聖人治天下，以術驅人為善。

【注釋】❶閭閻 平民居住之處。《說文》：「閭，里門也。閻，里中門也。」借指里巷。

【語譯】過去先王治理天下，一定使天下人高興地經常保有無窮的善心，並且努力實行而不疲倦，而沒有自我放棄的心思。只有自暴自棄的人，他們做壞事非常狠毒而且不肯放鬆。所以聖人擔憂他們為亂，設置高官厚祿等待賢能的人，使天下人都能踴躍奮起，向賢人靠攏，接連而來。只是他們才能不夠，力量不足，因而最終也不能達到目標，而不是聖人堵塞他們向善之門，斷絕他們上進之途。正因如此，所以哪怕是一個低賤官吏，普通平民，沒有不奔走向善，直到老死還不知休息。這是聖人用辦法促使他們為善。

天下苟有甚惡而不可忍也，聖人既已絕之，則屏之遠方，終身不齒。此非獨不仁也，以為既已絕之，彼將一旦肆其忿毒，以殘害吾民，是故絕之則不用，用之則不絕。既已絕之，又復用之，則是驅之於不善，而又假之以其具也。無所望而為善，無所愛惜而不為惡者，天下一人而已❶矣。以無所望之人，而責其為善；以無所愛惜之人，而求其不為惡，又付之以人民，則天下知其不可也。

【章　旨】本段論述聖人對惡人棄絕就不任用的道理。

【注　釋】❶天下一人而已　意謂此種人極少。《禮記．表記》：「子曰：無欲而好仁者，無畏而惡不仁者，天下一人而已矣。」鄭玄注：「一人而已，喻少也。」

【語　譯】天下如果有特別壞而不能為人容忍的人，聖人已經棄絕他了，就貶斥到遠方，終身不再任用。此並非僅僅對他不講仁慈。聖人認為既然已經棄絕他，一旦復用，他就會發泄其怨忿惡毒，來殘害我的百姓，所以棄絕他就不再任用，任用他就不棄絕。已經棄絕，又再任用他，那就是驅使他行不善，而又供給他作惡的機會。沒有什麼願望而又能一心為善，沒有什麼需要愛惜的而又堅決不為惡的人，天下少之又少。對於沒有什麼願望的人要求他做好事，對於沒有什麼需要愛惜的人要求他不做壞事，又把人民交付給他，那天下人都知道這麼做是不應該的。

世之賢者，何常之有？或出於賈豎賤人，甚者至於盜賊，往往而是。而儒生貴族，世之所望為君子者，或至於放肆不軌，小民之所不若。聖人知其然，是故不逆定於其始進之時，而徐觀其所試之效，使天下無必得之由，亦無必不可得之道。天下知其不可以必得也，然後勉強於功名，而不敢僥倖；知其不至於必不可得而可勉也，然後有以自慰其心，久而不懈。嗟夫！聖人之所以鼓舞天下之人，日化而不自知者，此其為術歟？

【章　旨】本段論述聖人用功名不能必得，但可以努力進取的辦法以鼓舞人心向善。

【語　譯】世上的賢人，哪裡有天生而來恆久不變的呢？有的出身於商人、奴僕等下賤之人，甚至有的人本是盜賊，這種情況經常出現。而儒生貴族，世上人期望他們成為君子的人，有的甚至行為放肆，不守法紀，比普通百姓都不如。聖人知道這個道理，所以不在用人初進的時候預先作定論，而是慢慢觀察試用的成效，使天下人沒有一定能得功名的理由，也沒有一定不能得到的道理。天下人知道功名不能夠一定得到，然後就會努力自強追求功名而不敢存僥倖之心；知道不至於一定得不到功名但可以努力爭取，然後就有了慰勉自己的理由，長久堅持而不鬆懈。啊！聖人用來鼓舞天下之人，每天潛移默化但自己卻不知道的，就是這種辦法吧？

後之為政者則不然。與人以必得，而絕之以必不可得。此其意以為進賢而退不肖。然天下之弊，莫甚於此。今夫制策之及等[1]，進士之高第，皆以一日之間，而決取終身之富貴。此雖一時之文詞，而未知其臨事之能否，則其用之不已太遽乎？

【章旨】本段論述後代為政者的用人之弊。

【注釋】❶及等　制科考試中選。

【語譯】後代執政的人卻不是如此。用一定能得到的給與人上進希望，用一定得不到的斷絕人的希望。這樣做他的意圖是用來進用賢人，黜退不賢者。然而天下的弊害，沒有比這更厲害的了。現今制科策論考試的中選，進士考試的高中，都憑著一天之內的機遇而獲取終身的富貴。這些人雖然有一時的文章，卻不知面臨事件時的處理能力怎樣，那麼他們的任用不也太快了嗎？

天下有用人而絕之者三：州縣之吏，苟非有大過，而不可復用，則其他犯法，皆可使竭力為善以自贖。而今世之法，一陷於罪戾，則終身不遷，使之不自聊賴，而疾視其民，肆意妄行，而無所顧惜。此其初未必小人也，不幸而陷於其中，途窮而無所入，則遂以自棄。府史賤吏，為國者知其不可闕也，是故歲久則補以外官，以其所從來之卑也，而限其所至。則其中雖有出群之才，終亦不得齒於士大夫之列。夫人出身❶而仕者，將以求貴也；貴不可得而至矣，則將惟富之求，此其勢然也。如是，則雖至於鞭笞戮辱，而不足以禁其貪。故夫此二者，苟不可以遂棄，則宜有以少假之也。入貲而仕者，皆得補郡縣之吏，彼知其終不得遷，亦將逞其一時之欲，無所不至。夫此誠不可以遷也，則是用之之過而已。臣故曰絕之則不用，用之則不絕。此三者之謂也。

【章　旨】本段批評用人但又斷絕其上進希望的三種過失並提出改正建議。

【注　釋】❶出身　指做官。出身本義是獻身，古時認為當官是委身事君，故以出身指做官。又，出身也指科舉時代為考中錄選者所規定的身分、資格。

【語　譯】國家任用人但又斷絕他們仕進希望的有三種情況：州縣的官員，如果不是有大過錯而不能再用的，那麼有其他違法行為的，都可以讓他們盡力為善來為自己贖罪。而現在的法制，一旦陷於犯罪，就終身不得升遷，使他自己感到沒有出路而仇視那裡的民眾，肆意妄為而無所顧忌。這種人當初未必是小人，不幸而陷於犯罪，走投無路而不能上進，於是就自暴自棄。官府所屬的低微小吏，當權的人知道這些人不可缺少，所以任職年歲長了就補授為地方官，因為他們出身卑賤，就限制他們的升遷。那麼其中即使有才幹超群的人，終於還是不能進入於士大夫行列。大凡人們委身做官，就是想要求地位高貴；高貴不能求得，就只想追求財富，這是情勢使得他這樣。如此情況，那麼即使受鞭笞等刑罰懲辦屈辱，也不能禁止住他的貪婪。所以這兩種人，如果不能完全棄絕，就應該稍微給他們提供機會。捐錢做官的人，都能補充作郡縣官員，但他們知道自己一生不能升遷，也會為滿足一時欲望，無所不為。這種人確實不能升遷，那就是任用他們有錯誤。所以我說棄絕他就不任用，任用他就不棄絕。說的就是這三種情況。

【研　析】本篇所論，是官吏的道德建設。作者提出聖人以術驅人為善的觀點，由於它跟傳統儒家的純道德主義有一些差距，所以有人認為「此等見解近於戰國游士」（王文濡評）。但實際上，這是作者從對人性的現實認識出發針對時弊進行的現實性很強的議論，所以陳廷敬稱道：「切中嘉祐間事尤見先識。」文章論理，以「絕之則不用，用之則不絕」為中心，重點在「用之則不絕」，即「無沮善」，透闢而不失周詳。文氣貫注而絕不呆板，「涉筆不羈，有變化錯綜之妙」（玄燁評），細玩末段文句可知。

省費用

蘇子瞻

【題　解】本篇是〈策別〉「厚財貨」項的第一篇。作者對國家財賦用與取的關係進行了論述，提出了省無益之費的具體建議。更值得注意的是，作者並沒有因為要使國用充足而倡導廣開財路，以至橫徵暴斂，掠奪人民，反而力主減輕賦稅，以使百姓豐足，從而表示出作者對民生困苦的關切。

夫天下未嘗無財也。昔周之興，文王、武王之國，不過百里。當其受命，四方之君長，交至於其廷；軍旅四出，以征伐不義之諸侯，而未嘗患無財。方此之時，關市無征，山澤不禁，取於民者，不過什一❶，而財有餘。及其衰也，內食千里之租❷，外收千八百國之貢❸，而不足於用。由此觀之，夫財豈有多少哉？

【章　旨】本段論述天下並非無財。

【注　釋】❶什一　十分之一。古代的理想稅制。《公羊傳・宣公十五年》：「什一者，天下之中正也。什一行而頌聲作矣。」❷內食千里之租　《禮記・王制》：「天子千里之內以為御。」鄭玄注：「謂此地之田稅所給也。御謂衣食。」❸外收千八百國之貢　傳說周擁有千八百諸侯，布列五千里。見《禮記・王制》及鄭玄注。

【語譯】天下從來都不是沒有財用。過去周朝興起時，文王、武王的國家，周圍不過百里。當他承受天命的時候，四方諸侯的君王首領接連來到周的朝廷；他也向四方派出軍隊，去征伐不義的諸侯，卻從未擔心過沒有財用。在那時候，關隘市場都不徵稅，山林湖泊不禁止百姓漁獵，向民眾徵收的稅額，不過十分之一，然而財賦有餘。到周朝衰落的時候，天子內收千里之地的租稅供衣食，外收一千八百個諸侯國的貢物，但還不夠用。由此看來，天下的財富難道會有著多少的不同嗎？

人君之於天下，俯己以就人，則易為功；仰人以援己，則難為力。是故廣取以給用，不如節用以廉取之為易也。臣請得以小民之家而推之：夫民方其窮困時，所望不過十金❶之資。計其衣食之費，妻子之奉，出入於十金之中，寬然而有餘。及其一旦稍稍蓄聚，衣食既足，則心意之欲日以漸廣；所入益眾，而所欲益以不給。不知罪其用之不節，而以為求之未至也。是以富而愈貪，求愈多而財愈不供，此其為惑未可以知其所終也。盍亦反其始而思之：夫嚮者豈能寒而不衣，飢而不食乎？今天下汲汲乎以財之不足為病，何以異此？國家創業之初，四方割據，中國之地至狹也。然歲歲出師，以誅討僭亂之國，南取荊楚，西平巴蜀，而東下并、潞❷，其費用之眾，又百倍於今可知也。然天下之士，未嘗思其始，而惴惴焉患今世之不足，則亦甚惑矣。

【章 旨】本段論述廣取不如節用的道理。

【注 釋】❶十金 古代計算貨幣單位，或以一斤為一金，或以一鎰（二十四兩。一說二十兩）為一金，因時而異，後亦謂銀一兩為一金。這裡「十金」，據文意，應指銀十兩。❷南取荊楚三句 指宋初攻滅荊南、南唐、南漢、後蜀、北漢等分裂叛亂勢力。并、潞，宋二州名，皆在今山西境內。

【語 譯】君主對於天下，俯身向人民施恩，就容易成功；仰面依仗他人援助，自己就很費力而難於做到。所以到處索取以供給自己使用，不如節省費用而少索取容易收效。請讓我用普通百姓家庭推論：大凡百姓當他窮困時，所希望的不過十兩銀子錢財，計算他的衣食費用，供養妻子兒女所需費用，收入支出，這十兩銀子還綽綽有餘。等到他一旦積蓄漸漸多了，衣食已經充足了，心裡的欲望便一天天增加；收入的更多了，但他的欲求卻更加不能滿足了。他不知道怪罪自己不節省費用，反而認為求取的沒有得到。所以越富就越貪，求取越多的錢財就越不夠花費，造成他的這種迷誤，還不知道發展到什麼程度呢。何不回頭想想當初：從前難道能夠寒冷時不穿衣，飢餓時不吃飯嗎？現在國家那些急切地以財用不足而憂慮的人，與這種情況又有什麼不同？國家創業初期，四方有割據勢力，中國的土地很狹小。然而年年出兵，征討消滅擅自稱帝作亂的國家，向南奪取荊楚之地，向西平定巴蜀之地，向東攻下并潞諸州，那時支出的費用要超過現在百倍，這是很明白的。然而天下之士未曾想想國家初始之時的情況，卻總是緊張地擔心現在財用不足，就也太糊塗了。

夫為國有三計：有萬世之計，有一時之計，有不終月之計。古者三年耕，必有一年之蓄。以三十年之通計，則可以九年無饑也。歲之所入，足用而有餘，是以九年之蓄❶，常閒❷而無用。卒有水旱之變，盜賊之憂，則官可以自辦而民不知。如此者，天不能使之災，地不能使之貧，四夷盜賊不能使之困，此萬世之計也。而其不能者，一歲之入，纔足以為一歲之出；天下之產，僅足以供天下之用，其平居雖不至於虐取其民，而有急則不免於厚賦。故其國可靜而不可動，可逸而不可勞。此亦一時之計也。至於最下而無謀者，量出以為入，用之不給，則取之益多。天下晏然無大患難，而盡用衰世苟且之法，不知有急，則將何以加之？此所謂不終月之計也。今天下之利，莫不盡取：山陵林麓，莫不有禁，關有征，市有租，鹽鐵有榷❸，酒有課❹，茶有算❺，則凡衰世苟且之法，莫不盡用矣。譬之於人，其少壯之時，豐健勇武，然後可以望其無疾，以至於壽考。今未至於五六十，而衰老之候具見而無遺，若八九十者，將何以待其後耶？然天下之人，方且窮思竭慮，以廣求利之門。且人而不思，則以為費用不可復省，使天下而無鹽鐵酒茗之稅，將不為國乎？臣有以知其不然也。

【章旨】本段論述為國財用之三計，並分析時弊。

【注釋】❶九年之蓄 《禮記・王制》：「冢宰制國用……以三十年之通制國用，量入以為出，國無九年之蓄曰不足。」❷閒 閒置。一本作「閑」。❸榷 專利；專賣。❹課 徵稅。❺算 即算緡錢，古代稅制之一。工商自報其所有各以幣相當，以緡錢二千為一算，國家據此徵稅。這裡指茶葉等山林出產的賦稅。宋代為增加朝廷收入，鹽鐵酒茶都實行國家專營。（縣鎮鄉民釀酒則課稅。）

【語譯】治國有三種計算：有萬世之計，有一時之計，有不終月之計。古代耕作三年，必定有一年的積蓄。

用三十年的通例計算，就可以九年沒有飢餓。一年的收入，足夠使用而且有餘，所以九年的積蓄，經常閒置不須動用。假如突然有水旱災變，盜賊憂患，官府就可以用積蓄自行處理，而百姓並不知曉。這樣，天不能使百姓遭災，地不能使他們貧窮，四邊異族侵擾和盜賊不能使他們困難，這就是萬世之計。那些做不到的，一年的收入，僅僅夠作一年的支出；天下的出產，僅僅足以供給天下人使用，平時生活雖然不至於向百姓橫徵暴斂，然而有急事就不免要收取重稅。所以那國家可以安於常態卻不能應付動亂，可以享受安逸卻不可以勞師動眾，這就是一時之計。至於最下等而沒有謀算的人，就根據支出的需要來安排收入，財用不夠，就更多地索取。天下安寧沒有大患難，卻要採用衰世橫徵暴斂的辦法，不知道有急難時，還將有什麼新法子可用？這就是所說的不終月之計。現在天下的利益沒有不被盡量占取的：山陵樹林沒有哪一處不有禁令，關口有徵收，市場有租稅，鹽鐵有專賣，鄉民釀酒有徵稅，茶葉有賦稅，那麼凡是衰世橫徵暴斂的辦法現在都用盡了。好比是人，他少壯的時候，豐滿健壯勇武，然後可以希望他一輩子沒有疾病，以至於長壽老死。現在還不到五六十歲，衰老的症狀都表露無遺，好像八九十歲的人，還打算怎樣侍候他以後的日子呢？然而天下之人卻正窮思極慮，還想擴大求利的門道。而他們卻從不想想，就認為現在的開支不能再節省，如果天下沒有了鹽鐵酒茶等各項稅收，就不成其為國家了嗎？我有理由知道不會是這樣。

天下之費，固有去之甚易而無損，存之甚難而無益者矣。臣不能盡知，請舉其所聞，而其餘可以類求焉。夫無益之費，名重而實輕，以不急之實，而被之以莫大之名，是以疑而不敢去。三歲而郊❶，郊而赦，赦而賞，此縣官❷有不得已者。天下吏士，數日而待賜，此誠不可以卒去。至於大吏❸，所謂股肱耳目，與縣官同其憂樂者，此豈亦不得已而有所畏耶？天子有七廟，今又飾老佛之宮而為之祠，固已過矣。又使大臣以使領❹之，歲給以巨萬計，此何為者也？天下之吏，為不少矣，將患未得其人。苟得其人，則凡民之利，莫不備舉，而其患莫不盡去。今河水為患，不使濱河州郡之吏，親行❺其災，而責之以救災之術，顧為都水監❻。夫四方之水患，豈其一人坐籌於京師，而盡其利害？天下有轉運使足矣，今江淮之間，又有發運❼，祿賜之厚，徒兵之眾，其為費豈勝計哉？蓋嘗聞之，里有畜馬者，患牧人欺之，而盜其芻菽也，又使一人焉為之廄長，廄長立而馬益癯。今為政不求其本而治其末，自是而推之，天下無益之費，不為不多矣。臣以為凡若此者，日求而去之，自毫釐以往，莫不有益。惟無輕其毫釐而積之，則天下庶乎少息也。

【章　旨】本段提出省除無益之費的具體建議。

【注　釋】❶郊　郊祭。祭天地。❷縣官　古代以縣官指天子，或指朝廷。❸至於大吏　這句是說大吏不必領賞。宋朝凡郊祀，每至禮成，頒賚群臣衣帶鞍馬器幣。宰臣樞密使銀二千兩，絹二千匹。參知政事、樞密副使各賜絹一千五百匹等。❹大臣使領　宋制，大臣可兼管道觀佛寺，藉以領取俸祿。❺行　作者文集作「視」。於義較順。❻都水監　仁宗嘉祐三年，詔置在京都水監，凡內外河渠之事悉以委之。❼發運　宋代在淮南、江浙、荊湖各路設發運使，制置本路財賦漕運諸事。

【語　譯】國家的開支，確實有除去很容易而且沒有損害，保留很難而且沒有好處的。我無法全都知道，請讓我舉出聽到的，其餘的可以類推。無益的費用，名義上很重要而實際上沒有什麼作用，把實際上並非急用的開支，加上一個極大的名義，所以心存懷疑而不敢除去。例如三年一次郊祭，祭禮完成後頒布大赦，大赦後頒發賞賜，這是朝廷不得已的開支。天下官員士子，幾天祭禮後等待賞賜，這賞賜當然不能立即除去。至於大臣，是人們所稱的皇帝的輔佐親信，與天子同憂樂的人，這些賞賜難道也是因為有所畏懼而不得不這樣嗎？天子有七廟，現在又修飾佛道廟宇宮觀而又進行拜祭，這本來已經過分了。又派大臣兼管這些廟觀，每年供給以若干萬計算，這又是做什麼用呢？天下官員，人數已經不少了，要擔憂的是得不到合適的人選。只要得到合適人選，凡是有利於百姓的事，沒有不都辦成的，而災患沒有不全除掉的。現在黃河為患，不命令沿河的州郡官員，親自視察水災，並要求他們拿出救災的辦法，卻還要設置都水監。四方的水患，難道靠一個人坐在京城，就能全部消除其危害嗎？天下有各路的轉運使就夠了，現在江淮之間又設置發運使，俸祿賞賜很厚，統屬兵眾很多，那費用難道計算得盡嗎？我曾聽說，每二十五家國家委派一個養馬的人，擔心養馬人欺騙，偷走官馬的草豆馬料，又派一個人做廄長，結果廄長設立而馬更瘦了。現在執政的人不從根本上尋求節省開支的辦法，卻只考慮細微末節之事，從這些地方推想，國家無益的開支費用不是不多呢。我認為凡是如同上述情況的無益之費，每天尋找，把它們除去，從一毫一釐開始節省，沒有不是有益的。只要不輕視一毫一釐的節省而不斷積累，那麼天下也就差不多可以稍微喘息了。

【研　析】劉大櫆評此文的特點指出：「子瞻洞悉民隱，發揮閭閻瑣屑之情，懇至周到。故權國用而以小民之家推之，最為親切易曉。」家國同構，這種類比當然是有說服力的。作者又擅用古今盛衰用取有餘不足等多種對比，增強論證力量。不過，在涉及具體問題時，文章的鋒芒顯然不足，故茅坤評：「子瞻論節財處甚工，而所舉郊祀之賞與夫宮觀使及都水監數者，蓋冗員之一耳。子瞻必有忌諱未盡之說。」所謂「忌諱未盡」之事，可參看上卷〈對制科策〉一文中「所謂『利入已浚，而浮費彌廣』者」一段，其中提到「後宮之費，不下一敵國」，這些才是仁宗及其身邊最大的奢靡和浪費。

蓄材用

蘇子瞻

【題解】本文是〈策別〉中「訓軍旅」項的第一篇。材，通「才」。這裡特指將才，即能領兵作戰、保國禦侮的人才。蓄，指蓄備，充實。用，使用；任用。宋代積弱，缺乏將才是一個重要原因。故本篇集中論述軍隊建設的人才問題，重點闡述求才之道，並結合現實提出了自己的主張：先名後實，庶乎可得而用。設武舉、薦方略等選拔制度不可廢，更要以治兵的實踐考核人才。

夫今之所患兵弱而不振者，豈士卒寡少而不足使與？器械鈍弊而不足用與？抑為城郭不足守與？廩食不足給與？此數者皆非也。然所以弱而不振，則是無材用也。

【章旨】本段論述兵弱不振關鍵是無將才可用。

【語譯】今天人們擔憂兵弱不振的原因，難道是士兵太少而不夠派遣嗎？是器械不鋒利和破損不能使用嗎？或是城郭不堅不能守禦嗎？糧食不足難以供給嗎？這幾件都不是。如此看來，之所以兵弱不振，是因為沒有人才可用。

夫國之有材，譬如山澤之有猛獸，江河之有蛟龍，伏乎其中而威乎其外，悚然有所不可狎者。至於鰍蚖❶之所蟠，牂❷豚之所伏，雖千仞之山，百尋❸之溪，而人易之。何則？其見於外者不可欺也。天下之大，不可謂無人；朝廷之尊，百官之富，不可謂無才。然以區區之二虜，舉數州之眾以臨中國，抗天子之威，犯天下之怒，而其氣未嘗少衰，其詞未嘗少挫，則是其心無所畏也。主憂則臣辱，主辱則臣死。今朝廷之上，不能無憂，而大臣恬然，未有拒絕之議；非不欲絕也，而未有以待之，則是朝廷無所恃也。緣邊之民，西顧而戰慄；牧馬之士，不敢彎弓而北嚮；吏士未戰，而先期於敗，則是民輕其上也。外之蠻夷無所畏，內之朝廷無所恃，而民又自輕其上，此猶足以為有人乎？

【章　旨】本段論述當前將才問題的嚴重性。

【注　釋】❶鰍蚖　鰍，泥鰍。蚖，蠑蚖（螈）、蜥蜴，俗稱四腳蛇。❷牂　牝羊；母山羊。❸尋　八尺。

【語　譯】國家有人才，好比山林湖澤有猛獸，江河有蛟龍，隱伏在其中，而威風顯示在外，使人感到驚懼不敢狎侮。至於泥鰍蜥蜴蟠伏的地方，母羊小豬藏身的地方，即使是千丈高山，百丈深溪，人們都輕視牠們。為什麼呢？牠們顯示出來的那點本領不可能騙人呀。天下這麼大，不可以說沒有人；朝廷這麼尊貴，百官這麼充足，不可以說沒有有才之士。但是小小的契丹和西夏，用幾個州的人眾直逼中國，對抗天子的威權，觸犯天下人的憤怒，然而敵方的氣勢未曾有所衰弱，言詞未曾有所收斂，那是他們心裡無所畏懼的緣故。君王如有憂慮，臣下就應感到屈辱；君王如受屈辱，臣下就應效死命。現在朝廷之上，不是沒有憂患，但大臣心安理得，沒有抵抗外敵的議論；不是不想抵抗，但沒有辦法對付，也就是朝廷沒有將才可以依靠。靠邊境的百姓張望西方的西夏就顫抖；牧馬人不敢向北方的契丹拉弓箭；吏卒還沒作戰就先等著失敗，這是民眾看不起上司。域外的異族毫不畏懼，國內朝廷沒有依靠，民眾又自己看不起上司，這還能夠認為是有人才嗎？

天下未嘗無才，患所以求才之道不至。古之聖人，以無益之名，而致天下之實；以可見之實，而較❶天下之虛名，二者相為用而不可廢。是故其始也，天下莫不紛然奔走從事於其間，而要之以其終，不肖者無以欺其上。此無他，先名而後實也。不先其名，而惟實之求，則來者寡；來者寡，則不可以有所擇。以一旦之急，而用不擇之人，則是不先名之過也。天子之所嚮，天下之所奔也。今夫孫、吳之書，其讀之者，未必能戰也；多言之士，喜論兵者，未必能用也；進之以武舉❷，試之以騎射，天下之奇才，未必至也。然將以求天下之實，則非此三者不可以致。以為未必然而棄之，則是其必然者，終不可得而見也。

【章　旨】本段論述求才之道：先以名致，後以實較。

【注　釋】❶較　考核。❷武舉　宋真宗咸平時籌劃，至仁宗天聖八年（西元一〇三〇年）開始舉行武科考試。「先閱其騎射，而試之以策為去留，弓馬為高下。」（《宋史・選舉志》）

【語　譯】天下不是沒有人才，擔心的是用以求才的辦法不當。古代聖人，用無益的虛名招致天下的實際可用之才；用可以看到的實際本領來考核天下有虛名的人，兩方面相互為用而不能偏廢。所以開始時，天下人沒有不紛紛奔走，從事求名，而考察其實際本領的結果，沒有才能的人無法欺騙他的上司。這沒有別的，先以虛名招致而後責以實際本領。不先用虛名招致而只求實際本領，來的人就少；來的人少，就不能進行選擇。一旦有急難而用未經選擇的人，這就是不先用虛名招致將才的錯誤。天子的意向，是天下人追求奔走的目標。現在孫子、吳起的書，那些讀了的人，未必能作戰；誇誇其談的人，喜歡研究用兵的人，未必能領兵；用武科選取將才，通過騎射進行考試，天下的奇才未必都會到來。但是要求得到天下的實際將才，那就非經方略、武舉、騎射這三樣考核不能招致。認為未必符合這三樣就拋棄這種方法，那麼那些必然符合這三樣的將才也就終於無法見到了。

往者西師之興❶，其先也，惟不以虛名多致天下之才而擇之，以待一旦之用，故其兵興之際，四顧惶惑，而不知所措。於是設武舉❷，購方略❸，收勇悍之士，而開猖狂之言，不愛高爵重賞，以求強兵之術。當此之時，天下囂然，莫不自以為知兵也。來者日多，而其言益以無據，至於臨事，終不可用。執事之臣，亦遂厭之，而知其無益。故兵休之日，舉從而廢之❹。今之論者，以為武舉、方略之類，適足以開僥倖之門，而天下之實才，終不可以求得。此二者皆過也。夫既已用天下之虛名，而不較之以實；至其弊也，又舉而廢其名，使天下之士不復以兵術進，亦已過矣！

【章旨】本段論述名實不可偏廢。

【注釋】❶西師之興　指發兵對西夏作戰。❷設武舉　仁宗景祐元年（西元一〇三四年）得武舉一百八十八人，各授以官職。❸購方略　獎賞薦舉知曉方略兵法之士。按：仁宗寶元康定年間（西元一〇三八—一〇四一年），多次下詔獎勵官員，薦舉通方略知邊事之士予以重用。❹舉從而廢之　指仁宗皇祐元年（西元一〇四九年）詔罷武舉，以後科場令罷武舉一科。

【語譯】當年興兵與西夏作戰，開始時，因為沒有用虛名多招致天下人才進行選擇，以等待一旦需要時使用，所以興兵的時候，到處張望惶惑，不知怎麼辦。於是設立武舉，獎勵薦舉通方略的將才，招收勇悍之士，鼓勵大膽進言，不吝惜高爵重賞，以求取強兵之術。這時候，天下熱熱鬧鬧，沒有人不自以為懂兵法。來進言的一天天增多，而那些言論越來越沒有依據，事到臨頭，終於不能使用。當權大臣，也就感到厭煩，知道這些人沒有用處。所以戰事停止後，把試武舉、舉方略等全都廢除了。現在的議論者，認為試武舉、薦方略之類，正是以開啟僥倖求取功名的門徑，而天下有實際才能的人卻最終不能求得。這兩種看法都是錯誤的。既然已經用天下的虛名招致人才，卻不用實際本領去考核；到發現弊病了，又把虛名也廢掉，使天下士人，不再用兵法進取，這又太不對了。

天下之實才，不可以求之於言語，又不可以較之於武力，獨見之於戰耳。戰不可得而試也，是故見之於治兵。子玉治兵於蔿，終日而畢，鞭七人，貫三人耳。蔿賈觀之，以為剛而無禮，知其必敗❶。孫武始見，試以婦人，而猶足以取信於闔閭，使知其可用❷。故凡欲觀將帥之才否，莫如治兵之不可欺也。今夫新募之兵，驕而難令，勇悍而不知戰，此真足以觀天下之才也。武舉、方略之類以來之，新兵以試之。觀其顏色和易，則足以見其氣；約束堅明，則足以見其威；坐作進退❸，各得其所，則足以見其能。凡此者，皆不可彊也。故曰先之以無益之虛名，而較之以可見之實，庶乎可得而用也。

【章　旨】本段論述以治兵試天下實才。總結全文。

【注　釋】❶子玉治兵七句　子玉，楚令尹得臣。子玉治兵事，見《左傳・僖公二十七年》。蔿，楚邑名。蔿賈，名伯嬴，孫叔敖之父。子玉後果敗於晉楚城濮之戰，自殺。❷孫武始見五句　《史記・孫子吳起列傳》載，孫武以兵法見吳王闔廬（即闔閭），闔廬以宮中美人二隊試之，以寵姬二人各為隊長。武三令五申教戰，婦人大笑不聽。孫武斬二隊長示眾，訓練成功。闔廬知孫子能用兵，任以為將。❸坐作進退　出《周禮・夏官》，指演習戰法。作，起立。

【語　譯】天下的實才，不可以憑言語求取，又不可以用騎射等武藝來考核，只能表現在作戰上。但不能隨時都有戰鬥的機會來考驗，所以可以讓他們表現在帶兵上。子玉在蔿地治軍，一天訓練完畢，鞭打七人，三人受貫耳刑罰。蔿賈看見了，認為子玉粗暴無禮，知道他必定失敗。孫武初拜見吳王闔閭，闔閭用訓練婦人來考核他，但他還是能取信於闔閭，使闔閭知道他可用。所以凡是想觀察將帥是否有才，沒有像治兵那樣不會被欺騙。現在新招募的士兵，驕橫的難於服從命令，勇悍的卻不會作戰。這種情形最足以觀察天下之才。用試武舉、薦方略之類招致將才，用訓練新兵來考核他們。觀察他們的臉色和善平易，就足以看出他們的氣量大度；觀察他們的紀律嚴明，就足以看出他們的威嚴；觀察他們教習戰法，士兵坐立進退，各得其所，就足以看出他們的能力。所有這些，都不可能勉強做到。所以說首先用無益的虛名招致人才，而用可以看到的實際本領來考核他們，將才差不多就可以得到並任用了。

【研　析】本文以「名」、「實」二字為關鍵論述選拔將才之道。名實關係，自古有論，作者賦予其特定內涵，既肯定一度實行而當時已被廢除的試武舉、薦方略等制度的合理作用。又強調「較之以可見之實」的決定意義。招募將才不廢形式，使用將才重在實際，論理與解決現實問題緊密結合，是其突出特點。

練軍實

蘇子瞻

【題解】本文是〈策別〉「訓軍旅」項的第二篇。軍實，軍隊實力，俗稱戰鬥力。練軍實，就是加強軍隊戰鬥力的意思。北宋沿襲前朝，採用募兵制，「或募士人，就所在團立；或取營伍子弟，聽從本軍；或募飢民，以補本域；或以有罪配隸給役。取之雖非一塗，而亢健者遷禁衛（即禁軍），短弱者為廂部（即廂軍），制以隊伍，束以法令。」（《宋史》卷一九三〈兵志七〉）禁軍可帶家眷，終身服役，稱為軍戶或營戶。衰老病殘，均不得免。故禁軍數量雖多（仁宗時已八十萬之眾），有戰鬥力者，不足十五，且家眷衣食，俱仰給官府，故其費用百倍於古代。這正是造成北宋「三冗」中兵冗、費冗兩大弊端的重要原因。針對這一問題，作者建議改革募兵制度：凡五十歲以上的士兵，聽其復為平民；召募三十歲以下者，十年而復歸為民。這樣就可以汰除老弱，增加少壯，兵員減少而戰鬥力增強；國家費用可大量減少，且可防止兵悍民怯之弊，對內足以防盜，對外可以禦敵。如能推行，確不失為富國強兵之一策。

三代之兵，不待擇而精。其故何也？兵出於農，有常數而無常人；國有事，要以一家而備一正卒❶，如斯而已矣。是故老者得以養，疾病者得以為閒民，而役於官者，莫不皆其壯子弟。故其無事而田獵，則未嘗發老弱之民；師行而餽糧，則未嘗食無用之卒。使之足輕險阻，而手易器械，聰明足以察旗鼓之節，強銳足以犯死傷之地，千乘之眾而人人足以自捍，故殺人少而成功多，費用省而兵卒強。蓋春秋之時，諸侯相并，天下百戰，其經傳所見謂之敗績者，如城濮、鄢陵之役❷，皆不過犯其偏師，而獵其游卒，斂兵而退，未有僵尸百萬，流血於江河，如後世之戰者。何也？民各推其家之壯者以為兵，則其勢不可得而多殺也。

【章　旨】本段論述三代之兵不須選擇而精壯可用的原因在兵出於農。

【注　釋】❶一家而備一正卒　正卒，赴徒役的人。《周禮・地官》：「凡赴徒役，毋過家一人，以其餘為羨。」賈逵疏：「一家兄弟雖多，除一人為正卒，正卒之外，其餘皆為羨卒。」❷城濮鄢陵之役句　城濮之戰，見《左傳》僖公二十八年。晉軍先進攻楚的盟軍陳、蔡，楚右師潰，導致整個戰役失敗。晉楚鄢陵之戰，見《左傳》成公十六年。晉軍故意放跑先期俘獲的楚兵，傳播晉國準備決戰的流言，楚軍統帥醉酒，楚王惶恐撤兵。

【語　譯】夏商周三代的士兵，不須挑選而精強。原因在哪裡？士兵出於農家，有固定的數量卻沒有固定的人；國家有事，要求一家準備一個正卒服役，像這樣就行了。所以老年人得以贍養，有疾病的人得以休息作閒人，去官府服役的無不都是年輕力壯的子弟。所以無事時舉行田獵，未曾征伐過老弱百姓；軍隊出發，運送糧食，未曾養活過無用的士卒。使得士兵們雙腳容易越過險阻，雙手容易使用器械，耳聰目明能夠看到聽清旗鼓的指揮，強壯精銳能夠進攻有死傷危險的地方，有著千輛兵車的龐大軍隊，但人人都能夠自衛，所以戰死的人少而成功的多，費用節省而兵卒強壯。春秋時代，諸侯互相兼併，天下戰爭很多，但《春秋》、《左傳》等經傳書中見到的打敗仗的，如城濮、鄢陵之戰，都不過是進攻對方的側翼，俘獲他們的散兵游勇，就收兵撤退，沒有像後代作戰那樣殺死上百萬人，流血成江河的。為什麼呢？百姓各自推選家中的強壯者當兵，那種勢頭是不可能多殺的。

及至後世，兵民既分，兵不得復而為民，於是始有老弱之卒。夫既已募民而為兵，其妻子屋廬，既已託於營伍之中，其姓名既已書於官府之籍，行不得為商，居不得為農，而仰食於官，至於衰老而無歸，則其道誠不可以棄去。是故無用之卒，雖薄其資糧，而皆廩❶之終身。凡民之生，自二十以上至於衰老，不過四十餘年之間。勇銳強力之氣足以犯堅冒刃者，不過二十餘年。今廩之終身，則是一卒凡二十年無用而食於官也。自此而推之，養兵十萬，則是五萬人可去也；屯兵十年，則是五年為無益之費也。民者，天下之本；而財者，民之所以生也。有兵而不可使戰，是謂棄財；不可使戰而驅之戰，是謂棄民。臣觀秦漢之後，天下何其殘敗之多耶？其弊皆起於分民而為兵。兵不得休，使老弱不堪之卒，拱手而就戮。故有以百萬之眾，而見屠於數千之兵者。其良將善用，不過以為餌，委之啖賊。嗟夫！三代之衰，民之無罪而死者，其不可勝數矣！

【章旨】本段論述後代分離民戶與軍戶所帶來的弊端。

【注釋】❶廩　官府供給糧食。

【語譯】等到後代，兵民已經分離，兵不能重新作民，於是開始有老弱士兵。已經招募的百姓當兵，他的妻子兒女和房屋住所都已經託付給軍隊，他的姓名也已寫在官府名冊中，成為軍戶，出行不能經商販賣，居住不能務農耕種，全都要依靠官府養活，直到衰老而無家可歸，那麼從道理上講當然不可以把他們拋棄。所以，無用的士卒，雖然口糧並不高，卻都由官府終生供給。人的一生，從二十歲以上直到衰老，不過四十餘年時間。氣力勇猛強壯，可以衝擊強敵冒著刀箭戰鬥的時間不過二十多年。現在官府終生供養，那就意味著一個士兵共有二十年無用卻靠官府養活。由此推算，養兵十萬，那就有五萬兵無用可以除去；運隊駐紮邊境十年，那就有五年的開支是沒有用處的費用。民眾是天下的根本；財富是民眾賴以生存的物資。有士兵卻不能用他們去作戰，這叫拋棄財富；不能作戰的士兵卻驅使他們去作戰，這叫拋棄民眾。我看秦漢之後，天下由於戰爭而被殺戮傷害的人何以會那麼多呢？那弊病都是產生於把一部分民戶分離出去做軍戶。一輩子當兵不得休息，使之成為老弱不能作戰的士卒，拱著手去送死。所以有著這類以上百萬兵眾，而被對方數千士兵所屠殺的事。那些良將最大的作用，不過是用大批軍隊作為釣餌，引誘敵人來進行屠殺。唉！三代衰落以後，老百姓無辜戰死的，真是數不盡啊！

今天下募兵至多。往者陝西之役❶，舉籍平民以為兵❷。加之明道、寶元之間❸，天下旱蝗，以及近歲青、齊❹之饑，與河朔之水災，民急而為兵者，日以益眾。舉籍而按之，近歲以來，募兵之多，無如今日者。然皆老弱不教，不能當古之十五；而衣食之費，百倍於古。此甚非所以長久而不變者也。

【章旨】本段論述當時募兵制度的弊端。

【注釋】❶陝西之役　指對西夏戰事。❷籍平民以為兵句　仁宗康定元年（西元一〇四〇年）詔陝西等路按州縣戶口籍民為弓手，強壯以備盜賊。❸明道寶元之間　明道、寶元都是宋仁宗年號，指西元一〇三二年至一〇四〇年。❹青齊　北宋州名。青州在今山東西部，齊州在今山東中部，即濟南一帶。

【語　譯】現在天下募兵極多。往年陝西戰事，把全部平民都登記造冊當兵。加上明道、寶元年間，天下旱災蝗災，以及近年青州、齊州的饑荒與黃河北部的水災，百姓急於求生而當兵的，一天天增多。全部登記查核，近年以來，募兵人數之多，沒有比得上今天的。然而全都是老弱未經訓練的人，其戰鬥力比不上古代的一半；然而所支出的衣食費用，卻是古代的百倍。這種辦法決不能是長久而不加以改變的。

凡民之為兵者，其類多非良民。方其少壯之時，博弈飲酒，不安於家，而後能捐其身。至其少衰而氣沮，蓋亦有悔而不可復者矣。臣以謂五十以上，願復為民者宜聽。自今以往，民之願為兵者，皆三十以下則收，限以十年而除其籍。民三十而為兵，十年而復歸，其精力思慮，猶可以養生送死，為終身之計。使其應募之日，心知其不出十年，而為十年之計，則除其籍而不怨。以無用之兵，終身坐食之費，而為重募，則應者必眾。如此，縣官長無老弱之兵，而民之不任戰者，不至於無罪而死。彼皆知其不過十年而復為平民，則自愛其身，而重犯法，不至於叫呼無賴，以自棄於凶人。

【章　旨】本段正面提出改革募兵制度的建議。

【語　譯】凡是民眾願意當兵的，那類人多半不是良民。當他們少壯時，賭博下棋喝酒，不安心在家，然後才能不顧性命。等到他們氣力逐漸衰弱，也有些人後悔已往不該當兵但卻不能重新恢復平民身分了。我認為五十歲以上的士卒，願意重新為民的應該允許。從今以後，自願當兵的百姓，都要在三十歲以下才收，以十年為服役期限，過期除名。民眾三十歲當兵，十年後重新為民，他的精力思慮，還可以養育家小和侍奉父母終老，作一生的打算。讓他在應徵召募的時候，心裡知道服役不超過十年，作好十年打算，那麼到時除名就不會埋怨。把從前無用的兵卒終身享受官府口糧供給的費用，作為重金進行召募，響應的人一定很多。像這樣，朝廷長期沒有了老弱之兵，而那些已不能作戰的百姓，也不至於無辜送死。那些士兵都知道自己不過十年就要重新恢復平民身分，就會注重珍愛自己而不敢犯法，不至於糾集社會無賴而自暴自棄成為壞人了。

今夫天下之患，在於民不知兵，故兵常驕悍，而民常怯。盜賊攻之而不能禦，戎狄掠之而不能抗。今使民得更代❶而為兵，兵得復還而為民，則天下之知兵者眾，而盜賊戎狄，將有所忌。然猶有言者，將以為十年而代，故者已去，而新者未教，則緩急有所不濟。夫所謂十年而代者，豈其舉軍而并去之？有始至者，有既久者，有將去者，有當代者，新故雜居而教之，則緩急可以無憂矣。

【章　旨】本段對自己的建議作補充闡述。

【注　釋】❶更代　替換。

【語　譯】現在天下的憂患，在於一般民眾不知道習武打仗，所以士兵總是驕悍，而一般民眾總是畏怯。盜賊進攻他們不知道防禦，異族掠奪他們不知道抵抗。現在讓民眾能夠替換去當兵，士兵能夠重新作平民，那麼天下懂得習武打仗的人就多，而盜賊、異族侵略者就將有顧忌。然而還有議論者，認為十年服役再更換，老兵離開了，而新兵未經教練，遇有急難事情不好辦。我所說的十年更換，難道是把全部士兵一起退役嗎？有剛到的，有服役已久的，有將離開的，有應該更換的，新老士兵混雜相處，老兵教新兵，那麼有急事就可以無憂了。

【研　析】古今對比，有是古非今，指陳時弊的意義，但作者的意圖卻不是廢今復古，而是借古之長，補今之闕，以尋找一種比較符合現實的改革方案。這可以看出作者思維方式和政治主張的一個重要特點。

倡勇敢

蘇子瞻

【題　解】本文是〈策別〉「訓軍旅」項的第三篇。本文論述提高軍隊勇氣的問題。作者從「致勇有術」的觀點出發，闡析了自己的主張：「致勇莫先乎倡，倡莫善乎私。」

臣聞戰以勇為主，以氣為決。天子無皆勇之將，而將軍無皆勇之士，是故致勇有術。致勇莫先乎倡，倡莫善乎私。此二者，兵之微權，英雄豪傑之士，所以陰用而不言於人，而人亦莫之識也。臣請得以備言之。

【章　旨】本段提出全文的基本觀點：致勇有術。

【語　譯】我聽說作戰以勇敢為主，以士氣為決定因素。國家不會有全都勇敢的將領，將軍也不會有全都勇敢的士兵，所以造就勇氣是有方法的。造就勇氣首要在於倡導，倡導最好有偏愛。這兩件事是用兵的奧祕，英雄豪傑之士暗中使用而不向人說，人們也無從知道。請讓我作全面論述。

夫倡者何也？氣之先也。有人人之勇怯，有三軍之勇怯。人人而較之，則勇怯之相去，若莛與楹❶。至於三軍之勇怯則一也，出於反覆之間，而差於毫釐之際，故其權在將與君。人固有暴❷猛獸而不操兵，出入於白刃之中而色不變者；有見虺蜴而卻走，聞鐘鼓之聲而戰慄者，是勇怯之不齊至於如此。然閭閻之小民，爭鬭戲笑，卒然之間，而或至於殺人。當其發也，其心翻然❸，其色勃然若不可以已者，雖天下之勇夫，無以過之。及其退而思其身，顧其妻子，未始不惻然悔也。此非必勇者也，氣之所乘，則奪其性而忘其故。故古之善用兵者，用其翻然勃然於未悔之間；而其不善者，沮其翻然勃然之心，而開其自悔之意，則是不戰而先自敗也。故曰致勇有術。

【章旨】本段論述造就勇氣有一定的方法，善於用兵的人應該掌握。

【注釋】❶莛與楹　比喻差距懸殊。莛，同「梃」。木杖。楹，屋柱。❷暴　徒手搏擊。❸翻然　突然改變的樣子。

【語譯】倡導，是什麼意思？是引導勇氣的行為。有個人的勇敢和怯弱，有軍隊的勇敢和怯弱。個人之間比較，勇敢和怯弱之差距好比小木棍與大屋柱。至於整個軍隊的勇敢和怯弱就本是一樣，表現不同是在戰爭形勢的變化中，而差別是從很細微之處開始的，所以倡導的權力在於將帥和君王。人本來有徒手與猛獸搏鬥而不持兵器，出入於刀劍之中而臉色不變的；有看見毒蛇蝎子就倒退逃跑，聽到鳴鐘擊鼓、指揮戰鬥的聲音就顫抖的，這勇敢和怯弱的差異到了如此程度。然而里巷普通平民，相爭搏鬥以戲耍玩笑，但突然之間，有的竟至於殺人。當他發作的時候，心情突然改變，臉色激動憤怒好像不可以遏制，即使天下的勇夫，也無法超過他。等到他回過頭來想到自己，顧念妻子兒女，沒有不心情悲傷而後悔。這本來不是勇敢的人，而是由於氣憤所激發，就改變了性情，忘記了常態。所以古代善於用兵的人，利用人們情緒突然變化激動萬分而未到後悔的時刻；而不善用兵的人，卻阻止人們情緒突然變化激動萬分，反而啟發他的自我悔恨之意，那就是尚未作戰而自己首先在精神上失敗了。所以說造就勇氣是有方法的。

致勇莫先乎倡。均是人也，皆食其食，皆任其事。天下有急，而有一人焉，奮而爭先，而致其死，則翻然者眾矣。弓矢相及，劍楯相交，勝負之勢未有所決，而三軍之士，屬目於一夫之先登，則勃然者相繼矣。天下之大，可以名劫也；三軍之眾，可以氣使也。諺曰：「一人善射，百夫決拾❶。」苟有以發之，及其翻然勃然之間，而用其鋒，是之謂倡。

【章　旨】本段論述造就勇氣首先要倡導。

【注　釋】❶一人善射百夫決拾　這條諺語出自《國語・吳語》。韋注曰：「言申胥華登（吳將）善用兵，眾必化之。猶一人善射，百夫競著決拾而效之。」決、拾，均為射箭用具。決是鉤弦的扳指，拾是護臂的套袖。

【語　譯】造就勇氣首先要倡導。同樣是人，都吃各自的食物，做各人的事情。天下有急難，如果有一個人，奮起先行而獻出生命，那麼情緒改變的人就多了。作戰時，弓箭相射，手持劍盾相互搏鬥，勝負的形勢還不分明，而全軍士兵，注視著一位勇士帶頭登上敵城，那麼奮起者就接連著上來了。天下這樣大，可以用名譽控制；全軍這樣多人，可以用勇氣指揮。諺語說：「一個人會射箭，一百個人都穿上套袖扣動扳指效法他。」只要有法子激發勇氣，等到情緒激動憤怒萬分的時刻，利用這種銳氣，這就叫倡導。

倡莫善乎私。天下之人，怯者居其百，勇者居其一。是勇者難得也。捐其妻子，棄其身以蹈白刃，是勇者難能也。以難得之人，行難能之事，此必有難報之恩者矣。天子必有所私之將，將軍必有所私之士，視其勇者而陰厚之。人之有異材者，雖未有功，而其心莫不自異。自異而上不異之，則緩急不可以望其為倡。故凡緩急而肯為倡者，必其上之所異也。昔漢武帝欲觀兵於四夷，以逞其無厭之求，不愛通侯❶之賞，以招勇士，風告天下，以求奮擊之人，卒然無有應者。於是嚴刑峻法，致之死地，而聽其以深入贖罪。使勉強不得已之人，馳驟於死亡之地，是故其將降，而兵破敗，而天下幾至於不測。何者？先無所異之人，而望其為倡，不已難乎？私者，天下之所惡也。然而為己而私之，則私不可用；為其賢於人而私之，則非私無以濟。蓋有無功而可賞，有罪而可赦者，凡所以媿其心而責其為倡也。

【章旨】本段論述倡導勇敢要有所偏愛激勵。

【注釋】❶通侯　秦漢時爵位，位最尊，居爵位二十級之首。原名徹侯，因避漢武帝劉徹諱改。

【語譯】倡導最好是有偏愛激勵。天下的人，膽怯的人一百個，勇敢的人才一個。因此勇敢的人難以得到。拋棄自己的妻子兒女，拋棄自己的性命而衝入必死之地，這是勇士也難於做到的。用難以得到的人，做難於做到的事，這一定有著難以報答的恩德。天子一定要有有所偏愛的將領，將軍一定要有有所偏愛的士兵，看到他是勇士因而暗中厚待他。有特殊才能的人，雖然還未建功，但他們心裡沒有不自以為超群出眾。自以為超群出眾而上司不對他另眼相看，那麼急難時就不能希望他帶頭引導。所以，凡是緊急時肯帶頭引導的人，一定是他的上司特別看重的人。當年漢武帝想要向四方用兵，以滿足他不盡的欲求，不吝惜通侯的爵賞，招致勇士，告示天下，用以尋求奮勇進擊的人，但是終於沒有人響應。於是用嚴刑峻法，把罪人置於死地，然後允許他們以深入敵境的勇敢行為贖罪。讓這些勉強不能不去的人，奔馳在死亡之地，所以結果是將領投降而軍隊失敗，而天下幾乎陷入無法預測的災難之中。為什麼呢？首先沒有自己特別器重的人，卻希望他們帶頭做勇士，不是太難了嗎？私，是天下人所痛恨的。然而，在上位者如果因為個人的喜好而有偏愛他，那麼這種私是不能發揮作用的；如果由於他比別人強而偏愛他，那麼沒有偏愛就不能成功。有無功但可以賞賜，有罪但可以赦免的人，就是用這種辦法使他們於心有愧從而要求他們能帶頭做勇士。

天下之禍，莫大於上作而下不應。上作而下不應，則上亦將窮而自止。方西戎之叛❶也，天子非不欲赫然誅之，而將帥之臣，謹守封略❷，外視內顧，莫有一人先奮而致命；而士卒亦循循焉莫肯盡力，不得已而出，爭先而歸。故西戎得以肆其猖狂，而吾無以應，則其勢不得不重賂而求和❸。其患起於天子無同憂患之臣，而將軍無腹心之士。西師之休，十有餘年矣。用法益密，而進人益難。賢者不見異，勇者不見私，天下務為奉法循令，要以如式而止。臣不知其緩急，將誰為之倡哉？

【章　旨】本段論述西方邊患形勢，強調全文基本觀點。

【注　釋】❶西戎之叛　指西夏趙元昊的侵擾。❷封略　封疆；邊境。❸重賂而求和　指宋仁宗慶曆四年（西元一〇四四年）與西夏議和，宋每年「賜」西夏絹十萬匹，茶三萬斤，西夏停止侵擾。

【語　譯】天下的禍患，沒有比上面採取行動而下面不響應更大的了。上面採取行動而下面不響應，那麼上面也會辦法用盡而自行停止。當西夏叛亂時，天子並非不想憤怒地加以誅討，但是將帥大臣，謹慎地守著邊境，望望境外，看看境內，沒有一個人首先奮勇獻身，而士兵們也規規矩矩地不肯盡力，不得已出兵了，爭先撤回。所以西夏得以放肆猖狂，而我們無法對付，那麼形勢就不能不用重幣賄賂來求和。禍患產生於天子沒有與自己同憂患的臣下，而將軍沒有可作為心腹的士兵。西方戰事停止，已十餘年了。法令更加嚴密，而人才進用更加困難。賢能的人不被特別器重，勇敢的人不被偏愛，天下努力於遵循法令，只要按照現成規矩就行。我不知道有了急難，將有誰會帶頭為國效力呢？

【研　析】林紓評此文說：「此篇著眼在一『倡』字、『私』字。『倡』者何？倡其氣也；『私』者何？表異將才，加之以私恩，使為己用也。一切起伏照應，全用此二字為關軸。」不強調用道義精神而是強調用私人情感「倡」勇敢，或是本文的偏頗之處，然而也是作者見解的獨特之處。「為其賢於人而私之，則非私無以濟。」其意正在為國選才育才而用才。它彌補了教化論的不足。作者對人性心理的把握極為深切入微，能見人之所未見，故能言人之所不能言。全文採用演繹之法，首段提出全文綱領，二、三段分析勇、怯之別在於如何利用其心理因素，從而歸結出「致勇有術」。四、五段則分別闡明致勇之「術」，即「致勇莫先乎倡」和「倡莫善乎私」的道理和作法。由「勇」到「倡」，由「倡」到「私」，順流而下，層層推衍，步步深入。在道理闡述清楚之後，末段才聯繫北宋現實，西夏得以肆其猖狂的主要原因，即「賢者不見異，勇者不見私」，從而照應上文，使全篇既結構嚴密，又如行雲流水，圓活酣暢。劉大櫆評曰：「行文如蚪龍之駕風雲而撼山谷，杳不可測。」

教戰守

蘇子瞻

【題　解】本文是蘇軾〈策別〉中「安萬民」項的第五篇。此時北宋王朝表面上處於所謂百年無事的太平時代，實際上危機四伏，遼及西夏隨時都可能發動武裝侵擾。文章分析了當時的形勢，清醒地預見了戰爭的不可避免。建議朝廷改變「知安而不知危，能逸而不能勞」，以致萎靡不振的社會局面，使百姓「尊崇武勇，講習兵法」，學會戰守，以便應付突然爆發的戰爭。體現了作者察微知著，居安思危，主張常備不懈這一富有遠見的政治眼光。如能採納，對於改變北宋的積弱局面，應該是有幫助的。

夫當今生民之患，果安在哉？在於知安而不知危，能逸而不能勞。此其患不見於今，而將見於他日。今不為之計，其後將有所不可救者。

【章　旨】本段指出今日「生民之患」所在。

【語　譯】當今百姓的憂患，究竟在哪裡呢？在於光知道眼前的安寧卻不知隱藏的危險，只能夠享受逸樂，卻不能經受勞苦。這種憂患現在雖然還看不出來，而將來必然暴露。如果今天不為此作好對策，以後將有不可挽救的災禍。

昔者先王知兵之不可去也，是故天下雖平，不敢忘戰。秋冬之隙，致民田獵以講武，教之以進退坐作之方，使其耳目習於鐘鼓旌旗之間而不亂，使其心志安於斬刈殺伐之際而不懾。是以雖有盜賊之變，而民不至於驚潰。及至後世，用迂儒之議，以去兵為王者之盛節。天下既定，則卷甲而藏之。數十年之後，甲兵頓弊❶，而人民日以安於佚樂，卒有盜賊之警，則相與恐懼訛言，不戰而走。開元、天寶之際，天下豈不大治？惟其民安於太平之樂，酣豢於游戲酒食之間，其剛心勇氣，消耗鈍眊❷，痿蹷❸而不復振。是以區區之祿山一出而乘之，四方之民，獸奔鳥竄，乞為囚虜之不暇，天下分裂，而唐室因以微矣！

【章旨】本段從歷史經驗論述知安而不知危之害。

【注釋】❶頓弊　銹蝕破敗。頓，同「鈍」。❷眊　目光昏蒙。❸痿蹷　麻痹；走路跌倒。這裡比喻精神萎縮不振。蹷，即「蹶」。

【語譯】古代帝王知道軍備不能廢棄，所以天下雖然太平，也不敢忘記備戰。在秋冬空閒時間，便召集百姓打獵，借以講求武事，教給他們軍隊前進、後退、跪倒、起立的戰法，使他們的耳目習慣於鐘鼓、旌旗的指揮號令而不混亂，使他們的心志在斬殺、攻打之時保持平靜而不畏懼。所以即使有盜賊的動亂，但百姓不至於驚慌潰散。到了後代，採用迂腐的儒生的議論，把廢除軍備作為帝王的美德。天下剛剛安定，就把武器裝備收藏起來。幾十年以後，盔甲武器破損銹蝕，而人民一天天安於閒散享樂，一旦突然發生盜賊作亂的警報，就人人恐懼，謠言紛起，不戰而逃。唐玄宗開元、天寶年間，天下難道不太平嗎？正因為那時人民安於太平之樂，迷戀於遊戲、酒食之中，那剛強的心志和勇敢的精神，被消磨毀損衰竭，萎縮麻木而不能再振作。所以小小一個安祿山出來乘機叛亂，四方百姓如獸奔鳥竄，乞求作個囚徒俘虜都唯恐不及，從此天下分裂，唐朝因此衰落了。

蓋嘗試論之。天下之勢，譬如一身。王公貴人所以養其身者，豈不至哉？而其平居常苦於多疾。至於農夫小民，終歲勤苦而未嘗告病。此其故何也？夫風雨、霜露、寒暑之變，此疾之所由生也。農夫小民，盛夏力作，而窮冬暴露，其筋骸之所衝犯，肌膚之所浸漬，輕霜露而狎風雨，是故寒暑不能為之毒。今王公貴人，處於重屋❶之下，出則乘輿，風則襲❷裘，雨則御蓋❸，凡所以慮患之具，莫不備至。畏之太甚，而養之太過，小不如意，則寒暑入之矣。是故善養身者，使之能逸而能勞，步趨動作，使其四體狃❹於寒暑之變。然後可以剛健彊力，涉險而不傷。夫民亦然。今者治平之日久，天下之人，驕惰脆弱，如婦人孺子，不出於閨門。論戰鬭之事，則縮頸而股慄；聞盜賊之名，則掩耳而不願聽。而士大夫亦未嘗言兵，以為生事擾民，漸不可長。此不亦畏之太甚，而養之太過歟？

【章旨】本段以養身為喻論述能逸而不能勞之害。

【注釋】❶重屋　重檐之屋。❷襲　夾衣。❸御蓋　用傘。蓋，車蓋。古人稱傘為蓋。❹狃　習慣；熟習。

【語譯】請允許我試予論述。天下形勢，譬如一個人的身體。王公貴人用以養身的方法，難道不是很完備嗎？但是他們平時居住經常為多病而苦惱。至於農夫小民，終年勤苦而從未說過有病。這是什麼緣故呢？風雨、霜露、寒暑的氣候變化，是疾病產生的原因。農夫小民，盛夏努力耕作，到了寒冬時節也在野外勞作，他們筋骨所冒犯的，肌膚所接觸的，無非霜露風雨，他們不以霜露為然，習以風雨為常，所以寒暑不能危害他們。現在王公貴人，住在高屋深房之中，出門就乘車，遇風就穿皮襖，下雨就用傘，凡是擔憂患病的用具，沒有不齊備的。害怕得太厲害，保養得太過分，稍有不適，寒暑之氣就侵入人體了。所以善於保養身體的人，就要使自己既能安逸而又能勞苦，經常走路運動，使自己四肢習慣於寒暑的變化。然後可以使身體剛健強壯，經歷艱險而不受傷害。老百姓也是這樣。現在太平日子久了，天下的人驕縱懶惰脆弱，好像婦女小孩沒有走出過閨門。一談起打仗的事，就縮起脖頸，兩腿顫抖；一聽到盜賊的名字，就掩著耳朵不願意聽。而士大夫也不曾談論過兵事，認為會招惹事端擾亂民心，不能助長這種剛剛露出的講武的苗頭。這不也是害怕得太厲害而保養得太過分了嗎？

且夫天下固有意外之患也。愚者見四方之無事，則以為變故無自而有，此亦不然矣。今國家所以奉西北二虜者，歲以百萬計❶。奉之者有限，而求之者無厭，此其勢必至於戰。戰者，必然之勢也。不先於我，則先於彼；不出於西，則出於北。所不可知者，有遲速遠近，而要以不能免也。天下苟不免於用兵，而用之不以漸，使民於安樂無事之中，一旦出身❷而蹈死地，則其為患必有所不測。故曰天下之民，知安而不知危，能逸而不能勞，此臣所謂大患也。

【章　旨】本段就西北邊事論述天下之大患。

【注　釋】❶歲以百萬計　指宋仁宗時每年以銀三十萬兩、絹三十萬匹貢遼，以銀十萬兩、絹十萬匹貢西夏，以求得苟安。百萬，極言其多。❷出身　投身；獻身。

【語　譯】而且天下本來就存在著意外之患。愚蠢的人看見四方無事，就認為變故自然不會發生，這也是不對的。現在國家奉送給西方北方兩個外敵的錢物，每年以百萬計算。奉送的一方有限，而要求的一方無法滿足，這種形勢必然導致戰爭。戰爭，是必然的趨勢，不先從我方開始，就會先從彼方開始；不在西邊發生，就會在北邊發生。所不能預料的事，是戰爭發生時間的遲早和地點的遠近而已，但總歸是不能避免的。天下如果不能免於用兵，既要用兵又不逐步操練武事，而是在安樂無事中役使百姓，一旦戰火燃起，立即讓他們投身於死亡之地，那麼禍患必將難以預測。所以說天下百姓知道安寧卻不知危險，能夠逸樂卻不能勞苦，這就是我說的大禍患。

臣欲使士大夫尊尚武勇，講習兵法。庶人之在官者，教以行陣之節；役民❶之司盜者，授以擊刺之術。每歲終則聚於郡府，如古都試❷之法，有勝負，有賞罰。而行之既久，則又以軍法從事❸。然議者必以為無故而動民，又撓❹以軍法，則民將不安。而臣以為此所以安民也。天下果未能去兵，則其一旦將以不教之民而驅之戰。夫無故而動民，雖有小怨，然孰與夫一旦之危哉？

【章　旨】本段提出並闡述教民戰守的建議。

【注　釋】❶役民　服役的平民。❷都試　漢朝制度，立秋日在郡府舉行，習射御之事並試騎士，評優劣。都，郡府都城。❸從事　辦事。❹撓　困擾。

【語　譯】我主張讓士大夫尊敬崇尚勇武，講求熟習兵法。在官府服役的平民，把行軍布陣的規則教給他們；負責緝捕盜賊的民役，把搏擊刺殺的武術教給他們。每年年終就在郡縣衙門聚集，如同古代在郡府都城比賽武事的方法進行比試，有勝負，有賞罰。實行時間長了，就又用軍隊作戰法規約束辦事。然而議論者一定認為這是無故驚動百姓，又用軍法來困擾他們，那麼百姓將會不得安寧。但我認為這正是用來安定百姓的辦法。天下終究未能廢棄武事，那麼一旦有事，就要把未經教習戰守的百姓驅趕到戰場之上。平時無故而驚動百姓，雖有小的驚擾，然而比起那種一旦發生戰爭的危險來說，到底怎麼樣呢？

今天下屯聚之兵，驕豪而多怨，陵壓百姓，而邀其上❶者，何故？此其心以為天下之知戰者，惟我而已。如使平民皆習於兵，彼知有所敵，則固已破其姦謀，而折其驕氣。利害之際，豈不亦甚明與？

【章　旨】本段論述平民習兵可治驕兵。

【注　釋】❶邀其上　向上司要挾。邀，求。引申為要挾。

【語　譯】現在國家駐紮在各地的士兵，驕縱強橫而多怨氣，欺壓百姓而要挾上司，究竟為什麼？這是因為他們心裡認為天下懂得作戰的，只有他們罷了。如果讓平民都熟習兵事，他們知道有了對手，那麼他們的邪惡圖謀就會被打破，驕橫的氣燄就會受到挫折。兩種主張的利害界限，難道不是很明白嗎？

【研　析】本文一向被認為是蘇軾策論中最典範最出色的一篇。宗臣盛讚：「此篇文字絕好。詞意之玲瓏，神髓之融液，姿態之翩躚，各臻其妙。」從立意看，本篇申言安不忘危，針砭時弊，警動人心。「宋之嘉祐間，海內狃於晏安，而恥言兵，故子瞻特發此論。」（茅坤評）從寫法上看，本篇採用了開端立案之法，一開頭便提出全文的中心論點，接下三段分別引證史事，運用比喻，分析形勢，反覆論證知安忘危，逸而不勞的嚴重危險，用筆縝密，分析精當，見解警策。第五段直接提出教民習武以備戰守的正面主張，末段為全文餘波，又為教民戰守的主張增一優點。全文邏輯嚴密，文筆灑脫，正如王槐野所評：「通篇是大文字，不加點竄。」蘇軾本擅長比喻說理，在諸策論文字中，以此篇為最佳。文中王公貴人與農夫小民養身之喻，既關合社會實際，又發明所論旨意，「只是安不忘危意，一用引喻，便覺切理厭情，中一段，可悟卻疾，可悟防亂。」（沈德潛評語）

卷二十四　奏議類下編　四

策斷中

蘇子瞻

【題解】蘇軾〈進策〉中〈策斷〉部分共有上中下三篇，都是論述解決邊患問題的基本策略。斷，決斷之意。策斷，就是一種決策性的奏議（策論）。上篇是總論，作者提出「先發而後罷」，掌握戰略主動權的主張，以解決「二虜（指遼與西夏）為中國患至深遠」的問題。中下篇分論對付「西戎」（西夏）和「北狄」（遼）的基本策略。本文從比較論述北宋大國與西夏小國的長處和短處入手，提出以己方之所長，制敵方之所短，揚長避短，充分發揚國大兵多的優勢，以對付西夏國小兵少的弱點，最後具體提出分兵數出以拖垮西夏的「禦戎之術」，也就是開頭所說的「不可易」的長遠的戰略方針。

臣聞用兵，有可以逆❶為數十年之計者，有朝不可以謀夕者。攻守之方，戰鬪之術，一日百變，猶以為拙。若此者，朝不可以謀夕者也。古之欲謀人之國者，必有一定之計。句踐之取吳，秦之取諸侯，高祖之取項籍，皆得其至計而固執之。是故有利有不利，有進有退，百變而不同，而其一定之計未始易也。句踐之取吳，是驕之而已；秦之取諸侯，是散其從而已；高祖之取項籍，是間疏其君臣❷而已。此其至計不可易者，雖百年可知也。

【章旨】本段論述戰略與戰術的不同，戰略可預作長期計畫，而戰術則瞬息萬變。

【注釋】❶逆　預先；預料。❷間疏其君臣　《史記・陳丞相世家》記劉邦用陳平計，離間楚君臣，使項羽疑忌亞父范增及部將鍾離昧等。

【語譯】我聽說過，用兵有可以預先作好數十年考慮的，有早上考慮好、到了晚上就得改變的。攻守的方法，戰鬥的方式，一天雖有百變，還感到不足以應付。像這類攻守方法、戰鬥方式，是早晚變化無常，不可以預先作好安排的。古代想要謀取別人國家的人，必須有一個確定的長遠戰略方針。句踐取吳，秦攻取山東各諸侯國，漢高祖消滅項羽，都得到了最好的戰略方針並堅持執行，所以無論形勢有利有不利，有進有退，變化多端各不相同，但那已經確定的戰略方針，不曾改變。句踐取吳，是使吳王夫差驕傲；秦國攻取山東各諸侯國，是離散他們的合縱；漢高祖消滅項羽，是離間他的君臣關係。這種都是不能改變的戰略方針，即使百年之後還是人們所知曉的。

今天下宴然，未有用兵之形，而臣以為必至於戰，則其攻守之方，戰鬭之術，固未可以豫論而臆斷也。然至於用兵之大計，所以固執而不變者，臣請得以豫言之。夫西戎、北胡❶，皆為中國之患，而西戎之患小，北胡之患大，此天下之所明知也。管仲曰：「攻堅則瑕者堅，攻瑕則堅者瑕。」❷故二者皆所以為憂。而臣以為兵之所加，宜先於西。故先論所以制御西戎之大略。

【章旨】本段論述根據避強攻弱的原則，首先應集中以對付西夏。

【注釋】❶西戎北胡　本文分指西夏與契丹（遼國）。❷管仲曰三句　語出《管子・制分》，《管子》託名管仲所作。原文是「攻堅則軔，乘瑕則神。攻堅則瑕者堅，乘瑕則堅者瑕」。意謂對敵作戰應選擇有隙可乘者，而不應進攻堅固者。瑕，裂痕；缺陷。引申為軟弱之處。

【語譯】現在天下太平，沒有戰爭的跡象，但我認為一定會發生戰事，那麼攻守的方略，戰鬥的方式，當然不能預先議論或主觀推測。然而對於用兵的戰略大計，用以堅持執行而不加改變的謀略，請讓我能預先陳述。西夏、契丹都是中國的邊患，而西夏的禍患較小，契丹的禍患較大，這是天下人都明白知道的。管仲說：「攻擊堅固處，那麼脆弱的也會堅固難破，攻擊脆弱處，那麼堅固之處也會脆弱易破。」所以，雖然契丹、西夏二者都是憂患，但我認為用兵應該首先在西夏。所以先論述用以制服抗禦西夏的根本方針。

今夫鄒與魯戰❶，則天下莫不以為魯勝，大小之勢異也。然而勢有所激，則大者失其所以為大，而小者忘其所以為小，故有以鄒勝魯者矣。夫大有所短，小有所長。地廣而備多，備多而力分，小國聚而大國分，則強弱之勢，將有所反。大國之人，譬如千金之子，自重而多疑；小國之人，計窮而無所恃，則致死不顧。是以小國常勇，而大國常怯。恃大而不戒，則輕戰而屢敗；知小而自畏，則深謀而必克。此又其理然也。

【章　旨】本段論述大國有所短，小國有所長。

【注　釋】❶鄒與魯戰　語出《孟子・梁惠王下》。鄒，春秋時小國，在今山東鄒縣東南，原名邾國。

【語　譯】現在如果鄒國與魯國作戰，那麼天下人沒有不認為魯國會勝利，這是因為國家大小的形勢差別。然而如果被形勢所激發，那麼大國就會失掉其成為大國的優勢，而小國就會忘記了它成為小國的劣勢，所以有著鄒國可以戰勝魯國的因素。大國有短處，小國有長處。大國土地廣大，需要防備之處多，防備多力量就會分散，小國力量集中而大國力量分散，那麼強弱的形勢，將會發生相反的變化。大國的人，好像富人的孩子，看重自己而多疑心；小國的人，沒有方法可想，無所依靠，就拼命不顧一切。所以小國總是勇猛，大國總是畏怯。依仗國大而不加防備，就會輕易作戰而屢次失敗；知道國小而自己警惕，就會深謀遠慮而必定取勝。這又是自然的道理。

夫民之所以守戰至死而不去者，以其君臣上下歡欣相得之際也。國大則君尊而上下不交，將軍貴而吏士不親，法令繁而民無所措其手足。若夫小國之民，截然其若一家也，有憂則相恤，有急則相赴。凡此數者，是小國之所長，而大國之所短也。大國而不用其所長，使小國常出於其所短，雖百戰而百屈，豈足怪哉？

【章　旨】本段從君民關係論述大小國之長短。

【語　譯】民眾之所以能作戰守衛到死而不離散，是因為他們君臣上下之間能歡悅相處。國家大就君王位尊而上下不溝通，將軍勢貴而官兵不親和，法令繁多而老百姓連手足都不知怎樣動作。至於小國民眾，分明地就像一家人，有憂患就互相關心，有急難就相互為之奔走。所有這幾件，是小國的長處，大國的短處。大國如果不運用自己的長處，讓小國經常對它的短處進攻，即使百戰也會百敗，難道值得奇怪嗎？

且夫大國則固有所長矣，長於戰而不長於守。夫守者，出於不足而已。譬之於物，大而不用，則易以腐敗。故凡擊搏進取，所以用大也。孫武之法❶：「十則圍之，五則攻之，倍則分之，敵❷則能戰之，少則能逃之，不若則能避之。」自敵以上者，未嘗有不戰也。自敵以上而不戰，則是以有餘而用不足之計，固已失其所長矣。凡大國之所恃，吾能分兵而彼不能分，吾能數出而彼不能應。譬如千金之家，日出其財以罔市利❸，而販夫小民，終莫能與之競者，非智不若，其財少也。是故販夫小民，雖有桀黠之才，過人之智，而其勢不得不折而入於千金之家。何則？其所長者，不可以與較也。

【章旨】本段論述大國長於戰而不長於守。

【注釋】❶孫武之法　以下所引語出《孫子・謀攻》。❷敵　相當；力量相等。❸罔市利　罔，同「網」。意謂網取市場之利。語出《孟子・公孫丑下》。

【語譯】而且大國本來有它的長處，利於攻戰而不利於防守。而所以要防守，是由於力量不夠。用物品作譬喻，體積大而不使用，就容易腐敗。所以凡是搏擊進取，都是利用它實力強大的優勢。孫武《兵法》說：「兵力十倍於敵人就包圍他，五倍於敵人就進攻他，一倍於敵人就分割他，兵力相當就能同敵人接戰，兵力少於敵人就逃走，兵力不如敵人若能避開就避開敵人。」從力量相當起，沒有不同敵人戰鬥的。從兵力相當起以至更多，如果不同敵人作戰，那就是以有餘的兵力而用兵力不足時的計策，當然就已經失去了自己的長處了。凡是大國依仗的，在於我能夠分兵而對方不能分兵，我方能多次出擊而對方不能應付。比如大富人家，每天拿出自己的錢財來謀取市場利益，但是商販小民，終於不能與他競爭，不是智慧不如，而是錢財太少。所以商販小民，即使有聰明狡詐的才幹，超過一般人的智慧，但是形勢終於不能不屈服而輸給大富人家。為什麼？因為對方的長處，是不能夠與他競爭較量的。

西戎之於中國，可謂小國矣。嚮者惟不用其所長，是以聚兵連年而終莫能服。今欲用吾之所長，則莫若數出，數出莫若分兵。臣之所謂分兵者，非分屯之謂也，分其居者與行者而已。今河西之戍卒，惟患其多，而莫之適用，故其便莫若分兵。使其十一而行❶，則一歲可以十出；十二而行，則一歲可以五出。十一而十出，十二而五出，則是一人而歲一出也。吾一歲而一出，彼一歲而十被兵焉，則眾寡之不侔，勞逸之不敵，亦已明矣。

【章　旨】本段論述制禦西夏的策略。

【注　釋】❶十一而行　謂以軍隊的十分之一出兵。

【語　譯】西夏對於中國，可以說是小國。過去我方因為不運用自己的長處，所以連年聚兵作戰但終於未能將西夏制服。現在要用我方的長處，就不如多次出兵，多次出兵就不如分兵。我所說的分兵，不是說要分散駐紮，只是劃分為駐紮休整和行軍打仗兩類。現在黃河以西的戍守士卒，只是擔憂人數過多，卻並不適於打仗。所以要便於打仗就不如分兵。讓他們每次出動十分之一的軍隊，那麼全軍一年可以出動十次；每次出動十分之二，那麼一年可以出動五次。每次出動十分之一，一年出十次，每次出動十分之二，每年出五次，那麼一個士兵一年就只出動一次。我方士兵一年出動一次，對方一年卻要挨打十次。那麼敵我力量眾寡的不相當，勞逸的不相同，也就很清楚了啊。

夫用兵必出於敵人之所不能。我大而敵小，是故我能分而彼不能，此吳之所以肆楚❶，而隋之所以狃陳❷與？夫御戎之術，不可以逆知其詳，而其大略，臣未見有過此者也。

【章　旨】本段總結全文，強調所論「御戎之術」的意義。

【注　釋】❶吳之所以肆楚　肆，勞累；使之疲敝。《左傳·昭公三十年》記伍子胥向吳王闔廬獻計分兵以疲楚師：「若為三師以肆焉，一師至，彼必皆出，彼出則歸，彼歸則出，楚必道敝。亟肆以罷（疲）之，多方以誤之，既罷而後以三軍繼之，必大克之。」❷隋之所以狃陳　狃，迷惑。《隋書·高熲傳》中高熲向隋文帝獻攻陳之策，分兵以擾迷惑對方，「量彼收穫之際，微徵士馬，聲言掩襲，彼必屯兵禦守，足得廢其農時。彼既聚兵，我便解甲，再三若此，賊以為常。後更集兵，彼必不信，猶豫之頃，我乃濟師登陸而戰。」

【語　譯】用兵一定要用在敵人不能對付之處。我國大，敵國小，所以我方能分兵而敵方不能，這正是當年吳軍使楚軍疲敝，而隋軍所以能迷惑陳軍的原因吧？抵禦外敵的辦法，我不能預先知曉詳盡，但是其根本戰略方針，我沒有見到有超過這個計謀的。

【研　析】本文的論述綱領，一是御戎之術首在決定戰略方針，這是總論性質，除涵蓋本文外，直至下篇；二是用兵對敵應揚長避短，這一觀點主要用於本文闡述「所以制御西戎之大略」。王文濡說：「子瞻論兵，確有見地，非泛泛作空言以自炫者。」此評疑未妥。子瞻文人，本不知兵，本文所提出的分兵以破敵之計，純係邏輯推理，紙上談兵之略，而無任何實戰經驗作依據。宋兵與西夏的幾次大戰，如劉平夜戰三川口，任福好水川之戰，均陷入元昊重圍之中，幾乎片甲不歸，主將任福戰死。宋軍被迫於秦州、渭州、慶州、延州四路置帥以防守自保。以兵力說，西夏兵總計近五十餘萬（《宋史》卷四八六〈夏國傳下〉），大大超過宋在西北的駐軍，分兵之說又從何談起？但本文作者能正確區分戰略方針與戰術策略之不同，對大小國之長短進行辯證分析，建議揚長避短，作為一般性原則，無疑是正確的，有價值的。就文論文，本篇採用了畫龍點睛之法，前五段著重論述一般性原理，分析敵我形勢，末二段才落實到具體戰略部署，演繹成篇，乾淨利落，有水到渠成之妙。

策斷下

蘇子瞻

【題　解】本文論述制御北方契丹（遼國）邊患的基本策略。作者對歷史上的胡漢文化差異和民族衝突進行了分析總結，對契丹的可乘之勢和制勝戰略進行了闡述。契丹不同於西夏，長期盤據燕雲十六州這一大片中國要害之地，利於長驅直入，而中國幾乎無險可守。故作者未能如前篇（〈策斷中〉）那樣提出足以制勝之策。但文中仍然認為有「可乘之勢三」，即間疏其君臣、利用漢民族內附之心和契丹占地立都之累，以及在戰術方面宋軍所擅長發揮的形、勢、氣這三者，而不須單純的「角之於力」。故此，宋軍仍有取勝之道。儘管這些見解全都屬於一般性原則，比較空泛，缺乏如何運用安排的具體措施，但分析入理，對於解決邊患，仍有一定的參考價值。

古者匈奴之眾❶，不過漢一大縣。然所以能敵之者，其國無君臣上下朝覲會同❷之節；其民無穀米絲麻耕作織紝之勞；其法令以言語為約，故無文書符傳❸之繁；其居處以逐水草為常，故無城郭邑居聚落守望之助；其旃裘肉酪，足以為養生送死之具，故戰則人人自鬭，敗則驅牛羊遠徙，不可得而破。蓋非獨古聖人法度之所不加，亦其天性之所安者，猶狙❹猿之不可使冠帶，虎豹之不可被以羈紲❺也。故中行說教單于❻無愛漢物，所得繒絮，皆以馳草棘中，使衣袴弊裂，以示不如旃裘之堅善也；得漢食物皆去之，以示不如湩❼酪之便美也。由此觀之，中國以法勝，而匈奴以無法勝。

【章旨】本段論述中國以法勝，而匈奴以無法勝。

【注釋】❶古者匈　作者《文集》等本文開頭有「其次請論北狄之勢」八個字。❷會同　古代諸侯以事朝見天子曰「會」，眾見曰「同」。❸符傳　古代出征時朝廷發給將領的憑證。符指符節，傳達詔命的信物。傳，也是符信，木製，書符信於上，又以一木封之。❹狙　獮猴。❺羈紲　羈，馬絡頭。紲，馬韁繩。❻中行說教單于　中行說，漢文帝時宦官，派為使者，反投降匈奴，為其出謀劃策。見《漢書・匈奴傳》。❼湩　乳汁。

【語譯】古時，匈奴的人口，不超過漢朝的一個大縣。然而所以能夠與漢朝相敵對，是因為他們國家沒有君臣上下朝拜會同的禮節；他們的人民沒有耕種穀米、紡織絲麻的勞苦；他們的法令以言語為規定，所以沒有文字符節印信的繁瑣；他們的居處平時逐水草而流動，所以沒有都邑城郭村落守護瞭望的相互幫助；他們的毛氈皮衣獸肉奶酪，足以作為養生送死的用品，所以作戰時就能人人獨立戰鬥，失敗了就驅趕牛羊遠遷，沒有辦法打敗他們。不只是古代聖人的禮法制度不能加在他們身上，同時也是他們的天性安於這種生活。就好像獼猴不能叫牠戴帽繫帶，虎豹不能給牠們套上馬絡頭拉上轡繩。所以中行說告訴匈奴單于不要喜歡漢朝的物品，得到的絲織物，都穿著在荊棘野草中騎馬奔馳，使衣褲都破裂損壞，以顯示絲織物不如皮毛衣物堅固好用；得到漢朝的食品都丟棄，以顯示不如奶酪鮮美可口。由此看來，中國靠法度取勝，而匈奴靠沒有法度取勝。

聖人知其然，是故精修其法而謹守之。築為城郭，塹為溝池，大倉廩，實府庫，明烽燧，遠斥候❶，使民知金鼓進退坐作之節，勝不相先，敗不相棄，此其所以謹守其法而不敢失也。一失其法，則不如無法之為便也。故夫各輔其性而安其生，則中國與胡本不能相犯。惟其不然，是故皆有以相制。胡人之不可從中國之法，猶中國之不可從胡人之無法也。

【章　旨】本段論述中國與胡人各有以相制。

【注　釋】❶斥候　偵察。

【語　譯】聖人知道這個道理，所以精明地修治法度並且嚴格執行。修築建造城郭，挖掘出溝池，擴大糧倉，充實府庫，燃燒烽火，遠派偵察，使民眾知曉聽從金鼓指揮前進後退跪倒起立的節制，勝利時不互相爭先，失敗了不互相拋棄，這就是用以嚴守法度而不敢違犯。一旦違反法度，就不如沒有法度的方便了。所以若各自遵從自己的習性而安於自己的生活，那麼中國與胡人本來不會互相侵犯。如若不是這樣，那就都有可以互相制約之處。胡人不可以遵從中國的法度，如同中國人不可以遵從胡人的沒有法度。

今夫佩玉❶服黻冕而垂旒者，此宗廟之服，所以登降揖讓折旋俯仰為容者也，而不可以騎射。今夫蠻夷而用中國之法，豈能盡如中國哉？苟不能盡如中國，而雜用其法，則是佩玉服黻冕而垂旒，而欲以騎射也。昔吳之先，斷髮文身，與魚鼈龍蛇居者數十世，而諸侯不敢窺也。其後楚申公巫臣❷，始教以乘車射御，使出兵侵楚，而闔廬夫差，又逞其無厭之求，開溝通水❸，與齊晉爭強。黃池之會❹，強自冠帶，吳人不勝其弊，卒入於越。夫吳之所以強者，乃其所以亡也。何者？以蠻夷之資，而貪中國之美，宜其可得而圖之哉？西晉之亡也，匈奴、鮮卑、氐、羌之類，紛紜於中國。而其豪傑間起，為之君長，如劉元海、苻堅、石勒、慕容雋之儔❺，皆以絕異之姿，驅駕一時之賢俊，其強者❻，至有天下大半。然終於覆亡相繼，遠者不過一傳再傳而滅，何也？其心固安於無法也，而束縛於中國之法；中國之人，固安於法也，而苦其無法。君臣相戾，上下相厭，是以雖建都邑，立宗廟，而其心岌岌然，常若寄居於其間，而安能久乎？且人而棄其所得於天之分，未有不亡者也。

【章　旨】本段從歷史事實論述「蠻夷而用中國之法」以致敗亡。

【注　釋】❶佩玉句　指穿著禮服。韍，俗作「芾」。用皮製作，遮於膝前。行禮時用。冕，王者之冠。旒，下垂之玉珠。天子之冕有十二旒。❷申公巫臣　原為楚大夫，後怨楚奔晉，為晉侯出使吳國，教吳用兵乘車，吳始與中原地區交通。❸開溝通水　指吳王夫差開運河邗溝連通長江淮河。❹黃池之會　《春秋》載魯哀公十三年（西元前四八二年）吳王夫差與晉、魯諸國君會於黃池（今河南封丘西南），越國乘機攻入吳國，哀公二十二年，越滅吳。❺劉元海句　劉元海，即劉淵，匈奴人，滅西晉建漢國。苻堅，建前秦。石勒，羯人，建後趙。慕容雋，鮮卑人，稱前燕皇帝。❻其強者　指苻堅之前秦國。《晉書》載紀史臣稱其「跨（天下）三分之二，九州之七，雖五胡之盛，莫之比也。」

【語　譯】現在佩著玉飾穿著禮服戴著王冠，這是祭祀朝會的服飾，用以上下堂階、作揖禮讓、折腰周旋，作出俯仰禮節姿態的，卻不可以穿戴著騎馬射箭。現今周邊異族如果要用中國的法度，難道能夠都同中國一樣嗎？倘若不能都同如中國，而只是摻雜使用中國的法度，那就是佩玉飾、穿禮服、戴王冠，卻想要騎馬射箭。過去吳國祖先，截斷頭髮，身刺花紋，與魚鱉龍蛇相處幾十代，諸侯各國不敢窺視。後來楚國的申公巫臣，開始把乘車射箭作戰的技術教給他們，叫他們出兵侵入楚國，而闔廬、夫差又想實現他們無法滿足的欲求，開邗溝連通江淮之水，與齊、晉爭霸。黃池會上，勉強穿戴著禮服禮帽，吳人承受不了這種弊害，終於被越國吞併。吳國之所以強大，也正是它滅亡的原因。為什麼呢？憑藉蠻夷異族的資質，卻貪圖中國的美好山河，難道是它應該得到而能夠貪圖的嗎？西晉滅亡時，匈奴、鮮卑、氐、羌等異族，在中原地區紛爭，那些豪傑人物也不時出現，成為他們的君王，如劉元海、苻堅、石勒、慕容雋之流，都憑著極其特殊的才質，驅使駕御當時的賢能之士，其中的強者，甚至占有大半個中國。然而終於一個接著一個地滅亡，長久的也不過是傳了一代兩代就滅亡。為什麼呢？他們的心本來安於沒有法度，卻被中國的法度束縛；中國人本來安於法度，卻苦於異族的沒有法度。君臣互相背離，上下互相厭棄，所以雖然建立了都城，設立了宗廟，但他們的心思卻感到搖搖欲墜經常好像寄居在這中間，這又怎麼能長久呢？而且人如果拋棄自己得自於天的本性，是沒有不滅亡的呢。

契丹自五代南侵，乘石晉之亂，奄❶至京師。覩中原之富麗，廟社宮闕之壯而悅之，知不可以留也，故歸而竊習焉。山前諸郡❷，既為所并，則中國士大夫有立其朝者矣。故其朝廷之儀，百官之號，文武選舉之法，都邑郡縣之制，以至於衣服飲食，皆雜取中國之象。然其父子聚居❸，貴壯而賤老，貪得而忘失，勝不相讓，敗不相救者，猶在也。其中未能革其犬羊豺狼之性，而外牽於華人之法，此其所以自投於陷穽網羅之中。而中國之人猶曰今之匈奴非古也，其措置規畫，皆不復蠻夷之心，以為不可得而圖之，亦過計矣。

【章旨】本段批評認為契丹「不可得而圖之」的論調。

【注釋】❶奄　忽然。❷山前諸郡　指燕山以南的州郡。❸父子聚居　這句當指匈奴「父死（子）妻其後母」（《史記‧匈奴列傳》）等習俗。

【語譯】契丹從五代時南侵，乘後晉動亂，突然占領京城。看到中原的富饒美麗，宗廟宮殿的壯觀，喜歡他們，知道不可以留住這裡，所以回去後偷偷學習。燕山以南的州郡，早已經被他所吞併，那麼中國士大夫就有在他們朝廷中的了。所以他們朝廷的禮儀，百官的稱號，文武人才選拔考試的方法，都城郡縣的制度，以至於衣服飲食，都雜取中國的樣式。然而那父子聚居，看重青壯年，輕視老年人，貪得忘失，勝利時互不相讓，失敗了互不救助等習俗，仍然保存。他們心中沒有改變犬羊豺狼一樣的本性，但外表卻被中國人的法度所牽制，這就是他們自己投身到陷阱羅網之中了。但中國人還說現在的匈奴人不同於古代，他們的措施規畫，都不再有蠻夷的心理了，認為無法對付，這也是估計錯誤了。

且夫天下固有沉謀陰計之士也。昔先王欲圖大事，立奇功，則非斯人莫之與共。秦之尉繚❶，漢之陳平，皆以樽俎之間，而制敵國之命，此亦王者之心，期以紓❷天下之禍而已。彼契丹者，有可乘之勢三，而中國未之思焉，則亦足惜矣。

【章旨】本段提出契丹「有可乘之勢三」。

【注釋】❶尉繚　戰國時兵家，其人始末未詳，或說是魏人，或說是齊人。著有《尉繚（子）》。《漢書・藝文志》有著錄。今存五卷二十四篇。❷紓　緩和。

【語譯】而且天下自古有善於深謀遠慮、暗中策劃的人。過去先王想要謀大事，建奇功，那就非這種人不與他共事。秦時的尉繚，漢時的陳平，都在酒席上運用謀略而能制敵國於死命，這也是君王的心思，期望借此緩解天下人的災禍而已。那契丹國，有三方面可以利用的形勢，但中國人未曾想過，也很使人可惜。

臣觀其朝廷百官之眾，而中國士大夫交錯於其間，固亦有賢俊慷慨不屈之士。而詬辱及於公卿，鞭朴行於殿陛，貴為將相，而不免囚徒之恥，宜其有惋憤鬱結而思變者，特未有路耳。凡此皆可以致其心，雖不為吾用，亦以間疎其君臣，此由余❶之所以入秦也。

【章旨】本段論述可以間疏契丹之君臣。

【注釋】❶由余　本春秋時晉人，流亡入西戎。戎王使入秦，秦穆公與他交談，大悅。他建議對西戎「遺之女樂，以亂其政」，穆公用其計間西戎君臣，攻伐西戎，大勝。

【語　譯】我看契丹朝廷百官人眾，有中國士大夫夾雜其中。裡面當然也有賢能而又慷慨不屈的人才。契丹國君任意辱罵公卿，在朝廷殿階上公開鞭打，地位尊貴到將相，卻不免成為囚徒的恥辱，其中應當有憤恨壓抑想要變動政局的人，只是沒有途徑罷了。所有這些人，都可以改變他們的心志，即使不能為我國所用，也可以因此離間他們君臣的關係。這就是當年由余入秦出謀劃策的緣故呀。

幽燕之地，自古號多雄傑，名於圖史者，往往而是。自宋之興，所在賢俊，雲合響應，無有遠邇，皆欲洗濯磨淬，以觀上國❶之光；而此一方，獨陷於非類。昔太宗皇帝，親征幽州，未克而班師。聞之諜者曰：「幽州士民謀欲執其帥以城降者，聞乘輿之還❷，無不泣下。」且胡人以為諸郡之民，非其族類，故厚斂而虐使之，則其思內附之心，豈待深計哉？此又足為之謀也，使其上下相猜，君民相疑，然後可攻也。

【章　旨】本段論述幽燕士民心思內附可用。

【注　釋】❶上國　這裡指中原地區及京城。春秋時吳楚等相對落後，稱中原諸侯國為上國。《左傳・昭公二十七年》：「（吳）使延州來季子聘於上國。」疏：「上國，中國也。」❷乘輿之還　乘輿，天子的車駕。這句指宋太宗太平興國四年（西元九七九年）率軍伐遼，因高梁河之戰失敗而班師。

【語　譯】幽燕一帶地方，自古號稱多出英雄豪傑，在圖籍史書上留名的人很多。自從宋朝建國以後，各地的賢能才俊之士，像浮雲聚合，像回聲呼應，無論遠近，都想要洗刷磨鍊自己，來瞻仰京城帝室的光輝；但只有幽燕這一方，淪陷在異族統治下。當年太宗皇帝，親征幽州，未能取勝而退兵。聽說派去的偵察人員回來講：「幽州城裡的士民，計畫抓住他們的統帥並將城投降宋朝，聽到天子撤軍回去了，沒有不痛哭的。」況且契丹人認為這些州郡的民眾，不是本族人，所以斂取嚴重，役使暴虐，那麼這些百姓想要歸附宋朝的心思，難道還要等待仔細考慮嗎？這又足以制定謀略，使契丹上下互相猜忌，君民互相懷疑，然後可以攻取的了。

語有之曰：「鼠不容穴，銜窶藪也。❶」彼僭立四都❷，分置守宰，倉廩府庫，莫不備具。有一旦之急，適足以自累；守之不能，棄之不忍；華夷雜居，易以生變。如此，則中國之長，足以有所施矣。

【章旨】本段論述契丹分都置守之勢可乘。

【注釋】❶語有之三句　語出《漢書・揚惲傳》。窶藪，戴器。戴在頭上以便頂物的篾箍。這句諺語的意思是：老鼠不能藏身於洞穴中，是因為牠戴著頭箍妨害了自己。諷刺為自己設置拖累為害。❷四都　遼設有上京（今內蒙巴林附近）、中京（今河北平泉）、南京（一曰燕京，即今北京市）、東京（今遼寧遼陽）、西京（今山西大同）。上京為皇城，餘稱四京。

【語譯】有諺語說：「老鼠不能藏身於洞穴裡，是因為牠頂著頭箍妨害了自己。」契丹非法設立四個都城，分別安置了守衛官長，糧倉府庫，全都齊備。一旦有急難，恰好足以成為自身累贅；守衛不了，拋棄又不忍心；漢人與胡人雜居，又容易產生變亂。這樣的話，中國的長處，就能夠施展了。

然非特如此而已也。中國不能謹守其法；彼慕中國之法，而不能純用，是以勝負相持，而未有決也。夫蠻夷者，以力攻，以力守，以力戰，顧力不能則逃。中國則不然，其守以形，其攻以勢，其戰以氣，故百戰而力有餘。形者，有所不守，而敵人莫不忌也；勢者，有所不攻，而敵人莫不憊也；氣者，有所不戰，而敵人莫不懾也。苟去此三者，而角之於力，則中國固不敵矣，尚何云乎？

【章　旨】本段補充論述中國克敵制勝的三要件。

【語　譯】然而，不只是如前所述的這些可乘之勢。中國不能嚴謹地遵守自己的法度；契丹仰慕中國的法度，但不能全部採用，所以雙方勝負相當，而不能決出高下。蠻夷異族，靠武力進攻，靠武力守衛，靠武力作戰，如果武力不能取勝就逃跑。中國卻不是這樣，防守靠地形，進攻靠威勢，作戰靠勇氣，所以雖經百戰但力氣還有餘。地形，有的並不宜防守，但敵人沒有不畏忌的；威勢，有時並不能用以進攻，但敵人沒有不疲憊的；勇氣，有時並不投入戰鬥，但敵人沒有不害怕的。如果丟掉這三件，而同敵人硬拼武力，那麼中國當然不能對付了，還有什麼可說的呢？

伏惟國家留意其大者，而為之計。其小者，臣未敢言焉。

【章　旨】本段總結〈策斷〉，表達希望。

【語　譯】我希望國家留意重大問題，並為此制定戰略方針。至於那些細微末節，我就不敢說了。

【研　析】從歷史角度切入論述現實問題，從文化角度切入論述民族衝突，使本文視野開闊，見解獨特。其見解中顯然包含著「文明戰勝野蠻」的觀念，但作者卻以「以法勝」和「以無法勝」的對抗性命題貫穿全文，

內涵豐富而邏輯嚴謹。「文筆極其變化橫發，而不可羈制。」（唐順之評）

君術策五

蘇子由

【題解】蘇轍《欒城應詔集》卷六至卷十有〈進策〉五篇，分〈君術〉五道、〈臣事上〉五道、〈臣事下〉五道、〈民政上〉五道、〈民政下〉五道共計五大篇二十五小篇文章。當作於宋仁宗嘉祐六年（西元一〇六一年）與兄蘇軾同時應制科考試前，在應試時進奏。與蘇軾的〈進策〉五篇（二十五小篇）的性質、意義和進奏時間一樣。本文是〈君術〉的第五道（小篇）。君術，指君王實行治理天下之道的手段，方法。本文以治水為喻，論述君王應當分別邪正，使天下英雄之士能夠「少（稍）遂其意」，有一種順適舒暢的政治環境施展才幹，效忠君王。

臣聞事有若緩而其變甚急者，天下之勢是也。天下之人，幼而習之，長而成之，相咻❶而成風，相比而成俗，縱橫顛倒，紛紛而不知以自定。當此之時，其上之人，刑之則懼，驅之則聽，其勢若無能為者。然及其為變，常至於破壞而不可禦。故夫天子者，觀天下之勢，而制其所向，以定所歸者也。

【章旨】本段論述天子應觀察天下形勢並進行控制。

【注釋】❶咻　喧譁。見《孟子・滕文公下》：「一齊人傳之，眾楚人咻之。」趙岐注：「咻之者讙也。」即今之喧譁義。

【語譯】我聽說過，事情有好像很平緩，而它的變化卻非常急速的，天下形勢就是這樣。天下的人，年幼時習染它，長大了成就它，互相喧嚷形成風氣，互相影響成為習俗，任意作為，亂紛紛地而不知道如何去自我把握。在這種時候，他們上面的君長，施以刑罰，他們就害怕；驅喚使令，他們就聽從，人們在那形勢下，好像無能為力的樣子。然而等到發生變亂，常常會發展到破壞而不能制止的程度。所以做天子的，是觀察天下形勢，控制其發展方向，從而規定最終結局的人。

夫天下之人，弛而縱之，拱手而視其所為，則其勢無所不至。其狀如長江大河，日夜渾渾❶，趨於下而不能止，抵曲則激；激而無所洩，則咆勃❷潰亂，蕩然四出，壞隄防，包陵谷，汗漫而無所制。故善治水者，因其所入而導之，則其勢不至於激怒坌❸湧而不可收；既激矣，又能徐徐而洩之，則其勢不至於破決蕩溢而不可止。然天下之人，常狎其安流無事之不足畏也，而不為去其所激；觀其激作相蹙潰亂未發之際，而以為不至於大懼，不能徐洩其怒，是以遂至橫流於中原，而不可卒治。

【章旨】本段以治水為喻論治天下之人的方法。

【注釋】❶渾渾　水流湧之聲。❷咆勃　憤怒的樣子。❸坌　噴湧的樣子。

【語譯】天下的人，鬆弛並放縱他們，拱著手聽任其作為，那勢頭是沒有什麼事情不能做的。那樣子如同長江黃河，日夜流湧奔騰，向下游流去，不能制止，碰到彎曲處就衝激迴蕩；衝激得無處流泄，就咆哮潰亂，橫掃一切，向四周漫出，破壞堤防，包圍山谷，無邊無際，無法制止。所以善於治水的人，按照水流的方向引導，那麼水勢就不至於因為激蕩噴湧而不能約束；水已經激蕩了，又能慢慢地疏泄，那麼水勢就不至於衝決堤岸四處漫溢而不能制止。然而天下的人，常常習慣水流的平安無事便認為不可怕，而不替水流除去那些容易產生衝激動蕩的原由；看到水流激蕩迫促，但還未曾發作到潰決混亂的時刻，還認為不至於太可怕，不能慢慢宣泄它們的怒氣，所以就導致洪水橫流中原，而最終無法整治。

昔者天下既安，其人皆欲安坐而守之，循循以為敦厚，默默以為忠信。忠臣義士之氣，憤悶而不得發。豪俊之士，不忍其鬱鬱之心，起而振之，而世之士大夫，好勇而輕進，喜氣而不懾者，皆樂從而群和之，直言忤世而不顧，直行犯君而不忌。今之君子，累累而從事於此矣。然天下猶有所不從，其餘風故俗猶眾而未去，相與抗拒，而勝負之數未有所定。邪正相搏，曲直相犯，二者潰潰❶，而不知其所終極。蓋天下之勢已少激矣，而上之人不從而遂決其壅，臣恐天下之賢人，不勝其忿，而自決之也。

【章　旨】本段論述天下之勢邪正相搏的特點。

【注　釋】❶潰潰　潰散；散亂的樣子。

【語　譯】當年天下安定之後，為人主者都想安坐保守天下，認為循規蹈矩就是敦厚，默默無言就是忠信。使得忠臣義士的心志，鬱結壓抑而無從表現。豪傑人物，不能忍受這種鬱悶，想起來振作一番，世上的士大夫中那些喜好勇敢而急於進取，崇尚任性而無所畏懼的人，都樂於追隨他們，成群唱和，仗義直言批評朝政而不顧慮，直道而行觸犯君王而不避忌。現在的君子一個接一個這樣做了。但是天下還有些人不願意隨從他們，那種循規蹈矩的餘風和默默無言的舊俗還大量存在，沒有除去，一起抗拒忠正之氣，雙方勝負之爭還沒有定局。邪正相互搏擊，曲直相互衝突，兩方面都散亂不堪，不知最終結局如何。天下的形勢已經開始有所衝激動盪了，但是在上位的人不隨著清除那些阻塞，我擔心天下的賢人，不能承受憤懣，會要自行去衝決呢。

夫惟天子之尊，有所欲為，而天下從之。今不為決之上，而聽其自決，則天下之不同者，將悻然而不服；而天下之豪俊，亦將奮踴不顧而力決之。發而不中，故大者傷，小者死，橫潰而不可救。譬如東漢之士❶，李膺、杜密、范滂、張儉之黨，慷慨議論，本以矯拂世俗之弊；而當時之君，不為分別天下之邪正，以決其氣，而使天下之士，發憤而自決之，而天下遂以大亂。由此觀之，則夫英雄之士，不可以不少遂其意也。

【章　旨】本段論述天子應使英雄之士少遂其意。

【注　釋】❶東漢之士　指東漢末年的「黨人」。李膺等人都是反對當時宦官專權，批評朝政黑暗的正直士大夫，被宦官集團指為「朋黨」，並致「黨錮之禍」。參見歐陽永叔〈朋黨論〉及注。

【語　譯】只有天子地位尊貴，想要做的事，天下都得聽從。現在不在上面清除阻塞，而聽任有志之士自行衝決，那麼天下不同道的人，就會憤恨而不服從；而天下的豪傑，也就將奮勇不顧地用力衝決。衝決一旦發生而又不能取勝，結果材力大者將會受到傷害，材力小者不免於死亡，以致整個社會離散動亂而無法救治。例如東漢的那些黨人，如李膺、杜密、范滂、張儉之流，慷慨議論，本來要藉以矯正世俗的弊害；然而當時的君王，不去分別天下哪些東西是好的，哪些東西是壞的，以疏導他們的怒氣，而讓天下士人，憤怒爆發，自行衝決，天下因而大亂。由此看來，那些英雄之士，不能不讓他們的心志稍微得到滿足。

是以治水者，惟能使之日夜流注而不息，則雖有蛟龍鯨鯢之患，亦將順流奔走，奮迅悅豫，而不暇及於為變。苟其瀦❶畜渾亂壅閉而不決，則水之百怪，皆將勃然放肆，求以自快其意而不可禦。故夫天下，亦不可不為少決，以順適其意也。

【章旨】本段總結全文，點明君王治天下之要術。

【注釋】❶瀦　水所停蓄深處；水潭。

【語譯】所以治水的人，只要能夠使洪水日夜奔流不息，那麼即使是有蛟龍鯨魚的憂患，牠們也會順水流奔走，奮力迅疾地歡欣遊戲，而無暇製造變亂。如果水流停止積蓄渾濁堵塞而不暢通，那麼水中的各種怪物，都將要奮起放肆，求得心意痛快而不可制止。所以對於天下，也不能不注意稍微疏導放開，使天下人能夠順心適意呀。

【研析】以治水喻治天下，前人有之。但本文作者別有見地。且將這一譬喻反覆發揮，貫穿全文。語言也富有文采，加強了論述的暗示性與啟發性。本文針對視實而作，卻並未涉及任何具體的人物和事件，而是用較為含蓄的筆法指陳，形成與蘇軾策論不同的另一種風格。王文濡說：「(本文)在子由集中文之最有光焰者。」信然！

臣事策一

蘇子由

【題　解】蘇轍〈進策・臣事〉共有上下各五篇，本文是上之第一篇。一本題下有「用重臣」三字。臣事策，指君王如何區分、任用、駕馭群臣之策。本文從論述權臣與重臣之別入手。所謂權臣，即有權勢之臣，主要指掌握國家大權而又專橫跋扈、一心為個人謀取私利，甚至迎合主上、逢君之惡以致「潛潰其國」的居心叵測之人，近似於所謂奸臣。而所謂重臣，則指居重要職位的大臣，他們雖掌握朝政大權，但卻一心為國，上能格君之心，下不畏權貴，正如《史記・汲鄭列傳》所稱，「貴人宗室，難治，非重臣不能任。」故權臣乃國家之蠹蟲，而重臣乃國家之棟樑。二者跡近而實異。跡近，指皆侵天子之權；實異，則在於正邪有別，為國為私之不同。作者強調治天下不可一日無重臣，不可一日有權臣，天子應當有意培養重臣之威，以備將來緩急之用。

臣聞天下有權臣，有重臣。二者，其迹相近而難明。天下之人知惡夫權臣之專，而世之重臣，亦遂不容於其間。夫權臣者，天下不可一日而有；而重臣者，天下不可一日而無也。天下徒見其外，而不察其中；見其皆侵天子之權，而不察其所為之不類，是以舉皆嫉之，而無所喜，此亦已太過也。

【章　旨】本段論述天下不可有權臣，不可無重臣。

【語　譯】我聽說天下有權臣，有重臣。這兩種人形跡相近難以明辨。天下的人們，知道痛恨權臣壟斷國家權柄，而世上的重臣，也就不被容許在朝廷存在。權臣是天下不可以一天有的，但重臣是天下不能一天沒有的。天下人只看到他們的外表，沒有了解他們的實際；看見他們都侵犯天子的權威，而不考察他們的行為完全不同，所以都表示嫉恨，而沒有區分出他們所喜歡的，這樣做也太過分了。

今夫權臣之所為者，重臣之所切齒；而重臣之所取者，權臣之所不顧也。將為權臣耶？必將內悅其君之心，委曲聽順，而無所違戾；外竊其生殺予奪之柄，黜陟天下，以見己之權，而沒其君之威惠。內能使其君歡愛悅懌，無所不順，而安為之上；外能使其公卿大夫百官庶吏，無所不歸命，而爭為之腹心。上愛下順，合而為一，然後權臣之勢遂成而不可拔。

【章　旨】本段論述權臣之所為。

【語　譯】現在權臣所做的事，是重臣所痛恨的；而重臣所採取的態度，是權臣所不願做的。想要做權臣嗎？一定要對內討好君王的心思，委曲順從他的意旨，而沒有任何違背；對外就竊取君王的生殺予奪之大權，任意升降天下官員，以顯示自己的權勢，並掩蓋君王的權威和恩惠。對內能使君王寵愛高興，讓他感到沒有什麼不順心，而安心高高在上；對外能夠使公卿大夫百官以至所有吏員沒有誰敢不聽命，而且爭著做他的心腹親信。上面寵信，下面順從，合成一體，然後權臣的威勢就變得不可動搖了。

至於重臣則不然。君有所為不可則必爭；爭之不能，而其事有所必不可聽，則事行而不顧；待其成敗之迹著，則上之心將釋然而自解。其在朝廷之中，天子為之踧然❶而有所畏，士大夫不敢安肆怠惰於其側。爵祿慶賞，己得以議其可否，而不求以為己之私惠；刀鋸斧鉞，己得以參其輕重，而不求以為己之私勢。要以使天子有所不可必為，而群下有所震懼，而己不與其利。何者？為重臣者，不待天下之歸己；而為權臣者，亦無所事天子之畏己也。故各因其行事，而觀其意之所在，則天下誰可欺者？臣故曰為天下安可一日無重臣也！

【章　旨】本段論述重臣之所為。

【注　釋】❶踧然　敬畏不安的樣子。

【語　譯】至於重臣就不是如此。君王有行為不對，就一定爭諫；爭諫不成，而那事情又一定不能聽從君王意旨，就自行其是而不管；等到事情成敗的表現明顯了，那麼君王的心情，也就會自然寬解了。他在朝廷中，天子因此局促不安而有所畏懼，士大夫也不敢在他身邊安逸放任，懈怠懶惰。加官晉爵行賞賜的事，他能夠同他人議論是否可行，而不謀求作為自己的個人恩惠；施行各種刑罰，他可以參與意見決定處罰的輕重，卻不謀求作為自己的個人權勢。總之，要使天子感到自己有些決心想做的事卻不能做，群臣感到有所震懾畏懼，但自己卻不謀取好處。為什麼呢？做重臣的人，不期待天下歸向自己，而做權臣的人，也沒有法子使天子敬畏自己。所以，他們各自按照自己的意志行事，而觀察他們的意圖所在，天下人還有誰可欺騙呢？因此我說治理天下怎麼能有一天沒有重臣啊！

且今使天下而無重臣，則朝廷之事，惟天子之所為，而無所可否。雖天子有納諫之明，而百官畏懼戰慄，無平昔尊重之勢，誰肯觸忌諱，冒罪戾，而為天下言者？惟其小小得失之際，乃敢上章，讙譁而無所憚。至於國之大事，安危存亡之所繫，則將卷舌而去，誰敢發而受其禍？此人主之所大患也。悲夫！後世之君，徒見天下之權臣，出入唯唯，以為有禮，而不知此乃所以潛潰其國；徒見天下之重臣，剛毅果敢，喜逆其意，則以為不遜，而不知其有社稷之慮。二者淆亂於心，而不能辨其邪正，是以喪亂相仍而不悟，何足傷也？昔者衛太子聚兵以誅江充❶，武帝震怒，發兵而攻之京師，至使丞相太子相與交戰，不勝而走；又使天下極❷其所往，而翦滅其迹。當此之時，苟有重臣出身而當之，擁護太子，以待上意之少解，徐發其所蔽，而開其所怒，則其父子之際，尚可得而全也。惟無重臣，故天下皆知之而不敢言。

【章旨】本段論述天下不可無重臣。

【注釋】❶衛太子句　參見本書卷十九蘇子瞻〈代張方平諫用兵書〉及注。❷極　意謂使之困窮無出路。《孟子・離婁下》：「今也為臣有故而去，則君搏執之，又極之於其所往也。」趙岐注：「極者，惡而困之也。」

【語譯】而且，現在假若國家沒有重臣，那麼朝廷的事，只聽從天子作為，而無法表示贊成或反對。即使天子有接受進諫的明智，然而官員們在朝廷上畏懼戰慄，沒有平時尊貴的地位，誰肯觸忌諱，冒著犯上的罪過，而為了國家去直言抗爭呢？只有在一些關係很小的得失問題上，才敢上奏章，吵鬧不休而不感到害怕。至於國家的大事，關係到安危存亡的原則問題，就都閉口走開，有誰敢發言來招受災禍？這是君王的大憂患呀。可悲啊！後代的君王只看到天下的權臣，出進朝廷時唯唯諾諾，認為有禮貌，卻不知道這是在暗中用以搞垮自己的國家；只看見天下的重臣，剛毅果敢，喜歡違逆自己的心意，就認為不謙遜，卻不知道他有關懷江山社稷的憂心。對這兩種人的認識發生混亂，不能分辨出他們的邪正，所以禍亂相連還不覺悟，這哪裡值得傷心呢？當年衛太子聚集人馬要殺江充，漢武帝震怒，在京城發兵攻打他們，以至於使丞相與太子交戰，太子敗逃；又在全國各地窮追使之沒有出路，以致完全被消滅。這時後，如果有重臣挺身出來阻擋，保護太子，等待皇上心意稍微平靜，慢慢揭發蒙蔽他的姦邪，來平息他的憤怒，那麼他們父子之間，還可能和好保全。正因為沒有重臣，所以雖然天下人都知道太子的冤枉卻不敢說話。

臣愚以為凡為天下，宜有以養其重臣之威，使天下百官有所畏忌，而緩急之間，能有所堅忍持重而不可奪者。竊觀方今四海無變，非常之事，宜其息而不作。然及今日而慮之，則可以無異日之患。不然者，誰能知其果無有也，而不為之計哉？抑臣聞之，今世之弊，在於法禁太密，一舉足不如律令，法吏且以為言，而不問其意之所屬。是以雖天子之大臣，亦安敢有所為於法律之外，以安天下之大事？故為天子之計，莫若少寬其法，使大臣得有所守，而不為法之所奪。昔申屠嘉❶為丞相，至召天子之倖臣鄧通，立之堂下，而詰責其過，是時通幾至於死而不救。天子知之，亦不以為怪，而申屠嘉亦卒非漢之權臣。由此觀之，重臣何損於天下哉？

【章　旨】本段論述國家應該培養重臣之威。

【注　釋】❶申屠嘉　漢文帝時丞相。據《史記・張丞相列傳》記載，當時文帝有幸臣鄧通，丞相入朝，通居帝傍，怠慢無禮。罷朝後，嘉坐府中，檄召通詣丞相府免冠徒跣，頓首謝罪。嘉責其大不敬，當斬。通頓首出血。文帝使使持節赦之。

【語　譯】我拙見認為，凡是為了國家的需要，應該有具體措施來培養重臣的威望，使天下百官有所畏懼顧忌；而在緊急情況下，能有堅忍持重而不能動搖其意志的人。我私下觀察，當今四海安寧，非常事件應當平息而不會發生。然而趁當今預作考慮，就可以沒有以後的憂患。不然的話，誰能知道一定不會有非常事變，而不為此預作謀劃呢？而且，我聽說當今的弊病，在於法制禁令太嚴。一有舉動不合法令，執法官員就要說話，卻不問他的意圖是什麼。所以雖然是天子的大臣，又哪裡敢在法律之外有所作為，來處理好天下的大事呢？因而為天子著想，不如稍微放寬法度，使大臣們有所遵循，卻不被法令所左右。當年申屠嘉做丞相時，竟至於召喚天子的寵臣鄧通站在堂下，責問他的過錯，當時鄧通幾乎被處死而無法援救。漢文帝知道了，也不因此怪罪丞相，申屠嘉也終於沒有成為漢朝的權臣。由此看來，重臣對於國家有什麼損害呢？

【研　析】權臣與重臣，跡近而實異。文章先辨析邪正，分別是非，而後申明主旨，闡論大計。論述方法，頗近歐陽永叔之〈朋黨論〉，而所指較含蓄，主要採用將權臣重臣二者相互對照的寫法，首段為綜論，二、三段分別闡明權臣與重臣不同的作為及其意圖，第四段集中闡述重臣舉足輕重的作用：重臣雖有時違逆君心，卻乃國家安危之所繫，並舉衛太子事作為鑑戒，其間插入權臣迎合君心，以潛潰其國作為反襯。末段補敘當養重臣之威，並以申屠嘉作為例證。全文雖重臣、權臣並舉，但重點乃在重臣。因為權臣易見，而重臣難得。正如方苞之評曰：「所論極當。」

民政策一

蘇子由

【題解】蘇轍〈進策・民政〉部分有上下各五道（篇）。本文是上之第一篇。一本題下有注「尊三老」三字。所謂「民政策」，實指治民之策，即如何教育、感化、誘導使人民向上之策。本文論述誘導教化使人民樂於力田和孝悌廉恥的具體途徑，認為必須通過「尊三老」這類鄉官才能使王道深入民間的任務達到最後的完成。

臣聞王道❶之至於民也，其亦深矣。賢人君子，自潔於上，而民不免為小人；朝廷之間，揖讓如禮，而民不免為盜賊。禮行於上，而淫僻邪放之風，起於下而不能止，此猶未免為王道之未成也。王道之本，始於民之自喜，而成於民之相愛。而王者之所以求之於民者，其粗始於力田，而其精極於孝悌廉恥之際。力田者，民之最勞；而孝悌廉恥者，匹夫匹婦之所不悅。強所最勞，而使之有自喜之心；勸所不悅，而使之有相愛之意。故夫王道之成，而及其至於民，其亦深矣。

【章旨】本段論述王道政治必須深入民心。

【注釋】❶王道　儒家的理想政治。強調以德統一和治理天下，通過道德教化實現社會的和諧穩定。

【語譯】我聽說王道政治到達民眾，是很深入的。賢人君子，在上位自求廉潔，但民眾有些不免成為小人；朝廷裡面，揖讓符合禮儀，但民眾有些不免做盜賊。上面實行禮制，然而淫亂邪辟放縱的風氣從下面產生而不能制止，這未免還是王道政治沒有完成。王道的根本，開始於民眾的自我歡喜，完成於民眾的互相親愛。而君王要求於民眾的，起碼的要求是從努力耕作開始，最高的標準是達到孝悌廉恥之類道德要求。努力耕作，是百姓最辛勞的；孝悌廉恥，是普通百姓夫婦所不情願做的。勉強他們做最辛苦的事，而使民眾有自我歡喜的心情；勉勵他們做不情願做的事，而使百姓有相親相愛的心意。所以王道政治完成，並到達普通民眾心裡，工作是很深入的。

古者天下之災，水旱相仍，而上下不相保，此其禍起於民之不自喜於力田。天下之亂，盜賊放恣，兵革不息，而民不樂業，此其禍起於民之不相愛，而棄其孝悌廉恥之節。夫自喜，則雖有太勞，而其事不遷；相愛，則雖有強很❶之心，而顧其親戚之樂，以不忍自棄於不義。此二者，王道之大權❷也。

【章旨】本段論述使民自喜和相愛是王道的重大方針。

【注釋】❶很　同「狠」。❷大權　大計。權，衡量；計畫。

【語譯】古時天下的災害，水旱相連，而君臣上下卻不能相互保護，這禍患產生於百姓自己不喜歡努力耕作。天下的動亂，盜賊橫行，戰事不停，百姓不能安居樂業，這禍患產生於民眾的不相親愛，而拋棄孝悌廉恥的禮節。能自我歡喜，那麼即使很辛苦，但他們的力田本業不會改變；相互親愛，那麼即使有逞強凶狠的心思，但顧念到自己親人的快樂，就不忍心自暴自棄成為不義之人。可見這兩點，是王道政治的重大方針。

方今天下之人，狃於工商之利，而不喜於農。惟其最愚下之人，自知其無能，然後安於田畝而不去。山林飢餓之民，皆有盜跖趑趄❶之心。而閨門之內，父子交忿，而不知反。朝廷之上，雖有賢人，而其教不逮於下。是故士大夫之間，莫不以為王道之遠而難成也。

【章　旨】本段論述士大夫以為王道遠而難成的原因。

【注　釋】❶趑趄　欲行不前的樣子。這裡是蠢蠢欲動之意。一說：趑趄，疑當作「恣睢」，同聲而誤。《史記・伯夷列傳》：「盜跖日殺不辜，肝人之肉，暴戾恣睢，聚黨數千人，橫行天下。」恣睢，兇暴橫行的樣子。

【語　譯】當今天下的人，習慣於追求工商利益而不喜歡務農，只有那些最愚笨下賤的人，知道自己無能，然後才安心在田畝中而不離開。山林中飢餓的百姓，都有效法盜跖的兇暴之心。而家庭內部，父子互相衝突，卻不知道回歸禮義。朝廷中雖然有賢人，但他的教化不能達到下層。所以士大夫之中，沒有人不認為王道政治遙遠而難以成功。

然臣竊觀三代之遺文，至於《詩》，而以為王道之成，有所易而不難者。夫人之不喜乎此，是未得為此之味也。故聖人之為詩，道其耕耨播種之勤，而述其歲終倉廩豐實，婦子喜樂之際，以感動其意。故曰❶：「畟畟良耜，俶載南畝。播厥百穀，實函斯活。或來瞻女，載筐及筥。其饟伊黍，其笠伊糾。其鎛斯趙，以薅荼蓼。」當此時也，民既勞矣，故為之言其室家來饁，而慰勞之者，以勉卒其事。而其終章曰：「荼蓼朽止，黍稷茂止。穫之挃挃，積之栗栗。其崇如墉，其比如櫛。以開百室，百室盈止。婦子寧止，殺時犉牡，有捄其角。以似以續，續古之人。」當此之時，歲功既畢，民之勞者，得以與其婦子，皆樂於此，休息閑暇，飲酒食肉，以自快於一歲。則夫勤者，有以自忘其勤，盡力者，有以輕用其力，而很戾無親之人，有所慕悅，而自改其操。此非獨於《詩》云爾，導之使獲其利，而教之使知其樂，亦如是也。且民之性，固安於所樂，而悅於所利。此臣所以為王道之無難者也。

【章　旨】本段通過引述《詩經》論述能引導教育使王道達於民眾日常生活勞作之間，則王道之成不難。

【注　釋】❶故曰　以下詩句均引自《詩經·周頌·良耜》。詩中一些詞語解釋於下：耜，今稱犁頭（鏵）。畟畟，狀聲詞。耜插入土時發出的聲音。俶，開始。載，事。指耕作。瞻，看望。一說：字當作「贍」，給人送食物。筐、筥，盛食物的用具，竹製，方形的叫筐，圓形的叫筥。饟，同「餉」。送飯食。伊，是。兩伊字意同。糾，編織糾結的樣子。鎛，鋤草的農具。趙，削草鋒利的樣子。薅，除草。荼蓼，概指雜草。荼，生長陸地開白花的草。蓼，生長水邊味苦的草。止，語氣詞。兩止字同。挃挃，狀聲詞。割禾的聲音。栗栗，通「秩秩」。整齊的樣子。崇，高大。墉，牆。比，密密地排列。櫛，篦子。室，儲藏的倉庫。時，是；這個。犉牡，大公牛。捄，彎曲。似，通「嗣」。嗣續，繼續。古之人，指先人。

【語　譯】然而我私下觀看三代的遺文，直到《詩經》，認為王道政治的完成，有它容易而不困難的方面。人不喜歡做某件事，是沒有嘗到這樣做的滋味。所以聖人製作詩歌，敘述那耕鋤播種的辛勤，而述說那年終倉庫豐滿充實，婦女兒童喜樂的情景，來感動農夫之心。所以，〈良耜〉詩中說：「鋒利的犁頭鏟土之聲唧唧，今天開始耕種向陽的土地。把各類穀種撒播下泥，泥土覆蓋著種子，孕育生機。有人來為你們農夫送飯食，他們提攜著那圓簍和方筐。送來的都是小米飯真甜香，農夫飯後戴上編織的草笠。趕忙拿起鋤頭去剷除雜草，要除去陸地水邊的野草荼蓼。」這時候，農夫已經很辛勞了，所以給他們敘說他們的家屬來送飯食慰勞的情景，勉勵他們幹完農活。詩的結尾一章說：「鏟除掉腐爛的荼蓼野草之後，黍稷莊稼才能長得更加豐茂。收穫的季節割禾喳喳聲響，那禾稼整齊地堆了一滿場。莊稼堆起高高地像座城牆，排比整齊就像篦子齒一樣。打開所有的倉屋用來存藏，每間倉屋都滿滿地裝上食糧。田主的老婆孩子快樂安康，宰殺那高大的公牛舉辦祭祀，公牛的雙角長得又彎又長。我們年年繼續祭祀感謝神靈，繼承先人農耕大業國運永昌。」這時候，一年的勞作完成了，辛勞的農民，得以與自己的妻子兒女一起歡樂休息，空閒無事，飲酒吃肉，享受這一年的快樂。那麼，勤勞的人可以忘記自己的辛苦，盡力的人可以輕鬆地做力氣活，而那些兇狠暴戾無親愛之心的人，也會有所嚮往歡悅而改變自己的品行。這不獨是《詩經》如此，引導百姓使他們獲得利益，教育他們使之知道快樂，也就能這樣。而且民眾的習性，本來是安於快樂，喜歡獲利。這是我認為王道政治並不困難的原因。

蓋臣聞之，誘民之勢，遠莫如近，而近莫如其所與競❶。今行於朝廷之中，而田野之民，無遷善之心，此豈非其遠而難至者哉？明擇郡縣之吏，而謹法律之禁，刑者布市❷，而頑民不悛。夫鄉黨之民，其視郡縣之吏，自以為非其比肩之人，徒能畏其用法，而袒背受笞於其前，不為之愧。此其勢可以及民之明罪，而不可以及其隱慝❸，此豈非其近而無所與競者耶？惟其里巷親戚之間，幼之所與同戲，而壯之所與共事，此其所與競者也。

【章　旨】本段論述誘導民眾的最好力量，是能與民眾相處並共爭上進之人。

【注　釋】❶競　《莊子・齊物論》郭象注：「並逐曰競，對辯曰爭。」❷布市　公布其罪罰於市場（公共場所）。❸隱慝　隱藏的不為人知的罪惡。

【語　譯】我聽說，誘導民眾的力量，在遠處不如在近處，而近處則以能夠同他們一起爭上進的人為最好。現在在朝廷中推行禮義，但是田野的百姓，沒有改過向善的心思，這豈不是因為教化太遠而難以達到嗎？明智地選擇郡縣官吏，嚴格推行法律的禁令，對處刑罰的人在集市上公開其罪狀和處罰，然而那些頑固的百姓依然不改正。鄉村百姓，看待郡縣官吏，自認為不是同他們地位相當的人，只是害怕他們用法令懲辦，在他們面前赤膊接受鞭打，也不感到慚愧。這表明法令的力量可以處理百姓明顯的罪過，但卻無法懲罰那些隱藏的罪惡，這難道不是因為郡縣官吏雖然離百姓較近卻並非可同他們一起爭上進的人嗎？只有里巷親人之間，年幼時一起遊戲，年長後一起做事，這才是可同他們一起爭上進的人。

臣愚以謂古者郡縣有三老嗇夫❶，今可使推擇民之孝悌無過，力田不惰，為民之素所服者為之。無使治事，而使譏誚教誨其民之怠惰而無良者。而歲時伏臘❷，郡縣頗致禮焉，以風天下，使慕悅其事，使民皆有愧恥勉強不服之心。今不從民之所與競而教之，而從其所素畏。夫其所素畏者，彼不自以為伍，而何敢求望其萬一？故教天下，自所與競者始，而王道可以漸至於下矣。

【章　旨】本段建議推擇三老嗇夫，尊以教民。

【注　釋】❶三老嗇夫　都是鄉官。三老掌管教化，嗇夫職責是處理爭訟和收取租賦。見《漢書・百官公卿表》。❷伏臘　夏祭為伏，冬祭為臘。

【語　譯】我認為，古代郡縣下設三老、嗇夫等鄉官，現在可以推選百姓中那些孝悌德行沒有過錯，努力耕作而不懶惰，為當地民眾一向敬重的人擔任這些職務。不要他們做事，只請他們教導批評那些懶惰而又品行不好的百姓。逢年過節及夏冬祭日，郡縣對他們特別給以禮遇，來感化天下，使人們都嚮往羨慕他們的工作，使百姓都產生慚愧羞恥努力奮進不願落後之心。現在不用能夠與百姓在一起爭上進的人教化他們，而用他們平時害怕的人。那些平時害怕的人，百姓不看作自己一類人，又怎麼能要求希望百姓做到萬分之一呢？所以教化天下，要從同百姓在一起爭上進的人開始做，王道政治就可以逐漸推行到下層民眾了。

【研　析】本篇的中心論題是如何使王道「至於民」。首段正面提出論題，王道「至於民」，才算「深」，才可稱為「成」。並指出當時朝野上下，風尚迴異，以說明王道之未深未成。第二、三兩段從正反面闡明王道至於民的兩個標準，即使民樂於力田和孝悌廉恥，並就現實情況，引出士大夫認為王道遠而難成。第四段引述《詩經》說明三代王道能深入民眾生活勞作之間，從而證明「王道之無難者也」。第五段則從遠近之別，說明王道至於民，不論朝廷大臣，以至郡縣之吏，均不能擔當此任，從而揭出「里巷親戚之間」，才是實現王道深入民間的最佳人選所在。末段畫龍點睛，指出「三老嗇夫」在推行王道教化中居於最有利地位，點明全文主旨。姚鼐評本文：「中間引《詩》一段文字甚佳，而於後半『民所與競』義，不甚聯貫。是子由精神短處。」有褒有貶。蘇轍之文，重在強調王道政治的情感教化，如何才能深入民眾生活深處，引《詩經》一段，確實貼切明瞭。以下論「民所與競」，是接著闡述施行教化的基層力量和有效途徑。應當說，意思與前文還是聯貫的。

不過，在現實生活中，這種設想未必真正有效。

【題解】本文是蘇轍〈進策・民政〉上之第二篇。一本題下有注「舉孝廉」三字。本文從總結周秦使天下之術的統治經驗入手，論述天子應就其所欲求，以利使天下的道理，提出恢復古孝悌科與進士同舉以漸王化的建議。

民政策二

蘇子由

臣聞三代之盛時，天下之人，自匹夫以上，莫不務自修潔，以求為君子。父子相愛，兄弟相悅。孝弟忠信之美，發於士大夫之間，而下至於田畝。朝夕從事，終身而不厭。至於戰國，王道衰息，秦人驅其民而納之於耕耘戰鬭之中，天下翕然而從之。南畝之民，而皆爭為干戈旗鼓之事，以首爭首❶，以力搏力，進則有死於戰，退則有死於將，其患無所不至。夫周秦之間，其相去不數十百年。周之小民，皆有好善之心；而秦人獨喜於戰攻，雖其死亡，而不肯以自存。此二者，臣竊知其故也。夫天下之人，不能盡知禮義之美，而亦不能奮不自顧，以陷於死傷之地。其所以能至於此者，上之人實使之然也。然而閭巷之民，劫而從之，則可以與之僥倖於一時之功，而不可以望其久遠。而周秦之風俗，皆累世而不變，此不可不察其術也。

【章旨】本段從周、秦民風俗尚的不同說明不可不考察它們影響民眾的方法。

【注釋】❶以首爭首　犧牲性命斬殺敵人。前一個「首」字，首級。代指生命。後一「首」字作動詞用，斬首。

【語譯】我聽說三代全盛的時候，天下的人，從普通百姓開始，沒有人不努力修養美德，以求得成為君子。父子相親愛，兄弟相和悅。孝悌忠信的美德，從士大夫之中產生，向下一直深入到田間農夫。從早到晚這樣做，一輩子不感到厭倦。到了戰國時代，王道政治衰落，秦國人驅使他們的老百姓去耕作和打仗，天下都跟著這樣做。鄉間民眾，都爭著手執兵器，聽從旗鼓號令，不惜犧牲生命，爭著斬殺敵人，用勇力同敵人搏鬥，前進就死在戰場上，後退就會被自己的將領殺死，沒有哪裡躲得過災禍。周代與秦代，相距不過幾十上百年。周朝的普通民眾，都有好善的心思；而秦國人獨獨喜歡打仗進攻，即使是面對死亡，也不肯自己偷生。這兩種情形，我知道其中的原因。天下的人，不會都懂得禮義的美好，但是也不會奮不顧身，使自己陷入死傷之地。他們之所以能達到那種程度，是在上位的人驅使他們這樣做的。然而，普通民眾，如果是脅迫他們聽從，那麼可以僥倖取得一時的成功，卻不可能希望這種成效保持長久。但是周秦兩朝的風俗都是經歷了好多代仍然不變，這就不能不考察他們的治理天下民眾的方法了。

蓋周之制，使天下之士，孝悌忠信，聞於鄉黨，而達於國人者，皆得以登於有司。而秦之法，使其武健壯勇，能斬捕甲首❶者，得以自復其役❷，上者優之以爵祿，而下者皆得役屬其鄰里。天下之人，知其利之所在，則皆爭為之，而尚安知其他？然周以之興，而秦以之亡，天下遂皆尤秦之不能，而不知秦之所以使天下者，亦無以異於周之所以使天下。何者？至使之勢，所以奔走天下，萬世之所不易也。而特論其所以使之者何如焉耳。

【章旨】本段探究周秦所以驅使天下人的方法。

【注釋】❶甲首　披甲武士。❷復其役　免除其賦稅勞役。

【語譯】周朝的制度，使天下士人，凡是孝悌忠信在鄉里聞名並且讓全國民眾都知道的，全都能夠擢升進入官府。而秦國的法律規定，使得勇武健壯、能夠斬殺捕捉敵人中的披甲武士的人，能夠免除自己的賦稅勞役，功勞大的還能得到爵祿的優厚賞賜，功勞小的也能夠讓同鄉鄰居替自己服役。天下的人，知道利益在哪裡，就都爭著去做，哪裡還會懂得其他呢？然而，周朝因此而興盛，秦朝卻因此而滅亡，天下人於是都指責秦朝無能。卻不知道秦朝用以驅使天下人的方法，與周朝用以驅使天下人的方法，其實並沒有什麼不同。為什麼呢？運用利益誘導的形勢，就可以驅使天下人為之奔走，這是萬代不變的道理。只不過要評論他們用來驅使天下人的目標是什麼罷了。

今者天下之患，實在於民昏而不知教。然臣以謂其罪不在於民，而上之所以使之者或未至也。且天子之所求於天下者何也？天下之人，在家欲得其孝，而在國欲得其忠，兄弟欲其相與為愛，而朋友欲其相與為信，臨財欲其廉，而患難欲其思義，此誠天子之所欲於天下者。古之聖人，所欲而遂求之，求之以勢，而使之自至，是以天下爭為其所求，以求稱其意。今有人，使人為之牧其牛羊，將責之以其牛羊之肥，則因其肥瘠，而制其利害，使夫牧者，趨其所利而從之，則可以不勞，而坐得其所欲。今求之以牛羊之肥瘠，而乃使之盡力於樵蘇❶之事，以其薪之多少，而制其賞罰之輕重，則夫牧人將為牧耶？將為樵耶？為樵則失牛羊之肥，而為牧則無以得賞。故其人舉皆為樵，而無事於牧。吾之所欲者牧也，而反樵之為得，此無足怪也？

【章旨】本段論述當今天下之患，在於天子使民的目標和手段不相符。

【注釋】❶樵蘇 砍柴割草。蘇，本植物名。用作動詞，引申為割草。

【語譯】現在天下的禍患，其實在於民眾糊塗而不知禮教。然而我認為這過錯不在百姓，而是在上位的人驅使民眾的方法未能奏效。而且，天子向天下要求的是什麼呢？天下的人，在家希望他們孝順，在國家希望他們效忠，兄弟間希望他們相互親愛，而朋友之間則希望他們互相誠信，面對財物希望他們想到廉潔，遇到患難希望他們想到道義，這些確實是天子對天下之人的希望所在。古時聖人有這種希望就追求實現，要追求實現就得借助於利益誘導的形勢，使它能自然到來，所以天下人爭著做天子所希望做的事，來求得符合天子的意圖。現在有人，叫別人替他放牧牛羊，要求牧人使他的牛羊肥壯，就按照牧養牛羊的肥瘦來決定牧人的收益得失，使那牧人為追求利益而聽從安排，那就可以不費勞力而實現他的願望。現在如果要求牛羊肥壯，卻要牧人盡力於砍柴割草，按照柴草的多少制定賞罰的輕重，那麼牧人會去放牧牛羊呢？還是會去打柴草呢？打柴草就不能使牛羊肥壯，但放牧卻無法得到獎賞。所以人們都去打柴草，而沒有人從事於放牧。我所想要的是放牧，但與打柴草所得卻相反，這不值得奇怪嗎？

今夫天下之人，所以求利於上者，果安在哉？士大夫為聲病剽略之文❶，而治苟且記問之學❷，曳裾束帶，俯仰周旋，而皆有意於天子之爵祿。夫天子之所求於天下者，豈在是也？然天子之所以求之者唯此，而人之所由以有得者亦唯此，是以若此不可卻也。嗟夫！欲求天下忠信孝悌之人，而求之於一日之試，天下尚誰知忠信孝悌之可喜，而一日之試之可恥而不為者？《詩》云：「無言不讎，無德不報。❸」臣以為欲得其所求，宜遂以其所欲而求之。開之以利，而作其怠，則天下必有應者。

【章　旨】本段論述當前的考試制度和考試內容，不能求得忠信孝悌之人。

【注　釋】❶聲病剽略之文　意謂專門講求聲律而實際多模擬剽竊的文字。這裡指宋承唐制，進士科考試詩賦，故士子多務聲律。聲病，四聲八病。南朝宋沈約周顒等提出的講求詩歌韻律的理論。❷記問之學　指記誦儒家經典及注疏。因明經科考試帖經而形成的專事記誦、不務實學之風。❸詩云三句　見《詩經・大雅・抑》。讎，即「酬」字。毛詩作「讎」，此用韓詩。

【語　譯】現在天下的人，用來向朝廷謀取利益的手段，究竟在哪裡呢？士大夫寫作講求聲律、模擬剽竊的文字，致力於敷衍苟且、死記硬背功夫，穿著寬大的衣服，繫著腰帶，彬彬有禮地應對周旋，都是有意於得到天子的爵祿。天子向天下所要求的，難道就在這裡嗎？然而天子求取人才的途徑只有這些考試，天下人要得到追求的利益，也只有通過這條途徑，所以都這樣做而不能拒絕。唉！想得到天下忠信孝悌的人，卻用舉行一天科舉考試的方法去求取，天下人還有誰知道忠信孝悌為可貴，還有誰以參加那一天考試為可恥而不去呢？《詩經》說：「沒有言語不應對，沒有恩德不報答。」我認為要想得到自己所追求的，就應該根據自己所希望的去求取。用利益引導他們，使他們不再懈怠，那麼天下人一定會有響應的。

今間歲而一收天下之才，奇人善士，固宜有起而入於其中。然天下之人，不能深明天子之意，而以為所為求之者，止於其目之所見。是以盡力於科舉，而不知自反於仁義。臣欲復古者孝悌之科❶，使州縣得以與今之進士同舉而皆進，使天下之人，時獲孝弟忠信之利，而明知天子之所欲如此，則天下宜可漸化，以副上之所求。然臣非謂孝悌之科，必多得天下之賢才，而要以使天下知上意之所在，而各趨於其利。則庶乎不待教而忠信之俗可以漸復。此亦周秦之所以使人之術歟！

【章　旨】本段提出恢復古代孝悌之科以化天下的具體建議。

【注　釋】❶古者孝悌之科　漢文帝十二年詔賞賜孝悌力田，並置三老孝悌力田常員，令各率其意以道（導）民（《漢書・文帝紀》）。

【語　譯】現在每隔一年舉行一次科考，收羅天下人才，有特殊才能和良好道德的人才，當然有許多被選拔進來。然而天下的人，不能深切了解天子的用意，便認為朝廷所要追求的東西，只是他眼前所看到的。所以盡力於科舉考試，而不知道使自己回歸於仁義。我希望恢復古代舉薦孝悌的科目，使州縣能夠把孝悌人才與現在的進士人才一樣舉薦而得到進用，使天下的人經常能夠獲得孝悌忠信的好處，明白知曉天子的願望就是這些，那麼天下就應當可以逐漸受到教化，以符合君主的要求。然而我不是說舉行孝悌科考試，一定能更多地得到天下的賢才，主要是使天下人知道君主的意圖，而各自向著有利的方向努力，那麼幾乎不需通過教育，而忠孝誠信的風俗就可以逐漸得到恢復。這恐怕也就是周、秦兩代驅使民眾的方法吧！

【研　析】本篇與上篇，均為「民政策」，內容亦有相同之處，都以道德教化如何才能普及成為民間風尚作為主旨，但上篇題旨在於強調三老嗇夫在此過程中的關鍵作用，而本篇則要求恢復古代孝悌之科以促進教化。蘇轍前文云：「民之性，固安於所樂，而悅於所利。」前篇強調通過情感教化，使民「安於所樂」，本篇強調通過利益誘導，使民「悅於所利」，可見各有分工，而又互相補充。寫法也大體相同，都是從理想中的古代社會，亦即一般概念出發，逐步深入，最後才畫龍點睛，歸結題旨，作為進策。本書所選蘇軾、蘇轍兄弟的進策文字，皆其早年之作。涉世未深，閱歷尚淺，故而不能以現實政治的弊端作為立論的基礎，不免從一般概念（包括古代理想政治）出發。本篇以「上有所欲，下必從之」這一理念貫串全文。首段比較周秦所欲之不同，一為道德，一為耕戰，但都造成影響，成為風俗。第二段進而比較周秦得官賜爵之政策律令，皆以上之所欲為法。第三段才提及當代之患，在於上之所欲與下之所得不一致，並用欲牧而獎樵作比喻論證。第四段批評當代取士制度，而以「欲得其所求，宜遂以其所欲而求之」作為全文點睛之筆。既綰合前三段，又開啟末段之進策。第五段最後提出正面建議。故劉大櫆評曰：「子由之文，其正意不肯一口道破，紆徐百折而後出之，於此篇可見。」陳廷敬評曰：「前作數層翻跌，後方結出復古孝悌之科，千迴百折，意味無窮，文極紆折而暢。」講的都是這個特點。

古籍今注新譯叢書

【哲學類】

新譯四書讀本	謝冰瑩、邱燮友等編譯
新譯學庸讀本	王澤應注譯
新譯論語新編解義	胡楚生編著
新譯孝經讀本	賴炎元、黃俊郎注譯
新譯易經讀本	郭建勳注譯　黃俊郎校閱
新譯周易六十四卦經傳通釋	黃慶萱注譯
新譯乾坤經傳通釋	黃慶萱注譯
新譯易經繫辭傳解義	吳　怡著
新譯禮記讀本	姜義華注譯　黃俊郎校閱
新譯儀禮讀本	顧寶田、鄭淑媛注譯　黃俊郎校閱
新譯孔子家語	羊春秋注譯　周鳳五校閱
新譯老子讀本	余培林注譯
新譯帛書老子	趙　鋒注譯
新譯老子解義	吳　怡著
新譯莊子讀本	黃錦鋐注譯
新譯莊子讀本	張松輝注譯
新譯莊子本義	水渭松注譯
新譯莊子內篇解義	吳　怡著
新譯列子讀本	莊萬壽注譯
新譯管子讀本	湯孝純注譯　李振興校閱
新譯墨子讀本	李生龍注譯　李振興校閱
新譯公孫龍子	丁成泉注譯　黃志民校閱
新譯晏子春秋	陶梅生注譯　葉國良校閱
新譯鄧析子	徐忠良注譯　劉福增校閱
新譯荀子讀本	王忠林注譯
新譯尹文子	徐忠良注譯　黃俊郎校閱
新譯尸子讀本	水渭松注譯　陳滿銘校閱
新譯鶡冠子	趙鵬團注譯
新譯鬼谷子	王德華等注譯
新譯韓非子	賴炎元、傅武光注譯
新譯呂氏春秋	朱永嘉、蕭　木注譯　黃志民校閱
新譯韓詩外傳	孫立堯注譯
新譯淮南子	熊禮匯注譯　侯迺慧校閱
新譯春秋繁露	朱永嘉、王知常注譯
新譯新書讀本	饒東原注譯　黃沛榮校閱
新譯新語讀本	王　毅注譯　黃俊郎校閱
新譯潛夫論	彭丙成注譯　陳滿銘校閱
新譯論衡讀本	蔡鎮楚注譯　周鳳五校閱
新譯申鑒讀本	林家驪、周明初注譯　周鳳五校閱
新譯人物志	吳家駒注譯　黃志民校閱
新譯張載文選	張金泉注譯
新譯近思錄	張京華注譯
新譯傳習錄	李生龍注譯
新譯呻吟語摘	鄧子勉注譯

新譯明夷待訪錄　李廣柏注譯　李振興校閱

【文學類】

新譯詩經讀本　滕志賢注譯
新譯楚辭讀本　林家驪注譯
新譯楚辭讀本　傅錫壬注譯
新譯文心雕龍　羅立乾注譯
新譯六朝文絜　蔣遠橋注譯
新譯世說新語　劉正浩、邱燮友等注譯
新譯昭明文選　周啟成等注譯
新譯古文觀止　謝冰瑩、邱燮友等注譯
新譯古文辭類纂　黃　鈞、葉幼明等注譯
新譯樂府詩選　溫洪隆、溫　強注譯
新譯古詩源　馮保善注譯
新譯千家詩　邱燮友、劉正浩注譯
新譯詩品讀本　程章燦、成　林注譯
新譯花間集　朱恒夫注譯
新譯南唐詞　劉慶雲注譯
新譯絕妙好詞　聶安福注譯
新譯唐詩三百首　邱燮友注譯
新譯宋詩三百首　陶文鵬注譯
新譯宋詞三百首　汪　中注譯
新譯宋詞三百首　劉慶雲注譯
新譯元曲三百首　賴橋本、林玫儀注譯
新譯明詩三百首　趙伯陶注譯
新譯清詩三百首　王英志注譯
新譯清詞三百首　陳水雲等注譯
新譯唐人絕句選　卞孝萱、朱崇才注譯　齊益壽校閱
新譯唐才子傳　戴揚本注譯
新譯拾遺記　石　磊注譯
新譯搜神記　黃　鈞注譯
新譯唐傳奇選　束　忱、張宏生注譯　侯迺慧校閱
新譯宋傳奇小說選　束　忱注譯
新譯明傳奇小說選　陳美林、皋于厚注譯
新譯容齋隨筆選　朱永嘉等注譯
新譯明散文選　周明初注譯
新譯明清小品文選　鄭　婷注譯
新譯人間詞話　馬自毅注譯
新譯白香詞譜　劉慶雲注譯
新譯幽夢影　馮保善注譯
新譯菜根譚　吳家駒注譯
新譯小窗幽記　馬美信注譯
新譯圍爐夜話　馬美信注譯
新譯郁離子　吳家駒注譯
新譯歷代寓言選　黃瑞雲注譯
新譯賈長沙集　林家驪注譯
新譯揚子雲集　葉幼明注譯
新譯曹子建集　曹海東注譯　蕭麗華校閱
新譯建安七子詩文集　韓格平注譯
新譯阮籍詩文集　林家驪注譯　簡宗梧、李清筠校閱

新譯嵇中散集　崔富章注譯　莊耀郎校閱
新譯陸機詩文集　王德華注譯
新譯陶淵明集　溫洪隆注譯　齊益壽校閱
新譯江淹集　羅立乾、李開金注譯
新譯庾信詩文選　歸　青注譯
新譯初唐四傑詩集　李福標注譯
新譯駱賓王文集　黃清泉注譯　陳全得校閱
新譯王維詩文集　陳鐵民注譯
新譯孟浩然詩集　楊　軍注譯
新譯李白詩全集　郁賢皓注譯
新譯李白文集　郁賢皓注譯
新譯杜甫詩選　張忠綱、趙睿才、綦　維注譯
新譯杜詩菁華　林繼中注譯
新譯高適岑參詩選　孫欽善、陳鐵民注譯
新譯昌黎先生文集　周啟成等注譯　陳滿銘等校閱
新譯劉禹錫詩文選　閻　琦注譯
新譯柳宗元文選　卞孝萱、朱崇才注譯
新譯白居易詩文選　陶　敏、魯　茜注譯
新譯元稹詩文選　郭自虎注譯
新譯李賀詩集　彭國忠注譯
新譯杜牧詩文集　張松輝注譯　陳全得校閱
新譯李商隱詩選　朱恒夫、姚　蓉等注譯
新譯范文正公選集　沈松勤、王興華注譯　葉國良校閱
新譯蘇洵文選　羅立剛注譯
新譯蘇軾文選　滕志賢注譯

新譯蘇軾詞選　鄧子勉注譯
新譯蘇轍文選　朱　剛注譯
新譯曾鞏文選　高克勤注譯
新譯王安石文選　沈松勤注譯
新譯唐宋八大家文選　鄧子勉注譯
新譯柳永詞集　侯孝瓊注譯
新譯李清照集　姜漢椿等注譯
新譯陸游詩文集　韓立平注譯　彭國忠校閱
新譯辛棄疾詞選　聶安福注譯
新譯歸有光文選　鄔國平注譯
新譯唐順之詩文選　馬美信注譯
新譯徐渭詩文選　周　群等注譯
新譯薑齋文集　平慧善注譯　周鳳五校閱
新譯顧亭林文集　劉九洲注譯　黃俊郎校閱
新譯納蘭性德詞　馮　乾注譯
新譯方苞文選　鄔國平等注譯
新譯鄭板橋集　朱崇才注譯
新譯袁枚詩文選　王英志注譯
新譯李慈銘詩文選　潘靜如注譯
新譯聊齋誌異選　任篤行等注譯　袁世碩校閱
新譯閱微草堂筆記　嚴文儒注譯
新譯浮生六記　馬美信注譯
新譯弘一大師詩詞全編　徐正綸編著

歷史類

新譯史記　韓兆琦注譯
新譯漢書　吳榮曾等注譯
新譯後漢書　魏連科等注譯
新譯三國志　吳樹平等注譯
新譯資治通鑑　張大可、韓兆琦等注譯
新譯史記—名篇精選　韓兆琦注譯
新譯尚書讀本　吳　璵注譯
新譯尚書讀本　郭建勳注譯
新譯周禮讀本　賀友齡注譯
新譯逸周書　牛鴻恩注譯
新譯左傳讀本　郁賢皓等注譯　傅武光校閱
新譯公羊傳　雪　克注譯　周鳳五校閱
新譯穀梁傳　顧寶田注譯　葉國良校閱
新譯春秋穀梁傳　周　何注譯
新譯戰國策　溫洪隆注譯　陳滿銘校閱
新譯國語讀本　易中天注譯　侯迺慧校閱
新譯說苑讀本　左松超注譯
新譯說苑讀本　羅少卿注譯　周鳳五校閱
新譯新序讀本　葉幼明注譯　黃沛榮校閱
新譯吳越春秋　黃仁生注譯　李振興校閱
新譯西京雜記　曹海東注譯　李振興校閱
新譯列女傳　黃清泉注譯　陳滿銘校閱
新譯越絕書　劉建國注譯　黃俊郎校閱
新譯燕丹子　曹海東注譯　李振興校閱
新譯東萊博議　李振興、簡宗梧注譯
新譯唐六典　朱永嘉、蕭　木注譯
新譯唐摭言　姜漢椿注譯

【宗教類】

新譯金剛經　徐興無注譯　侯迺慧校閱
新譯高僧傳　朱恒夫、王學均等注譯　潘栢世校閱
新譯碧巖集　吳　平注譯
新譯百喻經　顧寶田注譯
新譯楞嚴經　賴永海、楊維中注譯
新譯梵網經　王建光注譯
新譯圓覺經　商海鋒注譯
新譯法句經　劉學軍注譯
新譯六祖壇經　李中華注譯　丁　敏校閱
新譯禪林寶訓　李中華注譯　潘栢世校閱
新譯維摩詰經　陳引馳、林曉光注譯
新譯經律異相　顏洽茂注譯
新譯阿彌陀經　蘇樹華注譯
新譯無量壽經　邱高興注譯
新譯無量壽經　蘇樹華注譯
新譯妙法蓮華經　張松輝注譯　丁　敏校閱
新譯景德傳燈錄　顧宏義注譯
新譯大乘起信論　韓廷傑注譯　潘栢世校閱
新譯釋禪波羅蜜　蘇樹華注譯
新譯八識規矩頌　倪梁康注譯
新譯永嘉大師證道歌　蔣九愚注譯
新譯華嚴經入法界品　楊維中注譯
新譯地藏菩薩本願經　李承貴注譯

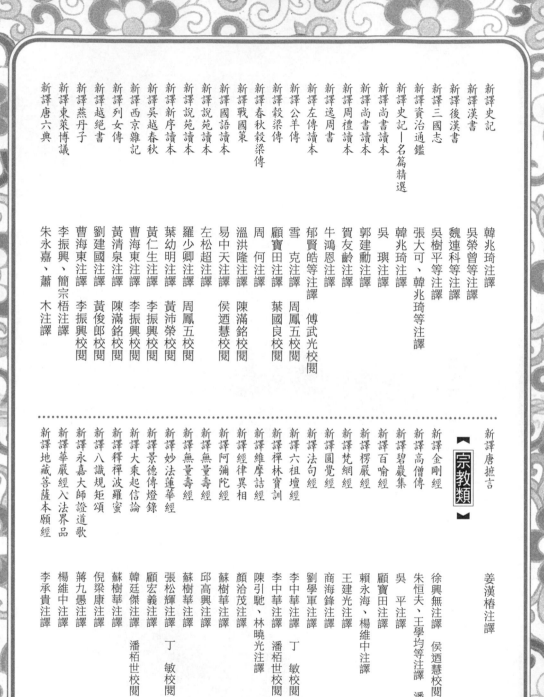

新譯悟真篇　劉國樑、連 遙注譯
新譯无能子　張松輝注譯
新譯坐忘論　張松輝注譯
新譯列仙傳　張金嶺注譯　陳滿銘校閱
新譯抱朴子　李中華注譯　黃志民校閱
新譯神仙傳　周啟成注譯
新譯性命圭旨　傅鳳英注譯
新譯老子想爾注　顧寶田、張忠利注譯　傅武光校閱
新譯周易參同契　劉國樑注譯　黃沛榮校閱
新譯道門觀心經　王 卡注譯　黃志民校閱
新譯養性延命錄　曾召南注譯　劉正浩校閱
新譯樂育堂語錄　戈國龍注譯
新譯冲虛至德真經　張松輝注譯　周鳳五校閱
新譯長春真人西遊記　顧寶田等注譯
新譯黃庭經‧陰符經　劉連朋等注譯

軍事類

新譯司馬法　王雲路注譯
新譯尉繚子　張金泉注譯
新譯三略讀本　傅 傑注譯
新譯六韜讀本　鄔錫非注譯
新譯吳子讀本　王雲路注譯
新譯孫子讀本　吳仁傑注譯
新譯李衛公問對　鄔錫非注譯

教育類

新譯爾雅讀本　陳建初等注譯
新譯顏氏家訓　李振興、黃沛榮等注譯
新譯聰訓齋語　馮保善注譯
新譯曾文正公家書　湯孝純注譯　李振興校閱
新譯三字經　黃沛榮注譯
新譯百家姓　馬自毅、顧宏義注譯
新譯幼學瓊林　馬自毅注譯　陳滿銘校閱
新譯增廣賢文‧千字文　馬自毅注譯　李清筠校閱
新譯格言聯璧　馬自毅注譯

政事類

新譯商君書　貝遠辰注譯　陳滿銘校閱
新譯鹽鐵論　盧烈紅注譯　黃志民校閱
新譯貞觀政要　許道勳注譯　陳滿銘校閱

地志類

新譯山海經　楊錫彭注譯
新譯水經注　陳橋驛、葉光庭注譯
新譯佛國記　楊維中注譯
新譯大唐西域記　陳 飛、凡 評注譯　黃俊郎校閱
新譯洛陽伽藍記　劉九洲注譯　侯迺慧校閱
新譯徐霞客遊記　黃 珅注譯　黃志民校閱
新譯東京夢華錄　嚴文儒注譯　侯迺慧校閱

◎新譯建安七子詩文集

韓格平／注譯

孔融、陳琳、王粲、徐幹、阮瑀、應瑒、劉楨七位文人，以其貞正高潔的人格，清新雋美的創作，活躍在東漢末年的文壇。他們特有的時代氣息，博大的精神內涵，多樣的藝術創新，開創了「建安文學」這一嶄新的文學時代，在中國文學史上留下了光輝的一頁，被世人稱譽為「建安七子」。本書透過精闢的導讀、題解、注釋、研析等單元，闡明建安七子的寫作背景，分析作品的思想內容和藝術特色，實為理解建安七子詩文創作的最佳讀本。